海外文学賞事典

日外アソシエーツ

A Reference Guide to Awards and Prizes of Overseas Literature

Compiled by
Nichigai Associates, Inc.

©2016 by Nichigai Associates, Inc.
Printed in Japan

本書はディジタルデータでご利用いただくことができます。詳細はお問い合わせください。

●編集担当● 松本 裕加

刊行にあたって

　本書は海外で主催されている主な文学賞の概要、受賞情報を集めた事典である。国際賞はもちろん、各国内や言語圏で実施されている賞55賞を収録した。その内容は、文学各分野の部門が設けられた総合的な賞から、ミステリー、SF、ファンタジーといったジャンル別の賞、小説や短編集、児童書、絵本の挿絵を対象にした賞まで幅広い。賞ごとに設立経緯、選考基準、賞金といった概要および創設以来の全受賞者・作品を掲載しており、調査に手間のかかる海外の受賞情報を一覧できる。邦訳されている作品には可能な限り邦題を付したので、受賞作品の邦訳版を探す際にも活用いただきたい。また、受賞者名索引・作品名索引を利用すれば、特定の人物・団体、作品の受賞歴を通覧することも可能である。

　百年以上の歴史をもつ賞から近年創設された賞まで、その受賞年、受賞者、受賞作品をながめることは、諸外国の近現代文学史の一端を垣間見ることにもなるであろう。

　小社では、海外の賞の概要や受賞者について調べたいときのツールとして、「世界の賞事典」(2005)、「世界の賞事典 2005-2014」(2015) をはじめ、分野ごとに国内外の賞を集めた「児童の賞事典」(2009)、「映画の賞事典」(2009)、「音楽の賞事典」(2010)、「漫画・アニメの賞事典」(2012)、「演劇・舞踊の賞事典」(2015) を刊行している。本書と併せてご利用いただければ幸いである。

　2016年2月

　　　　　　　　　　　　　　　　　　　　　　　　日外アソシエーツ

凡　例

1．本書の内容

　　本書は海外で主催されている文学賞55賞の受賞情報を収録した事典である。

2．収録範囲
1) 海外の文学賞を2016年2月現在で収録した。
2) ノーベル賞およびピュリッツアー賞については、文学分野のみを掲載した。

3．賞名見出し
1) 賞の日本語名には一般的な呼称を採用した。原語名は原則正式名称を表示した。
2) 改称や他の呼称がある場合は、目次に個別の賞名見出しを立て、参照を付した。

4．賞の分類と賞名見出しの排列

　　賞を4つの大見出しの下に分類し、それぞれの見出しの下では賞名の五十音順に排列した。その際、濁音・半濁音は清音とみなし、ヂ→シ、ヅ→スとした。促音・拗音は直音とみなし、長音（音引き）は無視した。

「文学・小説一般」文学全般（小説、伝記、評論、詩、戯曲、児童文学等を複合）、小説（ジャンル不問）

「ミステリー」ミステリー、推理、犯罪ジャンル（含む児童・ヤングアダルト部門）

「SF・ファンタジー」SF、ファンタジー、ホラージャンル（含む児童・ヤングアダルト部門）

「児童文学」絵本、挿絵、児童・ヤングアダルト向け

5．記載内容
 1) 概　要
　　賞の概要として、賞の由来・趣旨／主催者／選考委員／選考方法／選考基準／締切・発表／賞・賞金／公式ホームページURLを記載した。
 2) 受賞記録
　　歴代受賞記録を受賞年ごとにまとめ、部門・席次／受賞者名／受賞作品・理由の順に記載した。
　　また、作品のシリーズ名・収録集名・掲載誌名その他補記を（　）内に、出版社・製作会社名を〈　〉内に補足した。

6．受賞者名索引
 1) 受賞者名から本文での記載頁を引けるようにした。
 2) 排列は、姓の読みの五十音順、同一姓のもとでは名の読みの五十音順とした。姓名区切りのない人物や団体名は全体を姓とみなして排列した。アルファベットで始まるものはABC順とし、五十音の後においた。なお、濁音・半濁音は清音とみなし、ヂ→シ、ヅ→スとした。促音・拗音は直音とみなし、長音（音引き）は無視した。

7．作品名索引
 1) 受賞作品名から本文での記載頁を引けるようにした。
 2) 排列は読みの五十音順とした。アルファベットで始まるものはABC順とし、五十音の後におき、その後に数字で始まるものをおいた。なお、濁音・半濁音は清音とみなし、ヂ→シ、ヅ→スとした。促音・拗音は直音とみなし、長音（音引き）は無視した。

目　　次

文学・小説一般

- *001* アンテラリエ賞 …………………………………………………… 3
  - ウィットブレッド賞　→*003* コスタ賞
  - オレンジ賞　→*020* ベイリーズ賞
- *002* カナダ総督文学賞 ………………………………………………… 6
  - ギラー賞　→*006* スコシアバンク・ギラー賞
  - ゲオルク・ビューヒナー賞　→*014* ビューヒナー賞
- *003* コスタ賞 …………………………………………………………… 32
- *004* ゴンクール賞 ……………………………………………………… 41
- *005* ジェイムズ・テイト・ブラック記念賞 ………………………… 46
- *006* スコシアバンク・ギラー賞 ……………………………………… 55
- *007* ストレーガ賞 ……………………………………………………… 56
- *008* セルバンテス賞 …………………………………………………… 60
- *009* 全米書評家協会賞 ………………………………………………… 61
- *010* 全米図書賞 ………………………………………………………… 71
  - 全米批評家協会賞　→*009* 全米書評家協会賞
- *011* ナダール賞 ………………………………………………………… 87
- *012* ノイシュタット国際文学賞 ……………………………………… 89
- *013* ノーベル文学賞 …………………………………………………… 91
- *014* ビューヒナー賞 …………………………………………………… 97
- *015* ピュリッツアー賞 ………………………………………………… 99
- *016* フェミナ賞 ………………………………………………………… 124
- *017* ブッカー賞 ………………………………………………………… 128
- *018* フランク・オコナー国際短編賞 ………………………………… 131
- *019* フランツ・カフカ賞 ……………………………………………… 132
- *020* ベイリーズ賞 ……………………………………………………… 133
- *021* ペン/フォークナー賞 ……………………………………………… 135
  - ホイットブレッド賞　→*003* コスタ賞
- *022* メディシス賞 ……………………………………………………… 136
- *023* ルノドー賞 ………………………………………………………… 142

目次

ミステリー

- *024* アガサ賞 …………………………………………………… 147
  - アメリカ私立探偵作家クラブ賞　→*028* シェイマス賞
- *025* アメリカ探偵作家クラブ賞 …………………………… 153
- *026* アンソニー賞 …………………………………………… 188
- *027* 英国推理作家協会賞 …………………………………… 197
  - エドガー賞　→*025* アメリカ探偵作家クラブ賞
  - MWA賞　→*025* アメリカ探偵作家クラブ賞
- *028* シェイマス賞 …………………………………………… 210
  - CWA賞　→*027* 英国推理作家協会賞
- *029* バリー賞 ………………………………………………… 219
  - PWA賞　→*028* シェイマス賞
- *030* マカヴィティ賞 ………………………………………… 223

SF・ファンタジー

- *031* アーサー・C・クラーク賞 …………………………… 230
- *032* アポロ賞 ………………………………………………… 231
- *033* イマジネール大賞 ……………………………………… 233
- *034* 英国SF協会賞 …………………………………………… 246
- *035* 英国幻想文学賞 ………………………………………… 253
- *036* ジョン・W・キャンベル記念賞 ……………………… 266
- *037* 世界幻想文学大賞 ……………………………………… 272
- *038* ディトマー賞 …………………………………………… 286
- *039* ネビュラ賞 ……………………………………………… 300
  - BSFA賞　→*034* 英国SF協会賞
- *040* ヒューゴー賞 …………………………………………… 311
- *041* ブラム・ストーカー賞 ………………………………… 342
  - フランスSF大賞　→*033* イマジネール大賞
- *042* ローカス賞 ……………………………………………… 355

(7)

児童文学

- *043* アストリッド・リンドグレーン記念文学賞 …… 377
- *044* ガーディアン児童文学賞 …… 378
- *045* カーネギー賞 …… 380
- *046* ケイト・グリーナウェイ賞 …… 384
- *047* 国際アンデルセン賞 …… 387
- *048* コルデコット賞 …… 390
- *049* スコット・オデール賞 …… 394
- *050* ドイツ児童文学賞 …… 396
- *051* ニューベリー賞 …… 407
- *052* ニルス・ホルゲション賞 …… 412
- *053* ネスレ子どもの本賞 …… 414
- *054* フェニックス賞 …… 422
- *055* ボストングローブ・ホーンブック賞 …… 423

    受賞者名索引 …… 433
    作品名索引 …… 525

海外文学賞事典

文学・小説一般

001　アンテラリエ賞　Prix Interallié

　フランス五大文学賞の一つ。1930年12月3日，パリの名門クラブCercle de l'Union interalliéeで昼食をとりながらフェミナ賞（1904年創設，フランス五大文学賞）の受賞発表を待っていた30人のジャーナリストにより創設された。主にジャーナリストが書いた小説に贈られている。

- 【選考委員】10人の男性ジャーナリストと前年の受賞者で構成
- 【選考方法】委員による選考
- 【選考基準】〔対象〕該当年に発表された小説
- 【締切・発表】ゴンクール賞より後の11月の始め頃に，パリのレストラン「ラセール」（Lasserre）で受賞者を発表する
- 【賞・賞金】名誉の賞であり賞金はない

1930年
　アンドレ・マルロー（André Malraux）「王道」"La Voie royale"〈Grasset〉

1931年
　ピエール・ボスト（Pierre Bost）"Le Scandale"〈Gallimard〉

1932年
　シモーヌ・ラテル（Simone Ratel）"La Maison des Bories"〈Plon〉

1933年
　Robert Bourget-Pailleron "L'Homme du Brésil"〈Gallimard〉

1934年
　マルク・ベルナール（Marc Bernard）"Anny"〈Gallimard〉

1935年
　Jacques Debu-Bridel "Jeunes Ménages"〈Gallimard〉

1936年
　René Laporte "Chasses de novembre"〈Denoël〉

1937年
　ロマン・ルウセル（Romain Roussel）「春のない谷間」"La Vallée sans printemps"〈Plon〉

1938年
　ポール・ニザン（Paul Nizan）「陰謀」"La Conspiration"〈Gallimard〉

1939年
　Roger De Lafforest "Les Figurants de la mort"〈Grasset〉

1940〜1944年
　授賞なし

1945年
　ロジェ・バイヤン（Roger Vailland）「奇妙な遊び」"Drôle de jeu"〈Corréa〉

1946年
　Jacques Nels "Poussière du temps"〈Le Bateau ivre〉

1947年
　ピエール・ダニノス（Pierre Daninos）"Les Carnets du Bon Dieu"〈La Jeune Parque〉

1948年
　アンリ・カスティユー（Henry Castillou）"Cortiz s'est révolté"〈Fayard〉

1949年
　ジルベール・シゴー（Gilbert Sigaux）「狂犬」"Les Chiens enragés"〈Julliard〉

1950年
  Georges Auclair "Un amour allemand" 〈Gallimard〉
1951年
  Jacques Perret "Bande à part" 〈Gallimard〉
1952年
  ジャン・デュトゥール（Jean Dutourd）"Au bon beurre"〈Gallimard〉
1953年
  Louis Chauvet "Air sur la quatrième corde"〈Flammarion〉
1954年
  Maurice Boissais "Le Goût du péché" 〈Julliard〉
1955年
  フェリシャン・マルソー（Félicien Marceau）"Les Élans du cœur"〈Gallimard〉
1956年
  アルマン・ラヌー（Armand Lanoux）"Le Commandant Watrin"〈Julliard〉
1957年
  ポール・ギマール（Paul Guimard）"Rue du Havre"〈Denoël〉
1958年
  ベルトラン・ポワロ＝デルペシュ（Bertrand Poirot-Delpech）"Le Grand Dadais"〈Denoël〉
1959年
  アントワーヌ・ブロンダン（Antoine Blondin）「冬の猿」"Un singe en hiver"〈La Table ronde〉
1960年
  Henry Muller "Clem"〈La Table ronde〉
  Jean Portelle "Janitzia ou la Dernière qui aima d'amour"〈Denoël〉
1961年
  Jean Ferniot "L'Ombre portée" 〈Gallimard〉
1962年
  アンリ＝フランソワ・レイ（Henri-François Rey）"Les Pianos mécaniques"〈Éd. Laffont〉
1963年
  Renée Massip "La Bête quaternaire" 〈Gallimard〉
1964年
  ルネ・ファレ（René Fallet）"Paris au mois d'août"〈Denoël〉
1965年
  アラン・ボスケ（Alain Bosquet）"La Confession mexicaine"〈Grasset〉
1966年
  Kléber Haedens "L'été finit sous les tilleuls"〈Grasset〉
1967年
  Yvonne Baby "Oui l'espoir"〈Grasset〉
1968年
  クリスティーヌ・ド・リボワール（Christine De Rivoyre）"Le Petit Matin"〈Grasset〉
1969年
  ピエール・ショアンドェルフェル（Pierre Schoendoerffer）「さらば王様」"L'Adieu au roi"〈Grasset〉
1970年
  ミシェル・デオン（Michel Déon）"Les Poneys sauvages"〈Gallimard〉
1971年
  Pierre Rouanet "Castell"〈Grasset〉
1972年
  Georges Walter "Des vols de Vanessa" 〈Grasset〉
1973年
  リュシアン・ボダール（Lucien Bodard）「領事殿」"Monsieur le Consul" 〈Grasset〉
1974年
  ルネ・モーリエ（René Mauriès）"Le Cap de la Gitane"〈Fayard〉
1975年
  ヴォルドマール・レスティエンヌ（Voldemar Lestienne）「恋はポケットサイズ」"L'Amant de poche"〈Grasset〉
1976年
  ラファエル・ビエドゥー（Raphaële Billetdoux）"Prends garde à la douceur des choses"〈Le Seuil〉
1977年
  ジャン＝マリー・ルアール（Jean-Marie

文学・小説一般　　　　　　　　　　　　　　　　　　　　　　　　　　　　　　　　*001* アンテラリエ賞

Rouart）"Les Feux du pouvoir"〈Grasset〉

1978年
Jean-Didier Wolfromm "Diane Lanster"〈Grasset〉

1979年
フランソワ・カヴァナ（François Cavanna）"Les Russkoffs"〈Belfond〉

1980年
クリスティーヌ・アルノッティ（Christine Arnothy）"Toutes les chances plus une"〈Grasset〉

1981年
ルイ・ヌスラ（Louis Nucera）"Le Chemin de la Lanterne"〈Grasset〉

1982年
Éric Ollivier "L'Orphelin de mer... ou les Mémoires de monsieur Non"〈Denoël〉

1983年
ジャック・デュケノワ（Jacques Duquesne）"Maria Vandamme"〈Grasset〉

1984年
ミシェール・ペラン（Michèle Perrein）"Les Cotonniers de Bassalane"〈Grasset〉

1985年
セルジュ・レンツ（Serge Lentz）"Vladimir Roubaïev"〈Laffont〉

1986年
フィリップ・ラブロ（Philippe Labro）「留学生」"L'Étudiant étranger"〈Gallimard〉

1987年
Raoul Mille "Les Amants du paradis"〈Grasset〉

1988年
ベルナール＝アンリ・レヴィ（Bernard-Henri Lévy）"Les Derniers Jours de Charles Baudelaire"〈Grasset〉

1989年
Alain Gerber "Le Verger du diable"〈Grasset〉

1990年
Bruno Bayon "Les Animals"〈Grasset〉

1991年
セバスチャン・ジャプリゾ（Sébastien Japrisot）「長い日曜日」"Un long dimanche de fiançailles"〈Denoël〉

1992年
ドミニク・ボナ（Dominique Bona）"Malika"〈Mercure de France〉

1993年
ジャン＝ピエール・デュフレーニュ（Jean-Pierre Dufreigne）"Le Dernier Amour d'Aramis ou les Vrais Mémoires du chevalier René d'Herblay"〈Grasset〉

1994年
Marc Trillard "Eldorado 51"〈La Vraie France et Phébus〉

1995年
フランツ＝オリヴィエ・ジーズベール（Franz-Olivier Giesbert）"La Souille"〈Grasset〉

1996年
Eduardo Manet "Rhapsodie cubaine"〈Grasset〉

1997年
Éric Neuhoff "La Petite Française"〈Albin Michel〉

1998年
Gilles Martin-Chauffier "Les Corrompus"〈Grasset〉

1999年
ジャン＝クリストフ・リュファン（Jean-Christophe Rufin）"Les causes perdues"〈Gallimard〉

2000年
パトリック・ポワーヴル・ダルヴォール（Patrick Poivre d'Arvor）"L'irrésolu"〈Albin Michel〉

2001年
ステファン・デニス（Stéphane Denis）"Sisters"〈Fayard〉

2002年
Gonzague Saint-Bris "Les vieillards de Saint-Bris"〈Grasset〉

2003年
フレデリック・ベグベデ（Frédéric

Beigbeder)"Windows on the World"〈Grasset〉

2004年
フローリアン・ゼレール（Florian Zeller）"La fascination du Pire"〈Flammarion〉

2005年
ミシェル・ウエルベック（Michel Houellebecq）「ある島の可能性」"La possibilité d'une île"〈Fayard〉

2006年
ミシェル・シュネデール（Michel Schneider）「マリリン・モンローの最期を知る男」"Marilyn, dernières séances"〈Grasset〉

2007年
クリストフ・オノ＝ディ＝ビオ（Christophe Ono-dit-Biot）"Birmane"〈Plon〉

2008年
セルジュ・ブラムリー（Serge Bramly）"Le Premier Principe - Le Second Principe"〈Lattès〉

2009年
ヤニック・エネル（Yannick Haenel）「ユダヤ人大虐殺の証人ヤン・カルスキ」"Jan Karski"〈Gallimard〉

2010年
Jean-Michel Olivier "L'amour nègre"〈Grasset〉

2011年
モルガン・スポルテス（Morgan Sportès）"Tout, tout de suite"〈Fayard〉

2012年
フィリップ・ディジャン（Philippe Djian）"Oh..."〈Gallimard〉

2013年
ネリー・アラード（Nelly Alard）"Moment d'un couple"〈Gallimard〉

2014年
マティアス・メネゴス（Mathias Menegoz）"Karpathia"〈P.O.L〉

2015年
ローラン・ビネ（Laurent Binet）"La Septième Fonction du langage"〈Grasset〉

002 カナダ総督文学賞 Governor Genelal's Literary Awards

カナダで最も権威があるとされる文学賞。1937年に前年の出版物を対象に授賞を開始、57年より、カナダ・カウンシルが管理している。以前は、英語で書かれた書籍のみを対象としていた（フランス人著者は翻訳された場合のみ受賞対象）が、59年以降、英仏共に選考対象となった。また、児童部門と、翻訳部門は元来別の賞であったが、87年授賞から本賞内に組み込まれ、現在と同じ部門構成となった。英仏それぞれ、小説（Fiction）、詩（Poetry）、戯曲（Drama）、ノンフィクション（Non-fiction）、児童文学（物語）（Children's literature - text）、児童文学（イラストレーション）（Children's literature - illustrated books）、翻訳（Translation）の7部門（英仏合計14部門）で行われている。

【主催者】カナダ・カウンシル（Canada Council for the Arts）
【選考委員】カナダ・カウンシルにより各部門それぞれ2～3名任命される
【選考基準】〔対象〕前年9月1日から授与年9月30日の間に英語版が刊行され、カナダ国内で流通している書籍。カナダ国籍もしくは永住権を持つ（カナダに居住していなくても可）著者・翻訳者・イラストレーターによるもの。翻訳の原著は、フランス語部門においてもカナダ人著者によるものでなければならない。絵本は、文・絵ともにカナダ国籍もしくは永住権を持つ著者でなければならない
【締切・発表】授賞式の後、栄誉を称えて晩餐会が行われる。（2015年）受賞者発表10月28日
【賞・賞金】各部門の受賞者に賞金2万5千ドル。最終候補者（各部門4名）には1千ドルずつ贈られる。また、受賞作の出版社には販売促進のための交付金として3千ドルが授

与される
【URL】http://www.canadacouncil.ca/

1936年
◇小説
バートラム・ブルーカー（Bertram Brooker）"Think of The Earth"
◇ノンフィクション
T.B.ロバートスン（T.B.Robertson）"T.B.R. - newspaper pieces"

1937年
◇小説
ローラ・G.サルヴァーソン（Laura G. Salverson）"The Dark Weaver"
◇詩・戯曲
E.J.プラット（E.J.Pratt）"The Fable of the Goats"
◇ノンフィクション
スティーヴン・リーコック（Stephen Leacock）"My Discovery of the West"

1938年
◇小説
グウェタリン・グラハム（Gwethalyn Graham）"Swiss Sonata"
◇詩・戯曲
ケーニス・レスリー（Kenneth Leslie）"By Stubborn Stars"
◇ノンフィクション
ジョン・マーレー・ギボン（John Murray Gibbon）"Canadian Mosaic"

1939年
◇小説
フランクリン・D.マクダウェル（Franklin D.McDowell）"The Champlain Road"
◇詩・戯曲
アーサー・S.ブリノー（Arthur S.Bourinot）"Under the Sun"
◇ノンフィクション
ローラ・G.サルヴァーソン（Laura G. Salverson）"Confessions of an Immigrants Daughter"

1940年
◇小説
ランゲ（Ringuet）"Thirty Acres"
◇詩・戯曲
E.J.プラット（E.J.Pratt）"Brébeuf and His Brethren"
◇ノンフィクション
J.F.C.ライト（J.F.C.Wright）"Slava Bohu"

1941年
◇小説
アラン・サリヴァン（Alan Sullivan）"Three Came to Ville Marie"
◇詩・戯曲
アン・マリオット（Anne Marriott）"Calling Adventurers"
◇ノンフィクション
エミリー・カー（Emily Carr）"Klee Wyck"

1942年
◇小説
G.ハーバート・サランス（G.Herbert Sallans）"Little Man"
◇詩・戯曲
アール・バーニー（Earle Birney）"David and Other Poems"
◇ノンフィクション
ブルース・ハッチソン（Bruce Hutchison）"The Unknown Country"
エドガー・マッキネス（Edgar McInnes）"The Unguarded Frontier"

1943年
◇小説
トーマス・H.ラダール（Thomas H.Raddall）"The Pied Piper of Dipper Creek"
◇詩・戯曲
A.J.M.スミス（A.J.M.Smith）"News Of the Phoenix"
◇ノンフィクション
ジョン・D.ロビンス（John D.Robins）"The Incomplete Anglers"
E.K.ブラウン（E.K.Brown）"On Canadian Poetry"

1944年
◇小説
グウェタリン・グラハム（Gwethalyn

Graham) "Earth and High Heaven"
◇詩・戯曲
　ドロシー・リブセイ（Dorothy Livesay）"Day and Night"
◇ノンフィクション
　ドロシー・ダンカン（Dorothy Duncan）"Partner in Three Worlds"
　エドガー・マッキネス（Edgar McInnes）"The War: Fourth Year"

1945年
◇小説
　ヒュー・マクレナン（Hugh MacLennan）"Two Solitudes"
◇詩・戯曲
　アール・バーニー（Earle Birney）"Now is Time"
◇ノンフィクション
　イーヴリン・M.リチャードソン（Evelyn M.Richardson）"We Keep a Light"
　ロス・H.マンロー（Ross Munro）"Gauntlet to Overlord"

1946年
◇小説
　ウィニフレッド・バンブリック（Winifred Bambrick）"Continental Revue"
◇詩・戯曲
　ロバート・フィンチ（Robert Finch）"Poems"
◇ノンフィクション
　フレデリック・フィリップ・グローヴ（Frederick Philip Grove）"In Searh of Myself"
　A.R.M.ローワー（A.R.M.Lower）"Colony to Nation"

1947年
◇小説
　ガブリエル・ロワ（Gabrielle Roy）"The Tin Flute"
◇詩・戯曲
　ドロシー・リブセイ（Dorothy Livesay）"Poems for People"
◇ノンフィクション
　ウィリアム・スクレター（William Sclater）"Haida"
　R.マクレガー・ドウソン（R.MacGregor Dawson）"The Government of Canada"

1948年
◇小説
　ヒュー・マクレナン（Hugh MacLennan）"The Precipice"
◇詩・戯曲
　A.M.クライン（A.M.Klein）"The Rocking Chair and Other Poems"
◇ノンフィクション
　トーマス・H.ラダール（Thomas H.Raddall）"Halifax, Warden of the North"
　C.P.ステイシー（C.P.Stacey）"The Canadian Army, 1939-1945"

1949年
◇小説
　フィリップ・チャイルド（Philip Child）"Mr.Ames Against Time"
◇詩・戯曲
　ジェイムズ・リーニー（James Reaney）"The Red Heart"
◇ノンフィクション
　ヒュー・マクレナン（Hugh MacLennan）"Cross-country"
　R.マクレガー・ドウソン（R.MacGregor Dawson）"Democratic Government in Canada"
◇児童文学
　R.S.ランバート（R.S.Lambert）"Franklin of the Arctic"

1950年
◇小説
　ジェルメーヌ・ゲヴレモン（Germaine Guévremont）"The Outlander"
◇詩・戯曲
　ジェイムズ・リーフォード・ワトソン（James Wreford Watson）"Of Time and the Lover"
◇ノンフィクション
　マージョリー・ウィルキンズ・キャンベル（Marjorie Wilkins Campbell）"The Saskatchewan"
　W.L.モルトン（W.L.Morton）"The Progressive Party in Canada"
◇児童文学
　ドナルド・ディッキー（Donald Dickie）"The Great Adventure"

1951年
◇小説

文学・小説一般　　　　　　　　　　　　　　　　　　　　　　　　002 カナダ総督文学賞

モーリー・キャラハン（Morley Callaghan）
　"The Loved and the Lost"
◇詩・戯曲
　チャールズ・ブルース（Charles Bruce）
　"The Mulgrave Road"
◇ノンフィクション
　ジョゼフィン・フェラン（Josephine Phelan）"The Ardent Exile"
　フランク・マッキノン（Frank MacKinnon）"The Governement of Prince Edward Island"
◇児童文学
　ジョン・F.ヘイズ（John F.Hayes）"A Land Divided"

1952年
◇小説
　ディヴィッド・ウォーカー（David Walker）"The Pillar"
◇詩・戯曲
　E.J.プラット（E.J.Pratt）"Towards the Last Spike"
◇ノンフィクション
　ブルース・ハッチソン（Bruce Hutchison）"The Incredible Canadian"
　ドナルド・G.クレイトン（Donald G. Creighton）"John A.Macdonald, The Young Politician"
◇児童文学
　マリー・マクフェドラン（Marie McPhedran）"Cargoes on the Great Lakes"

1953年
◇小説
　ディヴィッド・ウォーカー（David Walker）"Digby"
◇詩・戯曲
　ダグラス・ルパン（Douglas LePan）"The Net and the Sword"
◇ノンフィクション
　N.J.ベリール（N.J.Berrill）"Sex and the Nature of Things"
　J.M.S.ケアレス（J.M.S.Careless）"Canada, A Story of Challenge"
◇児童文学
　ジョン・F.ヘイズ（John F.Hayes）"Rebels Ride at Night"

1954年
◇小説
　イゴーリ・グゼンコ（Igor Gouzenko）"The Fall of a Titan"
◇詩・戯曲
　P.K.ペイジ（P.K.Page）"The Metal and the Flower"
◇ノンフィクション
　ヒュー・マクレナン（Hugh MacLennan）"Thirty and Three"
　A.R.M.ローワー（A.R.M.Lower）"This Most Famous Stream"
◇児童文学
　マージョリー・ウィルキンズ・キャンベル（Marjorie Wilkins Campbell）"The Nor'westers"

1955年
◇小説
　ライオネル・シャピーロ（Lionel Shapiro）"The Sixth of June"
◇詩・戯曲
　ウィルフレッド・ワトソン（Wilfred Watson）"Friday's Child"
◇ノンフィクション
　N.J.ベリール（N.J.Berrill）"Man's Emerging Mind"
　ドナルド・G.クレイトン（Donald G. Creighton）"John A.Macdonald, The Old Chieftain"
◇児童文学
　ケリー・ウッド（Kerry Wood）"The Map-Maker"

1956年
◇小説
　アディール・ワイズマン（Adele Wiseman）"The Sacrifice"
◇詩・戯曲
　ロバート・A.D.フォード（Robert A.D. Ford）"A Window on the North"
◇ノンフィクション
　ピエール・バートン（Pierre Berton）"The Mysterious North"
　ジョセフ・リスター・ラトリッジ（Joseph Lister Rutledge）"Century of Conflict"
◇児童文学
　ファーレイ・モウワット（Farley Mowat）"Lost in the Barrens"

海外文学賞事典　9

1957年
　◇小説
　　ガブリエル・ロワ（Gabrielle Roy）"Street of Riches"
　◇詩・戯曲
　　ジェイ・マクファーソン（Jay Macpherson）"The Boatman"
　◇ノンフィクション
　　ブルース・ハッチソン（Bruce Hutchison）"Canada: Tomorrow's Giant"
　　トーマス・H.ラダール（Thomas H. Raddall）"The Path of Destiny"
　◇児童文学
　　ケリー・ウッド（Kerry Wood）"The Great Chief"

1958年
　◇小説
　　コリン・マクドゥガル（Colin McDougall）"Execution"
　◇詩・戯曲
　　ジェイムズ・リーニー（James Reaney）"A Suit of Nettles"
　◇ノンフィクション
　　ピエール・バートン（Pierre Berton）"Klondike"
　　Joyce Hemlow "The History of Fanny Burney"
　◇児童文学
　　イーディス・L.シャープ（Edith L.Sharp）"Nkwala"

1959年
　◇英語
　●小説
　　ヒュー・マクレナン（Hugh MacLennan）"The Watch that Ends the Night"
　●詩・戯曲
　　アーヴィング・レイトン（Irving Layton）"Red Carpet for the Sun"
　◇フランス語
　●小説
　　アンドレ・ジルー（André Giroux）"Malgré tout, la joie"
　●ノンフィクション
　　フェリクス=アントワーヌ・サヴァール（Félix-Antoine Savard）"Le barachois"

1960年
　◇英語
　●小説
　　ブライアン・ムーア（Brian Moore）"The Luck of Ginger Coffey"
　●詩・戯曲
　　マーガレット・エイヴィソン（Margaret Avison）"Winter Sun"
　●ノンフィクション
　　フランク・H.アンダーヒル（Frank H. Underhill）"In Search of Canadian Liberalism"
　◇フランス語
　●詩・戯曲
　　アンヌ・エベール（Anne Hébert）"Poèmes"
　●ノンフィクション
　　パウル・トゥピン（Paul Toupin）"Souvenirs pour demain"

1961年
　◇英語
　●小説
　　マルコム・ロウリー（Malcolm Lowry）"Hear Us O Lord from Heaven Thy Dwelling Place"
　●詩・戯曲
　　ロバート・フィンチ（Robert Finch）"Acis in Oxford"
　●ノンフィクション
　　T.A.グージ（T.A.Goudge）"The Ascent of Life"
　◇フランス語
　●小説
　　イヴ・テリオール（Yves Thériault）"Ashini"
　●ノンフィクション
　　ジャン・ル・モワーヌ（Jean Le Moyne）"Convergences"

1962年
　◇英語
　●小説
　　キルデア・ドブズ（Kildare Dobbs）"Running to Paradise"
　●詩・戯曲
　　ジェイムズ・リーニー（James Reaney）"Twelve Letters to a Small Town and

"The Killdeer and Other Plays"
- ノンフィクション
マーシャル・マクルーハン（Marshall McLuhan）"The Gutenberg Galaxy"

◇フランス語
- 小説
ジャック・フェロン（Jaques Ferron）"Contes du Pays incertain"
- 詩・戯曲
ジャック・ランギラン（Jaques Languirand）"Les insolites et les violons de l'automne"
- ノンフィクション
ジル・マルコット（Gilles Marcotte）"Une littérature qui se fait"

1963年
◇英語
- 小説
ヒュー・ガーナー（Hugh Garner）"Hugh Garner's Best Stories"
- ノンフィクション
J.M.S.ケアレス（J.M.S.Careless）"Brown of the Globe"

◇フランス語
- 詩・戯曲
ガシヤン・ラポワント（Gatien Lapointe）"Ode au Saint-Laurent"
- ノンフィクション
ギュスターヴ・ランクト（Gustave Lanctot）"Histoire du Canada"

1964年
◇英語
- 小説
ダグラス・ルパン（Douglas LePan）"The Deserter"
- 詩・戯曲
レイモンド・サウスター（Raymond Souster）"The Colour of the Times"
- ノンフィクション
フィリス・グロスカース（Phyllis Grosskurth）"John Addington Symonds"

◇フランス語
- 小説
ジャン＝ポール・パンソンノール（Jean-Paul Pinsonneault）"Les terres séches"
- 詩・戯曲
ピエール・ペロー（Pierre Perrault）"Au coeur de la rose"
- ノンフィクション
レジャン・ロビドー（Réjean Robidoux）"Roger Martin du Gard et la religion"

1965年
◇英語
- 詩・戯曲
アルフレッド・パーディ（Alfred Purdy）"The Cariboo Horses"
- ノンフィクション
ジェームズ・エアーズ（James Eayrs）"In Defence of Canada"

◇フランス語
- 小説
ジェラール・ベセット（Gérard Bessette）"L'incubation"
- 詩・戯曲
ジル・ヴィニョー（Gilles Vigneault）"Quand les bateaux s'en vont"
- ノンフィクション
アンドレ・S.ヴァション（André S.Vachon）"Le temps et l'espace dans l'oeuvre de Paul Claudel"

1966年
◇英語
- 小説
マーガレット・ローレンス（Margaret Laurence）"A Jest of God"
- 詩・戯曲
マーガレット・アトウッド（Margaret Atwood）"The Circle Game"
- ノンフィクション
ジョージ・ウッドコック（George Woodcock）"The Crystal Spirit：A Study of George Orwell"

◇フランス語
- 小説
クレール・マルタン（Claire Martin）"La joue droite"
- 詩・戯曲
レジャン・ダシャーム（Réjean Ducharme）"L'avalée des avalés"
- ノンフィクション
マルセル・トルーデル（Marcel Trudel）

"Le comptoir, 1604-1627"

1967年
◇英語
- 詩・戯曲
  エリ・マンデル（Eli Mandel）"An Idiot Joy"
  オールデン・ノウラン（Alden Nowlan）"Bread, Wine and Salt"
- ノンフィクション
  ノラ・ストーリ（Norah Story）"The Oxford Companion to Canadian History and Literature"
◇フランス語
- 小説
  ジャック・ゴドブー（Jacques Godbout）"Salut Galarneau"
- 詩・戯曲
  フランソワ・ローランジェ（Françoise Loranger）"Encore cinq minutes"
- ノンフィクション
  ロベール=リオネル・セガン（Robert-Lionel Séguin）"La civilisation traditionelle de l'"Habitant"aux XVIIe et XVIIIe siécles"

1968年
◇英語
- 小説
  アリス・マンロー（Alice Munro）"Dance of the Happy Shades"
- 小説・エッセイ
  モルデカイ・リッチラー（Mordecai Richler）"Cocksure and Hunting Tigers Under Glass"
- 詩・戯曲
  レナード・コーエン（Leonard Cohen）"Selected Poems 1956-1968"
◇フランス語
- 小説
  ユベール・アクィン（Hubert Aquin）"Trou de mémoire"
  マリ=クレール・ブレ（Marie-Claire Blais）"Manuscrits de Pauline Archange"
- ノンフィクション
  フェルナン・デュモン（Fernand Dumont）"Le lieu de l'homme"

1969年
◇英語
- 小説
  ロバート・クローチュ（Robert Kroetsch）"The Studhorse Man"
- 詩・戯曲
  グウェンドリン・マッキューイン（Gwendolyn MacEwen）"The Shadow-Maker"
  ジョージ・バウリング（George Bowering）"Rocky Mountain Foot and the Gangs of Kosmos"
◇フランス語
- 小説
  ルイーゼ・マウー=フォールシェ（Louise Maheux-Forcier）"Une forêt pour Zoé"
- 詩・戯曲
  ジャン=ガイ・ピロン（Jean-Guy Pilon）"Comme eau retenue"
- ノンフィクション
  Michel Brunet "Les canadiens aprés la conquête"

1970年
◇英語
- 小説
  デイヴ・ゴッドフレイ（Dave Godfrey）"The New Ancestors"
- 詩・戯曲
  BPニコル（bpNichol）"Still Water" "The True Eventual Story of Billy the Kid" "Beach Head" "The cosmic chef: an evening of concrete"
- 散文・詩
  マイケル・オンダーチェ（Michael Ondaatje）"The Collected Works of Billy the Kid"
◇フランス語
- 小説
  モニーク・ボスコ（Monique Bosco）"La femme de Loth"
- 詩・戯曲
  ジャック・ブロー（Jacques Brault）"Quand nous serons heureux"
- ノンフィクション
  フェルナン・オウレット（Fernand Ouellette）"Les actes retrouvés"

1971年
◇英語
- 小説
 モルデカイ・リッチラー(Mordecai Richler)「セント・アーベインの騎士」"St.Urbain's Horseman"
- 詩・戯曲
 ジョン・グラスコ(John Glassco) "Selected Poems"
- ノンフィクション
 ピエール・バートン(Pierre Berton) "The Last Spike"

◇フランス語
- 小説
 ジェラール・ベセット(Gérard Bessette) "Le cycle"
- 詩・戯曲
 ポール=マリー・ラポワント(Paul-Marie Lapointe) "Le réel absolu"
- ノンフィクション
 ジェラール・フォルタン(Gérald Fortin) "La fin d'un régne"

1972年
◇英語
- 小説
 ロバートソン・デイヴィス(Robertson Davies) "The Manticore"
- 詩・戯曲
 ジョン・ニューラヴ(John Newlove) "Lies"
 デニス・リー(Dennis Lee) "Civil Elegies and Other Poems"

◇フランス語
- 小説
 アントニン・マイエ(Antonone Maillet) "Don l'Original"
- 詩・戯曲
 ジル・エノー(Gilles Hénault) "Signaux pour les voyants"
- ノンフィクション
 ジャン・アムラン(Jean Hamelin), イヴ・ロビー(Yves Roby) "Histoire économique du Québec 1851-1896"

1973年
◇英語
- 小説
 ルディ・ウィーベ(Rudy Wiebe) "The Temptations of Big Bear"
- 詩・戯曲
 ミリアム・マンデル(Miriam Mandel) "Lions at her Face"
- ノンフィクション
 マイケル・ベル(Michael Bell) "Painters in a New Land"

◇フランス語
- 小説
 レジャン・ダシャーム(Réjean Ducharme) "L'hiver de force"
- 詩・戯曲
 ローラン・ギグレ(Roland Giguère) "La main au feu"
- ノンフィクション
 アルベール・フォーシェ(Albert Faucher) "Québec en Amérique au XIXe siècle"

1974年
◇英語
- 小説
 マーガレット・ローレンス(Margaret Laurence) "The Diviners"
- 詩・戯曲
 ラルフ・ガスタフソン(Ralph Gustafson) "Fire on Stone"
- ノンフィクション
 チャールズ・リッチー(Charles Ritchie) "The Siren Years"

◇フランス語
- 小説
 ヴィクトル=レヴィ・ボーリュー(Victor-Levy Beaulieu) "Don Quichotte de la démanche"
- 詩・戯曲
 ニコル・ブロサール(Nicole Brossard) "Mécanique jongleuse suivi de Masculin grammaticale"
- ノンフィクション
 ルイゼ・デシェーヌ(Louise Dechêne) "Habitants et marchands de Montréal au XVIIe siècle"

1975年
◇英語
- 小説
 ブライアン・ムーア(Brian Moore) "The

Great Victorian Collection"
- 詩・戯曲
  ミルトン・アコーン (Milton Acorn) "The Island Means Minago"
- ノンフィクション
  マリオン・マクリー (Marion MacRae), アンソニー・アダムソン (Anthony Adamson) "Hallowed Walls"

◇フランス語
- 小説
  アンヌ・エベール (Anne Hébert) "Les enfants du sabbat"
- 詩・戯曲
  ピエール・ペロー (Pierre Perrault) "Chouennes"
- ノンフィクション
  ルイ=エドモンド・アムラン (Louis-Edmond Hamelin) "Nordicité canadienne"

1976年
◇英語
- 小説
  マリアン・エンジェル (Marian Engel) "Bear"
- 詩・戯曲
  ジョー・ローゼンブラット (Joe Rosenblatt) "Top Soil"
- ノンフィクション
  カール・バーガー (Carl Berger) "The Writing of Canadian History"

◇フランス語
- 小説
  アンドレ・マーヨル (André Major) "Les rescapés"
- 詩・戯曲
  アルフォン・ピシェ (Alphonse Piché) "Poèms 1946-1968"
- ノンフィクション
  フェルナン・オウレット (Fernand Ouellet) "Les Bas Canada 1791-1840, changements structuraux et crise"

1977年
◇英語
- 小説
  ティモシー・フィンドリー (Timothy Findley) 「戦争」 "The Wars"

- 詩・戯曲
  D.G.ジョーンズ (D.G.Jones) "Under the Thunder the Flowers Light up the Earth"
- ノンフィクション
  フランク・スコット (Frank Scott) "Essays on the Constitution"

◇フランス語
- 小説
  ガブリエル・ロワ (Gabrielle Roy) "Ces enfants de ma vie"
- 詩・戯曲
  Michel Garneau "Les célébrations et Adidou Adidouce"
- ノンフィクション
  デニ・モニエル (Denis Monière) "Le developpement des ideologies au Québec des origines é nos jours"

1978年
◇英語
- 小説
  アリス・マンロー (Alice Munro) "Who Do you Think You Are？"
- 詩・戯曲
  パトリック・レーン (Patrick Lane) "Poems New and Selected"
- ノンフィクション
  ロジャー・キャロン (Roger Caron) "Go Boy"

◇フランス語
- 小説
  ジャック・ポーリン (Jacques Poulin) "Les grandes marées"
- 詩・戯曲
  ジルベール・ランジュヴァン (Gilbert Langevin) "Mon refuge est un volcan"
- ノンフィクション
  フランソワ=マルク・ギャニオン (François-Marc Gagnon) "Paul-Emile Borduas: Biographie critique at analyse de l'oeuvre"

1979年
◇英語
- 小説
  ジャック・ホジンズ (Jack Hodgins) "The Resurrection of Joseph Bourne"

- 詩・戯曲
  マイケル・オンダーチェ（Michael Ondaatje）"There's a Trick with a Knife I'm Learning to Do"
- ノンフィクション
  マリア・ティペット（Maria Tippett）"Emily Carr: A Biography"

◇フランス語
- 小説
  マリ＝クレール・ブレ（Marie-Claire Blais）"Le sourd dans la ville"
- 詩・戯曲
  ロベール・メランソン（Robert Melançon）"Peinture aveugle"
- ノンフィクション
  ドミュニック・クリフト（Dominique Clift），シェイラ・マクリード・アルノプロス（Sheila McLeod Arnopoulos）"Le fait anglais au Québec"

1980年
◇英語
- 小説
  ジョージ・バウリング（George Bowering）"Burning Water"
- 詩・戯曲
  ジェフリー・シンプソン（Jeffrey Simpson）"Discipline of Power: The Conservative Interlude and the Liberal Restoration"
- ノンフィクション
  スティーヴン・スコビイ（Stephen Scobie）"McAlmon's Chinese Opera"

◇フランス語
- 小説
  ピエール・タージョン（Pierre Turgeon）"La première personne"
- 詩・戯曲
  Michel van Schendel "De l'oeil et de l'écoute"
- ノンフィクション
  マウリース・シャンパーニュ＝ジルベール（Maurice Champagne-Gilbert）"La famille et l'homme à délivrer du pouvoir"

1981年
◇英語
- 小説

- メイヴィス・ギャラント（Mavis Gallant）"Home Truths: Selected Canadain Stories"
- 詩
  F.R.スコット（F.R.Scott）"The Collected Poems of F.R.Scott"
- 戯曲
  シャロン・ポーロック（Sharon Pollock）"Blood Relations"
- ノンフィクション
  ジョージ・カレフ（George Calef）"Caribou and the Barren-Lands"

◇フランス語
- 小説
  ドゥニ・シャボー（Denys Chabot）"La province lunaire"
- 詩
  ミシェル・ボーリュウ（Michel Beaulieu）"Visages"
- 戯曲
  Marie Laberge "C'était la guerre de l'Anse à Gilles"
- ノンフィクション
  Madeleine Ouellette-Michalska "L'échappée des discours de l'oeil"

1982年
◇英語
- 小説
  Guy Vanderhaeghe "Man Descending"
- 詩
  フィリス・ウェッブ（Phyllis Webb）"The Vision Tree: Selected Poems"
- 戯曲
  ジョン・グレイ（John Gray）"Billy Bishop Goes to War, a play by John Gray with Eric Peterson"
- ノンフィクション
  クリストファー・ムーア（Christopher Moore）"Louisbourg Portraits: Life in an Eighteenth-Century Garrison Town"

◇フランス語
- 小説
  ロジェ・フールニェ（Roger Fournier）"Le cercle des arènes"
- 詩

Michel Savard "Forages"
- 戯曲
  レジャン・ダシャーム（Réjean Ducharme）"HA ha！ ..."
- ノンフィクション
  マウリース・レギュー（Maurice Lagueux）"Le marxisme des années soixante: une saison dans l'histoire de la pensée critique"

1983年
◇英語
- 小説
  レオン・ルーク（Leon Rooke）"Shakespeare's Dog"
- 詩
  デヴィット・ドネル（David Donnell）"Settlements"
- 戯曲
  アン・チスレット（Anne Chislett）"Quiet in the Land"
- ノンフィクション
  ジェフリー・ウィリアムス（Jeffery Williams）"Byng of Vimy: General and Govenor General"

◇フランス語
- 小説
  シュザンヌ・ジャコブ（Suzanne Jacob）"Laura Laur"
- 詩
  シュザンヌ・パラディ（Suzanne Paradis）"Un goût de sel"
- 戯曲
  レネ・ジングラス（René Gingras）"Syncope"
- ノンフィクション
  マウリース・カッソン（Maurice Cusson）"Le contrle social du crime"

1984年
◇英語
- 小説
  ヨゼフ・シュクボレツキー（Josef Škvorecký）"The Engineer of Human Souls"
- 詩
  ポーレット・ジル（Paulette Jiles）"Celestial Navigation"
- 戯曲
  ジュディス・ソンプソン（Judith Thompson）"White Biting Dog"
- ノンフィクション
  サンドラ・グウィン（Sandra Gwyn）"The Private Capital: Ambition and Love in the Age of Macdonald and Laurier"

◇フランス語
- 小説
  ジャック・ブロー（Jacques Brault）"Agonie"
- 詩
  ニコル・ブロサール（Nicole Brossard）"Double Impression"
- 戯曲
  レネ・ダニエル・デュボア（René Daniel Dubois）"Ne blâmez jamais les Bdouins"
- ノンフィクション
  ジャン・アムラン（Jean Hamelin），ニコル・ギャニオン（Nicole Gagnon）"Le XXe siècle: Histoire du catholicisme québécois"

1985年
◇英語
- 小説
  マーガレット・アトウッド（Margaret Atwood）「侍女の物語」"The Handmaid's Tale"
- 詩
  フレッド・ウォー（Fred Wah）"Waiting for Saskatchewan"
- 戯曲
  ジョージ・F.ウォーカー（George F. Walker）"Criminals in Love"
- ノンフィクション
  ラムゼイ・クック（Ramsay Cook）"The Regenerators: Social Criticism in Late Victorian English Canada"

◇フランス語
- 小説
  フェルナン・オウレット（Fernand Ouellette）"Lucie ou un midi en novembre"
- 詩
  アンドレ・ロワ（André Roy）"Action

Writing"
- 戯曲
 マリーズ・ペルティエ（Maryse Pelletier）"Duo pour voix obstinées"
- ノンフィクション
 François Richard "La littérature contre elle-même"

1986年
◇英語
- 小説
 アリス・マンロー（Alice Munro）"The Progress of Love"
- 詩
 アル・パーディ（Al Purdy）"The Collected Poems of Al Purdy"
- 戯曲
 シャロン・ポーロック（Sharon Pollock）"Doc"
- ノンフィクション
 ノースロップ・フライ（Northrop Frye）"Northrop Frye on Shakespeare"

◇フランス語
- 小説
 イヴォーン・リヴァール（Yvon Rivard）"Les silences du corbeau"
- 詩
 セシール・クルーチェ（Cécile Cloutier）"L'écouté"
- 戯曲
 アンヌ・レゴール（Anne Lagault）"La visite des sauvages"
- ノンフィクション
 レジーヌ・ロバン（Régine Robin）"Le réalisme socialiste：Une esthétique impossible"

1987年
◇英語
- 小説
 M.T.ケリー（M.T.Kelly）"A Dream Like Mine"
- 詩
 グウェンドリン・マッキューイン（Gwendolyn MacEwen）"Afterworlds"
- 戯曲
 ジョン・クリザンク（John Krizanc）"Prague"
- ノンフィクション
 マイケル・イグナティエフ（Michael Ignatieff）"The Russian Album"
- 児童文学（イラストレーション）
 メアリー＝ルイーズ・ゲイ（Marie-Louise Gay）"Rainy Day Magic"
- 児童文学（物語）
 モーガン・ナイバーグ（Morgan Nyberg）"Galahad Schwartz and the Cochroach Army"
- 翻訳（仏文英訳）
 パトリシア・クラクストン（Patricia Claxton）〔訳〕"Enchantment and Sorrow：The Autobiography of Gabrielle Roy"

◇フランス語
- 小説
 ジル・アーシャンボウ（Gilles Archambault）"L'Obsédante Obèse et Autres Agressions"
- 詩
 フェルナン・オウレット（Fernand Ouellette）"Les Heures"
- 戯曲
 ジャンヌ＝マンス・ドゥリール（Jeanne-Mance Delisle）"Un oiseau vivant de la gueule"
- ノンフィクション
 ジャン・ラローズ（Jean Larose）"La Petite Noirceur"
- 児童文学（イラストレーション）
 ダルシア・ラブロス（Darcia Labrosse）"Venir au monde"
- 児童文学（物語）
 ダヴィド・シンケル（David Schinkel），イヴ・ボーシェスヌ（Yves Beauchesne）"Le Don"
- 翻訳（英文仏訳）
 イヴァン・ステーヌー（Ivan Steenhout），クリスチアーヌ・ティーズデイル（Christiane Teasdale）〔共訳〕"L'homme qui se croyait aimé"

1988年
◇英語
- 小説
 デヴィッド・アダムズ・リチャーズ（David Adams Richards）"Nights Below

002 カナダ総督文学賞　　　　　　　　　　　　　　　　　　　　文学・小説一般

　　　Station Street"
- 詩
　エリン・ムーレ（Erin Mouré）"Furious"
- 戯曲
　ジョージ・F.ウォーカー（George F. Walker）"Nothing Sacred"
- ノンフィクション
　アン・コリンズ（Anne Collins）"In the Sleep Room"
- 児童文学（イラストレーション）
　キム・ラフェーヴ（Kim LaFave）"Amos's Sweater"
- 児童文学（物語）
　ウェルウィン・ウィルトン・カーツ（Welwyn Wilton Katz）"The Third Magic"
- 翻訳（仏文英訳）
　フィリップ・ストラトフォード（Philip Stratford）〔訳〕"Second Chance"

◇フランス語
- 小説
　ジャック・フォルク＝ライバス（Jacques Folch-Ribas）"Le Silence ou le Parfait Bonheur"
- 詩
　マルセル・ラビン（Marcel Labine）"Papiers d'épidémie"
- 戯曲
　ジャン＝マルク・ダルフェ（Jean-Marc Dalpé）"Le Chien"
- ノンフィクション
　パトリシア・スマート（Patricia Smart）"Écrire dans la maison du père"
- 児童文学（イラストレーション）
　フィリップ・ベーア（Philippe Béha）"Les Jeux Pic-mots"
- 児童文学（物語）
　ミシェル・マリノー（Michèle Marineau）"Cassiopée ou L'été polonais"
- 翻訳（英文仏訳）
　ディディエ・ホルツワース（Didier Holtzwarth）〔訳〕"Nucléus"

1989年
　◇英語
- 小説
　ポール・クァリントン（Paul Quarrington）

　　　"Whale Music"
- 詩
　ヘザー・スペアス（Heather Speras）"The Word for Sand"
- 戯曲
　ジュディス・ソンプソン（Judith Thompson）"The Other Side of the Dark"
- ノンフィクション
　ロバート・カルダー（Robert Calder）"Willie: The Life of W.Somerset Maugham"
- 児童文学（イラストレーション）
　ロビン・ミュラー（Robin Muller）"The Magic Paintbrush"
- 児童文学（物語）
　ダイアナ・ウィーラー（Diana Wieler）"Bad Boy"
- 翻訳（仏文英訳）
　ウエイン・グレーディ（Wayne Grady）〔訳〕"On the Eigth Day"

◇フランス語
- 小説
　ルイ・アムラン（Louis Hamelin）"La Rage"
- 詩
　ピェール・デュルワゾー（Pierre Desruisseaux）"Monème"
- 戯曲
　Michel Garneau "Mademoiselle Rouge"
- ノンフィクション
　リーゼ・ノエル（Lise Noël）"L'Intolérance: une problématique générale"
- 児童文学（イラストレーション）
　ステファン・ポーリン（Stéphane Poulin）"Benjamin et la saga des oreillers"
- 児童文学（物語）
　シャルル・モンプチ（Charles Montpetit）"Temps mort"
- 翻訳（英文仏訳）
　ジャン・アントナン・ビヤール（Jean Antonin Billard）〔訳〕"Les Âges de l'amour"

1990年
　◇英語

18　海外文学賞事典

- 小説
  ニーノ・リッチ（Nino Ricci）"Lives of the Saints"
- 詩
  マーガレット・エイヴィソン（Margaret Avison）"No Time"
- 戯曲
  アンマリー・マクドナルド（Ann-Marie MacDonald）"Goodnight Desdemona (Good Morning Juliet)"
- ノンフィクション
  スティーヴン・クラークスン（Stephen Clarkson），クリスティン・マッコール（Christina McCall）"Trudeau and Our Times"
- 児童文学（イラストレーション）
  Paul Morin "The Orphan Boy"
- 児童文学（物語）
  マイケル・ベダード（Michael Bedard）"Redwork"
- 翻訳（仏文英訳）
  ジェーン・ブライアリ（Jane Brierley）〔訳〕"Yellow-Wolf and Other Tales of the Saint Lawrence"

◇フランス語
- 小説
  ジェラール・トゥガス（Gérald Tougas）"La Mauvaise foi"
- 詩
  ジャン＝ポール・ドース（Jean-Paul Daoust）"Les Cendres bleues"
- 戯曲
  ジョヴェット・マルシェッソー（Jovette Marchessault）"Le Voyage magnifique d'Émily Carr"
- ノンフィクション
  ジャン＝フランソワ・リゼー（Jean-François Lisée）"Dans l'oeil de l'aigle"
- 児童文学（イラストレーション）
  ピエール・プラット（Pierre Pratt）"Les Fantaisies de l'oncle Henri"
- 児童文学（物語）
  クリスティアーヌ・デュシェーヌ（Christiane Duchesne）"La Vraie histoire du chien de Clara Vic"
- 翻訳（英文仏訳）
  シャルロット・メランソン（Charlotte Melançon），ロベール・メランソン（Robert Melançon）〔共訳〕"Le Second Rouleau"

1991年
◇英語
- 小説
  ロヒントン・ミストリー（Rohinton Mistry）"Such a Long Journey"
- 詩
  ドン・マッカイ（Don McKay）"Night Field"
- 戯曲
  ジョン・マクロード（Joan MacLeod）"Amigo's Blue Guitar"
- ノンフィクション
  ロバート・ハンター（Robert Hunter），ロバート・カリホー（Robert Calihoo）"Occupied Canada: A Young White Man Discovers His Unsuspected PAst"
- 児童文学（イラストレーション）
  ジョアン・フィッツジェラルド（Joanne Fitzgerald）"Doctor Kiss Says Yes"
- 児童文学（物語）
  サラ・エリス（Sarah Ellis）"Pick-Up Sticks"
- 翻訳（仏文英訳）
  アルベール・W.ハルサール（Albert W. Halsall）〔訳〕"A Dictionary of Literary Devices: Gradus, A-Z"

◇フランス語
- 小説
  アンドレ・ブロシュー（André Brochu）"La Croix du Nord"
- 詩
  Madeleine Gagnon "Chant pour un Québec lointain"
- 戯曲
  ジルベール・デュプイ（Gilbert Dupuis）"Mon oncle Marcel qui vague vague près du métro Berri"
- ノンフィクション
  ベルナァル・アルカン（Bernard Arcand）"Le Jaguar et le Tamanoir"
- 児童文学（イラストレーション）
  シェルドン・コーエン（Sheldon Cohen）"Un champion"

- 児童文学（物語）
  フランソワ・グラヴェル（François Gravel）"Deux heures et demie avant Jasmine"
- 翻訳（英文仏訳）
  ジャン＝ポール・サン＝マリー（Jean-Paul Sainte-Marie），ブリジット・シャベール・アシキャン（Brigitte Chabert Hacikyan）〔共訳〕"Les Enfants d'Aataentsic：l'histoire du peuple huron"

1992年
◇英語
- 小説
  マイケル・オンダーチェ（Michael Ondaatje）「イギリス人の患者」"The English Patient"
- 詩
  ローナ・クロジェ（Lorna Crozier）"Inventing the Hawk"
- 戯曲
  ジョン・マイトン（John Mighton）"Possible Worlds and A Short History of Night"
- ノンフィクション
  マギー・シギンス（Maggie Siggins）"Revenge of the Land：A Century of Greed, Tragedy and Murder on a Saskatchewan Farm"
- 児童文学（物語）
  ジュリー・ジョンストン（Julie Johnston）"Hero of Lesser Causes"
- 児童文学（イラストレーション）
  ロン・ライトバーン（Ron Lightburn）"Waiting for the Whales"
- 翻訳（仏文英訳）
  フレッド・A.リード（Fred A.Reed）〔訳〕"Imagining the Middle East"

◇フランス語
- 小説
  アンヌ・エベール（Anne Hébert）"L'enfant chargé de songes"
- 詩
  ジル・シール（Gilles Cyr）"Andromède attendra"
- 戯曲
  ルイ＝ドミニク・ラヴィーニュ（Louis-Dominique Lavigne）"Les petits orteils"
- ノンフィクション
  ピエール・タージョン（Pierre Turgeon）"La Radissonie.Le pays de la baie James"
- 児童文学（物語）
  クリスティアーヌ・デュシェーヌ（Christiane Duchesne）"Victor"
- 児童文学（イラストレーション）
  ジル・チボ（Gilles Tibo）"Simon et la ville de carton"
- 翻訳（英文仏訳）
  ジャン・パピノー（Jean Papineau）〔訳〕"La mémoire postmoderne.Essai sur l'art canadien contemporain"

1993年
◇英語
- 小説
  キャロル・シールズ（Carol Shields）「ストーン・ダイアリー」"The Stone Diaries"
- 詩
  ドン・コールズ（Don Coles）"Forests of the Medieval World"
- 戯曲
  ギレルモ・ヴェルデッシア（Guillermo Verdecchia）"Fronteras Americanas"
- ノンフィクション
  カレン・コネリー（Karen Connelly）"Touch the Dragon"
- 児童文学（物語）
  ティム・ウィン＝ジョーンズ（Tim Wynne-Jones）「火星を見たことありますか」"Some of the Kinder Planets"
- 児童文学（イラストレーション）
  ミレーユ・ルヴェール（Mireille Levert）"Sleep Tight Mrs.Ming"
- 翻訳（仏文英訳）
  D.G.ジョーンズ（D.G.Jones）〔訳〕"Categorics One, Two and Three"

◇フランス語
- 小説
  ナンシー・ヒューストン（Nancy Huston）"Cantique des plaines"
- 詩
  デニス・デュソートル（Denise Desautels）"Le Saut de l'ange"

- 戯曲
  ダニエル・ダニス (Daniel Danis) "Celle-là"
- ノンフィクション
  フランソワ・パレ (François Paré) "Les Littératures de l'exiguïté"
- 児童文学(物語)
  ミシェル・マリノー (Michéle Marineau) "La Route de Chlifa"
- 児童文学(イラストレーション)
  ステファーヌ・ジョリッシュ (Stéphane Jorisch) "Le Monde selon Jean de..."
- 翻訳(英文仏訳)
  マリー・ジョゼ・テリオール (Marie-José Thériault) 〔訳〕 "L'Oeuvre du Gallois"

1994年
◇英語
- 小説
  ルディ・ウィーベ (Rudy Wiebe) "A Discovery of Strangers"
- 詩
  ローバト・ヒルス (Robert Hilles) "Cantos from a Small Room"
- 戯曲
  モーリス・パニッチ (Morris Panych) "The Ends of the Earth"
- ノンフィクション
  ジョン・A.リヴィングストン (John A. Livingston) "Rogue Primate"
- 児童文学(物語)
  ジュリー・ジョンストン (Julie Johnston) "Adam and Eve and Pinch-Me"
- 児童文学(イラストレーション)
  マーレー・キンバー (Murray Kimber) "Josepha: A Prairie Boy's Story"
- 翻訳(仏文英訳)
  ドナルド・ウィンクラー (Donald Winkler) 〔訳〕 "The Lyric Generation"

◇フランス語
- 小説
  ロベール・ラロンド (Robert Lalonde) "Le Petit aigle á tête blanche"
- 詩
  フルヴィオ・カッチャ (Fulvio Caccia) "Aknos"
- 戯曲
  Michel Ouellette "French Town"
- ノンフィクション
  シャンタル・サン=ジャル (Chantal Saint-Jarre) "Du sida"
- 児童文学(物語)
  シュザンヌ・マルテル (Suzanne Martel) "Une belle journée pour mourir"
- 児童文学(イラストレーション)
  ピエール・プラット (Pierre Pratt) "mon chien est un éléphant"
- 翻訳(英文仏訳)
  ジュード・デ・シェーヌ (Jude Des Chênes) 〔訳〕 "Le mythe du sauvage"

1995年
◇英語
- 小説
  グレグ・ホリングシェッド (Greg Hollingshead) "The Roaring Girl"
- 詩
  アン・シュミガルスキ (Anne Szumigalski) "Voice"
- 戯曲
  ジェイソン・シャーマン (Jason Sherman) "Three in the Back, Two in the Head"
- ノンフィクション
  ローズマリー・サリヴァン (Rosemary Sullivan) "Shadow Maker: The Life of Gwendolyn MacEwen"
- 児童文学(物語)
  ティム・ウィン=ジョーンズ (Tim Wynne-Jones) "The Maestro"
- 児童文学(イラストレーション)
  ルドミラ・ゼーマン (Ludmila Zeman) "The Last Quest of Gilgamesh"
- 翻訳(仏文英訳)
  ディヴィット・ホーメル (David Homel) 〔訳〕 "Why Must a Black Writer Write About Sex?"

◇フランス語
- 小説
  ニコル・ウード (Nicole Houde) "Les Oiseaux de Saint-John Perse"
- 詩
  エミール・マルテル (Émile Martel) "Pour orchestre et poéte seul"
- 戯曲

- キャロル・フレチェット（Carole Fréchette）"Les Quatre Morts de Marie"
- ノンフィクション
  イヴァン・ラモンド（Yvan Lamonde）"Louis-Antoine Dessaulles.Un seigneur libéral et anticlérical"
- 児童文学（物語）
  ソニア・サルファテ（Sonia Sarfati）"Comme une peau de chagrin"
- 児童文学（イラストレーション）
  アニュチカ・グラヴェル・ガルーチコ（Annouchka Gravel Galouchko）"Sho et les dragons d'eau"
- 翻訳（英文仏訳）
  エルヴェ・ジュスト（Hervé Juste）〔訳〕"Entre l'ordre et la liberte"

1996年
◇英語
- 小説
  Guy Vanderhaeghe "The Englishman's Boy"
- 詩
  E.D.ブロジェット（E.D.Blodgett）"Apostrophes: Woman at a Piano"
- 戯曲
  コリーン・ワグナー（Colleen Wagner）"The Monument"
- ノンフィクション
  ジョン・ラルストン・ソール（John Ralston Saul）"The Unconscious Civilization"
- 児童文学（物語）
  ポール・イー（Paul Yee）「ゴースト・トレイン」"Ghost Train"
- 児童文学（イラストレーション）
  エリック・ベドウズ（Eric Beddows）"The Rooster's Gift"
- 翻訳（仏文英訳）
  リンダ・ガボリオ（Linda Gaboriau）〔訳〕"Stone and Ashes"

◇フランス語
- 小説
  マリ＝クレール・ブレ（Marie-Claire Blais）"Soifs"
- 詩
  セルジュ・パトリス（Serge Patrice）"Le Quatuor de l'errance followed by La Traversée du désert"
- 戯曲
  ノルマン・ショーレット（Normand Chaurette）"Le Passage de l'Indiana"
- ノンフィクション
  Michel Freitag "Le Naufrage de l'université - Et autres essais d'épistomologie politique"
- 児童文学（物語）
  ジル・チボ（Gilles Tibo）"Noémie - Le Secret de Madame Lumbago"
- 児童文学（イラストレーション）
  受賞作なし
- 翻訳（英文仏訳）
  クリスチアーヌ・ティーズデイル（Christiane Teasdale）〔訳〕"Systèmes de survie - Dialogue sur les fondements moraux du commerce et de la politique"

1997年
◇英語
- 小説
  ジェイン・アーカート（Jane Urquhart）"The Underpainter"
- 詩
  ディオン・ブランド（Dionne Brand）"Land to Light On"
- 戯曲
  イアン・ロス（Ian Ross）"fareWel"
- ノンフィクション
  レイチェル・マンリー（Rachel Manley）"Drumblair - Memories of a Jamaican Childhood"
- 児童文学（物語）
  キット・ピアスン（Kit Pearson）"Awake and Dreaming"
- 児童文学（イラストレーション）
  バーバラ・リード（Barbara Reid）"The Party"
- 翻訳（仏文英訳）
  ハワード・スコット（Howard Scott）〔訳〕"The Euguelion"

◇フランス語
- 小説
  オード（Aude）"Cet imperceptible mouvement"
- 詩

- ピエール・ネフュー（Pierre Nepveu）"Romans-fleuves"
- 戯曲
  イヴァン・ビアンヴニュ（Yvan Bienvenue）"Dits et Inédits"
- ノンフィクション
  ロラン・ヴィオー（Roland Viau）"Enfants du néant et mangeurs d'âes - Guerre, culture et société en Iroquoisie ancienne"
- 児童文学（物語）
  Michel Nöel "Pien"
- 児童文学（イラストレーション）
  ステファン・ポーリン（Stéphane Poulin）"Poil de serpent, dent d'araignée"
- 翻訳（英文仏訳）
  マリー・ジョゼ・テリオール（Marie-José Thériault）〔訳〕"Arracher les montagnes"

1998年
◇英語
- 小説
  ダイアン・ショーエンパーレン（Diane Schoemperlen）"Forms of Devotion"
- 詩
  シュテファニー・ボルスター（Stephanie Bolster）"White Stone: The Alice Poems"
- 戯曲
  ジャネット・シアズ（Djanet Sears）"Harlem Duet"
- ノンフィクション
  デヴィッド・アダムズ・リチャーズ（David Adams Richards）"Lines on the Water - A Fisherman's Life on the Miramichi"
- 児童文学（物語）
  ジャネット・ラン（Janet Lunn）"The Hollow Tree"
- 児童文学（イラストレーション）
  ケイディ・マクドナルド・デントン（Kady MacDonald Denton）"A Child's Treasury of Nursery Rhymes"
- 翻訳（仏文英訳）
  シーラ・フィッシュマン（Sheila Fischman）〔訳〕"Bambi and Me"

◇フランス語
- 小説
  クリスチアーヌ・フレネット（Christiane Frenette）"La Terre ferme"
- 詩
  シュザンヌ・ジャコブ（Suzanne Jacob）"La Part de feu preceded by Le Deuil de la rancune"
- 戯曲
  フランソワ・アーシャンボウ（François Archambault）"15 secondes"
- ノンフィクション
  ピエール・ネフュー（Pierre Nepveu）"Intérieurs du Nouveau Monde: Essais sur les littératures du Québec et des Amériques"
- 児童文学（物語）
  アンジェレ・デロノワ（Angèle Delaunois）"Variations sur un meme & laqno;t'aime"
- 児童文学（イラストレーション）
  ピエール・プラット（Pierre Pratt）"Monsieur Ilétaitunefois"
- 翻訳（英文仏訳）
  シャルロット・メランソン（Charlotte Melançon）〔訳〕"Les Sources du moi - La Formation de l'identité moderne"

1999年
◇英語
- 小説
  マット・コーエン（Matt Cohen）"Elizabeth and After"
- 詩
  ヤン・ツウィッキー（Jan Zwicky）"Songs for Relinquishing the Earth"
- 戯曲
  マイケル・ヒーリー（Michael Healey）"The Drawer Boy"
- ノンフィクション
  マルク・ド・ヴィリエ（Marq de Villiers）"Water"
- 児童文学（物語）
  ドン・ギルモア（Don Gillmor）"The Christmas Orange"
- 児童文学（イラストレーション）
  ゲーリー・クレメント（Gary Clement）"The Great Poochini"
- 翻訳（仏文英訳）
  パトリシア・クラクストン（Patricia

Claxton)〔訳〕"Gabrielle Roy：A Life"
◇フランス語
- 小説
 リセ・トランブレー(Lise Tremblay) "La Danse juive"
- 詩
 エルメネジルド・チアソン(Herménégilde Chiasson) "Conversations"
- 戯曲
 ジャン=マルク・ダルフェ(Jean-Marc Dalpé) "Il n'y a que l'amour"
- ノンフィクション
 ピエール・ペロー(Pierre Perrault) "Le Mal du Nord"
- 児童文学(物語)
 シャルロット・ジングラス(Charlotte Gingras) "La Liberté Connais pas..."
- 児童文学(イラストレーション)
 ステファーヌ・ジョリッシュ(Stéphane Jorisch) "Charlotte et l'îe du destin"
- 翻訳(英文仏訳)
 ジャック・ブロー(Jacques Brault)〔訳〕"Transfiguration"

2000年
◇英語
- 小説
 マイケル・オンダーチェ(Michael Ondaatje)「アニルの亡霊」"Anil's Ghost"
- 詩
 ドン・マッカイ(Don McKay) "Another Gravity"
- 戯曲
 ティモシー・フィンドリー(Timothy Findley) "Elizabeth Rex"
- ノンフィクション
 ネーガ・メズレキア(Nega Mezlekia) "Notes from the Hyena's Belly"
- 児童文学(物語)
 デボラ・エリス(Deborah Ellis) "Looking for X"
- 児童文学(イラストレーション)
 メアリー=ルイーズ・ゲイ(Marie-Louise Gay) "Yuck, A Love Story"
- 翻訳(仏文英訳)
 ロバート・メイゼルス(Robert Majzels)〔訳〕"Just Fine"
◇フランス語
- 小説
 ジャン=マルク・ダルフェ(Jean-Marc Dalpé) "Un vent se lève qui éparpille"
- 詩
 ノルマン・デ・ベルフォール(Normand de Bellefeuille) "La Marche de l'aveugle sans son chien"
- 戯曲
 ワジュディ・モウワード(Wajdi Mouawad) "Littoral"
- ノンフィクション
 ジェラール・ブシャール(Gérard Bouchard) "Genére des nations et cultures du Nouveau Monde"
- 児童文学(物語)
 シャルロット・ジングラス(Charlotte Gingras) "Un été de Jade"
- 児童文学(イラストレーション)
 アンヌ・ヴィルヌーヴ(Anne Villeneuve) "L'Écharpe rouge"
- 翻訳(英文仏訳)
 ロリ・サンマルタン(Lori Saint-Martin),ポール・ガニエ(Paul Gagné)〔共訳〕"Un parfum de cèdre"

2001年
◇英語
- 小説
 リチャード・B.ライト(Richard B.Wright) "Clara Callan"
- 詩
 ジョージ・エリオット・クラーク(George Elliott Clarke) "Execution Poems"
- 戯曲
 ケント・ステットソン(Kent Stetson) "The Harps of God"
- ノンフィクション
 トーマス・ホーマー=ディクソン(Thomas Homer-Dixon) "The Ingenuity Gap"
- 児童文学(物語)
 アーサー・スレイド(Arthur Slade)「ダスト」"Dust"
- 児童文学(イラストレーション)
 ミレーユ・ルヴェール(Mireille Levert) "Island in the Soup"

- 翻訳（仏文英訳）
  フレッド・A.リード（Fred A.Reed）〔訳〕, ディヴィット・ホーメル（David Homel） "Fairy Ring"

◇フランス語
- 小説
  アンドレ・A.ミショー（Andrée A. Michaud） "Le ravissement"
- 詩
  パウル・シャネル・マレンファント（Paul Chanel Malenfant） "Des ombres portées"
- 戯曲
  ノルマン・ショーレット（Normand Chaurette） "Le Petit Köchel"
- ノンフィクション
  ルネ・デュプイ（Renée Dupuis） "Quel Canada pour les Autochtones？ La fin de l'exclusion"
- 児童文学（物語）
  クリスティアーヌ・デュシェーヌ（Christiane Duchesne） "Jomusch et le troll des cuisines"
- 児童文学（イラストレーション）
  ブリュース・ロベール（Bruce Roberts） "Fidéles éléphants"
- 翻訳（英文仏訳）
  Michel Saint-Germain〔訳〕 "No Logo：La Tyrannie des marques"

2002年
◇英語
- 小説
  グロリア・サワイ（Gloria Sawai） "A Song for Nettie Johnson"
- 詩
  ロイ・ミキ（Roy Miki）「六月の花嫁」 "Surrender"
- 戯曲
  ケヴィン・カー（Kevin Kerr） "Unity（1918）"
- ノンフィクション
  アンドリュー・ニキホルク（Andrew Nikiforuk） "Saboteurs：Wiebo Ludwig's War Against Big Oil"
- 児童文学（物語）
  マーサ・ブルークス（Martha Brooks） "True Confessions of a Heartless Girl"
- 児童文学（イラストレーション）
  ウォーラス・エドワーズ（Wallace Edwards） "Alphabeasts"
- 翻訳（仏文英訳）
  ナイジェル・スペンサー（Nigel Spencer）〔訳〕 "Thunder and Light"

◇フランス語
- 小説
  モニーク・ラルー（Monique LaRue） "La Gloire de Cassiodore"
- 詩
  ロベール・ディクソン（Robert Dickson） "Humains paysages en temps de paix relative"
- 戯曲
  ダニエル・ダニス（Daniel Danis） "Le Langue - à Langue des chiens de roche"
- ノンフィクション
  ジュディット・ラヴォア（Judith Lavoie） "Mark Twain et la parole noire"
- 児童文学（物語）
  エレーヌ・ヴァション（Hélène Vachon） "L'oiseau de passage"
- 児童文学（イラストレーション）
  リュク・メランソン（Luc Melanson） "Le grand voyage de Monsieur"
- 翻訳（英文仏訳）
  パウレ・ピエール＝ノイヤール（Paule Pierre-Noyart）〔訳〕 "Histoire universelle de la chasteté et du célibat"

2003年
◇英語
- 小説
  ダグラス・グローヴァー（Douglas Glover） "Elle"
- 詩
  ティム・リルバーン（Tim Lilburn） "Kill-site"
- 戯曲
  ヴァーン・シーセン（Vern Thiessen） "Einstein's Gift"
- ノンフィクション
  マーガレット・オーウェン・マクミラン（Margaret Olwen MacMillan） "Paris 1919：Six Months that Changed the World"
- 児童文学（物語）

グレン・ヒューザー (Glen Huser) "Stitches"
- 児童文学 (イラストレーション)
アラン・サップ (Allen Sapp) "The Song Within My Heart"
- 翻訳 (仏文英訳)
ジェーン・ブライアリ (Jane Brierley) 〔訳〕 "Memoirs of a Less Travelled Road: A Historian's Life"

◇フランス語
- 小説
エリーズ・タルコット (Élise Turcotte) "La maison étrangère"
- 詩
ピエール・ネフュー (Pierre Nepveu) "Lignes aériennes"
- 戯曲
ジャン=ロック・ゴードロー (Jean-Rock Gaudreault) "Deux pas vers les étoiles"
- ノンフィクション
ティエリー・ヘンチュ (Thierry Hentsch) "Raconter et mourir: aux sources narratives de l'imaginaire occidental"
- 児童文学 (物語)
ダニエル・シマー (Danielle Simard) "J'ai vendu ma soeur"
- 児童文学 (イラストレーション)
ヴィルジニー・エグジェール (Virginie Egger) "Recette d'éléphant á la sauce vieux pneu"
- 翻訳 (英文仏訳)
アニエス・ギタール (Agnès Guitard) 〔訳〕 "Un amour de Salomé"

2004年
◇英語
- 小説
ミリアム・トゥーズ (Miriam Toews) "A Complicated Kindness"
- 詩
Roo Borson "Short Journey Upriver Toward Ōishida"
- 戯曲
モーリス・パニッチ (Morris Panych) "Girl in the Goldfish Bowl"
- ノンフィクション
ロメオ・ダレール (Lt.-Gen.Roméo Dallaire) "Shake Hands with the Devil: The Failure of Humanity in Rwanda"
- 児童文学 (物語)
ケネス・オッペル (Kenneth Oppel) 「エアボーン」 "Airborn"
- 児童文学 (イラストレーション)
ステファーヌ・ジョリッシュ (Stéphane Jorisch) "Jabberwocky"
- 翻訳 (仏文英訳)
ジュディス・コーワン (Judith Cowan) 〔訳〕 "Mirabel"

◇フランス語
- 小説
Pascale Quiviger "Le cercle parfait"
- 詩
アンドレ・ブロシュー (André Brochu) "Les jours à vif"
- 戯曲
Emma Haché "L'intimité"
- ノンフィクション
ジャン=ジャック・シマー (Jean-Jacques Simard) "La Réduction: l'Autochtone inventé Jean-Jacques Simard Études et essais Les éditions du Septentrion et les Amérindiens d'aujourd'hui"
- 児童文学 (物語)
ニコル・ルルー (Nicole Leroux) "L'Hiver de Léo Polatouche"
- 児童文学 (イラストレーション)
ジャニス・ナドー (Janice Nadeau) "Nul poisson ou aller"
- 翻訳 (英文仏訳)
イヴァン・ステーヌー (Ivan Steenhout) 〔訳〕 "Les Indes accidentelles"

2005年
◇英語
- 小説
デヴィッド・ギルモア (David Gilmour) "A Perfect Night to Go to China"
- 詩
アン・コンプトン (Anne Compton) "Processional"
- 戯曲
ジョン・マイトン (John Mighton) "Half Life"
- ノンフィクション

- ジョン・バイヤン（John Vaillant）"The Golden Spruce: A True Story of Myth, Madness and Greed"
- 児童文学（物語）
  パメラ・ポーター（Pamela Porter）"The Crazy Man"
- 児童文学（イラストレーション）
  ロブ・ゴンサルヴェス（Rob Gonsalves）「真昼の夢」"Imagine a Day"
- 翻訳（仏文英訳）
  フレッド・A.リード（Fred A.Reed）〔訳〕"Truth or Death: The Quest for Immortality in the Western Narrative Tradition"

◇フランス語
- 小説
  アキ・シマザキ（Aki Shimazaki）"Hotaru"
- 詩
  Jean-Marc Desgent "Vingtièmes siècles"
- 戯曲
  Geneviève Billette "Le Pays des genoux"
- ノンフィクション
  Michel Bock "Quand la nation débordait les"
- 児童文学（物語）
  カミール・ブシャール（Camille Bouchard）"Le ricanement des hyenes"
- 児童文学（イラストレーション）
  イザベル・アルスノー（Isabelle Arsenault）"Le cœur de monsieur Gauguin"
- 翻訳（英文仏訳）
  Rachel Martinez〔訳〕"Glenn Gould—une vie"

2006年
◇英語
- 小説
  ペーター・ベーレンス（Peter Behrens）"The Law of Dreams"
- 詩
  ジョン・パス（John Pass）"Stumbling in the Bloom"
- 戯曲
  Daniel MacIvor "I Still Love You"
- ノンフィクション
  ロス・キング（Ross King）"The Judgment of Paris: The Revolutionary Decade That Gave the World Impressionism"
- 児童文学（物語）
  William Gilkerson "Pirate's Passage"
- 児童文学（イラストレーション）
  Leo Yerxa "Ancient Thunder"
- 翻訳（仏文英訳）
  Hugh Hazelton〔訳〕"Vetiver"

◇フランス語
- 小説
  Andrée Laberge "La rivière du loup"
- 詩
  Hélène Dorion "Ravir: les lieux"
- 戯曲
  Évelyne de la Chenelière "Désordre public"
- ノンフィクション
  Pierre Ouellet "À force de voir: histoire de regards"
- 児童文学（物語）
  ダニー・ラフェリエール（Dany Laferrière）"Je suis fou de Vava"
- 児童文学（イラストレーション）
  ロジェ（Rogé）「えほんをよんで、ローリーポーリー」"Le gros monstre qui aimait trop lire"
- 翻訳（英文仏訳）
  Sophie Voillot〔訳〕"Un jardin de papier"

2007年
◇英語
- 小説
  マイケル・オンダーチェ（Michael Ondaatje）「ディビザデロ通り」"Divisadero"
- 詩
  ドン・ドマンスキー（Don Domanski）"All Our Wonder Unavenged"
- 戯曲
  コーリン・マーフィ（Colleen Murphy）"The December Man（L'homme de décembre）"
- ノンフィクション
  Karolyn Smardz Frost "I've Got a Home in Glory Land: A Lost Tale of the Underground Railroad"
- 児童文学（物語）

イアン・ローレンス（Iain Lawrence）
"Gemini Summer"
- 児童文学（イラストレーション）
ダンカン・ウェラー（Duncan Weller）
"The Boy from the Sun"
- 翻訳（仏文英訳）
ナイジェル・スペンサー（Nigel Spencer）
〔訳〕"Augustino and the Choir of Destruction"

◇フランス語
- 小説
Sylvain Trudel "La mer de la Tranquillité"
- 詩
Serge Patrice Thibodeau "Seul on est"
- 戯曲
ダニエル・ダニス（Daniel Danis）"Le chant du Dire-Dire"
- ノンフィクション
Annette Hayward "La querelle du régionalisme au Québec (1904-1931)：Vers l'autonomisation de la littérature québécoise"
- 児童文学（物語）
François Barcelo "La fatigante et le faineant"
- 児童文学（イラストレーション）
Geneviève Côté "La petite rapporteuse de mots"
- 翻訳（英文仏訳）
ロリ・サンマルタン（Lori Saint-Martin），ポール・ガニエ（Paul Gagné）〔共訳〕"Dernières notes"

2008年
◇英語
- 小説
ニーノ・リッチ（Nino Ricci）"The Origin of Species"
- 詩
ジェイコブ・シャイアー（Jacob Scheier）"More to Keep Us Warm"
- 戯曲
キャサリン・バンクス（Catherine Banks）"Bone Cage"
- ノンフィクション
クリスティ・ブラッチフォード（Christie Blatchford）"Fifteen Days：Stories of Bravery, Friendship, Life and Death from Inside the New Canadian Army"
- 児童文学（物語）
John Ibbitson "The Landing"
- 児童文学（イラストレーション）
ステファーヌ・ジョリッシュ（Stéphane Jorisch）"The Owl and the Pussycat"
- 翻訳（仏文英訳）
Lazer Lederhendler〔訳〕"Nikolski"

◇フランス語
- 小説
マリ＝クレール・ブレ（Marie-Claire Blais）"Naissance de Rebecca à l'ère des tourments"
- 詩
Michel Pleau "La lenteur du monde"
- 戯曲
Jennifer Tremblay "La liste"
- ノンフィクション
Pierre Ouellet "Hors-temps：poétique de la posthistoire"
- 児童文学（物語）
Sylvie Desrosiers "Les trois lieues"
- 児童文学（イラストレーション）
ジャニス・ナドー（Janice Nadeau）"Ma meilleure amie"
- 翻訳（英文仏訳）
Claire Chabalier, Louise Chabalier〔共訳〕"Tracey en mille morceaux"

2009年
◇英語
- 小説
ケイト・プリンジャー（Kate Pullinger）"The Mistress of Nothing"
- 詩
David Zieroth "The Fly in Autumn"
- 戯曲
Kevin Loring "Where the Blood Mixes"
- ノンフィクション
M.G.ヴァッサンジ（M.G.Vassanji）"A Place Within：Rediscovering India"
- 児童文学（物語）
Caroline Pignat "Greener Grass：The Famine Years"

- 児童文学（イラストレーション）
  Jirina Marton "Bella's Tree"
- 翻訳（仏文英訳）
  Susan Ouriou〔訳〕 "Pieces of Me"
◇フランス語
- 小説
  Julie Mazzieri "Le discours sur la tombe de l'idiot"
- 詩
  Hélène Monette "Thérèse pour joie et orchestre"
- 戯曲
  Suzanne Lebeau "Le bruit des os qui craquent"
- ノンフィクション
  Nicole V.Champeau "Pointe Maligne：l'infiniment oubliée"
- 児童文学（物語）
  Hervé Bouchard "Harvey"
- 児童文学（イラストレーション）
  ジャニス・ナドー（Janice Nadeau） "Harvey"
- 翻訳（英文仏訳）
  Paule Noyart〔訳〕 "Le miel d'Harar"

2010年
◇英語
- 小説
  Dianne Warren "Cool Water"
- 詩
  Richard Greene "Boxing the Compass"
- 戯曲
  Robert Chafe "Afterimage"
- ノンフィクション
  Allan Casey "Lakeland：Journeys into the Soul of Canada"
- 児童文学（物語）
  Wendy Phillips "Fishtailing"
- 児童文学（イラストレーション）
  ジョン・クラッセン（Jon Klassen） "Cats' Night Out"
- 翻訳（仏文英訳）
  リンダ・ガボリオ（Linda Gaboriau）〔訳〕 "Forests"
◇フランス語
- 小説
  キム・チュイ（Kim Thúy）「小川」 "Ru"

- 詩
  Danielle Fournier "effleurés de lumière"
- 戯曲
  David Paquet "Porc-épic"
- ノンフィクション
  Michel Lavoie "C'est ma seigneurie que je réclame：la lutte des Hurons de Lorette pour la seigneurie de Sillery, 1650-1900"
- 児童文学（物語）
  エリーズ・タルコット（Élise Turcotte） "Rose：derrière le rideau de la folie"
- 児童文学（イラストレーション）
  Daniel Sylvestre "Rose：derrière le rideau de la folie"
- 翻訳（英文仏訳）
  Sophie Voillot〔訳〕 "Le cafard"

2011年
◇英語
- 小説
  パトリック・デウィット（Patrick deWitt）「シスターズ・ブラザーズ」 "The Sisters Brothers"
- 詩
  フィル・ホール（Phil Hall） "Killdeer"
- 戯曲
  エリン・シールズ（Erin Shields） "If We Were Birds"
- ノンフィクション
  Charles Foran "Mordecai：The Life & Times"
- 児童文学（物語）
  クリストファー・ムーア（Christopher Moore） "From Then to Now：A Short History of the World"
- 児童文学（イラストレーション）
  Cybèle Young "Ten Birds"
- 翻訳（仏文英訳）
  ドナルド・ウィンクラー（Donald Winkler）〔訳〕「グレン・グールド―孤独なピアニストの心象風景」 "Partita for Glenn Gould"
◇フランス語
- 小説
  Perrine Leblanc "L'homme blanc"
- 詩
  Louise Dupré "Plus haut que les

flammes"
- 戯曲
  ノルマン・ショーレット（Normand Chaurette）"Ce qui meurt en dernier"
- ノンフィクション
  Georges Leroux "Wanderer：essai sur le Voyage d'hiver de Franz Schubert"
- 児童文学（物語）
  Martin Fournier "Les aventures de Radisson - 1.L'enfer ne brûle pas"
- 児童文学（イラストレーション）
  Caroline Merola "Lili et les poilus"
- 翻訳（英文仏訳）
  Maryse Warda〔訳〕"Toxique ou L'incident dans l'autobus"

2012年
◇英語
- 小説
  Linda Spalding "The Purchase"
- 詩
  Julie Bruck "Monkey Ranch"
- 戯曲
  キャサリン・バンクス（Catherine Banks）"It is Solved by Walking"
- ノンフィクション
  ロス・キング（Ross King）"Leonardo and the Last Supper"
- 児童文学（物語）
  Susin Nielsen "The Reluctant Journal of Henry K.Larsen"
- 児童文学（イラストレーション）
  イザベル・アルスノー（Isabelle Arsenault）"Virginia Wolf"
- 翻訳（仏文英訳）
  ナイジェル・スペンサー（Nigel Spencer）〔訳〕"Mai at the Predators' Ball"

◇フランス語
- 小説
  France Daigle "Pour sûr"
- 詩
  Maude Smith Gagnon "Un drap.Une place."
- 戯曲
  Geneviève Billette "Contre le temps"
- ノンフィクション

- 戯曲
  ノルマン・ショーレット（Normand Chaurette）"Comment tuer Shakespeare"
- 児童文学（物語）
  Aline Apostolska "Un été d'amour et de cendres"
- 児童文学（イラストレーション）
  Élise Gravel "La clé à molette"
- 翻訳（英文仏訳）
  Alain Roy〔訳〕"Glenn Gould"

2013年
◇英語
- 小説
  エレノア・カットン（Eleanor Catton）"The Luminaries"
- 詩
  Katherena Vermette "North End Love Songs"
- 戯曲
  Nicolas Billon "Fault Lines：Three Plays"
- ノンフィクション
  Sandra Djwa "Journey with No Maps：A Life of P.K.Page"
- 児童文学（物語）
  Teresa Toten "The Unlikely Hero of Room 13B"
- 児童文学（イラストレーション）
  Matt James "Northwest Passage"
- 翻訳（仏文英訳）
  ドナルド・ウィンクラー（Donald Winkler）〔訳〕"The Major Verbs"

◇フランス語
- 小説
  Stéphanie Pelletier "Quand les guêpes se taisent"
- 詩
  René Lapierre "Pour les désespérés seulement"
- 戯曲
  Fanny Britt "Bienveillance"
- ノンフィクション
  イヴォーン・リヴァール（Yvon Rivard）"Aimer, enseigner"
- 児童文学（物語）
  Geneviève Mativat "À l'ombre de la

- 児童文学（イラストレーション）
  イザベル・アルスノー（Isabelle Arsenault）「ジェーンとキツネとわたし」"Jane, le renard & moi"
- 翻訳（英文仏訳）
  Sophie Voillot〔訳〕"L'enfant du jeudi"

2014年
◇英語
- 小説
  Thomas King "The Back of the Turtle"
- 詩
  Arleen Paré "Lake of Two Mountains"
- 戯曲
  Jordan Tannahill "Age of Minority: Three Solo Plays"
- ノンフィクション
  Michael Harris "The End of Absence: Reclaiming What We've Lost in a World of Constant Connection"
- 児童文学（物語）
  Raziel Reid "When Everything Feels like the Movies"
- 児童文学（イラストレーション）
  Jillian Tamaki "This One Summer"
- 翻訳（仏文英訳）
  Peter Feldstein〔訳〕"Paul-Émile Borduas: A Critical Biography"

◇フランス語
- 小説
  アンドレ・A.ミショー（Andrée A. Michaud）"Bondrée"
- 詩
  José Acquelin "Anarchie de la lumière"
- 戯曲
  キャロル・フレチェット（Carole Fréchette）"Small Talk"
- ノンフィクション
  Gabriel Nadeau-Dubois "Tenir tête"
- 児童文学（物語）
  Linda Amyot "Le jardin d'Amsterdam"
- 児童文学（イラストレーション）
  Marianne Dubuc "Le lion et l'oiseau"
- 翻訳（英文仏訳）
  Daniel Poliquin〔訳〕"L'Indien malcommode: un portrait inattendu des Autochtones d'Amérique du Nord"

2015年
◇英語
- 小説
  Guy Vanderhaeghe "Daddy Lenin and Other Stories"
- 詩
  Robyn Sarah "My Shoes Are Killing Me"
- 戯曲
  David Yee "carried away on the crest of a wave"
- ノンフィクション
  マーク・L.ウィンストン（Mark L. Winston）"Bee Time: Lessons from the Hive"
- 児童文学（物語）
  Caroline Pignat "The Gospel Truth"
- 児童文学（イラストレーション）
  JonArno Lawson, Sydney Smith "Sidewalk Flowers"
- 翻訳（仏文英訳）
  Rhonda Mullins〔訳〕"Twenty-One Cardinals"

◇フランス語
- 小説
  Nicolas Dickner "Six degrés de liberté"
- 詩
  Joël Pourbaix "Le mal du pays est un art oublié"
- 戯曲
  Fabien Cloutier "Pour réussir un poulet"
- ノンフィクション
  Jean-Philippe Warren "Honoré Beaugrand. la plume et l'épée (1848-1906)"
- 児童文学（物語）
  Louis-Philippe Hébert "Marie Réparatrice"
- 児童文学（イラストレーション）
  Patrick Doyon, André Marois "Le voleur de sandwichs"
- 翻訳（英文仏訳）
  ロリ・サンマルタン（Lori Saint-Martin）, ポール・ガニエ（Paul Gagné）〔共訳〕"Solomon Gursky"

003 コスタ賞　Costa Book Awards

旧称ウィットブレッド（ホイトブレッド）賞として知られるイギリスの文学賞。1971年，イギリスのホテル・外食チェーンであるウィットブレッド社の出資によりWhitbread Literary Awardsとして開始。1985年，賞名をWhitbread Book Awardsに改称した。2006年，スポンサーが同国のコーヒーチェーン会社，コスタ・コーヒーに替わり現在の賞名に変更した。2012年には，同傘下で，本賞とは別の選定によるコスタ短編賞（Costa Short Story Award）が開始され，コスタ賞授賞式の場において同時に授賞が行われている。

【選考委員】各部門3名ずつ。最終選考の審査員は，審査員長ほか計9名

【選考方法】期限内にイギリスまたはアイルランドに拠点を置く出版社がエントリーを行う。初長編（First Novel），長編（Novel），伝記（Biography），詩（Poetry），児童書（Children's Book）の5部門において受賞作を決定。その中から1作を年間大賞（BOOK OF THE YEAR）に選出する。コスタ短編賞は，5人の審査員によって選ばれた6作品がサイト上に公開され，一般投票を受け付ける。コスタ短編賞のショートリストに入った作品は，サイト上でダウンロード可能となる

【選考基準】（2015年）対象：過去3年間（2011年11月1日～14年10月31日）において，少なくとも1年のうちの6ヶ月をイギリスまたはアイルランドに居住していた著者（国籍問わず）。イギリスまたはアイルランドにおいて，2014年11月1日～翌年10月31日の間に初版刊行された英語作品。その他の地において既に発表されたことのある作品は対象外とする。自費出版，オンラインのみでの刊行物，翻訳書は除く。また，エントリー時の約束として各出版社は，作品が受賞した場合，発表後すぐにペーパーバック版の出版ができるよう備えることとする

【締切・発表】（2015年）5月末エントリー開始，6月末締め切り。11月ショートリストの発表（1部門につき4作）。2016年1月初旬，各部門の受賞者を発表（1部門につき1作）。同26日，ロンドンで行われる授賞式でコスタ賞の年間大賞およびコスタ短編賞の勝者（第1位）が発表される

【賞・賞金】（2015年）賞金：初長編・長編・伝記・詩・児童書部門各5千ポンド。年間大賞3万ポンド。コスタ短編賞 第1位3500ポンド，第2位1000ポンド，第3位500ポンド

【URL】http://www.costa.co.uk/costa-book-awards/welcome/

1971年
◇長編
　ゲルダ・チャールズ（Gerda Charles）"The Destiny Waltz"〈Eyre & Spottiswoode〉
◇伝記
　マイケル・マイヤー（Michael Meyer）"Henrik Ibsen"〈Hart-Davis〉
◇詩
　ジェフリー・ヒル（Geoffrey Hill）"Mercian Hymns"〈Andre Deutsch〉

1972年
◇長編
　スーザン・ヒル（Susan Hill）「君を守って」"The Bird of Night"〈Hamish Hamilton〉
◇伝記
　ジェイムズ・ポープ＝ヘネシー（James Pope-Hennessey）"Trollope"〈Jonathan Cape〉
◇児童書
　ルーマー・ゴッデン（Rumer Godden）「ディダコイ」"The Diddakoi"〈Macmillan〉

1973年
◇長編
　シヴァ・ナイポール（Shiva Naipaul）"The Chip Chip Gatherers"〈Andre Deutsch〉
◇伝記
　ジョン・ウィルソン（John Wilson）"CB: A Life of Sir Henry Campbell-Bannerman"〈Constable〉
◇児童書

アラン・オルドリッジ（Alan Aldridge）〔絵〕，ウィリアム・プルーマー（William Plomer）〔詩〕 "The Butterfly Ball & The Grasshopper's Feast"〈Jonathan Cape〉

1974年
◇長編
アイリス・マードック（Iris Murdoch）"The Sacred & Profane Love Machine"〈Chatto & Windus〉
◇伝記
アンドルー・ボイル（Andrew Boyle）"Poor Dear Brendan"〈Hutchinson〉
◇Joint Children's Books
ラッセル・ホーバン（Russell Hoban）〔著〕，クェンティン・ブレイク（Quentin Blake）〔絵〕「さすがのナジョーク船長もトムには手も足でもなかったこと」"How Tom Beat Captain Najork & His Hired Sportsmen"〈Jonathan Cape〉
ジル・ペイトン・ウォルシュ（Jill Paton Walsh）"The Emperor's Winding Sheet"〈Walsh Macmillan〉
◇初著書
クレア・トマリン（Claire Tomalin）「メアリ・ウルストンクラフトの生と死」"The Life & Death of Mary Wollstonecraft"〈Weidenfeld & Nicolson〉

1975年
◇長編
ウイリアム・マッキルヴァニー（William McIlvanney）"Docherty"〈Allen&Unwin〉
◇自伝
Helen Corke "In Our Infancy"〈Cambridge University Press〉
◇初著書
Ruth Spalding "The Improbable Puritan: A Life of Bulstrode Whitelock"〈Faber & Faber〉

1976年
◇長編
ウイリアム・トレヴァー（William Trevor）"The Children of Dynmouth"〈Bodley Head〉
◇伝記
ウィニフレッド・ゲラン（Winifred Gérin）"Elizabeth Gaskell"〈OUP〉
◇児童書
ペネロピ・ライヴリィ（Penelope Lively）"A Stitch in Time"〈William Heinemann〉

1977年
◇長編
ベリル・ベインブリッジ（Beryl Bainbridge）"Injury Time"〈Duckworth〉
◇伝記
ナイジェル・ニコルソン（Nigel Nicolson）"Mary Curzon"〈Weidenfeld & Nicolson〉
◇児童書
シェラ・マクドナルド（Shelagh Macdonald）"No End to Yesterday"〈Andre Deutsch〉

1978年
◇長編
ポール・セロー（Paul Theroux）「写真の館」"Picture Palace"〈Hamish Hamilton〉
◇伝記
John Grigg "Lloyd George: The People's Champion"〈Methuen〉
◇児童書
フィリパ・ピアス（Philippa Pearce）「ペットねずみ大さわぎ」"The Battle of Bubble & Squeak"〈Andre Deutsch〉

1979年
◇長編
ジェニファー・ジョンストン（Jennifer Johnston）"The Old Jest"〈Hamish Hamilton〉
◇自伝
ペネロープ・モーティマー（Penelope Mortimer）"About Time"〈Allen Lane〉
◇児童文学（長編）
ピーター・ディキンスン（Peter Dickinson）"Tulku"〈Victor Gollancz〉

1980年
◇長編/年間大賞
デイヴィッド・ロッジ（David Lodge）「どこまで行けるか」"How Far Can You Go？"〈Secker & Warburg〉
◇伝記
David Newsome "On the Edge of

Paradise: A C Benson the Diarist"〈John Murrary〉
- ◇児童文学（長編）
  レオン・ガーフィールド（Leon Garfield）「ジョン・ダイアモンド」"John Diamond"〈Kestrel〉

1981年
- ◇初長編
  ウィリアム・ボイド（William Boyd）「グッドマン・イン・アフリカ」"A Good Man in Africa"〈Hamish Hamilton〉
- ◇長編
  モーリス・リーチ（Maurice Leitch）"Silver's City"〈Secker & Warburg〉
- ◇伝記
  Nigel Hamilton "Monty: The Making of a General"〈Hamish Hamilton〉
- ◇児童文学（長編）
  ジェーン・ガーダム（Jane Gardam）"The Hollow Land"〈Julia MacRae〉

1982年
- ◇初長編
  ブルース・チャトウィン（Bruce Chatwin）「黒ヶ丘の上で」"On the Black Hill"〈Jonathan Cape〉
- ◇長編
  ジョン・ウェイン（John Wain）"Young Shoulders"〈Macmillan〉
- ◇伝記
  エドワード・クランクショー（Edward Crankshaw）"Bismarck"〈Macmillan〉
- ◇児童文学（長編）
  W.コーベット（W.J.Corbett）「ペンテコストの冒険」"The Song of Pentecost"〈Methuen〉

1983年
- ◇初長編
  John Fuller "Flying to Nowhere"〈Salamander Press〉
- ◇長編
  ウイリアム・トレヴァー（William Trevor）「フールズ・オブ・フォーチュン」"Fools of Fortune"〈Bodley Head Joint〉
- ◇伝記
  ヴィクトリア・グレンディニング（Victoria Glendinning）"Vita"〈Weidenfeld & Nicolson〉
  Kenneth Rose "King George V"〈Weidenfeld & Nicolson〉
- ◇児童文学（長編）
  ロアルド・ダール（Roald Dahl）「魔女がいっぱい」"The Witches"〈Jonathan Cape〉

1984年
- ◇初長編
  ジェイムズ・バカン（James Buchan）"A Parish of Rich Women"〈Hamish Hamilton〉
- ◇長編
  クリストファー・ホープ（Christopher Hope）"Kruger's Alp"〈Heinemann〉
- ◇伝記
  ピーター・アクロイド（Peter Ackroyd）「T.S.エリオット」"T.S.Eliot"〈Hamish Hamilton〉
- ◇短編
  Diane Rowe "Tomorrow is our Permanent Address"
- ◇児童文学（長編）
  バーバラ・ウィラード（Barbara Willard）"The Queen of the Pharisees' Children"〈Julia MacRae〉

1985年
- ◇年間大賞/詩
  ダグラス・ダン（Douglas Dunn）"Elegies"〈Faber & Faber〉
- ◇初長編
  ジャネット・ウィンターソン（Jeanette Winterson）「オレンジだけが果物じゃない」"Oranges are not the only Fruit"〈Pandora Press〉
- ◇長編
  ピーター・アクロイド（Peter Ackroyd）「魔の聖堂」"Hawksmoor"〈Hamish Hamilton〉
- ◇伝記
  Ben Pimlott "Hugh Dalton"〈Jonathan Cape〉
- ◇児童文学（長編）
  ジャニー・ハウカー（Janni Howker）「ビーストの影」"The Nature of the Beast"〈Julia MacRae〉

1986年
　◇年間大賞/長編
　　カズオ・イシグロ（Kazuo Ishiguro）「浮世の画家」"An Artist of the Floating World"〈Faber & Faber〉
　◇初長編
　　ジム・クレイス（Jim Crace）"Continent"〈Heinemann〉
　◇伝記
　　リチャード・メイビー（Richard Mabey）"Gilbert White"〈Century Hutchinson〉
　◇詩
　　ピーター・リーディング（Peter Reading）"Stet"〈Secker & Warburg〉
　◇児童文学（長編）
　　アンドリュー・テイラー（Andrew Taylor）"The Coal House"〈Collins〉
1987年
　◇年間大賞/伝記
　　クリストファー・ノーラン（Christopher Nolan）"Under the Eye of the Clock"〈Weidenfeld & Nicolson〉
　◇初長編
　　Francis Wyndham "The Other Garden"〈Jonathan Cape〉
　◇長編
　　イアン・マキューアン（Ian McEwan）「時間のなかの子供」"The Child in Time"〈Jonathan Cape〉
　◇詩
　　シェイマス・ヒーニー（Seamus Heaney）"The Haw Lantern"〈Faber & Faber〉
　◇児童文学（長編）
　　ジェラルディン・マコックラン（Geraldine McCaughrean）"A Little Lower than the Angels"〈OUP〉
1988年
　◇年間大賞/初長編
　　ポール・セイヤー（Paul Sayer）「狂気のやすらぎ」"The Comforts of Madness"〈Constable〉
　◇長編
　　サルマン・ラシュディ（Salman Rushdie）「悪魔の詩」"The Satanic Verses"〈Viking〉
　◇伝記
　　A.N.ウィルソン（A.N.Wilson）"Tolstoy"〈Hamish Hamilton〉
　◇詩
　　Peter Porter "The Automatic Oracle"〈OUP〉
　◇児童文学（長編）
　　ジュディ・アレン（Judy Allen）「木を切らないで」"Awaiting Developments"〈Julia MacRae〉
1989年
　◇年間大賞/伝記
　　リチャード・ホームズ（Richard Holmes）"Coleridge: Early Visions"〈Hodder & Stoughton〉
　◇初長編
　　ジェームズ・ハミルトン＝パターソン（James Hamilton-Paterson）"Gerontius"〈Macmillan〉
　◇長編
　　Lindsay Clarke "The Chymical Wedding"〈Jonathan Cape〉
　◇詩
　　Michael Donaghy "Shibboleth"〈OUP〉
　◇児童文学（長編）
　　Hugh Scott "Why Weeps the Brogan？"〈Walker Books〉
1990年
　◇年間大賞/初長編
　　Nicholas Mosley "Hopeful Monsters"〈Secker & Warburg〉
　◇初長編
　　ハニフ・クレイシ（Hanif Kureishi）「郊外のブッダ」"The Buddha of Suburbia"〈Faber & Faber〉
　◇伝記
　　アン・スウェイト（Ann Thwaite）"A.A. Milne: His Life"〈Faber & Faber〉
　◇詩
　　Paul Durcan "Daddy, Daddy"〈The Blackstaff Press〉
　◇児童文学（長編）
　　ピーター・ディキンスン（Peter Dickinson）"AK"〈Victor Gollancz〉
1991年
　◇年間大賞/伝記
　　ジョン・リチャードソン（John

Richardson)「ピカソ」"A Life of Picasso"〈Jonathan Cape〉
◇初長編
Gordon Burn "Alma Cogan"〈Secker & Warburg〉
◇長編
ジェーン・ガーダム(Jane Gardam) "The Queen of the Tambourine"〈Sinclair-Stevenson〉
◇詩
Michael Longley "Gorse Fires"〈Secker & Warburg〉
◇児童文学(長編)
ダイアナ・ヘンドリー(Diana Hendry)「屋根裏部屋のエンジェルさん」"Harvey Angell"〈Julia MacRae〉

1992年
◇年間大賞/初長編
ジェフ・トリントン(Jeff Torrington) "Swing Hammer Swing!"〈Secker & Warburg〉
◇長編
アラスター・グレイ(Alasdair Gray)「哀れなるものたち」"Poor Things"〈Bloomsbury〉
◇伝記
ヴィクトリア・グレンディニング(Victoria Glendinning) "Trollope"〈Hutchinson〉
◇詩
Tony Harrison "The Gaze of the Gorgon"〈Bloodaxe Books〉
◇児童文学(長編)
ジリアン・クロス(Gillian Cross)「象と二人の大脱走」"The Great Elephant Chase"〈OUP〉

1993年
◇年間大賞/初長編
ジョーン・ブレイディ(Joan Brady) "Theory of War"〈Andre Deutsch〉
◇初長編
Rachel Cusk "Saving Agnes"〈Macmillan〉
◇伝記
アンドルー・モーション(Andrew Motion) "Philip Larkin: A Writer's Life"〈Faber & Faber〉
◇詩

キャロル・アン・ダフィ(Carol Ann Duffy) "Mean Time"〈Anvil Press〉
◇児童文学(長編)
アン・ファイン(Anne Fine)「フラワー・ベイビー」"Flour Babies"〈Hamish Hamilton〉

1994年
◇年間大賞/初長編
ウイリアム・トレヴァー(William Trevor) "Felicia's Journey"〈Viking〉
◇初長編
Fred D'Aguiar "The Longest Memory"〈Chatto & Windus〉
◇伝記
ブレンダ・マドクス(Brenda Maddox) "D H Lawrence: The Married Man"〈Sinclair-Stevenson〉
◇詩
James Fenton "Out of Danger"〈Penguin Poetry〉
◇児童文学(長編)
ジェラルディン・マコックラン(Geraldine McCaughrean) "Gold Dust"〈OUP〉

1995年
◇年間大賞/初長編
ケイト・アトキンソン(Kate Atkinson)「博物館の裏庭で」"Behind the Scenes at the Museum"〈Doubleday/Black Swan〉
◇長編
サルマン・ラシュディ(Salman Rushdie)「ムーア人の最後のため息」"The Moor's Last Sigh"〈Jonathan Cape〉
◇伝記
Roy Jenkins "Gladstone"〈Macmillan〉
◇詩
Bernard O'Donoghue "Gunpowder"〈Chatto & Windus〉
◇Beefeater Children's Novel
マイケル・モーパーゴ(Michael Morpurgo)「ザンジバルの贈り物」"The Wreck of the Zanzibar"〈Heinemann/Mammoth〉

1996年
◇年間大賞/詩
シェイマス・ヒーニー(Seamus Heaney)「水準器」"The Spirit Level"〈Faber & Faber〉

- ◇児童書年間大賞
  アン・ファイン（Anne Fine）「チューリップ・タッチ」 "The Tulip Touch"〈Hamish Hamilton〉
- ◇初長編
  ジョン・ランチェスター（John Lanchester）「最後の晩餐の作り方」 "The Debt to Pleasure"〈Picador〉
- ◇長編
  ベリル・ベインブリッジ（Beryl Bainbridge）"Every Man for Himself"〈Duckworth〉
- ◇伝記
  Diarmaid MacCulloch "Thomas Cranmer: A Life"〈Yale University Press〉

1997年
- ◇年間大賞/詩
  テッド・ヒューズ（Ted Hughes）"Tales from Ovid"〈Faber & Faber〉
- ◇児童書年間大賞
  アンドリュー・ノリス（Andrew Norriss）「秘密のマシン、アクイラ」 "Aquila"〈Hamish Hamilton〉
- ◇初長編
  Pauline Melville "The Ventriloquist's Tale"〈Bloomsbury〉
- ◇長編
  ジム・クレイス（Jim Crace）「四十日」 "Quarantine"〈Viking〉
- ◇伝記
  Graham Robb "Victor Hugo"〈Picador〉

1998年
- ◇年間大賞/詩
  テッド・ヒューズ（Ted Hughes）「誕生日の手紙―詩集」 "Birthday Letters"〈Faber & Faber〉
- ◇児童書年間大賞
  デイヴィッド・アーモンド（David Almond）「肩胛骨は翼のなごり」 "Skellig"〈Hodder Children's Books〉
- ◇初長編
  ジャイルズ・フォーデン（Giles Foden）「スコットランドの黒い王様」 "The Last King of Scotland"〈Faber & Faber〉
- ◇長編
  Justin Cartwright "Leading the Cheers"〈Sceptre〉
- ◇伝記
  Amanda Foreman "Georgiana, Duchess of Devonshire"〈HarperCollins〉

1999年
- ◇年間大賞/詩
  シェイマス・ヒーニー（Seamus Heaney）"Beowulf"〈Faber & Faber〉
- ◇児童書年間大賞
  J.K.ローリング（J.K.Rowling）「ハリー・ポッターとアズカバンの囚人」 "Harry Potter and the Prisoner of Azkaban"〈Bloomsbury〉
- ◇初長編
  ティム・ロット（Tim Lott）「ホワイトシティ・ブルー」 "White City Blue"〈Viking〉
- ◇長編
  ローズ・トレメイン（Rose Tremain）"Music and Silence"〈Chatto & Windus〉
- ◇伝記
  David Cairns "Berlioz, Volume2"〈Allen Lane The Penguin Press〉

2000年
- ◇年間大賞/長編
  マシュー・ニール（Matthew Kneale）「英国紳士、エデンへ行く」 "English Passengers"〈Hamish Hamilton〉
- ◇児童書年間大賞
  ジャミラ・ガヴィン（Jamila Gavin）「その歌声は天にあふれる」 "Coram Boy"〈Egmont〉
- ◇初長編
  ゼイディー・スミス（Zadie Smith）「ホワイト・ティース」 "White Teeth"〈Hamish Hamilton〉
- ◇伝記
  ローナ・セイジ（Lorna Sage）「バッド・ブラッド―出自という受難」 "Bad Blood"〈Fourth Estate〉
- ◇詩
  ジョン・バーンサイド（John Burnside）"The Asylum Dance"〈Cape Poetry〉

2001年
- ◇年間大賞/児童書年間大賞
  フィリップ・プルマン（Philip Pullman）

「琥珀の望遠鏡 ライラの冒険3」"The Amber Spyglass"〈Scholastic〉
◇初長編
シド・スミス(Sid Smith) "Something Like a House"〈Picador〉
◇長編
パトリック・ニート(Patrick Neate) "Twelve Bar Blues"〈Viking〉
◇伝記
ダイアナ・スーハミ(Diana Souhami) "Selkirk's Island"〈Weidenfeld & Nicolson〉
◇詩
セリマ・ヒル(Selima Hill) "Bunny"〈Bloodaxe〉

2002年
◇年間大賞/伝記
クレア・トマリン(Claire Tomalin) "Samuel Pepys: The Unequalled Self"〈Viking〉
◇初長編
ノーマン・レブレヒト(Norman Lebrecht) "The Song of Names"〈Review〉
◇長編
マイケル・フレイン(Michael Frayn)「スパイたちの夏」"Spies"〈Faber & Faber〉
◇詩
ポール・ファーレイ(Paul Farley) "The Ice Age"〈Picador〉
◇児童書
ヒラリー・マッカイ(Hilary McKay)「サフィーの天使」"Saffy's Angel"〈Hodder Children's〉

2003年
◇年間大賞/長編
マーク・ハッドン(Mark Haddon)「夜中に犬に起こった奇妙な事件」"The Curious Incident of the Dog in the Night-Time"〈Jonathan Cape〉
◇初長編
DBCピエール(DBC Pierre)「ヴァーノン・ゴッド・リトル―死をめぐる21世紀の喜劇」"Vernon God Little"〈Faber & Faber〉
◇伝記
DJ Taylor "Orwell: The Life"〈Chatto & Windus〉
◇詩
Don Paterson "Landing Light"〈Faber & Faber〉
◇児童書
デイヴィッド・アーモンド(David Almond)「火を喰う者たち」"The Fire-Eaters"〈Hodder Children's〉

2004年
◇年間大賞/長編
アンドレア・レヴィ(Andrea Levy) "Small Island"〈Headline〉
◇初長編
スーザン・フレッチャー(Susan Fletcher)「イヴ・グリーン」"Eve Green"〈Fletcher〉
◇伝記
John Guy "My Heart is My Own: The Life of Mary Queen of Scots"〈Fourth Estate〉
◇詩
Michael Simmons Roberts "Corpus"〈Jonathan Cape〉
◇児童書
ジェラルディン・マコックラン(Geraldine McCaughrean)「世界はおわらない」"Not the End of the World"〈Oxford University Press〉

2005年
◇年間大賞/伝記
ヒラリー・スパーリング(Hilary Spurling) "Matisse: The Master"〈Hamish Hamilton〉
◇初長編
Tash Aw "The Harmony Silk Factory"〈Harper Perennial〉
◇長編
アリ・スミス(Ali Smith) "the accidental"〈Hamish Hamilton〉
◇詩
Christopher Logue "Cold Calls"〈Faber and Faber〉
◇児童書
ケイト・トンプソン(Kate Thompson)「時間のない国で」"The New Policeman"〈The Bodley Head〉

2006年
- ◇年間大賞/初長編
  - ステフ・ペニー（Stef Penney）「優しいオオカミの雪原」 "The Tenderness of Wolves"〈Quercus〉
- ◇長編
  - ウィリアム・ボイド（William Boyd）「震えるスパイ」 "Restless"〈Bloomsbury〉
- ◇伝記
  - ブライアン・トンプソン（Brian Thompson） "Keeping Mum"〈Atlantic Books〉
- ◇詩
  - ジョン・ヘインズ（John Haynes） "Letter to Patience"〈Seren〉
- ◇児童書
  - リンダ・ニューベリー（Linda Newbery） "Set in Stone"〈David Fickling Books〉

2007年
- ◇年間大賞/長編
  - A.L.ケネディ（A.L.Kennedy） "Day"〈Jonathan Cape〉
- ◇初長編
  - キャサリン・オフリン（Catherine O'Flynn） "What Was Lost"〈Tindal Street Press〉
- ◇伝記
  - サイモン・セバーグ＝モンテフィオーリ（Simon Sebag-Montefiore）「スターリン―青春と革命の時代」 "Young Stalin"〈Weidenfeld & Nicolson〉
- ◇詩
  - Jean Sprackland "Tilt"〈Cape Poetry〉
- ◇児童書
  - Ann Kelley "The Bower Bird"〈Luath Press Limited〉

2008年
- ◇年間大賞/長編
  - セバスチャン・バリー（Sebastian Barry） "The Secret Scripture"〈Faber and Faber〉
- ◇初長編
  - Sadie Jones "The Outcast"〈Chatto & Windus〉
- ◇伝記
  - Diana Athill "Somewhere Towards the End"〈Granta〉
- ◇詩
  - Adam Foulds "The Broken Word"〈Jonathan Cape〉
- ◇児童書
  - ミシェル・マゴリアン（Michelle Magorian） "Just Henry"〈Egmont Press〉

2009年
- ◇年間大賞/詩
  - Christopher Reid "A Scattering"〈Arete Books〉
- ◇初長編
  - Raphael Selbourne "Beauty"〈Tindal Street Press〉
- ◇長編
  - コルム・トビーン（Colm Tóibín）「ブルックリン」 "Brooklyn"〈Viking〉
- ◇伝記
  - グレアム・ファーメロ（Graham Farmelo）「量子の海、ディラックの深淵―天才物理学者の華々しき業績と寡黙なる生涯」 "The Strangest Man: The Hidden Life of Paul Dirac, Quantum Genius"〈Faber and Faber〉
- ◇児童書
  - パトリック・ネス（Patrick Ness）「問う者、答える者 混沌の叫び2」 "The Ask and the Answer: Chaos Walking, Book Two"〈Walker Books〉

2010年
- ◇年間大賞/詩
  - Jo Shapcott "Of Mutability"〈Faber & Faber〉
- ◇初長編
  - Kishwar Desai "Witness the Night"〈Beautiful Books〉
- ◇長編
  - マギー・オファーレル（Maggie O'Farrell） "The Hand that First Held Mine"〈Headline Review〉
- ◇伝記
  - エドマンド・ドゥ・ヴァール（Edmund de Waal）「琥珀の眼の兎」 "The Hare with Amber Eyes"〈Chatto & Windus〉
- ◇児童書
  - Jason Wallace "Out of Shadows"〈Andersen Press〉

2011年
- ◇年間大賞/長編
  アンドリュー・ミラー（Andrew Miller）"Pure"〈Sceptre〉
- ◇初長編
  Christie Watson "Tiny Sunbirds Far Away"〈Quercus〉
- ◇伝記
  Matthew Hollis "Now All Roads Lead to France: The Last Years of Edward Thomas"〈Faber & Faber〉
- ◇詩
  キャロル・アン・ダフィ（Carol Ann Duffy）"The Bees"〈Picador〉
- ◇児童書
  モイラ・ヤング（Moira Young）「ブラッドレッドロード―死のエンジェル」"Blood Red Road"〈Marion Lloyd Books〉

2012年
- ◇年間大賞/長編
  ヒラリー・マンテル（Hilary Mantel）「罪人を召し出せ」"Bring up the Bodies"〈Fourth Estate〉
- ◇初長編
  Francesca Segal "The Innocents"〈Chatto & Windus〉
- ◇伝記
  メアリー・タルボット（Mary Talbot）〔著〕．ブライアン・タルボット（Bryan Talbot）〔絵〕"Dotter of Her Father's Eyes"〈Jonathan Cape〉
- ◇詩
  Kathleen Jamie "The Overhaul"〈Picador〉
- ◇児童書
  サリー・ガードナー（Sally Gardner）「マザーランドの月」"Maggot Moon"〈Hot Key Books〉
- ◇コスタ短編賞
  - 第1位
    Avril Joy "Millie and Bird"
  - 第2位
    Chioma Okereke "Trompette de la Mort"
  - 第3位
    Guy Le Jeune "Small Town Removal"

2013年
- ◇年間大賞/初長編
  Nathan Filer "The Shock of the Fall"〈Borough Press〉
- ◇長編
  ケイト・アトキンソン（Kate Atkinson）"Life After Life"〈Doubleday〉
- ◇伝記
  Lucy Hughes-Hallett "The Pike: Gabriele d'Annunzio, Poet, Seducer and Preacher of War"〈Fourth Estate〉
- ◇詩
  Michael Symmons-Roberts "Drysalter"〈Jonathan Cape〉
- ◇児童書
  クリス・リデル（Chris Riddell）"Goth Girl and the Ghost of a Mouse"〈Macmillan Children's Books〉
- ◇コスタ短編賞
  - 第1位
    Angela Readman "The Keeper of the Jackalopes"
  - 第2位
    Kit de Waal "The Old Man and the Suit"
  - 第3位
    Tony Bagley "The Forgiveness Thing"

2014年
- ◇年間大賞/長編
  アリ・スミス（Ali Smith）"How to Be Both"〈Hamish Hamilton〉
- ◇初長編
  Emma Healey "Elizabeth is Missing"〈Viking〉
- ◇伝記
  Helen Macdonald "H is for Hawk"〈Random House〉
- ◇詩
  ジョナサン・エドワーズ（Jonathan Edwards）"My Family and Other Superheroes"〈Seren〉
- ◇児童書
  ケイト・ソーンダズ（Kate Saunders）"Five Children on the Western Front"〈Faber & Faber〉
- ◇コスタ短編賞

文学・小説一般

- 第1位
  Zoe Gilbert "Fishskin, Hareskin"
- 第2位
  Paula Cunningham "The Matchboy"
- 第3位
  Joanne Meek "Jellyfish"

2015年

◇年間大賞/児童書
Frances Hardinge "The Lie Tree"〈Macmillan Children's Books〉

◇長編
ケイト・アトキンソン(Kate Atkinson) "A God in Ruins"〈Doubleday〉

◇初長編
Andrew Michael Hurley "The Loney"〈John Murray〉

◇伝記
アンドレア・ウルフ(Andrea Wulf) "The Invention of Nature: The Adventures of Alexander Von Humboldt, The Lost Hero of Science"〈John Murray〉

◇詩
Don Paterson "40 Sonnets"〈Faber and Faber〉

◇コスタ短編賞
- 第1位
  Danny Murphy "Rogey"
- 第2位
  Erin Soros "Fallen"
- 第3位
  Annalisa Crawford "Watching the Storms Roll In"

004 ゴンクール賞 Prix Goncourt

　フランス五大文学賞の一つ。フランスの作家エドモン・ド・ゴンクール(Edmond de Goncourt 1822-96)の遺言に基づき，アカデミー・ゴンクールが1903年に授賞を開始した。主に若く独創性にあふれた作家を対象としており，散文作品に贈られる。アカデミー・ゴンクールは本賞の他に，短編小説(Goncourt de la nouvelle)，処女小説(Goncourt du premier roman)，詩人の全業績(Goncourt de la Poésie/Robert Sabatier)，伝記(Goncourt de la Biographie)，青少年向け作品(2007年まで)を対象とした各ゴンクール賞も行っている。また，ゴンクール賞の名を冠した賞として，「高校生ゴンクール賞」(Prix Goncourt des lycéens)が1988年から行われている。これは，アカデミー・ゴンクールが発表したゴンクール賞1次候補リストの中からフランスの高校生(2000人が参加)が受賞作を選出する賞である。

【主催者】アカデミー・ゴンクール(Académie Goncourt)

【選考委員】アカデミーゴンクール会員(2016年時点)：ベルナール・ピヴォー(Bernard Pivot)，エドモンド・シャルル＝ルー(Edmonde Charles-Roux)，ディディエ・ドゥコワン(Didier Decoin)，ポール・コンスタン(Paule Constant)，パトリック・ランボー(Patrick Rambaud)，ターハル・ベン＝ジェルーン(Tahar Ben Jelloun)，ヴィルジニ・デパント(Virginie Despentes)，フランソワーズ・シャンデルナゴール(Françoise Chandernagor)，フィリップ・クローデル(Philippe Claudel)，ピエール・アスリーヌ(Pierre Assouline)

【選考方法】アカデミー・ゴンクール会員(10名)による選考。原則1名に授賞

【選考基準】〔対象〕前年にフランスの出版社から刊行されたフランス語で書かれた散文作品

【締切・発表】毎年11月初めに，パリのレストラン「ドゥルーアン」(Drouant)で発表。(2016年)第1回選考：9月3日，第2回選考：10月4日，第3回選考：10月27日，発表・授賞：11月3日。なお，短編小説・処女小説・詩のゴンクール賞は5月9日発表。伝記は9月発表

【賞・賞金】賞金10ユーロ

004 ゴンクール賞　　　　　　　　　　　　　　　　　　　　　　　文学・小説一般

【URL】http://www.academie-goncourt.fr/

1903年
　ジョン＝アントワーヌ・ノー（John-Antoine Nau）"Force ennemie"
1904年
　レオン・フラピエ（Léon Frapié）「母の手」"La maternelle"
1905年
　クロード・ファレール（Claude Farrère）"Les civilisés"
1906年
　タロウ兄弟（ジェローム・タロウとジャン・タロウ）（Jérôme et Jean Tharaud）「作家の情熱」（『仏蘭西文学賞叢書6』収録）"Dingley, l'illustre écrivain"
1907年
　エミール・モスリー（Emile Moselly）"Terres lorraines"
1908年
　フランシス・ド・ミオマンドル（Francis de Miomandre）「水に描く」"Ecrit sur l'eau"
1909年
　マリウス＝アリ・ルブロン（Marius-Ary Leblond）"En France"
1910年
　ルイ・ペルゴー（Louis Pergaud）"De Goupil à Margot"
1911年
　アルフォンス・ド・シャトーブリアン（Alphonse de Chateaubriant）"Monsieur de Lourdines"
1912年
　アンドレ・サヴィニョン（André Savignon）"Filles de Pluie"
1913年
　マルク・エルダー（Marc Elder）"Le peuple de la mer"
1914年
　授賞なし（第一次世界大戦のため）
1915年
　ルネ・バンジャマン（René Benjamin）"Gaspard"

1916年
　アンリ・バルビュス（Henri Barbusse）「砲火」"Le feu"
　エイドリアン・ベルトラン（Adrien Bertrand）"L'appel du sol"（1914年度）
1917年
　アンリ・マレルブ（Henri Malherbe）"La flamme au poing"
1918年
　ジョルジュ・デュアメル（Georges Duhamel）"Civilisation"
1919年
　マルセル・プルースト（Marcel Proust）"À l'ombre des jeunes filles en fleurs"
1920年
　エルネスト・ペロション（Ernest Pérochon）「眠れる沼」"Nêne"
1921年
　ルネ・マラン（Réne Maran）「バツアラ」"Batouala"
1922年
　アンリ・ベロー（Henri Béraud）"Le vitriol de lune et Le Martyre de l'obèse"
1923年
　リュシアン・ファーブル（Lucien Fabre）"Rabevel ou le mal des ardents"
1924年
　ティエリー・サンドル（Thierry Sandre）"Le chèvrefeuille"
1925年
　モーリス・ジュヌヴォア（Maurice Genevoix）"Raboliot"
1926年
　アンリ・ドブレー（Henry Deberly）"Le supplice de Phèdre"
1927年
　モーリス・ブデル（Maurice Bedel）「北緯六十度の恋：ジェロオム」"Jérôme, 60° latitude nord"
1928年
　モーリス・コンスタンタン＝ウェイエル

（Maurice Constantin-Weyer）「或る行動人の手記：一人の男がわが過去を覗きこむ」(『仏蘭西文学賞叢書5』収録) "Un homme se penche sur son passé"

1929年
　マルセル・アルラン（Marcel Arland）「秩序」 "L'ordre"
1930年
　アンリ・フォコニエ（Henri Fauconnier）"Malaisie"
1931年
　ジャン・ファイヤール（Jean Fayard）"Mal d'amour"
1932年
　ギー・マゼリン（Guy Mazeline）"Les loups"
1933年
　アンドレ・マルロー（André Malraux）「人間の条件」 "La condition humaine"
1934年
　ロジェ・ヴェルチェル（Roger Vercel）"Capitaine Conan"
1935年
　ジョセフ・ペール（Joseph Peyré）"Sang et Lumière"
1936年
　マグザンス・ヴァン・デル・メルシュ（Maxence Van der Meersch）"L'empreinte de Dieu"
1937年
　シャルル・プリニエ（Charles Plisnier）「偽旅券」 "Faux-passeports"
1938年
　アンリ・トロワイヤ（Henri Troyat）「蜘蛛」 "L'araigne"
1939年
　フィリップ・エリア（Philippe Hériat）"Les enfants gâtés"
1940年
　フランシス・アンビエレ（Francis Ambrière）"Les grandes vacances"
1941年
　アンリ・プーラ（Henri Pourrat）"Vent de Mars"

1942年
　マルク・ベルナール（Marc Bernard）「追憶のゴルゴタ」 "Pareils à des enfants"
1943年
　マリウス・グラウト（Marius Grout）"Passage de l'homme"
1944年
　エルザ・トリオレ（Elsa Triolet）"Le premier accroc coûte deux cents francs"
1945年
　ジャン＝ルイ・ボリ（Jean-Louis Bory）"Mon village à l'heure allemande"
1946年
　ジャン＝ジャック・ゴーティエ（Jean-Jacques Gautier）"Histoire d'un fait divers"
1947年
　ジャン＝ルイ・カーティス（Jean-Louis Curtis）"Les forêts de la nuit"
1948年
　モーリス・ドリュオン（Maurice Druon）「大家族」 "Les grandes familles"
1949年
　ロベール・メルル（Robert Merle）「ズイドコートの週末」 "Week-end à Zuydcoote"
1950年
　ポール・コラン（Paul Colin）「野蛮な遊び」 "Les jeux sauvages"
1951年
　ジュリアン・グラック（Julien Gracq）「シルトの岸辺」 "Le rivage des Syrtes"
1952年
　ベアトリス・ベック（Beatrice Beck）"Léon Morin, prêtre"
1953年
　ピエール・ガスカール（Pierre Gascar）「けものたち・死者の時」 "Les Bêtes Le temps des morts"
1954年
　シモーヌ・ド・ボーヴォワール（Simone de Beauvoir）「レ・マンダラン」 "Les mandarins"

1955年
　ロジェ・イコール（Roger Ikor）"Les eaux mêlées (T.II Les fils d'Avrom)"
1956年
　ロオマン・ギャリイ（Romain Gary）「天国の根」"Les racines du Ciel"
1957年
　ロジェ・バイヤン（Roger Vailland）「掟」"LaLoi"
1958年
　フランシス・ワルダー（Francis Walder）"Saint-Germain ou la négociation"
1959年
　アンドレ・シュワルツ＝バルト（André Schwart-Bart）"Le dernier des justes"
1960年
　受賞作なし
1961年
　ジャン・コー（Jean Cau）「神のあわれみ」"La pitié de Dieu"
1962年
　アンナ・ラングフュス（Anna Langfus）「砂の荷物」"Les bagages de sable"
1963年
　アルマン・ラヌー（Armand Lanoux）"Quand la mer se retire"
1964年
　ジョルジュ・コンション（Georges Conchon）"L'état sauvage"
1965年
　ジャック・ボレル（Jacques Borel）"L'adoration"
1966年
　エドモンド・シャルル＝ルー（Edmonde Charles-Roux）「忘却のパレルモ」"Oublier Palerme"
1967年
　アンドレ・ピエール・ド・マンディアルグ（André Pieyre de Mandiargues）「余白の街」"LaMarge"
1968年
　ベルナール・クラベル（Bernard Clavel）"Les fruits de l'hiver"

1969年
　フェリシャン・マルソー（Félicien Marceau）「クリージー」"Creezy"
1970年
　ミシェル・トゥールニエ（Michel Tournier）「魔王」"Le roi des Aulnes"
1971年
　ジャック・ローラン（Jacques Laurent）"Les Bétises"
1972年
　ジャン・カリエール（Jean Carrière）「森の中のアシガン」"L'Epervier de Maheux"
1973年
　ジャック・シェセックス（Jacques Chessex）「鬼」"L'ogre"
1974年
　パスカル・レネ（Pascal Laîné）「レースを編む女」"La dentellière"
1975年
　エミール・アジャール（Emile Ajar）「これからの一生」"La vie devant soi"
1976年
　パトリック・グランヴィル（Patrick Grainville）「火炎樹」"Les Flamboyants"
1977年
　ディディエ・ドゥコワン（Didier Decoin）"John l'Enfer"
1978年
　パトリック・モディアノ（Patrick Modiano）「暗いブティック通り」"Rue des boutiques obscures"
1979年
　アントニーヌ・マイエ（Antonine Maillet）"Pélagie la charette"
1980年
　イヴ・ナヴァル（Yves Navarre）"Le jardin d'acclimatation"
1981年
　リュシアン・ボダール（Lucien Bodard）"Anne-Marie"
1982年
　ドミニク・フェルナンデス（Dominique

Fernandez)「天使の手のなかで」 "Dans la main de l'ange"

1983年
フレデリック・トリスタン（Fréderic Tristan）"Les Egarés"

1984年
マルグリット・デュラス（Marguerite Duras）「愛人（ラマン）」 "L'amant"

1985年
ヤン・ケフェレック（Yann Quéffelec）"Les noces barbares"

1986年
Michel Host "Valet de nuit"

1987年
ターハル・ベン＝ジェルーン（Tahar Ben Jelloun）「聖なる夜」 "La nuit sacrée"

1988年
エリック・オルセナ（Erik Orsenna）"L'exposition coloniale"

1989年
ジャン・ヴォートラン（Jean Vautrin）"Un grand pas vers le Bon Dieu"

1990年
ジャン・ルオー（Jean Rouaud）「名誉の戦場」 "Les champs d'honneur"

1991年
Pierre Combescot "Les filles du calvaire"

1992年
パトリック・シャモワゾー（Patrick Chamoiseau）「テキサコ」 "Texaco"

1993年
アミン・マアルーフ（Amin Maalouf）"Le rocher de Tanios"

1994年
ディディエ・ヴァン・コーヴラール（Didier Van Cauwelaert）「片道切符」 "Un aller simple"

1995年
アンドレイ・マキーヌ（Andreï Makine）「フランスの遺言書」 "Le Testament français"

1996年
パスカル・ローズ（Pascale Roze）「ゼロ戦」 "Le Chasseur zéro"

1997年
パトリック・ランボー（Patrick Rambaud）「戦闘」 "La Bataille"

1998年
ポール・コンスタン（Paule Constant）"Confidence pour confidence"

1999年
ジャン・エシュノーズ（Jean Echenoz）「ぼくは行くよ」 "Je m'en vais"

2000年
ジャン＝ジャック・シュール（Jean-Jacques Schuhl）"Ingrid Caven"

2001年
ジャン＝クリストフ・リュファン（Jean-Christophe Rufin）「ブラジルの赤」 "Rouge Brésil"

2002年
パスカル・キニャール（Pascal Quignard）「さまよえる影」 "Les ombres errantes"

2003年
ジャック＝ピエール・アメット（Jacques-Pierre Amette）「ブレヒトの愛人」 "La maîtresse de Brecht"

2004年
ローラン・ゴデ（Laurent Gaudé）「スコルタの太陽」 "Les Soleil des Scorta"

2005年
フランソワ・ヴェイエルガンス（François Weyergans）「母の家で過ごした三日間」 "Trois jours chez ma mère"

2006年
ジョナサン・リテル（Jonathan Littell）「慈しみの女神たち」 "Les Bienveillantes"

2007年
ジル・ルロワ（Gilles Leroy）「ゼルダ最後のロマンティシスト」 "Alabama Song"

2008年
アティーク・ラヒーミー（Atiq Rahimi）「悲しみを聴く石」 "Syngué Sabour. Pierre de Patience"

2009年
マリー・ンディアイ（Marie NDiaye）"Trois Femmes puissantes"

2010年
: ミシェル・ウエルベック（Michel Houellebecq）「地図と領土」"La Carte et le Territoire"

2011年
: アレクシス・ジェニ（Alexis Jenni）"L'Art français de la guerre"

2012年
: ジェローム・フェラーリ（Jérôme Ferrari）"Le sermon sur la chute de Rome"

2013年
: ピエール・ルメートル（Pierre Lemaitre）"Au revoir là-haut"

2014年
: リディー・サルヴェール（Lydie Salvayre）"Pas pleurer"

2015年
: マティアス・エナール（Mathias Énard）"Boussole"

005　ジェイムズ・テイト・ブラック記念賞　James Tait Black Prizes

　スコットランドのエディンバラ大学が主体となり運営されているイギリス最古の文学賞。1919年、出版人であったジェイムズ・テイト・ブラック（James Tait Black）の未亡人ジャネット・コーツ・ブラック（Janet Coats Black）が亡き夫を追悼し、出版社のA&C Black社と共同で創設した。2013年には、エディンバラ大学とPlaywrights' Studio, Scotlandおよびトラバース・シアター（Traverse Theatre）の関係によって新たに戯曲賞が設けられた。現在、フィクション・伝記・戯曲の3部門につき、年間最優秀作品に授賞されている。

【選考委員】フィクション賞・伝記賞：エディンバラ大学の英文学科の教授。ショートリストの選定には同大学院生も加わる。　戯曲賞：英文学科の学生やスタッフ、Playwrights' Studio, Scotlandおよびトラバース・シアターの代表者ほかを含む審査委員

【選考方法】出版社や制作会社から提出された作品を審査委員により選考

【選考基準】〔対象〕フィクション賞・伝記賞：英語で書かれた作品。著者の国籍は問わない。対象年間にイギリスにおいて初出版、もしくはイギリスと共同出版した書籍。同年に両賞が同一著者へ贈られる場合もある。ただし受賞は両賞合わせ1人につき1度までである。　戯曲賞：上演時間は60分以上。対象年間にプロの劇団によって6公演以上が上演された、英語またはスコットランド語またはゲール語で書かれた脚本。劇作家の国籍は問わない

【締切・発表】（2016年）フィクション賞・伝記賞：出版社は2016年に刊行した出版物を同年12月1日までにエディンバラ大学英文学部へ送付する。翌年8月に開催されるエディンバラ国際ブック・フェスティバルにて受賞者の発表、賞金の授与を行う。　戯曲賞：制作会社は2015年に初めて制作された脚本を2016年2月12日までにエディンバラ大学英文学部へ送付する。8月、発表および賞金の授与を行う。Playwrights' Studio, Scotlandは、ショートリストに選定された脚本の抜粋をリーディング（reading）として上演する。これは、8月のエディンバラ・フェスティバルの期間中、トラバース・シアターにおいて、スコットランド国立劇場の協力により行われる。（本賞の年次表記は選考対象年。授賞はその翌年）

【賞・賞金】フィクション賞（Book prize Fiction）・伝記賞（Book prize Biography）・戯曲賞（Drama prize）各賞金1万ポンド

【URL】http://www.ed.ac.uk/news/events/tait-black

文学・小説一般　　　　　　　　　　　　　　　005 ジェイムズ・テイト・ブラック記念賞

1919年
◇フィクション
　Hugh Walpole "The Secret City"
◇伝記
　H.フェスティング・ジョーンズ（H.Festing Jones）"Samuel Butler, Author Of Erewhon (1835-1902) A Memoir"

1920年
◇フィクション
　D.H.ローレンス（D.H.Lawrence）"The Lost Girl"
◇伝記
　G.M.トレヴェリアン（G.M.Trevelyan）"Lord Grey Of The Reform Bill"

1921年
◇フィクション
　ウォルター・デ・ラ・メア（Walter de la Mare）"Memoirs Of A Midget"
◇伝記
　リットン・ストレイチー（Lytton Strachey）「ヴィクトリア女王」"Queen Victoria"

1922年
◇フィクション
　デイヴィッド・ガーネット（David Garnett）「狐になった奥様」"Lady Into Fox"
◇伝記
　パーシー・ラボック（Percy Lubbock）"Earlham"

1923年
◇フィクション
　アーノルド・ベネット（Arnold Bennett）"Riccyman Stcps"
◇伝記
　ロナルド・ロス（Sir Ronald Ross）"Memoirs, Etc"

1924年
◇フィクション
　E.M.フォースター（E.M.Forster）「インドへの道」"A Passage To India"
◇伝記
　ウィリアム・ウィルソン（William Wilson）"The House Of Airlie"

1925年
◇フィクション
　リアム・オフレアティ（Liam O'Flaherty）「密告者」"The Informer"
◇伝記
　ジェフリー・スコット（Geoffrey Scott）"The Portrait Of Zelide"

1926年
◇フィクション
　ラドクリフ・ホール（Radclyffe Hall）"Adam's Breed"
◇伝記
　H.B.ワークマン（H.B.Workman）"John Wyclif: A Study Of The English Medieval Church"

1927年
◇フィクション
　フランシス・ブレット・ヤング（Francis Brett Young）"Portrait Of Clare"
◇伝記
　H.A.L.フィッシャー（H.A.L.Fisher）"James Bryce, Viscount Bryce Of Dechmont, O.M."

1928年
◇フィクション
　ジークフリート・サスーン（Siegfried Sassoon）"Memoirs Of A Fox-Hunting Man"
◇伝記
　ジョン・バッカン（John Buchan）"Montrose"

1929年
◇フィクション
　J.B.プリーストリー（J.B.Priestley）"The Good Companions"
◇伝記
　ロード・デイヴィッド・セシル（Lord David Cecil）"The Stricken Deer: Or The Life Of Cowper"

1930年
◇フィクション
　E.H.ヤング（E.H.Young）"Miss Mole"
◇伝記
　フランシス・イエーツ・ブラウン（Francis Yeats Brown）「ベンガルの槍騎兵」"Lives Of A Bengal Lancer"

1931年
◇フィクション
　ケイト・オブライエン（Kate O'Brien）

005 ジェイムズ・テイト・ブラック記念賞　　　文学・小説一般

　　"Without My Cloak"
　◇伝記
　　J.Y.R.グレイグ（J.Y.R.Greig）"David Hume"
1932年
　◇フィクション
　　ヘレン・シンプソン（Helen Simpson）"Boomerang"
　◇伝記
　　Stephen Gwynn "The Life Of Mary Kingsley"
1933年
　◇フィクション
　　A.G.マクドネル（A.G.Macdonell）"England, Their England"
　◇伝記
　　ヴァイオレット・クリフトン（Violet Clifton）"The Book Of Talbot"
1934年
　◇フィクション
　　ロバート・グレーヴス（Robert Graves）「この私、クラウディウス」"I, Claudius"および"Claudius The God"
　◇伝記
　　J.E.ニール（J.E.Neale）"Queen Elizabeth"
1935年
　◇フィクション
　　L.H.マイヤーズ（L.H.Myers）"The Root And The Flower"
　◇伝記
　　レイモンド・ウィルソン・チェンバーズ（R.W.Chambers）「トマス・モアの生涯」"Thomas More"
1936年
　◇フィクション
　　ウィニフレッド・ホルトビー（Winifred Holtby）「サウス・ライディング—英国の一風景」"South Riding"
　◇伝記
　　エドワード・サックビル・ウエスト（Edward Sackville West）"A Flame In Sunlight: The Life And Work Of Thomas de Quincey"
1937年
　◇フィクション
　　ニール・M.ガン（Neil M.Gunn）"Highland River"
　◇伝記
　　ユースタス・パーシー（Lord Eustace Percy）"John Knox"
1938年
　◇フィクション
　　セシル・スコット・フォレスター（C.S. Forester）「燃える戦列艦」"A Ship Of The Line"および「勇者の帰還」"Flying Colours"
　◇伝記
　　エドモンド・チェンバーズ（Sir Edmund Chambers）"Samuel Taylor Coleridge"
1939年
　◇フィクション
　　オルダス・ハクスリー（Aldous Huxley）"After Many A Summer Dies The Swan"
　◇伝記
　　デイヴィッド・C.ダグラス（David C. Douglas）"English Scholars"
1940年
　◇フィクション
　　チャールズ・モーガン（Charles Morgan）「扉開きぬ」"The Voyage"
　◇伝記
　　ヒルダ・F.M.プレスコット（Hilda F.M. Prescott）"Spanish Tudor"
1941年
　◇フィクション
　　ジョイス・ケアリー（Joyce Cary）"A House Of Children"
　◇伝記
　　ジョン・ゴア（John Gore）"King George V"
1942年
　◇フィクション
　　アーサー・ウェイリー（Arthur Whaley）「西遊記」"Monkey"（原作：呉承恩）
　◇伝記
　　Lord Ponsonby of Shulbrede "Henry Ponsonby: Queen Victoria's Private Secretary"

1943年
◇フィクション
メアリ・ラヴィン（Mary Lavin）"Tales From Bective Bridge"
◇伝記
G.G.クールトン（G.G.Coulton）"Fourscore Years"

1944年
◇フィクション
Forrest Reid "Young Tom"
◇伝記
C.ヴェロニカ・ウェッジウッド（C.Veronica Wedgwood）「オラニエ公ウィレム―オランダ独立の父」"William The Silent"

1945年
◇フィクション
L.A.G.ストロング（L.A.G.Strong）"Travellers"
◇伝記
D.S.マッコール（D.S.MacColl）"Philip Wilson Steer"

1946年
◇フィクション
G.オリヴァー・オニオンズ（G.Oliver Onions）"Poor Man's Tapestry"
◇伝記
R.オルディントン（R.Aldington）"Wellington"

1947年
◇フィクション
L.P.ハートリー（L.P.Hartley）"Eustace And Hilda"
◇伝記
C.C.E.レイヴン（C.C.E.Raven）"English Naturalists From Neckham To Ray"

1948年
◇フィクション
グレアム・グリーン（Graham Greene）「事件の核心」"The Heart Of The Matter"
◇伝記
パーシー・A.ショールズ（Percy A.Scholes）"The Great Dr. Burney"

1949年
◇フィクション
エマ・スミス（Emma Smith）"The Far Cry"
◇伝記
ジョン・コンネル（John Connell）"W. E. Henley"

1950年
◇フィクション
Robert Henriquez "Along The Valley"
◇伝記
セシル・ウッダム＝スミス（Cecil Woodham-Smith）「フロレンス・ナイチンゲールの生涯」"Florence Nightingale"

1951年
◇フィクション
W.C.チャップマン＝モーティマー（W.C. Chapman-Mortimer）"Father Goose"
◇伝記
ノエル・G.アナン（Noel G.Annan）"Leslie Stephen"

1952年
◇フィクション
イーヴリン・ウォー（Evelyn Waugh）"Men At Arms"
◇伝記
G.M.ヤング（G.M.Young）"Stanley Baldwin"

1953年
◇フィクション
マーガレット・ケネディ（Margaret Kennedy）"Troy Chimneys"
◇伝記
カローラ・オーマン（Carola Oman）"Sir John Moore"

1954年
◇フィクション
C.P.スノー（C.P.Snow）「新しい人間たち」"The New Men"および"The Masters" in sequence
◇伝記
Keith Feiling "Warren Hastings"

1955年
◇フィクション
アイビー・コンプトン＝バーネット（Ivy Compton-Burnett）"Mother And Son"
◇伝記

R.W.Ketton-Cremer "Thomas Gray"
1956年
　◇フィクション
　　ローズ・マコーレー（Rose Macauley）"The Towers Of Trebizond"
　◇伝記
　　ジョン・アーヴィン（St. John Greer Ervine）"George Bernard Shaw"
1957年
　◇フィクション
　　Anthony Powell "At Lady Molly's"
　◇伝記
　　モリス・クランストン（Maurice Cranston）"Life Of John Locke"
1958年
　◇フィクション
　　アンガス・ウィルソン（Angus Wilson）"The Middle Age Of Mrs. Eliot"
　◇伝記
　　Joyce Hemlow "The History of Fanny Burney"
1959年
　◇フィクション
　　モーリス・ウェスト（Morris West）"The Devil's Advocate"
　◇伝記
　　クリストファー・ハサル（Christopher Hassall）"Edward Marsh"
1960年
　◇フィクション
　　レックス・ウォーナー（Rex Warner）"Imperial Caesar"
　◇伝記
　　キャノン・アダム・フォックス（Canon Adam Fox）"The Life Of Dean Inge"
1961年
　◇フィクション
　　ジェニファー・ドーソン（Jennifer Dawson）"The Ha-Ha"
　◇伝記
　　M.K.アシュビー（M.K.Ashby）"Joseph Ashby Of Tysoe"
1962年
　◇フィクション
　　ロナルド・ハーディ（Ronald Hardy）"Act Of Destruction"
　◇伝記
　　メリオル・トレバー（Meriol Trevor）"Newman: The Pillar Of The Cloud" および "Newman: Light In Winter"
1963年
　◇フィクション
　　ゲルダ・チャールズ（Gerda Charles）"A Slanting Light"
　◇伝記
　　Georgina Battiscome "John Keble: A Study In Limitations"
1964年
　◇フィクション
　　フランク・トゥーイ（Frank Tuohy）"The Ice Saints"
　◇伝記
　　エリザベス・ロングフォード（Elizabeth Longford）"Victoria R.I."
1965年
　◇フィクション
　　ミュリエル・スパーク（Muriel Spark）「マンデルバウム・ゲイト」（『世界の文学16』（集英社）収録）"The Mandelbaum Gate"
　◇伝記
　　メアリ・ムアマン（Mary Moorman）"William Wordsworth, The Later Years 1803-1850"
1966年
　◇フィクション
　　クリスティン・ブルック＝ローズ（Christine Brooke-Rose）"Such" Aidan Higgins "Langrishe, Go Down"
　◇伝記
　　Geoffrey Keynes "The Life Of William Harvey"
1967年
　◇フィクション
　　マーガレット・ドラブル（Margaret Drabble）「黄金のイェルサレム」"Jerusalem The Golden"
　◇伝記
　　ウィニフレッド・ゲラン（Winifred Gérin）"Charlotte Brontë: The Evolution Of Genius"

1968年
◇フィクション
　マギー・ロス（Maggie Ross）"The Gasteropod"
◇伝記
　Gordon S.Haight "George Eliot"

1969年
◇フィクション
　エリザベス・ボウエン（Elizabeth Bowen）「エヴァ・トラウト」"Eva Trout"
◇伝記
　アントニア・フレイザー（Antonia Fraser）「スコットランド女王メアリ」"Mary, Queen Of Scots"

1970年
◇フィクション
　Lily Powell "The Bird Of Paradise"
◇伝記
　Jasper Ridley "Lord Palmerston"

1971年
◇フィクション
　ナディン・ゴーディマー（Nadine Gordimer）"A Guest Of Honour"
◇伝記
　Julia Namier "Lewis Namier"

1972年
◇フィクション
　ジョン・バージャー（John Berger）「G.」"G."
◇伝記
　クウェンティン・ベル（Quentin Bell）「ヴァージニア・ウルフ伝」"Virginia Woolf"

1973年
◇フィクション
　アイリス・マードック（Iris Murdoch）「黒衣の王子」"The Black Prince"
◇伝記
　ロビン・レイン・フォックス（Robin Lane Fox）「アレクサンドロス大王」"Alexander The Great"

1974年
◇フィクション
　ロレンス・ダレル（Lawrence Durrell）"Monsieur, Or The Prince Of Darkness"
◇伝記
　ジョン・ウェイン（John Wain）"Samuel Johnson"

1975年
◇フィクション
　ブライアン・ムーア（Brian Moore）"The Great Victorian Collection"〈Cape〉
◇伝記
　カール・ミラー（Karl Miller）"Cockburn's Millennium"〈Duckworth〉

1976年
◇フィクション
　ジョン・バンヴィル（John Banville）「コペルニクス博士」"Doctor Copernicus"〈Secker & Warburg〉
◇伝記
　ロナルド・ヒングリー（Ronald Hingley）"A New Life Of Chekhov"〈OUP〉

1977年
◇フィクション
　ジョン・ル・カレ（John Le Carré）「スクールボーイ閣下」"The Honourable Schoolboy"〈Hodder & Stoughton〉
◇伝記
　ジョージ・ペインター（George Painter）"Chateaubriand, Vol.1: The Longed-For Tempests"〈Chatto & Windus〉

1978年
◇フィクション
　モーリス・ジー（Maurice Gee）「プラム―ある家族の愛と憎しみ」"Plumb"〈Faber〉
◇伝記
　ロバート・ギッティングズ（Robert Gittings）"The Older Hardy"〈Heinemann Educational〉

1979年
◇フィクション
　ウィリアム・ゴールディング（William Golding）「目に見える闇」"Darkness Visible"〈Faber〉
◇伝記
　ブライアン・フィニー（Brian Finney）"Christopher Isherwood: A Critical Biography"〈Faber〉

005 ジェイムズ・テイト・ブラック記念賞　　　　　　　　　　　　　　文学・小説一般

1980年
　◇フィクション
　　J.M.クッツェー（J.M.Coetzee）「夷狄を待ちながら」 "Waiting For The Barbarians"〈Secker & Warburg〉
　◇伝記
　　ロバート・B.マーティン（Robert B. Martin）"Tennyson: The Unquiet Heart"〈OUP〉

1981年
　◇フィクション
　　サルマン・ラシュディ（Salman Rushdie）「真夜中の子供たち」 "Midnight's Children"〈Cape〉
　　ポール・セロー（Paul Theroux）「モスキート・コースト」 "The Mosquito Coast"〈Hamish Hamilton〉
　◇伝記
　　ヴィクトリア・グレンディニング（Victoria Glendinning）"Edith Sitwell: Unicorn Among Lions"〈Weidenfeld〉

1982年
　◇フィクション
　　ブルース・チャトウィン（Bruce Chatwin）「黒ヶ丘の上で」 "On the Black Hill"〈Cape〉
　◇伝記
　　リチャード・エルマン（Richard Ellmann）「ジェイムズ・ジョイス伝」 "James Joyce"〈OUP〉

1983年
　◇フィクション
　　Jonathan Keates "Allegro Postillions"〈Salamander Press〉
　◇伝記
　　アラン・ウォーカー（Alan Walker）"Franz Liszt: The Virtuoso Years"〈Faber〉

1984年
　◇フィクション
　　J.G.バラード（J.G.Ballard）「太陽の帝国」 "Empire Of The Sun"〈Gollancz〉
　　アンジェラ・カーター（Angela Carter）「夜ごとのサーカス」 "Nights At The Circus"〈Chatto & Windus〉
　◇伝記
　　リンダル・ゴードン（Lyndall Gordon）「ヴァージニア・ウルフ―作家の一生」 "Virginia Woolf: A Writer's Life"〈OUP〉

1985年
　◇フィクション
　　ロバート・エドリック（Robert Edric）"Winter Garden"〈André Deutsch〉
　◇伝記
　　デイヴィッド・ノークス（David Nokes）"Jonathan Swift: A Hypocrite Reversed"〈OUP〉

1986年
　◇フィクション
　　ジェニー・ジョセフ（Jenny Joseph）"Persephone"〈Bloodaxe Books〉
　◇伝記
　　D.フェリキタス・コリガン（D.Felicitas Corrigan）"Helen Waddell"〈Victor Gollancz〉

1987年
　◇フィクション
　　ジョージ・マッカイ・ブラウン（George Mackay Brown）"The Golden Bird: Two Orkney Stories"〈John Murray〉
　◇伝記
　　ルース・ダドリー・エドワーズ（Ruth Dudley Edwards）"Victor Gollancz: A Biography"〈Victor Gollancz〉

1988年
　◇フィクション
　　ピアズ・ポール・リード（Piers Paul Read）"A Season In The West"〈Secker & Warburg〉
　◇伝記
　　ブライアン・マクギネス（Brian McGuinness）「ウィトゲンシュタイン評伝―若き日のルートヴィヒ 1889-1921」 "Wittgenstein, A Life: Young Ludwig (1889-1921)"〈Duckworth〉

1989年
　◇フィクション
　　ジェームズ・ケルマン（James Kelman）"A Disaffection"〈Secker & Warburg〉
　◇伝記
　　イアン・ギブソン（Ian Gibson）「ロルカ」 "Federico Garcia Lorca: A Life"〈Faber

&Faber〉

1990年
◇フィクション
ウィリアム・ボイド(William Boyd) "Brazzaville Beach"〈Sinclair Stevenson〉
◇伝記
クレア・トマリン(Claire Tomalin) "The Invisible Woman: The Story Of Nelly Ternan And Charles Dickens"〈Viking〉

1991年
◇フィクション
イアン・シンクレア(Iain Sinclair) "Downriver"〈Michael Joseph〉
◇伝記
エイドリアン・デズモンド(Adrian Desmond), ジェイムズ・ムーア(James Moore)「ダーウィン―世界を変えたナチュラリストの生涯」 "Darwin"〈Paladin〉

1992年
◇フィクション
ローズ・トレメイン(Rose Tremain) "Sacred Country"〈Sinclair Stevenson〉
◇伝記
チャールズ・ニコル(Charles Nicoll) "The Reckoning: The Murder Of Christopher Marlowe"〈Jonathan Cape〉

1993年
◇フィクション
キャリル・フィリップス(Caryl Phillips) "Crossing The River"〈Bloomsbury〉
◇伝記
リチャード・ホームズ(Richard Holmes) "Dr. Johnson And Mr.Savage"〈Hodder & Stoughton〉

1994年
◇フィクション
アラン・ホリングハースト(Alan Hollinghurst) "The Folding Star"〈Chatto & Windus〉
◇伝記
ドリス・レッシング(Doris Lessing) "Under My Skin"〈Harper Collins〉

1995年
◇フィクション
クリストファー・プリースト(Christopher Priest)「奇術師」 "The Prestige"〈Touchstone〉
◇伝記
ジッタ・セレニー(Gitta Sereny) "Albert Speer: His Battle with the Truth"〈Macmillan〉

1996年
◇フィクション
グレアム・スウィフト(Graham Swift)「ラスト・オーダー」(改題「最後の注文」) "Last Orders"〈Picador Macmillan〉
アリス・トンプソン(Alice Thompson) "Justine"
◇伝記
Diarmaid MacCulloch "Thomas Cranmer: A Life"〈Yale〉

1997年
◇フィクション
アンドリュー・ミラー(Andrew Miller)「器用な痛み」 "Ingenious Pain"〈Sceptre〉
◇伝記
R.F.フォスター(R.F.Foster) "W.B. Yeats: A Life Volume1"

1998年
◇フィクション
ベリル・ベインブリッジ(Beryl Bainbridge) "Master Georgie"〈Duckworth〉
◇伝記
ピーター・アクロイド(Peter Ackroyd) "The Life of Thomas More"〈Chatto & Windus〉

1999年
◇フィクション
ティモシー・モー(Timothy Mo) "Renegade or Halo 2"〈Paddleless Press〉
◇伝記
Kathryn Hughes "George Eliot: The Last Victorian"〈Fourth Estate〉

2000年
◇フィクション
ゼイディー・スミス(Zadie Smith)「ホワイト・ティース」 "White Teeth"〈Penguin UK〉
◇伝記
マーティン・エイミス(Martin Amis) "Experience"〈Jonathan Cape〉

005 ジェイムズ・テイト・ブラック記念賞

2001年
　◇フィクション
　　シド・スミス（Sid Smith）"Something Like a House"〈Picador〉
　◇伝記
　　ロバート・スキデルスキー（Robert Skidelsky）"John Maynard Keynes: Volume3 Fighting For Britain 1937-1946"〈Macmillan〉

2002年
　◇フィクション
　　ジョナサン・フランゼン（Jonathan Franzen）「コレクションズ」"The Corrections"〈Fourth Estate〉
　◇伝記
　　Jenny Uglow "The Lunar Men: The Friends Who Made the Future 1730-1810"〈Faber〉

2003年
　◇フィクション
　　アンドリュー・オヘイガン（Andrew O'Hagan）"Personality"〈Faber〉
　◇伝記
　　ジャネット・ブラウン（Janet Browne）"Charles Darwin: Volume2"

2004年
　◇フィクション
　　デイヴィッド・ピース（David Peace）"GB84"〈Faber〉
　◇伝記
　　ジョナサン・ベイト（Jonathan Bate）"John Clare: A Biography"〈Picador〉

2005年
　◇フィクション
　　イアン・マキューアン（Ian McEwan）「土曜日」"Saturday"〈Jonathan Cape〉
　◇伝記
　　スー・プリドー（Sue Prideaux）「ムンク伝」"Edvard Munch: Behind The Scream"〈Yale University Press〉

2006年
　◇フィクション
　　コーマック・マッカーシー（Cormac McCarthy）「ザ・ロード」"The Road"〈Picador〉
　◇伝記
　　バイロン・ロジャース（Byron Rogers）"The Man Who Went into the West: The Life of R.S.Thomas"〈Aurum Press〉

2007年
　◇フィクション
　　Rosalind Belben "Our Horses in Egypt"〈Chatto & Windus〉
　◇伝記
　　ローズマリー・ヒル（Rosemary Hill）"God's Architect: Pugin and the Building of Romantic Britain"〈Allen Lane〉

2008年
　◇フィクション
　　セバスチャン・バリー（Sebastian Barry）"The Secret Scripture"〈Faber and Faber〉
　◇伝記
　　マイケル・ホルロイド（Michael Holroyd）"A Strange Eventful History: The Dramatic Lives of Ellen Terry, Henry Irving and their Remarkable Families"〈Chatto & Windus〉

2009年
　◇フィクション
　　A.S.バイアット（A.S.Byatt）"The Children's Book"〈Chatto & Windus〉
　◇伝記
　　ジョン・ケアリー（John Carey）"William Golding: The Man Who Wrote Lord of the Flies"〈Faber〉

2010年
　◇フィクション
　　Tatjani Soli "The Lotus Eaters"〈St. Martin's Press〉
　◇伝記
　　ヒラリー・スパーリング（Hilary Spurling）"Burying the Bones: Pearl Buck in China"〈Profile Books Ltd.〉

2011年
　◇フィクション
　　パジェット・パウエル（Padgett Powell）"You and I"〈Serpent's Tail〉
　◇伝記
　　フィオナ・マッカーシー（Fiona

文学・小説一般　　　　　　　　　　　　　　　　　　　　　　　　　　　　　006 スコシアバンク・ギラー賞

　　MacCarthy）"The Last Pre-Raphaelite Edward Burne-Jones and the Victorian Imagination"〈Faber & Faber〉

2012年
◇フィクション
　　アラン・ウォーナー（Alan Warner）"The Deadman's Pedal"〈Jonathan Cape〉
◇伝記
　　Tanya Harrod "The Last Sane Man: Michael Cardew, Modern Pots, Colonialism and the Counterculture"〈Yale University Press〉
◇戯曲
　　ティム・プライス（Tim Price）"The Radicalisation of Bradley Manning"

2013年
◇フィクション
　　ジム・クレイス（Jim Crace）"Harvest"〈Picador〉
◇伝記
　　ハーマイオニー・リー（Hermione Lee）"Penelope Fitzgerald: A life"〈Chatto & Windus〉
◇戯曲
　　Rory Mullarkey "Cannibals"

2014年
◇フィクション
　　Zia Haider Rahman "In the Light of What We Know"〈Picador〉
◇伝記
　　リチャード・ベンソン（Richard Benson）"The Valley: A Hundred Years in the Life of a Family"〈Bloomsbury〉
◇戯曲
　　Gordon Dahlquist "Tomorrow Come Today"

006　スコシアバンク・ギラー賞　Scotiabank Giller Prize

　1994年に，カナダ・トロントのジャック・ラビノヴィッチ（Jack Rabinovitch）が，前年に世を去った妻ドリス・ギラー（Doris Giller 日刊新聞「トロント・スター」の文学編集者）を偲び創設した文学賞。以前は，ギラー賞（Giller Prize）の名で行っていたが，2005年より，カナダのスコシアバンク（ノヴァ・スコシア銀行）が協力を開始，正式名称を現在の賞名に改称して実施している。

【主催者】スコシアバンク（Scotiabank），ジャック・ラビノヴィッチ（Jack Rabinovitch）

【選考委員】（2016年）サマンサ・ハーヴェイ（Samantha Harvey），Jeet Heer, Lawrence Hill，アラン・ウォーナー（Alan Warner），Kathleen Winter

【選考方法】出版社から候補作品の提出を受け付ける。出版社未提出の作品について主催者側から指定し，提出を依頼する場合がある。選考委員により，ロングリスト10～12作品，ショートリスト3～5作品を選出後，受賞作を決定する

【選考基準】（2016年）対象：カナダ国籍もしくは永住権をもつ作家により書かれた，初版の長編小説もしくは短編小説集。英語で書かれた本もしくは英訳本。カナダで2015年10月1日～翌年9月30日に出版された本。自費出版本は対象外。ヤングアダルト向け作品は対象外

【締切・発表】（2016年）候補作品の提出締め切り：2016年8月15日。ロングリストの発表：9月上旬。ショートリストの発表：10月。受賞者発表：トロントで11月8日に行われる授賞式にて発表

【賞・賞金】賞金：受賞者10万カナダドル。最終候補者：各1万カナダドル

【URL】http://www.scotiabankgillerprize.ca/

1994年
　　M.G.ヴァッサンジ（M.G.Vassanji）"The Book of Secrets"〈McClelland &

007 ストレーガ賞

Stewart〉

1995年
　ロヒントン・ミストリー（Rohinton Mistry）"A Fine Balance"〈McClelland & Stewart〉

1996年
　マーガレット・アトウッド（Margaret Atwood）「またの名をグレイス」"Alias Grace"〈Doubleday Canada〉

1997年
　モルデカイ・リッチラー（Mordecai Richler）"Barney's Version"〈Alfred A. Knopf Canada〉

1998年
　アリス・マンロー（Alice Munro）「善き女の愛」"The Love of a Good Woman"〈McClelland & Stewart〉

1999年
　ボニー・バーナード（Bonnie Burnard）"A Good House"〈Harper Flamingo Canada〉

2000年
　マイケル・オンダーチェ（Michael Ondaatje）「アニルの亡霊」"Anil's Ghost"〈McClelland & Stewart〉

2001年
　リチャード・B.ライト（Richard B.Wright）"Clara Callan"〈Harper Flamingo Canada〉

2002年
　オースティン・クラーク（Austin Clarke）"The Polished Hoe"〈Thomas Allen Publishers〉

2003年
　M.G.ヴァッサンジ（M.G.Vassanji）「ヴィクラム・ラルの狭間の世界」"The In-Between World of Vikram Lall"〈Doubleday Canada〉

2004年
　アリス・マンロー（Alice Munro）"Runaway"〈McClelland & Stewart / Douglas Gibson Books〉

2005年
　David Bergen "The Time In Between"〈McClelland & Stewart〉

2006年
　ヴィンセント・ラム（Vincent Lam）「ER研修医たちの現場から」"Bloodletting & Miraculous Cures"〈Doubleday Canada〉

2007年
　エリザベス・ヘイ（Elizabeth Hay）"Late Nights on Air"〈McClelland & Stewart〉

2008年
　ジョセフ・ボイデン（Joseph Boyden）"Through Black Spruce"〈Viking Canada〉

2009年
　リンデン・マッキンタイア（Linden MacIntyre）"The Bishop's Man"〈Random House Canada〉

2010年
　Johanna Skibsrud "The Sentimentalists"〈Gaspereau Press〉

2011年
　エシ・エドゥジアン（Esi Edugyan）"Half-Blood Blues"〈Thomas Allen Publishers〉

2012年
　ウィル・ファーガソン（Will Ferguson）"419"〈Viking Canada〉

2013年
　リン・コーディ（Lynn Coady）"Hellgoing"〈House of Anansi Press〉

2014年
　Sean Michaels "Us Conductors"〈Random House Canada〉

2015年
　アンドレ・アレクシス（André Alexis）"Fifteen Dogs"〈Coach House Books〉

007　ストレーガ賞　Premio Strega

1947年創設のイタリア文学界最高峰の賞。ローマのベロンチ夫妻（Maria Bellonci,

Goffredo Bellonci) の家に集っていた「日曜日の友人たち」(文学的な定期集会の参加者)が賞の創設を発案。戦後まもない時期, イタリア文化の再生に寄与すべき新しい文学賞として誕生した。賞名は, 後援者のグイード・アルベルティ (Guido Alberti) の一族が製造するリキュールの名からとられた。

- 【主催者】Fondazione Maria e Goffredo Bellonci
- 【選考委員】「日曜日の友人たち」(Amici della Domenica) のメンバー。イタリアの多分野におよぶ(作家, ジャーナリスト, 学者, 芸術家, 映画館や劇場関係者など)男女400名で構成される
- 【選考方法】「日曜日の友人たち」のメンバーを中心に選考が行われる。ノミネートには, メンバー最低2名の推薦が必要。候補作に対し, メンバーによる2回の連続投票が実施され, 最初の投票で原則5作に絞られ, 2回目の投票で受賞1作を決定する
- 【選考基準】〔対象〕例年4月1日〜3月31日の期間に, イタリア国内で出版された書籍(フィクション)
- 【締切・発表】投票の1回目は6月にベロンチ家で, 2回目は7月初旬にローマのヴィラ・ジュリア館のニンフェウムで行われる
- 【URL】http://www.premiostrega.it/

第1回 (1947年)
　エンニオ・フライアーノ (Ennio Flaiano) "Tempo di uccidere"〈Longanesi〉

第2回 (1948年)
　ヴィンチェンツォ・カルダレッリ (Vincenzo Cardarelli) "Villa Tarantola"〈Meridiana〉

第3回 (1949年)
　G.B.アンジョレッティ (G.B.Angioletti) "La memoria"〈Bompiani〉

第4回 (1950年)
　チェーザレ・パヴェーゼ (Cesare Pavese)「美しい夏」"La bella estate"〈Einaudi〉

第5回 (1951年)
　コラード・アルバロ (Corrado Alvaro) "Quasi una vita"〈Bompiani〉

第6回 (1952年)
　アルベルト・モラヴィア (Alberto Moravia) "I racconti"〈Bompiani〉

第7回 (1953年)
　マッシモ・ボンテンペルリ (M. Bontempelli) "L'amante fedele"〈Mondadori〉

第8回 (1954年)
　マリオ・ソルダーティ (Mario Soldati)「偽られた抱擁」"Lettere da Capri"〈Garzanti〉

第9回 (1955年)
　ジョヴァンニ・コミッソ (Giovanni Comisso) "Un gatto attraversa la strada"〈Mondadori〉

第10回 (1956年)
　ジョルジョ・バッサーニ (Giorgio Bassani) "Cinque storie ferraresi"〈Einaudi〉

第11回 (1957年)
　エルサ・モランテ (Elsa Morante)「アルトゥーロの島」"L'isola di Arturo"〈Einaudi〉

第12回 (1958年)
　ディーノ・ブッツァーティ (Dino Buzzati)『七人の使者―短編集』"Sessanta racconti"〈Mondadori〉

第13回 (1959年)
　ジュゼッペ・トマージ・ディ・ランペドゥーサ (Giuseppe Tomasi di Lampedusa)「山猫」"Il Gattopardo"〈Feltrinelli〉

第14回 (1960年)
　カルロ・カッソーラ (Carlo Cassola)「ブーベの恋人」"La ragazza di Bube"〈Einaudi〉

第15回 (1961年)
　ラファエレ・ラ・カプリア (Raffaele La Capria) "Ferito a morte"〈Bompiani〉

第16回（1962年）
　マリオ・トビーノ（Mario Tobino）"Il clandestino"〈Mondadori〉
第17回（1963年）
　ナタリア・ギンズブルグ（Natalia Ginzburg）「ある家族の会話」"Lessico famigliare"〈Einaudi〉
第18回（1964年）
　ジョヴァンニ・アルピーノ（Giovanni Arpino）"L'ombra delle colline"〈Mondadori〉
第19回（1965年）
　パオロ・ヴォルポーニ（Paolo Volponi）「アンテオの世界」（『現代イタリア文学 11』収録）"La macchina mondiale"〈Garzanti〉
第20回（1966年）
　ミケーレ・プリスコ（Michele Prisco）"Una spirale di nebbia"〈Rizzoli〉
第21回（1967年）
　アンナ・マリア・オルテーゼ（Anna Maria Ortese）"Poveri e semplici"〈Vallecchi〉
第22回（1968年）
　アルベルト・ベヴィラックァ（Alberto Bevilacqua）"L'occhio del gatto"〈Rizzoli〉
第23回（1969年）
　ラッラ・ロマーノ（Lalla Romano）「親と子の語らい」"Le parole tra noi leggere"〈Einaudi〉
第24回（1970年）
　グイード・ピオヴェーネ（Guido Piovene）「冷たい星」"Le stelle fredde"〈Mondadori〉
第25回（1971年）
　ラファエロ・ブリニェッティ（Raffaello Brignetti）「黄金の浜辺」"La spiaggia d'oro"〈Rizzoli〉
第26回（1972年）
　ジュゼッペ・デッシ（Giuseppe Dessì）"Paese d'ombre"〈Mondadori〉
第27回（1973年）
　Manlio Cancogni "Allegri, gioventù"〈Rizzoli〉

第28回（1974年）
　グリエルモ・ペトローニ（Guglielmo Petroni）"La morte del fiume"〈Mondadori〉
第29回（1975年）
　トンマーゾ・ランドルフィ（Tommaso Landolfi）"A caso"〈Rizzoli〉
第30回（1976年）
　ファウスタ・チャレンテ（Fausta Cialente）"Le quattro ragazze Wieselberger"〈Mondadori〉
第31回（1977年）
　Fulvio Tomizza "La miglior vita"〈Rizzoli〉
第32回（1978年）
　フェルディナンド・カモン（Ferdinando Camon）"Un altare per la madre"〈Garzanti〉
第33回（1979年）
　プリーモ・レーヴィ（Primo Levi）"La chiave a stella"〈Einaudi〉
第34回（1980年）
　ヴィットリオ・ゴレッジオ（Vittorio Gorresio）"La vita ingenua"〈Rizzoli〉
第35回（1981年）
　ウンベルト・エーコ（Umberto Eco）「薔薇の名前」"Il nome della rosa"〈Bompiani〉
第36回（1982年）
　ゴッフレード・パリーゼ（Goffredo Parise）"Sillabario n.2"〈Mondadori〉
第37回（1983年）
　Mario Pomilio "Il Natale del 1833"〈Rusconi〉
第38回（1984年）
　ピエトロ・チタティ（Pietro Citati）"Tolstoj"〈Longanesi〉
第39回（1985年）
　Carlo Sgorlon "L'armata dei fiumi perduti"〈Mondadori〉
第40回（1986年）
　マリア・ベロンチ（Maria Bellonci）「ルネサンスの華―イザベッラ・デステの愛と生涯」"Rinascimento privato"

文学・小説一般　　　　　　　　　　　　　　　　　　　　　　　　　　　　　　007 ストレーガ賞

〈Mondadori〉

第41回（1987年）
　スタニズラオ・ニエヴォ（Stanislao Nievo）"Le isole del paradiso"〈Mondadori〉

第42回（1988年）
　ジェズアルド・ブファリーノ（Gesualdo Bufalino）「その夜の嘘」"Le menzogne della notte"〈Bompiani〉

第43回（1989年）
　ジュゼッペ・ポンティッジャ（Giuseppe Pontiggia）"La grande sera"〈Mondadori〉

第44回（1990年）
　セバスティアーノ・ヴァッサリ（Sebastiano Vassali）"La Chimera"〈Einaudi〉

第45回（1991年）
　パオロ・ヴォルポーニ（Paolo Volponi）"La strada per Roma"〈Einaudi〉

第46回（1992年）
　ヴィンチェンツォ・コンソロ（Vincenzo Consolo）"Nottetempo, casa per casa"〈Mondadori〉

第47回（1993年）
　ドメニコ・レア（Domenico Rea）"Ninfa plebea"〈Leonardo〉

第48回（1994年）
　Giorgio Montefoschi "La casa del padre"〈Bompiani〉

第49回（1995年）
　M.Teresa Di Lascia "Passaggio in ombra"〈Feltrinelli〉

第50回（1996年）
　アレッサンドロ・バルベーロ（Alessandro Barbero）"Bella vita e guerre altrui di Mr Pyle, gentiluomo"〈Mondadori〉

第51回（1997年）
　クラウディオ・マグリス（Claudio Magris）"Microcosmi"〈Garzanti〉

第52回（1998年）
　エンツォ・シチリアーノ（Enzo Siciliano）"I bei momenti"〈Mondadori〉

第53回（1999年）
　ダーチャ・マライーニ（Dacia Maraini）"Buio"〈Rizzoli〉

第54回（2000年）
　エルネスト・フェレーロ（Ernesto Ferrero）"N."〈Einaudi〉

第55回（2001年）
　ドメニコ・スタルノーネ（Domenico Starnone）"Via Gemito"〈Feltrinelli〉

第56回（2002年）
　マルガレート・マッツァンティーニ（Margaret Mazzantini）「動かないで」"Non ti muovere"〈Mondadori〉

第57回（2003年）
　メラニア・G.マッツッコ（Melania G. Mazzucco）"Vita"〈Rizzoli〉

第58回（2004年）
　ウーゴ・リッチャレルリ（Ugo Riccarelli）"Il dolore perfetto"〈Mondadori〉

第59回（2005年）
　Maurizio Maggiani "Il viaggiatore notturno"〈Feltrinelli〉

第60回（2006年）
　サンドロ・ヴェロネージ（Sandro Veronesi）「静かなカオス」"Caos calmo"〈Bompiani〉

第61回（2007年）
　ニコロ・アンマニーティ（Niccolò Ammaniti）"Come Dio comanda"〈Mondadori〉

第62回（2008年）
　パオロ・ジョルダーノ（Paolo Giordano）「素数たちの孤独」"La solitudine dei numeri primi"〈Mondadori〉

第63回（2009年）
　ティツィアーノ・スカルパ（Tiziano Scarpa）「スターバト・マーテル」"Stabat Mater"〈Einaudi〉

第64回（2010年）
　アントニオ・ペンナッキ（Antonio Pennacchi）"Canale Mussolini"〈Mondadori〉

第65回（2011年）
　エドアルド・ネシ（Edoardo Nesi）"Storia della mia gente"

第66回（2012年）
　アレッサンドロ・ピペルノ（Alessandro

海外文学賞事典　59

Piperno) "Inseparabili.Il fuoco amico dei ricordi"
第67回（2013年）
Walter Siti "Resistere non serve a niente"
第68回（2014年）
フランチェスコ・ピッコロ（Francesco Piccolo）"Il desiderio di essere come tutti"
第69回（2015）
ニコラ・ラジョイア（Nicola Lagioia）"La ferocia"

008　セルバンテス賞　Premios Miguel de Cervantes

スペイン文化省が1976年にスペイン語文化に著しい貢献をした作家を公的に称讃することを目的として創設した。スペイン語圏で最高権威の文学賞とされる。賞名は、スペインの小説家で「ドン・キホーテ」の著者として知られるミゲル・デ・セルバンテス（Miguel de Cervantes Saavedra 1547-1616）の名からとられた。

【主催者】スペイン文化省（Spain Ministerio de Cultura）
【選考基準】〔対象〕スペイン語で執筆する作家の全業績
【締切・発表】セルバンテスの命日4月23日、国王夫妻の出席のもとアルカラ・デ・エナーレス大学の講堂で授賞式が行われる
【賞・賞金】賞金12万5000ユーロ
【URL】http：//www.mcu.es/

1976年
　ホルヘ・ギリェン（Jorge Guillén）
1977年
　アレホ・カルペンティエル（Alejo Carpentier）
1978年
　ダマソ・アロンソ（Damaso Alonso）
1979年
　ホルヘ・ルイス・ボルヘス（Jorge Luis Borges）
　ヘラルド・ディエゴ（Gerardo Diego）
1980年
　フアン・カルロス・オネッティ（Juan Carlos Onetti）
1981年
　オクタビオ・パス（Octavio Paz）
1982年
　ルイス・ロサーレス（Luis Rosales）
1983年
　ラファエル・アルベルティ（Rafael Alberti）
1984年
　エルネスト・サバト（Ernesto Sábato）
1985年
　ゴンサロ・トレンテ・バリェステル（Gonzalo Torrente Ballester）
1986年
　アントニオ・ブエロ・バリェホ（Antonio Buero Vallejo）
1987年
　カルロス・フェンテス（Carlos Fuentes）
1988年
　マリーア・サンブラノ（María Zambrano）
1989年
　オーガスト・ロア・バストス（Augusto Roa Bastos）
1990年
　アドルフォ・ビオイ＝カサーレス（Adolfo Bioy-Casares）
1991年
　フランシスコ・アヤラ（Francisco Ayala）

1992年
　ドゥルセ・マリア・ロイナス（Dulce María Loynaz）
1993年
　ミゲル・デリーベス（Miguel Delibes）
1994年
　マリオ・バルガス＝リョサ（Mario Vargas-Llosa）
1995年
　カミロ・ホセ・セラ（Camilo José Cela）
1996年
　ホセー・ガルシア・ニエト（José García Nieto）
1997年
　ギジェルモ・カブレラ・インファンテ（Guillermo Cabrera Infante）
1998年
　ホセ・イエッロ（José Hierro）
1999年
　ホルヘ・エドワーズ（Jorge Edwards）
2000年
　フランシスコ・ウンブラル（Francisco Umbral）
2001年
　アルバロ・ムティス（Álvaro Mutis）
2002年
　ホセ・ヒメーネス・ロサーノ（José Jiménez Lozano）
2003年
　ゴンザロ・ロハス（Gonzalo Rojas）
2004年
　ラファエル・サンチェス・フェルロシオ（Rafael Sánchez Ferlosio）
2005年
　セルヒオ・ピトル（Sergio Pitol）
2006年
　アントニオ・ガモネダ（Antonio Gamoneda）
2007年
　フアン・ヘルマン（Juan Gelman）
2008年
　フアン・マルセー（Juan Marsé）
2009年
　ホセ・エミリオ・パチェコ（José Emilio Pacheco）
2010年
　アナ・マリア・マトゥテ（Ana María Matute）
2011年
　ニカノール・パラ（Nicanor Parra）
2012年
　ホセ・マヌエル・カバジェロ・ボナルド（José Manuel Caballero Bonald）
2013年
　エレナ・ポニアトウスカ（Elena Poniatowska）
2014年
　フアン・ゴイティソーロ（Juan Goytisolo）
2015年
　フェルナンド・デル・パソ（Fernando del Paso）

009　全米書評家協会賞　National Book Critics Circle Award

　1974年,優れた図書を推薦する目的で創設されたアメリカの文学賞。全米批評家協会賞とも。76年1月16日,前年の出版図書を対象とし,初の授賞が行われた。以降,毎年開催。現在,小説・一般ノンフィクション・伝記・自伝・詩・批評の6部門があり,ピュリッツァー賞,全米図書賞と並ぶ権威をもつ。他,優れた書評に与えられるノーナ・バラキアン賞,長期にわたって出版文化に顕著な功績のある人物や機関に与えられるイヴァン・サンドロフ賞がある。また,2014年授賞（2013年出版図書）から,初著書に与えられるジョン・レオナルド賞が新たに設置された。これは,協会内初の協会員が直接投票で選出する賞である。

【主催者】全米書評家協会（NBCC：National Book Critics Circle）
【選考方法】審査員による選考。ジョン・レオナルド賞は,協会員による直接投票で決定

【選考基準】〔対象〕小説・一般ノンフィクション・伝記・自伝・詩・批評部門：アメリカ国内で該当年内に刊行された英語で書かれた図書。翻訳・短編集・エッセイ集・自費出版本も選考範囲とされる。著者の国籍は不問。ノーナ・バラキアン賞(Nona Balakian Citation for Excellence in Reviewing)：協会員が書いた優れた書評。イヴァン・サンドロフ賞(Ivan Sandrof Lifetime Achievement Award)：出版文化に長期にわたって(生涯)功績のある人物や機関(特に、作家・出版社・批評家・編集者)。ジョン・レオナルド賞(John Leonard Award)：6部門全てのジャンルを問わず、初著書である図書(first book)

【締切・発表】1月末に候補作が発表、3月に授賞式。(本賞の年次表記は選考対象年。授賞はその翌年)

【賞・賞金】ノーナ・バラキアン賞は、2012年から賞金1千ドルを授与

【URL】http://www.bookcritics.org/

1975年
　◇小説
　　E.L.ドクトロウ(E.L.Doctorow)「ラグタイム」 "Ragtime"
　◇ノンフィクション
　　R.W.B.ルイス(R.W.B.Lewis) "Edith Wharton: A Biography"
　◇詩
　　ジョン・アッシュベリー(John Ashbery) "Self-Portrait in a Convex Mirror"
　◇批評
　　ポール・ファッセル(Paul Fussell) "The Great War and Modern Memory"

1976年
　◇小説
　　ジョン・ガードナー(John Gardner) "October Light"
　◇ノンフィクション
　　マキシーン・ホン・キングストン(Maxine Hong Kingston)「チャイナタウンの女武者」 "The Woman Warrior: Memoirs of a Girlhood Among Ghosts"
　◇詩
　　エリザベス・ビショップ(Elizabeth Bishop) "Geography Ⅲ"
　◇批評
　　ブルーノ・ベッテルハイム(Bruno Bettelheim)「昔話の魔力」 "The Uses of Enchantment: The Meaning and Importance of Fairy Tales"

1977年
　◇小説
　　トニ・モリソン(Toni Morrison)「ソロモンの歌」 "Song of Solomon"
　◇ノンフィクション
　　ウォルター・ジャクソン・ベート(Walter Jackson Bate) "Samuel Johnson"
　◇詩
　　ロバート・ロウエル(Robert Lowell) "Day by Day"
　◇批評
　　スーザン・ソンタグ(Susan Sontag)「写真論」 "On Photography"

1978年
　◇小説
　　ジョン・チーヴァー(John Cheever)「橋の上の天使」 "The Stories of John Cheever"
　◇ノンフィクション
　　モーリーン・ハウァド(Maureen Howard) "Facts of Life"
　　ゲリー・ウィルズ(Garry Wills) "Inventing America: Jefferson's Declaration of Independence"
　◇詩
　　ピーター・デイヴィソン(Peter Davison)〔編〕 "Hello, Darkness: The Collected Poems of L.E. Sissman"
　◇批評
　　メイヤー・シャピロ(Meyer Schapiro)「モダン・アート─19-20世紀美術研究」 "Modern Art: 19th & 20th Centuries, Selected Papers"

1979年
　◇小説

トマス・フラナガン（Thomas Flanagan）
"The Year of the French"
◇ノンフィクション
テルフォード・テイラー（Telford Taylor）
"Munich: The Price of Peace"
◇詩
フィリップ・ルヴィーン（Philip Levine）
"Ashes and 7 Years from Somewhere"
◇批評
エレーヌ・ペイゲルス（Elaine Pagels）「ナグ・ハマディ写本―初期キリスト教の正統と異端」"The Gnostic Gospels"

1980年
◇小説
シャーリー・ハザード（Shirley Hazzard）
"The Transit of Venus"
◇ノンフィクション
ロナルド・スティール（Ronald Steel）「現代史の目撃者―リップマンとアメリカの世紀」"Walter Lippmann and the American Century"
◇詩
Frederick Seidel "Sunrise"
◇批評
ヘレン・ヴェンドラー（Helen Vendler）
"Part of Nature: Modern American Poets"

1981年
◇小説
ジョン・アップダイク（John Updike）「金持になったウサギ」"Rabbit is Rich"
◇ノンフィクション
スティーブン・ジェイ・グールド（Stephen Jay Gould）"The Mismeasure of Man"
◇詩
A.R.アモンズ（A.R.Ammons）"A Coast of Trees"
◇批評
ヴァージル・トムソン（Virgil Thomson）
"A Virgil Thomson Reader"

1982年
◇小説
スタンリー・エルキン（Stanley Elkin）
"George Mills"
◇ノンフィクション
ロバート・A.カーロ（Robert A.Caro）
"The Path of Power: The Years of Lyndon Johnson"
◇詩
カーサ・ポリット（Katha Pollitt）
"Antarctic Traveler"
◇批評
ゴア・ヴィダル（Gore Vidal）"The Second American Revolution and Other Essays"
◇イヴァン・サンドロフ賞
レスリー・A.マーチャンド（Leslie A. Marchand）

1983年
◇小説
ウィリアム・ケネディ（William Kennedy）「黄昏に燃えて」"Ironweed"
◇ノンフィクション
セーモア・M.ハーシュ（Seymour M.Hersh）
"The Price of Power: Kissinger in the Nixon White House"
◇伝記・自伝
ジョイス・ジョンソン（Joyce Johnson）
"Minor Characters"
◇詩
ジェームズ・メリル（James Merrill）"The Changing Light at Sandover"
◇批評
ジョン・アップダイク（John Updike）
"Hugging the Shore: Essays and Criticism"

1984年
◇小説
ルイーズ・アードリック（Louise Erdrich）「ラブ・メディシン」"Love Medicine"
◇ノンフィクション
フリーマン・ダイソン（Freeman Dyson）
"Weapons and Hope"
◇伝記・自伝
ジョセフ・フランク（Joseph Frank）
"Dostoevsky: The Years of Ordeal, 1850-1859"
◇詩
シャロン・オールズ（Sharon Olds）"The Dead and the Living"
◇批評
ロバート・ハス（Robert Hass）"Twentieth Century Pleasures: Prose on Poetry"

◇イヴァン・サンドロフ賞
　ライブラリー・オブ・アメリカ（The Library of America）
1985年
◇小説
　アン・タイラー（Anne Tyler）「アクシデンタル・ツーリスト」"The Accidental Tourist"
◇ノンフィクション
　J.アンソニー・ルーカス（J.Anthony Lukas）"Common Ground: A Turbulent Decade in the Lives of Three American Families"
◇伝記・自伝
　リオン・エデル（Leon Edel）"Henry James: A Life"
◇詩
　ルイーズ・グリュック（Louise Glück）"The Triumph of Achilles"
◇批評
　ウィリアム・H.ギャス（William H.Gass）"Habitations of the Word: Essays"
1986年
◇小説
　レイノルズ・プライス（Reynolds Price）"Kate Vaiden"
◇ノンフィクション
　ジョン・W.ダワー（John W.Dower）"War Without Mercy: Race and Power in the Pacific War"
◇伝記・自伝
　シオドア・ローゼンガーテン（Theodore Rosengarten）"Tombee: Portrait of a Cotton Planter"
◇詩
　エドワード・ハーシュ（Edward Hirsch）"Wild Gratitude"
◇批評
　ヨシフ・ブロツキー（Joseph Brodsky）"Less Than One: Selected Essays"
1987年
◇小説
　フィリップ・ロス（Philip Roth）「背信の日々」"The Counterlife"
◇ノンフィクション
　リチャード・ローズ（Richard Rhodes）「原子爆弾の誕生——科学と国際政治の世界史」"The Making of the Atomic Bomb"
◇伝記・自伝
　R.ハワード（R.Howard）"Chaucer: His Life, His Works, His World, Donald"
◇詩
　C.K.ウィリアムズ（C.K.Williams）"Flesh and Blood"
◇批評
　エドウィン・デンビー（Edwin Denby）〔著〕，ロバート・コーンフィールド（Robert Cornfield），ウィリアム・マッケイ（William MacKay）〔共編〕"Dance Writings"
◇イヴァン・サンドロフ賞
　ロバート・ジルー（Robert Giroux）
1988年
◇小説
　バーラティ・ムカージ（Bharati Mukherjee）「ミドルマン」"The Middleman and Other Stories"
◇ノンフィクション
　テイラー・ブランチ（Taylor Branch）"Parting the Waters: America in the King Years 1954-63"
◇伝記・自伝
　リチャード・エルマン（Richard Ellmann）"Oscar Wilde"
◇詩
　ドナルド・ホール（Donald Hall）"That One Day"
◇批評
　クリフォード・ギアーツ（Clifford Geertz）"Works and Lives: The Anthropologist as Author"
1989年
◇小説
　E.L.ドクトロウ（E.L.Doctorow）「ビリー・バスゲイト」"Billy Bathgate"
◇ノンフィクション
　マイケル・ドリス（Michael Dorris）"The Broken Cord"
◇伝記・自伝
　ジェオフリー・C.ワード（Geoffrey C. Ward）"A First-Class Temperament: The Emergence of Franklin Roosevelt"
◇詩

ロドニー・ジョーンズ（Rodney Jones）"Transparent Gestures"
◇批評
ジョン・クライヴ（John Clive）"Not by Fact Alone: Essays on the Writing and Reading of History"
◇イヴァン・サンドロフ賞
ジェイムズ・ロクリン（James Laughlin）

1990年
◇小説
ジョン・アップダイク（John Updike）「さようならウサギ」"Rabbit at Rest"
◇ノンフィクション
シェルビー・スティール（Shelby Steele）"The Content of Our Character: A New Vision of Race in America"
◇伝記・自伝
ロバート・A.カーロ（Robert A.Caro）"Means of Ascent: The Years of Lyndon Johnson, Vol.Ⅱ"
◇詩
アミー・ゲルストレル（Amy Gerstler）"Bitter Angel"
◇批評
アーサー・C.ダント（Arthur C.Danto）"Encounters and Reflections: Art in the Historical Present"
◇イヴァン・サンドロフ賞
ドナルド・キーン（Donald Keene）

1991年
◇小説
ジェーン・スマイリー（Jane Smiley）「大農場」"A Thousand Acres"
◇ノンフィクション
スーザン・ファルーディ（Susan Faludi）"Backlash: The Undeclared War Against America Women"
◇伝記・自伝
フィリップ・ロス（Philip Roth）"Patrimony: A True Story"
◇詩
アルバート・ゴールドバース（Albert Goldbarth）"Heaven and Earth: A Cosmology"
◇批評
ローレンス・ランガー（Lawrence L.Langer）"Holocaust Testimonies: The Ruins of Memory"
◇ノーナ・バラキアン賞
ジョージ・シアラッパ（George Scialabba）

1992年
◇小説
コーマック・マッカーシー（Cormac McCarthy）「すべての美しい馬」"All the Pretty Horses"
◇ノンフィクション
ノーマン・マクリーン（Norman Maclean）"Young Men and Fire"
◇伝記・自伝
キャロル・ブライトマン（Carol Brightman）"Writing Dangerously: Mary McCarthy and Her World"
◇詩
ヘイデン・カルース（Hayden Carruth）"Collected Shorter Poems 1946-1991"
◇批評
ゲリー・ウィルズ（Garry Wills）「リンカーンの三分間―ゲティズバーグ演説の謎」"Lincoln at Gettysburg: The Words That Remade America"
◇ノーナ・バラキアン賞
エリザベス・ワード（Elizabeth Ward）

1993年
◇小説
アーネスト・J.ゲインズ（Ernest J.Gaines）「ジェファーソンの死」"A Lesson Before Dying"
◇ノンフィクション
アラン・ロマクス（Alan Lomax）"The Land Where the Blues Began Genet, Edmund White"
◇伝記・自伝
エドマンド・ホワイト（Edmund White）"Genet"
◇詩
マーク・ドーティ（Mark Doty）"My Alexandria"
◇批評
ジョン・ディズィックス（John Dizikes）"Opera in America: A Cultural History"
◇ノーナ・バラキアン賞

009 全米書評家協会賞　　　　　　　　　　　　　　　　　文学・小説一般

　　ブリジット・フレイズ（Brigitte Frase）
1994年
　◇小説
　　キャロル・シールズ（Carol Shields）「ストーン・ダイアリー」"The Stone Diaries"
　◇ノンフィクション
　　リン・H.ニコラス（Lynn H.Nicholas）"The Rape of Europa: The Fate of Europe's Treasures in the Third Reich and the Second World War"
　◇伝記・自伝
　　マイケル・ギルモア（Mikal Gilmore）"Shot in the Heart"
　◇詩
　　マーク・ラドマン（Mark Rudman）"Rider"
　◇批評
　　ジェラルド・アーリー（Gerald Early）"The Culture of Bruising: Essays on Prizefighting Literature and Modern American Culture"
　◇ノーナ・バラキアン賞
　　ジョアン・C.グーティン（JoAnn C.Gutin）
　◇イヴァン・サンドロフ賞
　　ウィリアム・マクスウェル（William Maxwell）
1995年
　◇小説
　　スタンリー・エルキン（Stanley Elkin）"Mrs.Ted Bliss"
　◇ノンフィクション
　　ジョナソン・ハー（Jonathon Harr）"A Civil Action"
　◇伝記・自伝
　　ロバート・ポリート（Robert Polito）"Savage Art: A Biography of Jim Thompson"
　◇詩
　　ウィリアム・マシューズ（William Matthews）"Time and Money"
　◇批評
　　ロバート・ダーントン（Robert Darnton）"The Forbidden Best-Sellers of Pre-Revolutionary France"
　◇ノーナ・バラキアン賞
　　ローリー・ストーン（Laurie Stone）

　◇イヴァン・サンドロフ賞
　　アルフレッド・カナーン（Alfred Kanan）
　　エリザベス・ハードウィック（Elizabeth Hardwick）
1996年
　◇小説
　　ジーナ・ベリオールト（Gina Berriault）"Women in Their Beds"
　◇ノンフィクション
　　ジョナサン・ラバン（Jonathan Raban）"Bad Land"
　◇伝記・自伝
　　フランク・マコート（Frank McCourt）「アンジェラの灰」"Angela's Ashes: A Memoir"
　◇詩
　　ロバート・ハス（Robert Hass）"Sun Under Wood"
　◇批評
　　ウィリアム・H.ギャス（William H.Gass）"Finding a Form"
　◇イヴァン・サンドロフ賞
　　アルバート・マレー（Albert Murray）
1997年
　◇小説
　　ペネロピ・フィッツジェラルド（Penelope Fitzgerald）"The Blue Flower"
　◇ノンフィクション
　　アン・ファディマン（Anne Fadiman）"The Spirit Catches You and You Fall Down"
　◇伝記・自伝
　　ジェイムズ・E.トービン（James E.Tobin）"Ernie Pyle's War: America's Eyewitness to World War Ⅱ"
　◇詩
　　チャールズ・ライト（Charles Wright）"Black Zodiac"
　◇批評
　　マリオ・バルガス＝リョサ（Mario Vargas-Llosa）"Making Waves"
　◇ノーナ・バラキアン賞
　　トーマス・マローン（Thomas Mallon）
　◇イヴァン・サンドロフ賞
　　レスリー・フィードラー（Leslie Fiedler）

1998年
◇小説
　アリス・マンロー（Alice Munro）「善き女の愛」 "The Love of a Good Woman"
◇ノンフィクション
　フィリップ・ゴーレイヴィッチ（Philip Gourevitch） "We Wish to Inform You That Tomorrow We Will be Killed With Our Families"
◇伝記・自伝
　シルヴィア・ナサー（Sylvia Nasar） "A Beautiful Mind"
◇詩
　マリー・ポンソー（Marie Ponsot） "The Bird Catcher"
◇批評
　ゲイリー・ギディンス（Gary Giddins） "Visions of Jazz"
◇ノーナ・バラキアン賞
　アルバート・モビリオ（Albert Mobilio）

1999年
◇小説
　ジョナサン・レセム（Jonathan Lethem）「マザーレス・ブルックリン」 "Motherless Brooklyn"
◇ノンフィクション
　ジョナサン・ワイナー（Jonathan Weiner） "Time, Love, Memory: A Great Biologist and His Quest for the Origins of Behavior"
◇伝記・自伝
　ヘンリー・ヴィンセック（Henry Wiencek） "The Hairstons: An American Family in Black and White"
◇詩
　ルス・ストーン（Ruth Stone） "Ordinary Words"
◇批評
　ホルヘ・ルイス・ボルヘス（Jorge Luis Borges） "Selected Non-Fictions"

2000年
◇小説
　ジム・クレイス（Jim Crace）「死んでいる」 "Being Dead"
◇ノンフィクション
　テッド・コノヴァー（Ted Conover） "Newjack: Guarding Sing Sing"
◇伝記・自伝
　ハーバート・P.ビックス（Herbert P.Bix）「昭和天皇」 "Hirohito and the Making of Modern Japan"
◇詩
　ジュディ・ジョーダン（Judy Jordan） "Carolina Ghost Woods"
◇批評
　シンシア・オージック（Cynthia Ozick） "Quarrel & Quandary"

2001年
◇小説
　W.G.ゼーバルト（W.G.Sebald）「アウステルリッツ」 "Austerlitz"
◇ノンフィクション
　ニコルソン・ベーカー（Nicholson Baker） "Double Fold: Libraries and the Assault on Paper"
◇伝記・自伝
　アダム・シスマン（Adam Sisman） "Boswellis Presumptuous Task: The Making of the Life of Dr.Johnson"
◇詩
　アルバート・ゴールドバース（Albert Goldbarth） "Saving Lives"
◇批評
　マーティン・エイミス（Martin Amis） "The War Against Cliché: Essays and Reviews 1971-2000"
◇ノーナ・バラキアン賞
　Michael Gorra
◇イヴァン・サンドロフ賞
　ジェーソン・エプスタイン（Jason Epstein）

2002年
◇小説
　イアン・マキューアン（Ian McEwan）「贖罪」 "Atonement"
◇ノンフィクション
　サマンサ・パワー（Samantha Power）「集団人間破壊の時代」 "'A Problem from Hell': America and the Age of Genocide"
◇伝記・自伝
　ジャネット・ブラウン（Janet Browne） "Charles Darwin: The Power of Place, Vol.Ⅱ"

◇詩
　　B.H.フェアチャイルド（B.H.Fairchild）"Early Occult Memory Systems of the Lower Midwest"
　◇批評
　　ウィリアム・H.ギャス（William H.Gass）"Tests of Time"
　◇ノーナ・バラキアン賞
　　モリーン・N.マックレーン（Maureen N. McLane）
　◇イヴァン・サンドロフ賞
　　リチャード・ハワード（Richard Howard）
2003年
　◇小説
　　エドワード・P.ジョーンズ（Edward P. Jones）「地図になかった世界」"The Known World"
　◇ノンフィクション
　　ポール・ヘンドリックソン（Paul Hendrickson）"Sons of Mississippi: A Story of Race and its Legacy"
　◇伝記・自伝
　　ウィリアム・トーブマン（William Taubman）"Krushchev: The Man and His Era"
　◇詩
　　スーザン・スチュワート（Susan Stewart）"Columbarium"
　◇批評
　　レベッカ・ソルニット（Rebecca Solnit）"River of Shadows: Edweard Muybridge and the Technological Wild West"
　◇ノーナ・バラキアン賞
　　スコット・マクレム（Scott McLemme）
　◇イヴァン・サンドロフ賞
　　スタッズ・ターケル（Studs Terkel）
2004年
　◇小説
　　マリリン・ロビンソン（Marilynne Robinson）"Gilead"
　◇ノンフィクション
　　ディアミッド・マカロック（Diarmaid MacCulloch）"The Reformation: A History"
　◇伝記
　　マーク・スティーヴンス（Mark Stevens），アナリン・スワン（Annalyn Swan）「デ・クーニング――アメリカの巨匠」"De Kooning: An American Master"
　◇詩
　　アドリエンヌ・リッチ（Adrienne Rich）"The School Among the Ruins: Poems 2000-2004"
　◇批評
　　パトリック・ニート（Patrick Neate）"Where You're At: Notes From the Frontline of a Hip-Hop Planet"
　◇ノーナ・バラキアン賞
　　デイヴィッド・オール（David Orr）
　◇イヴァン・サンドロフ賞
　　ルイス・ルビン,Jr.（Louis Rubin Jr.）
2005年
　◇小説
　　E.L.ドクトロウ（E.L.Doctorow）"The March"
　◇ノンフィクション
　　スベトラーナ・アレクシエービッチ（Svetlana Alexievich）"Voices From Chernobyl: The Oral History of Nuclear Disaster"
　◇伝記
　　カイ・バード（Kai Bird），マーティン・シャーウィン（Martin J.Sherwin）「オッペンハイマー――「原爆の父」と呼ばれた男の栄光と悲劇」"American Prometheus: The Triumph and Tragedy of J.Robert Oppenheimer"
　◇自伝
　　フランシーヌ・デュ・プレシックス・グレイ（Francine du Plessix Gray）"Them: A Memoir of Parents"
　◇詩
　　Jack Gilbert "Refusing Heaven"
　◇批評
　　William Logan "The Undiscovered Country: Poetry in the Age of Tin"
　◇ノーナ・バラキアン賞
　　Wyatt Mason
　◇イヴァン・サンドロフ賞
　　ビル・ヘンダーソン（Bill Henderson）
2006年
　◇小説

- キラン・デサイ（Kiran Desai）「喪失の響き」"The Inheritance of Loss"
- ◇ノンフィクション
  - サイモン・シャーマ（Simon Schama）"Rough Crossings: Britain, the Slaves and the American Revolution"
- ◇伝記
  - Julie Phillips "James Tiptree, Jr.: The Double Life of Alice B. Sheldon"
- ◇自伝
  - ダニエル・メンデルソーン（Daniel Mendelsohn）"The Lost: A Search for Six of Six Million"
- ◇詩
  - Troy Jollimore "Tom Thomson in Purgatory"
- ◇批評
  - ローレンス・ウェシュラー（Lawrence Weschler）"Everything That Rises: A Book of Convergences"
- ◇ノーナ・バラキアン賞
  - Steven G. Kellman
- ◇イヴァン・サンドロフ賞
  - John Leonard

2007年
- ◇小説
  - ジュノ・ディアス（Junot Diaz）「オスカー・ワオの短く凄まじい人生」"The Brief Wondrous Life of Oscar Wao"
- ◇ノンフィクション
  - Harriet Washington "Medical Apartheid: The Dark History of Medical Experimentation on Black Americans from Colonial Times to the Present"
- ◇伝記
  - Tim Jeal "Stanley: The Impossible Life of Africa's Greatest Explorer"
- ◇自伝
  - エドウィージ・ダンティカ（Edwidge Danticat）「愛するものたちへ、別れのとき」"Brother, I'm Dying"
- ◇詩
  - メアリー・ジョー・バング（Mary Jo Bang）「エレジー」"Elegy"
- ◇批評
  - アレックス・ロス（Alex Ross）「20世紀を語る音楽」"The Rest Is Noise: Listening to the Twentieth Century"
- ◇ノーナ・バラキアン賞
  - Sam Anderson
- ◇イヴァン・サンドロフ賞
  - Emilie Buchwald

2008年
- ◇小説
  - ロベルト・ボラーニョ（Roberto Bolaño）「2666」"2666"
- ◇ノンフィクション
  - デクスター・フィルキンス（Dexter Filkins）「そして戦争は終わらない――「テロとの戦い」の現場から」"The Forever War"
- ◇伝記
  - Patrick French "The World Is What It Is: The Authorized Biography of V.S. Naipaul"
- ◇自伝
  - Ariel Sabar "My Father's Paradise: A Son's Search for His Jewish Past in Kurdish Iraq"
- ◇詩
  - Juan Felipe Herrera "Half the World in Light"
  - August Kleinzahler "Sleeping It Off in Rapid City"
- ◇批評
  - Seth Lerer "Children's Literature: A Reader's History: Reader's History from Aesop to Harry Potter"
- ◇ノーナ・バラキアン賞
  - Ron Charles
- ◇イヴァン・サンドロフ賞
  - PEN American Center

2009年
- ◇小説
  - ヒラリー・マンテル（Hilary Mantel）「ウルフ・ホール」"Wolf Hall"
- ◇ノンフィクション
  - リチャード・ホームズ（Richard Holmes）"The Age of Wonder: How the Romantic Generation Discovered the Beauty and Terror of Science"
- ◇伝記
  - Blake Bailey "Cheever: A Life"

◇自伝
　Diana Athill "Somewhere Towards the End"
◇詩
　レイ・アーマントラウト（Rae Armantrout）"Versed"
◇批評
　Eula Biss "Notes From No Man's Land：American Essays"
◇ノーナ・バラキアン賞
　Joan Acocella
◇イヴァン・サンドロフ賞
　ジョイス・キャロル・オーツ（Joyce Carol Oates）

2010年
◇小説
　ジェニファー・イーガン（Jennifer Egan）「ならずものがやってくる」"A Visit from the Goon Squad"
◇ノンフィクション
　イサベラ・ウィルカースン（Isabel Wilkerson）"The Warmth of Other Suns：The Epic Story of America's Great Migration"
◇伝記
　Sarah Bakewell "How To Live：Or, A Life of Montaigne in One Question and Twenty Attempts at an Answer"
◇自伝
　ダリン・ストラウス（Darin Strauss）"Half a Life"
◇詩
　C.D.Wright "One with Others：[a little book of her days]"
◇批評
　Clare Cavanagh "Lyric Poetry and Modern Politics：Russia, Poland, and the West"
◇ノーナ・バラキアン賞
　Parul Sehgal
◇イヴァン・サンドロフ賞
　Dalkey Archive Press

2011年
◇小説
　イーディス・パールマン（Edith Pearlman）「双眼鏡からの眺め」"Binocular Vision"
◇ノンフィクション
　Maya Jasanoff "Liberty's Exiles：American Loyalists in the Revolutionary War"
◇伝記
　ジョン・ルイス・ギャディス（John Lewis Gaddis）"George F.Kennan：An American Life"
◇自伝
　Mira Bartók "The Memory Palace"
◇詩
　ローラ・カシシュケ（Laura Kasischke）"Space, in Chains"
◇批評
　ジェフ・ダイヤー（Geoff Dyer）"Otherwise Known as the Human Condition：Selected Essays and Reviews"
◇ノーナ・バラキアン賞
　キャスリン・シュルツ（Kathryn Schulz）
◇イヴァン・サンドロフ賞
　Robert B.Silvers

2012年
◇小説
　Ben Fountain "Billy Lynn's Long Halftime Walk"
◇ノンフィクション
　アンドリュー・ソロモン（Andrew Solomon）"Far From the Tree：Parents, Children, and the Search for Identity"
◇伝記
　ロバート・A.カーロ（Robert A.Caro）"The Passage of Power：The Years of Lyndon Johnson"
◇自伝
　Leanne Shapton "Swimming Studies"
◇詩
　D.A.Powell "Useless Landscape, or A Guide for Boys"
◇批評
　マリーナ・ウォーナー（Marina Warner）"Stranger Magic：Charmed States and the Arabian Nights"
◇ノーナ・バラキアン賞
　William Deresiewicz

◇イヴァン・サンドロフ賞
　サンドラ・ギルバート（Sandra Gilbert），
　　スーザン・グーバー（Susan Gubar）

2013年
◇小説
　チママンダ・ンゴズィ・アディーチェ
　　（Chimamanda Ngozi Adichie）
　　"Americanah"
◇ノンフィクション
　シェリ・フィンク（Sheri Fink）「メモリアル病院の5日間 生か死か ハリケーンで破壊された病院に隠された真実」 "Five Days At Memorial: Life And Death In A Storm-Ravaged Hospital"
◇伝記
　レオ・ダムロッシュ（Leo Damrosch）"Jonathan Swift: His Life And His World"
◇自伝
　Amy Wilentz "Farewell, Fred Voodoo: A Letter From Haiti"
◇詩
　Frank Bidart "Metaphysical Dog"
◇批評
　フランコ・モレッティ（Franco Moretti）"Distant Reading"
◇ジョン・レオナルド賞
　Anthony Marra "A Constellation Of Vital Phenomena"
◇ノーナ・バラキアン賞
　Katherine A.Powers

◇イヴァン・サンドロフ賞
　Rolando Hinojosa-Smith

2014年
◇小説
　マリリン・ロビンソン（Marilynne Robinson）"Lila"
◇ノンフィクション
　デヴィッド・ブライオン・デイヴィス（David Brion Davis）"The Problem of Slavery in the Age of Emancipation"
◇伝記
　ジョン・ラー（John Lahr）"Tennessee Williams: Mad Pilgrimage of the Flesh"
◇自伝
　ロズ・チャースト（Roz Chast）"Can't We Talk About Something More Pleasant？"
◇詩
　Claudia Rankine "Citizen: An American Lyric"
◇批評
　Ellen Willis〔著〕，Nona Willis Aronowitz〔編〕 "The Essential Ellen Willis"
◇ジョン・レオナルド賞
　Phil Klay "Redeployment"
◇ノーナ・バラキアン賞
　Alexandra Schwartz
◇イヴァン・サンドロフ賞
　トニ・モリソン（Toni Morrison）

010 全米図書賞　National Book Awards

　アメリカ出版社協議会，アメリカ書籍組合，製本業者協会によりアメリカ人作家による優れた文学作品の普及と，読書の推進を目的として1950年に創設された。76年以降は全米図書委員会がスポンサーとなる。当初の部門は小説，ノンフィクション，詩の3部門であったが，次第に分野は増加。毎年1回，美術，児童文学，時事問題，小説，歴史，伝記，詩の各分野の最優秀作品を選出していたが，79年に廃止。80年，代わりにアメリカ図書賞（American Book Awards）が設立されたが86年廃止。翌年全米図書財団を主催団体として全米図書賞が復活した。毎年開催。小説（Fiction），詩（Poetry），ノンフィクション（Nonfiction），児童書（Young People's Literature）の4部門がある。

【主催者】全米図書財団（National Book Foundation）
【選考委員】各部門5名ずつの審査員（審査委員長含む）が全米図書財団により任命される
【選考方法】審査員による選考。各部門1次候補（ロングリスト）10作を選定後，最終候補

（ファイナリスト）5作に絞り、その中から1作を受賞作に決定する

【選考基準】〔対象〕アメリカ国民による、前年12月から授与年の11月までに国内で刊行された作品。2001年からは電子書籍（e-BOOK）の形式で発表された作品も対象。再版・翻訳作品は対象外。自薦禁止

【締切・発表】例年、1次候補を9月に発表、最終候補を10月に発表、11月に授賞式を行う。（2015年）7月1日締切、11月18日授与

【賞・賞金】受賞者には賞金1万ドルと、スザンヌ・ボール（Suzanne Ball）による書籍を象ったブロンズ像が授与される。また、受賞作のカバーにはメダルのシールが貼られる。最終候補者にはそれぞれ1千ドルとメダル・賞状が授与される

【URL】 http://www.nationalbook.org/

1950年
◇小説
　ネルソン・オルグレン（Nelson Algren）「黄金の腕」"The Man With The Golden Arm"
◇ノンフィクション
　ラルフ・L.ラスク（Ralph L.Rusk）"Ralph Waldo Emerson"
◇詩
　ウィリアム・カーロス・ウィリアムズ（William Carlos Williams）"Paterson: Book Ⅲ and Selected Poems"

1951年
◇小説
　ウィリアム・フォークナー（William Cuthbert Faulkner）"The Collected Stories of William Faulkner"
◇ノンフィクション
　ニュートン・アービン（Newton Arvin）"Herman Melville"
◇詩
　ウォーレス・スティーヴンズ（Wallace Stevens）"The Auroras of Autumn"

1952年
◇小説
　ジェームズ・ジョーンズ（James Jones）「地上より永遠に」"From Here to Eternity"
◇ノンフィクション
　レイチェル・カーソン（Rachel Carson）"The Sea Around Us"
◇詩
　マリアン・ムーア（Marianne Moore）"Collected Poems"

1953年
◇小説
　ラルフ・エリスン（Ralph Ellison）「見えない人間」"Invisible Man"
◇ノンフィクション
　バーナード・A.デ・ボート（Bernard A.De Voto）"The Course of Empire"
◇詩
　アーチボルド・マクリーシュ（Archibald MacLeish）"Collected Poems, 1917-1952"

1954年
◇小説
　ソール・ベロー（Saul Bellow）「オーギー・マーチの冒険」"The Adventures of Augie March"
◇ノンフィクション
　ブルース・キャトン（Bruce Catton）"A Stillness at Appomattox"
◇詩
　コンラッド・エイキン（Conrad Aiken）"Collected Poems"

1955年
◇小説
　ウィリアム・フォークナー（William Cuthbert Faulkner）「寓話」"A Fable"
◇ノンフィクション
　ジョセフ・W.クルーチ（Joseph Wood Krutch）"The Measure of Man"
◇詩
　ウォーレス・スティーヴンズ（Wallace Stevens）"The Collected Poems of Wallace Stevens"

1956年
- ◇小説
  - ジョン・オハラ(John O'Hara) "Ten North Frederick"
- ◇ノンフィクション
  - ハーバート・クブリ(Herbert Kubly) "An American in Italy"
- ◇詩
  - W.H.オーデン(W.H.Auden) "The Shield of Achilles"

1957年
- ◇小説
  - ライト・モリス(Wright Morris)「視界」 "The Field of Vision"
- ◇ノンフィクション
  - ジョージ・F.ケナン(George F.Kennan) "Russia Leaves the War"
- ◇詩
  - リチャード・ウィルバー(Richard Wilbur) "Things of the World"

1958年
- ◇小説
  - ジョン・チーヴァー(John Cheever)「ワップショット家の人びと」 "The Wapshot Chronicle"
- ◇ノンフィクション
  - カサリン・ドリンカー・ボーエン(Catherine Drinker Bowen) "The Lion and the Throne"
- ◇詩
  - ロバート・ペン・ウォレン(Robert Penn Warren) "Promises: Poems, 1954-1956"

1959年
- ◇小説
  - バーナード・マラマッド(Bernard Malamud)「魔法の樽」 "The Magic Barrel"
- ◇ノンフィクション
  - J.クリストファー・ヘロルド(J. Christopher Herold) "Mistress to an Age: A Life of Madame De Stael"
- ◇詩
  - セオドア・レトキ(Theodore Roethke) "Words for the Wind"

1960年
- ◇小説
  - フィリップ・ロス(Philip Roth)「さようならコロンバス」 "Goodbye, Columbus"
- ◇ノンフィクション
  - リチャード・エルマン(Richard Ellmann)「ジェイムズ・ジョイス伝」 "James Joyce"
- ◇詩
  - ロバート・ロウエル(Robert Lowell) "Life Studies"

1961年
- ◇小説
  - コンラッド・リヒター(Conrad Richter) "The Waters of Kronos"
- ◇ノンフィクション
  - ウィリアム・L.シャイラー(William L. Shirer)「第三帝国の興亡」 "The Rise and Fall of the Third Reich"
- ◇詩
  - ランダル・ジャレル(Randall Jarrell) "The Woman at the Washington Zoo"

1962年
- ◇小説
  - ウォーカー・パーシー(Walker Percy) "The Moviegoer"
- ◇ノンフィクション
  - ルイス・マンフォード(Lewis Mumford) "The City in History: Its Origins, its Transformations and its Prospects"
- ◇詩
  - アラン・デュガン(Alan Dugan) "Poems"

1963年
- ◇小説
  - J.F.パワーズ(J.F.Powers) "Morte D'Urban"
- ◇ノンフィクション
  - リオン・エデル(Leon Edel) "Henry James,Vol.Ⅱ: The Conquest of London, Henry James,Vol.Ⅲ: The Middle Years"
- ◇詩
  - ウィリアム・スタッフォード(William Stafford) "Traveling Through the Dark"

1964年
　◇小説
　　ジョン・アップダイク (John Updike) "The Centaur"
　◇学芸
　　アイリーン・ウォード (Aileen Ward) "John Keats: The Making of a Poet"
　◇歴史・伝記
　　ウィリアム・H.マクニール (William H. McNeill) "The Rise of the West: A History of the Human Community"
　◇科学・哲学・宗教
　　クリストファー・タナード (Christopher Tunnard), ボリス・プシュカレフ (Boris Pushkarev) "Man-made America"
　◇詩
　　ジョン・クロウ・ランサム (John Crowe Ransom) "Selected Poems"
1965年
　◇学芸
　　エレアノア・クラーク (Eleanor Clark) "Oysters of Lockmariaquer"
　◇小説
　　ソール・ベロー (Saul Bellow)「ハーツォグ」"Herzog"
　◇歴史・伝記
　　ルイス・フィッシャー (Louis Fischer) "The Life of Lenin"
　◇詩
　　セオドア・レトキ (Theodore Roethke) "The Far Field"
　◇科学・哲学・宗教
　　ノーバート・ウィーナー (Norbert Wiener) "God and Golem, Inc: A Comment on Certain Points where Cybernetics Impinges on Religion"
1966年
　◇学芸
　　ジャネット・フラナー (Janet Flanner) "Paris Journal, 1944-1965"
　◇小説
　　キャサリン・アン・ポーター (Katherine Anne Porter) "The Collected Stories of Katherine Anne Porter"
　◇歴史・伝記
　　アーサー・M.シュレジンガー,Jr. (Arthur M.Schlesinger,Jr.)「ケネディ―栄光と苦悩の一千日」"A Thousand Days"
　◇詩
　　ジェイムズ・ディッキー (James Dickey) "Buckdancer's Choice: Poems"
　◇科学・哲学・宗教
　　受賞作なし
1967年
　◇学芸
　　ジャスティン・カプラン (Justin Kaplan) "Mr.Clemens and Mark Twain: A Biography"
　◇小説
　　バーナード・マラマッド (Bernard Malamud)「修理屋」"The Fixer"
　◇歴史・伝記
　　ピーター・ゲイ (Peter Gay) "The Enlightenment, Vol.Ⅰ: An Interpretation the Rise of Modern Paganism"
　◇詩
　　ジェームズ・メリル (James Merrill) "Nights and Days"
　◇科学・哲学・宗教
　　オスカー・ルイス (Oscar Lewis) "La Vida"
　◇翻訳
　　グレゴリー・ラバサ (Gregory Rabassa) "Julio Cortazar's Hopscotch Willard Trask - Casanova's History of My Life"
1968年
　◇学芸
　　ウィリアム・トロイ (William Troy) "Selected Essays"
　◇小説
　　ソーントン・ワイルダー (Thornton Wilder)「第八の日に」"The Eighth Day"
　◇歴史・伝記
　　ジョージ・F.ケナン (George F.Kennan) "Memoirs: 1925-1950"
　◇詩
　　ロバート・ブライ (Robert Bly) "The Light Around the Body"
　◇科学・哲学・宗教
　　ジョナサン・コゾル (Jonathan Kozol) "Death at an Early Age"

◇翻訳
　ハワード・ホン（Howard Hong），エドナ・ホン（Edna Hong）"Soren Kierkegaard's Journals and Papers"

1969年
◇学芸
　ノーマン・メイラー（Norman Mailer）「夜の軍隊」"The Armies of the Night: History as a Novel, The Novel as History"
◇児童文学
　マインダート・ディヤング（Meindert De Jong）「ペパーミント通りからの旅」"Journey from Peppermint Street"
◇小説
　イエールジ・コジンスキー（Jerzy Kosinski）「異境」"Steps"
◇歴史・伝記
　ウィンスロップ・D.ジョーダン（Winthrop D.Jordan）"White over Black: American Attitudes Toward the Negro, 1550-1812"
◇詩
　ジョン・ベリマン（John Berryman）"His Toy, His Dream, His Rest"
◇科学
　ロバート・J.リフトン（Robert J.Lifton）"Death in Life: Survivors of Hiroshima"
◇翻訳
　ウィリアム・ウィーヴァー（William Weaver）"Calvino's Cosmicomics"

1970年
◇学芸
　リリアン・ヘルマン（Lillian Hellman）"An Unfinished Woman: A Memoir"
◇児童文学
　アイザック・バシェヴィス・シンガー（Isaac Bashevis Singer）「まぬけなワルシャワ旅行」"A Day of Pleasure: Stories of a Boy Growing up in Warsaw"
◇小説
　ジョイス・キャロル・オーツ（Joyce Carol Oates）「かれら」"Them"
◇歴史・伝記
　T.ハリー・ウィリアムズ（T.Harry Williams）"Huey Long"
◇詩
　エリザベス・ビショップ（Elizabeth Bishop）"The Complete Poems"
◇哲学・宗教
　エリク・H.エリクスン（Erik H.Erikson）"Gandhi's Truth: On the Origins of Militant Nonviolence"
◇翻訳
　ラルフ・マンハイム（Ralph Manheim）"Celine's Castle to Castle"

1971年
◇学芸
　フランシス・スティーグミュラー（Francis Steegmuller）"Cocteau: A Biography"
◇児童文学
　ロイド・アリグザンダー（Lloyd Alexander）「セバスチャンの大失敗」"The Marvelous Misadventures of Sebastian"
◇小説
　ソール・ベロー（Saul Bellow）「サムラー氏の惑星」"Mr.Sammler's Planet"
◇歴史・伝記
　ジェイムズ・マクレガー・バーンズ（James MacGregor Burns）"Roosevelt: The Soldier of Freedom"
◇詩
　モナ・ヴァン・デュアーン（Mona Van Duyn）"To See, To Take"
◇科学
　レイモンド・フィニアス・スターンス（Raymond Phineas Sterns）"Science in the British Colonies of America"
◇翻訳
　フランク・ジョーンズ（Frank Jones）"Brecht's Saint Joan of the Stockyards"
　エドワード・G.サイデンステッカー（Edward G.Seidensticker）"Yasunari Kawabata's The Sound of The Mountain"

1972年
◇学芸
　チャールズ・ローゼン（Charles Rosen）"The Classical Style: Haydn, Mozart, Beethoven"
◇伝記

ジョゼフ・P.ラッシュ（Joseph P.Lash）"Eleanor and Franklin: The Story of Their Relationship, Based on Eleanor Roosevelt's Private Papers"

◇児童文学
ドナルド・バーセルミ（Donald Barthelme）"The Slightly Irregular Fire Engine or The Hithering Thithering Djinn"

◇時事
スチュワート・ブランド（Stewart Brand）〔編〕"The Last Whole Earth Catalogue"

◇小説
フラナリー・オコナー（Flannery O'Connor）"The Complete Stories of Flannery O'Connor"

◇歴史
アラン・ネヴィンズ（Allan Nevins）"Ordeal of the Union, Vols.Ⅶ & Ⅷ: The Organized War, 1863-1864 and The Organized War to Victory"

◇哲学・宗教
マーティン・E.マーティー（Martin E. Marty）"Righteous Empire: The Protestant Experience in America"

◇詩
ハワード・モス（Howard Moss）"Selected Poems"
フランク・オハラ（Frank O'Hara）"The Collected Works of Frank O'Hara"

◇科学
ジョージ・L.スモール（George L.Small）"The Blue Whale"

◇翻訳
オストリン・ウェインハウス（Austryn Wainhouse）"Jacques Monod's Chance and Necessity"

1973年
◇学芸
アーサー・M.ウィルスン（Arthur M. Wilson）"Diderot"

◇伝記
ジェイムス・トーマス・フレクスナー（James Thomas Flexner）"George Washington, Vol.Ⅳ: Anguish and Farewell, 1793-1799"

◇児童文学
アーシュラ・K.ル＝グウィン（Ursula K.Le Guin）「さいはての島へ ゲド戦記3」"The Farthest Shore"

◇時事
フランシス・フィッツジェラルド（Frances Fitzgerald）"Fire in the Lake: The Vietnamese and the Americans in Vietnam"

◇小説
ジョン・バース（John Barth）「キマイラ」"Chimera"
ジョン・ウィリアムズ（John Williams）"Augustus"

◇歴史
ロバート・マンソン・マイアース（Robert Manson Myers）"The Children of Pride Isaiah Trunk"
アイザィア・トランク（Isaiah Trunk）"Judenrat"

◇哲学・宗教
S.E.アールストローム（S.E.Ahlstrom）"A Religious History of the American People"

◇詩
A.R.アモンズ（A.R.Ammons）"Collected Poems, 1951-1971"

◇科学
ジョージ・B.シャラー（George B.Schaller）"The Serengeti Lion: A Study of Predator-Prey Relations"

◇翻訳
アラン・マンデルボーム（Allen Mandelbaum）"The Aeneid of Virgil"

1974年
◇学芸
ポーリン・ケール（Pauline Kael）"Deeper into the Movies"

◇伝記
ジョン・クライヴ（John Clive）"Macaulay: The Shaping of the Historian"
ダグラス・デイ（Douglas Day）"Malcolm Lowry: A Biography"

◇児童文学
エレノア・カメロン（Eleanor Cameron）"The Court of the Stone Children"

◇時事

マレー・ケンプトン（Murray Kempton）"The Briar Patch"
◇小説
トマス・ピンチョン（Thomas Pynchon）「重力の虹」"Gravity's Rainbow"
アイザック・バシェヴィス・シンガー（Isaac Bashevis Singer）"A Crown of Feathers and Other Stories"
◇歴史
ジョン・クライヴ（John Clive）"The Shaping of the Historian"
◇哲学・宗教
M.ナタンソン（Maurice Natanson）"Edmund Husserl: Philosopher of Infinite Tasks"
◇詩
アレン・ギンズバーク（Allen Ginsberg）"The Fall of America: Poems of these States, 1965-1971"
アドリエンヌ・リッチ（Adrienne Rich）"Diving into the Wreck: Poems 1971-1972"
◇科学
S.E.ルリア（S.E.Luria）"Life: The Unfinished Experiment"
◇翻訳
カレン・ブラゼル（Karen Brazell）"The Confessions of Lady Nijo"
ヘレン・R.レイン（Helen R.Lane）"Octavio Paz's Alternating Current"
ジャクソン・マシューズ（Jackson Matthews）"Paul Valery's Monsieur Teste"

1975年
◇学芸
ロジャー・シャタック（Roger Shattuck）"Marcel Proust"
ルイス・トマス（Lewis Thomas）"The Lives of a Cell: Notes on a Biology Watcher"
◇伝記
リチャード・B.シューワル（Richard B. Sewall）"The Life of Emily Dickinson"
◇児童文学
ヴァージニア・ハミルトン（Virginia Hamilton）「偉大なるM.C.」"M.C. Higgins the Great"
◇時事
シオドア・ローゼンガーテン（Theodore Rosengarten）"All God's Dangers: The Life of Nate Shaw"
◇小説
ロバート・ストーン（Robert Stone）"Dog Soldiers"
トマス・ウィリアムズ（Thomas Williams）"The Hair of Harold Roux"
◇歴史
バーナード・ベイリン（Bernard Bailyn）"The Ordeal of Thomas Hutchinson"
◇哲学・宗教
ロバート・ノージック（Robert Nozick）"Anarchy, State and Utopia"
◇詩
マリリン・ハッカー（Marilyn Hacker）"Presentation Piece"
◇科学
シルヴァーノ・アリエティ（Silvano Arieti）"Interpretation of Schizophrenia"
ルイス・トマス（Lewis Thomas）"The Life of a Cell: Notes of a Biology Watcher"
◇翻訳
アンソニー・ケリガン（Anthony Kerrigan）"Miguel D.Unamuno's The Agony of Christianity and Essays on Faith"

1976年
◇学芸
ポール・ファッセル（Paul Fussell）"The Great War and Modern Memory"
◇児童文学
ウォルター・ユドモンズ（Walter D. Edmonds）「大平原にかける夢―少年トムの1500日」"Bert Breen's Barn"
◇時事
Michael J.Arlen "Passage to Ararat"
◇小説
ウィリアム・ギャディス（William Gaddis）"Jr"
◇歴史・伝記
デヴィッド・ブライオン・デイヴィス（David Brion Davis）"The Problem of Slavery in the Age of Revolution, 1770-1823"
◇詩
ジョン・アッシュベリー（John Ashbery）

"Self-Portrait in a Convex Mirror"
1977年
◇伝記・自伝
W.A.スウォンバーグ（W.A.Swanberg）"Norman Thomas: The Last Idealist"
◇児童文学
キャサリン・パターソン（Katherine Paterson）"The Master Puppeteer"
◇現代思想
ブルーノ・ベッテルハイム（Bruno Bettelheim）「昔話の魔力」"The Uses of Enchantment: The Meaning and Importance of Fairy Tales"
◇小説
ウォーレス・ステグナー（Wallace Stegner）「スペクテイター・バード」"The Spectator Bird"
◇歴史
アーヴィング・ハウ（Irving Howe）"World of Our Fathers"
◇詩
リチャード・エバハート（Richard Eberhart）"Collected Poems, 1930-1976"
◇翻訳
リリチャン・チェン（Li-Li Ch'en）"Master Tung's Western Chamber Romance"

1978年
◇伝記・自伝
ウォルター・ジャクソン・ベート（Walter Jackson Bate）"Samuel Johnson"
◇児童文学
ジュディス・コール（Judith Kohl），ハーバート・コール（Herbert Kohl）"The View From the Oak"
◇現代思想
グロリア・エマソン（Gloria Emerson）"Winners & Losers"
◇小説
メアリー・リー・セトル（Mary Lee Settle）"Blood Ties"
◇歴史
デヴィッド・マクロウ（David McCullough）"The Path Between the Seas: The Creation of the Panama Canal 1870-1914"
◇詩

ハワード・ネメロフ（Howard Nemerov）"The Collected Poems of Howard Nemerov"
◇翻訳
ハワード・ネメロフ（Howard Nemerov）"Uwe George's In the Deserts of This Earth"

1979年
◇伝記・自伝
アーサー・M.シュレジンガー,Jr.（Arthur M.Schlesinger,Jr.）"Robert Kennedy and His Times"
◇児童文学
キャサリン・パターソン（Katherine Paterson）「ガラスの家族」"The Great Gilly Hopkins"
◇現代思想
ピーター・マシーセン（Peter Matthiessen）"The Snow Leopard"
◇小説
ティム・オブライエン（Tim O'Brien）「カチアートを追跡して」"Going After Cacciato"
◇歴史
リチャード・ビール・ディヴィス（Richard Beale Davis）"Intellectual Life in the Colonial South, 1585-1763"
◇詩
ジェームズ・メリル（James Merrill）"Mirabell: Book of Numbers"
◇翻訳
クレイトン・エシュルマン（Clayton Eshleman），ホセー・ルビン・バルシア（Jose Rubin Barcia）"Cesar Vallejo's The Complete Posthumous Poetry"

1980年
◇自伝
●ハードカバー
ローレン・バコール（Lauren Bacall）"Lauren Bacall by Myself"
●ペーパーバック
マルコム・カウリー（Malcolm Cowley）"And I Worked at the Writer's Trade: Chapters of Literary History 1918-1978"
◇伝記
●ハードカバー

文学・小説一般　　　　　　　　　　　　　　　　　　　　　　　　　　　　　　　010 全米図書賞

　エドムント・モーリス（Edmund Morris）"The Rise of Theodore Roosevelt"
- ペーパーバック
  A.スコット・バーグ（A.Scott Berg）"Max Perkins: Editor of Genius"

◇児童文学
- ハードカバー
  J.W.ブロス（Joan W.Blos）"A Gathering of Days: A New England Girl's Journal, 1830-1832"
- ペーパーバック
  マドレイン・ラングル（Madeleine L'Engle）「時間をさかのぼって」"A Swiftly Tilting Planet"

◇時事
- ハードカバー
  ジュリア・チャイルド（Julia Child）"Julia Child and More Company"
- ペーパーバック
  クリストファー・ラッシュ（Christopher Lasch）"The Culture of Narcissism"

◇小説
- ハードカバー
  ウィリアム・スタイロン（William Styron）「ソフィーの選択」"Sophie's Choice"
- ペーパーバック
  ジョン・アーヴィング（John Irving）「ガープの世界」"The World According to Garp"

◇処女小説
  ウィリアム・ウォートン（William Wharton）"Birdy"

◇一般ノンフィクション
- ハードカバー
  トム・ウルフ（Tom Wolfe）"The Right Stuff"
- ペーパーバック
  ピーター・マシーセン（Peter Matthiessen）"The Snow Leopard"

◇一般参考図書
- ハードカバー
  エルダー・ウィット（Elder Witt）〔編〕"The Complete Directory"
- ペーパーバック
  ティム・ブルックス（Tim Brooks），アール・マーシュ（Earle Marsh）"The Complete Directory of Prime Time Network TV Shows: 1946-Present"

◇歴史
- ハードカバー
  ヘンリー・A.キッシンジャー（Henry A. Kissinger）"The White House"
- ペーパーバック
  バーバラ・W.タックマン（Barbara W. Tuchman）"A Distant Mirror: The Calamitous 14th Century"

◇推理小説（ハードカバー）
  ジョン・D.マクドナルド（John D. MacDonald）"The Green Ripper"

◇詩
  フィリップ・ルヴィーン（Philip Levine）"Ashes"

◇宗教
- ハードカバー
  エレーヌ・ペイゲルス（Elaine Pagels）「ナグ・ハマディ写本―初期キリスト教の正統と異端」"The Gnostic Gospels"
- ペーパーバック
  シェルダン・ヴァノーケン（Sheldon Vanauken）"A Severe Mercy"

◇科学
- ハードカバー
  ダグラス・R.ホフスタッター（Douglas R. Hofstadter）「ゲーデル、エッシャー、バッハ―あるいは不思議の環」"Godel, Escher, Bach: An Eternal Golden Braid"
- ペーパーバック
  ゲーリー・ズーカフ（Gary Zukav）"The Dancing Wu Li Masters: An Overview of the New Physics"

◇SF
- ハードカバー
  フレデリック・ポール（Frederik Pohl）"Jem"
- ペーパーバック
  ウォルター・ワンジェリン,Jr.（Walter Wangerin,Jr.）"The Book of the Dun Cow"

◇翻訳
  ウィリアム・アロースミス（William Arrowsmith）"Cesare Pavese's Hard Labor"

ジェーン・ゲーリー・ハリス（Jane Gary Harris），コンスタンス・リンク（Constance Link）"Osip E. Mandelstam's Complete Critical Prose and Letters"
◇ウェスタン
ルイ・ラムーア（Louis L'Amour）"Bendigo Shafter"

1981年
◇自伝・伝記
- ハードカバー
ジャスティン・カプラン（Justin Kaplan）"Walt Whitman"
- ペーパーバック
デアドル・ベァ（Deirdre Bair）"Samuel Beckett"
◇児童フィクション
- ハードカバー
ベッツィ・バイアーズ（Betsy Byars）"The Night Swimmers"
- ペーパーバック
ベヴァリー・クリアリー（Beverly Cleary）「ラモーナとおかあさん」"Ramona and Her Mother"
◇児童ノンフィクション
- ハードカバー
アリスン・クラギン・ヘルツィヒ（Alison Cragin Herzig），ジェーン・ローレンス・マリ（Jane Lawrence Mali）"Oh, Boy! Babies"
◇小説
- ハードカバー
ライト・モリス（Wright Morris）"Plains Song"
- ペーパーバック
ジョン・チーヴァー（John Cheever）「橋の上の天使」"The Stories of John Cheever"
◇処女小説
アン・アレンスバーグ（Ann Arensberg）"Sister Wolf"
◇一般フィクション
- ハードカバー
マキシーン・ホン・キングストン（Maxine Hong Kingston）"China Men"
- ペーパーバック
ジェーン・クレイマー（Jane Kramer）"The Last Cowboy"
◇歴史
- ハードカバー
ジョン・ボズウェル（John Boswell）"Christianity, Social Tolerance and Homosexuality"
- ペーパーバック
レオン・F.リトワック（Leon F.Litwack）"Been in the Storm so Long: The Aftermath of Slavery"
◇詩
リーゼル・ミュラー（Lisel Mueller）"The Need to Hold Still"
◇科学
- ハードカバー
スティーブン・ジェイ・グールド（Stephen Jay Gould）"The Panda's Thumb: More Reflections on Natural History"
- ペーパーバック
ルイス・トマス（Lewis Thomas）"The Medusa and the Snail"
◇翻訳
フランシス・スティーグミュラー（Francis Steegmuller）"The Letters of Gustave Flaubert"
ジョン・E.ウッズ（John E.Woods）"Arno Schmidt's Evening Edged in Gold"

1982年
◇自伝・伝記
- ハードカバー
デヴィッド・マクロウ（David McCullough）"Mornings on Horseback"
- ペーパーバック
ロナルド・スティール（Ronald Steel）「現代史の目撃者―リップマンとアメリカの世紀」"Walter Lippmann and the American Century"
◇児童フィクション
- ハードカバー
ロイド・アリグザンダー（Lloyd Alexander）"Westmark"
- ペーパーバック
ウィーダ・セベスティアン（Ouida Sebestyen）「私は覚えていない」"Words by Heart"
◇児童ノンフィクション

文学・小説一般　　　　　　　　　　　　　　　　　　　　　　　　　　　　　　010 全米図書賞

スーザン・ボナーズ（Susan Bonners）「ペンギンたちの夏」"A Penguin Year"
◇絵本
- ハードカバー
  モーリス・センダック（Maurice Sendak）「まどのそとのそのまたむこう」"Outside Over There"
- ペーパーバック
  ピーター・スピアー（Peter Spier）「ノアのはこ船」"Noah's Ark"

◇小説
- ハードカバー
  ジョン・アップダイク（John Updike）「金持になったウサギ」"Rabbit is Rich"
- ペーパーバック
  ウィリアム・マクスウェル（William Maxwell）"So Long, See You Tomorrow"

◇処女小説
  ロップ・フォアマン・デュー（Robb Forman Dew）"Dale Loves Sophie to Death"

◇一般ノンフィクション
- ハードカバー
  トレイシー・キダー（Tracy Kidder）「超マシン誕生」"The Soul of a New Machine"
- ペーパーバック
  ヴィクター・S.ナヴァスキー（Victor S. Navasky）"Naming Names"

◇歴史
- ハードカバー
  ファーザー・ピーター・ジョン・パウウェル（Father Peter John Powell）"People of the Sacred Mountain: A History of the Northern Cheyenne Chiefs and Warrior Societies, 1830-1879"
- ペーパーバック
  ロバート・ウォール（Robert Wohl）"The Generation of 1914"

◇詩
  ウィリアム・ブロンク（William Bronk）"Life Supports: New and Collected Poems"

◇科学
- ハードカバー
  ドナルド・ジョハンスン（Donald C. Johanson）, メイトランド・A.エディ（Maitland A.Edey）"Lucy: The Beginnings of Humankind"
- ペーパーバック
  フレッド・アラン・ウルフ（Fred Alan Wolf）"Taking the Quantum Leap: The New Physics for Nonscientists"

◇翻訳
  ロバート・ライアンズ・ダンリー（Robert Lyons Danly）"Higuchi Ichiyo's In the Shade of Spring Leaves"
  アイアン・ヒデオ・リーヴィ（Ian Hideo Levy）"The Ten Thousand Leaves: A Translation of The Man'Yoshu, Japan's Premier Anthology of Classical Poetry"

1983年
◇自伝・伝記
- ハードカバー
  ジュディス・サーマン（Judith Thurman）"Isak Dinesen: The Life of a Storyteller"
- ペーパーバック
  ジェイムズ・R.メロウ（James R.Mellow）"Nathaniel Hawthorne in His Time"

◇児童フィクション
- ハードカバー
  ジーン・フリッツ（Jean Fritz）"Homesick: My Own Story"
- ペーパーバック
  ポーラ・フォックス（Paula Fox）"A Place Aparte"
  ジョイス・キャロル・トーマス（Joyce Carol Thomas）"Marked by Fir"

◇児童ノンフィクション
  ジェイムス・クロス・ギブリン（James Cross Giblin）"Chimney Sweeps"

◇絵本
- ハードカバー
  バーバラ・クーニー（Barbara Cooney）「ルピナスさん——小さなおばあさんのお話」"Miss Rumphius"
  ウィリアム・スタイグ（William Steig）「歯いしゃのチューせんせい」"Doctor De Soto"
- ペーパーバック
  メリーアン・ホバーマン（Mary Ann

Hoberman）〔著〕，ベティ・フレイザー（Betty Fraser）〔イラスト〕"A House is a House for Me"
◇小説
● ハードカバー
アリス・ウォーカー（Alice Walker）「紫のふるえ」（改題「カラーパープル」）"The Color Purple"
● ペーパーバック
ユードラ・ウェルティ（Eudora Welty）"Collected Stories of Eudora Welty"
◇処女小説
グローリア・ネイラー（Gloria Naylor）"The Women of Brewster Place"
◇一般ノンフィクション
● ハードカバー
フォックス・バターフィールド（Fox Butterfield）"China: Alive in the Bitter Sea"
● ペーパーバック
ジェームズ・ファローズ（James Fallows）"National Defense"
◇歴史
● ハードカバー
アラン・ブリンクリー（Alan Brinkley）"Voices of Protest: Huey Long, Father Coughlin and the Great Depression"
● ペーパーバック
フランク・E.マニュエル（Frank E.Manuel），フリッジー・P.マニュエル（Fritzie P. Manuel）"Utopian Thought in the Western World"
◇ペーパーバック一般
リサ・ゴールドスタイン（Lisa Goldstein）"The Red Magician"
◇詩
ゴールウェイ・キネル（Galway Kinnell）"Selected Poems"
チャールズ・ライト（Charles Wright）"Country Music: Selected Early Poems"
◇科学
● ハードカバー
エイブラハム・パイス（Abraham Pais）"Subtle is the Lord...: The Science and Life of Albert Einstein"
● ペーパーバック

フィリップ・J.デービス（Philip J.Davis），ルーベン・ヘルシュ（Reuben Hersh）"The Mathematical Experience"
◇翻訳
リチャード・ハワード（Richard Howard）"Charles Baudelaire's Les Fleurs du Mal"

1984年
◇小説
エレン・ギルクリスト（Ellen Gilchrist）"Victory over Japan: A Book of Stories"
◇処女小説
ハリエット・ドウア（Harriet Doerr）"Stones for Ibarra"
◇ノンフィクション
ロバート・V.レミニ（Robert V.Remini）"Andrew Jackson & the Course of American Democracy, 1833-1845"

1985年
◇小説
ドン・デリーロ（Don DeLillo）「ホワイト・ノイズ」"White Noise"
◇処女小説
ボブ・シャコーチス（Bob Shacochis）"Easy in the Islands"
◇ノンフィクション
J.アンソニー・ルーカス（J.Anthony Lukas）"Common Ground: A Turbulent Decade in the Lives of Three American Families"

1986年
◇小説
E.L.ドクトロウ（E.L.Doctorow）「紐育万国博覧会」"World's Fair"
◇ノンフィクション
バリー・ロペス（Barry Lopez）"Arctic Dreams"

1987年
◇小説
ラリー・ハイネマン（Larry Heinemann）"Paco's Story"
◇ノンフィクション
リチャード・ローズ（Richard Rhodes）"The Making of the Atom Bomb"

1988年
◇小説
ピート・デクスター（Pete Dexter）「パリス・トラウト」"Paris Trout"
◇ノンフィクション
ニール・シーハン（Neil Sheehan）"A Bright Shining Lie: John Paul Vann and America in Vietnam"

1989年
◇小説
ジョン・ケーシー（John Casey）"Spartina"
◇ノンフィクション
トーマス・L.フリードマン（Thomas L. Friedman）"From Beirut to Jerusalem"

1990年
◇小説
チャールズ・ジョンソン（Charles Johnson）「中間航路」"Middle Passage"
◇ノンフィクション
ロン・チャーナウ（Ron Chernow）"The House of Morgan: An American Banking Dynasty and the Rise of Modern Finance"

1991年
◇小説
ノーマン・ラッシュ（Norman Rush）"Mating"
◇ノンフィクション
オルランド・パターソン（Orlando Patterson）"Freedom"
◇詩
フィリップ・ルヴィーン（Philip Levine）"What Work Is"

1992年
◇小説
コーマック・マッカーシー（Cormac McCarthy）「すべての美しい馬」"All the Pretty Horses"
◇ノンフィクション
ポール・モネット（Paul Monette）"Becoming a Man: Half a Life Story"
◇詩
メアリー・オリヴァー（Mary Oliver）"New & Selected Poems"

1993年
◇小説
エドナ・アニー・プルー（E.Annie Proulx）「港湾（シッピング）ニュース」"The Shipping News"
◇ノンフィクション
ゴア・ヴィダール（Gore Vidal）"United States: Essays 1952-1992"
◇詩
A.R.アモンズ（A.R.Ammons）"Garbage"

1994年
◇小説
ウィリアム・ギャディス（William Gaddis）「彼一人の浮かれ騒ぎ」"A Frolic of His Own"
◇ノンフィクション
シャーウィン・B.ヌーランド（Sherwin B. Nuland）"How We Die: Reflections on Life's Final Chapter"
◇詩
ジェイムス・テイト（James Tate）"A Worshipful Company of Fletchers"

1995年
◇小説
フィリップ・ロス（Philip Roth）「父の遺産」"Sabbath's Theater"
◇ノンフィクション
ティナ・ローゼンバーグ（Tina Rosenberg）「過去と闘う国々—共産主義のトラウマをどう生きるか」"The Haunted Land: Facing Europe's Ghosts After Communism"
◇詩
スタンリー・クーニッツ（Stanley Kunitz）"Passing Through: The Later Poems"

1996年
◇小説
アンドリア・バレット（Andrea Barrett）"Ship Fever and Other Stories"
◇ノンフィクション
ジェイムズ・キャロル（James Carroll）"An American Requiem: God, My Father, and the War that Came Between Us"
◇詩
ヘイデン・カルース（Hayden Carruth）

"Scrambled Eggs & Whiskey"
　◇児童文学
　　ヴィクター・マルティネス（Victor Martinez）「オーブンの中のオウム」"Parrott In the Oven: MiVida"
1997年
　◇小説
　　チャールズ・フレイジャー（Charles Frazier）「コールドマウンテン」"Cold Mountain"
　◇ノンフィクション
　　ジョゼフ・J.エリス（Joseph J.Ellis）"American Sphinx: The Character of Thomas Jefferson"
　◇詩
　　ウィリアム・メレディス（William Meredith）"Effort at Speech: New & Selected Poems"
　◇児童文学
　　ハン・ノーラン（Han Nolan）"Dancing on the Edge"
1998年
　◇小説
　　アリス・マクダーモット（Alice McDermott）「チャーミング・ビリー」"Charming Billy"
　◇ノンフィクション
　　エドワード・ボール（Edward Ball）"Slaves in the Family"
　◇詩
　　ジェラルド・スターン（Gerald Stern）"This Time: New and Selected Poems"
　◇児童文学
　　ルイス・サッカー（Louis Sachar）「穴」"Holes"
1999年
　◇小説
　　ハ・ジン（Ha Jin）「待ち暮らし」"Waiting"
　◇ノンフィクション
　　ジョン・W.ダワー（John W.Dower）「敗北を抱きしめて―第二次大戦後の日本人」"Embracing Defeat: Japan in the Wake of World War Ⅱ"
　◇詩
　　アイ（Ai）"Vice: New & Selected Poems"
　◇児童文学
　　キンバリー・ウィリス・ホルト（Kimberly Willis Holt）「ザッカリー・ビーヴァーが町に来た日」"When Zachary Beaver Came to Town"
2000年
　◇小説
　　スーザン・ソンタグ（Susan Sontag）"In America"
　◇ノンフィクション
　　ナサニエル・フィルブリック（Nathaniel Philbrick）"In the Heart of the Sea: The Tragedy of the Whaleship Essex"
　◇詩
　　ルシール・クリフトン（Lucille Clifton）"Blessing the Boats: New and Selected Poems 1988-2000"
　◇児童文学
　　グロリア・ウィーラン（Gloria Whelan）「家なき鳥」"Homeless Bird"
2001年
　◇小説
　　ジョナサン・フランゼン（Jonathan Franzen）「コレクションズ」"The Corrections"
　◇ノンフィクション
　　アンドリュー・ソロモン（Andrew Solomon）"The Noonday Demon: An Atlas of Depression"
　◇詩
　　アラン・デュガン（Alan Dugan）"Poems Seven: New and Complete Poetry"
　◇児童文学
　　ヴァージニア・ユウワー・ウルフ（Virginia Euwer Wolff）"True Believer"
2002年
　◇小説
　　ジュリア・グラス（Julia Glass）「六月の組曲」"Three Junes"
　◇ノンフィクション
　　ロバート・A.カーロ（Robert A.Caro）"Master of the Senate: The Years of Lyndon Johnson"
　◇詩
　　ラス・ストーン（Ruth Stone）"In the Next Galaxy"

◇児童文学
ナンシー・ファーマー（Nancy Farmer）"The House of the Scorpion"

2003年
◇小説
シャーリー・ハザード（Shirley Hazzard）"The Great Fire"
◇ノンフィクション
カリロス・アイル（Carlos Eire）"Waiting for Snow in Havana: Confessions of a Cuban Boy"
◇詩
C.K.ウィリアムズ（C.K.Williams）"The Singing"
◇児童文学
ポリー・ホーヴァート（Polly Horvath）"The Canning Season"

2004年
◇小説
リリー・タック（Lily Tuck）"The News from Paraguay"
◇ノンフィクション
ケビン・ボイル（Kevin Boyle）"Arc of Justice: A Saga of Race, Civil Rights, and Murder in the Jazz Age"
◇詩
ジーン・バレンタイン（Jean Valentine）"Door in the Mountain: New and Collected Poems, 1965-2003"
◇児童文学
ピート・ハウトマン（Pete Hautman）"Godless"

2005年
◇小説
ウィリアム・T・ウォルマン（William T. Vollmann）"Europe Central"
◇ノンフィクション
ジョーン・ディディオン（Joan Didion）「悲しみにある者」"The Year of Magical Thinking"
◇詩
W.S.マーウィン（W.S.Merwin）"Migration: New and Selected Poems"
◇児童文学
ジーン・バーズオール（Jeanne Birdsall）「夏の魔法――ペンダーウィックの四姉妹」"The Penderwicks"

2006年
◇小説
リチャード・パワーズ（Richard Powers）「エコー・メイカー」"The Echo Maker"
◇ノンフィクション
ティモシー・イーガン（Timothy Egan）"The Worst Hard Time: The Untold Story of Those Who Survived the Great American Dust Bowl"
◇詩
ナサニエル・マッキー（Nathaniel Mackey）"Splay Anthem"
◇児童文学
M.T.アンダーソン（M.T.Anderson）"The Astonishing Life of Octavian Nothing, Traitor to the Nation, Volume Ⅰ: The Pox Party"

2007年
◇小説
デニス・ジョンソン（Denis Johnson）「煙の樹」"Tree of Smoke"
◇ノンフィクション
ティム・ワイナー（Tim Weiner）「CIA秘録――その誕生から今日まで」"Legacy of Ashes: The History of the CIA"
◇詩
ロバート・ハス（Robert Hass）"Time and Materials"
◇児童文学
シャーマン・アレクシー（Sherman Alexie）「はみだしインディアンのホントにホントの物語」"The Absolutely True Diary of a Part-Time Indian"

2008年
◇小説
ピーター・マシーセン（Peter Matthiessen）"Shadow Country"
◇ノンフィクション
アネット・ゴードン＝リード（Annette Gordon-Reed）"The Hemingses of Monticello: An American Family"
◇詩
マーク・ドーティ（Mark Doty）"Fire to Fire: New and Selected Poems"

◇児童文学
　ジュディ・ブランデル（Judy Blundell）"What I Saw and How I Lied"

2009年
◇小説
　コラム・マッキャン（Colum McCann）「世界を回せ」"Let the Great World Spin"
◇ノンフィクション
　T.J.スタイルズ（T.J.Stiles）"The First Tycoon: The Epic Life of Cornelius Vanderbilt"
◇詩
　キース・ウォールドロップ（Keith Waldrop）"Transcendental Studies: A Trilogy"
◇児童文学
　フィリップ・フース（Phillip Hoose）「席を立たなかったクローデット——15歳、人種差別と戦って」"Claudette Colvin: Twice Toward Justice"

2010年
◇小説
　ジャイミー・ゴードン（Jaimy Gordon）"Lord of Misrule"
◇ノンフィクション
　パティ・スミス（Patti Smith）「ジャスト・キッズ」"Just Kids"
◇詩
　テランス・ヘイズ（Terrance Hayes）"Lighthead"
◇児童文学
　キャスリン・アースキン（Kathryn Erskine）「モッキンバード」"Mockingbird"

2011年
◇小説
　ジェスミン・ワード（Jesmyn Ward）"Salvage the Bones"
◇ノンフィクション
　スティーヴン・グリーンブラット（Stephen Greenblatt）「一四一七年、その一冊がすべてを変えた」"The Swerve: How the World Became Modern"
◇詩
　ニッキー・フィニー（Nikky Finney）"Head Off & Split"
◇児童文学
　タィン＝ハ・ライ（Thanhha Lai）「はじまりのとき」"Inside Out & Back Again"

2012年
◇小説
　ルイーズ・アードリック（Louise Erdrich）"The Round House"
◇ノンフィクション
　キャサリン・ブー（Katherine Boo）「いつまでも美しく——インド・ムンバイのスラムに生きる人びと」"Behind the Beautiful Forevers: Life, Death, and Hope in a Mumbai Undercity"
◇詩
　デヴィッド・フェリー（David Ferry）"Bewilderment: New Poems and Translations"
◇児童文学
　ウィリアム・アレグザンダー（William Alexander）「仮面の街」"Goblin Secrets"

2013年
◇小説
　ジェイムズ・マクブライド（James McBride）"The Good Lord Bird"
◇ノンフィクション
　ジョージ・パッカー（George Packer）「綻びゆくアメリカ——歴史の転換点に生きる人々の物語」"The Unwinding: An Inner History of the New America"
◇詩
　Mary Szybist "Incarnadine"
◇児童文学
　シンシア・カドハタ（Cynthia Kadohata）「サマーと幸運の小麦畑」"The Thing About Luck"

2014年
◇小説
　Phil Klay "Redeployment"
◇ノンフィクション
　Evan Osnos "Age of Ambition: Chasing Fortune, Truth, and Faith in the New China"
◇詩
　ルイーズ・グリュック（Louise Glück）"Faithful and Virtuous Night"
◇児童文学

ジャクリーン・ウッドソン（Jacqueline Woodson）"Brown Girl Dreaming"

2015年
◇小説
アダム・ジョンソン（Adam Johnson）"Fortune Smiles"
◇ノンフィクション
Ta-Nehisi Coates "Between the World and Me"
◇詩
Robin Coste Lewis "Voyage of the Sable Venus"
◇児童文学
ニール・シャスターマン（Neal Shusterman）"Challenger Deep"

011 ナダール賞　Premio Nadal

1944年に創設した、スペイン最古の文学賞。デスティーノ出版（現在、出版社プラネータ社の傘下）により毎年実施されている。

【主催者】デスティーノ出版（Ediciones Destino）
【選考委員】5人からなる審査員
【選考方法】審査員の投票により受賞作1作を決定
【選考基準】〔対象〕他賞を受賞していない未発表のスペイン語で書かれた小説。150ページ以上（A4ダブルスペース）の作品で、1人につき1作まで応募可能
【締切・発表】毎年1月6日に授賞される。（2016年）応募締め切り2015年9月30日
【賞・賞金】賞金1万8千ユーロ。受賞作は1年以内に出版される
【URL】http://www.planetadelibros.com/premios/premio-nadal/3

1944年
　カルメン・ラフォレット（Carmen Laforet）「ナダ（何でもないの）」"Nada"
1945年
　José Félix Tapia "La luna ha entrado en casa"
1946年
　ホセ・マリア・ヒロネーリャ（José María Gironella）"Un hombre"
1947年
　ミゲル・デリーベス（Miguel Delibes）「糸杉の影は長い」"La sombra del ciprés es alargada"
1948年
　Sebastián Juan Arbó "Sobre las piedras grises"
1949年
　José Suárez Carreño "Las últimas horas"
1950年
　Elena Quiroga "Viento del Norte"
1951年
　Luis Romero "La noria"
1952年
　Dolores Medio "Nosotros, los Rivero"
1953年
　Luisa Forrellad "Siempre en capilla"
1954年
　Francisco José Alcántara "La muerte le sienta bien a Villalobos"
1955年
　ラファエル・サンチェス・フェルロシオ（Rafael Sánchez Ferlosio）"El Jarama"
1956年
　J.L.マルティン・デスカルソ（J.L.Martín Descalzo）「神の国境」"La frontera de Dios"
1957年
　カルメン・マルティン・ガイテ（Carmen Martín Gaite）"Entre visillos"
1958年
　José Vidal Cadellans "No era de los

nuestros"
1959年
アナ・マリア・マトゥテ (Ana María Matute) "Primera memoria"
1960年
Ramiro Pinilla "Las ciegas hormigas"
1961年
Juan Antonio Payno "El curso"
1962年
José María Mendiola "Muerte por fusilamiento"
1963年
Manuel Mejía Vallejo "El día señalado"
1964年
Alfonso Martínez Garrido "El miedo y la esperanza"
1965年
Eduardo Caballero Calderón "El buen salvaje"
1966年
Vicente Soto "La zancada"
1967年
José María Sanjuán "Réquiem por todos nosotros"
1968年
Àlvaro Cunqueiro "Un hombre que se parecía a Orestes"
1969年
フランシスコ・ガルシア・パボン (Francisco García Pavón) "Las Hermanas Coloradas"
1970年
Jesús Fernández Santos "Libro de las memorias de las cosas"
1971年
José María Requena "El cuajarón"
1972年
José María Carrascal "Groovy"
1973年
José Antonio García Blázquez "El rito"
1974年
Luis Gasulla "Culminación de Montoya"
1975年
フランシスコ・ウンブラル (Francisco Umbral)「用水路の妖精 (ニンフ) たち」"Las ninfas"
1976年
Raúl Guerra Garrido "Lectura insólita de《El Capital》"
1977年
José Asenjo Sedano "Conversación sobre la guerra"
1978年
Germán Sánchez Espeso "Narciso"
1979年
Carlos Rojas "El ingenioso hidalgo y poeta Federico García Lorca asciende a los infiernos"
1980年
フワン=ラモン・サラゴサ (Juan-Ramón Zaragoza)「殺人協奏曲」"Concerto grosso"
1981年
Carmen Gómez Ojea "Cantiga de agüero"
1982年
フェルナンド・アラバール (Fernando Arrabal) "La torre herida por el rayo"
1983年
Salvador García Aguilar "Regocijo en el hombre"
1984年
José Luis de Tomás García "La otra orilla de la droga"
1985年
Pau Faner "Flor de sal"
1986年
Manuel Vicent "Balada de Caín"
1987年
フアン・ホセ・サエール (Juan José Saer) "La ocasión"
1988年
Juan Pedro Aparicio "Retratos de ambigú"
1989-90年
Juan José Millás "La soledad era esto"
1991年
Alfredo Conde "Los otros días"

1992年
　Alejandro Gándara "Ciegas esperanzas"
1993年
　Rafael Argullol "La razón del mal"
1994年
　Rosa Regàs "Azul"
1995年
　Ignacio Carrión "Cruzar el Danubio"
1996年
　Pedro Maestre "Matando dinosaurios con tirachinas"
1997年
　Carlos Cañeque "Quién"
1998年
　Lucía Etxebarria "Beatriz y los cuerpos celestes"
1999年
　グスターボ・マルティン=ガルソ（Gustavo Martín Garzo）"Las historias de Marta y Fernando"
2000年
　Lorenzo Silva "El alquimista impaciente"
2001年
　Fernando Marías "El Niño de los coroneles"
2002年
　Àngela Vallvey "Los estados carenciales"
2003年
　Andrés Trapiello "Los amigos del crimen perfecto"
2004年
　Antonio Soler "El camino de los Ingleses"
2005年
　Pedro Zarraluki "Un encargo difícil"
2006年
　Eduardo Lago "Llámame Brooklyn"
2007年
　Felipe Benítez Reyes "Mercado de espejismos"
2008年
　Francisco Casavella "Lo que sé de los vampiros"
2009年
　マルーハ・トーレス（Maruja Torres）"Esperadme en el cielo"
2010年
　Clara Sánchez "Lo que esconde tu nombre"
2011年
　Alicia Giménez Bartlett "Donde nadie te encuentre"
2012年
　Àlvaro Pombo "El temblor del héroe"
2013年
　Sergio Vila-Sanjuán "Estaba en el aire"
2014年
　Carmen Amoraga "La vida era eso"
2015年
　José C. Vales "Cabaret Biarritz"
2016年
　Víctor del Árbol "La víspera de casi todo"

012　ノイシュタット国際文学賞　Neustadt International Prize for Literature

　オクラホマ大学と同大学の国際文学雑誌「World Literature Today」が主催し，隔年で実施する文学賞。アメリカの富豪ノイシュタット家からの寄付金により継続されている。1969年創立，翌年授賞開始。当初は，Books Abroad International Prize for Literatureという賞名で授賞していた（World Literature Today誌の創刊時の名称はBooks Abroad誌）。のちBooks Abroad/Neustadt Prizeと改称を経て，76年に現在の賞名に変更した。ジャーナリストたちから「アメリカのノーベル賞」と呼ばれており，ノーベル文学賞に次ぐ権威ともいわれる。本賞の受賞者や最終候補者，歴代の審査員の中には後のノーベル文学賞

012 ノイシュタット国際文学賞

文学・小説一般

受賞者が数多くいる(42年間で30名がノーベル文学賞受賞者と重複)。

【主催者】 オクラホマ大学, World Literature Today
【選考委員】 地域(国)や言語・ジャンルにとらわれずに選出された7名以上で構成。
　(2016年) Alison Anderson, Porochista Khakpour, Valeria Luiselli, Amit Majmudar, Valzhyna Mort, Mūkoma wa Ngũgĩ, Jordan Tannahill, Padma Viswanathan, Wang Ping
【選考方法】 審査員による選考
【選考基準】 詩(Poetry)・小説(Fiction)・戯曲(Drama)を対象とし,文学的価値のみに基づき選考される。対象は存命の著者で,書かれた言語は問わない
【締切・発表】 隔年実施。例年9月か10月に開催するノイシュタット・フェスティバルで受賞者を発表。最終候補者および審査員は事前に公表される
【賞・賞金】 賞金5万ドル,ワシの羽のレプリカ(シルバーキャスト),賞状
【URL】 http://neustadtprize.org/

1970年
　ジュゼッペ・ウンガレッティ(Giuseppe Ungaretti　イタリア)
1972年
　ガブリエル・ガルシア＝マルケス(Gabriel García Márquez　コロンビア)
1974年
　フランシス・ポンジュ(Francis Ponge　フランス)
1976年
　エリザベス・ビショップ(Elizabeth Bishop　アメリカ)
1978年
　チェスワフ・ミウォシュ(Czesław Miłosz　ポーランド)
1980年
　ヨゼフ・シュクボレツキー(Josef Škvorecký　チェコスロバキア,カナダ)
1982年
　オクタビオ・パス(Octavio Paz　メキシコ)
1984年
　パーヴォ・ハービッコ(Paavo Haavikko　フィンランド)
1986年
　マックス・フリッシュ(Max Frisch　スイス)
1988年
　ラージャ・ラオ(Raja Rao　インド)

1990年
　トーマス・トランストロンメル(Tomas Tranströmer　スウェーデン)
1992年
　ジョアン・カブラル・デ・メロ・ネト(João Cabral de Melo Neto　ブラジル)
1994年
　カマウ・ブラスウェイト(Kamau Brathwaite　バルバドス)
1996年
　アシア・ジェバール(Assia Djebar　アルジェリア)
1998年
　ヌルディン・ファラー(Nuruddin Farah　ソマリア)
2000年
　デイヴィッド・マルーフ(David Malouf　オーストラリア)
2002年
　アルバロ・ムティス(Álvaro Mutis　コロンビア)
2004年
　アダム・ザガエフスキ(Adam Zagajewski　ポーランド)
2006年
　クラリベル・アレグリア(Claribel Alegría　ニカラグア,エルサルバドル)
2008年
　パトリシア・グレース(Patricia Grace

ニュージーランド）

2010年
多多（Duo Duo　中国）

2012年
ロヒントン・ミストリー（Rohinton Mistry　インド, カナダ）

2014年
ミア・コウト（Mia Couto　モザンビーク）

2016年
ドゥブラヴカ・ウグレシィチ（Dubravka Ugrešić　オランダ, クロアチア）

013　ノーベル文学賞　Nobel Prize in Literature

ダイナマイトの発明で有名なアルフレッド・ノーベル（Alfred Nobel 1833-96）の遺言に基づき1901年に創設されたノーベル賞のうちの一部門。ノーベル賞は、「前年に人類に対して最大の便宜を与える貢献を行った」人物に対して授与される賞である。スウェーデン王立科学アカデミーに寄付されたノーベルの遺産を基金として、民間のノーベル財団が創設され、同団体が運営にあたっている。日本人は, 68年に川端康成, 94年に大江健三郎が受賞している。

【主催者】ノーベル財団（The Nobel Foundation）

【選考委員】各部門ごとにノーベル賞委員会が設置される。文学賞はスウェーデン・アカデミーが管轄

【選考方法】世界中に推薦依頼状を発送し（自薦は禁止）、ノーベル賞委員会が独自の判断で候補者を追加して最終候補リストを作成、段階的に人数を減らして最終的な受賞者を決定する

【選考基準】各部門最大3人まで。文学賞は永年の業績を対象とする

【締切・発表】推薦締切は毎年1月31日必着。10月頃に各部門ごとに各選考団体から受賞者が発表され、ノーベルの命日である12月10日に、平和賞以外の5部門はストックホルムのコンサートホールで授賞式が開催される。受賞後には晩餐会があり、受賞者による3分間の講演「ノーベル・スピーチ」が行われる

【賞・賞金】金メダル（23金），賞金（各部門800万スウェーデンクローナ）。同一部門で複数の受賞者がいる場合、賞金は分割授与される。基金の前年利息の67.5％が, 経済学賞を除く5部門の賞金に充当される

【URL】http://nobelprize.org/

1901年
シュリ・プリュドム（Sully-Prudhomme　フランス）―論文「De l'expression dans les beaux-arts」により

1902年
テオドール・モムゼン（Theodor Mommsen　ドイツ）

1903年
ビョルンスティエルネ・ビョルンソン（Björnstjerne Björnson　ノルウェー）

1904年
ホセ・エチェガライ（José Echegaray y Eizaguirré　スペイン）
フレデリック・ミストラル（Frédéric Mistral　フランス）

1905年
ヘンリク・シェンキェヴィチ（Henryk Sienkiewicz　ポーランド）

1906年
ジョズエ・カルドゥッチ（Giosué Carducci　イタリア）―「新韻集」「擬古詩集」によって

1907年
ラドヤード・キップリング（Joseph

Rudyard Kipling　イギリス）
1908年
　ルドルフ・オイケン（Rudlf Eucken　ドイツ）
1909年
　セルマ・ラーゲルレーヴ（Selma Ottiliana Lovisa Lagerlörf　スウェーデン）
1910年
　パウル・フォン・ハイゼ（Paul von Heyse　ドイツ）
1911年
　モーリス・メーテルリンク（Maurice Maeterlinck　ベルギー）
1912年
　ゲルハルト・ハウプトマン（Gerhart Hauptmann　ドイツ）
1913年
　ラビンドラナート・タゴール（Rabīndranāth Tagore　インド）「ギーターンジャリ」
1914年
　受賞者なし
1915年
　ロマン・ロラン（Romain Rolland　フランス）「ジャン・クリストフ」"Jean-Christophe"
1916年
　ヴェルネル・フォン・ヘイデンスタム（Cale Gustaf Verner von Heidenstam　スウェーデン）
1917年
　カール・ギェレルプ（Karl Gjellerup　デンマーク）
　ヘンリク・ポントピダン（Henrik Pontoppidan　デンマーク）
1918年
　受賞者なし
1919年
　カール・シュピッテラー（Carl Spitteler　スイス）―古い叙事詩形式に新しい哲学的宇宙観を満たしてそれを見事に復活させた
1920年
　クヌート・ハムスン（Knut Hamsun　ノルウェー）
1921年
　アナトール・フランス（Anatole France　フランス）
1922年
　ハシント・ベナベンテ（Jacinto Benavente y Martínez　スペイン）―20世紀のスペイン劇壇のレベルを高め、西ヨーロッパ近代劇の水準にまで高めた功績と、舞台栄えのする多様な技巧が高く評価された
1923年
　ウィリアム・バトラー・イェイツ（William Butler Yeats　アイルランド）―詩作,演劇を通してアイルランドの文学に与えた功績
1924年
　ヴワディスワフ・レイモント（Wladyslaw Stanislaw Reymont　ポーランド）「農民」
1925年
　ジョージ・バーナード・ショー（George Bernard Shaw　イギリス）
1926年
　グラツィア・デレッダ（Grazia Deledda　イタリア）
1927年
　アンリ＝ルイ・ベルクソン（Henri-Louis Bergson　フランス）
1928年
　シグリ・ウンセット（Sigrid Undset　ノルウェー）
1929年
　トーマス・マン（Thomas Mann　ドイツ）―ドイツの小説を世界的水準にまで高めることに寄与し、新しい人間像の樹立に努めてきた功績
1930年
　シンクレア・ルイス（Harry Sinclair Lewis　アメリカ）
1931年
　エリク・アクセル・カールフェルト（Erik Axel Karlfeldt　スウェーデン）
1932年
　ジョン・ゴールズワージー（John Galsworthy　イギリス）

1933年
　イワン・アレクセーエヴィチ・ブーニン
　　（Ivan Alekseevich Bunin　ソ連）
1934年
　ルイジ・ピランデッロ（Luigi Pirandello
　　イタリア）―20世紀演劇の革命的な変革
　　者の一人として
1935年
　受賞者なし
1936年
　ユージン・グラッドストン・オニール
　　（Eugene Gladstone O'Neill　アメリ
　　カ）―伝統を持たぬアメリカ演劇の芸術性を
　　高め，正統を確立させるとともにそれに
　　挑戦した
1937年
　ロジェ・マルタン・デュ・ガール（Roger
　　Martin du Gard　フランス）「1914年夏」
　　（チボー家の人々　第7部）
1938年
　パール・S.バック（Pearl S.Buck　アメリカ）
1939年
　フランス・エーミル・シランペー（Frans
　　Eemil Sillanpää　フィンランド）
1940年
　受賞者なし
1941年
　受賞者なし
1942年
　受賞者なし
1943年
　受賞者なし
1944年
　ヨハネス・ヴィルヘルム・イェンセン
　　（Johannes Vilhelm Jensen　デンマーク）
1945年
　ガブリエラ・ミストラル（Gabriela Mistral
　　チリ）
1946年
　ヘルマン・ヘッセ（Hermann Hesse　スイス）
1947年
　アンドレ・ジッド（Andre Gide　フランス）

1948年
　T.S.エリオット（Thomas Stearns Eliot　イ
　　ギリス）
1949年
　ウィリアム・フォークナー（William
　　Cuthbert Faulkner　アメリカ）
1950年
　バートランド・アーサー・ウィリアム・
　　ラッセル（Bertrand Arthur William
　　Russell　イギリス）
1951年
　ペール・ファビアン・ラーゲルクヴィスト
　　（Pär Fabian Lagerkvist　スウェーデン）
1952年
　フランソワ・モーリヤック（François
　　Charles Mauriac　フランス）
1953年
　ウィンストン・チャーチル（Winston
　　Leonard Spencer-Churchill　イギリス）―
　　演説や著作に見る格調高い語法
1954年
　アーネスト・ヘミングウェイ（Ernest
　　Hemingway　アメリカ）
1955年
　ハルドル・ラクスネス（Halldór Kiljan
　　Laxness　アイスランド）
1956年
　フアン・ラモン・ヒメネス（Juan Ramón
　　Jiménez　スペイン）
1957年
　アルベール・カミュ（Albert Camus　フラ
　　ンス）―全作品によって
1958年
　ボリス・レオニードヴィチ・パステルナー
　　ク（Boris Leonidovich Pasternak　ソ連）
　　―「ドクトル・ジバコ」が，現代の叙情
　　詩とロシアの偉大な叙情詩の伝統の両分
　　野に多大な影響を及ぼした功績（ソ連当
　　局の圧力により受賞辞退）
1959年
　サルヴァトーレ・クァジモド（Salvatore
　　Quasimodo　イタリア）―歴史の証言者
　　としての責務を果たした「来る日も来る
　　日も」などの功績

1960年
サン=ジョン・ペルス(Sant-John Perse　フランス)――現代世界を幻想的に反映した高らかな飛翔と喚起力豊かなイメージの評価

1961年
イヴォ・アンドリッチ(Ivo Andrić　ユーゴスラビア)――自国の歴史の主題と運命を叙述しえた叙事詩的力量

1962年
ジョン・スタインベック(John Ernst Steinbeck　アメリカ)

1963年
イオルゴス・セフェリス(Gíorgos Seféris　ギリシア)

1964年
ジャン=ポール・サルトル(Jean-Paul Sartre　フランス)――自由の精神と真実の追求を貫き、文学界に多大な影響を与えた(受賞辞退)

1965年
ミハイル・ショーロホフ(Mikhail Aleksandrovich Sholokhov　ソ連)――ソビエト文学界における多大な功績

1966年
シュムエル・ヨセフ・アグノン(Shmuel Yoset Agnon　イスラエル)
ネリー・ザックス(Nelly Sachs　ドイツ)

1967年
ミゲル・アンヘル・アストゥリアス(Miguel Ángel Asturias　グアテマラ)

1968年
川端康成(Kawabata Yasunari　日本)――日本の精神を表現

1969年
サミュエル・ベケット(Samuel Barclay Beckett　フランス)――幅広い創作活動を通じ、現代人の精神的苦境を深い表現でとらえた功績

1970年
アレクサンドル・ソルジェニーツィン(Aleksandr Isaevich Solzhenitsin　ソ連)――国民のなかで充分に熟している考えを表現し、精神の領域や社会意識の展開のうえに、望ましい時期に、かつ効果的に影響を与えるような作品を描き続けた功績

1971年
パブロ・ネルーダ(Pabl Neruda　チリ)

1972年
ハインリヒ・ベル(Heinrich Böll　ドイツ)――一連の戦争の悲惨さ、戦後の西ドイツ社会の混乱や腐敗を描いた作品を通して、ストーリー・テーラーと呼ばれた手腕で、純粋な意味での時代批判を続けた功績

1973年
パトリック・ホワイト(Patrick White　オーストラリア)――ヨーロッパ的心理主義手法で、オーストラリア小説の写実主義伝統に新風を巻き起こし、オーストラリア文学の近代化に寄与した功績

1974年
ハリー・マーティンソン(Harry Martinson　スウェーデン)
エイヴィンド・ユーンソン(Eyvind Johnson　スウェーデン)

1975年
エウジェーニオ・モンターレ(Eugenio Montale　イタリア)――20世紀イタリア詩壇の主流「エルメディズモ」の立役者として、イタリア文学界に及ぼした多大な功績

1976年
ソール・ベロー(Saul Bellow　アメリカ)――ユダヤ系文学をアメリカ文学の主流に押し上げた功績

1977年
ビセンテ・アレイクサンドレ(Vicente Aleixandre　スペイン)――「1927年世代」の代表

1978年
アイザック・バシェヴィス・シンガー(Isaac Bashevis Singer　アメリカ)――イディッシュ語で、ポーランドに住むユダヤ人社会をウィット、恐怖、希望、あるいは信仰や神秘といった素材を組合わせて、生き生きと情熱的に描いた

1979年
オディッセアス・エリティス(Odysseas Elytis　ギリシア)

1980年
  チェスワフ・ミウォシュ（Czesław Miłosz　アメリカ）――詩,小説,随筆,自伝,批評を世に問い,亡命者としての自らの体験をもとに,楽園である祖国を追放された人間の生きる世界を描き続けた功績

1981年
  エリアス・カネッティ（Elias Canetti　ドイツ）――きわめて独創的で強烈な個性

1982年
  ガブリエル・ガルシア＝マルケス（Gabriel García Márquez　コロンビア）――現代ラテン・アメリカ文学の旗手として,その発展に貢献

1983年
  ウィリアム・ゴールディング（William Golding　イギリス）

1984年
  ヤロスラフ・サイフェルト（Jaroslav Seifert　チェコスロバキア）――第二次世界大戦中の作品がチェコスロバキア国民に対する大きな励ましとなったことなど,チェコ文学界に及ぼした功績

1985年
  クロード・シモン（Claude Simon　フランス）――人間の状態の描写の内に,時代に対する深い洞察を示した

1986年
  ウォーレ・ショインカ（Wole Soyinka　ナイジェリア）――自国の軍事政権を厳しく批判し,アフリカの果てしのない政治的混沌を主題とした作品に取り組んできた功績

1987年
  ヨシフ・ブロツキー（Joseph Brodsky　アメリカ）――格調高い詩形のなかに,音の響きと深い思想性が見事に一体化された純粋な詩的世界を形成した功績

1988年
  ナギーブ・マフフーズ（Najīb Mahfūz　エジプト）――広く全人類に訴えかけたアラビア語によるその物語芸術ともいえる作品が文学界に及ぼした多大な功績

1989年
  カミロ・ホセ・セラ（Camilo José Cela　スペイン）――人間の状態の遠慮のない観察者であったこと,また文学雑誌『ソン・アルマダンスの文書』の発行などに対して

1990年
  オクタビオ・パス（Octavio Paz　メキシコ）――シュールレアリスムの流れをくむ詩人として,情熱的で,広い視野をもち,鋭い知性とヒューマニスティックな高潔さを特徴とした作品を書き続けた功績

1991年
  ナディン・ゴーディマー（Nadine Gordimer　南アフリカ共和国）――一貫してアパルトヘイトの悪を容赦なく作品に描き続けるなど文学と言論の自由を守るために闘った功績

1992年
  デレック・ウォルコット（Derek Walcott　トリニダードトバコ）――カリブ海に生きる複合民族の多様な文化と伝統を歴史的な視野を組み込みながら詩と劇作などの創作活動を通じて描き続けた功績

1993年
  トニ・モリソン（Toni Morrison　アメリカ）――アメリカの現実の重要な側面に生気を与えた

1994年
  大江健三郎（Oe Kenzaburo　日本）――今日の人類がおかれた苦境を表現するために,生活と神話が凝縮されたイメージ世界を詩的に作り上げた

1995年
  シェイマス・ヒーニー（Seamus Justin Heaney　アイルランド）――過去の幻想的な説話を通して,漂泊せざるを得ない現代人の不安な運命を,繊細でシンプルな語り口で語る文学性

1996年
  ヴィスワバ・シンボルスカ（Wisława Szymborska　ポーランド）――現実の小さな断片に光をあて,その歴史的,生物学的文脈をアイロニーを込めて浮彫りにした

1997年
  ダリオ・フォ（Dario Fo　イタリア）――笑いと厳粛さを調和させた作品により,社会の悪弊と不公正に目を開かせた

013 ノーベル文学賞

1998年
ジョゼ・サラマーゴ（José Saramago　ポルトガル）―想像や憐れみ、アイロニーを盛り込んだ寓話によって、普通の感覚ではとらえにくい現実を表現した

1999年
ギュンター・グラス（Günter Grass　ドイツ）―陽気かつ冷酷でグロテスクな風刺の寓話を通して歴史上の忘れ去られた出来事を描いた

2000年
高行健（Gao Xing Jian　中国、フランス）―普遍的価値を備え、厳格な洞察と創造的な語り口による作品で、中国文学の劇作において新たな道をひらいた

2001年
ヴィディアダハル・スラヤプラサド・ナイポール（Vidiadhar Surajprasad Naipaul　イギリス）―抑圧された人々の歴史の存在を読者に示した

2002年
ケルテース・イムレ（Kertész Imre　ハンガリー）―歴史の野蛮な専横に対抗する、か弱い個人の経験を支持する作品を書いた

2003年
J.M.クッツェー（J.M.Coetzee　オーストラリア）―豊饒な対話、状況分析、西洋文明への徹底的な批判

2004年
エルフリーデ・イェリネク（Elfriede Jelinek　オーストリア）―音楽性のある表現で、社会の陳腐さと抑圧的な力の不合理さを描いた

2005年
ハロルド・ピンター（Harold Pinter　イギリス）―日常のたわいない会話に潜む危機を浮き彫りにし、抑圧された密室空間に入りこんだ

2006年
オルハン・パムク（Orhan Pamuk　トルコ）―故郷の街に漂う憂鬱な魂の探求の末に、文化の衝突と交錯を表現する新境地を見いだした

2007年
ドリス・レッシング（Doris Lessing　イギリス）―懐疑主義と熱情、洞察力をもって、分断された文明を吟味した女性の経験を描く叙事詩人

2008年
J.-M.G.ル・クレジオ（Jean-Marie Gustave Le Clézio　フランス、モーリシャス）―新たな旅立ち、詩的冒険、官能的悦楽の作家であり、支配的な文明を超越した人間性の探求者

2009年
ヘルタ・ミュラー（Herta Müller　ドイツ）―韻文の濃密さと散文の率直さをもって、疎外された人びとの置かれた状況を描き出した

2010年
マリオ・バルガス＝リョサ（Mario Vargas-Llosa　ペルー、スペイン）―権力の構造と、個人の抵抗と反逆、挫折を鮮烈なイメージで描き出した

2011年
トーマス・トランストロンメル（Tomas Tranströmer　スウェーデン）―凝縮された半透明なイメージを通して、現実の新鮮なとらえ方を示した

2012年
莫言（Mo Yan　中国）―幻覚を引き起こすリアリズムによって民話、歴史、現代を融合させている

2013年
アリス・マンロー（Alice Munro　カナダ）―現代短編小説の名手

2014年
パトリック・モディアノ（Patrick Modiano　フランス）―記憶を扱う芸術的手法によって、最もつかみがたい種類の人間の運命について思い起こさせ、占領下の生活、世界観を掘り起こした

2015年
スベトラーナ・アレクシエービッチ（Svetlana Alexievich　ベラルーシ）―彼女の多声的な著述、私たちの時代における苦悩（苦痛・苦難）と勇気の記念碑

014　ビューヒナー賞　Georg-Büchner-Preis

ドイツ語圏で最も権威のある文学賞。ヘッセン出身の劇作家ゲオルク・ビューヒナー（Karl Georg Büchner 1813-37）を記念し，1923年，ヘッセン出身もしくは在住の芸術家の奨励賞として制定された。当初は文学以外にも美術，音楽など分野を限定せずに授与された。33～44年は中断。45年，ヘッセン出身者への芸術賞として復活。49年，ゲーテ生誕200年を記念して設立されたドイツ言語・文学アカデミーの本部がヘッセンのダルムシュタットに置かれたことを契機に，51年以降，同アカデミーにより運営されるようになった。それに伴い，分野は文学に限定された。

【主催者】ドイツ言語・文学アカデミー（Deutsche Akademie für Sprache und Dichtung）
【選考基準】ドイツ語により作品を書く文学者で「ドイツの文化生活の形成に顕著な貢献をなした人物」に贈られる
【締切・発表】授賞式で受賞者は受賞記念講演を行う
【賞・賞金】賞金5万ユーロ
【URL】http://www.deutscheakademie.de/

1923年
　アルノルト・メンデルスゾーン（Arnold Mendelssohn　作曲家）
　アダム・キャリロン（Adam Karillon　作家）
1924年
　ポーリ・テシング（Paul Thesing　画家）
　アルフレッド・ボック（Alfred Bock　作家）
1925年
　ヴィルヘルム・ミヒェル（Wilhelm Michel　作家）
　ルードルフ・コッホ（Rudolf Koch　作家）
1926年
　ヴィルヘルム・ペーターゼン（Wilhelm Petersen　作曲家）
　クリスティアン・H.クロイケンス（Christian H.Kleukens）
1927年
　ヨハネス・ビショフ（Johannes Bischoff　歌手）
　カージミル・エートシュミット（Kasimir Edschmid　作家）
1928年
　リヒャルト・ホルスカー（Richard Hoelscher　画家）
　ウェル・ハビヒト（Well Habicht　彫刻家）
1929年
　カール・ツクマイアー（Carl Zuckmayer　作家）
　アダム・アンテス（Adam Antes　彫刻家）
1930年
　ヨハネス・リップマン（Johannes Lippmann　画家）
　ニコラウス・シュヴァルツコプフ（Nikolaus Schwarzkopf　作家）
1931年
　アレキザンダー・ポッシュ（Alexander Posch　画家）
　ハンス・シモン（Hans Simon　作曲家・指揮者）
1932年
　アードルフ・ボーデ（Adolf Dode　画家）
　アルベルト・H.ラウシュ（Albert H.Rausch　作家）
1933～44年
　中断のため授賞なし
1945年
　ハンス・シーベルフート（Hans Schiebelhuth　作家）
1946年
　フリッツ・ウージンガー（Fritz Usinger　作家）
1947年
　アンナ・ゼーガース（Anna Seghers　作家）

014 ビューヒナー賞　　　　　　　　　　　　　　　　文学・小説一般

1948年
　ハイス（Hermann Heiss　作曲家）
1949年
　カール・グンシュマン（Carl Gunschmann
　　画家）
1950年
　エリーザベート・ランゲッサー（Elisabeth
　　Langgässer　作家）
1951年
　ゴットフリート・ベン（Gottfried Benn）
1952年
　受賞者なし
1953年
　エルンスト・クロイダー（Ernst Kreuder）
1954年
　マルチン・ケッセル（Martin Kessel）
1955年
　マリー・ルイーゼ・カシュニッツ（Marie
　　Luise Kaschnitz）
1956年
　カール・クローロ（Karl Krolow）
1957年
　エーリヒ・ケストナー（Erich Kästner）
1958年
　マックス・フリッシュ（Max Frisch）
1959年
　ギュンター・アイヒ（Günter Eich）
1960年
　パウル・ツェラン（Paul Celan）
1961年
　ハンス・エーリッヒ・ノサック（Hans
　　Erich Nossack）
1962年
　ヴォルフガング・ケッペン（Wolfgang
　　Koeppen）
1963年
　ハンス・マグヌス・エンツェンスベルガー
　　（Hans Magnus Enzensberger）
1964年
　インゲボルク・バッハマン（Ingeborg
　　Bachmann）

1965年
　ギュンター・グラス（Günter Grass）
1966年
　ヴォルフガング・ヒルデスハイマー
　　（Wolfgang Hildesheimer）
1967年
　ハインリヒ・ベル（Heinrich Böll）
1968年
　ゴーロ・マン（Golo Mann）
1969年
　ヘルムート・ヘイデンビュッテル（Helmut
　　Heißenbuttel）
1970年
　トーマス・ベルンハルト（Thomas
　　Bernhard）
1971年
　ウーヴェ・ヨーンゾン（Uwe Johnson）
1972年
　エリアス・カネッティ（Elias Canetti）
1973年
　ペーター・ハントケ（Peter Handke）
1974年
　ヘルマン・ケステン（Hermann Kesten）
1975年
　マネス・シュペルバー（Manès Sperber）
1976年
　ハインツ・ピオンテーク（Heinz Piontek）
1977年
　ライナー・クンツェ（Reiner Kunze）
1978年
　ヘルマン・レンツ（Hermann Lenz）
1979年
　エルンスト・マイスター（Ernst Meister）
1980年
　クリスタ・ヴォルフ（Christa Wolf）
1981年
　マルティン・ワルザー（Martin Walser）
1982年
　ペーター・ヴァイス（Peter Weiss）
1983年
　ヴォルフディートリヒ・シュヌレ
　　（Wolfdietrich Schnurre）

文学・小説一般

1984年
　エルンスト・ヤンドゥル（Ernst Jandl）
1985年
　ハイナー・ミュラー（Heiner Müller）
1986年
　フリートリッヒ・デュレンマット
　　（Friedrich Dürrenmatt）
1987年
　エーリヒ・フリート（Erich Fried）
1988年
　アルベルト・ドラッハ（Albert Drach）
1989年
　ボート・シュトラウス（Botho Strauß）
1990年
　タンクレート・ドルスト（Tankred Dorst）
1991年
　ヴォルフ・ビーアマン（Wolf Biermann）
1992年
　ゲオルグ・タボリ（George Tabori）
1993年
　ペーター・リュムコーフ（Peter Rühmkorf）
1994年
　アードルフ・ムシュク（Adolf Muschg）
1995年
　デュルス・グリュンバイン（Durs
　　Grünbein）
1996年
　ザーラ・キルシュ（Sarah Kirsch）
1997年
　H.C.アルトマン（H.C.Artmann）
1998年
　エルフリーデ・イェリネク（Elfriede
　　Jelinek）
1999年
　アーノルド・シュタドラー（Arnold Stadler）

2000年
　フォルカー・ブラウン（Volker Braun）
2001年
　フリーデリケ・メイレッカー（Friederike
　　Mayröcker）
2002年
　ボルフガング・ヒルビッヒ（Wolfgang
　　Hilbig）
2003年
　アレクサンダー・クルーゲ（Alexander
　　Kluge）
2004年
　ヴィルヘルム・ゲナツィーノ（Wilhelm
　　Genazino）
2005年
　Brigitte Kronauer
2006年
　Oskar Pastior
2007年
　Martin Mosebach
2008年
　ヨゼフ・ウィンクラー（Josef Winkler）
2009年
　Walter Kappacher
2010年
　Reinhard Jirgl
2011年
　Friedrich Christian Delius
2012年
　フェリシタス・ホップ（Felicitas Hoppe）
2013年
　Sibylle Lewitscharoff
2014年
　ユルゲン・ベッカー（Jürgen Becker）
2015年
　ライナルト・ゲッツ（Rainald Goetz）

015　ピュリッツアー賞　Pulitzer Prizes

　毎年，ジャーナリズム・文学・音楽などで功績のあったアメリカ国民（一部部門を除く）に授与されるアメリカの賞。優れたジャーナリストの奨励を目的として，ハンガリー生まれのアメリカ人ジャーナリストで「新聞王」と呼ばれたジョゼフ・ピュリッツァー（Joseph

015 ピュリッツアー賞　　　　　　　　　　　　　　　　　　　　　　文学・小説一般

Pulitzer 1847-1911)の遺産をもとに、1917年コロンビア大学内に選定委員会が設置された。「言論のノーベル賞」「ジャーナリズムのアカデミー賞」とも呼ばれる。部門は当初は公共奉仕、報道、社説の3部門だったが、徐々に細分化。現在では報道分野(Journalism)に公益、調査報道、解説報道、地方報道、国内報道、国際報道、特集記事、評論、批評、速報報道、社説、漫画、速報写真、企画写真の計14部門、文学・戯曲・音楽分野(Letters (Books), Drama and Music)にフィクション、歴史、伝記、詩、一般ノンフィクション、戯曲、音楽の7部門がある。フィクション部門は、47年まで小説(Novel)部門として実施。

【主催者】コロンビア大学ピュリッツアー賞委員会

【選考委員】ピュリッツアー賞委員会(コロンビア大学学長、ジャーナリズム学部長、編集者、新聞経営者らおよそ18人から成る)が、各部門の候補作審査員を任命する

【選考方法】選考委員により各部門につき3作品がノミネートされ、ピュリッツアー賞委員会が投票で決定する

【選考基準】〔対象〕フィクション(Fiction)、歴史(History)、伝記・自伝(Biography or Autobiography)、詩(Poetry)、一般ノンフィクション(General Nonfiction)の各部門においては、前年内にアメリカで初出版され、一般に購入可能な書籍。歴史以外の部門は、著者がアメリカ国民であること。歴史部門は、著者の国籍は問わないが、アメリカの歴史を主題としていること。　戯曲は、前年1月1日～12月31日にアメリカで公演された演劇

【締切・発表】戯曲以外の部門の候補作提出は、前年6月15日(1月1日～6月14日刊行分)および10月1日(6月15日～12月31日刊行分)を締め切りとする。10月～12月に刊行される書籍についてはゲラ刷りでの提出が可能。　戯曲部門は前年12月31日締め切り。脚本(可能な場合はビデオも)を提出する。　コロンビア大学学長により4月初旬に発表、5月下旬にコロンビア大学の午餐会上で授賞が行われる。テレビ中継などはされない

【賞・賞金】賞金1万ドルと賞状が授与される(公益部門以外)

【URL】http://www.pulitzer.org/

1917年
◇文学
● 小説
受賞作なし
● 戯曲
受賞作なし
● 歴史
J.J.ジェスラン(J.J.Jusserand)〔Ambassador of France to the United States〕"With Americans of Past and Present Days"
● 伝記・自伝
ローラ・E.リチャーズ(Laura E.Richards)、モード・ハウ・エリオット(Maude Howe Elliott)、フローレンス・ハウ・ホール(Florence Howe Hall)〔協力〕"Julia Ward Howe"

1918年
◇文学
● 小説
アーネスト・プール(Ernest Poole) "His Family"
● 戯曲
ジェシ・リンチ・ウィリアムズ(Jesse Lynch Williams) "Why Marry ?"
● 歴史
ジェームス・フォード・ローズ(James Ford Rhodes) "A History of the Civil War, 1861-1865"
● 伝記・自伝
ウィリアム・キャベル・ブルース(William Cabell Bruce) "Benjamin Franklin, Self-Revealed"
◇特別賞
● 詩
セーラ・ティースデール(Sara Teasdale) "Love Songs"

1919年
◇文学
- 小説
  ブース・ターキントン（Booth Tarkington）「偉大なるアンバーソン家の人々」 "The Magnificent Ambersons"
- 戯曲
  受賞作なし
- 歴史
  受賞作なし
- 伝記・自伝
  ヘンリー・アダムズ（Henry Adams）「アダムスの教育」 "The Education of Henry Adams"

◇特別賞
- 詩
  カール・サンドバーグ（Carl Sandburg） "Corn Huskers"
  マーガレット・ウィドマー（Margaret Widdemer） "Old Road to Paradise"

1920年
◇文学
- 小説
  受賞作なし
- 戯曲
  ユージン・オニール（Eugene O'Neill）「地平の彼方」 "Beyond the Horizon"
- 歴史
  ジャスティン・H.スミス（Justin H.Smith） "The War with Mexico, 2 vols."
- 伝記・自伝
  アルバート・J.ベヴァリッジ（Albert J. Beveridge） "The Life of John Marshall, 4 vols."

1921年
◇文学
- 小説
  イーディス・ウォートン（Edith Wharton）「エイジ・オブ・イノセンス―汚れなき情趣」 "The Age of Innocence"
- 戯曲
  ゾーナ・ゲイル（Zona Gale） "Miss Lulu Bett"
- 歴史
  ウィリアム・サウデン・シムズ（William Sowden Sims），バートン・J.ヘンドリック（Burton J.Hendrick） "The Victory at Sea"
- 自伝
  エドワード・ボック（Edward Bok）「大成の彼方―エドワード・ボック伝」 "The Americanization of Edward Bok"

1922年
◇文学
- 小説
  ブース・ターキントン（Booth Tarkington）「孤独のアリス」 "Alice Adams"
- 戯曲
  ユージン・オニール（Eugene O'Neill）「アンナ・クリスティ」 "Anna Christie"
- 歴史
  ジェイムズ・トラスロウ・アダムス（James Truslow Adams） "The Founding of New England"
- 伝記・自伝
  ハムリン・ガーランド（Hamlin Garland） "A Daughter of the Middle Border"
- 詩
  エドウィン・アーリントン・ロビンソン（Edwin Arlington Robinson） "Collected Poems"

1923年
◇文学
- 小説
  ウィラ・キャザー（Willa Cather）「われらの一人」 "One of Ours"
- 戯曲
  オーウェン・デイヴィス（Owen Davis）「アイスバウンド」 "Icebound"
- 歴史
  チャールズ・ウォーレン（Charles Warren） "The Supreme Court in United States History"
- 伝記・自伝
  バートン・J.ヘンドリック（Burton J. Hendrick） "The Life and Letters of Walter H.Page"
- 詩
  エドナ・セント・ヴィンセント・ミレー（Edna St.Vincent Millay） "The Ballad of the Harp-Weaver: A Few Figs from Thistles : Eight Sonnets in American

Poetry, 1922. A Miscellany"
1924年
◇文学
- 小説
  マーガレット・ウイルソン（Margaret Wilson）"The Able Mc Laughlins"
- 戯曲
  ハッチャー・ヒューズ（Hatcher Hughes）"Hell-Bent Fer Heaven"
- 歴史
  チャールズ・ハワード・マキルウェイン（Charles Howard McIlwain）"The American Revolution - A Constitutional Interpretation"
- 伝記・自伝
  ミカエル・イドヴォルスキー・ピューピン（Michael Idvorsky Pupin）「ミカエル・ピューピン自伝―ある発明家の生涯」"From Immigrant to Inventor"
- 詩
  ロバート・フロスト（Robert Frost）"New Hampshire: A Poem with Notes and Grace Notes"

1925年
◇文学
- 小説
  エドナ・ファーバー（Edna Ferber）「ソー・ビッグ」"So Big"
- 戯曲
  シドニー・ハワード（Sidney Howard）"They Knew What They Wanted"
- 歴史
  フレデリック・L.パクソン（Frederic L. Paxson）"History of the American Frontier"
- 伝記・自伝
  M.A.デウォルフ・ハウ（M.A.De Wolfe Howe）"Barrett Wendell and His Letters"
- 詩
  エドウィン・アーリントン・ロビンソン（Edwin Arlington Robinson）"The Man Who Died Twice"

1926年
◇文学
- 小説
  シンクレア・ルイス（Sinclair Lewis）「アロウスミスの生涯」"Arrowsmith"
- 戯曲
  ジョージ・ケリー（George Kelly）"Craig's Wife"
- 歴史
  エドワード・チャニング（Edward Channing）"A History of the United States"
- 伝記・自伝
  ハーヴェイ・カッシング（Harvey Cushing）"The Life of Sir William Osler, 2vols."
- 詩
  アミー・ローウェル（Amy Lowell）"What's O'Clock"

1927年
◇文学
- 小説
  ルイス・ブロムフィールド（Louis Bromfield）「初秋」"Early Autumn"
- 戯曲
  ポール・グリーン（Paul Green）"In Abraham's Bosom"
- 歴史
  サミュエル・フラッグ・ベミス（Samuel Flagg Bemis）"Pinckney's Treaty"
- 伝記・自伝
  イモーリイ・ハロウェイ（Emory Holloway）"Whitman"
- 詩
  レオノーラ・スパイヤー（Leonora Speyer）"Fiddler's Farewell"

1928年
◇文学
- 小説
  ソーントン・ワイルダー（Thornton Wilder）「サン・ルイス・レイ橋」"The Bridge of San Luis Rey"
- 戯曲
  ユージン・オニール（Eugene O'Neill）「奇妙な幕間狂言」"Strange Interlude"
- 歴史
  ヴァーノン・ルイス・パリントン（Vernon Louis Parrington）"Main Currents in American Thought, 2vols."
- 伝記・自伝

チャールズ・エドワード・ラッセル（Charles Edward Russell）"The American Orchestra and Theodore Thomas"
- 詩
  エドウィン・アーリントン・ロビンソン（Edwin Arlington Robinson）"Tristram"

1929年
◇文学
- 小説
  ジュリア・ピーターキン（Julia Peterkin）"Scarlet Sister Mary"
- 戯曲
  エルマー・L.ライス（Elmer L.Rice）"Street Scene"
- 歴史
  フレッド・アルバート・シャノン（Fred Albert Shannon）"The Organization and Administration of the Union Army, 1861-1865"
- 伝記・自伝
  バートン・J.ヘンドリック（Burton J. Hendrick）"The Training of an American: The Earlier Life and Letters of Walter H.Page"
- 詩
  スティーヴン・ヴィンセント・ベネ（Stephen Vincent Benet）"John Browns Body"

1930年
◇文学
- 小説
  オリヴァー・ラファルゲ（Oliver Lafarge）"Laughing Boy"
- 戯曲
  マーク・コネリー（Marc Connelly）"The Green Pastures"
- 歴史
  クロード・H.ヴァン・タイン（Claude H. Van Tyne）"The War of Independence"
- 伝記・自伝
  マーキス・ジェームス（Marquis James）"The Raven"
- 詩
  コンラッド・エイキン（Conrad Aiken）"Selected Poems"

1931年
◇文学
- 小説
  マーガレット・エアー・バーンズ（Margaret Ayer Barnes）"Years of Grace"
- 戯曲
  スーザン・グラスペル（Susan Glaspell）"Alison's House"
- 歴史
  ベルナドット・E.シュミット（Bernadotte E.Schmitt）"The Coming of the War 1914"
- 伝記・自伝
  ヘンリー・ジェイムズ（Henry James）"Charles W.Eliot"
- 詩
  ロバート・フロスト（Robert Frost）"Collected Poems"

1932年
◇文学
- 小説
  パール・S.バック（Pearl S.Buck）「大地」"The Good Earth"
- 戯曲
  ジョージ・S.カウフマン（George S. Kaufman）、モリー・リスキンド（Morrie Ryskind）、アイラ・ガーシュウィン（Ira Gershwin）"Of Thee I Sing"
- 歴史
  ジョン・J.パーシング（John J.Pershing）"My Experiences in the World War"
- 伝記・自伝
  ヘンリー・F.プリングル（Henry F.Pringle）"Theodore Roosevelt"
- 詩
  ジョージ・ディロン（George Dillon）"The Flowering Stone"

1933年
◇文学
- 小説
  T.S.ストリブリング（T.S.Stribling）"The Store"
- 戯曲
  マクスウェル・アンダーソン（Maxwell Anderson）"Both Your Houses"
- 歴史

015 ピュリッツアー賞　　　　　　　　　　　　　　　文学・小説一般

フレデリック・J.ターナー（Frederick J. Turner）"The Significance of Sections in American History"
- ●伝記・自伝
  アラン・ネヴィンズ（Allan Nevins）"Grover Cleveland"
- ●詩
  アーチボルド・マクリーシュ（Archibald MacLeish）"Conquistador"

1934年
◇文学
- ●小説
  キャロライン・ミラー（Caroline Miller）"Lamb in His Bosom"
- ●戯曲
  シドニー・キングスレー（Sidney Kingsley）"Men in White"
- ●歴史
  ハーバート・エイガー（Herbert Agar）"The People's Choice"
- ●伝記・自伝
  タイラー・デネット（Tyler Dennett）"John Hay"
- ●詩
  ローバト・ヒリヤー（Robert Hillyer）"Collected Verse"

1935年
◇文学
- ●小説
  ジョゼフィーヌ・ウィンスロー・ジョンソン（Josephine Winslow Johnson）"Now in November"
- ●戯曲
  ゾーイ・エイキンズ（Zoë Akins）"The Old Maid"
- ●歴史
  チャールズ・マクリーン・アンドリュース（Charles McLean Andrews）"The Colonial Period of American History"
- ●伝記・自伝
  ダグラス・S.フリーマン（Douglas S. Freeman）"R.E.Lee"
- ●詩
  オードリー・ヴルデマン（Audrey Wurdemann）"Bright Ambush"

1936年
◇文学
- ●小説
  ハロルド・L.ディヴィス（Harold L.Davis）"Honey in the Horn"
- ●戯曲
  ロバート・E.シャーウッド（Robert E. Sherwood）「愚者の喜び」"Idiots Delight"
- ●歴史
  アンドリュー・C.マクラフリン（Andrew C.McLaughlin）"A Constitutional History of the United States"
- ●伝記・自伝
  ラルフ・バートン・ペリー（Ralph Barton Perry）"The Thought and Character of William James"
- ●詩
  ロバート・P.トリストラム・コッフィン（Robert P.Tristram Coffin）"Strange Holiness"

1937年
◇文学
- ●小説
  マーガレット・ミッチェル（Margaret Mitchell）「風と共に去りぬ」"Gone With the Wind"
- ●戯曲
  モス・ハート（Moss Hart），ジョージ・S.カウフマン（George S.Kaufman）"You Can't Take It With You"
- ●歴史
  ヴァン・ワイク・ブルックス（Van Wyck Brooks）"The Flowering of New Engl and 1815-1865"
- ●伝記・自伝
  アラン・ネヴィンズ（Allan Nevins）"Hamilton Fish"
- ●詩
  ロバート・フロスト（Robert Frost）"A Further Range"

1938年
◇文学
- ●小説
  ジョン・フィリップ・マーカンド（John Phillips Marquand）"The Late George Apley"

- 戯曲
  - ソーントン・ワイルダー（Thornton Wilder）「わが町」"Our Town"
- 歴史
  - ポール・ハーマン・バック（Paul Herman Buck）"The Road to Reunion, 1865-1900"
- 伝記・自伝
  - マーキス・ジェームス（Marquis James）"Andrew Jackson, 2 vols."
  - オーデル・シェパード（Odell Shepard）"Pedlar's Progress"
- 詩
  - マリア・ゼツレンスカ（Marya Zaturenska）"Cold Morning Sky"

1939年
◇文学
- 小説
  - マージョリー・キナン・ローリングズ（Marjorie Kinnan Rawlings）「イヤリング」"The Yearling"
- 戯曲
  - ロバート・E.シャーウッド（Robert E. Sherwood）"Abe Lincoln in Illinois"
- 歴史
  - フランク・ルーサー・モット（Frank Luther Mott）"A History of American Magazines"
- 伝記・自伝
  - カール・ヴァン・ドーレン（Carl Van Doren）"Benjamin Franklin"
- 詩
  - ジョン・ゴウルド・フレッチャー（John Gould Fletcher）"Selected Poems"

1940年
◇文学
- 小説
  - ジョン・スタインベック（John Steinbeck）「怒りの葡萄」"The Grapes of Wrath"
- 戯曲
  - ウィリアム・サローヤン（William Saroyan）「君が人生の時」"The Time of Your Life"
- 歴史
  - カール・サンドバーグ（Carl Sandburg）"Abraham Lincoln: The War Years"
- 伝記・自伝
  - レイ・スタナード・ベーカー（Ray Stannard Baker）"Woodrow Wilson, Life and Letters. Vols. Ⅶ and Ⅷ"
- 詩
  - マーク・ヴァン・ドーレン（Mark Van Doren）"Collected Poems"

1941年
◇文学
- 小説
  - 受賞作なし
- 戯曲
  - ロバート・E.シャーウッド（Robert E. Sherwood）"There Shall Be No Night"
- 歴史
  - マーカス・リー・ハンセン（Marcus Lee Hansen）"The Atlantic Migration, 1607-186"
- 伝記・自伝
  - オラ・エリザベス・ウィンスロー（Ola Elizabeth Winslow）"Jonathan Edward"
- 詩
  - レナード・ベイコン（Leonard Bacon）"Sunderland Capture"

1942年
◇文学
- 小説
  - エレン・グラスゴー（Ellen Glasgow）"In This Our Life"
- 戯曲
  - 受賞作なし
- 歴史
  - マーガレット・リーチ（Margaret Leech）"Reveille in Washington, 1860-186"
- 伝記・自伝
  - フォレスト・ウィルソン（Forrest Wilson）"Crusader in Crinoline"
- 詩
  - ウィリアム・ローズ・ベネット（William Rose Benet）"The Dust Which Is God"

1943年
◇文学・音楽
- 小説
  - アプタン・シンクレア（Upton Sinclair）「ラニー・バッド 第3部 エレミヤの哀

歌」"Dragon's Teeth"
- 戯曲
ソーントン・ワイルダー（Thornton Wilder）「危機一髪」"The Skin of Our Teeth"
- 歴史
エスター・フォーブス（Esther Forbes）"Paul Revere and the World He Lived In"
- 伝記・自伝
サミュエル・エリオット・モリソン（Samuel Eliot Morison）"Admiral of the Ocean Sea"
- 詩
ロバート・フロスト（Robert Frost）"A Witness Tree"

1944年
◇文学・音楽
- 小説
マーティン・フレイヴィン（Martin Flavin）"Journey in the Dark"
- 戯曲
受賞作なし
- 歴史
マール・カーティ（Merle Curti）"The Growth of American Thought"
- 伝記・自伝
カールトン・マビー（Carleton Mabee）"The American Leonardo: The Life of Samuel F B.Morse"
- 詩
スティーヴン・ヴィンセント・ベネ（Stephen Vincent Benet）"Western Star"
- 文学特別賞
リチャード・ロジャース（Richard Rodgers），オスカー・ハマースタイン2世（Oscar Hammerstein, II）「オクラホマ」"Oklahoma"

1945年
◇文学・音楽
- 小説
ジョン・ハーシー（John Hersey）「アダノの鐘」"A Bell for Adano"
- 戯曲
メアリー・チェイス（Mary Chase）「ハーヴェイ」"Harvey"
- 歴史
スティーヴン・ボンサル（Stephen Bonsal）「予期せぬ出来事」"Unfinished Business"
- 伝記・自伝
ラッセル・ブレイン・ナイ（Russell Blaine Nye）"George Bancroft: Brahmin Rebel"
- 詩
カール・シャピロ（Karl Shapiro）"V-Letter and Other Poems"

1946年
◇文学・音楽
- 小説
受賞作なし
- 戯曲
ラッセル・クローズ（Russel Crouse）ハワード・リンゼイ（Howard Lindsay）「星条旗への謀叛」"State of the Union"
- 歴史
アーサー・M.シュレジンガー,Jr.（Arthur Meier Schlesinger,Jr.）"The Age of Jackson"
- 伝記・自伝
リニー・マーシュ・ウォルフ（Linnie Marsh Wolfe）"Son of the Wilderness"
- 詩
受賞作なし

1947年
◇文学・音楽
- 小説
ロバート・ペン・ウォレン（Robert Penn Warren）「すべて王の臣」"All the King's Men"
- 戯曲
受賞作なし
- 歴史
ジェイムズ・フィニー・バクスター3世（James Phinney Baxter,3rd）"Scientists Against Time"
- 伝記・自伝
ウィリアム・アレン・ホワイト（William Allen White）"The Autobiography of William Allen White"
- 詩
ロバート・ロウエル（Robert Lowell）"Lord Weary's Castle"

1948年
◇文学・音楽
- フィクション
  ジェイムス・A.ミッチェナー（James A. Michener）「南太平洋物語」 "Tales of the South Pacific"
- 戯曲
  テネシー・ウィリアムズ（Tennessee Williams）「欲望という名の電車」 "A Streetcar Named Desire"
- 歴史
  バーナード・デヴォート（Bernard Devoto） "Across the Wide Missouri"
- 伝記・自伝
  マーガレット・クラップ（Margaret Clapp） "Forgotten First Citizen: John Bigelow"
- 詩
  W.H.オーデン（W.H.Auden） "The Age of Anxiety"

1949年
◇文学・音楽
- フィクション
  ジェイムズ・グールド・カズンズ（James Gould Cozzens） "Guard of Honor"
- 戯曲
  アーサー・ミラー（Arthur Miller）「セールスマンの死」 "Death of a Salesman"
- 歴史
  ロイ・フランクリン・ニコルズ（Roy Franklin Nichols） "The Disruption of American Democracy"
- 伝記・自伝
  ロバート・E.シャーウッド（Robert E. Sherwood） "Roosevelt and Hopkins"
- 詩
  ピーター・ビーレック（Peter Viereck） "Terror and Decorum"

1950年
◇文学・音楽
- フィクション
  A.B.ガスリー,Jr.（A.B.Guthrie,Jr.） "The Way West"
- 戯曲
  リチャード・ロジャース（Richard Rodgers），オスカー・ハマースタイン2世（Oscar Hammerstein,2nd），ジョシュア・ローガン（Joshua Logan）「南太平洋」 "South Pacific"
- 歴史
  オリヴァー・W.ラーキン（Oliver W. Larkin） "Art and Life in America"
- 伝記・自伝
  サミュエル・フラッグ・ベミス（Samuel Flagg Bemis） "John Quincy Adams and the Foundations of American Foreign Policy"
- 詩
  グェンドリン・ブルックス（Gwendolyn Brooks） "Annie Allen"

1951年
◇文学・音楽
- フィクション
  コンラッド・リヒター（Conrad Richter）「町」 "The Town"
- 戯曲
  受賞作なし
- 歴史
  R.カーライル・ブーレイ（R.Carlyle Buley） "The Old Northwest, Pioneer Period1815-1840"
- 伝記・自伝
  マーガレット・ルイーズ・コイト（Margaret Louise Coit） "John C. Calhoun: American Portrai"
- 詩
  カール・サンドバーグ（Carl Sandburg） "Complete Poems"

1952年
◇文学・音楽
- フィクション
  ハーマン・ウォーク（Herman Wouk）「ケイン号の叛乱」 "The Caine Mutiny"
- 戯曲
  ジョセフ・クラム（Joseph Kramm）「もず」 "The Shrike"
- 歴史
  オスカー・ハンドリン（Oscar Handlin） "The Uprooted"
- 伝記・自伝
  メルロ・J.ピューシー（Merlo J.Pusey） "Charles Evans Hughes"

015 ピュリッツアー賞　　文学・小説一般

- 詩
  マリアン・ムーア（Marianne Moore）"Collected Poems"

1953年
◇文学・音楽
- フィクション
  アーネスト・ヘミングウェイ（Ernest Hemingway）「老人と海」"The Old Man and the Sea"
- 戯曲
  ウィリアム・インジ（William Inge）「ピクニック―夏の日のロマンス」"Picnic"
- 歴史
  ジョージ・デンジャーフィールド（George Dangerfield）"The Era of Good Feelings"
- 伝記・自伝
  デヴィッド・J.メイズ（David J.Mays）"Edmund Pendleton 1721-1803"
- 詩
  アーチボルド・マクリーシュ（Archibald MacLeish）"Collected Poems, 1917-1952"

1954年
◇文学・音楽
- フィクション
  受賞作なし
- 戯曲
  ジョン・パトリック（John Patrick）「八月十五夜の茶屋」"The Teahouse of the August Moon"
- 歴史
  ブルース・キャトン（Bruce Catton）"A Stillness at Appomattox"
- 伝記・自伝
  チャールズ・A.リンドバーク（Charles A. Lindbergh）「翼よ、あれがパリの灯だ」"The Spirit of St.Louis"
- 詩
  セオドア・レトキ（Theodore Roethke）"The Waking"

1955年
◇文学・音楽
- フィクション
  ウィリアム・フォークナー（William Cuthbert Faulkner）「寓話」"A Fable"
- 戯曲
  テネシー・ウィリアムズ（Tennessee Williams）「熱いトタン屋根の猫」"Cat on A Hot Tin Roof"
- 歴史
  ポール・ホーガン（Paul Hogan）"Great River: The Rio Grande in North American History"
- 伝記・自伝
  ウィリアム・S.ホワイト（William S.White）"The Taft Story"
- 詩
  ウォーレス・スティーヴンズ（Wallace Stevens）"Collected Poems"

1956年
◇文学・音楽
- フィクション
  マッキンレイ・カンター（MacKinlay Kantor）"Andersonville"
- 戯曲
  アルバート・ハケット（Albert Hackett）, フランシス・グッドリッチ（Frances Goodrich）「アンネの日記」"Diary of Anne Frank"
- 歴史
  リチャード・ホーフスタッター（Richard Hofstadter）"The Age of Reform"
- 伝記・自伝
  タルボット・フォークナー・ハムリン（Talbot Faulkner Hamlin）"Benjamin Henry Latrobe"
- 詩
  エリザベス・ビショップ（Elizabeth Bishop）"Poems - North & South"

1957年
◇文学・音楽
- フィクション
  受賞作なし
- 戯曲
  ユージン・オニール（Eugene O'Neill）「夜への長い旅路」"Long Day's Journey Into Night"
- 歴史
  ジョージ・F.ケナン（George F.Kennan）"Russia Leaves the War: Soviet-American Relations, 1917-1920"

- 伝記・自伝
  ジョン・F.ケネディ（John F.Kennedy）「勇気ある人々―良心と責任に生きた八人の政治家」"Profiles in Courage"
- 詩
  リチャード・ウィルバー（Richard Wilbur）"Things of This World"

◇特別賞
- 文学特別賞
  ケネス・ロバーツ（Kenneth Roberts）―アメリカ開拓時代の歴史を描き，ロングセラーとなっている歴史小説に対して

1958年
◇文学・音楽
- フィクション
  ジェイムズ・エイジー（James Agee）"A Death In The Family"
- 戯曲
  ケッティ・フリングス（Ketti Frings）「天使よ故郷を見よ」"Look Homeward, Angel"
- 歴史
  ブレイ・ハモンド（Bray Hammond）"Banks and Politics in America"
- 伝記・自伝
  ダグラス・サウソール・フリーマン（Douglas Southall Freeman）"George Washington, Volumes Ⅰ-Ⅵ"
  ジョン・アレキサンダー・キャロル（John Alexander Carroll），マリー・ウェールズ・アシュワース（Mary Wells Ashworth）"George Washington, Volume Ⅶ"〈Scribner〉（フリーマン教授が1953年に没した後，研究を引き継ぎ「Volume Ⅶ」を出版した）
- 詩
  ロバート・ペン・ウォレン（Robert Penn Warren）"Promises: Poems, 1954-1956"

1959年
◇文学・音楽
- フィクション
  ロバート・ルイス・テイラー（Robert Lewis Taylor）"The Travels of Jaimie McPheeters"
- 戯曲
  アーチボルド・マクリーシュ（Archibald MacLeish）"J.B."
- 歴史
  レオナード・D.ホワイト（Leonard D. White），ミス・ジャン・シュナイダー（Miss Jean Schneider）〔アシスタント〕"The Republican Era: 1869-1901"
- 伝記・自伝
  アーサー・ウォルワース（Arthur Walworth）"Woodrow Wilson, American Prophet"
- 詩
  スタンリー・クーニッツ（Stanley Kunitz）"Selected Poems 1928-1958"

1960年
◇文学・音楽
- フィクション
  アレン・ドルーリ（Allen Drury）「アメリカ政治の内幕 政治小説」"Advise and Consent"
- 戯曲
  ジェローム・ウェイドマン（Jerome Weidman），ジョージ・アボット（George Abbott），ジェリー・ボック（Jerry Bock）〔音楽〕，シェルダン・ハーニック（Sheldon Harnick）〔作詞〕"Fiorello!"
- 歴史
  マーガレット・リーチ（Margaret Leech）"In the Days of McKinley"
- 伝記・自伝
  サミュエル・エリオット・モリソン（Samuel Eliot Morison）"John Paul Jones"
- 詩
  W.D.スノッドグラス（W.D.Snodgrass）"Heart's Needle"

◇特別賞
- 文学特別賞
  ガーレット・マッティングリー（Garrett Mattingly）―第1級の歴史書"The Armada"に対して

1961年
◇文学・音楽
- フィクション
  ハーパー・リー（Harper Lee）「アラバマ物語」"To Kill A Mockingbird"
- 戯曲

タッド・モーゼル（Tad Mosel）"All The Way Home"
- 歴史
  ハーバート・ファイス（Herbert Feis）"Between War and Peace: The Potsdam Conference"
- 伝記・自伝
  デヴィッド・ハーバート・ドナルド（David Herbert Donald）"Charles Sumner and the Coming of the Civil War"
- 詩
  フィリス・マッギンレー（Phyllis McGinley）"Times Three: Selected Verse From Three Decades"

◇特別賞
- 文学特別賞
  —米出版界の顕著な例として "The American Heritage Picture History of the Civil War" に対して

1962年
◇文学・音楽
- フィクション
  エドウィン・オーコナー（Edwin O'Connor）"The Edge of Sadness"
- 戯曲
  フランク・レッサー（Frank Loesser），エイブ・バローズ（Abe Burrows）「努力しないで出世する方法」"How To Succeed In Business Without Really Trying"
- 歴史
  ローレンス・H.ギブソン（Lawrence H. Gipson）"The Triumphant Empire: Thunder-Clouds Gather in the West 1763-1766"
- 伝記・自伝
  受賞作なし
- 詩
  アラン・デュガン（Alan Dugan）"Poems"
- 一般ノンフィクション
  セオドア・H.ホワイト（Theodore H.White）「大統領になる方法」（改題「大統領への道」）"The Making of the President 1960"

1963年
◇文学・音楽
- フィクション
  ウィリアム・フォークナー（William Cuthbert Faulkner）「自動車泥棒」"The Reivers"
- 戯曲
  受賞作なし
- 歴史
  コンスタンス・マクラフリン・グリーン（Constance McLaughlin Green）"Washington, Village and Capital, 1800-1878"
- 伝記・自伝
  リオン・エデル（Leon Edel）"Henry James: A Life"
- 詩
  ウィリアム・カーロス・ウィリアムズ（William Carlos Williams）"Pictures from Brueghel"
- 一般ノンフィクション
  バーバラ・W.タックマン（Barbara W. Tuchman）「八月の砲声」"The Guns of August"

1964年
◇文学・音楽
- フィクション
  受賞作なし
- 戯曲
  受賞作なし
- 歴史
  サムナー・チルトン・パウエル（Sumner Chilton Powell）"Puritan Village: The Formation of a New England Town"
- 伝記・自伝
  ウォルター・ジャクソン・ベート（Walter Jackson Bate）"John Keats"
- 詩
  ルイス・シンプソン（Louis Simpson）"At The End Of The Open Road"
- 一般ノンフィクション
  リチャード・ホーフスタッター（Richard Hofstadter）「アメリカの反知性主義」"Anti-Intellectualism in American Life"

1965年
◇文学・音楽
- フィクション
  シャーリー・アン・グロウ（Shirley Ann

文学・小説一般　　　　　　　　　　　　　　　　　　　　　　　　　　　　　　　　　　　　　　*015* ピュリッツアー賞

　　Grau)「ハウランド家の人びと」"The Keepers Of The House"
- 戯曲
　フランク・D.ギルロイ(Frank D.Gilroy)「バラが問題だ」"The Subject Was Roses"
- 歴史
　アーウィン・アンガー(Irwin Unger) "The Greenback Era"
- 伝記・自伝
　アーネスト・サミュエル(Ernest Samuels) "Henry Adams, three volumes"
- 詩
　ジョン・ベリマン(John Berryman) "77 Dream Songs"
- 一般ノンフィクション
　ハワード・マンフォード・ジョーンズ(Howard Mumford Jones) "O Strange New World"

1966年
◇文学・音楽
- フィクション
　キャサリン・アン・ポーター(Katherine Anne Porter) "Collected Stories"
- 戯曲
　受賞作なし
- 歴史
　ペリー・ミラー(Perry Miller) "The Life of the Mind in America"
- 伝記・自伝
　アーサー・M.シュレジンガー,Jr.(Arthur M.Schlesinger,Jr.)「ケネディー栄光と苦悩の一千日」"A Thousand Days"
- 詩
　リチャード・エバハート(Richard Eberhart) "Selected Poems"
- 一般ノンフィクション
　エドウィン・ウェイ・ティール(Edwin Way Teale) "Wandering Through Winter"

1967年
◇文学・音楽
- フィクション
　バーナード・マラマッド(Bernard Malamud)「修理屋」"The Fixer"
- 戯曲
　エドワード・オールビー(Edward Albee)「デリケート・バランス」"A Delicate Balance"
- 歴史
　ウィリアム・H.ゲッツマン(William H. Goetzmann) "Exploration and Empire: The Explorerand the Scientist in the Winning of the American West"
- 伝記・自伝
　ジャスティン・カプラン(Justin Kaplan) "Mr.Clemens and Mark Twain: A Biography"
- 詩
　アン・セクストン(Anne Sexton) "Live or Die"
- 一般ノンフィクション
　デヴィッド・ブライオン・デイヴィス(David Brion Davis) "The Problem of Slavery in Western Culture"

1968年
◇文学・音楽
- フィクション
　ウィリアム・スタイロン(William Styron)「ナット・ターナーの告白」"The Confessions of Nat Turner"
- 戯曲
　受賞作なし
- 歴史
　バーナード・ベイリン(Bernard Bailyn) "The Ideological Origins of the American Revolution"
- 伝記・自伝
　ジョージ・F.ケナン(George F.Kennan)「ジョージ・F.ケナン回顧録―対ソ外交に生きて」"Memoirs"
- 詩
　アンソニー・ヘクト(Anthony Hecht) "The Hard Hours"
- 一般ノンフィクション
　ウィル・デュラント(Will Durant)，アリエル・デュラント(Ariel Durant) "Rousseau And Revolution, The Tenth And Concluding Volume Of The Story Of Civilization"

1969年
◇文学・音楽
- フィクション
　N.スコット・モマディ(N.Scott Momaday)

海外文学賞事典　111

"House Made of Dawn"
- 戯曲
  ハワード・サックラー（Howard Sackler）"The Great White Hope"
- 歴史
  レオナード・W.レヴィー（Leonard W. Levy）"Origins of the Fifth Amendment"
- 伝記・自伝
  ベンジャミン・ローレンス・リード（Benjamin Lawrence Reid）"The Man From New York: John Quinn and His Friends"
- 詩
  ジョージ・オッペン（George Oppen）"Of Being Numerous"
- 一般ノンフィクション
  ノーマン・メイラー（Norman Mailer）「夜の軍隊」"The Armies of the Night: History as a Novel, The Novel as History"
  ルネ・ジュールス・デュボス（Rene Jules Dubos）「人間であるために」"So Human An Animal"

1970年
◇文学・音楽
- フィクション
  ジーン・スタッフォード（Jean Stafford）"Collected Stories"
- 戯曲
  チャールズ・ゴードン（Charles Gordone）"No Place To Be Somebody"
- 歴史
  ディーン・アチソン（Dean Acheson）"Present At The Creation: My Years In The State Department"
- 伝記・自伝
  T.ハリー・ウィリアムズ（T.Harry Williams）"Huey Long"
- 詩
  リチャード・ハワード（Richard Howard）"Untitled Subjects"
- 一般ノンフィクション
  エリク・H.エリクスン（Erik H.Erikson）「ガンディーの真理―戦闘的非暴力の起原」"Gandhi's Truth"

1971年
◇文学・音楽
- フィクション
  受賞作なし
- 戯曲
  ポール・ジンデル（Paul Zindel）"The Effect of Gamma Rays on Man-In-The-Moon Marigolds"
- 歴史
  ジェイムス・マクレガー・バーンズ（James MacGregor Burns）"Roosevelt: The Soldier of Freedom"
- 伝記・自伝
  ローレンス・トムプソン（Lawrance Thompson）"Robert Frost: The Years of Triumph, 1915 -1938"
- 詩
  ウィリアム・S.マーウィン（William S. Merwin）"The Carrier of Ladders"
- 一般ノンフィクション
  ジョン・トーランド（John Toland）「大日本帝国の興亡」"The Rising Sun"

1972年
◇文学・音楽
- フィクション
  ウォーレス・ステグナー（Wallace Stegner）"Angle of Repose"
- 戯曲
  受賞作なし
- 歴史
  カール・N.デグラー（Carl N.Degler）"Neither Black Nor White"
- 伝記・自伝
  ジョゼフ・P.ラッシュ（Joseph P.Lash）"Eleanor and Franklin: The Story of Their Relationship, Based on Eleanor Roosevelt's Private Papers"
- 詩
  ジェイムズ・ライト（James Wright）"Collected Poems"
- 一般ノンフィクション
  バーバラ・W.タックマン（Barbara W. Tuchman）「失敗したアメリカの中国政策―ビルマ戦線のスティルウェル将軍」"Stilwell and the American Experience in China, 1911-1945"

文学・小説一般　　　　　　　　　　　　　　　　　　　　　015 ピュリッツアー賞

1973年
◇文学・音楽
- フィクション
  ユードラ・ウェルティ（Eudora Welty）「マッケルヴァ家の娘」"The Optimists Daughter"
- 戯曲
  ジェイソン・ミラー（Jason Miller）"That Championship Season"
- 歴史
  Michael Kamen "People of Paradox: An Inquiry Concerning the Origins of American Civilization"
- 伝記・自伝
  W.A.スウォンバーグ（W.A.Swanberg）"Luce and His Empire"
- 詩
  マキシン・クーミン（Maxine Kumin）"Up Country"
- 一般ノンフィクション
  フランシス・フィッツジェラルド（Frances Fitzgerald）"Fire in the Lake: The Vietnamese and the Americans in Vietnam"
  ロバート・コールズ（Robert Coles）"Children of Crisis, Vols.Ⅱ and Ⅲ"

◇特別賞
- 文学特別賞
  ジェイムス・トーマス・フレクスナー（James Thomas Flexner）─"George Washington, Vols.Ⅰ-Ⅳ"に対して

1974年
◇文学・音楽
- フィクション
  受賞作なし
- 戯曲
  受賞作なし
- 歴史
  ダニエル・J.ブーアスティン（Daniel J. Boorstin）"The Americans: The Democratic Experience"
- 伝記・自伝
  ルイス・シェファー（Louis Sheaffer）"O'Neill, Son and Artist"
- 詩
  ロバート・ロウエル（Robert Lowell）「ドルフィン海は, 夢をかなえるところ」"The Dolphin"
- 一般ノンフィクション
  アーネスト・ベッカー（Ernest Becker）「死の拒絶」"The Denial of Death"

1975年
◇文学・音楽
- フィクション
  マイクル・シャーラ（Michael Shaara）"The Killer Angels"
- 戯曲
  エドワード・オールビー（Edward Albee）「海の風景」"Seascape"
- 歴史
  デュマ・マローン（Dumas Malone）"Jefferson and His Time, Vols.Ⅰ-Ⅴ"
- 伝記・自伝
  ロバート・A.カーロ（Robert A.Caro）"The Power Broker: Robert Moses and the Fall of New York"
- 詩
  ゲイリー・シュナイダー（Gary Snyder）「亀の島」"Turtle Island"
- 一般ノンフィクション
  アニー・ディラード（Annie Dillard）「ティンカー・クリークのほとりで」"Pilgrim at Tinker Creek"

1976年
◇文学・音楽
- フィクション
  ソール・ベロー（Saul Bellow）「フンボルトの贈り物」"Humboldt's Gift"
- 戯曲
  マイケル・ベネット（Michael Bennett）〔着想, 振り付け, 監督〕, ジェイムズ・カークウッド（James Kirkwood）〔脚本〕, ニコラス・ダンテ（Nicholas Dante）〔脚本〕, マーヴィン・ハムリッシュ（Marvin Hamlisch）〔音楽〕, エドワード・クリバン（Edward Kleban）〔歌詞〕「コーラスライン」"A Chorus Line"
- 歴史
  ポール・ホーガン（Paul Hogan）"Lamy of Santa Fe"
- 伝記・自伝
  R.W.B.ルイス（R.W.B.Lewis）"Edith

海外文学賞事典　113

Wharton: A Biography"
- 詩
  ジョン・アッシュベリー（John Ashbery）"Self-Portrait in a Convex Mirror"
- 一般ノンフィクション
  ロバート・N.バトラー（Robert N.Butler）「老後はなぜ悲劇なのか？―アメリカの老人たちの生活」"Why Survive? Being Old In America"

1977年
◇文学・音楽
- フィクション
  受賞作なし
- 戯曲
  マイケル・クリストファー（Michael Cristofer）「シャドウボックス」"The Shadow Box"
- 歴史
  デヴィッド・M.ポッター（David M. Potter），ダン・E.フェーレンバッハー（Don E.Fehrenbacher）"The Impending Crisis, 1841-1867"
- 伝記・自伝
  ジョン・E.マック（John E.Mack）"A Prince of Our Disorder: The Life of T.E.Lawrence"
- 詩
  ジェームズ・メリル（James Merrill）"Divine Comedies"
- 一般ノンフィクション
  ウィリアム・W.ワーナー（William W. Warner）"Beautiful Swimmers"

◇特別賞
- 文学特別賞
  アレックス・ヘイリー（Alex Haley）―「ルーツ」"Roots"に対して

1978年
◇文学・音楽
- フィクション
  ジェームズ・マクファーソン（James Alan McPherson）"Elbow Room"
- 戯曲
  ドナルド・L.コバーン（Donald L.Coburn）"The Gin Game"
- 歴史
  アルフレッド・D.チャンドラー,Jr.（Alfred D.Chandler,Jr.）"The Visible Hand: The Managerial Revolution in American Business"
- 伝記・自伝
  ウォルター・ジャクソン・ベート（Walter Jackson Bate）"Samuel Johnson"
- 詩
  ハワード・ネムロフ（Howard Nemerov）"Collected Poems"
- 一般ノンフィクション
  カール・セーガン（Carl Sagan）「エデンの恐竜―知能の源流をたずねて」"The Dragons of Eden"
- 文学特別賞
  E.B.ホワイト（E.B.White）―手紙，エッセイと作品に対して

1979年
◇文学・音楽
- フィクション
  ジョン・チーヴァー（John Cheever）「橋の上の天使」"The Stories of John Cheever"
- 戯曲
  サム・シェパード（Sam Shepard）「埋められた子供」"Buried Child"
- 歴史
  ダン・E.フェーレンバッハー（Don E. Fehrenbacher）"The Dred Scott Case"
- 伝記・自伝
  レナード・ベイカー（Leonard Baker）"Days of Sorrow and Pain: Leo Baeck and the Berlin Jews"
- 詩
  ロバート・ペン・ウォレン（Robert Penn Warren）"Now and Then"
- 一般ノンフィクション
  エドワード・O.ウィルソン（Edward O. Wilson）「人間の本性について」"On Human Nature"

1980年
◇文学・音楽
- フィクション
  ノーマン・メイラー（Norman Mailer）「死刑執行人の歌」"The Executioner's Song"
- 戯曲
  ランフォード・ウィルソン（Lanford

文学・小説一般　　　　　　　　　　　　　　　　　　　　　　　　　　015 ピュリッツアー賞

　　Wilson)「タリー家のボート小屋」 "Talley's Folly"
- 歴史
　レオン・F.リトワック(Leon F.Litwack) "Been in the Storm so Long: The Aftermath of Slavery"
- 伝記・自伝
　エドモント・モーリス(Edmund Morris) "The Rise of Theodore Roosevelt"
- 詩
　ドナルド・ジャスティス(Donald Justice) "Selected Poems"
- 一般ノンフィクション
　ダグラス・R.ホフスタッター(Douglas R. Hofstadter)「ゲーデル、エッシャー、バッハ――あるいは不思議の環」 "Godel, Escher, Bach: An Eternal Golden Braid"

1981年
◇文学・音楽
- フィクション
　ジョン・ケネディ・トゥール(John Kennedy Toole) "A Confederacy of Dunces"(没後出版)
- 戯曲
　ベス・ヘンリー(Beth Henley)「心で犯す罪」 "Crimes of the Heart"
- 歴史
　ローレンス・A.クレミン(Lawrence A. Cremin) "American Education: The National Experience, 1783-1876"
- 伝記・自伝
　ロバート・K.マッシー(Robert K.Massie) "Peter the Great: His Life and Worl"
- 詩
　ジェイムズ・スカイラー(James Schuyler) "The Morning of the Poem"
- 一般ノンフィクション
　カール・E.ショースキー(Carl E.Schorske)「世紀末ウィーン――政治と文化」 "Fin-De Siècle Vienna: Politics And Culture"

1982年
◇文学・音楽
- フィクション
　ジョン・アップダイク(John Updike)「金持になったウサギ」 "Rabbit is Rich"
- 戯曲
　チャールズ・フラー(Charles Fuller) "A Soldier's Play"
- 歴史
　C.ヴァン・ウッドウォード(C.Vann Woodward)〔編〕 "Mary Chesnut's Civil War"〈Yale U.Press〉
- 伝記・自伝
　ウィリアム・マクフィーリー(William McFeely) "Grant: A Biography"
- 詩
　シルヴィア・プラス(Sylvia Plath) "The Collected Poems"(没後出版)
- 一般ノンフィクション
　トレイシー・キダー(Tracy Kidder)「超マシン誕生」 "The Soul of a New Machine"

1983年
◇文学・音楽
- フィクション
　アリス・ウォーカー(Alice Walker)「紫のふるえ」(改題「カラーパープル」) "The Color Purple"
- 戯曲
　マーシャ・ノーマン(Marsha Norman)「おやすみ、母さん」 "'night, Mother"
- 歴史
　ライス・L.アイザック(Rhys L.Isaac) "The Transformation of Virginia, 1740-1790"
- 伝記・自伝
　ラッセル・ベイカー(Russell Baker)「グローイング・アップ」 "Growing Up"
- 詩
　ゴルウェイ・キネル(Galway Kinnell) "Selected Poems"
- 一般ノンフィクション
　スーザン・シーハン(Susan Sheehan) "Is There No Place On Earth For Me"

1984年
◇文学・音楽
- フィクション
　ウィリアム・ケネディ(William Kennedy)「黄昏に燃えて」 "Ironweed"
- 戯曲
　デヴィッド・マメット(David Mamet)「グ

海外文学賞事典　115

レンギャリー・グレン・ロス」
"Glengarry Glen Ross"
- 歴史
受賞作なし
- 伝記・自伝
ルイス・R.ハーラン（Louis R.Harlan）
"Booker T.Washington: The Wizard of Tuskegee, 1901-1915"
- 詩
メアリー・オリヴァー（Mary Oliver）
"American Primitive"
- 一般ノンフィクション
ポール・スター（Paul Starr）"The Social Transformation Of American Medicine"

◇特別賞
- 文学特別賞
セオドア・スース・ジーゼル（Theodor Seuss Geisel）――ドクター・スースとして半世紀近く子供と大人のために、楽しい「お話し」を提供してきたことに対して

1985年
◇文学・音楽
- フィクション
アリソン・リュリー（Alison Lurie）"Foreign Affairs"
- 戯曲
スティーヴン・ソンドハイム（Stephen Sondheim）〔音楽・作詞〕，ジェイムズ・ラパイン（James Lapine）〔脚本〕「サンデー・イン・ザ・パーク・ウィズ・ジョージ」"Sunday in the Park With George"
- 歴史
トーマス・K.マクロー（Thomas K. McCraw）"Prophets of Regulation"
- 伝記・自伝
ケネス・シルバーマン（Kenneth Silverman）"The Life and Times of Cotton Mather"
- 詩
キャロリン・カイザー（Carolyn Kizer）"Yin"
- 一般ノンフィクション
スタッズ・ターケル（Studs Terkel）「よい戦争」"The Good War: An Oral History of World War Two"

1986年
◇文学・音楽
- フィクション
ラリー・マクマートリー（Larry McMurtry）"Lonesome Dove"
- 戯曲
受賞作なし
- 歴史
ウォルター・マクドゥーガル（Walter A. McDougall）"...the Heavens and the Earth: A Political History of the Space Age"
- 伝記・自伝
エリザベス・フランク（Elizabeth Frank）"Louise Bogan: A Portrait"
- 詩
ヘンリー・タイラー（Henry Taylor）"The Flying Change"
- 一般ノンフィクション
J.アンソニー・ルーカス（J.Anthony Lukas）"Common Ground: A Turbulent Decade in the Lives of Three American Families"
ジョゼフ・レリベルド（Joseph Lelyveld）"Move Your Shadow: South Africa, Blackand White"

1987年
◇文学・音楽
- フィクション
ピーター・テイラー（Peter Taylor）「メンフィスへ帰る」"A Summons to Memphis"
- 戯曲
オーガスト・ウィルソン（August Wilson）「フェンス」"Fences"
- 歴史
バーナード・ベイリン（Bernard Bailyn）"Voyagers to the West: A Passage in the Peopling of America on the Eve of the Revolution"
- 伝記・自伝
デヴィッド・J.ガロウ（David J.Garrow）"Bearing the Cross: Martin Luther King Jr.and the Southern Christian Leadership Conference"
- 詩
リタ・ダヴ（Rita Dove）"Thomas and

Beulah"
- 一般ノンフィクション
  デヴィッド・K.シプラー（David K.Shipler）「アラブ人とユダヤ人―「約束の地」はだれのものか」"Arab and Jew: Wounded Spirits in a Promised Land"

1988年
◇文学・音楽
- フィクション
  トニ・モリソン（Toni Morrison）「ビラヴド―愛されし者」"Beloved"
- 戯曲
  アルフレッド・ウーリー（Alfred Uhry）"Driving Miss Daisy"
- 歴史
  ロバート・V.ブルース（Robert V.Bruce）"The Launching of Modern American Science 1846-1876"
- 伝記・自伝
  デヴィッド・ハーバート・ドナルド（David Herbert Donald）"Look Homeward: A Life of Thomas Wolfe"
- 詩
  ウィリアム・メレディス（William Meredith）"Partial Accounts: New and Selected Poems"
- 一般ノンフィクション
  リチャード・ローズ（Richard Rhodes）「原子爆弾の誕生―科学と国際政治の世界史」"The Making of the Atomic Bomb"

1989年
◇文学・音楽
- フィクション
  アン・タイラー（Anne Tyler）「ブリージング・レッスン」"Breathing Lessons"
- 戯曲
  ウェンディ・ワッサースタイン（Wendy Wasserstein）「ハイジ・クロニクル」"The Heidi Chronicles"
- 歴史
  ジェイムス・M.マクファーソン（James M. McPherson）"Battle Cry of Freedom: The Civil War Era"
  テイラー・ブランチ（Taylor Branch）"Parting the Waters: America in the King Years 1954-63"
- 伝記・自伝
  リチャード・エルマン（Richard Ellmann）"Oscar Wilde"
- 詩
  リチャード・ウィルバー（Richard Wilbur）"New and Collected Poems"
- 一般ノンフィクション
  ニール・シーハン（Neil Sheehan）「輝ける嘘」"A Bright Shining Lie: John Paul Vann and America in Vietnam"

1990年
◇文学・音楽
- フィクション
  オスカー・イフェロス（Oscar Hijuelos）「マンボ・キングス、愛のうたを歌う」"The Mambo Kings Play Songs of Lov"
- 戯曲
  オーガスト・ウィルソン（August Wilson）「ピアノ・レッスン」"The Piano Lesson"
- 歴史
  スタンレー・カーノウ（Stanley Karnow）"In Our Image: America's Empire in the Philippines"
- 伝記・自伝
  セバスティアン・デ・グラツィア（Sebastian de Grazia）「地獄のマキアヴェッリ」"Machiavelli in Hell"
- 詩
  チャールズ・シミック（Charles Simic）"The World Doesn't End"
- 一般ノンフィクション
  デール・マハリッジ（Dale Maharidge），マイケル・ウィリアムソン（Michael Williamson）"And Their Children After Them"

1991年
◇文学・音楽
- フィクション
  ジョン・アップダイク（John Updike）「さようならウサギ」"Rabbit at Rest"
- 戯曲
  ニール・サイモン（Neil Simon）「ロスト・イン・ヨンカーズ」"Lost in Yonkers"
- 歴史
  ローレル・サッチャー・ウールリッチ（Laurel Thatcher Ulrich）"A Midwife's

Tale"
- 伝記・自伝
スティーヴン・ネイフ (Steven Naifeh), グレゴリー・ホワイト・スミス (Gregory White Smith) "Jackson Pollock"
- 詩
モナ・ヴァン・デュアーン (Mona Van Duyn) "Near Changes"
- 一般ノンフィクション
バート・ヘルドブラー (Bert Holldobler), エドワード・O.ウィルソン (Edward O. Wilson) "The Ants"

1992年
◇文学・音楽
- フィクション
ジェーン・スマイリー (Jane Smiley) 「大農場」 "A Thousand Acres"
- 戯曲
ロバート・シェンカン (Robert Schenkkan) "The Kentucky Cycle"
- 歴史
マーク・E.ニーリー,Jr. (Mark E.Neely,Jr.) "The Fate of Liberty: Abraham Lincolnand Civil Liberties"
- 伝記・自伝
ルイス・B.プラー,Jr. (Lewis B.Puller,Jr.) "Fortunate Son: The Healing of a Vietnam Vet"
- 詩
ジェイムス・テイト (James Tate) "Selected Poems"
- 一般ノンフィクション
ダニエル・ヤーギン (Daniel Yergin) 「石油の世紀—支配者たちの興亡」 "The Prize: The Epic Quest For Oil, Money & Power"

◇特別賞
- 文学特別賞
アート・スピーゲルマン (Art Spiegelman) 「マウス:アウシュヴィッツを生きのびた父親の物語」 "Maus"

1993年
◇文学・音楽
- フィクション
ロバート・O.バトラー (Robert Olen Butler) 「ふしぎ山からの香り」 "A Good Scent from a Strange Mountain"
- 戯曲
トニー・クシュナー (Tony Kushner) 「エンジェルス・イン・アメリカ —第1部至福千年紀が近づく」 "Angels in America: Millennium Approaches"
- 歴史
ゴードン・S.ウッド (Gordon S.Wood) "The Radicalism of the American Revolution"
- 伝記・自伝
デヴィッド・マクロウ (David McCullough) "Truman"
- 詩
ルイーズ・グリュック (Louise Glück) "The Wild Iris"
- 一般ノンフィクション
ゲリー・ウィルズ (Garry Wills) 「リンカーンの三分間—ゲティズバーグ演説の謎」 "Lincoln at Gettysburg: The Words That Remade America"

1994年
◇文学・音楽
- フィクション
エドナ・アニー・プルー (E.Annie Proulx) 「港湾(シッピング)ニュース」 "The Shipping News"
- 戯曲
エドワード・オールビー (Edward Albee) 「幸せの背比べ」 "Three Tall Women"
- 歴史
受賞作なし
- 伝記・自伝
デヴィッド・レヴェリング・ルイス (David Levering Lewis) "W.E.B.Du Bois: Biography of a Race1868-1919"
- 詩
ユーセフ・コマンヤーカ (Yusef Komunyakaa) "Neon Vernacular: New and Selected Poems"
- 一般ノンフィクション
デヴィッド・レムニック (David Remnick) 「レーニンの墓—ソ連帝国最期の日々」 "Lenin's Tomb: The Last Days Of The Soviet Empire"

1995年
◇文学・音楽
- フィクション

キャロル・シールズ（Carol Shields）「ストーン・ダイアリー」"The Stone Diaries"
- 戯曲
  ホートン・フート（Horton Foote）"The Young Man From Atlanta"
- 歴史
  ドリス・カーンズ・グッドウィン（Doris Kearns Goodwin）"No Ordinary Time：Franklin and Eleanor Roosevelt：The Home Front in World War Ⅱ"
- 伝記・自伝
  ジョアン・D.ヘドリック（Joan D.Hedrick）"Harriet Beecher Stowe：A Life"
- 詩
  フィリップ・ルヴィーン（Philip Levine）"The Simple Truth"
- 一般ノンフィクション
  ジョナサン・ワイナー（Jonathan Weiner）「フィンチの嘴」"The Beak Of The Finch：A Story Of Evolution In Our Time"

1996年
◇文学・音楽
- フィクション
  リチャード・フォード（Richard Ford）「インデペンデンス・デイ」"Independence Day"
- 戯曲
  ジョナサン・ラーソン（Jonathan Larson）「レント」"Rent"
- 歴史
  アラン・テイラー（Alan Taylor）"William Cooper's Town：Power and Persuasion on the Frontier of the Early American Republic"
- 伝記・自伝
  ジャック・マイルズ（Jack Miles）「GOD―神の伝記」"God：A Biography"
- 詩
  ジョリー・グラハム（Jorie Graham）"The Dream of the Unified Field"
- 一般ノンフィクション
  ティナ・ローゼンバーグ（Tina Rosenberg）「過去と闘う国々―共産主義のトラウマをどう生きるか」"The Haunted Land：Facing Europe's Ghosts After Communism"

1997年
◇文学・音楽
- フィクション
  スティーヴン・ミルハウザー（Steven Millhauser）「マーティン・ドレスラーの夢」"Martin Dressler：The Tale of an American Dreamer"
- 戯曲
  受賞作なし
- 歴史
  ジャック・N.ラコヴ（Jack N.Rakove）"Original Meanings：Politics and Ideasin the Making of the Constitution"
- 伝記・自伝
  フランク・マコート（Frank McCourt）「アンジェラの灰」"Angela's Ashes：A Memoir"
- 詩
  リーゼル・ミュラー（Lisel Mueller）"Alive Together：New and Selected Poems"
- 一般ノンフィクション
  リチャード・クリューガー（Richard Kluger）"Ashes To Ashes：America's Hundred-Year Cigarette War, The Public Health, And The Unabashed Triumph Of Philip Morri"

1998年
◇文学・音楽
- フィクション
  フィリップ・ロス（Philip Roth）"American Pastoral"
- 戯曲
  ポーラ・ヴォーゲル（Paula Vogel）"How I Learned to Drive"
- 歴史
  エドワード・J.ラーソン（Edward J. Larson）"Summer for the Gods：The Scopes Trialand America's Continuing Debate Over Science and Religion"
- 伝記・自伝
  キャサリン・グラハム（Katharine Graham）「キャサリン・グラハム わが人生」"Personal History"
- 詩
  チャールズ・ライト（Charles Wright）

"Black Zodiac"
- 一般ノンフィクション
  ジャレド・ダイアモンド（Jared Diamond）「銃・病原菌・鉄」"Guns, Germs and Steel: The Fates of Human Societies"

1999年
◇文学・音楽
- フィクション
  マイケル・カニンガム（Michael Cunningham）「めぐりあう時間たち―三人のダロウェイ夫人」"The Hours"
- 戯曲
  マーガレット・エドソン（Margaret Edson）「ウィット」"Wit"
- 歴史
  エドウィン・G.バロウズ（Edwin G. Burrows），マイク・ウォーレス（Mike Wallace）"Gotham: A History of New York City to 1898"
- 伝記・自伝
  A.スコット・バーグ（A.Scott Berg）「リンドバーグ―空から来た男」"Lindbergh"
- 詩
  マーク・ストランド（Mark Strand）"Blizzard of One"
- 一般ノンフィクション
  ジョン・マクフィー（John McPhee）"Annals of the Former World"

2000年
◇文学・音楽
- フィクション
  ジュンパ・ラヒリ（Jhumpa Lahiri）「停電の夜に」"Interpreter of Maladies"
- 戯曲
  ドナルド・マーギュリーズ（Donald Margulies）"Dinner With Friends"
- 歴史
  デヴィッド・ケネディ（David M.Kennedy）"Freedom From Fear: The American People in Depression and War, 1929-1945"
- 伝記・自伝
  ステイシー・シフ（Stacy Schiff）"Vera（Mrs.Vladimir Nabokov）"
- 詩
  C.K.ウィリアムズ（C.K.Williams）"Repair"
- 一般ノンフィクション
  ジョン・W.ダワー（John W.Dower）「敗北を抱きしめて―第二次大戦後の日本人」"Embracing Defeat: Japan in the Wake of World War Ⅱ"

2001年
◇文学・音楽
- フィクション
  マイケル・シェイボン（Michael Chabon）「カヴァリエ＆クレイの驚くべき冒険」"The Amazing Adventures of Kavalier & Clay"
- 戯曲
  デヴィッド・オーバーン（David Auburn）「プルーフ/証明」"Proof"
- 歴史
  ジョゼフ・J.エリス（Joseph J.Ellis）"Founding Brothers: The Revolutionary Generation"
- 伝記・自伝
  デヴィッド・レヴェリング・ルイス（David Levering Lewis）"W.E.B.Du Bois: The Fight for Equality and the American Century, 1919-1963"
- 詩
  スティーヴン・ダン（Stephen Dunn）"Different Hours"
- 一般ノンフィクション
  ハーバート・P.ビックス（Herbert P.Bix）「昭和天皇」"Hirohito and the Making of Modern Japan"

2002年
◇文学・音楽
- フィクション
  リチャード・ルッソ（Richard Russo）"Empire Falls"
- 戯曲
  スーザン＝ロリ・パークス（Suzan-Lori Parks）"Topdog/Underdog"
- 歴史
  ルイ・メナン（Louis Menand）"The Metaphysical Club: A Story of Ideas in America"
- 伝記・自伝
  デヴィッド・マクロウ（David McCullough）"John Adams"

- 詩
  カール・デニス（Carl Dennis）"Practical Gods"
- 一般ノンフィクション
  ダイアン・マクウォーター（Diane McWhorter）"Carry Me Home：Birmingham, Alabama, the Climactic Battle of the Civil Rights Revolution"

2003年
◇文学・音楽
- フィクション
  ジェフリー・ユージェニデス（Jeffrey Eugenides）「ミドルセックス」"Middlesex"
- 戯曲
  ニロ・クルス（Nilo Cruz）"Anna in the Tropics"
- 歴史
  リック・アトキンソン（Rick Atkinson）"An Army at Dawn：The War in North Africa, 1942-1943"
- 伝記・自伝
  ロバート・A.カーロ（Robert A.Caro）"Master of the Senate：The Years of Lyndon Johnson"
- 詩
  ポール・マルドゥーン（Paul Muldoon）"Moy Sand and Gravel"
- 一般ノンフィクション
  サマンサ・パワー（Samantha Power）「集団人間破壊の時代」"'A Problem from Hell'：America and the Age of Genocide"

2004年
◇文学・音楽
- フィクション
  エドワード・P.ジョーンズ（Edward P. Jones）「地図になかった世界」"The Known World"
- 戯曲
  ダグ・ライト（Doug Wright）「アイ・アム・マイ・オウン・ワイフ」"I Am My Own Wife"
- 歴史
  スティーブン・ハン（Steven Hahn）"A Nation Under Our Feet：Black Political Struggles in the Rural South from Slavery to the Great Migratio"
- 伝記・自伝
  ウィリアム・トーブマン（William Taubman）"Khrushchev：The Man and His Era"
- 詩
  フランス・ライト（Franz Wright）"Walking to Martha's Vineyard"
- 一般ノンフィクション
  アン・アプルボーム（Anne Applebaum）「グラーグーソ連集中収容所の歴史」"Gulag：A History"

2005年
◇文学・音楽
- フィクション
  マリリン・ロビンソン（Marilynne Robinson）"Gilead"
- 戯曲
  ジョン・パトリック・シャンリィ（John Patrick Shanley）「ダウト 疑いをめぐる寓話」"Doubt, a parable"
- 歴史
  デイビッド・ハケット・フィッシャー（David Hackett Fischer）"Washington's Crossing"
- 伝記・自伝
  マーク・スティーヴンス（Mark Stevens），アナリン・スワン（Annalyn Swan）「デ・クーニングーアメリカの巨匠」"De Kooning：An American Master"
- 詩
  テッド・クーザー（Ted Kooser）"Delights & Shadows"
- 一般ノンフィクション
  スティーブ・コル（Steve Coll）「アフガン諜報戦争―CIAの見えざる闘いソ連侵攻から9.11前夜まで」"Ghost Wars"

2006年
◇文学・音楽
- フィクション
  ジェラルディン・ブルックス（Geraldine Brooks）「マーチ家の父 もうひとつの若草物語」"March"
- 戯曲
  受賞作なし
- 歴史

デヴィッド・M.オシンスキー（David M. Oshinsky）"Polio: An American Story"
- 伝記・自伝
  カイ・バード（Kai Bird），マーティン・シャーウィン（Martin J.Sherwin）「オッペンハイマー――「原爆の父」と呼ばれた男の栄光と悲劇」"American Prometheus: The Triumph and Tragedy of J.Robert Oppenheimer"
- 詩
  クラウディア・エマーソン（Claudia Emerson）"Late Wife"
- 一般ノンフィクション
  キャロライン・エルキンス（Caroline Elkins）"Imperial Reckoning: The Untold Story of Britain's Gulag in Kenya"

◇特別賞
- 特別表彰
  エドマンド・S.モーガン（Edmund S. Morgan）――過去50年間にわたりアメリカ歴史学者として執筆した，創造的かつ多大な影響力を持つ一連の作品に対して

2007年
◇文学・音楽
- フィクション
  コーマック・マッカーシー（Cormac McCarthy）「ザ・ロード」"The Road"
- 戯曲
  デイヴィッド・リンゼイ＝アベイア（David Lindsay-Abaire）"Rabbit Hole"
- 歴史
  ジーン・ロバーツ（Gene Roberts），ハンク・クリバノフ（Hank Klibanoff）"The Race Beat: The Press, the Civil Rights Struggle, and the Awakening of a Nation"
- 伝記・自伝
  デビー・アップルゲート（Debby Applegate）"The Most Famous Man in America: The Biography of Henry Ward Beecher"
- 詩
  ナターシャ・トレシューイー（Natasha Trethewey）"Native Guard"
- 一般ノンフィクション
  ローレンス・ライト（Lawrence Wright）「倒壊する巨塔――アルカイダと「9.11」への道」"The Looming Tower: Al-Qaeda and the Road to 9/11"

◇特別賞
- 特別表彰
  レイ・ブラッドベリ（Ray Bradbury）――他に類を見ないSF，ファンタジー作家としての，卓越した，多作かつ影響力の強いキャリアに対して

2008年
◇文学・音楽
- フィクション
  ジュノ・ディアス（Junot Diaz）「オスカー・ワオの短く凄まじい人生」"The Brief Wondrous Life of Oscar Wao"
- 戯曲
  トレイシー・レッツ（Tracy Letts）"August: Osage County"
- 歴史
  ダニエル・ウォーカー・ハウ（Daniel Walker Howe）"What Hath God Wrought: The Transformation of America, 1815-1848"
- 伝記・自伝
  ジョン・マテソン（John Matteson）"Eden's Outcasts: The Story of Louisa May Alcott and Her Father"
- 詩
  ロバート・ハス（Robert Hass）"Time and Materials"
  フィリップ・シュルツ（Philip Schultz）"Failure"
- 一般ノンフィクション
  サユル・フリードレンダー（Saul Friedländer）"The Years of Extermination: Nazi Germany and the Jews, 1939-1945"

2009年
◇文学・音楽
- フィクション
  エリザベス・ストラウト（Elizabeth Strout）「オリーヴ・キタリッジの生活」"Olive Kitteridge"
- 戯曲
  リン・ノッテージ（Lynn Nottage）"Ruined"

- 歴史
  アネット・ゴードン＝リード（Annette Gordon-Reed）"The Hemingses of Monticello: An American Family"
- 伝記・自伝
  ジョン・ミーチャム（Jon Meacham）"American Lion: Andrew Jackson in the White House"
- 詩
  W.S.マーウィン（W.S.Merwin）"The Shadow of Sirius"
- 一般ノンフィクション
  ダグラス・A.ブラックモン（Douglas A. Blackmon）"Slavery by Another Name: The Re-Enslavement of Black Americans from the Civil War to World War II"

2010年
◇文学・音楽
- フィクション
  ポール・ハーディング（Paul Harding）「ティンカーズ」"Tinkers"
- 戯曲
  トム・キット（Tom Kitt）〔音楽〕，ブライアン・ヨーキー（Brian Yorkey）〔脚本〕「ネクスト・トゥ・ノーマル」"Next to Normal"
- 歴史
  ライアカット・アハメド（Liaquat Ahamed）「世界恐慌―経済を破綻させた4人の中央銀行総裁」"Lords of Finance: The Bankers Who Broke the World"
- 伝記・自伝
  T.J.スタイルズ（T.J.Stiles）"The First Tycoon: The Epic Life of Cornelius Vanderbilt"
- 詩
  レイ・アーマントラウト（Rae Armantrout）"Versed"
- 一般ノンフィクション
  デヴィッド・E.ホフマン（David E. Hoffman）"The Dead Hand: The Untold Story of the Cold War Arms Race and Its Dangerous Legacy"

2011年
◇文学・音楽
- フィクション
  ジェニファー・イーガン（Jennifer Egan）「ならずものがやってくる」"A Visit from the Goon Squad"
- 戯曲
  ブルース・ノリス（Bruce Norris）"Clybourne Park"
- 歴史
  エリック・フォーナー（Eric Foner）「業火の試練―エイブラハム・リンカンとアメリカ奴隷制」"The Fiery Trial: Abraham Lincoln and American Slavery"
- 伝記・自伝
  ロン・チャーナウ（Ron Chernow）"Washington A Life"
- 詩
  ケイ・ライアン（Kay Ryan）"The Best of It: New and Selected Poems"
- 一般ノンフィクション
  シッダールタ・ムカジー（Siddhartha Mukherjee）「病の皇帝「がん」に挑む―人類4000年の苦闘」"The Emperor of All Maladies: A Biography of Cancer"

2012年
◇文学・音楽
- フィクション
  受賞作なし
- 戯曲
  キアラ・アレグリア・ヒュディス（Quiara Alegría Hudes）"Water by the Spoonful"
- 歴史
  マニング・マラブル（Manning Marable）"Malcolm X: A Life of Reinvention"
- 伝記・自伝
  ジョン・ルイス・ギャディス（John Lewis Gaddis）"George F.Kennan: An American Life"
- 詩
  トレイシー・K.スミス（Tracy K.Smith）「火星の生命」"Life on Mars"
- 一般ノンフィクション
  スティーヴン・グリーンブラット（Stephen Greenblatt）「一四一七年、その一冊がすべてを変えた」"The Swerve: How the World Became Modern"

2013年
◇文学・音楽
- フィクション
アダム・ジョンソン（Adam Johnson）「半島の密使」"The Orphan Master's Son"
- 戯曲
アヤド・アクター（Ayad Akhtar）"Disgraced"
- 歴史
フレデリック・ログボール（Fredrik Logevall）"Embers of War: The Fall of an Empire and the Making of America's Vietnam"
- 伝記・自伝
トム・リース（Tom Reiss）「ナポレオンに背いた「黒い将軍」─忘れられた英雄アレックス・デュマ」"The Black Count: Glory, Revolution, Betrayal, and the Real Count of Monte Cristo"
- 詩
シャロン・オールズ（Sharon Olds）"Stag's Leap"
- 一般ノンフィクション
ギルバート・キング（Gilbert King）"Devil in the Grove: Thurgood Marshall, the Groveland Boys"

2014年
◇文学・音楽
- フィクション
ドナ・タート（Donna Tartt）"The Goldfinch"
- 戯曲
アニー・ベイカー（Annie Baker）"The Flick"
- 歴史
アラン・テイラー（Alan Taylor）"The Internal Enemy: Slavery and War in Virginia, 1772-1832"
- 伝記・自伝
メーガン・マーシャル（Megan Marshall）"Margaret Fuller: A New American Life"
- 詩
Vijay Seshadri "3 Sections"
- 一般ノンフィクション
ダン・ファジン（Dan Fagin）"Toms River: A Story of Science and Salvation"

2015年
◇文学・音楽
- フィクション
アンソニー・ドーア（Anthony Doerr）"All the Light We Cannot See"
- 戯曲
ステファン・アドリー・ギジス（Stephen Adly Guirgis）"Between Riverside and Crazy"
- 歴史
エリザベス・A.フェン（Elizabeth A.Fenn）"Encounters at the Heart of the World: A History of the Mandan People"
- 伝記・自伝
デヴィッド・I.カーツァー（David I. Kertzer）"The Pope and Mussolini: The Secret History of Pius XI and the Rise of Fascism in Europe"
- 詩
グレゴリー・パードロ（Gregory Pardlo）"Digest"
- 一般ノンフィクション
エリザベス・コルバート（Elizabeth Kolbert）「6度目の大絶滅」"The Sixth Extinction: An Unnatural History"

016　フェミナ賞　Prix Femina

フランス五大文学賞の一つ。1904年,雑誌「La Vie heureuse」(Femina誌の前身)に寄稿する22人の女性作家たちにより創設された。賞の創設には,ゴンクール賞（1903年創設,フランス五大文学賞）が,事実上,男性のみに贈られていることへの抗議の意味合いがあり,当初から審査員は女性のみで構成されている（受賞者は男女を問わない）。本賞以外にも,エッセイ(99年〜),外国語作品(85年〜)などを対象とした各フェミナ賞が実施さ

文学・小説一般　　　　　　　　　　　　　　　　　　　　　　　　　　　　　　*016* フェミナ賞

れている。99年に辻仁成が「白仏」(仏題 "Le Bouddha blanc")で外国語作品賞を受賞している。

【選考委員】 12人の女性からなる審査員会
【選考方法】 審査員による選考
【選考基準】〔対象〕該当年に発表されたフランス語で書かれた散文もしくは詩作品。著者の性別は問わない
【締切・発表】 受賞作は、パリのクリヨンホテル(Hôtel de Crillon)にて、11月の第1水曜日に発表される

1904年
　ミリアム・アリ(Myriam Harry) "La Conquête de Jérusalem"
1905年
　ロマン・ロラン(Romain Rolland)「ジャン・クリストフ」"Jean-Christophe"
1906年
　アンドレ・コルティス(André Corthis) "Gemmes et moires"
1907年
　Colette Yver "Princesses de science"
1908年
　エドワール・エストニエ(Édouard Estaunié) "La Vie secrète"
1909年
　エドモン・ジャルー(Edmond Jaloux) "Le reste est silence"
1910年
　マルグリット・オードゥー(Marguerite Audoux)「孤児マリー」"Marie-Claire"
1911年
　Louis de Robert "Le Roman du malade"
1912年
　Jacques Morel "Feuilles mortes"
1913年
　Camille Marbo "La Statue voilée"
1917年
　René Milan "L'Odyssée d'un transport torpillé"
1918年
　Henri Bachelin "Le Serviteur"
1919年
　ロラン・ドルジュレス(Roland Dorgelès)「木の十字架」"Les Croix de bois"

1920年
　Edmond Gojon "Le Jardin des dieux"
1921年
　レイモン・エスコリエ(Raymond Escholier) "Cantegril"
1922年
　ジャック・ド・ラクルテル(Jacques de Lacretelle)「反逆児—シルベルマン」"Silbermann"
1923年
　Jeanne Galzy "Les Allongés"
1924年
　Charles Derennes "Le Bestiaire sentimental"
1925年
　ジョゼフ・デルテイユ(Joseph Delteil) "Jeanne d'Arc"
1926年
　シャルル・シルヴェストル(Charles Silvestre) "Prodige du cœur"
1927年
　Marie Le Franc "Grand-Louis l'innocent"
1928年
　ドミニク・ジュノア(Dominique Dunois) "Georgette Garou"
1929年
　ジョルジュ・ベルナノス(Georges Bernanos)「よろこび」"La Joie"
1930年
　マルク・シャドゥルス(Marc Chadourne) "Cécile de la Folie"
1931年
　アントワーヌ・ド・サン=テグジュペリ

海外文学賞事典　125

（Antoine de Saint-Exupéry）「夜間飛行」 "Vol de nuit"
1932年
　ラモン・フェルナンデス（Ramon Fernandez）「賭」 "Le Pari"
1933年
　Geneviève Fauconnier "Claude"
1934年
　Robert Francis "Le Bateau-refuge"
1935年
　Claude Silve "Bénédiction"
1936年
　Louise Hervieu "Sangs"
1937年
　レイモンド・ヴァンサン（Raymonde Vincent） "Campagne"
1938年
　Félix de Chazournes "Caroline ou le Départ pour les îles"
1939年
　ポール・ヴィアラール（Paul Vialar）「海の薔薇」 "La Rose de la mer"
1940〜1943年
　授賞なし
1944年
　―「深夜叢書」（Éditions de Minuit）に授与
1945年
　Anne-Marie Monnet "Le Chemin du soleil"
1946年
　ミシェル・ロビダ（Michel Robida） "Le Temps de la longue patience"
1947年
　ガブリエル・ロワ（Gabrielle Roy） "Bonheur d'occasion"
1948年
　エマニュエル・ロブレス（Emmanuel Roblès） "Les Hauteurs de la ville"
1949年
　マリア・ル・アルドゥーアン（Maria Le Hardouin）「ハートの女王」 "La Dame de cœur"
1950年
　セルジュ・グルッサール（Serge Groussard）「過去のない女」 "La Femme sans passé"
1951年
　アンヌ・ド・トゥルヴィル（Anne de Tourville） "Jabadao"
1952年
　Dominique Rolin "Le Souffle"
1953年
　Zoé Oldenbourg "La Pierre angulaire"
1954年
　Gabriel Veraldi "La Machine humaine"
1955年
　アンドレ・ドーテル（André Dhôtel）「遙かなる旅路」 "Le Pays où l'on n'arrive jamais"
1956年
　フランソワ＝レジス・バスチード（François-Régis Bastide） "Les Adieux"
1957年
　クリスチャン・メグレ（Christian Megret） "Le Carrefour des solitudes"
1958年
　フランソワーズ・マレ＝ジョリス（Françoise Mallet-Joris） "L'Empire céleste"
1959年
　Bernard Privat "Au pied du mur"
1960年
　Louise Bellocq "La Porte retombée"
1961年
　アンリ・トマ（Henri Thomas）「岬」 "Le Promontoire"
1962年
　イヴ・ベルジェ（Yves Berger）「南」 "Le Sud"
1963年
　Roger Vrigny "La Nuit de Mougins"
1964年
　Jean Blanzat "Le Faussaire"
1965年
　ロベール・パンジェ（Robert Pinget） "Quelqu'un"
1966年
　Irène Monesi "Nature morte devant la fenêtre"

文学・小説一般　　　　　　　　　　　　　　　　　　　　　　　　　　　　　　016 フェミナ賞

1967年
　クレール・エチェレリ（Claire Etcherelli）「エリーズまたは真の人生」"Élise ou la Vraie Vie"
1968年
　マルグリット・ユルスナール（Marguerite Yourcenar）「黒の過程」"L'Œuvre au noir"
1969年
　ホルヘ・センプルン（Jorge Semprún）「ラモン・メルカデルの第二の死」"La Deuxième Mort de Ramón Mercader"
1970年
　フランソワ・ヌーリシエ（François Nourissier）"La Crève"
1971年
　Angelo Rinaldi "La Maison des Atlantes"
1972年
　ロジェ・グルニエ（Roger Grenier）「シネロマン」"Ciné-roman"
1973年
　Michel Dard "Juan Maldonne"
1974年
　ルネ＝ヴィクトル・ピーユ（René-Victor Pilhes）「呪い師」"L'Imprécateur"
1975年
　Claude Faraggi "Le Maître d'heure"
1976年
　マリー＝ルイーズ・オーモン（Marie-Louise Haumont）「通勤路」"Le Trajet"
1977年
　レジス・ドブレ（Régis Debray）「雪が燃えるように」"La neige brûle"
1978年
　François Sonkin "Un amour de père"
1979年
　ピエール・モワノー（Pierre Moinot）"Le Guetteur d'ombre"
1980年
　Jocelyne François "Joue-nous España"
1981年
　Catherine Hermary-Vieille "Le Grand Vizir de la nuit"

1982年
　アンヌ・エベール（Anne Hébert）"Les Fous de Bassan"
1983年
　フロランス・ドゥレ（Florence Delay）「リッチ&ライト」"Riche et légère"
1984年
　Bertrand Visage "Tous les soleils"
1985年
　エクトール・ビアンショッティ（Hector Bianciotti）"Sans la miséricorde du Christ"
1986年
　ルネ・ベレット（René Belletto）"L'Enfer"
1987年
　Alain Absire "L'Égal de Dieu"
1988年
　アレクサンドル・ジャルダン（Alexandre Jardin）「妻への恋文」"Le Zèbre"
1989年
　シルヴィー・ジェルマン（Sylvie Germain）"Jours de colère"
1990年
　Pierrette Fleutiaux "Nous sommes éternels"
1991年
　Paula Jacques "Déborah et les anges dissipés"
1992年
　アンヌ＝マリ・ギャラ（Anne-Marie Garat）"Aden"
1993年
　Marc Lambron "L'Œil du silence"
1994年
　Olivier Rolin "Port-Soudan"
1995年
　エマニュエル・カレール（Emmanuel Carrère）「冬の少年」"La Classe de neige"
1996年
　ジュヌヴィエーヴ・ブリザック（Geneviève Brisac）"Week-end de chasse à la mère"

海外文学賞事典　127

1997年
　ドミニク・ノゲーズ（Dominique Noguez）"Amour noir"
1998年
　フランソワ・チェン（François Cheng）「ティエンイの物語」"Le Dit de Tyanyi"
1999年
　Maryline Desbiolles "Anchise"
2000年
　カミーユ・ロランス（Camille Laurens）「その腕のなかで」"Dans ces bras-là"
2001年
　マリー・ンディアイ（Marie NDiaye）「ロジー・カルプ」"Rosie Carpe"
2002年
　シャンタル・トマ（Chantal Thomas）「王妃に別れをつげて」"Les Adieux à la reine"
2003年
　ダイ・シージエ（Dai Sijie）「フロイトの弟子と旅する長椅子」"Le Complexe de Di"
2004年
　ジャン＝ポール・デュボワ（Jean-Paul Dubois）「フランス的人生」"Une vie française"
2005年
　Régis Jauffret "Asiles de fous"
2006年
　ナンシー・ヒューストン（Nancy Huston）「時のかさなり」"Lignes de faille"
2007年
　エリック・フォトリノ（Éric Fottorino）「光の子供」"Baisers de cinéma"
2008年
　ジャン＝ルイ・フルニエ（Jean-Louis Fournier）「どこ行くの、パパ？」"Où on va, papa？"
2009年
　Gwenaëlle Aubry "Personne"
2010年
　パトリック・ラペイル（Patrick Lapeyre）「人生は短く、欲望は果てなし」"La vie est brève et le désir sans fin"
2011年
　Simon Liberati "Jayne Mansfield 1967"
2012年
　パトリック・ドゥヴィル（Patrick Deville）「ペスト＆コレラ」"Peste et Choléra"
2013年
　レオノーラ・ミアノ（Léonora Miano）"La Saison de l'ombre"
2014年
　ヤニック・ラエンズ（Yanick Lahens）"Bain de lune"
2015年
　Christophe Boltanski "La Cache"

017　ブッカー賞　Man Booker Prize for Fiction

　イギリスの文学賞。ブッカー・マコンネル社がブックトラストと共に1969年創設。ゴンクール賞（1903年創設、フランス五大文学賞）にならって、小説に対する社会的関心を喚起することを目的とする。前身はブッカー・マコンネル賞（Booker McConnel Prize）。2005年より隔年で、国際ブッカー賞（Man Booker International Prize）が実施されている。

【主催者】ブッカー賞財団（Booker Prize Foundation）
【選考委員】毎年、作家、批評家、学者、出版人等から選考委員が選ばれる。（2016年）Amanda Foreman（委員長）, Jon Day, Abdulrazak Gurnah, David Harsent, Olivia Williams
【選考方法】出版社が英語で書かれた書籍を1冊、イギリス国内で初めて出版された書籍を1冊推薦する権利をもち、さらに5点以上の作品のリストも提出可能。また過去にブッカー賞を受賞した作家の作品と、10年以内に候補作にあがった作家の作品が対象とされる。選考委員はその中から8点以上12点以内の作品を選び、全ての作品を読んで選

考する。1次リストの選出を経て毎年9月に最終候補6点に絞られ、10月に受賞作1点が決定する。

【選考基準】前年10月から該当年9月末までにイギリスおよびアイルランド、南アフリカで発表された長編小説を対象とする。翻訳作品・自費出版作品は不可。 国際ブッカー賞：英語で書かれた、もしくは英語に翻訳されたフィクション作品を発表している存命の作家（国籍不問）に授与される。2016年以降は、イギリスで出版された英訳の翻訳作品を対象とし、単一の作品（長編小説・短編小説集）に授与する形に変更される。

【締切・発表】（2016年）ロングリストの発表：6月27日。ショートリストの発表：9月13日。 授賞式：10月25日 ロンドンのGuildhallにて行う

【賞・賞金】ブッカー賞受賞者には賞金5万ポンド、最終候補者6人には2500ポンド。国際ブッカー賞受賞者には賞金6万ポンド（2016年以降は、5万ポンドを著者と翻訳者に均等分配する）

【URL】http://www.bookerprize.co.uk/

1969年
　P.H.ニュービー（P.H.Newby）"Something to Answer For"
1970年
　バーニス・ルーベンス（Bernice Rubens）「選ばれし者」"The Elected Member"
1971年
　V.S.ナイポール（V.S.Naipaul）"In a Free State"
1972年
　ジョン・バージャー（John Berger）「G.」"G."
1973年
　ジェイムズ・G.ファレル（James G.Farrell）「セポイの反乱」"The Siege of Krishnapur"
1974年
　ナディン・ゴーディマー（Nadine Gordimer）"The Conservationist"
　スタンレー・ミドルトン（Stanley Middleton）"Holiday"
1975年
　ルース・プラワー・ジャブヴァーラ（Ruth Prawer Jhabvala）"Heat and Dust"
1976年
　デイヴィッド・ストーリー（David Storey）「サヴィルの青春」"Saville"
1977年
　ポール・スコット（Paul Scott）"Staying On"
1978年
　アイリス・マードック（Iris Murdoch）「海よ、海」"The Sea, the Sea"
1979年
　ペネロピ・フィッツジェラルド（Penelope Fitzgerald）「テムズ河の人々」"Offshore"
1980年
　ウィリアム・ゴールディング（William Golding）「通過儀礼」"Rites of Passage"
1981年
　サルマン・ラシュディ（Salman Rushdie）「真夜中の子供たち」"Midnight's Children"
1982年
　トマス・キニーリ（Thomas Keneally）「シンドラーズ・リスト」"Schindler's Ark"
1983年
　J.M.クッツェー（J.M.Coetzee）「マイケル・K」"Life & Times of Michael K."
1984年
　アニータ・ブルックナー（Anita Brookner）「秋のホテル」"Hotel du Lac"
1985年
　ケリ・ヒューム（Keri Hulme）"The Bone People"
1986年
　キングズリー・エイミス（Kingsley Amis）

"The Old Devils"
1987年
　ペネロピ・ライヴリィ（Penelope Lively）「ムーン・タイガー」"Moon Tiger"
1988年
　ピーター・ケアリー（Peter Carey）「オスカーとルシンダ」"Oscar and Lucinda"
1989年
　カズオ・イシグロ（Kazuo Ishiguro）「日の名残り」"The Remains of the Day"
1990年
　A.S.バイアット（A.S.Byatt）「抱擁」"Possession"
1991年
　ベン・オクリ（Ben Okri）「満たされぬ道」"The Famished Road"
1992年
　マイケル・オンダーチェ（Michael Ondaatje）「イギリス人の患者」"The English Patient"
　バリー・アンスワース（Barry Unsworth）"Sacred Hunger"
1993年
　ロディ・ドイル（Roddy Doyle）「パディ・クラーク ハハハ」"Paddy Clarke Ha Ha Ha"
　◇ブッカー・オブ・ブッカーズ賞（第25回記念・全受賞作の中の最高作品）
　サルマン・ラシュディ（Salman Rushdie）「真夜中の子供たち」"Midnight's Children"
1994年
　ジェームズ・ケルマン（James Kelman）"How Late It Was, How Late"
1995年
　パット・バーカー（Pat Barker）"The Ghost Road"
1996年
　グレアム・スウィフト（Graham Swift）「ラスト・オーダー」（改題「最後の注文」）"Last Orders"
1997年
　アルンダティ・ロイ（Arundhati Roy）「小さきものたちの神」"The God of Small Things"

1998年
　イアン・マキューアン（Ian McEwan）「アムステルダム」"Amsterdam"
1999年
　J.M.クッツェー（J.M.Coetzee）「恥辱」"Disgrace"
2000年
　マーガレット・アトウッド（Margaret Atwood）「昏き目の暗殺者」"The Blind Assassin"
2001年
　ピーター・ケアリー（Peter Carey）「ケリー・ギャングの真実の歴史」"True History of the Kelly Gang"
2002年
　ヤン・マーテル（Yann Martel）「パイの物語」"The Life of Pi"
2003年
　DBCピエール（DBC Pierre）「ヴァーノン・ゴッド・リトル―死をめぐる21世紀の喜劇」"Vernon God Little"
2004年
　アラン・ホリングハースト（Alan Hollinghurst）"The Line of Beauty"
2005年
　ジョン・バンヴィル（John Banville）「海に帰る日」"The Sea"
　◇国際ブッカー賞
　イスマイル・カダレ（Ismail Kadare）
2006年
　キラン・デサイ（Kiran Desai）「喪失の響き」"The Inheritance of Loss"
2007年
　アン・エンライト（Anne Enright）"The Gathering"
　◇国際ブッカー賞
　チヌア・アチェベ（Chinua Achebe）
2008年
　アラヴィンド・アディガ（Aravind Adiga）「グローバリズム出づる処の殺人者より」"The White Tiger"
　◇ベスト・オブ・ザ・ブッカー（第40回記念）
　サルマン・ラシュディ（Salman Rushdie）「真夜中の子供たち」"Midnight's

Children"
2009年
　ヒラリー・マンテル (Dame Hilary Mantel)「ウルフ・ホール」 "Wolf Hall"
　◇国際ブッカー賞
　　アリス・マンロー (Alice Munro)
2010年
　ハワード・ジェイコブソン (Howard Jacobson)「フィンクラー氏の悩み」 "The Finkler Question"
　◇ロスト・マン・ブッカー賞
　　J.G.ファレル (J.G.Farrell) "Troubles"
2011年
　ジュリアン・バーンズ (Julian Barnes)「終わりの感覚」 "The Sense of an Ending"
　◇国際ブッカー賞
　　フィリップ・ロス (Philip Roth)
　◇ベスト・オブ・ベリル賞
　　ベリル・ベインブリッジ (Beryl Bainbridge) "Master Georgie"
2012年
　ヒラリー・マンテル (Dame Hilary Mantel)「罪人を召し出せ」 "Bring up the Bodies"
2013年
　エレノア・カットン (Eleanor Catton) "The Luminaries"
　◇国際ブッカー賞
　　リディア・デイヴィス (Lydia Davis)
2014年
　リチャード・フラナガン (Richard Flanagan) "The Narrow Road to the Deep North"
2015年
　マーロン・ジェームス (Marlon James) "A Brief History of Seven Killings"
　◇国際ブッカー賞
　　クラスナホルカイ・ラースロー (Krasznahorkai László)

018　フランク・オコナー国際短編賞　Frank O'Connor International Short Story Award

　短編小説の名手であるアイルランドの作家フランク・オコナー (Frank O'Connor 1903-66) に敬意を表し、その名を冠した、短編集に贈られる国際文学賞。アイルランドのマンスター文学センターが主催する。2005年授賞開始。賞金額は短編小説を対象とした賞の中では最高額である。2006年に村上春樹が「めくらやなぎと眠る女」で受賞。2016年、本賞を終了することが発表されている。

【主催者】マンスター文学センター (Munster Literature Centre)、後援：コーク市議会 (Cork City Council)
【選考委員】3名の審査員
【選考方法】例年、およそ60冊のロングリストの中から、4～6冊をショートリストとして選出、受賞1冊を決定する
【選考基準】〔対象〕6月1日～7月31日の期間に、英語で出版された短編集。出版された国は問わない
【締切・発表】アイルランドのコーク市で開催される、フランク・オコナー国際ショートストーリー・フェスティバル (Frank O'Connor International Short Story Festival) の最終日に授賞式が行われる
【賞・賞金】2万5千ユーロ。翻訳本が受賞した場合、著者と翻訳者で均等配分する
【URL】http://www.frankoconnor-shortstory-award.net/

2005年
　イーユン・リー (Yiyun Li)「千年の祈り」

"A Thousand Years of Good Prayers"

2006年
　村上春樹（Haruki Murakami）「めくらやなぎと眠る女」"Blind Willow, Sleeping Woman"

2007年
　ミランダ・ジュライ（Miranda July）「いちばんここに似合う人」"No One Belongs Here More than You"

2008年
　ジュンパ・ラヒリ（Jhumpa Lahiri）「見知らぬ場所」"Unaccustomed Earth"

2009年
　Simon Van Booy "Love Begins in Winter"

2010年
　ロン・ラッシュ（Ron Rash）"Burning Bright"

2011年
　エドナ・オブライエン（Edna O'Brien）"Saints and Sinners"

2012年
　ネイサン・イングランダー（Nathan Englander）「アンネ・フランクについて語るときに僕たちの語ること」"What We Talk About When We Talk About Anne Frank"

2013年
　デヴィッド・コンスタンティン（David Constantine）"Tea at the Midland: and Other Stories"

2014年
　Colin Barrett "Young Skins"

2015年
　Carys Davies "The Redemption of Galen Pike"

019　フランツ・カフカ賞　Franz Kafka Prize

チェコ共和国初の国際文学賞。現在のチェコの首都、プラハ出身のドイツ語作家であるフランツ・カフカ（1883-1924）を記念して創設された。フランツ・カフカ協会が主催し、プラハ市共催のもと、2001年より授賞を開始。フランツ・カフカ協会は本賞の任務を、現代世界文学の最も偉大な作家の一人であるフランツ・カフカの作品のように、自身の起源や国民性、文化にとらわれない読者にあてられた、現代作家による芸術的で卓越した文学作品へ評価を行うこと、としている。2006年には、村上春樹がアジア圏の作家として初めて受賞した。

【主催者】フランツ・カフカ協会（Franz Kafka Society）、共催：プラハ市

【選考委員】Peter Demetz（アメリカ）、André Derval（フランス）、Marianne Gruber（オーストリア）、Oldřich Král（チェコ）、Kurt Krolop（チェコ）、Jiří Stránský（チェコ）、Hans Dieter Zimmermann（ドイツ）、Lorenzo Silva（スペイン）

【選考方法】国際的な審査委員が年に1度集まり選考会を行い、毎年1名の受賞者を決定する。なお、候補者の推薦は審査委員のみ行うことができる

【選考基準】〔対象〕本として出版された散文作品（小説・短編集・エッセイ集）や詩・戯曲の著者で、チェコ語（翻訳も可）の作品が1冊以上ある存命の作家。国籍・年齢は問わない

【締切・発表】授賞式は毎年10月末日にプラハの旧市庁舎にて行われる。プラハ市長とフランツ・カフカ協会の会長から賞を授与される

【賞・賞金】賞金1万ドル、賞状、カフカのブロンズ像（プラハにあるカフカのモニュメントのミニチュア）

【URL】http://www.franzkafka-soc.cz/cena-franze-kafky/

2001年
　フィリップ・ロス（Philip Roth　アメリカ）
2002年
　イヴァン・クリーマ（Ivan Klíma　チェコ）
2003年
　ペーテル・ナーダシュ（Péter Nádas　ハンガリー）
2004年
　エルフリーデ・イェリネク（Elfriede Jelinek　オーストリア）
2005年
　ハロルド・ピンター（Harold Pinter　イギリス）
2006年
　村上春樹（Haruki Murakami　日本）
2007年
　イヴ・ボヌフォワ（Yves Bonnefoy　フランス）
2008年
　アルノシュト・ルスティク（Arnošt Lustig　チェコ）
2009年
　ペーター・ハントケ（Peter Handke　オーストリア）
2010年
　ヴァーツラフ・ハヴェル（Václav Havel　チェコ）
2011年
　ジョン・バンヴィル（John Banville　アイルランド）
2012年
　ダニエラ・ホドロヴァー（Daniela Hodrová　チェコ）
2013年
　アモス・オズ（Amos Oz　イスラエル）
2014年
　閻連科（Yan Lianke　中国）
2015年
　エドゥアルド・メンドサ（Eduardo Mendoza　スペイン）

020　ベイリーズ賞　Baileys Women's Prize for Fiction

　旧名のオレンジ賞（Orange Prize for Fiction）で知られる、イギリスの権威ある文学賞の1つ。女性作家の文学的業績を認めるために創設され、女性作家による年間最優秀長編小説へ授与される。賞設立のきっかけは、1991年のブッカー賞（イギリスの世界的文学賞）で、当該年に出版された小説の60割が女性作家によるものであったにも関わらず、最終候補者6名の中に、女性作家が1名もいなかったことであった。96年創設当初から、通信会社のオレンジ社が後援していたが、2012年5月にスポンサーを降りることを発表。2013年は、シェリー・ブレア（Cherie Blair　トニー・ブレア元イギリス首相の夫人）や作家のジョアンナ・トロロープ（Joanna Trollope）、エリザベス・バカン（Elizabeth Buchan）らが先導し、民間の（私的な）後援者グループによる出資で、賞名を本来のWomen's Prize for Fiction（WPF）として実施した。2014年からは、リキュールブランドのベイリーズ（Baileys）がスポンサーに就き、現在の賞名で行われている。

【主催者】Women's Prize for Fiction、後援：ベイリーズ（Baileys）

【選考委員】5人の女性で構成される。委員の変更は毎年行われる。（2016年）Margaret Mountford（委員長、弁護士・実業家）、Laurie Penny（ライター・ジャーナリスト・編集者）、Naga Munchetty（ニュースアナウンサー・ジャーナリスト）、Tracey Thorn（歌手・ソングライター・作家・コラムニスト）、Elif Shafak（作家）

【選考方法】選考委員による選考。各委員は平等の投票権を持つ。各出版社がエントリーした作品（インプリントごとに3タイトルまで）を読み、選考する。ロングリスト最大20作、ショートリスト最大6作が選ばれ、最優秀作品1作を決定する

【選考基準】〔対象〕4月1日〜翌年3月31日の1年間にイギリスで出版された長編小説で、

020 ベイリーズ賞

文学・小説一般

女性作家により英語で書かれた作品。作家の国籍は問わない。単一の著者による作品。翻訳作品や自費出版本は対象外

【締切・発表】（2016年）ロングリストの発表：3月，ショートリストの発表：4月，受賞者発表：6月

【賞・賞金】賞金3万ポンド。"Bessie"の名で呼ばれるブロンズ像（Grizel Niven作）

【URL】http：//www.womensprizeforfiction.co.uk/

1996年
　ヘレン・ダンモア（Helen Dunmore）"A Spell of Winter"
1997年
　アン・マイクルズ（Anne Michaels）「儚い光」"Fugitive Pieces"
1998年
　キャロル・シールズ（Carol Shields）"Larry's Party"
1999年
　スザンヌ・バーン（Suzanne Berne）「指先にふれた罪」"A Crime in the Neighborhood"
2000年
　Linda Grant "When I Lived in Modern Times"
2001年
　ケイト・グレンヴィル（Kate Grenville）"The Idea of Perfection"
2002年
　アン・パチェット（Ann Patchett）「ベル・カント」"Bel Canto"
2003年
　ヴァレリー・マーティン（Valerie Martin）"Property"
2004年
　アンドレア・レヴィ（Andrea Levy）"Small Island"
2005年
　ライオネル・シュライヴァー（Lionel Shriver）「少年は残酷な弓を射る」"We Need to Talk About Kevin"

2006年
　ゼイディー・スミス（Zadie Smith）「美について」"On Beauty"
2007年
　チママンダ・ンゴズィ・アディーチェ（Chimamanda Ngozi Adichie）「半分のぼった黄色い太陽」"Half of a Yellow Sun"
2008年
　ローズ・トレメイン（Rose Tremain）"The Road Home"
2009年
　マリリン・ロビンソン（Marilynne Robinson）"Home"
2010年
　バーバラ・キングソルヴァー（Barbara Kingsolver）"The Lacuna"
2011年
　テア・オブレヒト（Téa Obreht）「タイガーズ・ワイフ」"The Tiger's Wife"
2012年
　マデリン・ミラー（Madeline Miller）「アキレウスの歌」"The Song of Achilles"
2013年
　A.M.ホームズ（A.M.Homes）"May We Be Forgiven"
2014年
　Eimear McBride "A Girl Is a Half-formed Thing"
2015年
　アリ・スミス（Ali Smith）"How to Be Both"

文学・小説一般　　　　　　　　　　　　　　　　　　　　　　　　　021 ペン/フォークナー賞

021　ペン/フォークナー賞　PEN/Faulkner Award for Fiction

1980年に作家によって設立されたアメリカのペン/フォークナー財団が、年間最優秀小説（フィクション）の作者に贈る文学賞。81年受賞開始。毎年、財団により選出された作家が選考委員となる。財団名は、アメリカの小説家ウィリアム・フォークナー（William Faulkner 1897-1962）の名をとっている。フォークナーは、自身のノーベル文学賞の賞金を元にウィリアム・フォークナー財団（1970年解散）を設立し、若い作家を奨励するための賞を実施していた。授賞式は一般に公開されており、受賞者および最終候補者が作品の朗読を行うことが特徴である。

【主催者】ペン/フォークナー財団（PEN/Faulkner Foundation）
【選考委員】毎年、ペン/フォークナー財団が3名の作家を選考委員に任命する。（2016年）Abby Frucht, Molly McCloskey, Sergio Troncoso
【選考方法】選考委員は、候補として提出された350作（冊）以上の中から5作を最終候補に選出する。1作を受賞作に決定する
【選考基準】〔対象〕前年に出版された書籍で、存命のアメリカ国籍の著者により書かれた小説（フィクション）。自費出版は対象外
【締切・発表】5月に、ワシントンD.C.のフォルジャー・シェークスピア・ライブラリー（Folger Shakespeare Library）で授賞式が行われる。授賞式およびディナーは、一般に公開される
【賞・賞金】賞金1万5千ドル、次点の4名には各5千ドル。受賞者および最終候補者は、授賞式およびディナーに招待される
【URL】http://www.penfaulkner.org/award-for-fiction/

1981年
　ウォルター・アビッシュ（Walter Abish）「すべての夢を終える夢」"How German Is It？"
1982年
　デイヴィッド・ブラッドレイ（David Bradley）"The Chaneysville Incident"
1983年
　トビー・オルソン（Toby Olson）"Seaview"
1984年
　ジョン・エドガー・ワイドマン（John Edgar Wideman）"Sent for You Yesterday"
1985年
　トバイアス・ウルフ（Tobias Wolff）「兵舎泥棒」"The Barracks Thief"
1986年
　ピーター・テイラー（Peter Taylor）"The Old Forest and Other Stories"
1987年
　リチャード・ワイリー（Richard Wiley）"Soldiers in Hiding"
1988年
　T.コラゲッサン・ボイル（T.Coraghessan Boyle）"World's End"
1989年
　ジェームズ・ソールター（James Salter）"Dusk"
1990年
　E.L.ドクトロウ（E.L.Doctorow）「ビリー・バスゲイト」"Billy Bathgate"
1991年
　ジョン・エドガー・ワイドマン（John Edgar Wideman）"Philadelphia Fire"
1992年
　ドン・デリーロ（Don DeLillo）「マオ2」"Mao II"
1993年
　エドナ・アニー・プルー（E.Annie Proulx）"Postcards"

1994年
　フィリップ・ロス（Philip Roth）"Operation Shylock"
1995年
　デイヴィッド・グターソン（David Guterson）「殺人容疑」"Snow Falling on Cedars"
1996年
　リチャード・フォード（Richard Ford）「インデペンデンス・デイ」"Independence Day"
1997年
　ジーナ・ベリオールト（Gina Berriault）"Women in Their Beds"
1998年
　Rafi Zabor "The Bear Comes Home"
1999年
　マイケル・カニンガム（Michael Cunningham）「めぐりあう時間たち―三人のダロウェイ夫人」"The Hours"
2000年
　ハ・ジン（Ha Jin）「待ち暮らし」"Waiting"
2001年
　フィリップ・ロス（Philip Roth）「ヒューマン・ステイン」"The Human Stain"
2002年
　アン・パチェット（Ann Patchett）「ベル・カント」"Bel Canto"
2003年
　Sabina Murray "The Caprices"
2004年
　ジョン・アップダイク（John Updike）"The Early Stories 1953-1975"
2005年
　ハ・ジン（Ha Jin）"War Trash"
2006年
　E.L.ドクトロウ（E.L.Doctorow）"The March"
2007年
　フィリップ・ロス（Philip Roth）"Everyman"
2008年
　ケイト・クリステンセン（Kate Christensen）"The Great Man"
2009年
　ジョセフ・オニール（Joseph O'Neill）「ネザーランド」"Netherland"
2010年
　シャーマン・アレクシー（Sherman Alexie）"War Dances"
2011年
　デボラ・アイゼンバーグ（Deborah Eisenberg）"The Collected Stories of Deborah Eisenberg"
2012年
　ジュリー・オーツカ（Julie Otsuka）"The Buddha in the Attic"
2013年
　Benjamin Alire Sáenz "Everything Begins & Ends at the Kentucky Club"
2014年
　カレン・ジョイ・ファウラー（Karen Joy Fowler）"We Are All Completely Beside Ourselves"
2015年
　Atticus Lish "Preparation for the Next Life"

022　メディシス賞　Prix Médicis

　フランス五大文学賞の一つ。1958年にギャラ・バルビザン（Gala Barbisan）とジャン・ピエール＝ジロドゥ（Jean-Pierre Giraudoux）によって創設された。無名作家のデビュー作、または才能に見合う名声をまだ得ていない作家の作品を評価することを使命としている。70年に外国小説部門、85年にエッセイ部門が加わり、3部門で実施されている。以前はフェミナ賞（1904年創設、フランス五大文学賞）と同時期に同じ場所（パリのクリヨンホテル）で発表されていた。現在は、フェミナ賞の2日前または2日後にパリのオデオン広場

のレストラン「ラ・メディテラネ」(La Méditerranée)で発表されている。
【選考委員】 Emmanuèle Bernheim, Michel Braudeau, Dominique Fernandez（2010〜12年 審査員長, アカデミー・フランセーズ会員）, Anne F.Garréta（2012〜14年 審査員長）, Patrick Grainville, Frédéric Mitterand, Christine de Rivoyre, Alain Veinstein, Anne Wiazemski ※審査員長はアルファベット順に2年ごとに回る
【選考方法】 審査員による選考
【選考基準】〔対象〕フランス語で書かれた小説・物語, 短編小説集。 外国小説部門：フランス語に翻訳された小説。 エッセイ部門：フランス語で書かれた, もしくはフランス語に翻訳されたノンフィクション作品
【締切・発表】 パリのレストラン「ラ・メディテラネ」で発表する。（2015年）11月5日発表
【URL】 https://prixmedicis.wordpress.com/

1958年
　クロード・オリエ（Claude Ollier）「クロード・オリエ」 "La Mise en scène"〈Minuit〉

1959年
　クロード・モーリアック（Claude Mauriac）「晩餐会」 "Le Dîner en ville"〈Albin Michel〉

1960年
　アンリ・トマ（Henri Thomas）「ジョン・パーキンズ」（『現代フランス文学13人集 3』収録） "John Perkins suivi d'Un scrupule"〈Gallimard〉

1961年
　フィリップ・ソレルス（Philippe Sollers）「公園」 "Le Parc"〈Seuil〉

1962年
　Colette Audry "Derrière la baignoire"〈Gallimard〉

1963年
　ジェラール・ジャルロ（Gérard Jarlot）"Un chat qui aboie"〈Gallimard〉

1964年
　モニック・ウィティッグ（Monique Wittig）「子供の領分」 "L'Opoponax"〈Minuit〉

1965年
　ルネ＝ヴィクトル・ピーユ（René-Victor Pilhes）「リュバルブの葉蔭に」 "La Rhubarbe"〈Seuil〉

1966年
　マリ＝クレール・ブレ（Marie-Claire Blais）「ある受難の終り」 "Une saison dans la vie d'Emmanuel"〈Grasset〉

1967年
　クロード・シモン（Claude Simon）「歴史」 "Histoire"〈Minuit〉

1968年
　エリ・ヴィーゼル（Elie Wiesel）「エルサレムの乞食」 "Le Mendiant de Jérusalem"〈Seuil〉

1969年
　エレーヌ・シクス（Hélène Cixous）「内部」 "Dedans"〈Grasset〉

1970年
　カミーユ・ブールニケル（Camille Bourniquel） "Sélinonte ou la Chambre impériale"〈Seuil〉
　◇外国小説部門
　ルイージ・マレルバ（Luigi Malerba　イタリア） "Saut de la mort"（原題：Salto mortale）

1971年
　パスカル・レネ（Pascal Lainé） "L'Irrévolution"〈Gallimard〉
　◇外国小説部門
　ジェイムズ・ディッキー（James Dickey　アメリカ）「わが心の川」 "Délivrance"（原題：Deliverance）

1972年
　Maurice Clavel "Le Tiers des étoiles"〈Grasset〉
　◇外国小説部門

セベロ・サルドゥイ（Severo Sarduy　キューバ）「コブラ」"Cobra"（原題：Cobra）
1973年
トニー・デュヴェール（Tony Duvert）「幻想の風景」"Paysage de fantaisie"〈Minuit〉
◇外国小説部門
ミラン・クンデラ（Milan Kundera　チェコスロバキア）「生は彼方に」"La vie est ailleurs"（原題：Život je jinde）
1974年
ドミニック・フェルナンデス（Dominique Fernandez）「ポルポリーノ」"Porporino ou les Mystères de Naples"〈Grasset〉
◇外国小説部門
フリオ・コルタサル（Julio Cortázar　アルゼンチン）"Livre de Manuel"（原題：Libro de Manuel）
1975年
Jacques Almira "Le Voyage à Naucratis"〈Gallimard〉
◇外国小説部門
スティーヴン・ミルハウザー（Steven Millhauser　アメリカ）「エドウィン・マルハウス：あるアメリカ作家の生と死」"La Vie trop brève d'Edwin Mulhouse"（原題：Edwin Mullhouse, the Life and Death of an American Writer 1943-1954）
1976年
マルク・ショロデンコ（Marc Cholodenko）"Les États du désert"〈Flammarion〉
◇外国小説部門
ドリス・レッシング（Doris Lessing　イングランド）「黄金のノート」"Le Carnet d'or"（原題：The Golden Notebook）
1977年
Michel Butel "L'Autre Amour"〈Mercure de France〉
◇外国小説部門
エクトール・ビアンショッティ（Hector Bianciotti　アルゼンチン）"Le Traité des saisons"
1978年
ジョルジュ・ペレック（Georges Perec）「人生使用法」"La Vie mode d'emploi"

〈Hachette〉
◇外国小説部門
Alexandre Zinoviev（ロシア）"L'Avenir radieux"（原題：Светлое будущее）
1979年
Claude Durand "La Nuit zoologique"〈Grasset〉
◇外国小説部門
アレホ・カルペンティエル（Alejo Carpentier　キューバ）「ハープと影」"La Harpe et l'Ombre"（原題：El arpa y la sombra）
1980年
Jean-Luc Benoziglio "Cabinet portrait"〈Seuil〉
◇外国小説部門
アンドレ・ブリンク（André Brink　南アフリカ）「白く渇いた季節」"Une saison blanche et sèche"（原題：A Dry White Season）
1981年
François-Olivier Rousseau "L'Enfant d'Édouard"〈Mercure de France〉
◇外国小説部門
ダヴィッド・シャハル（David Shahar　イスラエル）"Le Jour de la comtesse"
1982年
Jean-François Josselin "L'Enfer et Cie"〈Grasset〉
◇外国小説部門
ウンベルト・エーコ（Umberto Eco　イタリア）「薔薇の名前」"Le Nom de la rose"（原題：Il nome della rosa）
1983年
ジャン・エシュノーズ（Jean Echenoz）「チェロキー」"Cherokee"〈Minuit〉
◇外国小説部門
ケネス・ホワイト（Kenneth White　スコットランド）"La Route bleue"
1984年
ベルナール＝アンリ・レヴィ（Bernard-Henri Lévy）"Le Diable en tête"〈Grasset〉
◇外国小説部門
エルサ・モランテ（Elsa Morante　イタリア）"Aracoeli"（原題：Aracoeli）

1985年
 Michel Braudeau "Naissance d'une passion"〈Seuil〉
 ◇外国小説部門
  ジョセフ・ヘラー（Joseph Heller　アメリカ）"Dieu sait"（原題：God Knows）
1986年
 Pierre Combescot "Les Funérailles de la Sardine"〈Grasset〉
 ◇外国小説部門
  ジョン・ホークス（John Hawkes　アメリカ）"Aventures dans le commerce des peaux en Alaska"（原題：Adventures in the Alaskan Skin Trade）
 ◇エッセイ部門
  ミッシェル・セール（Michel Serres）「五感―混合体の哲学」"Les Cinq Sens"
1987年
 Pierre Mertens "Les Éblouissements"〈Seuil〉
 ◇外国小説部門
  アントニオ・タブッキ（Antonio Tabucchi　イタリア）「インド夜想曲」"Nocturne indien"（原題：Notturno indiano）
 ◇エッセイ部門
  Georges Borgeaud "Le Soleil sur Aubiac"
1988年
 クリスチアヌ・ロシュフォール（Christiane Rochefort）"La Porte du fond"〈Grasset〉
 ◇外国小説部門
  トーマス・ベルンハルト（Thomas Bernhard　オーストリア）「古典絵画の巨匠たち」"Maîtres anciens"（原題：Alte Meister・Komödie）
 ◇エッセイ部門
  受賞作なし
1989年
 セルジュ・ドゥブロフスキー（Serge Doubrovsky）"Le Livre brisé"〈Grasset〉
 ◇外国小説部門
  アルバロ・ムティス（Álvaro Mutis　コロンビア）"La Neige de l'amiral"（原題：La nieve del almirante）
 ◇エッセイ部門
  Václav Jamek "Traité des courtes merveilles"
1990年
 Jean-Noël Pancrazi "Les Quartiers d'hiver"〈Gallimard〉
 ◇外国小説部門
  アミタヴ・ゴーシュ（Amitav Ghosh　インド）"Les Feux du Bengale"（原題：The Circle of Reason）
 ◇エッセイ部門
  ルネ・ジラール（René Girard）「羨望の炎―シェイクスピアと欲望の劇場」"Shakespeare, les feux de l'envie" 英題："A Theater of Envy：William Shakespeare"
1991年
 イヴ・シモン（Yves Simon）「感情漂流」"La Dérive des sentiments"〈Grasset〉
 ◇外国小説部門
  ピエトロ・チタティ（Pietro Citati　イタリア）"Histoire qui fut heureuse, puis douloureuse et funeste"（原題：Storia prima felice, poi dolentissima e funesta）
 ◇エッセイ部門
  Alain Etchegoyen "La Valse des éthiques"
1992年
 ミシェル・リオ（Michel Rio）"Tlacuilo"〈Seuil〉
 ◇外国小説部門
  ルイス・ベグリイ（Louis Begley　アメリカ）「五十年間の嘘」"Une éducation polonaise"（原題：Wartime Lies）
 ◇エッセイ部門
  リュック・フェリー（Luc Ferry）「エコロジーの新秩序」"Le Nouvel Ordre écologique"
1993年
 エマニュエル・ベルナイム（Emmanuèle Bernheim）「彼の奥さん」"Sa femme"〈Gallimard〉
 ◇外国小説部門
  ポール・オースター（Paul Auster　アメリカ）「リヴァイアサン」"Léviathan"（原題：Leviathan）
 ◇エッセイ部門
  ミシェル・オンフレ（Michel Onfray）"La

Sculpture de soi"
1994年
 イヴ・ベルジェ（Yves Berger）"Immobile dans le courant du fleuve"〈Grasset〉
◇外国小説部門
 ロベルト・シュナイダー（Robert Schneider　オーストリア）「眠りの兄弟」"Frère Sommeil"（原題：Schlafes Bruder）
◇エッセイ部門
 ジェローム・ガルサン（Jérôme Garcin）"Pour Jean Prévost"
1995年
 Vassilis Alexakis "La Langue maternelle"〈Fayard〉
 アンドレイ・マキーヌ（Andreï Makine）「フランスの遺言書」"Le Testament français"〈Mercure de France〉
◇外国小説部門
 アレッサンドロ・バリッコ（Alessandro Baricco　イタリア）"Châteaux de la colère"（原題：Castelli di rabbia）
◇エッセイ部門
 パスカル・ブリュックネール（Pascal Bruckner）「無垢の誘惑」"La Tentation de l'innocence"
1996年
 Jacqueline Harpman "Orlanda"〈Gallimard〉
 Jean Rolin "L'Organisation"〈Grasset〉
◇外国小説部門
 ミハエル・クリューガー（Michael Krüger　ドイツ）"Himmelfarb"（原題：Himmelfarb）
 リュドミラ・ウリツカヤ（Ludmila Oulitskaïa　ロシア）「ソーネチカ」"Sonietchka"（原題：Сонечка）
◇エッセイ部門
 ヴィヴィアンヌ・フォレステル（Viviane Forrester）「経済の恐怖—雇用の消滅と人間の尊厳」"L'Horreur économique"
1997年
 Philippe Le Guillou "Les Sept Noms du peintre"〈Gallimard〉
◇外国小説部門
 T.コラゲッサン・ボイル（T.Coraghessan Boyle　アメリカ）"América"（原題：The Tortilla Curtain）

◇エッセイ部門
 ミシェル・ヴィノック（Michel Winock）「知識人の時代—バレス/ジッド/サルトル」"Le Siècle des intellectuels"
1998年
 Homéric "Le Loup mongol"〈Grasset〉
◇外国小説部門
 Jonathan Coe（イングランド）"La Maison du sommeil"（原題：The House of Sleep）
◇エッセイ部門
 アルベルト・マンゲル（Alberto Manguel）「読書の歴史—あるいは読者の歴史」"Une histoire de la lecture"　英題："A history of reading"
1999年
 クリスチャン・オステール（Christian Oster）"Mon grand appartement"〈Minuit〉
◇外国小説部門
 ビョーン・ラーション（Björn Larsson　スウエーデン）"Le Capitaine et les Rêves"（原題：Drömmar vid havet）
◇エッセイ部門
 Christine Jordis "Gens de la Tamise"
2000年
 ヤン・アペリ（Yann Apperry）"Diabolus in musica"〈Grasset〉
◇外国小説部門
 マイケル・オンダーチェ（Michael Ondaatje　カナダ）「アニルの亡霊」"Le Fantôme d'Anil"（原題：Anil's Ghost）
◇エッセイ部門
 Armelle Lebras-Chopard "Le Zoo des philosophes"
2001年
 ブノワ・デュトゥールトゥル（Benoît Duteurtre）「フランス紀行」"Le Voyage en France"〈Gallimard〉
◇外国小説部門
 アントニオ・スカルメタ（Antonio Skarmeta　チリ）"La Noce du poète"（原題：La boda del poeta）
◇エッセイ部門
 エドウィー・プレネル（Edwy Plenel）"Secrets de jeunesse"

2002年
　アンヌ・F.ガレタ（Anne F.Garréta）"Pas un jour"〈Grasset〉
◇外国小説部門
　フィリップ・ロス（Philip Roth　アメリカ）「ヒューマン・ステイン」"La Tache"（原題：The Human Stain）
◇エッセイ部門
　Daniel Desmarquet "Kafka et les jeunes filles"

2003年
　ユベール・マンガレリ（Hubert Mingarelli）「四人の兵士」"Quatre Soldats"〈Seuil〉
◇外国小説部門
　エンリーケ・ビラ＝マタス（Enrique Vila-Matas　スペイン）"Le Mal de Montano"（原題：El Mal de Montano）
◇エッセイ部門
　ミシェル・シュネデール（Michel Schneider）"Morts imaginaires"

2004年
　マリー・ニミエ（Marie Nimier）"La Reine du silence"〈Gallimard〉
◇外国小説部門
　アハロン・アッペルフェルド（Aharon Appelfeld　イスラエル）"Histoire d'une vie"（原題：Sippur hayim）
◇エッセイ部門
　Diane de Margerie "Aurore et George"

2005年
　ジャン＝フィリップ・トゥーサン（Jean-Philippe Toussaint）「逃げる」"Fuir"〈Minuit〉
◇外国小説部門
　オルハン・パムク（Orhan Pamuk　トルコ）「雪」"Neige"〈Gallimard〉（原題：Kar）
◇エッセイ部門
　マリー・デプルシャン（Marie Desplechin），Lydie Violet "La Vie sauve"〈Seuil〉

2006年
　Sorj Chalandon "Une promesse"〈Grasset〉
◇外国小説部門
　ノーマン・マネア（Norman Manea　ルーマニア）"Le Retour du hooligan：une vie"〈Seuil〉（原題：întoarcerea huliganului）
◇エッセイ部門
　J.-B.ポンタリス（Jean-Bertrand Pontalis）"Frère du précédent"〈Gallimard〉

2007年
　ジャン・ハッツフェルド（Jean Hatzfeld）「隣人が殺人者に変わる時　和解への道──ルワンダ・ジェノサイドの証言」"La Stratégie des antilopes"〈Seuil〉
◇外国小説部門
　ダニエル・メンデルソーン（Daniel Mendelsohn　アメリカ）"Les Disparus"〈Flammarion〉（原題：The Lost）
◇エッセイ部門
　ジョーン・ディディオン（Joan Didion）「悲しみにある者」"L'Année de la pensée magique"〈Grasset〉（原題：The Year of Magical Thinking）

2008年
　ジャン＝マリ・ブラス・ド・ロブレス（Jean-Marie Blas de Roblès）"Là où les tigres sont chez eux"〈Gallimard〉
◇外国小説部門
　Alain Claude Sulzer（スイス）"Un garçon parfait"〈Jacqueline Chambon〉（原題：Ein perfekter Kellner）
◇エッセイ部門
　セシル・ギルベール（Cécile Guilbert）"Warhol Spirit"〈Grasset〉

2009年
　ダニー・ラフェリエール（Dany Laferrière）「帰還の謎」"L'Énigme du retour"〈Grasset〉
◇外国小説部門
　デイヴ・エガーズ（Dave Eggers　アメリカ）"Le Grand Quoi"〈Gallimard〉（原題：What Is the What：The Autobiography of Valentino Achak Deng）
◇エッセイ部門
　Alain Ferry "Mémoire d'un fou d'Emma"〈Seuil〉

2010年
　Maylis de Kerangal "Naissance d'un pont"〈Verticales〉
◇外国小説部門
　デイヴィッド・ヴァン（David Vann　アメ

リカ）"Sukkwan Island"〈Gallmeister〉（原題：Sukkwan Island）
◇エッセイ部門
ミシェル・パストゥロー（Michel Pastoureau）"La Couleur de nos souvenirs"〈Seuil〉

2011年
Mathieu Lindon "Ce qu'aimer veut dire"〈P.O.L〉
◇外国小説部門
デイヴィッド・グロスマン（David Grossman　イスラエル）"Une femme fuyant l'annonce"〈Seuil〉
◇エッセイ部門
Sylvain Tesson "Dans les forêts de Sibérie"〈Gallimard〉

2012年
Emmanuelle Pireyre "Féerie générale"〈L'Olivier〉
◇外国小説部門
アブラハム・イェホシュア（Avraham Yehoshua　イスラエル）"Rétrospective"〈Grasset〉
◇エッセイ部門
David Van Reybrouck "Congo. Une histoire"〈Actes Sud〉

2013年
マリー・ダリュセック（Marie Darrieussecq）"Il faut beaucoup aimer les hommes"〈P.O.L.〉
◇外国小説部門
Toine Heijmans（オランダ）"En mer"〈Christian Bourgois〉（原題：Op zee）
◇エッセイ部門
スベトラーナ・アレクシエービッチ（Svetlana Alexievich）"La fin de l'homme rouge"〈Actes Sud〉

2014年
アントワーヌ・ヴォロディーヌ（Antoine Volodine）"Terminus radieux"
◇外国小説部門
リリー・ブレット（Lily Brett　オーストラリア）"Lola Bensky"〈La Grande Ourse〉（原題：Lola Bensky）
◇エッセイ部門
Frédéric Pajak "Manifeste incertain 3"〈Noir sur Blanc〉

2015年
Nathalie Azoulai "Titus n'aimait pas Bérénice"
◇外国小説部門
Hakan Günday（ギリシャ）"Encore"〈Galaade〉（原題：Daha）
◇エッセイ部門
Nicole Lapierre "Sauve qui peut la vie"〈Seuil〉

023　ルノドー賞　Prix Théophraste Renaudot（Prix Renaudot）

フランス五大文学賞の一つ。正式名称は，テオフラスト・ルノドー賞（ルノド，ルノード，ルノードーとも表記）。1926年に，ゴンクール賞（1903年創設，フランス五大文学賞）の選定結果を待っていた10人の評論家により創設された。毎年，文学シーズンの始まりに授与される。賞名は，フランス最古級の新聞「ガゼット」（Gazette）の発行者であったテオフラスト・ルノドー（1586-1623）の名にちなんでいる。ルノドー賞の受賞者がすでにゴンクール賞を獲得していた場合は，2作品が選出されることになっており，ルノドー賞は，ゴンクール賞の不公平性を埋め合わせるという意味合いも持っている。受賞者は，ゴンクール賞と同時期に同じ場所（レストラン「ドゥルーアン」）で発表される。

【選考委員】10名で構成され，現審査員が新任者を選出することによって補充がなされる。審査員長は，審査員に選出された先任順に毎年持ち回りで務める

【選考方法】無記名投票により投票者の単純過半数で決定する。欠席会員は電話投票が認められる。審査員長は持ち回りであるので，審査が難航した場合，10回目以降の投票では，審査員長の投票権が自動的に2票となる旨が取り決められている

【選考基準】全会一致による反対の決定のない限り，先行する5年間にゴンクール賞，ルノ

ドー賞、フェミナ賞、アンテラリエ賞、メディシス賞のいずれかの文学賞を授与された作家は対象外とする
【締切・発表】毎年ゴンクール賞と同じ日（11月）に、パリのレストラン「ドゥルーアン」（Drouant）で発表される
【URL】http://prixrenaudot.free.fr/

1926年
　アルマン・リュネル（Armand Lunel）"L'affaire Dreyfus à Carpentras"〈Gallimard〉
1927年
　Bernard Nabonne "Maïtena"〈Fayard〉
1928年
　アンドレ・オベイ（André Obey）"Le Joueur de triangle"〈Grasset〉
1929年
　マルセル・エーメ（Marcel Aymé）"La Table aux crevés"〈Gallimard〉
1930年
　Germaine Beaumont "Piège"〈Lemerre〉
1931年
　フィリップ・エリア（Philippe Hériat）"L'Innocent"〈Denoël〉
1932年
　ルイ＝フェルディナン・セリーヌ（Louis-Ferdinand Céline）「夜の果ての旅」"Voyage au bout de la nuit"〈Denoël〉
1933年
　シャルル・ブレバン（Charles Braibant）"Le roi dort"〈Denoël〉
1934年
　Louis Francis "Blanc"〈Gallimard〉
1935年
　François de Roux "Jours sans gloire"〈Gallimard〉
1936年
　ルイ・アラゴン（Louis Aragon）「お屋敷町」"Les Beaux Quartiers"〈Denoël〉
1937年
　Jean Rogissart "Mervale"〈Denoël〉
1938年
　Pierre-Jean Launay "Léonie la bienheureuse"〈Denoël〉

1939年
　Jean Malaquais "Les Javanais"〈Denoël〉
1940年（授賞は1946年）
　ジュール・ロワ（Jules Roy）「幸福の谷間」"La Vallée heureuse"〈Charlot〉
1941年
　ポール・ムッセ（Paul Mousset）"Quand le temps travaillait pour nous"〈Grasset〉
1942年
　Robert Gaillard "Les Liens de chaîne"〈Colbert〉
1943年
　アンドレ・スービラン（André Soubiran）"J'étais médecin avec les chars"〈Didier〉
1944年（授賞は1945年）
　ロジェ・ペールフィット（Roger Peyrefitte）"Les Amitiés particulières"〈Jean Vigneau〉
1945年
　アンリ・ボスコ（Henri Bosco）"Le Mas Théotime"〈Charlot〉
1946年
　David Rousset "L'Univers concentrationnaire"〈Pavois〉
1947年
　ジャン・ケロール（Jean Cayrol）『他人の愛を生きん』（『キリスト教文学の世界 5』収録）"Je vivrai l'amour des autres"〈Le Seuil〉
1948年
　ピエール・フィソン（Pierre Fisson）"Voyage aux horizons"〈Julliard〉
1949年
　ルイス・ギュー（Louis Guilloux）"Le Jeu de patience"〈Gallimard〉

023 ルノドー賞　　　　　　　　　　　　　　　　　　　　　　　　　　　　文学・小説一般

1950年
　Pierre Molaine "Les Orgues de l'enfer"〈Corréa〉
1951年
　ロベール・マルジュリ（Robert Margerit）"Le Dieu nu"〈Gallimard〉
1952年
　Jacques Perry "L'Amour de rien"〈Julliard〉
1953年
　セリア・ベルタン（Célia Bertin）"La Dernière Innocence"〈Corréa〉
1954年
　Jean Reverzy "Le Passage"〈Julliard〉
1955年
　Georges Govy "Le Moissonneur d'épines"〈La Table ronde〉
1956年
　アンドレ・ペラン（André Perrin）「父」"Le Père"〈Julliard〉
1957年
　ミシェル・ビュトール（Michel Butor）「心変わり」"La Modification"〈Minuit〉
1958年
　エドゥアール・グリッサン（Édouard Glissant）「レザルド川」"La Lézarde"〈Le Seuil〉
1959年
　Albert Palle "L'Expérience"〈Julliard〉
1960年
　Alfred Kern "Le Bonheur fragile"〈Gallimard〉
1961年
　Roger Bordier "Les Blés"〈Calmann-Lévy〉
1962年
　シモンヌ・ジャクマール（Simonne Jacquemard）"Le Veilleur de nuit"〈Le Seuil〉
1963年
　J.-M.G.ル・クレジオ（Jean-Marie Gustave Le Clézio）「調書」"Le Procès-verbal"〈Gallimard〉

1964年
　ジャン＝ピエール・ファイユ（Jean-Pierre Faye）"L'Écluse"〈Le Seuil〉
1965年
　ジョルジュ・ペレック（Georges Perec）「物の時代」"Les Choses"〈Julliard〉
1966年
　ジョゼ・カバニス（José Cabanis）"La Bataille de Toulouse"〈Gallimard〉
1967年
　Salvat Etchart "Le Monde tel qu'il est"〈Mercure de France〉
1968年
　ヤンボ・ウオロゲム（Yambo Ouologuem）「暴力の義務」"Le Devoir de violence"〈Le Seuil〉
1969年
　Max-Olivier Lacamp "Les Feux de la colère"〈Grasset〉
1970年
　Jean Freustié "Isabelle ou l'arrière-saison"〈La Table ronde〉
1971年
　ピエール＝ジャン・レミ（Pierre-Jean Rémy）"Le Sac du palais d'été"〈Gallimard〉
1972年
　クリストファー・フランク（Christopher Frank）「アメリカの夜」"La Nuit américaine"〈Le Seuil〉
1973年
　Suzanne Prou "La Terrasse des Bernardini"〈Calmann-Lévy〉
1974年
　Georges Borgeaud "Le Voyage à l'étranger"〈Grasset〉
1975年
　ジャン・ジュベール（Jean Joubert）「砂の男」"L'Homme de sable"〈Grasset〉
1976年
　ミシェル・アンリ（Michel Henry）"L'Amour les yeux fermés"〈Gallimard〉
1977年
　アルフォンス・ブーダール（Alphonse

Boudard）"Les Combattants du petit bonheur"〈La Table ronde〉

1978年
Conrad Detrez "L'Herbe à brûler"〈Calmann-Lévy〉

1979年
ジャン＝マルク・ロベール（Jean-Marc Roberts）「奇妙な季節」 "Affaires étrangères"〈Le Seuil〉

1980年
ダニエル・サルナーヴ（Danièle Sallenave）"Les Portes de Gubbio"〈P.O.L.〉

1981年
ミシェル・デル・カスティーヨ（Michel Del Castillo）"La Nuit du décret"〈Le Seuil〉

1982年
Georges-Olivier Châteaureynaud "La Faculté des songes"〈Grasset〉

1983年
ジャン＝マリー・ルアール（Jean-Marie Rouart）"Avant-Guerre"〈Grasset〉

1984年
アニー・エルノー（Annie Ernaux）「場所」"La Place"〈Gallimard〉

1985年
ラファエル・ビエドゥー（Raphaële Billetdoux）「私の夜はあなたの昼より美しい」"Mes nuits sont plus belles que vos jours"〈Grasset〉

1986年
Christian Giudicelli "Station balnéaire"〈Gallimard〉

1987年
ルネ＝ジャン・クロ（René-Jean Clot）"L'Enfant halluciné"〈Grasset〉

1988年
ルネ・ドゥペストル（René Depestre）"Hadriana dans tous mes rêves"〈Gallimard〉

1989年
Philippe Doumenc "Les Comptoirs du Sud"〈Le Seuil〉

1990年
Jean Colombier "Les Frères Romance"〈Calmann-Lévy〉

1991年
ダン・フランク（Dan Franck）「別れるということ」"La Séparation"〈Le Seuil〉

1992年
フランソワ・ヴェイエルガンス（François Weyergans）"La Démence du boxeur"〈Grasset〉

1993年
Nicolas Bréhal "Les Corps célestes"〈Gallimard〉

1994年
Guillaume Le Touze "Comme ton père"〈L'Olivier〉

1995年
パトリック・ベッソン（Patrick Besson）"Les Braban"〈Albin Michel〉

1996年
Boris Schreiber "Un silence d'environ une demi-heure"〈Cherche Midi〉

1997年
パスカル・ブリュックネール（Pascal Bruckner）"Les Voleurs de beauté"〈Grasset〉

1998年
ドミニク・ボナ（Dominique Bona）"Le Manuscrit de Port-Ébène"〈Grasset〉

1999年
ダニエル・ピクリ（Daniel Picouly）"L'Enfant léopard"〈Grasset〉

2000年
アマドゥ・クルマ（Ahmadou Kourouma）「アラーの神にもいわれはない──ある西アフリカ少年兵の物語」"Allah n'est pas obligé"〈Le Seuil〉

2001年
Martine Le Coz "Céleste"〈Éditions du Rocher〉

2002年
Gérard de Cortanze "Assam"〈Albin Michel〉

2003年
フィリップ・クローデル（Philippe Claudel）「灰色の魂」"Les Âmes grises"〈Stock〉

2004年
 イレーヌ・ネミロフスキー（Irène Némirovsky）「フランス組曲」"Suite française"〈Denoël〉
2005年
 Nina Bouraoui "Mes mauvaises pensées"〈Stock〉
2006年
 アラン・マバンク（Alain Mabanckou）"Mémoires de porc-épic"〈Le Seuil〉
2007年
 ダニエル・ペナック（Daniel Pennac）「学校の悲しみ」"Chagrin d'école"〈Gallimard〉
2008年
 チエルノ・モネネムボ（Tierno Monénembo）「カヘルの王」"Le Roi de Kahel"〈Le Seuil〉
2009年
 フレデリック・ベグベデ（Frédéric Beigbeder）"Un roman français"〈Grasset〉
2010年
 ヴィルジニ・デパント（Virginie Despentes）"Apocalypse bébé"〈Grasset〉
2011年
 エマニュエル・カレール（Emmanuel Carrère）"Limonov"〈P.O.L.〉
2012年
 Scholastique Mukasonga "Notre-Dame du Nil"〈Gallimard〉
2013年
 ヤン・モワクス（Yann Moix）"Naissance"〈Grasset〉
2014年
 ダヴィド・フェンキノス（David Foenkinos）"Charlotte"〈Gallimard〉
2015年
 デルフィーヌ・ドゥ・ヴィガン（Delphine de Vigan）"D'après une histoire vraie"〈Lattès〉

ミステリー

024　アガサ賞　Agatha Award

　アガサ・クリスティ作品に代表される「伝統的なミステリー」愛好者による大会であるマリス・ドメスティックが主催する賞。1989年に発足し、毎年ワシントンD.C.にて開催されている同大会にて受賞作が発表される。「伝統的なミステリー」とは、露骨な性描写や、過度な流血または必要以上の暴力を含まない作品と緩やかに定義されており、一般に「ハードボイルド」に分類される作品は適さないとする。現在、最優秀現代長編（Best Contemporary Novel）、最優秀歴史長編（Best Historical Novel）、最優秀初長編（Best First Novel）、最優秀ノンフィクション（Best Nonfiction）、最優秀短編（Best Short Story）、最優秀児童・ヤングアダルト小説（Best Children's/Young Adult Novel）の各部門に授賞されている。

【主催者】マリス・ドメスティック（Malice Domestic）
【選考方法】12月末日までにマリス・ドメスティック大会に参加登録をした者により、翌年1月、ノミネート候補者の推薦が行われる。2月、各部門上位5作品（原則）をノミネート作品として発表。例年4〜5月に開催されるマリス・ドメスティック大会で全出席者により無記名投票が行われ、受賞作を決定する
【選考基準】〔対象〕1月1日から12月31日までに、存命の著者によりアメリカで出版された著作物（ハードカバー、ペーパーバックオリジナル、電子書籍）
【締切・発表】（2015年）2016年4月29日〜5月1日に開催される第28回マリス・ドメスティック大会におけるアガサ賞の晩餐会（4月30日）にて発表。（本賞の年次表記は選考対象年。授賞はその翌年）
【URL】http://www.malicedomestic.org/agathaawards.html

1988年
◇長編
　キャロリン・G.ハート（Carolyn G.Hart）「舞台裏の殺人」 "Something Wicked" 〈Bantam〉
◇初長編
　エリザベス・ジョージ（Elizabeth George）「そしてボビーは死んだ」（別題「大いなる救い」） "A Great Deliverance" 〈Bantam〉
◇短編
　ロバート・バーナード（Robert Barnard） "More Final Than Divorce"（EQMM 1988年10月号）

1989年
◇長編
　エリザベス・ピーターズ（Elizabeth Peters）「裸でご免あそばせ」（改題「ベストセラー「殺人」事件」） "Naked Once More" 〈Warner〉
◇初長編
　ジル・チャーチル（Jill Churchill）「ゴミと罰」 "Grime and Punishment" 〈Avon Books〉
◇短編
　シャーリン・マクラム（Sharyn McCrumb）「小さな敷居際の一杯」（『聖なる夜の犯罪』収録） "A Wee Doch and Doris"（Mistletoe Mysteries）〈Mysterious Press〉

1990年
◇長編
　ナンシー・ピカード（Nancy Pickard）「虹

の彼方に」 "Bum Steer"〈Pocket〉
◇初長編
キャサリン・ホール・ペイジ(Katherine Hall Page)「待ち望まれた死体」 "The Body In The Belfry"〈St. Martin's Press〉
◇短編
ジョーン・ヘス(Joan Hess)「とても我慢できない」(『シスターズ・イン・クライム2―優しすぎる妻』収録) "Too Much to Bare"(Sisters in Crime 2)〈Berkley Publishing Group〉

1991年
◇長編
ナンシー・ピカード(Nancy Pickard)「悲しみにさよなら」 "I.O.U."
◇初長編
メアリー・W.ウォーカー(Mary Willis Walker)「凍りつく骨」 "Zero at the Bone"〈St. Martin's Press〉
◇短編
マーガレット・マロン(Margaret Maron)「デボラの裁き」(『ウーマンズ・アイ 下』収録) "Deborah's Judgement"(A Woman's Eye)〈Delacorte Press〉

1992年
◇長編
マーガレット・マロン(Margaret Maron)「密造人の娘」 "Bootlegger's Daughter"〈Mysterious Press〉
◇初長編
バーバラ・ニーリイ(Barbara Neely)「怯える屋敷」 "Blanche On The Lam"〈St. Martin's Press〉
◇短編
アーロン&シャーロット・エルキンズ(Aaron and Charlotte Elkins) "Nice Gorilla"(Malice Domestic 1)〈Pocket〉

1993年
◇長編
キャロリン・G.ハート(Carolyn G.Hart)「死者の島」 "Dead Man's Island"〈Bantam〉
◇初長編
ネヴァダ・バー(Nevada Barr)「山猫」 "Track Of The Cat"〈Putnam〉

◇短編
M.D.レイク(M.D.Lake) "Kim's Game"(Malice Domestic 2)〈Pocket〉
◇ノンフィクション
バーバラ・ダマート(Barbara D'Amato) "The Doctor, The Murder, The Mystery: The True Story of the Dr. John Branion Murder Case"〈Noble Press〉

1994年
◇長編
シャーリン・マクラム(Sharyn McCrumb)「丘をさまよう女」 "She Walks These Hills"〈Scribner〉
◇初長編
ジェフ・アボット(Jeff Abbott)「図書館の死体」 "Do Unto Others"〈Fawcett〉
◇短編
ドロシー・キャネル(Dorothy Cannell) "The Family Jewels"(Malice Domestic 3)〈Pocket〉
◇ノンフィクション
ジーン・スワンソン(Jean Swanson)、ディーン・ジェイムズ(Dean James) "By a Woman's Hand: A Guide to Mystery Fiction by Women"〈Berkley Publishing Group〉

1995年
◇長編
シャーリン・マクラム(Sharyn McCrumb) "If I'd Killed Him When I Met Him"〈Ballantine〉
◇初長編
ジーン・M.ダムズ(Jeanne M.Dams)「眠れない聖夜」 "The Body in the Transept"〈Walker〉
◇短編
エリザベス・ダニエルズ・スクエア(Elizabeth Daniels Squire) "The Dog Who Remembered Too Much"(Malice Domestic 4)〈Pocket〉
◇ノンフィクション
アルジナ・ストーン・デール(Alzina Stone Dale) "Mystery Readers Walking Guide-Chicago"〈Passport Books, NTC Publishing Group〉

1996年
　◇長編
　　マーガレット・マロン（Margaret Maron）「悪魔の待ち伏せ」"Up Jumps The Devil"〈Mysterious Press〉
　◇初長編
　　アン・ジョージ（Anne George）「衝動買いは災いのもと」"Murder On A Girl's Night Out"〈Avon Books〉
　◇短編
　　キャロリン・ウィート（Carolyn Wheat）「運が悪いことは起こるもの」(「ミステリマガジン」1998年4月号）"Accidents Will Happen"（Malice Domestic 5）〈Pocket〉
　◇ノンフィクション
　　ウィレッタ・L.ヘイシング（Willetta L. Heising）"Detecting Women 2"〈Purple Moon Press〉
1997年
　◇長編
　　ケイト・ロス（Kate Ross）「マルヴェッツィ館の殺人」"The Devil In Music"〈Viking〉
　◇初長編
　　スジャータ・マッシー（Sujata Massey）「雪殺人事件」"The Salaryman's Wife"〈HarperCollins〉
　◇短編
　　M.D.レイク（M.D.Lake）"Tea for Two"（Funnybones）〈Penguin〉
　◇ノンフィクション
　　ウィレッタ・L.ヘイシング（Willetta L. Heising）"Detecting Men"〈Purple Moon Press〉
1998年
　◇長編
　　ローラ・リップマン（Laura Lippman）「スタンド・アローン」"Butchers Hill"〈Avon Books〉
　◇初長編
　　ロビン・ハサウェイ（Robin Hathaway）「フェニモア先生、墓を掘る」"The Doctor Digs A Grave"〈St. Martin's Minotaur〉
　◇短編
　　バーバラ・ダマート（Barbara D'Amato）"Of Course You Know That Chocolate Is a Vegetable"（Ellery Queen's Mystery Magazine 1998年11月号）
　◇ノンフィクション
　　アルジナ・ストーン・デール（Alzina Stone Dale）"Mystery Reader's Walking Guide To Washington D.C."〈Passport Books〉
1999年
　◇長編
　　アーリーン・ファウラー（Earlene Fowler）"Mariner's Compass"〈Berkley Publishing Group〉
　◇初長編
　　ドナ・アンドリューズ（Donna Andrews）「庭に孔雀、裏には死体」"Murder, With Peacocks"〈Thomas Dunne Books〉
　◇短編
　　ナンシー・ピカード（Nancy Pickard）"Out of Africa"（Mom, Apple Pie, and Murder）〈Berkley Publishing Group〉
　◇ノンフィクション
　　ダニエル・スタシャワー（Daniel Stashower）「コナン・ドイル伝」"Teller of Tales: The Life of Arthur Conan Doyle"〈Henry Holt & Company〉
2000年
　◇長編
　　マーガレット・マロン（Margaret Maron）"Storm Track"〈Mysterious Press〉
　◇初長編
　　ローズマリー・スティーヴンス（Rosemary Stevens）"Death on a Silver Tray"〈Berkley Prime Crime〉
　◇短編
　　ジャン・バーク（Jan Burke）"The Man in the Civil Suit"（Malice Domestic 9）〈Avon Books〉
　◇ノンフィクション
　　ジム・ホァン（Jim Huang）〔編〕「書店のイチ押し！ 海外ミステリ特選100」"100 Favorite Mysteries of the Century"〈Crum Creek Press〉
2001年
　◇長編
　　リース・ボウエン（Rhys Bowen）「口は災い」"Murphy's Law"〈St. Martin's

Minotaur Books〉
◇初長編
　サラ・ストロマイヤー（Sarah Strohmeyer）「バブルズはご機嫌ななめ」"Bubbles Unbound"〈Dutton〉
◇短編
　キャサリン・ホール・ペイジ（Katherine Hall Page）"The Would-Be-Widower"（Malice Domestic X）〈Avon Books〉
◇ノンフィクション
　トニイ・ヒラーマン（Tony Hillerman）"Seldom Disappointed: A Memoir"〈HarperCollins〉
◇児童・ヤングアダルト小説
　ペニー・ワーナー（Penny Warner）"Mystery Of The Haunted Caves: A Troop 13 Mystery"〈Meadowbrook Press〉

2002年
◇長編
　ドナ・アンドリューズ（Donna Andrews）「恋するA・I探偵」"You've Got Murder"〈Berkley Prime Crime〉
◇初長編
　ジュリア・スペンサー゠フレミング（Julia Spencer-Fleming）"In The Bleak Midwinter"〈St. Martin's Minotaur〉
◇短編
　マーガレット・マロン（Margaret Maron）"The Dog That Didn't Bark"（EQMM 2002年12月号）
　マーシャ・タリー（Marcia Talley）「料理人が多すぎる」（「ミステリマガジン」2004年5月号）"Too Many Cooks"（Much Ado About Murder）〈Berkley Prime Crime〉
◇ノンフィクション
　ジム・ホァン（Jim Huang）〔編〕"They Died in Vain: Overlooked, Underappreciated, and Forgotten Mystery Novels"〈Crum Creek Press〉
◇児童・ヤングアダルト小説
　ダニエル・J.ヘイル（Daniel J.Hale），マシュー・ラブロ（Matthew LaBrot）"Red Card: A Zeke Armstrong Mystery"〈Top Publications〉

2003年
◇長編

　キャロリン・G.ハート（Carolyn G.Hart）「手紙と秘密」"Letter From Home"〈Berkley Prime Crime〉
◇初長編
　ジャクリーン・ウィンスピア（Jacqueline Winspear）「夜明けのメイジー」"Maisie Dobbs"〈Soho Press Inc.〉
◇短編
　エリザベス・フォックスウェル（Elizabeth Foxwell）"No Man's Land"（Blood On Their Hands）〈Berkley Prime Crime〉
◇ノンフィクション
　エリザベス・ピーターズ（Elizabeth Peters）〔編〕，クリステン・ウィットブレッド（Kristen Whitbread）〔編〕，デニス・フォーブス（Dennis Forbes）〔デザイン〕"Amelia Peabody's Egypt: A Compendium"〈William Morrow & Company〉
◇児童・ヤングアダルト小説
　キャサリン・カー（Kathleen Karr）"The 7th Knot"〈Marshall Cavendish〉

2004年
◇長編
　ジャクリーン・ウィンスピア（Jacqueline Winspear）"Birds of a Feather"〈Soho Press〉
◇初長編
　ハーレイ・ジェーン・コザック（Harley Jane Kozak）「誘惑は殺意の香り」"Dating Dead Men"〈Doubleday〉
◇ノンフィクション
　ジャック・フレンチ（Jack French）"Private Eye-Lashes: Radio's Lady Detectives"〈Bear Manor Media〉
◇短編
　エレイン・ヴィエッツ（Elaine Viets）「ウェディング・ナイフ」（「ミステリーズ！」No.16 2006年4月）"Wedding Knife"（Chesapeake Crimes）〈Quiet Storm Publishing〉
◇児童・ヤングアダルト小説
　ブルー・バリエット（Blue Balliett）「フェルメールの暗号」"Chasing Vermeer"〈Scholastic Press〉

2005年
◇長編

キャサリン・ホール・ペイジ（Katherine Hall Page）"The Body in the Snowdrift"〈William Morrow〉
◇初長編
ローラ・ダラム（Laura Durham）「ウエディング・プランナーは眠れない」"Better Off Wed"〈HarperCollins Publishers〉
◇ノンフィクション
Melanie Rehak "Girl Sleuth: Nancy Drew and the Women Who Created Her"〈Harcourt〉
◇短編
マーシャ・タリー（Marcia Talley）"Driven to Distraction"（Chesapeake Crimes Ⅱ）〈Quiet Storm Publishing〉
◇児童・ヤングアダルト小説
ピーター・エイブラハムズ（Peter Abrahams）「不思議の穴に落ちて――イングリッドの謎解き大冒険」"Down the Rabbit Hole"〈HarperCollins Publishers〉
カール・ハイアセン（Carl Hiaasen）「フラッシュ！」"Flush"〈Alfred A. Knopf〉

2006年
◇長編
ナンシー・ピカード（Nancy Pickard）「凍てついた墓碑銘」"The Virgin of Small Plains"〈Random House〉
◇初長編
サンドラ・パーシャル（Sandra Parshall）「冷たい月」"The Heat Of The Moon"〈Poisoned Pen Press〉
◇ノンフィクション
Chris Roerden "Don't Murder Your Mystery"〈Bella Rosa Books〉
◇短編
トニー・L.P.ケルナー（Toni L.P.Kelner）"Sleeping with the Plush"（AHMM 2006年5月号）
◇児童・ヤングアダルト小説
ナンシー・ミーンズ・ライト（Nancy Means Wright）"Pea Soup Poisonings"〈Hilliard & Harris〉

2007年
◇長編
ルイーズ・ペニー（Louise Penny）「スリー・パインズ村と運命の女神」"A Fatal Grace"〈St. Martin's Minotaur〉
◇初長編
Hank Phillippi Ryan "Prime Time"〈Harlequin〉
◇ノンフィクション
ジョン・レレンバーグ（Jon Lellenberg），ダニエル・スタシャワー（Daniel Stashower），チャールズ・フォーリー（Charles Foley）「コナン・ドイル書簡集」"Arthur Conan Doyle: A Life in Letters"〈Penguin Press〉
◇短編
ドナ・アンドリューズ（Donna Andrews）"A Rat's Tale"（EQMM 2007年9・10月号）
◇児童・ヤングアダルト小説
サラ・マスターズ・バッキー（Sarah Masters Buckey）"A Light In The Cellar"〈American Girl〉

2008年
◇長編
ルイーズ・ペニー（Louise Penny）「スリー・パインズ村の無慈悲な春」"The Cruelest Month"〈Minotaur Books〉
◇初長編
G.M.マリエット（G.M.Malliet）「コージー作家の秘密の原稿」"Death of a Cozy Writer"〈Midnight Ink〉
◇ノンフィクション
キャシー・リン・エマーソン（Kathy Lynn Emerson）"How to Write Killer Historical Mysteries"〈Perseverance Press〉
◇短編
デイナ・キャメロン（Dana Cameron）「夜に変わるもの」（「ハヤカワミステリマガジン」2010年2月号）"The Night Things Changed"（Wolfsbane & Mistletoe）〈Penguin Group〉
◇児童・ヤングアダルト作品
クリス・グラベンスタイン（Chris Grabenstein）"The Crossroads"〈Random House Children's Books〉

2009年
◇長編
ルイーズ・ペニー（Louise Penny）"The Brutal Telling"〈Minotaur Books〉

◇初長編
アラン・ブラッドリー（Alan Bradley）「パイは小さな秘密を運ぶ」 "The Sweetness at the Bottom of the Pie"〈Delacorte Press〉
◇ノンフィクション
エレナ・サンタンジェロ（Elena Santangelo） "Dame Agatha's Shorts"〈Bella Rosa Books〉
◇短編
Hank Phillippi Ryan "On the House"（Quarry）〈Level Best Books〉
◇児童・ヤングアダルト作品
クリス・グラベンスタイン（Chris Grabenstein） "The Hanging Hill"〈Random House〉

2010年
◇長編
ルイーズ・ペニー（Louise Penny） "Bury Your Dead"〈Minotaur〉
◇初長編
エイヴリー・エイムズ（Avery Aames）「名探偵のキッシュをひとつ」 "The Long Quiche Goodbye"〈Berkley〉
◇ノンフィクション
ジョン・カラン（John Curran）「アガサ・クリスティーの秘密ノート」 "Agatha Christie's Secret Notebooks: Fifty Years of Mysteries in the Making"〈Harper〉
◇短編
メアリー・ジェーン・マフィーニ（Mary Jane Maffini） "So Much in Common"（EQMM 2010年9・10月号）
◇児童・ヤングアダルト作品
サラ・スミス（Sarah Smith） "The Other Side of Dark"〈Atheneum〉

2011年
◇長編
マーガレット・マロン（Margaret Maron） "Three-Day Town"〈Grand Central Publishing〉
◇初長編
サラ・J.ヘンリー（Sara J.Henry） "Learning to Swim"〈Crown〉
◇ノンフィクション
レスリー・ブードウィッツ（Leslie Budewitz） "Books, Crooks and Counselors: How to Write Accurately About Criminal Law and Courtroom Procedure"〈Linden〉
◇短編
デイナ・キャメロン（Dana Cameron） "Disarming"（EQMM 2011年6月号）
◇児童・ヤングアダルト作品
クリス・グラベンスタイン（Chris Grabenstein） "The Black Heart Crypt"〈Random House〉
◇歴史長編
リース・ボウエン（Rhys Bowen）「貧乏お嬢さまと王妃の首飾り」 "Naughty in Nice"〈Berkley〉

2012年
◇長編
ルイーズ・ペニー（Louise Penny） "The Beautiful Mystery"
◇初長編
スーザン・M.ボイヤー（Susan M.Boyer） "Lowcountry Boil"
◇ノンフィクション
ジョン・コナリー（John Connolly），デクラン・バーク（Declan Burke） "Books to Die For: The World's Greatest Mystery Writers on the World's Greatest Mystery Novels"
◇短編
デイナ・キャメロン（Dana Cameron） "Mischief in Mesopotamia"（EQMM 2012年11月号）
◇児童・ヤングアダルト小説
ペニー・ワーナー（Penny Warner）「暗号クラブ2 ゆうれい灯台ツアー」 "The Code Busters Club, Case #2: The Haunted Lighthouse"
◇歴史長編
カトリオーナ・マクファーソン（Catriona McPherson） "Dandy Gilver and an Unsuitable Day for Murder"

2013年
◇現代長編
Hank Phillippi Ryan "The Wrong Girl"〈Forge Books〉
◇初長編

レスリー・ブードウィッツ（Leslie Budewitz）"Death Al Dente"〈Berkley〉
◇歴史長編
チャールズ・トッド（Charles Todd）"A Question of Honor"〈William Morrow〉
◇短編
アート・テイラー（Art Taylor）"The Care and Feeding of Houseplants"〈EQMM 2013年3・4月号〉
◇ノンフィクション
ダニエル・スタシャワー（Daniel Stashower）"The Hour of Peril: The Secret Plot to Murder Lincoln Before the Civil War"〈Minotaur Books〉
◇児童・ヤングアダルト小説
クリス・グラベンスタイン（Chris Grabenstein）"Escape from Mr. Lemoncello's Library"〈Random House Books〉

2014年
◇現代長編
Hank Phillippi Ryan "Truth Be Told"〈Forge Books〉
◇歴史長編
リース・ボウエン（Rhys Bowen）"Queen of Hearts"〈Berkley〉
◇初長編
テリー・ファーリー・モーラン（Terrie Farley Moran）"Well Read, Then Dead"〈Berkley Prime Crime〉
◇ノンフィクション
Hank Phillippi Ryan〔編〕"Writes of Passage: Adventures on the Writer's Journey"〈Henery Press〉
◇短編
アート・テイラー（Art Taylor）"The Odds Are Against Us"（EQMM 2014年11月号）
◇児童・ヤングアダルト小説
ペニー・ワーナー（Penny Warner）「暗号クラブ4 よみがえったミイラ」"The Code Buster's Club, Case #4: The Mummy's Curse"〈Egmont USA〉

025 アメリカ探偵作家クラブ賞　Mystery Writers of American Awards

　1945年にミステリ作品の普及と作家の利益保護・促進などを目的に設立されたアメリカ探偵作家クラブ（MWA）が選考する賞の総称。アメリカの推理小説界でもっとも権威ある賞とされる。一般的には、推理小説の父、エドガー・アラン・ポーにちなみ46年に創設された「エドガー賞」（Edgar Awards）を指すことが多い。エドガー賞の選考対象は前年にアメリカ国内で出版された作品であり、最優秀長編賞、最優秀ペーパーバック賞、最優秀処女長編賞、最優秀短編賞、最優秀ヤングアダルト（YA）賞、最優秀ジュブナイル賞、最優秀犯罪実話賞、最優秀批評・評伝賞、最優秀TVエピソード賞の部門賞に分かれている。エドガー賞以外に同クラブが授与する賞としては、執筆作品以外のメディアを対象とする大鴉賞（Raven Award）、優れた業績のある作家に贈られる巨匠賞（Grand Master Award）、優れた短編作家に贈られるロバート・L・フィッシュ賞（Robert L. Fish Memorial Award）、出版功労者に贈られるエラリー・クイーン賞（Ellery Queen Award）、サスペンス小説の名手メアリー・ヒギンズ・クラークが示した指標に沿った作品を対象とするメアリー・ヒギンズ・クラーク賞（Mary Higgins Clark Award）などがある。日本人では、98年のエラリー・クイーン賞を早川浩（早川書房社長）が受賞。また受賞は逃したが、2004年に桐野夏生「OUT」、2012年に東野圭吾「容疑者Xの献身」がそれぞれ最優秀長編賞にノミネートされた。

【主催者】アメリカ探偵作家クラブ（MWA：Mystery Writers of America）
【選考委員】各部門毎に会長に任命された委員長、および委員長に選出された4名の委員が行う
【選考基準】〔対象〕エドガー賞：アメリカ国内で前年1月から12月の間に発表されたミ

025 アメリカ探偵作家クラブ賞　　ミステリー

ステリの分野の作品。作家や制作者の国籍は問わない。翻訳作品も対象
【締切・発表】エドガー賞：応募締切は1月〜3月刊行の作品は3月末、4月〜9月刊行の作品は各月の翌月末、10月〜12月刊行の作品は11月末となる。毎年1月中旬にノミネーションの発表、4月末〜5月初に受賞作発表・授賞式が行われる。（2016年）2016年4月28日授賞式
【賞・賞金】エドガー賞：エドガー・アラン・ポーの像（セラミック製）が贈られる
【URL】http://www.mysterywriters.org/

1946年
◇処女長編賞
　ジュリアス・ファスト（Julius Fast）「夜の監視」 "Watchful at Night"
◇映画賞
　ジョン・パクストン（John Paxton）「ブロンドの殺人者」（別題「さらば愛しき女よ」） "Murder, My Sweet"
◇ラジオドラマ賞
　フレデリック・ダネイ（Frederic Dannay）、マンフレッド・B.リー（Manfred B.Lee） "Ellery Queen"
　フランシス・ロックリッジ（Frances Lockridge）、リチャード・ロックリッジ（Richard Lockridge） "Mr.and Mrs. North"
◇批評賞
　アンソニー・バウチャー（Anthony Boucher）

1947年
◇処女長編賞
　ヘレン・ユースティス（Helen Eustis）「水平線の男」 "The Horizontal Man"
◇映画賞
　アンソニー・ヴェイラー（Anthony Veiller）「殺人者」 "The Killers"
◇ラジオドラマ賞
　ジェイソン・ジェイムズ（Jason James）、ボブ・トールマン（Bob Tallman） "The Adventures of Sam Spade"
◇批評賞
　ウィリアム・C.ウェーバー（William C. Weber）

1948年
◇処女長編賞
　フレデリック・ブラウン（Fredric Brown）「シカゴ・ブルース」 "The Fabulous Clipjoint"
◇犯罪実話賞
　エドワード・D.ラディン（Edward D. Radin） "Twelve Against the Law"
◇映画賞
　ジョン・パクストン（John Paxton）「十字砲火」 "Crossfire"
◇ラジオドラマ賞
　ウィリアム・スピアー（William Spier） "Suspense"
◇批評賞
　ハワード・ヘイクラフト（Howard Haycraft）

1949年
◇処女長編賞
　ミルドレッド・デイヴィス（Mildred Davis） "The Room Upstairs"
◇短編賞
　ウィリアム・アイリッシュ（William Irish）
◇犯罪実話賞
　マリー・ローデル（Marie Rodell）
◇映画賞
　ジェローム・キャディ（Jerome Cady）〔脚本〕、ジェイ・ドラットラー（Jay Dratler）〔脚本〕、レナード・ホフマン（Leonard Hoffman）〔脚本〕、クエンティン・レイノルズ（Quentin Reynolds）〔脚本〕、ヘンリー・ハサウエイ（Henry Hathaway）〔監督〕、オットー・ラング（Otto Lang）〔製作〕 「出獄」 "Call Northside 777"
◇外国映画賞
　アンリ＝ジョルジュ・クルーゾー（Henri-Georges Clouzot）「犯罪河岸」 "Jenny Lamour"（原題：Quai des Orfevres）
◇ラジオドラマ賞
　ジョン・ルーバート（John Roeburt） "Inner Sanctum"

- ◇批評賞
  - ジェイムズ・サンドー（James Sandoe）
- ◇スペシャルエドガー
  - クレイトン・ロースン（Clayton Rawson）
  - マリー・ローデル（Marie Rodell）
  - アーサー・A.ストートン（Arthur A. Stoughton）
  - ピーター・W.ウィリアムズ（Peter W. Williams）

1950年
- ◇処女長編賞
  - アラン・グリーン（Alan Green）"What A Body"
- ◇短編賞
  - エラリイ・クイーン（Ellery Queen）
- ◇犯罪実話賞
  - ジョセフ・ヘンリー・ジャクソン（Joseph Henry Jackson）"Bad Company"
- ◇映画賞
  - メル・ディネリ（Mel Dinelli）〔脚本〕、コーネル・ウールリッチ（Cornell Woolrich）〔原作〕「窓」"The Window"
- ◇演劇賞
  - シドニー・キングスレー（Sidney Kingsley）「探偵物語」"Detective Story"
- ◇ラジオドラマ賞
  - ロバート・アーサー（Robert Arthur）、デヴィッド・コーガン（David Kogan）"Murder by Experts"
- ◇批評賞
  - アンソニー・バウチャー（Anthony Boucher）
- ◇スペシャルエドガー
  - ジョン・ディクスン・カー（John Dickson Carr）"The Life of Sir Arthur Conan Doyle"

1951年
- ◇処女長編賞
  - トマス・ウォルシュ（Thomas Walsh）「マンハッタンの悪夢」"Nightmare in Manhattan"
- ◇短編賞
  - ローレンス・G.ブロックマン（Lawrence G. Blochman）"Diagnosis: Homicide"
- ◇犯罪実話賞
  - エドワード・D.ラディン（Edward D. Radin）"Twelve Against Crime"
- ◇映画賞
  - ベン・マドー（Ben Maddow）「アスファルト・ジャングル」"The Asphalt Jungle"
- ◇ラジオドラマ賞
  - ジェイムズ・モーザー（James Moser）、ジャック・ウェッブ（Jack Webb）"Dragnet"
- ◇批評賞
  - ドロシー・B.ヒューズ（Dorothy B.Hughes）
- ◇スペシャルエドガー
  - W.T.ブラノン（W.T.Brannon）
  - フランクリン・ヘラー（Franklin Heller）"The Web"

1952年
- ◇処女長編賞
  - メアリ・マクマラン（Mary McMullen）"Strangle Hold"
- ◇短編賞
  - ジョン・コリア（John Collier）"Fancies and Goodnights"
- ◇犯罪実話賞
  - セント・クレア・マッケルウェイ（St.Clair McKelway）"True Tales from the Annals of Crime and Rascality"
- ◇TVエピソード賞
  - フランクリン・ヘラー（Franklin Heller）、グッドスン＝トッドマン（マーク・グッドソンとビル・トッドマン）（Goodson-Todman（Mark Goodson & Bill Todman））〔package producers of the show〕"The Web"
- ◇映画賞
  - シドニー・キングスレー（Sidney Kingsley）〔原作〕、ロバート・ワイラー（Robert Wyler）〔脚本〕、フィリップ・ヨーダン（Philip Yordan）〔脚本〕「探偵物語」"Detective Story"
- ◇ラジオドラマ賞
  - ジェイムズ・モーザー（James Moser）、ジャック・ウェッブ（Jack Webb）"Dragnet"
- ◇批評賞
  - レノア・グレン・オフォード（Lenore Glen Offord）

◇スペシャルエドガー
　フレデリック・ダネイ（Frederic Dannay），マンフレッド・B.リー（Manfred B.Lee）"Queen Quorum: The 125 Most Important Books of Detective-Crime-Mystery Short Stories"

1953年
◇処女長編賞
　ウイリアム・キャンベル・ゴールド（William Campbell Gault）"Don't Cry for Me"
◇短編賞
　フィリップ・マクドナルド（Philip MacDonald）"Something to Hide"
◇犯罪実話賞
　アール・スタンリー・ガードナー（Erle Stanley Gardner）"Court of Last Resort"
◇TVエピソード賞
　ジャック・ウェッブ（Jack Webb），マイケル・メシコフ（Michael Meshekoff）〔プロデューサー〕「ドラグネット」"Dragnet"
◇映画賞
　オットー・ラング（Otto Lang）〔製作〕，マイケル・ウィルソン（Michael Wilson）〔脚本〕「五本の指」"Five Fingers"
◇演劇賞
　フレデリック・ノット（Frederick Knott）"Dial M for Murder"
◇ラジオドラマ賞
　ロバート・アーサー（Robert Arthur），デヴィッド・コーガン（David Kogan）"The Mysterious Traveler"
◇批評賞
　アンソニー・バウチャー（Anthony Boucher）
◇大鴉賞
　E.T.ガイモン,Jr.（E.T.Guymon,Jr.）

1954年
◇長編賞
　シャーロット・ジェイ（Charlotte Jay）「死の月」"Beat Not the Bones"
◇処女長編賞
　アイラ・レヴィン（Ira Levin）「死の接吻」"A Kiss Before Dying"
◇短編賞
　ロアルド・ダール（Roald Dahl）「あなたに似た人」"Someone Like You"
◇犯罪実話賞
　ジョン・バートロー・マーティン（John Bartlow Martin）"Why Did They Kill?"
◇TVエピソード賞
　ジェローム・ロス（Jerome Ross）"Crime at Blossoms"—Series："Studio One"
◇映画賞
　シドニー・ボーム（Sidney Boehm）〔脚本〕，ウィリアム・P.マッギヴァーン（William P.McGivern）〔原作〕「復讐は俺に任せろ」"The Big Heat"
◇ラジオドラマ賞
　E.ジャック・ニューマン（E.Jack Neuman）"The Shot"
◇批評賞
　ブレッド・ハリデイ（Brett Halliday），ヘレン・マクロイ（Helen McCloy）
◇スペシャルエドガー
　メアリイ・R.ラインハート（Mary Roberts Rinehart）"The Frightened Wife and Other Murder Stories"
◇大鴉賞
　トーマス・A.ゴンザレス（Thomas A. Gonzales）
　トム・レイラー（Tom Lehrer）
　ハリスン・マートランド（Harrison Martland）

1955年
◇処女長編賞
　ジーン・ポッツ（Jean Potts）「さらばいとしのローズ」"Go, Lovely Rose"
◇短編賞
　スタンリー・エリン（Stanley Ellin）「パーティの夜」"The House Party"
◇犯罪実話賞
　チャールズ・ボズウェル（Charles Boswell），ルイス・トンプソン（Lewis Thompson）"The Girl with the Scarlet Brand"
◇TVエピソード賞
　ゴア・ヴィダール（Gore Vidal）"Smoke"—Series："Suspense"
◇映画賞

ジョン・マイケル・ヘイズ（John Michael Hayes）「裏窓」"Rear Window"
◇演劇賞
アガサ・クリスティ（Agatha Christie）"Witness for the Prosecution"
◇ラジオドラマ賞
スタンリー・ニス（Stanley Niss）"The Tree"
◇批評賞
ドレクセル・ドレイク（Drexel Drake）
◇装丁賞
リトル・ブラウン（Little, Brown and Company）"Eleven Blue Men"
デル（Dell）"Berton Roueche"
◇巨匠賞
アガサ・クリスティ（Agatha Christie）

1956年
◇長編賞
マーガレット・ミラー（Margaret Millar）「狙った獣」"Beast in View"
◇処女長編賞
レイン・カウフマン（Lane Kauffman）「完全主義者」"The Perfectionist"
◇短編賞
フィリップ・マクドナルド（Philip MacDonald）"Dream No More"
◇犯罪実話賞
マンリー・ウェイド・ウェルマン（Manly Wade Wellman）"Dead and Gone"
◇TVエピソード賞
アルヴィン・サピンスレイ,Jr.（Alvin Sapinsley,Jr.）"A Taste of Honey"—Series：" Elgin Hour"
◇映画賞
ジョセフ・ヘイズ（Joseph Hayes）「必死の逃亡者」"The Desperate Hours"
◇外国映画賞
アンリ＝ジョルジュ・クルーゾー（Henri-Georges Clouzot）「悪魔のような女」"Diabolique"
◇装丁賞
スクリブナーズ（Scribners）

1957年
◇長編賞
シャーロット・アームストロング（Charlotte Armstrong）「毒薬の小壜」"A Dram of Poison"
◇処女長編賞
ドナルド・マクナット・ダグラス（Donald McNutt Douglass）「レベッカの誇り」"Rebecca's Pride"
◇短編賞
スタンリー・エリン（Stanley Ellin）「ブレッシントン計画」"The Blessington Method"
◇犯罪実話賞
チャールズ・サミュエルズ（Charles Samuels），ルイーズ・サミュエルス（Louise Samuels）"Night Fell on Georgia"
◇TVエピソード賞
シドニー・キャロル（Sidney Carroll）"The Fine Art of Murder"—Series：" Omnibus"
◇批評賞
カーティス・W.ケイスウィット（Curtis W.Casewit）
◇スペシャルエドガー
メイヤ・レヴィン（Meyer Levin）"Compulsion"
◇大鴉賞
ミス・ドロシー・キルガレン（Miss Dorothy Kilgallen）
◇装丁賞
ダブルデイ（Doubleday）"Inspector Maigret and the Burglar's Wife"

1958年
◇長編賞
エド・レイシイ（Ed Lacy）「ゆがめられた昨日」"Room to Swing"
◇処女長編賞
ウィリアム・ロール・ウィークス（William Rawle Weeks）"Knock and Wait a While"
◇短編賞
ジェラルド・カーシュ（Gerald Kersh）"The Secret of the Bottle"
◇犯罪実話賞
ハロルド・R.ダンフォース（Harold R. Danforth），ジェイムズ・D.ホーラン（James D.Horan）"The D.A.'s Man"
◇TVエピソード賞
ハロルド・スワントン（Harold Swanton）

"Mechanical Manhunt"―Series：
"Alcoa Hour"
◇映画賞
　レジナルド・ローズ（Reginald Rose）「十二人の怒れる男」"12 Angry Men"
◇ラジオドラマ賞
　ジェイ・マクマレン（Jay MacMullen）"The Galindez-Murphy Case：A Chronicle of Terror"
◇装丁賞
　デル（Dell）
◇巨匠賞
　ヴィンセント・スターレット（Vincent Starrett）

1959年
◇長編賞
　スタンリー・エリン（Stanley Ellin）「第八の地獄」"The Eighth Circle"
◇処女長編賞
　リチャード・マーティン・スターン（Richard Martin Stern）「恐怖への明るい道」"The Bright Road to Fear"
◇短編賞
　ウイリアム・オファレル（William O'Farrell）「その向こうは一闇」"Over There, Darkness"
◇犯罪実話賞
　ウェンゼル・ブラウン（Wenzell Brown）"They Died in the Chair"
◇TVエピソード賞
　エイドリアン・スピーズ（Adrian Spies）"The Edge of Truth"―Series："Studio One"
　ジェイムズ・リー（James Lee）"Capital Punishment"―Series："Omnibus"
◇映画賞
　ネイサン・E.ダグラス（Nathan E. Douglas），ハロルド・ジェイコブ・スミス（Harold Jacob Smith）「手錠のまゝの脱獄」"The Defiant Ones"
◇外国映画賞
　ジョルジュ・シムノン（Georges Simenon）〔原作〕「メグレ警視シリーズーパリ連続殺人事件 殺人鬼に罠をかけろ」"Inspector Maigret"
◇スペシャルエドガー
　アリス・ウーリー・バート（Alice Wooley Burt）"American Murder Ballads"
◇大鴉賞
　ローレンス・G.ブロックマン（Lawrence G. Blochman）
　フレデリック・G.メルチャー（Frederic G. Melcher）
　フランクリン・デラノ・ルーズベルト（Franklin Delano Roosevelt）
◇装丁賞
　ウェスタン・プリンティング&リトグラフィング社（Western Printing & Lithographing Co.）
◇巨匠賞
　レックス・スタウト（Rex Stout）

1960年
◇長編賞
　シリア・フレムリン（Celia Fremlin）「夜明け前の時」"The Hours Before Dawn"
◇処女長編賞
　ヘンリー・スレッサー（Henry Slesar）「グレイ・フラノの屍衣」"The Grey Flannel Shroud"
◇短編賞
　ロアルド・ダール（Roald Dahl）「女主人」"The Landlady"
◇犯罪実話賞
　トーマス・ギャラガー（Thomas Gallager）"Fire at Sea"
◇TVエピソード賞
　デヴィッド・カープ（David Karp）「アンタッチャブル」シーズン1 第1話「血で血を洗え」"The Empty Chair"―Series："The Untouchables"
◇映画賞
　アーネスト・レーマン（Ernest Lehman）「北北西に進路を取れ」"North by Northwest"
◇外国映画賞
　ジャネット・グリーン（Janet Green）「サファイア」"Sapphire"
◇ラジオドラマ賞
　ルシール・フレッチャー（Lucille Fletcher）"Sorry, Wrong Number"
◇大鴉賞
　レイ・ブレナン（Ray Brennan）
　デイヴィッド・C.クック（David C.Cook）
　アルフレッド・ヒッチコック（Alfred

Hitchcock)
　ゲイル・ジャクソン（Gail Jackson）
　フィリス・マッギンレー（Phyllis McGinley）

1961年
◇長編賞
　ジュリアン・シモンズ（Julian Symons）「犯罪の進行」"The Progress of a Crime"
◇処女長編賞
　ジョン・ホルブリック・ヴァンス（John Holbrooke Vance）「檻の中の人間」"The Man in the Cage"
◇短編賞
　ジョン・ダラム（John Durham）「虎よ」"Tiger"
◇犯罪実話賞
　ミリアム・アレン・デフォード（Miriam Allen deFord）"The Overbury Affair"
◇ジュヴナイル賞
　フィリス・A.ホイットニー（Phyllis A. Whitney）"The Mystery of the Haunted Pool"
◇TVエピソード賞
　ケリー・ロース（Kelley Roos）"The Case of the Burning Court"—Series:"Dow Hour of Great Mysteries"
◇映画賞
　ロバート・ブロック（Robert Bloch）〔原作〕，ジョセフ・ステファノ（Joseph Stefano）〔脚本〕「サイコ」"Psycho"
◇批評賞
　ジェイムズ・サンドー（James Sandoe）
◇スペシャルエドガー
　チャールズ・アダムズ（Charles Addams）
　エリザベス・デイリー（Elizabeth Daly）
　P.ウィッテンバーグ（Philip Wittenberg）
◇大鴉賞
　イルカ・チェイス（Ilka Chase）
◇装丁賞
　スクリブナーズ（Scribners）"A Mark of Displeasure"
　デル（Dell）"The Three Coffins"
◇巨匠賞
　エラリイ・クイーン（Ellery Queen）

1962年
◇長編賞
　J.J.マリック（J.J.Marric）「ギデオンと放火魔」"Gideon's Fire"
◇処女長編賞
　スーザン・ブランク（Suzanne Blanc）「緑の死」"The Green Stone"
◇短編賞
　アヴラム・デイヴィッドソン（Avram Davidson）「ラホーア兵営事件」"Affair at Lahore Cantonment"
◇犯罪実話賞
　バーレット・プリティマン,Jr.（Barrett Prettyman,Jr.）"Death and the Supreme Court"
◇ジュヴナイル賞
　エドワード・フェントン（Edward Fenton）"The Phantom of Walkaway Hill"
◇TVエピソード賞
　ジョン・レモント（John Lemont），レイフ・ヴァンス（Leigh Vance）"Witness in the Dark"—Series:"Kraft Mystery Theater"
◇映画賞
　ウィリアム・アーチボルト（William Archibald），トルーマン・カポーティ（Truman Capote）「回転」"The Innocents"
◇外国映画賞
　ルネ・クレマン（Rene Clement），ポール・ジェゴフ（Paul Degauff）「太陽がいっぱい」"Purple Noon"
◇演劇賞
　フレデリック・ノット（Frederick Knott）"Write Me a Murder"
◇スペシャルエドガー
　トーマス・M.マクデイド（Thomas M. McDade）"The Annals of Murder"
◇大鴉賞
　「弁護士プレストン」"The Defenders"（ドラマ）
◇装丁賞
　ハーパー・ブラザーズ（Harper Bros.）
　ダブルデイ（Doubleday）
　ウォーカー＆カンパニー（Walker & Company）
◇巨匠賞
　アール・スタンリー・ガードナー（Erle Stanley Gardner）

1963年
　◇長編賞
　　エリス・ピーターズ（Ellis Peters）「死と陽気な女」 "Death and the Joyful Woman"
　◇処女長編賞
　　ロバート・L.フィッシュ（Robert L.Fish）「亡命者」 "The Fugitive"
　◇短編賞
　　デイヴィッド・イーリイ（David Ely）「ヨット・クラブ」 "The Sailing Club"
　◇犯罪実話賞
　　フランシス・ラッセル（Francis Russell） "Tragedy in Dedham"
　◇ジュヴナイル賞
　　スコット・コーベット（Scott Corbett） "Cutlass Island"
　◇TVエピソード賞
　　A.A.ロバーツ（A.A.Roberts） "The Problem of Cell 13"—Series："Kraft Mystery Theatre"
　◇スペシャルエドガー
　　E.スペンサー・シュー（E.Spencer Shew） "Companion to Murder"
　　フィリップ・ライスマン（Philip Reisman） "Cops and Robbers"
　　パトリック・クェンティン（Patrick Quentin） "The Ordeal of Mrs.Snow"
　◇装丁賞
　　ダブルデイ（Doubleday）
　　コリア（Collier）
　◇巨匠賞
　　ジョン・ディクスン・カー（John Dickson Carr）

1964年
　◇長編賞
　　エリック・アンブラー（Eric Ambler）「真昼の翳」 "The Light of Day"
　◇処女長編賞
　　コーネリアス・ハーシュバーグ（Cornelius Hirschberg）「殺しはフィレンツェ仕上げで」 "Florentine Finish"
　◇短編賞
　　レスリー・アン・ブラウンリッグ（Leslie Ann Brownrigg） "Man Gehorcht"
　◇犯罪実話賞
　　ジェロルド・フランク（Gerold Frank） "The Deed"
　◇ジュヴナイル賞
　　フィリス・A.ホイットニー（Phyllis A. Whitney） "Mystery of the Hidden Hand"
　◇TVエピソード賞
　　ルーサー・ディヴィス（Luther Davis） "The End of the World Baby"—Series："Kraft Suspense Hour"
　◇映画賞
　　ピーター・ストーン（Peter Stone）「シャレード」 "Charade"
　◇外国映画賞
　　ミシェル・オディアール（Michael Audiard），アルベール・シモナン（Albert Simonin），アンリ・ヴェルヌイユ（Henri Verneuil） "Any Number Can Play"
　◇批評賞
　　ハンス・ステファン・サンテッスン（Hans Stefan Santesson）
　◇スペシャルエドガー
　　フィリップ・ダラム（Philip Durham） "Down These Mean Streets"
　◇装丁賞
　　ハーパー＆ロウ（Harper & Row）
　　サイモン＆シュスター（Simon & Schuster）
　　バークレー・メダリオン・ブックス（Berkley Medallion Books）
　　ポピュラー・ライブラリ（Popular Library）
　◇巨匠賞
　　ジョージ・ハーマン・コックス（George Harmon Coxe）

1965年
　◇長編賞
　　ジョン・ル・カレ（John le Carré）「寒い国から帰ってきたスパイ」 "The Spy Who Came in from the Cold"
　◇処女長編賞
　　ハリイ・ケメルマン（Harry Kemelman）「金曜日ラビは寝坊した」 "Friday the Rabbi Slept Late"
　◇短編賞
　　ローレンス・トリート（Lawrence Treat）「殺人のH」 "H as in Homicide"
　◇犯罪実話賞
　　アンソニー・ルイス（Anthony Lewis）

"Gideon's Trumpet"
◇ジュヴァイル賞
　マルセラ・サム（Marcella Thum）
　"Mystery at Crane's Landing"
◇TVエピソード賞
　アラン・アーマー（Alan Armer）「逃亡者」シリーズ　"The Fugitvie"series
◇映画賞
　ヘンリー・ファレル（Henry Farrell），ルーカス・ヘラー（Lukas Heller）「ふるえて眠れ」　"Hush, Hush, Sweet Charlotte"
◇外国映画賞
　ブライアン・フォーブス（Bryan Forbes）「雨の午後の降霊祭」　"Seance on a Wet Afternoon"
◇大鴉賞
　ミルトン・ヘルパーン（Milton Helpern）
　P.ウィッテンバーグ（Philip Wittenberg）
◇装丁賞
　ダブルデイ（Doubleday）
　ウォーカー&カンパニー（Walker & Company）
　バンタム（Bantam）
　デル（Dell）
　ポピュラー・ライブラリ（Popular Library）
　サイモン&シュスター（Simon & Schuster）
　"Inner Sanctum Mysteries"

1966年
◇長編賞
　アダム・ホール（Adam Hall）「不死鳥を倒せ」　"The Quiller Memorandum"
◇処女長編賞
　ジョン・ボール（John Ball）「夜の熱気の中で」　"In The Heat of the Night"
◇短編賞
　シャーリイ・ジャクスン（Shirley Jackson）「悪の可能性」　"The Possibility of Evil"
◇犯罪実話賞
　トルーマン・カポーティ（Truman Capote）"In Cold Blood"
◇ジュヴァイル賞
　レオン・ウェア（Leon Ware）"The Mystery of 22 East"
◇TVエピソード賞
　ジェームズ・ブリッジス（James Bridges）「ヒッチコック劇場」シーズン3 第17話「絞殺魔の館」　"An Unlocked Window"　—Series：　"Alfred Hitchcock Presents"
◇映画賞
　ポール・デーン（Paul Dehn），ガイ・トロスパー（Guy Trosper）「寒い国から帰ってきたスパイ」　"The Spy Who Came in from the Cold"
◇外国映画賞
　ビル・キャナウェイ（Bill Canaway），ジェームス・ドーレン（James Doran）「国際諜報局」　"The Ipcress File"
◇スペシャルエドガー
　O.C.エドワーズ（Reverend O.C.Edwards）"The Gospel According to 007"
◇装丁賞
　ランダムハウス（Random House）
　ダブルデイ（Doubleday）"Girl on the Run"
　バンタム（Bantam）"Knock and Wait a While"
◇巨匠賞
　ジョルジュ・シムノン（Georges Simenon）

1967年
◇長編賞
　ニコラス・フリーリング（Nicolas Freeling）「雨の国の王者」　"The King of the Rainy Country"
◇処女長編賞
　ロス・トーマス（Ross Thomas）「冷戦交換ゲーム」　"The Cold War Swap"
◇短編賞
　リース・デイヴィス（Rhys Davies）"The Chosen One"
◇犯罪実話賞
　ジェロルド・フランク（Gerold Frank）"The Boston Strangler"
◇ジュヴァイル賞
　キン・プラット（Kin Platt）"Sinbad and Me"
◇TVエピソード賞
　ジェローム・ロス（Jerome Ross）「スパイ大作戦」シーズン1 第3話「大量殺戮者」　"Operation Rogesh"—Series：　"Mission：Impossible"
◇映画賞
　ウィリアム・ゴールドマン（William Goldman）「動く標的」　"Harper"

◇批評賞
　ジョン・T.ウィンテリッチ（John T. Winterich）
◇スペシャルエドガー
　ジュリアス・ファスト（Julius Fast）
　クレイトン・ロースン（Clayton Rawson）
◇大鴉賞
　リチャード・ワッツ,Jr.（Richard Watts,Jr.）
◇装丁賞
　クロウェル－コリアー（Crowell-Collier）
　WM.モロウ（Wm.Morrow）"Let Sleeping Girls Lie"
　バランタイン（Ballantine）"Some of Your Blood"
◇巨匠賞
　ベイナード・ケンドリック（Baynard Kendrick）

1968年
◇長編賞
　ドナルド・E.ウェストレイク（Donald E. Westlake）「我輩はカモである」"God Save the Mark"
◇処女長編賞
　マイクル・コリンズ（Michael Collins）「恐怖の掟」"Act of Fear"
◇短編賞
　エドワード・D.ホック（Edward D.Hoch）"The Oblong Room"
◇犯罪実話賞
　ヴィクトリア・リンカーン（Victoria Lincoln）"A Private Disgrace"
◇ジュヴナイル賞
　グレッチェン・スプラーグ（Gretchen Sprague）"Signpost to Terror"
◇TVエピソード賞
　ハロルド・ガスト（Harold Gast），レオン・トカチャン（Leon Tokatyan）「弁護士ジャッド」シーズン1 第1話"Tempest in a Texas Town"—Series："Judd for Defense"（ABC）
◇映画賞
　スターリング・シリファント（Stirling Silliphant）「夜の大捜査線」"In The Heat of the Night"
◇大鴉賞
　ジョーイ・アダムス（Joey Adams）

◇装丁賞
　バランタイン（Ballantine）"Johnny Underground", "Malice Matrimonial"
　ダブルデイ（Doubleday）"Perturbing Spirit"

1969年
◇長編賞
　ジェフリー・ハドソン（Jeffery Hudson）「緊急の場合は」"A Case of Need"
◇処女長編賞
　ドロシー・ユーナック（Dorothy Uhnak）「おとり」"The Bait"
　E.リチャード・ジョンソン（E.Richard Johnson）「シルヴァー・ストリート」"Silver Street"
◇短編賞
　ウィーナー・ロウ（Warner Law）「世界を騙った男」"The Man Who Fooled the World"
◇犯罪実話賞
　ジョン・エヴァンジェリスト・ウェルシュ（John Evangelist Walsh）"Poe the Detective"
◇ジュヴナイル賞
　ヴァージニア・ハミルトン（Virginia Hamilton）"The House of Dies Drear"
◇TVエピソード賞
　イアン・ハンター（Ian Hunter）"The Strange Case of Dr.Jekll and Mr. Hyde"—Series："ABC Special"
◇映画賞
　ロバート・L.フィッシュ（ロバート・L.パイク）（Robert L.Fish（Robert L.Pike））〔原作〕，ハリー・クライナー（Harry Kleiner）〔脚本〕，アラン・R.トラストマン（Alan R.Trustman）〔脚本〕「ブリット」"Bullitt"
◇スペシャルエドガー
　エラリイ・クイーン（Ellery Queen）
　P.ウィッテンバーグ（Philip Wittenberg）
◇装丁賞
　スクリブナーズ（Scribners）"God Speed the Night"
　バランタイン（Ballantine）"Nothing Is the Number When You Die"および"The Dresden Green"
◇巨匠賞

ジョン・クリーシー（John Creasey）

1970年

- ◇長編賞
  - ディック・フランシス（Dick Francis）「罰金」"Forfeit"
- ◇処女長編賞
  - ジョー・ゴアズ（Joe Gores）「野獣の血」"A Time for Predators"
- ◇ペーパーバック賞
  - スオット・C.S.ストーン（Scott C.S.Stone）"The Dragon's Eye"
- ◇短編賞
  - ジョー・ゴアズ（Joe Gores）「さらば故郷」"Goodbye, Pops"
- ◇犯罪実話賞
  - ハーバート・B.エールマン（Herbert B. Ehrmann）"The Case That Will Not Die"
- ◇ジュヴァイル賞
  - ウィンフレッド・フィンレイ（Winfred Finlay）"Danger at Black Dyke"
- ◇TVエピソード賞
  - ルーサー・ディヴィス（Luther Davis）「生きている墓石」"Daughter of the Mind"—Series："Movie of the Week"
- ◇映画賞
  - コスタ・ガヴラス（Costa Gavras），ホルヘ・センプルン（Jorge Semprún）「Z」"Z"
- ◇スペシャルエドガー
  - ジョン・ディクスン・カー（John Dickson Carr）
- ◇装丁賞
  - エイヴォン（Avon）"Classic Crime Collection"
  - E.P.ダットン（E.P.Dutton）"The Spanish Prisoner"
- ◇巨匠賞
  - ジェイムズ・M.ケイン（James M.Cain）

1971年

- ◇長編賞
  - マイ・シューヴァル（Maj Sjowall），ペール・ヴァールー（Per Wahloo）「笑う警官」"The Laughing Policeman"
- ◇処女長編賞
  - ローレンス・サンダーズ（Lawrence Sanders）「盗聴」"The Anderson Tapes"
- ◇ペーパーバック賞
  - ダン・J.マーロウ（Dan J.Marlowe）"Flashpoint"
- ◇短編賞
  - マージェリイ・フィン・ブラウン（Maragret Finn Brown）「リガの森では，けものはひときわ荒々しい」"In The Forests of Riga the Beasts Are Very Wild Indeed"
- ◇犯罪実話賞
  - ミルドレッド・サヴェジ（Mildred Savage）"A Great Fall"
- ◇ジュヴァイル賞
  - ジョン・ロウ・タウンゼンド（John Rowe Townsend）「アーノルドのはげしい夏」"The Intruder"
- ◇TVエピソード賞
  - E.ジャック・ニューマン（E.Jack Neuman），リチャード・アラン・シモンズ（Richard Alan Simmons）"Berlin Affair"—Series："Movie of the Week"
- ◇映画賞
  - エリオ・ペトリ（Elio Petri），ウーゴ・ピッロ（Ugo Pirro）「殺人捜査」"Investigation of a Citizen Above Suspicion"
- ◇演劇賞
  - アンソニー・シェーファー（Anthony Shaffer）「探偵〈スルース〉」"Sleuth"
- ◇大鴉賞
  - ジュディス・クリスト（Judith Crist）
- ◇装丁賞
  - ドッド・ミード（Dodd, Mead and Company）"Act of Violence"
  - エイヴォン（Avon）"Last Case"
- ◇巨匠賞
  - ミニョン・G.エバハート（Mignon G. Eberhart）

1972年

- ◇長編賞
  - フレデリック・フォーサイス（Frederick Forsyth）「ジャッカルの日」"The Day of the Jackal"
- ◇処女長編賞
  - A.H.Z.カー（A.H.Z.Carr）「妖術師の島」"Finding Maubee"

◇ペーパーバック賞
　フランク・マコーリフ（Frank McAuliffe）「殺し屋から愛をこめて」 "For Murder I Charge More"
◇短編賞
　ロバート・L.フィッシュ（Robert L.Fish）「月下の庭師」 "Moonlight Gardener"
◇犯罪実話賞
　サンダー・フランクル（Sandor Frankel） "Beyond A Reasonable Doubt"
◇ジュヴナイル賞
　ジョーン・エイケン（Joan Aiken） "Nightfall"
◇TVエピソード賞
　マン・ルビン（Mann Rubin）「マニックス」シーズン5 第3話「殺しの幻覚」 "A Step in Time"—Series："Mannix"
◇TVフィーチャー・ミニシリーズ賞
　ジョン・D.F.ブラック（John D.F.Black）「華麗なる泥棒」 "Thief"
◇映画賞
　アーネスト・タイディマン（Ernest Tidyman）「フレンチ・コネクション」 "The French Connection"
◇スペシャルエドガー
　ジャック・バルザン（Jacques Barzun），ウェンデル・テイラー（Wendell Taylor） "A Catalogue of Crime"
◇装丁賞
　エース（Ace） "Black Man, White Man"
　G.P.パットナムズ・サンズ（G.P.Putnam's Sons） "If You Want to See Your Wife Again"
◇巨匠賞
　ジョン・D.マクドナルド（John D. MacDonald）

1973年
◇長編賞
　ウォーレン・キーファー（Warren Kiefer）「リンガラ・コード」 "The Lingala Code"
◇処女長編賞
　R.H.シャイマー（R.H.Shimer）「密殺の氷海」 "Squaw Point"
◇ペーパーバック賞
　リチャード・ワームザー（Richard Wormser） "The Invader"
◇短編賞
　ジョイス・ハリントン（Joyce Harrington）「紫色の屍衣」 "The Purple Shroud"
◇犯罪実話賞
　L.チェスター（Lewis Chester），スティーブン・フェイ（Stephen Fay），マグナス・リンクレター（Magnus Linkletter） "Hoax"
◇ジュヴナイル賞
　ロブ・ホワイト（Robb White） "Deathwatch"
◇TVエピソード賞
　グレン・ラーソン（Glen A.Larson）「警部マクロード」シーズン3 第1話「ニューメキシコの顔」 "The New Mexico Connection"—Series："McCloud"
◇TVフィーチャー・ミニシリーズ賞
　リチャード・マシスン（Richard Matheson）「事件記者コルチャック—ナイト・ストーカー」（別題「魔界記者コルチャック—ラス・ベガスの吸血鬼」） "The Night Stalker"
◇映画賞
　アンソニー・シェーファー（Anthony Shaffer）「探偵〈スルース〉」 "Sleuth"
◇スペシャルエドガー
　ジュリアン・シモンズ（Julian Symons） "Mortal Consequences: A History from the Detective Story to the Crime Novel"
　ジーニン・ラルモ（Jeanine Larmoth），シャーロット・タージョン（Charlotte Turgeon） "Murder on the Menu"
◇装丁賞
　エース（Ace） "Fetish Murders"
　E.P.ダットン（E.P.Dutton） "The Erection Set"
◇巨匠賞
　アルフレッド・ヒッチコック（Alfred Hitchcock）
　ジャドスン・フィリップス（Judson Philips）

1974年
◇長編賞
　トニイ・ヒラーマン（Tony Hillerman）「死者の舞踏場」 "Dance Hall of the Dead"
◇処女長編賞
　ポール・E.アードマン（Paul E.Erdman）

「十億ドルの賭け」"The Billion Dollar Sure Thing"
◇ペーパーバック賞
ウィル・ペリー（Will Perry）「四十二丁目の埋葬」"Death of an Informer"
◇短編賞
ハーラン・エリスン（Harlan Ellison）「鞭打たれた犬たちのうめき」"The Whimper of Whipped Dogs"
◇犯罪実話賞
バーバラ・レヴィ（Barbara Levy）"Legacy of Death"
◇ジュヴナイル賞
ジェイ・ベネット（Jay Bennett）"The Long Black Coat"
◇TVエピソード賞
サイ・サルコウィッツ（Sy Salkowitz）「ポリス・ストーリー」シーズン1 第2話 "Requiem for an Informer"—Series："Police Story"
◇TVフィーチャー・ミニシリーズ賞
L.スレイト（Lane Slate）"Isn't It Shocking"
◇映画賞
アンソニー・パーキンス（Anthony Perkins），スティーヴン・ソンドハイム（Stephen Sondheim）「シーラ号の謎」"The Last of Sheila"
◇スペシャルエドガー
ジョゼフ・ウォンボー（Joseph Wambaugh）"The Onion Field"
◇装丁賞
ドッド・ミート（Dodd, Mead and Company）"Reprisal"
カーティス・ブックス（Curtis Books）"The Abductor"
◇巨匠賞
ロス・マクドナルド（Ross Macdonald）

1975年
◇長編賞
ジョン・クリアリー（Jon Cleary）「法王の身代金」"Peter's Pence"
◇処女長編賞
グレゴリー・マクドナルド（Gregory McDonald）「フレッチ 殺人方程式」"Fletch"
◇ペーパーバック賞

ロイ・ウィンザー（Roy Winsor）「死体が歩いた」"The Corpse That Walked"
◇短編賞
ルース・レンデル（Ruth Rendell）「カーテンが降りて」"The Fallen Curtain"
◇犯罪実話賞
ヴィンセント・バグリオーシ（Vincent Bugliosi），カート・ジェントリー（Curt Gentry）"Helter Skelter"
◇ジュヴナイル賞
ジェイ・ベネット（Jay Bennett）"The Dangling Witness"
◇TVエピソード賞
ロバーツ・コリンズ（Roberts Collins）「ポリス・ストーリー」シーズン2 第2話 "Requiem for C.Z.Smith"—Series："Police Story"
◇TVフィーチャー・ミニシリーズ賞
ジョエル・オリアンスキー（Joel Oliansky）"The Law"
◇映画賞
ロバート・タウン（Robert Towne）「チャイナタウン」"Chinatown"
◇スペシャルエドガー
ハワード・ヘイクラフト（Howard Haycraft）
フランシス・M.ネヴィンズ,Jr.（Francis M. Nevins,Jr.）"Royal Bloodline：Ellery Queen, Author and Detective"
◇大鴉賞
ロイヤル・シェイクスピア劇団（Royal Shakespeare Company）
◇装丁賞
ダブルデイ（Doubleday）"Tales of the Black Widowers"
ポケットブックス（Pocket Books）"The Hubschmann Effect"
◇巨匠賞
エリック・アンブラー（Eric Ambler）

1976年
◇長編賞
ブライアン・ガーフィールド（Brian Garfield）「ホップスコッチ」"Hopscotch"
◇処女長編賞
レックス・バーンズ（Rex Burns）「白の捜査線」"The Alvarez Journal"

025 アメリカ探偵作家クラブ賞　　　　　　　　　　ミステリー

- ◇ペーパーバック賞
  ジョン・R.フィーゲル（John R.Feegel）「検屍解剖」"Autopsy"
- ◇短編賞
  ジェシ・ヒル・フォード（Jesse Hill Ford）「留置所」"The Jail"
- ◇犯罪実話賞
  トム・ウィッカー（Tom Wicker）"A Time To Die"
- ◇ジュヴナイル賞
  ロバート・C.オブライエン（Robert C. O'Brien）"Z for Zachariah"
- ◇TVエピソード賞
  ジョー・ゴアズ（Joe Gores）「刑事コジャック」シーズン3 第11話 "No Immunity for Murder"―Series："Kojak"
- ◇TVフィーチャー・ミニシリーズ賞
  ウィリアム・バスト（William Bast）「女死刑囚の秘密」"The Legend of Lizzie Borden"
- ◇映画賞
  デヴィッド・レイフィール（David Rayfiel），ロレンツォ・センプル,Jr.（Lorenzo Semple,Jr.）「コンドル」"Three Days of the Condor"
- ◇スペシャルエドガー
  ホルヘ・ルイス・ボルヘス（Jorge Luis Borges）
  ドナルド・J.ソボル（Donald J.Sobol）"Encyclopedia Brown books"
- ◇大鴉賞
  エディ・ローレンス（Eddie Lawrence）
  レオ・マーゴリーズ（Leo Margolies）
- ◇巨匠賞
  グレアム・グリーン（Graham Greene）

1977年
- ◇長編賞
  ロバート・B.パーカー（Robert B.Parker）「約束の地」"Promised Land"
- ◇処女長編賞
  ジェイムズ・パターソン（James Patterson）「ナッシュビルの殺し屋」"The Thomas Berryman Number"
- ◇ペーパーバック賞
  グレゴリー・マクドナルド（Gregory McDonald）「フレッチ 死体のいる迷路」"Confess, Fletch"
- ◇短編賞
  エタ・リーヴェス（Etta Revesz）「恐ろしい叫びのような」"Like a Terrible Scream"
- ◇犯罪実話賞
  トーマス・トンプソン（Thomas Thompson）"Blood and Money"
- ◇批評・評伝賞
  マーヴィン・ラックマン（Marvin Lachman），オットー・ペンズラー（Otto Penzler），チャールズ・シャイバック（Charles Shibuk），クリス・スタインブラナー（Chris Steinbrunner）"Encyclopedia of Mystery and Detection"
- ◇ジュヴナイル賞
  リチャード・ペック（Richard Peck）"Are You in the House Alone？"
- ◇TVエピソード賞
  ジェイムズ・J.スウィーニー（James J. Sweeney）「サンフランシスコ捜査線」シーズン4 第17話 "Requiem for Murder"― Series："Streets of San Francisco"
- ◇TVフィーチャー・ミニシリーズ賞
  J.P.ミラー（J.P.Miller）「ヘルター・スケルター」"Helter-Skelter"
- ◇映画賞
  アーネスト・レーマン（Ernest Lehman）「ヒッチコックのファミリー・プロット」"Family Plot"

1978年
- ◇長編賞
  ウイリアム・H.ハラハン（William H. Hallahan）「亡命詩人, 雨に消ゆ」"Catch Me: Kill Me"
- ◇処女長編賞
  ロバート・ロス（Robert Ross）"A French Finish"
- ◇ペーパーバック賞
  マイク・ジャン（Mike Jahn）"The Quark Maneuver"
- ◇短編賞
  トマス・ウォルシュ（Thomas Walsh）「最後のチャンス」"Chance After Chance"
- ◇犯罪実話賞
  バーバラ・エイミエル（Barbara Amiel），

ジョージ・ジョナス（George Jonas）"By Persons Unknown"
◇批評・評伝賞
ジョン・マカリア（John McAleer）"Rex Stout"
◇ジュヴナイル賞
エロイーズ・ジャーヴィス・マグロー（Eloise Jarvis McGraw）"A Really Weird Summer"
◇TVエピソード賞
トニー・ローレンス（Tony Lawrence），ルー・ショウ（Lou Shaw）「Dr.刑事クインシー」シーズン2 第3話 "The Thighbone Is Connected to the Knee Bone"— Series："Quincy"
◇TVフィーチャー・ミニシリーズ賞
ゴードン・コトラー（Gordon Cotler），ドン・M.マンキウィッツ（Don M. Mankiewicz）"Men Who Love Women"— Series："Rosetti and Ryan"pilot
◇映画賞
ロバート・ベントン（Robert Benton）「レイト・ショー」"The Late Show"
◇スペシャルエドガー
アレン・J.ヒュービン（Allen J Hubin）
デリス・ウィン（Dilys Winn）"Murder Ink"
ローレンス・トリート（Lawrence Treat）"Mystery Writer's Handbook"
◇大鴉賞
ダニー・アーノルド（Danny Arnold）"Barney Miller"
エドウィン・ゴーリー（Edwin Corcy）"Dracula on Broadway"
リチャード・N.ヒューズ（Richard N. Hughes）"I Am My Brother's Keeper"
◇巨匠賞
ダフネ・デュ・モーリア（Daphne du Maurier）
ドロシー・B.ヒューズ（Dorothy B.Hughes）
ナイオ・マーシュ（Ngaio Marsh）

1979年
◇長編賞
ケン・フォレット（Ken Follett）「針の眼」"The Eye of the Needle"
◇処女長編賞
ウイリアム・L.デアンドリア（William L. DeAndrea）「視聴率の殺人」"Killed in the Ratings"
◇ペーパーバック賞
フランク・バンディ（Frank Bandy）「ブラックボックス」"Deceit and Deadly Lies"
◇短編賞
バーバラ・オウエンズ（Barbara Owens）"The Cloud Beneath The Eaves"
◇犯罪実話賞
ヴィンセント・バグリオーシ（Vincent Bugliosi），ケン・ハーウィッツ（Ken Hurwitz）"Til Death Do Us Part"
◇批評・評伝賞
グウェン・ロビンス（Gwen Robins）"The Mystery of Agatha Christie"
◇ジュヴナイル賞
デーナ・ブルッキンズ（Dana Brookins）"Alone in Wolf Hollow"
◇TVエピソード賞
ロバート・ヴァン・スコヤック（Robert Van Scoyk）「刑事コロンボ」第42作「美食の報酬」"Murder Under Glass"— Series："Columbo"
◇TVフィーチャー・ミニシリーズ賞
ロバート・レンスキー（Robert Lenski）「デイン家の呪い」"Dashiell Hammett's The DainCurse"
◇映画賞
ウィリアム・ゴールドマン（William Goldman）「マジック」"Magic"
◇スペシャルエドガー
フレデリック・ダネイ（Frederic Dannay）
ミニョン・G.エバハート（Mignon G. Eberhart）
リチャード・レビンソン（Richard Levinson），ウィリアム・リンク（William Link）"Columbo and Ellery Queen TV series"
◇大鴉賞
アルバート・テデスキ（Alberto Tedeschi）
◇巨匠賞
アーロン・マーク・スタイン（Aaron Marc Stein）

1980年
◇長編賞
アーサー・メイリング（Arthur Maling）

「ラインゴルト特急の男」"The Rheingold Route"
◇処女長編賞
　リチャード・ノース・パタースン (Richard North Patterson)「ラスコの死角」"The Lasko Tangent"
◇ペーパーバック賞
　ウイリアム・L.デアンドリア (William L. DeAndrea)「ホッグ連続殺人」"The Hog Murders"
◇短編賞
　ジェフリイ・ノーマン (Geoffrey Norman)「拳銃所持につき危険」"Armed and Dangerous"
◇犯罪実話賞
　ロバート・リンゼイ (Robert Lindsay) "The Falcon and the Snowman"
◇批評・評伝賞
　ラルフ・E.ホーン (Ralph E.Hone) "Dorothy L.Sayers, A Literary Biography"
◇ジュヴナイル賞
　ジョーン・ラウリー・ニクソン (Joan Lowery Nixon) "The Kidnapping of Christina Lattimore"
◇TVエピソード賞
　ロビン・チャップマン (Robin Chapman)，ロアルド・ダール (Roald Dahl)「ロアルド・ダール劇場 予期せぬ出来事」第11作「永遠の名作」"Skin"— Series："Roald Dahl's Tales of the Unexpected"
◇TVフィーチャー・ミニシリーズ賞
　リチャード・レビンソン (Richard Levinson)，ウィリアム・リンク (William Link)「謎の完全殺人」"Murder by Natural Causes"
◇映画賞
　マイケル・クライトン (Michael Crichton)「大列車強盗」"The Great Train Robbery"
◇演劇賞
　アイラ・レヴィン (Ira Levin)「Death Trap"
◇スペシャルエドガー
　チェスター・ゴールド (Chester Gould) "Dick Tracy"
　アレン・J.ヒュービン (Allen J Hubin) "The Bibliography of Crimie Fiction, 1749-1975"
　J.H.H.ゴート (J.H.H.Gaute)，ロビン・オーデル (Robin Odell) "The Murderers' Who's Who"
◇大鴉賞
　"Muppet Murders"—「マペットショウ」(Muppet Show)（TV番組）
◇巨匠賞
　W.R.バーネット (W.R.Burnett)

1981年
◇長編賞
　ディック・フランシス (Dick Francis)「利腕」"Whip Hand"
◇処女長編賞
　ケイ・ノルティ・スミス (Kay Nolte Smith)「第三の眼」"The Watcher"
◇ペーパーバック賞
　ビル・S.グレンジャー (Bill Granger)「目立ちすぎる死体」"Public Murders"
◇短編賞
　クラーク・ハワード (Clark Howard)「ホーン・マン」"Horn Man"
◇犯罪実話賞
　フレッド・ハーウェル (Fred Harwell) "A True Deliverance"
◇批評・評伝賞
　ジョン・ライリー (John Reilly) "Twentiety Century Crime and Mystery Writers"
◇ジュヴナイル賞
　ジョーン・ラウリー・ニクソン (Joan Lowery Nixon) "The Seance"
◇TVエピソード賞
　ドナルド・P.ベリサリオ (Donald P. Bellisario)，グレン・ラーソン (Glen A. Larson)「私立探偵マグナム」シーズン1 第3話 "China Doll"—Series："Magnum P.I."
◇TVフィーチャー・ミニシリーズ賞
　アルバート・ルーベン (Albert Ruben)「ミッキー・ロック―ロサンゼルス美女連続殺人」"City in Fear"
◇映画賞
　ジョゼフ・ウォンボー (Joseph Wambaugh)「ブラック・マーブル」"The Black Marble"

◇演劇賞
　ポール・ネイザン（Paul Nathan）"Ricochet"
◇スペシャルエドガー
　ローレンス・スピヴァク（Lawrence Spivak）
　ジョアン・ウィルソン（Joan Wilson）"Mystery！"
　"The Edge of Night"
◇巨匠賞
　スタンリー・エリン（Stanley Ellin）

1982年
◇長編賞
　ウイリアム・ベイヤー（William Bayer）「キラーバード,急襲」"Peregrine"
◇処女長編賞
　スチュアート・ウッズ（Stuart Woods）「警察署長」"Chiefs"
◇ペーパーバック賞
　L.A.モース（L.A.Morse）「オールド・ディック」"The Old Dick"
◇短編賞
　ジャック・リッチー（Jack Ritchie）「エミリーがいない」"The Absence of Emily"
◇犯罪実話賞
　ロバート・グリーン（Robert W.Greene）"The Sting Man"
◇批評・評伝賞
　ジョン・L.ブリーン（Jon L.Breen）"What About Murder？"
◇ジュヴナイル賞
　ノーマ・フォックス・メイザー（Norma Fox Mazer）"Taking Terri Mueller"
◇TVエピソード賞
　スティーヴン・ボチコ（Steven Bochco），マイケル・コゾル（Michael Kozoll）「ヒル・ストリート・ブルース」シーズン1 第1話「分署番外地」"Hill Street Station"—Series："Hill Street Blues"
◇TVフィーチャー・ミニシリーズ賞
　サム・H.ロルフ（Sam H.Rolfe）"Lilljoy"
◇映画賞
　ジェフリー・アラン・フィスキン（Jeffrey Alan Fiskin）「男の傷」"Cutter's Way"
◇演劇賞
　ジェローム・コドロフ（Jerome Chodorov），ノーマン・パナマ（Norman Panama）"A Talent for Murder"
◇スペシャルエドガー
　ウィリアム・ヴィヴィアン・バトラー（William Vivian Butler）"The Young Detective's Handbook"
◇巨匠賞
　ジュリアン・シモンズ（Julian Symons）

1983年
◇長編賞
　リック・ボイヤー（Rick Boyer）「ケープ・コッド危険水域」"Billingsgate Shoal"
◇処女長編賞
　トマス・ペリー（Thomas Perry）「逃げる殺し屋」"The Butcher'sBoy"
◇ペーパーバック賞
　テリー・ホワイト（Teri White）「真夜中の相棒」"Triangle"
◇短編賞
　フレデリック・フォーサイス（Frederick Forsyth）「アイルランドに蛇はいない」"There Are No Snakes in Ireland"
◇犯罪実話賞
　リチャード・ハマー（Richard Hammer）"The Vatican Connection"
◇批評・評伝賞
　ロイ・フープス（Roy Hoopes）"Cain"
◇ジュヴナイル賞
　ロビー・ブランスカム（Robbie Branscum）"The Murder of Hound Dog Bates"
◇TVエピソード賞
　ジョエル・スタイガー（Jool Steiger）「探偵レミントン・スティール」シーズン1 第20話「犯人は私!?アラン山荘の密室殺人」"In The Steele of the Night"—Series："Remington Steele"
◇TVフィーチャー・ミニシリーズ賞
　リチャード・レビンソン（Richard Levinson），ウィリアム・リンク（William Link）「殺しのリハーサル」"Rehearsal for Murder"
◇映画賞
　バリー・キーフ（Barrie Keefe）「長く熱い週末」"The Long Good Friday"
◇スペシャルエドガー
　スティーヴン・タルボット（Stephen Talbot）"The Case of Dashiell

Hammett"
◇エラリー・クイーン賞
　エマ・レイサン (Emma Lathen)
◇大鴉賞
　アイザック・バシェヴィス・シンガー (Isaac Bashevis Singer)
◇巨匠賞
　マーガレット・ミラー (Margaret Millar)

1984年
◇長編賞
　エルモア・レナード (Elmore Leonard)「ラ・ブラバ」"La Brava"
◇処女長編賞
　ウイル・ハリス (Will Harriss)「殺人詩篇」"The Bay Psalm Book Murder"
◇ペーパーバック賞
　マーガレット・トレイシー (Margaret Tracy)「切り裂き魔の森」"Mrs. White"
◇短編賞
　ルース・レンデル (Ruth Rendell)「女ともだち」"The New Girlfriend"
◇犯罪実話賞
　シェイナ・アレキサンダー (Shana Alexander) "Very Much A Lady"
◇批評・評伝賞
　ドナルド・スポト (Donald Spoto) "The Dark Side of Genius: The Life of Alfred Hitchcock"
◇ジュヴナイル賞
　シンシア・ヴォイト (Cynthia Voigt) "The Callender Papers"
◇TVエピソード賞
　ジョー・アイジンガー (Jo Eisinger)「私立探偵フィリップ・マーロウ」シーズン1 第1話「殺しのペンシル」"The Pencil"—Series: "Philip Marlowe"
◇TVフィーチャー・ミニシリーズ賞
　ビル・ストラットン (Bill Stratton)「私立探偵マイク・ハマー1—殺しの陰謀」"Mickey Spillane's Murder Me, Murder You"
◇映画賞
　デニス・ポッター (Dennis Potter)「ゴーリキー・パーク」"Gorky Park"
◇スペシャルエドガー
　John Michael Gibson, リチャード・ラン

セリン・グリーン (Richard Lancelyn Green) "A Bibliography of A.Conan Doyle"
◇ロバート・L.フィッシュ賞
　リリー・カールソン (Lilly Carlson) "Locked Doors"
◇大鴉賞
　シルヴィア・ポーター (Sylvia Porter)
◇巨匠賞
　ジョン・ル・カレ (John le Carré)

1985年
◇長編賞
　ロス・トーマス (Ross Thomas)「女刑事の死」"Briar Patch"
◇処女長編賞
　リチャード・ローゼン (R.D.Rosen)「ストライク・スリーで殺される」"Strike Three, You're Dead"
◇ペーパーバック賞
　モリー・コクラン (Molly Cochran), ウォーレン・マーフィー (Warren Murphy)「グランドマスター」"Grandmaster"
◇短編賞
　ローレンス・ブロック (Lawrence Block) "By Dawn's Early Light"
◇犯罪実話賞
　マイク・ワイス (Mike Weiss) "Double Play: The San Francisco City Hall Killings"
◇批評・評伝賞
　ジョン・L.ブリーン (Jon L.Breen) "Novel Verdicts: A Guide to Courtroom Fiction"
◇ジュヴナイル賞
　フィリス・レノルズ・ネイラー (Phyllis Reynolds Naylor) "Night Cry"
◇TVエピソード賞
　ピーター・S.フィッシャー (Peter S. Fischer)「ジェシカおばさんの事件簿」シーズン1 第2話「海に消えたパパ」"Deadly Lady"—Series: "Murder, She Wrote"
◇TVフィーチャー・ミニシリーズ賞
　スタンリー・カリス (Stanley Kallis)「グリッタードーム」"The Glitter Dome"
◇映画賞
　チャールズ・フラー (Charles Fuller)「ソル

ジャー・ストーリー」"A Soldier's Story"
◇スペシャルエドガー
　マーク・ニュカネン（Mark Nykaned）"The Silent Shame"
◇エラリー・クイーン賞
　ジョアン・カーン（Joan Kahn）
◇ロバート・L.フィッシュ賞
　ビル・クレンショウ（Bill Crenshaw）"Poor Dumb Mouths"
◇大鴉賞
　ユードラ・ウェルティ（Eudora Welty）
◇巨匠賞
　ドロシー・S.デイヴィス（Dorothy Salisbury Davis）

1986年
◇長編賞
　ローラリー・R.ライト（L.R.Wright）「容疑者」"The Suspect"
◇処女長編賞
　ジョナサン・ケラーマン（Jonathan Kellerman）「大きな枝が折れるとき」"When the Bough Breaks"
◇ペーパーバック賞
　ウォーレン・マーフィー（Warren Murphy）「豚は太るか死ぬしかない」"Pigs Get Fat"
◇短編賞
　ジョン・ラッツ（John Lutz）「稲妻に乗れ」"Ride the Lightening"
◇犯罪実話賞
　スティーヴン・M.L.アロンソン（Stephen M.L.Aronson）, ナタリー・ロビンス（Natalie Robins）"Savage Grace"
◇批評・評伝賞
　ピーター・ルイス（Peter Lewis）"John le Carré"
◇ジュヴナイル賞
　パトリシア・ウィンザー（Patricia Windsor）"The Sandman's Eyes"
◇TVエピソード賞
　ミック・ギャリス（Mick Garris）「世にも不思議なアメージング・ストーリー」シーズン1 第6話「驚異のファルズワース」"The Amazing Falsworth"— Series："Amazing Stories"

◇TVフィーチャー・ミニシリーズ賞
　リチャード・レビンソン（Richard Levinson）, ウィリアム・リンク（William Link）「ギルティ・コンサイエンス」"Guilty Conscience"
◇映画賞
　ウィリアム・ケリー（William Kelley）, アール・W.ウォレス（Earl W.Wallace）「刑事ジョン・ブック/目撃者」"Witness"
◇演劇賞
　ルパート・ホームズ（Rupert Holmes）"The Mystery of Edwin Drood"
◇スペシャルエドガー
　ワルター・アルバート（Walter Albert）"Detective and Mystery Fiction：An International Bibliography of Secondary Sources"
◇ロバート・L.フィッシュ賞
　ダグ・アリン（Doug Allyn）"Final Rites"
◇大鴉賞
　スージー・オッペンハイマー（Suzi Oppenheimer）
◇巨匠賞
　エド・マクベイン（Ed McBain）

1987年
◇長編賞
　バーバラ・ヴァイン（Barbara Vine）「死との抱擁」"A Dark-Adapted Eye"
◇処女長編賞
　ラリー・バインハート（Larry Beinhart）「ただでは乗れない」"No One Rides for Free"
◇ペーパーバック賞
　ロバート・キャンベル（Robert Campbell）「ごみ溜めの犬」"The Junkyard Dog"
◇短編賞
　ロバート・サンプスン（Robert Sampson）「ピントン郡の雨」"Rain in Pinton County"
◇犯罪実話賞
　カールトン・ストアーズ（Carlton Stowers）"Careless Whispers：The True Story of a Triple Murder and the Determined Lawman Who Wouldn't Give Up"
◇批評・評伝賞
　エリック・アンブラー（Eric Ambler）

"Here Lies: An Autobiography"
◇ジュヴナイル賞
　ジョーン・ラウリー・ニクソン（Joan Lowery Nixon）"The Other Side of Dark"
◇TVエピソード賞
　D.ジャクソン（David Jackson）「ザ・シークレット・ハンター」第32話「苦しみの沈黙」"The Cup"—Series:"The Equalizer"
◇TVフィーチャー・ミニシリーズ賞
　フィル・ペニングロス（Phil Penningroth）「大きな枝が折れるとき」"When the Bough Breaks"
◇映画賞
　E.マックス・フライ（E.Max Frye）「サムシング・ワイルド」"Something Wild"
◇エラリー・クイーン賞
　エリナー・サリバン（Eleanor Sullivan）
◇ロバート・L.フィッシュ賞
　マリー・キトリッジ（Mary Kittredge）"Father to the Man"
◇巨匠賞
　マイケル・ギルバート（Michael Gilbert）

1988年
◇長編賞
　アーロン・エルキンズ（Aaron Elkins）「古い骨」"Old Bones"
◇処女長編賞
　デイドラ・S.ライケン（Deidre S.Laiken）「冷たい眼が見ている」"Death Among Strangers"
◇ペーパーバック賞
　シャーリン・マクラム（Sharyn McCrumb）「暗黒太陽の浮気娘」"Bimbos of the Death Sun"
◇短編賞
　ハーラン・エリスン（Harlan Ellison）「ソフト・モンキー」"Soft Monkey"
◇犯罪実話賞
　リチャード・ハマー（Richard Hammer）"CBS Murders"
◇批評・評伝賞
　ルロイ・ラッド・パネク（Leroy Lad Panek）"Introduction to the Detective Story"
◇ジュヴナイル賞
　スーザン・シュリーブ（Susan Shreve）"Lucy Forever and Miss Rosetree, Shrinks"
◇TVエピソード賞
　ジェレミー・ポール（Jeremy Paul）「シャーロック・ホームズの冒険」シーズン3 第3話「マスグレーブ家の儀式書」"The Musgrave Ritual"—Series:"Mystery！"（"The Return of Sherlock Holmes"）
◇TVフィーチャー・ミニシリーズ賞
　ウィリアム・ヘンリー（William Hanley）"Nutcracker: Money, Murder, and Madness"
◇映画賞
　ジム・カウフ（Jim Kouf）「張り込み」"Stakeout"
◇エラリー・クイーン賞
　ルス・キャヴィン（Ruth Cavin）
◇ロバート・L.フィッシュ賞
　エリック・M.ハイドマン（Eric M. Heideman）"Roger, Mr.Whilkie！"
◇大鴉賞
　アンジェラ・ランズベリー（Angela Lansbury）
　ヴィンセント・プライス（Vincent Price）
◇巨匠賞
　フィリス・A.ホイットニー（Phyllis A. Whitney）

1989年
◇長編賞
　スチュワート・M.カミンスキー（Stuart M. Kaminsky）「ツンドラの殺意」"A Cold Red Sunrise"
◇処女長編賞
　デヴィッド・スタウト（David Stout）「カロライナの殺人者」"Carolina Skeletons"
◇ペーパーバック賞
　ティモシー・フィンドリー（Timothy Findley）「嘘をつく人びと」"The Telling of Lies"
◇短編賞
　ビル・クレンショウ（Bill Crenshaw）「映画館」"Flicks"
◇犯罪実話賞
　ハリー・N.マクリーン（Harry N.MacLean）"In Broad Daylight"

- ◇批評・評伝賞
  - フランシス・M.ネヴィンズ,Jr.(Francis M. Nevins,Jr.) "Cornell Woolrich: First You Dream, Then You Die"
- ◇YA賞
  - ソニア・レヴィタン(Sonia Levitin) "Incident at Loring Groves"
- ◇ジュヴナイル賞
  - ウィロ・デイヴィス・ロバーツ(Willo Davis Roberts) "Megan's Island"
- ◇TVエピソード賞
  - ゲーリー・ホプキンス(Gary Hopkins)「シャーロック・ホームズの冒険」シーズン2 第1話「悪魔の足」 "The Devil's Foot"—Series:"Mystery!"("The Return of Sherlock Holmes")
- ◇TVフィーチャー・ミニシリーズ賞
  - デヴィッド・J.キングホーン(David J. Kinghorn)「L.A.アンタッチャブル」 "Man Against the Mob"
- ◇映画賞
  - エロール・モリス(Errol Morris) "The Thin Blue Line"
- ◇スペシャルエドガー
  - ジョアン・カーン(Joan Kahn)
- ◇エラリー・クイーン賞
  - リチャード・レビンソン(Richard Levinson)
  - ウィリアム・リンク(William Link)
- ◇ロバート・L.フィッシュ賞
  - リンダ・O.ジョンストン(Linda O. Johnston) "Different Drummers"
- ◇人鴉賞
  - バウチャーコン世界ミステリー大会(Bouchercon Annual World Mystery Convention)
  - マリリン・エイブラムス(Marilyn Abrams), ブルース・ジョーダン(Bruce Jordan) "Shear Madness"
- ◇巨匠賞
  - ヒラリー・ウォー(Hillary Waugh)

1990年
- ◇長編賞
  - ジェイムズ・リー・バーク(James Lee Burke)「ブラック・チェリー・ブルース」 "Black Cherry Blues"
- ◇処女長編賞
  - スーザン・ウルフ(Susan Wolfe)「相棒は女刑事」 "The Last Billable Hour"
- ◇ペーパーバック賞
  - キース・ピーターソン(Keith Peterson)「夏の稲妻」 "The Rain"
- ◇短編賞
  - ドナルド・E.ウェストレイク(Donald E. Westlake)「悪党どもが多すぎる」 "Too Many Crooks"
- ◇犯罪実話賞
  - ジャック・オールセン(Jack Olsen) "Doc: The Rape of the Town of Lovell"
- ◇批評・評伝賞
  - ノーマン・シェリー(Norman Sherry) "The Life of Graham Greene"
- ◇YA賞
  - アレイン・ファーガスン(Alane Ferguson) "Show Me the Evidence"
- ◇TVエピソード賞
  - デヴィッド・J.バーク(David J.Burke), アルフォンス・ルッジェロ,Jr.(Alfonse Ruggiero,Jr.) "White Noise"—Series:"Wiseguy"
- ◇TVフィーチャー・ミニシリーズ賞
  - ジョン・セイルズ(John Sayles)「弁護士シャノン」 "Shannon's Deal"
- ◇映画賞
  - ダニエル・ウォーターズ(Daniel Waters)「ヘザース/ベロニカの熱い日」 "Heathers"
- ◇演劇賞
  - ラリー・ゲルバート(Larry Gelbart) "City of Angels"
- ◇エラリー・クイーン賞
  - ジョエル・デイヴィス(Joel Davis)
- ◇ロバート・L.フィッシュ賞
  - コニー・コルト(Connie Colt) "Hawks"
- ◇巨匠賞
  - ヘレン・マクロイ(Helen McCloy)

1991年
- ◇長編賞
  - ジュリー・スミス(Julie Smith)「ニューオリンズの葬送」 "New Orleans Mourning"
- ◇処女長編賞
  - パトリシア・コーンウェル(Patricia

Cornwell)「検屍官」"Postmortem"
◇ペーパーバック賞
　デイビッド・ハンドラー(David Handler) "The Man Who Would Be F.Scott Fitzgerald"
◇短編賞
　リン・バレット(Lynne Barrett)「エルヴィスは生きている」"Elvis Lives"
◇犯罪実話賞
　ピーター・マース(Peter Maas) "In a Child's Name"
◇批評・評伝賞
　ジョン・コンクェスト(John Conquest) "Trouble is Their Business: Private Eyes in Fiction, Film, and Television, 1927-1988"
◇YA賞
　チャプ・リーヴァー(Chap Reaver) "Mote"
◇ジュヴナイル賞
　パム・コンラッド(Pam Conrad) "Stonewords"
◇TVエピソード賞
　ポール・ブラウン(Paul Brown)「タイムマシーンにお願い」シーズン2 第17話「哀しい愛」"Goodnight, Dear Heart" —Series : "Quantum Leap"
◇TVフィーチャー・ミニシリーズ賞
　シンシア・シドル(Cynthia Cidre) "Killing in a Small Town"
◇映画賞
　ドナルド・E.ウェストレイク(Donald E. Westlake)「グリフターズ/詐欺師たち」"The Grifters"
◇演劇賞
　ルパート・ホームズ(Rupart Holmes) "Accomplice"
◇スペシャルエドガー
　ジェイ・ロバート・ナッシュ(Jay Robert Nash) "The Encyclopedia of World Crime, Criminal Justice, Criminology, and Law Enforcement"
◇ロバート・L.フィッシュ賞
　ジェリィ・F.スカーキー(Jerry F.Skarky)「ウィリーの物語」"Willie's Story"
◇大鴉賞
　キャロル・ブレナー(Carol Brener)

サラ・ブース・コンロイ(Sarah Booth Conroy)
◇巨匠賞
　トニイ・ヒラーマン(Tony Hillerman)
1992年
◇長編賞
　ローレンス・ブロック(Lawrence Block)「倒錯の舞踏」"A Dance at the Slaughterhouse"
◇処女長編賞
　ピーター・ブローナー(Peter Blauner)「欲望の街」"Slow Motion Riot"
◇ペーパーバック賞
　トマス・アドコック(Thomas Adcock)「死を告げる絵」"Dark Maze"
◇短編賞
　ウェンディ・ホーンズビー(Wendy Hornsby)「九人の息子たち」"Nine Sons"
◇犯罪実話賞
　デヴィッド・サイモン(David Simon) "Homicide: A Year on the Killing Streets"
◇批評・評伝賞
　ケネス・シルバーマン(Kenneth Silverman) "Edgar A.Poe: Mournful and Never-Ending Remembrance"
◇YA賞
　セオドア・テイラー(Theodore Taylor) "The Weirdo"
◇ジュヴナイル賞
　ベッツィ・バイアーズ(Betsy Byars) "Wanted...Mud Blossom"
◇TVエピソード賞
　マイケル・ベイカー(Michael Baker), デヴィッド・レンウィック(David Renwick)「名探偵ポアロ」シーズン2 第3話「消えた廃坑」"Poirot: The Lost Mine"
◇TVフィーチャー・ミニシリーズ賞
　ビル・コンドン(Bill Condon), ロイ・ヨハンセン(Roy Johansen)「殺人調書101」"Murder 101"
◇映画賞
　テッド・タリー(Ted Tally)「羊たちの沈黙」"The Silence of the Lambs"
◇エラリー・クイーン賞

マーガレット・ノートン（Margaret Norton）
◇大鴉賞
ハロルド・Q.マスア（Harold Q.Masur）
◇巨匠賞
エルモア・レナード（Elmore Leonard）

1993年
◇長編賞
マーガレット・マロン（Margaret Maron）「密造人の娘」"Bootlegger's Daughter"
◇処女長編賞
マイクル・コナリー（Michael Connelly）「ナイトホークス」"The Black Echo"
◇ペーパーバック賞
デイナ・スタベノウ（Dana Stabenow）「白い殺意」"A Cold Day for Murder"
◇短編賞
ベンジャミン・M.シュッツ（Benjamin M. Schutz）「メアリー、ドアを閉めて」（『メアリー、ドアを閉めて』収録）（別題「メアリー、メアリー、ドアを閉めて」『エドガー賞全集—1990〜2007』収録）"Mary, Mary, Shut the Door"
◇犯罪実話賞
ハリー・ファーレル（Harry Farrell）"Swift Justice"
◇批評・評伝賞
ジョン・ロアリー（John Loughery）"Alias S.S.Van Dine"
◇YA賞
チャプ・リーヴァー（Chap Reaver）"A Little Bit Dead"
◇ジュヴナイル賞
イヴ・バンティング（Eve Bunting）"Coffin on a Case！"
◇TVエピソード賞
ルネ・バルサー（Rene Balcer）、マイケル・S.チャーヌチン（Michael S.Chernuchin）「ロー&オーダー」シーズン3 第2話「リーダー暗殺」"Conspiracy"—Series："Law & Order"
◇TVフィーチャー・ミニシリーズ賞
リンダ・ラプラント（Lynda LaPlante）「第一容疑者」"Prime Suspect"—Series："Mystery！"
◇映画賞
マイケル・トルキン（Michael Tolkin）「ザ・プレイヤー」"The Player"

◇ロバート・L.フィッシュ賞
スティーヴン・セイラー（Stephen Saylor）"A Will Is A Way"
◇大鴉賞
ビル・クリントン（Bill Clinton）
◇巨匠賞
ドナルド・E.ウェストレイク（Donald E. Westlake）

1994年
◇長編賞
ミネット・ウォルターズ（Minette Walters）「女彫刻家」"The Sculptress"
◇処女長編賞
ローリー・R.キング（Laurie R.King）「捜査官ケイト」"A Grave Talent"
◇ペーパーバック賞
スティーヴン・ウォマック（Steven Womack）「殴られてもブルース」"Dead Folk's Blues"
◇短編賞
ローレンス・ブロック（Lawrence Block）「ケラーの治療法」"Keller's Therapy"
◇犯罪実話賞
ベーラ・スタンボ（Bella Stumbo）"Until the Twelfth of Never"
◇批評・評伝賞
バール・ベアラー（Burl Barer）"The Saint：A Complete History"
◇YA賞
ジョーン・ラウリー・ニクソン（Joan Lowery Nixon）"The Name of the Game Was Murder"
◇ジュヴナイル賞
バーバラ・ブルックス・ウォラス（Barbara Brooks Wallace）"The Twin in the Tavern"
◇TVエピソード賞
デヴィッド・ミルチ（David Milch）「NYPDブルー」シーズン1 第2話「取引き」"4B or Not 4B"—Series："NYPD Blue"
◇TVフィーチャー・ミニシリーズ賞
アラン・キュービット（Allan Cubitt）「第一容疑者2 顔のない少女」"Prime Suspect 2"—Series："Mystery！"
◇映画賞
エブ・ロー・スミス（Ebbe Roe Smith）

025 アメリカ探偵作家クラブ賞　　　ミステリー

　　「フォーリング・ダウン」 "Falling Down"
◇エラリー・クイーン賞
　オットー・ペンズラー (Otto Penzler)
◇ロバート・L.フィッシュ賞
　D.A.マグアイア (D.A.McGuire) "Wicked Twist"
◇巨匠賞
　ローレンス・ブロック (Lawrence Block)

1995年
◇長編賞
　メアリー・W.ウォーカー (Mary Willis Walker)「処刑前夜」 "The Red Scream"
◇処女長編賞
　ジョージ・ドーズ・グリーン (George Dawes Green)「ケイヴマン」 "The Caveman's Valentine"
◇ペーパーバック賞
　リザ・スコットライン (Lisa Scottoline)「最後の訴え」 "Final Appeal"
◇短編賞
　ダグ・アリン (Doug Allyn)「ダンシング・ベア」 "The Dancing Bear"
◇犯罪実話賞
　ジョー・ドマニック (Joe Domanick) "To Protect and Serve"
◇批評・評伝賞
　ウイリアム・L.デアンドリア (William L. DeAndrea) "Encyclopedia Mysteriosa"
◇YA賞
　ナンシー・スプリンガー (Nancy Springer) "Toughing It"
◇ジュヴナイル賞
　ウィロ・デイビス・ロバーツ (Willo Davis Roberts) "The Absolutely True Story.. How I Visited Yellowstone Park with the Terrible Rubes"
◇TVエピソード賞
　スティーヴン・ボチコ (Steven Bochco), ウェイロン・グリーン (Walon Green), デヴィッド・ミルチ (David Milch)「NYPDブルー」シーズン2 第5話「赴任」 "Simone Says"—Series : "NYPD Blue"
◇TVフィーチャー・ミニシリーズ賞
　ジミー・マクガヴァーン (Jimmy McGovern)「心理探偵フィッツ」シーズン1「恐るべき恋人たち」前中後編 "Cracker: To Say I Love You"—Series : "A & E Mystery"
◇映画賞
　クエンティン・タランティーノ (Quentin Tarantino)「パルプ・フィクション」 "Pulp Fiction"
◇エラリー・クイーン賞
　マーティン・H.グリーンバーグ (Martin H. Greenberg)
◇ロバート・L.フィッシュ賞
　バティヤ・スウィフト・ヤスガー (Batya Swift Yasgur)「ハリーおじさん」 "Me and Mr.Harry"
◇大鴉賞
　ポール・ルクレール (Paul LeClerc)
◇巨匠賞
　ミッキー・スピレイン (Mickey Spillane)

1996年
◇長編賞
　ディック・フランシス (Dick Francis)「敵手」 "Come to Grief"
◇処女長編賞
　デイヴィッド・ハウスライト (David Housewright)「ツイン・シティに死す」 "Penance"
◇ペーパーバック賞
　ウイリアム・ヘファナン (William Heffernan)「誘惑の巣」 "Tarnished Blue"
◇短編賞
　ジーン・B.クーパー (Jean B Cooper)「刑事の相続人」 "The Judge's Boy"
◇犯罪実話賞
　ピート・アーリイ (Pete Earley) "Circumstantial Evidence"
◇批評・評伝賞
　ロバート・ポリート (Robert Polito) "Savage Art: A Biography of Jim Thompson"
◇YA賞
　ロブ・マグレガー (Rob MacGregor) "Prophecy Rock"
◇ジュヴナイル賞
　ナンシー・スプリンガー (Nancy Springer) "Looking for Jamie Bridger"

◇TVエピソード賞
　テリーザ・レベック（Theresa Rebeck）「NYPDブルー」シーズン3 第2話「刺殺」"Torah！Torah！Torah！"—Series："NYPD Blue"（ABC）
◇TVフィーチャー・ミニシリーズ賞
　クリス・ジェロルモ（Chris Gerolmo）「ロシア52人虐殺犯/チカチーロ」"Citizen X"
◇映画賞
　クリストファー・マッカリー（Christopher McQuarrie）「ユージュアル・サスペクツ」"The Usual Suspects"
◇エラリー・クイーン賞
　ジャック・バルザン（Jacques Barzun）
◇ロバート・L.フィッシュ賞
　ジェイムズ・サラフィン（James Sarafin）"The Word for Breaking August Sky"
◇大鴉賞
　ライブラリ・アメリカ叢書（Library of America）
◇巨匠賞
　ディック・フランシス（Dick Francis）

1997年
　◇長編賞
　　トマス・H.クック（Thomas H.Cook）「緋色の記憶」"The Chatham School Affair"
　◇処女長編賞
　　ジョン・モーガン・ウィルスン（John Morgan Wilson）「夜の片隅で」"Simple Justice"
　◇ペーパーバック賞
　　ハーラン・コーベン（Harlan Coben）「カムバック・ヒーロー」"Fade Away"
　◇短編賞
　　マイケル・マローン（Michael Malone）「赤粘土の町」"Red Clay"
　◇犯罪実話賞
　　ダーシィ・オブライエン（Darcy O'Brien）"Power To Hurt"
　◇批評・評伝賞
　　Michael Atkinson "The Secret Marriage of Sherlock Holmes"
　◇YA賞
　　ウィロ・デイビス・ロバーツ（Willo Davis Roberts）"Twisted Summer"
　◇ジュヴナイル賞
　　ドロシー・レイノルズ・ミラー（Dorothy Reynolds Miller）"The Clearing"
　◇TVエピソード賞
　　I.C.ラポポート（I.C.Rapoport），エド・ザッカーマン（Ed Zuckerman）「ロー&オーダー」シーズン7 第7話「温情」"Deadbeat"—Series："Law & Order"
　◇TVフィーチャー・ミニシリーズ賞
　　ジミー・マクガヴァーン（Jimmy McGovern）「心理探偵フィッツ」シーズン3「真実の行方」前中後編 "Brotherly Love"—Series："Cracker"
　◇映画賞
　　ビリー・ボブ・ソーントン（Billy Bob Thornton）「スリング・ブレイド」"Sling Blade"
　◇エラリー・クイーン賞
　　フランソワ・グエリフ（François Guerif）
　◇ロバート・L.フィッシュ賞
　　デヴィッド・ヴォーン（David Vaughn）"Prosecutor of DuPrey"
　◇大鴉賞
　　マーヴィン・ラックマン（Marvin Lachman）
　◇巨匠賞
　　ルース・レンデル（Ruth Rendell）

1998年
　◇長編賞
　　ジェイムズ・リー・バーク（James Lee Burke）「シマロン・ローズ」"Cimarron Rose"
　◇処女長編賞
　　ジョゼフ・キャノン（Joseph Kanon）「ロス・アラモス 運命の閃光」"Los Alamos"
　◇ペーパーバック賞
　　ローラ・リップマン（Laura Lippman）「チャーム・シティ」"Charm City"
　◇短編賞
　　ローレンス・ブロック（Lawrence Block）「ケラーの責任」"Keller on the Spot"
　◇犯罪実話賞
　　リチャード・ファーストマン（Richard Firstman），ジェイミー・タラン（Jamie Talan）"The Death of Innocents"
　◇批評・評伝賞

N.H.カウフマン(Natalie Hevener Kaufman), C.M.ケイ(Carol McGinnis Kay) "G is for Grafton: The World of Kinsey Millhone"

◇YA賞
ウィル・ホッブス(Will Hobbs) "Ghost Canoe"

◇ジュヴナイル賞
バーバラ・ブルックス・ウォラス(Barbara Brooks Wallace) "Sparrows in the Scullery"

◇TVエピソード賞
リチャード・スウェレン(Richard Sweren), シモン・ウィンセルバーグ(Simon Wincelberg), エド・ザッカーマン(Ed Zuckerman)「ロー&オーダー」シーズン7 第19話「勝負の時」 "Double Down"—Series: "Law & Order"

◇TVフィーチャー・ミニシリーズ賞
ジョン・ミルン(John Milne)「法医学捜査班 silent witness」シーズン2 第1話・2話「Blood, Sweat, and Tears」—Series: "Silent Witness"

◇映画賞
カーティス・ハンソン(Curtis Hanson), ブライアン・ヘルゲランド(Brian Helgeland)「L.A.コンフィデンシャル」"L.A.Confidential"

◇演劇賞
デヴィッド・バー(David Barr) "The Red Death"

◇エラリー・クイーン賞
早川浩(Hiroshi Hayakawa)

◇ロバート・L.フィッシュ賞
ロザランド・ローランド(Rosaland Roland) "If Thine Eye Offend Thee"

◇大鴉賞
シルヴィア・K.ブラック(Sylvia K. Burack)

◇巨匠賞
バーバラ・マルツ(Barbara Mertz)

1999年
◇長編賞
ロバート・クラーク(Robert Clark)「記憶なき殺人」"Mr.White's Confession"

◇処女長編賞
スティーヴ・ハミルトン(Steve Hamilton)「氷の闇を越えて」"A Cold Day in Paradise"

◇ペーパーバック賞
リック・リオーダン(Rick Riordan) "The Widower's Two-Step"

◇短編賞
トム・フランクリン(Tom Franklin) "Poachers"

◇犯罪実話賞
カールトン・ストアーズ(Carlton Stowers) "To The Last Breath"

◇批評・評伝賞
モーリーン・コーリガン(Maureen Corrigan), ロビン・W.ウィンクス(Robin W.Winks) "Mystery and Suspense Writers"

◇YA賞
ナンシー・ワーリン(Nancy Werlin) "The Killer's Cousin"

◇ジュヴナイル賞
ウェンドリン・ヴァン・ドラーネン(Wendelin Van Draanen) "Sammy Keyes and the Hotel Thief"

◇TVエピソード賞
ルネ・バルサー(Rene Balcer), リチャード・スウェレン(Richard Sweren)「ロー&オーダー」シーズン8 第21話「悪女」"Bad Girl"—Series: "Law & Order"

◇TVフィーチャー・ミニシリーズ賞
チャールズ・キップス(Charles Kipps)「LAW & ORDER: 指紋が明かす真実」"Law & Order: Exiled"

◇映画賞
スコット・フランク(Scott Frank)「アウト・オブ・サイト」"Out of Sight"

◇演劇賞
ジョン・ピールマイヤー(John Pielmeier) "Voices in the Dark"

◇エラリー・クイーン賞
サラ・アン・フリード(Sara Ann Freed)

◇ロバート・L.フィッシュ賞
ブリン・ボナー(Bryn Bonner) "Clarity"

◇大鴉賞
スティーヴン・ボチコ(Steven Bochco)

◇巨匠賞
P.D.ジェームズ(P.D.James)

2000年
- ◇長編賞
  - ジャン・バーク（Jan Burke）「骨」"Bones"
- ◇処女長編賞
  - エリオット・パティスン（Eliot Pattison）「頭蓋骨のマントラ」"The Skull Mantra"
- ◇ペーパーバック賞
  - ルース・バーミンガム（Ruth Birmingham）「父に捧げる歌」"Fulton County Blues"
- ◇短編賞
  - アン・ペリー（Anne Perry）"Heroes"
- ◇犯罪実話賞
  - ジェイムズ・B.スチュアート（James B. Stewart）"Blind Eye"
- ◇批評・評伝賞
  - ダニエル・スタシャワー（Daniel Stashower）「コナン・ドイル伝」"Teller of Tales: The Life of Arthur Conan Doyle"
- ◇YA賞
  - ヴィヴィアン・ヴァンデヴェルデ（Vivian Vande Velde）"Never Trust a Dead Man"
- ◇ジュヴナイル賞
  - エリザベス・マクデヴィット・ジョーンズ（Elizabeth McDavid Jones）"The Night Flyers"
- ◇TVエピソード賞
  - ルネ・バルサー（Rene Balcer）「ロー&オーダー」シーズン9 第24話「小さな目撃者 Part II」"Refuge, Part 2"—Series: "Law & Order"
- ◇TVフィーチャー・ミニシリーズ賞
  - ウィリアム・メイシー（William H.Macy），スティーヴン・シャクター（Steven Schachter）"A Slight Case of Murder"
- ◇映画賞
  - ガイ・リッチー（Guy Ritchie）「ロック、ストック&トゥー・スモーキング・バレルズ」"Lock, Stock and Two Smoking Barrels"
- ◇演劇賞
  - ジョー・ディ・ピエトロ（Joe Di Pietro）"The Art of Murder"
- ◇エラリー・クイーン賞
  - スーザン・カーク（Susanne Kirk）
- ◇ロバート・L.フィッシュ賞
  - マイク・レイス（Mike Reiss）"Cro-Magnon, P.I."
- ◇大鴉賞
  - ハロルド・オーゲンブラウム（Harold Augenbraum）
- ◇巨匠賞
  - マーク・ヒギンズ・クラーク（Mark Higgins Clark）

2001年
- ◇長編賞
  - ジョー・R.ランズデール（Joe R.Lansdale）「ボトムズ」"The Bottoms"
- ◇処女長編賞
  - デイヴィッド・リス（David Liss）「紙の迷宮」"A Conspiracy of Paper"
- ◇ペーパーバック賞
  - マーク・グレアム（Mark Graham）「黒い囚人馬車」"The Black Maria"
- ◇短編賞
  - ピーター・ロビンスン（Peter Robinson）「ミッシング・アクション」"Missing in Action"
- ◇犯罪実話賞
  - ディック・レイア（Dick Lehr），ジェラード・オニール（Gerard O'Neill）"Black Mass: The Irish Mob, The FBI, & A Devil's Deal"
- ◇批評・評伝賞
  - イーサン・ルイス（Ethan Lewis），ロバート・キューン・マクレガー（Robert Kuhn McGregor）"Conundrums for the Long Week-End"
- ◇YA賞
  - エレイン・マリ・アルフィン（Elaine Marie Alphin）"Counterfeit Son"
- ◇ジュヴナイル賞
  - フランシス・オローク・ドウウェル（Frances O'Roark Dowell）"Dovey Coe"
- ◇TVエピソード賞
  - マイケル・R.ペリー（Michael R.Perry）「LAW & ORDER：性犯罪特捜班」シーズン1 第14話「それぞれの時効」"Limitations"—Series: "Law & Order: SVU"

◇TVフィーチャー・ミニシリーズ賞
　マイケル・チャップリン（Michael Chaplin）"Dalziel & Pascoe: On Beulah Height"
◇映画賞
　スティーヴン・ギャガン（Stephen Gaghan）「トラフィック」"Traffic"
◇スペシャルエドガー
　ミルドレッド・ヴィルト・ベンソン（Mildred Wirt Benson）
◇エラリー・クイーン賞
　ダグラス・G.グリーン（Douglas G.Greene）
◇ロバート・L.フィッシュ賞
　M.J.ジョーンズ（M.J.Jones）"The Witch and the Relic Thief"
◇大鴉賞
　バーバラ・ピータース（Barbara Peters）
　トム・シャンツ（Tom Schantz）
　エニド・シャンツ（Enid Schantz）
◇巨匠賞
　エドワード・D.ホック（Edward D.Hoch）
◇メアリ・ヒギンズ・クラーク賞
　バーバラ・ダマート（Barbara D'Amato）"Authorized Personnel Only"

2002年
　◇長編賞
　　T.ジェファーソン・パーカー（T.Jefferson Parker）「サイレント・ジョー」"Silent Joe"
　◇処女長編賞
　　D.エリス（David Ellis）"Line of Vision"
　◇ペーパーバック賞
　　ダニエル・チャバリア（Daniel Chavarria）"Adios Muchachos"
　◇短編賞
　　S.J.ローザン（S.J.Rozan）"Double-Crossing Delancy"
　◇犯罪実話賞
　　ケント・ウォーカー（Kent Walker）"Son of a Grifter"
　◇批評・評伝賞
　　ドーン・B.ソーヴァ（Dawn B.Sova）"Edgar Allan Poe: A to Z"
　◇YA賞
　　ティム・ウィン＝ジョーンズ（Tim Wynne-Jones）"The Boy in the Burning House"

◇ジュヴナイル賞
　リリアン・エイジ（Lillian Eige）"Dangling"
◇TVエピソード賞
　ティム・ヴァン・パタン（Tim Van Patten），テレンス・ウィンター（Terence Winter）「ザ・ソプラノズ 哀愁のマフィア」シーズン3 第11話「逃亡」"The Pine Barrens"—Series："The Sopranos"
◇TVフィーチャー・ミニシリーズ賞
　ウィリアム・アイヴォリー（William Ivory）"The Sins"
◇映画賞
　クリストファー・ノーラン（Christopher Nolan）「メメント」"Memento"
◇スペシャルエドガー
　ブレイク・エドワーズ（Blake Edwards）
◇エラリー・クイーン賞
　ジャネット・ハッチングズ（Janet Hutchings）
　キャサリーン・ジョーダン（Cathleen Jordan）
◇ロバート・L.フィッシュ賞
　テッド・ハーテル,Jr.（Ted Hertel,Jr.）"My Bonnie Lies"
◇大鴉賞
　チャールズ・チャンプリン（Charles Champlin）
　アンソニー・メイソン（Anthony Mason）
　ダグラス・スミス（Douglas Smith）
◇巨匠賞
　ロバート・B.パーカー（Robert B.Parker）
◇メアリ・ヒギンズ・クラーク賞
　ジュディス・ケルマン（Judith Kelman）"Summer of Storms"

2003年
　◇長編賞
　　S.J.ローザン（S.J.Rozan）「冬そして夜」"Winter and Night"
　◇処女長編賞
　　ジョナサン・キング（Jonathon King）"The Blue Edge of Midnight"
　◇ペーパーバック賞
　　T.J.マクレガー（T.J.MacGregor）"Out of Sight"

◇短編賞
　レイモンド・スタイバー（Raymond Steiber）"Mexican Gatsby"
◇犯罪実話賞
　ジョゼフ・ウォンボー（Joseph Wambaugh）"Fire Lover"
◇批評・評伝賞
　マイク・アシュリー（Mike Ashley）"Mammoth Encyclopedia of Modern Crime Fiction"
◇YA賞
　ダニエル・パーカー（Daniel Parker）"The Wessex Papers, Vols.1-3"
◇ジュヴナイル賞
　ヘレン・エリクソン（Helen Ericson）"Harriet Spies Again"
◇TVエピソード賞
　ドーン・デヌーン（Dawn Denoon），リサ・マリー・ピーターセン（Lisa Marie Petersen）「LAW & ORDER：性犯罪特捜班」シーズン4 第8話「完ぺきな細胞」"Waste"―Series："Law & Order：Special Victim's Unit"
◇映画賞
　ビル・コンドン（Bill Condon）「シカゴ」"Chicago"
◇演劇賞
　フィリップ・デポイ（Philip DePoy）"Easy"
◇スペシャルエドガー
　ディック・ウォルフェ（Dick Wolfe）
◇エラリー・クイーン賞
　エド・ゴーマン（Ed Gorman）
◇ロバート・L.フィッシュ賞
　マイク・ドゥーガン（Mike Doogan）"War Can Be Murder"
◇大鴉賞
　オットー・ペンズラー（Otto Penzler）"Owner of Mysterious Bookshop"
　パット・トーマス（Pat Thomas），エド・トーマス（Ed Thomas）"Owners of Book Carnival"
　ポー博物館（Poe Museum）"Poe Museum of Richmond VA"
◇巨匠賞
　アイラ・レヴィン（Ira Levin）
◇メアリ・ヒギンズ・クラーク賞

　ローズ・コナーズ（Rose Conners）"Absolute Certainty"
2004年
◇長編賞
　イアン・ランキン（Ian Rankin）「甦る男」"Resurrection Men"
◇処女長編賞
　レベッカ・パウエル（Rebecca Pawel）"Death of a Nationalist"
◇ペーパーバック賞
　シルヴィア・モルタシュ・ワーシュ（Sylvia Maultash Warsh）"Find Me Again"
◇短編賞
　G.ミキ・ヘイデン（G.Miki Hayden）"The Maids"
◇犯罪実話賞
　エリック・ラーソン（Erik Larson）"The Devil in the White City"
◇批評・評伝賞
　アンドリュー・ウィルソン（Andrew Wilson）"Beautiful Shadow: A Life of Patricia Highsmith"
◇YA賞
　グラハム・マクナミー（Graham McNamee）"Acceleration"
◇ジュヴナイル賞
　フィリス・レノルズ・ネイラー（Phyllis Reynolds Naylor）"Bernie Magruder & the Bats in the Belfry"
◇TVエピソード賞
　ピーター・ブレーク（Peter Blake），デービッド・ケリー（David E.Kelley）「ザ・プラクティス ボストン弁護士ファイル」シーズン7 第22話 "Goodbye"―Series："The Practice"
◇映画賞
　スティーヴン・ナイト（Steven Knight）「堕天使のパスポート」"Dirty Pretty Things"
◇スペシャルエドガー
　ホーム・ボックス・オフィス（Home Box Office）
◇ロバート・L.フィッシュ賞
　サンディ・バルゾー（Sandy Balzo）"The Grass Is Always Greener"（EQMM 2003年3月号）
◇大鴉賞

レイ・アンド・パット・ブラウン・ライブラリー（Ray and Pat Browne Library for Popular Culture Studies）"In recognition of its long-standing work in collecting and preserving detective fiction"
グレイドン・カーター（Graydon Carter）"In recognition of their coverage of True Crime"
◇巨匠賞
　ジョゼフ・ウォンボー（Joseph Wambaugh）
◇メアリ・ヒギンズ・クラーク賞
　M.K.プレストン（M.K.Preston）"Song of the Bones"

2005年
◇長編賞
　T.ジェファーソン・パーカー（T.Jefferson Parker）「カリフォルニア ガール」"California Girl"
◇処女長編賞
　ドン・リー（Don Lee）「出生地」"Country of Origin"
◇ペーパーバック賞
　ドメニック・スタンズベリー（Domenic Stansberry）「告白」"The Confession"
◇短編賞
　ローリー・リン・ドラモンド（Laurie Lynn Drummond）"Something About a Scar"
◇犯罪実話賞
　レナード・レヴィット（Leonard Levitt）"Conviction: Solving the Moxley Murder"
◇批評・評伝賞
　レスリー・S.クリンガー（Leslie S.Klinger）"The New Annotated Sherlock Holmes: The Complete Short Stories"
◇YA賞
　ドロシー・フーブラー（Dorothy Hoobler），トーマス・フーブラー（Thomas Hoobler）"In Darkness, Death"
◇ジュヴナイル賞
　ブルー・バリエット（Blue Balliett）「フェルメールの暗号」"Chasing Vermeer"
◇TVエピソード賞
　ルネ・バルサー（Rene Balcer），エリザベス・ベンジャミン（Elizabeth Benjamin）「LAW & ORDER：犯罪心理捜査班」シーズン4 第3話「孤独な男の欲望」"Want"—Series：Law & Order：Criminal Intent"
◇TVフィーチャー・ミニシリーズ賞
　ポール・アボット（Paul Abbott）「ステート・オブ・プレイ〜隠謀の構図〜」"State of Play"
◇映画賞
　ジャン＝ピエール・ジュネ（Jean-Pierre Jeunet）「ロング・エンゲージメント」"A Very Long Engagement"
◇演劇賞
　ニール・ベル（Neal Bell）"Spatter Pattern（Or, How I Got Away With It）"
◇スペシャルエドガー
　デヴィッド・チェイス（David Chase）
　トム・フォンタナ（Tom Fontana）
◇エラリー・クイーン賞
　キャロリン・マリーノ（Carolyn Marino）
◇ロバート・L.フィッシュ賞
　トーマス・モリッシー（Thomas Morrissey）"Can't Catch Me"
◇大鴉賞
　スティーブ・オネイ（Steve Oney）
　ダイアン・コバックス（Diane Kovacs），カラ・ロビンソン（Kara Robinson）
　マーサ・ファリントン（Martha Farrington）
◇巨匠賞
　マーシャ・ミュラー（Marcia Muller）
◇メアリ・ヒギンズ・クラーク賞
　ロシェル・メジャー・クリッヒ（Rochelle Krich）"Grave Endings"

2006年
◇長編賞
　ジェス・ウォルター（Jess Walter）「市民ヴィンス」"Citizen Vince"
◇処女長編賞
　テリーザ・シュヴィーゲル（Theresa Schwegel）「オフィサー・ダウン」"Officer Down"
◇ペーパーバック賞
　ジェフリー・フォード（Jeffrey Ford）「ガラスのなかの少女」"Girl in the Glass"
◇短編賞
　ジェイムズ・W.ホール（James W.Hall）

"The Catch"
◇犯罪実話賞
エドワード・ドルニック（Edward Dolnick）「ムンクを追え！『叫び』奪還に賭けたロンドン警視庁美術特捜班の100日」"Rescue Artist: A True Story of Art, Thieves, and the Hunt for a Missing Masterpiece"
◇批評・評伝賞
Melanie Rehak "Girl Sleuth: Nancy Drew and the Women Who Created Her"
◇YA賞
ジョン・ファインスタイン（John Feinstein）「ラスト★ショット」"Last Shot"
◇ジュヴナイル賞
D.ジェームズ・スミス（D.James Smith）"The Boys of San Joaquin"
◇TVエピソード賞
エド・ホイットモア（Ed Whitmore）"Amulet"—Series: "Sea of Souls"
◇映画賞
スティーヴン・ギャガン（Stephen Gaghan）「シリアナ」"Syriana"
◇演劇賞
ゲイリー・アール・ロス（Gary Earl Ross）"Matter of Intent"
◇エラリー・クイーン賞
ブライアン・スクーピン（Brian Skupin）
ケイト・スタイン（Kate Stine）
◇ロバート・L.フィッシュ賞
エディー・ニュートン（Eddie Newton）"Home"
◇大鴉賞
ボニー・クラーソン（Bonnie Claeson）,
Joe Gughelmelli
ジョアン・ハンセン（Joan Hansen）
◇巨匠賞
スチュワート・M.カミンスキー（Stuart M. Kaminsky）
◇メアリ・ヒギンズ・クラーク賞
カレン・ハーパー（Karen Harper）"Dark Angel"

2007年
◇長編賞
ジェイソン・グッドウィン（Jason Goodwin）「イスタンブールの群狼」"The Janissary Tree"
◇処女長編賞
アレックス・ベレンスン（Alex Berenson）「フェイスフル・スパイ」"The Faithful Spy"
◇ペーパーバック賞
ナオミ・ヒラハラ（Naomi Hirahara）「スネークスキン三味線―庭師マス・アライ事件簿」"Snakeskin Shamisen"
◇短編賞
チャールズ・アーディ（Charles Ardai）「銃後の守り」"The Home Front"
◇犯罪実話賞
ジェイムズ・L.スワンソン（James L. Swanson）「マンハント―リンカーン暗殺犯を追った12日間」"Manhunt: The 12-Day Chase for Lincoln's Killer"
◇批評・評伝賞
E.J.ワグナー（E.J.Wagner）「シャーロック・ホームズの科学捜査を読む―ヴィクトリア時代の法科学百科」"The Science of Sherlock Holmes: From Baskerville Hall to the Valley of Fear"
◇YA賞
ロビン・メロウ・マックレディー（Robin Merrow MacCready）"Buried"
◇ジュヴナイル賞
アンドリュー・クレメンツ（Andrew Clements）"Room One: A Mystery or Two"
◇TVエピソード賞
マシュー・グレアム（Matthew Graham）「時空刑事1973 ライフ・オン・マース」シーズン1 第1話 "Episode1"—Series: "Life on Mars"
◇TVフィーチャー・ミニシリーズ賞
エド・バーンズ（Ed Burns）, キア・コースロン（Kia Corthron）, デニス・ルヘイン（Dennis Lehane）, デヴィッド・ミルス（David Mills）, エリック・オーヴァーマイヤー（Eric Overmyer）, ジョージ・ペレケーノス（George Pelecanos）, リチャード・プライス（Richard Price）, デヴィッド・サイモン（David Simon）, ウィリアム・F.ゾルツィ（William F. Zorzi）「THE WIRE/ザ・ワイヤー」シーズン4 "The Wire" Season4

◇映画賞
　ウィリアム・モナハン（William Monahan）「ディパーテッド」 "The Departed"
◇演劇賞
　スティーブン・ディーツ（Steven Dietz） "Sherlock Holmes: The Final Adventure"
◇ロバート・L.フィッシュ賞
　ウィリアム・ディラン・パウエル（William Dylan Powell） "Evening Gold"
◇大鴉賞
　ミッチェル・カプラン（Mitchell Kaplan） Kathy Harig, Tom Harig
◇巨匠賞
　スティーヴン・キング（Stephen King）
◇メアリ・ヒギンズ・クラーク賞
　フィオナ・マウンテン（Fiona Mountain） "Bloodline"

2008年
◇長編賞
　ジョン・ハート（John Hart）「川は静かに流れ」 "Down River"
◇処女長編賞
　タナ・フレンチ（Tana French）「悪意の森」 "In the Woods"
◇ペーパーバック賞
　ミーガン・アボット（Megan Abbott）「暗黒街の女」 "Queenpin"
◇短編賞
　スーザン・ストレート（Susan Straight）「ゴールデン・ゴーファー」 "The Golden Gopher"
◇犯罪実話賞
　ヴィンセント・バグリオーシ（Vincent Bugliosi） "Reclaiming History: The Assassination of President John F. Kennedy"
◇批評・評伝賞
　チャールズ・フォーリー（Charles Foley），ジョン・レレンバーグ（Jon Lellenberg），ダニエル・スタシャワー（Daniel Stashower）〔共編〕「コナン・ドイル書簡集」 "Arthur Conan Doyle: A Life in Letters"
◇YA賞
　テッド・アーノルド（Tedd Arnold） "Rat Life"
◇ジュヴナイル賞
　キャサリン・マーシュ（Katherine Marsh）「ぼくは夜に旅をする」 "The Night Tourist"
◇TVエピソード賞
　マット・ニックス（Matt Nix）「バーン・ノーティス 元スパイの逆襲」シーズン1 第1話「悲劇の始まり」 "Pilot" ─ Series: "Burn Notice"
◇映画賞
　トニー・ギルロイ（Tony Gilroy）「フィクサー」 "Michael Clayton"
◇演劇賞
　ジョセフ・グッドリッチ（Joseph Goodrich） "Panic"
◇ロバート・L.フィッシュ賞
　マーク・アモンズ（Mark Ammons） "The Catch"
◇大鴉賞
　Center for the Book in the Library of Congress
　ケイト・マテス（Kate Mattes）
◇巨匠賞
　ビル・プロンジーニ（Bill Pronzini）
◇メアリ・ヒギンズ・クラーク賞
　サンディ・オールト（Sandi Ault） "Wild Indigo"

2009年
◇長編賞
　C.J.ボックス（C.J.Box）「ブルー・ヘヴン」 "Blue Heaven"
◇処女長編賞
　フランシー・リン（Francie Lin）「台北（タイペイ）の夜」 "The Foreigner"
◇ペーパーバック賞
　メグ・ガーディナー（Meg Gardiner）「チャイナ・レイク」 "China Lake"
◇短編賞
　T.ジェファーソン・パーカー（T.Jefferson Parker）「スキンヘッド・セントラル」 "Skinhead Central"
◇犯罪実話賞
　ハワード・ブラム（Howard Blum） "American Lightning: Terror, Mystery, the Birth of Hollywood and the Crime of the Century"
◇批評・評伝賞

ハリー・リー・ポー（Harry Lee Poe）"Edgar Allan Poe: An Illustrated Companion to His Tell-Tale Stories"
◇YA賞
ジョン・グリーン（John Green）「ペーパータウン」"Paper Towns"
◇ジュヴナイル賞
トニー・アボット（Tony Abbott）"The Postcard"
◇TVエピソード賞
パトリック・ハービンソン（Patrick Harbinson）「ワイヤー・イン・ザ・ブラッド 血の桎梏」第20作「アナザー クリムゾンの祈り」"Prayer of the Bone"—Series："Wire in the Blood"
◇映画賞
マーティン・マクドナー（Martin McDonagh）「ヒットマンズ・レクイエム」"In Bruges"
◇演劇賞
Ifa Bayeza "The Ballad of Emmett Till"
◇ロバート・L.フィッシュ賞
Joe Guglielmelli "Buckners Error"
◇大鴉賞
エドガー・アラン・ポー・ソサイエティ（Edgar Allan Poe Society, Baltimore, MD）
ポーの家（Poe House, Baltimore, MD）
◇巨匠賞
ジェイムズ・リー・バーク（James Lee Burke）
スー・グラフトン（Sue Grafton）
◇メアリ・ヒギンズ・クラーク賞
ビル・フロイド（Bill Floyd）「ニーナの記憶」"The Killer's Wife"

2010年
◇長編賞
ジョン・ハート（John Hart）「ラスト・チャイルド」"The Last Child"
◇処女長編賞
ステファニー・ピントフ（Stefanie Pintoff）"In the Shadow of Gotham"
◇ペーパーバック賞
マーク・ストレンジ（Marc Strange）「ボディブロー」"Body Blows"
◇短編賞
ルイス・アルベルト・ウレア（Luis Alberto Urrea）"Amapola"
◇犯罪実話賞
デイヴ・カリン（Dave Cullen）「コロンバイン銃乱射事件の真実」"Columbine"
◇批評・評伝賞
オットー・ペンズラー（Otto Penzler）〔編〕「ヒーローの作り方―ミステリ作家21人が明かす人気キャラクター誕生秘話」"The Lineup: The Worlds Greatest Crime Writers Tell the Inside Story of Their Greatest Detectives"
◇YA賞
ピーター・エイブラハムズ（Peter Abrahams）"Reality Check"
◇ジュヴナイル賞
メアリー・ダウニング・ハーン（Mary Downing Hahn）"Closed for the Season"
◇TVエピソード賞
パトリック・ハービンソン（Patrick Harbinson）「処刑の方程式」"Place of Execution"—Series："Place of Execution"
◇エラリー・クイーン賞
バーバラ・ピータース（Barbara Peters），Robert Rosenwald〔Poisoned Pen Press〕
◇ロバート・L.フィッシュ賞
Dan Warthman "A Dreadful Day"
◇大鴉賞
Zev Buffman
リチャード・ゴールドマン（Richard Goldman），メアリ・アリス・ゴーマン（Mary Alice Gorman）
◇巨匠賞
ドロシー・ギルマン（Dorothy Gilman）
◇メアリ・ヒギンズ・クラーク賞
S.J.ボルトン（S.J.Bolton）「毒の目覚め」"Awakening"

2011年
◇長編賞
スティーヴ・ハミルトン（Steve Hamilton）「解錠師」"The Lock Artist"
◇処女長編賞
ブルース・ダシルヴァ（Bruce DeSilva）「記者魂」"Rogue Island"
◇ペーパーバック賞

ロバート・ゴダード（Robert Goddard）「隠し絵の囚人」"Long Time Coming"
◇短編賞
　ダグ・アリン（Doug Allyn）「ライラックの香り」"The Scent of Lilacs"
◇犯罪実話賞
　ケン・アームストロング（Ken Armstrong），ニック・ペリー（Nick Perry）"Scoreboard, Baby: A Story of College Football, Crime and Complicity"
◇批評・評伝賞
　ユンテ・ホアン（Yunte Huang）"Charlie Chan: The Untold Story of the Honorable Detective and this Rendezvous with American History"
◇YA賞
　チャーリー・プライス（Charlie Price）"The Interrogation of Gabriel James"
◇ジュヴナイル賞
　ドリー・ヒルスタッド・バトラー（Dori Hillestad Butler）「消えた少年のひみつ」"The Buddy Files: The Case of the Lost Boy"
◇TVエピソード賞
　ニール・クロス（Neil Cross）「刑事ジョン・ルーサー」シーズン1　第1話　"Episode1"—Series: "Luther"
◇ロバート・L.フィッシュ賞
　エヴァン・ルイス（Evan Lewis）"Skyler Hobbs and the Rabbit Man"
◇大鴉賞
　Augie Aleksy
　Pat Frovarp
　Gary Shulze
◇巨匠賞
　サラ・パレツキー（Sara Paretsky）
◇メアリ・ヒギンズ・クラーク賞
　エリー・グリフィス（Elly Griffiths）"The Crossing Places"
2012年
◇長編賞
　モー・ヘイダー（Mo Hayder）「喪失」"Gone"
◇処女長編賞
　ローリー・ロイ（Lori Roy）「ベント・ロード」"Bent Road"

◇ペーパーバック賞
　ロバート・ジャクソン・ベネット（Robert Jackson Bennett）「カンパニー・マン」"The Company Man"
◇短編賞
　ピーター・ターンブル（Peter Turnbull）「鉄道運転士に向かって帽子を掲げた男」"The Man Who Took His Hat Off to the Driver of the Train"
◇犯罪実話賞
　キャンディス・ミラード（Candice Millard）"Destiny of the Republic: A Tale of Madness, Medicine and the Murder of a President"
◇批評・評伝賞
　マイケル・ディルダ（Michael Dirda）"On Conan Doyle: Or, the Whole Art of Storytelling"
◇YA賞
　ダンディ・デイリー・マコール（Dandi Daley Mackall）「沈黙の殺人者」"The Silence of Murder"
◇ジュヴナイル賞
　マシュー・J.カービー（Matthew J.Kirby）"Icefall"
◇TVエピソード賞
　アレックス・ガンサ（Alex Gansa），ハワード・ゴードン（Howard Gordon），ギデオン・ラフ（Gideon Raff）「HOMELAND」シーズン1　第1話「英雄の帰還」"Pilot"—Series: "Homeland"
◇演劇賞
　ケン・ルドウィック（Ken Ludwig）"The Game's Afoot"
◇エラリー・クイーン賞
　ジョー・マイヤーズ（Joe Meyers）
◇ロバート・L.フィッシュ賞
　デヴィッド・イングラム（David Ingram）"A Good Man of Business"
◇大鴉賞
　エド・カウフマン（Ed Kaufman）
　モリー・ウェストン（Molly Weston）
◇巨匠賞
　マーサ・グライムズ（Martha Grimes）
◇メアリ・ヒギンズ・クラーク賞
　サラ・J.ヘンリー（Sara J.Henry）"Learning to Swim"

2013年
- ◇長編賞
  - デニス・ルヘイン（Dennis Lehane）"Live by Night"
- ◇処女長編賞
  - クリス・パヴォーネ（Chris Pavone）「ルクセンブルクの迷路」"The Expats"
- ◇ペーパーバック賞
  - ベン・H.ウィンタース（Ben H.Winters）「地上最後の刑事」"The Last Policeman: A Novel"
- ◇犯罪実話賞
  - ポール・フレンチ（Paul French）"Midnight in Peking: How the Murder of a Young Englishwoman Haunted the Last Days of Old China"
- ◇批評・評伝賞
  - ジェイムズ・オブライエン（James O'Brien）"The Scientific Sherlock Holmes: Cracking the Case with Science and Forensics"
- ◇YA賞
  - エリザベス・ウェイン（Elizabeth Wein）"Code Name Verity"
- ◇ジュヴナイル賞
  - ジャック・D.フェレイオロ（Jack D. Ferraiolo）"The Quick Fix"
- ◇TVエピソード賞
  - スティーヴン・モファット（Steven Moffat）「シャーロック」シーズン2 第1話「ベルグレイビアの醜聞」"A Scandal in Belgravia"―Series："Sherlock"
- ◇ロバート・L.フィッシュ賞
  - パトリシア・スミス（Patricia Smith）"When They Are Done With Us"
- ◇大鴉賞
  - Oline Cogdill
  - Mysterious Galaxy Bookstore
- ◇巨匠賞
  - ケン・フォレット（Ken Follett）
  - マーガレット・マロン（Margaret Maron）
- ◇メアリ・ヒギンズ・クラーク賞
  - Hank Phillippi Ryan "The Other Woman"

2014年
- ◇長編賞
  - ウィリアム・ケント・クルーガー（William Kent Krueger）「ありふれた祈り」"Ordinary Grace"
- ◇処女長編賞
  - ジェイソン・マシューズ（Jason Matthews）「レッド・スパロー」"Red Sparrow"
- ◇ペーパーバック賞
  - アレックス・マーウッド（Alex Marwood）"The Wicked Girls"
- ◇短編賞
  - ジョン・コナリー（John Connolly）"The Caxton Private Lending Library & Book Depository"
- ◇犯罪実話賞
  - ダニエル・スタシャワー（Daniel Stashower）"The Hour of Peril: The Secret Plot to Murder Lincoln Before the Civil War"
- ◇批評・評伝賞
  - Erik Dussere "America is Elsewhere: The Noir Tradition in the Age of Consumer Culture"
- ◇YA賞
  - アナベル・ピッチャー（Annabel Pitcher）"Ketchup Clouds"
- ◇ジュヴナイル賞
  - エイミー・ティンバーレイク（Amy Timberlake）"One Came Home"
- ◇TVエピソード賞
  - アラン・キュービット（Allan Cubitt）「THE FALL 警視ステラ・ギブソン」シーズン1 第1話 "Episode1"―Series："The Fall"
- ◇ロバート・L.フィッシュ賞
  - ジェフ・ソロウェイ（Jeff Soloway）"The Wentworth Letter"
- ◇大鴉賞
  - Aunt Agatha's Bookstore
- ◇巨匠賞
  - ロバート・クレイス（Robert Crais）
  - キャロリン・G.ハート（Carolyn G.Hart）
- ◇メアリ・ヒギンズ・クラーク賞
  - Jenny Milchman "Cover of Snow"

2015年
- ◇長編賞
  - スティーヴン・キング（Stephen King）"Mr.Mercedes"

◇処女長編賞
　トム・ボウマン（Tom Bouman）"Dry Bones in the Valley"
◇ペーパーバック賞
　クリス・アバニ（Chris Abani）"The Secret History of Las Vegas"
◇短編賞
　ギリアン・フリン（Gillian Flynn）"What Do You Do？"
◇犯罪実話賞
　ウィリアム・マン（William Mann）"Tinseltown: Murder, Morphine, and Madness at the Dawn of Hollywood"
◇批評・評伝賞
　J.W.オッカー（J.W.Ocker）"Poe-Land: The Hallowed Haunts of Edgar Allan Poe"
◇YA賞
　James Klise "The Art of Secrets"
◇ジュヴナイル賞
　ケイト・ミルフォード（Kate Milford）"Greenglass House"
◇TVエピソード賞
　サリー・ウェインライト（Sally Wainwright）"Episode1"—Series："Happy Valley"
◇ロバート・L.フィッシュ賞
　ゾーイ・Z.デーン（Zoe Z.Dean）"Getaway Girl"
◇エラリー・クイーン賞
　チャールズ・アーディ（Charles Ardai）〔Hard Case Crime創設者〕
◇大鴉賞
　ルース・ジョーダン（Ruth Jordan），ジョン・ジョーダン（Jon Jordan），カサリン・ケニソン（Kathryn Kennison）
◇巨匠賞
　ロイス・ダンカン（Lois Duncan）
　ジェイムズ・エルロイ（James Ellroy）
◇メアリ・ヒギンズ・クラーク賞
　ジェーン・ケーシー（Jane Casey）"The Stranger You Know"

026　アンソニー賞　Anthony Awards

　ミステリージャンルの世界大会である「バウチャーコン」にて授賞される文学賞。大会名および賞名は、アメリカのミステリー作家・SF編集者・評論家として著名なアントニー（アンソニー）・バウチャー（1911-1968）にちなんで名付けられた。1986年授賞開始。現在の実施部門は、最優秀長編（Best Novel）、最優秀初長編（Best First Novel）、最優秀ペーパーバック・オリジナル（Best Paperback Original）、最優秀短編（Best Short Story）、最優秀評論ノンフィクション（Best Critical Nonfiction Work）である。

【主催者】バウチャーコン（Bouchercon World Mystery Convention）
【選考方法】バウチャーコン参加者により投票を実施。ノミネート作品のうち、最も得票数が多かった作品を受賞者として決定する。得票数が同数の場合は、タイとする。さらに開催地の組織委員会が、最高3つの「ワイルドカード賞」を部門内に選ぶ場合がある。
【選考基準】〔対象〕1月1日〜12月31日までの間に発表された、犯罪・ミステリージャンル関連の作品
【締切・発表】毎年異なる都市で開催されるバウチャーコンの会場にて発表
【URL】http：//www.bouchercon.info/index.html

1986年
◇長編
　スー・グラフトン（Sue Grafton）「泥棒のB」"'B' Is For Burglar"〈Henry Holt〉
◇初長編
　ジョナサン・ケラーマン（Jonathan Kellerman）「大きな枝が折れるとき」"When the Bough Breaks"〈Atheneum〉
◇ペーパーバック・オリジナル
　ナンシー・ピカード（Nancy Pickard）「恋

人たちの小道」 "Say No To Murder"
〈Avon〉
◇短編
リンダ・バーンズ(Linda Barnes) "Lucky Penny" (New Black Mask Quarterly No. 3)〈HBJ〉
◇テレビシリーズ
「ジェシカおばさんの事件簿」"Murder, She Wrote"
◇映画
「刑事ジョン・ブック/目撃者」"Witness"
◇グランドマスター
バーバラ・マーツ(ペンネーム：バーバラ・マイケルズまたはエリザベス・ピーターズ)(Barbara Mertz (Barbara Michaels, Elizabeth Peters))

1987年
◇長編
スー・グラフトン(Sue Grafton)「死体のC」"'C' Is For Corpse"〈Henry Holt〉
◇初長編
ビル・クライダー(Bill Crider)「死ぬには遅すぎる」"Too Late To Die"〈Walker〉
◇ペーパーバック・オリジナル
ロバート・キャンベル(Robert Campbell)「ごみ溜めの犬」"The Junkyard Dog"〈Signet〉
◇短編
スー・グラフトン(Sue Grafton)「パーカー・ショットガン」(『卑しい街を行く』収録)"The Parker Shotgun" (Mean streets：The Second Private Eye Writers of America Anthology)〈Mysterious〉

1988年
◇長編
トニイ・ヒラーマン(Tony Hillerman)「魔力」"Skinwalkers"〈Harper & Row〉(初版：1986年11月)
◇初長編
ギリアン・ロバーツ(Gillian Roberts)「フィラデルフィアで殺されて」"Caught Dead In Philadelphia"〈Scribner〉
◇ペーパーバック・オリジナル
ロバート・クレイス(Robert Crais)「モンキーズ・レインコート」"The Monkey's Raincoat"〈Bantam〉

◇短編
ロバート・バーナード(Robert Barnard)「モーニング・ショウ」(『EQ』1987年11月号)(別題「あなたとモーニングティー」『スカーレット・レター』収録)"Breakfast Television" (EQMM 1987年1月号)
◇映画
ジム・マクブライド(Jim McBride)〔監督〕，ダニエル・ペトリー・ジュニア(Daniel Petrie, Jr.)〔脚本〕"The Big Easy"
◇テレビシリーズ
PBS, WGBH/Boston〔製作〕"Mystery！"

1989年
◇長編
トマス・ハリス(Thomas Harris)「羊たちの沈黙」"The Silence of the Lambs"〈St. Martin's〉
◇初長編
エリザベス・ジョージ(Elizabeth George)「そしてボビーは死んだ」(別題「大いなる救い」)"A Great Deliverance"〈Bantam〉
◇ペーパーバック・オリジナル
キャロリン・G.ハート(Carolyn G.Hart)「舞台裏の殺人」"Something Wicked"〈Bantam〉

1990年
◇長編
サラ・コードウェル(Sarah Caudwell)「セイレーンは死の歌をうたう」"The Sirens Sang Of Murder"〈Delacorte〉
◇初長編
カレン・キエフスキー(Karen Kijewski)「キャット・ウォーター 女性探偵に気をつけろ！」"Katwalk"〈St. Martin's〉
◇ペーパーバック・オリジナル
キャロリン・G.ハート(Carolyn G.Hart)「ハネムーンの殺人」"Honeymoon With Murder"〈Bantam〉
◇短編
ナンシー・ピカード(Nancy Pickard)「いつもこわくて」(『シスターズ・イン・クライム』,『死の飛行』収録)"Afraid All the Time" (Sisters in Crime)〈Berkley〉
◇テレビシリーズ
"Inspector Morse"

◇映画
　「ウディ・アレンの重罪と軽罪」 "Crimes And Misdemeanors"

1991年
◇ハードカバー長編
　スー・グラフトン (Sue Grafton)「探偵のG」 "'G' Is For Gumshoe"〈Henry Holt〉
◇初長編
　パトリシア・コーンウェル (Patricia Daniels Cornwell)「検屍官」 "Postmortem"〈scribner〉
◇ペーパーバック・オリジナル
　ロシェル・メジャー・クリッヒ (Rochelle Krich)「甘い女」 "Where's Mommy Now？"〈Pinnacle〉
　ジェイムズ・マキャハリー (James McCahery) "Grave Undertaking"〈Knightsbridge〉
◇短編
　スーザン・ダンラップ (Susan Dunlap)「天上のビュッフェ・パーティ」(『シスターズ・イン・クライム2——優しすぎる妻』収録) "The Celestial Buffet" (Sisters In Crime 2)〈Berkley〉
◇評論作品
　ジョン・L.ブリーン (Jon L.Breen)，マーティン・H.グリーンバーグ (Martin H. Greenberg) "Synod Of Sleuths: Essays on Judeo-Christian Detective Fiction"〈Scarecrow〉
◇映画
　「推定無罪」 "Presumed Innocent"
◇テレビシリーズ
　PBS "Mystery！"

1992年
◇長編 (ハードカバーまたはペーパーバック)
　ピーター・ラヴゼイ (Peter Lovesey)「最後の刑事」 "The Last Detective"〈Doubleday〉
◇初長編 (ハードカバーまたはペーパーバック)
　スー・ヘンリー (Sue Henry)「犬橇レースの殺人」 "Murder on the Iditarod Trail"〈Atlantic〉
◇ノンフィクション犯罪小説 (True Crime)
　デヴィッド・サイモン (David Simon) "Homicide: A Year on the Killing Streets"〈Houghton Mifflin〉
◇短編 (独立した作品)
　リザ・コディ (Liza Cody)「運のいい拾い物」(『ウーマンズ・アイ』収録) "Lucky Dip" (A Woman's Eye)〈Delacorte〉
◇短編集/アンソロジー
　サラ・パレツキー (Sara Paretsky)〔編〕「ウーマンズ・アイ」 "A Woman's Eye"〈Delacorte〉
◇評論作品
　マクシム・ジャクボウスキー (Maxim Jakubowski)〔編〕 "100 Great Detectives"〈Carroll & Graf〉

1993年
◇長編
　マーガレット・マロン (Margaret Maron)「密造人の娘」 "Bootlegger's Daughter"〈Mysterious〉
◇初長編
　バーバラ・ニーリイ (Barbara Neely)「怯える屋敷」 "Blanche On The Lam"〈St. Martins〉
◇ノンフィクション犯罪小説 (True Crime)
　バーバラ・ダマート (Barbara D'Amato) "The Doctor, The Murder, The Mystery: The True Story of the Dr. John Branion Murder Case"〈Noble〉
◇評論作品
　エレン・ネール (Ellen Nehr) "Doubleday Crime Club Compendium 1928-1991"〈Offspring〉
◇短編 (独立した作品)
　ダイアン・デヴィッドソン (Diane Mott Davidson) "Cold Turkey" (Sisters in Crime 5)〈Berkley〉
◇映画
　「クライング・ゲーム」 "The Crying Game"

1994年
◇長編
　マーシャ・ミュラー (Marcia Muller) "Wolf In The Shadows"〈Mysterious〉
◇初長編
　ネヴァダ・バー (Nevada Barr)「山猫」 "Track Of The Cat"〈G.P. Putnam〉
◇ノンフィクション犯罪小説 (True Crime)

アン・ルール（Ann Rule）"A Rose For Her Grave: and Other True Cases"〈Pocket〉

◇短編（独立した作品）
スーザン・ダンラップ（Susan Dunlap）「レジにてお並びください」（『現代ミステリーの収穫1―ケラーの療法』収録）"Checkout"（Malice Domestic2）〈Pocket〉

◇短編集/アンソロジー
マーティン・H.グリーンバーグ（Martin H. Greenberg）〔編〕"Mary Higgins Clark Presents Malice Domestic 2"〈Pocket〉

◇評論作品
エド・ゴーマン（Ed Gorman），マーティン・H.グリーンバーグ（Martin H. Greenberg），ラリー・セグリフ（Larry Segriff）〔共編〕，ジョン・L.ブリーン（Jon L.Breen）"The Fine Art Of Murder: The Mystery Reader's Indispensable Companion"〈Carroll & Graf〉

1995年
◇長編
シャーリン・マクラム（Sharyn McCrumb）「丘をさまよう女」"She Walks These Hills"〈Scribner〉

◇初長編
ケイレブ・カー（Caleb Carr）「エイリアニスト―精神医」"The Alienist"〈Little, Brown/Random House〉

◇短編
シャーリン・マクラム（Sharyn McCrumb）「グラミスの妖怪」（「ミステリマガジン」1996年3月号）"The Monster of Glamis"（Royal Crimes）〈Signet〉

◇評論作品
ジョン・クーパー（John Cooper），B.A.パイク（B.A.Pike）〔共編〕"Detective Fiction: The Collector's Guide, 2nd Ed"〈Scolar〉

◇アンソロジー/短編集
トニイ・ヒラーマン（Tony Hillerman）〔編〕"The Mysterious West"〈Harper Collins〉

◇ノンフィクション犯罪小説（True Crime）
デヴィッド・カンター（David Canter）「心理捜査官ロンドン殺人ファイル」"Criminal Shadows: Inside the Mind of the Serial Killer"〈HarperCollins〉

◇映画
「パルプ・フィクション」"Pulp Fiction"

◇テレビシリーズ
「第一容疑者」"Prime Suspect"

1996年
◇長編
メアリー・W.ウォーカー（Mary Willis Walker）「神の名のもとに」"Under the Beetle's Cellar"〈Doubleday〉

◇初長編
ヴァージニア・ラニア（Virginia Lanier）「追跡犬ブラッドハウンド」"Death In Bloodhound Red"〈Pineapple〉

◇ペーパーバック・オリジナル
ハーラン・コーベン（Harlan Coben）「沈黙のメッセージ」"Deal Breaker"〈Dell〉

◇短編
ガー・アンソニー・ヘイウッド（Gar Anthony Haywood）「誰も見ていませんように」（「ミステリマガジン」1998年4月号）"And Pray Nobody Sees You"（Spooks, Spies, And Private Eyes）〈Doubleday〉

◇短編集
マーシャ・ミュラー（Marcia Muller）"The McCone Files: The Complete Sharon McCone Stories"〈Crippen & Landru〉

◇ノンフィクション犯罪小説（True Crime）
アン・ルール（Ann Rule）"Dead By Sunset: Perfect Husband, Perfect Killer？"〈Simon & Schuster〉

◇評論作品
ケイ｜・スタイン（Kate Stine）〔編〕"The Armchair Detective Book of Lists, 2nd Ed"〈Simon & Schuster〉

◇映画
「ユージュアル・サスペクツ」"The Usual Suspects"

◇テレビ番組
「Xファイル」"The X-Files"

◇雑誌/ダイジェスト/レビュー 刊行物
"The Armchair Detective"

◇出版社
St. Martin's Press

◇編集者
　サラ・アン・フリード（Sara Ann Freed）
　〔Mysterious〕
◇カバーアート
　パメラ・パトリック（Pamela Patrick）「眠れない聖夜」"The Body In The Transept"（ジーン・ダムズ〈Jeanne Dams〉著）〈Walker〉

1997年
◇長編
　マイクル・コナリー（Michael Connelly）「ザ・ポエット」"The Poet"〈Little, Brown〉
◇初長編
　デイル・フルタニ（Dale Furutani）「ミステリー・クラブ事件簿」"Death in Little Tokyo"〈St. Martins〉
　テリス・マクマハン・グライムス（Terris McMahan Grimes）"Somebody Else's Child"〈Onyx〉
◇ペーパーバック・オリジナル
　テリス・マクマハン・グライムス（Terris McMahan Grimes）"Somebody Else's Child"〈Onyx〉
◇短編
　キャロリン・ウィート（Carolyn Wheat）「運が悪いことは起こるもの」（「ミステリマガジン」1998年4月号）"Accidents Will Happen"（Malice Domestic5）〈Pocket〉
◇評論／伝記作品
　ウィレッタ・L.ヘイシング（Willetta L. Heising）"Detecting Women 2: Reader's Guide and Checklist for Mystery Series Written by Women"〈Purple Moon〉
◇ファンジン
　"The Armchair Detective"

1998年
◇長編
　S.J.ローザン（S.J.Rozan）「どこよりも冷たいところ」"No Colder Place"〈St. Martin's〉
◇初長編
　リー・チャイルド（Lee Child）「キリング・フロアー」"Killing Floor"〈Putnam〉
◇ペーパーバック・オリジナル
　リック・リオーダン（Rick Riordan）「ビッグ・レッド・テキーラ」"Big Red Tequila"〈Bantam〉
◇短編
　ジャン・グレイプ（Jan Grape）「最前列の座席から」（「ミステリマガジン」1999年2月号）"A Front Row Seat"（Vengeance Is Hers）〈Signet〉
　エドワード・D.ホック（Edward D.Hoch）「マダガスカルの殺意」（「EQ」1999年7月号）"One Bag Of Coconuts"（EQMM 1997年11月号）
◇カバーアート
　マイケル・ケルナー（Michael Kellner）「ナイト・ドッグズ」"Night Dogs"（ケント・アンダーソン〈Kent Anderson〉著）〈Dennis McMillan〉

1999年
◇長編
　マイクル・コナリー（Michael Connelly）「わが心臓の痛み」"Blood Work"〈Little, Brown〉
◇初長編
　ウィリアム・ケント・クルーガー（William Kent Krueger）「凍りつく心臓」"Iron Lake"〈Pocket〉
◇ペーパーバック・オリジナル
　ローラ・リップマン（Laura Lippman）「スタンド・アローン」"Butchers Hill"〈Avon〉
◇短編
　バーバラ・ダマート（Barbara D'Amato）"Of Course You Know That Chocolate Is a Vegetable"（EQMM 1998年11月号）
◇評論ノンフィクション
　ジョージ・イースター（George Easter）〔編〕 "Deadly Pleasures Magazine"

2000年
◇長編
　ピーター・ロビンスン（Peter Robinson）「渇いた季節」"In A Dry Season"〈William Morrow〉
◇初長編
　ドナ・アンドリューズ（Donna Andrews）「庭に孔雀、裏には死体」"Murder, With Peacocks"〈St. Martin's〉
◇ペーパーバック・オリジナル
　ローラ・リップマン（Laura Lippman）

「ビッグ・トラブル」 "In Big Trouble"〈Avon〉
◇短編
メグ・チッテンデン（Meg Chittenden）"Noir Lite"（EQMM 1999年1月号）
◇評論/伝記作品
ウィレッタ・L.ヘイシング（Willetta L. Heising）"Detecting Women, 3rd Edition"〈Purple Moon〉
◇20世紀最優秀シリーズ
アガサ・クリスティ（Agatha Christie）「エルキュール・ポアロ」シリーズ "Hercule Poirot"
◇20世紀最優秀作家
アガサ・クリスティ（Agatha Christie）
◇20世紀最優秀長編
ダフネ・デュ・モーリア（Daphne du Maurier）「レベッカ」 "Rebecca"〈Victor Gollancz Ltd, 1938〉

2001年
◇長編
ヴァル・マクダーミド（Val McDermid）「処刑の方程式」 "A Place of Execution"〈St. Martin's Minotaur〉
◇初ミステリー
ジョー・シャロン（Qiu Xiaolong）「上海の紅い死」 "Death Of A Red Heroine"〈Soho〉
◇ペーパーバック・オリジナル
ケイト・グライリー（Kate Grilley） "Death Dances To A Reggae Beat"〈Berkley〉
◇短編
エドリード・D.ホック（Edward D.Hoch）「消えた南京錠の鍵」（「ジャーロ」2003年秋号）（別題「園芸道具置場の謎」『サム・ホーソーンの事件簿V』収録）"The Problem of the Potting Shed"（EQMM 2000年7月号）
◇アンソロジー/短編集
ローレンス・ブロック（Lawrence Block）〔編〕「巨匠の選択」 "Master's Choice, Ⅱ"〈Berkley〉
◇ノンフィクション/評論
ジム・ホァン（Jim Huang）〔編〕「書店のイチ押し！ 海外ミステリ特選100」 "100 Favorite Mysteries of the Century"〈Crum Creek〉

◇ファン刊行物
クリス・アルドリッチ（Chris Aldrich），B.A.パイク（B.A.Pike）〔共編〕 "Mystery News"

2002年
◇長編
デニス・ルヘイン（Dennis Lehane）「ミスティック・リバー」 "Mystic River"〈Morrow〉
◇初長編
C.J.ボックス（C.J.Box）「沈黙の森」 "Open Season"〈Putnam〉
◇ペーパーバック・オリジナル
シャーレイン・ハリス（Charlaine Harris）「真夜中と血とキスと」 "Dead Until Dark"〈Ace〉
◇短編フィクション
ビル＆ジュディ・クライダー（Bill and Judy Crider） "Chocolate Moose"（Death Dines at 8：30）〈Berkley Prime Crime〉
◇ノンフィクション/評論
トニイ・ヒラーマン（Tony Hillerman） "Seldom Disappointed：A Memoir"〈HarperCollins〉
◇ヤングアダルト・ミステリー
ペニー・ワーナー（Penny Warner） "The Mystery Of The Haunted Caves"〈Meadowbrook〉
◇カバーアート
ジョセフ・ベック（Josef Beck/FPG）〔写真〕，マイケル・ストリングス（Michael Storrings）〔デザイン〕 "Reflecting The 3ky"（S.J.ローザン（S.J.Rozan）著）〈St. Martin's Minotaur〉

2003年
◇長編
マイクル・コナリー（Michael Connelly）「シティ・オブ・ボーンズ」 "City of Bones"〈Little, Brown〉
◇初長編
ジュリア・スペンサー＝フレミング（Julia Spencer-Fleming） "In The Bleak Midwinter"〈St. Martin's Minotaur〉
◇ペーパーバック・オリジナル
ロビン・バーセル（Robin Burcell） "Fatal Truth"〈Avon〉
◇短編

マーシャ・タリー（Marcia Talley）「料理人が多すぎる」（「ミステリマガジン」2004年5月号）"Too Many Cooks"（Much Ado About Murder：...Shakespeare-Inspired...）〈Berkley Prime Crime〉

◇評論作品
ジム・ホァン（Jim Huang）〔編〕 "They Died in Vain: Overlooked, Underappreciated, and Forgotten Mystery Novels"〈Crum Creek〉

◇カバーアート
Michael Kellner "Measures Of Poison"（Dennis McMillan編）〈Dennis McMillan〉

2004年
◇長編
ローラ・リップマン（Laura Lippman）「あの日、少女たちは赤ん坊を殺した」"Every Secret Thing"〈William Morrow〉〈イギリス：Orion〉

◇初長編
P.J.トレイシー（P.J.Tracy）「天使が震える夜明け」"Monkeewrench/Want To Play？"〈Putnam〉〈イギリス：Michael Joseph〉

◇ペーパーバック・オリジナル
ロビン・バーセル（Robin Burcell）"Deadly Legacy"〈Avon〉

◇短編
リース・ボウエン（Rhys Bowen）"Doppelganger"（Blood On Their Hands）〈Berkley Prime Crime〉

◇ヤングアダルト・ミステリー
J.K.ローリング（J.K.Rowling）「ハリー・ポッターと不死鳥の騎士団」"Harry Potter and the Order of the Phoenix"〈カナダ：Raincoast Books〉〈イギリス：Bloomsbury〉〈Scholastic〉

◇歴史ミステリー
リース・ボウエン（Rhys Bowen）"For The Love Of Mike"〈St. Martin's Minotaur〉

◇評論／ノンフィクション
ゲイリー・ウォーレン・ニーバー（Gary Warren Niebuhr）"Make Mine a Mystery: A Reader's Guide to Mystery and Detective Fiction"〈Libraries Unlimited〉

◇ファン刊行物
ケイト・スタイン（Kate Stine）〔編〕 "Mystery Scene Magazine"

2005年
◇長編
ウィリアム・ケント・クルーガー（William Kent Krueger）「二度死んだ少女」"Blood Hollow"〈Atria〉

◇初長編
ハーレイ・ジェーン・コザック（Harley Jane Kozak）「誘惑は殺意の香り」"Dating Dead Men"〈Doubleday〉

◇ペーパーバック・オリジナル
ジェイソン・スター（Jason Starr）"Twisted City"〈Vintage Crime〉

◇短編
エレイン・ヴィエッツ（Elaine Viets）「ウェディング・ナイフ」（「ミステリーズ！」No.16 2006年4月）"Wedding Knife"（Chesapeake Crimes）〈Quiet Storm〉

◇ノンフィクション
マックス・アラン・コリンズ（Max Allan Collins）他 "Men's Adventure Magazines"〈Taschen〉

◇カバーアート
ソーラブ・ハービビオン（Sohrab Habibion）"Brooklyn Noir"（Tim McLoughlin編）〈Akashic〉

2006年
◇ミステリー長編
ウィリアム・ケント・クルーガー（William Kent Krueger）「闇の記憶」"Mercy Falls"〈Atria〉

◇初ミステリー
クリス・グラベンスタイン（Chris Grabenstein）「殺人遊園地へいらっしゃい」"Tilt-A-Whirl"〈Carroll & Graf〉

◇ペーパーバック・オリジナル
リード・ファレル・コールマン（Reed Farrel Coleman）"The James Deans"〈Plume〉

◇短編
バーバラ・セラネラ（Barbara Seranella）「ミスディレクション」（「ミステリマガジン」2006年9月号）"Misdirection"（Greatest Hits: Original Stories of Assassins, Hit Men and Hired Guns）〈Carroll & Graff〉

◇評論/ノンフィクション
　メアリー・ラックマン（Marv Lachman）"Heirs Of Anthony Boucher"〈Poison Pen〉
◇ファン刊行物
　ジョン&ルース・ジョーダン（Jon and Ruth Jordan）"Crimespree Magazine"
◇特別功労賞
　ジャネット・ルドルフ（Janet Rudolph）〔Mystery Readers Internationalの創設者〕

2007年
◇長編
　ローラ・リップマン（Laura Lippman）"No Good Deeds"〈Harper〉
◇初長編
　ルイーズ・ペニー（Louise Penny）「スリー・パインズ村の不思議な事件」"Still Life"〈St. Martins〉
◇ペーパーバック・オリジナル
　デイナ・キャメロン（Dana Cameron）"Ashes And Bones"〈Avon〉
◇短編
　サイモン・ウッド（Simon Wood）"My Father's Secret"（Working Stiffs）〈Blue Cubicle〉，（Crimespree Magazine Bcon'06 Special Ed）
◇評論ノンフィクション
　ジム・ホァン（Jim Huang），オースティン・ルーガー（Austin Lugar）〔共編〕"Mystery Muses: 100 Classics That Inspire Today's Mystery Writers"〈Crum Creek〉
◇特別功労賞
　ジム・ホァン（Jim Huang）〔Crum Creek Press/The Mystery Companyの創設者〕
◇ヤングアダルト小説
　受賞作なし

2008年
◇長編
　ローラ・リップマン（Laura Lippman）「女たちの真実」"What the Dead Know"〈William Morrow〉
◇初長編
　タナ・フレンチ（Tana French）「悪意の森」"In the Woods"〈Viking Adult〉
◇ペーパーバック・オリジナル
　P.J.パリッシュ（P.J.Parrish）"A Thousand Bones"〈Pocket〉
◇短編
　ローラ・リップマン（Laura Lippman）「知らない女」（『心から愛するただひとりの人』収録）"Hardly Knew Her"（Dead Man's Hand : Crime Fiction at the Poker Table）〈Harcourt〉
◇評論作品
　ジョン・レレンバーグ（Jon Lellenberg），ダニエル・スタショワー（Daniel Stashower），チャールズ・フォーリー（Charles Foley）「コナン・ドイル書簡集」"Arthur Conan Doyle: A Life in Letters"〈Penguin〉
◇特別功労賞
　ジョン&ルース・ジョーダン（Jon and Ruth Jordan）―"Crime Spree Magazine"の出版者・編集者
◇ウェブサイト
　スタン・ウルリッヒ（Stan Ulrich），ルシンダ・サーバー（Lucinda Surber）〔編集者〕―ウェブサイト"Stop, You're Killing Me！"

2009年
◇長編
　マイクル・コナリー（Michael Connelly）「真鍮の評決 リンカーン弁護士」"The Brass Verdict"〈Little, Brown〉
◇初長編
　スティーグ・ラーソン（Stieg Larsson）「ミレニアム1 ドラゴン・タトゥーの女」"The Girl with the Dragon Tattoo"〈Knopf〉
◇ペーパーバック・オリジナル
　ジュリー・ハイジー（Julie Hyzy）「厨房のちいさな名探偵―大統領の料理人1」"State of the Onion"〈Berkley〉
◇短編
　ショーン・チャーコーヴァー（Sean Chercover）"A Sleep Not Unlike Death"（Hardcore Hardboiled）〈Kensington〉
◇評論ノンフィクション
　ジェフリー・マークス（Jeffrey Marks）"Anthony Boucher: A Biobibliography"〈McFarland〉

◇児童書/ヤングアダルト小説
　クリス・グラベンスタイン（Chris Grabenstein）"The Crossroads"〈Random House〉
◇カバーアート
　ピーター・メンデルサンド（Peter Mendelsund）「ミレニアム1 ドラゴン・タトゥーの女」"The Girl with the Dragon Tattoo"（スティーグ・ラーソン（Stieg Larsson）著）〈Knopf〉
◇特別功労賞
　ジョン＆ルース・ジョーダン（Jon and Ruth Jordan）

2010年
◇長編
　ルイーズ・ペニー（Louise Penny）"The Brutal Telling"〈Minotaur Books〉
◇初長編
　ソフィー・リトルフィールド（Sophie Littlefield）「謝ったって許さない」"A Bad Day For Sorry"〈Minotaur Books〉
◇ペーパーバック・オリジナル
　ブライアン・グルーリー（Bryan Gruley）「湖は餓えて煙る」"Starvation Lake"〈Touchstone〉
◇短編
　Hank Phillippi Ryan "On the House"（Quarry：Crime Stories by New England Writers, book's 5th story）〈Level Best Books〉
◇評論ノンフィクション
　P.D.ジェームズ（P.D.James）"Talking About Detective Fiction"〈Bodleian Library/Knopf〉

2011年
◇長編
　ルイーズ・ペニー（Louise Penny）"Bury Your Dead"〈Minotaur Books〉
◇初長編
　ヒラリー・デイヴィッドソン（Hilary Davidson）"Damage Done"〈Forge Books〉
◇ペーパーバック・オリジナル
　ドゥエイン・スウィアジンスキー（Duane Swierczynski）"Expiration Date"〈Minotaur Books〉
◇短編

　デイナ・キャメロン（Dana Cameron）"Swing Shift"（Crimes By Moonlight：Mysteries from the Dark Side）〈Berkley〉
◇グラフィックノベル
　ジェイソン・スター（Jason Starr）"The Chill"〈Vertigo〉
◇評論/ノンフィクション
　ジョン・カラン（John Curran）「アガサ・クリスティーの秘密ノート」"Agatha Christie's Secret Notebooks"〈Harper Collins〉
◇ウェブサイト/ブログ
　ルシンダ・サーバー（Lucinda Surber），スタン・ウルリッヒ（Stan Ulrich）〔編集者〕—ウェブサイト"Stop, You're Killing Me！"

2012年
◇長編
　ルイーズ・ペニー（Louise Penny）"A Trick of the Light"〈Minotaur〉
◇初長編
　サラ・J.ヘンリー（Sara J.Henry）"Learning to Swim"〈Crown〉
◇ペーパーバック・オリジナル
　ジュリー・ハイジー（Julie Hyzy）"Buffalo West Wing"〈Berkley Prime Crime/Tekno〉
◇短編
　デイナ・キャメロン（Dana Cameron）"Disarming"（EQMM 2011年6月号）
◇評論ノンフィクション
　シャーレイン・ハリス（Charlaine Harris）〔編〕"The Sookie Stackhouse Companion"〈Ace〉

2013年
◇長編
　ルイーズ・ペニー（Louise Penny）"The Beautiful Mystery"〈Minotaur〉
◇初長編
　クリス・パヴォーネ（Chris Pavone）「ルクセンブルクの迷路」"The Expats"〈Crown〉
◇ペーパーバック・オリジナル
　ジョニー・ショウ（Johnny Shaw）"Big Maria"〈Thomas & Mercer〉
◇短編

デイナ・キャメロン（Dana Cameron）"Mischief in Mesopotamia"（EQMM 2012年11月号）
◇評論ノンフィクション
ジョン・コナリー（John Connolly），デクラン・バーク（Declan Burke）〔共編〕"Books to Die For: The World's Greatest Mystery Writers on the World's Greatest Mystery Novels"〈Hodder & Stoughton/Emily Bestler〉

2014年
◇長編
ウィリアム・ケント・クルーガー（William Kent Krueger）「ありふれた祈り」"Ordinary Grace"〈Atria〉
◇初長編
マット・コイル（Matt Coyle）"Yesterday's Echo"〈Oceanview〉
◇ペーパーバック・オリジナル
カトリオーナ・マクファーソン（Catriona McPherson）"As She Left It"〈Midnight Ink〉
◇短編
ジョン・コナリー（John Connolly）"The Caxton Private Lending Library & Book Depository"（Bibliomysteries）〈Mysterious Bookshop〉
◇評論／ノンフィクション
ダニエル・スタシャワー（Daniel Stashower）"The Hour of Peril: The Secret Plot to Murder Lincoln Before the Civil War"〈Minotaur〉
◇児童書／ヤングアダルト小説
ジョエル・シャルボノ（Joelle Charbonneau）"The Testing"〈Houghton Mifflin〉

◇TVエピソードシナリオ（2003年初回放送）
ジョン・ボーケンキャンプ（Jon Bokenkamp）〔脚本〕「ブラックリスト」"The Blacklist"〈Davis Entertainment, NBC〉（パイロット版 2013年9月）
◇オーディオブック
ロバート・ガルブレイス（Robert Galbraith）〔著〕，ロバート・グレニスター（Robert Glenister）〔ナレーター〕「カッコウの呼び声」"The Cuckoo's Calling"〈Hachette Audio〉

2015年
◇長編
ローラ・リップマン（Laura Lippman）"After I'm Gone"〈William Morrow〉
◇初長編
Lori Rader-Day "The Black Hour"〈Seventh Street〉
◇ペーパーバック・オリジナル
カトリオーナ・マクファーソン（Catriona McPherson）"The Day She Died"〈Midnight Ink〉
◇評論／ノンフィクション
Hank Phillippi Ryan〔編〕"Writes of Passage: Adventures on the Writer's Journey"〈Henery〉
◇短編
アート・テイラー（Art Taylor）"The Odds Are Against Us"（EQMM 2014年11月号）〈Dell〉
◇アンソロジー／短編集
ローリー・R・キング（Laurie R.King），レスリー・S・クリンガー（Leslie S.Klinger）〔共編〕"In the Company of Sherlock Holmes: Stories Inspired by the Holmes Canon"〈Pegasus Crime〉

027　英国推理作家協会賞　CWA Daggers

　1953年に創設されたイギリスの優れたミステリー文学に贈られる賞。ミステリーの普及と推理作家の地位の向上などを目的とする英国推理作家協会（会員は作家）が年次大会期間に受賞者を決定する。現在、ゴールド・ダガー（Gold Dagger）を長編小説およびノンフィクション作品に、短編小説に短編ダガー（Short Story Dagger）、翻訳小説にインターナショナル・ダガー（International Dagger）を授賞するほか、作家の業績を讃えて贈られるダイヤモンド・ダガー（Diamond Dagger）、CWAの設立者の一人であるジョン・クリーシー（John Creasey）の名を冠し、新人に贈られるジョン・クリーシー（ニュー・ブラッ

ド)ダガー(旧・ジョン・クリーシー記念賞)、スリラー小説に贈られるイアン・フレミング・スティール・ダガー(Ian Fleming Steel Dagger)などが設けられている。なお、ゴールド・ダガーは、創設年から59年までは「クロスド・レッド・ヘリング賞」の名で、2006～08年は、その期間にスポンサーであった銀行のダンカン・ローリー(Duncan Lawrie)の名を冠し「ダンカン・ローリー・ダガー」として授賞された。

【主催者】英国推理作家協会(CWA：Crime Writer's Association)
【締切・発表】(2015年)ゴールド・ダガーほか：ロングリストの発表6月15日、ショートリストの発表6月30日、9月にロンドンで行われる授賞式で受賞者の発表
【賞・賞金】ゴールド・ダガー：賞金と金の短剣、イアン・フレミング・スチール・ダガー：賞金と鉄の短剣
【URL】http://www.thecwa.co.uk/

1955年
◇クロスド・レッド・ヘリング賞
ウィンストン・グレアム(Winston Graham) "The Little Walls"
1956年
◇クロスド・レッド・ヘリング賞
エドワード・グリアスン(Edward Grierson)「第二の男」 "The Second Man"
1957年
◇クロスド・レッド・ヘリング賞
ジュリアン・シモンズ(Julian Symons)「殺人の色彩」 "The Colour of Murder"
1958年
◇クロスド・レッド・ヘリング賞
マーゴット・ベネット(Margot Bennett) "Someone from the Past"
1959年
◇クロスド・レッド・ヘリング賞
エリック・アンブラー(Eric Ambler)「武器の道」 "Passage of Arms"
1960年
◇ゴールド・ダガー
ライオネル・デヴィッドスン(Lionel Davidson)「モルダウの黒い流れ」 "The Night of Wenceslas"
1961年
◇ゴールド・ダガー
メアリイ・ケリー(Mary Kelly)「盗まれた意匠」 "The Spoilt Kill"
1962年
◇ゴールド・ダガー
ジョーン・フレミング(Joan Fleming) "When I Grow Rich"
1963年
◇ゴールド・ダガー
ジョン・ル・カレ(John le Carré)「寒い国から帰ってきたスパイ」 "The Spy Who Came in from the Cold"
1964年
◇ゴールド・ダガー
H.R.F.キーティング(H.R.F.Keating)「パーフェクト殺人」 "The Perfect Murder"
1965年
◇ゴールド・ダガー
ロス・マクドナルド(Ross Macdonald)「ドルの向こう側」 "The Far Side of the Dollar"
1966年
◇ゴールド・ダガー
ライオネル・デヴィッドスン(Lionel Davidson)「シロへの長い道」 "A Long Way to Shiloh"
◇外国作品賞
ジョン・ボール(John Ball)「夜の熱気の中で」 "In The Heat of the Night"
1967年
◇ゴールド・ダガー
エマ・レイサン(Emma Lathen)「小麦で殺人」 "Murder Against the Grain"
◇イギリス作品賞
エリック・アンブラー(Eric Ambler)「ダーティ・ストーリー」 "Dirty Story"
1968年
◇ゴールド・ダガー

ピーター・ディキンスン（Peter Dickinson）「ガラス箱の蟻」"Skin Deep"
◇外国作品賞
セバスチャン・ジャプリゾ（Sébastien Japrisot）「新車の中の女」"The Lady in the Car with Glasses and a Gun"

1969年
◇ゴールド・ダガー
ピーター・ディキンスン（Peter Dickinson）「英雄の誇り」"A Pride of Heroes"
◇シルバー・ダガー
フランシス・クリフォード（Francis Clifford）「間違われた男」"Another Way of Dying"
◇外国作品賞
レックス・スタウト（Rex Stout）「ファーザー・ハント」"The Father Hunt"

1970年
◇ゴールド・ダガー
ジョーン・フレミング（Joan Fleming）「若者よ、きみは死ぬ」"Young Man I Think You're Dying"
◇シルバー・ダガー
アントニイ・プライス（Anthony Price）「迷宮のチェス・ゲーム」"The Labyrinth Makers"

1971年
◇ゴールド・ダガー
ジェイムズ・マクルーア（James McClure）「スティーム・ピッグ」"The Steam Pig"
◇シルバー・ダガー
P.D.ジェームズ（P.D.James）「ナイチンゲールの屍衣」"Shroud for a Nightingale"

1972年
◇ゴールド・ダガー
エリック・アンブラー（Eric Ambler）「グリーン・サークル事件」"The Levanter"
◇シルバー・ダガー
ヴィクター・カニング（Victor Canning）「階段」"The Rainbird Pattern"

1973年
◇ゴールド・ダガー
ロバート・リテル（Robert Littell）「ルウィンターの亡命」"The Defection of A.J. Lewinter"
◇シルバー・ダガー
グウェンドリン・バトラー（Gwendoline Butler）"A Coffin for Pandora"
◇ジョン・クリーシー記念賞
キリル・ボンフィリオリ（Kyril Bonfiglioli）「チャーリー・モルデカイ1─英国紳士の名画大作戦」"Don't Point That Thing at Me"

1974年
◇ゴールド・ダガー
アントニイ・プライス（Anthony Price）「隠された栄光」"Other Paths to Glory"
◇シルバー・ダガー
フランシス・クリフォード（Francis Clifford）「さらばグロヴナー広場」"The Grosvenor Square Goodbye"
◇ジョン・クリーシー記念賞
ロジャー・L.サイモン（Roger L.Simon）「大いなる賭け」"The Big Fix"

1975年
◇ゴールド・ダガー
ニコラス・メイヤー（Nicholas Meyer）「シャーロック・ホームズ氏の素敵な冒険」"The Seven per cent solution"
◇シルバー・ダガー
P.D.ジェームズ（P.D.James）「黒い塔」"The Black Tower"
◇ジョン・クリーシー記念賞
セーラ・ジョージ（Sara George）"Acid Drop"

1976年
◇ゴールド・ダガー
ルース・レンデル（Ruth Rendell）『わが目の悪魔』"A Demon in my View"
◇シルバー・ダガー
ジェイムズ・マクルーア（James McClure）「ならず者の鷲」"Rogue Eagle"
◇ジョン・クリーシー記念賞
パトリック・アレクサンダー（Patrick Alexander）「大統領暗殺指令」"Death of a Thin Skinned Animal"

1977年
◇ゴールド・ダガー
ジョン・ル・カレ（John le Carré）「スクー

ルボーイ閣下」"The Honourable Schoolboy"
◇シルバー・ダガー
　ウイリアム・マッキルヴァニー（William McIlvanney）「夜を深く葬れ」"Laidlaw"
◇ジョン・クリーシー記念賞
　ジョナサン・ギャッシュ（Jonathan Gash）"The Judas Pair"

1978年
◇ゴールド・ダガー
　ライオネル・デヴィッドスン（Lionel Davidson）「チェルシー連続殺人事件」"The Chelsea Murders"
◇シルバー・ダガー
　ピーター・ラヴゼイ（Peter Lovesey）「マダム・タッソーがお待ちかね」"Waxwork"
◇ゴールド・ダガー（ノン・フィクション）
　オードリー・ウィリアムスン（Audrey Williamson）"The Mystery of the Princes"
◇シルバー・ダガー（ノン・フィクション）
　ハリー・ホークス（Harry Hawkes）"The Capture of the Black Panther"
◇ジョン・クリーシー記念賞
　ポーラ・ゴズリング（Paula Gosling）「逃げるアヒル」"A Running Duck"

1979年
◇ゴールド・ダガー
　ディック・フランシス（Dick Francis）「利腕」"Whip Hand"
◇シルバー・ダガー
　コリン・デクスター（Colin Dexter）「死者たちの礼拝」"Service of all the Dead"
◇ゴールド・ダガー（ノン・フィクション）
　シャーリー・グリーン（Shirley Green）"Rachman"
◇シルバー・ダガー（ノン・フィクション）
　ジョン・コーネル（Jon Connell），ダグラス・サザーランド（Douglas Sutherland）"Fraud"
◇ジョン・クリーシー記念賞
　デイヴィッド・セラフィン（David Serafin）「栄光の土曜日」"Saturday of Glory"

1980年
◇ゴールド・ダガー
　H.R.F.キーティング（H.R.F.Keating）「マハーラージャ殺し」"The Murder of the Maharajah"
◇シルバー・ダガー
　エリス・ピーターズ（Ellis Peters）「修道士の頭巾」"Monk's Hood"
◇ゴールド・ダガー（ノン・フィクション）
　アンソニー・サマーズ（Anthony Summers）"Conspiracy"
◇ジョン・クリーシー記念賞
　リザ・コディ（Liza Cody）「見習い女探偵」"Dupe"

1981年
◇ゴールド・ダガー
　マーティン・クルーズ・スミス（Martin Cruz Smith）「ゴーリキー・パーク」"Gorky Park"
◇シルバー・ダガー
　コリン・デクスター（Colin Dexter）「ジェリコ街の女」"The Dead of Jericho"
◇ゴールド・ダガー（ノン・フィクション）
　ハコボ・ティママン（Jacobo Timerman）"Prisoner Without a Name, Cell Without a Number"
◇ジョン・クリーシー記念賞
　ジェイムズ・リー（James Leigh）「サバイバル・ゲーム」"The Ludi Victor"

1982年
◇ゴールド・ダガー
　ピーター・ラヴゼイ（Peter Lovesey）「偽のデュー警部」"The False Inspector Dew"
◇シルバー・ダガー
　S.T.ヘイモン（S.T.Haymon）「聖堂の殺人」"Ritual Murder"
◇ゴールド・ダガー（ノン・フィクション）
　ジョン・コーンウェル（John Cornwell）「地に戻る者」"Earth to Earth"
◇ジョン・クリーシー記念賞
　アンドリュー・テイラー（Andrew Taylor）「あぶない暗号」"Caroline Miniscule"

1983年
◇ゴールド・ダガー
　ジョン・ハットン（John Hutton）「偶然の犯罪」"Accidental Crimes"
◇シルバー・ダガー

ウイリアム・マッキルヴァニー（William McIlvanney）「レイドロウの怒り」 "The Papers of Tony Veitch"
◇ゴールド・ダガー（ノン・フィクション）
ピーター・ワトスン（Peter Watson） "Double Dealer"
◇ジョン・クリーシー記念賞
キャロル・クレモー（Carol Clemeau）「アリアドネの糸」 "The Ariadne Clue"
エリック・ライト（Eric Wright）「神々がほほえむ夜」 "The Night the Gods Smiled"

1984年
◇ゴールド・ダガー
B.M.ギル（B.M.Gill）「十二人目の陪審員」 "The Twelfth Juror"
◇シルバー・ダガー
ルース・レンデル（Ruth Rendell）「身代りの樹」 "The Tree of Hands"
◇ゴールド・ダガー（ノン・フィクション）
デイヴィッド・ヤロップ（David Yallop）「法王暗殺」 "In God's Name"
◇ジョン・クリーシー記念賞
エリザベス・アイアンサイド（Elizabeth Ironside）「とても私的な犯罪」 "A Very Private Enterprise"

1985年
◇ゴールド・ダガー
ポーラ・ゴズリング（Paula Gosling）「モンキー・パズル」 "Monkey Puzzle"
◇シルバー・ダガー
ドロシー・シンプソン（Dorothy Simpson）「アリシア故郷に帰る」 "Last Seen Alive"
◇ゴールド・ダガー（ノン・フィクション）
ブライアン・マスターズ（Brian Masters）「死体と暮らすひとりの部屋」 "Killing for Company"
◇ジョン・クリーシー記念賞
ロバート・リチャードソン（Robert Richardson）「誤植聖書殺人事件」 "The Latimer Mercy"

1986年
◇ゴールド・ダガー
ルース・レンデル（Ruth Rendell）「引き攣る肉」 "Live Flesh"
◇シルバー・ダガー
P.D.ジェームズ（P.D.James）「死の味」 "A Taste for Death"
◇ゴールド・ダガー（ノン・フィクション）
ジョン・ブライソン（John Bryson）「闇に泣く」 "Evil Angels"
◇ダイヤモンド・ダガー
エリック・アンブラー（Eric Ambler）
◇ジョン・クリーシー記念賞
ネヴィル・スティード（Neville Steed）「ブリキの自動車」 "Tinplate"

1987年
◇ゴールド・ダガー
バーバラ・ヴァイン（Barbara Vine）「運命の倒置法」 "A Fatal Inversion"
◇シルバー・ダガー
スコット・トゥロー（Scott Turow）「推定無罪」 "Presumed Innocent"
◇ゴールド・ダガー（ノン・フィクション）
バーナード・テイラー（Bernard Taylor），スティーブン・ナイト（Stephen Knight） "Perfect Murder"
◇ダイヤモンド・ダガー
P.D.ジェームズ（P.D.James）
◇ジョン・クリーシー記念賞
デニス・キルコモンズ（Denis Kilcommons）「最後の暗殺」 "Dark Apostle"

1988年
◇ゴールド・ダガー
マイクル・ディブディン（Michael Dibdin）「ラット・キング」 "Ratking"
◇シルバー・ダガー
サラ・パレツキー（Sara Paretsky）「ダウンタウン・シスター」 "Toxic Shock"
◇ゴールド・ダガー（ノン・フィクション）
バーナード・ワッサースタイン（Bernard Wasserstein） "The Secret Lives of Trebitsch Lincoln"
◇ダイヤモンド・ダガー
ジョン・ル・カレ（John le Carré）
◇ジョン・クリーシー記念賞
ジャネット・ニール（Janet Neel）「天使の一撃」 "Death's Bright Angel"
◇ラスト・ラフ・ダガー
ナンシー・リヴィングストン（Nancy Livingston） "Death in a Distant Land"

1989年
- ◇ゴールド・ダガー
  コリン・デクスター（Colin Dexter）「オックスフォード運河の殺人」 "The Wench is Dead"
- ◇シルバー・ダガー
  デズモンド・ラウデン（Desmond Lowden）「ひとりぼっちの目撃者」 "The Shadow Run"
- ◇ゴールド・ダガー（ノン・フィクション）
  ロバート・リンゼイ（Robert Lindsay） "A Gathering of Saints"
- ◇ダイヤモンド・ダガー
  ディック・フランシス（Dick Francis）
- ◇ジョン・クリーシー記念賞
  アネット・ルーム（Annette Roome）「私のはじめての事件」 "A Real Shot in the Arm"
- ◇ラスト・ラフ・ダガー
  マイク・リプリー（Mike Ripley）「天使の火遊び」 "Angel Touch"

1990年
- ◇ゴールド・ダガー
  レジナルド・ヒル（Reginald Hill）「骨と沈黙」 "Bones and Silence"
- ◇シルバー・ダガー
  マイク・フィリップス（Mike Phillips）「黒い霧の街」 "The Late Candidate"
- ◇ゴールド・ダガー（ノン・フィクション）
  ジョナサン・グッドマン（Jonathan Goodman） "The Passing of Starr Faithfull"
- ◇ダイヤモンド・ダガー
  ジュリアン・シモンズ（Julian Symons）
- ◇ジョン・クリーシー記念賞
  パトリシア・コーンウェル（Patricia Cornwell）「検屍官」 "Postmortem"
- ◇ラスト・ラフ・ダガー
  サイモン・ショー（Simon Shaw）「ハイヒールをはいた殺人者」 "Killer Cinderella"

1991年
- ◇ゴールド・ダガー
  バーバラ・ヴァイン（Barbara Vine）「ソロモン王の絨毯」 "King Soloman's Carpet"
- ◇シルバー・ダガー
  フランセス・ファイフィールド（Frances Fyfield）「目覚めない女」 "Deep Sleep"
- ◇ゴールド・ダガー（ノン・フィクション）
  ジョン・ボッシー（John Bossy） "Giordano Bruno and the Embassy Affair"
- ◇ダイヤモンド・ダガー
  ルース・レンデル（Ruth Rendell）
- ◇ジョン・クリーシー記念賞
  ウォルター・モズリイ（Walter Mosley）「ブルー・ドレスの女」 "Devil in a Blue Dress"
- ◇ラスト・ラフ・ダガー
  マイク・リプリー（Mike Ripley）「天使に銃は似合わない」 "Angels in Arms"

1992年
- ◇ゴールド・ダガー
  コリン・デクスター（Colin Dexter）「森を抜ける道」 "The Way Through the Woods"
- ◇シルバー・ダガー
  リザ・コディ（Liza Cody）「汚れた守護天使」 "Bucket Nut"
- ◇ゴールド・ダガー（ノン・フィクション）
  チャールズ・ニコル（Charles Nicholl） "The Reckoning: The Murder Of Christopher Marlowe"
- ◇ダイヤモンド・ダガー
  レスリー・チャータリス（Leslie Charteris）
- ◇ジョン・クリーシー記念賞
  ミネット・ウォルターズ（Minette Walters）「氷の家」 "The Ice House"
- ◇ラスト・ラフ・ダガー
  カール・ハイアセン（Carl Hiaasen）「珍獣遊園地」 "Native Tongue"

1993年
- ◇ゴールド・ダガー
  パトリシア・コーンウェル（Patricia Cornwell）「真犯人」 "Cruel and Unusual"
- ◇シルバー・ダガー
  サラ・デュナント（Sarah Dunant）「最上の地」 "Fatlands"
- ◇ゴールド・ダガー（ノン・フィクション）
  アレグザンドラ・アートリー（Alexandra Artley）「復讐の家」 "Murder in the Heart"

◇ダイヤモンド・ダガー
　エリス・ピーターズ（Ellis Peters）
◇ジョン・クリーシー記念賞
　該当作なし
◇ラスト・ラフ・ダガー
　マイクル・ピアス（Michael Pearce）「警察長官と砂漠の略奪者」 "The Mamur Zapt and The Spoils of Egypt"

1994年
◇ゴールド・ダガー
　ミネット・ウォルターズ（Minette Walters）「鉄の枷」 "The Scold's Bridle"
◇シルバー・ダガー
　ペーター・ホゥ（Peter Hoeg）「スミラの雪の感覚」 "Miss Smilla's Feeling for Snow"
◇ゴールド・ダガー（ノン・フィクション）
　デヴィッド・カンター（David Canter）「心理捜査官ロンドン殺人ファイル」 "Criminal Shadows: Inside the Mind of the Serial Killer"
◇ダイヤモンド・ダガー
　マイケル・ギルバート（Michael Gilbert）
◇ジョン・クリーシー記念賞
　ダグ・J.スワンソン（Doug J.Swanson）「ビッグ・タウン」 "Big Town"
◇ラスト・ラフ・ダガー
　サイモン・ショー（Simon Shaw） "The Villian of the Earth"
◇ダガー・イン・ザ・ライブラリ
　ロバート・バーナード（Robert Barnard）

1995年
◇ゴールド・ダガー
　ヴァル・マクダーミド（Val McDermid）「殺しの儀式」 "The Mermaids Singing"
◇シルバー・ダガー
　ピーター・ラヴゼイ（Peter Lovesey）「バースへの帰還」 "The Summons"
◇ゴールド・ダガー（ノン・フィクション）
　マーティン・ビールズ（Martin Beales） "Dead Not Buried"
◇ダイヤモンド・ダガー
　レジナルド・ヒル（Reginald Hill）
◇ジョン・クリーシー記念賞
　ジャネット・イヴァノヴィッチ（Janet Evanovich）「私が愛したリボルバー」 "One for the Money"
◇短編ダガー
　ラリー・バインハート（Larry Beinhart） "Funny Story, in No Alibi - the best new crime fiction"
◇ラスト・ラフ・ダガー
　ローレンス・シェイムズ（Laurence Shames）「絆」 "Sunburn"
◇ダガー・イン・ザ・ライブラリ
　リンゼイ・デイヴィス（Lindsey Davis）

1996年
◇ゴールド・ダガー
　ベン・エルトン（Ben Elton）「ポップコーン」 "Popcorn"
◇シルバー・ダガー
　ピーター・ラヴゼイ（Peter Lovesey）「猟犬クラブ」 "Bloodhounds"
◇ゴールド・ダガー（ノン・フィクション）
　アントニア・フレイザー（Antonia Fraser） "The Gunpowder Plot"
◇ダイヤモンド・ダガー
　H.R.F.キーティング（H.R.F.Keating）
◇ジョン・クリーシー記念賞
　該当作なし
◇短編ダガー
　イアン・ランキン（Ian Rankin） "Herbert in Motion, in Perfectly Criminal"
◇ラスト・ラフ・ダガー
　ジャネット・イヴァノヴィッチ（Janet Evanovich）「あたしにしかできない職業」 "Two For The Dough"
◇ダガー・イン・ザ・ライブラリ
　マリアン・バブソン（Marian Babson）

1997年
◇ゴールド・ダガー
　イアン・ランキン（Ian Rankin）「黒と青」 "Black And Blue"
◇シルバー・ダガー
　ジャネット・イヴァノヴィッチ（Janet Evanovich）「モーおじさんの失踪」 "Three to get Deadly"
◇ゴールド・ダガー（ノン・フィクション）
　ボール・ブリトン（Paul Britton）「ザ・ジグソーマン」 "The Jigsaw Man"
◇ダイヤモンド・ダガー
　コリン・デクスター（Colin Dexter）

◇ジョン・クリーシー記念賞
　ポール・ジョンストン（Paul Johnston）「ボディ・ポリティック」"Body Politic"
◇短編ダガー
　レジナルド・ヒル（Reginald Hill）"On the Psychiatrist's Couch"

1998年
◇ゴールド・ダガー
　ジェイムズ・リー・バーク（James Lee Burke）"Sunset Limited"
◇シルバー・ダガー
　ニコラス・ブリンコウ（Nicholas Blincoe）「マンチェスター・フラッシュバック」"Manchester Slingback"
◇ゴールド・ダガー（ノン・フィクション）
　ジッタ・セレニー（Gitta Sereny）「魂の叫び」"Cries Unheard"
◇ダイヤモンド・ダガー
　エド・マクベイン（Ed McBain）
◇ジョン・クリーシー記念賞
　デニーズ・ミーナ（Denise Mina）「扉の中」"Garnet Hill"
◇短編ダガー
　ジェリー・サイクス（Jerry Sykes）"Roots, in Mean Time"
◇デビュー・ダガー
　ジュールズ・デンビー（Joolz Denby）"Stone Baby"

1999年
◇ゴールド・ダガー
　ロバート・ウィルソン（Robert Wilson）「リスボンの小さな死」"A Small Death in Lisbon"
◇シルバー・ダガー
　エイドリアン・マシューズ（Adrian Mathews）「ウィーンの血」"Vienna Blood"
◇ゴールド・ダガー（ノン・フィクション）
　ブライアン・カスカート（Brian Cathcart）"The Case of Stephen Lawrence"
◇ダイヤモンド・ダガー
　マーガレット・ヨーク（Margaret Yorke）
◇ジョン・クリーシー記念賞
　ダン・フェスパーマン（Dan Fesperman）「闇に横たわれ」"Lie in the Dark"
◇短編ダガー
　アントニー・マン（Antony Mann）"Taking Care of Frank, in Crimewave 2"
◇デビュー・ダガー
　キャロリン・カーヴァー（Caroline Carver）"Blood Junction"
◇エリス・ピーターズ・ヒストリカル・ダガー
　リンゼイ・デイヴィス（Lindsey Davis）"Two for the Lions"

2000年
◇ゴールド・ダガー
　ジョナサン・レセム（Jonathan Lethem）「マザーレス・ブルックリン」"Motherless Brooklyn"
◇シルバー・ダガー
　ダナ・レオン（Donna Leon）「ヴェネツィア殺人事件」"Friends in High Places"
◇ゴールド・ダガー（ノン・フィクション）
　エドワード・バンカー（Edward Bunker）"Mr.Blue"
◇ダイヤモンド・ダガー
　ピーター・ラヴゼイ（Peter Lovesey）
◇ジョン・クリーシー記念賞
　ボストン・テラン（Boston Teran）「神は銃弾」"God is a Bullet"
◇短編ダガー
　デニーズ・ミーナ（Denise Mina）"Helena and the Babies, in Fresh Blood 3"
◇デビュー・ダガー
　サイモン・レヴァック（Simon Levack）"A Flowery Death"
◇エリス・ピーターズ・ヒストリカル・ダガー
　ギリアン・リンスコット（Gillian Linscott）"Absent Friends"

2001年
◇ゴールド・ダガー
　ヘニング・マンケル（Henning Mankell）「目くらましの道」"Sidetracked"（原題：Villospar）
◇シルバー・ダガー
　ジャイルズ・ブラント（Gilles Blunt）「悲しみの四十語」"Forty Words for Sorrow"
◇ゴールド・ダガー（ノン・フィクション）
　フィリップ・エティエンヌ（Philip

Etienne），マーティン・メイナード（Martin Maynard），トニー・トンプソン（Tony Thompson）"The Infiltrators"
◇ダイヤモンド・ダガー
　ライオネル・デヴィッドスン（Lionel Davidson）
◇ジョン・クリーシー記念賞
　スザンナ・ジョーンズ（Susanna Jones）「アースクエイク・バード」"The Earthquake Bird"
◇短編ダガー
　マリアン・アーナット（Marion Arnott）「プロイセンのスノー・ドロップ」"Prussian Snowdrops, in Crimewave 4"
◇デビュー・ダガー
　エドワード・ライト（Edward Wright）"Clea's Moon"
◇エリス・ピーターズ・ヒストリカル・ダガー
　アンドリュー・テイラー（Andrew Taylor）"The Office Of The Dead"

2002年
◇ゴールド・ダガー
　ホセ・カルロス・ソモサ（Jose Carlos Samoza）「イデアの洞窟」"The Athenian Murders"
◇シルバー・ダガー
　ジェイムズ・クラムリー（James Crumley）「ファイナル・カントリー」"The Final Country"
◇ゴールド・ダガー（ノン・フィクション）
　リリアン・ピッジチーニ（Lillian Pizzichini）"Dead Man's Wages"
◇ダイヤモンド・ダガー
　サラ・パレツキー（Sara Paretsky）
◇ジョン・クリーシー記念賞
　ルイーズ・ウェルシュ（Louise Welsh）「カッティング・ルーム」"The Cutting Room"
◇短編ダガー
　ステラ・ダフィ（Stella Duffy）"Martha Grace, in Tart Noir anthology"
◇ダガー・イン・ザ・ライブラリ
　ピーター・ロビンスン（Peter Robinson）
◇デビュー・ダガー
　イロナ・ヴァン・ミル（Ilona van Mil）"Sugarmilk Falls"
◇エリス・ピーターズ・ヒストリカル・ダガー
　サラ・ウォーターズ（Sarah Waters）"Fingersmith"
◇イアン・フレミング・スティール・ダガー
　ジョン・クリード（John Creed）「シリウス・ファイル」"The Sirius Crossing"

2003年
◇ゴールド・ダガー
　ミネット・ウォルターズ（Minette Walters）「病める狐」"Fox Evil"
◇シルバー・ダガー
　モーラ・ジョス（Morag Joss）「夢の破片」"Half-Broken Things"
◇ゴールド・ダガー（ノン・フィクション）
　サマンサ・ワインバーグ（Samantha Weinberg）"Pointing from the Grave"
◇ダイヤモンド・ダガー
　ロバート・バーナード（Robert Barnard）
◇ジョン・クリーシー記念賞
　ウィリアム・ランデイ（William Landay）「ボストン、沈黙の街」"Mission Flats"
◇短編ダガー
　ジェリー・サイクス（Jerry Sykes）"Closer to the Flame"
◇ダガー・イン・ザ・ライブラリ
　スティーヴン・ブース（Stephen Booth）
◇デビュー・ダガー
　カースティ・エヴァンス（Kirsty Evans）"The Cuckoo"
◇エリス・ピーターズ・ヒストリカル・ダガー
　アンドリュー・テイラー（Andrew Taylor）"The American Boy"
◇イアン・フレミング・スティール・ダガー
　ダン・フェスパーマン（Dan Fesperman）"The Small Boat of Great Sorrows"
◇レオ・ハリス賞
　ロジャー・フォルスダイク（Roger Forsdyke）─「レッド・ヘリングス」（CWAの機関紙）への貢献に対して

2004年
◇ゴールド・ダガー
　サラ・パレツキー（Sara Paretsky）「ブラック・リスト」"Blacklist"

- ◇シルバー・ダガー
  ジョン・ハーヴェイ(John Harvey)「血と肉を分けた者」"Flesh and Blood"
- ◇ゴールド・ダガー(ノン・フィクション)
  ジョン・ディッキー(John Dickie) "Cosa Nostra"
  サラ・ワイズ(Sarah Wise) "The Italian Boy"
- ◇ダイヤモンド・ダガー
  ローレンス・ブロック(Lawrence Block)
- ◇ジョン・クリーシー記念賞
  マーク・ミルズ(Mark Mills)「アマガンセット―弔いの海」"Amagansett"
- ◇短編ダガー
  ジェフリー・ディーヴァー(Jeffery Deaver) "The Weekender"
- ◇ダガー・イン・ザ・ライブラリ
  アレキサンダー・マコール・スミス(Alexander McCall Smith)
- ◇デビュー・ダガー
  エレン・グラブ(Ellen Grubb) "The Doll Makers"
- ◇エリス・ピーターズ・ヒストリカル・ダガー
  バーバラ・クレヴァリー(Barbara Cleverly) "The Damascened Blade"
- ◇イアン・フレミング・スティール・ダガー
  ジェフリー・ディーヴァー(Jeffery Deaver)「獣たちの庭園」"Garden of Beasts"
- ◇レオ・ハリス賞
  ジョアン・ロック(Joan Lock)―「レッド・ヘリングス」(CWAの機関紙)への貢献に対して
- ◇ミステリー・スリラー・ブック・クラブ会員による選出
  レジナルド・ヒル(Reginald Hill) "Good Morning, Midnight"

2005年
- ◇ゴールド・ダガー
  アーナルデュル・インドリダソン(Arnaldur Indriason)「緑衣の女」"Silence of the Grave"(原題：Kvinna i grönt)
- ◇シルバー・ダガー
  バーバラ・ナデル(Barbara Nadel)「イスタンブールの記憶」"Deadly Web"
- ◇ゴールド・ダガー(ノン・フィクション)
  グレッグ・ヒル(Gregg Hill)，ジーナ・ヒル(Gina Hill) "On The Run"
- ◇ダイヤモンド・ダガー
  イアン・ランキン(Ian Rankin)
- ◇ジョン・クリーシー記念賞
  ドレダ・セイ・ミッチェル(Dreda Say Mitchell) "Running Hot"
- ◇短編ダガー
  ダヌータ・レイ(Danuta Reah) "No Flies on Frank"
- ◇ダガー・イン・ザ・ライブラリ
  ジェイク・アーノット(Jake Arnott)
- ◇デビュー・ダガー
  ルース・ダグダル(Ruth Dugdall) "The Woman Before Me"
- ◇エリス・ピーターズ・ヒストリカル・ダガー
  C.J.サンソム(C.J.Sansom)「暗き炎―チューダー王朝弁護士シャードレイク」"Dark Fire"
- ◇イアン・フレミング・スティール・ダガー
  ヘンリー・ポーター(Henry Porter) "Brandeburg"
- ◇レオ・ハリス賞
  バーナード・ナイト(Bernard Knight)―「レッド・ヘリングス」(CWAの機関紙)への貢献に対して

2006年
- ◇ダンカン・ローリー・ダガー(ゴールド・ダガー)
  アン・クリーヴス(Ann Cleeves)「大鴉の啼く冬」"Raven Black"
- ◇ゴールド・ダガー(ノン・フィクション)
  リンダ・ローデス(Linda Rhodes)，リー・シェルダン(Lee Shelden)，キャサリン・アブネット(Kathryn Abnett) "The Dagenham Murder"
- ◇ダイヤモンド・ダガー
  エルモア・レナード(Elmore Leonard)
- ◇ニュー・ブラッド・ダガー
  ルイーズ・ペニー(Louise Penny)「スリー・パインズ村の不思議な事件」"Still Life"
- ◇短編ダガー
  ロバート・バーナード(Robert Barnard) "Sins of Scarlett"
- ◇インターナショナル・ダガー

フレッド・ヴァルガス（Fred Vargas）"The Three Evangelists"
◇ダガー・イン・ザ・ライブラリ
ジム・ケリー（Jim Kelly）
◇デビュー・ダガー
D V ウェッセルマン（D V Wesselmann）"Imprint of the Raj"
◇エリス・ピーターズ・ヒストリカル・ダガー
エドワード・ライト（Edward Wright）"Red Sky Lament"
◇イアン・フレミング・スティール・ダガー
ニック・ストーン（Nick Stone）「ミスター・クラリネット」"Mr.Clarinet"

2007年
◇ダンカン・ローリー・ダガー（ゴールド・ダガー）
ピーター・テンプル（Peter Temple）「壊れた海辺」"The Broken Shore"
◇ダイヤモンド・ダガー
ジョン・ハーヴェイ（John Harvey）
◇ニュー・ブラッド・ダガー
ギリアン・フリン（Gillian Flynn）「Kizu—傷」"Sharp Objects"
◇短編ダガー
ピーター・ラヴゼイ（Peter Lovesey）「白熱の一戦（ニードル・マッチ）」"Needle Match"
◇インターナショナル・ダガー
フレッド・ヴァルガス（Fred Vargas）"Wash this Blood Clean from my Hand"
◇ダガー・イン・ザ・ライブラリ
スチュアート・マクブライド（Stuart MacBride）
◇デビュー・ダガー
アラン・ブラッドリー（Alan Bradley）「パイは小さな秘密を運ぶ」"The Sweetness at the Bottom of the Pie"
◇エリス・ピーターズ・ヒストリカル・ダガー
アリアナ・フランクリン（Ariana Franklin）「エルサレムから来た悪魔」"Mistress of the Art of Death"
◇イアン・フレミング・スティール・ダガー
ギリアン・フリン（Gillian Flynn）「Kizu—傷」"Sharp Objects"

2008年
◇ダンカン・ローリー・ダガー（ゴールド・ダガー）
フランセス・ファイフィールド（Frances Fyfield）「石が流す血」"Blood From Stone"
◇ゴールド・ダガー（ノン・フィクション）
ケスター・アスプデン（Kester Aspden）"Nationality: Wog-The Hounding of David Oluwale"
◇ダイヤモンド・ダガー
スー・グラフトン（Sue Grafton）
◇ニュー・ブラッド・ダガー
マット・ベイノン・リース（Matt Rees）「ベツレヘムの密告者」"The Bethlehem Murders"
◇短編ダガー
マーティン・エドワーズ（Martin Edwards）"The Bookbinder's Apprentice"
◇インターナショナル・ダガー
ドミニク・マノッティ（Dominique Manotti）"Lorraine Connection"
◇ダガー・イン・ザ・ライブラリ
クレイグ・ラッセル（Craig Russell）
◇デビュー・ダガー
アメール・アンワル（Amer Anwar）"Western Fringes"
◇エリス・ピーターズ・ヒストリカル・ダガー
ローラ・ウィルソン（Laura Wilson）"Stratton's War"
◇イアン・フレミング・スティール・ダガー
トム・ロブ・スミス（Tom Rob Smith）「チャイルド44」"Child 44"

2009年
◇ゴールド・ダガー
ウィリアム・ブロドリック（William Brodrick）"A Whispered Name"
◇ダイヤモンド・ダガー
アンドリュー・テイラー（Andrew Taylor）
◇ジョン・クリーシー（ニュー・ブラッド）ダガー
ヨハン・テオリン（Johan Theorin）「黄昏に眠る秋」"Echoes from the Dead"
◇短編ダガー
ショーン・チャーコーヴァー（Sean Chercover）"One Serving of Bad Luck"

◇インターナショナル・ダガー
　フレッド・ヴァルガス（Fred Vargas）"The Chalk Circle Man"
◇ダガー・イン・ザ・ライブラリ
　コリン・コッタリル（Colin Cotterill）
◇デビュー・ダガー
　キャサリン・オキーフ（Catherine O'Keefe）"The Pathologist"
◇エリス・ピーターズ・ヒストリカル・ダガー
　フィリップ・カー（Philip Kerr）"If The Dead Rise Not"
◇イアン・フレミング・スティール・ダガー
　ジョン・ハート（John Hart）「ラスト・チャイルド」"The Last Child"

2010年
◇ゴールド・ダガー
　ベリンダ・バウアー（Belinda Bauer）「ブラックランズ」"Blacklands"
◇ゴールド・ダガー（ノン・フィクション）
　ルース・ダッドリー・エヴァンス（Ruth Dudley Evans）"Aftermath: The Omagh Bombing and the Families' Pursuit of Justice"
◇ダイヤモンド・ダガー
　ヴァル・マクダーミド（Val McDermid）
◇ジョン・クリーシー（ニュー・ブラッド）ダガー
　ライアン・デイヴィッド・ヤーン（Ryan David Jahn）「暴行」"Acts of Violence"
◇短編ダガー
　ロバート・フェリーニョ（Robert Ferrigno）"Can You Help Me Out Short Story"
◇インターナショナル・ダガー
　ヨハン・テオリン（Johan Theorin）「冬の灯台が語るとき」"The Darkest Room"
◇ダガー・イン・ザ・ライブラリ
　アリアナ・フランクリン（Ariana Franklin）
◇デビュー・ダガー
　パトリック・エデン（Patrick Eden）"A Place of Dying"
◇エリス・ピーターズ・ヒストリカル・ダガー
　ロリー・クレメンツ（Rory Clements）"Revenger"
◇イアン・フレミング・スティール・ダガー
　サイモン・コンウェイ（Simon Conway）"A Loyal Spy"

2011年
◇ゴールド・ダガー
　トム・フランクリン（Tom Franklin）「ねじれた文字、ねじれた路」"Crooked Letter, Crooked Letter"
◇ゴールド・ダガー（ノン・フィクション）
　ダグラス・スター（Douglas Starr）"The Killer of Little Shepherds"
◇ダイヤモンド・ダガー
　リンゼイ・デイヴィス（Lindsey Davis）
◇ジョン・クリーシー（ニュー・ブラッド）ダガー
　S.J.ワトソン（S.J.Watson）「わたしが眠りにつく前に」"Before I Go To Sleep"
◇短編ダガー
　フィル・ラヴゼイ（Phil Lovesey）"Homework"
◇インターナショナル・ダガー
　アンデシュ・ルースルン（Anders Roslund）、ベリエ・ヘルストレム（Börge Hellström）「三秒間の死角」"Three Seconds"
◇ダガー・イン・ザ・ライブラリ
　モー・ヘイダー（Mo Hayder）
◇デビュー・ダガー
　Michele Rowe "Hidden Lies"
◇エリス・ピーターズ・ヒストリカル・ダガー
　アンドリュー・マーティン（Andrew Martin）"The Somme Stations"
◇イアン・フレミング・スティール・ダガー
　スティーヴ・ハミルトン（Steve Hamilton）「解錠師」"The Lock Artist"

2012年
◇ゴールド・ダガー
　ジーン・ケリガン（Gene Kerrigan）"The Rage"
◇ゴールド・ダガー（ノン・フィクション）
　アンソニー・サマーズ（Anthony Summers）、ロビン・スワン（Robbyn Swan）"The Eleventh Day"
◇ダイヤモンド・ダガー
　フレデリック・フォーサイス（Frederick Forsyth）

◇ジョン・クリーシー（ニュー・ブラッド）ダガー
　ワイリー・キャッシュ（Wiley Cash）"Land More Kind Than Homes"
◇短編ダガー
　マーガレット・マーフィ（Margaret Murphy）"The Message"
◇インターナショナル・ダガー
　アンドレア・カミッレーリ（Andrea Camilleri）"The Potter's Field"
◇ダガー・イン・ザ・ライブラリ
　スティーブ・モスビー（Steve Mosby）
◇デビュー・ダガー
　サンディ・ギングラス（Sandy Gingras）"Beached"
◇エリス・ピーターズ・ヒストリカル・ダガー
　アリー・モンロー（Aly Monroe）"Icelight"
◇イアン・フレミング・スティール・ダガー
　チャールズ・カミング（Charles Cumming）「甦ったスパイ」"A Foreign Country"

2013年
◇ゴールド・ダガー
　ミック・ヘロン（Mick Herron）"Dead Lions"
◇ゴールド・ダガー（ノン・フィクション）
　ポール・フレンチ（Paul French）"Midnight in Peking: How the Murder of a Young Englishwoman Haunted the Last Days of Old China"
◇ダイヤモンド・ダガー
　リー・チャイルド（Lee Child）
◇ジョン・クリーシー・ダガー
　デレク・B.ミラー（Derek B.Miller）"Norwegian By Night"
◇短編ダガー
　ステラ・ダフィ（Stella Duffy）"Come Away With Me"
◇インターナショナル・ダガー
　フレッド・ヴァルガス（Fred Vargas）"Ghost Riders of Ordebec"
　ピエール・ルメートル（Pierre Lemaitre）「その女アレックス」"Alex"
◇ダガー・イン・ザ・ライブラリ
　ベリンダ・バウアー（Belinda Bauer）
◇デビュー・ダガー
　フィン・クラーク（Finn Clarke）"Call Time"
◇エリス・ピーターズ・ヒストリカル・ダガー
　アンドリュー・テイラー（Andrew Taylor）"The Scent of Death"
◇イアン・フレミング・スティール・ダガー
　ロジャー・ホッブズ（Roger Hobbs）「時限紙幣―ゴーストマン」"Ghostman"

2014年
◇ゴールド・ダガー
　ワイリー・キャッシュ（Wiley Cash）「約束の道」"This Dark Road to Mercy"
◇ゴールド・ダガー（ノン・フィクション）
　エイドリアン・レヴィ（Adrian Levy），キャシー・スコット＝クラーク（Cathy Scott-Clark）"The Siege"
◇ダイヤモンド・ダガー
　サイモン・ブレット（Simon Brett）
◇ジョン・クリーシー（ニュー・ブラッド）ダガー
　レイ・セレスティン（Ray Celestin）"The Axeman's Jazz"
◇短編ダガー
　ジョン・ハーヴェイ（John Harvey）"Fedora by John Harvey in Deadly Pleasures"
◇インターナショナル・ダガー
　アルトゥーロ・ペレス＝レベルテ（Arturo Perez-Reverte）〔著〕，Frank Wynne〔訳〕"The Siege"
◇ダガー・イン・ザ・ライブラリ
　シャロン・ボルトン（Sharon Bolton）
◇デビュー・ダガー
　ジョディ・サブラル（Jody Sabral）"The Movement"
◇エンデバー・ヒストリカル・ダガー
　アントニア・ホジソン（Antonia Hodgson）"Devil in the Marshalsea Historical"
◇イアン・フレミング・スティール・ダガー
　ロバート・ハリス（Robert Harris）"An Officer and A Spy"

2015年
◇ゴールド・ダガー
　マイケル・ロボサム（Michael Robotham）"Life or Death"
◇ゴールド・ダガー（ノン・フィクション）

ダン・デイヴィス (Dan Davies) "In Plain Sight: The Life and Lies of Jimmy Savile"
◇ダイヤモンド・ダガー
　キャサリン・エアード (Catherine Aird)
◇ジョン・クリーシー (ニュー・ブラッド) ダガー
　スミス・ヘンダーソン (Smith Henderson) "Fourth of July Creek"
◇短編ダガー
　リチャード・ランゲ (Richard Lange) "Apocrypha"
◇インターナショナル・ダガー
　ピエール・ルメートル (Pierre Lemaitre) "Camille"
◇ダガー・イン・ザ・ライブラリ
　クリストファー・ファウラー (Christopher Fowler)
◇デビュー・ダガー
　グレッグ・キーン (Greg Keen) "Last of the Soho Legends"
◇エンデバー・ヒストリカル・ダガー
　S.G.マクリーン (S.G.MacLean) "The Seeker"
◇イアン・フレミング・スティール・ダガー
　カリン・スローター (Karin Slaughter) 「警官の街」 "Cop Town"

028　シェイマス賞　Shamus Award

　アメリカ私立探偵作家クラブ (PWA) が主催する文学賞。優れた私立探偵 (P.I.：プライベート・アイ) ジャンルの作品に授与される。同クラブは、私立探偵小説のジャンルおよびその作家を認めるため、1981年にロバート・J.ランディージ (Robert J. Randisi) が中心となり創設。会員は、ファンから作家、出版の専門家まで幅広い。本賞も81年に創設され、翌年授賞を開始した。一般的に「プライベート・アイ」とは、警察官や軍人、行政職員を除いたプロの調査業 (私立探偵) であるミステリーの主人公を指す。賞名のシェイマスは、私立探偵や警察官などを指す言葉。現在、最優秀P.I.ハードカバー長編 (Best P.I. Hardcover Novel)、最優秀初P.I.長編 (Best First P.I. Novel)、最優秀P.I.ペーパーバック・オリジナル (Best P.I. Paperback Original)、最優秀P.I.短編 (Best P.I. Short Story)、最優秀インディーズP.I.長編 (Best Indie P.I. Novel) の各部門で実施されている。なお、不定期に授賞されるジ・アイ賞 (生涯功績賞) (THE EYE - Lifetime Achievement Award) と1986～2014年実施の私立探偵小説コンテスト (The PWA Best First P.I. Novel Competition) は、シェイマス賞の一部門ではなく独立した賞である。

【主催者】アメリカ私立探偵作家クラブ (PWA：Private Eye Writers of America)
【選考委員】PWAの委員会メンバー
【選考方法】選考委員が候補作を選出、受賞作を決定する
【選考基準】アメリカで授賞年の前年に初出版された私立探偵小説ジャンルの作品を対象とする。ザ・ハマー賞 (The Hammer - Best P.I. Series/Characters)：シリーズ作品に登場するキャラクターに対して授賞。私立探偵小説コンテスト (最優秀未発表作品)：未発表の作品を対象。受賞作は共催のセント・マーティンズ・プレス (St. Martin's Press/インプリント：Minotaur) から出版される。2014年で休止 (新スポンサーを見つけるまでの期間)
【締切・発表】(2016年) 2016年秋にニューオーリンズで行われるバウチャーコンにて発表
【URL】http://www.privateeyewriters.com/

1982年
◇ジ・アイ賞 (生涯功績賞)　　　　　　　　　ロス・マクドナルド (Ross Macdonald)

◇P.I.ハードカバー
　ビル・プロンジーニ（Bill Pronzini）「脅迫」 "Hoodwink"（Nameless Detective）
◇オリジナルP.I.ペーパーバック
　マックス・バード（Max Byrd）"California Thriller"（Mike Haller）

1983年
◇ジ・アイ賞（生涯功績賞）
　ミッキー・スピレイン（Mickey Spillane）
◇P.I.ハードカバー
　ローレンス・ブロック（Lawrence Block）「八百万の死にざま」 "Eight Million Ways to Die"（Matt Scudder）
◇オリジナルP.I.ペーパーバック
　ウイリアム・キャンベル・ゴールト（William Campbell Gault）"The Cana Diversion"（Brock Callahan）
◇P.I.短編
　ジョン・ラッツ（John Lutz）「理由なく突然に」（『ミステリマガジン』1984年12月号）"What You Don't Know Can Hurt You"（AHMM 1982年11月号）（Alo Nudger）

1984年
◇ジ・アイ賞（生涯功績賞）
　ウイリアム・キャンベル・ゴールト（William Campbell Gault）
◇P.I.ハードカバー
　マックス・アラン・コリンズ（Max Allan Collins）「シカゴ探偵物語―悪徳の街1933」 "True Detective"（Nate Heller）
◇オリジナルP.I.ペーパーバック
　ポール・エングルマン（Paul Engelman）「死球（デッドボール）」 "Dead in Centerfield"（Mark Renzler）
◇P.I.短編
　ビル・プロンジーニ（Bill Pronzini）「ライオンの肢」（『ミステリマガジン』1983年10月号）"Cat's Paw"（Wave's Press）（Nameless）

1985年
◇ジ・アイ賞（生涯功績賞）
　ハワード・ブラウン（Howard Browne）
◇P.I.ハードカバー
　ローレン・D.エスルマン（Loren D. Estleman）「シュガータウン」 "Sugartown"（Amos Walker）
◇オリジナルP.I.ペーパーバック
　ウォーレン・マーフィー（Warren Murphy）「地獄の天井」 "Ceiling of Hell"
◇初P.I.長編
　ジャック・アーリー（Jack Early）「芸術的な死体」 "A Creative Kind of Killer"
◇P.I.短編
　ローレンス・ブロック（Lawrence Block）「夜明けの光の中に」（ローレンス・ブロック傑作集3）"By the Dawn's Early Light"（Playboy）（Matt Scudder）

1986年
◇ジ・アイ賞（生涯功績賞）
　リチャード・S.プラザー（Richard S. Prather）
◇P.I.ハードカバー
　スー・グラフトン（Sue Grafton）「泥棒のB」 "'B' Is For Burglar"（Kinsey Millhone）
◇オリジナルP.I.ペーパーバック
　アール・W.エマースン（Earl Emerson）「不幸な相続人」 "Poverty Bay"（Thomas Black）
◇初P.I.長編
　ウェイン・ワーガ（Wayne Warga）「盗まれたスタインベック」 "Hardcover"
◇P.I.短編
　ローレン・D.エスルマン（Loren D. Estleman）「8マイル・ロードの銃声」（『ミステリマガジン』1987年2月号）"Eight Mile and Dequindre"（AHMM 1985年5月号）（Amos Walker）
◇私立探偵小説コンテスト
　レス・ロバーツ（Les Roberts）「無限の猿」 "An Infinite Number of Monkeys"（Saxon）

1987年
◇ジ・アイ賞（生涯功績賞）
　ビル・プロンジーニ（Bill Pronzini）―「名無しの探偵」（the Nameless Detective）シリーズの創作者として
◇P.I.ハードカバー
　ジェレマイア・ヒーリイ（Jeremiah Healy）「つながれた山羊―私立探偵ジョン・カディ」 "The Staked Goat"（John Francis Cuddy）

◇オリジナルP.I.ペーパーバック
　ロブ・カントナー（Rob Kantner）「探偵ベン・パーキンズ」 "The Back Door Man"（Ben Perkins）
◇初P.I.長編
　J.W.ライダー（J.W.Rider） "Jersey Tomatoes"
◇P.I.短編
　ロブ・カントナー（Rob Kantner）「二人のモーリーン」（『卑しい街を行く』ほか収録）"Fly Away Home"（Mean Streets）（Ben Perkins）
◇私立探偵小説コンテスト
　ガー・アンソニー・ヘイウッド（Gar Anthony Haywood）「漆黒の怒り」 "Fear of the Dark"（Aaron Gunner）

1988年
　◇ジ・アイ賞（生涯功績賞）
　　デニス・リンズ（Dennis Lynds）
　　ウェイド・ミラー（Wade Miller（Robert Wade and Bob Miller））
　◇P.I.ハードカバー
　　ベンジャミン・M.シュッツ（Benjamin M. Schutz）「癒えない傷」 "A Tax in Blood"（Leo Haggerty）
　◇オリジナルP.I.ペーパーバック
　　リヴィア・J.ウォッシュバーン（L.J. Washburn） "Wild Night"
　◇初P.I.長編
　　マイクル・アレグレット（Michael Allegretto）「岩場の死」 "Death on the Rocks"
　◇P.I.短編
　　エド・ゴーマン（Ed Gorman） "Turn Away"（Black Lizard Anthology of Crime Fiction）
　◇私立探偵小説コンテスト
　　カレン・キエフスキー（Karen Kijewski）「キャット・ウォーク―女性探偵に気をつけろ！」 "Katwalk"（Kat Colorado）

1989年
　◇ジ・アイ賞（生涯功績賞）
　　受賞者なし
　◇P.I.ハードカバー
　　ジョン・ラッツ（John Lutz）「別れのキス」 "Kiss"
　◇オリジナルP.I.ペーパーバック
　　ロブ・カントナー（Rob Kantner）「囁きの代償」 "Dirty Work"（Ben Perkins）
　◇初P.I.長編
　　ガー・アンソニー・ヘイウッド（Gar Anthony Haywood）「漆黒の怒り」 "Fear of the Dark"（Aaron Gunner）
　◇P.I.短編
　　ローレン・D.エスルマン（Loren D. Estleman） "The Crooked Way"（New Black Mask）（Amos Walker）
　◇私立探偵小説コンテスト
　　ジャネット・ドーソン（Janet Dawson）「追憶のファイル」 "Kindred Crimes"（Jeri Howard）

1990年
　◇ジ・アイ賞（生涯功績賞）
　　受賞者なし
　◇P.I.ハードカバー
　　ジョナサン・ヴェイリン（Jonathan Valin） "Extenuating Circumstances"（Harry Stoner）
　◇オリジナルP.I.ペーパーバック
　　ロブ・カントナー（Rob Kantner）「狂った果実」 "Hell's Only Half Full"（Ben Perkins）
　◇初P.I.長編
　　カレン・キエフスキー（Karen Kijewski）「キャット・ウォーク―女性探偵に気をつけろ！」 "Katwalk"（Kat Colorado）
　◇P.I.短編
　　ミッキー・スピレイン（Mickey Spillane）「殺す男」 "The Killing Man"（Playboy 1989年12月号）（Mike Hammer）
　◇私立探偵小説コンテスト
　　Ken Kuhlken "The Loud Adios"（Tom Hickey）

1991年
　◇ジ・アイ賞（生涯功績賞）
　　ロイ・ハギンス（Roy Huggins）
　◇P.I.ハードカバー
　　スー・グラフトン（Sue Grafton）「探偵G」 "'G' is for Gumshoe"（Kinsey Millhone）
　◇オリジナルP.I.ペーパーバック
　　W.グレン・ダンカン（W.Glenn Duncan） "Rafferty: Fatal Sisters"（Rafferty）

◇初P.I.長編
　ウォルター・モズリイ（Walter Mosley）「ブルー・ドレスの女」 "Devil in a Blue Dress" (Easy Rawlins)
◇P.I.短編
　マーシャ・ミュラー（Marcia Muller）「永眠の地」(『ミステリマガジン』1990年9月号）"Final Resting Place" (Justice for Hire) (Sharon McCone)
◇私立探偵小説コンテスト
　ウィノナ・サリバン（Winona Sullivan）"A Sudden Death at the Norfolk Cafe" (Sister Cecile)

1992年
◇ジ・アイ賞（生涯功績賞）
　ジョゼフ・ハンセン（Joseph Hansen）
◇P.I.ハードカバー
　マックス・アラン・コリンズ（Max Allan Collins）「リンドバーグ・デッドライン」"Stolen Away" (Nate Heller)
◇オリジナルP.I.ペーパーバック
　ポール・ケンプレコス（Paul Kemprecos）"Cool Blue Tomb"
◇初P.I.長編
　トーマス・デイヴィス（Thomas Davis）"Suffer Little Children" (Dave Strickland)
◇P.I.短編
　ナンシー・ピカード（Nancy Pickard）「ダスト・デヴィル」(『ミステリマガジン』1991年7月号）"Dust Devil" (Winter 1991, TAD)
◇私立探偵小説コンテスト
　A.C.Ayres "Storm Warning" (eventually published as Hour of the Manatee)

1993年
◇ジ・アイ賞（生涯功績賞）
　マーシャ・ミュラー（Marcia Muller）
◇P.I.ハードカバー
　ハロルド・アダムズ（Harold Adams）"The Man Who was Taller Than God" (Carl Wilcox)
◇オリジナルP.I.ペーパーバック
　マレール・デイ（Marele Day）「破滅への舞踏」 "The Last Tango of Delores Delgado" (Claudia Valentine)

◇初P.I.長編
　ジョン・ストラレー（John Straley）「熊と結婚した女」 "The Woman Who Married a Bear" (Cecil Younger)
◇P.I.短編
　ベンジャミン・M.シュッツ（Benjamin M. Schutz）「メアリー、ドアを閉めて」(『メアリー、ドアを閉めて』収録）(別題「メアリー、メアリー、ドアを閉めて」『エドガー賞全集— 1990～2007』収録）"Mary, Mary, Shut the Door" (Deadly Allies) (Leo Haggerty)
◇私立探偵小説コンテスト
　アラン・ペドラザス（Allan Pedrazas）「ハリーの探偵日記」 "The Harry Chronicles" (Harry Rice)

1994年
◇ジ・アイ賞（生涯功績賞）
　スティーブン・J.キャネル（Stephen J. Cannell）
◇P.I.長編
　ローレンス・ブロック（Lawrence Block）「死者との誓い」 "The Devil Knows You're Dead" (Matt Scudder)
◇オリジナルP.I.ペーパーバック
　ロッドマン・フィルブリック（Rodman Philbrick）"Brothers And Sinners"
◇初P.I.長編
　リン・ハイタワー（Lynn Hightower）"Satan's Lambs" (Lena Padget)
◇P.I.短編
　ローレンス・ブロック（Lawrence Block）「慈悲深い死の大便」(『ニュー・ミステリ—ジャンルを越えた世界の作家42人』収録）"The Merciful Angel Of Death" (The New Mystery) (Matt Scudder)
◇私立探偵小説コンテスト
　デヴィッド・ダニエル（David Daniel）「翡翠の罠」 "The Heaven Stone" (Alex Rasmussen)

1995年
◇ジ・アイ賞（生涯功績賞）
　ジョン・ラッツ（John Lutz）
　ロバート・B.パーカー（Robert B.Parker）
◇P.I.長編
　スー・グラフトン（Sue Grafton）「殺害者のK」 "K Is For Killer" (Kinsey Millhone)

◇初P.I.長編
　デニス・ルヘイン(Dennis Lehane)「スコッチに涙を託して」 "A Drink Before the War" (Patrick Kenzie & Angela Gennaro)
◇オリジナルP.I.ペーパーバック
　エド・ゴールドバーグ(Ed Goldberg) "Served Cold" (Lenny Schneider)
◇P.I.短編
　ブレンダン・デュボイス(Brendan DuBois)「兄弟の絆」(『EQ』1995年11月号)(別題「なくてはならない兄弟」『現代ミステリーの収穫4―馬に乗ったケラー』収録) "Necessary Brother" (EQMM 1994年5月号)
◇私立探偵小説コンテスト
　チャールズ・ニーフ(Charles Knief) "Diamond Head" (John Caine)

1996年
◇ジ・アイ賞(生涯功績賞)
　受賞者なし
◇P.I.長編
　S.J.ローザン(S.J.Rozan)「ピアノ・ソナタ」 "Concourse" (Lydia Chin and Bill Smith)
◇P.I.ペーパーバック・オリジナル
　ウィリアム・ジャスパソン(William Jaspersohn) "Native Angels" (Peter Boone)
◇初P.I.長編
　リチャード・バリー(Richard Barre)「無垢なる骨」 "The Innocents" (Wil Hardesty)
◇P.I.短編
　ガー・アンソニー・ヘイウッド(Gar Anthony Haywood)「誰も見ていませんように」(『ミステリマガジン』1998年4月号) "And Pray Nobody Sees You" (Spooks, Spies & Private Eyes) (Aaron Gunner)
◇私立探偵小説コンテスト
　受賞作なし

1997年
◇ジ・アイ賞(生涯功績賞)
　スティーヴン・マーロウ(Stephen Marlowe)―チェスター・ドラム(Chet Drum)シリーズの作家として
◇P.I.長編
　ロバート・クレイス(Robert Crais)「サンセット大通りの疑惑―探偵エルヴィス・コール」 "Sunset Express" (Elvis Cole)
◇P.I.ペーパーバック・オリジナル
　ハーラン・コーベン(Harlan Coben)「カムバック・ヒーロー」 "Fade Away" (Myron Bolitar)
◇P.I.短編
　ライア・マテラ(Lia Matera)「死の泥酔」(『ミステリマガジン』1998年4月号) "Dead Drunk" (Guilty As Charged)
◇初P.I.長編
　キャロル・リーア・ベンジャミン(Carol Lea Benjamin)「バセンジーは哀しみの犬」 "This Dog For Hire" (Rachel Alexander)
◇私立探偵小説コンテスト
　スティーヴ・ハミルトン(Steve Hamilton)「氷の闇を越えて」 "A Cold Day in Paradise" (Alex McKnight)

1998年
◇P.I.長編
　テレンス・ファハティ(Terrance Faherty)「輝ける日々へ」 "Come Back Dead" (Scott Elliott)
◇P.I.ペーパーバック・オリジナル
　ローラ・リップマン(Laura Lippman)「チャーム・シティ」 "Charm City" (Tess Monaghan)
◇P.I.初長編
　リック・リオーダン(Rick Riordan)「ビッグ・レッド・テキーラ」 "Big Red Tequila" (Tres Navarre)
◇P.I.短編
　キャロリン・ウィート(Carolyn Wheat)「黄色い髪ゆえにあたしを愛して―マリリン・モンローにかかわる32の短いフィルム」(『ミステリマガジン』1999年2月号) "Love Me For My Yellow Hair Alone" (Marilyn : Shades Of Blonde)
◇私立探偵小説コンテスト
　リズ・S.ベイカー(Lise S.Baker) "The Losers' Club" (Cal Brantley)

1999年
◇ジ・アイ賞(生涯功績賞)
　マクシム・オキャラハン(Maxine O'Callaghan)―ディライラ・ウェスト

(Delilah West) シリーズの作家として

◇P.I.長編
　ビル・プロンジーニ (Bill Pronzini) "Boobytrap" (Nameless)

◇初P.I.長編
　スティーヴ・ハミルトン (Steve Hamilton)「氷の闇を越えて」"A Cold Day in Paradise" (Alex McKnight)

◇P.I.ペーパーバック・オリジナル
　スティーヴン・ウォマック (Steven Womack) "Murder Manual" (Harry James Denton)

◇P.I.短編
　ウォーレン・マーフィー (Warren Murphy) "Another Day, Another Dollar" (Murder on the Run)

◇私立探偵小説コンテスト
　Robert Truluck "Street Legal" (Duncan Sloan)

◇Friends of PWA賞
　Michael Seidman〔Walkerのエディター、元The Armchair Detectiveのエディター〕
　ジョー・ピットマン (Joe Pittman)〔Signetのシニア・エディター〕

2000年

◇ジ・アイ賞（生涯功績賞）
　エドワード・D.ホック (Edward D.Hoch)

◇P.I.長編
　ドン・ウィンズロウ (Don Winslow)「カリフォルニアの炎」"California Fire And Life" (Jack Wade)

◇P.I.ペーパーバック・オリジナル
　ローラ・リップマン (Laura Lippman)「ビッグ・トラブル」"In Big Trouble" (Tess Monaghan)

◇P.I.初長編
　ジョン・コナリー (John Connolly)「死せるものすべてに」"Every Dead Thing" (Charlie Parker)

◇P.I.短編
　I.J.パーカー (I.J.Parker) "Akitada's First Case" (AHMM 1999年7・8月号)

◇私立探偵小説コンテスト
　J.L.Abramo "Catching Water in a Net" (Jake Diamond)

2001年

◇ハードカバーP.I.長編
　C.ガルシア＝アギレーラ (Carolina Garcia-Aguilera) "Havana Heat" (Lupe Solano)

◇P.I.ペーパーバック・オリジナル
　トーマス・リピンスキー (Thomas Lipinski) "Death In The Steel City" (Carroll Dorsey)

◇P.I.初長編
　ボブ・トルラック (Bob Truluck) "Street Level" (Duncan Sloan)

◇P.I.短編
　ブレンダン・デュボイス (Brendan DuBois) "The Road's End" (EQMM 2000年4月号)

◇私立探偵小説コンテスト
　受賞作なし

2002年

◇ジ・アイ賞（生涯功績賞）
　ローレンス・ブロック (Lawrence Block)

◇ハードカバーP.I.長編
　S.J.ローザン (S.J.Rozan)「天を映す早瀬」"Reflecting The Sky" (Bill Smith and Lydia Chin)

◇P.I.ペーパーバック・オリジナル
　ライダ・モアハウス (Lyda Morehouse)「アークエンジェル・プロトコル」"Archangel Protocol" (Dierdre McMannus)

◇P.I.初長編
　デイヴィッド・フルマー (David Fulmer)「快楽通りの悪魔」"Chasing the Devil's Tail" (Valentin St. Cyr)

◇P.I.短編
　Cerl Jordan "Rough Justice" (AHMM 2001年7月号)

◇Friend of PWA賞
　ジャン・グレイプ (Jan Grape)

◇私立探偵小説コンテスト
　Michael Siverling "The Sterling Inheritance" (Jason Wilder)

2003年

◇ジ・アイ賞（生涯功績賞）
　スー・グラフトン (Sue Grafton)

◇P.I.長編
　ジェイムズ・W.ホール (James W.Hall)

"Blackwater Sound"（Thorn）
◇初P.I.長編
エディー・ミューラー（Eddie Muller）「拳よ、闇を払え」"The Distance"（Billy Nichols）
◇ペーパーバック・オリジナルP.I.長編
D.ダニエル・ジャドソン（D.Daniel Judson）"The Poisoned Rose"（Declan"Mac" MacManus）
◇P.I.短編
テレンス・ファハティ（Terence Faherty）"The Second Coming"（EQMM 2002年11月号）（Scott Elliott）
◇私立探偵小説コンテスト
マイクル・コリータ（Michael Koryta）「さよならを告げた夜」"Tonight I Said Goodbye"（Lincoln Perry）

2004年
◇ジ・アイ賞（生涯功績賞）
ドナルド・E.ウェストレイク（Donald E. Westlake）
◇P.I.長編
ケン・ブルーウン（Ken Bruen）「酔いどれに悪人なし」"The Guards"（Jack Taylor）
◇初P.I.長編
ピーター・スピーゲルマン（Peter Spiegelman）「黒い地図」"Black Maps"（John March）
◇ペーパーバック・オリジナルP.I.長編
アンディ・ストレイカ（Andy Straka）"Cold Quarry"（Frank Pavlicek）
◇P.I.短編
ローレン・D.エスルマン（Loren D. Estleman）"Lady on Ice"（A Hot and Sultry Night For Crime）
◇私立探偵小説コンテスト
マイケル・クロネンウエッター（Michael Kronenwetter）"First Kill"（Hank Berlin）

2005年
◇ジ・アイ賞（生涯功績賞）
サラ・パレツキー（Sara Paretsky）
◇P.I.長編
エド・ライト（Ed Wright）"While I Disappear"（John Ray Horn）

◇ペーパーバック・オリジナルP.I.長編
マックス・フィリップス（Max Phillips）"Fade To Blonde"（construction worker Ray Corson）
◇初P.I.長編
イングリッド・ブラック（Ingrid Black）"The Dead"（true-crime writer Saxon）
◇P.I.短編
パール・アブラハム（Pearl Abraham）"Hasidic Noir"（2004, Brooklyn Noir）
◇私立探偵小説コンテスト
受賞作なし

2006年
◇ジ・アイ賞（生涯功績賞）
マックス・アラン・コリンズ（Max Allan Collins）
◇P.I.長編
マイクル・コナリー（Michael Connelly）「リンカーン弁護士」"The Lincoln Lawyer"（Mickey Haller）
◇初P.I.長編
Louise Ure "Forcing Amaryllis"（Calla Gentry）
◇ペーパーバック・オリジナルP.I.長編
リード・ファレル・コールマン（Reed Farrel Coleman）"The James Deans"（Moe Prager）
◇P.I.短編
Michael Wiecek "A Death in Ueno"（AHMM 2005年3月号）（Masakazu Sakonju）
◇私立探偵小説コンテスト
マイクル・ワイリー（Michael Wiley）"Unrobed"（The Last Striptease）

2007年
◇ジ・アイ賞
スチュワート・M.カミンスキー（Stuart M. Kaminsky）
◇ザ・ハマー賞
—シェル・スコット（Shell Scott）（リチャード・S.プラザー作品より）
◇P.I.長編
ケン・ブルーウン（Ken Bruen）"The Dramatist"（Jack Taylor）
◇ペーパーバック・オリジナル
P.J.パリッシュ（P.J.Parrish）"An Unquiet

Grave"（Louis Kincaid）
◇初長編
　デクラン・ヒューズ（Declan Hughes）"The Wrong Kind of Blood"（Ed Loy）
◇短編
　オニール・デ・ノー（O'Neil De Noux）「心にはそれなりの理由がある」（「ミステリマガジン」2008年9月号）"The Heart Has Reasons"（AHMM 2006年9月号）（Lucien Caye）
◇私立探偵小説コンテスト
　Keith Gilman "Father's Day"

2008年
◇ジ・アイ賞
　ジョー・ゴアズ（Joe Gores）
◇P.I.長編
　リード・ファレル・コールマン（Reed Farrel Coleman）"Soul Patch"（Moe Prager）
◇ペーパーバック・オリジナル
　リチャード・エイリアス（Richard Aleas）"Songs of Innocence"（John Blake）
◇初P.I.長編
　ショーン・チャーコーヴァー（Sean Chercover）"Big City, Bad Blood"（Ray Dudgeon）
◇短編
　コーネリア・リード（Cornelia Read）"Hungry Enough"（A Hell of a Woman 2008年）（Philip）
◇私立探偵小説コンテスト
　Thomas Kaufman "Drink the Tea"

2009年
◇ジ・アイ賞
　ロバート・J.ランディージ（Robert J. Randisi）
◇ザ・ハマー賞
　―マット・スカダー（Matt Scudder）（ローレンス・ブロック作品より）
◇ハードカバー
　リード・ファレル・コールマン（Reed Farrel Coleman）"Empty Ever After"（Moe Prager）
◇初長編
　イアン・ヴァスケス（Ian Vasquez）"In the Heat"（Miles Young）
◇ペーパーバック・オリジナル

　ロリ・アームストロング（Lori Armstrong）"Snow Blind"（Julie Collins）
◇短編
　ミッチ・オルダーマン（Mitch Alderman）"Family Values"（AHMM 2008年6月号）（Bubba Simms）
◇私立探偵小説コンテスト
　Michael Ayoob "Shots on Goal"（In Search of Mercy）〈Minotaur〉

2010年
◇ジ・アイ賞
　ロバート・クレイス（Robert Crais）
◇ハードカバー長編
　マーシャ・ミュラー（Marcia Muller）"Locked In"（Sharon McCone）
◇初長編
　ブラッド・パークス（Brad Parks）"Faces of the Gone"（Carter Ross）
◇ペーパーバック・オリジナル長編
　アイラ・バーコヴィッツ（Ira Berkowitz）"Sinner's Ball"（Jackson Steeg）
◇短編
　Dave Zeltserman "Julius Katz"（EQMM 2009年9・10月号）
◇ザ・ハマー賞
　―シャロン・マコーン（Sharon McCone）（マーシャ・ミュラー作品より）
◇私立探偵小説コンテスト
　受賞作なし

2011年
◇ジ・アイ賞
　エド・ゴーマン（Ed Gorman）
◇ザ・ハマー賞（私立探偵シリーズ・ベストキャラクター賞）
　―V.I.ウォーショースキー（V.I. Warshawski）（サラ・パレツキー作品より）
◇ハードカバーP.I.長編
　ロリ・アームストロング（Lori Armstrong）"No Mercy"（Mercy Gunderson）
◇初P.I.長編
　Michael Ayoob "In Search of Mercy"（Dexter Bolzjak）
◇ペーパーバック・オリジナルP.I.長編
　クリストファー・G.ムーア（Christopher G. Moore）"Asia Hand"（Vincent Calvino）
◇P.I.短編

ガー・アンソニー・ヘイウッド（Gar Anthony Haywood）"The Lamb Was Sure to Go"（AHMM 2010年11月号）
◇私立探偵小説コンテスト
　受賞作なし
2012年
◇ザ・ハマー賞（私立探偵シリーズ・ベストキャラクター賞）
　―ネイト・ヘラー（Nate Heller）（マックス・アラン・コリンズ作品より）
◇ハードカバーP.I.長編
　マイクル・ワイリー（Michael Wiley）"A Bad Night's Sleep"（Joe Kozmarski）
◇初P.I.長編
　P.G.スタージェス（P.G.Sturges）"The Shortcut Man"（Dick Henry）
◇ペーパーバック・オリジナルP.I.長編
　ドゥエイン・スウィアジンスキー（Duane Swierczynski）"Fun & Games"（Charlie Hardie）
◇P.I.短編
　マイクル・Z.リューイン（Michael Z.Lewin）"Who I Am"（EQMM 2011年12月号）（Albert Samson）
◇私立探偵小説コンテスト
　Alaric Hunt "Cuts Through Bone"〈Minotaur〉
2013年
◇ジ・アイ賞
　ローレン・D.エスルマン（Loren D. Estleman）
◇ハードカバーP.I.長編
　ロバート・クレイス（Robert Crais）"Taken"（Elvis Cole）
◇初P.I.長編
　マイクル・シアーズ（Michael Sears）「ブラック・フライデー」"Black Fridays"（Jason Stafford）
◇オリジナル・ペーパーバックP.I.長編
　アリソン・ゲイリン（Alison Gaylin）"And She Was"（Brenna Spector）
◇P.I.短編
　John Shepphird "Ghost Negligence"（AHMM 2012年7・8月号）（Jack O'Shea）
◇インディーズP.I.長編
　Paul Marks "White Heat"（Duke Rogers）
◇私立探偵小説コンテスト
　受賞作なし
2014年
◇ザ・ハマー賞（私立探偵シリーズ・ベストキャラクター賞）
　―キンジー・ミルホーン（Kinsey Millhone）（スー・グラフトン作品より）
◇ハードカバーP.I.長編
　ブラッド・パークス（Brad Parks）"The Good Cop"（Carter Ross）
◇初P.I.長編
　ラクラン・スミス（Lachlan Smith）"Bear is Broken"（Leo Maxwell）
◇オリジナル・ペーパーバックP.I.長編
　P.J.パリッシュ（P.J.Parrish）"Heart of Ice"（Louis Kincaid）
◇P.I.短編
　マックス・アラン・コリンズ（Max Allan Collins），ミッキー・スピレイン（Mickey Spillane）"So Long, Chief"（The Strand Magazine 2013年2-5月）（Mike Hammer）
◇インディーズP.I.長編
　M.ルース・マイヤース（M.Ruth Myers）"Don't Dare a Dame"（Maggie Sullivan）
◇Minotaur Books/PWA賞（私立探偵小説コンテスト）
　グラント・バイウォーターズ（Grant Bywaters）"The Red Storm"（William Fletcher）
2015年
◇ハードカバーP.I.長編
　デイヴィッド・ローゼンフェルト（David Rosenfelt）"Hounded"（Andy Carpenter）
◇初P.I.長編
　ジュリア・ダール（Julia Dahl）"Invisible City"（Rebekah Roberts）
◇オリジナル・ペーパーバックP.I長編
　ヴィンセント・ザンドリ（Vincent Zandri）"Moonlight Weeps"（Dick Moonlight）
◇P.I.短編
　Gon Ben Ari "Clear Recent History"（Tel Aviv Noir）
◇インディーズP.I.長編
　Trace Conger "The Shadow Broker"（Mr. Finn）
◇ジ・アイ賞
　パーネル・ホール（Parnell Hall）

029 バリー賞　Barry Award

1997年、アメリカの季刊推理雑誌「Deadly Pleasures」の編集スタッフにより、ミステリー小説 (crime fiction) 分野の年間最優秀作品へ贈る賞として設立された。賞名は、最高のファン批評家と評されたアメリカのバリー・ガードナー (Barry W. Gardner 1939-96) にちなむ。賞設立の前年に世を去ったが、その早すぎる死を惜しみ、名が冠された。2007～09年は「Mystery News」が共催した。受賞者の発表は、アメリカのミステリー世界大会であるバウチャーコン (Bouchercon) 会場にて行われる。現在、最優秀長編 (Best Novel)、最優秀初長編 (Best First Novel)、最優秀ペーパーバック・オリジナル (Best PBO)、最優秀スリラー (Best Thriller) の4部門で実施されている。2012年の初長編部門には、東野圭吾「容疑者Xの献身」がノミネートされた。

【主催者】Deadly Pleasures
【選考委員】ノミネート委員会、Deadly Pleasures誌の読者
【選考方法】ノミネート委員会が選出した各部門の候補リストを発表。候補リストに対し、Deadly Pleasures誌の読者からの投票をEメールや郵送で受け付ける
【締切・発表】(2015年) バウチャーコン2015のオープニングセレモニーで受賞者発表 (10月8日実施)
【URL】http://deadlypleasures.com/barry.html

1997年
◇長編
　ピーター・ラヴゼイ (Peter Lovesey)「猟犬クラブ」 "Bloodhounds"
◇初長編
　チャールズ・トッド (Charles Todd)「出口なき荒野」 "Test of Wills"
◇ペーパーバック・オリジナル
　スーザン・ウェイド (Susan Wade) "Walking Rain"
◇ノンフィクション
　ウィレッタ・L.ヘイシング (Willetta L. Heising) "Detecting Women 2"

1998年
◇長編
　マイクル・コナリー (Michael Connelly)「トランク・ミュージック」 "Trunk Music"
◇初長編
　リー・チャイルド (Lee Child)「キリング・フロアー」 "Killing Floor"
◇ペーパーバック・オリジナル
　ハーラン・コーベン (Harlan Coben) "Backspin"

1999年
◇長編
　レジナルド・ヒル (Reginald Hill)「ベウラの頂」 "On Beulah Height"
　デニス・ルヘイン (Dennis Lehane)「愛しき者はすべて去りゆく」 "Gone, Baby, Gone"
◇初長編
　ウィリアム・ケント・クルーガー (William Kent Krueger)「凍りつく心臓」 "Iron Lake"

2000年
◇長編
　ピーター・ロビンスン (Peter Robinson)「渇いた季節」 "In A Dry Season"
◇初長編
　ドナ・アンドリューズ (Donna Andrews)「庭に孔雀、裏には死体」 "Murder, With Peacocks"
◇英国犯罪小説
　ヴァル・マクダーミド (Val McDermid)「処刑の方程式」 "A Place of Execution"
◇ペーパーバック・オリジナル
　ロビン・バーセル (Robin Burcell)「霧に濡れた死者たち」 "Every Move She Makes"

キャロライン・ロー（Caroline Roe）"An Antidote for Avarice"

2001年
- ◇長編
  - ネヴァダ・バー（Nevada Barr）"Deep South"
- ◇初長編
  - デイヴィッド・リス（David Liss）「紙の迷宮」"A Conspiracy of Paper"
- ◇英国犯罪小説
  - スティーヴン・ブース（Stephen Booth）「黒い犬」"Black Dog"
- ◇ペーパーバック・オリジナル
  - エリック・ライト（Eric Wright）「ロージー・ドーンの誘拐」"The Kidnapping of Rosie Dawn"

2002年
- ◇長編
  - デニス・ルヘイン（Dennis Lehane）「ミスティック・リバー」"Mystic River"
- ◇初長編
  - C.J.ボックス（C.J.Box）「沈黙の森」"Open Season"
- ◇英国犯罪小説
  - スティーヴン・ブース（Stephen Booth）「死と踊る乙女」"Dancing with Virgins"
- ◇ペーパーバック・オリジナル
  - デボラ・ウッドワース（Deborah Woodworth）"Killing Gifts"

2003年
- ◇長編
  - マイクル・コナリー（Michael Connelly）「シティ・オブ・ボーンズ」"City of Bones"
- ◇初長編
  - ジュリア・スペンサー＝フレミング（Julia Spencer-Fleming）"In the Bleak Midwinter"
- ◇英国小説
  - ジョン・コナリー（John Connolly）"The White Road"
- ◇ペーパーバック・オリジナル
  - ダニエル・ジラード（Danielle Girard）"Cold Silence"

2004年
- ◇長編
  - ローラ・リップマン（Laura Lippman）「あの日、少女たちは赤ん坊を殺した」"Every Secret Thing"
- ◇初長編ミステリー
  - P.J.トレイシー（P.J.Tracy）「天使が震える夜明け」"Monkeewrench"
- ◇英国犯罪小説
  - ヴァル・マクダーミド（Val McDermid）「過去からの殺意」"The Distant Echo"
- ◇ペーパーバック・オリジナル
  - ジェイソン・スター（Jason Starr）"Tough Luck"
- ◇ミステリー短編
  - ロバート・バーナード（Robert Barnard）"Rogues' Gallery"（EQMM 2003年3月号）

2005年
- ◇長編
  - リー・チャイルド（Lee Child）「前夜」"The Enemy"
- ◇初長編
  - カルロス・ルイス・サフォン（Carlos Ruiz Zafon）「風の影」"The Shadow of the Wind"
- ◇英国犯罪小説
  - ジョン・ハーヴェイ（John Harvey）「血と肉を分けた者」"Flesh & Blood"
- ◇ペーパーバック・オリジナル
  - エレイン・フリン（Elaine Flinn）"Tagged for Murder"
- ◇スリラー
  - バリー・アイスラー（Barry Eisler）「雨の罠」"Rain Storm"
- ◇短編
  - エドワード・D.ホック（Edward D.Hoch）"The War in Wonderland"（Green For Danger）

2006年
- ◇長編
  - トマス・H.クック（Thomas H.Cook）「緋色の迷宮」"Red Leaves"
- ◇初長編
  - スチュアート・マクブライト（Stuart MacBride）"Cold Granite"

◇英国小説
　デニーズ・ミーナ（Denise Mina）"The Field of Blood"
◇スリラー
　ジョセフ・フィンダー（Joseph Finder）「解雇通告」"Company Man"
◇ペーパーバック・オリジナル
　リード・ファレル・コールマン（Reed Farrel Coleman）"The James Deans"
◇短編
　ナンシー・ピカード（Nancy Pickard）"There Is No Crime on Easter Island"（EQMM 2005年9・10月号）

2007年
◇長編
　ジョージ・ペレケーノス（George Pelecanos）「夜は終わらない」"The Night Gardener"
◇初長編
　ルイーズ・ペニー（Louise Penny）「スリー・パインズ村の不思議な事件」"Still Life"
◇英国小説
　ケン・ブルーウン（Ken Bruen）"Priest"
◇スリラー
　ダニエル・シルヴァ（Daniel Silva）"The Messenger"
◇ペーパーバック・オリジナル
　Sean Doolittle "The Cleanup"
◇短編
　ブレンダン・デュボイズ（Brendan DuBois）"The Right Call"（EQMM 2006年9・10月号）

2008年
◇長編
　ローラ・リップマン（Laura Lippman）「女たちの真実」"What the Dead Know"〈Morrow〉
◇初長編
　タナ・フレンチ（Tana French）「悪意の森」"In the Woods"〈Viking〉
◇英国犯罪小説
　エドワード・ライト（Edward Wright）"Damnation Falls"〈Orion〉
◇ペーパーバック・オリジナル
　ミーガン・アボット（Megan Abbott）「暗黒街の女」"Queenpin"〈Simon & Schuster〉
◇スリラー
　ロバート・クレイス（Robert Crais）「天使の護衛」"The Watchman"〈Simon & Schuster〉
◇短編
　エドワード・D・ホック（Edward D.Hoch）「夏の雪だるまの謎」(「ミステリーズ！」2008年4月号）"The Problem of the Summer Snowman"（EQMM 2007年11月号）

2009年
◇長編
　アーナルデュル・インドリダソン（Arnaldur Indriðason）"The Draining Lake"〈Minotaur Books〉
◇初小説
　トム・ロブ・スミス（Tom Rob Smith）「チャイルド44」"Child 44"〈Grand Central〉
◇英国小説
　スティーグ・ラーソン（Stieg Larsson）「ミレニアム1 ドラゴン・タトゥーの女」"The Girl with the Dragon Tattoo"〈Knopf〉
◇ペーパーバック・オリジナル
　ジュリー・ハイジー（Julie Hyzy）「厨房のちいさな名探偵—大統領の料理人1」"State of the Onion"〈Berkley Prime Crime〉
◇スリラー
　ブレット・バトルズ（Brett Battles）「裏切りの代償」"The Deceived"〈Delacorte〉
◇短編
　ジェームス・O・ボルン（James O.Born）"The Drought"（The Blue Religion）〈Little, Brown and Company〉

2010年
◇長編
　ジョン・ハート（John Hart）「ラスト・チャイルド」"The Last Child"〈Minotaur〉
◇初長編
　アラン・ブラッドリー（Alan Bradley）「パイは小さな秘密を運ぶ」"The Sweetness at the Bottom of the Pie"〈Delacorte〉

◇英国小説
　フィリップ・カー (Philip Kerr) "If the Dead Not Rise"〈Quercus〉
◇ペーパーバック・オリジナル
　ブライアン・グルーリー (Bryan Gruley)「湖は餓えて煙る」 "Starvation Lake"〈Touchstone〉
◇スリラー
　ジェイミー・フレヴェレッティ (Jamie Freveletti) "Running From the Devil"〈Morrow〉
◇2000年代 (10年間) 最優秀ミステリー/犯罪小説
　スティーグ・ラーソン (Stieg Larsson)「ミレニアム1 ドラゴン・タトゥーの女」 "The Girl with the Dragon Tattoo"〈Knopf〉
◇短編
　ブレンダン・デュボイズ (Brendan DuBois) "The High House Writer" (AHMM 2009年7・8月号)

2011年
◇長編
　スティーヴ・ハミルトン (Steve Hamilton)「解錠師」 "The Lock Artist"〈Minotaur〉
◇初長編
　ポール・ドイロン (Paul Doiron)「森へ消えた男」 "The Poacher's Son"〈Minotaur〉
◇英国小説
　レジナルド・ヒル (Reginald Hill) "The Woodcutter"〈HarperCollins〉
◇ペーパーバック・オリジナル
　ヴァル・マクダーミド (Val McDermid) "Fever at the Bone"〈Harper〉
◇スリラー
　デオン・マイヤー (Deon Meyer) "13 Hours"〈Grove Atlantic〉
◇短編
　ローレン・D.エスルマン (Loren D. Estleman) "The List" (EQMM 2010年5月号)

2012年
◇長編
　ユッシ・エーズラ=オールスン (Jussi Adler-Olsen)「特捜部Q―檻の中の女」 "The Keeper of Lost Causes"〈Dutton〉

(イギリス出版時の原題 "Mercy")
◇初長編
　テイラー・スティーヴンス (Taylor Stevens)「インフォメーショニスト」 "The Informationist"〈Crown〉
◇英国小説
　ピーター・ジェームス (Peter James) "Dead Man's Grip"〈Macmillan〉
◇ペーパーバック・オリジナル
　マイケル・スタンリー (Michael Stanley) "Death of the Mantis"〈Harper Perennial〉
◇スリラー
　トマス・ペリー (Thomas Perry) "The Informant"〈Houghton Mifflin〉
◇短編
　ジェフリー・コーエン (Jeffrey Cohen) "The Gun Also Rises" (AHMM 2011年1・2月号)

2013年
◇長編
　ピーター・メイ (Peter May)「さよなら、ブラックハウス」 "The Black House"〈Silver Oak〉
◇初長編
　ジュリア・ケラー (Julia Keller) "A Killing in the Hills"〈Minotaur〉
◇ペーパーバック・オリジナル
　スーザン・イーリア・マクニール (Susan Elia McNeal)「チャーチル閣下の秘書」 "Mr.Churchill's Secretary"〈Bantam〉
◇スリラー
　ダニエル・シルヴァ (Daniel Silva) "The Fallen Angel"〈Harper〉

2014年
◇長編
　ウィリアム・ケント・クルーガー (William Kent Krueger)「ありふれた祈り」 "Ordinary Grace"〈Atria Books〉
◇初長編
　バリー・ランセット (Barry Lancet) "Japantown"〈Simon & Schuster〉
◇ペーパーバック・オリジナル
　エイドリアン・マッキンティー (Adrian McKinty) "I Hear the Sirens in the Street"〈Seventh Street Books〉

◇スリラー
　テイラー・スティーヴンス (Taylor Stevens)「ドールマン」 "The Doll"〈Crown〉

2015年
◇長編
　グレッグ・アイルズ (Greg Iles) "Natchez Burning"〈William Morrow〉
◇初長編
　ジュリア・ダール (Julia Dahl) "Invisible City"〈Minotaur Books〉
◇ペーパーバック・オリジナル
　Allen Eskens "The Life We Bury"〈Seventh Street Books〉
◇スリラー
　マイクル・コリータ (Michael Koryta) "Those Who Wish Me Dead"〈Little, Brown〉

030　マカヴィテイ賞　Macavity Award

　国際ミステリー愛好家クラブ (Mystery Readers International) が主催する文学賞。同団体は、アメリカのミステリーファンであるジャネット・A.ラドルフ (Janet A. Rudolph) によって創設され、読者・ファン、批評家、編集者、出版社、作家が参加する世界最大のミステリーファン組織である（現在、アメリカ全州および18ヶ国の会員が所属）。候補作の推薦および受賞作の決定は、会員の投票による。賞名は、イギリスの詩人で評論家のT.S.エリオット (Thomas Stearns Eliot 1888-1965) の詩集「キャッツ─ポッサムおじさんの猫とつき合う法」(Old Possum's book of practical cats) に登場する猫 (Macavity) の名にちなんでいる。現在、最優秀長編ミステリー (Best Mystery Novel)、最優秀初長編ミステリー (Best First Mystery Novel)、最優秀ミステリー関連ノンフィクション (Best Mystery-Related Nonfiction)、最優秀短編ミステリー (Best Mystery Short Story)、スー・フェダー歴史ミステリー賞 (Sue Feder Historical Mystery Award) の5部門で実施されている。

【主催者】国際ミステリー愛好家クラブ (Mystery Readers International)
【選考方法】国際ミステリー愛好家クラブの会員が、各部門において、自分の気に入ったミステリー作品を推薦、投票する
【選考基準】〔対象〕前年に出版されたミステリー作品
【URL】http://mysteryreaders.org/macavity-awards/

1987年
◇長編
　P.D.ジェームズ (P.D.James)「死の味」 "A Taste for Death"
◇初長編
　フェイ・ケラーマン (Faye Kellerman)「水の戒律」 "The Ritual Bath"
　マリリン・ウォレス (Marilyn Wallace) "A Case of Loyalties"
◇評論・評伝
　マーシャ・ミュラー (Marcia Muller)、ビル・プロンジーニ (Bill Pronzini) "1001 Midnights"
◇短編
　スー・グラフトン (Sue Grafton)「パーカー・ショットガン」(『卑しい街を行く』ほか収録) "The Parker Shotgun"

1988年
◇長編
　ナンシー・ピカード (Nancy Pickard)「結婚は命がけ」 "Marriage is Murder"
◇初長編
　ロバート・クレイス (Robert Crais)「モンキーズ・レインコート」 "The Monkey's Raincoat"
◇評論・評伝
　ビル・プロンジーニ (Bill Pronzini) "Son of Gun in Cheek"
◇短編
　ロバート・バーナード (Robert Barnard)

「衣裳箪笥の中の女」(「EQ」1988年3月号初出) "The Woman in the Wardrobe"

1989年
- ◇長編
  - トニイ・ヒラーマン (Tony Hillerman)「時を盗む者」"A Thief of Time"
- ◇初長編
  - キャロライン・グレアム (Caroline Graham)「蘭の告発」"The Killings at Badger's Drift"
- ◇評論・評伝
  - ヴィクトリア・ニコルズ (Victoria Nichols), スーザン・トンプソン (Susan Thompson) "Silk Stalkings: When Women Write of Murder"
- ◇短編
  - ダグ・アリン (Doug Allyn)「二度死んだ男」(「ミステリマガジン」1990年3月号) "Deja Vu"

1990年
- ◇長編
  - キャロリン・G.ハート (Carolyn G.Hart)「ミステリ講座の殺人」"A Little Class on Murder"
- ◇初長編
  - ジル・チャーチル (Jill Churchill)「ゴミと罰」"Grime and Punishment"
- ◇評論・評伝
  - H.R.F.キーティング (H.R.F.Keating) "The Bedside Companion to Crime"
- ◇短編
  - ナンシー・ピカード (Nancy Pickard)「いつもこわくて」(『シスターズ・イン・クライム』,『死の飛行』収録) "Afraid All the Time"

1991年
- ◇長編
  - シャーリン・マクラム (Sharyn McCrumb)「いつか還るときは」"If Ever I Return, Pretty Peggy-O"
- ◇初長編
  - パトリシア・コーンウェル (Patricia Cornwell)「検屍官」"Postmortem"
- ◇評論・評伝
  - ジリアル・ギル (Gillian Gill) "Agatha Christie: The Woman and Her Mysteries"
- ◇短編
  - ジョーン・ヘス (Joan Hess)「とても我慢できない」(『シスターズ・イン・クライム2—優しすぎる妻』収録) "Too Much to Bare"

1992年
- ◇長編
  - ナンシー・ピカード (Nancy Pickard)「悲しみにさよなら」"I.O.U."
- ◇初長編
  - スー・ヘンリー (Sue Henry)「犬橇レースの殺人」"Murder on the Iditarod Trail"
  - メアリー・W.ウォーカー (Mary Willis Walker)「凍りつく骨」"Zero at the Bone"
- ◇評論・評伝
  - トニイ・ヒラーマン (Tony Hillerman), アーニー・ビューロー (Ernie Bulow) "Talking Mysteries: A Conversation with Tony Hillerman"
- ◇短編
  - マーガレット・マロン (Margaret Maron)「デボラの裁き」(『ウーマンズ・アイ下』収録) "Deborah's Judgement"

1993年
- ◇長編
  - マーガレット・マロン (Margaret Maron)「密造人の娘」"Bootlegger's Daughter"
- ◇初長編
  - バーバラ・ニーリイ (Barbara Neely)「怯える屋敷」"Blanche On The Lam"
- ◇評論・評伝
  - エレン・ネール (Ellen Nehr) "Doubleday Crime Club Compendium 1928-1991"
- ◇短編
  - キャロリン・G.ハート (Carolyn G.Hart)「ヘンリー・Oの休日」(「ミステリマガジン」1998年4月号) "Henrie O's Holiday"

1994年
- ◇長編
  - ミネット・ウォルターズ (Minette Walters)「女彫刻家」"The Sculptress"
- ◇初長編
  - シャラン・ニューマン (Sharan Newman) "Death Comes as Epiphany"

◇評論・評伝
　エド・ゴーマン（Ed Gorman），マーティン・H.グリーンバーグ（Martin H. Greenberg），ラリー・セグリフ（Larry Segriff）〔共編〕，ジョン・L.ブリーン（Jon L.Breen）"The Fine Art Of Murder: The Mystery Reader's Indispensable Companion"〈Carroll & Graf〉
◇短編
　スーザン・ダンラップ（Susan Dunlap）「レジにてお並びください」（『現代ミステリーの収穫1―ケラーの療法』収録）"Checkout"

1995年
◇長編
　シャーリン・マクラム（Sharyn McCrumb）「丘をさまよう女」"She Walks These Hills"
◇初長編
　ジェフ・アボット（Jeff Abbott）「図書館の死体」"Do Unto Others"
◇評論・評伝
　ディーン・ジェイムズ（Dean James），ジーン・スワンソン（Jean Swanson）"By a Woman's Hand: A Guide to Mystery Fiction by Women"
◇短編
　デボラ・アダムス（Deborah Adams）"Cast Your Fate to the Wind"
　ジャン・バーク（Jan Burke）「パートナー」（『英米超短篇ミステリー50選』収録）"Unharmed"

1996年
◇長編ミステリー
　メアリー・W.ウォーカー（Mary Willis Walker）「神の名のもとに」"Under the Beetle's Cellar"〈Doubleday〉
◇初長編ミステリー
　ダイアン・デイ（Dianne Day）「フリモント嬢と奇妙な依頼人」"The Strange Files of Fremont Jones"〈Doubleday〉
◇評論・評伝
　ウィレッタ・L.ヘイシング（Willetta L. Heising）"Detecting Women: Reader's Guide and Checklist for Mystery Series Written by Women"〈Purple Moon〉

◇短編ミステリー
　コリン・デクスター（Colin Dexter）「エバンス、初級ドイツ語を試みる」（『またあの夜明けがくる』収録）"Evans Tries an O-Level"（Morse's Greatest Mystery and Other Stories）〈Crown〉

1997年
◇長編ミステリー
　ピーター・ラヴゼイ（Peter Lovesey）「猟犬クラブ」"Bloodhounds"〈Mysterious〉
◇初長編ミステリー
　デイル・フルタニ（Dale Furutani）「ミステリー・クラブ事件簿」"Death in Little Tokyo"〈St. Martin's Press〉
◇ノンフィクション
　ウィレッタ・L.ヘイシング（Willetta L. Heising）"Detecting Women 2: Reader's Guide and Checklist for Mystery Series Written by Women"〈Purple Moon Press〉
◇短編ミステリー
　キャロリン・ウィート（Carolyn Wheat）「重すぎる判決」（『ミステリマガジン』1997年9月号）"Cruel & Unusual"（Guilty As Charged）〈Pocke〉

1998年
◇長編ミステリー
　デボラ・クロンビー（Deborah Crombie）「警視の死角」"Dreaming of the Bones"〈Scribner〉
◇初長編ミステリー
　ペニー・ワーナー（Penny Warner）「死体は訴える」"Dead Body Language"〈Bantam〉
◇ノンフィクション
　ジャン・グレイプ（Jan Grape），ディーン・ジェイムズ（Dean James），エレン・ネール（Ellen Nehr）"Deadly Women: The Woman Mystery Reader's Indispensable Companion"〈Carroll & Graf〉
◇短編ミステリー
　ピーター・ロビンスン（Peter Robinson）「ローズ・コテージの二人の婦人」（『ミステリマガジン』1999年12月号）"Two Ladies of Rose Cottage"（Malice Domestic 6）〈Pocket Books〉

1999年
　◇長編ミステリー
　　マイクル・コナリー（Michael Connelly）「わが心臓の痛み」 "Blood Work" 〈Little, Brown〉
　◇初長編ミステリー
　　ジェリリン・ファーマー（Jerrilyn Farmer）「死人主催晩餐会―ケータリング探偵マデリン」 "Sympathy for the Devil" 〈Avon〉
　◇評論・評伝
　　ジーン・スワンソン（Jean Swanson），ディーン・ジェイムズ（Dean James） "Killer Books" 〈Berkley〉
　◇短編ミステリー
　　バーバラ・ダマート（Barbara D'Amato） "Of Course You Know That Chocolate Is a Vegetable"（EQMM 1998年11月号）

2000年
　◇長編ミステリー
　　スジャータ・マッシー（Sujata Massey） "The Flower Master" 〈HarperCollins〉
　◇初長編ミステリー
　　ポーラ・L.ウッズ（Paula L.Woods）「エンジェル・シティ・ブルース」 "Inner City Blues" 〈W.W. Norton〉
　◇ノンフィクション
　　トム・ノーラン（Tom Nolan） "Ross Macdonald" 〈Scribner〉
　◇短編ミステリー
　　ケイト・グライリー（Kate Grilley） "Maubi and the Jumbies"（Murderous Intent 1999年秋号）

2001年
　◇長編ミステリー
　　ヴァル・マクダーミド（Val McDermid）「処刑の方程式」 "A Place of Execution" 〈St. Martin's〉
　◇初長編ミステリー
　　デイヴィッド・リス（David Liss）「紙の迷宮」 "A Conspiracy of Paper" 〈Random House〉
　◇ノンフィクション
　　マーヴィン・ラックマン（Marvin Lachman） "The American Regional Mystery" 〈Crossover Press〉
　◇短編ミステリー
　　レジナルド・ヒル（Reginald Hill）「クリスマスのキャンドル」（「ミステリマガジン」1999年12月号） "A Candle for Christmas"（EQMM 2000年1月号）

2002年
　◇長編ミステリー
　　ローリー・R.キング（Laurie R.King） "Folly" 〈Bantam〉
　◇初長編ミステリー
　　C.J.ボックス（C.J.Box）「沈黙の森」 "Open Season" 〈G.P. Putnam's〉
　◇ミステリー評論・評伝
　　G.ミキ・ヘイデン（G.Miki Hayden） "Writing the Mystery: A Start to Finish Guide for Both Novice and Professional" 〈Intrigue〉
　◇短編ミステリー
　　ジャン・バーク（Jan Burke）「修道院の幽霊」（「ミステリマガジン」2002年9月号） "The Abbey Ghosts"（AHMM 2001年1月号）

2003年
　◇長編ミステリー
　　S.J.ローザン（S.J.Rozan）「冬そして夜」 "Winter and Night" 〈St. Martin's Minotaur〉
　◇初長編ミステリー
　　ジュリア・スペンサー＝フレミング（Julia Spencer-Fleming） "In the Bleak Midwinter" 〈St. Martin's Minotaur〉
　◇ミステリー評論・評伝
　　ジム・ホァン（Jim Huang）〔編〕 "They Died in Vain: Overlooked, Underappreciated, and Forgotten Mystery Novels" 〈Crum Creek Press〉
　◇短編ミステリー
　　ジャネット・ドーソン（Janet Dawson） "Voice Mail"（Scam and Eggs）〈Five Star〉

2004年
　◇長編ミステリー
　　ピーター・ラヴゼイ（Peter Lovesey）「漂う殺人鬼」 "The House Sitter" 〈Soho〉
　◇初長編ミステリー
　　ジャクリーン・ウィンスピア（Jacqueline

Winspear)「夜明けのメイジー」 "Maisie Dobbs"〈Soho〉
◇ミステリー評論・評伝
ゲイリー・ウォーレン・ニーバー(Gary Warren Niebuhr) "Make Mine a Mystery: A Reader's Guide to Mystery and Detective Fiction"〈Libraries Unlimited〉
◇短編ミステリー
サンディ・バルゾー(Sandy Balzo) "The Grass Is Always Greener" (EQMM 2003年3月号)

2005年
◇長編ミステリー
ケン・ブルーウン(Ken Bruen)「酔いどれ故郷にかえる」 "The Killing of the Tinkers"〈St. Martin's Minotaur〉
◇初長編ミステリー
ハーレイ・ジェーン・コザック(Harley Jane Kozak)「誘惑は殺意の香り」 "Dating Dead Men"〈Doubleday〉
◇ノンフィクション
D.P.ライル(D.P.Lyle)〔M.D.〕 "Forensics for Dummies"〈Wiley Publishing〉
◇短編
テレンス・ファハティ(Terence Faherty)「スレインの未亡人」(「ミステリマガジン」2005年9月号) "The Widow of Slane" (EQMM 2004年3・4月号)

2006年
◇長編ミステリー
マイクル・コナリー(Michael Connelly)「リンカーン弁護士」 "The Lincoln Lawyer"〈Little, Brown〉
◇初長編ミステリー
ブライアン・フリーマン(Brian Freeman)「インモラル」 "Immoral"〈St. Martin's〉
◇ノンフィクション
Melanie Rehak "Girl Sleuth: Nancy Drew and the Women Who Created Her"〈Harcourt〉
◇短編
ナンシー・ピカード(Nancy Pickard) "There Is No Crime on Easter Island" (EQMM 2005年9・10月号)
◇スー・フェダー歴史ミステリー賞
ジャクリーン・ウィンスピア (Jacqueline Winspear) "Pardonable Lies"〈Henry Holt〉

2007年
◇長編ミステリー
ナンシー・ピカード(Nancy Pickard)「凍てついた墓碑銘」 "The Virgin of Small Plains"〈Ballantine〉
◇初長編ミステリー
ニック・ストーン(Nick Stone)「ミスター・クラリネット」 "Mr.Clarinet"〈イギリス: Michael Joseph Ltd/Penguin〉〈アメリカ:/HarperCollins〉
◇ノンフィクション
ジム・ホァン(Jim Huang), オースティン・ルーガー(Austin Lugar)〔共編〕 "Mystery Muses: 100 Classics That Inspire Today's Mystery Writers"〈Crum Creek〉
◇短編
ティム・マリーニー(Tim Maleeny)「死が二人を別つまで」(『殺しが二人を別つまで』収録) "Til Death Do Us Part" (MWA Presents Death Do Us Part: New Stories about Love, Lust, and Murder/Harlan Coben編)〈Little, Brown〉
◇スー・フェダー歴史ミステリー賞
リース・ボウエン(Rhys Bowen) "Oh Danny Boy"〈Minotaur〉

2008年
◇長編ミステリー
ローラ・リップマン(Laura Lippman)「女たちの真実」 "What the Dead Know"〈Morrow〉
◇初ミステリー
タナ・フレンチ(Tana French)「悪意の森」 "In the Woods"〈Hodder & Stoughton/Viking〉
◇短編ミステリー
リース・ボウエン(Rhys Bowen) "Please Watch Your Step" (The Strand Magazine 2007年春号)
◇ミステリー・ノンフィクション
ロジャー・ソービン(Roger Sobin)〔編〕 "The Essential Mystery Lists: For Readers, Collectors, and Librarians"〈Poisoned Pen Press〉
◇スー・フェダー歴史ミステリー賞

アリアナ・フランクリン（Ariana Franklin）「エルサレムから来た悪魔」"Mistress of the Art of Death"〈Putnam〉

2009年
◇長編ミステリー
デボラ・クロンビー（Deborah Crombie）「警視の偽装」"Where Memories Lie"〈Wm. Morrow〉
◇初ミステリー
スティーグ・ラーソン（Stieg Larsson）「ミレニアム1 ドラゴン・タトゥーの女」"The Girl with the Dragon Tattoo"〈Knopf〉
◇ノンフィクション/評論
フランキー・Y.ベイリー（Frankie Y. Bailey）"African American Mystery Writers: A Historical & Thematic Study"〈McFarland〉
◇短編ミステリー
デイナ・キャメロン（Dana Cameron）「夜に変わるもの」(「ハヤカワミステリマガジン」2010年2月号）"The Night Things Changed"（Wolfsbane & Mistletoe/Harris & Kelner編）〈Penguin〉
◇スー・フェダー歴史ミステリー賞
リース・ボウエン（Rhys Bowen）「貧乏お嬢さま、古書店へ行く」"A Royal Pain"〈Berkley〉

2010年
◇長編ミステリー
ケン・ブルーウン（Ken Bruen），リード・ファレル・コールマン（Reed Farrel Coleman）"Tower"〈Busted Flush Press〉
◇初長編ミステリー
アラン・ブラッドリー（Alan Bradley）「パイは小さな秘密を運ぶ」"The Sweetness at the Bottom of the Pie"〈Delacorte〉
◇ミステリー・ノンフィクション
P.D.ジェームズ（P.D.James）"Talking About Detective Fiction"〈Alfred A. Knopf〉
◇短編ミステリー
Hank Phillippi Ryan "On the House"（Quarry：Crime Stories by New England Writers）〈Level Best Books〉
◇スー・フェダー歴史ミステリー賞

レベッカ・キャントレル（Rebecca Cantrell）「レクイエムの夜」"A Trace of Smoke"〈Forge〉

2011年
◇長編ミステリー
ルイーズ・ペニー（Louise Penny）"Bury Your Dead"〈Minotaur〉
◇初長編ミステリー
ブルース・ダシルヴァ（Bruce DeSilva）「記者魂」"Rogue Island"〈Forge-Tom Doherty Associates〉
◇ミステリー関連ノンフィクション
ジョン・カラン（John Curran）「アガサ・クリスティーの秘密ノート」"Agatha Christie's Secret Notebooks: Fifty Years of Mysteries in the Making"〈HarperCollins〉
◇短編ミステリー
デイナ・キャメロン（Dana Cameron）"Swing Shift"（Crimes by Moonlight：Mysteries from the Dark Side）〈Berkley〉
◇スー・フェダー歴史ミステリー賞
ケリー・スタンリー（Kelli Stanley）"City of Dragons"〈Minotaur〉

2012年
◇長編ミステリー
サラ・グラン（Sara Gran）「探偵は壊れた街で」"Claire DeWitt and the City of the Dead"〈Houghton Mifflin Harcourt〉
◇初長編ミステリー
レナード・ローゼン（Leonard Rosen）「捜査官ボアンカレ——叫びのカオス」"All Cry Chaos"〈Permanent Press〉
◇ミステリー関連ノンフィクション
シャーレイン・ハリス（Charlaine Harris）"The Sookie Stackhouse Companion"〈Ace〉
◇短編ミステリー
デイナ・キャメロン（Dana Cameron）"Disarming"（EQMM 2011年6月号）
◇スー・フェダー歴史ミステリー賞
カトリオーナ・マクファーソン（Catriona McPherson）"Dandy Gilver and the Proper Treatment of Bloodstains"〈Thomas Dunne/Minotaur〉

2013年
　◇長編ミステリー
　　ルイーズ・ペニー（Louise Penny）"The Beautiful Mystery"〈Minotaur〉
　◇初長編ミステリー
　　ダニエル・フリードマン（Daniel Friedman）"Don't Ever Get Old"〈Minotaur Books - Thomas Dunn〉
　◇ミステリー・ノンフィクション
　　ジョン・コナリー（John Connolly），デクラン・バーク（Declan Burke）〔共編〕"Books to Die For: The World's Greatest Mystery Writers on the World's Greatest Mystery Novels"〈Simon & Schuster - Atria/Emily Bestler〉
　◇短編ミステリー
　　バーブ・ガフマン（Barb Goffman）"The Lord Is My Shamus"（Chesapeake Crimes: This Job Is Murder）〈Wildside〉
　◇スー・フェダー歴史記念賞
　　チャールズ・トッド（Charles Todd）"An Unmarked Grave"〈HarperCollins〉
2014年
　◇長編ミステリー
　　ウィリアム・ケント・クルーガー（William Kent Krueger）「ありふれた祈り」"Ordinary Grace"〈Atria Books〉
　◇初ミステリー
　　テリー・シェイムズ（Terry Shames）"A Killing at Cotton Hill"〈Seventh Street Books〉
　◇短編ミステリー
　　アート・テイラー（Art Taylor）"The Care and Feeding of Houseplants"（Ellery Queen's Mystery Magazine 2013年3・4月号）
　◇ノンフィクション
　　ダニエル・スタシャワー（Daniel Stashower）"The Hour of Peril: The Secret Plot to Murder Lincoln Before the Civil War"〈Minotaur Books〉
　◇スー・フェダー歴史ミステリー賞
　　デイヴィッド・マレル（David Morrell）"Murder as a Fine Art"〈Little, Brown〉
2015年
　◇長編ミステリー
　　アレックス・マーウッド（Alex Marwood）"The Killer Next Door"〈Penguin〉
　◇初長編ミステリー
　　ジュリア・ダール（Julia Dahl）"Invisible City"〈Minotaur〉
　◇ミステリー関連ノンフィクション
　　Hank Phillippi Ryan〔編〕"Writes of Passage: Adventures on the Writer's Journey"〈Henery Press〉
　◇短編ミステリー
　　クレイグ・ファウストゥス・バック（Craig Faustus Buck）"Honeymoon Sweet"（Murder at the Beach: The Bouchercon Anthology 2014/Dana Cameron編）〈Down & Out〉
　◇スー・フェダー歴史ミステリー賞
　　カトリオーナ・マクファーソン（Catriona McPherson）"A Deadly Measure of Brimstone"〈Minotaur〉

SF・ファンタジー

031　アーサー・C・クラーク賞　Arthur C. Clarke Award

イギリスのSF文学賞において最高の名誉とされる賞で、年間最優秀SF長編小説に贈られる。イギリスのSF作家であるアーサー・C.クラーク卿（1917-2008）からの寄付金をもとに創設され、1987年より授賞を開始した。賞は、SFの卓越性と拡大を促進することを目的とした非営利組織であるセレンディップ（Serendip）財団により管理されている。

【選考委員】 英国SF協会（BSFA）、SF財団、SCI-FI-LONDONフィルムフェスティバルのメンバーから選出され、著名な作家、批評家、ファンなどで構成する。委員の変更は毎年行われる。(2016) Liz Bourke, Leila Abu El Hawa, David Gullen, Andrew McKie, Ian Whates, Andrew M.Butler（委員長）

【選考方法】 選考委員による選考。出版社が自主的に提出した作品のほか、委員は選考の必要があると考える作品を自由に指定し加えることができる。最終候補6作品の中から受賞作を決定する。

【選考基準】 〔対象〕SFジャンルの作品で、英語で書かれた長編の小説。該当年の1月1日～12月31日の間に、イギリスで初出版された作品。以前に他国で出版されたことのある作品や該当年に初めて英語版が出版された作品も選考対象。短編小説集や中編小説、自費出版本は対象外とする。

【締切・発表】 出版社は選考を希望する作品を期限までに提出する。近年の授賞は、SCI-FI-LONDONフィルムフェスティバルの期間中に行われている。2016年の受賞者は8月に発表予定。

【賞・賞金】 （2016年）賞金2016ポンド。受賞年と同じ数字のポンドが賞金となる。

【URL】 https://www.clarkeaward.com/

1987年
　マーガレット・アトウッド（Margaret Atwood）「侍女の物語」 "The Handmaid's Tale"
1988年
　ジョージ・ターナー（George Turner） "The Sea and Summer"
1989年
　レイチェル・ポラック（Rachel Pollack） "Unquenchable Fire"
1990年
　ジェフ・ライマン（Geoff Ryman） "The Child Garden"
1991年
　コリン・グリーンランド（Colin Greenland） "Take Back Plenty"
1992年
　パット・キャディガン（Pat Cadigan） "Synners"
1993年
　マージ・ピアシー（Marge Piercy） "Body of Glass"
1994年
　ジェフ・ヌーン（Jeff Noon）「ヴァート」 "Vurt"
1995年
　パット・キャディガン（Pat Cadigan） "Fools"
1996年
　ポール・J.マコーリイ（Paul J.McAuley）「フェアリイ・ランド」 "Fairyland"

1997年
　アミタヴ・ゴーシュ（Amitav Ghosh）「カルカッタ染色体」"The Calcutta Chromosome"
1998年
　メアリ・ドリア・ラッセル（Mary Doria Russell）"The Sparrow"
1999年
　トリシア・サリバン（Tricia Sullivan）"Dreaming in Smoke"
2000年
　ブルース・スターリング（Bruce Sterling）"Distraction"
2001年
　チャイナ・ミエヴィル（China Miéville）「ペルディード・ストリート・ステーション」"Perdido Street Station"
2002年
　グウィネス・ジョーンズ（Gwyneth Jones）"Bold As Love"
2003年
　クリストファー・プリースト（Christopher Priest）「双生児」"The Separation"
2004年
　ニール・スティーヴンスン（Neal Stephenson）"Quicksilver"
2005年
　チャイナ・ミエヴィル（China Miéville）"Iron Council"
2006年
　ジェフ・ライマン（Geoff Ryman）「エア」"Air"
2007年
　M.ジョン・ハリスン（M.John Harrison）"Nova Swing"
2008年
　リチャード・モーガン（Richard Morgan）"Black Man"
2009年
　イアン・R.マクラウド（Ian R.MacLeod）"Song of Time"
2010年
　チャイナ・ミエヴィル（China Miéville）「都市と都市」"The City & the City"
2011年
　ローレン・ビュークス（Lauren Beukes）「ZOO CITY」"Zoo City"
2012年
　ジェイン・ロジャーズ（Jane Rogers）「世界を変える日に」"The Testament of Jessie Lamb"
2013年
　クリス・ベケット（Chris Beckett）"Dark Eden"
2014年
　アン・レッキー（Ann Leckie）「叛逆航路」"Ancillary Justice"
2015年
　エミリー・セントジョン・マンデル（Emily St. John Mandel）「ステーション・イレブン」"Station Eleven"

032　アポロ賞　Prix Apollo

フランスのSF小説に贈られる文学賞。フランスの作家・編集者のジャック・サドゥール（Jacques Sadoul 1934-2013）が、同じく作家でエッセイストのジャック・グマール（Jacques Goimard 1934-2012）の支援を受けて1972年に創設。1990年まで授賞された。賞名はアメリカの宇宙船アポロ11号に由来する。アポロ賞終了後の1992年に、フランスSF大賞（1974年創設）はイマジネール大賞と改称、アポロ賞の外国小説も対象とするというコンセプトを引き継ぐ形で、新たに外国作品に関する部門を設置した。

【選考委員】ルネ・バルジャベル（René Barjavel）、ジャック・ベルジェ（Jacques Bergier）、ジャン＝ジャック・ブロシエ（Jean-Jacques Brochier）、ミシェル・ビュトール（Michel Butor）、ミシェル・ディムース（Michel Demuth）、ジャック・グマール（Jacques Goimard）、

フランシス・ラカッサン（Francis Lacassin），ミシェル・ランスロー（Michel Lancelot），フランソワ・ル・リヨネ（François Le Lionnais），アラン・ロブ＝グリエ（Alain Robbe-Grillet），ジャック・サドゥール（Jacques Sadoul）

【選考方法】 選考委員による選考
【選考基準】 〔対象〕前年にフランスで出版されたSF小説

1972年
　ロジャー・ゼラズニイ（Robert Zelazny）"L'île des morts"（Galaxie/bis）〈Opta〉

1973年
　ジョン・ブラナー（John Brunner）"Tous à Zanzibar"（Ailleurs et demain）〈Robert Laffont〉

1974年
　ノーマン・スピンラッド（Norman Spinrad）「鉄の夢」"Rêve de fer"（Anti-mondes）〈Opta〉

1975年
　イアン・ワトスン（Ian Watson）「エンベディング」"L'Enchâssement"（Dimensions）〈Calmann-Lévy〉

1976年
　ロバート・シルヴァーバーグ（Robert Silverberg）「夜の翼」"Les Ailes de la nuit"（Science-Fiction）〈J'ai lu〉

1977年
　フィリップ・キュルヴァル（Philippe Curval）「愛しき人類」"Cette chère humanité"（Ailleurs et demain）〈Robert Laffont〉

1978年
　フランク・ハーバート（Frank Herbert）"La Ruche d'Hellstrom"（Super+Fiction）〈Albin Michel〉

1979年
　フレデリック・ポール（Frederik Pohl）「ゲイトウェイ」"La Grande porte"（Dimensions）〈Calmann-Lévy〉

1980年
　ジョン・ヴァーリイ（John Varley）「残像」"Persistance de la vision"（Présence du futur）〈Denoël〉

1981年
　ケイト・ウィルヘルム（Kate Wilhelm）「杜松の時」"Le Temps des genévriers"（Présence du futur）〈Denoël〉

1982年
　スコット・ベイカー（Scott Baker）"L'Idiot-roi"（Science-Fiction）〈J'ai lu〉

1983年
　ミシェル・ジュリ（Michel Jeury）"L'Orbe et la Roue"（Ailleurs et demain）〈Robert Laffont〉

1984年
　セルジュ・ブリュソロ（Serge Brussolo）"Les Semeurs d'abîmes"（Anticipation）〈Fleuve noir〉

1985年
　ジーン・ウルフ（Gene Wolfe）「独裁者の城塞」"La Citadelle de l'autarque"（Présence du futur）〈Denoël〉

1986年
　グレッグ・ベア（Greg Bear）「ブラッド・ミュージック」"La Musique du sang"（Fictions）〈la Découverte〉

1987年
　ティム・パワーズ（Tim Powers）「アヌビスの門」"Les Voies d'Anubis"（Science-Fiction）〈J'ai lu〉

1988年
　ジョルジュ＝ジャン・アルノー（G.-J. Arnaud）"La compagnie des glaces"（Anticipation）〈Fleuve noir〉

1989年
　ジョナサン・キャロル（Jonathan Carroll）「死者の書」"Le Pays du fou rire"（Science-Fiction）〈J'ai lu〉

1990年
　ジョエル・ウサン（Joël Houssin）"Argentine"（Présence du futur）〈Denoël〉

033 イマジネール大賞　Grand Prix de l'Imaginaire

フランスのSF・ファンタジージャンルを対象とした文学賞。1974〜91年までは，フランスSF大賞（Grand Prix de la Science-Fiction Française）の名称で行っていた。90年，フランスのSF文学賞で外国作品も対象としていたアポロ賞（Prix Apollo）が消滅したことにより，アポロ賞が担っていた役目を補うため，また対象を近接分野であるファンタジー（fantasy）や幻想（fantastique）作品にまで広げるため，92年にイマジネール大賞に改称，外国作品や翻訳作品を対象とした部門を新たに設置し再スタートした。

【選考委員】（2016年）Joëlle Wintrebert, Jean-Luc Rivera, Pascal Patoz, Bruno Para, Jean-Claude Dunyach, François Angelier, Sandrine Brugot-Maillard, Olivier Legendre, Jean-Claude Vantroyen

【選考方法】選考委員による選考。委員は，各部門1〜3作品を推薦，候補リストを作成する。最終候補リストは，投票後に公表される。最終審議はパリで実施

【選考基準】〔対象〕前年の1月1日〜12月31日に出版された作品。デジタル版や自費出版は対象外

【締切・発表】第1回投票（候補作推薦）は1月上旬にEメールで行われる。2010年以降は，5〜6月にサン・マロで行われる本と映画の国際フェスティバルEtonnants Voyageursの公式式典で授賞を行っている

【賞・賞金】賞状。助成を受けず，出版社からも独立している名誉賞である

【URL】http://gpi.noosfere.org/

1974年
◇長編（フランス語）
ミシェル・ジュリ（Michel Jeury）「不安定な時間」"Le temps incertain"〈Robert Laffont〉
◇中編（フランス語）
ジェラール・クラン（Gérard Klein）"Réhabilitation"（La loi du talion）〈Robert Laffont〉

1975年
◇長編（フランス語）
フィリップ・キュルヴァル（Philippe Curval）"L'homme à rebours"〈Robert Laffont〉
◇中編（フランス語）
ドミニク・ドゥーエ（Dominique Douay）"Thomas"（Fiction n° 249）〈Opta〉

1976年
◇長編（フランス語）
Philippe Goy "Le Livre/machine"〈Denoël〉
◇中編（フランス語）
Daniel Walther "Les Soleils noirs d'Arcadie"（anthologie）〈Opta〉
◇特別賞
フィリップ・ドリュイエ（Philippe Druillet）"Urm le fou"〈Dargaud〉

1977年
◇長編（フランス語）
Michel Demuth "Les Galaxiales"〈J'ai lu〉
◇中編（フランス語）
Philip Goy "Retour à la terre, définitif"（Retour à la Terre 2）〈Denoël〉
◇特別賞
イヴ・デルメーズ（Yves Dermeze）―全仕事に対して

1978年
◇長編（フランス語）
ピエール・プロ（Pierre Pelot）「この狂乱するサーカス」"Delirium circus"〈Denoël〉
◇中編（フランス語）
Yves Frémion "Petite mort, petite amie"（Octobre, octobres）〈Kesselring〉
◇特別賞
授賞なし

1979年
◇長編（フランス語）
Yves Remy, Ada Remy "La Maison du Cygne"〈J'ai lu〉
◇中編（フランス語）
セルジュ・ブリュソロ（Serge Brussolo）"Funnyway"（Futurs au présent）〈Denoël〉
◇特別賞
ヴォジテク・シュドマク（Wojtek Siudmak）"L'art hyperréaliste fantastique de Wojtek Siudmak"〈Editions du Cygne〉

1980年
◇長編（フランス語）
Daniel Walther "L'Épouvante"〈J'ai lu〉
◇中編（フランス語）
ピエール・ジュリアーニ（Pierre Giuliani）"Les hautes plaines"（Fiction n° 301）〈Opta〉
◇特別賞
メビウス（Moebius）"Major fatal"〈Humanoïdes associés〉
ルイス＝ヴィンセント・トマ（Louis-Vincent Thomas）"Civilisation et divagations"〈Payot〉

1981年
◇長編（フランス語）
セルジュ・ブリュソロ（Serge Brussolo）"Vue en coupe d'une ville malade"〈Denoël〉
◇中編（フランス語）
Bruno Lecigne "La Femme-escargot allant au bout du monde"（Fiction n° 314）〈Opta〉
◇特別賞
Claude Eckerman, Alain Grousset, Dominique Martel "Fantascienza" n° 2-3, consacré à la collection Fleuve Noir Anticipation

1982年
◇長編（フランス語）
エリザベス・ヴォナーバーグ（Elisabeth Vonarburg）"Le Silence de la cité"〈Denoël〉
◇中編（フランス語）
ジャン＝ピエール・ユベール（Jean-Pierre Hubert）"Gélatine"（Mouvance : le temps）
◇青少年向け長編（フランス語）
ジャン＝ピエール・アンドルヴォン（Jean-Pierre Andrevon）"La Fée et le géomètre"〈Casterman〉
◇特別賞
ジョルジュ＝ジャン・アルノー（G.-J. Arnaud）"La compagnie des glaces"〈Fleuve Noir〉
Marcel Thaon "Essai psychanalytique sur la création littéraire - Processus et fonction de l'écriture chez un auteur de Science-Fiction: Philip K. Dick"〈Publications de L'Universite de Provence〉

1983年
◇長編（フランス語）
Pierre Billon "L'Enfant du cinquième nord"〈Seuil〉
◇中編（フランス語）
ジャック・モンドローニ（Jacques Mondolini）"Papa 1er"（Orbites n° 3）
◇青少年向け長編（フランス語）
Michel Grimaud "Le Tyran d'Axilane"〈Folio〉
◇特別賞
Marc Caro, ジャン＝ピエール・ジュネ（Jean-Pierre Jeunet）"Le Bunker de la dernière rafale"〈Humanoïdes associés〉

1984年
◇長編（フランス語）
ジャン＝ピエール・ユベール（Jean-Pierre Hubert）"Le Champ du rêveur"〈Denoël〉
◇中編（フランス語）
Jean-Claude Dunyach "Les Nageurs de Sable"（Fiction n° 338）〈Opta〉
◇青少年向け長編（フランス語）
Thérèse Roche "Le Naviluk"〈Magnard〉
◇特別賞
Henri Delmas, Alain Julian "Le Rayon SF"〈Milan〉

1985年
◇長編（フランス語）
André Ruellan "Mémo"〈Denoël〉

◇中編（フランス語）
René Sussan．"Un fils de Prométhée, ou Frankenstein dévoilé" 〈Les Insolites〉

◇青少年向け長編（フランス語）
ロベール・エスカルピ（Robert Escarpit）"L'Enfant qui venait de l'espace"〈Bayard〉

◇特別賞
Gérard Cordesse "La Nouvelle science-fiction américaine"〈Aubier〉

1986年
◇長編（フランス語）
ジョエル・ウサン（Joël Houssin）"Les vautours"〈Fleuve Noir〉

◇中編（フランス語）
チャールズ・ドブジンスキー（Charles Dobzynski）"Le commerce des mondes"（recueil）〈Messidor〉

◇青少年向け長編（フランス語）
受賞作なし

◇特別賞
受賞者なし

1987年
◇長編（フランス語）
アントワーヌ・ヴォロディーヌ（Antoine Volodine）"Rituel du mépris, variante Moldscher"〈Denoël〉

◇中編（フランス語）
ジェラール・クラン（Gérard Klein）"Mémoire vive, mémoire morte"（Demain les puces）〈Denoël〉

◇青少年向け長編（フランス語）
受賞作なし

◇特別賞
エマニュエル・カレル（Emmanuel Carrère）"Le détroit de Behring"〈P.O.L〉

1988年
◇長編（フランス語）
セルジュ・ブリュソロ（Serge Brussolo）"Opération'serrures carnivores'"〈Fleuve noir〉

◇中編（フランス語）
Limite "Le Parc zoonirique"（Malgré le monde）〈Denoël〉

◇青少年向け長編（フランス語）
受賞作なし

◇特別賞
Georges-Olivier Châteaureynaud "Le combat d'Odiri"〈Bayard〉

1989年
◇長編（フランス語）
Joëlle Wintrebert "Le Créateur chimérique"〈J'ai lu〉

◇中編（フランス語）
Richard Canal "Étoile"〈Univers 1988〉

◇青少年向け長編（フランス語）
クリスチャン・グルニエ（Christian Grenier）"Le Coeur en abîme"〈L'amitie〉

◇エッセイ（評論）
ギー・ラルドロー（Guy Lardreau）"Fictions philosophiques et science-fiction"〈Actes sud〉
Norbert Spehner "Écrits sur la science-fiction"〈Le Préambule〉

◇特別賞
ドミニク・ドゥーエ（Dominique Douay），Michel Maly "Les Voyages ordinaires d'un amateur de tableaux"〈Valpress〉

1990年
◇長編（フランス語）
ジャン＝ピエール・アンドルヴォン（Jean-Pierre Andrevon）"Sukran"〈Denoël〉

◇中編（フランス語）
Colette Fayard "Les Chasseurs au bord de la nuit"（Les chasseurs au bord de la nuit - Présence du futur, n° 487）〈Denoël〉

◇青少年向け長編（フランス語）
Roger Leloup "Le Pic des ténèbres"〈Duculot〉

◇エッセイ（評論）
ジャン＝ジャック・ルセルクル（Jean-Jacques Lecercle）「現代思想で読むフランケンシュタイン」"Frankenstein: mythe et philosophie"〈PUF〉

◇特別賞
フィリップ・キュルヴァル（Philippe Curval）―アンソロジー編集と才能の発掘の仕事に対して

1991年
◇長編（フランス語）

Francis Berthelot "Rivage des intouchables"〈Denoël〉
◇中編（フランス語）
Raymond Milési "Extra-muros"（Extra-muros）〈Editions de l'Aurore〉
◇青少年向け長編（フランス語）
リリアンヌ・コルブ（Liliane Korb）"Temps sans frontières"〈Flammarion〉
◇エッセイ（評論）
Alain Carraze, Hélène Oswald "Le Prisonnier, chef-d'œuvre télévisionnaire"〈HuitiÈme Art〉
◇特別賞
Jean-Michel Nicollet ─全仕事に対して

1992年
◇長編（フランス語）
ジョエル・ウサン（Joël Houssin）"Le Temps du twist"〈Denoël〉
◇長編（外国）
ロバート・R.マキャモン（Robert R. McCammon）「狼の時」"L'Heure du loup"〈Pocket〉（原題：The Wolf's Hour）
◇中編（フランス語）
アラン・ドレミュー（Alain Dorémieux）"M'éveiller à nouveau près de toi, mon amour"（Territoires de l'inquiétude - 2）〈Denoël〉
◇青少年向け長編
イヴ・コパンス（Yves Coppens），ピエール・プロ（Pierre Pelot）"Le rêve de Lucy"〈Seuil〉
◇翻訳
Patrick Berthon〔仏訳〕"La Face des eaux"（ロバート・シルヴァーバーグ（Robert Silverberg）著）〈Robert Laffont〉（原題：The Face of the Waters）
◇エッセイ（評論）
Jean-Claude Alizet "L'Année 1989 du polar, de la SF et du fantastique"〈Encrage〉
◇特別賞
Ellen Herzfeld, ジェラール・クラン（Gérard Klein），Dominique Martel "La Grande anthologie de la Science-Fiction Française"〈Livre de Poche〉

1993年
◇長編（フランス語）
Ayerdhal "Demain, une oasis"〈Fleuve noir〉
◇長編（外国）
ガーフィールド・リーブス＝スティーブンス（Garfield Reeves-Stevens）"La Danse du scalpel"〈Presses de la cité〉（原題：Dark Matter）
◇中編（フランス語）
Wildy Petoud "Accident d'amour"（Territoires de l'inquiétude - 4）〈Denoël〉
◇青少年向け長編
François Coupry "Le Fils du concierge de l'opéra"〈Gallimard〉
◇翻訳
Dominique Haas〔仏訳〕"Les Livres Magiques de Xanth"（série）（ピアズ・アンソニイ（Piers Anthony）著）〈Pocket〉（原題：Xanth／邦題：魔法の国ザンス）
◇エッセイ（評論）
Francis Lacassin "Mythologie du fantastique"〈Editions du Rocher〉
◇特別賞
L'Atalante（出版社）─出版物の質と独創性に対して

1994年
◇長編（フランス語）
Pierre Bordage "Les Guerriers du silence"〈L'Atalante〉
◇長編（外国）
ジャック・フィニイ（Jack Finney）「ふりだしに戻る」"Le Voyage de Simon Morley"〈Denoël〉（原題：Time and Again）
◇中編（フランス語）
Katherine Quenot "Rien que des sorcières"（texte primé："Une", qui est partie du roman）〈Albin Michel〉
◇青少年向け長編
Alain Grousset "Les Chasse-marée"〈Livre de Poche〉
◇翻訳
Hélène Collon〔仏訳〕"L'Homme des jeux"（イアン・バンクス（Iain M. Banks）著）〈Robert Laffont〉（原題：The Player of Games／邦題：ゲーム・プレイヤー）

◇エッセイ（評論）
　Joël Malrieu "Le Fantastique"〈Hachette〉
◇特別賞
　Hélène Collon "Regards sur Philip K. Dick.: Le Kalédickoscopede"〈Encrage〉

1995年
◇長編（フランス語）
　ロラン・ジュヌフォール（Laurent Genefort）"Arago"〈Fleuve noir〉
◇長編（外国）
　ロバート・リード（Robert Reed）「地球間ハイウェイ」"La Voie terrestre"〈Robert Laffont〉（原題：Down the Bright Way）
◇中編（フランス語）
　セルジュ・レーマン（Serge Lehman）"Dans l'abîme"
◇中編（外国）
　ナンシー・クレス（Nancy Kress）「ベガーズ・イン・スペイン」"L'une rêve et l'autre pas"（Futurs qui craignent）〈Pocket〉（原題：Beggars in Spain）
◇青少年向け長編
　クライヴ・バーカー（Clive Barker）"Le voleur d'éternité"〈Pocket〉（原題：The Thief of Always）
◇翻訳
　Jean-Daniel Brèque〔仏訳〕"Âmes perdues"（ポピー・Z.ブライト（Poppy Z. Brite）著）〈Albin Michel〉（原題：Lost Souls）および "Les larmes d'Icare"（ダン・シモンズ（Dan Simmons）著）〈Denoël〉（原題：Phases of gravity／邦題：重力から逃れて）
◇エッセイ（評論）
　Francis Berthelot "La métamorphose généralisée"〈Nathan〉
◇特別賞
　Dona & René Sussan "Les nourritures extraterrestres"〈Denoël〉

1996年
◇長編（フランス語）
　モーリス・G.ダンテック（Maurice G. Dantec）"Les racines du mal"〈Gallimard〉
◇長編（外国）
　ジェイムズ・モロー（James Morrow）"En remorquant Jéhovah"〈J'ai lu〉（原題：Towing Jehovah）
◇中編（フランス語）
　Georges-Olivier Châteaureynaud "Quiconque"
◇中編（外国）
　ダン・シモンズ（Dan Simmons）「大いなる恋人」（『愛死』収録）"Le grand amant"（L'amour, la mort）〈Albin Michel〉（原題：The Great Lover）
◇青少年向け長編
　クリストファー・パイク（Christopher Pike）"La falaise maudite"〈Pocket〉（原題：Fall into Darkness）
◇翻訳
　Simone Hilling〔仏訳〕"La chute des fils"（アン・マキャフリイ（Ann McCaffrey）著）〈Pocket〉（原題：First Fall）
◇エッセイ（評論）
　ローレンス・スーチン（Lawrence Sutin）"Invasions divines: Philip K. Dick, une vie"〈Denoël〉（原題：Divine invasions: a life of Philip K. Dick）
◇特別賞
　Sylvie Denis〔監修〕, Francis Valéry〔監修〕"Cyberdreams"（雑誌）

1997年
◇長編（フランス語）
　Jean-Marc Ligny "Inner city"〈J'ai lu〉
◇長編（外国）
　ニール・スティーヴンスン（Neal Stephenson）「スノウ・クラッシュ」"Le Samouraï virtuel"〈Robert Laffont〉（原題：Snow Crash）
◇中編（フランス語）
　セルジュ・レーマン（Serge Lehman）"Le Collier de Thasus"
◇中編（外国）
　Robert James Sawyer "Vous voyez mais vous n'observez pas"（Yellow Submarine n° 119）
◇青少年向け長編
　Raymond Milési "Papa, j'ai remonté le temps"〈Livre de poche〉
◇翻訳
　Guy Abadia〔仏訳〕"Endymion"（ダン・シモンズ（Dan Simmon）著）〈Robert

Laffont〉(原題：Endymion ／ 邦題：エンディミオン)
◇エッセイ (評論)
スティーヴン・キング (Stephen King) 「死の舞踏」 "Anatomie de l'horreur" 〈J'ai lu〉(原題：Stephen King's Danse Macabre)
◇特別賞
Jean-Pierre Putters [監修], Marc Toullec [監修] "Mad movies" (雑誌)

1998年
◇長編 (フランス語)
セルジュ・レーマン (Serge Lehman) "F. A.U.S.T." 〈Fleuve Noir〉
◇長編 (外国)
クライヴ・バーカー (Clive Barker) 「イマジカ」 "Imajica" 〈Rivages〉(原題：Imajica)
◇中編 (フランス語)
Jean-Claude Dunyach "Déchiffrer la trame" (Galaxies n° 4) 〈Galaxies〉
◇中編 (外国)
ポピー・Z.ブライト (Poppy Z.Brite) 「カルカッター生命の王」(『ミステリマガジン』1995年8月号) "Calcutta, seigneur des nerfs" (Contes de la fée verte) 〈Denoël〉(原題：Calcutta, Lord of Nerves)
◇青少年向け長編
クリスチャン・グルニエ (Christian Grenier) "Le cycle du Multimonde" 〈Hachette Jeunesse〉
◇翻訳
Patrick Couton [仏訳] "Les Annales du Disque-Monde" (Terry Pratchett著) 〈L'Atalante〉(原題：Discworld)
◇エッセイ (評論)
Denis Mellier "Otrante n° 9" (spécial fantastique et politique)
◇特別賞
Henri Lœvenbruck "Ozone" (雑誌)

1999年
◇長編 (フランス語)
Roland C.Wagner "Les Futurs mystères de Paris" (série) 〈Anticipation〉
◇長編 (外国)
Valerio Evangelisti "Eymerich" (série)

◇中編 (フランス語)
Jean-Jacques Nguyen "L'Amour au temps du silicium" (Escales sur l'horizon) 〈Fleuve Noir〉
◇中編 (外国)
ジョン・クロウリー (John Crowley) 「時の偉業」(『ナイチンゲールは夜に歌う』収録) "La Grande oeuvre du temps" (La Grande oeuvre du temps) 〈Rivages〉(原題：Great Work of Time)
◇青少年向け長編
ジェラール・モンコンブル (Gérard Moncomble) "Prisonnière du tableau！" 〈Nathan〉
◇翻訳
Nathalie Serval [仏訳] "L'Enfant arc-en-ciel" (ジョナサン・キャロル (Jonathan Carroll)著) 〈Denoël〉(原題：A child across the sky ／ 邦題：空に浮かぶ子供)
◇エッセイ (評論)
Joseph Altairac "H.G.Wells, parcours d'une oeuvre" 〈Encrage〉
◇特別賞
Xavier Legrand-Ferronniere "Le Visage Vert" (雑誌)

2000年
◇長編 (フランス語)
ジャン＝ミッシェル・トリュオン (Jean-Michel Truong) "Le successeur de pierre" 〈Denoël〉
◇長編 (外国)
オースン・スコット・カード (Orson Scott Card) "Les Chroniques d'Alvin le faiseur" (série) 〈L'Atalante〉(原題：The Alvin Maker Saga)
◇中編 (フランス語)
Fabrice Colin "Naufrage mode d'emploi" (Fantasy) 〈Fleuve Noir〉
◇中編 (外国)
ジョナサン・キャロル (Jonathan Carroll) 「おやおや町」(『パニックの手』収録) "Ménage en grand" (Collection d'automne) 〈Pocket〉(原題：Uh-Oh City)
◇青少年向け長編
Gudule "La fille au chien noir" 〈Hachette〉
◇翻訳

Michel Pagel〔仏訳〕 "La paix éternelle"（ジョー・ホールドマン（Joe Haldeman）著）〈Pocket〉（原題：Forever Peace／邦題：終わりなき平和）および "L'intercepteur de cauchemars"（グレアム・ジョイス（Graham Joyce）著）（原題：The Tooth Fairy）

◇グラフィックデザイン
Philippe Jozelon ─Bibliothèque du Fantastiqueコレクション〈Fleuve Noir〉の表紙イラスト

◇エッセイ（評論）
Jean-Bruno Renard "Rumeurs et légendes urbaines"

◇特別賞
Stéphanie Nicot "Galaxies"（雑誌）

2001年
◇長編（フランス語）
ルネ・レウヴァン（René Réouven） "Bouvard, Pécuchet et les savants fous"〈Flammarion〉

◇長編（外国）
アンドレアス・エシュバッハ（Andreas Eschbach） "Des milliards de tapis de cheveux"〈L'Atalante〉（原題：Die Haarteppichknüpfer）

◇中編（フランス語）
Jeanne Faivre d'Arcier "Monsieur boum boum"（Cosmic Erotica）〈J'ai lu〉

◇中編（外国）
テリー・ビッスン（Terry Bisson） "meucs"（Galaxies n°16）（原題：macs）

◇青少年向け長編
Francis Berthelot "La maison brisée"〈Livre de poche〉

◇翻訳
Jean-Pierre Pugi〔仏訳〕 "Jack Faust"（マイクル・スワンウィック（Michael Swanwick）著）〈Payot〉（原題：Jack Faust）

◇グラフィックデザイン
Manchu ─1年間に発表された全ての表紙イラスト

◇エッセイ（評論）
Denis Mellier "La littérature fantastique"〈Seuil〉および "L'écriture de l'excès - Fiction fantastique et poétique de la terreur"〈Seuil〉

◇特別賞
ピエール・プロ（Pierre Pelot）「原始の風が吹く大地へ─人類二〇〇万年前の目覚め」 "Sous le vent du monde"（série）

◇ヨーロッパ賞
Piergiorgio Nicolazzini ─ pour son indomptable énergie au service d'une cause qui est chère au jury du prix : la dimension européenne de l'imaginaire

2002年
◇長編（フランス語）
Pierre Pevel "Les Ombres de Wielstadt"〈Fleuve Noir〉

◇長編（外国）
J.グレゴリイ・キイズ（J.Gregory Keyes）「錬金術師の魔砲」 "Les Démons du Roi-Soleil"〈Flammarion〉（原題：Newton's Cannon）

◇中編（フランス語）
Olivier Paquet "Synesthésie"（Galaxies n°18）

◇中編（外国）
クリストファー・プリースト（Christopher Priest） "Retour au foyer"（Destination 3001）〈Flammarion〉（原題：The Discharge）

◇青少年向け長編
Danielle Martinigol "Les Abîmes d'Autremer"〈Mango Jeunesse〉

◇翻訳
Claire Duval〔仏訳〕 "Jésus Vidéo"（アンドレアス・エシュバッハ（Andreas Eschbach）著）〈L'Atalante〉（原題：Jesus video／邦題：イエスのビデオ）

◇グラフィックデザイン
Benjamin Carré

◇エッセイ（評論）
Renan Pollès "La Momie - De Khéops à Hollywood"〈L'Amateur〉

◇特別賞
"Ténèbres"n°11/12（スティーブン・キング特別号）

◇ヨーロッパ賞
Patrick J.Gyger

033 イマジネール大賞　　　SF・ファンタジー

2003年
　◇長編（フランス語）
　　Michel Pagel "Le roi d'août"〈Flammarion〉
　◇長編（外国）
　　Jamil Nasir "La Tour des rêves"〈Pocket〉（原題：Tower of Dreams）
　◇中編（フランス語）
　　Claire Belmas, Robert Belmas "A n'importe quel prix"（Détectives de l'impossible）〈J'ai lu〉
　◇中編（外国）
　　グレアム・ジョイス（Graham Joyce）"Les nuits de Leningrad"（Faux rêveurs）〈Bragelonne〉（原題：Leningrad nights）
　◇青少年向け長編
　　エルヴィール・ミュライユ（Elvire Murail），ロリス・ミュライユ（Lorris Murail），マリー＝オード・ミュライユ（Marie-Aude Murail）「GOLEM ゴーレム」"Golem"（série）〈Pocket〉
　◇翻訳
　　Pierre-Paul Durastanti〔仏訳〕"L'I.A. et son double"（スコット・ウエスターフェルド（Scott Westerfeld）著）〈Flammarion〉（原題：Evolution's Darling）
　◇グラフィックデザイン
　　Didier Graffet ─特に出版社Nestiveqnenの仕事と「海底二万里（Vingt mille lieues sous les mers）」（ジュール・ヴェルヌ（Jules Verne）著）〈Gründ〉のイラストレーション
　◇エッセイ（評論）
　　Thomas Bouchet "Dictionnaire des Utopies"〈Larousse〉
　◇特別賞
　　ロバート・ホールドストック（Robert Holdstock）「ミサゴの森」"La forêt des mythagos"（原題：Mythago Wood）（Lunes d'Encreコレクション〈出版：Denoël〉に属している版全て）
　◇ヨーロッパ賞
　　Sylvie Miller ─フランスのスペイン語SFへの貢献に対する全仕事

2004年
　◇長編（フランス語）
　　Fabrice Colin "Dreamericana"〈J'ai lu〉
　◇長編（外国）
　　ロバート・ホールドストック（Robert Holdstock）"Celtika：Codex Merlin1"〈Le Pré aux clercs〉（原題：Celtika：Book One of the Merlin Codex）
　◇中編（フランス語）
　　Jean-Jacques Girardot "Dédales virtuels"（recueil）〈Imaginaires sans frontières〉
　◇中編（外国）
　　ピーター・S.ビーグル（Peter S.Beagle）"Le rhinocéros qui citait Nietzsche"（recueil）〈Gallimard〉（原題：The Rhinoceros who Quoted Nietzsche and Other Odd Acquaintances）
　◇青少年向け長編
　　Fabrice Colin "Cyberpan"〈Mango〉
　◇ジャック・シャンボン賞（翻訳）
　　Brigitte Mariot〔仏訳〕"Le rhinocéros qui citait Nietzsche"（ピーター・S.ビーグル（Peter S.Beagle）著）〈Gallimard〉（原題：The Rhinoceros who Quoted Nietzsche and Other Odd Acquaintances）
　◇グラフィックデザイン
　　Sandrine Gestin "Dragonne"（Didier Quesne著）〈Nestiveqnen〉
　◇エッセイ（評論）
　　ジャン・マリニー（Jean Marigny）"Les vampires au XXème siècle"〈Honoré Champion〉
　◇特別賞
　　"Terra Incognita：Images d'ailleurs"〈Nestiveqnen〉
　◇ヨーロッパ賞
　　L'Atalante（出版社）─その出版に対して

2005年
　◇長編（フランス語）
　　Ayerdhal "Transparences"〈Au diable vauvert〉
　◇長編（外国）
　　チャイナ・ミエヴィル（China Miéville）「ペルディード・ストリート・ステーション」"Perdido Street Station"〈Fleuve Noir〉（原題：Perdido Street Station）
　◇中編（フランス語）
　　Mélanie Fazi "Serpentine"（recueil）〈L'Oxymore〉

240　海外文学賞事典

◇中編（外国）
　Paul di Filippo "Sisyphe et l'étranger"〈Bifrost n°34〉（原題：Sisyphus and the Stranger）
◇青少年向け長編
　Nathalie Le Gendre "Mosa Wosa"〈Mango〉
◇ジャック・シャンボン賞（翻訳）
　Nathalie Mège〔仏訳〕"Perdido Street Station"（チャイナ・ミエヴィル（China Miéville）著）〈Fleuve Noir〉（原題：Perdido Street Station／邦題：ペルディード・ストリート・ステーション）
◇グラフィックデザイン
　Philippe Lefèvre-Vakana "L'art de Jean-Claude Forest"〈An 2〉
◇エッセイ（評論）
　Eric Henriet "L'histoire revisitée"〈Encrage〉
◇特別賞
　Association nooSFere ―Webサイト「nooSFere」
◇ヨーロッパ賞
　アンドレアス・エシュバッハ（Andreas Eschbach）"Eine Trillion Euro"〈Bastei-Lübbe〉（アンソロジー）

2006年
◇長編（フランス語）
　Alain Damasio "La horde du contrevent"〈La Volte〉
◇長編（外国）
　クリストファー・プリースト（Christopher Priest）「双生児」"La Séparation"〈Denoël〉（原題：The Separation）
◇中編（フランス語）
　Claude Ecken "Le monde tous droits réservés"（recueil）〈Le Bélial'〉
◇中編（外国）
　ジェフリー・フォード（Jeffrey Ford）"Exo-skeleton town"（Galaxies n°36）（原題：Exo-Skeleton Town）
◇青少年向け長編
　コルネーリア・フンケ（Cornelia Funke）「魔法の声」"Coeur d'encre"〈Hachette〉（原題：Tintenherz）
◇ジャック・シャンボン賞（翻訳）
　Patrick Marcel〔仏訳〕"Le livre de Cendres"（tétralogie）（Mary Gentle著）〈Denoël〉（原題：Ash：A Secret History）
◇ヴォジテク・シュドマク賞（グラフィックデザイン）
　Guillaume Sorel "Le livre de Cendres"（tétralogie）（Mary Gentle著）〈Denoël〉（原題：Ash：A Secret History）および "Les tisserands de Saramyr"（クリス・ウッディング（Chris Wooding）著）〈Fleuve noir〉（原題：The Weavers of Saramyr）
◇エッセイ（評論）
　Marie-Louise Ténèze "Les contes merveilleux français"〈Maisonneuve & Larose〉
◇特別賞
　"Le troisième oeil：La Photographie et l'occulte"（Collectif）〈Gallimard〉
◇ヨーロッパ賞
　Vittorio Curtoni ―イタリアのSF雑誌 "Robot" に対して

2007年
◇長編（フランス語）
　Catherine Dufour "Le Goût de l'immortalité"〈Mnémos〉
◇長編（外国）
　グレアム・ジョイス（Graham Joyce）"Lignes de vie de"〈Bragelonne〉（原題：The Facts of Life）
◇中編（フランス語）
　Sylvie Lainé "Les Yeux d'Elsa"（Galaxies n°37）
◇中編（外国）
　ルーシャス・シェパード（Lucius Shepard）"Aztechs"（recueil）〈Le Bélial〉（原題：Aztechs）
◇青少年向け長編
　ティモテ・ド・フォンベル（Timothée de Fombelle）「トビー・ロルネス1―空に浮かんだ世界」"La Vie suspendue（Tobie Lolness, tome1）"〈Gallimard〉
　ジョナサン・ストラウド（Jonathan Stroud）"La Trilogie de Bartiméus"〈Albin Michel〉（原題：Bartimaeus Trilogy）
◇ジャック・シャンボン賞（翻訳）
　Mélanie Fazi〔仏訳〕"Lignes de vie"（グレアム・ジョイス（Graham Joyce）著）

〈Bragelonne〉（原題：The Facts of Life）
◇ヴォジテク・シュドマク賞（グラフィックデザイン）
　Eikasia
◇エッセイ（評論）
　François Rouiller "100 mots pour voyager en science-fiction"〈Empêcheurs de Penser en Rond〉
◇特別賞
　"Fiction"（定期刊行アンソロジー）〈Les Moutons Électriques〉
◇ヨーロッパ賞
　ブライアン・オールディス（Brian Aldiss）─ヨーロッパのSF奨励への生涯功績に対して

2008年
◇長編（フランス語）
　Wayne Barrow "Bloodsilver"〈Mnémos〉
◇長編（外国）
　ロバート・チャールズ・ウィルスン（Robert Charles Wilson）「時間封鎖」　"Spin"〈Denoël, Lunes d'encre〉（原題：Spin）
◇中編（フランス語）
　Catherine Dufour "L'Immaculée conception"（Lunatique n° 73）
◇中編（外国）
　アーシュラ・K.ル゠グウィン（Ursula K.Le Guin）"Quatre chemins du pardon"（recueil）〈L'Atalante〉（原題：Four Ways to Forgiveness）
◇青少年向け長編
　スコット・ウエスターフェルド（Scott Westerfeld）「アグリーズ」 "Uglies"〈Pocket jeunesse〉（原題：Uglies）
◇ジャック・シャンボン賞（翻訳）
　Jean-Daniel Brèque〔仏訳〕 "Le Quatuor de Jérusalem"（Edward Whittemore著）〈Laffont, Ailleurs & Demain〉（原題：Jerusalem Quartet）
◇ヴォジテク・シュドマク賞（グラフィックデザイン）
　Benjamin Carré "Les Mensonges de Locke Lamora"（Scott Lynch著）〈Bragelonne〉（原題：The Lies of Locke Lamora）
◇エッセイ（評論）
　ジャン＝ジャック・バルロワ（Jean-Jacques Barloy）"Bernard Heuvelmans, un rebelle de la science"〈L'œil du sphinx〉
◇特別賞
　David Delrieux ─「アルジャーノンに花束を」（Des Fleurs pour Algernon）のテレビ映画に対して
◇ヨーロッパ賞
　Michel Meurger ─ pour les passerelles que crée son œuvre entre la France, l'Allemagne et l'Angleterre

2009年
◇長編（フランス語）
　Georges-Olivier Châteaureynaud "L'Autre rive"〈Grasset〉
◇長編（外国）
　シオドア・ローザク（Theodore Roszak）"L'Enfant de cristal"〈Le Cherche-midi〉（原題：The Crystal Child）
◇中編（フランス語）
　Jeanne-A Debats "La Vieille Anglaise et le continent"〈Griffe d'encre〉
◇中編（外国）
　ケリー・リンク（Kelly Link）「スペシャリストの帽子」 "La Jeune détective et autres histoires étranges"（recueil）〈Denoël〉（原題：Stranger Things Happen / Magic for Beginners）
◇青少年向け長編
　ジェマ・マリー（Gemma Malley）「2140─サープラス・アンナの日記」 "La Déclaration. L'Histoire d'Anna"〈Naïve〉（原題：The Declaration, Anna's Story）
◇ジャック・シャンボン賞（翻訳）
　Michelle Charrier〔仏訳〕 "La Jeune détective et autres histoires étranges"（ケリー・リンク（Kelly Link）著）〈Denoël〉（原題：Stranger Things Happen / Magic for Beginners／邦題：スペシャリストの帽子）
◇ヴォジテク・シュドマク賞（グラフィックデザイン）
　ジャン＝バティスト・モンジュ（Jean-Baptiste Monge）"Comptines assassines"（Pierre Dubois著）〈Hoebeke〉
◇エッセイ（評論）
　Ugo Bellagamba, Éric Picholle "Solutions

non satisfaisantes: une anatomie de Robert A. Heinlein"〈Les Moutons électriques〉

◇特別賞
Bélial' —ポール・アンダースン（Poul Anderson）の未発表作品とリイ・ブラケット（Leigh Brackett）著"Le Grand livre de Mars"の出版に対して

◇ヨーロッパ賞
Corinne Fournier Kiss "La Ville européenne dans la littérature fantastique du tournant du siècle (1860-1915)"〈L'Âge d'homme〉

2010年（対象：2008年7月～09年6月）
◇長編（フランス語）
Stéphane Beauverger "Le Déchronologue"〈La Volte〉

◇長編（外国）
イアン・マクドナルド（Ian McDonald）「黎明の王　白昼の女王」"Roi du matin, reine du jour"〈Denoël〉（原題：King of Morning, Queen of Day）

◇中編（フランス語）
Jérôme Noirez "Le diapason des mots et des misères" (recueil)〈Griffe d'encre〉

◇中編（外国）
ニール・ゲイマン（Neil Gaiman）「壊れやすいもの」"Des choses fragiles" (recueil)〈Au diable vauvert〉（原題：Fragile Things）

◇青少年向け長編
Anne Fakhouri "Le clairvoyage et La brume des jours"〈L'Atalante〉

◇ジャック・シャンボン賞（翻訳）
Gilles Goullet〔仏訳〕"Vision aveugle"（ピーター・ワッツ（Peter Watts）著）〈Fleuve Noir〉（原題：Blindsight / 邦題：ブラインドサイト）

◇ヴォジテク・シュドマク賞（グラフィックデザイン）
ベブ・デオム（Beb Deum）"FaceBox"〈Delcourt〉

◇エッセイ（評論）
Fabrice Tortey "Echos de Cimmérie. Hommage à Robert Ervin Howard (1906-1936)"〈Oeil du Sphinx〉

◇特別賞
Nosfell (Labyala Nosfell)，リュドヴィック・ドバーム (Ludovic Debeurme) "Le lac aux Vélies"〈Futuropolis〉

◇ヨーロッパ賞
メゾン・ダイヤー（異次元の館SF博物館）(Maison d'Ailleurs　スイス、イヴェルドン・レ・バン所在)

2010年（対象：2009年7月～12月）
◇長編（フランス語）
Justine Niogret "Chien du heaume"〈Mnémos〉

◇長編（外国）
ジャック・オコネル（Jack O'Connell）"Dans les limbes"〈Rivages〉（原題：The Resurrectionist）

◇中編（フランス語）
Léo Henry "Les Trois livres qu'Absalon Nathan n'écrira jamais" (Retour sur l'horizon)〈Denoël〉

◇中編（外国）
テッド・チャン (Ted Chiang) "Exhalaison" (Bifrost 56) （原題：Exhalation）
グレッグ・イーガン (Greg Egan) "Océanique" (recueil)〈Le Bélial'〉（原題：Oceanic）

◇青少年向け長編（フランス語）
Victor Dixen "Eté mutant"〈Gawsewitch〉

◇青少年向け長編（外国）
ジョン・コナリー (John Connolly)「失われたものたちの本」"Le Livre des choses perdues"〈L'Archipel〉（原題：The Book of Lost Things）

◇ジャック・シャンボン賞（翻訳）
Sylvie Miller〔翻訳〕"Interférences" (Yoss著)〈Rivière Blanche〉

◇ヴォジテク・シュドマク賞（グラフィックデザイン）
アラン・ブリオン (Alain Brion) "Chute: Elantris Tome1" & "Rédemption：Elantris Tome2"（原題：Elantris）（ブランドン・サンダースン (Brandon Sanderson) 著）〈Orbit〉

◇BD／コミックス
Warren Ellis, Juan José Ryp "Black Summer"〈Milady〉

◇マンガ

間瀬元朗（Motorô Mase）「イキガミ」"Ikigami: Préavis de mort"（tomes1 à4）〈Kazé Manga / Asuka〉
◇エッセイ（評論）
ジャック・ボドゥ（Jacques Baudou）"L'Encyclopédie de la Fantasy"〈Fetjaine〉
◇特別賞
Jean-Marc Lofficier、ブライアン・ステイブルフォード（Brian Stableford）── Black Coat Pressにおけるフランスの SF作品の奨励や翻訳の仕事に対して

2011年
◇長編（フランス語）
ミシェル・ジュリ（Michel Jeury）"May le monde"〈Robert Laffont〉
◇長編（外国）
イアン・マクドナルド（Ian McDonald）"Le Fleuve des dieux"〈Denoël〉（原題：River of Gods）
◇中編（フランス語）
ロラン・ジュヌフォール（Laurent Genefort）"Rempart"（Bifrost n°58）
◇中編（外国）
ルーシャス・シェパード（Lucius Shepard）"Sous des cieux étrangers"（Recueil）〈Le Bélial'〉
◇青少年向け長編（フランス語）
フランソワ・プラス（François Place）"La Douane volante"〈Gallimard jeunesse〉
◇青少年向け長編（外国）
アーサー・スレイド（Arthur Slade）"La Confrérie de l'horloge"〈Le Masque〉（原題：The Hunchback Assignments）
◇ジャック・シャンボン賞（翻訳）
Nathalie Mège〔仏訳〕"Le Don"（パトリック・オリアリー（Patrick O'Leary）著）〈Mnémos〉（原題：The Gift）
◇ヴォジテク・シュドマク賞（グラフィックデザイン）
アレクシー・ブリクロ（Aleksi Briclot）"Worlds & Wonders"〈CFSL Ink〉
◇BD／コミックス
Fabrice Colin、セルジュ・レーマン（Serge Lehman）、Stéphane Gess "La Brigade chimérique"（tomes1 à6）〈L'Atalante〉
◇マンガ

丸尾末広（Maruo Suehiro）「パノラマ島綺譚」"L'île Panorama"〈Casterman〉
◇エッセイ（評論）
Arnaud Huftier "Jean Ray, l'alchimie du mystère"〈Encrage〉
◇特別賞
Sylvain Fontaine "Poètes de l'Imaginaire"（anthologie）〈Terre de Brume〉

2012年
◇長編（フランス語）
Roland C.Wagner "Rêves de Gloire de"〈L'Atalante〉
◇長編（外国）
チャイナ・ミエヴィル（China Miéville）「都市と都市」"The City & the City"〈Fleuve Noir〉（原題：The City & The City）
◇中編（フランス語）
Christophe Langlois "Boire la tasse"（recueil）〈L'Arbre Vengeur〉
◇中編（外国）
リサ・タトル（Lisa Tuttle）"Ainsi naissent les fantômes"（recueil）〈Dystopia〉
◇青少年向け長編（フランス語）
Frédéric Petitjean "La Route des magiciens"〈Don Quichotte〉
◇青少年向け長編（外国）
ローレン・オリヴァー（Lauren Oliver）"Delirium"〈Hachette jeunesse〉（原題：Delirium／邦題：デリリウム17）および "Le Dernier jour de ma vie"〈Hachette jeunesse〉（原題：Before I Fall）
◇ジャック・シャンボン賞（翻訳）
Patrick Dusoulier〔仏訳〕"Les Enfers virtuels"（イアン・バンクス（Iain M. Banks）著）〈Laffont〉（原題：Surface Detail）および "La Route de Haut-Safran"（ジャスパー・フォード（Jasper Fforde）著）〈Fleuve Noir〉（原題：The Road to High Saffron）
◇ヴォジテク・シュドマク賞（グラフィックデザイン）
Joey Hi-Fi「ZOO CITY」"Zoo City"（ローレン・ビュークス（Lauren Beukes）著）〈Éclipse〉
◇BD／コミックス

Juan Diaz Canales, José-Luis Munuera "Fraternity" (tomes1&2)〈Dargaud〉

◇マンガ
カネコアツシ (Atsushi Kaneko)「SOIL」"Soil" (tomes1 à6)〈Ankama〉

◇エッセイ（評論）
Sébastien Carletti, Jean-Marc Lainé "Nos Années Strange - 1970/1996"〈Flammarion〉
Jean-Marc Lainé "Super-héros ! La puissance des masques"〈Les Moutons électriques〉

◇特別賞
Les éditions José Corti ─l'Imaginaireへの70年以上にわたる奉仕に対して

2013年
◇長編（フランス語）
Thomas Day "Du sel sous les paupières"〈Folio SF〉
◇長編（外国）
パオロ・バチガルピ (Paolo Bacigalupi)「ねじまき少女」"La Fille automate"〈Au diable vauvert〉（原題：The Windup Girl）
◇中編（フランス語）
Bernard Quiriny "Une collection très particulière" (recueil)〈Seuil〉
◇中編（外国）
イアン・マクドナルド (Ian McDonald)「小さき女神」(「S-Fマガジン」2011年12月号掲載) "La Petite déesse" (Bifrost n° 68)（原題：The Little Goddess）
◇青少年向け長編（フランス語）
Hervé Jubert "Magies secrètes"〈Le Pré aux clercs〉
◇青少年向け長編（外国）
マギー・スティーフベーター (Maggie Stiefvater) "Sous le signe du scorpion"〈Hachette〉（原題：The Scorpio Races）
◇ジャック・シャンボン賞（翻訳）
Sara Doke〔仏訳〕"La Fille automate"（パオロ・バチガルピ (Paolo Bacigalupi)著）〈Au diable vauvert〉（原題：The Windup Girl / 邦題：ねじまき少女）
◇ヴォジテク・シュドマク賞（グラフィックデザイン）
ショーン・タン (Shaun Tan) "La Chose perdue" および "L'Oiseau roi et autres dessins"〈Gallimard〉
◇BD/コミックス
Enrique Fernandez "Les Contes de l'ère du Cobra" (tomes1&2)〈Glénat〉
◇マンガ
長崎尚志 (Takashi Nagasaki)〔ストーリー共同制作〕, 浦沢直樹 (Naoki Urasawa)〔作〕「BILLY BAT」"Billy Bat" (tomes1 à5)〈Pika〉
◇エッセイ（評論）
Natacha Vas Deyres "Ces français qui ont écrit demain"〈Honoré Champion〉
◇特別賞
Ad Astra ─"Le Cycle de Lanmeur Intégrale" (2 volumes)（Christian Léourier著）の出版
Délirium ─アンソロジー "Creepy" と "Eerie" の出版に対して

2014年
◇長編（フランス語）
L.L.Kloetze "Anamnèse of Lady Star"〈Lunes d'Encre〉〈Denoël〉
◇長編（外国）
Andrus Kivirähk "L'Homme qui savait la langue des serpents"〈Le Tripode〉（原題：Mees, kes teadis ussisõnu）
◇中編（フランス語）
Thomas Day "7 secondes pour devenir un aigle" (recueil)〈Bélial'〉
◇中編（外国）
Nina Allan "Complications" (recueil)〈Tristram〉（原題：The Silver Wind）
◇青少年向け長編（フランス語）
Victor Dixen "Animale. La Malédiction de Boucle d'or"〈Gallimard Jeunesse〉
◇青少年向け長編（外国）
サリー・ガードナー (Sally Gardner)「マザーランドの月」"Une Planète dans la tête"〈Gallimard Jeunesse〉（原題：Maggot Moon）
◇ジャック・シャンボン賞（翻訳）
Bernard Sigaud〔仏訳〕"Complications"（Nina Allan著）(recueil)〈Tristram〉（原題：The Silver Wind）
◇ヴォジテク・シュドマク賞（グラフィックデザイン）
Didier Graffet〔著〕, グザヴィエ・モメ

ジャン（Xavier Mauméjean）〔画〕 "Steampunk - De vapeur et d'acier"〈Le Pré aux clercs〉

◇BD／コミックス
Alexandre Clerisse，ティエリ・スモルドレン（Thierry Smolderen）"Souvenirs de l'empire de l'atome"〈Dargaud〉

◇マンガ
七月鏡一（Kyoichi Nanatsuki）〔原作〕，梟（Night Owl）〔作画〕「牙の旅商人〜The Arms Peddler〜」"The Arms Peddler"（tomes1 à6）〈Ki-oon〉

◇エッセイ（評論）
Marc Atallah，Frédéric Jaccaud，Francis Valéry "Souvenirs du futur：Les Miroirs de la Maison d'Ailleurs"〈Presses Polytechniques et Universitaires Romandes〉

◇特別賞
L'édition synchrone de "Stefan Wul - L'intégrale"〈Bragelonne〉および "Les univers de Stefan Wul"〈Ankama〉（小説をバンド・デシネ（BD）化したもの──カラー：D. Cassegrain, M. Hawthorne，シナリオ：D. Lapiere, J.-D.Morvan, Yann，デザイン：M. Reynes, O. Vatine 他による）

2015年

◇長編小説（フランス語）
Christophe Lambert "Aucun homme n'est une île"（Nouveaux millénaires）〈J'ai lu〉

◇長編小説（外国）
ピーター・F．ハミルトン（Peter F. Hamilton）"La Grande Route du Nord"（2 tomes）〈Bragelonne〉（原題：Great North Road）

◇中編小説（フランス語）
Sylvie Lainé "L'Opéra de Shaya"（recueil）〈ActuSF〉

◇中編小説（外国）
パオロ・バチガルピ（Paolo Bacigalupi）「第六ポンプ」（『第六ポンプ』収録）"La Fille-flûte et autres fragments de futurs brisés"（recueil）〈Au diable vauvert〉（原題：Pump Six and Other Stories）

◇青少年向け長編（フランス語）
Jean-Luc Marcastel "La Seconde vie de d'Artagnan"〈Matagot〉

◇青少年向け長編（外国）
ランサム・リグズ（Ransom Riggs）「ハヤブサが守る家」"Miss Peregrine et les enfants particuliers"（Tomes1）〈Bayard〉（原題：Miss Peregrine's Home for Peculiar Children）および "Miss Peregrine et les enfants particuliers, Tomes2：Hollow City"〈Bayard〉（原題：Hollow City：The Second Novel of Miss Peregrine's Peculiar Children）

◇ジャック・シャンボン賞（翻訳）
Marie Surgers〔仏訳〕 "Intrabasses"（ジェフ・ヌーン（Jeff Noon）著〉〈La Volte〉（原題：Needle in the Groove）

◇ヴォジテク・シュドマク賞（グラフィックデザイン）
Aurélien Police ──2014年に手がけた表紙イラスト全点に対して。特に "L'Éducation de Stony Mayhall"〈Daryl Gregory著〉〈Bélial'〉および "Notre île sombre"（クリストファー・プリースト（Christopher Priest）著〉〈Denoël〉

◇エッセイ（評論）
Xavier Fournier "Super-héros, une histoire française"〈Huginn & Muninn〉

◇特別賞
Richard Comballot ── son travail de mémoire de l'Imaginaire（インタビュー集 "Clameurs - Portraits voltés"〈La Volte〉を含む）

034　英国SF協会賞　British Science Fiction Association Awards（BSFA Awards）

英国SF協会（BSFA）が1969年に創設したSF・ファンタジージャンルを対象とした文学賞。会員およびイギリスの全国SF大会「イースターコン」の参加者による投票で受

賞作を決定する。現在,最優秀長編賞(Best Novel Award),最優秀短編賞(Best Short Fiction Award),最優秀アートワーク賞(Best Artwork Award),最優秀ノンフィクション賞(Best Non-Fiction Award)の4部門で実施されている。

【主催者】英国SF協会(BSFA：British Science Fiction Association)
【選考方法】英国SF協会会員によるノミネートで作成された部門ごとのロングリストを元に,協会員およびイースターコン参加登録者の投票によってショートリストが作成される。各部門のショートリストは,投票数上位5作品を原則とするが,タイが生じた際は,4作品もしくは6作品とする場合がある。イースターコンの会場に投票箱が設置され,参加者は授賞式当日の正午までに最終投票を行うことができる。当日参加できない会員は,事前に電子投票もしくは記入した投票用紙を郵送することが可能である
【選考基準】〔対象〕英国SF協会による出版物,もしくは関連する出版物は対象外とする。 長編：SFもしくはファンタジー小説で,その長さは問わない。該当年内にイギリスかアイルランドで初めて出版された作品,もしくは電子書籍のみで発表された作品とする。連載作品の場合,最終回の発行日が該当年内であれば対象とする。 短編：SFもしくはファンタジー小説で,4万語以下の作品。該当年内に出版された作品(雑誌,書籍,オーディオ・フォーマット,電子もしくはウェブベースのフォーマット)。 アートワーク：該当年内に初めて発表された,SFもしくはファンタジーをイメージした単一の作品。 ノンフィクション：該当年に著された,SFやファンタジーに関する著作物
【締切・発表】ノミネート期間：例年9月～12月31日。 ショートリスト作成期間：例年1月1日～31日。イースターコン会場での投票結果により受賞者を決定,イースターコン内で授賞式が行われる。(2015年)ショートリストの発表2016年2月8日,授賞式3月26日。(本賞の年次表記は選考対象年。授賞はその翌年)
【URL】http://www.bsfa.co.uk/bsfa-awards/

1969年
 ◇長編
  ジョン・ブラナー(John Brunner) "Stand on Zanzibar"
1970年
 ◇長編
  ジョン・ブラナー(John Brunner) "The Jagged Orbit"
1971年
 ◇短編集
  ブライアン・W.オールディス(Brian W. Aldiss) "The Moment of Eclipse"
1972年
  受賞作なし
1973年
 ◇長編
  アーサー・C.クラーク(Arthur C.Clarke)「宇宙のランデヴー」"Rendezvous with Rama"
 ◇特別賞
  ブライアン・W.オールディス(Brian W. Aldiss)「十億年の宴 SF―その起源と発達」"Billion Year Spree"
1974年
 ◇長編
  クリストファー・プリースト(Christopher Priest)「逆転世界」"Inverted World"
1975年
 ◇長編
  ボブ・ショウ(Bob Shaw) "Orbitsville"
1976年
 ◇長編
  マイクル・コニイ(Michael G.Coney)「ブロントメク！」"Brontomek！"
 ◇特別賞
  デイヴィッド・カイル(David Kyle) "A Pictorial History of Science Fiction"
1977年
 ◇長編
  イアン・ワトスン(Ian Watson)「ヨナ・キット」"The Jonah Kit"

1978年
- ◇長編
  - フィリップ・K.ディック（Philip K.Dick）「暗闇のスキャナー」（別題「スキャナー・ダークリー」）"A Scanner Darkly"
- ◇短編集
  - ハーラン・エリスン（Harlan Ellison）"Deathbird Stories"
- ◇メディア
  - ダグラス・アダムス（Douglas Adams）〔脚本〕「銀河ヒッチハイク・ガイド」（オリジナル・ラジオシリーズ）"The Hitchhiker's Guide to the Galaxy"（original radio series）

1979年
- ◇長編
  - J.G.バラード（J.G.Ballard）「夢幻会社」"The Unlimited Dream Company"
- ◇短編
  - クリストファー・プリースト（Christopher Priest）「青ざめた逍遥」（「S-Fマガジン」1981年1月号掲載/『限りなき夏』収録）"Palely Loitering"（F&SF）
- ◇メディア
  - 「銀河ヒッチハイク・ガイド」（レコード）"The Hitchhiker's Guide to the Galaxy"（record）
- ◇アーティスト
  - ジム・バーンズ（Jim Burns）

1980年
- ◇長編
  - グレゴリイ・ベンフォード（Gregory Benford）「タイムスケープ」"Timescape"
- ◇短編
  - トマス・M.ディッシュ（Thomas M.Disch）「いさましいちびのトースター」"The Brave Little Toaster"（F&SF）
- ◇メディア
  - ダグラス・アダムス（Douglas Adams）〔脚本〕「銀河ヒッチハイク・ガイド」（ラジオシリーズ2期）"The Hitchhiker's Guide to the Galaxy second radio series"
- ◇アーティスト
  - ピーター・ジョーンズ（Peter Jones）

1981年
- ◇長編
  - ジーン・ウルフ（Gene Wolfe）「拷問者の影―新しい太陽の書1」"The Shadow of the Torturer"
- ◇短編
  - ロバート・ホールドストック（Robert Holdstock）「ミサゴの森」"Mythago Wood"（F&SF）
- ◇メディア
  - 「バンデットQ」"Time Bandits"
- ◇アーティスト
  - ブルース・ペニントン（Bruce Pennington）

1982年
- ◇長編
  - ブライアン・W.オールディス（Brian W. Aldiss）"Helliconia Spring"
- ◇短編
  - キース・ロバーツ（Keith Roberts）「カイト・マスター」（「SFの本」4号 1983年11月）"Kitemaster"（Interzone）
- ◇メディア
  - 「ブレードランナー」"Blade Runner"
- ◇アーティスト
  - ティム・ホワイト（Tim White）

1983年
- ◇長編
  - ジョン・スラデック（John Sladek）"Tik-Tok"
- ◇短編
  - マルコム・エドワーズ（Malcolm Edwards）"After-Images"（Interzone）
- ◇メディア
  - 「アンドロイド」"Android"
- ◇アーティスト
  - ブルース・ペニントン（Bruce Pennington）

1984年
- ◇長編
  - ロバート・ホールドストック（Robert Holdstock）「ミサゴの森」"Mythago Wood"
- ◇短編
  - ジェフ・ライマン（Geoff Ryman）「征たれざる国」（『20世紀SF 5 1980年代 冬のマーケット』収録）"The Unconquered Country"（Interzone）

SF・ファンタジー　　　034 英国SF協会賞

- ◇メディア
  「狼の血族」"The Company of Wolves"
- ◇アーティスト
  ジム・バーンズ（Jim Burns）

1985年
- ◇長編
  ブライアン・W.オールディス（Brian W. Aldiss）"Helliconia Winter"
- ◇短編
  デヴィッド・ラングフォード（David Langford）"Cube Root"（Interzone）
- ◇メディア
  「未来世紀ブラジル」"Brazil"
- ◇アーティスト
  ジム・バーンズ（Jim Burns）

1986年
- ◇長編
  ボブ・ショウ（Bob Shaw）"The Ragged Astronauts"
- ◇短編
  キース・ロバーツ（Keith Roberts）"Kaeti and the Hangman"（in collection Kaeti & Company）
- ◇メディア
  「エイリアン2」"Aliens"
- ◇アーティスト
  キース・ロバーツ（Keith Roberts）

1987年
- ◇長編
  キース・ロバーツ（Keith Roberts）"Grainne"
- ◇短編
  ジェフ・ライマン（Geoff Ryman）"Love Sickness"（Interzone）
- ◇メディア
  "Star Cops"
- ◇アーティスト
  ジム・バーンズ（Jim Burns）

1988年
- ◇長編
  ロバート・ホールドストック（Robert Holdstock）"Lavondyss"
- ◇短編
  ボブ・ショウ（Bob Shaw）"Dark Night in Toyland"（Interzone）
- ◇メディア
  「ロジャー・ラビット」"Who Framed Roger Rabbit"
- ◇アーティスト
  アラン・リー（Alan Lee）

1989年
- ◇長編
  テリー・プラチェット（Terry Pratchett）「ピラミッド」"Pyramids"
- ◇短編
  リサ・タトル（Lisa Tuttle）"In Translation"（Zenith）
- ◇メディア
  「宇宙船レッド・ドワーフ号」"Red Dwarf"
- ◇アーティスト
  ジム・バーンズ（Jim Burns）

1990年
- ◇長編
  コリン・グリーンランド（Colin Greenland）"Take Back Plenty"
- ◇短編
  キム・ニューマン（Kim Newman）"The Original Doctor Shade"（Interzone）
- ◇メディア
  「ツイン・ピークス」"Twin Peaks"
- ◇アーティスト
  イアン・ミラー（Ian Miller）

1991年
- ◇長編
  ダン・シモンズ（Dan Simmons）「ハイペリオンの没落」"The Fall of Hyperion"
- ◇短編
  モリイ・ブラウン（Molly Brown）「愛は時を超えて」（「S-Fマガジン」1995年4月号）"Bad Timing"（Interzone）
- ◇メディア
  「ターミネーター2」"Terminator 2: Judgment Day"
- ◇アートワーク
  マーク・ハリソン（Mark Harrison）

1992年
- ◇長編
  キム・スタンリー・ロビンスン（Kim Stanley Robinson）「レッド・マーズ」

海外文学賞事典　249

　　　　"Red Mars"
　◇短編
　　イアン・マクドナルド (Ian McDonald)
　　「イノセント」(「S-Fマガジン」2001年3月
　　号)　"Innocent" (New Worlds 2)
　◇アートワーク
　　ジム・バーンズ (Jim Burns)
1993年
　◇長編
　　クリストファー・エヴァンス (Christopher Evans) "Aztec Century"
　◇短編
　　ロバート・ホールドストック (Robert Holdstock), ギャリー・キルワース (Garry Kilworth) "The Ragthorn" (Interzone)
　◇アートワーク
　　ジム・バーンズ (Jim Burns)
　◇特別賞
　　ジョン・クルート (John Clute), ピーター・ニコルズ (Peter Nicholls) 〔共編〕"The Encyclopedia of Science Fiction"
1994年
　◇長編
　　イアン・バンクス (Iain M.Banks)「フィアサム・エンジン」"Feersum Endjinn"
　◇短編
　　ポール・ディ・フィリポ (Paul di Filippo) "The Double Felix" (Interzone)
　◇アートワーク
　　ジム・バーンズ (Jim Burns)
1995年
　◇長編
　　スティーヴン・バクスター (Stephen Baxter)「タイム・シップ」"The Time Ships"
　◇短編
　　ブライアン・ステイブルフォード (Brian Stableford) "The Hunger and Ecstasy of Vampires" (shorter version, Interzone 91/92)
　◇アートワーク
　　ジム・バーンズ (Jim Burns) "Seasons of Plenty"の表紙
1996年
　◇長編

　　イアン・バンクス (Iain M.Banks) "Excession"
　◇短編
　　バリントン・J.ベイリー (Barrington J. Bayley)「蟹は試してみなきゃいけない」(「S-Fマガジン」2009年5月号) "A Crab Must Try" (Interzone 103)
　◇アートワーク
　　ジム・バーンズ (Jim Burns) "Ancient Shores"の表紙
1997年
　◇長編
　　メアリ・ドリア・ラッセル (Mary Doria Russell) "The Sparrow"
　◇短編
　　スティーヴン・バクスター (Stephen Baxter)「軍用機」(「S-Fマガジン」1999年1月号) "War Birds" (Interzone 126)
　◇アートワーク
　　SMS "The Black Blood of the Dead" (カバー, Interzone 116)
1998年
　◇長編
　　クリストファー・プリースト (Christopher Priest) "The Extremes"
　◇短編
　　グウィネス・ジョーンズ (Gwyneth Jones) "La Cenerentola" (Interzone 136)
　◇アートワーク
　　ジム・バーンズ (Jim Burns) "Lord Prestimion" (カバー, Interzone 138)
1999年
　◇長編
　　ケン・マクラウド (Ken MacLeod) "The Sky Road"
　◇短編
　　エリック・ブラウン (Eric Brown) "Hunting the Slarque" (Interzone 141)
　◇アートワーク
　　ジム・バーンズ (Jim Burns) "Darwinia" (ロバート・チャールズ・ウィルソン著) の表紙
2000年
　◇長編
　　メアリ・ジェントル (Mary Gentle) "Ash: A Secret History"

◇短編
　ピーター・F.ハミルトン（Peter F. Hamilton）"The Suspect Genome"（Interzone 156）
◇アートワーク
　ドミニク・ハーマン（Dominic Harman）"Hideaway"（カバー,Interzone 157）

2001年
◇長編
　アレステア・レナルズ（Alastair Reynolds）「カズムシティ」"Chasm City"
◇短編
　エリック・ブラウン（Eric Brown）"Children of Winter"（Interzone 163）
◇アートワーク
　コリン・オデール（Colin Odell）"Omegatropic"の表紙
◇ノンフィクション
　スティーヴン・バクスター（Stephen Baxter）"Omegatropic"

2002年
◇長編
　クリストファー・プリースト（Christopher Priest）「双生児」"The Separation"
◇短編
　ニール・ゲイマン（Neil Gaiman）「コララインとボタンの魔女」"Coraline"
◇アートワーク
　ドミニク・ハーマン（Dominic Harman）"Interzone"179号の表紙
◇関連書
　デヴィッド・ラングフォード（David Langford）"Introduction to Maps: The Uncollected John Sladek"

2003年
◇長編
　ジョン・コートネイ・グリムウッド（Jon Courtenay Grimwood）"Felaheen"
◇短編
　ニール・ゲイマン（Neil Gaiman）〔著〕，デイブ・マッキーン（Dave McKean）〔絵〕"The Wolves in the Walls"
◇アートワーク
　コリン・オデール（Colin Odell）"The True Knowledge of Ken MacLeod"の表紙
◇ノンフィクション
　Farah Mendlesohn "Reading Science Fiction"

2004年
◇長編
　イアン・マクドナルド（Ian McDonald）"River of Gods"
◇短編
　スティーヴン・バクスター（Stephen Baxter）"Mayflower Ⅱ"
◇アートワーク
　ステファン・マルティニエア（Stephan Martinière）"Newton's Wake"（US Edition）の表紙

2005年
◇長編
　ジェフ・ライマン（Geoff Ryman）「エア」"Air"
◇短編
　ケリー・リンク（Kelly Link）「マジック・フォー・ビギナーズ」（『マジック・フォー・ビギナーズ』収録）"Magic for Beginners"
◇アートワーク
　パウエル・レヴァンドフスキ（Pawel Lewandowski）"Interzone"200号の表紙
◇ノンフィクション
　ギャリー・K.ウルフ（Gary K.Wolfe）"Soundings: Reviews 1992-1996"

2006年
◇長編
　ジョン・コートネイ・グリムウッド（Jon Courtenay Grimwood）"End of the World Blues"
◇短編
　イアン・マクドナルド（Ian McDonald）「ジンの花嫁」（『S-Fマガジン』2007年8月号掲載／『サイバラバード・デイズ』収録）"The Djinn's Wife"
◇アートワーク
　クリストファー・"ファンゴルン"・ベーカー（Christopher "Fangorn" Baker）"Time Pieces Angelbot"の表紙

2007年
◇長編
　イアン・マクドナルド（Ian McDonald）"Brasyl"

- ◇短編
  - ケン・マクラウド（Ken MacLeod）"Lighting Out"
- ◇アートワーク
  - アンディー・ビッグウッド（Andy Bigwood）"Cracked World"（カバー、disLocations）

2008年
- ◇長編
  - ケン・マクラウド（Ken MacLeod）"The Night Sessions"
- ◇短編
  - テッド・チャン（Ted Chiang）「息吹」"Exhalation"
- ◇アートワーク
  - アンディー・ビッグウッド（Andy Bigwood）"Subterfuge"の表紙
- ◇ノンフィクション
  - Farah Mendlesohn "Rhetorics of Fantasy"

2009年
- ◇長編
  - チャイナ・ミエヴィル（China Miéville）「都市と都市」"The City & the City"
- ◇短編
  - イアン・ワトスン（Ian Watson）、ロベルト・クアリア（Roberto Quaglia）「彼らの生涯の最愛の時」（『時間SF傑作選 ここがウィネトカなら、きみはジュディ』収録）"The Beloved Time of Their Lives"
- ◇アートワーク
  - ステファン・マルティニエア（Stephan Martinière）"Desolation Road"の表紙
- ◇ノンフィクション
  - ニック・ロウ（Nick Lowe）"Mutant Popcorn"

2010年
- ◇長編
  - イアン・マクドナルド（Ian McDonald）「旋舞の千年都市」"The Dervish House"
- ◇短編
  - アリエット・ドボダール（Aliette de Bodard）"The Ship Maker"
- ◇アートワーク
  - Joey Hi-Fi "Zoo City"の表紙
- ◇ノンフィクション
  - パウル・キンケイド（Paul Kincaid）"Blogging the Hugos: Decline"

2011年
- ◇長編
  - クリストファー・プリースト（Christopher Priest）「夢幻諸島から」"The Islanders"（Gollancz）
- ◇短編
  - ポール・コーネル（Paul Cornell）"The Copenhagen Interpretation"（Asimov's, July）
- ◇ノンフィクション
  - ジョン・クルート（John Clute）、ピーター・ニコルズ（Peter Nicholls）、デヴィッド・ラングフォード（David Langford）、グラハム・スレイト（Graham Sleight）"The SF Encyclopedia" 3rd Edition（Gollancz website）
- ◇アートワーク
  - ドミニク・ハーマン（Dominic Harman）"The Noise Revealed"の表紙（Ian Whates著 Solaris発行）
- ◇特別表彰
  - —This British Library's Out of This World exhibition

2012年
- ◇長編
  - アダム・ロバーツ（Adam Roberts）"Jack Glass"（Gollancz）
- ◇短編
  - イアン・サール（Ian Sales）"Adrift on the Sea of Rains"
- ◇ノンフィクション
  - "The World SF Blog"（Chief Editor Lavie Tidhar）〈Whippleshield Books〉
- ◇アートワーク
  - Blacksheep "Jack Glass"の表紙（Adam Roberts著 Gollancz発行）

2013年
- ◇長編
  - ガレス・L.パウェル（Gareth L.Powell）「ガンメタル・ゴースト」"Ack-Ack Macaque"
  - アン・レッキー（Ann Leckie）「叛逆航路」"Ancillary Justice"
- ◇短編

SF・ファンタジー

Nina Allan "Spin"
◇ノンフィクション
　ジェフ・ヴァンダミア（Jeff VanderMeer）"Wonderbook: The Illustrated Guide to Creating Imaginative Fiction"
◇アートワーク
　Joey Hi-Fi "Dream London"の表紙（Tony Ballantyne著）
2014年
◇長編
　アン・レッキー（Ann Leckie）"Ancillary Sword"〈Orbit〉
◇短編
　ルース・E.J.ブース（Ruth E.J.Booth）"The Honey Trap"（La Femme）〈Newcon Press〉
◇ノンフィクション
　エドワード・ジェームス（Edward James）"Science Fiction and Fantasy Writers and the First World War"
◇アートワーク
　テッサ・ファーマー（Tessa Farmer）―イアン・バンクス著"The Wasp Factory"にインスパイアされたインスタレーション

035 英国幻想文学賞　British Fantasy Awards

　英国ファンタジー協会により開催されているファンタジージャンルの文学賞。1972年、アメリカの作家で編集者のオーガスト・ダーレス（1909-71）の名を冠した「オーガスト・ダーレス・ファンタジー賞」（August Derleth Fantasy Awards）として、年間最優秀小説に対し授賞を開始。1976年に現在の賞名に変更、部門も増加した。1972年～2011年までは、長編小説部門をオーガスト・ダーレス・ファンタジー賞として授賞していたが、2012年より同部門はファンタジーとホラーに分けられ、ファンタジー小説部門をロバート・ホールドストック賞（Robert Holdstock Award）、ホラー小説部門をオーガスト・ダーレス賞（August Derleth Award）として授賞を行っている。2009年、カール・エドワード・ワグナー賞（特別賞）を宮崎駿が受賞した。

【主催者】英国ファンタジー協会（BFS：British Fantasy Society）
【選考委員】選考委員は、作家・出版・書籍販売業の分野に関係する個人により構成する。委員のうち少なくとも1名はBFS非協会員とする
【選考方法】暫定的なショートリストが、BFS（英国ファンタジー協会）会員、前回のファンタジーコン（イギリスのファンタジー大会）参加者、次回のファンタジーコン参加登録者による投票で作成される（上位4作品または4名）。選考委員は、各ショートリストに対し、リストから抜け落ちてはいけないと考えるものを最高2つまで加えることができる。最終的な受賞者は委員による審議の結果決定する。特別賞（カール・エドワード・ワグナー賞）は、BFS会員から推薦を募集し、BFS委員会により決定する。新人部門（シドニー J.バウンズ賞）も、BFS会員から推薦を募集、特別な読者委員会により決定する
【選考基準】〔対象〕該当年の1月～12月に発表された作品。ファンタジー小説・ホラー小説・中編小説・短編小説部門：英語で書かれたフィクション作品。該当年に媒体、国を問わず初めて発表された作品。ファンタジー小説・ホラー小説は4万語以上、中編小説は1.5万～4万語、短編小説は1.5万語以下とする。アンソロジー部門：複数の作家による作品集で、該当年に国を問わず初めて発表された英語作品。「BFSアンソロジー（BFS anthologies）」は対象外とする。短編集部門：1人の作家による作品集で、該当年に国を問わず初めて発表された英語作品。映画・テレビ番組部門：該当年にイギリスで視聴可能であった英語作品。雑誌/定期刊行物部門：該当年に発行されたノンフィクションまたはフィクションの雑誌（印刷物/オンライン）。BFSの出版物を除く。コミック/グラフィックノベル部門：コミックまたはコミック・コレクションで、該当年に国を問わず初めて発表された英語作品。小規模出版社部門：該当年に

活動していた独立系出版社。アーティスト部門：該当年に作品を発表したアーティストで、対象ジャンルに関連していれば作品の形式は問わない。ノンフィクション部門：該当年に媒体、国を問わず発表されたノンフィクション著作物。ノンフィクション書籍、小冊子、雑誌またはオンラインのコラムまたは単刊の雑誌またはオンライン記事。特別賞（カール・エドワード・ワグナー賞）：個人もしくは団体。該当年に限らず、生涯にわたってジャンルや協会への貢献をした者に贈られる。また、該当年に行われた特別なイベントの主催者や、出版物に贈られる場合もある。新人部門（シドニー・J.バウンズ賞）：新人の小説家

【締切・発表】ノミネート作品の推薦：1月〜3月、選考委員による審議：4月〜7月、ショートリストの発表：4月、受賞者の発表：例年9月、授賞：ファンタジーコンにて授賞式

【賞・賞金】小像が贈られる。新人部門（シドニー・J.バウンズ賞）受賞者には、100ポンドの小切手を授与

【URL】http://www.britishfantasysociety.org/

1972年
◇小説
　マイケル・ムアコック（Michael Moorcock）「剣の騎士」"The Knight of the Swords"

1973年
◇長編小説（オーガスト・ダーレス・ファンタジー賞）
　マイケル・ムアコック（Michael Moorcock）「剣の王」"The King of the Swords"
◇短編小説
　L.スプレイグ・ディ・キャンプ（L.Sprague de Camp）「悪魔の国からこっちに丁稚」"The Fallible Fiend"
◇映画
　「ハリウッド・ナイトメア」"Tales from the Crypt"
◇コミック
　"Conan"
◇特別賞
　ロバート・E.ハワード（Robert E.Howard）"Marchers of Valhalla"

1974年
◇長編小説（オーガスト・ダーレス・ファンタジー賞）
　ポール・アンダースン（Poul Anderson）"Hrolf Kraki's Saga"
◇短編小説
　マイケル・ムアコック（Michael Moorcock）「翡翠男の眼」（『不死鳥の剣─剣と魔法の物語傑作選』収録）"The Jade Man's Eyes"
◇映画
　「ヘルハウス」"Legend of Hell House"
◇コミック
　"Conan"

1975年
◇長編小説（オーガスト・ダーレス・ファンタジー賞）
　マイケル・ムアコック（Michael Moorcock）「雄馬と剣」"The Sword and the Stallion"
◇短編小説
　カール・エドワード・ワグナー（Karl Edward Wagner）"Sticks"
◇映画
　「エクソシスト」"The Exorcist"
◇コミック
　"Savage Sword of Conan"

1976年
◇長編小説（オーガスト・ダーレス・ファンタジー賞）
　マイケル・ムアコック（Michael Moorcock）"The Hollow Lands"
◇短編小説
　フリッツ・ライバー（Fritz Leiber）"The Second Book of Fritz Leiber"
◇映画
　「モンティ・パイソン・アンド・ホーリー・グレイル」"Monty Python and the Holy Grail"
◇コミック
　"Savage Sword of Conan"

1977年
◇長編小説（オーガスト・ダーレス・ファンタジー賞）
　ゴードン・R.ディクスン（Gordon R. Dickson）「ドラゴンになった青年」 "The Dragon and The George"
◇短編小説
　カール・エドワード・ワグナー（Karl Edward Wagner）"Two Suns Setting"
◇小規模出版社
　ジョン・マーティン（John Martin）〔編〕"Anduril"
◇アーティスト
　マイケル・カルータ（Michael Kaluta）"The Sacrifice"
◇映画
　「オーメン」"The Omen"
◇コミック
　「ハワード・ザ・ダック3」"Howard the Duck 3"

1978年
◇長編小説（オーガスト・ダーレス・ファンタジー賞）
　ピアズ・アンソニイ（Piers Antony）「カメレオンの呪文」"A Spell for Chameleon"
◇短編小説
　ラムジー・キャンベル（Ramsey Campbell）"In the Bag"
◇小規模出版社
　スティーヴン・ジョーンズ（Stephen Jones），デイヴィッド・サットン（David Sutton）〔共編〕"Fantasy Tales 1"
◇アーティスト
　スティーヴ・ファビアン（Steve Fabian）
◇映画
　「キャリー」"Carrie"
◇コミック
　"Marvel Premiere 38: Weirdworld"

1979年
◇長編小説（オーガスト・ダーレス・ファンタジー賞）
　ステファン・R.ドナルドソン（Stephen R. Donaldson）"The Chronicles of Thomas Covenant the Unbeliever"
◇短編小説
　ハーラン・エリスン（Harlan Ellison）「ジェフティは五つ」（「S-Fマガジン」1979年10月号）"Jeffty Is Five"
◇小規模出版社
　スティーヴン・ジョーンズ（S.Jones），デイヴィッド・サットン（D.Sutton）〔共編〕"Fantasy Tales 2"
◇アーティスト
　ボリス・ヴァレホ（Boris Vallejo）"The Amazon Princess and her Pet"
◇映画
　「未知との遭遇」"Close Encounters of the Third Kind"
◇コミック
　ロイ・トーマス（R.Thomas），フランク・ブラナー（F.Brunner）"The Scarlet Citadel"

1980年
◇長編小説（オーガスト・ダーレス・ファンタジー賞）
　タニス・リー（Tanith Lee）「死の王」"Death's Master"
◇短編小説
　フリッツ・ライバー（Fritz Leiber）"The Button Molder"
◇小規模出版社
　スティーヴン・ジョーンズ（S.Jones），デイヴィッド・サットン（D.Sutton）〔共編〕"Fantasy Tales 3"
◇アーティスト
　ステファン・ファビアン（Stephen Fabian）
◇映画
　「エイリアン」"Alien"
◇コミック
　"Heavy Metal"

1981年
◇長編小説（オーガスト・ダーレス・ファンタジー賞）
　ラムジー・キャンベル（Ramsey Campbell）"To Wake The Dead"
◇短編小説
　ロバート・エイクマン（Robert Aickman）"The Stains"
◇小規模出版社
　デーヴ・マクフェラン（Dave McFerran），スティーヴン・ジョーンズ（Stephen Jones），デイヴィッド・サットン（David

Sutton) "Airgedlamh"
◇アーティスト
デーヴ・カーソン (Dave Carson)
◇映画
「スター・ウォーズ エピソード5/帝国の逆襲」 "The Empire Strikes Back"
◇特別賞
スティーヴン・キング (Stephen King)

1982年
◇長編小説 (オーガスト・ダーレス・ファンタジー賞)
スティーヴン・キング (Stephen King) 「クージョ」 "Cujo"
◇短編小説
デニス・エチスン (Dennis Etchison) "The Dark Country"
◇小規模出版社
スティーヴン・ジョーンズ (S.Jones), デイヴィッド・サットン (D.Sutton) 〔共編〕 "Fantasy Tales"
◇アーティスト
デーヴ・カーソン (Dave Carson)
◇映画
「レイダース/失われたアーク《聖櫃》」 "Raiders of the Lost Ark"

1983年
◇長編小説 (オーガスト・ダーレス・ファンタジー賞)
ジーン・ウルフ (Gene Wolfe) 「警士の剣―新しい太陽の書3」 "The Sword of the Lictor"
◇短編小説
スティーヴン・キング (Stephen King) 「マンハッタンの奇譚クラブ」 (『恐怖の四季 秋冬編―スタンド・バイ・ミー』収録) "The Breathing Method"
◇小規模出版社
スティーヴン・ジョーンズ (S.Jones), デイヴィッド・サットン (D.Sutton) 〔共編〕 "Fantasy Tales"
◇アーティスト
デーヴ・カーソン (Dave Carson)
◇映画
「ブレードランナー」 "Blade Runner"
◇特別賞
カール・エドワード・ワグナー (Karl Edward Wagner)

1984年
◇長編小説 (オーガスト・ダーレス・ファンタジー賞)
ピーター・ストラウブ (Peter Straub) "Floating Dragon"
◇短編小説
カール・エドワード・ワグナー (Karl Edward Wagner) "Neither Brute Nor Human"
◇小規模出版社
Ro Pardoe "Ghosts & Scholars"
◇アーティスト
ロウィーナ・モリル (Rowena Morrill)
◇映画
「ビデオドローム」 "Videodrome"

1985年
◇長編小説 (オーガスト・ダーレス・ファンタジー賞)
ラムジー・キャンベル (Ramsey Campbell) "Incarnate"
◇短編小説
クライヴ・バーカー (Clive Barker) 「丘に、町が」 (『ミッドナイト・ミートトレイン』収録) "In the Hills the Cities"
◇小規模出版社
スチュアート・デーヴィッド・シフ (Stuart David Schiff) 〔編〕 "Whispers"
◇アーティスト
ステファン・ファビアン (Stephen Fabian)
◇映画
「ゴーストバスターズ」 "Ghostbusters"
◇特別賞
マンリー・ウェイド・ウェルマン (Manly Wade Wellman)

1986年
◇長編小説 (オーガスト・ダーレス・ファンタジー賞)
T.E.D.クライン (T.E.D.Klein) 「復活の儀式」 "The Ceremonies"
◇短編小説
クライヴ・バーカー (Clive Barker) 「禁じられた場所」 (『マドンナ 血の本5』収録) "The Forbidden"
◇小規模出版社
スティーヴン・ジョーンズ (S.Jones), デ

イヴィッド・サットン（D.Sutton）〔共編〕"Fantasy Tales"
◇アーティスト
　J.K.ポッター（J.K.Potter）
◇映画
　「エルム街の悪夢」"Nightmare on Elm Street"
◇特別賞
　レスリー・フラッド（Leslie Flood）

1987年
◇長編小説（オーガスト・ダーレス・ファンタジー賞）
　スティーヴン・キング（Stephen King）「IT」"It"
◇短編小説
　デニス・エチスン（Dennis Etchison）"The Olympic Runner"
◇小規模出版社
　スティーヴン・ジョーンズ（S.Jones），デイヴィッド・サットン（D.Sutton）〔共編〕"Fantasy Tales"
◇アーティスト
　J.K.ポッター（J.K.Potter）
◇映画
　「エイリアン2」"Aliens"
◇特別賞
　チャールズ・L.グラント（Charles L.Grant）

1988年
◇長編小説（オーガスト・ダーレス・ファンタジー賞）
　ラムジー・キャンベル（Ramsey Campbell）"The Hungry Moon"
◇短編小説
　スティーヴ・ラスニック・テム（Steve Rasnic Tem）"Leaks"
◇小規模出版社
　カール・フォード（Carl Ford）〔編〕"Dagon"
◇アーティスト
　J.K.ポッター（J.K.Potter）
◇映画
　「ヘル・レイザー」"Hellraiser"
◇イカロス賞
　カール・フォード（Carl Ford）

1989年
◇長編小説（オーガスト・ダーレス・ファンタジー賞）
　ラムジー・キャンベル（Ramsey Campbell）"The Influence"
◇短編小説
　ブライアン・ラムレイ（Brian Lumley）"Fruiting Bodies"
◇小規模出版社
　カール・フォード（Carl Ford）〔編〕"Dagon"
◇アーティスト
　デーヴ・カーソン（Dave Carson）
◇映画
　「ビートルジュース」"Beetlejuice"
◇イカロス賞
　ジョン・ギルバード（John Gilbert）
◇特別賞
　ロナルド・チェットウィンド＝ヘイズ（Ronald Chetwynd-Hayes）

1990年
◇長編小説（オーガスト・ダーレス・ファンタジー賞）
　ダン・シモンズ（Dan Simmons）「殺戮のチェスゲーム」"Carrion Comfort"
◇短編小説
　ジョー・R.ランズデール（Joe R.Lansdale）「キャデラック砂漠の奥地にて、死者たちと戯るの書」（『死霊たちの宴 下』収録）"On The Far Side Of The Desert With Dead Folk"
◇小規模出版社
　カール・フォード（Carl Ford）〔編〕"Dagon"
◇アーティスト
　デーヴ・カーソン（Dave Carson）
◇映画
　「インディ・ジョーンズ/最後の聖戦」"Indiana Jones and the Last Crusade"
◇新人
　ナンシー・コリンズ（Nancy Collins）
◇特別賞
　ピーター・コルボーン（Peter Coleborn）

1991年
◇長編小説（オーガスト・ダーレス・ファンタジー賞）

ラムジー・キャンベル（Ramsey Campbell）"Midnight Sun"
◇短編小説
マイケル・マーシャル・スミス（Michael Marshall Smith）「猫を描いた男」（『みんな行ってしまう』収録）"The Man Who Drew Cats"
◇短編小説集
スティーヴン・ジョーンズ（Stephen Jones），ラムジー・キャンベル（Ramsey Campbell）"Best New Horror"
◇小規模出版社
カール・フォード（Carl Ford）〔編〕"Dagon"
◇アーティスト
レス・エドワーズ（Les Edwards）
◇特別賞
ドロシー・ラムレイ（Dorothy Lumley）

1992年
◇長編小説（オーガスト・ダーレス・ファンタジー賞）
ジョナサン・キャロル（Jonathan Carroll）「犬博物館の外で」"Outside the Dog Museum"
◇短編小説
マイケル・マーシャル・スミス（Michael Marshall Smith）"The Dark Land"
◇短編小説集
ニコラス・ロイル（Nicholas Royle）"Darklands"
◇小規模出版社
デイヴィッド・ベル（David Bell），スチュアート・ヒューズ（Stuart Hughes）"Peeping Tom"
◇アーティスト
ジム・ピッツ（Jim Pitts）
◇新人
メラニー・テム（Melanie Tem）
◇特別賞
アンドリュー・ポーター（Andrew Porter）

1993年
◇長編小説（オーガスト・ダーレス・ファンタジー賞）
グレアム・ジョイス（Graham Joyce）"Dark Sister"
◇短編小説

ニコラス・ロイル（Nicholas Royle）"Night Shift Sister"
◇短編小説集
ニコラス・ロイル（Nicholas Royle）"Darklands 2"
◇小規模出版社
デイヴィッド・ベル（David Bell），スチュアート・ヒューズ（Stuart Hughes）"Peeping Tom"
◇アーティスト
ジム・ピッツ（Jim Pitts）
◇新人
コンラッド・ウィリアムズ（Conrad Williams）
◇特別賞
マイケル・ムアコック（Michael Moorcock）

1994年
◇長編小説（オーガスト・ダーレス・ファンタジー賞）
ラムジー・キャンベル（Ramsey Campbell）"The Long Lost"
◇短編小説
デニス・エチスン（Dennis Etchison）"The Dog Park"
◇短編小説集
デイヴィッド・サットン（David Sutton），スティーヴン・ジョーンズ（Stephen Jones）"Dark Voices 5"
◇小規模出版社
Pam Creais "Dementia 13"
◇アーティスト
レス・エドワーズ（Les Edwards）
◇新人
ポピー・Z.ブライト（Poppy Z.Brite）
◇特別賞
デイブ・サットン（Dave Sutton）

1995年
◇長編小説（オーガスト・ダーレス・ファンタジー賞）
マイケル・マーシャル・スミス（Michael Marshall Smith）「オンリー・フォワード」"Only Forward"
◇短編小説
ポール・J.マコーリイ（Paul J.McAuley）"The Temptation of Dr.Stein"
◇短編小説集

ジョエル・レーン（Joel Lane）"The Earthwire"
◇小規模出版社
ステファン・ジェミアノウィッツ（Stefan Dziemianowicz），S.T.ヨシ（S.T.Joshi），マイケル・モリソン（Michael Morrison）〔共編〕"Necrofile"
◇アーティスト
マーティン・マッケンナ（Martin McKenna）
◇新人
Maggie Furey
◇特別賞
ジョン・ジャロルド（John Jarrold）

1996年
◇長編小説（オーガスト・ダーレス・ファンタジー賞）
グレアム・ジョイス（Graham Joyce）「鎮魂歌」"Requiem"
◇短編小説
マイケル・マーシャル・スミス（Michael Marshall Smith）"More Tomorrow"
◇短編小説集
アンディ・コックス（Andy Cox）〔編〕"Last Rites and Resurrections: Stories from The Third Alternative"
◇小規模出版社
アンディ・コックス（Andy Cox）〔編〕"The Third Alternative"
◇アーティスト
ジョシュ・カービィ（Josh Kirby）
◇特別賞
マイク・オドリスコール（Mike O'Driscoll），スティーヴ・ロックリー（Steve Lockley）"Welcome to My Nightmare"

1997年
◇長編小説（オーガスト・ダーレス・ファンタジー賞）
グレアム・ジョイス（Graham Joyce）"The Tooth Fairy"
◇短編小説
マーティン・シンプソン（Martin Simpson）"Dancing About Architecture"
◇短編小説集
トーマス・リゴッテイ（Thomas Ligotti）"The Nightmare Factory"
◇小規模出版社
S.T.ヨシ（S.T.Joshi）"H.P. Lovecraft: A Life"
◇アーティスト
ジム・バーンズ（Jim Burns）
◇特別賞
ジョー・フレッチャー（Jo Fletcher）

1998年
◇長編小説（オーガスト・ダーレス・ファンタジー賞）
チャズ・ブレンチリー（Chaz Brenchley）"Tower of the King's Daughter"
◇短編小説
クリストファー・ファウラー（Christopher Fowler）"Wageslaves"
◇短編小説集
スティーヴン・ジョーンズ（Stephen Jones），デイヴィッド・サットン（David Sutton）"Dark Terrors 3: the Gollancz Book of Horror"
◇小規模出版社
デイヴィッド・プリングル（David Pringle）〔編〕"Interzone"
◇アーティスト
ジム・バーンズ（Jim Burns）
◇特別賞
D.F.ルイス（D.F.Lewis）

1999年
◇長編小説（オーガスト・ダーレス・ファンタジー賞）
スティーヴン・キング（Stephen King）「骨の袋」"Bag of Bones"
◇短編小説
スティーヴン・ロウズ（Stephen Laws）"The Song My Sister Sang"
◇短編小説集
ラムジー・キャンベル（Ramsey Campbell）"Ghosts and Grisly Things"
◇アンソロジー
スティーヴン・ジョーンズ（Stephen Jones），デイヴィッド・サットン（David Sutton）"Dark Terrors 4: the Gollancz Book of Horror"
◇小規模出版社
アンディ・コックス（Andy Cox）〔編〕"The Third Alternative"

◇アーティスト
　ボブ・コビントン（Bob Covington）
◇特別賞
　ダイアナ・ウィン・ジョーンズ（Diana Wynne Jones）

2000年
◇長編小説（オーガスト・ダーレス・ファンタジー賞）
　グレアム・ジョイス（Graham Joyce）"Indigo"
◇短編小説
　ティム・レボン（Tim Lebbon）"White"
◇短編小説集
　ピーター・クラウザー（Peter Crowther）"Lonesome Roads"
◇アンソロジー
　スティーヴン・ジョーンズ（Stephen Jones）"The Mammoth Book of Best New Horror 10"
◇小規模出版社
　Razorblade Press（創立者：ダレン・フロイド（Darren Floyd））
◇アーティスト
　レス・エドワーズ（Les Edwards）
◇特別賞
　アン・マキャフリイ（Anne McCaffrey）

2001年
◇長編小説（オーガスト・ダーレス・ファンタジー賞）
　チャイナ・ミエヴィル（China Miéville）「ペルディード・ストリート・ステーション」"Perdido Street Station"
◇短編小説
　ティム・レボン（Tim Lebbon）"Naming of Parts"
◇短編小説集
　キム・ニューマン（Kim Newman）"Where the Bodies Are Buried"
◇アンソロジー
　ブライアン・ウィリス（Brian Willis）"Hideous Progeny: a Frankenstein Anthology"
◇小規模出版社
　PS Publishing（創立者：ピーター・クラウザー（Peter Crowther））
◇アーティスト
　ジム・バーンズ（Jim Burns）
◇特別賞
　ピーター・ヘイニング（Peter Haining）

2002年
◇長編小説（オーガスト・ダーレス・ファンタジー賞）
　サイモン・クラーク（Simon Clark）"The Night of the Triffids"
◇短編小説
　サイモン・クラーク（Simon Clark）"Goblin City Lights"
◇短編小説集
　ポール・フィンチ（Paul Finch）"Aftershocks"
◇アンソロジー
　スティーヴン・ジョーンズ（Stephen Jones）"The Mammoth Book of Best New Horror 12"
◇小規模出版社
　PS Publishing（創立者：ピーター・クラウザー（Peter Crowther））
◇アーティスト
　ジム・バーンズ（Jim Burns）

2003年
◇長編小説（オーガスト・ダーレス・ファンタジー賞）
　チャイナ・ミエヴィル（China Miéville）"The Scar"
◇短編小説
　マーク・チャドボーン（Mark Chadbourn）「フェアリー・フェラーの神技」"The Fairy Feller's Master Stroke"
◇短編小説集
　ラムジー・キャンベル（Ramsey Campbell）"Ramsey Campbell, Probably: On Horror and Sundry Fantasies"
◇アンソロジー
　スティーヴン・ジョーンズ（Stephen Jones）"Keep Out the Night"
◇小規模出版社
　PS Publishing（創立者：ピーター・クラウザー（Peter Crowther））
◇アーティスト
　レス・エドワーズ（Les Edwards）
◇特別賞
　アラン・ガーナー（Alan Garner）

2004年
　◇長編小説（オーガスト・ダーレス・ファンタジー賞）
　　クリストファー・ファウラー（Christopher Fowler）"Full Dark House"
　◇短編小説
　　クリストファー・ファウラー（Christopher Fowler）"American Waitress"
　◇短編小説集
　　ラムジー・キャンベル（Ramsey Campbell）"Told By the Dead"
　◇アンソロジー
　　スティーヴン・ジョーンズ（Stephen Jones）"The Mammoth Book of Best New Horror 14"
　◇小規模出版社
　　PS Publishing（創立者：ピーター・クラウザー（Peter Crowther））
　◇アーティスト
　　レス・エドワーズ（Les Edwards）
　◇特別賞
　　ピーター・ジャクソン（Peter Jackson）――「ロード・オブ・ザ・リング」に対して

2005年
　◇長編小説（オーガスト・ダーレス・ファンタジー賞）
　　スティーヴン・キング（Stephen King）「暗黒の塔」"The Dark Tower Ⅶ：The Dark Tower"
　◇中編小説
　　クリストファー・ファウラー（Christopher Fowler）"Breathe"
　◇短編小説
　　Paul Meloy "Black Static"
　◇短編小説集
　　スティーヴン・ギャラガー（Stephen Gallagher）"Out of His Mind"
　◇アンソロジー
　　アンドリュー・フック（Andrew Hook）"The Alsiso Project"
　◇小規模出版社
　　Elastic Press（創立者：アンドリュー・フック（Andrew Hook））
　◇アーティスト
　　レス・エドワーズ（Les Edwards）
　◇特別賞
　　ナイジェール・ニール（Nigel Kneale）

2006年
　◇長編小説（オーガスト・ダーレス・ファンタジー賞）
　　ニール・ゲイマン（Neil Gaiman）「アナンシの血脈」"Anansi Boys"
　◇中編小説
　　スチュアート・ヤング（Stuart Young）"The Mask Behind the Face"
　◇短編小説
　　ジョー・ヒル（Joe Hill）「年間ホラー傑作選」"Best New Horror"
　◇短編小説集
　　ジョー・ヒル（Joe Hill）「20世紀の幽霊たち」"20th Century Ghosts"
　◇アンソロジー
　　アレン・アシュリー（Allen Ashley）"The Elastic Book of Numbers"
　◇小規模出版社
　　PS Publishing（創立者：ピーター・クラウザー（Peter Crowther））
　◇アーティスト
　　レス・エドワーズ（Les Edwards）
　◇特別賞
　　スティーヴン・ジョーンズ（Stephen Jones）

2007年
　◇長編小説（オーガスト・ダーレス・ファンタジー賞）
　　ティム・レボン（Tim Lebbon）"Dusk"
　◇中編小説
　　ポール・フィンチ（Paul Finch）"Kid"
　◇短編小説
　　マーク・チャドボーン（Mark Chadbourn）"Whisper Lane"
　◇短編小説集
　　ニール・ゲイマン（Neil Gaiman）「壊れやすいもの」"Fragile Things"
　◇アンソロジー
　　ゲーリー・カズンズ（Gary Couzens）"Extended Play：The Elastic Book of Music"
　◇小規模出版社
　　PS Publishing（創立者：ピーター・クラウザー（Peter Crowther））
　◇アーティスト
　　ヴィンセント・チョン（Vincent Chong）

◇新人
　ジョー・ヒル（Joe Hill）
◇特別賞
　エレン・ダトロウ（Ellen Datlow）
2008年
◇長編小説（オーガスト・ダーレス・ファンタジー賞）
　ラムジー・キャンベル（Ramsey Campbell）"The Grin of the Dark"〈PS Publishing〉
◇中編小説
　コンラッド・ウィリアムズ（Conrad Williams）"The Scalding Rooms"〈PS Publishing〉
◇短編小説
　ジョエル・レーン（Joel Lane）"My Stone Desire"（Black Static #1）〈TTA Press〉
◇アンソロジー
　スティーヴン・ジョーンズ（Stephen Jones）"The Mammoth Book of Best New Horror 18"〈Robinson〉
◇短編小説集
　クリストファー・ファウラー（Christopher Fowler）"Old Devil Moon"〈Serpents Tail〉
◇新人
　スコット・リンチ（Scott Lynch）
◇特別賞
　レイ・ハリーハウゼン（Ray Harryhausen）
◇ノンフィクション
　ピーター・テナント（Peter Tennant）〔編〕"Whispers of Wickedness Reviews"（website）
◇アーティスト
　ヴィンセント・チョン（Vincent Chong）
◇小規模出版社
　PS Publishing（創立者：ピーター・クラウザー（Peter Crowther））
2009年
◇長編小説（オーガスト・ダーレス・ファンタジー賞）
　ウィリアム・ヒーニー（別名：グレアム・ジョイス）（William Heaney (Graham Joyce)）"Memoirs of a Master Forger"〈Gollancz〉
◇中編小説
　ティム・レボン（Tim Lebbon）"The Reach of Children"〈Humdrumming〉
◇短編小説
　Sarah Pinborough "Do You See"（Ian Whates編 "Myth-Understandings"収録）〈Newcon Press〉
◇短編小説集
　アリソン・バード（Allyson Bird）"Bull Running for Girls"〈Screaming Dreams〉
◇アンソロジー
　スティーヴン・ジョーンズ（Stephen Jones）〔編〕"The Mammoth Book of Best New Horror 19"〈Constable & Robinson〉
◇PS Publishing 最優秀小規模出版賞
　Elastic Press（創立者：アンドリュー・フック（Andrew Hook））
◇ノンフィクション
　ベイジル・コッパー（Basil Copper），スティーヴン・ジョーンズ（Stephen Jones）〔編〕"Basil Copper: A Life in Books"〈PS Publishing〉
◇雑誌/定期刊行物
　ピーター・クラウザー（Peter Crowther），ニック・ジュベール（Nick Gevers）〔共編〕"Postscripts"〈PS Publishing〉
◇アーティスト
　ヴィンセント・チョン（Vincent Chong）
◇コミック/グラフィックノベル
　ジョー・ヒル（Joe Hill），ガブリエル・ロドリゲス（Gabriel Rodriguez）「ロック＆キー」"Locke and Key"〈IDW Publishing〉
◇テレビ番組
　「ドクター・フー」"Doctor Who"（ラッセル・T.デイヴィス（Russell T. Davies）ヘッドライター）（BBC Wales）
◇映画
　クリストファー・ノーラン（Christopher Nolan）〔監督〕「ダークナイト」"The Dark Knight"〈Warner Brothers〉
◇シドニー・J.バウンズ賞（最優秀新人）
　Joseph D'Lacey "Meat"〈Bloody Books〉
◇カール・エドワード・ワグナー賞（特別賞）
　宮崎駿（Hayao Miyazaki）
2010年
◇長編小説（オーガスト・ダーレス・ファンタジー賞）

◇コンラッド・ウィリアムズ（Conrad Williams）"One"〈Virgin Horror〉
◇中編小説
　Sarah Pinborough "The Language of Dying"〈PS Publishing〉
◇短編小説
　マイケル・マーシャル・スミス（Michael Marshall Smith）"What Happens When You Wake Up In The Night"〈Nightjar〉
◇短編小説集
　ロバート・シェアマン（Robert Shearman）"Love Songs For The Shy And Cynical"〈Big Finish〉
◇アンソロジー
　スティーヴン・ジョーンズ（Stephen Jones）〔編〕"The Mammoth Book of Best New Horror 20"〈Constable & Robinson〉
◇PS Publishing 最優秀小規模出版賞
　Telos Publishing（創立者：デイヴィッド・ハウ&スティーヴン・ジェームス・ウォーカー（David Howe & Stephen James Walker）
◇ノンフィクション
　デヴィッド・ラングフォード（David Langford）"Ansible"
◇雑誌/定期刊行物
　テリー・マーティン（Terry Martin）〔編・発行〕"Murky Depths"
◇アーティスト
　ヴィンセント・チョン（Vincent Chong）——"The Witnesses Are Gone"〈PS Publishing〉と"The Mammoth Book of Best New Horror 20"〈Constable & Robinson〉の表紙を含む仕事に対して
◇コミック/グラフィックノベル
　ニール・ゲイマン（Neil Gaiman）、アンディ・キューバート（Andy Kubert）"Whatever Happened To The Caped Crusader？"〈DC Comics/Titan Books〉
◇テレビ番組
　「ドクター・フー」"Doctor Who"（ラッセル・T.デイヴィス（Russell T. Davies）ヘッドライター）（BBC Wales）
◇映画
　トーマス・アルフレッドソン（Tomas Alfredson）〔監督〕「ぼくのエリ 200歳の少女」"Let The Right One In"〈EFTI〉

◇シドニー・J.バウンズ賞（最優秀新人）
　Kari Sperring "Living With Ghosts"〈DAW〉
◇カール・エドワード・ワグナー賞（特別賞）
　ロバート・ホールドストック（Robert Holdstock）

2011年
◇長編小説（オーガスト・ダーレス・ファンタジー賞）
　受賞作なし
◇中編小説
　サイモン・クラーク（Simon Clark）"Humpty's Bones"〈Telos Publishing〉
◇短編小説
　サム・ストーン（Sam Stone）"Fool's Gold"（The Bitten Word）〈NewCon Press〉
◇短編小説集
　スティーヴン・キング（Stephen King）「1922」「ビッグ・ドライバー」"Full Dark, No Stars"〈Hodder & Stoughton〉
◇アンソロジー
　ジョニー・メインズ（Johnny Mains）〔編〕"Back from the Dead: The Legacy of the Pan Book of Horror Stories"〈Noose & Gibbet〉
◇小規模出版（PS Publishing 最優秀小規模出版賞）
　Telos Publishing（創立者：デイヴィッド・ハウ（David Howe）& スティーヴン・ジェームス・ウォーカー（Stephen James Walker））
◇ノンフィクション
　"Altered Visions: The Art of Vincent Chong"〈Telos Publishing〉
◇雑誌/定期刊行物
　アンディ・コックス（Andy Cox）〔編〕"Black Static"〈TTA Press〉
◇アーティスト
　ヴィンセント・チョン（Vincent Chong）
◇コミック/グラフィックノベル
　Ian Culbard "At the Mountains of Madness: a Graphic Novel"〈Selfmadehero〉
◇テレビ番組
　「シャーロック」"Sherlock"

◇映画
　クリストファー・ノーラン（Christopher Nolan）〔監督〕「インセプション」"Inception"
◇新人（シドニー・J.バウンズ賞）
　ロバート・ジャクソン・ベネット（Robert Jackson Bennett）"Mr.Shivers"〈Orbit〉
◇特別賞（カール・エドワード・ワグナー賞）
　テリー・プラチェット（Terry Pratchett）

2012年
◇ファンタジー小説（ロバート・ホールドストック賞）
　ジョー・ウォルトン（Jo Walton）「図書室の魔法」"Among Others"〈Tor Books〉
◇ホラー小説（オーガスト・ダーレス賞）
　アダム・ネヴィル（Adam Nevill）"The Ritual"〈Pan Books〉
◇中編小説
　ラヴィ・ティドハー（Lavie Tidhar）"Gorel and the Pot Bellied God"〈PS Publishing〉
◇短編小説
　アンジェラ・スラッター（Angela Slatter）"The Coffin-Maker's Daughter"（A Book of Horrors）〈Jo Fletcher Books〉
◇短編小説集
　ロバート・シェアマン（Robert Shearman）"Everyone's Just So So Special"〈Big Finish〉
◇アンソロジー
　ジェフ・ヴァンダミア（Jeff VanderMeer），アン・ヴァンダミア（Ann VanderMeer）〔共編〕"The Weird"〈Corvus Books〉
◇小規模出版（PS Publishing Independent Press賞）
　Chômu Press（Quentin S.Crisp and Leon Crisp）
◇ノンフィクション
　グラント・モリソン（Grant Morrison）"Supergods: Our World in the Age of the Super Hero"〈Jonathan Cape〉
◇雑誌／定期刊行物
　アンディ・コックス（Andy Cox）〔編〕"Black Static"〈TTA Press〉
◇アーティスト
　ダニエーレ・セッラ（Daniele Serra）
◇コミック／グラフィックノベル
　ジョー・ヒル（Joe Hill），ガブリエル・ロドリゲス（Gabriel Rodriguez）「ロック＆キー」"Locke and Key"〈IDW Publishing〉
◇映画脚本
　ウディ・アレン（Woody Allen）「ミッドナイト・イン・パリ」"Midnight in Paris"
◇新人（シドニー・J.バウンズ賞）
　Kameron Hurley "God's War"
◇特別賞（カール・エドワード・ワグナー賞）
　ピーター・クラウザー（Peter Crowther），ニッキ・クロウサー（Nicky Crowther）

2013年
◇ファンタジー小説（ロバート・ホールドストック賞）
　グレーアム・ジョイス（Graham Joyce）"Some Kind of Fairy Tale"〈Gollancz〉
◇ホラー小説（オーガスト・ダーレス賞）
　アダム・ネヴィル（Adam Nevill）"Last Days"〈Macmillan〉
◇中編小説
　ジョン・ルウェリン・プロバート（John Llewellyn Probert）"The Nine Deaths of Dr Valentine"〈Spectral Press〉
◇短編小説
　Ray Cluley "Shark！ Shark！"（Black Static #29）〈TTA Press〉
◇短編小説集
　ロバート・シェアマン（Robert Shearman）"Remember Why You Fear Me"〈ChiZine〉
◇アンソロジー
　ジョナサン・オリヴァー（Jonathan Oliver）〔編〕"Magic: an Anthology of the Esoteric and Arcane"〈Solaris〉
◇コミック／グラフィックノベル
　ブライアン・K.ヴォーン（Brian K. Vaughan）〔作〕，フィオナ・ステイプルズ（Fiona Staples）〔画〕「サーガ」"Saga"
◇雑誌／定期刊行物
　アンディ・コックス（Andy Cox）〔編〕"Interzone"
◇小規模出版社（PS Publishing Independent Press賞）

ChiZine Publications（Brett Alexander Savory and Sandra Kasturi〔協同発行者〕）
◇ノンフィクション
アン・C.ペリー（Anne C.Perry），ジャレッド・シュリン（Jared Shurin）〔共編〕"Pornokitsch"
◇映画脚本
ジョス・ウェドン（Joss Whedon），ドリュー・ゴダード（Drew Goddard）「キャビン」"The Cabin in the Woods"
◇アーティスト
Sean Phillips
◇新人（シドニー・J.バウンズ賞）
ヘレン・マーシャル（Helen Marshall）"Hair Side, Flesh Side"〈ChiZine Publications〉
◇特別賞（カール・エドワード・ワグナー賞）
イアン・バンクス（Iain Banks（Iain M. Banks））

2014年
◇ファンタジー小説（ロバート・ホールドストック賞）
ソフィア・サマタール（Sofia Samatar）"A Stranger in Olondria"〈Small Beer Press〉
◇ホラー小説（オーガスト・ダーレス賞）
ローレン・ビュークス（Lauren Beukes）「シャイニング・ガール」"The Shining Girls"〈HarperCollins〉
◇中編小説
Sarah Pinborough "Beauty"〈Gollancz〉
◇短編小説
キャロル・ジョンストン（Carole Johnstone）"Signs of the Times"（Black Static #33）
◇アンソロジー
ジョナサン・オリヴァー（Jonathan Oliver）〔編〕"End of the Road"〈Solaris〉
◇短編小説集
スティーヴン・ヴォーク（Stephen Volk）"Monsters in the Heart"〈Gray Friar Press〉
◇小規模出版社
The Alchemy Press（ピーター・コルボーン（Peter Coleborn））
◇コミック/グラフィックノベル
ベッキー・クルーナン（Becky Cloonan）"Demeter"
◇アーティスト
Joey Hi-Fi
◇ノンフィクション
ジャスティン・ランドン（Justin Landon），ジャレッド・シュリン（Jared Shurin）〔共編〕"Speculative Fiction 2012"〈Jurassic London〉
◇雑誌/定期刊行物
ニール・クラーク（Neil Clarke），Sean Wallace，ケイト・ベイカー（Kate Baker）〔共編〕"Clarkesworld"〈Wyrm Publishing〉
◇映画/テレビドラマシリーズ
デイヴィッド・ベニオフ（David Benioff）〔脚本〕，D.B.ワイス（D.B.Weiss）〔脚本〕「ゲーム・オブ・スローンズ」第3章 第9話「キャスタミアの雨」"Game of Thrones"—"The Rains of Castamere"〈HBO〉
◇新人（シドニー・J.バウンズ賞）
アン・レッキー（Ann Leckie）「叛逆航路」"Ancillary Justice"〈Orbit〉
◇特別賞（カール・エドワード・ワグナー賞）
Farah Mendlesohn

2015年
◇ファンタジー小説（ロバート・ホールドストック賞）
Frances Hardinge "Cuckoo Song"〈Macmillan Children's Books〉
◇ホラー小説（オーガスト・ダーレス賞）
アダム・ネヴィル（Adam Nevill）"No One Gets Out Alive"〈Macmillan〉
◇中編小説
スティーヴン・ヴォーク（Stephen Volk）"Newspaper Heart"（The Spectral Book of Horror Stories）
◇短編小説
Emma Newman "A Woman's Place"（Two Hundred and Twenty-One Baker Streets）
◇アンソロジー
Christie Yant〔編〕"Lightspeed: Women Destroy Science Fiction Special Issue"〈Lightspeed Magazine〉
◇短編小説集
Adrian Cole "Nick Nightmare

Investigates"〈The Alchemy Press and Airgedlámh Publications〉

◇小規模出版社
Fox Spirit Books（Adele Wearing）

◇コミック／グラフィックノベル
Emily Carroll "Through the Woods"〈Margaret K. McElderry Books〉

◇アーティスト
Karla Ortiz

◇ノンフィクション
S.T.ヨシ（S.T.Joshi）〔編〕 "Letters to Arkham: The Letters of Ramsey Campbell and August Derleth, 1961-1971"〈PS Publishing〉

◇雑誌／定期刊行物
Laurel Sills, Lucy Smee〔共編〕 "Holdfast Magazine"〈Laurel Sills and Lucy Smee〉

◇映画／テレビドラマシリーズ
ジェームズ・ガン（James Gunn）〔監督・脚本〕，ニコール・パールマン（Nicole Perlman）〔脚本〕「ガーディアンズ・オブ・ギャラクシー」"Guardians of the Galaxy"〈Marvel Studios〉

◇新人（シドニー・J.バウンズ賞）
サラ・ロッツ（Sarah Lotz）「黙示」"The Three"〈Hodder & Stoughton〉

◇特別賞（カール・エドワード・ワグナー賞）
ジュリエット・E.マッケナ（Juliet E. McKenna）

036　ジョン・W・キャンベル記念賞　John W. Campbell Memorial Award for the best science-fiction novel of the year

　1973年に開始した，英語で出版された年間最優秀SF小説に贈られる文学賞。カンザス大学（アメリカ・カンザス州ローレンス）のGunn Center for the Study of Science Fictionが主催する。主催者によれば，SFの3大年間賞のうちの1つであるとする。作家で批評家のハリー・ハリスン（Harry Harrison）とブライアン・W.オールディス（Brian W. Aldiss）がSF作家の奨励を目的とし創設。現代SFの父と呼ばれたSF雑誌編集者で作家でもあった，ジョン・W.キャンベル（John W. Campbell 1910-71）を称え，賞名にその名を冠した。第1回はイリノイ工科大学にて授賞式が行われたが，現在は毎年授賞の場を替え，カリフォルニア州立大学フラトン校，セント・ジョンズ・カレッジ（オックスフォード大学），世界SF作家会議inダブリン（2回），ストックホルムを経て，79年より，Campbell Conference Awards Banquetにて授賞を行っている。Campbell Conferenceは，カンザス大学にてGunn Center for the Study of Science Fictionが実施する，SFに関する創作・イラストレーション・出版・教育・批評について議論する場である。

【主催者】Gunn Center for the Study of Science Fiction
【選考委員】SFジャンルの作家,研究者,学者を含む選考委員会。（2016年）グレゴリイ・ベンフォード（Gregory Benford），Sheila Finch, Elizabeth Anne Hull, Paul Kincaid（2008年〜），Christopher McKitterick（2002年〜），パメラ・サージェント（Pamela Sargent 1997年〜），Lisa Yaszek（2016年〜）
【選考方法】選考委員およびSF出版社から推薦された作品を委員が選考し，最終候補リストを作成。委員による最終投票で決定する。第1位〜3位が発表される
【選考基準】〔対象〕該当年に出版された，英語によるSF長編小説
【締切・発表】例年5月に受賞者発表。Campbell Conference Awards Banquetにて授賞を行う
【賞・賞金】歴代の受賞者の名前が入ったトロフィーおよび2004年から贈られている個人トロフィー

【URL】http://www.sfcenter.ku.edu/campbell.htm

1973年
- ◇第1位
  - バリー・N.マルツバーグ（Barry N. Malzberg）「アポロの彼方」 "Beyond Apollo"
- ◇第2位
  - ジェイムズ・E.ガン（James E.Gunn）「宇宙生命接近計画」 "The Listeners"
- ◇第3位
  - クリストファー・プリースト（Christopher Priest） "Darkening Island"（イギリス初版時の原題：Fugue for a Darkening Plain）
- ◇特別賞（for excellence in writing）
  - ロバート・シルヴァーバーグ（Robert Silverberg）「内死」 "Dying Inside"

1974年
- ◇第1位（タイ）
  - アーサー・C.クラーク（Arthur C.Clarke）「宇宙のランデヴー」 "Rendezvous with Rama"
  - ロベール・メルル（Robert Merle）「マレヴィル」 "Malevil"
- ◇第2位（タイ）
  - イアン・ワトスン（Ian Watson）「エンベディング」 "The Embedding"
  - ピーター・ディキンスン（Peter Dickinson）「緑色遺伝子」 "The Green Gene"
- ◇ノンフィクション特別賞
  - カール・セーガン（Carl Sagan）「宇宙との連帯 異星人的文明論」 "The Cosmic Connection"

1975年
- ◇第1位
  - フィリップ・K.ディック（Philip K.Dick）「流れよ我が涙、と警官は言った」 "Flow My Tears, The Policeman Said"
- ◇第2位
  - アーシュラ・K.ル＝グウィン（Ursula K.Le Guin）「所有せざる人々」 "The Dispossessed"
- ◇第3位
  - 受賞作なし

1976年
- ◇第1位
  - ウィルスン・タッカー（Wilson Tucker）「静かな太陽の年」 "The Year of the Quiet Sun"（当該年に真に顕著な作品がなかったため、特別に遡及し1970年の作品に受賞）
- ◇第2位
  - ロバート・シルヴァーバーグ（Robert Silverberg）「確率人間」 "The Stochastic Man"
- ◇第3位
  - ボブ・ショウ（Bob Shaw） "Orbitsville"

1977年
- ◇第1位
  - キングズリー・エイミス（Kingsley Amis）「去勢」 "The Alteration"
- ◇第2位
  - フレデリック・ポール（Frederik Pohl）「マン・プラス」 "Man Plus"
- ◇第3位
  - ケイト・ウィルヘルム（Kate Wilhelm）「鳥の歌いまは絶え」 "Where Late the Sweet Birds Sang"

1978年
- ◇第1位
  - フレデリック・ポール（Frederik Pohl）「ゲイトウェイ」 "Gateway"
- ◇第2位
  - アルカジイ＆ボリス・ストルガツキー（Arkady & Boris Strugatsky）「ストーカー」 "Roadside Picnic"
- ◇第3位
  - フィリップ・K.ディック（Philip K.Dick）「暗闇のスキャナー」（別題「スキャナー・ダークリー」） "A Scanner Darkly"

1979年
- ◇第1位
  - マイケル・ムアコック（Michael Moorcock）「グローリアーナ」 "Gloriana"
- ◇第2位
  - ドナルド・ベンソン（Donald Benson） "And Having Writ..."
- ◇第3位

パディ・チャエフスキー (Paddy Chayefski) "Altered States"

1980年
 ◇第1位
　トマス・M.ディッシュ (Thomas M.Disch)「歌の翼に」"On Wings of Song"
 ◇第2位
　ジョン・クロウリー (John Crowley)「エンジン・サマー」"Engine Summer"
 ◇第3位
　J.G.バラード (J.G.Ballard)「夢幻会社」"The Unlimited Dream Company"

1981年
 ◇第1位
　グレゴリイ・ベンフォード (Gregory Benford)「タイムスケープ」"Timescape"
 ◇第2位
　ダミアン・ブロデリック (Damien Broderick) "The Dreaming Dragons"
 ◇第3位
　ジーン・ウルフ (Gene Wolfe)「拷問者の影—新しい太陽の書1」"The Shadow of the Torturer"

1982年
 ◇第1位
　ラッセル・ホーバン (Russell Hoban) "Riddley Walker"
 ◇第2位
　受賞作なし
 ◇第3位
　受賞作なし

1983年
 ◇第1位
　ブライアン・W.オールディス (Brian W. Aldiss) "Helliconia Spring"
 ◇第2位
　マイクル・ビショップ (Michael Bishop) "No Enemy But Time"
 ◇第3位
　受賞作なし

1984年
 ◇第1位
　ジーン・ウルフ (Gene Wolfe)「独裁者の城塞」"The Citadel of the Autarch"
 ◇第2位
　ジョン・バチェラー (John Batchelor) "The Birth of the People's Republic of the Antarctic"
 ◇第3位
　ジョン・スラデック (John Sladek) "Tik-Tok"

1985年
 ◇第1位
　フレデリック・ポール (Frederik Pohl) "The Years of the City"
 ◇第2位
　ルーシャス・シェパード (Lucius Shepherd)「緑の瞳」"Green Eyes"
 ◇第3位
　ウイリアム・ギブスン (William Gibson)「ニューロマンサー」"Neuromancer"

1986年
 ◇第1位
　デイヴィッド・ブリン (David Brin)「ポストマン」"The Postman"
 ◇第2位
　カート・ヴォネガット (Kurt Vonnegut)「ガラパゴスの箱舟」"Galapagos"
 ◇第3位 (タイ)
　キース・ロバーツ (Keith Roberts) "Kiteworld"
　グレッグ・ベア (Greg Bear)「ブラッド・ミュージック」"Blood Music"

1987年
 ◇第1位
　ジョーン・スロンチェフスキ (Joan Slonczewski) "A Door into Ocean"
 ◇第2位
　ジェイムズ・モロウ (James Morrow) "This Is the Way the World Ends"
 ◇第3位
　オースン・スコット・カード (Orson Scott Card)「死者の代弁者」"Speaker for the Dead"

1988年
 ◇第1位
　コニー・ウィリス (Connie Willis)「リンカーンの夢」"Lincoln's Dreams"
 ◇第2位
　ジョージ・ターナー (George Turner)

"The Sea and Summer"
◇第3位
ジェフ・ライマン（Geoff Ryman）「征たれざる国」（『20世紀SF 5 1980年代 冬のマーケット』収録）"The Unconquered Country"

1989年
◇第1位
ブルース・スターリング（Bruce Sterling）「ネットの中の島々」"Islands in the Net"
◇第2位
キム・スタンリー・ロビンスン（Kim Stanley Robinson）「ゴールド・コースト」"The Gold Coast"
◇第3位
アン・マキャフリイ（Anne McCaffrey）「竜の夜明け」"Dragonsdawn"

1990年
◇第1位
ジェフ・ライマン（Geoff Ryman）"The Child Garden"
◇第2位
K.W.ジーター（K.W.Jeter）「垂直世界の戦士」"Farewell Horizontal"
◇第3位
ジョン・ケッセル（John Kessel）「ミレニアム・ヘッドライン」"Good News from Outer Space"

1991年
◇第1位
キム・スタンリー・ロビンスン（Kim Stanley Robinson）"Pacific Edge"
◇第2位
グレッグ・ベア（Greg Bear）「女工天使」"Queen of Angels"
◇第3位
ジェイムズ・モロウ（James Morrow）"Only Begotten Daughter"

1992年
◇第1位
ブラッドリー・デントン（Bradley Denton）"Buddy Holly Is Alive and Well on Ganymede"
◇第2位
ウイリアム・ギブスン（William Gibson），ブルース・スターリング（Bruce Sterling）「ディファレンス・エンジン」"The Difference Engine"
◇第3位（タイ）
エリナー・アーナスン（Eleanor Arnason）"A Woman of the Iron People"
マイクル・スワンウィック（Michael Swanwick）「大潮の道」"Stations of the Tide"
チャールズ・プラット（Charles Platt）"The Silicon Man"

1993年
◇第1位
チャールズ・シェフィールド（Charles Sheffield）"Brother to Dragons"
◇第2位
シェリ・S.テッパー（Sheri S.Tepper）"Sideshow"
◇第3位
ヴァーナー・ヴィンジ（Vernor Vinge）「遠き神々の炎」"A Fire Upon the Deep"

1994年
◇第1位
受賞作なし
◇第2位
ナンシー・クレス（Nancy Kress）「ベガーズ・イン・スペイン」"Beggars in Spain"
◇第3位
グレッグ・ベア（Greg Bear）「火星転移」"Moving Mars"

1995年
◇第1位
グレッグ・イーガン（Greg Egan）「順列都市」"Permutation City"
◇第2位
マイクル・ビショップ（Michael Bishop）"Brittle Innings"
◇第3位
受賞作なし

1996年
◇第1位
スティーヴン・バクスター（Stephen Baxter）「タイム・シップ」"The Time Ships"
◇第2位

ニール・スティーヴンスン（Neal Stephenson）「ダイヤモンド・エイジ」 "The Diamond Age"
◇第3位
イアン・マクドナルド（Ian McDonald）"Chaga"

1997年
◇第1位
ポール・J.マコーリイ（Paul J.McAuley）「フェアリイ・ランド」 "Fairyland"
◇第2位
キム・スタンリー・ロビンスン（Kim Stanley Robinson）"Blue Mars"
◇第3位
メアリ・ドリア・ラッセル（Mary Doria Russell）"The Sparrow"

1998年
◇第1位
ジョー・ホールドマン（Joe Haldeman）「終わりなき平和」 "Forever Peace"
◇第2位
グレッグ・ベア（Greg Bear）「斜線都市」 "Slant"
◇第3位
ポール・プロイス（Paul Preuss）"Secret Passages"

1999年
◇第1位
ジョージ・ゼブロウスキー（George Zebrowski）"Brute Orbits"
◇第2位
ポール・アンダースン（Poul Anderson）"Starfarers"
◇第3位
ブルース・スターリング（Bruce Sterling）"Distraction"

2000年
◇第1位
ヴァーナー・ヴィンジ（Vernor Vinge）「最果ての銀河船団」 "A Deepness in the Sky"
◇第2位
グレッグ・ベア（Greg Bear）「ダーウィンの使者」 "Darwin's Radio"
◇第3位
ノーマン・スピンラッド（Norman Spinrad）"Greenhouse Summer"

2001年
◇第1位
ポール・アンダースン（Poul Anderson）"Genesis"

2002年
◇第1位（タイ）
ジャック・ウィリアムスン（Jack Williamson）"Terraforming Earth"
ロバート・チャールズ・ウィルスン（Robert Charles Wilson）「クロノリス―時の碑」 "The Chronoliths"
◇第2位
授賞なし（第1位がタイのため）
◇第3位
ナンシー・クレス（Nancy Kress）「プロバビリティ・サン」 "Probability Sun"

2003年
◇第1位
ナンシー・クレス（Nancy Kress）「プロバビリティ・スペース」 "Probability Space"
◇第2位
デイヴィッド・ブリン（David Brin）「キルン・ピープル」 "Kiln People"
◇第3位
ロバート・J.ソウヤー（Robert J.Sawyer）「ホミニッド―原人」 "Hominids"

2004年
◇第1位
ジャック・マクデヴィット（Jack McDevitt）"Omega"
◇第2位
ジャスティナ・ロブソン（Justina Robson）"Natural History"
◇第3位
Philip Baruth "The X President"

2005年
◇第1位
リチャード・モーガン（Richard Morgan）"Market Forces"
◇第2位
ジェフ・ライマン（Geoff Ryman）「エア」 "Air"
◇第3位
オードリー・ニッフェネガー（Audrey

Niffenegger)「きみがぼくを見つけた日」 "The Time Traveler's Wife"

2006年
◇第1位
　ロバート・J.ソウヤー（Robert J.Sawyer） "Mindscan"
◇第2位
　ロバート・チャールズ・ウィルソン（Robert Charles Wilson）「時間封鎖」 "Spin"
◇第3位
　イアン・R.マクラウド（Ian R.MacLeod）「夏の涯ての島」 "The Summer Isles"

2007年
◇第1位
　ベン・ボーバ（Ben Bova） "Titan"
◇第2位
　ジェイムズ・モロウ（James Morrow） "The Last Witchfinder"
◇第3位（タイ）
　ジョー・ウォルトン（Jo Walton）「ファージング1—英雄たちの朝」 "Farthing"
　ピーター・ワッツ（Peter Watts）「ブラインドサイト」 "Blindsight"

2008年
◇第1位
　キャスリン・アン・グーナン（Kathleen Ann Goonan） "In War Times"
◇第2位
　マイケル・シェイボン（Michael Chabon）「ユダヤ警官同盟」 "The Yiddish Policemen's Union"
◇第3位
　ケン・マクラウド（Ken MacLeod） "The Execution Channel"

2000年
◇第1位（タイ）
　イアン・R.マクラウド（Ian MacLeod） "Song of Time"
　コリイ・ドクトロウ（Cory Doctorow）「リトル・ブラザー」 "Little Brother"
◇第2位
　授賞なし（第1位がタイのため）
◇第3位
　ジェイムズ・モロウ（James Morrow） "The Philosopher's Apprentice"

2010年
◇第1位
　パオロ・バチガルピ（Paolo Bacigalupi）「ねじまき少女」 "The Windup Girl"
◇第2位
　ロバート・チャールズ・ウィルソン（Robert Charles Wilson） "Julian Comstock: A Story of 22nd-Century America"
◇第3位
　チャイナ・ミエヴィル（China Miéville）「都市と都市」 "The City & the City"

2011年
◇第1位
　イアン・マクドナルド（Ian McDonald）「旋舞の千年都市」 "The Dervish House"
◇第2位
　チャールズ・ユウ（Charles Yu）「SF的な宇宙で安全に暮らすっていうこと」 "How to Live Safely in a Science Fictional Universe"
◇第3位
　ハンヌ・ライアニエミ（Hannu Rajaniemi）「量子怪盗」 "The Quantum Thief"

2012年
◇第1位（タイ）
　クリストファー・プリースト（Christopher Priest）「夢幻諸島から」 "The Islanders"
　ジョーン・スロンチェフスキ（Joan Slonczewski）「軌道学園都市フロンテラ」 "The Highest Frontier"
◇第2位
　授賞なし（第1位がタイのため）
◇第3位
　チャイナ・ミエヴィル（China Miéville）「言語都市」 "Embassytown"
◇選外佳作
　Osama「ラヴィ・ティドハー」 "Lavie Tidhar"

2013年
◇第1位
　アダム・ロバーツ（Adam Roberts） "Jack Glass: The Story of a Murderer"
◇第2位
　テリー・ビッスン（Terry Bisson） "Any Day Now"

◇第3位（タイ）
　G.ウィロー・ウィルソン（G.Willow Wilson）"Alif the Unseen"
　M.ジョン・ハリスン（M.John Harrison）"Empty Space"

2014年
◇第1位
　マーセル・セロー（Marcel Theroux）"Strange Bodies"
◇第2位
　ポール・J.マコーリイ（Paul J.McAuley）"Evening's Empires"

◇第3位
　リンダ・ナガタ（Linda Nagata）"The Red: First Light"

2015年
◇第1位
　クレア・ノース（Claire North）"The First Fifteen Lives of Harry August"
◇第2位
　James L.Cambias "A Darkling Sea"
◇第3位
　ツーシン・リウ（劉慈欣）（Cixin Liu）〔著〕，ケン・リュウ（Ken Liu）〔訳〕"The Three-Body Problem"（原題：三体）

037　世界幻想文学大賞　World Fantasy Award

　年に1回，専門家，愛好家，関係者（850人まで限定）が参加して開催される大会「ワールド・ファンタジー・コンベンション」で発表される幻想文学の賞。1975年，第1回世界幻想文学会議上，開催が決定された。長編，中編，短編，アンソロジー，短編集，アーティスト，特別賞（プロ・ノンプロ）の各部門および生涯功労賞がある。2006年に村上春樹が「海辺のカフカ」で長編部門を受賞している。

【主催者】ワールド・ファンタジー・コンベンション（World Fantasy Convention）
【選考委員】（2015年）Gemma Files，ニーナ・キリキ・ホフマン（Nina Kiriki Hoffman），Bénédicte Lombardo，ブルース・マカリスター（Bruce McAllister），ロバート・シェアマン（Robert Shearman）
【選考方法】コンベンション委員会メンバーが各部門2作をノミネート作品として選定。これに審査員が3作以上候補作を追加し，選定する
【選考基準】前年に出版された本を対象とし，著者が亡くなっている場合は選考外とする。また，コミックは特別賞で選考される
【締切・発表】5月末応募締切，ワールド・ファンタジー・コンベンション期間中の日曜午後に発表・授賞式が行われる
【URL】http://www.worldfantasy.org/

1975年
◇長編
　パトリシア・A.マキリップ（Patricia A. McKillip）「妖女サイベルの呼び声」"The Forgotten Beasts of Eld"
◇短編
　ロバート・エイクマン（Robert Aickman）"Pages From a Young Girl's Journal"
◇アンソロジー・短編集
　マンリー・ウェイド・ウェルマン（Manly Wade Wellman）"Worse Things Waiting"
◇アーティスト
　リー・ブラウン・コイエ（Lee Brown Coye）
◇特別賞（プロ）
　ベティ・バランタイン（Betty Ballantine），イアン・バランタイン（Ian Ballantine）
◇特別賞（ノンプロ）
　スチュアート・デーヴィッド・シフ（Stuart David Schiff）

◇生涯功労賞
　ロバート・ブロック（Robert Bloch）
1976年
　◇長編
　　リチャード・マシスン（Richard Matheson）「ある日どこかで」"Bid Time Return"
　◇短編
　　フリッツ・ライバー（Fritz Leiber）「ベルゼン急行」"Belsen Express"
　◇アンソロジー・短編集
　　アヴラム・デイヴィッドスン（Avram Davidson）"The Enquiries of Doctor Eszterhazy"
　◇アーティスト
　　フランク・フラゼッタ（Frank Frazetta）
　◇特別賞（プロ）
　　ドナルド・M.グラント（Donald M.Grant）—Donald M.Grant Publisher社に対して
　◇特別賞（ノンプロ）
　　カール・エドワード・ワグナー（Karl Edward Wagner），デイヴィッド・ドレイク（David Drake），ジム・グロース（Jim Groce）—Carcosa社に対して
　◇生涯功労賞
　　フリッツ・ライバー（Fritz Leiber）
1977年
　◇長編
　　ウイリアム・コツウィンクル（William Kotzwinkle）"Doctor Rat"
　◇短編
　　ラッセル・カーク（Russell Kirk）"There's a Long, Long Trail A-Winding"
　◇アンソロジー・短編集
　　カービー・マッコーリー（Kirby McCauley）〔編〕"Frights"
　◇アーティスト
　　ロジャー・ディーン（Roger Dean）
　◇特別賞（プロ）
　　ロイ・トージソン（Roy Torgeson），シェリー・トージソン（Shelley Torgeson）—"Alternate World Recordings"に対して
　◇特別賞（ノンプロ）
　　スチュアート・デーヴィッド・シフ（Stuart David Schiff）
　◇生涯功労賞
　　レイ・ブラッドベリ（Ray Bradbury）
1978年
　◇長編
　　フリッツ・ライバー（Fritz Leiber）「闇の聖母」"Our Lady of Darkness"
　◇短編
　　ラムジー・キャンベル（Ramsey Campbell）"The Chimney"
　◇アンソロジー・短編集
　　ヒュー・B.ケイヴ（Hugh B.Cave）"Murgunstrumm and Others"
　◇アーティスト
　　リー・ブラウン・コイエ（Lee Brown Coye）
　◇特別賞（プロ）
　　イヴェレット・F.ブレイラー（Everett F. Bleiler）
　◇特別賞（ノンプロ）
　　ロバート・ワインバーグ（Robert Weinberg）
　◇大会賞
　　グレン・ロード（Glenn Lord）
　◇生涯功労賞
　　フランク・ベルナップ・ロング（Frank Belknap Long）
1979年
　◇長編
　　マイケル・ムアコック（Michael Moorcock）「グローリアーナ」"Gloriana"
　◇短編
　　アヴラム・デイヴィッドスン（Avram Davidson）"Naples"
　◇アンソロジー・短編集
　　チャールズ・L.グラント（Charles L.Grant）"Shadows"
　◇アーティスト
　　アリシア・オースティン（Alicia Austin）
　　デイル・エンゼンバッカー（Dale Enzenbacher）
　◇特別賞（プロ）
　　E.L.ファーマン（Edward L.Ferman）—"F&SF"に対して
　◇特別賞（ノンプロ）
　　ドナルド・H.タック（Donald H.Tuck）—"The Encyclopedia of Science Fiction and Fantasy"に対して
　◇大会賞
　　カービー・マッコーリー（Kirby McCauley）

037 世界幻想文学大賞

◇生涯功労賞
　ホルヘ・ルイス・ボルヘス（Jorge Luis Borges）

1980年
◇長編
　エリザベス・A.リン（Elizabeth A.Lynn）「冬の狼」"Watchtower"
◇短編
　エリザベス・A.リン（Elizabeth A.Lynn）「月を愛した女」"The Woman Who Loved the Moon"
　ラムジー・キャンベル（Ramsey Campbell）"Mackintosh Willy"
◇アンソロジー・短編集
　ジェシカ・アマンダ・サーモンスン（Jessica Amanda Salmonson）〔編〕"Amazons！"
◇アーティスト
　ドン・メイツ（Don Maitz）
◇特別賞（プロ）
　ドナルド・M.グラント（Donald M.Grant）——Donald M.Grant Publisher社に対して
◇特別賞（ノンプロ）
　ポール・C.アラン（Paul C.Allen）——"Fantasy Newsletter"に対して
◇大会賞
　スティーヴン・キング（Stephen King）
◇生涯功労賞
　マンリー・ウェイド・ウェルマン（Manly Wade Wellman）

1981年
◇長編
　ジーン・ウルフ（Gene Wolfe）「拷問者の影——新しい太陽の書1」"The Shadow of the Torturer"
◇短編
　ハワード・ウォルドロップ（Howard Waldrop）「みっともないニワトリ」"The Ugly Chickens"
◇アンソロジー・短編集
　カービー・マッコーリー（Kirby McCauley）〔編〕"Dark Forces"
◇アーティスト
　マイケル・ウィーラン（Michael Whelan）
◇特別賞（プロ）
　ドナルド・A.ウォルハイム（Donald A. Wollheim）——DAW Books社に対して
◇特別賞（ノンプロ）
　パット・キャディガン（Pat Cadigan），Arnie Fenner——"Shayol"に対して
◇大会賞
　ゲイアン・ウィルソン（Gahan Wilson）
◇生涯功労賞
　C.L.ムーア（C.L.Moore）

1982年
◇長編
　ジョン・クロウリー（John Crowley）「リトル，ビッグ」"Little, Big"
◇中編
　パーク・ゴドウィン（Parke Godwin）「火がともるとき」"The Fire When It Comes"
◇短編
　デニス・エチスン（Dennis Etchison）"The Dark Country"
　スティーヴン・キング（Stephen King）"Do the Dead Sing？"
◇アンソロジー・短編集
　テリ・ウインドリング（Terri Windling），マーク・アラン・アーノルド（Mark Alan Arnold）〔共編〕"Elsewhere"
◇アーティスト
　マイケル・ウィーラン（Michael Whelan）
◇特別賞（プロ）
　E.L.ファーマン（Edward L.Ferman）——"F&SF"に対して
◇特別賞（ノンプロ）
　ポール・C.アラン（Paul C.Allen），ロバート・A.コリンズ（Robert A.Collins）——"Fantasy Newsletter"に対して
◇大会賞
　ジョセフ・P.ブレナン（Joseph Payne Brennan）
　ロイ・クレンケル（Roy Krenkel）
◇生涯功労賞
　イタロ・カルヴィーノ（Italo Calvino）

1983年
◇長編
　マイクル・シェイ（Michael Shea）「魔界の盗賊」"Nifft the Lean"
◇中編

チャールズ・L.グラント（Charles L.Grant）"Confess the Seasons"
カール・エドワード・ワグナー（Karl Edward Wagner）"Beyond Any Measure"
◇短編
タニス・リー（Tanith Lee）"The Gorgon"
◇アンソロジー・短編集
チャールズ・L.グラント（Charles L.Grant）"Nightmare Seasons"
◇アーティスト
マイケル・ウィーラン（Michael Whelan）
◇特別賞（プロ）
ドナルド・M.グラント（Donald M.Grant）——Donald M.Grant Publisher社に対して
◇特別賞（ノンプロ）
スチュアート・デーヴィッド・シフ（Stuart David Schiff）——"Whispers"に対して
◇大会賞
アーカム・ハウス（Arkham House）
◇生涯功労賞
ロアルド・ダール（Roald Dahl）

1984年
◇長編
ジョン・M.フォード（John M.Ford）"The Dragon Waiting"
◇中編
キム・スタンリー・ロビンスン（Kim Stanley Robinson）"Black Air"
◇短編
タニス・リー（Tanith Lee）"Elle Est Trois, (La Mort)"
◇アンソロジー・短編集
ロバートソン・デイヴィス（Robertson Davies）"High Spirits"
◇アーティスト
シュテファン・ジェルヴェー（Stephen Gervais）
◇特別賞（プロ）
イアン・バランタイン（Ian Ballantine），ベティ・バランタイン（Betty Ballantine），J.チャント（J.Chant），ジョージ・シャープ（George Sharp），デヴィッド・ラーキン（David Larkin）——"The High Kings"に対して
◇特別賞（ノンプロ）
スティーヴン・ジョーンズ（Stephen Jones），デイヴィッド・サットン（David Sutton）——"Fantasy Tales"に対して
◇大会賞
ドナルド・M.グラント（Donald M.Grant）
◇生涯功労賞
ドナルド・ウェンドレイ（Donald Wandrei）
E.ホフマン・プライス（E.Hoffmann Price）
ジャック・ヴァンス（Jack Vance）
L.スプレイグ・ディ・キャンプ（L.Sprague de Camp）
リチャード・マシスン（Richard Matheson）

1985年
◇長編
バリー・ヒューガード（Barry Hughart）「鳥姫伝」"Bridge of Birds"
ロバート・ホールドストック（Robert Holdstock）「ミサゴの森」"Mythago Wood"
◇中編
ジェフ・ライマン（Geoff Ryman）「征たれざる国」（『20世紀SF 5 1980年代 冬のマーケット』収録）"The Unconquered Country"
◇短編
アラン・ライアン（Alan Ryan）"The Bones Wizard"
スコット・ベイカー（Scott Baker）"Still Life with Scorpion"
◇アンソロジー・短編集
クライヴ・バーカー（Clive Barker）"Clive Barker's Books of Blood Ⅰ, Ⅱ, Ⅲ"
◇アーティスト
エドワード・ゴーリー（Edward Gorey）
◇特別賞（プロ）
クリス・ヴァン・オールズバーグ（Chris Van Allsburg）——"The Mysteries of Harris Burdick"に対して
◇特別賞（ノンプロ）
スチュアート・デーヴィッド・シフ（Stuart David Schiff）——Whispers誌およびWhispers Press社に対して
◇大会賞
エバンジェリン・ウォールトン（Evangeline Walton）
◇生涯功労賞

シオドア・スタージョン（Theodore Sturgeon）

1986年
- ◇長編
  - ダン・シモンズ（Dan Simmons）「カーリーの歌」"Song of Kali"
- ◇中編
  - T.E.D.クライン（T.E.D.Klein）"Nadelman's God"
- ◇短編
  - ジェイムズ・P.ブレイロック（James P. Blaylock）"Paper Dragons"
- ◇アンソロジー・短編集
  - ロビン・マッキンリィ（Robin McKinley）"Imaginary Lands"
- ◇アーティスト
  - ジェフ・ジョーンズ（Jeff Jones）
  - トーマス・キャンティ（Thomas Canty）
- ◇特別賞（プロ）
  - パット・ロブロット（Pat LoBrutto）—編集の功績に対して
- ◇特別賞（ノンプロ）
  - ダグラス・E.ウィンター（Douglas E. Winter）—書評の功績に対して
- ◇大会賞
  - ドナルド・A.ウォルハイム（Donald A. Wollheim）
- ◇生涯功労賞
  - アヴラム・デイヴィッドスン（Avram Davidson）

1987年
- ◇長編
  - パトリック・ジュースキント（Patrick Suskind）「香水」"Perfume"
- ◇中編
  - オースン・スコット・カード（Orson Scott Card）"Hatrack River"
- ◇短編
  - デイヴィッド・J.ショウ（David J.Schow）"Red Light"
- ◇アンソロジー・短編集
  - ジェイムズ・ティプトリー,Jr.（James Tiptree,Jr.）"Tales of the Quintana Roo"
- ◇アーティスト
  - ロバート・グールド（Robert Gould）
- ◇特別賞（プロ）
  - ジェイン・ヨーレン（Jane Yolen）—"Favorite Folktales From Around the World"に対して
- ◇特別賞（ノンプロ）
  - ジェフ・コナー（Jeff Conner）—Scream/Pressに対して
  - W.ポール・ギャンリー（W.Paul Ganley）—Weirdbook/Weirdbook Pressに対して
- ◇大会賞
  - アンドレ・ノートン（Andre Norton）
- ◇生涯功労賞
  - ジャック・フィニイ（Jack Finney）

1988年
- ◇長編
  - ケン・グリムウッド（Ken Grimwood）「リプレイ」"Replay"
- ◇中編
  - アーシュラ・K.ル＝グウィン（Ursula K.Le Guin）「バッファローの娘っこ、晩になったら出ておいで」"Buffalo Gals, Won't You Come Out Tonight"
- ◇短編
  - ジョナサン・キャロル（Jonathan Carroll）"Friend's Best Man"
- ◇アンソロジー
  - デヴィッド・G.ハートウェル（David G. Hartwell）〔編〕"The Dark Descent"
  - キャスリーン・クレイマー（Kathryn Cramer），ピーター・D.パウツ（Peter D. Pautz）〔共編〕"The Architecture of Fear"
- ◇短編集
  - ルーシャス・シェパード（Lucius Shepard）「ジャガー・ハンター」"The Jaguar Hunter"
- ◇アーティスト
  - J.K.ポッター（J.K.Potter）
- ◇特別賞（プロ）
  - デヴィッド・G.ハートウェル（David G. Hartwell）—Arbor House/Tor anthologiesに対して
- ◇特別賞（ノンプロ）
  - デイヴィッド・B.シルヴァ（David B.Silva）—"The Horror Show"に対して
  - ロベルト・ガルシア（Robert Garcia），ナ

SF・ファンタジー　　　　　　　　　　　　　　　　　　　　037 世界幻想文学大賞

ンシー・ガルシア（Nancy Garcia）――American Fantasyに対して
◇生涯功労賞
イヴェレット・F.ブレイラー（Everett F. Bleiler）

1989年
◇長編
ピーター・ストラウブ（Peter Straub）「ココ」"Koko"
◇中編
ジョージ・R.R.マーティン（George R.R. Martin）「皮剝ぎ人」"The Skin Trade"
◇短編
ジョン・M.フォード（John M.Ford）"Winter Solstice, Camelot Station"
◇アンソロジー
エレン・ダトロウ（Ellen Datlow）、テリ・ウインドリング（Terri Windling）〔共編〕"The Year's Best Fantasy: First Annual Collection"
◇短編集
ジーン・ウルフ（Gene Wolfe）"Storeys from the Old Hotel"
ハーラン・エリスン（Harlan Ellison）"Angry Candy"
◇アーティスト
エドワード・ゴーリー（Edward Gorey）
◇特別賞（プロ）
ロバート・ワインバーグ（Robert Weinberg）――"A Biographical Dictionary of Science Fiction & Fantasy Artists"に対して
テリ・ウインドリング（Terri Windling）――編集の功績に対して
◇特別賞（ノンプロ）
クリスティン・キャスリン・ラッシュ（Kristine Kathryn Rusch）、ディーン・ウェズリー・スミス（Dean Wesley Smith）――Pulphouse社に対して
◇生涯功労賞
エバンジェリン・ウォールトン（Evangeline Walton）

1990年
◇長編
ジャック・ヴァンス（Jack Vance）"Lyonesse: Madouc"
◇中編
ジョン・クロウリー（John Crowley）「時の偉業」（『ナイチンゲールは夜に歌う』収録）"Great Work of Time"
◇短編
スティーヴン・ミルハウザー（Steven Millhauser）「幻影師、アイゼンハイム」"The Illusionist"
◇アンソロジー
エレン・ダトロウ（Ellen Datlow）、テリ・ウインドリング（Terri Windling）〔共編〕"The Year's Best Fantasy: Second Annual Collection"
◇短編集
リチャード・マシスン（Richard Matheson）"Richard Matheson: Collected Stories"
◇アーティスト
トーマス・キャンティ（Thomas Canty）
◇特別賞（プロ）
マーク・V.ズィーシング（Mark V.Ziesing）――Ziesing Books社に対して
◇特別賞（ノンプロ）
ペギー・ナドラミア（Peggy Nadramia）――"Grue"に対して
◇生涯功労賞
R.A.ラファティ（R.A.Lafferty）

1991年
◇長編
エレン・カシュナー（Ellen Kushner）「吟遊詩人トーマス」"Thomas the Rhymer"
ジェイムズ・モロウ（James Morrow）"Only Begotten Daughter"
◇中編
パット・マーフィー（Pat Murphy）「骨」"Bones"
◇短編
ニール・ゲイマン（Neil Gaiman）、チャールズ・ヴェス（Charles Vess）"A Midsummer Night's Dream"
◇アンソロジー
スティーヴン・ジョーンズ（Stephen Jones）、ラムジー・キャンベル（Ramsey Campbell）〔共編〕"Best New Horror"
◇短編集
キャロル・エムシュウィラー（Carol Emshwiller）"The Start of the End of It All and Other Stories"

海外文学賞事典　277

◇アーティスト
　デイブ・マッキーン (Dave McKean)
◇特別賞 (プロ)
　Arnie Fenner ―ブック・デザインの功績に対して
◇特別賞 (ノンプロ)
　リチャード・チズマー (Richard Chizmar) ―Cemetery Danceに対して
◇生涯功労賞
　レイ・ラッセル (Ray Russell)

1992年
◇長編
　ロバート・R.マキャモン (Robert R. McCammon) 「少年時代」 "Boy's Life"
◇中編
　ロバート・ホールドストック (Robert Holdstock), ギャリー・キルワース (Garry Kilworth) "The Ragthorn"
◇短編
　フレッド・チャペル (Fred Chappell) "The Somewhere Doors"
◇アンソロジー
　エレン・ダトロウ (Ellen Datlow), テリ・ウインドリング (Terri Windling) 〔共編〕 "The Year's Best Fantasy & Horror: 4th Annual Collection"
◇短編集
　ルーシャス・シェパード (Lucius Shepard) "The Ends of the Earth"
◇アーティスト
　ティム・ヒルデブラント (Tim Hildebrandt)
◇特別賞 (プロ)
　ジョージ・H.シザース (George H.Scithers), ダレル・シュヴァイツァー (Darrell Schweitzer) ―"Weird Tales"に対して
◇特別賞 (ノンプロ)
　W.ポール・ギャンリー (W.Paul Ganley) ―Weirdbook/Weirdbook Pressに対して
◇生涯功労賞
　エド・カーター (Edd Cartier)

1993年
◇長編
　ティム・パワーズ (Tim Powers) "Last Call"
◇中編
　ピーター・ストラウブ (Peter Straub) "The Ghost Village"
◇短編
　ダン・シモンズ (Dan Simmons) 「最後のクラス写真」(『夜更けのエントロピー』収録) "This Year's Class Picture"
　ジョー・ホールドマン (Joe Haldeman) 「死者登録」 "Graves"
◇アンソロジー
　デニス・エチスン (Dennis Etchison) 〔編〕 "MetaHorror"
◇短編集
　ジャック・ケイディ (Jack Cady) "The Sons of Noah and Other Stories"
◇アーティスト
　ジェームズ・ガーニー (James Gurney)
◇特別賞 (プロ)
　ジーン・カベロス (Jeanne Cavelos) ―Dell/Abyssに対して
◇特別賞 (ノンプロ)
　ダグ・ルイス (Doug Lewis), トミ・ルイス (Tomi Lewis) ―Roadkill Pressに対して
◇生涯功労賞
　ハーラン・エリスン (Harlan Ellison)

1994年
◇長編
　ルイス・シャイナー (Lewis Shiner) 「グリンプス」 "Glimpses"
◇中編
　テリー・ラムスリー (Terry Lamsley) "Under the Crust"
◇短編
　フレッド・チャペル (Fred Chappell) "The Lodger"
◇アンソロジー
　ルー・アロニカ (Lou Aronica), アミー・スタウト (Amy Stout), ベッツィ・ミッチェル (Betsy Mitchell) 〔共編〕 "Full Spectrum 4"
◇短編集
　ラムジー・キャンベル (Ramsey Campbell) "Alone with the Horrors"
◇アーティスト
　アラン・M.クラーク (Alan M.Clark)
　J.K.ポッター (J.K.Potter)
◇特別賞 (プロ)

Underwood-Miller（出版社）—出版の功績に対して
◇特別賞（ノンプロ）
マーク・ミショー（Marc Michaud）— Necronomicon Press社に対して
◇生涯功労賞
ジャック・ウィリアムスン（Jack Williamson）

1995年
◇長編
ジェイムズ・モロウ（James Morrow）"Towing Jehovah"
◇中編
エリザベス・ハンド（Elizabeth Hand）"Last Summer at Mars Hill"
◇短編
スティーヴン・キング（Stephen King）「黒いスーツの男」"The Man in the Black Suit"
◇アンソロジー
エレン・ダトロウ（Ellen Datlow）〔編〕"Little Deaths"
◇短編集
ブラッドリー・デントン（Bradley Denton）"The Calvin Coolidge Home for Dead Comedians and A Conflagration Artist"
◇アーティスト
ヤツェク・イェルカ（Jacek Yerka）
◇特別賞（プロ）
エレン・ダトロウ（Ellen Datlow）—編集の功績に対して
◇特別賞（ノンプロ）
ブライアン・コルフィン（Bryan Cholfin）—Broken Mirrors PressおよびCrank！に対して
◇生涯功労賞
アーシュラ・K.ル＝グウィン（Ursula K.Le Guin）

1996年
◇長編
クリストファー・プリースト（Christopher Priest）「奇術師」"The Prestige"
◇中編
マイクル・スワンウィック（Michael Swanwick）"Radio Waves"
◇短編

グウィネス・ジョーンズ（Gwyneth Jones）"The Grass Princess"
◇アンソロジー
A.スーザン・ウィリアムス（A.Susan Williams），リチャード・グリン・ジョーンズ（Richard Glyn Jones）〔共編〕"The Penguin Book of Modern Fantasy by Women"
◇短編集
グウィネス・ジョーンズ（Gwyneth Jones）"Seven Tales and a Fable"
◇アーティスト
ゲイアン・ウィルソン（Gahan Wilson）
◇特別賞（プロ）
リチャード・エバンス（Richard Evans）—ジャンルへの貢献に対して
◇特別賞（ノンプロ）
マーク・ミショー（Marc Michaud）— Necronomicon Press社に対して
◇生涯功労賞
ジーン・ウルフ（Gene Wolfe）

1997年
◇長編
レイチェル・ポラック（Rachel Pollack）"Godmother Night"
◇中編
マーク・ヘルプリン（Mark Helprin）"A City in Winter"
◇短編
ジェイムズ・P.ブレイロック（James P. Blaylock）「十三の幻影」"Thirteen Phantasms"
◇アンソロジー
パトリック・ニールセン・ヘイデン（Patrick Nielsen Hayden）〔編〕"Starlight 1"
◇短編集
ジョナサン・レセム（Jonathan Lethem）"The Wall of the Sky, the Wall of the Eye"
◇アーティスト
メビウス（ジャン・ジロー）（Moebius（Jean Giraud））
◇特別賞（プロ）
Michael J.Weldon —"The Psychotronic Video Guide"に対して

◇特別賞（ノンプロ）
バーバラ・ローデン（Barbara Roden），クリストファー・ローデン（Christopher Roden）—Ash-Tree Press社に対して
◇大会賞
ヒュー・B.ケイヴ（Hugh B.Cave）
◇生涯功労賞
マドレイン・ラングル（Madeleine L'Engle）

1998年
◇長編
ジェフリー・フォード（Jeffrey Ford）「白い果実」 "The Physiognomy"
◇中編
リチャード・ボウズ（Richard Bowes） "Streetcar Dreams"
◇短編
P.D.カセック（P.D.Cacek） "Dust Motes"
◇アンソロジー
ニコラ・グリフィス（Nicola Griffith），スティーヴン・ペイジェル（Stephen Pagel）〔共編〕 "Bending the Landscape: Fantasy"
◇短編集
ブライアン・マクノートン（Brian McNaughton） "The Throne of Bones"
◇アーティスト
アラン・リー（Alan Lee）
◇特別賞（プロ）
ジョン・クルート（John Clute），ジョン・グラント（John Grant）〔共編〕「SF大百科事典」 "The Encyclopedia of Fantasy"
◇特別賞（ノンプロ）
Fedogan & Bremer（出版社）—本の出版に対して
◇生涯功労賞
アンドレ・ノートン（Andre Norton）
E.L.ファーマン（Edward L.Ferman）

1999年
◇長編
ルイーズ・アードリック（Louise Erdrich） "The Antelope Wife"
◇中編
イアン・R.マクラウド（Ian R.MacLeod）「夏の涯ての島」 "The Summer Isles"
◇短編

ケリー・リンク（Kelly Link）「スペシャリストの帽子」 "The Specialist's Hat"
◇アンソロジー
ジャック・ダン（Jack Dann），ジャニーン・ウェッブ（Janeen Webb）〔共編〕 "Dreaming Down-Under"
◇短編集
カレン・ジョイ・ファウラー（Karen Joy Fowler） "Black Glass"
◇アーティスト
チャールズ・ヴェス（Charles Vess）
◇特別賞（プロ）
ジム・ターナー（Jim Turner）—Golden Gryphon Press社に対して
◇特別賞（ノンプロ）
リチャード・チズマー（Richard Chizmar）—Cemetery Dance Publications社に対して
◇生涯功労賞
ヒュー・B.ケイヴ（Hugh B.Cave）

2000年
◇長編
マーティン・スコット（Martin Scott）「魔術探偵スラクサス」 "Thraxas"
◇中編
ジェフ・ヴァンダミア（Jeff VanderMeer） "The Transformation of Martin Lake"
ローレル・ウィンター（Laurel Winter） "Sky Eyes"
◇短編
イアン・R.マクラウド（Ian R.MacLeod）「チョップ・ガール」 "The Chop Girl"
◇アンソロジー
エレン・ダトロウ（Ellen Datlow），テリ・ウインドリング（Terri Windling）〔共編〕 "Silver Birch Blood Moon"
◇短編集
チャールズ・デ・リント（Charles de Lint） "Moonlight and Vines"
ステファン・R.ドナルドソン（Stephen R. Donaldson） "Reave the Just and Other Tales"
◇アーティスト
ジェイソン・ヴァン・ホランダー（Jason Van Hollander）
◇特別賞（プロ）

ゴードン・ヴァン・ゲルダー（Gordon Van Gelder）――セント・マーティン社および「F&SF」誌における編集の業績に対して
◇特別賞（ノンプロ）
英国ファンタジー協会（The British Fantasy Society）
◇生涯功労賞
マリオン・ジマー・ブラッドリー（Marion Zimmer Bradley）
マイケル・ムアコック（Michael Moorcock）

2001年
◇長編
ショーン・スチュワート（Sean Stewart）"Galveston"
ティム・パワーズ（Tim Powers）"Declare"
◇中編
スティーヴ・ラスニック・テム（Steve Rasnic Tem）、メラニー・テム（Melanie Tem）"The Man on the Ceiling"
◇短編
アンディ・ダンカン（Andy Duncan）"The Pottawatomie Giant"
◇アンソロジー
シーリー・R.トーマス（Sheree R.Thomas）〔編〕"Dark Matter: A Century of Speculative Fiction from the African Diaspora"
◇短編集
アンディ・ダンカン（Andy Duncan）"Beluthahatchie and Other Stories"
◇アーティスト
ショーン・タン（Shaun Tan）
◇特別賞（プロ）
トム・シッピー（Tom Shippey）――"J.R.R. Tolkien: Author of the Century"〈HarperCollins UK/Houghton Mifflin 2001〉に対して
◇特別賞（ノンプロ）
ビル・シーハン（Bill Sheehan）――"At The Foot Of The Story Tree: An Inquiry into the Fiction of Peter Straub"〈Subterranean Press〉に対して
◇生涯功労賞
フランク・フラゼッタ（Frank Frazetta）
フィリップ・ホセ・ファーマー（Philip José Farmer）

2002年
◇長編
アーシュラ・K.ル＝グウィン（Ursula K.Le Guin）「アースシーの風」"The Other Wind"
◇中編
S.P.ソムトウ（S.P.Somtow）"The Bird Catcher"
◇短編
アルバート・E.カウドリー（Albert E. Cowdrey）"Queen for a Day"
◇アンソロジー
デニス・エチスン（Dennis Etchison）〔編〕"The Museum of Horrors"
◇短編集
ナロ・ホプキンスン（Nalo Hopkinson）"Skin Folk"
◇アーティスト
アレン・コスゾウスキ（Allen Koszowski）
◇特別賞（プロ）
ジョー・フレッチャー（Jo Fletcher）――"the Fantasy Masterworks series"〈Gollancz〉の編集に対して
スティーヴン・ジョーンズ（Stephen Jones）――編集の功績に対して
◇特別賞（ノンプロ）
レイ・B.ラッセル（Ray B. Russell）、ロザリー・パーカー（Rosalie Parker）――Tartarus Press社に対して
◇生涯功労賞
フォレスト・J.アッカーマン（Forrest J. Ackerman）
ジョージ・H.ンリース（George H.Scithers）

2003年
◇長編
グレアム・ジョイス（Graham Joyce）"The Facts of Life"
パトリシア・A.マキリップ（Patricia A. McKillip）"Ombria in Shadow"
◇中編
ゾラン・ジフコヴィッチ（Zoran Zivkovic）"The Library"
◇短編
ジェフリー・フォード（Jeffrey Ford）"Creation"
◇アンソロジー
エレン・ダトロウ（Ellen Datlow）、テリ・

ウインドリング (Terri Windling)〔共編〕 "The Green Man: Tales from the Mythic Forest"
ジェフ・ヴァンダミア (Jeff VanderMeer), フォレスト・アギーレ (Forrest Aguirre)〔共編〕 "Leviathan 3"
◇短編集
ジェフリー・フォード (Jeffrey Ford) "The Fantasy Writer's Assistant and Other Stories"
◇アーティスト
トム・キッド (Tom Kidd)
◇特別賞 (プロ)
ゴードン・ヴァン・ゲルダー (Gordon Van Gelder) —"The Magazine of Fantasy & Science Fiction"に対して
◇特別賞 (ノンプロ)
ジェイソン・ウィリアムズ (Jason Williams), ジェレミ・ラッセン (Jeremy Lassen), ベンジャミン・コッセル (Benjamin Cossel) —Night Shade Books社に対して
◇生涯功労賞
ドナルド・M.グラント (Donald M.Grant)
ロイド・アリグザンダー (Lloyd Alexander)

2004年
◇長編
ジョー・ウォルトン (Jo Walton) "Tooth and Claw"
◇中編
ゲリア・ギルマン (Greer Gilman) "A Crowd of Bone"
◇短編
ブルース・ホランド・ロジャーズ (Bruce Holland Rogers) "Don Ysidro"
◇アンソロジー
ロザリー・パーカー (Rosalie Parker)〔編〕 "Strange Tales"
◇短編集
エリザベス・ハンド (Elizabeth Hand) "Bibliomancy"
◇アーティスト
ドナート・ジャコラ (Donato Giancola)
ジェイソン・ヴァン・ホランダー (Jason Van Hollander)
◇特別賞 (プロ)
ピーター・クラウザー (Peter Crowther)

—PS Publishing社に対して
◇特別賞 (ノンプロ)
レイ・B.ラッセル (Ray B. Russell), ロザリー・パーカー (Rosalie Parker) —Tartarus Press社に対して
◇生涯功労賞
ゲイアン・ウィルソン (Gahan Wilson)
スティーヴン・キング (Stephen King)

2005年
◇長編
スザンナ・クラーク (Susanna Clarke)「ジョナサン・ストレンジとミスター・ノレル」 "Jonathan Strange & Mr. Norrell"
◇中編
マイクル・シェイ (Michael Shea) "The Growlimb"
◇短編
マーゴ・ラナガン (Margo Lanagan)「沈んでいく姉さんを送る歌」(『ブラックジュース』収録) "Singing My Sister Down" (Black Juice)
◇アンソロジー
バーバラ・ローデン (Barbara Roden), クリストファー・ローデン (Christopher Roden)〔共編〕 "Acquainted With The Night"
◇短編集
マーゴ・ラナガン (Margo Lanagan)「ブラックジュース」 "Black Juice"
◇アーティスト
ジョン・ピカシオ (John Picacio)
◇特別賞 (プロ)
S.T.ヨシ (S.T.Joshi) —奨学金への貢献に対して
◇特別賞 (ノンプロ)
ロバート・モーガン (Robert Morgan) —Sarob Press社に対して
◇生涯功労賞
トム・ドーティ (Tom Doherty)
キャロル・エムシュウィラー (Carol Emshwiller)

2006年
◇長編
村上春樹 (Haruki Murakami)「海辺のカフカ」 "Kafka on the Shore"

◇中編
　ジョー・ヒル（Joe Hill）「自発的入院」"Voluntary Committal"
◇短編
　ジョージ・ソーンダーズ（George Saunders）"CommComm"
◇アンソロジー
　マーヴィン・ケイ（Marvin Kaye）〔編〕"The Fair Folk"
◇短編集
　ブルース・ホランド・ロジャーズ（Bruce Holland Rogers）"The Keyhole Opera"
◇アーティスト
　ジェームズ・ジーン（James Jean）
◇特別賞（プロ）
　Sean Wallace ─Prime Books社に対して
◇特別賞（ノンプロ）
　デイヴィッド・ハウ（David Howe），スティーヴン・ウォーカー（Stephen Walker）─Telos Booksに対して
◇生涯功労賞
　ジョン・クロウリー（John Crowley）
　ステファン・ファビアン（Stephen Fabian）

2007年
◇長編
　ジーン・ウルフ（Gene Wolfe）"Soldier of Sidon"
◇中編
　ジェフリー・フォード（Jeffrey Ford）"Botch Town"
◇短編
　M.リッカート（M.Rickert）「王国への旅」"Journey Into the Kingdom"
◇アンソロジー
　エレン・ダトロウ（Ellen Datlow），テリ・ウインドリング（Terri Windling）〔共編〕"Salon Fantastique"
◇短編集
　M.リッカート（M.Rickert）"Map of Dreams"
◇アーティスト
　ショーン・タン（Shaun Tan）
◇特別賞（プロ）
　エレン・アッシャー（Ellen Asher）─SFBCでの仕事に対して
◇特別賞（ノンプロ）
　ギャリー・K.ウルフ（Gary K.Wolfe）─ローカス誌やその他での書評に対して
◇生涯功労賞
　ベティ・バランタイン（Betty Ballantine）
　ダイアナ・ウィン・ジョーンズ（Diana Wynne Jones）

2008年
◇長編
　ガイ・ゲイブリエル・ケイ（Guy Gavriel Kay）"Ysabel"
◇中編
　エリザベス・ハンド（Elizabeth Hand）"Illyria"
◇短編
　シオドラ・ゴス（Theodora Goss）「アボラ山の歌」"Singing of Mount Abora"
◇アンソロジー
　エレン・ダトロウ（Ellen Datlow）〔編〕"Inferno: New Tales of Terror and the Supernatural"
◇短編集
　ロバート・シェアマン（Robert Shearman）"Tiny Deaths"
◇アーティスト
　エドワード・ミラー（Edward Miller）
◇特別賞（プロ）
　ピーター・クラウザー（Peter Crowther）─PS Publishing社に対して
◇特別賞（ノンプロ）
　ミドリ・スナイダー（Midori Snyder），テリ・ウインドリング（Terri Windling）─Endicott Studiosのウェブサイトに対して
◇生涯功労賞
　レオ・ディロン（Leo Dillon），ダイアン・ディロン（Diane Dillon）
　パトリシア・A.マキリップ（Patricia McKillip）

2009年
◇長編
　ジェフリー・フォード（Jeffrey Ford）"The Shadow Year"
　マーゴ・ラナガン（Margo Lanagan）"Tender Morsels"
◇中編
　リチャード・ボウズ（Richard Bowes）"If

Angels Fight"
- ◇短編
  - キジ・ジョンスン(Kij Johnson)「26モンキーズ、そして時の裂け目」(『霧に橋を架ける』収録) "26 Monkeys, Also the Abyss"
- ◇アンソロジー
  - エカテリーナ・セディア(Ekaterina Sedia)〔編〕 "Paper Cities: An Anthology of Urban Fantasy"
- ◇短編集
  - ジェフリー・フォード(Jeffrey Ford) "The Drowned Life"
- ◇アーティスト
  - ショーン・タン(Shaun Tan)
- ◇特別賞(プロ)
  - ケリー・リンク(Kelly Link)、ギャヴィン・J.グラント(Gavin J.Grant) ─Small Beer PressとBig Mouth Houseに対して
- ◇特別賞(ノンプロ)
  - Michael J.Walsh ─Howard Waldrop collections from Old Earth Booksに対して
- ◇生涯功労賞
  - エレン・アッシャー(Ellen Asher)
  - ジェイン・ヨーレン(Jane Yolen)

2010年
- ◇長編
  - チャイナ・ミエヴィル(China Miéville)「都市と都市」 "The City & the City"
- ◇中編
  - ケイジ・ベイカー(Kage Baker) "The Women of Nell Gwynne's"
- ◇短編
  - カレン・ジョイ・ファウラー(Karen Joy Fowler)「ペリカン・バー」 "The Pelican Bar"
- ◇アンソロジー
  - ピーター・ストラウブ(Peter Straub)〔編〕 "American Fantastic Tales: Terror and the Uncanny: From Poe to the Pulps/From the 1940s to Now"
- ◇短編集
  - リュドミラ・ペトルシェフスカヤ(Ludmilla Petrushevskaya) "There Once Lived a Woman Who Tried To Kill Her Neighbor's Baby: Scary Fairy Tales"
- ジーン・ウルフ(Gene Wolfe) "The Very Best of Gene Wolfe"および "The Best of Gene Wolfe"
- ◇アーティスト
  - チャールズ・ヴェス(Charles Vess)
- ◇特別賞(プロ)
  - ジョナサン・ストラハン(Jonathan Strahan) ─アンソロジーの編集に対して
- ◇特別賞(ノンプロ)
  - スーザン・マリー・グロッピ(Susan Marie Groppi) ─Strange Horizonsに対して
- ◇生涯功労賞
  - ブライアン・ラムレイ(Brian Lumley)
  - テリー・プラチェット(Terry Pratchett)
  - ピーター・ストラウブ(Peter Straub)

2011年
- ◇長編
  - ナディ・オコルフォア(Nnedi Okorafor) "Who Fears Death"
- ◇中編
  - エリザベス・ハンド(Elizabeth Hand) "The Maiden Flight of McCauley's Bellerophon"
- ◇短編
  - ジョイス・キャロル・オーツ(Joyce Carol Oates) "Fossil-Figures"
- ◇アンソロジー
  - ケイト・バーンハイマー(Kate Bernheimer)〔編〕 "My Mother She Killed Me, My Father He Ate Me"
- ◇短編集
  - カレン・ジョイ・ファウラー(Karen Joy Fowler) "What I Didn't See and Other Stories"
- ◇アーティスト
  - キヌコ・Y.クラフト(Kinuko Y.Craft)
- ◇特別賞(プロ)
  - マーク・ガスコイン(Marc Gascoigne) ─Angry Robot社に対して
- ◇特別賞(ノンプロ)
  - Alisa Krasnostein ─Twelfth Planet Press社に対して
- ◇生涯功労賞
  - ピーター・S.ビーグル(Peter S.Beagle)
  - アンヘリカ・ゴロディッシャー(Angélica

2012年
- ◇長編
  - ラヴィ・ティドハー（Lavie Tidhar）"Osama"
- ◇中編
  - K.J.パーカー（K.J.Parker）"A Small Price to Pay for Birdsong"
- ◇短編
  - ケン・リュウ（Ken Liu）「紙の動物園」"The Paper Menagerie"
- ◇アンソロジー
  - アン・ヴァンダミア（Ann VanderMeer），ジェフ・ヴァンダミア（Jeff VanderMeer）〔共編〕"The Weird"
- ◇短編集
  - ティム・パワーズ（Tim Powers）"The Bible Repairman and Other Stories"
- ◇アーティスト
  - ジョン・クルサート（John Coulthart）
- ◇特別賞（プロ）
  - エリック・レーン（Eric Lane）—Dedalus books社の翻訳出版に対して
- ◇特別賞（ノンプロ）
  - レイ・B.ラッセル（Ray B. Russell），ロザリー・パーカー（Rosalie Parker）—Tartarus Press社に対して
- ◇生涯功労賞
  - アラン・ガーナー（Alan Garner）
  - ジョージ・R.R.マーティン（George R.R. Martin）

2013年
- ◇長編
  - G.ウィロー・ウィルソン（G.Willow Wilson）"Alif the Unseen"
- ◇中編
  - K.J.パーカー（K.J.Parker）"Let Maps to Others"
- ◇短編
  - グレゴリー・ノーマン・ボサート（Gregory Norman Bossert）"The Telling"
- ◇アンソロジー
  - ダネル・オルソン（Danel Olson）〔編〕"Postscripts #28/#29: Exotic Gothic 4"
- ◇短編集
  - (Gorodischer)
  - ジョエル・レーン（Joel Lane）"Where Furnaces Burn"
- ◇アーティスト
  - ヴィンセント・チョン（Vincent Chong）
- ◇特別賞（プロ）
  - ルシア・グレイヴズ（Lucia Graves）—"The Prisoner of Heaven"（Carlos Ruiz Zafon著）〈Weidenfeld & Nicholson/Harper〉の翻訳に対して
- ◇特別賞（ノンプロ）
  - S.T.ヨシ（S.T.Joshi）—"Unutterable Horror：A History of Supernatural Fiction, Volumes1&2"〈PS Publishing〉に対して
- ◇生涯功労賞
  - スーザン・クーパー（Susan Cooper）
  - タニス・リー（Tanith Lee）
- ◇特別賞
  - ブライアン・オールディス（Brian Aldiss）
  - ウィリアム・F.ノーラン（William F.Nolan）

2014年
- ◇長編
  - ソフィア・サマタール（Sofia Samatar）"A Stranger in Olondria"
- ◇中編
  - アンディ・ダンカン（Andy Duncan），エレン・クラーゲス（Ellen Klages）"Wakulla Springs"
- ◇短編
  - ケイトリン・R.キアナン（Caitlín R. Kiernan）"The Prayer of Ninety Cats"
- ◇アンソロジー
  - ジョージ・R.R.マーティン（George R.R. Martin），ガードナー・ドゾワ（Gardner Dozois）〔共編〕"Dangerous Women"
- ◇短編集
  - ケイトリン・R.キアナン（Caitlín R. Kiernan）"The Ape's Wife and Other Stories"
- ◇アーティスト
  - チャールズ・ヴェス（Charles Vess）
- ◇特別賞（プロ）
  - アイリーン・ギャロ（Irene Gallo）—Tor.comのアートディレクションに対して
  - ウィリアム・K.シェイファー（William K. Schafer）—Subterranean Press社に対して

◇特別賞(ノンプロ)
　ケイト・ベイカー(Kate Baker)，ニール・クラーク(Neil Clarke)，Sean Wallace —Clarkesworldに対して
◇生涯功労賞
　エレン・ダトロウ(Ellen Datlow)
　チェルシー・クイン・ヤーブロ(Chelsea Quinn Yarbro)

2015年
◇長編
　デイヴィッド・ミッチェル(David Mitchell) "The Bone Clocks"
◇中編
　ダリル・グレゴリイ(Daryl Gregory) "We Are All Completely Fine"
◇短編
　スコット・ニコレイ(Scott Nicolay) "Do You Like to Look at Monsters？"
◇アンソロジー
　ケリー・リンク(Kelly Link)，ギャヴィン・J.グラント(Gavin J.Grant)〔共編〕 "Monstrous Affections: An Anthology of Beastly Tales"
◇短編集
　ヘレン・マーシャル(Helen Marshall) "Gifts for the One Who Comes After"
　アンジェラ・スラッター(Angela Slatter) "The Bitterwood Bible and Other Recountings"
◇アーティスト
　サミュエル・アラヤ(Samuel Araya)
◇特別賞(プロ)
　サンドラ・カスツーリ(Sandra Kasturi)，ブレット・アレキサンダー・サヴォリ(Brett Alexander Savory) —ChiZine Publications社に対して
◇特別賞(ノンプロ)
　レイ・B.ラッセル(Ray B. Russell)，ロザリー・パーカー(Rosalie Parker) —Tartarus Pressに対して
◇生涯功労賞
　ラムジー・キャンベル(Ramsey Campbell)
　シェリ・S.テッパー(Sheri S.Tepper)

038　ディトマー賞　Ditmar Award

　オーストラリアのSF(ホラー・ファンタジーを含む)およびSFファンダムの功績を認めるため、オーストラリア・ナショナルSFコンベンション(Natcon)が1969年より授賞を開始。賞名は創設当初、財政的に賞を支えた、SFファンでアーティストのMartin James Ditmar 'Dick' Jenssenの名からとられている。86年まで(および89年)は、オーストラリア国外の作品(人物)を対象とした部門(インターナショナル)を併設していた。現在、最優秀長編(Best Novel)、最優秀中編(Best Novella or Novelette)、最優秀短編(Best Short Story)、最優秀作品集(Best Collected Work)、最優秀ファン出版物(媒体問わず)(Best Fan Publication in Any Medium)、最優秀ファン・ライター(Best Fan Writer)、最優秀ファン・アーティスト(Best Fan Artist)、最優秀アートワーク(Best Artwork)、最優秀新人(Best New Talent)、ウィリアム・アセリング・ジュニア賞(批評・レビュー)(William Atheling Jr Award for Criticism or Review)の各部門が設けられている。

【主催者】オーストラリア・ナショナルSFコンベンション(Australian National Science Fiction Convention (Natcon))
【選考委員】(2016年) Contact2016 (第55回 Natcon) の参加者および、前年のSwancon40 (第54回 Natcon) で投票をした者に投票資格が与えられる
【選考方法】HPのフォームまたはEメールや郵送にて投票を受け付ける
【選考基準】〔対象〕前年に発表されたオーストラリア人によるSF・ファンタジー・ホラー作品および関連する人物
【締切・発表】(2016年) 2016年3月18日投票締め切り。Contact2016 (第55回 Natcon) 期間中(3月25〜28日)に授賞

【賞・賞金】 最終候補者には賞状、受賞者にはトロフィーを授与

1969年
- ◇SF小説（オーストラリア）
  A.バートラム・チャンドラー（A.Bertram Chandler）「惑星スパルタの反乱」 "False Fatherland"
- ◇SF小説（インターナショナル）
  トマス・M.ディッシュ（Thomas M.Disch）「キャンプ・コンセントレーション」 "Camp Concentration"
- ◇現代SF作家
  ブライアン・オールディス（Brian Aldiss）
- ◇アマチュアSF出版物/ファンジン（オーストラリア）
  John Bangsund "Australian Science Fiction Review"

1970年
- ◇SF小説（オーストラリア）
  リー・ハーディング（Lee Harding）"Dancing Gerontius"
- ◇出版物（インターナショナル）
  "Vision of Tomorrow"
- ◇SF小説（インターナショナル）
  イタロ・カルヴィーノ（Italo Calvino）「レ・コスミコミケ」 "Cosmicomics"
- ◇ファンジン（オーストラリア）
  John Foyster "The Journal of Omphalistic Epistemology"

1971年
- ◇SF小説（オーストラリア）
  A.バートラム・チャンドラー（A.Bertram Chandler）"The Bitter Pill"
- ◇SF小説（インターナショナル）
  受賞作なし
- ◇ファンジン（オーストラリア）
  ノエル・カレフ（Noel Kerr）"The Somerset Gazette"
- ◇特別賞
  ジョン・バクスター（John Baxter）"SF in the Cinema"
  ロン・グラハム（Ron Graham）"Vision of Tomorrow"

1972年
- ◇SF小説（オーストラリア）
  リー・ハーディング（Lee Harding）"Fallen Spaceman"
- ◇SF小説（インターナショナル）
  ラリイ・ニーヴン（Larry Niven）「リングワールド」 "Ringworld"
- ◇ファンジン（オーストラリア）
  Bruce Gillespie "S.F.Commentary"

1973年
- ◇小説（オーストラリア）
  John Ossian（John Foyster）"Let it Ring"
- ◇小説（インターナショナル）
  アイザック・アシモフ（Isaac Asimov）「神々自身」 "The Gods Themselves"
- ◇映像作品
  "Aussiefan"
- ◇ファンジン（オーストラリア）
  Bruce Gillespie "S.F.Commentary"

1974年
- ◇特別賞
  ロビン・ジョンソン（Robin Johnson）

1975年
- ◇SF小説（オーストラリア）
  A.バートラム・チャンドラー（A.Bertram Chandler）"The Bitter Pill"
- ◇SF小説（インターナショナル）
  ラリイ・ニーヴン（Larry Niven）「プロテクター」 "Protector"
- ◇ファンジン（オーストラリア）
  Del & Dennis Stocks "Osiris"

1976年
- ◇SF小説（オーストラリア）
  A.バートラム・チャンドラー（A.Bertram Chandler）"The Big Black Mark"
- ◇SF小説（インターナショナル）
  ジョー・ホールドマン（Joe Haldeman）「終りなき戦い」 "The Forever War"
- ◇ファンジン（オーストラリア）
  Leigh Edmonds〔編〕"Fanew Sletter"
- ◇ウィリアム・アセリング・ジュニア賞
  ジョージ・ターナー（George Turner）— Paradigm and Pattern; Form and Meaning in "The Dispossessed"

1977年
◇SF小説（オーストラリア）
デイヴィッド・レイク（David Lake）"Walkers on the Sky"
◇SF小説（インターナショナル）
クリストファー・プリースト（Chris Priest）「スペース・マシン」"The Space Machine"
◇ファンジン（オーストラリア）
Bruce Gillespie "S.F.Commentary"
◇ウィリアム・アセリング・ジュニア賞
ジョージ・ターナー（George Turner）"The Jonah Kit"
◇特別委員会賞
フィリッパ・マダン（Phillipa Maddern）"The Ins and Outs of the Hadhya City State"

1978年
◇SF長編（オーストラリア）
チェリイ・ワイルダー（Cherry Wilder）"The Luck of Brins Five"〈Atheneum〉
◇SF短編（オーストラリア）
フランシス・ペイン（Francis Payne）"Albert's Bellyful"（Yggdrasil, Feb '77）
◇小説（インターナショナル）
J.R.R.トールキン（J.R.R.Tolkien）「シルマリルの物語」"The Silmarillion"〈Allen&Unwin〉
◇アマチュア出版物（ファンジン）（オーストラリア）
Van Ikin "Enigma"
◇ウィリアム・アセリング・ジュニア賞
アンドリュー・ウィトモア（Andrew Whitmore）"The Novels of D.G. Compton"（SF Commentary No.52）

1979年
◇小説（オーストラリア）
ジョージ・ターナー（George Turner）"Beloved Son"〈Faber〉
◇小説（インターナショナル）
アン・マキャフリイ（Anne McCaffrey）「白い竜」"The White Dragon"
◇ファンジン（オーストラリア）
John Foyster "Chunder！"
◇ファン・ライター（オーストラリア）
Marc Ortlieb

◇ウィリアム・アセリング・ジュニア賞
スーザン・ウッド（Susan Wood）"Women and Science Fiction"（Algol, 33, 1978）

1980年
◇小説（オーストラリア）
ロバート・イングペン（Robert Ingpen）"Australian Gnomes"
◇小説（インターナショナル）
ダグラス・アダムス（Douglas Adams）「銀河ヒッチハイク・ガイド」"The Hitchhiker's Guide to the Galaxy"
◇ファンジン（オーストラリア）
Bruce Gillespie "S.F.Commentary"
◇ファン・ライター（オーストラリア）
Leanne Frahm
◇ファンタジー/SFアーティスト（オーストラリア）
Marilyn Pride
◇ウィリアム・アセリング・ジュニア賞
Jack R.Herman "Paradox as Paradigm: A Review of The Chronicles of Thomas Covenant the Unbeliever"（Forerunner, May）

1981年
◇長編（オーストラリア）
ダミアン・ブロデリック（Damien Broderick）"The Dreaming Dragons"
◇短編（オーストラリア）
Leanne Frahm "Deus Ex Corporus"
◇小説（インターナショナル）
グレゴリイ・ベンフォード（Gregory Benford）「タイムスケープ」"Timescape"
◇ファンジン（オーストラリア）
Marc Ortlieb "Q36"
◇ファン・ライター（オーストラリア）
Marc Ortlieb
◇SF/ファンタジー・アーティスト（オーストラリア）
Marilyn Pride
◇ウィリアム・アセリング・ジュニア賞
ジョージ・ターナー（George Turner）"Frederik Pohl as a Creator of Future Societies, and Samuel Delany: Victim of great Applause"

SF・ファンタジー　　　　　　　　　　　　　　　　　　　　　　　　　　　　　　　　　　038 ディトマー賞

1982年
◇SF/ファンタジー長編（オーストラリア）
　デイヴィッド・レイク（David Lake）"The Man Who Loved Morlocks"
◇SF/ファンタジー短編（オーストラリア）
　Keith Taylor "Where Silence Rules"
◇小説（インターナショナル）
　クリストファー・プリースト（Chris Priest）"The Affirmation"
◇ファンジン（オーストラリア）
　Marc Ortlieb "Q36"
◇ファン・ライター（オーストラリア）
　Marc Ortlieb
◇SF/ファンタジー・アーティスト（オーストラリア）
　Marilyn Pride
◇ウィリアム・アセリング・ジュニア賞
　Bruce Gillespie "Sing a Song of Daniel"

1983年
◇SF/ファンタジー小説（オーストラリア）
　テリー・ダウリング（Terry Dowling）"The Ones Who Walk Away Behind the Eyes"（Omega, May 1982）
◇小説（インターナショナル）
　ラッセル・ホーバン（Russell Hoban）"Ridley Walker"
◇ファンジン（オーストラリア）
　Marc Ortlieb "Q36"
◇ファン・ライター（オーストラリア）
　Marc Ortlieb
◇SF/ファンタジー・アーティスト（オーストラリア）
　Marilyn Pride
◇SF/ファンタジー漫画家（オーストラリア）
　ジョン・パッカー（John Packer）
◇SF/ファンタジー編集者（オーストラリア）
　Van Ikin
◇ウィリアム・アセリング・ジュニア賞
　テリー・ダウリング（Terry Dowling）"Kirth Gersen: The Other demon Prince, Science Fiction 11"
◇特別賞
　ロビン・ジョンソン（Robin Johnson）—ファンダムへの貢献に対して

1984年
◇SF/ファンタジー長編（オーストラリア）
　ジョージ・ターナー（George Turner）"Yesterday's Men"〈Faber〉
◇SF/ファンタジー短編（オーストラリア）
　アンドリュー・ウィトモア（Andrew Whitmore）"Above Atlas His Shoulders"
◇小説（インターナショナル）
　受賞作なし
◇ファンジン（オーストラリア）
　Leigh Edmonds "Rataplan/Ornithopter"
◇ファン・ライター（オーストラリア）
　Leigh Edmonds
◇SF/ファンタジー・アーティスト（オーストラリア）
　Nick Stathopoulos
◇SF/ファンタジー漫画家（オーストラリア）
　ジョン・パッカー（John Packer）
◇SF/ファンタジー編集者（オーストラリア）
　Van Ikin
◇ウィリアム・アセリング・ジュニア賞
　受賞作なし

1985年
◇長編（オーストラリア）
　ヴィクター・ケラハー（Victor Kellaher）"Beast of Heaven"
◇短編（オーストラリア）
　テリー・ダウリング（Terry Dowling）"Terrarium"（Omega, May/June 1984）
◇小説（インターナショナル）
　ウイリアム・ギブスン（William Gibson）「ニューロマンサー」"Neuromancer"〈Ace〉
◇ファンジン（オーストラリア）
　Merv Binns "Australian SF News"
◇ファン・ライター（オーストラリア）
　Leigh Edmonds
◇SF/ファンタジー・アーティスト/漫画家/イラストレーター（オーストラリア）
　Nick Stathopoulos
◇SF/ファンタジー編集者（オーストラリア）
　Bruce Gillespie
◇SF/ファンタジー映像作品（オーストラリア）
　"Kindred Spirits"（ABC Telemovie）
◇ウィリアム・アセリング・ジュニア賞
　ジョージ・ターナー（George Turner）"In

The Heart or in the Head"
1986年
◇SF長編（オーストラリア）
ピーター・ケアリー（Peter Carey）「イリワッカー」 "Illywacker"
◇短編（オーストラリア）
テリー・ダウリング（Terry Dowling）"The Bullet That Grows in the Gun"（Urban Fantasies）
◇小説（インターナショナル）
アーシュラ・K.ル＝グウィン（Ursula K. Le Guin）「コンパス・ローズ」"The Compass Rose"〈Bantam/Underwood & Miller/Harper and Row〉
◇ファンジン（オーストラリア）
Bruce Gillespie "The Metaphysical Review"
◇ファン・ライター（オーストラリア）
Leigh Edmonds
◇SF/ファンタジー・アーティスト（オーストラリア）
Nick Stathopoulos
◇ウィリアム・アセリング・ジュニア賞
ジョージ・ターナー（George Turner）「ニューロマンサー」"Neuromancer"他
1987年
◇SF/ファンタジー長編（オーストラリア）
Keith Taylor "Bard Ⅲ: The Wild Sea"〈Ace〉
◇SF/ファンタジー短編（オーストラリア）
テリー・ダウリング（Terry Dowling）"The Man Who Lost Red"
◇ファンジン（オーストラリア）
Roger Weddall, Peter Burns "Thyme"
◇SF/ファンタジー・アーティスト（オーストラリア）
Craig Hilton
◇オーストラリアのファンダムに対する顕著な貢献
Carey Handfield —T.R.O.（The Real Official）
◇ウィリアム・アセリング・ジュニア賞
ラッセル・ブラックフォード（Russell Blackford）"Debased and Lascivious"
1988年
◇長編（オーストラリア）
テリー・ダウリング（Terry Dowling）"For as Long as You Burn"（Aphelion 5）
◇短編（オーストラリア）
テリー・ダウリング（Terry Dowling）"The Last Elephant"（Australian Short Stories #20）
◇ファンジン（オーストラリア）
Van Ikin "Science Fiction"
◇ファン・ライター（オーストラリア）
Perry Middlemiss
◇ファン・アーティスト
ルイス・モーリー（Lewis Morley）
◇ウィリアム・アセリング・ジュニア賞
Van Ikin "Mirror Reversals and the Tolkien Writing Game"（Science Fiction #25）
1989年
◇長編（オーストラリア）
ダミアン・ブロデリック（Damien Broderick）"Striped Holes"〈Avon〉
◇短編（オーストラリア）
ルーシー・サセックス（Lucy Sussex）"My Lady Tongue"（Matilda at the Speed of Light）
◇小説（インターナショナル）
オースン・スコット・カード（Orson Scott Card）「奇跡の少年」"Seventh Son"〈Legend〉
◇ファンジン（オーストラリア）
Jacob Blake "Get Stuffed"
◇ファン・ライター（オーストラリア）
Bruce Gillespie
◇ファン・アーティスト
Ian Gunn
◇ウィリアム・アセリング・ジュニア賞
ラッセル・ブラックフォード（Russell Blackford）"ASFR Articles"
1990年
◇長編（オーストラリア）
Wynne Whiteford "Lake Of The Sun"〈Ace〉
◇短編（オーストラリア）
テリー・ダウリング（Terry Dowling）"The Quiet Redemption of Andy the House"（Australian Short Stories #26, June 1989）

◇ファンジン(オーストラリア)
　M.S.F.C "Ethel The Aardvark"
◇ファン・ライター(オーストラリア)
　Bruce Gillespie
　Ian Gunn
◇ファン・アーティスト
　Ian Gunn
◇ウィリアム・アセリング・ジュニア賞
　受賞作なし

1991年
◇ "Fannish Cat"
　Roger Weddall "Typo"
◇ファンジン
　The Science Fiction Collective〔編〕
　　"Australian Science Fiction Review"
　　(Second series)
◇長編/アンソロジー(オーストラリア)
　テリー・ダウリング(Terry Dowling)
　　"Rynosseros"〈Aphelion〉
◇短編(オーストラリア)
　ショーン・マクマレン(Sean McMullen)
　　"While the Gate is Open"(F&SF March 1990)
◇ファン・アーティスト(オーストラリア)
　Ian Gunn
◇ファン・ライター(オーストラリア)
　Bruce Gillespie
◇ウィリアム・アセリング・ジュニア賞
　Bruce Gillespie "The Non-SF Novels of Philip K. Dick" (presented at the Nova Mob and published in ANZAPA)

1992年
◇長編/作品集
　テリー・ダウリング(Terry Dowling)
　　"Wormwood"
◇短編
　ショーン・マクマレン(Sean McMullen)
　　"Alone in his Chariot"
◇ファンジン
　ジェレミー・G.バーン(Jeremy G.Byrne),ロビン・ペン(Robin Pen),リチャード・スクリヴン(Richard Scriven),クリス・ストロナック(Chris Stronach),ジョナサン・ストラハン(Jonathan Strahan)〔共編〕 "Eidolon"
◇ファン・ライター
　Bruce Gillespie

◇SF/ファンタジー・アーティスト
　Ian Gunn
◇ウィリアム・アセリング・ジュニア賞
　ショーン・マクマレン(Sean McMullen)
　　"Going Commercial"
◇特別賞(ファンダムへのサービスに対して)
　Susan Batho
　ロン・クラーク(Ron Clarke)
　Jack Herman

1993年
◇長編
　グレッグ・イーガン(Greg Egan)「宇宙消失」 "Quarantine"
◇短編
　グレッグ・イーガン(Greg Egan)「ふたりの距離」(『ひとりっ子』収録) "Closer"
◇定期刊行物
　ジェレミー・G.バーン(Jeremy G.Byrne),ロビン・ペン(Robin Pen),リチャード・スクリヴン(Richard Scriven),クリス・ストロナック(Chris Stronach),ジョナサン・ストラハン(Jonathan Strahan),キーラ・マッケンジー(Keira McKenzie)〔共編〕 "Eidolon"
◇ファン・ライター
　ロビン・ペン(Robin Pen)
◇アートワーク
　Nick Stathopoulos "Blue Tyson"の表紙
◇ウィリアム・アセリング・ジュニア賞
　ショーン・マクマレン(Sean McMullen)
　　"Australian SF Art Turns 50"

1994年
◇長編/作品集
　ジョージ・ターナー(George Turner)
　　"The Destiny Makers"
◇短編
　Leanne Frahm "Catalyst" (Terror Australis)
◇プロ・アートワーク
　Nick Stathopoulos "Twilight Beach"の表紙
◇ファン・ライター
　Bruce Gillespie
◇ファン・アーティスト
　Kerri Valkova
◇ファンジン

Ethel the Aardvark
◇ウィリアム・アセリング・ジュニア賞
James Allen "SF Sucks" (Get Stuffed #6)

1995年
　◇長編 (オーストラリア)
　　グレッグ・イーガン (Greg Egan)「順列都市」"Permutation City"〈Millenium〉
　◇短編 (オーストラリア)
　　グレッグ・イーガン (Greg Egan)「繭」(『祈りの海』収録) "Cocoon" (Asimov's SF, May 94)
　◇プロ・アートワーク
　　ショーン・タン (Shaun Tan) ― "Aurealis"と"Eidolon"のアートワークに対して
　◇ファンジン
　　Alan Stewart "Thyme"
　◇ファン・ライター
　　Terry Frost
　◇ファン・アーティスト
　　Ian Gunn
　◇特別委員会賞
　　ピーター・ニコルズ (Peter Nicholls)

1996年
　◇長編
　　ショーン・マクマレン (Sean McMullen) "Mirrorsun Rising"〈Aphelion〉
　◇短編
　　Ian Gunn "Schrödinger's Fridge" (Aurealis #15)
　◇出版物/ファンジン/定期刊行物
　　ジェレミー・G・バーン (Jeremy G.Byrne), リチャード・スクライヴン (Richard Scriven), ジョナサン・ストラハン (Jonathan Strahan)〔共編〕"Eidolon"
　◇アートワーク
　　ショーン・タン (Shaun Tan) "Eidolon 19"の表紙
　◇アマチュア・ファン・ライター
　　Terry Frost
　　Ian Gunn
　　Cheryl Morgan
　　Alan Stewart
　◇アマチュア・ファン・アーティスト
　　Ian Gunn
　　Steve Scholz
　　Kerri Valkova
　◇ウィリアム・アセリング・ジュニア賞
　　ビル・コングリーヴ (Bill Congreve), ショーン・マクマレン (Sean McMullen), Steven Paulsen "The Hunt for Australian Horror Fiction" (The Scream Factory #16)

1997年
　◇長編 (オーストラリア)
　　ルーシー・サセックス (Lucy Sussex) "Scarlet Rider"〈Tor/Forge〉
　◇短編 (オーストラリア)
　　ラッセル・ブラックフォード (Russell Blackford) "The Sword of God"
　◇ファンジン
　　Alan Stewart "Thyme"
　◇ファン・ライター
　　Bruce Gillespie
　◇ファン・アーティスト
　　Ian Gunn
　◇プロ・アートワーク
　　エリザベス・カイル (Elizabeth Kyle) "Dreamweavers"の表紙
　◇ウィリアム・アセリング・ジュニア賞
　　Alan Stewart ― "Thyme"に掲載のレビューに対して

1998年
　◇長編
　　ダミアン・ブロデリック (Damien Broderick) "The White Abacus"〈Avon Books〉
　◇短編
　　ジャニーン・ウェッブ (Janeen Webb), ジャック・ダン (Jack Dann) "Niagara Falling" (Black Mist)
　◇映像作品
　　「対決 スペルバインダーⅡ」"Spellbinder 2" (Nine Network)
　◇アートワーク/アーティスト
　　Nick Stathopoulos
　◇ファンジン
　　ジェレミー・G・バーン (Jeremy G.Byrne), リチャード・スクライヴン (Richard Scriven), ジョナサン・ストラハン (Jonathan Strahan)〔共編〕"Eidolon"
　◇ファン・ライター
　　Leanne Frahm
　◇ウィリアム・アセリング・ジュニア賞

ショーン・マクマレン（Sean McMullen），Steven Paulsen "Australian Contemporary Fantasy"（Encyclopedia of Fantasy #173）〈Orbit〉

1999年
◇長編（オーストラリア）
ショーン・ウィリアムズ（Sean Williams）"The Resurrected Man"〈HarperCollins〉
◇短編（オーストラリア）
デイヴィッド・レイク（David Lake）"The Truth About Weena"（Dreaming Down-Under）
◇雑誌/アンソロジー（オーストラリア）
ジャック・ダン（Jack Dann），ジャニーン・ウェッブ（Janeen Webb）"Dreaming Down-Under"〈HarperCollins〉
◇ファンジン（オーストラリア）
Bruce Gillespie "The Metaphysical Review"
◇ファン・アーティスト
Ian Gunn
◇プロ・アートワーク
Nick Stathopoulos "The Man Who Melted"および"Dreaming Down-Under"の表紙
◇ウィリアム・アセリング・ジュニア賞
Paul Collins "MUP Encyclopedia of Australian Science Fiction"

2000年
◇長編（受賞拒否）
グレッグ・イーガン（Greg Egan）"Teranesia"
◇短編
クリス・ローソン（Chris Lawson）"Written In Blood"（Asimov's June 1999）
◇作品集
ショーン・ウィリアムズ（Sean Williams）"New Adventures in Sci-Fi"
◇アートワーク
ショーン・タン（Shaun Tan）"The Coode St Review Of Science Fiction"の表紙
◇ファン・ライター
ロビン・ペン（Robin Pen）
◇ファン・アーティスト
Catriona Sparks
◇ファン制作物
Danny Heap "Aussiecon 3 Opening Ceremony Video"
◇ウィリアム・アセリング・ジュニア賞
テス・ウィリアムズ（Tess Williams），ヘレン・メリック（Helen Merrick）"Women Of Other Worlds"
ラッセル・ブラックフォード（Russell Blackford），Van Ikin，ショーン・マクマレン（Sean McMullen）"Strange Constellations: A History Of Australian Science Fiction"

2001年
◇長編
ショーン・ウィリアムズ（Sean Williams），シェイン・ディックス（Shane Dix）"Evergence 2: The Dying Light"〈Ace Books〉
◇短編
スティーヴン・デッドマン（Stephen Dedman）"The Devotee"（Eidolon 29/30）
テリー・ダウリング（Terry Dowling）"The Saltimbanques"（Blackwater Days）〈Eidolon Publications〉
◇作品集
テリー・ダウリング（Terry Dowling）"Blackwater Days"〈Eidolon Publications〉
◇アートワーク
ショーン・タン（Shaun Tan）「ロスト・シング」"The Lost Thing"〈Lothian Books〉
◇ファン・ライター
ロビン・ペン（Robin Pen）
◇ファン・アーティスト
Grant Watson
◇ファン制作物
Grant Watson "Angriest Video Store Clerk in the World"
◇ウィリアム・アセリング・ジュニア賞（批評・レビュー）
Grant Watson, Simon Oxwell "Waking Henson: A Jim Henson Retrospective"
◇新人
Deborah Biancotti
◇プロ業績
受賞者なし

2002年
　◇長編（オーストラリア）
　　ガース・ニクス（Garth Nix）「ライラエル―氷の迷宮」"Lirael"〈Allen&Unwin〉
　◇短編（オーストラリア）
　　ルーシー・サセックス（Lucy Sussex）"Absolute Uncertainty"（F&SF, April 2001）
　　ジャック・ダン（Jack Dann）"The Diamond Pit"（Jubilee）〈HarperCollins〉
　◇作品集（オーストラリア）
　　ダミアン・ブロデリック（Damien Broderick）"Earth is But a Star"〈UWA Press〉
　◇ファン・ライター
　　Bruce Gillespie
　◇ファン・アーティスト
　　Dick Jenssen
　◇ファン制作物（ファンジン）（オーストラリア）
　　Bruce Gillespie "S.F.Commentary"
　◇ファン制作物（その他）（オーストラリア）
　　Anthony Mitchell "Mitch？ 2, Tarts of the New Millennium" Spaced Out Website
　◇プロ業績（オーストラリア）
　　Dirk Strasser, Stephen Higgins ―長年にわたる雑誌「Aurealis」の編集および制作に対して
　◇ファン業績（オーストラリア）
　　受賞者なし（ノミネート後, ファン制作物部門へ移動）
　◇新人
　　Cat Sparks
2003年
　◇長編（オーストラリア）
　　ショーン・ウィリアムズ（Sean Williams）, シェイン・ディクス（Shane Dix）"Echoes of Earth"
　◇短編（オーストラリア）
　　Deborah Biancotti "King of All and The Metal Sentinel"（Agog！ Fantastic Fiction）
　◇作品集（オーストラリア）
　　Cat Sparks〔編〕"Agog！ Fantastic Fiction"〈Agog！ Press〉
　◇アートワーク（オーストラリア）
　　Cat Sparks "Passing Strange"の表紙
　◇ファン・ライター（オーストラリア）
　　ロビン・ペン（Robin Pen）
　◇ファン・アーティスト（オーストラリア）
　　Cat Sparks
　◇新人
　　リー・バタースビー（Lee Battersby）
　◇ファンジン（オーストラリア）
　　Lily Chrywenstrom〔編〕"Fables & Reflections"
　◇制作物（オーストラリア）
　　"Andromeda Spaceways Inflight Magazine Launch"
　◇プロ業績（オーストラリア）
　　ジョナサン・ストラハン（Jonathan Strahan）
　◇ファン業績（オーストラリア）
　　Simon Oxwell, Grant Watson, Anna Hepworth〔共編〕"Borderlands: That which scares us"
　◇ウィリアム・アセリング・ジュニア賞（批評・レビュー）
　　ジョナサン・ストラハン（Jonathan Strahan）
2004年
　◇長編
　　K.J.ビショップ（K.J.Bishop）"The Etched City"〈Prime Books〉
　◇中編
　　ルーシー・サセックス（Lucy Sussex）"La Sentinelle"（Southern Blood：New Australian Tales of the Supernatural）
　◇短編
　　トルーディ・カナヴァン（Trudi Canavan）"Room for Improvement"（Forever Shores）
　◇作品集
　　Cat Sparks〔編〕"Agog！ Terrific Tales"〈Agog！ Press〉
　　ピーター・マクナマラ（Peter McNamara）, マーガレット・ウィンチ（Margaret Winch）〔共編〕"Forever Shores"〈Wakefield Press〉
　◇ファン制作物
　　CSFG ―"Elsewhere Book Launch"に対

して
- ◇ファンジン
  Edwina Harvey, Edwin Scribner〔共編〕"The Australian SF Bullsheet"
- ◇ファン・ライター
  Bruce Gillespie
- ◇ファン・アーティスト
  Les Petersen "Battle Elf"(Conflux)のポスター
- ◇アートワーク
  Cat Sparks "Agog! Terrific Tales"(Cat Sparks編)の表紙
- ◇新人
  K.J.ビショップ(K.J.Bishop)
- ◇ウィリアム・アセリング・ジュニア賞(批評・レビュー)
  Bruce Gillespie

2005年
- ◇長編
  ショーン・ウィリアムズ(Sean Williams) "The Crooked Letter"
- ◇作品集
  マーゴ・ラナガン(Margo Lanagan)「ブラックジュース」 "Black Juice"
- ◇中編
  Paul Haines "The Last Days of Kali Yuga"(NFG Magazine, Volume2 Issue 4, August 2004)
- ◇短編
  マーゴ・ラナガン(Margo Lanagan)「沈んでいく姉さんを送る歌」(『ブラックジュース』収録) "Singing My Sister Down"(Black Juice)
- ◇プロ・アートワーク
  Kerri Valkova "The Black Crusade"〈Chimaera Publications〉の表紙
- ◇プロ業績
  The Clarion South Team(Fantastic Qld - Convenors- Robert Hoge, Kate Eltham, Robert Dobson & Heather Gent) — Negotiating with the US Clarion people, then promoting and establishing Clarion South which gives emerging writer the chance to work with the best in the business.
- ◇ファン業績
  Conflux convention committee
- ◇ファン・アート
  Sarah Xu
- ◇ファン・ウェブサイト／ファンジン
  Edwina Harvey, Ted Scribner〔共編〕"Bullsheet"
- ◇ファン・ライター
  Bruce Gillespie
- ◇新人
  Paul Haines
- ◇ウィリアム・アセリング・ジュニア賞(批評・レビュー)
  ロバート・フッド(Robert Hood) — review of Weight of Water at HoodReviews, asking" is this film a ghost story?"
  Jason Nahrung —Why are publishers afraid of horror(BEM, Courier Mail, 20 March 2004)
- ◇ピーター・マクナマラ業績賞(マリアン・マクマナラの提供による)
  ジョナサン・ストラハン(Jonathan Strahan)

2006年
- ◇長編
  ショーン・ウィリアムズ(Sean Williams), シェイン・ディックス(Shane Dix) "Geodesica: Ascent"(Ace January 25, 2005)
- ◇中編
  Kaaron Warren "The Grinding House"(The Grinding House)〈CSFG Publishing〉
- ◇短編
  Kaaron Warren "Fresh Young Widow"(The Grinding House)〈CSFG Publishing〉
- ◇作品集
  ロバート・フッド(Robert Hood), ロビン・ペン(Robin Pen) "Daikaiju! Giant Monster Tales"〈Agog! Press〉
- ◇アートワーク
  Nick Stathopoulos "Australian Speculative Fiction: A Genre Overview"(by Donna Hanson)(表紙)
- ◇ファン・ライター
  Shane Jiraiya Cummings〔ライター・レビュワー〕"Horror Scope"

◇ファン・アーティスト
　シェーン・パーカー（Shane Parker）―Conflux Poster Art（Conflux）
◇ファン制作物
　Edwina Harvey, Ted Scribner ―The Australian Science Fiction Bullsheet. Website and Newsletter
◇ファンジン
　Russell B.Farr ―Ticonderoga Online（ウェブサイト）
◇新人
　Rjurik Davidson
◇プロ業績
　Robert Dobson, Robert Hoge, Kate Eltham, Heather Gammage ―Clarion South 2005, Clarion South Workshop
◇ウィリアム・アセリング・ジュニア賞
　ロバート・フッド（Robert Hood）"Divided Kingdom: King Kong vs Godzilla"（King Kong is Back : Benbella Books）

2007年
◇長編
　ウィル・エリオット（Will Elliot）"The Pilo Family Circus"〈ABC Books〉
◇中編
　Paul Haines "The Devil in Mr Pussy (Or how I found God inside my wife)"〈C0ck, Coeur de Lion Publishing〉
◇短編
　Rjurik Davidson "The Fear of White"（Borderlands #7）
◇作品集
　ビル・コングリーヴ（Bill Congreve）, Michelle Marquardt〔共編〕"The Year's Best Australian Science Fiction and Fantasy Vol.2"〈Mirrordanse Books〉
◇アートワーク
　Andrew MacRae "26Lies/1Truth"〈Wheatland Press〉の表紙
◇ファン・ライター
　Danny Oz
◇ファン・アーティスト
　Jon Swabey
◇ファン制作物
　Alisa Krasnostein〔エグゼクティブ・エディター〕―ASiF website

◇ファンジン
　Shane Jiraiya Cummings〔編〕"Horror Scope"
◇プロ業績
　ビル・コングリーヴ（Bill Congreve）―"Mirrordanse Press and 2 issues of the Australian Year's Best Science Fiction and Fantasy"に対して
◇ファン業績
　Alisa Krasnostein ―ASiFを創設したことに対して
◇新人
　Alisa Krasnostein
◇ウィリアム・アセリング・ジュニア賞
　ジャスティーン・ラーバレスティア（Justine Larbalestier）―"Feminist Science Fiction in the Twentieth Century"に対して
◇ピーター・マクナマラ賞
　ショーン・タン（Shaun Tan）
◇A.バートラム・チャンドラー賞
　Bruce Gillespie

2008年
◇長編
　ショーン・ウィリアムズ（Sean Williams）"Saturn Returns"〈Orbit〉
◇中編
　Cat Sparks "Lady of Adestan"（Orb #7/Sarah Endacott編）〈Orb Publications〉
◇短編
　Rick Kennett "The Dark and What It Said"（Andromeda Spaceways Inflight Magazine #28/Zara Baxter編）
◇作品集
　ジョナサン・ストラハン（Jonathan Strahan）〔編〕"The New Space Opera"〈HarperCollins〉
　Russell B.Farr〔編〕"Fantastic Wonder Stories"〈Ticonderoga Publications〉
◇アートワーク
　Nick Stathopoulos "the Daikaiju #3"の表紙
◇ファン・ライター
　ロブ・フッド（Rob Hood）―自身のWebサイトでの映画批評に対して

◇ファン・アート
　Katherine Linge "Exterminate！ Dalek Postcards"
◇ファン制作物
　〔conducted by〕Alisa Krasnostein, Ben Payne, Alexandra Pierce, Tansy Rayner Roberts, Katherine Linge, Kaaron Warren, Rosie Clark "2007 Snap Shot Project—Interviews with influential members of the Australian speculative fiction scene"
◇ファンジン
　Alisa Krasnostein, Ben Payne, Alexandra Pierce, Tansy Rayner Roberts〔共編〕"Not If You Were the Last Short Story on Earth"
◇プロ業績
　Andromeda Spaceways Publishing Co-Operative Ltd —five issues in 2007, including three electronic Best Of anthologies に対して
◇ファン業績
　Alisa Krasnostein —ASiF-Australian Speculative Fiction in Focusに対して
◇新人
　Tehani Wessely
◇ウィリアム・アセリング・ジュニア賞
　Grant Watson —"The Bad Film Diaries"（Published in Borderlands #9）に対して

2009年
◇長編
　マーゴ・ラナガン（Margo Lanagan）"Tender Morsels"〈Allen&Unwin〉
◇中編
　Kirstyn McDermott "Painlessness"（GUD：Greatest Uncommon Denominator, Issue 2, Spring 2008）
◇短編
　Dirk Flinthart "This Is Not My Story"（Andromeda Spaceways Inflight Magazine, #37）
　マーゴ・ラナガン（Margo Lanagan）"The Goosle"（The Del Rey Book of Science Fiction and Fantasy, Ellen Datlow編〉〈Del Rey〉
◇作品集
　ジャック・ダン（Jack Dann）〔編〕"Dreaming Again"〈Harper Voyager〉
◇アートワーク
　ショーン・タン（Shaun Tan）「遠い町から来た話」"Tales from Outer Suburbia"〈Allen&Unwin〉
◇ファン・ライター
　ロバート・フッド（Robert Hood）"Undead Backbrain"
◇ファン・アーティスト
　Cat Sparks —"Scary Food Cookbook"〈Agog！ Press〉に対して
◇ファン出版物
　Alisa Krasnostein, Gene Melzack〔共編〕"ASif！ Australian Speculative Fiction In Focus"〈Twelfth Planet Press〉
◇ウィリアム・アセリング・ジュニア賞（批評・レビュー）
　Kim Wilkins "Popular genres and the Australian literary community：the case of fantasy fiction"（Journal of Australian Studies, Vol 32, Issue 2）
◇業績
　アンジェラ・チャリス（Angela Challis）—"Black：Australian Dark Culture Magazine"とBrimstone Pressに対して
◇新人
　Felicity Dowker

2010年
◇長編
　Kaaron Warren "Slights"〈Angry Robot〉
◇中編
　Paul Haines "Wives"〈X6〉
◇短編
　Cat Sparks "Seventeen"（Masques）
◇作品集
　Paul Haines "Slice Of Life"〈The Mayne Press〉
◇アートワーク
　ルイス・モーリー（Lewis Morley）"Andromeda Spaceways Inflight Magazine #42"の表紙
◇ファン・ライター
　ロバート・フッド（Robert Hood）— Undead Backbrain（roberthood.net/blog）に対して
◇ファン・アーティスト

Dick Jenssen　――一連の作品に対して
　◇ファン出版物（媒体問わず）
　　　Bruce Gillespie, Janine Stinson〔共編〕"Steam Engine Time"
　◇業績
　　　Gillian Polack他　――the Southern Gothic banquet at Confluxに対して
　◇新人
　　　Peter M.Ball
　◇ウィリアム・アセリング・ジュニア賞（批評・レビュー）
　　　ヘレン・メリック（Helen Merrick）――"The Secret Feminist Cabal：A Cultural History of Science Fiction Feminisms"（Aqueduct）に対して
2011年
　◇長編
　　　Tansy Rayner Roberts "Power and Majesty"〈Harper Voyager〉
　◇中編
　　　Thoraiya Dyer "The Company Articles of Edward Teach"〈Twelfth Planet Press〉
　◇短編
　　　Cat Sparks "All the Love in the World"（Sprawl）
　　　Kirstyn McDermott "She Said"（Scenes from the Second Storey）
　◇作品集
　　　Alisa Krasnostein〔編〕"Sprawl"〈Twelfth Planet Press〉
　◇ファン出版物
　　　Alisa Krasnostein, Tansy Rayner Roberts, Alex Pierce "Galactic Suburbia"（ポッドキャスト）
　◇ファン・ライター
　　　Alexandra Pierce ―「Australian Speculative Fiction in Focus」でのレビューを含む一連の著作に対して
　◇ファン・アーティスト
　　　Amanda Rainey ―Swancon 36のロゴに対して
　◇アートワーク
　　　Andrew Ruhemann, ショーン・タン（Shaun Tan）"The Lost Thing"（ショートフィルム）（Passion Pictures）
　◇新人
　　　Thoraiya Dyer
　◇ウィリアム・アセリング・ジュニア賞（批評・レビュー）
　　　Tansy Rayner Roberts "A Modern Woman's Guide to Classic Who"
　◇業績
　　　Alisa Krasnostein, Kathryn Linge, Rachel Holkner他 ―Snapshot 2010に対して
2012年
　◇長編
　　　Kim Westwood "The Courier's New Bicycle"〈HarperCollins〉
　◇中編
　　　Paul Haines "The Past Is a Bridge Best left Burnt"（The Last Days of Kali Yuga）
　◇短編
　　　Tansy Rayner Roberts "The Patrician"（Love and Romanpunk）
　◇作品集
　　　Paul Haines "The Last Days of Kali Yuga"〈Brimstone〉
　◇ファン出版物
　　　Kirstyn McDermott, Ian Mond "The Writer and the Critic"
　◇ファン・ライター
　　　ロビン・ペン（Robin Pen）―"The Ballad of the Unrequited Ditmar"に対して
　◇ファン・アーティスト
　　　Kathleen Jennings ―for work in Errantry, including "The Dalek Game"
　◇アートワーク
　　　Kathleen Jennings "Finishing School"（Steampunk！）
　◇新人
　　　Joanne Anderton
　◇ウィリアム・アセリング・ジュニア賞（批評・レビュー）
　　　Alexandra Pierce, Tehani Wessely ― "Vorkosigan Saga"（Randomly Yours, Alex掲載）のレビューに対して
2013年
　◇長編
　　　マーゴ・ラナガン（Margo Lanagan）"Sea Hearts"〈Allen&Unwin〉

◇中編
　Kaaron Warren "Sky"（Through Splintered Walls）
◇短編
　Thoraiya Dyer "The Wisdom of Ants"（Clarkesworld Dec 2012）
◇作品集
　Kaaron Warren "Through Splintered Walls"〈Twelfth Planet〉
◇ファン出版物
　Kirstyn McDermott, Ian Mond "The Writer and the Critic"
◇ファン・ライター
　Tansy Rayner Roberts ―「Not If You Were The Last Short Story On Earth」でのレビューを含む一連の著作に対して
◇ファン・アーティスト
　Kathleen Jennings ―"The Dalek Game"と"The Tamsyn Webb Sketchbook"を含む一連の作品に対して
◇アートワーク
　Kathleen Jennings ―"Midnight and Moonshine"〈Ticonderoga〉に対して
◇新人
　David McDonald
◇ウィリアム・アセリング・ジュニア賞（批評・レビュー）
　Tansy Rayner Roberts ―"Historically Authentic Sexism in Fantasy. Let's Unpack That."（Tor.com）に対して

2014年
◇長編
　ロバート・ノット（Robert Hood）"Fragments of a Broken Land: Valarl Undead"〈Wildside〉
◇中編
　Kirstyn McDermott "The Home for Broken Dolls"（Caution：Contains Small Parts）
◇短編
　Cat Sparks "Scarp"（The Bride Price）
◇作品集
　Cat Sparks "The Bride Price"〈Ticonderoga〉
◇ファン出版物
　Sean Wright, Alex Pierce, Helen Stubbs, David McDonald, Mark Webb ―Galactic Chat（ポッドキャスト）
◇ファン・ライター
　Sean Wright ―"Adventures of a Bookonaut"でのレビューを含む一連の著作に対して
◇ファン・アーティスト
　Kathleen Jennings ―"Illustration Friday"を含む一連の作品に対して
◇アートワーク
　ショーン・タン（Shaun Tan）「夏のルール」"Rules of Summer"〈Hachette Australia〉
◇新人
　Zena Shapter
◇ウィリアム・アセリング・ジュニア賞（批評・レビュー）
　David McDonald, Tansy Rayner Roberts, Tehani Wessely ―"New Who series"へのレビューに対して
　Alisa Krasnostein, Alex Pierce, Tansy Rayner Roberts "Galactic Suburbia"

2015年
◇長編
　Glenda Larke "The Lascar's Dagger"〈Hachette〉
　トルーディ・カナヴァン（Trudi Canavan）"Thief's Magic"〈Hachette Australia〉
◇中編
　ショーン・ウィリアムズ（Sean Williams）"The Legend Trap"（Kaleidoscope）
◇短編
　Cat Sparks "The Seventh Relic"（Phantazein）
◇作品集
　Alisa Krasnostein, Julia Rios〔共編〕"Kaleidoscope"〈Twelfth Planet〉
◇ファン出版物（媒体問わず）
　Kirstyn McDermott, Ian Mond "The Writer and the Critic"
◇ファン・ライター
　Tansy Rayner Roberts
◇ファン・アーティスト
　Kathleen Jennings ―Fakecon artとIllustration Friday seriesを含む一連の作品に対して
◇アートワーク
　Kathleen Jennings〔イラスト〕"Black-

Winged Angels" (Angela Slatter著)
〈Ticonderoga〉
◇新人
　Helen Stubbs

◇ウィリアム・アセリング・ジュニア賞（批評・レビュー）
　Tansy Rayner Roberts "Does Sex Make Science Fiction Soft？" (Uncanny Magazine #1)

039　ネビュラ賞　Nebula Awards

　アメリカSFファンタジー作家協会（SFWA）がアメリカの優れたSF作品に授与する賞。ヒューゴー賞がファンにより選出されるのとは異なり、SFWAに所属の作家、編集者、批評家など、プロフェッショナルが選出する賞。毎年開催。ロイド・ビグル・ジュニア（Lloyd Biggle,Jr.）が1965年、毎年優秀作のアンソロジーを出版することを提案し、その年度の優秀作を選考することが始まった。短編受賞作と、候補作数点を掲載したアンソロジーは毎年刊行されている。毎年春に開催される授賞式には、多くの作家と編集者が参加し、パネル・ディスカッションが行われる。現在の設置部門は、長編（Novel）、長中編（Novella）、中編（Novelette）、短編（Short Story）の4部門である。この他、ネビュラ賞ではないが、顕著な業績のあるSF作家に贈られるグランド・マスター賞（Damon Knight Memorial Grand Master Award 2002年から同年に亡くなったデーモン・ナイトの名を冠す）、ヤングアダルト向けの作品に贈られるアンドレ・ノートン賞（Andre Norton Award for Young Adult Science Fiction and Fantasy）、映像作品に贈られるレイ・ブラッドベリ賞（Ray Bradbury Award for Outstanding Dramatic Presentation）などがあり、同時に授与が行われている。なお、同一作品がヒューゴー賞、ネビュラ賞の両賞を受賞した作品は「ダブル・クラウン」と呼ばれる。日本人では，2006年に宮崎駿が「ハウルの動く城」で脚本部門を受賞している。

【主催者】アメリカSF作家協会（SFWA：Science Fiction and Fantasy Writers of America）
【選考委員】3〜7人で構成
【選考方法】会員全員による2回の予備投票で候補作（最大5作）を選出し、最終投票で決定する
【選考基準】〔対象〕前年（1月〜12月）にアメリカで刊行されたSF・ファンタジー分野の作品。複数回受賞不可
【締切・発表】毎春、多くの作家、編集者が集い、発表・授賞式が行われる。(2015年) 2016年5月14日　シカゴにて授賞式。(本賞の年次表記は選考対象年。授賞はその翌年)
【賞・賞金】星雲と水晶を埋め込んだ透明なブロック。賞金はない
【URL】http://www.sfwa.org/

1965年
◇長編
　フランク・ハーバート（Frank Herbert）
　「デューン 砂の惑星」 "Dune"
◇長中編
　ブライアン・W.オールディス（Brian W. Aldiss） "The Saliva Tree"
　ロジャー・ゼラズニイ（Roger Zelazny） "He Who Shapes"

◇中編
　ロジャー・ゼラズニイ（Roger Zelazny）「その顔はあまたの扉、その口はあまたの灯」 "The Doors of His Face, the Lamps of His Mouth"
◇短編
　ハーラン・エリスン（Harlan Ellison）「「悔い改めよ、ハーレクイン！」とチクタクマンはいった」 "Repent, Harlequin！' Said the Ticktockman"

1966年
◇長編
　ダニエル・キイス（Daniel Keyes）「アルジャーノンに花束を」 "Flowers for Algernon"
　サミュエル・R.ディレイニー（Samuel R. Delany）「バベル—17」 "Babel-17"
◇長中編
　ジャック・ヴァンス（Jack Vance）「最後の城」 "The Last Castle"
◇中編
　ゴードン・R.ディクスン（Gordon R. Dickson） "Call Him Lord"
◇短編
　リチャード・マッケナ（Richard McKenna）「秘密の遊び場」 "The Secret Place"

1967年
◇長編
　サミュエル・R.ディレイニー（Samuel R. Delany） "The Einstein Intersection"
◇長中編
　マイケル・ムアコック（Michael Moorcock）「この人を見よ」 "Behold the Man"
◇中編
　フリッツ・ライバー（Fritz Leiber）「骨のダイスを転がそう」 "Gonna Roll the Bones"
◇短編
　サミュエル・R.ディレイニー（Samuel R. Delany）「然り，そしてゴモラ」 "Aye, and Gomorrah"

1968年
◇長編
　アレクセイ・パンシン（Alexei Panshin）「成長の儀式」 "Rito de Passage"
◇長中編
　アン・マキャフリイ（Anne McCaffrey）「竜の戦士」 "Dragonrider"
◇中編
　リチャード・ウィルスン（Richard Wilson） "Mother to the World"
◇短編
　ケイト・ウィルヘルム（Kate Wilhelm）「計画する人」 "The Planners"

1969年
◇長編
　アーシュラ・K.ル＝グウィン（Ursula K.Le Guin）「闇の左手」 "The Left Hand of Darkness"
◇長中編
　ハーラン・エリスン（Harlan Ellison）「少年と犬」 "A Boy and His Dog"
◇中編
　サミュエル・R.ディレイニー（Samuel R. Delany）「時は準宝石の螺旋のように」 "Time Considered as a Helix of Semi-Precious Stones"
◇短編
　ロバート・シルヴァーバーグ（Robert Silverberg）「憑きもの」 "Passengers"

1970年
◇長編
　ラリイ・ニーヴン（Larry Niven）「リングワールド」 "Ringworld"
◇長中編
　フリッツ・ライバー（Fritz Leiber）「凶運の都ランクマール」 "Ill Met in Lankhmar"
◇中編
　シオドア・スタージョン（Theodore Sturgeon）「ゆるやかな彫刻」 "Slow Sculpture"
◇短編
　受賞作なし

1971年
◇長編
　ロバート・シルヴァーバーグ（Robert Silverberg）「禁じられた惑星」 "A Time of Changes"
◇長中編
　キャサリン・マクリーン（Katherine MacLean）「失踪した男」 "The Missing Man"
◇中編
　ポール・アンダースン（Poul Anderson）「空気と闇の女王」（『世界SF大賞傑作選—ヒューゴー・ウィナーズ6』収録） "The Queen of Air and Darkness"
◇短編
　ロバート・シルヴァーバーグ（Robert Silverberg）「ヴァチカンからの吉報」 "Good News from the Vatican"

1972年
- ◇長編
  - アイザック・アシモフ（Isaac Asimov）「神々自身」"The Gods Themselves"
- ◇長中編
  - アーサー・C.クラーク（Arthur C.Clarke）"A Meeting with Medusa"
- ◇中編
  - ポール・アンダースン（Poul Anderson）「トラジェディ」（『世界SF大賞傑作選―ヒューゴー・ウィナーズ6』収録）"Goat Song"
- ◇短編
  - ジョアンナ・ラス（Joanna Russ）"When it Changed"

1973年
- ◇長編
  - アーサー・C.クラーク（Arthur C.Clarke）「宇宙のランデヴー」"Rendezvous with Rama"
- ◇長中編
  - ジーン・ウルフ（Gene Wolfe）「アイランド博士の死」（『デス博士の島その他の物語』収録）"The Death of Doctor Island"
- ◇中編
  - ヴォンダ・N.マッキンタイア（Vonda N. McIntyre）「霧と草と砂と」"Of Mist, and Grass, and Sand"
- ◇短編
  - ジェイムズ・ティプトリー,Jr.（James Tiptree,Jr.）"Love Is the Plan, the Plan Is Death"
- ◇脚本
  - スタンリー・R.グリーンバーグ（Stanley R. Greenberg）「ソイレント・グリーン」"Soylent Green"

1974年
- ◇長編
  - アーシュラ・K.ル=グウィン（Ursula K.Le Guin）「所有せざる人々」"The Dispossessed"
- ◇長中編
  - ロバート・シルヴァーバーグ（Robert Silverberg）「我ら死者とともに生まれる」"Born with the Dead"
- ◇中編
  - ゴードン・エクランド（Gordon Eklund）, グレゴリイ・ベンフォード（Gregory Benford）「もし星が神ならば」"If the Stars Are Gods"
- ◇短編
  - アーシュラ・K.ル=グウィン（Ursula K.Le Guin）「革命前夜」（『風の十二方位』収録）"The Day Before the Revolution"
- ◇映像
  - ウディ・アレン（Woody Allen）〔監督・脚本〕「スリーパー」"Sleeper"
- ◇グランド・マスター
  - ロバート・A.ハインライン（Robert A. Heinlein）

1975年
- ◇長編
  - ジョー・ホールドマン（Joe Haldeman）「終りなき戦い」"The Forever War"
- ◇長中編
  - ロジャー・ゼラズニイ（Roger Zelazny）「ハングマンの帰還」"Home is the Hangman"
- ◇中編
  - トム・リーミイ（Tom Reamy）「サンディエゴ・ライトフット・スー」"San Diego Lightfoot Sue"
- ◇短編
  - フリッツ・ライバー（Fritz Leiber）「あの飛行船をつかまえろ」"Catch That Zeppelin！"
- ◇脚本
  - メル・ブルックス（Mel Brooks）, ジーン・ワイルダー（Gene Wilder）「ヤング・フランケンシュタイン」"Young Frankenstein"
- ◇グランド・マスター
  - ジャック・ウィリアムスン（Jack Williamson）

1976年
- ◇長編
  - フレデリック・ポール（Frederik Pohl）「マン・プラス」"Man Plus"
- ◇長中編
  - ジェイムズ・ティプトリー,Jr.（James Tiptree,Jr.）「ヒューストン、ヒューストン、聞こえるか？」"Houston, Houston, Do You Read？"

◇中編
　アイザック・アシモフ (Isaac Asimov)「バイセンテニアル・マン」(『聖者の行進』収録)(別題「二百周年を迎えた男」) "The Bicentennial Man"
◇短編
　チャールズ・L.グラント (Charles L.Grant)「影の群れ」 "A Crowd of Shadows"
◇グランド・マスター
　クリフォード・D.シマック (Clifford D. Simak)

1977年
◇長編
　フレデリック・ポール (Frederik Pohl)「ゲイトウェイ」 "Gateway"
◇長中編
　スパイダー・ロビンスン (Spider Robinson),ジーン・ロビンスン (Jeanne Robinson)「スターダンス」 "Stardance"
◇中編
　ラクーナ・シェルドン (Raccoona Sheldon)「ラセンウジバエ解決法」 "The Screwfly Solution"
◇短編
　ハーラン・エリスン (Harlan Ellison)「ジェフティは五つ」(『S-Fマガジン』1979年10月号) "Jeffty Is Five"
◇特別賞
　「スター・ウォーズ」 "Star Wars"
◇グランド・マスター
　受賞者なし

1978年
◇長編
　ヴォンダ・N.マッキンタイア (Vonda N. McIntyre)「夢の蛇」 "Dreamsnake"
◇長中編
　ジョン・ヴァーリイ (John Varley)「残像」 "The Persistence of Vision"
◇中編
　チャールズ・L.グラント (Charles L.Grant) "A Glow of Candles, a Unicorn's Eye"
◇短編
　エドワード・ブライアント (Edward Bryant)「石」 "Stone"
◇グランド・マスター
　L.スプレイグ・ディ・キャンプ (L.Sprague de Camp)

1979年
◇長編
　アーサー・C.クラーク (Arthur C.Clarke)「楽園の泉」 "The Fountains of Paradise"
◇長中編
　バリー・B.ロングイヤー (Barry B. Longyear)「わが友なる敵」 "Enemy Mine"
◇中編
　ジョージ・R.R.マーティン (George R.R. Martin)「サンドキングス」(『サンドキングス』収録) "Sandkings"
◇短編
　エドワード・ブライアント (Edward Bryant)「ジャイ-アント」 "giANTS"
◇グランド・マスター
　受賞者なし

1980年
◇長編
　ゴードン・エクランド (Gordon Eklund)「タイムスケープ」 "Timescape"
◇長中編
　スージー・マッキー・チャーナス (Suzy McKee Charnas) "The Unicorn Tapestry"
◇中編
　ハワード・ウォルドロップ (Howard Waldrop)「みっともないニワトリ」 "The Ugly Chickens"
◇短編
　クリフォード・D.シマック (Clifford D. Simak)「踊る鹿の洞窟」 "Grotto of the Dancing Deer"
◇グランド・マスター
　フリッツ・ライバー (Fritz Leiber)

1981年
◇長編
　ジーン・ウルフ (Gene Wolfe)「調停者の鉤爪」 "The Claw of the Conciliator"
◇長中編
　ポール・アンダースン (Poul Anderson) "The Saturn Game"
◇中編

マイクル・ビショップ（Michael Bishop）
「胎動」 "The Quickening"
◇短編（受賞拒否）
リサ・タトル（Lisa Tuttle）"The Bone Flute"
◇グランド・マスター
受賞者なし

1982年
◇長編
マイクル・ビショップ（Michael Bishop） "No Enemy But Time"
◇長中編
ジョン・ケッセル（John Kessel）「他の孤児」 "Another Orphan"
◇中編
コニー・ウィリス（Connie Willis）「見張り」 "Fire Watch"
◇短編
コニー・ウィリス（Connie Willis）"A Letter from the Clearys"
◇グランド・マスター
受賞者なし

1983年
◇長編
デイヴィッド・ブリン（David Brin）「スタータイド・ライジング」 "Startide Rising"
◇長中編
グレッグ・ベア（Greg Bear）「塵戦」 "Hardfought"
◇中編
グレッグ・ベア（Greg Bear）「ブラッド・ミュージック」 "Blood Music"
◇短編
ガードナー・ドゾワ（Gardner Dozois） "The Peacemaker"
◇グランド・マスター
アンドレ・ノートン（Andre Norton）

1984年
◇長編
ウイリアム・ギブスン（William Gibson）「ニューロマンサー」 "Neuromancer"
◇長中編
ジョン・ヴァーリイ（John Varley）「PRESS ENTER ■」（『ブルー・シャンペン』収録）"Press Enter ■"
◇中編
オクティヴィア・E.バトラー（Octavia E. Butler）「血をわけた子供」（『80年代SF傑作選 下』収録）"Bloodchild"
◇短編
ガードナー・ドゾワ（Gardner Dozois）「モーニング・チャルド」 "Morning Child"
◇グランド・マスター
受賞者なし

1985年
◇長編
オースン・スコット・カード（Orson Scott Card）「エンダーのゲーム」 "Ender's Game"
◇長中編
ロバート・シルヴァーバーグ（Robert Silverberg）"Sailing to Byzantium"
◇中編
ジョージ・R.R.マーティン（George R.R. Martin）"Portraits of His Children"
◇短編
ナンシー・クレス（Nancy Kress）「彼方には輝く星々」 "Out of All Them Bright Stars"
◇グランド・マスター
アーサー・C.クラーク（Arthur C.Clarke）

1986年
◇長編
オースン・スコット・カード（Orson Scott Card）「死者の代弁者」 "Speaker for the Dead"
◇長中編
ルーシャス・シェパード（Lucius Shepard）"R&R"
◇中編
ケイト・ウィルヘルム（Kate Wilhelm）"The Girl Who Fell into the Sky"
◇短編
グレッグ・ベア（Greg Bear）「タンジェント」 "Tangents"
◇グランド・マスター
アイザック・アシモフ（Isaac Asimov）

1987年
◇長編
パット・マーフィー（Pat Murphy）「落

ゆく女」 "The Falling Woman"
◇長中編
キム・スタンリー・ロビンスン（Kim Stanley Robinson）"The Blind Geometer"
◇中編
パット・マーフィー（Pat Murphy）「恋するレイチェル」（『S-Fマガジン』1989年1月号）"Rachel in Love"
◇短編
ケイト・ウィルヘルム（Kate Wilhelm）「アンナへの手紙」"Forever Yours, Anna"
◇グランド・マスター
アルフレッド・ベスター（Alfred Bester）

1988年
◇長編
ロイス・マクマスター・ビジョルド（Lois McMaster Bujold）「自由軌道」"Falling Free"
◇長中編
コニー・ウィリス（Connie Willis）"The Last of the Winnebagos"
◇中編
ジョージ・アレック・エフィンジャー（George Alec Effinger）「シュレーディンガーの子猫」"Schrödinger's Kitten"
◇短編
ジェイムズ・モロウ（James Morrow）「おとなの聖書の物語 第17話 ノアの箱舟」"Bible Stories for Adults, No.17: The Deluge"
◇グランド・マスター
レイ・ブラッドベリ（Ray Bradbury）

1989年
◇長編
エリザベス・アン・スカボロー（Elizabeth Ann Scarborough）「治療者の戦争」"The Healer's War"
◇長中編
ロイス・マクマスター・ビジョルド（Lois McMaster Bujold）「喪の山」"The Mountains of Mourning"
◇中編
コニー・ウィリス（Connie Willis）「リアルト・ホテルで」"At the Rialto"
◇短編
ジェフリー・A.ランディス（Geoffrey A. Landis）「デュラック海のさざなみ」"Ripples in the Dirac Sea"
◇グランド・マスター
受賞者なし

1990年
◇長編
アーシュラ・K.ル＝グウィン（Ursula K.Le Guin）「帰還―ゲド戦記 最後の書」"Tehanu: The Last Book of Earthsea"
◇長中編
ジョー・ホールドマン（Joe Haldeman）「ヘミングウェイごっこ」"The Hemingway Hoax"
◇中編
テッド・チャン（Ted Chiang）「バビロンの塔」"Tower of Babylon"
◇短編
テリー・ビッスン（Terry Bisson）「熊が火を発見する」（『ふたりジャネット』収録）"Bears Discover Fire"
◇グランド・マスター
Lester Del Rey

1991年
◇長編
マイクル・スワンウィック（Michael Swanwick）「大潮の道」"Stations of the Tide"
◇長中編
ナンシー・クレス（Nancy Kress）「ベガーズ・イン・スペイン」"Beggars in Spain"
◇中編
マイク・コナー（Mike Conner）"Guide Dog"
◇短編
アラン・ブレナート（Alan Brennert）"Ma Qui"
◇グランド・マスター
受賞者なし

1992年
◇長編
コニー・ウィリス（Connie Willis）「ドゥームズデイ・ブック」"Doomsday Book"
◇長中編
ジェイムズ・モロウ（James Morrow）

"City of Truth"
- ◇中編
  - パメラ・サージェント（Pamela Sargent）「ダニーの火星旅行」（「S-Fマガジン」1994年1月号）"Danny Goes to Mars"
- ◇短編
  - コニー・ウィリス（Connie Willis）「女王様でも」（『最後のウィネベーゴ』収録）"Even the Queen"
- ◇レイ・ブラッドベリ賞
  - ジェームズ・キャメロン（James Cameron）「ターミネーター2」"Terminator2: Judgment Day"
- ◇グランド・マスター
  - 受賞者なし

1993年
- ◇長編
  - キム・スタンリー・ロビンスン（Kim Stanley Robinson）「レッド・マーズ」"Red Mars"
- ◇長中編
  - ジャック・ケイディ（Jack Cady）「ぼくらがロード・ドッグを葬った夜」（「S-Fマガジン」1995年1月号）"The Night We Buried Road Dog"
- ◇中編
  - チャールズ・シェフィールド（Charles Sheffield）「わが心のジョージア」"Georgia on My Mind"
- ◇短編
  - ジョー・ホールドマン（Joe Haldeman）「死者登録」"Graves"
- ◇グランド・マスター
  - フレデリック・ポール（Frederik Pohl）

1994年
- ◇長編
  - グレッグ・ベア（Greg Bear）「火星転移」"Moving Mars"
- ◇長中編
  - マイク・レズニック（Mike Resnick）「オルドヴァイ峡谷七景」"Seven Views of Olduvai Gorge"
- ◇中編
  - デイヴィッド・ジェロルド（David Gerrold）"The Martian Child"
- ◇短編
  - マーサ・ソーカップ（Martha Soukup）"A Defense of the Social Contracts"
- ◇グランド・マスター
  - デーモン・ナイト（Damon Knight）

1995年
- ◇長編
  - ロバート・J.ソウヤー（Robert J.Sawyer）「ターミナル・エクスプリメント」"The Terminal Experiment"
- ◇長中編
  - エリザベス・ハンド（Elizabeth Hand）"Last Summer at Mars Hill"
- ◇中編
  - アーシュラ・K.ル＝グウィン（Ursula K.Le Guin）"Solitude"
- ◇短編
  - エスター・フリーズナー（Esther Friesner）"Death and the Librarian"
- ◇グランド・マスター
  - A.E.ヴァン・ヴォークト（A.E.Van Vogt）

1996年
- ◇長編
  - ニコラ・グリフィス（Nicola Griffith）「スロー・リバー」"Slow River"
- ◇長中編
  - ジャック・ダン（Jack Dann）"Da Vinci Rising"
- ◇中編
  - ブルース・ホランド・ロジャーズ（Bruce Holland Rogers）"Lifeboat on a Burning Sea"
- ◇短編
  - エスター・M.フリーズナー（Esther M. Friesner）"A Birthday"
- ◇グランド・マスター
  - ジャック・ヴァンス（Jack Vance）

1997年
- ◇長編
  - ヴォンダ・N.マッキンタイア（Vonda N. McIntyre）"The Moon and the Sun"
- ◇長中編
  - ジェリー・オルション（Jerry Oltion）"Abandon in Place"
- ◇中編
  - ナンシー・クレス（Nancy Kress）"The Flowers of Aulit Prison"

◇短編
　ジェイン・ヨーレン（Jane Yolen）"Sister Emily's Lightship"
◇グランド・マスター
　ポール・アンダースン（Poul Anderson）

1998年
◇長編
　ジョー・ホールドマン（Joe Haldeman）「終わりなき平和」"Forever Peace"
◇長中編
　シェイラ・フィンチ（Sheila Finch）"Reading the Bones"
◇中編
　ジェイン・ヨーレン（Jane Yolen）"Lost Girls"
◇短編
　ブルース・ホランド・ロジャーズ（Bruce Holland Rogers）"Thirteen Ways to Water"
◇グランド・マスター
　ハル・クレメント（Hal Clement）
◇レイ・ブラッドベリ賞
　J.マイケル・ストラジンスキー（J.Michael Straczynski）「バビロン5」"Babylon 5"
◇名誉賞
　ウィリアム・テン（William Tenn）

1999年
◇長編
　オクティヴィア・E.バトラー（Octavia E. Butler）"Parable of the Talents"
◇長中編
　テッド・チャン（Ted Chiang）「あなたの人生の物語」"Story of Your Life"
◇中編
　マリー・A.ツツィロ（Mary A.Turzillo）"Mars is No Place for Children"
◇短編
　レスリー・ワット（Leslie What）"The Cost of Doing Business"
◇脚本
　M.ナイト・シャマラン（M.Night Shyamalan）「シックス・センス」"The Sixth Sense"
◇グランド・マスター
　ブライアン・W.オールディス（Brian W. Aldiss）
◇名誉賞
　ダニエル・キイス（Daniel Keyes）

2000年
◇長編
　グレッグ・ベア（Greg Bear）「ダーウィンの使者」"Darwin's Radio"
◇長中編
　リンダ・ナガタ（Linda Nagata）"Goddesses"
◇中編
　ウォルター・ジョン・ウィリアムズ（Walter Jon Williams）"Daddy's World"
◇短編
　テリー・ビッスン（Terry Bisson）「マックたち」（「S-Fマガジン」2001年1月号）"macs"
◇脚本
　ロバート・ゴードン（Robert Gordon），デビッド・ハワード（David Howard）「ギャラクシー・クエスト」"Galaxy Quest"
◇グランド・マスター
　フィリップ・ホセ・ファーマー（Philip José Farmer）
◇ブラッドベリ賞
　ユーリ・ラソヴスキー（Yuri Rasovsky）ハーラン・エリスン（Harlan Ellison）"2000X: Tales of the Next Millennia"
◇名誉賞
　ロバート・シェクリイ（Robert Sheckley）

2001年
◇長編
　キャサリン・アサロ（Catherine Asaro）"The Quantum Rose"
◇長中編
　ジャック・ウィリアムスン（Jack Williamson）"The Ultimate Earth"
◇中編
　ケリー・リンク（Kelly Link）「ルイーズのゴースト」"Louise's Ghost"
◇短編
　セヴェルナ・パーク（Severna Park）"The Cure for Everything"
◇脚本
　ジェームズ・シェイマス（James Schamus），ツァイ・クォジュン（Kuo Jung Tsai），ワン・ホエリン（Wang Hui-

Ling)「グリーン・デスティニー」 "Crouching Tiger, Hidden Dragon"
◇プレジデント賞
ベティ・バランタイン（Betty Ballantine）
◇グランド・マスター
授賞なし

2002年
◇長編
ニール・ゲイマン（Neil Gaiman）「アメリカン・ゴッズ」 "American Gods"
◇長中編
リチャード・チューイック（Richard Chwedyk） "Bronte's Egg"
◇中編
テッド・チャン（Ted Chiang）「地獄とは神の不在なり」 "Hell is the Absence of God"
◇短編
キャロル・エムシュウィラー（Carol Emshwiller） "Creature"
◇脚本
フラン・ウォルシュ（Fran Walsh），フィリッパ・ボウエン（Philippa Boyens），ピーター・ジャクソン（Peter Jackson）「ロード・オブ・ザ・リング」 "The Lord of the Rings: The Fellowship of the Ring"
◇グランド・マスター
アーシュラ・K.ル＝グウィン（Ursula K.Le Guin）
◇名誉賞
キャサリン・マクリーン（Katherine MacLean）

2003年
◇長編
エリザベス・ムーン（Elizabeth Moon） "The Speed of Dark"
◇長中編
ニール・ゲイマン（Neil Gaiman）「コララインとボタンの魔女」 "Coraline"
◇中編
ジェフリー・フォード（Jeffrey Ford） "The Empire of Ice Cream"
◇短編
カレン・ジョイ・ファウラー（Karen Joy Fowler） "What I Didn't See"

◇脚本
フラン・ウォルシュ（Fran Walsh），フィリッパ・ボウエン（Philippa Boyens），ステファン・シンクレア（Stephen Sinclair），ピーター・ジャクソン（Peter Jackson）「ロード・オブ・ザ・リング/二つの塔」 "The Lord of the Rings: The Two Towers"
◇グランド・マスター
ロバート・シルヴァーバーグ（Robert Silverberg）
◇名誉賞
チャールズ・ハーネス（Charles Harness）
◇SFWA賞
マイケル・カポビアンコ（Michael Capobianco）
アン・クリスピン（Ann Crispin）

2004年
◇長編
ロイス・マクマスター・ビジョルド（Lois McMaster Bujold）「影の棲む城」 "Paladin of Souls"
◇長中編
ウォルター・ジョン・ウィリアムズ（Walter Jon Williams） "The Green Leopard Plague"
◇中編
エレン・クラーゲス（Ellen Klages）「地下室の魔法」 "Basement Magic"
◇短編
アイリーン・ガン（Eileen Gunn）「遺す言葉」 "Coming to Terms"
◇脚本
フラン・ウォルシュ（Frances Walsh），フィリパ・ボウエン（Philippa Boyens），ピーター・ジャクソン（Peter Jackson）「ロード・オブ・ザ・リング/王の帰還」 "Lord of the Rings: Return of the King"
◇グランド・マスター
アン・マキャフリイ（Anne McCaffrey）

2005年
◇長編
ジョー・ホールドマン（Joe Haldeman）「擬態―カムフラージュ」 "Camouflage"
◇長中編

◇中編
　ケリー・リンク（Kelly Link）「マジック・フォー・ビギナーズ」 "Magic for Beginners"
◇中編
　ケリー・リンク（Kelly Link）「妖精のハンドバッグ」（『マジック・フォー・ビギナーズ』収録） "The Faery Handbag"
◇短編
　キャロル・エムシュウィラー（Carol Emshwiller） "I Live With You"
◇脚本
　ジョス・ウェドン（Joss Whedon）「セレニティー」 "Serenity"
◇グランド・マスター
　ハーラン・エリスン（Harlan Ellison）
◇アンドレ・ノートン賞
　ホリー・ブラック（Holly Black） "Valiant"

2006年
◇長編
　ジャック・マクデヴィット（Jack McDevitt）「探索者」 "Seeker"
◇長中編
　ジェイムズ・パトリック・ケリー（James Patrick Kelly） "Burn"
◇中編
　ピーター・S・ビーグル（Peter S.Beagle）「最後のユニコーン─完全版」 "Two Hearts"
◇短編
　エリザベス・ハンド（Elizabeth Hand）「エコー」 "Echo"
◇脚本
　宮崎駿（Hayao Miyazaki），Cindy Davis Hewitt，Donald H.Hewitt 「ハウルの動く城」 "Howl's Moving Castle"
◇グランド・マスター
　ジェイムズ・E・ガン（James E.Gunn）
◇アンドレ・ノートン賞
　ジャスティーン・ラーバレスティア（Justine Larbalestier）「あたしと魔女の扉」 "Magic or Madness"

2007年
◇長編
　マイケル・シェイボン（Michael Chabon）「ユダヤ警官同盟」 "The Yiddish Policemen's Union"

◇長中編
　ナンシー・クレス（Nancy Kress）「齢の泉」 "Fountain of Age"
◇中編
　テッド・チャン（Ted Chiang）「商人と錬金術師の門」 "The Merchant and the Alchemist's Gate"
◇短編
　カレン・ジョイ・ファウラー（Karen Joy Fowler） "Always"
◇脚本
　ギレルモ・デル・トロ（Guillermo del Toro）「パンズ・ラビリンス」 "Pan's Labyrinth"
◇グランド・マスター
　マイケル・ムアコック（Michael Moorcock）
◇名誉賞
　Ardath Mayhar
◇アンドレ・ノートン賞
　J.K.ローリング（J.K.Rowling）「ハリー・ポッターと死の秘宝」 "Harry Potter and the Deathly Hallows"

2008年
◇長編
　アーシュラ・K・ル＝グウィン（Ursula K.Le Guin）「パワー」 "Powers"
◇長中編
　キャサリン・アサロ（Catherine Asaro） "The Spacetime Pool"
◇中編
　ジョン・ケッセル（John Kessel） "Pride and Prometheus"
◇短編
　ニーナ・キリキ・ホフマン（Nina Kiriki Hoffman） "Trophy Wives"
◇脚本
　アンドリュー・スタントン（Andrew Stanton），ジム・リアドン（Jim Reardon）「ウォーリー」 "WALL-E"
◇グランド・マスター
　ハリー・ハリスン（Harry Harrison）
◇名誉賞
　M.J.Engh
◇アンドレ・ノートン賞
　イザボー・S・ウィルス（Ysabeau S.Wilce）「ほんとうのフローラ─万一千の部屋

を持つ屋敷と魔法の執事」 "Flora's Dare: How a Girl of Spirit Gambles All to Expand Her Vocabulary, Confront a Bouncing Boy Terror, and Try to Save Califa from a Shaky Doom (Despite Being Confined to Her Room)"
◇レイ・ブラッドベリ賞
ジョス・ウェドン (Joss Whedon) ―そのキャリアに対して授賞

2009年
◇長編
パオロ・バチガルピ (Paolo Bacigalupi)「ねじまき少女」 "The Windup Girl"
◇長中編
ケイジ・ベイカー (Kage Baker) "The Women of Nell Gwynne's"
◇中編
Eugie Foster "Sinner, Baker, Fabulist, Priest; Red Mask, Black Mask, Gentleman, Beast"
◇短編
キジ・ジョンスン (Kij Johnson)「孤船」 "Spar"
◇グランド・マスター
ジョー・ホールドマン (Joe Haldeman)
◇名誉賞
ニール・バレット,Jr. (Neal Barrett Jr.)
◇アンドレ・ノートン賞
キャサリン・M.ヴァレンテ (Catherynne M.Valente)「宝石の筏で妖精国を旅した少女」 "The Girl Who Circumnavigated Fairyland in a Ship of Her Own Making"
◇レイ・ブラッドベリ賞
ニール・ブロムカンプ (Neill Blomkamp)〔監督・脚本〕, テリー・タッチェル (Terri Tatchell)〔脚本〕「第9地区」 "District9"

2010年
◇長編
コニー・ウィリス (Connie Willis)「ブラックアウト」「オール・クリア」 "Blackout" "All Clear"
◇長中編
レイチェル・スワースキー (Rachel Swirsky)「女王の窓辺にて赤き花を摘みし乙女」 "The Lady Who Plucked Red Flowers Beneath the Queen's Window"
◇中編
Eric James Stone "That Leviathan Whom Thou Hast Made"
◇短編
キジ・ジョンスン (Kij Johnson)「ポニー」 "Ponies"
ハーラン・エリスン (Harlan Ellison) "How Interesting: A Tiny Man"
◇グランド・マスター
受賞者なし
◇アンドレ・ノートン賞
テリー・プラチェット (Terry Pratchett) "I Shall Wear Midnight"
◇レイ・ブラッドベリ賞
クリストファー・ノーラン (Christopher Nolan)〔脚本・監督〕「インセプション」 "Inception"

2011年
◇長編
ジョー・ウォルトン (Jo Walton)「図書室の魔法」 "Among Others"
◇長中編
キジ・ジョンスン (Kij Johnson)「霧に橋を架ける」 "The Man Who Bridged the Mist"
◇中編
ジェフ・ライマン (Geoff Ryman) "What We Found"
◇短編
ケン・リュウ (Ken Liu)「紙の動物園」 "The Paper Menagerie"
◇グランド・マスター
コニー・ウィリス (Connie Willis)
◇アンドレ・ノートン賞
デリア・シャーマン (Delia Sherman) "The Freedom Maze"
◇レイ・ブラッドベリ賞
ニール・ゲイマン (Neil Gaiman)〔脚本〕, リチャード・クラーク (Richard Clark)〔監督〕「ドクター・フー」シーズン6第4話「ハウスの罠」 "Doctor Who"―"The Doctor's Wife"

2012年
◇長編
キム・スタンリー・ロビンスン (Kim Stanley Robinson)「2312―太陽系動乱

"2312"
◇長中編
　ナンシー・クレス（Nancy Kress）"After the Fall, Before the Fall, During the Fall"
◇中編
　アンディ・ダンカン（Andy Duncan）"Close Encounters"
◇短編
　アリエット・ドボダール（Aliette de Bodard）「没入」"Immersion"
◇グランド・マスター
　ジーン・ウルフ（Gene Wolfe）
◇アンドレ・ノートン賞
　E.C.Myers "Fair Coin"
◇レイ・ブラッドベリ賞
　ベン・ザイトリン（Benh Zeitlin）〔監督・脚本〕，ルーシー・アリバー（Lucy Abilar）〔脚本・原作〕「ハッシュパピー〜バスタブ島の少女〜」"Beasts of the Southern Wild"

2013年
◇長編
　アン・レッキー（Ann Leckie）「叛逆航路」"Ancillary Justice"
◇長中編
　Vylar Kaftan "The Weight of the Sunrise"
◇中編
　アリエット・ドボダール（Aliette de Bodard）"The Waiting Stars"
◇短編
　レイチェル・スワースキー（Rachel Swirsky）"If You Were a Dinosaur, My Love"

◇グランド・マスター
　サミュエル・R.ディレイニー（Samuel R. Delany）
◇アンドレ・ノートン賞
　ナロ・ホプキンスン（Nalo Hopkinson）"Sister Mine"
◇レイ・ブラッドベリ賞
　アルフォンソ・キュアロン（Alfonso Cuarón）〔脚本・監督〕，ホナス・キュアロン（Jonás Cuarón）〔脚本〕「ゼロ・グラビティ」"Gravity"

2014年
◇長編
　ジェフ・ヴァンダミア（Jeff VanderMeer）「全滅領域」"Annihilation"
◇長中編
　ナンシー・クレス（Nancy Kress）"Yesterday's Kin"
◇中編
　アラヤ・ドーン・ジョンソン（Alaya Dawn Johnson）"A Guide to the Fruits of Hawai'i"
◇短編
　Ursula Vernon "Jackalope Wives"
◇グランド・マスター
　ラリイ・ニーヴン（Larry Niven）
◇アンドレ・ノートン賞
　アラヤ・ドーン・ジョンソン（Alaya Dawn Johnson）"Love Is the Drug"
◇レイ・ブラッドベリ賞
　ジェームズ・ガン（James Gunn）〔脚本・監督〕，ニコール・パールマン（Nicole Perlman）〔脚本〕「ガーディアンズ・オブ・ギャラクシー」"Guardians of the Galaxy"

040　ヒューゴー賞　Hugo Awards

　1953年に授賞を開始したSF・ファンタジー分野の賞で，前年に発表された作品・業績に対して贈られる。「サイエンス・フィクション」の名付け親であり，世界で初めてSF雑誌を創刊したアメリカのSF作家・編集者のヒューゴー・ガーンズバック（Hugo Gernsback 1884-1967）の名にちなむ。毎年8〜9月に，世界SF協会主催で開催されるワールドコン（World Science Fiction Convention）において参加者の投票により決定される。元々，賞の正式名称はAnnual Science Fiction Achievement Award（年間SF功労賞）であったが，92年に通称として使われていた「ヒューゴー賞」が正式名称となった。開始以来，部門やそ

の設置数は変遷しており，現在は，長編 (Best Novel)，長中編 (Best Novella)，中編 (Best Novelette)，短編 (Best Short Story)，関連作品 (Best Related Work)，グラフィックストーリー (Best Graphic Story)，映像 (長編／短編) (Best Dramatic Presentation)，編集者 (長編／短編) (Best Editor)，プロアーティスト (Best Professional Artist)，セミプロジン (Best Semiprozine)，ファンジン (Best Fanzine)，ファンキャスト (Best Fancast)，ファンライター (Best Fan Writer)，ファンアーティスト (Best Fan Artist) の各部門がある。特別賞は，ワールドコン委員会により不定期に選出される。また，授賞が行われていない年 (開催年の50年，75年，100年前に限る) の作品をノミネート・選出するレトロ・ヒューゴー賞も実施されている。なお，最優秀新人作家に贈られるジョン・W.キャンベル賞 (The John W.Campbell Award for Best New Writer) は，ヒューゴー賞の一部門ではないが，運営が同一のため同時に選出・授賞している (現後援は，Dell Magazines)。また，74～81年に実施されたガンダルフ賞 (Gandalf Award) は，世界SF協会がファンタジー文学への生涯功績 (グランドマスター) および前年に出版された図書 (長編) に贈った賞で，ワールドコンの参加者の投票により受賞者を決定した (創設・後援は，リン・カーター (Lin Carter) およびSwordsmen and Sorcerers' Guild of America (SAGA))。日本人受賞者に，1993年に特別賞を受賞した柴野拓美 (ペンネーム・小隅黎) がいる。

【主催者】世界SF協会 (WSFS：World Science Fiction Society)
【選考方法】当年のワールドコン参加登録者および前年のワールドコン参加者によりノミネート作品の選出が行われる。部門ごとに得票数原則上位5位までが最終候補にノミネートされる。受賞作は，当年のワールドコン参加者による最終投票により決定する。ワールドコンに参加できない場合も支援会員の形でノミネートおよび最終投票権を得られる
【選考基準】〔対象〕前年に初めて発表されたSF・ファンタジー分野の作品 (国は問わず)
【締切・発表】ワールドコン期間中に行われる授賞式で発表・授賞を行う
【賞・賞金】ロケットをデザインしたトロフィー。台座のデザインを毎年違うアーティストが担当する
【URL】http://www.thehugoawards.org/

1939年 (レトロ・ヒューゴー賞 2014年授与)
◇長編
　T.H.ホワイト (T.H.White) "The Sword in the Stone"
◇長中編
　ジョン・W.キャンベル,Jr. (ペンネーム：ドン・A.スチュアート) (John W. Campbell,Jr. (Don A.Stuart)) 「影が行く」(別題「遊星からの物体X」) "Who Goes There ? "
◇中編
　クリフォード・D.シマック (Clifford D. Simak) "Rule 18"
◇短編
　アーサー・C.クラーク (Arthur C.Clarke) "How We Went to Mars"
◇映像 (短編)
　H.G.ウェルズ (H.G.Wells)〔原作〕, ハワード・コッチ (Howard Koch)〔脚本〕, アン・フローリック (Anne Froelick)〔脚本〕, オーソン・ウェルズ (Orson Welles)〔監督〕「宇宙戦争」 "The War of the Worlds"
◇プロ編集者 (短編)
　ジョン・W.キャンベル,Jr. (John W. Campbell,Jr.)
◇プロアーティスト
　ヴァージル・フィンレイ (Virgil Finlay)
◇ファンジン
　フォレスト・J.アッカーマン (Forrest J. Ackerman), Morojo, T.Bruce Yerke〔共編〕 "Imagination！"
◇ファンライター
　レイ・ブラッドベリ (Ray Bradbury)
◇特別賞
　ジェリー・シーゲル (Jerry Siegel)

ジョー・シャスター（Joe Shuster）
1946年（レトロ・ヒューゴー賞 1996年授与）
◇長編
　アイザック・アシモフ（Isaac Asimov）"The Mule"
◇長中編
　ジョージ・オーウェル（George Orwell）「動物農場」"Animal Farm"
◇中編
　マレイ・ラインスター（Murray Leinster）「最初の接触」（『宇宙震』ほか収録）"First Contact"
◇短編
　ハル・クレメント（Hal Clement）"Uncommon Sense"
◇映像
　アルバート・リューイン（Albert Lewin）〔脚本・監督〕「ドリアン・グレイの肖像」"The Picture of Dorian Gray"（原作：オスカー・ワイルド）
◇プロ編集者
　ジョン・W.キャンベル,Jr.（John W. Campbell,Jr.）〔Astounding Science Fiction〕
◇プロアーティスト
　ヴァージル・フィンレイ（Virgil Finlay）
◇ファンジン
　フォレスト・J.アッカーマン（Forrest J. Ackerman）〔編〕"Voice of the Imagi-Nation"
◇ファンライター
　フォレスト・J.アッカーマン（Forrest J. Ackerman）
◇ファンアーティスト
　ウィリアム・ロツラー（William Rotsler）
1951年（レトロ・ヒューゴー賞 2001年授与）
◇長編
　ロバート・A.ハインライン（Robert A. Heinlein）"Farmer in the Sky"
◇長中編
　ロバート・A.ハインライン（Robert A. Heinlein）"The Man Who Sold the Moon"
◇中編
　C.M.コーンブルース（C.M.Kornbluth）"The Little Black Bag"
◇短編
　デーモン・ナイト（Damon Knight）"To Serve Man"
◇関連図書
　授賞なし
◇映像
　アーヴィング・ピシェル（Irving Pichel）〔監督〕，Alford Van Ronkel〔脚本〕，ロバート・A.ハインライン（Robert A. Heinlein）〔脚本〕，ジェームズ・オハンロン（James O'Hanlon）〔脚本〕「月世界征服」"Destination Moon"（原作：ロバート・A.ハインライン "Rocketship Galileo"）
◇プロ編集者
　ジョン・W.キャンベル,Jr.（John W. Campbell,Jr.）〔Astounding Science Fiction〕
◇プロアーティスト
　フランク・ケリー・フリース（Frank Kelly Freas）
◇セミプロジン
　授賞なし
◇ファンジン
　ボブ・タッカー（別名：ウィルスン・タッカー）（Bob Tucker（Wilson Tucker））〔編〕"Science Fiction News Letter"
◇ファンライター
　ボブ・シルヴァーバーグ（Bob Silverberg）
◇ファンアーティスト
　ジャック・ゴーギャン（Jack Gaughan）
1953年
◇長編
　アルフレッド・ベスター（Alfred Bester）「分解された男」"The Demolished Man"
◇プロ雑誌
　H.L.ゴールド（H.L.Gold）〔編〕"Galaxy"
　ジョン・W.キャンベル,Jr.（John W. Campbell,Jr.）〔編〕"Astounding Science Fiction"
◇優秀記事
　ウィリー・レイ（Willy Ley）
◇カバーアーティスト
　エド・エムシュウィラー（Ed Emshwiller）
　ハネス・ボク（Hannes Bok）
◇挿絵イラストレーター
　ヴァージル・フィンレイ（Virgil Finlay）

◇新人（SF作家またはアーティスト）
　フィリップ・ホセ・ファーマー（Philip José Farmer）
◇No.1ファン
　フォレスト・J.アッカーマン（Forrest J. Ackerman）

1954年（レトロ・ヒューゴー賞 2004年授与）
◇長編
　レイ・ブラッドベリ（Ray Bradbury）"Fahrenheir 451"
◇長中編
　ジェイムズ・ブリッシュ（James Blish）「悪魔の星」"A Case of Conscience"
◇中編
　ジェイムズ・ブリッシュ（James Blish）"Earthman, Come Home"
◇短編
　アーサー・C.クラーク（Arthur C.Clarke）"The Nine Billion Names of God"
◇関連図書
　ウェルナー・フォン・ブラウン（Wernher von Braun），フレッド・L.ウィプル（Fred L.Wipple），ウィリー・レイ（Willy Ley）"Conquest of the Moon"
◇映像（長編）
　授賞なし
◇映像（短編）
　バイロン・ハスキン（Byron Haskin）〔監督〕，バー・リンドン（Barre Lyndon）〔脚本〕，H.G.ウェルズ（H.G.Wells）〔原作〕「宇宙戦争」"The War of the Worlds"
◇プロ編集者
　ジョン・W.キャンベル,Jr.（John W. Campbell,Jr.）
◇プロアーティスト
　チェスリー・ボネステル（Chesley Bonestell）
◇ファンジン
　ウォルト・ウィリス（Walt Willis）〔編〕，ジェームズ・ホワイト（James White）〔アートエディター〕"Slant"
◇ファンライター
　ボブ・タッカー（Bob Tucker）

1955年
◇長編
　マーク・クリフトン（Mark Clifton），フランク・ライリイ（Frank Riley）「ポジィの時代」"They'd Rather Be Right"
◇中編
　ウォルター・M.ミラー,Jr.（Walter M. Miller,Jr.）「時代おくれの名優」"The Darfsteller"
◇短編
　エリック・フランク・ラッセル（Eric Frank Russell）「ちんぷんかんぷん」"Allamagoosa"
◇プロ雑誌
　ジョン・W.キャンベル,Jr.（John W. Campbell,Jr.）〔編〕"Astounding Science Fiction"
◇プロアーティスト
　フランク・ケリー・フリース（Frank Kelly Freas）
◇ファンジン
　James V.Taurasi,Sr., Ray Van Houten〔共編〕"Fantasy Times"
◇特別賞
　サム・モスコヴィッツ（Sam Moskowitz）――"Mystery Guest"として，また過去の大会における働きに対して

1956年
◇長編
　ロバート・A.ハインライン（Robert A. Heinlein）「ダブル・スター」"Double Star"
◇中編
　マレイ・ラインスター（Murray Leinster）「ロボット植民地」"Exploration Team"
◇短編
　アーサー・C.クラーク（Arthur C.Clarke）「星」"The Star"
◇プロ雑誌
　ジョン・W.キャンベル,Jr.（John W. Campbell,Jr.）〔編〕"Astounding Science Fiction"
◇プロアーティスト
　フランク・ケリー・フリース（Frank Kelly Freas）
◇ファンジン
　Ron Smith〔編〕"Inside & Science Fiction Advertiser"
◇特集記事ライター
　ウィリー・レイ（Willy Ley）

◇有望新人作家
  ロバート・シルヴァーバーグ（Robert Silverberg）
◇書評家
  デーモン・ナイト（Damon Knight）

1957年（定期刊行物のみに授賞）
◇プロ雑誌（アメリカ）
  ジョン・W.キャンベル,Jr.（John W. Campbell,Jr.）"Astounding Science Fiction"
◇プロ雑誌（イギリス）
  John Carnell〔編〕"New Worlds"
◇ファンジン
  James V.Taurasi,Sr., Ray Van Houten, Frank R.Prieto,Jr.〔共編〕"Science Fiction Times"

1958年
◇長編または中編
  フリッツ・ライバー（Fritz Leiber）「ビッグ・タイム」"The Big Time"
◇短編
  アヴラム・デイヴィッドスン（Avram Davidson）「あるいは牡蠣でいっぱいの海」"Or All the Seas with Oysters"
◇映画
  リチャード・マシスン（Richard Matheson）〔脚本・原作〕，ジャック・アーノルド（Jack Arnold）〔監督〕「縮みゆく人間」"The Incredible Shrinking Man"
◇プロ雑誌
  アンソニー・バウチャー（Anthony Boucher）〔編〕"The Magazine of Fantasy & Science Fiction"
◇アーティスト
  フランク・ケリー・フリース（Frank Kelly Freas）
◇アクティファン
  ウォルター・A.ウィリス（Walter A.Willis）

1959年
◇長編
  ジェイムズ・ブリッシュ（James Blish）「悪魔の星」"A Case of Conscience"
◇中編
  クリフォード・D.シマック（Clifford D. Simak）「大きな前庭」"The Big Front Yard"

◇短編
  ロバート・ブロック（Robert Bloch）「地獄行列車」"That Hell-Bound Train"
◇SF・ファンタジー映画
  受賞作なし
◇プロ雑誌
  アンソニー・バウチャー（Anthony Boucher），Robert P.Mills〔共編〕"The Magazine of Fantasy & Science Fiction"
◇プロアーティスト
  フランク・ケリー・フリース（Frank Kelly Freas）
◇ファンジン
  テリー・カー（Terry Carr），Ron Ellik〔共編〕"Fanac"
◇新人作家（1958年）
  受賞者なし

1960年
◇長編
  ロバート・A.ハインライン（Robert A. Heinlein）「宇宙の戦士」"Starship Troopers"
◇短編
  ダニエル・キイス（Daniel Keyes）「アルジャーノンに花束を」"Flowers for Algernon"
◇映像
  ロッド・サーリング（Rod Serling）「トワイライトゾーン」"The Twilight Zone"（TV series）
◇プロ雑誌
  Robert P.Mills〔編〕"The Magazine of Fantasy & Science Fiction"
◇プロアーティスト
  エド・エムシュウィラー（Ed Emshwiller）
◇ファンジン
  F.M.Busby, Elinor Busby, Burnett Toskey, Wally Weber〔共編〕"Cry of the Nameless"
◇特別賞
  ヒューゴー・ガーンズバック（Hugo Gernsback）—SF雑誌の父として

1961年
◇長編
  ウォルター・M.ミラー,Jr.（Walter M.

Miller,Jr.）「黙示録3174年」 "A Canticle for Leibowitz"
◇短編
　ポール・アンダースン（Poul Anderson）「長い旅路」 "The Longest Voyage"
◇映像
　ロッド・サーリング（Rod Serling）「トワイライトゾーン」 "The Twilight Zone"（TV series）
◇プロ雑誌
　ジョン・W.キャンベル,Jr.（John W. Campbell,Jr.）〔編〕 "Astounding/Analog"
◇プロアーティスト
　エド・エムシュウィラー（Ed Emshwiller）
◇ファンジン
　Earl Kemp〔編〕 "Who Killed Science Fiction？"（one-shot）

1962年
◇長編
　ロバート・A.ハインライン（Robert A. Heinlein）「異星の客」 "Stranger in a Strange Land"
◇短編
　ブライアン・W.オールディス（Brian W. Aldiss）「地球の長い午後」 "The Hothouse Series"
◇映像
　ロッド・サーリング（Rod Serling）「トワイライトゾーン」 "The Twilight Zone"（TV series）
◇プロ雑誌
　ジョン・W.キャンベル,Jr.（John W. Campbell,Jr.）〔編〕 "Analog Science Fiction and Fact"
◇プロアーティスト
　エド・エムシュウィラー（Ed Emshwiller）
◇ファンジン
　Richard Bergeron〔編〕 "Warhoon"
◇特別賞
　セル・ゴールドスミス（Cele Goldsmith）—"Amazing and Fantastic"の編集
　ドナルド・H.タック（Donald H.Tuck） "The Handbook of Science Fiction and Fantasy"
　フリッツ・ライバー（Fritz Leiber），ホフマン・エレクトリック社（Hoffman Electric Corp.）—広告におけるSF利用に対して

1963年
◇長編
　フィリップ・K.ディック（Philip K.Dick）「高い城の男」 "The Man in the High Castle"
◇短編
　ジャック・ヴァンス（Jack Vance）「竜を駆る種族」 "The Dragon Masters"
◇映像
　受賞作なし
◇プロ雑誌
　Robert P.Mills，アヴラム・デイヴィッドスン（Avram Davidson） "The Magazine of Fantasy & Science Fiction"
◇プロアーティスト
　ロイ・G.クレンケル（Roy G.Krenkel）
◇ファンジン
　Richard A.Lupoff，Pat Lupoff〔共編〕 "Xero"
◇特別賞
　P.スカイラー・ミラー（P.Schuyler Miller）—"The Reference Library"（Analog誌における書評シリーズ）
　アイザック・アシモフ（Isaac Asimov）—"adding science to Science Fiction"（F&SF誌における彼の科学記事による）

1964年
◇長編
　クリフォード・D.シマック（Clifford D. Simak）「中継ステーション」 "Way Station"
◇短編
　ポール・アンダースン（Poul Anderson）「王に対して休戦なし」 "No Truce with Kings"
◇映像
　授賞なし
◇プロ雑誌
　ジョン・W.キャンベル,Jr.（John W. Campbell,Jr.）〔編〕 "Analog Science Fiction and Fact"
◇プロアーティスト
　エド・エムシュウィラー（Ed Emshwiller）
◇SF出版社
　エースブックス（Ace Books）

◇ファンジン
　ジョージ・H.シザース（George H.Scithers）〔編〕"Amra"

1965年
◇長編
　フリッツ・ライバー（Fritz Leiber）「放浪惑星」"The Wanderer"
◇短編
　ゴードン・R.ディクスン（Gordon R. Dickson）「兵士よ問うなかれ」"Soldier, Ask Not"
◇映像
　スタンリー・キューブリック（Stanley Kubrick）〔脚本・監督〕，テリー・サザーン（Terry Southern）〔脚本〕，ピーター・ジョージ（Peter George）〔脚本・原作〕「博士の異常な愛情」"Dr.Strangelove"
◇プロ雑誌
　ジョン・W.キャンベル,Jr.（John W. Campbell,Jr.）"Analog Science Fiction and Fact"
◇プロアーティスト
　ジョン・ショーエンヘール（John Schoenherr）
◇SF出版社
　バランタイン（Ballantine）
◇ファンジン
　Robert Coulson, Juanita Coulson〔共編〕"Yandro"

1966年
◇長編
　ロジャー・ゼラズニイ（Roger Zelazny）「わが名はコンラッド」"...And Call Me Conrad"（または"This Immortal"）
　フランク・ハーバート（Frank Herbert）「デューン 砂の惑星」"Dune"
◇短編
　ハーラン・エリスン（Harlan Ellison）「「悔い改めよ、ハーレクイン！」とチクタクマンはいった」"'Repent, Harlequin！'Said the Ticktockman"
◇映像
　授賞なし
◇プロ雑誌
　フレデリック・ポール（Frederik Pohl）〔編〕"If"
◇プロアーティスト
　フランク・フラゼッタ（Frank Frazetta）
◇ファンジン
　Camille Cazedessus,Jr.〔編〕"ERB-dom"
◇オールタイム・シリーズ
　アイザック・アシモフ（Isaac Asimov）「ファウンデーション」シリーズ"Foundation"series

1967年
◇長編
　ロバート・A.ハインライン（Robert A. Heinlein）「月は無慈悲な夜の女王」"The Moon Is a Harsh Mistress"
◇中編
　ジャック・ヴァンス（Jack Vance）「最後の城」"The Last Castle"
◇短編
　ラリイ・ニーヴン（Larry Niven）「中性子星」"Neutron Star"
◇映像
　ジーン・ロッデンベリー（Gene Roddenberry）〔脚本〕，マーク・ダニエルズ（Marc Daniels）〔監督〕「宇宙大作戦」シーズン1「タロス星の幻怪人」前後編 "Star Trek"―"The Menagerie"
◇プロ雑誌
　フレデリック・ポール（Frederik Pohl）〔編〕"If"
◇プロアーティスト
　ジャック・ゴーギャン（Jack Gaughan）
◇ファンジン
　Edmund R.Meskys, Felice Rolfe〔共編〕"Niekas"
◇ファンライター
　アレクセイ・パンシン（Alexei Panshin）
◇ファンアーティスト
　ジャック・ゴーギャン（Jack Gaughan）
◇特別賞
　CBS Television「二十世紀の記録」"21st Century"

1968年
◇長編
　ロジャー・ゼラズニイ（Roger Zelazny）「光の王」"Lord of Light"
◇長中編
　アン・マキャフリイ（Anne McCaffrey）「大巌洞人来たる」"Weyr Search"

フィリップ・ホセ・ファーマー（Philip José Farmer）「紫年金の遊蕩者たち」"Riders of the Purple Wage"
◇中編
フリッツ・ライバー（Fritz Leiber）「骨のダイスを転がそう」"Gonna Roll the Bones"
◇短編
ハーラン・エリスン（Harlan Ellison）「おれには口がない、それでもおれは叫ぶ」"I Have No Mouth, and I Must Scream"
◇映像
ハーラン・エリスン（Harlan Ellison）〔脚本〕，ジョセフ・ペヴニー（Joseph Pevney）〔監督〕「宇宙大作戦」シーズン1「危険な過去への旅」"Star Trek"—"City on the Edge of Forever"
◇プロ雑誌
フレデリック・ポール（Frederik Pohl）〔編〕"If"
◇プロアーティスト
ジャック・ゴーギャン（Jack Gaughan）
◇ファンジン
ジョージ・H.シザース（George H.Scithers）〔編〕"Amra"
◇ファンライター
テッド・ホワイト（Ted White）
◇ファンアーティスト
ジョージ・バー（George Barr）
◇特別賞
ハーラン・エリスン（Harlan Ellison）「危険なヴィジョン」"Dangerous Visions"
ジーン・ロッデンベリー（Gene Roddenberry）「スタートレック」"Star Trek"

1969年
◇長編
ジョン・ブラナー（John Brunner）"Stand on Zanzibar"
◇長中編
ロバート・シルヴァーバーグ（Robert Silverberg）「夜の翼」"Nightwings"
◇中編
ポール・アンダースン（Poul Anderson）「肉の分かち合い」"The Sharing of Flesh"
◇短編
ハーラン・エリスン（Harlan Ellison）「世界の中心で愛を叫んだけもの」"The Beast That Shouted Love at the Heart of the World"
◇映像
アーサー・C.クラーク（Arthur C.Clarke）〔脚本〕，スタンリー・キューブリック（Stanley Kubrick）〔脚本・監督〕「2001年宇宙の旅」"2001: A Space Odyssey"（原作：アーサー・C.クラーク"The Sentinel"）
◇プロ雑誌
E.L.ファーマン（Edward L.Ferman）〔編〕"The Magazine of Fantasy & Science Fiction"
◇プロアーティスト
ジャック・ゴーギャン（Jack Gaughan）
◇ファンジン
Richard E.Geis〔編〕"Science Fiction Review"
◇ファンライター
ハリー・ワーナー,Jr.（Harry Warner,Jr.）
◇ファンアーティスト
ヴォーン・ボード（Vaughn Bode）
◇特別賞
ニール・アームストロング（Neil Armstrong），エドウィン・オルドリン（Edwin Aldrin），マイクル・コリンズ（Michael Collins）—最高の月面着陸に対して

1970年
◇長編
アーシュラ・K.ル=グウィン（Ursula K.Le Guin）「闇の左手」"The Left Hand of Darkness"
◇長中編
フリッツ・ライバー（Fritz Leiber）「影の船」"Ship of Shadows"
◇短編
サミュエル・R.ディレイニー（Samuel R. Delany）「時は準宝石の螺旋のように」"Time Considered as a Helix of Semi-Precious Stones"
◇映像
—アポロ11号のTV放送
◇プロ雑誌
E.L.ファーマン（Edward L.Ferman）〔編〕

"The Magazine of Fantasy & Science Fiction"
◇プロアーティスト
　フランク・ケリー・フリース (Frank Kelly Freas)
◇ファンジン
　Richard E.Geis〔編〕 "Science Fiction Review"
◇ファンライター
　ボブ・タッカー (Bob Tucker)
◇ファンアーティスト
　ティム・カーク (Tim Kirk)

1971年
◇長編
　ラリイ・ニーヴン (Larry Niven)「リングワールド」"Ringworld"
◇長中編
　フリッツ・ライバー (Fritz Leiber)「凶運の都ランクマール」"Ill Met in Lankhmar"
◇短編
　シオドア・スタージョン (Theodore Sturgeon)「ゆるやかな彫刻」"Slow Sculpture"
◇映像
　受賞作なし
◇プロ雑誌
　E.L.ファーマン (Edward L.Ferman)〔編〕 "The Magazine of Fantasy & Science Fiction"
◇プロアーティスト
　レオ・ディロン (Leo Dillon), ダイアン・ディロン (Diane Dillon)
◇ファンジン
　Charles N.Brown, Dena Brown〔共編〕「ローカス」誌 "Locus"
◇ファンライター
　Richard E.Geis
◇ファンアーティスト
　アリシア・オースティン (Alicia Austin)

1972年
◇長編
　フィリップ・ホセ・ファーマー (Philip José Farmer)「果てしなき河よ,我を誘え」"To Your Scattered Bodies Go"
◇長中編
　ポール・アンダースン (Poul Anderson)「空気と闇の女王」(『世界SF大賞傑作選—ヒューゴー・ウィナーズ6』収録) "The Queen of Air and Darkness"
◇短編
　ラリイ・ニーヴン (Larry Niven)「無常の月」"Inconstant Moon"
◇映像
　スタンリー・キューブリック (Stanley Kubrick)〔脚本・監督〕「時計じかけのオレンジ」"A Clockwork Orange"（原作：アンソニー・バージェス）
◇プロ雑誌
　E.L.ファーマン (Edward L.Ferman)〔編〕 "The Magazine of Fantasy & Science Fiction"
◇プロアーティスト
　フランク・ケリー・フリース (Frank Kelly Freas)
◇ファンジン
　Charles N.Brown, Dena Brown「ローカス」誌 "Locus"
◇ファンライター
　ハリー・ワーナー,Jr. (Harry Warner,Jr.)
◇ファンアーティスト
　ティム・カーク (Tim Kirk)
◇特別賞
　ハーラン・エリスン (Harlan Ellison) — "Again,Dangerous Visions"アンソロジー編集の卓越性に対して
　—Club du Livre d'Anticipation（フランスのSF小説コレクション）の卓越した書籍出版に対して
　—「Nueva Dimension」(スペインのSF雑誌)の卓越した雑誌編集に対して

1973年
◇長編
　アイザック・アシモフ (Isaac Asimov)「神々自身」"The Gods Themselves"
◇長中編
　アーシュラ・K.ル=グウィン (Ursula K.Le Guin)「世界の合言葉は森」"The Word for World is Forest"
◇中編
　ポール・アンダースン (Poul Anderson)「トラジェディ」(『世界SF大賞傑作選—ヒューゴー・ウィナーズ6』収録) "Goat Song"

◇短編
　R.A.ラファティ（R.A.Lafferty）「愚者の楽園」"Eurema's Dam"
　フレデリック・ポール（Frederik Pohl），C.M.コーンブルース（C.M.Kornbluth）「ある決断」"The Meeting"
◇映像
　Stephen Geller〔脚本〕，ジョージ・ロイ・ヒル（George Roy Hill）〔監督〕「スローターハウス5」"Slaughterhouse-Five"（原作：カート・ヴォネガット・ジュニア）
◇プロ編集者
　ベン・ボーバ（Ben Bova）
◇プロアーティスト
　フランク・ケリー・フリース（Frank Kelly Freas）
◇ファンジン
　Michael Glicksohn, Susan Wood Glicksohn〔共編〕"Energumen"
◇ファンライター
　テリー・カー（Terry Carr）
◇ファンアーティスト
　ティム・カーク（Tim Kirk）
◇特別賞
　ピエール・ヴェールサン（Pierre Versins）"L'Encyclopedie de l'Utopie et de la science fiction"（Encyclopedia of Utopias, Extraordinary Voyages and Science Fiction）
◇ジョン・W.キャンベル賞
　ジェリー・パーネル（Jerry Pournelle）

1974年
◇長編
　アーサー・C.クラーク（Arthur C.Clarke）「宇宙のランデヴー」"Rendezvous with Rama"
◇長中編
　ジェイムズ・ティプトリー,Jr.（James Tiptree,Jr.）「接続された女」"The Girl Who Was Plugged In"
◇中編
　ハーラン・エリスン（Harlan Ellison）「死の鳥」（『世界SF大賞傑作選—ヒューゴー・ウィナーズ7』収録）"The Deathbird"
◇短編
　アーシュラ・K.ル＝グウィン（Ursula K.Le Guin）「オメラスから歩み去る人々」"The Ones Who Walk Away from Omelas"
◇映像
　ウディ・アレン（Woody Allen）〔脚本・監督〕，マーシャル・ブリックマン（Marshall Brickman）〔脚本〕「スリーパー」"Sleeper"
◇プロ編集者
　ベン・ボーバ（Ben Bova）
◇プロアーティスト
　フランク・ケリー・フリース（Frank Kelly Freas）
◇ファンジン
　Andy Porter〔編〕"Algol"
　Richard E.Geis〔編〕"The Alien Critic"
◇ファンライター
　スーザン・ウッド（Susan Wood）
◇ファンアーティスト
　ティム・カーク（Tim Kirk）
◇ジョン・W.キャンベル賞
　スパイダー・ロビンスン（Spider Robinson）
　リサ・タトル（Lisa Tuttle）
◇特別賞
　チェスリー・ボネステル（Chesley Bonestell）—美しく科学的に正確なイラストレーションに対して
◇ガンダルフ賞（グランドマスター）
　J.R.R.トールキン（J.R.R.Tolkien）

1975年
◇長編
　アーシュラ・K.ル＝グウィン（Ursula K.Le Guin）「所有せざる人々」"The Dispossessed"
◇長中編
　ジョージ・R.R.マーティン（George R.R. Martin）「ライアへの賛歌」"A Song for Lya"
◇中編
　ハーラン・エリスン（Harlan Ellison）「北緯38度54分、西経77度0分13秒 ランゲルハンス島沖を漂流中」（『世界SF大賞傑作選—ヒューゴー・ウィナーズ8』収録）（別題「我が魂はランゲルハンス島沖—北緯38度54分、西経77度00分、13秒にあり」『妖魔の宴—スーパー・ホラー・シアター 狼男編1』収録）"Adrift Just Off the Islets of Langerhans: Latitude 38° 54'

SF・ファンタジー　　　　　　　　　　　　　　　　　　　　　　　　　　　　　　　　　040 ヒューゴー賞

　　N, Longitude 77°00' 13″W"
◇短編
　　ラリイ・ニーヴン（Larry Niven）「ホール・マン」"The Hole Man"
◇映像
　　ジーン・ワイルダー（Gene Wilder）〔脚本〕，メル・ブルックス（Mel Brooks）〔脚本・監督〕「ヤング・フランケンシュタイン」"Young Frankenstein"
◇プロ編集者
　　ベン・ボーバ（Ben Bova）
◇プロアーティスト
　　フランク・ケリー・フリース（Frank Kelly Freas）
◇ファンジン
　　Richard E.Geis〔編〕"The Alien Critic"
◇ファンライター
　　Richard E.Geis
◇ファンアーティスト
　　ビル・ロツラー（Bill Rotsler）
◇特別賞
　　ドナルド・A.ウォルハイム（Donald A. Wollheim）—"the fan who has done everything"として
　　ウォルト・リー（Walt Lee）"Reference Guide to Fantastic Films"
◇ジョン・W.キャンベル賞
　　P.J.プラウガー（P.J.Plauger）
◇ガンダルフ賞（グランドマスター）
　　フリッツ・ライバー（Fritz Leiber）

1976年
◇長編
　　ジョー・ホールドマン（Joe Haldeman）「終りなき戦い」"The Forever War"
◇長中編
　　ロジャー・ゼラズニイ（Roger Zelazny）「ハングマンの帰還」"Home is the Hangman"
◇中編
　　ラリイ・ニーヴン（Larry Niven）「太陽系辺境星域」"The Borderland of Sol"
◇短編
　　フリッツ・ライバー（Fritz Leiber）「あの飛行船をつかまえろ」"Catch That Zeppelin！"
◇映像
　　L.Q.ジョーンズ（L.Q.Jones）〔脚本・監督〕，Wayne Cruseturner〔脚本〕，ハーラン・エリスン（Harlan Ellison）〔原案〕「少年と犬」"A Boy and His Dog"
◇プロ編集者
　　ベン・ボーバ（Ben Bova）
◇プロアーティスト
　　フランク・ケリー・フリース（Frank Kelly Freas）
◇ファンジン
　　Charles N.Brown，Dena Brown〔共編〕「ローカス」誌 "Locus"
◇ファンライター
　　Richard E.Geis
◇ファンアーティスト
　　ティム・カーク（Tim Kirk）
◇特別賞
　　ジェイムズ・E.ガン（James E.Gunn）—"Alternate Worlds：The Illustrated History of Science Fiction"に対して
◇ジョン・W.キャンベル賞
　　トム・リーミイ（Tom Reamy）
◇ガンダルフ賞（グランドマスター）
　　L.スプレイグ・ディ・キャンプ（L.Sprague de Camp）

1977年
◇長編
　　ケイト・ウィルヘルム（Kate Wilhelm）「鳥の歌いまは絶え」"Where Late the Sweet Birds Sang"
◇長中編
　　スパイダー・ロビンスン（Spider Robinson）"By Any Other Name"
　　ジェイムズ・ティプトリー，Jr.（James Tiptree,Jr.）「ヒューストン、ヒューストン、聞こえるか？」"Houston, Houston, Do You Read？"
◇中編
　　アイザック・アシモフ（Isaac Asimov）「バイセンテニアル・マン」（『聖者の行進』収録）（別題「二百年を迎えた男」）"The Bicentennial Man"
◇短編
　　ジョー・ホールドマン（Joe Haldeman）「三百年祭」（「S-Fマガジン」1978年10月号）"Tricentennial"

◇映像
　受賞作なし
◇プロ編集者
　ベン・ボーバ(Ben Bova)
◇プロアーティスト
　Rick Sternbach
◇ファンジン
　Richard E.Geis〔編〕"Science Fiction Review"
◇ファンライター
　スーザン・ウッド(Susan Wood)
　Richard E.Geis
◇ファンアーティスト
　フィル・フォグリオ(Phil Foglio)
◇ジョン・W.キャンベル賞
　C.J.チェリイ(C.J.Cherryh)
◇特別賞
　ジョージ・ルーカス(George Lucas)──「スター・ウォーズ」とともにセンス・オブ・ワンダーを喚起させたことに対して
◇ガンダルフ賞(グランドマスター)
　アンドレ・ノートン(Andre Norton)

1978年
◇長編
　フレデリック・ポール(Frederik Pohl)「ゲイトウェイ」"Gateway"
◇長中編
　スパイダー・ロビンスン(Spider Robinson)「スターダンス」"Stardance"
◇中編
　ジョーン・D.ヴィンジ(Joan D.Vinge)「琥珀のひとみ」"Eyes of Amber"
◇短編
　ハーラン・エリスン(Harlan Ellison)「ジェフティは五つ」(「S-Fマガジン」1979年10月号)"Jeffty Is Five"
◇映像
　ジョージ・ルーカス(George Lucas)〔監督・脚本〕「スター・ウォーズ」"Star Wars"
◇プロ編集者
　ジョージ・H.シザース(George H.Scithers)
◇プロアーティスト
　Rick Sternbach
◇ファンジン
　Charles N.Brown, Dena Brown〔共編〕

「ローカス」誌 "Locus"
◇ファンライター
　Richard E.Geis
◇ファンアーティスト
　フィル・フォグリオ(Phil Foglio)
◇ジョン・W.キャンベル賞
　オースン・スコット・カード(Orson Scott Card)
◇ガンダルフ賞(グランドマスター)
　ポール・アンダースン(Poul Anderson)
◇ガンダルフ賞(長編)
　J.R.R.トールキン(J.R.R.Tolkien)〔著〕, クリストファー・トールキン(Christopher Tolkien)〔編〕「シルマリルの物語」"The Silmarillion"

1979年
◇長編
　ヴォンダ・N.マッキンタイア(Vonda N. McIntyre)「夢の蛇」"Dreamsnake"
◇長中編
　ジョン・ヴァーリイ(John Varley)「残像」"The Persistence of Vision"
◇中編
　ポール・アンダースン(Poul Anderson)"Hunter's Moon"
◇短編
　C.J.チェリイ(C.J.Cherryh)「カッサンドラ」"Cassandra"
◇映像
　マリオ・プーゾ(Mario Puzo)〔脚本・原案〕, デイヴィッド・ニューマン(David Newman)〔脚本〕, レスリー・ニューマン(Leslie Newman)〔脚本〕, ロバート・ベントン(Robert Benton)〔脚本〕, リチャード・ドナー(Richard Donner)〔監督〕「スーパーマン」"Superman"
◇プロ編集者
　ベン・ボーバ(Ben Bova)
◇プロアーティスト
　ヴァンサン・ディフェイト(Vincent DiFate)
◇ファンジン
　Richard E.Geis〔編〕"Science Fiction Review"
◇ファンライター
　ボブ・ショウ(Bob Shaw)
◇ファンアーティスト

ビル・ロツラー（Bill Rotsler）
◇ジョン・W.キャンベル賞
　ステファン・R.ドナルドソン（Stephen R. Donaldson）
◇ガンダルフ賞（グランドマスター）
　アーシュラ・K.ル＝グウィン（Ursula K.Le Guin）
◇ガンダルフ賞（長編）
　アン・マキャフリイ（Anne McCaffrey）「白い竜」 "The White Dragon"

1980年
◇長編
　アーサー・C.クラーク（Arthur C.Clarke）「楽園の泉」 "The Fountains of Paradise"
◇長中編
　バリー・B.ロングイヤー（Barry B. Longyear）「わが友なる敵」 "Enemy Mine"
◇中編
　ジョージ・R.R.マーティン（George R.R. Martin）「サンドキングス」（『サンドキングス』収録） "Sandkings"
◇短編
　ジョージ・R.R.マーティン（George R.R. Martin）「龍と十字架の道」（『サンドキングス』収録） "The Way of Cross and Dragon"
◇ノンフィクション図書
　ピーター・ニコルズ（Peter Nicholls）〔編〕 "The Science Fiction Encyclopedia"
◇映像
　ダン・オバノン（Dan O'Bannon）〔脚本・原案〕，ロナルド・シャセット（Ronald Shusett）〔原案〕，リドリー・スコット（Ridley Scott）〔監督〕 「エイリアン」 "Alien"
◇プロ編集者
　ジョージ・H.シザース（George H.Scithers）
◇プロアーティスト
　マイケル・ウィーラン（Michael Whelan）
◇ファンジン
　Charles N.Brown〔編〕 「ローカス」誌 "Locus"
◇ファンライター
　ボブ・ショウ（Bob Shaw）
◇ファンアーティスト
　アレクシス・ギリーランド（Alexis Gilliland）
◇ジョン・W.キャンベル賞
　バリー・B.ロングイヤー（Barry B. Longyear）
◇ガンダルフ賞（グランドマスター）
　レイ・ブラッドベリ（Ray Bradbury）

1981年
◇長編
　ジョーン・D.ヴィンジ（Joan D.Vinge）「雪の女王」 "The Snow Queen"
◇長中編
　ゴードン・R.ディクスン（Gordon R. Dickson）「ドルセイの決断」 "Lost Dorsai"
◇中編
　ゴードン・R.ディクスン（Gordon R. Dickson） "The Cloak and the Staff"
◇短編
　クリフォード・D.シマック（Clifford D. Simak）「踊る鹿の洞窟」 "Grotto of the Dancing Deer"
◇ノンフィクション図書
　カール・セーガン（Carl Sagan） "Cosmos"
◇映像
　リイ・ブラケット（Leigh Bracket）〔脚本〕，ローレンス・カスダン（Lawrence Kasdan）〔脚本〕，ジョージ・ルーカス（George Lucas）〔原案〕，アーヴィン・カーシュナー（Irvin Kershner）〔監督〕 「スター・ウォーズ エピソード5/帝国の逆襲」 "The Empire Strikes Back"
◇プロ編集者
　E.L.ファーマン（Edward L.Ferman）
◇プロアーティスト
　マイケル・ウィーラン（Michael Whelan）
◇ファンジン
　Charles N.Brown〔編〕 「ローカス」誌 "Locus"
◇ファンライター
　スーザン・ウッド（Susan Wood）
◇ファンアーティスト
　ヴィクトリア・ポアゼ（Victoria Poyser）
◇特別賞
　E.L.ファーマン（Edward L.Ferman）―分野における拡張への努力と執筆の質の改

善に対して
◇ジョン・W.キャンベル賞
　ソムトウ・スチャリトクル（Somtow Sucharitkul）
◇ガンダルフ賞（グランドマスター）
　C.L.ムーア（C.L.Moore）

1982年
◇長編
　C.J.チェリイ（C.J.Cherryh）「ダウンビロウ・ステーション」"Downbelow Station"
◇長中編
　ポール・アンダースン（Poul Anderson）"The Saturn Game"
◇中編
　ロジャー・ゼラズニイ（Roger Zelazny）「ユニコーン・ヴァリエーション」"Unicorn Variation"
◇短編
　ジョン・ヴァーリイ（John Varley）「プッシャー」"The Pusher"
◇ノンフィクション図書
　スティーヴン・キング（Stephen King）「死の舞踏」"Danse Macabre"
◇特別賞
　E.L.ファーマン（Edward L.Ferman）—SF分野の開拓と向上に対して
◇映像
　ローレンス・カスダン（Lawrence Kasdan）〔脚本〕，ジョージ・ルーカス（George Lucas）〔原案〕，フィリップ・カウフマン（Philip Kaufman）〔原案〕，スティーヴン・スピルバーグ（Steven Spielberg）〔監督〕「レイダース／失われたアーク《聖櫃》」"Raiders of the Lost Ark"
◇プロ編集者
　E.L.ファーマン（Edward L.Ferman）
◇プロアーティスト
　マイケル・ウィーラン（Michael Whelan）
◇ファンジン
　Charles N.Brown〔編〕「ローカス」誌 "Locus"
◇ファンライター
　Richard E.Geis
◇ファンアーティスト
　ヴィクトリア・ポアゼ（Victoria Poyser）
◇特別賞

Mike Glyer —ファンジン（'fan'zine）の発行に'fan'を保っていることに対して
◇ジョン・W.キャンベル賞
　アレクシス・ギリーランド（Alexis Gilliland）

1983年
◇長編
　アイザック・アシモフ（Isaac Asimov）「ファウンデーションの彼方へ」"Foundation's Edge"
◇長中編
　ジョアンナ・ラス（Joanna Russ）「祈り」"Souls"
◇中編
　コニー・ウィリス（Connie Willis）「見張り」"Fire Watch"
◇短編
　スパイダー・ロビンスン（Spider Robinson），ジーン・ロビンスン（Jeanne Robinson）「憂鬱な象」"Melancholy Elephants"
◇ノンフィクション図書
　ジェイムズ・E.ガン（James E.Gunn）"Isaac Asimov: The Foundations of Science Fiction"
◇映像
　ハンプトン・ファンチャー（Hampton Fancher）〔脚本〕，デイヴィッド・ピープルズ（David Peoples）〔脚本〕，リドリー・スコット（Ridley Scott）〔監督〕「ブレードランナー」"Blade Runner"（原作：フィリップ・K.ディック "Do Androids Dream of Electric Sheep?"）
◇プロ編集者
　E.L.ファーマン（Edward L.Ferman）
◇プロアーティスト
　マイケル・ウィーラン（Michael Whelan）
◇ファンジン
　Charles N.Brown〔編〕「ローカス」誌 "Locus"
◇ファンライター
　Richard E.Geis
◇ファンアーティスト
　アレクシス・ギリーランド（Alexis Gilliland）
◇ジョン・W.キャンベル賞
　ポール・O.ウィリアムス（Paul O.Williams）

1984年
　◇長編
　　デイヴィッド・ブリン（David Brin）「スタータイド・ライジング」"Startide Rising"
　◇長中編
　　ティモシー・ザーン（Timothy Zahn）"Cascade Point"
　◇中編
　　グレッグ・ベア（Greg Bear）「ブラッド・ミュージック」"Blood Music"
　◇短編
　　オクティヴィア・E.バトラー（Octavia E. Butler）「ことばのひびき」"Speech Sounds"
　◇ノンフィクション図書
　　ドナルド・H.タック（Donald H.Tuck）"Encyclopedia of Science Fiction and Fantasy, vol.3"
　◇映像
　　ローレンス・カスダン（Lawrence Kasdan）〔脚本〕，ジョージ・ルーカス（George Lucas）〔脚本・原案〕，リチャード・マーカンド（Richard Marquand）〔監督〕「スター・ウォーズ/ジェダイの復讐」"Return of the Jedi"
　◇プロ編集者
　　ショーナ・マッカーシー（Shawna McCarthy）
　◇プロアーティスト
　　マイケル・ウィーラン（Michael Whelan）
　◇セミプロジン
　　Charles N.Brown〔編〕「ローカス」誌 "Locus"
　◇ファンジン
　　Mike Glyer〔編〕"File 770"
　◇ファンライター
　　Mike Glyer
　◇ファンアーティスト
　　アレクシス・ギリーランド（Alexis Gilliland）
　◇特別賞
　　ラリー・T.ショウ（Larry T.Shaw）―SF編集者としての生涯の業績に対して
　　ロバート・ブロック（Robert Bloch）―50年にわたるSF専門家としての業績に対して

◇ジョン・W.キャンベル賞
　　R.A.マカヴォイ（R.A.MacAvoy）
1985年
　◇長編
　　ウイリアム・ギブスン（William Gibson）「ニューロマンサー」"Neuromancer"
　◇長中編
　　ジョン・ヴァーリイ（John Varley）「PRESS ENTER ■」（『ブルー・シャンペン』収録）"Press Enter ■"
　◇中編
　　オクティヴィア・E.バトラー（Octavia E. Butler）「血をわけた子供」（『80年代SF傑作選 下』収録）"Bloodchild"
　◇短編
　　デイヴィッド・ブリン（David Brin）「水晶球」"The Crystal Spheres"
　◇ノンフィクション図書
　　ジャック・ウィリアムスン（Jack Williamson）"Wonder's Child: My Life in Science Fiction"
　◇映像
　　ピーター・ハイアムズ（Peter Hyams）〔脚本・監督〕「2010年」"2010: Odyssey Two"（原作：アーサー・C.クラーク）
　◇プロ編集者
　　テリー・カー（Terry Carr）
　◇プロアーティスト
　　マイケル・ウィーラン（Michael Whelan）
　◇セミプロジン
　　Charles N.Brown〔編〕「ローカス」誌 "Locus"
　◇ファンジン
　　Mike Glyer〔編〕"File 770"
　◇ファンライター
　　デイヴ・ラングフォード（Dave Langford）
　◇ファンアーティスト
　　アレクシス・ギリーランド（Alexis Gilliland）
　◇ジョン・W.キャンベル賞
　　ルーシャス・シェパード（Lucius Shepard）
1986年
　◇長編
　　オースン・スコット・カード（Orson Scott Card）「エンダーのゲーム」"Ender's Game"

◇長中編
　ロジャー・ゼラズニイ(Roger Zelazny)「北斎の富嶽二十四景」"Twenty-four Views of Mount Fuji,by Hokusai"
◇中編
　ハーラン・エリスン(Harlan Ellison) "Paladin of the Lost Hour"
◇短編
　フレデリック・ポール(Frederik Pohl)「フェルミと冬」"Fermi and Frost"
◇ノンフィクション図書
　トム・ウェラー(Tom Weller) "Science Made Stupid"
◇映像
　ロバート・ゼメキス(Robert Zemeckis)〔脚本・監督〕，ボブ・ゲイル(Bob Gale)〔脚本〕「バック・トゥ・ザ・フューチャー」"Back to the Future"
◇プロ編集者
　ジュディ=リン・デル・レイ(Judy-Lynn del Rey)(没後まもなくの受賞，夫のLester del Reyが受賞拒否)
◇プロアーティスト
　マイケル・ウィーラン(Michael Whelan)
◇セミプロジン
　Charles N.Brown〔編〕「ローカス」誌 "Locus"
◇ファンジン
　George Laskowski〔編〕 "Lan's Lantern"
◇ファンライター
　Mike Glyer
◇ファンアーティスト
　ホアン・ハンケウッズ(Joan Hanke-Woods)
◇ジョン・W.キャンベル賞
　メリッサ・スコット(Melissa Scott)

1987年
◇長編
　オースン・スコット・カード(Orson Scott Card)「死者の代弁者」"Speaker for the Dead"
◇長中編
　ロバート・シルヴァーバーグ(Robert Silverberg) "Gilgamesh in the Outback"
◇中編
　ロジャー・ゼラズニイ(Roger Zelazny)「永久凍土」"Permafrost"

◇短編
　グレッグ・ベア(Greg Bear)「タンジェント」"Tangents"
◇ノンフィクション図書
　ブライアン・オールディス(Brian Aldiss)，デイヴィッド・ウィングローブ(David Wingrove)「一兆年の宴」"Trillion Year Spree"
◇映像
　ジェームズ・キャメロン(James Cameron)〔脚本・原案・監督〕，デヴィッド・ガイラー(David Giler)〔原案〕，ウォルター・ヒル(Walter Hill)〔原案〕「エイリアン2」"Aliens"
◇プロ編集者
　テリー・カー(Terry Carr)
◇プロアーティスト
　ジム・バーンズ(Jim Burns)
◇セミプロジン
　Charles N.Brown〔編〕「ローカス」誌 "Locus"
◇ファンジン
　デイヴ・ランフォード(Dave Langford)〔編〕 "Ansible"
◇ファンライター
　デイヴ・ランフォード(Dave Langford)
◇ファンアーティスト
　ブラッド・W.フォスター(Brad W.Foster)
◇ジョン・W.キャンベル賞
　カレン・ジョイ・ファウラー(Karen Joy Fowler)

1988年
◇長編
　デイヴィッド・ブリン(David Brin)「知性化戦争」"The Uplift War"
◇長中編
　オースン・スコット・カード(Orson Scott Card)「目には目を」"Eye for Eye"
◇中編
　アーシュラ・K.ル=グウィン(Ursula K.Le Guin)「バッファローの娘っこ、晩になったら出ておいで」"Buffalo Gals, Won't You Come Out Tonight"
◇短編
　ローレンス・ワット=エヴァンズ(Lawrence Watt-Evans)「ぼくがハリーズ・バー

ガーショップをやめたいきさつ」 "Why I Left Harry's All-Night Hamburgers"
◇ノンフィクション図書
マイケル・ウィーラン（Michael Whelan） "Michael Whelan's Works of Wonder"
◇その他の形式
アラン・ムーア（Alan Moore）、デイブ・ギボンズ（Dave Gibbons）「Watchmen」 "Watchmen"（コミック）
◇映像
ウィリアム・ゴールドマン（William Goldman）〔脚本・原作〕、ロブ・ライナー（Rob Reiner）〔監督〕「プリンセス・ブライド・ストーリー」 "The Princess Bride"
◇プロ編集者
ガードナー・ドゾワ（Gardner Dozois）
◇プロアーティスト
マイケル・ウィーラン（Michael Whelan）
◇セミプロジン
Charles N.Brown〔編〕「ローカス」誌 "Locus"
◇ファンジン
Pat Mueller〔編〕 "Texas SF Inquirer"
◇ファンライター
Mike Glyer
◇ファンアーティスト
ブラッド・W.フォスター（Brad W.Foster）
◇特別賞
The Science Fiction Oral History Association
◇ジョン・W.キャンベル賞
ジュディス・モフェット（Judith Moffett）

1989年
◇長編
C.J.チェリイ（C.J.Cherryh）「サイティーン」 "Cyteen"
◇長中編
コニー・ウィリス（Connie Willis） "The Last of the Winnebagos"
◇中編
ジョージ・アレック・エフィンジャー（George Alec Effinger）「シュレーディンガーの子猫」 "Schrödinger's Kitten"
◇短編
マイク・レズニック（Mike Resnick）「キリンヤガ」 "Kirinyaga"
◇ノンフィクション図書
サミュエル・R.ディレイニー（Samuel R. Delany） "The Motion of Light in Water: Sex and Science Fiction Writing in the East Village 1957-1965"
◇映像
ジェフリー・プライス（Jeffrey Price）〔脚本〕、ピーター・S.シーマン（Peter S. Seaman）〔脚本〕、ロバート・ゼメキス（Robert Zemeckis）〔監督〕「ロジャー・ラビット」 "Who Framed Roger Rabbit"（原作：ゲイリー・K.ウルフ "Who Censored Roger Rabbit ？ "）
◇プロ編集者
ガードナー・ドゾワ（Gardner Dozois）
◇プロアーティスト
マイケル・ウィーラン（Michael Whelan）
◇セミプロジン
Charles N.Brown〔編〕「ローカス」誌 "Locus"
◇ファンジン
Mike Glyer〔編〕 "File 770"
◇ファンライター
デイヴ・ラングフォード（Dave Langford）
◇ファンアーティスト
ブラッド・W.フォスター（Brad W.Foster）
ダイアナ・ギャラガー・ウー（Diana Gallagher Wu）
◇特別賞
ソウル・ジャッフェ（Saul Jaffe）〔モデレーター〕――SF-Lovers Digest ファンダムのコンピュータ掲示板利用を開拓したことに対して
アレックス・ションバーグ（Alex Schomburg）――SFアートへの生涯貢献に対して
◇ジョン・W.キャンベル賞
ミカエラ・ロスナー（Michaela Roessner）

1990年
◇長編
ダン・シモンズ（Dan Simmons）「ハイペリオン」 "Hyperion"
◇長中編
ロイス・マクマスター・ビジョルド（Lois McMaster Bujold）「喪の山」 "The

Mountains of Mourning"
◇中編
ロバート・シルヴァーバーグ（Robert Silverberg）"Enter a Soldier．Later：Enter Another"
◇短編
スージー・マッキー・チャーナス（Suzy McKee Charnas）「オッパイ」"Boobs"
◇ノンフィクション図書
アレクセイ・パンシン（Alexei Panshin），コーリー・パンシン（Cory Panshin）"The World Beyond the Hill"
◇映像
ジェフリー・ボーム（Jeffrey Boam）〔脚本〕，ジョージ・ルーカス（George Lucas）〔原案〕，メノ・メイエス（Menno Meyjes）〔原案〕，スティーヴン・スピルバーグ（Steven Spielberg）〔監督〕「インディ・ジョーンズ／最後の聖戦」"Indiana Jones and the Last Crusade"
◇プロ編集者
ガードナー・ドゾワ（Gardner Dozois）
◇プロアーティスト
ドン・メイツ（Don Maitz）
◇オリジナル・アートワーク
ドン・メイツ（Don Maitz）"cover of Rimrunners"
◇セミプロジン
Charles N.Brown〔編〕「ローカス」誌 "Locus"
◇ファンジン
Leslie Turek〔編〕"The Mad 3 Party"
◇ファンライター
デイヴ・ラングフォード（Dave Langford）
◇ファンアーティスト
ステュ・シフマン（Stu Shiffman）
◇ジョン・W．キャンベル賞
クリスティン・キャスリン・ラッシュ（Kristine Kathryn Rusch）

1991年
◇長編
ロイス・マクマスター・ビジョルド（Lois McMaster Bujold）「ヴォル・ゲーム」"The Vor Game"
◇長中編
ジョー・ホールドマン（Joe Haldeman）「ヘミングウェイごっこ」"The Hemingway Hoax"
◇中編
マイク・レズニック（Mike Resnick）「マナモウキ」"The Manamouki"
◇短編
テリー・ビッスン（Terry Bisson）「熊が火を発見する」（『ふたりジャネット』収録）"Bears Discover Fire"
◇ノンフィクション図書
オースン・スコット・カード（Orson Scott Card）"How to Write Science Fiction and Fantasy"
◇映像
キャロライン・トンプソン（Caroline Thompson）〔脚本・原案〕，ティム・バートン（Tim Burton）〔監督・原案〕「シザーハンズ」"Edward Scissorhands"
◇プロ編集者
ガードナー・ドゾワ（Gardner Dozois）
◇プロアーティスト
マイケル・ウィーラン（Michael Whelan）
◇オリジナル・アートワーク
受賞作なし
◇セミプロジン
Charles N.Brown〔編〕「ローカス」誌 "Locus"
◇ファンジン
George Laskowski〔編〕"Lan's Lantern"
◇ファンライター
デイヴ・ラングフォード（Dave Langford）
◇ファンアーティスト
テディ・ハーヴィア（Teddy Harvia）
◇特別賞
アンドリュー・I.ポーター（Andrew I. Porter）——長年にわたる"SF Chronicle"誌の編集に対して
エルスト・ウェインスタイン（Elst Weinstein）——"the Hogus"の起ち上げと継続に対して
◇ジョン・W．キャンベル賞
ジュリア・エックラー（Julia Ecklar）

1992年
◇長編
ロイス・マクマスター・ビジョルド（Lois McMaster Bujold）「バラヤー内乱」"Barrayar"

◇長中編
　ナンシー・クレス (Nancy Kress)「ベガーズ・イン・スペイン」"Beggars in Spain"
◇中編
　アイザック・アシモフ (Isaac Asimov)「ゴールド —黄金—」"Gold"
◇短編
　ジェフリー・A.ランディス (Geoffrey A. Landis)「日の下を歩いて」"A Walk in the Sun"
◇ノンフィクション図書
　チャールズ・アダムズ (Charles Addams) "The World of Charles Addams"
◇映像
　ジェームズ・キャメロン (James Cameron)〔脚本・監督〕,ウィリアム・ウィッシャー Jr. (William Wisher,Jr.)〔脚本〕「ターミネーター2」"Terminator2: Judgment Day"
◇プロ編集者
　ガードナー・ドゾワ (Gardner Dozois)
◇プロアーティスト
　マイケル・ウィーラン (Michael Whelan)
◇オリジナル・アートワーク
　マイケル・ウィーラン (Michael Whelan) "cover of The Summer Queen"
◇セミプロジン
　Charles N.Brown〔編〕「ローカス」誌 "Locus"
◇ファンジン
　Dick Lynch, Nicki Lynch〔共編〕"Mimosa"
◇ファンライター
　デイヴ・ラングフォード (Dave Langford)
◇ファンアーティスト
　ブラッド・W.フォスター (Brad W.Foster)
◇ジョン・W.キャンベル賞
　テッド・チャン (Ted Chiang)

1993年
◇長編
　ヴァーナー・ヴィンジ (Vernor Vinge)「遠き神々の炎」"A Fire Upon the Deep"
　コニー・ウィリス (Connie Willis)「ドゥームズデイ・ブック」"Vinge Doomsday Book"
◇長中編
　ルーシャス・シェパード (Lucius Shepard)「宇宙船乗りフジツボのビル」(「S-Fマガジン」1994年1月号)"Barnacle Bill the Spacer"
◇中編
　ジャネット・ケイガン (Janet Kagan) "The Nutcracker Coup"
◇短編
　コニー・ウィリス (Connie Willis)「女王様でも」(『最後のウィネベーゴ』収録)"Even the Queen"
◇ノンフィクション図書
　ハリー・ワーナー,Jr. (Harry Warner,Jr.) "A Wealth of Fable: An informal history of science fiction in the 1950s"
◇映像
　モーガン・ジェンデル (Morgan Gendel)〔脚本・原案〕,ピーター・アラン・フィールズ (Peter Allan Fields)〔脚本〕,ピーター・ローリットソン (Peter Lauritson)〔監督〕「新スタートレック」シーズン5 第25話「超時空惑星カターン」"Star Trek: The Next Generation"—"The Inner Light"
◇プロ編集者
　ガードナー・ドゾワ (Gardner Dozois)
◇プロアーティスト
　ドン・メイツ (Don Maitz)
◇オリジナル・アートワーク
　ジェームズ・ガーニー (James Gurney)「ダイノトピア地下世界への冒険」"Dinotopia"
◇セミプロジン
　アンドリュー・ポーター (Andrew Porter)〔編〕"Science Fiction Chronicle"
◇ファンジン
　Dick Lynch, Nicki Lynch〔共編〕"Mimosa"
◇ファンライター
　デイヴ・ラングフォード (Dave Langford)
◇ファンアーティスト
　ペギー・ランソン (Peggy Ranson)
◇ジョン・W.キャンベル賞
　ローラ・レズニック (Laura Resnick)
◇特別賞
　柴野拓美 (Takumi Shibano) —SF・ファン

タジーの促進のため文化と国の間の架け橋をつくったことに対して

1994年
◇長編
　キム・スタンリー・ロビンスン（Kim Stanley Robinson）「グリーン・マーズ」"Green Mars"
◇長中編
　ハリー・タートルダヴ（Harry Turtledove）"Down in the Bottomlands"
◇中編
　チャールズ・シェフィールド（Charles Sheffield）「わが心のジョージア」"Georgia on My Mind"
◇短編
　コニー・ウィリス（Connie Willis）"Death on the Nile"
◇ノンフィクション図書
　ジョン・クルート（John Clute），ピーター・ニコルズ（Peter Nicholls）"The Encyclopedia of Science Fiction"
◇映像
　マイケル・クライトン（Michael Crichton）〔脚本〕，デヴィッド・コープ（David Koepp）〔脚本〕，スティーヴン・スピルバーグ（Steven Spielberg）〔監督〕「ジュラシック・パーク」"Jurassic Park"（原作：マイケル・クライトン）
◇プロ編集者
　クリスティン・キャスリン・ラッシュ（Kristine Kathryn Rusch）
◇プロアーティスト
　ボブ・エグルトン（Bob Eggleton）
◇オリジナル・アートワーク
　スティーヴン・ヒックマン（Stephen Hickman）"Space Fantasy Commemorative Stamp Booklet"
◇セミプロジン
　アンドリュー・ポーター（Andrew Porter）〔編〕"Science Fiction Chronicle"
◇ファンジン
　Dick Lynch，Nicki Lynch〔共編〕"Mimosa"
◇ファンライター
　デイヴ・ランフォード（Dave Langford）
◇ファンアーティスト
　ブラッド・W.フォスター（Brad W.Foster）

◇ジョン・W.キャンベル賞
　エイミー・トムスン（Amy Thomson）

1995年
◇長編
　ロイス・マクマスター・ビジョルド（Lois McMaster Bujold）「ミラー・ダンス」"Mirror Dance"
◇長中編
　マイク・レズニック（Mike Resnick）「オルドヴァイ峡谷七景」"Seven Views of Olduvai Gorge"
◇中編
　デイヴィッド・ジェロルド（David Gerrold）"The Martian Child"
◇短編
　ジョー・ホールドマン（Joe Haldeman）「愛は盲目」（「S-Fマガジン」1996年1月号）"None So Blind"
◇ノンフィクション図書
　アイザック・アシモフ（Isaac Asimov）"I. Asimov: A Memoir"
◇映像
　ロナルド・D.ムーア（Ronald D.Moore）〔脚本〕，ブラノン・ブラーガ（Brannon Braga）〔脚本〕，ウィンリック・コルベ（Winrich Kolbe）〔監督〕「新スタートレック」シーズン7 最終話「永遠への旅」"Star Trek: The Next Generation"—"All Good Things..."
◇プロ編集者
　ガードナー・ドゾワ（Gardner Dozois）
◇プロアーティスト
　ジム・バーンズ（Jim Burns）
◇オリジナル・アートワーク
　ブライアン・フラウド（Brian Froud）"Lady Cottington's Pressed Fairy Book"
◇セミプロジン
　デイヴィッド・プリングル（David Pringle）〔編〕"Interzone"
◇ファンジン
　デイヴ・ランフォード（Dave Langford）〔編〕"Ansible"
◇ファンライター
　デイヴ・ランフォード（Dave Langford）
◇ファンアーティスト
　テディ・ハーヴィア（Teddy Harvia）

◇ジョン・W.キャンベル賞
　ジェフ・ヌーン（Jeff Noon）

1996年
◇長編
　ニール・スティーヴンスン（Neal Stephenson）「ダイヤモンド・エイジ」 "The Diamond Age"
◇長中編
　アレン・スティール（Allen Steele）「キャプテン・フューチャーの死」 "The Death of Captain Future"
◇中編
　ジェイムズ・パトリック・ケリー（James Patrick Kelly）「恐竜たちの方程式」（「S-Fマガジン」1997年1月号） "Think Like a Dinosaur"
◇短編
　モーリーン・F.マクヒュー（Maureen F. McHugh）「リンカン・トレイン」（「野性時代」2007年11月号） "The Lincoln Train"
◇ノンフィクション図書
　ジョン・クルート（John Clute） "Science Fiction: The Illustrated Encyclopedia"
◇映像
　J.マイケル・ストラジンスキー（J.Michael Straczynski）〔脚本〕, ジャネット・グリーク（Janet Greek）〔監督〕 「バビロン5」シーズン2 第9話「シャドウ軍団の暗躍」 "Babylon 5"—"The Coming of Shadows"
◇プロ編集者
　ガードナー・ドゾワ（Gardner Dozois）
◇プロアーティスト
　ボブ・エグルトン（Bob Eggleton）
◇オリジナル・アートワーク
　ジェームズ・ガーニー（James Gurney） "Dinotopia: The World Beneath"
◇セミプロジン
　Charles N.Brown〔編〕 「ローカス」誌 "Locus"
◇ファンジン
　デイヴ・ラングフォード（Dave Langford）〔編〕 "Ansible"
◇ファンライター
　デイヴ・ラングフォード（Dave Langford）
◇ファンアーティスト
　ウィリアム・ロツラー（William Rotsler）
◇特別賞
　ウイリアム・オスラー（William Rotsler）—ロサンゼルス・ファンダムへの貢献に対して
◇ジョン・W.キャンベル賞
　デイヴィッド・ファインタック（David Feintuch）

1997年
◇長編
　キム・スタンリー・ロビンスン（Kim Stanley Robinson） "Blue Mars"
◇長中編
　ジョージ・R.R.マーティン（George R.R. Martin） "Blood of The Dragon"
◇中編
　ブルース・スターリング（Bruce Sterling）「自転車修理人」（「S-Fマガジン」1998年10月号） "Bicycle Repairman"
◇短編
　コニー・ウィリス（Connie Willis） "The Soul Selects Her Own Society..."
◇ノンフィクション図書
　L.スプレイグ・ディ・キャンプ（L.Sprague de Camp） "Time & Chance"
◇映像
　J.マイケル・ストラジンスキー（J.Michael Straczynski）〔脚本〕, デイヴィッド・イーグル（David Eagle）〔監督〕 「バビロン5」シーズン3 第10話「潰えた願い」 "Babylon 5"—"Severed Dreams"
◇プロ編集者
　ガードナー・ドゾワ（Gardner Dozois）
◇プロアーティスト
　ボブ・エグルトン（Bob Eggleton）
◇セミプロジン
　Charles N.Brown〔編〕 「ローカス」誌 "Locus"
◇ファンジン
　Dick Lynch, Nicki Lynch〔共編〕 "Mimosa"
◇ファンライター
　デイヴ・ラングフォード（Dave Langford）
◇ファンアーティスト
　ウィリアム・ロツラー（William Rotsler）
◇ジョン・W.キャンベル賞

マイケル・A.バースタイン（Michael A. Burstein）

1998年
◇長編
　ジョー・ホールドマン（Joe Haldeman）「終わりなき平和」 "Forever Peace"
◇長中編
　アレン・スティール（Allen Steele）「ヒンデンブルク号、炎上せず」（「S-Fマガジン」1999年1月号） "...Where Angels Fear to Tread"
◇中編
　ビル・ジョンソン（Bill Johnson） "We Will Drink A.Fish Together"
◇短編
　マイク・レズニック（Mike Resnick）「アンタレスの四十三王朝」 "The 43 Antarean Dynasties"
◇ノンフィクション図書
　ジョン・クルート（John Clute），ジョン・グラント（John Grant）〔共編〕「SF大百科事典」 "The Encyclopedia of Fantasy"
◇映像
　ジェームズ・V.ハート（James V.Hart）〔脚本〕，マイケル・ゴールデンバーグ（Michael Goldenberg）〔脚本〕，ロバート・ゼメキス（Robert Zemeckis）〔監督〕「コンタクト」 "Contact"（原作：カール・セーガン）
◇プロ編集者
　ガードナー・ドゾワ（Gardner Dozois）
◇プロアーティスト
　ボブ・エグルトン（Bob Eggleton）
◇セミプロジン
　Charles N.Brown〔編〕 「ローカス」誌 "Locus"
◇ファンジン
　Dick Lynch, Nicki Lynch〔共編〕 "Mimosa"
◇ファンライター
　デイヴ・ランフォード（Dave Langford）
◇ファンアーティスト
　ジョー・メイヒュー（Joe Mayhew）
◇ジョン・W.キャンベル賞
　メアリ・ドリア・ラッセル（Mary Doria Russell）

1999年
◇長編
　コニー・ウィリス（Connie Willis）「犬は勘定に入れません──あるいは、消えたヴィクトリア朝花瓶の謎」 "To Say Nothing of the Dog"
◇長中編
　グレッグ・イーガン（Greg Egan）「祈りの海」（『祈りの海』収録） "Oceanic"
◇中編
　ブルース・スターリング（Bruce Sterling）「タクラマカン」 "Taklamakan"
◇短編
　マイクル・スワンウィック（Michael Swanwick） "The Very Pulse of the Machine"
◇関連図書
　トマス・M.ディッシュ（Thomas M.Disch） "The Dreams Our Stuff Is Made Of: How Science Fiction Conquered the World"
◇映像
　アンドリュー・ニコル（Andrew Niccol）〔脚本〕，ピーター・ウィアー（Peter Weir）〔監督〕 「トゥルーマン・ショー」 "The Truman Show"
◇プロ編集者
　ガードナー・ドゾワ（Gardner Dozois）
◇プロアーティスト
　ボブ・エグルトン（Bob Eggleton）
◇セミプロジン
　Charles N.Brown〔編〕 「ローカス」誌 "Locus"
◇ファンジン
　デイヴ・ランフォード（Dave Langford）〔編〕 "Ansible"
◇ファンライター
　デイヴ・ランフォード（Dave Langford）
◇ファンアーティスト
　Ian Gunn
◇ジョン・W.キャンベル賞
　ナロ・ホプキンスン（Nalo Hopkinson）

2000年
◇長編
　ヴァーナー・ヴィンジ（Vernor Vinge）「最果ての銀河船団」 "A Deepness in the Sky"

◇長中編
　コニー・ウィリス（Connie Willis）"The Winds of Marble Arch"
◇中編
　ジェイムズ・パトリック・ケリー（James Patrick Kelly）「少年の秋」"10^{16} to 1"
◇短編
　マイクル・スワンウィック（Michael Swanwick）"Scherzo with Tyrannosaur"
◇関連図書
　フランク・M.ロビンソン（Frank M. Robinson）"Science Fiction of the 20th Century"
◇映像
　デビッド・ハワード（David Howard）〔脚本・原案〕，ロバート・ゴードン（Robert Gordon）〔脚本〕，ディーン・パリソット（Dean Parisot）〔監督〕「ギャラクシー・クエスト」"Galaxy Quest"
◇プロ編集者
　ガードナー・ドゾワ（Gardner Dozois）
◇プロアーティスト
　マイケル・ウィーラン（Michael Whelan）
◇セミプロジン
　Charles N.Brown〔編〕「ローカス」誌 "Locus"
◇ファンジン
　Mike Glyer〔編〕"File 770"
◇ファンライター
　デイヴ・ランフォード（Dave Langford）
◇ファンアーティスト
　ジョー・メイヒュー（Joe Mayhew）
◇ジョン・W.キャンベル賞
　コリイ・ドクトロウ（Cory Doctorow）

2001年
◇長編
　J.K.ローリング（J.K.Rowling）「ハリー・ポッターと炎のゴブレット」"Harry Potter and the Goblet of Fire"
◇長中編
　ジャック・ウィリアムスン（Jack Williamson）"The Ultimate Earth"
◇中編
　クリスティン・キャスリン・ラッシュ（Kristine Kathryn Rusch）"Millennium Babies"
◇短編
　デヴィッド・ラングフォード（David Langford）「異型の闇」"Different Kinds of Darkness"
◇関連図書
　ボブ・エグルトン（Bob Eggleton）〔イラスト〕，ナイジェル・サックリング（Nigel Suckling）〔解説〕"Greetings from Earth: The Art of Bob Eggleston"
◇映像
　ワン・ホエリン（Wang Hui-Ling）〔脚本〕，ジェームズ・シェイマス（James Schamus）〔脚本〕，ツァイ・クォジュン（Tsai Kuo Jung）〔脚本〕，アン・リー（Ang Lee）〔監督〕「グリーン・デスティニー」"Crouching Tiger, Hidden Dragon"（原作：Wang Du Lu）
◇プロ編集者
　ガードナー・ドゾワ（Gardner Dozois）
◇プロアーティスト
　ボブ・エグルトン（Bob Eggleton）
◇セミプロジン
　Charles N.Brown〔編〕「ローカス」誌 "Locus"
◇ファンジン
　Mike Glyer〔編〕"File 770"
◇ファンライター
　デイヴ・ランフォード（Dave Langford）
◇ファンアーティスト
　テディ・ハーヴィア（Teddy Harvia）
◇ジョン・W.キャンベル賞
　クリスティン・スミス（Krsitine Smith）

2002年
◇長編
　ニール・ゲイマン（Neil Gaiman）「アメリカン・ゴッズ」"American Gods"
◇長中編
　ヴァーナー・ヴィンジ（Vernor Vinge）"Fast Times at Fairmont High"
◇中編
　テッド・チャン（Ted Chiang）「地獄とは神の不在なり」"Hell is the Absence of God"
◇短編
　マイクル・スワンウィック（Michael Swanwick）"The Dog Said Bow-Wow"

◇関連図書
ロン・ミラー（Ron Miller），フレデリック・C.デュラント3世（Frederick C. Durant,3rd），メルヴィン・H.シュッツ（Melvin H.Schuetz）"The Art of Chesley Bonestell"
◇映像
フラン・ウォルシュ（Fran Walsh）〔脚本〕，フィリッパ・ボウエン（Philippa Boyens）〔脚本〕，ピーター・ジャクソン（Peter Jackson）〔脚本・監督〕「ロード・オブ・ザ・リング」"The Lord of the Rings: The Fellowship of the Ring"（原作：J.R.R.トールキン）
◇プロ編集者
エレン・ダトロウ（Ellen Datlow）
◇プロアーティスト
マイケル・ウィーラン（Michael Whelan）
◇セミプロジン
Charles N.Brown〔編〕「ローカス」誌 "Locus"
◇ファンジン
デイヴ・ランフォード（Dave Langford）〔編〕"Ansible"
◇ファンライター
デイヴ・ランフォード（Dave Langford）
◇ファンアーティスト
テディ・ハーヴィア（Teddy Harvia）
◇ウェブサイト
Mark R.Kelly ―ローカス・オンライン（Locus Online）
◇ジョン・W.キャンベル賞
ジョー・ウォルトン（Jo Walton）

2003年
◇長編
ロバート・J.ソウヤー（Robert J.Sawyer）「ホミニッド―原人」"Hominids"
◇長中編
ニール・ゲイマン（Neil Gaiman）「コララインとボタンの魔女」"Coraline"
◇中編
マイクル・スワンウィック（Michael Swanwick）"Slow Life"
◇短編
ジェフリー・A.ランディス（Geoffrey A. Landis）"Falling Onto Mars"
◇関連図書
ジュディス・メリル（Judith Merril），エミリー・ポール＝ウェアリー（Emily Pohl-Weary）"Better to Have Loved: The Life of Judith Merril"
◇映像（長編）
フラン・ウォルシュ（Fran Walsh）〔脚本〕，フィリッパ・ボウエン（Philippa Boyens）〔脚本〕，スティーブン・シンクレア（Stephen Sinclair）〔脚本〕，ピーター・ジャクソン（Peter Jackson）〔脚本・監督〕「ロード・オブ・ザ・リング／二つの塔」"The Lord of the Rings: The Two Towers"（原作：J.R.R.トールキン "The Two Towers"）
◇映像（短編）
ジェーン・エスペンソン（Jane Espenson）〔脚本〕，ドリュー・ゴダード（Drew Goddard）〔脚本〕，ニック・マーク（Nick Marck）〔監督〕「バフィー～恋する十字架～」シーズン7 第7話「死者との会話」"Buffy the Vampire Slayer" ―"Conversations with Dead People"
◇プロ編集者
ガードナー・ドゾワ（Gardner Dozois）
◇プロアーティスト
ボブ・エグルトン（Bob Eggleton）
◇セミプロジン
Charles N.Brown, Jennifer A.Hall, Kirsten Gong-Wong〔共編〕「ローカス」誌 "Locus"
◇ファンジン
Dick Lynch, Nicki Lynch〔共編〕"Mimosa"
◇ファンライター
デイヴ・ランフォード（Dave Langford）
◇ファンアーティスト
スー・メイソン（Sue Mason）
◇ジョン・W.キャンベル賞
ウェン・スペンサー（Wen Spencer）

2004年
◇長編
ロイス・マクマスター・ビジョルド（Lois McMaster Bujold）「影の棲む城」"Paladin of Souls"
◇長中編
ヴァーナー・ヴィンジ（Vernor Vinge）

「クッキー・モンスター」 "The Cookie Monster"
◇中編
マイクル・スワンウィック(Michael Swanwick) "Legions in Time"
◇短編
ニール・ゲイマン(Neil Gaiman) "A Study in Emerald"
◇関連図書
ジョン・グラント(John Grant)，エリザベス・L.ハンフリー(Elizabeth L. Humphrey)，パメラ・D.スコヴィル(Pamela D.Scoville) "The Chesley Awards for Science Ficiton and Fantasy Art Eds."
◇映像(長編)
フラン・ウォルシュ(Fran Walsh)〔脚本〕，フィリッパ・ボウエン(Philippa Boyens)〔脚本〕，ピーター・ジャクソン(Peter Jackson)〔脚本・監督〕 「ロード・オブ・ザ・リング/王の帰還」 "The Lord of the Rings: The Return of the King"(原作:J.R.R.トールキン)
◇映像(短編)
フラン・ウォルシュ(Fran Walsh)〔脚本・監督〕，フィリッパ・ボウエン(Philippa Boyens)〔脚本・監督〕，ピーター・ジャクソン(Peter Jackson)〔脚本・監督〕──MTVムービー・アワード2003でバーチャル・パフォーマンス賞を受賞したゴラム(映画「ロード・オブ・ザ・リング」より)のスピーチ映像(Gollum's Acceptance Speech,2003 MTV Movie Awards)
◇プロ編集者
ガードナー・ドゾワ(Gardner Dozois)
◇プロアーティスト
ボブ・エグルトン(Bob Eggleton)
◇セミプロジン
Charles N.Brown〔編〕 「ローカス」誌 "Locus"
◇ファンジン
Cheryl Morgan〔編〕 "Emerald City"
◇ファンライター
デイヴ・ラングフォード(Dave Langford)
◇ファンアーティスト
フランク・ウー(Frank Wu)
◇ジョン・W.キャンベル賞

ジェイ・レイク(Jay Lake)

2005年
◇長編
スザンナ・クラーク(Susanna Clarke) 「ジョナサン・ストレンジとミスター・ノレル」 "Jonathan Strange & Mr. Norrell"
◇長中編
チャールズ・ストロス(Charles Stross) 「コンクリート・ジャングル」 "The Concrete Jungle"
◇中編
ケリー・リンク(Kelly Link) 「妖精のハンドバッグ」(『マジック・フォー・ビギナーズ』収録) "The Faery Handbag"
◇短編
マイク・レズニック(Mike Resnick) "Travels with My Cats"
◇関連図書
エドワード・ジェームス(Edward James)，Farah Mendlesohn "The Cambridge Companion to Science Fiction"
◇映像(長編)
ブラッド・バード(Brad Bird)〔脚本・監督〕 「Mr.インクレディブル」 "The Incredibles"
◇映像(短編)
ロナルド・D.ムーア(Ronald D.Moore)〔脚本〕，マイケル・ライマー(Michael Rymer)〔監督〕 「バトルスター・ギャラクティカ」シーズン1 第1話「33分の恐怖」 "Battlestar Galactica"──"33"
◇プロ編集者
エレン・ダトロウ(Ellen Datlow)
◇プロアーティスト
ジム・バーンズ(Jim Burns)
◇セミプロジン
デイヴ・ラングフォード(Dave Langford)〔編〕 "Ansible"
◇ファンジン
Alison Scott, Steve Davies, Mike Scott〔共編〕 "Plokta"
◇ファンライター
デヴィッド・ラングフォード(David Langford)
◇ファンアーティスト

スー・メイソン (Sue Mason)
◇ウェブサイト
エレン・ダトロウ (Ellen Datlow) ─Sci Fiction
◇特別賞
デイヴィッド・プリングル (David Pringle) ─"Interzone"誌における仕事に対して
◇ジョン・W.キャンベル賞
エリザベス・ベア (Elizabeth Bear)

2006年
　◇長編
　　ロバート・チャールズ・ウィルスン (Robert Charles Wilson)「時間封鎖」"Spin"
　◇長中編
　　コニー・ウィリス (Connie Willis)「インサイダー疑惑」"Inside Job"
　◇中編
　　ピーター・S.ビーグル (Peter S.Beagle)「最後のユニコーン─完全版」"Two Hearts"
　◇短編
　　デイヴィッド・D.レヴァイン (David D. Levine)「トゥク・トゥク・トゥク」"Tk'tk'tk"
　◇関連図書
　　ケイト・ウィルヘルム (Kate Wilhelm) "Storyteller: Writing Lessons and More from 27 Years of the Clarion Writers' Workshop"
　◇映像（長編）
　　ジョス・ウェドン (Joss Whedon)〔脚本・監督〕「セレニティー」"Serenity"
　◇映像（短編）
　　スティーヴン・モファット (Steven Moffat)〔脚本〕，ジェームズ・ホーズ (James Hawes)〔監督〕「ドクター・フー」シーズン1 第9話「空っぽの少年」第10話「ドクターは踊る」"Doctor Who"─"The Empty Child / The Doctor Dances"
　◇プロ編集者
　　デヴィッド・G.ハートウェル (David G. Hartwell)〔Tor Books, Year's Best SF〕
　◇プロアーティスト
　　ドナート・ジャコラ (Donato Giancola)
　◇セミプロジン
　　Charles N.Brown, Kirsten Gong-Wong, Liza Groen Trombi〔共編〕「ローカス」誌 "Locus"
　◇ファンジン
　　Alison Scott, Steve Davies, Mike Scott〔共編〕"Plokta"
　◇ファンライター
　　デイヴ・ランフォード (Dave Langford)
　◇ファンアーティスト
　　フランク・ウー (Frank Wu)
　◇特別賞
　　ベティ・バランタイン (Betty Ballantine) ─生涯業績に対して
　　ハーラン・エリスン (Harlan Ellison) ─50年にわたるSF出版に対して
　　Fred Patten ─生涯業績に対して
　◇ジョン・W.キャンベル賞
　　ジョン・スコルジー (John Scalzi)

2007年
　◇長編
　　ヴァーナー・ヴィンジ (Vernor Vinge)「レインボーズ・エンド」"Rainbows End"
　◇長中編
　　ロバート・リード (Robert Reed)「十億のイブたち」"A Billion Eves"
　◇中編
　　イアン・マクドナルド (Ian McDonald)「ジンの花嫁」(「S-Fマガジン」2007年8月号掲載/『サイバラバード・デイズ』収録)"The Djinn's Wife"
　◇短編
　　ティム・プラット (Tim Pratt)「見果てぬ夢」"Impossible Dreams"
　◇関連図書
　　Julie Phillips "James Tiptree, Jr.: The Double Life of Alice B.Sheldon"
　◇映像（長編）
　　ギレルモ・デル・トロ (Guillermo del Toro)〔脚本・監督〕「パンズ・ラビリンス」"Pan's Labyrinth"
　◇映像（短編）
　　スティーヴン・モファット (Steven Moffat)〔脚本〕，ユーロス・リン (Euros Lyn)〔監督〕「ドクター・フー」シーズン2 第4話「暖炉の少女」"Doctor Who"─"Girl in the Fireplace"
　◇編集者（長編）
　　パトリック・ニールセン・ヘイデン

（Patrick Nielsen Hayden）〔Tor Books〕
◇編集者（短編）
ゴードン・ヴァン・ゲルダー（Gordon Van Gelder）〔The Magazine of Fantasy & Science Fiction〕
◇プロアーティスト
ドナート・ジャコラ（Donato Giancola）
◇セミプロジン
Charles N.Brown，Kirsten Gong-Wong，Liza Groen Trombi〔共編〕「ローカス」誌 "Locus"
◇ファンジン
Lee Hoffman，Geri Sullivan，Randy Byers〔共編〕 "Science-Fiction Five-Yearly"
◇ファンライター
デイヴ・ランフォード（Dave Langford）
◇ファンアーティスト
フランク・ウー（Frank Wu）
◇ジョン・W.キャンベル賞
ナオミ・ノヴィク（Naomi Novik）

2008年
◇長編
マイケル・シェイボン（Michael Chabon）「ユダヤ警官同盟」 "The Yiddish Policemen's Union"
◇長中編
コニー・ウィリス（Connie Willis）「もろびと大地に坐して」 "All Seated on the Ground"
◇中編
テッド・チャン（Ted Chiang）「商人と錬金術師の門」 "The Merchant and the Alchemist's Gate"
◇短編
エリザベス・ベア（Elizabeth Bear）「受け継ぐ者」 "Tideline"
◇関連図書
Jeff Prucher "Brave New Words: The Oxford Dictionary of Science Fiction"
◇映像（長編）
ジェーン・ゴールドマン（Jane Goldman）〔脚本〕，マシュー・ヴォーン（Matthew Vaughn）〔脚本・監督〕「スターダスト」 "Stardust"（原作：ニール・ゲイマン）
◇映像（短編）
スティーヴン・モファット（Steven Moffat）〔脚本〕，ヘティ・マクドナルド（Hettie Macdonald）〔監督〕「ドクター・フー」シーズン3 第10話「ブリンク」（別題「まばたきするな」） "Doctor Who"— "Blink"
◇編集者（長編）
デヴィッド・G.ハートウェル（David G. Hartwell）〔Tor Books/Forge〕
◇編集者（短編）
ゴードン・ヴァン・ゲルダー（Gordon Van Gelder）〔The Magazine of Fantasy & Science Fiction〕
◇プロアーティスト
ステファン・マルティニエア（Stephan Martinière）
◇セミプロジン
Charles N.Brown，Kirsten Gong-Wong，Liza Groen Trombi〔共編〕「ローカス」誌 "Locus"
◇ファンジン
Mike Glyer〔編〕 "File 770"
◇ファンライター
ジョン・スコルジー（John Scalzi）
◇ファンアーティスト
ブラッド・W.フォスター（Brad W.Foster）
◇特別賞
NASA
NESFA Press
◇ジョン・W.キャンベル賞
メアリ・ロビネット・コワル（Mary Robinette Kowal）

2009年
◇長編
ニール・ゲイマン（Neil Gaiman）「墓場の少年―ノーボディ・オーエンズの奇妙な生活」 "The Graveyard Book"
◇長中編
ナンシー・クレス（Nancy Kress） "The Erdmann Nexus"
◇中編
エリザベス・ベア（Elizabeth Bear）「ショゴス開花」 "Shoggoths in Bloom"
◇短編
テッド・チャン（Ted Chiang）「息吹」 "Exhalation"
◇関連図書
ジョン・スコルジー（John Scalzi） "Your Hate Mail Will Be Graded: A Decade

of Whatever, 1998-2008"
◇グラフィックストーリー
カヤ・フォグリオ (Kaja Foglio) 〔作〕，フィル・フォグリオ (Phil Foglio) 〔作・絵〕，Cheyenne Wright〔カラー〕 "Girl Genius, Volume8: Agatha Heterodyne and the Chapel of Bones"
◇映像 (長編)
アンドリュー・スタントン (Andrew Stanton)〔脚本・原案・監督〕，ジム・リアドン (Jim Reardon)〔脚本〕，ピーター・ドクター (Pete Docter)〔原案〕「ウォーリー」 "WALL-E"
◇映像 (短編)
ジョス・ウェドン (Joss Whedon)〔脚本・監督〕，ザック・ウェドン (Zack Whedon)〔脚本〕，ジェド・ウェドン (Jed Whedon)〔脚本〕，モーリサ・タンチャローエン (Maurissa Tancharoen)〔脚本〕 "Doctor Horrible's Sing-Along Blog"
◇編集者 (長編)
デヴィッド・G.ハートウェル (David G. Hartwell)
◇編集者 (短編)
エレン・ダトロウ (Ellen Datlow)
◇プロアーティスト
ドナート・ジャコラ (Donato Giancola)
◇セミプロジン
アン・ヴァンダミア (Ann VanderMeer)，Stephen H.Segal〔共編〕 "Weird Tales"
◇ファンジン
John Klima〔編〕 "Electric Velocipede"
◇ファンライター
Cheryl Morgan
◇ファンアーティスト
フランク・ウー (Frank Wu)
◇ジョン・W.キャンベル賞
David Anthony Durham
2010年
　◇長編
　　パオロ・バチガルピ (Paolo Bacigalupi)「ねじまき少女」 "The Windup Girl"
　◇長中編
　　チャールズ・ストロス (Charles Stross)「パリンプセスト」 "Palimpsest"
　◇中編

ピーター・ワッツ (Peter Watts)「島」 "The Island"
◇短編
Will McIntosh "Bridesicle"
◇関連作品
ジャック・ヴァンス (Jack Vance) "This Is Me, Jack Vance！"
◇グラフィックストーリー
カヤ・フォグリオ (Kaja Foglio)〔作〕，フィル・フォグリオ (Phil Foglio)〔作・絵〕，Cheyenne Wright〔カラー〕 "Girl Genius, Volume9: Agatha Heterodyne and the Heirs of the Storm"
◇映像 (長編)
ネイサン・パーカー (Nathan Parker)〔脚本〕，ダンカン・ジョーンズ (Duncan Jones)〔原案・監督〕「月に囚われた男」 "Moon"
◇映像 (短編)
ラッセル・T.デイヴィス (Russell T. Davies)〔脚本〕，フィル・フォード (Phil Ford)〔脚本〕，グレーム・ハーパー (Graeme Harper)〔監督〕 「ドクター・フー」スペシャル「火星の水」 "Doctor Who"—"The Waters of Mars"
◇編集者 (長編)
パトリック・ニールセン・ヘイデン (Patrick Nielsen Hayden)
◇編集者 (短編)
エレン・ダトロウ (Ellen Datlow)
◇プロアーティスト
ショーン・タン (Shaun Tan)
◇セミプロジン
ニール・クラーク (Neil Clarke)，Sean Wallace, Cheryl Morgan〔共編〕 "Clarkesworld"
◇ファンジン
Tony C.Smith〔共編〕 "StarShipSofa"
◇ファンライター
フレデリック・ポール (Frederick Pohl)
◇ファンアーティスト
ブラッド・W.フォスター (Brad W.Foster)
◇ジョン・W.キャンベル賞
Seanan McGuire
2011年
　◇長編
　　コニー・ウィリス (Connie Willis)「ブラ

◇長編
　コニー・ウィリス（Connie Willis）「ブラックアウト」「オール・クリア」 "Blackout" "All Clear"
◇長中編
　テッド・チャン（Ted Chiang）「ソフトウェア・オブジェクトのライフサイクル」 "The Lifecycle of Software Objects"
◇中編
　アレン・スティール（Allen Steele）「火星の皇帝」 "The Emperor of Mars"
◇短編
　メアリ・ロビネット・コワル（Mary Robinette Kowal）"For Want of a Nail"
◇関連作品
　Lynne M.Thomas, Tara O'Shea〔共編〕 "Chicks Dig Time Lords: A Celebration of Doctor Who by the Women Who Love It"
◇グラフィックストーリー
　カヤ・フォグリオ（Kaja Foglio）〔作〕，フィル・フォグリオ（Phil Foglio）〔作・絵〕，Cheyenne Wright〔カラー〕 "Girl Genius, Volume10: Agatha Heterodyne and the Guardian Muse"
◇映像（長編）
　クリストファー・ノーラン（Christopher Nolan）〔脚本・監督〕 「インセプション」 "Inception"
◇映像（短編）
　スティーヴン・モファット（Steven Moffat）〔脚本〕，Toby Haynes〔監督〕 「ドクター・フー」シーズン5 第12話「パンドリカが開く/ビッグバン」 "Doctor Who"—"The Pandorica Opens/The Big Bang"
◇編集者（長編）
　Lou Anders
◇編集者（短編）
　シェイラ・ウィリアムス（Sheila Williams）
◇プロアーティスト
　ショーン・タン（Shaun Tan）
◇セミプロジン
　ニール・クラーク（Neil Clarke），Cheryl Morgan, Sean Wallace〔共編〕，ケイト・ベイカー（Kate Baker）〔ポッドキャスト・ディレクター〕 "Clarkesworld"
◇ファンジン
　Christopher J.Garcia, James Bacon〔共編〕 "The Drink Tank"
◇ファンライター
　Claire Brialey
◇ファンアーティスト
　ブラッド・W.フォスター（Brad W.Foster）
◇ジョン・W.キャンベル賞
　レヴ・グロスマン（Lev Grossman）

2012年
◇長編
　ジョー・ウォルトン（Jo Walton）「図書室の魔法」 "Among Others"
◇長中編
　キジ・ジョンスン（Kij Johnson）「霧に橋を架ける」 "The Man Who Bridged the Mist"
◇中編
　Charlie Jane Anders "Six Months, Three Days"
◇短編
　ケン・リュウ（Ken Liu）「紙の動物園」 "The Paper Menagerie"（The Magazine of Fantasy and Science Fiction）
◇関連作品
　ジョン・クルート（John Clute），デヴィッド・ラングフォード（David Langford），ピーター・ニコルズ（Peter Nicholls），グラハム・スレイト（Graham Sleight）〔共編〕 "The Encyclopedia of Science Fiction" Third Edition（オンライン）
◇グラフィックストーリー
　Ursula Vernon "Digger"
◇映像（長編）
　デイヴィッド・ベニオフ（David Benioff）〔脚本・製作〕，D.B.ワイス（D.B.Weiss）〔脚本・製作〕，ブライアン・コグマン（Bryan Cogman）〔脚本〕，ジェーン・エスペンソン（Jane Espenson）〔脚本〕，ジョージ・R.R.マーティン（George R.R. Martin）〔脚本〕，ブライアン・カーク（Brian Kirk）〔監督〕，ダニエル・ミナハン（Daniel Minahan）〔監督〕，ティム・ヴァン・パタン（Tim Van Patten）〔監督〕，アラン・テイラー（Alan Taylor）〔監督〕 「ゲーム・オブ・スローンズ」（第1章）"Game of Thrones"（Season1）
◇映像（短編）
　ニール・ゲイマン（Neil Gaiman）〔脚本〕，

リチャード・クラーク（Richard Clark）〔監督〕「ドクター・フー」シーズ6第4話「ハウスの罠」"Doctor Who"—"The Doctor's Wife"
◇編集者（長編）
Betsy Wollheim
◇編集者（短編）
シェイラ・ウィリアムズ（Sheila Williams）
◇プロアーティスト
ジョン・ピカシオ（John Picacio）
◇セミプロジン
Liza Groen Trombi，Kirsten Gong-Wong〔ほか編〕「ローカス」誌"Locus"
◇ファンジン
John DeNardo〔編〕"SF Signal"
◇ファンライター
Jim C.Hines
◇ファンアーティスト
Maurine Starkey
◇ファンキャスト
Lynne M.Thomas，Seanan McGuire，ポール・コーネル（Paul Cornell），エリザベス・ベア（Elizabeth Bear），キャサリン・M.ヴァレンテ（Catherynne M. Valente）"SF Squeecast"（ポッドキャスト）
◇ジョン・W.キャンベル賞
E.リリー・ユー（E.Lily Yu）

2013年
◇長編
ジョン・スコルジー（John Scalzi）「レッドスーツ」"Redshirts: A Novel with Three Codas"
◇長中編
ブランドン・サンダースン（Brandon Sanderson）"The Emperor's Soul"
◇中編
パット・キャディガン（Pat Cadigan）「スシになろうとした女」（「S-Fマガジン」2014年3月号）"The Girl-Thing Who Went Out for Sushi"
◇短編
ケン・リュウ（Ken Liu）「もののあはれ」"Mono no Aware"
◇関連作品
ブランドン・サンダースン（Brandon Sanderson），Dan Wells，メアリ・ロビネット・コワル（Mary Robinette Kowal），Howard Tayler，Jordan Sanderson "Writing Excuses Season Seven"（ポッドキャスト）
◇グラフィックストーリー
ブライアン・K.ヴォーン（Brian K. Vaughan）〔作〕，フィオナ・ステイプルズ（Fiona Staples）〔画〕「サーガ」"Saga"Vol.1
◇映像（長編）
ジョス・ウェドン（Joss Whedon）〔脚本・監督〕「アベンジャーズ」"The Avengers"
◇映像（短編）
ジョージ・R.R.マーティン（George R.R. Martin）〔脚本〕，ニール・マーシャル（Neil Marshall）〔監督〕，デイヴィッド・ベニオフ（David Benioff）〔製作〕，D.B.ワイス（D.B.Weiss）〔製作〕「ゲーム・オブ・スローンズ」第2章 第9話「ブラックウォーターの戦い」"Game of Thrones"—"Blackwater"
◇編集者（長編）
パトリック・ニールセン・ヘイデン（Patrick Nielsen Hayden）
◇編集者（短編）
スタンリー・シュミット（Stanley Schmidt）
◇プロアーティスト
ジョン・ピカシオ（John Picacio）
◇セミプロジン
ニール・クラーク（Neil Clarke），Jason Heller，Sean Wallace，ケイト・ベイカー（Kate Baker）〔共編〕"Clarkesworld"
◇ファンジン
John DeNardo，JP Frantz，Patrick Hester〔共編〕"SF Signal"
◇ファンキャスト
エリザベス・ベア（Elizabeth Bear），ポール・コーネル（Paul Cornell），Seanan McGuire，Lynne M.Thomas，キャサリン・M.ヴァレンテ（Catherynne M. Valente）〔プレゼンター〕，David McHone-Chase〔テクニカル・プロデューサー〕"SF Squeecast"（ポッドキャスト）
◇ファンライター
Tansy Rayner Roberts

◇ファンアーティスト
　Galen Dara
◇ジョン・W.キャンベル賞
　Mur Lafferty

2014年
◇長編
　アン・レッキー（Ann Leckie）「叛逆航路」"Ancillary Justice"
◇長中編
　チャールズ・ストロス（Charles Stross）"Equoid"
◇中編
　メアリ・ロビネット・コワル（Mary Robinette Kowal）"The Lady Astronaut of Mars"
◇短編
　John Chu "The Water That Falls on You from Nowhere"
◇関連作品
　Kameron Hurley "We Have Always Fought: Challenging the Women, Cattle and Slaves Narrative"
◇グラフィックストーリー
　ランドール・マンロー（Randall Munroe）"Time"
◇映像（長編）
　アルフォンソ・キュアロン（Alfonso Cuarón）〔脚本・監督〕，ホナス・キュアロン（Jonás Cuarón）〔脚本〕「ゼロ・グラビティ」"Gravity"
◇映像（短編）
　デイヴィッド・ベニオフ（David Benioff）〔脚本〕，D.B.ワイス（D.B.Weiss）〔脚本〕，デヴィッド・ナッター（David Nutter）〔監督〕「ゲーム・オブ・スローンズ」第3章 第9話「キャスタミアの雨」"Game of Thrones"―"The Rains of Castamere"
◇編集者（長編）
　Ginjer Buchanan
◇編集者（短編）
　エレン・ダトロウ（Ellen Datlow）
◇プロアーティスト
　ジュリー・ディロン（Julie Dillon）
◇セミプロジン
　John Joseph Adams, Rich Horton, Stefan Rudnicki〔共編〕"Lightspeed Magazine"
◇ファンジン
　Aidan Moher〔編〕"A Dribble of Ink"
◇ファンキャスト
　Patrick Hester "SF Signal Podcast"
◇ファンライター
　Kameron Hurley
◇ファンアーティスト
　Sarah Webb
◇ジョン・W.キャンベル賞
　ソフィア・サマター（Sofia Samatar）

2015年
◇長編
　ツーシン・リウ（劉慈欣）（Cixin Liu）〔著〕，ケン・リュウ（Ken Liu）〔訳〕"The Three-Body Problem"（原題：三体）
◇長中編
　受賞作なし
◇中編
　Thomas Olde Heuvelt〔著〕，Lia Belt〔訳〕"The Day the World Turned Upside Down"
◇短編
　受賞作なし
◇関連作品
　受賞作なし
◇グラフィックストーリー
　G.ウィロー・ウィルソン（G.Willow Wilson）〔作〕，Adrian Alphona〔イラスト〕，Jake Wyatt〔イラスト〕"Ms. Marvel Volume1: No Normal"
◇映像（長編）
　ジェームズ・ガン（James Gunn）〔脚本・監督〕，ニコール・パールマン（Nicole Perlman）〔脚本〕「ガーディアンズ・オブ・ギャラクシー」"Guardians of the Galaxy"
◇映像（短編）
　グレイム・マンソン（Graeme Manson）〔脚本〕，ジョン・フォーセット（John Fawcett）〔監督〕「オーファン・ブラック 暴走遺伝子」シーズン2 第10話「カストール」"Orphan Black"―"By Means Which Have Never Yet Been Tried"
◇編集者（長編）
　受賞者なし

◇編集者（短編）
　受賞者なし
◇プロアーティスト
　ジュリー・ディロン (Julie Dillon)
◇セミプロジン
　John Joseph Adams, Stefan Rudnicki, Rich Horton, Wendy N.Wagner, Christie Yant〔共編〕"Lightspeed Magazine"
◇ファンジン
　James Bacon, Christopher J.Garcia, Colin Harris, Alissa McKersie, Helen J.Montgomery〔共編〕"Journey Planet"
◇ファンキャスト
　Alisa Krasnostein, Alexandra Pierce, Tansy Rayner Roberts〔プレゼンター〕, Andrew Finch〔プロデューサー〕"Galactic Suburbia Podcast"
◇ファンライター
　Laura J.Mixon
◇ファンアーティスト
　Elizabeth Leggett
◇ジョン・W.キャンベル賞
　Wesley Chu

041　ブラム・ストーカー賞　Bram Stoker Awards

　アメリカのホラー作家協会（HWA）が主催し、ホラージャンルの優れた業績に対して贈られる文学賞。賞名は、ホラー小説の古典として著名な『吸血鬼ドラキュラ』（1897年刊行）の作者ブラム・ストーカー（Bram Stoker 1847-1912）を記念して付けられた。1988年、前年に出版された作品を対象とした第1回の授賞が行われ、以降毎年実施している。その対象部門は年々変化しており、出版業界とホラージャンルの現状を反映するものとなっている。2011年以降は11部門を設定。個人の全仕事に対して生涯業績賞が贈られる年もある。他に、HWAが授賞する賞として、専門出版社賞（HWA Specialty Press Award）、組織に顕著な貢献をした奉仕者に贈られるハンマー賞（Hammer Award：Silver Hammer）およびリチャード・レイモン協会長賞（Richard Laymon President's Award for Service）がある。

【主催者】ホラー作家協会（HWA：Horror Writer's Association）
【選考方法】HWAの会員が推薦した候補作リストと、審査員により別に選出された候補作リストの中から、HWA会員による予備投票を行う。最終候補リスト発表後、決選投票により、受賞作を決定する
【選考基準】〔対象〕該当期間に初版が出版された英語によるホラー作品
【締切・発表】発表および授賞は、3〜6月の間に開催される祝賀晩餐会にて行われる。（本賞の年次表記は選考対象年。授賞はその翌年）
【賞・賞金】トロフィーとして、彫刻家Steven Kirkが特別に制作した幽霊屋敷のレプリカ（8インチ）が贈られる
【URL】http://www.horror.org/awards/stokers.htm

1987年
◇長編
　スティーヴン・キング (Stephen King)「ミザリー」"Misery"
　ロバート・R.マキャモン (Robert R. McCammon)「スワン・ソング」"Swan Song"
◇初長編
　リサ・キャントレル (Lisa Cantrell)"The Manse"
◇長編フィクション
　ジョージ・R.R.マーティン (George R.R. Martin)「洋梨形の男」"The Pear-Shaped Man"
　アラン・ロジャース (Alan Rodgers)「死か

らよみがえった少年」(『ナイト・ソウルズ』収録)"The Boy Who Came Back from the Dead"
◇短編フィクション
　ロバート・R.マキャモン(Robert R. McCammon)「水の底」(『ハードシェル』収録)"The Deep End"
◇フィクション短編集
　ハーラン・エリスン(Harlan Ellison)"The Essential Ellison"
◇ノンフィクション
　ミュリエル・スパーク(Muriel Spark)"Mary Shelley"
◇生涯業績
　フリッツ・ライバー(Fritz Leiber)
　フランク・ベルナップ・ロング(Frank Belknap Long)
　クリフォード・D.シマック(Clifford D. Simak)

1988年
　◇長編
　　トマス・ハリス(Thomas Harris)「羊たちの沈黙」"The Silence of the Lambs"
　◇初長編
　　ケリー・ワイルド(Kelley Wilde)"The Suiting"
　◇長編フィクション
　　デイヴィッド・マレル(David Morrell)「苦悩のオレンジ、狂気のブルー」(『苦悩のオレンジ、狂気のブルー』収録)"Orange is for Anguish, Blue for Insanity"
　◇短編フィクション
　　ジョー・R.ランズデール(Joe R.Lansdale)「ミッドナイト・ホラー・ショウ」(『シルヴァー・スクリーム 上』収録)"The Night They Missed the Horror Show"
　◇フィクション短編集
　　チャールズ・ボーモント(Charles Beaumont)"Charles Beaumont: Selected Stories"
　◇生涯業績
　　レイ・ブラッドベリ(Ray Bradbury)
　　ロナルド・チェットウィンド=ヘイズ(Ronald Chetwynd-Hayes)

1989年
　◇長編
　　ダン・シモンズ(Dan Simmons)「殺戮のチェスゲーム」"Carrion Comfort"
　◇初長編
　　ナンシー・A.コリンズ(Nancy A.Collins)「ミッドナイト・ブルー」"Sunglasses After Dark"
　◇長編フィクション
　　ジョー・R.ランズデール(Joe R.Lansdale)「キャデラック砂漠の奥地にて、死者たちと戯るの書」(『死霊たちの宴 下』収録)"On the Far Side of the Cadillac Desert with Dead Folks"
　◇短編フィクション
　　ロバート・R.マキャモン(Robert R. McCammon)「私を食べて」(『死霊たちの宴 下』収録)"Eat Me"
　◇フィクション短編集
　　リチャード・マシスン(Richard Matheson)"Collected Stories"
　◇ノンフィクション
　　ハーラン・エリスン(Harlan Ellison)"Harlan Ellison's Watching"
　　スティーヴン・ジョーンズ(Stephen Jones),キム・ニューマン(Kim Newman)"Horror: the 100 Best Books"
　◇生涯業績
　　ロバート・ブロック(Robert Bloch)

1990年
　◇長編
　　ロバート・R.マキャモン(Robert R. McCammon)「マイン」"Mine"
　◇初長編
　　ベントリー・リトル(Bentley Little)"The Revelation"
　◇長編フィクション
　　エリザベス・マッシー(Elizabeth Massie)"Stephen"
　◇短編フィクション
　　デイヴィッド・B.シルヴァ(David B.Silva)"The Calling"
　◇フィクション短編集
　　スティーヴン・キング(Stephen King)「ランゴリアーズ」「図書館警察」"Four Past Midnight"
　◇ノンフィクション
　　スタンリー・ウィアター(Stanley Wiater)

"Dark Dreamers"
◇生涯業績
ヒュー・B.ケイヴ（Hugh B.Cave）
リチャード・マシスン（Richard Matheson）

1991年
◇長編
ロバート・R.マキャモン（Robert R. McCammon）「少年時代」 "Boy's Life"
◇初長編
キャシー・コージャ（Kathe Koja）「虚ろな穴」 "The Cipher"
メラニー・テム（Melanie Tem） "Prodigal"
◇長編フィクション
デイヴィッド・マレル（David Morrell）「墓から伸びる美しい髪」（『苦悩のオレンジ、狂気のブルー』収録） "The Beautiful Uncut Hair of Graves"
◇短編フィクション
ナンシー・ホルダー（Nancy Holder） "Lady Madonna"
◇フィクション短編集
ダン・シモンズ（Dan Simmons） "Prayers to Broken Stones"
◇ノンフィクション
スティーヴン・ジョーンズ（Stephen Jones） "Clive Barker's Shadows of Eden"
◇生涯業績
ゲイアン・ウィルソン（Gahan Wilson）

1992年
◇長編
トマス・F.モンテルオーニ（Thomas F. Monteleone）「聖なる血」 "Blood of the Lamb"
◇初長編
エリザベス・マッシー（Elizabeth Massie） "Sineater"
◇長編フィクション
スティーブン・ビセット（Stephen Bissette） "Aliens: Tribes"
ジョー・R.ランズデール（Joe R.Lansdale）「ハーレクィン・ロマンスに挟まっていたヌード・ピンナップ」（『ババ・ホ・テップ』収録） "The Events Concerning a Nude Fold-out Found in a Harlequin Romance"
◇短編フィクション
ダン・シモンズ（Dan Simmons）「最後のクラス写真」（『夜更けのエントロピー』収録） "This Year's Class Picture"
◇フィクション短編集
ノーマン・パートリッジ（Norman Partridge） "Mr.Fox and Other Feral Tales"
◇ノンフィクション
クリストファー・ゴールデン（Christopher Golden） "Cut！ Horror Writers on Horror Film"
◇生涯業績
レイ・ラッセル（Ray Russell）

1993年
◇長編
ピーター・ストラウブ（Peter Straub）「スロート」 "The Throat"
◇初長編
ニーナ・キリキ・ホフマン（Nina Kiriki Hoffman） "The Thread that Binds the Bones"
◇長中編
ハーラン・エリスン（Harlan Ellison） "Mefisto in Onyx"
ジャック・ケイディ（Jack Cady）「ぼくらがロード・ドッグを葬った夜」（『S-Fマガジン』1995年1月号） "The Night We Buried Road Dog"
◇中編
ダン・シモンズ（Dan Simmons）「バンコクに死す」（『愛死』収録） "Death in Bangkok"
◇短編フィクション
ナンシー・ホルダー（Nancy Holder）「人魚の歌が聞こえる」（『囁く血―エロティック・ホラー』収録） "I Hear the Mermaids Singing"
◇フィクション短編集
ラムジー・キャンベル（Ramsey Campbell） "Alone with the Horrors"
◇ノンフィクション
ロバート・ブロック（Robert Bloch） "Once Around the Bloch"
◇その他メディア
ジョー・R.ランズデール（Joe R.Lansdale） "Jonah Hex: Two-gun Mojo"
◇生涯業績
ジョイス・キャロル・オーツ（Joyce Carol

Oates)
- ◇Special Trustees Award
  ヴィンセント・プライス（Vincent Price）

1994年
- ◇長編
  ナンシー・ホルダー（Nancy Holder）"Dead in the Water"
- ◇初長編
  Michael A.Arnzen "Grave Markings"
- ◇長編フィクション
  ロバート・ブロック（Robert Bloch）"The Scent of Vinegar"
- ◇短編フィクション
  ナンシー・ホルダー（Nancy Holder）"Cafe Endless: Spring Rain"
  ジャック・ケッチャム（Jack Ketchum）"The Box"
- ◇フィクション短編集
  ロバート・ブロック（Robert Bloch）"The Early Fears"
- ◇生涯業績
  クリストファー・リー（Christopher Lee）

1995年
- ◇長編
  ジョイス・キャロル・オーツ（Joyce Carol Oates）「生ける屍」"Zombie"
- ◇初長編
  ルーシー・テイラー（Lucy Taylor）"The Safety of Unknown Cities"
- ◇長編フィクション
  スティーヴン・キング（Stephen King）「ゴーサム・カフェで昼食を」（『幸運の25セント硬貨』ほかに収録）"Lunch at the Gotham Cafe"
- ◇短編フィクション
  ハーラン・エリスン（Harlan Ellison）"Chatting with Anubis"
- ◇フィクション短編集
  ジョナサン・キャロル（Jonathan Carroll）「パニックの手」"The Panic Hand"
- ◇ノンフィクション
  マイク・アシュリー（Michael Ashley）、ウィリアム・コンテント（William Contento）"The Supernatural Index"
- ◇生涯業績
  ハーラン・エリスン（Harlan Ellison）

1996年
- ◇長編
  スティーヴン・キング（Stephen King）「グリーンマイル」"The Green Mile"
- ◇初長編
  オウル・ゴーインバック（Owl Goingback）"Crota"
- ◇長編フィクション
  トーマス・リゴッテイ（Thomas Ligotti）"The Red Tower"
- ◇短編フィクション
  P.D.カセック（P.D.Cacek）「メタリカ」（『S-Fマガジン』1999年9月号）"Metalica"
- ◇フィクション短編集
  トーマス・リゴッテイ（Thomas Ligotti）"The Nightmare Factory"
- ◇ノンフィクション
  S.T.ヨシ（S.T.Joshi）"H.P. Lovecraft: A Life"
- ◇生涯業績
  アイラ・レヴィン（Ira Levin）
  フォレスト・J.アッカーマン（Forrest J. Ackerman）

1997年
- ◇長編
  Janet Berliner, George Guthridge "Children of the Dusk"
- ◇初長編
  Kirsten Bakis "Lives of the Monster Dogs"
- ◇長編フィクション
  ジョー・R.ランズデール（Joe R.Lansdale）「審判の日」（『ババ・ホ・テップ』収録）"The Big Blow"
- ◇短編フィクション
  エド・ヴァン・ベルコム（Edo van Belkom）、デイヴィッド・ニクルズ（David Nickle）"Rat Food"
- ◇フィクション短編集
  カール・エドワード・ワグナー（Karl Edward Wagner）"Exorcisms and Ecstasies"
- ◇ノンフィクション
  スタンリー・ウィアター（Stanley Wiater）"Dark Thoughts: on Writing"
- ◇生涯業績
  ウィリアム・ピーター・ブラッティ

（William Peter Blatty）
ジャック・ウィリアムスン（Jack Williamson）
◇専門出版社賞
Cemetery Dance
◇ハンマー賞（銀のハンマー）
ローレンス・ワット＝エヴァンズ（Lawrence Watt-Evans）
ロバート・ワインバーグ（Robert Weinberg）

1998年
◇長編
スティーヴン・キング（Stephen King）「骨の袋」"Bag of Bones"
◇初長編
Michael Marano "Dawn Song"
◇長編フィクション
ピーター・ストラウブ（Peter Straub）"Mr.Clubb and Mr.Cuff"
◇短編フィクション
ブルース・ホランド・ロジャーズ（Bruce Holland Rogers）「死んだ少年はあなたの窓辺に」（「S-Fマガジン」2003年6月号）"The Dead Boy at Your Window"
◇フィクション短編集
ジョン・シャーリー（John Shirley）"Black Butterflies"
◇アンソロジー
ステファン・ジェミアノウィッツ（Stefan Dziemianowicz），マーティン・H.グリーンバーグ（Martin H.Greenberg），ロバート・ワインバーグ（Robert Weinberg）〔共編〕"Horrors！：365 Scary Stories"
◇ノンフィクション
Paula Guran〔編〕"Darkecho Newsletter, Vol.5, #1-50"
◇Illustrated Narrative
受賞作なし
◇映画脚本
ビル・コンドン（Bill Condon）「ゴッド・アンド・モンスターズ」"Gods and Monsters"
アレックス・プロヤス（Alex Proyas），デヴィッド・ゴイヤー（David Goyer），レム・ドブス（Lem Dobbs）「ダークシティ」"Dark City"
◇若い読者向け作品
ナンシー・エチメンディ（Nancy Etchemendy）"Bigger than Death"
◇その他メディア
受賞作なし
◇生涯業績
ラムジー・キャンプベル（Ramsey Campbell）
ロジャー・コーマン（Roger Corman）
◇専門出版社賞
Gauntlet Publications
◇ハンマー賞（銀のハンマー）
Sheldon Jaffery

1999年
◇長編
ピーター・ストラウブ（Peter Straub）「ミスターX」"Mr.X"
◇初長編
J.G.Passarella "Wither"
◇長編フィクション
ブライアン・A.ホプキンス（Brian A. Hopkins）"Five Days in April"
ジョー・R.ランズデール（Joe R.Lansdale）「狂犬の夏」（『999—狂犬の夏』収録）"Mad Dog Summer"
◇短編フィクション
F.ポール・ウィルスン（F.Paul Wilson）"Aftershock"
◇フィクション短編集
ダグラス・クレッグ（Douglas Clegg）"The Nightmare Chronicles"
◇アンソロジー
アル・サラントニオ（Al Sarrantonio）〔編〕「999—妖女たち」「999—狂犬の夏」「999—聖金曜日」"999: New Stories of Horror and Suspense"
◇ノンフィクション
Paula Guran〔編〕"Darkecho"
◇Illustrated Narrative
ニール・ゲイマン（Neil Gaiman）「サンドマン 夢の狩人—ドリームハンター」"Sandman: the Dream Hunters"
◇映画脚本
M.ナイト・シャマラン（M.Night Shyamalan）「シックス・センス」"The Sixth Sense"
◇若い読者向け作品
J.K.ローリング（J.K.Rowling）「ハリー・ポッターとアズカバンの囚人」"Harry

Potter and the Prisoner of Azkaban"
◇その他メディア
ハーラン・エリスン（Harlan Ellison）「おれには口がない、それでもおれは叫ぶ」（オーディオ）"I Have No Mouth, and I Must Scream"（audio）
◇生涯業績
エドワード・ゴーリー（Edward Gorey）
チャールズ・L.グラント（Charles L.Grant）
◇専門出版社賞
Ash-Tree Press
◇ハンマー賞（銀のハンマー）
受賞者なし

2000年
◇長編
リチャード・レイモン（Richard Laymon）"The Traveling Vampire Show"
◇初長編
ブライアン・A.ホプキンス（Brian A. Hopkins）"The Licking Valley Coon Hunters Club"
◇長編フィクション
メラニー・テム（Melanie Tem），スティーヴ・ラスニック・テム（Steve Rasnic Tem）"The Man on the Ceiling"
◇短編フィクション
ジャック・ケッチャム（Jack Ketchum）"Gone"
◇フィクション短編集
ピーター・ストラウブ（Peter Straub）"Magic Terror"
◇アンソロジー
エレン・ダトロウ（Ellen Datlow），テリ・ウインドリング（Terri Windling）〔共編〕"The Year's Best Fantasy & Horror: 13th Annual Collection"
◇ノンフィクション
スティーヴン・キング（Stephen King）「スティーヴン・キング小説作法」（別題「書くことについて」）"On Writing"
◇Illustrated Narrative
アラン・ムーア（Alan Moore）「リーグ・オブ・エクストラオーディナリー・ジェントルメン」"The League of Extraordinary Gentlemen"（miniseries）
◇映画脚本
スティーヴン・カッツ（Steven Katz）〔脚本〕「シャドウ・オブ・ヴァンパイア」"Shadow of the Vampire"
◇若い読者向け作品
ナンシー・エチメンディ（Nancy Etchemendy）「時間をまきもどせ！」"The Power of Un"
◇詩集
トム・ピクシリリー（Tom Piccirilli）"A Student of Hell"
◇その他メディア
スティーヴ・エラー（Steve Eller），サンドラ・カスツーリ（Sandra Kasturi），パトリシア・リー・マッコーマー（Patricia Lee Macomber），ブレット・アレキサンダー・サヴォリ（Brett Alexander Savory）〔共編〕——ウェブサイト：Chiaroscuro
◇生涯業績
ナイジェール・ニール（Nigel Kneale）
◇専門出版社賞
Subterranean Press
◇ハンマー賞（銀のハンマー）
受賞者なし

2001年
◇長編
ニール・ゲイマン（Neil Gaiman）「アメリカン・ゴッズ」"American Gods"
◇初長編
Michael Oliveri "Deadliest of the Species"
◇長編フィクション
スティーヴ・ラスニック・テム（Steve Rasnic Tem）"In These Final Days of Sales"
◇短編フィクション
ティム・レボン（Tim Lebbon）"Reconstructing Amy"
◇フィクション短編集
ノーマン・パートリッジ（Norman Partridge）"The Man with the Barbed-wire Fists"
◇アンソロジー
ブライアン・A.ホプキンス（Brian A. Hopkins）〔編〕"Extremes2: Fantasy and Horror from the Ends of the Earth"
◇ノンフィクション
ブライアン・キーン（Brian Keene）〔編〕

"Jobs in Hell"
◇Illustrated Narrative
　受賞作なし
◇映画脚本
　クリストファー・ノーラン（Christopher Nolan），ジョナサン・ノーラン（Jonathan Nolan）「メメント」"Memento"
◇若い読者向け作品
　イヴォンヌ・ナヴァーロ（Yvonne Navarro）"The Willow Files 2"
◇詩集
　リンダ・アディソン（Linda Addison）"Consumed, Reduced to Beautiful Grey Ashes"
◇Alternative Forms
　ベス・グウィン（Beth Gwinn），Stanley Wiater "Dark Dreamers: Facing the Masters of Fear"
◇生涯業績
　ジョン・ファリス（John Farris）
◇専門出版社賞
　受賞者なし
◇リチャード・レイモン協会長賞
　キャスリン・プタセク（Kathryn Ptacek）
　Judi Rohrig
◇ハンマー賞（銀のハンマー）
　ナンシー・エチメンディ（Nancy Etchemendy）

2002年
　◇長編
　　トム・ピクシリリー（Tom Piccirilli）"The Night Class"
　◇初長編
　　アリス・シーボルト（Alice Sebold）「ラブリー・ボーン」"The Lovely Bones"
　◇長編フィクション
　　ブライアン・A.ホプキンス（Brian A. Hopkins）"El Dia De Los Muertos"
　　トーマス・リゴッテイ（Thomas Ligotti）"My Work Is Not Yet Done"
　◇短編フィクション
　　トム・ピクシリリー（Tom Piccirilli）"The Misfit Child Grows Fat on Despair"
　◇フィクション短編集
　　レイ・ブラッドベリー（Ray Bradbury）「社交ダンスが終った夜に」"One More for the Road"
　◇アンソロジー
　　John Pelan〔編〕"The Darker Side"
　◇ノンフィクション
　　ラムジー・キャンベル（Ramsey Campbell）"Ramsey Campbell, Probably"
　◇Illustrated Narrative
　　ロバート・ワインバーグ（Robert Weinberg）"Nightside"（Issues 1-4）
　◇映画脚本
　　スコット・フランク（Scott Frank）〔脚本〕，ジョン・コーエン（Jon Cohen）〔脚本〕「マイノリティ・リポート」"Minority Report"（原作：フィリップ・K.ディック）
　　ブレント・ヘンリー（Brent Hanley）〔脚本〕「フレイルティー 妄執」"Frailty"
　◇若い読者向け作品
　　ニール・ゲイマン（Neil Gaiman）「コララインとボタンの魔女」"Coraline"
　◇詩集
　　Mark McLaughlin, Rain Graves, David Niall Wilson "The Gossamer Eye"
　◇オルタナティヴ・フォーム
　　スティーヴ・ラスニック・テム（Steve Rasnic Tem），メラニー・テム（Melanie Tem）―マルチメディアCD：Imagination Box
　◇生涯業績
　　スティーヴン・キング（Stephen King）
　　J.N.ウィリアムソン（J.N.Williamson）
　◇専門出版社賞
　　Night Shade Books
　◇リチャード・レイモン協会長賞
　　受賞者なし
　◇ハンマー賞（銀のハンマー）
　　受賞者なし

2003年
　◇長編
　　ピーター・ストラウブ（Peter Straub）"lost boy lost girl"
　◇初長編
　　ブライアン・キーン（Brian Keene）"The Rising"
　◇長編フィクション
　　ジャック・ケッチャム（Jack Ketchum）

"Closing Time"
◇短編フィクション
ゲイリー・A.ブラウンベック（Gary A. Braunbeck）"Duty"
◇フィクション短編集
ジャック・ケッチャム（Jack Ketchum）"Peaceable Kingdom"
◇アンソロジー
エリザベス・モンテレオーニ（Elizabeth Monteleone），トマス・F.モンテレオーニ（Thomas F.Monteleone）〔共編〕"Borderlands 5"
◇ノンフィクション
トマス・F.モンテレオーニ（Thomas F. Monteleone）"The Mothers and Fathers Italian Association"
◇Illustrated Narrative
ニール・ゲイマン（Neil Gaiman）"The Sandman: Endless Nights"（collection）
◇映画脚本
ドン・コスカレリ（Don Coscarelli）「プレスリーVSミイラ男」"Bubba Ho-tep"
◇若い読者向け作品
J.K.ローリング（J.K.Rowling）「ハリー・ポッターと不死鳥の騎士団」"Harry Potter and the Order of the Phoenix"
◇詩集
ブルース・ボストン（Bruce Boston）"Pitchblende"
◇Alternative Forms
Michael Arnzen ―Eメール・ニュースレター：The Goreletter
◇生涯業績
マーティン・H.グリーンバーグ（Martin H. Greenberg）
アン・ライス（Anne Rice）
◇専門出版社賞
Earthling Publications
◇リチャード・レイモン協会長編賞
受賞者なし
◇ハンマー賞（銀のハンマー）
ダグラス・E.ウィンター（Douglas E. Winter）

2004年
◇長編
ピーター・ストラウブ（Peter Straub）"In the Night Room"
◇初長編
ジョン・エヴァソン（John Everson）"Covenant"
リー・トーマス（Lee Thomas）"Stained"
◇長編フィクション
Kealan-Patrick Burke "The Turtle Boy"
◇短編フィクション
ナンシー・エチメンディ（Nancy Etchemendy）"Nimitseahpah"
◇フィクション短編集
トマス・F.モンテレオーニ（Thomas F. Monteleone）"Fearful Symmetries"
◇アンソロジー
エレン・ダトロウ（Ellen Datlow），ケリー・リンク（Kelly Link），ギャヴィン・J.グラント（Gavin J.Grant）〔共編〕"The Year's Best Fantasy & Horror: 17th Annual"
◇ノンフィクション
Judi Rohrig〔編〕"Hellnotes"
◇Illustrated Narrative
ジェイ・ニッツ（Jai Nitz）"Heaven's Devils"
◇映画脚本
チャーリー・カウフマン（Charlie Kaufman），ミシェル・ゴンドリー（Michel Gondry），ピエール・ビスマス（Pierre Bismuth）「エターナル・サンシャイン」"Eternal Sunshine of the Spotless Mind"
サイモン・ペグ（Simon Pegg），エドガー・ライト（Edgar Wright）「ショーン・オブ・ザ・デッド」"Shaun of the Dead"
◇若い読者向け作品
クライヴ・バーカー（Clive Barker）「アバラット」"Abarat: Days of Magic, Nights of War"
スティーヴ・バート（Steve Burt）"Oddest Yet"
◇詩集
Corrine De Winter "The Women at the Funeral"
◇Alternative Forms
トム・ピクシリリ（Tom Piccirilli）〔編〕"The Devil's Wine"
◇生涯業績
マイケル・ムアコック（Michael Moorcock）

◇専門出版社賞
　Delirium Books
◇リチャード・レイモン協会長賞
　リー・トーマス（Lee Thomas）
◇ハンマー賞（銀のハンマー）
　ロバート・ワインバーグ（Robert Weinberg）

2005年
　◇長編
　　デイヴィッド・マレル（David Morrell）「廃墟ホテル」"Creepers"
　　Charlee Jacob "Dread in the Beast"
　◇初長編
　　Weston Ochse "Scarecrow Gods"
　◇長編フィクション
　　ジョー・ヒル（Joe Hill）"Best New Horror"
　◇短編フィクション
　　ゲイリー・A.ブラウンベック（Gary A. Braunbeck）"We Now Pause for Station Identification"
　◇フィクション短編集
　　ジョー・ヒル（Joe Hill）「20世紀の幽霊たち」"20th Century Ghosts"
　◇アンソロジー
　　デル・ハウイソン（Del Howison）、ジェフ・ゲルブ（Jeff Gelb）〔共編〕"Dark Delicacies: Original Tales of Terror and the Macabre"
　◇ノンフィクション
　　スティーヴン・ジョーンズ（Stephen Jones）、キム・ニューマン（Kim Newman）"Horror: Another 100 Best Books"
　◇詩集
　　Michael A.Arnzen "Freakcidents"
　　Charlee Jacob "Sineater"
　◇生涯業績
　　ピーター・ストラウブ（Peter Straub）
　◇専門出版社賞
　　Necessary Evil Press
　◇リチャード・レイモン協会長賞
　　リサ・モートン（Lisa Morton）
　◇ハンマー賞（銀のハンマー）
　　Stephen Dorato

2006年
　◇長編
　　スティーヴン・キング（Stephen King）

「リーシーの物語」"Lisey's Story"
　◇初長編
　　ジョナサン・メイベリー（Jonathan Maberry）"Ghost Road Blues"
　◇長編フィクション
　　ノーマン・パートリッジ（Norman Partridge）"Dark Harvest"
　◇短編
　　リサ・モートン（Lisa Morton）"Tested"
　◇アンソロジー
　　ジョー・R.ランズデール（Joe R.Lansdale）〔編〕"Retro Pulp Tales"
　　ジョン・スキップ（John Skipp）〔編〕"Mondo Zombie"
　◇短編集
　　ゲイリー・A.ブラウンベック（Gary A. Braunbeck）"Destinations Unknown"
　◇ノンフィクション
　　マイケル・ラルゴ（Michael Largo）「図説 死因百科」"Final Exits: the Illustrated Encyclopedia of How We Die"
　　キム・パフェンロス（Kim Paffenroth）"Gospel of the Living Dead: George Romero's Visions of Hell on Earth"
　◇詩
　　ブルース・ボストン（Bruce Boston）"Shades Fantastic"
　◇生涯業績
　　トマス・ハリス（Thomas Harris）
　◇専門出版社賞
　　PS Publishing
　◇リチャード・レイモン協会長賞
　　リサ・モートン（Lisa Morton）
　◇ハンマー賞（銀のハンマー）
　　Donna K.Fitch

2007年
　◇長編
　　Sarah Langan "The Missing"
　◇初長編
　　ジョー・ヒル（Joe Hill）"Heart-Shaped Box"
　◇長編フィクション
　　ゲイリー・A.ブラウンベック（Gary A. Braunbeck）"Afterward, There Will Be a Hallway"
　◇短編フィクション

David Niall Wilson "The Gentle Brush of Wings"
◇アンソロジー
ゲイリー・A.ブラウンベック(Gary A. Braunbeck), Hank Schwaeble〔共編〕"Five Strokes to Midnight"
◇短編集
Michael A.Arnzen "Proverbs for Monsters"
◇ノンフィクション
ジョナサン・メイベリー(Jonathan Maberry), デイヴィッド・F.クレーマー(David F.Kramer) "The Cryptopedia: A Dictionary of the Weird, Strange & Downright Bizarre"
◇詩
リンダ・アディソン(Linda Addison) "Being Full of Light, Insubstantial"
Charlee Jacob, Marge Simon "Vectors: A Week in the Death of a Planet"
◇生涯業績
ジョン・カーペンター(John Carpenter)
ロバート・ワインバーグ(Robert Weinberg)
◇専門出版社賞
受賞者なし
◇リチャード・レイモン協会長賞
Stephen Dorato, クリストファー・フルブライト(Christopher Fulbright), マーク・ウォーゼン(Mark Worthen) ――Webチームとして
◇ハンマー賞(銀のハンマー)
受賞者なし

2008年
◇長編
スティーヴン・キング(Stephen King)「悪霊の島」"Duma Key"
◇初長編
リサ・マネッティ(Lisa Mannetti) "The Gentling Box"
◇長編フィクション
ジョン・R.リトル(John R.Little) "Miranda"
◇短編フィクション
Sarah Langan "The Lost"
◇アンソロジー
Vince A.Liaguno, Chad Helder〔共編〕"Unspeakable Horror"
◇短編集
スティーヴン・キング(Stephen King)「夕暮れをすぎて」"Just after Sunset"
◇ノンフィクション
リサ・モートン(Lisa Morton) "A Hallowe'en Anthology"
◇詩
ブルース・ボストン(Bruce Boston) "The Nightmare Collection"
◇生涯業績
F.ポール・ウィルスン(F.Paul Wilson)
チェルシー・クイン・ヤーブロ(Chelsea Quinn Yarbro)
◇専門出版社賞
Bloodletting Press
◇リチャード・レイモン協会長賞
ジョン・リトル(John Little)
◇ハンマー賞(銀のハンマー)
Sephera Giron

2009年
◇長編
Sarah Langan "Audrey's Door"
◇初長編
Hank Schwaeble "Damnable"
◇長編フィクション
リサ・モートン(Lisa Morton) "The Lucid Dreaming"
◇短編フィクション
ノーマン・プレンティス(Norman Prentiss) "In the Porches of My Ears"
◇アンソロジー
クリストファー・コンロン(Christopher Conlon)〔編〕"He Is Legend: An Anthology CelebratinG Richard Matheson"
◇短編集
ジーン・オニール(Gene O'Neill) "A Taste of Tenderloin"
◇ノンフィクション
Michael Knost "WriTers Workshop of Horror"
◇詩
ルーシー・A.スナイダー(Lucy A.Snyder) "Chimeric Machines"
◇生涯業績

ブライアン・ラムレイ（Brian Lumley）
ウィリアム・F.ノーラン（William F.Nolan）
◇専門出版社賞
Tartarus Press
◇リチャード・レイモン協会長賞
Vince A.Liaguno
◇ハンマー賞（銀のハンマー）
キャスリン・プタセク（Kathryn Ptacek）

2010年
◇長編
ピーター・ストラウブ（Peter Straub）"A Dark Matter"
◇初長編
ベンジャミン・ケーン・エスリッジ（Benjamin Kane Ethridge）"Black and Orange"
リサ・モートン（Lisa Morton）"Castle of Los Angeles"
◇長編フィクション
ノーマン・プレンティス（Norman Prentiss）"Invisible Fences"
◇短編フィクション
ジョー・R.ランズデール（Joe R.Lansdale）"The Folding Man"
◇アンソロジー
エレン・ダトロウ（Ellen Datlow），ニック・ママタス（Nick Mamatas）"Haunted Legends"
◇短編集
スティーヴン・キング（Stephen King）「1922」「ビッグ・ドライバー」"Full Dark, No Stars"
◇ノンフィクション
ゲイリー・A.ブラウンベック（Gary A. Braunbeck）"To Each Their Darkness"
◇詩
ブルース・ボストン（Bruce Boston）"Dark Matters"
◇生涯業績
エレン・ダトロウ（Ellen Datlow）
Al Feldstein
◇専門出版社賞
Dark Regions Press
◇リチャード・レイモン協会長賞
Michael Colangelo
◇ハンマー賞（銀のハンマー）

エンジェル・リー・マッコイ（Angel Leigh McCoy）

2011年
◇長編
ジョー・マッキニー（Joe McKinney）"Flesh Eaters"
◇初長編
アリソン・バード（Allyson Bird）"Isis Unbound"
◇ヤングアダルト長編
ナンシー・ホルダー（Nancy Holder）"The Screaming Season"
ジョナサン・メイベリー（Jonathan Maberry）"Dust and Decay"
◇グラフィックノベル
アラン・ムーア（Alan Moore）"Neonomicon"
◇長編フィクション
ピーター・ストラウブ（Peter Straub）"The Ballad of Ballard and Sandrine"（Conjunctions：56）
◇短編フィクション
スティーヴン・キング（Stephen King）"Herman Wouk Is Still Alive"（The Atlantic Magazine, May 2011）
◇映画脚本
ジェシカ・シャーザー（Jessica Sharzer）「アメリカン・ホラー・ストーリー」第12話 "American Horror Story, episode #12: Afterbirth"
◇アンソロジー
ジョン・スキップ（John Skipp）〔編〕"Demons: Encounters with the Devil and his Minions, Fallen Angels and the Possessed"
◇短編集
ジョイス・キャロル・オーツ（Joyce Carol Oates）「とうもろこしの乙女、あるいは七つの悪夢―ジョイス・キャロル・オーツ傑作選」"The Corn Maiden and Other Nightmares"
◇ノンフィクション
ロッキー・ウッド（Rocky Wood）"Stephen King: A Literary Companion"
◇詩
リンダ・アディソン（Linda Addison）"How to Recognize a Demon Has

Become Your Friend"
◇生涯業績
　リック・ホータラ（Rick Hautala）
　ジョー・R.ランズデール（Joe R.Lansdale）
◇専門出版社賞
　Bad Moon Books
　Hippocampus Press
◇リチャード・レイモン協会長賞
　カレン・ランズデール（Karen Lansdale）
◇ハンマー賞（銀のハンマー）
　ガイ・アンソニー・デマルコ（Guy Anthony DeMarco）

2012年
◇長編
　ケイトリン・R.キアナン（Caitlín R. Kiernan）"The Drowning Girl"〈Roc〉
◇初長編
　L.L.ソアレス（L.L.Soares）"Life Rage"〈Nightscape Press〉
◇ヤングアダルト長編
　ジョナサン・メイベリー（Jonathan Maberry）"Flesh & Bone"〈Simon & Schuster〉
◇グラフィックノベル
　ロッキー・ウッド（Rocky Wood）、リサ・モートン（Lisa Morton）"Witch Hunts: A Graphic History of the Burning Times"〈McFarland〉
◇長編フィクション
　ジーン・オニール（Gene O'Neill）"The Blue Heron"〈Dark Regions Press〉
◇短編フィクション
　ルーシー・A.スナイダー（Lucy A.Snyder）"Magdala Amygdala"（Dark Faith: Invocations）〈apex Book Company〉
◇映画脚本
　ジョス・ウェドン（Joss Whedon）、ドリュー・ゴダード（Drew Goddard）「キャビン」"The Cabin in the Woods"（Mutant Enemy Productions, Lionsgate）
◇アンソロジー
　モート・キャッスル（Mort Castle）、サム・ウェラー（Sam Weller）"Shadow Show"〈HarperCollins〉
◇短編集
　モート・キャッスル（Mort Castle）"New Moon on the Water"〈Dark Regions〉

　ジョイス・キャロル・オーツ（Joyce Carol Oates）"Black Dahlia and White Rose: Stories"〈Ecco〉
◇ノンフィクション
　リサ・モートン（Lisa Morton）"Trick or Treat: A History of Halloween"〈Reaktion Books〉
◇詩
　Marge Simon "Vampires, Zombies & Wanton Souls"〈Elektrik Milk Bath Press〉
◇生涯業績
　クライヴ・バーカー（Clive Barker）
　ロバート・R.マキャモン（Robert R. McCammon）
◇専門出版社賞
　Centipede Press
◇リチャード・レイモン協会長賞
　ジェームス・チェンバーズ（James Chambers）
◇ハンマー賞（銀のハンマー）
　チャールズ・デイ（Charles Day）

2013年
◇長編
　スティーヴン・キング（Stephen King）「ドクター・スリープ」"Doctor Sleep"〈Scribner〉
◇初長編
　Rena Mason "The Evolutionist"〈Nightscape Press〉
◇ヤングアダルト長編
　ジョー・マッキニー（Joe McKinney）"Dog Days"〈JournalStone〉
◇グラフィックノベル
　ケイトリン・R.キアナン（Caitlín R. Kiernan）"Alabaster: Wolves"〈Dark Horse Comics〉
◇長編フィクション
　ゲイリー・A.ブラウンベック（Gary A. Braunbeck）"The Great Pity"（Chiral Mad 2）〈Written Backwards〉
◇短編フィクション
　デイヴィッド・ジェロルド（David Gerrold）"Night Train to Paris"（The Magazine of Fantasy & Science Fiction, Jan./Feb. 2013）

◇映画脚本
　グレン・マザラ（Glen Mazzara）〔脚本〕「ウォーキング・デッド」シーズン3 最終話（第16話）"The Walking Dead：Welcome to the Tombs"（AMC TV）
◇アンソロジー
　エリック・J.ギニャール（Eric J.Guignard）〔編〕 "After Death"〈Dark Moon Books〉
◇フィクション短編集
　レアード・バロン（Laird Barron）"The Beautiful Thing That Awaits Us All and Other Stories"〈Night Shade Books〉
◇ノンフィクション
　ウィリアム・F.ノーラン（William F. Nolan）"Nolan on Bradbury：Sixty Years of Writing about the Master of Science Fiction"〈Hippocampus Press〉
◇詩集
　Marge Simon，Rain Graves，Charlee Jacob，リンダ・アディソン（Linda Addison）"Four Elements"〈Bad Moon Books/Evil Jester Press〉
◇生涯業績
　スティーヴン・ジョーンズ（Stephen Jones）
　R.L.スタイン（R.L.Stine）
◇専門出版社賞
　Gray Friar Press
◇リチャード・レイモン協会長賞
　J.G.ファハティ（J.G.Faherty）
◇ハンマー賞（銀のハンマー）
　ノーマン・ルーベンスタイン（Norman Rubenstein）

2014年
◇長編
　スティーヴ・ラスニック・テム（Steve Rasnic Tem）"Blood Kin"〈Solaris Books〉
◇初長編
　マリア・アレクサンダー（Maria Alexander）"Mr.Wicker"〈Raw Dog Screaming Press〉
◇ヤングアダルト長編
　ジョン・ディクソン（John Dixon）"Phoenix Island"（Simon & Schuster）〈Gallery Books〉
◇グラフィックノベル
　ジョナサン・メイベリー（Jonathan Maberry）"Bad Blood"〈Dark Horse Books〉
◇長編フィクション
　ジョー・R.ランズデール（Joe R.Lansdale）"Fishing for Dinosaurs"（Limbus,Inc., Book Ⅱ）〈JournalStone〉
◇短編フィクション
　ウスマン・T.マリク（Usman T.Malik）"The Vaporization Enthalpy of a Peculiar Pakistani Family"（Qualia Nous）〈Written Backwards〉
　Rena Mason "Ruminations"（Qualia Nous）〈Written Backwards〉
◇映画脚本
　ジェニファー・ケント（Jennifer Kent）〔監督・脚本〕「ババドック～暗闇の魔物～」"The Babadook"（Causeway Films）
◇アンソロジー
　エレン・ダトロウ（Ellen Datlow）"Fearful Symmetries"〈ChiZine Publications〉
◇フィクション短編集
　ルーシー・A.スナイダー（Lucy A.Snyder）"Soft Apocalypses"〈Raw Dog Screaming Press〉
◇ノンフィクション
　ルーシー・A.スナイダー（Lucy A.Snyder）"Shooting Yourself in the Head for Fun and Profit：A Writer's Survival Guide"〈Post Mortem Press〉
◇詩集
　トム・ピクシリリー（Tom Piccirilli）"Forgiving Judas"〈Crossroad Press〉
◇生涯業績
　ジャック・ケッチャム（Jack Ketchum）
　タニス・リー（Tanith Lee）
◇専門出版社賞
　ChiZine Publications
◇リチャード・レイモン協会長賞
　トム・カレン（Tom Calen）
　ブロック・クーパー（Brock Cooper）
　ダグ・ムラーノ（Doug Murano）―PRチームとして
◇ハンマー賞（銀のハンマー）
　Rena Mason

042 ローカス賞　Locus Award

アメリカのSF・ファンタジーの月刊誌「ローカス」が毎年実施しているSF・ファンタジー分野の作品に授賞する賞。1971年に前年の作品を対象とし授賞を開始。ローカス誌の読者らの投票により受賞作を決定する。現在、SF長編(SF Novel)、ファンタジー長編(Fantasy Novel)、ヤングアダルト図書(Young Adult Book)、初長編(First Novel)、長中編(Novella)、中編(Novelette)、短編(Short Story)、短編集(Collection)、アンソロジー(Anthology)、ノンフィクション(Non-Fiction)、編集者(Editor)、雑誌(Magazine)、出版社/インプリント(Publisher/Imprint)、アーティスト(Artist)の15部門が設置されている。

【主催者】ローカス(Locus)
【選考方法】ローカスが1次候補リストを作成。ローカスの読者を中心とした一般投票を行う。投票者は各部門最高5つまでにランクを付け投票。ランクごとに決められたポイントが集計され、最多得点者が受賞となる。2005年以降、各部門の得票数5位までをファイナリストとして、授賞発表前に公表している
【選考基準】〔対象〕前年に発表されたSF・ファンタジー作品、同分野に関連した雑誌・出版社・人物
【締切・発表】(2015年) 2015年6月27日発表 (シアトルで6月27日～28日に開催するLocus Awards Weekendの期間中)
【賞・賞金】額(Plaque)または賞状(Certificate)。受賞作の出版社に贈られる
【URL】http://www.locusmag.com

1971年
◇長編
　ラリイ・ニーヴン(Larry Niven)「リングワールド」 "Ringworld"
◇短編フィクション
　ハーラン・エリスン(Harlan Ellison) "The Region Between"
◇アンソロジー/短編集
　ロバート・シルヴァーバーグ(Robert Silverberg)〔編〕 "The Science Fiction Hall of Fame Volume 1"
◇雑誌
　"F&SF"
◇ファンジン
　「ローカス」誌 "Locus"
◇ファンジン(単号)
　「ローカス #70」 "Locus #70"
◇ファンライター
　Harry Warner, Jr.
◇ファン評論家
　Ted Pauls
◇ペーパーバックカバーイラストレーター
　ディロン夫妻(Leo & Diane Dillon)
◇ファンアーティスト
　アリシア・オースティン(Alicia Austin)
◇ファンカートゥーン作家
　ビル・ロツラー(Bill Rotsler)

1972年
◇長編
　アーシュラ・K・ル＝グウィン(Ursula K. Le Guin)「天のろくろ」 "The Lathe of Heaven"
◇短編フィクション
　ポール・アンダースン(Poul Anderson)「空気と闇の女王」(『世界SF大賞傑作選―ヒューゴー・ウィナーズ6』収録) "The Queen of Air and Darkness"
◇オリジナル・アンソロジー
　テリー・カー(Terry Carr)〔編〕 "Universe 1"
◇リプリント・アンソロジー/コレクション
　ドナルド・A・ウォルハイム(Donald A. Wollheim)、テリー・カー(Terry Carr)〔共編〕 "World's Best Science Fiction: 1971"

◇雑誌
　"F&SF"
◇ファンジン
　「ローカス」誌 "Locus"
◇ファンライター
　Charlie Brown
◇出版社
　バランタイン(Ballantine)
◇ペーパーバックアーティスト
　Gene Szafran
◇雑誌アーティスト
　フランク・ケリー・フリース(Frank Kelly Freas)
◇ファンアーティスト
　ビル・ロツラー(Bill Rotsler)
◇コンベンション
　―Noreascon(Worldcon 1971年大会の名称)

1973年
◇長編
　アイザック・アシモフ(Isaac Asimov)「神々自身」"The Gods Themselves"
◇中編
　フレデリック・ポール(Frederick Pohl)"The Gold at the Starbow's End"
◇短編フィクション
　ハーラン・エリスン(Harlan Ellison)「バシリスク」(『SF戦争10のスタイル』収録)"Basilisk"
◇オリジナル・アンソロジー
　ハーラン・エリスン(Harlan Ellison)〔編〕"Again, Dangerous Visions"
◇リプリント・アンソロジー/コレクション
　テリー・カー(Terry Carr)〔編〕"The Best Science Fiction of the Year"
◇雑誌
　"F&SF"
◇ファンジン
　「ローカス」誌 "Locus"
◇ファンライター
　テリー・カー(Terry Carr)
◇出版社
　バランタイン(Ballantine)
◇ペーパーバックカバーアーティスト
　フランク・ケリー・フリース(Frank Kelly Freas)
◇雑誌アーティスト
　フランク・ケリー・フリース(Frank Kelly Freas)
◇ファンアーティスト
　ビル・ロツラー(Bill Rotsler)

1974年
◇長編
　アーサー・C.クラーク(Arthur C.Clarke)「宇宙のランデヴー」"Rendezvous with Rama"
◇中編
　ジーン・ウルフ(Gene Wolfe)「アイランド博士の死」(『デス博士の島その他の物語』収録)"The Death of Doctor Island"
◇短編フィクション
　ハーラン・エリスン(Harlan Ellison)「死の鳥」(『世界SF大賞傑作選―ヒューゴー・ウィナーズ7』収録)"The Deathbird"
◇オリジナル・アンソロジー
　ハリー・ハリスン(Harry Harrison)〔編〕"Astounding"
◇リプリント・アンソロジー/コレクション
　テリー・カー(Terry Carr)〔編〕"The Best Science Fiction of the Year #2"
◇雑誌
　"F&SF"
◇ファンジン
　「ローカス」誌 "Locus"
◇評論家
　Richard E.Geis
◇出版社
　バランタイン(Ballantine)
◇プロ・アーティスト
　フランク・ケリー・フリース(Frank Kelly Freas)
◇ファンアーティスト
　ティム・カーク(Tim Kirk)

1975年
◇長編
　アーシュラ・K.ル=グウィン(Ursula K.Le Guin)「所有せざる人々」"The Dispossessed"
◇長中編
　ロバート・シルヴァーバーグ(Robert Silverberg)「我ら死者とともに生まれる」"Born with the Dead"
◇中編

◇長編
　ハーラン・エリスン（Harlan Ellison）「北緯38度54分、西経77度0分13秒 ランゲルハンス島沖を漂流中」（『世界SF大賞傑作選―ヒューゴー・ウィナーズ 8』収録）（別題「我が魂はランゲルハンス島沖―北緯38度54分、西経77度00分、13秒にあり」『妖魔の宴―スーパー・ホラー・シアター 狼男編 1』収録）"Adrift Just Off the Islets of Langerhans: Latitude 38°54′ N, Longitude 77°00′ 13″ W"
◇短編
　アーシュラ・K.ル＝グウィン（Ursula K.Le Guin）「革命前夜」（『風の十二方位』収録）"The Day Before the Revolution"
◇著作集
　フリッツ・ライバー（Fritz Leiber）"The Best of Fritz Leiber"
◇オリジナル・アンソロジー
　テリー・カー（Terry Carr）〔編〕"Universe 4"
◇リプリント・アンソロジー
　アイザック・アシモフ（Isaac Asimov）〔編〕"Before the Golden Age"
◇雑誌
　"F&SF"
◇ファンジン
　"Outworlds"
◇評論家
　P.スカイラー・ミラー（P.Schuyler Miller）
◇出版社（ハードカバー）
　Science Fiction Book Club
◇出版社（ペーパーバック）
　バランタイン（Ballantine）
◇プロ・アーティスト
　フランク・ケリー・フリース（Frank Kelly Freas）
◇ファンアーティスト
　ティム・カーク（Tim Kirk）

1976年
◇長編
　ジョー・ホールドマン（Joe Haldeman）「終りなき戦い」"The Forever War"
◇長中編
　リサ・タトル（Lisa Tuttle），ジョージ・R.R.マーティン（George R.R.Martin）「翼人の掟 第一部」"The Storms of Windhaven"
◇中編
　アーシュラ・K.ル＝グウィン（Ursula K.Le Guin）「ニュー・アトランティス」（『コンパス・ローズ』収録）"The New Atlantis"
◇短編
　ハーラン・エリスン（Harlan Ellison）「クロウトウン」（「Men's Club」1979年2月号掲載）"Croatoan"
◇著作集
　アーシュラ・K.ル＝グウィン（Ursula K.Le Guin）「風の十二方位」"The Wind's Twelve Quarters"
◇アンソロジー
　Roger Elwood，ロバート・シルヴァーバーグ（Robert Silverberg）〔共編〕"Epoch"
◇アソシエーション・アイテム
　ジェイムズ・E.ガン（James E.Gunn）"Alternate Worlds: The Illustrated History of Science Fiction"
◇雑誌
　"F&SF"
◇ファンジン
　「ローカス」誌 "Locus"
◇評論家
　Richard E.Geis
◇出版社（ハードカバー）
　Science Fiction Book Club
◇出版社（ペーパーバック）
　バランタイン（Ballantine）
◇アーティスト
　Rick Sternbach

1977年
◇長編
　ケイト・ウィルヘルム（Kate Wilhelm）「鳥の歌いまは絶え」"Where Late the Sweet Birds Sang"
◇長中編
　マイクル・ビショップ（Michael Bishop）「侍と柳」（「S-Fマガジン」1985年9月号）"The Samurai and the Willows"
◇中編
　アイザック・アシモフ（Isaac Asimov）「バイセンテニアル・マン」（『聖者の行進』収録）（別題「二百周年を迎えた男」）"The Bicentennial Man"
◇短編
　ジョー・ホールドマン（Joe Haldeman）

「三百年祭」(「S-Fマガジン」1978年10月号) "Tricentennial"
◇著作集
ジョージ・R.R.マーティン (George R.R. Martin) "A Song for Lya and Other Stories"
◇アンソロジー
テリー・カー (Terry Carr)〔編〕"The Best Science Fiction of the Year #5"
◇雑誌/アンソロジーシリーズ
"F&SF"
◇ファンジン
「ローカス」誌 "Locus"
◇評論家
スパイダー・ロビンスン (Spider Robinson)
◇出版社
バランタイン (Ballantine)
◇アーティスト
Rick Sternbach

1978年
◇SF長編
フレデリック・ポール (Frederik Pohl)「ゲイトウェイ」"Gateway"
◇ファンタジー長編
J.R.R.トールキン (J.R.R.Tolkien)「シルマリルの物語」"The Silmarillion"
◇中編
スパイダー・ロビンスン (Spider Robinson), ジーン・ロビンスン (Jeanne Robinson)「スターダンス」"Stardance"
◇短編フィクション
ハーラン・エリスン (Harlan Ellison)「ジェフティは五つ」(「S-Fマガジン」1979年10月号) "Jeffty Is Five"
◇雑誌
"F&SF"
◇出版社
バランタイン デル・レイ (Ballantine/Del Rey)

1979年
◇長編
ヴォンダ・N.マッキンタイア (Vonda N. McIntyre)「夢の蛇」"Dreamsnake"
◇長中編
ジョン・ヴァーリイ (John Varley)「残像」(『残像』収録) "The Persistence of Vision"
◇中編
ジョン・ヴァーリイ (John Varley)「バービーはなぜ殺される」(『バービーはなぜ殺される』収録) "The Barbie Murders"
◇短編
ハーラン・エリスン (Harlan Ellison) "Count the Clock that Tells the Time"
◇著作集
ジョン・ヴァーリイ (John Varley)「残像」"The Persistence of Vision"
◇アンソロジー
テリー・カー (Terry Carr)〔編〕"The Best Science Fiction of the Year #7"
◇レファレンスブック
フレデリック・ポール (Frederik Pohl) "The Way the Future Was"
◇アート/イラストブック
イアン・サマーズ (Ian Summers)〔編〕"Tomorrow and Beyond"
◇雑誌
"F&SF"
◇アーティスト
ボリス・ヴァレホ (Boris Vallejo)

1980年
◇SF長編
ジョン・ヴァーリイ (John Varley)「ティーターン」"Titan"
◇ファンタジー長編
パトリシア・A.マキリップ (Patricia A. McKillip)「風の竪琴弾き—イルスの竪琴3」"Harpist in the Wind"
◇長中編
バリー・B.ロングイヤー (Barry B. Longyear)「わが友なる敵」"Enemy Mine"
◇中編
ジョージ・R.R.マーティン (George R.R. Martin)「サンドキングズ」(『サンドキングズ』収録) "Sandkings"
◇短編
ジョージ・R.R.マーティン (George R.R. Martin)「龍と十字架の道」(『サンドキングズ』収録) "The Way of Cross and Dragon"
◇著作集

ラリイ・ニーヴン（Larry Niven）"Convergent Series"
◇アンソロジー
　テリー・カー（Terry Carr）〔編〕"Universe 9"
◇関連ノンフィクション
　ピーター・ニコルズ（Peter Nicholls）〔編〕"The Science Fiction Encyclopedia"
◇アート／イラストブック
　ウェイン・ダグラス・バロウ（Wayne Douglas Barlowe）、イアン・サマーズ（Ian Summers）「SF宇宙生物図鑑」"Barlowe's Guide to Extraterrestrials"
◇雑誌
　"F&SF"
◇出版社
　バランタイン デル・レイ（Ballantine/Del Rey）
◇アーティスト
　マイケル・ウィーラン（Michael Whelan）

1981年
◇SF長編
　ジョーン・D.ヴィンジ（Joan D.Vinge）「雪の女王」"The Snow Queen"
◇ファンタジー長編
　ロバート・シルヴァーバーグ（Robert Silverberg）「ヴァレンタイン卿の城」"Lord Valentine's Castle"
◇初長編
　ロバート・L.フォワード（Robert L. Forward）「竜の卵」"Dragon's Egg"
◇長中編
　ジョージ・R.R.マーティン（George R.R. Martin）「ナイトフライヤー」（「S-Fマガジン」1982年8月号）"Nightflyers"
◇中編
　トマス・M.ディッシュ（Thomas M.Disch）「いさましいちびのトースター」"The Brave Little Toaster"
◇短編
　クリフォード・D.シマック（Clifford D. Simak）「踊る鹿の洞窟」（「S-Fマガジン」1982年2月号）"Grotto of the Dancing Deer"
◇著作集
　ジョン・ヴァーリイ（John Varley）「バービーはなぜ殺される」"The Barbie Murders"
◇アンソロジー
　E.L.ファーマン（Edward L.Ferman）〔編〕"The Magazine of Fantasy & Science Fiction: A 30 Year Retrospective"
◇関連ノンフィクション
　アイザック・アシモフ（Isaac Asimov）「喜びは今も胸に 1954-1978」"In Joy Still Felt: The Autobiography of Isaac Asimov, 1954-1978"
◇雑誌／ファンジン
　"F&SF"
◇出版社
　バランタイン デル・レイ（Ballantine/Del Rey）
◇アーティスト
　マイケル・ウィーラン（Michael Whelan）

1982年
◇SF長編
　ジュリアン・メイ（Julian May）「多彩の地―エグザイル・サーガ1」"The Many-Colored Land"
◇ファンタジー長編
　ジーン・ウルフ（Gene Wolfe）「調停者の鉤爪」"The Claw of the Conciliator"
◇初長編
　ソムトウ・スチャリトクル（Somtow Sucharitkul）「スターシップと俳句」"Starship & Haiku"
◇長中編
　ジョン・ヴァーリイ（John Varley）「ブルー・シャンペン」（『ブルー・シャンペン』収録）"Blue Champagne"
◇中編
　ジョージ・R.R.マーティン（George R.R. Martin）「守護者」（『タフの方舟1（禍つ星）』収録）"Guardians"
◇短編
　ジョン・ヴァーリイ（John Varley）「プッシャー」（『ブルー・シャンペン』収録）"The Pusher"
◇著作集
　ジョージ・R.R.マーティン（George R.R. Martin）「サンドキングズ」"Sandkings"
◇アンソロジー
　Robert Lynn Asprin〔編〕"Shadows of

Sanctuary"
◇関連ノンフィクション
スティーヴン・キング（Stephen King）「死の舞踏」"Danse Macabre"
◇雑誌/ファンジン
"F&SF"
◇出版社
Pocket/Timescape
◇アーティスト
マイケル・ウィーラン（Michael Whelan）

1983年
◇SF長編
アイザック・アシモフ（Isaac Asimov）「ファウンデーションの彼方へ」"Foundation's Edge"
◇ファンタジー長編
ジーン・ウルフ（Gene Wolfe）「警士の剣―新しい太陽の書3」"The Sword of the Lictor"
◇初長編
Donald Kingsbury "Courtship Rite"
◇長中編
ジョアンナ・ラス（Joanna Russ）「祈り」"Souls"
◇中編
ハーラン・エリスン（Harlan Ellison）"Djinn, No Chaser"
◇短編
アーシュラ・K.ル＝グウィン（Ursula K.Le Guin）「スール」（『コンパス・ローズ』収録）"Sur"
◇著作集
アーシュラ・K.ル＝グウィン（Ursula K.Le Guin）「コンパス・ローズ」"The Compass Rose"
◇アンソロジー
テリー・カー（Terry Carr）〔編〕"The Best Science Fiction of the Year #11"
◇ノンフィクション/レファレンスブック
バリー・N.マルツバーグ（Barry N. Malzberg）"The Engines of the Night"
◇雑誌/ファンジン
「ローカス」誌 "Locus"
◇出版社
Pocket/Timescape
◇アーティスト
マイケル・ウィーラン（Michael Whelan）

1984年
◇SF長編
デイヴィッド・ブリン（David Brin）「スタータイド・ライジング」"Startide Rising"
◇ファンタジー長編
マリオン・ジマー・ブラッドリー（Marion Zimmer Bradley）「アヴァロンの霧」"The Mists of Avalon"
◇初長編
R.A.マカヴォイ（R.A.MacAvoy）「黒龍とお茶を」"Tea with the Black Dragon"
◇長中編
マイクル・ビショップ（Michael Bishop）"Her Habiline Husband"
◇中編
ジョージ・R.R.マーティン（George R.R. Martin）「モンキー療法」（『洋梨形の男』収録）"The Monkey Treatment"
◇短編
ジェイムズ・ティプトリー・ジュニア（James Tiptree,Jr.）「デッド・リーフの彼方」（『すべてのまぼろしはキンタナ・ローの海に消えた』収録）"Beyond the Dead Reef"
◇短編集
ロジャー・ゼラズニイ（Roger Zelazny）「ユニコーン・ヴァリエーション」"Unicorn Variations"
◇アンソロジー
テリー・カー（Terry Carr）他 "The Best Science Fiction of the Year #12"
◇ノンフィクション/レファレンスブック
チャールズ・プラット（Charles Platt）"Dream Makers, Volume Ⅱ"
◇雑誌/ファンジン
「ローカス」誌 "Locus"
◇出版社
バランタイン デル・レイ（Ballantine/Del Rey）
◇アーティスト
マイケル・ウィーラン（Michael Whelan）

1985年
◇SF長編
ラリイ・ニーヴン（Larry Niven）「インテ

グラル・ツリー」"The Integral Trees"
◇ファンタジー長編
　ロバート・A.ハインライン（Robert A. Heinlein）「ヨブ」"Job: A Comedy of Justice"
◇初長編
　キム・スタンリー・ロビンスン（Kim Stanley Robinson）「荒れた岸辺」"The Wild Shore"
◇長中編
　ジョン・ヴァーリイ（John Varley）「PRESS ENTER ■」（『ブルー・シャンペン』収録）"Press Enter ■"
◇中編
　オクティヴィア・E.バトラー（Octavia E. Butler）「血をわけた子供」（『80年代SF傑作選 下』収録）"Bloodchild"
◇短編
　ルーシャス・シェパード（Lucius Shepard）「サルバドール」（『ジャガー・ハンター』収録）"Salvador"
◇短編集
　フリッツ・ライバー（Fritz Leiber）"The Ghost Light"
◇アンソロジー
　マイクル・ビショップ（Michael Bishop）〔編〕"Light Years and Dark"
◇ノンフィクション/レファレンスブック
　ハーラン・エリスン（Harlan Ellison）"Sleepless Nights in the Procrustean Bed"
◇雑誌/ファンジン
　「ローカス」誌 "Locus"
◇出版社
　バランタイン デル・レイ（Ballantine/Del Rey）
◇アーティスト
　マイケル・ウィーラン（Michael Whelan）

1986年
◇SF長編
　デイヴィッド・ブリン（David Brin）「ポストマン」"The Postman"
◇ファンタジー長編
　ロジャー・ゼラズニイ（Roger Zelazny）"Trumps of Doom"
◇初長編

　カール・セーガン（Carl Sagan）「コンタクト」"Contact"
◇長中編
　ジェイムズ・ティプトリー・ジュニア（James Tiptree, Jr.）「たったひとつの冴えたやりかた」"The Only Neat Thing to Do"
◇中編
　ハーラン・エリスン（Harlan Ellison）"Paladin of the Lost Hour"
◇短編
　ハーラン・エリスン（Harlan Ellison）「ヴァージル・オッダムと東極に立つ」（「OMNI」1985年5月号）"With Virgil Oddum at the East Pole"
◇短編集
　スティーヴン・キング（Stephen King）"Skeleton Crew"
◇アンソロジー
　ハーラン・エリスン（Harlan Ellison）〔編〕"Medea: Harlan's World"
◇ノンフィクション/レファレンスブック
　Algis Budrys "Benchmarks: Galaxy Bookshelf"
◇雑誌/ファンジン
　「ローカス」誌 "Locus"
◇出版社
　バランタイン デル・レイ（Ballantine/Del Rey）
◇アーティスト
　マイケル・ウィーラン（Michael Whelan）

1987年
◇SF長編
　オースン・スコット・カード（Orson Scott Card）「死者の代弁者」"Speaker for the Dead"
◇ファンタジー長編
　ジーン・ウルフ（Gene Wolfe）"Soldier of the Mist"
◇初長編
　ジャック・マクデヴィット（Jack McDevitt）"The Hercules Text"
◇長中編
　ルーシャス・シェパード（Lucius Shepard）"R&R"
◇中編
　デイヴィッド・ブリン（David Brin）「トー

ル対キャプテン・アメリカ」(「S-Fマガジン」1991年7月号) "Thor Meets Captain America"
◇短編
アイザック・アシモフ (Isaac Asimov)「夢みるロボット」(「S-Fマガジン」1988年1月号) "Robot Dreams"
◇短編集
ジョン・ヴァーリイ (John Varley)「ブルー・シャンペン」 "Blue Champagne"
◇アンソロジー
ガードナー・ドゾワ (Gardner Dozois)〔編〕"The Year's Best Science Fiction: Third Annual Collection"
◇ノンフィクション
ブライアン・W.オールディス (Brian W. Aldiss), デイヴィッド・ウィンローヴ (David Wingrove)「一兆年の宴」 "Trillion Year Spree"
◇雑誌/ファンジン
"F&SF"
◇出版社
バランタイン デル・レイ (Ballantine/Del Rey)
◇アーティスト
マイケル・ウィーラン (Michael Whelan)

1988年
◇SF長編
デイヴィッド・ブリン (David Brin)「知性化戦争」 "The Uplift War"
◇ファンタジー長編
オースン・スコット・カード (Orson Scott Card)「奇跡の少年」 "Seventh Son"
◇初長編
エマ・ブル (Emma Bull) "War for the Oaks"
◇長中編
ロバート・シルヴァーバーグ (Robert Silverberg) "The Secret Sharer"
◇中編
パット・マーフィー (Pat Murphy)「恋するレイチェル」(「S-Fマガジン」1989年1月号) "Rachel in Love"
◇短編
パット・キャディガン (Pat Cadigan)「エンジェル」(「S-Fマガジン」2000年12月号) "Angel"
◇短編集
ルーシャス・シェパード (Lucius Shepard)「ジャガー・ハンター」 "The Jaguar Hunter"
◇アンソロジー
ガードナー・ドゾワ (Gardner Dozois)〔編〕"The Year's Best Science Fiction: Fourth Annual Collection"
◇ノンフィクション
アラン・ムーア (Alan Moore), デイブ・ギボンズ (Dave Gibbons)「Watchmen」 "Watchmen"
◇雑誌
"Asimov's"
◇出版社
Tor
◇アーティスト
マイケル・ウィーラン (Michael Whelan)

1989年
◇SF長編
C.J.チェリイ (C.J.Cherryh)「サイティーン」 "Cyteen"
◇ファンタジー長編
オースン・スコット・カード (Orson Scott Card)「赤い予言者」 "Red Prophet"
◇ホラー長編
バーバラ・ハンブリー (Barbara Hambly) "Those Who Hunt the Night" (イギリス出版時タイトル:Immortal Blood)
◇初長編
イアン・マクドナルド (Ian McDonald)「火星夜想曲」 "Desolation Road"
◇長中編
ルーシャス・シェパード (Lucius Shepard)「鱗狩人の美しき娘」(「S-Fマガジン」1991年5月号) "The Scalehunter's Beautiful Daughter"
◇中編
ハーラン・エリスン (Harlan Ellison) "The Function of Dream Sleep"
◇短編
ハーラン・エリスン (Harlan Ellison) "Eidolons"
◇短編集
ハーラン・エリスン (Harlan Ellison) "Angry Candy"
◇アンソロジー

ルー・アロニカ（Lou Aronica），ショーナ・マッカーシー（Shawna McCarthy）〔共編〕"Full Spectrum"
◇関連ノンフィクション
ドン・メイツ（Don Maitz）"First Maitz"
◇編集者
ガードナー・ドゾワ（Gardner Dozois）
◇雑誌
"Asimov's"
◇出版社
Tor/St. Martin's
◇アーティスト
マイケル・ウィーラン（Michael Whelan）

1990年
◇SF長編
ダン・シモンズ（Dan Simmons）「ハイペリオン」"Hyperion"
◇ファンタジー長編
オースン・スコット・カード（Orson Scott Card）"Prentice Alvin"
◇ホラー長編
ダン・シモンズ（Dan Simmons）「殺戮のチェスゲーム」"Carrion Comfort"
◇初長編
アレン・スティール（Allen Steele）"Orbital Decay"
◇長中編
ルーシャス・シェパード（Lucius Shepard）「ファーザー・オブ・ストーンズ」（「S-Fマガジン」1991年12月号）"The Father of Stones"
◇中編
オースン・スコット・カード（Orson Scott Card）「ドッグウォーカー」（「S-Fマガジン」1990年10月号）"Dogwalker"
◇短編
オースン・スコット・カード（Orson Scott Card）「消えた少年たち」"Lost Boys"
◇短編集
パット・キャディガン（Pat Cadigan）"Patterns"
◇アンソロジー
ガードナー・ドゾワ（Gardner Dozois）〔編〕"The Year's Best Science Fiction: Sixth Annual Collection"
◇ノンフィクション
ロバート・A.ハインライン（Robert A. Heinlein）"Grumbles from the Grave"
◇編集者
ガードナー・ドゾワ（Gardner Dozois）
◇雑誌
"Asimov's"
◇出版社
Tor/St. Martin's
◇アーティスト
マイケル・ウィーラン（Michael Whelan）

1991年
◇SF長編
ダン・シモンズ（Dan Simmons）「ハイペリオンの没落」"The Fall of Hyperion"
◇ファンタジー長編
アーシュラ・K.ル＝グウィン（Ursula K.Le Guin）「帰還―ゲド戦記 最後の書」"Tehanu: The Last Book of Earthsea"
◇ホラー/ダークファンタジー長編
アン・ライス（Anne Rice）「魔女の刻」"The Witching Hour"
◇初長編
マイクル・F.フリン（Michael F.Flynn）"In the Country of the Blind"
◇長中編
キム・スタンリー・ロビンスン（Kim Stanley Robinson）"A Short, Sharp Shock"
◇中編
ダン・シモンズ（Dan Simmons）「夜更けのエントロピー」"Entropy's Bed at Midnight"
◇短編
テリー・ビッスン（Terry Bisson）「熊が火を発見する」（「ふたりジャネット」収録）"Bears Discover Fire"
◇短編集
オースン・スコット・カード（Orson Scott Card）"Maps in a Mirror: The Short Fiction of Orson Scott Card"
◇アンソロジー
ガードナー・ドゾワ（Gardner Dozois）〔編〕"The Year's Best Science Fiction: Seventh Annual Collection"
◇ノンフィクション
クリスティン・キャスリン・ラッシュ（Kristine Kathryn Rusch），ディーン・

ウェズリー・スミス (Dean Wesley Smith) 〔共編〕 "Science Fiction Writers of America Handbook"
◇編集者
ガードナー・ドゾワ (Gardner Dozois)
◇雑誌
"Asimov's"
◇出版社
Tor/St. Martin's
◇アーティスト
マイケル・ウィーラン (Michael Whelan)

1992年
　◇SF長編
　　ロイス・マクマスター・ビジョルド (Lois McMaster Bujold)「バラヤー内乱」"Barrayar"
　◇ファンタジー長編
　　シェリ・S.テッパー (Sheri S.Tepper) "Beauty"
　◇ホラー/ダークファンタジー長編
　　ダン・シモンズ (Dan Simmons)「サマー・オブ・ナイト」"Summer of Night"
　◇初長編
　　キャシー・コージャ (Kathe Koja)「虚ろな穴」"The Cipher"
　◇長中編
　　クリスティン・キャスリン・ラッシュ (Kristine Kathryn Rusch)「夢のギャラリー」(「S-Fマガジン」1993年1月号) "The Gallery of His Dreams"
　◇中編
　　ダン・シモンズ (Dan Simmons)「ドラキュラの子供たち」(『夜更けのエントロピー』収録) "All Dracula's Children"
　◇短編
　　ジョン・ケッセル (John Kessel) "Buffalo"
　◇短編集
　　ハワード・ウォルドロップ (Howard Waldrop) "Night of the Cooters: More Neat Stories"
　◇アンソロジー
　　ルー・アロニカ (Lou Aronica)、アミー・スタウト (Amy Stout)、ベッツィ・ミッチェル (Betsy Mitchell)〔共編〕 "Full Spectrum 3"
　◇ノンフィクション

イヴェレット・F.ブレイラー (Everett F. Bleiler) "Science-Fiction: The Early Years"
◇編集者
ガードナー・ドゾワ (Gardner Dozois)
◇雑誌/ファンジン
"Asimov's"
◇出版社
Tor/St. Martin's
◇アーティスト
マイケル・ウィーラン (Michael Whelan)

1993年
　◇SF長編
　　コニー・ウィリス (Connie Willis)「ドゥームズデイ・ブック」"Doomsday Book"
　◇ファンタジー長編
　　ティム・パワーズ (Tim Powers) "Last Call"
　◇ホラー/ダークファンタジー長編
　　ダン・シモンズ (Dan Simmons)「夜の子供たち」"Children of the Night"
　◇初長編
　　モーリーン・F.マクヒュー (Maureen F. McHugh) "China Mountain Zhang"
　◇長中編
　　ルーシャス・シェパード (Lucius Shepard)「宇宙船乗りフジツボのビル」(「S-Fマガジン」1994年1月号) "Barnacle Bill the Spacer"
　◇中編
　　パメラ・サージェント (Pamela Sargent)「ダニーの火星旅行」(「S-Fマガジン」1994年1月号) "Danny Goes to Mars"
　◇短編
　　コニー・ウィリス (Connie Willis)「女王様でも」(『最後のウィネベーゴ』収録) "Even the Queen"
　◇短編集
　　ロバート・シルヴァーバーグ (Robert Silverberg) "The Collected Stories of Robert Silverberg, Volume1: Secret Sharers"
　◇アンソロジー
　　ガードナー・ドゾワ (Gardner Dozois)〔編〕 "The Year's Best Science Fiction: Ninth Annual Collection"
　◇ノンフィクション

ジェームズ・ガーニー（James Gurney）
「ダイノトピア地下世界への冒険」
"Dinotopia"
◇編集者
ガードナー・ドゾワ（Gardner Dozois）
◇雑誌/ファンジン
"Asimov's"
◇出版社
Tor/St. Martin's
◇アーティスト
マイケル・ウィーラン（Michael Whelan）

1994年
◇SF長編
キム・スタンリー・ロビンスン（Kim Stanley Robinson）「グリーン・マーズ」"Green Mars"
◇ファンタジー長編
ピーター・S.ビーグル（Peter S.Beagle）"The Innkeeper's Song"
◇ホラー長編
ルーシャス・シェパード（Lucius Shepard）"The Golden"
◇初長編
Patricia Anthony "Cold Allies"
◇長中編
ハーラン・エリスン（Harlan Ellison）"Mefisto in Onyx"
◇中編
ダン・シモンズ（Dan Simmons）「バンコクに死す」（『愛死』収録）"Death in Bangkok"（別題"Dying in Bangkok"）
◇短編
コニー・ウィリス（Connie Willis）「接近遭遇」（「S-Fマガジン」2003年4月号）"Close Encounter"
◇短編集
コニー・ウィリス（Connie Willis）"Impossible Things"
◇アンソロジー
ガードナー・ドゾワ（Gardner Dozois）〔編〕"The Year's Best Science Fiction: Tenth Annual Collection"
◇ノンフィクション
ジョン・クルート（John Clute），ピーター・ニコルズ（Peter Nicholls）〔共編〕"The Encyclopedia of Science Fiction"

◇アートブック
マイケル・ウィーラン（Michael Whelan）"The Art of Michael Whelan: Scenes/Visions"
◇編集者
ガードナー・ドゾワ（Gardner Dozois）
◇雑誌
"Asimov's"
◇出版社
Tor/St. Martin's
◇アーティスト
マイケル・ウィーラン（Michael Whelan）

1995年
◇SF長編
ロイス・マクマスター・ビジョルド（Lois McMaster Bujold）「ミラー・ダンス」"Mirror Dance"
◇ファンタジー長編
マイクル・ビショップ（Michael Bishop）"Brittle Innings"
◇ダークファンタジー/ホラー長編
ダン・シモンズ（Dan Simmons）「エデンの炎」"Fires of Eden"
◇初長編
ジョナサン・レセム（Jonathan Lethem）「銃、ときどき音楽」"Gun, With Occasional Music"
◇長中編
アーシュラ・K.ル＝グウィン（Ursula K.Le Guin）"Forgiveness Day"
◇中編
デイヴィッド・ジェロルド（David Gerrold）"The Martian Child"
◇短編
ジョー・ホールドマン（Joe Haldeman）「愛は盲目」（「S-Fマガジン」1996年1月号）"None So Blind"
◇短編集
デイヴィッド・ブリン（David Brin）"Otherness"
◇アンソロジー
ガードナー・ドゾワ（Gardner Dozois）〔編〕"The Year's Best Science Fiction: Eleventh Annual Collection"
◇ノンフィクション
アイザック・アシモフ（Isaac Asimov）"I. Asimov: A Memoir"

◇アートブック
　Cathy Burnett, Arnie Fenner〔共編〕"Spectrum: The Best in Contemporary Fantastic Art"
◇編集者
　ガードナー・ドゾワ（Gardner Dozois）
◇雑誌
　"Asimov's"
◇出版社
　Tor/St. Martin's
◇アーティスト
　マイケル・ウィーラン（Michael Whelan）

1996年
◇SF長編
　ニール・スティーヴンスン（Neal Stephenson）「ダイヤモンド・エイジ」"The Diamond Age"
◇ファンタジー長編
　オースン・スコット・カード（Orson Scott Card）"Alvin Journeyman"
◇ホラー/ダークファンタジー長編
　ティム・パワーズ（Tim Powers）"Expiration Date"
◇初長編
　リンダ・ナガタ（Linda Nagata）「極微機械ボーア・メイカー」"The Bohr Maker"
◇長中編
　コニー・ウィリス（Connie Willis）「リメイク」"Remake"
◇中編
　マイク・レズニック（Mike Resnick）「古き神々の死すとき 2137年5月」（『キリンヤガ』収録）"When the Old Gods Die"
◇短編
　モーリーン・F.マクヒュー（Maureen F. McHugh）「リンカン・トレイン」（『野性時代』2007年11月号）"The Lincoln Train"
◇短編集
　アーシュラ・K.ル=グウィン（Ursula K.Le Guin）"Four Ways to Forgiveness"
◇アンソロジー
　ガードナー・ドゾワ（Gardner Dozois）〔編〕"The Year's Best Science Fiction: Twelfth Annual Collection"
◇ノンフィクション
　ジョン・クルート（John Clute）"Science Fiction: The Illustrated Encyclopedia"
◇アートブック
　Cathy Burnett, Arnie Fenner〔共編〕"Spectrum 2: The Best in Contemporary Fantastic Art"
◇編集者
　ガードナー・ドゾワ（Gardner Dozois）
◇雑誌
　"Asimov's"
◇出版社
　Tor/St. Martin's
◇アーティスト
　マイケル・ウィーラン（Michael Whelan）

1997年
◇SF長編
　キム・スタンリー・ロビンスン（Kim Stanley Robinson）"Blue Mars"
◇ファンタジー長編
　ジョージ・R.R.マーティン（George R.R. Martin）「七王国の玉座」"A Game of Thrones"
◇ホラー/ダークファンタジー長編
　スティーヴン・キング（Stephen King）「デスペレーション」"Desperation"
◇初長編
　Sage Walker "Whiteout"
　サラ・ゼッテル（Sarah Zettel）「大いなる復活のとき」"Reclamation"
◇長中編
　コニー・ウィリス（Connie Willis）"Bellwether"
◇中編
　アーシュラ・K.ル=グウィン（Ursula K.Le Guin）"Mountain Ways"
◇短編
　ジョン・クロウリー（John Crowley）「消えた」（『古代の遺物』収録）"Gone"
◇短編集
　ジョー・ホールドマン（Joe Haldeman）"None So Blind"
◇アンソロジー
　ガードナー・ドゾワ（Gardner Dozois）〔編〕"The Year's Best Science Fiction: Thirteenth Annual Collection"
◇ノンフィクション
　ジョン・クルート（John Clute）"Look at

the Evidence"
◇アートブック
　Cathy Burnett, Arnie Fenner〔共編〕, Jim Loehr "Spectrum 3: The Best in Contemporary Fantastic Art"
◇編集者
　ガードナー・ドゾワ（Gardner Dozois）
◇雑誌
　"Asimov's"
◇出版社
　Tor/St. Martin's
◇アーティスト
　マイケル・ウィーラン（Michael Whelan）

1998年
◇SF長編
　ダン・シモンズ（Dan Simmons）「エンディミオンの覚醒」"The Rise of Endymion"
◇ファンタジー長編
　ティム・パワーズ（Tim Powers）"Earthquake Weather"
◇初長編
　イアン・R.マクラウド（Ian R.MacLeod）"The Great Wheel"
◇長中編
　アレン・スティール（Allen Steele）「ヒンデンブルク号、炎上せず」(「S-Fマガジン」1999年1月号）"…Where Angels Fear to Tread"
◇中編
　コニー・ウィリス（Connie Willis）「ニュースレター」(『マーブル・アーチの風』収録）"Newsletter"
◇短編
　James Patrick Kelly "Itsy Bitsy Spider"
◇短編集
　ハーラン・エリスン（Harlan Ellison）"Slippage"
◇アンソロジー
　ガードナー・ドゾワ（Gardner Dozois）〔編〕"The Year's Best Science Fiction: Fourteenth Annual Collection"
◇ノンフィクション
　ジョン・クルート（John Clute）, ジョン・グラント（John Grant）〔共編〕「SF大百科事典」"The Encyclopedia of Fantasy"

◇アートブック
　Vincent Di Fate "Infinite Worlds: The Fantastic Visions of Science Fiction Art"
◇編集者
　ガードナー・ドゾワ（Gardner Dozois）
◇雑誌
　"Asimov's"
◇出版社
　Tor/St. Martin's
◇アーティスト
　マイケル・ウィーラン（Michael Whelan）

1999年
◇SF長編
　コニー・ウィリス（Connie Willis）「犬は勘定に入れません—あるいは、消えたヴィクトリア朝花瓶の謎」"To Say Nothing of the Dog"
◇ファンタジー長編
　ジョージ・R.R.マーティン（George R.R. Martin）「王狼たちの戦旗」"A Clash of Kings"
◇ダークファンタジー/ホラー長編
　スティーヴン・キング（Stephen King）「骨の袋」"Bag of Bones"
◇初長編
　ナロ・ホプキンスン（Nalo Hopkinson）"Brown Girl in the Ring"
◇長中編
　グレッグ・イーガン（Greg Egan）「祈りの海」(『祈りの海』収録）"Oceanic"
◇中編
　ブルース・スターリング（Bruce Sterling）「タクラマカン」"Taklamakan"
　グレッグ・イーガン（Greg Egan）「プランク・ダイヴ」(「プランク・ダイヴ」収録）"The Planck Dive"
◇短編
　ブルース・スターリング（Bruce Sterling）"Maneki Neko"
◇短編集
　アヴラム・デイヴィッドソン（Avram Davidson）〔著〕, ロバート・シルヴァーバーグ（Robert Silverberg）〔編〕, Grania Davis〔編〕"The Avram Davidson Treasury"
◇アンソロジー

ロバート・シルヴァーバーグ（Robert Silverberg）〔編〕「伝説は永遠に――ファンタジィの殿堂」 "Legends"
◇ノンフィクション
トマス・M.ディッシュ（Thomas M.Disch） "The Dreams Our Stuff Is Made Of: How Science Fiction Conquered the World"
◇アートブック
Cathy Fenner, Arnie Fenner〔共編〕 "Spectrum 5: The Best in Contemporary Fantastic Art"
◇編集者
ガードナー・ドゾワ（Gardner Dozois）
◇雑誌
"Asimov's"
◇出版社／インプリント
Tor
◇アーティスト
マイケル・ウィーラン（Michael Whelan）

2000年
◇SF長編
ニール・スティーヴンスン（Neal Stephenson）「クリプトノミコン」 "Cryptonomicon"
◇ファンタジー長編
J.K.ローリング（J.K.Rowling）「ハリー・ポッターとアズカバンの囚人」 "Harry Potter and the Prisoner of Azkaban"
◇初長編
ポール・レヴィンソン（Paul Levinson） "The Silk Code"
◇長中編
ダン・シモンズ（Dan Simmons）「ヘリックスの孤児」（『ヘリックスの孤児』収録） "Orphans of the Helix"
◇中編
スティーヴン・バクスター（Stephen Baxter）「氷原のナイト・ドーン」（「S-Fマガジン」2001年9月号） "Huddle"
グレッグ・イーガン（Greg Egan）「ボーダー・ガード」（「S-Fマガジン」2001年3月号） "Border Guards"
◇短編
テリー・ビッスン（Terry Bisson）「マックたち」（「S-Fマガジン」2001年1月号） "macs"

◇短編集
キム・スタンリー・ロビンスン（Kim Stanley Robinson） "The Martians"
◇アンソロジー
ロバート・シルヴァーバーグ（Robert Silverberg）〔編〕 "Far Horizons"
◇ノンフィクション
S.T.ヨシ（S.T.Joshi） "Sixty Years of Arkham House"
◇アートブック
フランク・M.ロビンソン（Frank M. Robinson） "Science Fiction of the 20th Century"
◇編集者
ガードナー・ドゾワ（Gardner Dozois）
◇雑誌
"Asimov's"
◇出版社／インプリント
Tor
◇アーティスト
マイケル・ウィーラン（Michael Whelan）

2001年
◇SF長編
アーシュラ・K.ル＝グウィン（Ursula K.Le Guin）「言の葉の樹」 "The Telling"
◇ファンタジー長編
ジョージ・R.R.マーティン（George R.R. Martin）「剣嵐の大地――氷と炎の歌3」 "A Storm of Swords"
◇初長編
ジェフリー・A.ランディス（Geoffrey A. Landis）「火星縦断」 "Mars Crossing"
◇長中編
ルーシャス・シェパード（Lucius Shepard）「輝ける緑の星」（「S-Fマガジン」2002年1月号） "Radiant Green Star"
◇中編
アーシュラ・K.ル＝グウィン（Ursula K.Le Guin）「世界の誕生日」（『世界の誕生日』収録） "The Birthday of the World"
◇短編
ラリイ・ニーヴン（Larry Niven） "The Missing Mass"
◇短編集
マイクル・スワンウィック（Michael Swanwick） "Tales of Old Earth"

- ◇アンソロジー
  - ガードナー・ドゾワ（Gardner Dozois）〔編〕"The Year's Best Science Fiction: Seventeenth Annual Collection"
- ◇ノンフィクション
  - スティーヴン・キング（Stephen King）「スティーヴン・キング小説作法」（別題「書くことについて」）"On Writing"
- ◇アートブック
  - Cathy Fenner, Arnie Fenner〔共編〕"Spectrum 7: The Best in Contemporary Fantastic Art"
- ◇編集者
  - ガードナー・ドゾワ（Gardner Dozois）
- ◇雑誌
  - "Asimov's"
- ◇出版社/インプリント
  - Tor
- ◇アーティスト
  - ボブ・エグルトン（Bob Eggleton）

2002年
- ◇SF長編
  - コニー・ウィリス（Connie Willis）「航路」"Passage"
- ◇ファンタジー長編
  - ニール・ゲイマン（Neil Gaiman）「アメリカン・ゴッズ」"American Gods"
- ◇初長編
  - ジャクリーン・ケアリー（Jacqueline Carey）「クシエルの矢」"Kushiel's Dart"
- ◇長中編
  - アーシュラ・K.ル＝グウィン（Ursula K. Le Guin）「カソウソ」（『ゲド戦記外伝』収録）"The Finder"
- ◇中編
  - テッド・チャン（Ted Chiang）「地獄とは神の不在なり」"Hell is the Absence of God"
- ◇短編
  - アーシュラ・K.ル＝グウィン（Ursula K. Le Guin）「地の骨」（『ゲド戦記外伝』収録）"The Bones of the Earth"
- ◇短編集
  - アーシュラ・K.ル＝グウィン（Ursula K. Le Guin）「ゲド戦記外伝」（『ドラゴンフライ アースシーの五つの物語──ゲド戦記5』）"Tales from Earthsea"

- ◇アンソロジー
  - ガードナー・ドゾワ（Gardner Dozois）〔編〕"The Year's Best Science Fiction: Eighteenth Annual Collection"
- ◇ノンフィクション
  - マイクル・スワンウィック（Michael Swanwick）"Being Gardner Dozois"
- ◇アートブック
  - Cathy Fenner, Arnie Fenner〔共編〕"Spectrum 8: The Best in Contemporary Fantastic Art"
- ◇編集者
  - ガードナー・ドゾワ（Gardner Dozois）
- ◇雑誌
  - "F&SF"
- ◇出版社/インプリント
  - Tor
- ◇アーティスト
  - マイケル・ウィーラン（Michael Whelan）
- ◇ウェブサイト
  - "SF Site"

2003年
- ◇SF長編
  - キム・スタンリー・ロビンスン（Kim Stanley Robinson）"The Years of Rice and Salt"
- ◇ファンタジー長編
  - チャイナ・ミエヴィル（China Miéville）"The Scar"
- ◇ヤングアダルト小説
  - ニール・ゲイマン（Neil Gaiman）「コラライン とボタンの魔女」"Coraline"
- ◇初長編
  - アレキサンダー・C.アーヴァイン（Alexander C. Irvine）"A Scattering of Jades"
- ◇長中編
  - チャイナ・ミエヴィル（China Miéville）"The Tain"
- ◇中編
  - アーシュラ・K.ル＝グウィン（Ursula K. Le Guin）「ワイルド・ガールズ」（「S-Fマガジン」2004年3月号）"The Wild Girls"
- ◇短編
  - ニール・ゲイマン（Neil Gaiman）"October in the Chair"
- ◇短編集

テッド・チャン（Ted Chiang）「あなたの人生の物語」"Stories of Your Life and Others"
◇アンソロジー
ガードナー・ドゾワ（Gardner Dozois）〔編〕"The Year's Best Science Fiction: Nineteenth Annual Collection"
◇ノンフィクション
ブルース・スターリング（Bruce Sterling）"Tomorrow Now: Envisioning the Next Fifty Years"
◇アートブック
Cathy Fenner, Arnie Fenner〔共編〕"Spectrum 9: The Best in Contemporary Fantastic Art"
◇編集者
ガードナー・ドゾワ（Gardner Dozois）
◇雑誌
"F&SF"
◇出版社／インプリント
Tor
◇アーティスト
ボブ・エグルトン（Bob Eggleton）

2004年
◇SF長編
ダン・シモンズ（Dan Simmons）「イリアム」"Ilium"
◇ファンタジー長編
ロイス・マクマスター・ビジョルド（Lois McMaster Bujold）「影の棲む城」"Paladin of Souls"
◇ヤングアダルト図書
テリー・プラチェット（Terry Pratchett）「魔女になりたいティファニーと奇妙な仲間たち」"The Wee Free Men"
◇初長編
コリイ・ドクトロウ（Cory Doctorow）「マジック・キングダムで落ちぶれて」"Down and Out in the Magic Kingdom"
◇長中編
ヴァーナー・ヴィンジ（Vernor Vinge）「クッキー・モンスター」(「S-Fマガジン」2005年3月号）"The Cookie Monster"
◇中編
ニール・ゲイマン（Neil Gaiman）"A Study in Emerald"
◇短編
ニール・ゲイマン（Neil Gaiman）"Closing Time"
◇短編集
アーシュラ・K.ル＝グウィン（Ursula K. Le Guin）「なつかしく謎めいて」"Changing Planes"
◇アンソロジー
ガードナー・ドゾワ（Gardner Dozois）〔編〕"The Year's Best Science Fiction: Twentieth Annual Collection"
◇ノンフィクション／アートブック
ニール・ゲイマン（Neil Gaiman）他 "The Sandman: Endless Nights"
◇編集者
ガードナー・ドゾワ（Gardner Dozois）
◇雑誌
"F&SF"
◇出版社／インプリント
Tor
◇アーティスト
マイケル・ウィーラン（Michael Whelan）

2005年
◇SF長編
ニール・スティーヴンスン（Neal Stephenson）"The Baroque Cycle: The Confusion; The System of the World"
◇ファンタジー長編
チャイナ・ミエヴィル（China Miéville）"Iron Council"
◇ヤングアダルト図書
テリー・プラチェット（Terry Pratchett）「見習い魔女ティファニーと懲りない仲間たち」"A Hat Full of Sky"
◇初長編
スザンナ・クラーク（Susanna Clarke）「ジョナサン・ストレンジとミスター・ノレル」"Jonathan Strange & Mr. Norrell"
◇長中編
ジーン・ウルフ（Gene Wolfe）"Golden City Far"
◇中編
チャイナ・ミエヴィル（China Miéville）"Reports of Certain Events in London"
ケリー・リンク（Kelly Link）「妖精のハンドバッグ」(『マジック・フォー・ビギナー

◇短編
　ニール・ゲイマン（Neil Gaiman）"Forbidden Brides of the Faceless Slaves in the Nameless House of the Night of Dread Desire"
◇短編集
　ジョン・ヴァーリイ（John Varley）"The John Varley Reader"
◇アンソロジー
　ガードナー・ドゾワ（Gardner Dozois）〔編〕"The Year's Best Science Fiction: Twenty-First Annual Collection"
◇ノンフィクション
　アーシュラ・K.ル＝グウィン（Ursula K.Le Guin）「ファンタジーと言葉」"The Wave in the Mind"
◇アートブック
　Cathy Fenner, Arnie Fenner〔共編〕"Spectrum 11: The Best in Contemporary Fantastic Art"
◇編集者
　エレン・ダトロウ（Ellen Datlow）
◇雑誌
　"F&SF"
◇出版社／インプリント
　Tor
◇アーティスト
　マイケル・ウィーラン（Michael Whelan）

2006年
　◇SF長編
　　チャールズ・ストロス（Charles Stross）『アッチェレランド』"Accelerando"
　◇ファンタジー長編
　　ニール・ゲイマン（Neil Gaiman）「アナンシの血脈」"Anansi Boys"
　◇ヤングアダルト図書
　　ジェイン・ヨーレン（Jane Yolen），Adam Stemple "Pay the Piper"
　◇初長編
　　エリザベス・ベア（Elizabeth Bear）「Hammered 女戦士の帰還──サイボーグ士官ジェニー・ケイシー1」「Scardown 軌道上の戦い──サイボーグ士官ジェニー・ケイシー2」「Worldwired 黎明への使徒──サイボーグ士官ジェニー・ケイシー3」"Hammered" "Scardown" "Worldwired"
　◇長中編
　　ケリー・リンク（Kelly Link）「マジック・フォー・ビギナーズ」（『マジック・フォー・ビギナーズ』収録）"Magic for Beginners"
　◇中編
　　コリイ・ドクトロウ（Cory Doctorow）「I：ロボット」（「S-Fマガジン」2007年3月号）"I, Robot"
　◇短編
　　ニール・ゲイマン（Neil Gaiman）"Sunbird"
　◇短編集
　　ケリー・リンク（Kelly Link）「マジック・フォー・ビギナーズ」"Magic for Beginners"
　◇アンソロジー
　　エレン・ダトロウ（Ellen Datlow），ケリー・リンク（Kelly Link），ギャヴィン・J.グラント（Gavin J.Grant）〔共編〕"The Year's Best Fantasy & Horror: 18th Annual Collection"
　◇ノンフィクション
　　ケイト・ウィルヘルム（Kate Wilhelm）"Storyteller: Writing Lessons and More from 27 Years of the Clarion Writers' Workshop"
　◇アートブック
　　Cathy Fenner, Arnie Fenner〔共編〕"Spectrum 12: The Best in Contemporary Fantastic Art"
　◇編集者
　　エレン・ダトロウ（Ellen Datlow）
　◇雑誌
　　"F&SF"
　◇出版社／インプリント
　　Tor
　◇アーティスト
　　マイケル・ウィーラン（Michael Whelan）

2007年
　◇SF長編
　　ヴァーナー・ヴィンジ（Vernor Vinge）「レインボーズ・エンド」"Rainbows End"
　◇ファンタジー長編
　　エレン・カシュナー（Ellen Kushner）「剣の名誉」"The Privilege of the Sword"

◇ヤングアダルト図書
　テリー・プラチェット（Terry Pratchett）"Wintersmith"
◇初長編
　ナオミ・ノヴィク（Naomi Novik）「テメレア戦記1―気高き王家の翼」「テメレア戦記2―翡翠の玉座」「テメレア戦記3―黒雲の彼方へ」"Temeraire: His Majesty's Dragon" "Throne of Jade" "Black Powder War"
◇長中編
　チャールズ・ストロス（Charles Stross）"Missile Gap"
◇中編
　コリイ・ドクトロウ（Cory Doctorow）「シスアドが世界を支配するとき」（「S-Fマガジン」2008年3月号）"When Sysadmins Ruled the Earth"
◇短編
　ニール・ゲイマン（Neil Gaiman）「パーティで女の子に話しかけるには」（『壊れやすいもの』収録）"How to Talk to Girls at Parties"
◇短編集
　ニール・ゲイマン（Neil Gaiman）「壊れやすいもの」"Fragile Things"
◇アンソロジー
　ガードナー・ドゾワ（Gardner Dozois）〔編〕"The Year's Best Science Fiction: Twenty-third Annual Collection"
◇ノンフィクション
　Julie Phillips "James Tiptree, Jr.: The Double Life of Alice B. Sheldon"
◇アートブック
　Cathy Fenner, Arnie Fenner〔共編〕"Spectrum 13: The Best in Contemporary Fantastic Art"
◇編集者
　エレン・ダトロウ（Ellen Datlow）
◇雑誌
　"F&SF"
◇出版社/インプリント
　Tor
◇アーティスト
　ジョン・ピカシオ（John Picacio）

2008年
◇SF長編
　マイケル・シェイボン（Michael Chabon）「ユダヤ警官同盟」"The Yiddish Policemen's Union"
◇ファンタジー長編
　テリー・プラチェット（Terry Pratchett）"Making Money"
◇ヤングアダルト図書
　チャイナ・ミエヴィル（China Miéville）「アンランダン」"Un Lun Dun"
◇初長編
　ジョー・ヒル（Joe Hill）"Heart-Shaped Box"
◇長中編
　コリイ・ドクトロウ（Cory Doctorow）"After the Siege"
◇中編
　ニール・ゲイマン（Neil Gaiman）"The Witch's Headstone"
◇短編
　マイクル・スワンウィック（Michael Swanwick）"A Small Room in Koboldtown"
◇短編集
　コニー・ウィリス（Connie Willis）「マーブル・アーチの風」"The Winds of Marble Arch and Other Stories"
◇アンソロジー
　ガードナー・ドゾワ（Gardner Dozois）, ジョナサン・ストラハン（Jonathan Strahan）〔共編〕"The New Space Opera"
◇ノンフィクション
　バリー・N・マルツバーグ（Barry N. Malzberg）"Breakfast in the Ruins"
◇アートブック
　ショーン・タン（Shaun Tan）「アライバル」"The Arrival"
◇編集者
　エレン・ダトロウ（Ellen Datlow）
◇雑誌
　"F&SF"
◇出版社/インプリント
　Tor
◇アーティスト
　チャールズ・ヴェス（Charles Vess）

2009年
◇SF長編

ニール・スティーヴンスン（Neal Stephenson）"Anathem"
◇ファンタジー長編
アーシュラ・K.ル＝グウィン（Ursula K.Le Guin）「ラヴィーニア」 "Lavinia"
◇ヤングアダルト小説
ニール・ゲイマン（Neil Gaiman）「墓場の少年―ノーボディ・オーエンズの奇妙な生活」 "The Graveyard Book"
◇初長編
ポール・メルコ（Paul Melko）「天空のリング」 "Singularity's Ring"
◇長中編
ケリー・リンク（Kelly Link）「プリティ・モンスターズ」（『プリティ・モンスターズ』収録） "Pretty Monsters"
◇中編
パオロ・バチガルピ（Paolo Bacigalupi）「第六ポンプ」（『第六ポンプ』収録） "Pump Six"
◇短編
テッド・チャン（Ted Chiang）「息吹」 "Exhalation"
◇短編集
パオロ・バチガルピ（Paolo Bacigalupi）「第六ポンプ」 "Pump Six and Other Stories"
◇アンソロジー
ガードナー・ドゾワ（Gardner Dozois）〔編〕 "The Year's Best Science Fiction: Twenty-fifth Annual Collection"
◇ノンフィクション/アートブック
ニール・ゲイマン（Neil Gaiman），P.クレイグ・ラッセル（P.Craig Russell）〔adapted and illustrated〕 "Coraline: The Graphic Novel"
◇編集者
エレン・ダトロウ（Ellen Datlow）
◇雑誌
"F&SF"
◇出版社/インプリント
Tor
◇アーティスト
マイケル・ウィーラン（Michael Whelan）

2010年
◇SF長編
シェリー・プリースト（Cherie Priest）「ボーンシェイカー」 "Boneshaker"
◇ファンタジー長編
チャイナ・ミエヴィル（China Miéville）「都市と都市」 "The City & the City"
◇ヤングアダルト小説
スコット・ウエスターフェルド（Scott Westerfeld）「リヴァイアサン―クジラと蒸気機関」 "Leviathan"
◇初長編
パオロ・バチガルピ（Paolo Bacigalupi）「ねじまき少女」 "The Windup Girl"
◇長中編
ケイジ・ベイカー（Kage Baker）"The Women of Nell Gwynne's"
◇中編
ピーター・S.ビーグル（Peter S.Beagle）"By Moonlight"
◇短編
ニール・ゲイマン（Neil Gaiman）"An Invocation of Incuriosity"
◇短編集
ジーン・ウルフ（Gene Wolfe）"The Best of Gene Wolfe"（別題 "The Very Best of Gene Wolfe"）
◇アンソロジー
ガードナー・ドゾワ（Gardner Dozois），ジョナサン・ストラハン（Jonathan Strahan）〔共編〕 "The New Space Opera 2"
◇ノンフィクション/アートブック
アーシュラ・K.ル＝グウィン（Ursula K.Le Guin）「いまファンタジーにできること」 "Cheek by Jowl: Essays"
◇編集者
エレン・ダトロウ（Ellen Datlow）
◇雑誌
"F&SF"
◇出版社/インプリント
Tor
◇アーティスト
マイケル・ウィーラン（Michael Whelan）

2011年
◇SF長編
コニー・ウィリス（Connie Willis）「ブラックアウト」「オール・クリア」

"Blackout" "All Clear"
◇ファンタジー長編
　チャイナ・ミエヴィル（China Miéville）「クラーケン」 "Kraken"
◇ヤングアダルト図書
　パオロ・バチガルピ（Paolo Bacigalupi）「シップブレイカー」 "Ship Breaker"
◇初長編
　N.K.ジェミシン（N.K.Jemisin）「空の都の神々は」 "The Hundred Thousand Kingdoms"
◇長中編
　テッド・チャン（Ted Chiang）「ソフトウェア・オブジェクトのライフサイクル」 "The Lifecycle of Software Objects"
◇中編
　ニール・ゲイマン（Neil Gaiman） "The Truth Is a Cave in the Black Mountains"
◇短編
　ニール・ゲイマン（Neil Gaiman） "The Thing About Cassandra"
◇短編集
　フリッツ・ライバー（Fritz Leiber） "Selected Stories"
◇アンソロジー
　ジョージ・R.R.マーティン（George R.R. Martin）、ガードナー・ドゾワ（Gardner Dozois）〔共編〕 "Warriors"
◇ノンフィクション
　ウィリアム・H.パターソン Jr.（William H. Patterson,Jr.） "Robert A. Heinlein：In Dialogue with His Century：Volume1：1907-1948：Learning Curve"
◇アートブック
　Cathy Fenner, Arnie Fenner〔共編〕 "Spectrum 17: The Best in Contemporary Fantastic Art"
◇編集者
　エレン・ダトロウ（Ellen Datlow）
◇雑誌
　"Asimov's"
◇出版社/インプリント
　Tor
◇アーティスト
　ショーン・タン（Shaun Tan）

2012年
◇SF長編
　チャイナ・ミエヴィル（China Miéville）「言語都市」 "Embassytown"
◇ファンタジー長編
　ジョージ・R.R.マーティン（George R.R. Martin）「竜との舞踏」 "A Dance with Dragons"
◇ヤングアダルト図書
　キャサリン・M.ヴァレンテ（Catherynne M.Valente）「宝石の筏で妖精国を旅した少女」 "The Girl Who Circumnavigated Fairyland in a Ship of Her Own Making"
◇初長編
　エリン・モーゲンスターン（Erin Morgenstern）「夜のサーカス」 "The Night Circus"
◇長中編
　キャサリン・M.ヴァレンテ（Catherynne M.Valente） "Silently and Very Fast"
◇中編
　キャサリン・M.ヴァレンテ（Catherynne M.Valente） "White Lines on a Green Field"
◇短編
　ニール・ゲイマン（Neil Gaiman） "The Case of Death and Honey"
◇短編集
　ティム・パワーズ（Tim Powers） "The Bible Repairman and Other Stories"
◇アンソロジー
　ガードナー・ドゾワ（Gardner Dozois）〔編〕 "The Year's Best Science Fiction: Twenty-eighth Annual Collection"
◇ノンフィクション
　ギャリー・K.ウルフ（Gary K.Wolfe） "Evaporating Genres: Essays on Fantastic Literature"
◇アートブック
　Cathy Fenner, Arnie Fenner〔共編〕 "Spectrum 18: The Best in Contemporary Fantastic Art"
◇編集者
　エレン・ダトロウ（Ellen Datlow）
◇雑誌

"Asimov's"
◇出版社/インプリント
　Tor
◇アーティスト
　ショーン・タン（Shaun Tan）

2013年
◇SF長編
　ジョン・スコルジー（John Scalzi）「レッドスーツ」 "Redshirts"
◇ファンタジー長編
　チャールズ・ストロス（Charles Stross）"The Apocalypse Codex"
◇ヤングアダルト図書
　チャイナ・ミエヴィル（China Miéville）"Railsea"
◇初長編
　Saladin Ahmed "Throne of the Crescent Moon"
◇長中編
　ナンシー・クレス（Nancy Kress）"After the Fall, Before the Fall, During the Fall"
◇中編
　パット・キャディガン（Pat Cadigan）「スシになろうとした女」「S-Fマガジン」2014年3月号）"The Girl-Thing Who Went Out for Sushi"
◇短編
　アリエット・ドボダール（Aliette de Bodard）「没入」"Immersion"
◇短編集
　エリザベス・ベア（Elizabeth Bear）「ショゴス開花」"Shoggoths in Bloom"
◇アンソロジー
　ジョナサン・ストラハン（Jonathan Strahan）〔編〕"Edge of Infinity"
◇ノンフィクション
　ウイリアム・ギブスン（William Gibson）"Distrust That Particular Flavor"
◇アートブック
　Cathy Fenner, Arnie Fenner "Spectrum 19: The Best in Contemporary Fantastic Art"
◇編集者
　エレン・ダトロウ（Ellen Datlow）
◇雑誌
　"Asimov's"
◇出版社/インプリント
　Tor
◇アーティスト
　マイケル・ウィーラン（Michael Whelan）

2014年
◇SF長編
　ジェイムズ・S.A.コーリイ（James S.A. Corey）"Abaddon's Gate"
◇ファンタジー長編
　ニール・ゲイマン（Neil Gaiman）"The Ocean at the End of the Lane"
◇ヤングアダルト図書
　キャサリン・M.ヴァレンテ（Catherynne M. Valente）"The Girl Who Soared Over Fairyland and Cut the Moon in Two"
◇初長編
　アン・レッキー（Ann Leckie）「叛逆航路」"Ancillary Justice"
◇長中編
　キャサリン・M.ヴァレンテ（Catherynne M.Valente）"Six-Gun Snow White"
◇中編
　ニール・ゲイマン（Neil Gaiman）"The Sleeper and the Spindle"
◇短編
　ケイトリン・R.キアナン（Caitlín R. Kiernan）「縫い針の道」「S-Fマガジン」2015年8月号）"The Road of Needles"
◇短編集
　コニー・ウィリス（Connie Willis）「ザ・ベスト・オブ・コニー・ウィリス―混沌（カオス）ホテル」「ザ・ベスト・オブ・コニー・ウィリス―空襲警報」"The Best of Connie Willis"
◇アンソロジー
　ジョージ・R.R.マーティン（George R.R. Martin），ガードナー・ドゾワ（Gardner Dozois）〔共編〕"Old Mars"
◇ノンフィクション
　ジェフ・ヴァンダミア（Jeff VanderMeer）"Wonderbook: The Illustrated Guide to Creating Imaginative Fiction"
◇アートブック
　Cathy Fenner, Arnie Fenner "Spectrum 20: The Best in Contemporary Fantastic Art"
◇編集者

エレン・ダトロウ（Ellen Datlow）
◇雑誌
　"Asimov's"
◇出版社/インプリント
　Tor
◇アーティスト
　マイケル・ウィーラン（Michael Whelan）

2015年
◇SF長編
　アン・レッキー（Ann Leckie）"Ancillary Sword"
◇ファンタジー長編
　Katherine Addison "The Goblin Emperor"
◇ヤングアダルト図書
　Joe Abercrombie "Half a King"
◇初長編
　Mary Rickert "The Memory Garden"
◇長中編
　ナンシー・クレス（Nancy Kress）"Yesterday's Kin"
◇中編
　Joe Abercrombie "Tough Times All Over"

◇短編
　Amal El-Mohtar "The Truth About Owls"
◇短編集
　ジェイ・レイク（Jay Lake）"Last Plane to Heaven"
◇アンソロジー
　ジョージ・R.R.マーティン（George R.R. Martin），ガードナー・ドゾワ（Gardner Dozois）〔共編〕"Rogues"
◇ノンフィクション
　ジョー・ウォルトン（Jo Walton）"What Makes This Book So Great"
◇アートブック
　John Fleskes〔編〕"Spectrum 21: The Best in Contemporary Fantastic Art"
◇編集者
　エレン・ダトロウ（Ellen Datlow）
◇雑誌
　"Tor.com"
◇出版社/インプリント
　Tor
◇アーティスト
　ジョン・ピカシオ（John Picacio）

児童文学

043 アストリッド・リンドグレーン記念文学賞 Litteratur-priset till Astrid Lindgrens minne（Astrid Lindgren Memorial Award）

スウェーデン政府が主催する国際的な賞で,児童・青少年向け文学の作家等に贈られる。「長くつ下のピッピ」や「ロッタちゃん」シリーズなどで知られる,スウェーデンの児童文学作家・編集者のアストリッド・リンドグレーン（Astrid Lindgren 1907-2002）を記念し,2002年に創設された。2005年には絵本作家の荒井良二が受賞。

【主催者】スウェーデン政府（管理：Swedish Arts Council）
【選考委員】児童文学・ヤングアダルト作品や読書の推進活動、また子どもたちの権利に対する国際的で幅広い専門知識を持つ12名の審査員。作家,文芸評論家,学者,イラストレーター,図書館員を含む。アストリッド・リンドグレーンの家族から1名が加わる
【選考方法】審査員による選考。1人（団体）または複数に授与する
【選考基準】〔対象〕児童文学およびヤングアダルト作品の著者,イラストレーター,口述の語り手,読書の推奨活動者。言語や国籍は問わない。存命者を対象とする。審査員および以前の受賞者を候補に挙げることはできない
【締切・発表】例年1月に候補者推薦の募集を開始,5月半ばに締め切る。審査員と以前の受賞者は候補者の推薦ができる。ノミネートリストは,10月に行われるフランクフルト・ブックフェアで発表される。3月に最終審査のための会議をし,終了後の記者会見で受賞者を発表。授賞式は,5～6月にストックホルムで行われる
【賞・賞金】賞金500万スウェーデンクローナ
【URL】http：//www.alma.se/

2003年
　クリスティーネ・ネストリンガー
　　（Christine Nostlinger）
　モーリス・センダック（Maurice Sendak）
2004年
　リジア・ボジュンガ・ヌーネス（Lygia Bojunga Nunes）
2005年
　荒井良二（Ryôji Arai）
　フィリップ・プルマン（Philip Pullman）
2006年
　キャサリン・パターソン（Katherine Paterson）
2007年
　Banco del Libro
2008年
　ソーニャ・ハートネット（Sonya Hartnett）
2009年
　Tamer Institute
2010年
　キティ・クローザー（Kitty Crowther）
2011年
　ショーン・タン（Shaun Tan）
2012年
　フース・コイヤー（Guus Kuijer）
2013年
　イソール（Isol）
2014年
　バルブロ・リンドグレン（Barbro Lindgren）
2015年
　PRAESA

044　ガーディアン児童文学賞　Guardian Children's Fiction Prize(Guardian Award)

　1967年に創設されたイギリスの代表的な児童文学賞。ガーディアン賞(Guardian Award)とも呼ばれる。イギリスで出版された,8才以上の児童やヤングアダルト向けのフィクション作品に贈られる。かつてはイギリス国籍の作家のみを選考対象としていたが,2012年より他国籍の作家も対象となった。またロングリストにノミネートされた作品は18歳以下の個人または学校単位で参加できるレビューコンテスト「Guardian young critics competition」のレビュー対象作品となる。

【主催者】日刊紙「ガーディアン」(The Guardian)
【選考委員】3名の児童作家(大抵前年の受賞者を含む)と委員長で構成する。(2015年) Julia Eccleshare(委員長、ガーディアン・チルドレン・ブックスの編集者)、ピアーズ・トーデイ(Piers Torday)、ジェニー・ヴァレンタイン(Jenny Valentine)、他作家1名
【選考基準】一度受賞した作家は除く。(2015年)対象：2014年8月1日～2015年7月31日にイギリスで出版された英語の図書
【締切・発表】(2015年)提出期限は2015年5月1日受け取り分までとする。ロングリスト(8作)を7月に発表。ショートリスト(4作)を10月に発表。受賞者は11月19日にロンドンのガーディアン・オフィスで催されるセレモニーで発表される。レビューコンテスト「Guardian young critics competition」の受賞者も招待される。
【賞・賞金】賞金1500ポンド。レビューコンテストの受賞者(個人10名と学校1校)には、ロングリストの8冊と20ポンドの図書カードを授与
【URL】http://books.guardian.co.uk/

1967年
　レオン・ガーフィールド(Leon Garfield)「霧の中の悪魔」"Devil-in-the-Fog"
1968年
　アラン・ガーナー(Alan Garner)「ふくろう模様の皿」"The Owl Service"
1969年
　ジョーン・エイケン(Joan Aiken)「ささやき山の秘密」"The Whispering Mountain"
1970年
　K.M.ペイトン(K.M.Peyton)「フランバース屋敷の人々」"Flambards"
1971年
　ジョン・クリストファー(John Christopher)"The Guardians"
1972年
　ジリアン・エイブリ(Gillian Avery)「がんばれウィリー」"A Likely Lad"
1973年
　リチャード・アダムズ(Richard Adams)「ウォーターシップ・ダウンのうさぎたち」"Watership Down"
1974年
　バーバラ・ウィラード(Barbara Willard)"The Iron Lily"
1975年
　ウィニフレッド・カウリー(Winifred Cawley)"Gran at Coalgate"
1976年
　ニーナ・ボーデン(Nina Bawden)「ペパーミント・ピッグのジョニー」"The Peppermint Pig"
1977年
　ピーター・ディキンスン(Peter Dickinson)「青い鷹」"The Blue Hawk"
1978年
　ダイアナ・ウィン・ジョーンズ(Diana

Wynne Jones)「魔女集会通り26番地」（別題「魔女と暮らせば―大魔法使いクレストマンシー」）"Charmed Life"

1979年
　アンドリュー・デイヴィス（Andrew Davies）"Conrad's War"

1980年
　アン・シェリー（Ann Schlee）"The Vandal"

1981年
　ピーター・カーター（Peter Carter）「反どれい船」"The Sentinels"

1982年
　ミシェル・マゴリアン（Michelle Magorian）「おやすみなさいトムさん」"Goodnight Mister Tom"

1983年
　アニタ・デザイ（Anita Desai）「ぼくの村が消える！」"The Village by the Sea"

1984年
　ディック・キング＝スミス（Dick King-Smith）「子ブタ シープピッグ」"The Sheep-Pig"

1985年
　テッド・ヒューズ（Ted Hughes）"What is the Truth？"

1986年
　アン・ピリング（Ann Pilling）"Henry's Leg"

1987年
　ジェイムズ・オールドリッジ（James Aldridge）"The True Story of Spit MacPhee"

1988年
　ルース・トーマス（Ruth Thomas）"The Runaways"

1989年
　ジェラルディン・マコックラン（Geraldine McCaughrean）「不思議を売る男」"A Pack of Lies"

1990年
　アン・ファイン（Anne Fine）「ぎょろ目のジェラルド」"Goggle-Eyes"

1991年
　ロバート・ウェストール（Robert Westall）「海辺の王国」"The Kingdom by the Sea"

1992年
　ヒラリー・マッカイ（Hilary McKay）「夏休みは大さわぎ―わんぱく四人姉妹物語1」"The Exiles"
　レイチェル・アンダーソン（Rachel Anderson）"Paper Faces"

1993年
　ウィリアム・メイン（William Mayne）"Low Tide"

1994年
　シルヴィア・ウォー（Sylvia Waugh）「ブロックルハースト・グローブの謎の屋敷―メニム一家の物語」"The Mennyms"

1995年
　レスリー・ハワース（Lesley Howarth）"MapHead"

1996年
　フィリップ・プルマン（Philip Pullman）「黄金の羅針盤」"Northern Lights"

1997年
　メルヴィン・バージェス（Melvin Burgess）「ダンデライオン」"Junk"

1998年
　ヘンリエッタ・ブランフォード（Henrietta Branford）"Fire, Bed and Bone"

1999年
　スーザン・プライス（Susan Price）「500年のトンネル」"The Sterkarm Handshake"

2000年
　ジャクリーン・ウィルソン（Jacqueline Wilson）「タトゥーママ」"The Illustrated Mum"

2001年
　ケヴィン・クロスリー＝ホランド（Kevin Crossley-Holland）「ふたりのアーサー1 予言の石」"Arthur: The Seeing Stone"

2002年
　ソーニャ・ハートネット（Sonya Hartnett）「木曜日に生まれた子ども」"Thursday's Child"

2003年
    マーク・ハッドン（Mark Haddon）「夜中に犬に起こった奇妙な事件」"The Curious Incident of the Dog in the Night-Time"

2004年
    メグ・ローゾフ（Meg Rosoff）「わたしは生きていける—how i live now」"How I Live Now"

2005年
    ケイト・トンプソン（Kate Thompson）「時間のない国で」"The New Policeman"

2006年
    フィリップ・リーヴ（Philip Reeve）"A Darkling Plain"

2007年
    ジェニー・ヴァレンタイン（Jenny Valentine）「ヴァイオレットがぼくに残してくれたもの」"Finding Violet Park"

2008年
    パトリック・ネス（Patrick Ness）「心のナイフ」"The Knife of Never Letting Go"

2009年
    マル・ピート（Mal Peet）"Exposure"

2010年
    ミシェル・ペイヴァー（Michelle Paver）「決戦のとき」"Ghost Hunter"

2011年
    アンディ・ムリガン（Andy Mulligan）"Return to Ribblestrop"

2012年
    フランク・コットレル・ボイス（Frank Cottrell Boyce）"The Unforgotten Coat"

2013年
    レベッカ・ステッド（Rebecca Stead）「ウソつきとスパイ」"Liar and Spy"

2014年
    ピアーズ・トーデイ（Piers Torday）"The Dark Wild"

2015年
    デイヴィッド・アーモンド（David Almond）"A Song for Ella Grey"

045　カーネギー賞　Carnegie Medal

　イギリスで毎年優れた子どもの本に贈られる児童文学賞。児童書の価値の認識が高まる中、図書館の後援を積極的に行った慈善家アンドリュー・カーネギー（Andrew Carnegie 1835-1919）の名を冠して1936年にイギリス図書館協会が設立した。当初はイギリス国内で出版されたイギリス国籍の作家による作品のみが対象だったが、69年以降は国籍を問わず、英語で書かれ、イギリス国内で最初（もしくは他国と同時）に出版された作品全てに対象が広げられた。現在は2002年に創設された図書館情報専門家協会（CILIP）がケイト・グリーナウェイ賞と共に賞の授与を行っている。

【主催者】図書館情報専門家協会（CILIP：Chartered Institute of Library and Information Professionals）

【選考委員】13地域の代表13名（YLG：Youth Libraries Group のメンバーである図書館員）からなる

【選考方法】イギリス図書館協会の会員が前年度に刊行された作品から推薦し、選考委員会が検討する。審査では物語の枠組み、登場人物造形、文体などが重視される

【選考基準】英語で書かれ、最初にイギリスで出版された作品（フィクション・ノンフィクション）を対象とする。国籍不問、複数回受賞可

【締切・発表】2月末に応募を締切り、4月末から5月初めに候補作、7月に受賞作を発表する

【賞・賞金】金メダルと賞金500ポンド相当の書籍（希望するところへの寄贈が前提）

【URL】http://www.carnegiegreenaway.org.uk/

1936年
　アーサー・ランサム（Arthur Ransome）「ツバメ号の伝書バト」"Pigeon Post"

1937年
　イーヴ・ガーネット（Eve Garnett）「ふくろ小路一番地」"The Family from One End Street"

1938年
　ノエル・ストレトフィールド（Noel Streatfeild）「サーカスきたる」"The Circus is Coming"

1939年
　エリナー・ドーリィ（Eleanor Doorly）「キュリー夫人―光は悲しみをこえて」"Radium Woman"

1940年
　キティ・バーン（Kitty Barne）"Visitors from London"

1941年
　M. トレッドゴールド（Mary Treadgold）「あらしの島のきょうだい」"We Couldn't Leave Dinah"

1942年
　'BB'〔作〕，デニス・ワトキンス＝ピッチフォード（Denys Watkins-Pitchford）〔絵〕「灰色の小人たちと川の冒険」"The Little Grey Men"

1943年
　受賞作なし

1944年
　エリック・リンクレイタ（Eric Linklater）「変身動物園―カンガルーになった少女」"The Wind on the Moon"

1945年
　受賞作なし

1946年
　エリザベス・グージ（Elizabeth Goudge）「まぼろしの白馬」"The Little White Horse"

1947年
　ウォルター・デ・ラ・メア（Walter de la Mare）「デ・ラ・メア物語集」"Collected Stories for Children"

1948年
　リチャード・アームストロング（Richard Armstrong）「海に育つ」"Sea Change"

1949年
　アグネス・アレン（Agnes Allen）"The Story of Your Home"

1950年
　エルフリーダ・ヴァイポント（Elfrida Vipont Foulds）「ヒバリは空に」"The Lark on the Wing"

1951年
　シンシア・ハーネット（Cynthia Harnett）"The Wool-Pack"

1952年
　メアリー・ノートン（Mary Norton）「床下の小人たち」"The Borrowers"

1953年
　エドワード・オズマンド（Edward Osmond）"A Valley Grows Up"

1954年
　ロナルド・ウェルチ（Ronald Welch (Ronald Oliver Felton)）"Knight Crusader"

1955年
　エリナー・ファージョン（Eleanor Farjeon）「ムギと王さま」"The Little Bookroom"

1956年
　C.S. ルイス（C.S.Lewis）「さいごの戦い」"The Last Battle"

1957年
　ウィリアム・メイン（William Mayne）"A Grass Rope"

1958年
　フィリパ・ピアス（Philippa Pearce）「トムは真夜中の庭で」"Tom's Midnight Garden"

1959年
　ローズマリー・サトクリフ（Rosemary Sutcliff）「ともしびをかかげて」"The Lantern Bearers"

1960年
　イアン・ヴォルフラム・コーンウォール（Ian Wolfram Cornwall）「サルから人間へ」"The Making of Man"
1961年
　ルーシー・ボストン（Lucy M.Boston）「グリーン・ノウのお客さま」"A Stranger at Green Knowe"
1962年
　ポーリン・クラーク（Pauline Clarke）「魔神と木の兵隊」"The Twelve and the Genii"
1963年
　ヘスター・バートン（Hester Burton）"Time of Trial"
1964年
　シーナ・ポーター（Sheena Porter）"Nordy Bank"
1965年
　フィリップ・ターナー（Philip Turner）「ハイ・フォースの地主屋敷」"The Grange at High Force"
1966年
　受賞作なし
1967年
　アラン・ガーナー（Alan Garner）「ふくろう模様の皿」"The Owl Service"
1968年
　ローズマリー・ハリス（Rosemary Harris）「ノアの箱船にのったのは？」"The Moon in the Cloud"
1969年
　キャスリーン・M.ペイトン（Kathleen M. Peyton）「雲のはて」"The Edge of the Cloud"
1970年
　レオン・ガーフィールド（Leon Garfield），エドワード・ブリッシェン（Edward Blishen）「ギリシア神話物語」"The God Beneath the Sea"
1971年
　アイヴァン・サウスオール（Ivan Southall）「ジョシュ」"Josh"
1972年
　リチャード・アダムズ（Richard Adams）「ウォーターシップ・ダウンのうさぎたち」"Watership Down"
1973年
　ペネロピ・ライヴリィ（Penelope Lively）「トーマス・ケンプの幽霊」"The Ghost of Thomas Kempe"
1974年
　モリー・ハンター（Mollie Hunter）「砦」"The Stronghold"
1975年
　ロバート・ウェストール（Robert Westall）「"機関銃要塞"の少年たち」"The Machine-Gunners"
1976年
　ジャン・マーク（Jan Mark）「ライトニングが消える日」"Thunder and Lightnings"
1977年
　ジーン・ケンプ（Gene Kemp）「わんぱくタイクの大あれ三学期」"The Turbulent Term of Tyke Tiler"
1978年
　デヴィッド・リーズ（David Rees）"The Exeter Blitz"
1979年
　ピーター・ディキンスン（Peter Dickinson）"Tulku"
1980年
　ピーター・ディキンスン（Peter Dickinson）「聖書伝説物語」"City of Gold"
1981年
　ロバート・ウェストール（Robert Westall）「かかし」"The Scarecrows"
1982年
　マーガレット・マーヒー（Margaret Mahy）「足音がやってくる」"The Haunting"
1983年
　ジャン・マーク（Jan Mark）「夏・みじかくて長い旅」"Handles"
1984年
　マーガレット・マーヒー（Margaret Mahy）「めざめれば魔女」"The Changeover"
1985年
　ケヴィン・クロスリー＝ホランド（Kevin

Crossley-Holland)「あらし」"Storm"

1986年
バーリー・ドハティ（Berlie Doherty）「シェフィールドを発つ日」"Granny was a Buffer Girl"

1987年
スーザン・プライス（Susan Price）「ゴースト・ドラム」"The Ghost Drum"

1988年
ジェラルディン・マコックラン（Geraldine McCaughrean）「不思議を売る男」"A Pack of Lies"

1989年
アン・ファイン（Anne Fine）「ぎょろ目のジェラルド」"Goggle-Eyes"

1990年
ジリアン・クロス（Gillian Cross）「オオカミのようにやさしく」"Wolf"

1991年
バーリー・ドハティ（Berlie Doherty）「ディア・ノーバディ」"Dear Nobody"

1992年
アン・ファイン（Anne Fine）「フラワー・ベイビー」"Flour Babies"

1993年
ロバート・スウィンデルズ（Robert Swindells）"Stone Cold"

1994年
テレサ・ブレスリン（Theresa Breslin）"Whispers in the Graveyard"

1995年
フィリップ・プルマン（Philip Pullman）「黄金の羅針盤」"His Dark Materials: Book 1 Northern Lights"（アメリカ版タイトル：The Golden Compass）

1996年
メルヴィン・バージェス（Melvin Burgess）「ダンデライオン」"Junk"

1997年
ティム・バウラー（Tim Bowler）「川の少年」"River Boy"

1998年
デイヴィッド・アーモンド（David Almond）「肩胛骨は翼のなごり」"Skellig"

1999年
エイダン・チェンバーズ（Aidan Chambers）「二つの旅の終わりに」"Postcards from No Man's Land"

2000年
ビヴァリー・ナイドゥー（Beverley Naidoo）「真実の裏側」"The Other Side of Truth"

2001年
テリー・プラチェット（Terry Pratchett）「天才ネコモーリスとその仲間たち」"The Amazing Maurice and His Educated Rodents"

2002年
シャロン・クリーチ（Sharon Creech）「ルビーの谷」"Ruby Holler"

2003年
ジェニファー・ドネリー（Jennifer Donnelly）"A Gathering Light"

2004年（2005年授賞）
フランク・コットレル・ボイス（Frank Cottrell Boyce）「ミリオンズ」"Millions"

2005年（2006年授賞）
マル・ピート（Mal Peet）"Tamar"

2007年
メグ・ローゾフ（Meg Rosoff）「ジャストインケース—終わりのはじまりできみを想う」"Just in Case"

2008年
フィリップ・リーヴ（Philip Reeve）「アーサー王ここに眠る」"Here Lies Arthur"

2009年
シヴォーン・ダウド（Siobhan Dowd）「ボグ・チャイルド」"Bog Child"

2010年
ニール・ゲイマン（Neil Gaiman）「墓場の少年—ノーボディ・オーエンズの奇妙な生活」"The Graveyard Book"

2011年
パトリック・ネス（Patrick Ness）「人という怪物」"Monsters of Men"

2012年
パトリック・ネス（Patrick Ness）「怪物は

ささやく」 "A Monster Calls"
2013年
　サリー・ガードナー(Sally Gardner)「マザーランドの月」"Maggot Moon"
2014年
　ケヴィン・ブルックス(Kevin Brooks) "The Bunker Diary"
2015年
　タニア・ランドマン(Tanya Landman) "Buffalo Soldier"

046　ケイト・グリーナウェイ賞　Kate Greenaway Medal

優れた子どもの本の絵に贈られるイギリスの賞。1956年にイギリス図書館協会ユース・サービス・グループにより創設された。賞名は、イギリスの著名な絵本作家・挿絵画家であるケイト・グリーナウェイ(Kate Greenaway 1846-1901)にちなむ。絵本、挿絵に与えられる賞としてはアメリカのコルデコット賞とならんで権威をもつ。

【主催者】図書館情報専門家協会(CILIP：the Chartered Institute of Library and Information Professionals)
【選考委員】13地域の代表13名(YLG：Youth Libraries Group のメンバーである図書館員)からなる
【選考方法】イギリス図書館協会の会員が前年度に刊行された作品から推薦し、選考委員会が検討する。審査では芸術性から本の外形、本文との調和・相互作用、読者に与える視覚的効果などが重視される
【選考基準】最初にイギリス国内で出版された、英語で書かれた作品を対象とする。複数回受賞可、国籍不問
【締切・発表】2月末に応募を締切り、4月末から5月初めに候補作、7月に受賞作を発表する
【賞・賞金】金メダルと賞金500ポンド相当の書籍(希望するところへの寄贈が前提)。合わせて賞金5000ポンドをColin Mears賞として授与
【URL】http://www.carnegiegreenaway.org.uk/

1955年
　受賞作なし
1956年
　エドワード・アーディゾーニ(Edward Ardizzone)「チムひとりぼっち」"Tim All Alone"
1957年
　V.H.ドラモンド(Violet Hilda Drummond) "Mrs.Easter and the Storks"
1958年
　受賞作なし
1959年
　ウィリアム・シュトップス(William Stobbs) "Kashtanka" "Bundle of Ballads"

1960年
　ジェラルド・ローズ(Gerald Rose) "Old Winkle and the Seagulls"
1961年
　アンソニー・メイトランド(Anthony Maitland) "Mrs.Cockle's Cat"
1962年
　ブライアン・ワイルドスミス(Brian Wildsmith)「ブライアンワイルドスミスのABC」"Brian Wildsmith's ABC"
1963年
　ジョン・バーニンガム(John Burningham)「ボルカ—はねなしガチョウのぼうけん」"Borka: The Adventures of a Goose with No Feathers"

1964年
　ウォルター・ホッジズ（C.Walter Hodges）「シェイクスピアの劇場—グローブ座の歴史」"Shakespeare's Theatre"

1965年
　ヴィクター・アンブラス（Victor G. Ambrus）"Three Poor Tailors"

1966年
　レイモンド・ブリッグズ（Raymond Briggs）「マザーグースのたからもの」"Mother Goose Treasury"

1967年
　チャールズ・キーピング（Charles Keeping）"Charlotte and the Golden Canary"

1968年
　ポーリン・ベインズ（Pauline Baynes）「西洋騎士道事典」"A Dictionary of Chivalry"

1969年
　ヘレン・オクセンバリー（Helen Oxenbury）「うちのペットはドラゴン」"The Dragon of an Ordinary Family"および「カングル・ワングルのぼうし」"The Quangle-Wangle's Hat"

1970年
　ジョン・バーニンガム（John Burningham）「ガンピーさんのふなあそび」"Mr. Gumpy's Outing"

1971年
　ジャン・ピエンコフスキー（Jan Pienkowski）「海の王国」"The Kingdom under the Sea"

1972年
　クリスティナ・トゥルスカ（Krystyna Turska）「きこりとあひる」"The Woodcutter's Duck"

1973年
　レイモンド・ブリッグズ（Raymond Briggs）「さむがりやのサンタ」"Father Christmas"

1974年
　パット・ハッチンス（Pat Hutchins）「風がふいたら」"The Wind Blew"

1975年
　ヴィクター・アンブラス（Victor G. Ambrus）「バイオリンひきのミーシカ」"Mishka"
　ヴィクター・アンブラス（Victor G. Ambrus）"Horses in Battle"

1976年
　ゲイル・E.ヘイリー（Gail E.Haley）「郵便局員ねこ」"The Post Office Cat"

1977年
　シャーリー・ヒューズ（Shirley Hughes）「ぼくのワンちゃん」"Dogger"

1978年
　ジャネット・アルバーグ（Janet Ahlberg）「もものき なしのき プラムのき」"Each Peach Pear Plum"

1979年
　ジャン・ピエンコフスキー（Jan Pienkowski）「おばけやしき」"The Haunted House"

1980年
　クェンティン・ブレイク（Quentin Blake）「マグノリアおじさん」"Mr.Magnolia"

1981年
　チャールズ・キーピング（Charles Keeping）"The Highwayman"

1982年
　マイケル・フォアマン（Michael Foreman）"Sleeping Beauty and Other Favorite Fairy Tales"および「ニョロロンとガラゴロン」"Long Neck and Thunder Foot"

1983年
　アンソニー・ブラウン（Anthony Browne）「すきですゴリラ」"Gorilla"

1984年
　エロール・ル・カイン（Errol Le Cain）「ハイワサのちいさかったころ」"Hiawatha's Childhood"

1985年
　Juan Wijngaard "Sir Gawain and the Loathly Lady"

1986年
　フィオナ・フレンチ（Fiona French）「スノーホワイト・イン・ニューヨーク」

"Snow White in New York"

1987年
エイドリエンヌ・ケナウェイ（Adrienne Kennaway）「やったねカメレオンくん」"Crafty Chameleon"

1988年
バーバラ・ファース（Barbara Firth）「ねむれないの？ ちいくまくん」"Can't you Sleep, Little Bear？"

1989年
マイケル・フォアマン（Michael Foreman）「ウォー・ボーイ―少年は最前線の村で大きくなった。」"War Boy：A Country Childhood"

1990年
ゲイリー・ブライズ（Gary Blythe）「くじらの歌ごえ」"The Whales' Song"

1991年
ジャネット・アルバーグ（Janet Ahlberg）「ゆかいなゆうびんやさんのクリスマス」"The Jolly Christmas Postman"

1992年
アンソニー・ブラウン（Anthony Browne）「どうぶつえん」"Zoo"

1993年
アラン・リー（Alan Lee）「トロイアの黒い船団」"Black Ships before Troy"

1994年
グレゴリー・ロジャーズ（Gregory Rogers）"Way Home"

1995年
P.J.リンチ（P.J.Lynch）"The Christmas Miracle of Jonathan Toomey"

1996年
ヘレン・クーパー（Helen Cooper）「いやだあさまであそぶんだい」"The Baby Who Wouldn't Go To Bed"

1997年
P.J.リンチ（P.J.Lynch）"When Jessie Came Across the Sea"

1998年
ヘレン・クーパー（Helen Cooper）「かぼちゃスープ」"Pumpkin Soup"

1999年
ヘレン・オクセンバリー（Helen Oxenbury）「ふしぎの国のアリス」"Alice's Adventures in Wonderland"

2000年
ローレン・チャイルド（Lauren Child）「ぜったいたべないからね」"I Will Not Ever Never Eat a Tomato"

2001年
クリス・リデル（Chris Riddell）「海賊日誌：少年ジェイク，帆船に乗る」"Pirate Diary"

2002年
ボブ・グラハム（Bob Graham）"Jethro Byrde-Fairy Child"

2003年
シャーリー・ヒューズ（Shirley Hughes）"Ella's Big Chance"

2004年
クリス・リデル（Chris Riddell）「ヴィジュアル版 ガリヴァー旅行記」"Jonathan Swift's 'Gulliver'"

2005年
エミリー・グラヴェット（Emily Gravett）「オオカミ」"Wolves"

2007年（2006年度）
ミニ・グレイ（Mini Grey）"The Adventures of the Dish and the Spoon"

2008年（2007年度）
エミリー・グラヴェット（Emily Gravett）"Little Mouse's Big Book of Fears"

2009年
キャサリン・レイナー（Catherine Rayner）"Harris Find His Feet"

2010年
フレヤ・ブラックウッド（Freya Blackwood）「さよならをいえるまで」"Harry & Hopper"

2011年
グラハム・ベイカー＝スミス（Grahame Baker-Smith）"FArTHER"

2012年
ジム・ケイ（Jim Kay）「怪物はささやく」"A Monster Calls"

2013年
　レーヴィ・ピンフォールド（Levi Pinfold）
　「ブラック・ドッグ」 "Black Dog"
2014年
　ジョン・クラッセン（Jon Klassen）「ちがうねん」 "This Is Not My Hat"
2015年
　ウィリアム・グリル（William Grill）"Shackleton's Journey"

047　国際アンデルセン賞　Hans Christian Andersen Award

　1956年,国際児童図書評議会（IBBY）により創設された国際児童文学賞。長期に渡り子どもの本に貢献してきたと認められる,存命の作家および画家の全業績を対象とする。その選考水準の高さから「小さなノーベル文学賞」ともいわれている。創設年から60年までの3回は個々の作品が対象だったが,62年から現在の作家賞という形式になった。また66年には作家賞と並んで画家賞も設けられた。デンマークの女王マルガリータⅡ世が後援している。日本人受賞者に,赤羽末吉（1980年・画家賞）,安野光雅（1984年・画家賞）,まど・みちお（1994年・作家賞）,上橋菜穂子（2014年・作家賞）がいる

【主催者】国際児童図書評議会（IBBY：International Board on Books for Young People）

【選考委員】国際選考委員会（委員長1名,委員9名）メンバーの選出は,各国のIBBY支部事務局より推薦を受けた候補者から,子どもと児童図書に関する業績,文学における高度な学術的知識,多言語への精通,多様な芸術文化の経験,地理的状況を考慮の上,IBBY本部理事会が行う

【選考方法】発表年前年の夏に各国事務局が各賞につき最高1名をIBBY本部に推薦する（候補者を出さない加盟国もある）。その後審査資料として,各候補者の全作品リスト,経歴等を英訳した書類および代表作冊（原則として原語のままだが,英語の要約が添えられる場合もある）が本部に届けられ,審査員は翌年春の審査会議まで,約半年をかけて資料を検討する。審査会議では,各審査員による意見交換,数回に渡る投票等の手順を経て最終候補を絞り,その中から各賞の受賞者を決定する

【選考基準】原則各部門1名とされ,存命の作家および画家の全業績を対象とする

【締切・発表】2年に一度,西暦偶数年に開催されるIBBY世界大会において,メダルと賞状の授与が行われる

【賞・賞金】アンデルセンのプロフィールが刻まれた金メダル,賞状

【URL】http://www.ibby.org./

1956年
◇名誉賞
　イエラ・レップマン（Jella Lepman　スイス）
◇作家賞
　エリナー・ファージョン（Eleanor Farjeon　イギリス）「ムギと王さま」 "The Little Bookroom"

1958年
◇作家賞
　アストリッド・リンドグレーン（Astrid Lindgren　スウェーデン）「さすらいの孤児ラスムス」 "Rasmus på luffen"

1960年
◇作家賞
　エーリヒ・ケストナー（Erich Kästner　西ドイツ）「わたしが子どもだったころ」 "Als ich ein kleiner Junge war"

1962年
◇作家賞
　マインダート・ディヤング（Meindert De Jong　アメリカ）

047 国際アンデルセン賞

児童文学

1964年
　◇作家賞
　　ルネ・ギヨ（René Guillot　フランス）
1966年
　◇作家賞
　　トーベ・ヤンソン（Tove Jansson　フィンランド）
　◇画家賞
　　アロワ・カリジェ（Alois Carigiet　西ドイツ）
1968年
　◇作家賞
　　ジェームス・クリュス（James Krüss　スペイン）
　　ホセ・マリア・サンチェス＝シルバ（José Maria Sánchez-Silva　スペイン）
　◇画家賞
　　イジー・トゥルンカ（Jiří Trnka　チェコスロバキア）
1970年
　◇作家賞
　　ジャンニ・ロダーリ（Gianni Rodari　イタリア）
　◇画家賞
　　モーリス・センダック（Maurice Sendak　アメリカ）
1972年
　◇作家賞
　　スコット・オデール（Scott O'Dell　アメリカ）
　◇画家賞
　　イブ・スパング・オルセン（Ib Spang Olsen　デンマーク）
1974年
　◇作家賞
　　マリア・グリーペ（Maria Gripe　スウェーデン）
　◇画家賞
　　ファルシード・メスガーリ（Farshid Mesghali　イラン）
1976年
　◇作家賞
　　セシル・ボトカー（Cecil Bødker　デンマーク）
　◇画家賞
　　タチヤーナ・マーヴリナ（Tatjana Mawrina　ソ連）
1978年
　◇作家賞
　　ポーラ・フォックス（Paula Fox　アメリカ）
　◇画家賞
　　スベン・オットー（Svend Otto S.　デンマーク）
1980年
　◇作家賞
　　ボフミル・ジーハ（Bohumil Říha　チェコスロバキア）
　◇画家賞
　　赤羽末吉（Suekichi Akaba　日本）
1982年
　◇作家賞
　　リジア・ボジュンガ・ヌーネス（Lygia Bojunga Nunes　ブラジル）
　◇画家賞
　　ズビグニェフ・リフリツキ（Zbigniew Rychlicki　ポーランド）
1984年
　◇作家賞
　　クリスティーネ・ネストリンガー（Christine Nöstlinger　オーストリア）
　◇画家賞
　　安野光雅（Mitsumasa Anno　日本）
1986年
　◇作家賞
　　パトリシア・ライトソン（Patricia Wrightson　オーストラリア）
　◇画家賞
　　ロバート・イングペン（Robert Ingpen　オーストラリア）
1988年
　◇作家賞
　　アニー・M.G.シュミット（Annie M.G. Schmidt　オランダ）
　◇画家賞
　　ドゥシャン・カーライ（Dušan Kállay　チェコスロバキア）
1990年
　◇作家賞
　　トールモー・ハウゲン（Tormod Haugen　ノルウェー）
　◇画家賞

リスベート・ツヴェルガー（Lisbeth Zwerger　オーストリア）

1992年
◇作家賞
ヴァージニア・ハミルトン（Virginia Hamilton　アメリカ）
◇画家賞
クヴィエタ・パツォウスカー（Květa Pacovská　チェコスロバキア）

1994年
◇作家賞
まど・みちお（Michio Mado　日本）
◇画家賞
イェルク・ミュラー（Jörg Müller　スイス）

1996年
◇作家賞
ウーリー・オルレブ（Uri Orlev　イスラエル）
◇画家賞
クラウス・エンジカット（Klaus Ensikat　ドイツ）

1998年
◇作家賞
キャサリン・パターソン（Katherine Paterson　アメリカ）
◇画家賞
トミー・ウンゲラー（Tomi Ungerer　フランス）

2000年
◇作家賞
アナ・マリア・マシャード（Ana Maria Machado　ブラジル）
◇画家賞
アンソニー・ブラウン（Anthony Browne　イギリス）

2002年
◇作家賞
エイダン・チェンバーズ（Aidan Chambers　イギリス）
◇画家賞
クェンティン・ブレイク（Quentin Blake　イギリス）

2004年
◇作家賞
マーティン・ワッデル（Martin Waddell　アイルランド）
◇画家賞
マックス・ベルジュイス（Max Velthuijs　オランダ）

2006年
◇作家賞
マーガレット・マーヒー（Margaret Mahy　ニュージーランド）
◇画家賞
ヴォルフ・エァルブルッフ（Wolf Erlbruch　ドイツ）

2008年
◇作家賞
ユルク・シュービガー（Jürg Schubiger　スイス）
◇画家賞
ロベルト・インノチェンティ（Roberto Innocenti　イタリア）

2010年
◇作家賞
デイヴィッド・アーモンド（David Almond　イギリス）
◇画家賞
ユッタ・バウアー（Jutta Bauer　ドイツ）

2012年
◇作家賞
マリア・テレサ・アンドルエット（Maria Teresa Andruetto　アルゼンチン）
◇画家賞
ピーター・シス（Peter Sís　チェコ共和国）

2014年
◇作家賞
上橋菜穂子（Nahoko Uehashi　日本）
◇画家賞
ホジェル・メロ（Roger Mello　ブラジル）

048　コルデコット賞　Caldecott Medal

アメリカで1938年以来毎年子ども向けの優れた絵本を描いた画家に贈られている賞。児童書における「絵」の役割に対する評価が高まる中,22年設立のニューベリー賞同様,フレデリック・G.メルチャーが37年発案,アメリカ図書館協会（ALA）が創設した。19世紀イギリスの絵本画家ランドルフ・コルデコット（Randolph Caldecott 1846-86）の名前を冠する。現在はALA児童部会（ALSC）が運営。画家への賞としては,イギリスのケイト・グリーナウェイ賞と並んで権威がある。次点作は「オナー・ブック」(Honor books)と呼ばれ,銀色のラベルを貼ることから「コルデコット賞銀賞作」とも言われる。同じくALSCが運営するニューベリー賞設立当初は,共通の委員により審査され,一作品が両賞を同時受賞できないことになっていたが,77年以降両賞受賞が可能となり,80年からはそれぞれ独立した委員会により審査が行われるようになった。

【主催者】アメリカ図書館協会児童部会（ALSC：Association for Library Service to Children）

【選考委員】ALSC会員で,ニューベリー賞とは異なる14名以上からなる

【選考基準】〔対象〕アメリカ国民または在住者によって前年にアメリカ国内で初めて出版・販売された14歳までの子ども向けの作品。死後出版された作品など,対象年より前に製作され,対象年に初めて刊行された作品も対象となる。ジャンルはフィクション・ノンフィクション・詩のいずれでもよく,形式は問わない。複数著者作品,一度受賞した作家の作品も対象になる。絵としての完成度が審査の中心となるが,絵が文章と一体となって物語の世界を表現し,子どもの心に訴えかける絵本となっているかどうかが評価される

【締切・発表】締切は刊行年の12月31日。翌年1月に行われるALAの年次総会で受賞作と次点作を発表する

【賞・賞金】受賞者の名を刻したブロンズ・メダル。なお,受賞作品の表紙にはメダルを形どった金色のラベルを,次点作品には銀色のラベルを貼る

【URL】http://www.ala.org/alsc/

1938年
　ドロシー・P.ラスロップ（Dorothy P. Lathrop）"Animals of the Bible, A Picture Book"

1939年
　トマス・ハンドフォース（Thomas Handforth）「メイリイとおまつり」"Mei Li"

1940年
　イングリとエドガー・パーリン・ドーレア（Ingri & Edgar Parin d'Aulaire）「エブラハム・リンカーン」"Abraham Lincoln"

1941年
　ロバート・ローソン（Robert Lawson）"They Were Strong and Good"

1942年
　ロバート・マックロスキー（Robert McCloskey）「かもさんおとおり」"Make Way for Ducklings"

1943年
　バージニア・リー・バートン（Virginia Lee Burton）「ちいさいおうち」"The Little House"

1944年
　ルイス・スロボトキン（Louis Slobodkin）「たくさんのお月さま」"Many Moons"

1945年
　エリザベス・オートン・ジョーンズ（Elizabeth Orton Jones）「おやすみかみさま」"Prayer for a Child"

1946年
　モードとミスカ・ピーターシャム（Maude & Miska Petersham）"The Rooster Crows"
1947年
　レナード・ワイスガード（Leonard Weisgard）「ちいさな島」"The Little Island"
1948年
　ロジャー・デュボアザン（Roger Duvoisin）「しろいゆき あかるいゆき」"White Snow, Bright Snow"
1949年
　ベルタとエルマー・ヘイダー（Berta & Elmer Hader）"The Big Snow"
1950年
　レオ・ポリティ（Leo Politi）「ツバメの歌」"Song of the Swallows"
1951年
　キャサリン・ミルハウス（Katherine Milhous）"The Egg Tree"
1952年
　ニコラス・モードヴィノフ（Nicholas Mordvinoff）「みつけたものとさわったもの」"Finders Keepers"
1953年
　リンド・ワード（Lynd Ward）「おおきくなりすぎたくま」"The Biggest Bear"
1954年
　ルドウィッヒ・ベーメルマンス（Ludwig Bemelmans）「マドレーヌといぬ」"Madeline's Rescue"
1955年
　マーシャ・ブラウン（Marcia Brown）「シンデレラ」"Cinderella, or the Little Glass Slipper"
1956年
　フョードル・ロジャンコフスキー（Feodor Rojankovsky）「かえるのだんなのけっこんしき」"Frog Went A-Courtin'"
1957年
　マーク・シーモント（Marc Simont）「木はいいなあ」"A Tree Is Nice"
1958年
　ロバート・マックロスキー（Robert McCloskey）「すばらしいとき」"Time of Wonder"
1959年
　バーバラ・クーニー（Barbara Cooney）「チャンティクリアときつね」"Chanticleer and the Fox"
1960年
　マリー・ホール・エッツ（Marie Hall Ets）「クリスマスまであと九日―セシのポサダの日」"Nine Days to Christmas"
1961年
　ニコラス・シドジャコフ（Nicolas Sidjakov）"Baboushka and the Three Kings"
1962年
　マーシャ・ブラウン（Marcia Brown）「あるひねずみが……」"Once a Mouse"
1963年
　エズラ・ジャック・キーツ（Ezra Jack Keats）「ゆきのひ」"The Snowy Day"
1964年
　モーリス・センダック（Maurice Sendak）「かいじゅうたちのいるところ」"Where the Wild Things Are"
1965年
　ベニ・モントレソール（Beni Montresor）「ともだちつれてよろしいですか」"May I Bring a Friend？"
1966年
　ノニー・ホグローギアン（Nonny Hogrogian）"Always Room for One More"
1967年
　エバリン・ネス（Evaline Ness）「へんてこりんなサムとねこ」"Sam, Bangs & Moonshine"
1968年
　エド・エンバリー（Ed Emberley）"Drummer Hoff"
1969年
　ユリー・シュルビッツ（Uri Shulevitz）「空とぶ船と世界一のばか」"The Fool of the World and the Flying Ship"

1970年
ウィリアム・スタイグ（William Steig）「ロバのシルベスターとまほうのこいし」"Sylvester and the Magic Pebble"

1971年
ゲイル・E.ヘイリー（Gail E.Haley）「おはなし おはなし」"A Story A Story"

1972年
ノニー・ホグローギアン（Nonny Hogrogian）「きょうはよいてんき」"One Fine Day"

1973年
ブレア・レント（Blair Lent）"The Funny Little Woman"

1974年
マーゴット・ツェマック（Margot Zemach）「ダフィと子鬼」"Duffy and the Devil"

1975年
ジェラルド・マクダーモット（Gerald McDermott）「太陽へとぶ矢」"Arrow to the Sun"

1976年
ディロン夫妻（Leo & Diane Dillon）「どうしてカはみみのそばでぶんぶんいうの」"Why Mosquitoes Buzz in People's Ears"

1977年
ディロン夫妻（Leo & Diane Dillon）「絵本アフリカの人びと―26部族のくらし」"Ashanti to Zulu: African Traditions"

1978年
ピーター・スピアー（Peter Spier）「ノアのはこ船」"Noah's Ark"

1979年
ポール・ゴーブル（Paul Goble）「野うまになったむすめ」"The Girl Who Loved Wild Horses"

1980年
バーバラ・クーニー（Barbara Cooney）「にぐるまひいて」"Ox-Cart Man"

1981年
アーノルド・ローベル（Arnold Lobel）「ローベルおじさんのどうぶつものがたり」"Fables"

1982年
クリス・ヴァン・オールズバーグ（Chris Van Allsburg）「ジュマンジ」"Jumanji"

1983年
マーシャ・ブラウン（Marcia Brown）「影ぼっこ」"Shadow"

1984年
アリス・プロヴィンセン（Alice Provensen），マーティン・プロヴィンセン（Martin Provensen）「パパの大飛行」"The Glorious Flight: Across the Channel with Louis Bleriot"

1985年
トリーナ・シャート・ハイマン（Trina Schart Hyman）"Saint George and the Dragon"

1986年
クリス・ヴァン・オールズバーグ（Chris Van Allsburg）「急行「北極号」」"The Polar Express"

1987年
リチャード・エギエルスキー（Richard Egielski）"Hey, Al"

1988年
ジョン・ショーエンヘール（John Schoenherr）「月夜のみみずく」"Owl Moon"

1989年
ステファン・ギャンメル（Stephen Gammell）"Song and Dance Man"

1990年
エド・ヤング（Ed Young）「ロンポポ―オオカミと三にんのむすめ」"Lon Po Po: A Red-Riding Hood Story from China"

1991年
デビッド・マコーレイ（David Macaulay）"Black and White"

1992年
ディヴィット・ウィーズナー（David Wiesner）「かようびのよる」"Tuesday"

1993年
エミリー・アーノルド・マッキュリー（Emily Arnold McCully）"Mirette on

the High Wire"
1994年
　アレン・セイ（Allen Say）「おじいさんの旅」 "Grandfather's Journey"
1995年
　ディヴィッド・ディアス（David Diaz）「スモーキーナイト―ジャスミンはけむりのなかで」 "Smoky Night"
1996年
　ペギー・ラスマン（Peggy Rathmann）「バックルさんとめいけんグロリア」 "Officer Buckle and Gloria"
1997年
　デイヴィッド・ウィスニーウスキー（David Wisniewski）「土でできた大男ゴーレム」 "Golem"
1998年
　ポール・O.ゼリンスキー（Paul O.Zelinsky）"Rapunzel"
1999年
　メアリー・アゼアリアン（Mary Azarian）「雪の写真家ベントレー」 "Snowflake Bentley"
2000年
　シムズ・タバック（Simms Taback）「ヨセフのだいじなコート」 "Joseph Had a Little Overcoat"
2001年
　デイビッド・スモール（David Small）"So You Want to Be President？"
2002年
　ディヴィッド・ウィーズナー（David Wiesner）「3びきのぶたたち」 "The Three Pigs"
2003年
　エリック・ローマン（Eric Rohmann）「はなうたウサギさん」 "My Friend Rabbit"
2004年
　モーディカイ・ガースティン（Mordicai Gerstein）「綱渡りの男」 "The Man Who Walked Between the Towers"
2005年
　ケヴィン・ヘンクス（Kevin Henkes）「まるおつきさまをおいかけて」 "Kitten's First Full Moon"
2006年
　クリス・ラシュカ（Chris Raschka）「こんにちは・さようならのまど」 "The Hello, Goodbye Window"
2007年
　ディヴィット・ウィーズナー（David Wiesner）「漂流物」 "Flotsam"
2008年
　ブライアン・セルズニック（Brian Selznick）「ユゴーの不思議な発明」 "The Invention of Hugo Cabret"
2009年
　ベス・クロムス（Beth Krommes）「よるのいえ」 "The House in the Night"
2010年
　ジェリー・ピンクニー（Jerry Pinkney）「ライオンとネズミ イソップ物語」 "The Lion & the Mouse"
2011年
　エリン・E.ステッド（Erin E.Stead）「エイモスさんが かぜを ひくと」 "A Sick Day for Amos McGee"
2012年
　クリス・ラシュカ（Chris Raschka）"A Ball for Daisy"
2013年
　ジョン・クラッセン（Jon Klassen）「ちがうねん」 "This Is Not My Hat"
2014年
　ブライアン・フロッカ（Brian Floca）"Locomotive"
2015年
　ダン・サンタット（Dan Santat）"The Adventures of Beekle: The Unimaginary Friend"
2016年
　ソフィー・ブラッコール（Sophie Blackall）"Finding Winnie: The True Story of the World's Most Famous Bear"

049　スコット・オデール賞　Scott O'Dell Award for Historical Fiction

アメリカの児童文学作家スコット・オデール（Scott O'Dell 1898-1989）により，1982年に創設された文学賞。児童・ヤングアダルト向けに書かれた歴史小説の年間最優秀作品に授与される。オデールは，若い読者が，自国や世界を形成するのに役立っている歴史的背景へ関心を高めてくれることを望んでおり，他の作家（特に新しい著者）に対し，歴史小説への注力を奨励すべく本賞を設置した。創設年およびその翌年は，対象である各前年の出版図書に賞に値する作品が見られなかったため授賞は見送られた。84年以降は毎年贈られている。87年には創設者のオデール自身が受賞したが，賞金はChildren's Book Councilに寄付された。

【主催者】スコット・オデール賞委員会（Scott O'Dell Awards Committee）
【選考委員】3人で構成されるスコット・オデール賞委員会：Roger Sutton（委員長，Horn Book社のチーフ・エディター），Ann Carlson（Oak Park and River Forest High Schoolのライブラリアン），Deborah Stevenson（The BulletinのエディターおよびThe Center for Children's Booksのディレクター）。1982年の開始時から当人が没する2002年までは，Zena Sutherland（シカゴ大学の児童文学名誉教授）が委員会を率いていた
【選考方法】スコット・オデール賞委員会による選定
【選考基準】〔対象〕児童もしくはヤングアダルト向けに書かれた歴史小説。該当年にアメリカの出版社から刊行された英語の本で，著者の国籍はアメリカであること。作品の設定が「新世界（the New World）」（カナダ，中央アメリカ，南アメリカ，アメリカ合衆国）であること
【賞・賞金】賞金5千ドル
【URL】http://www.scottodell.com/Pages/ScottO'DellAwardforHistoricalFiction.aspx

1982年
　受賞作なし
1983年
　受賞作なし
1984年
　エリザベス・ジョージ・スピア（Elizabeth George Speare）「ビーバー族のしるし」（別題「ビーバーのしるし」）"The Sign of the Beaver"〈Houghton mifflin〉
1985年
　アヴィ（Avi）"The Fighting Ground"〈Lippincott〉
1986年
　パトリシア・マクラクラン（Patricia MacLachlan）「のっぽのサラ」"Sarah, Plain and Tall"〈Harper & Row〉
1987年
　スコット・オデール（Scott O'Dell）「小川は川へ、川は海へ」"Streams to the River, River to the Sea"〈Houghton Mifflin〉
1988年
　パトリシア・ビーティ（Patricia Beatty）"Charley Skedaddle"〈Morrow〉
1989年
　リル・ベセラ・デ・ジェンキンス（Lyll Becca de Jenkins）「名誉の牢獄」"The Honorable Prison"〈Lodestar/Dutton〉
1990年
　キャロライン・リーダー（Carolyn Reeder）"Shades of Gray"〈Macmillan〉
1991年
　ピーター・ヴァン・レイブン（Pieter Van

Raven)"A Time of Troubles"〈Charles Scribner's Sons〉

1992年
メアリー・ダウニング・ハーン（Mary Downing Hahn）"Stepping on Cracks"〈Clarion〉

1993年
マイケル・ドリス（Michael Dorris）「朝の少女」"Morning Girl"〈Hyperion〉

1994年
ポール・フライシュマン（Paul Fleischman）"Bull Run"〈Laura Geringer/Harper-Collins〉

1995年
グレアム・ソールズベリー（Graham Salisbury）「その時ぼくはパールハーバーにいた」"Under the Blood Red Sun"〈Delacorte〉

1996年
セオドア・テイラー（Theodore Taylor）"The Bomb"〈Harcourt, Brace〉

1997年
キャサリン・パターソン（Katherine Patterson）「北極星を目ざして―ジップの物語」"Jip, His Story"〈Lodestar/Dutton〉

1998年
カレン・ヘス（Karen Hesse）「ビリー・ジョーの大地」"Out of the Dust"〈Scholastic〉

1999年
ハリエット・ロビネッティ（Harriette Robinette）"Forty Acres and Maybe a Mule"〈Jean Fritz/Antheneum〉

2000年
Miriam Bat-Ami "Two Suns in the Sky"〈Front Street/Cricket Books〉

2001年
ジャネット・テーラー・ライル（Janet Taylor Lisle）"The Art of Keeping Cool"〈A Richard Jackson Book/Antheneum〉

2002年
ミルドレッド・D.テイラー（Mildred D. Taylor）"The Land"〈Phyllis Fogelman Books〉

2003年
シェリー・ピアサル（Shelley Pearsall）"Trouble Don't Last"〈Alfred A. Knopf〉

2004年
リチャード・ペック（Richard Peck）「ミシシッピがくれたもの」"The River Between Us"〈Dial Press〉

2005年
A.LaFaye "Worth"〈Simon & Schuster〉

2006年
ルイーズ・アードリック（Louise Erdrich）"The Game of Silence"〈HarperCollins Children's Books〉

2007年
エレン・クレイギス（Ellen Klages）"The Green Glass Sea"〈Viking Children's Books〉

2008年
クリストファー・ポール・カーティス（Christopher Paul Curtis）"Elijah of Buxton"〈Scholastic〉

2009年
ローリー・ハルツ・アンダーソン（Laurie Halse Anderson）"Chains"〈Simon & Schuster〉

2010年
マット・フェラン（Matt Phelan）"The Storm in the Barn"〈Candlewick〉

2011年
リタ・ウィリアムス=ガルシア（Rita Williams Garcia）「クレイジー・サマー」"One Crazy Summer"〈Amistad〉

2012年
ジャック・ギャントス（Jack Gantos）"Dead End in Norvelt"〈Farrar, Straus and Giroux〉

2013年
ルイーズ・アードリック（Louise Erdrich）"Chickadee"〈HarperCollins〉

2014年
カークパトリック・ヒル（Kirkpatrick Hill）「アラスカの小さな家族―バラードクリークのボー」"Bo at Ballard Creek"

〈Henry Holt and Co.〉
2015年
　カービー・ラーソン（Kirby Lawson）"Dash"〈Scholastic Press〉

2016年
　ローラ・エイミー・シュリッツ（Laura Amy Schlitz）"The Hired Girl"〈Candlewick Press〉

050　ドイツ児童文学賞　Deutscher Jugendliteraturpreis

　旧西ドイツ内務省によって創設された児童文学賞。1956年に「ドイツ児童図書賞」（Deutscher Jugendbuchpreis）として創設され，「児童と青少年のための優れた図書」に授与される。絵本部門，児童書部門，ヤングアダルト部門，ノンフィクション部門の4部門に，2003年，青少年審査委員会（ドイツ各地から選抜された青少年がメンバー）が審査を行う青少年審査委員賞が新たに加えられた。この他，児童文学に貢献した人物（作家，画家，翻訳家など）に不定期に与えられる特別賞がある。特別賞は1959～61年の間は作品に対して与えられていたが，91年からは個人の全業績に対して与えられるようになった。ドイツで最も権威のある児童文学賞であり，ノミネート作品とその作家情報をまとめた冊子は図書館，書店，学校などに頒布される。

【主催者】ドイツ連邦家族・高齢者・女性・青少年省（Bundesministerium füer Familie, Senioren, Frauen und Jugend）主催。ドイツ児童図書評議会（Arbeitskreis füer Jugendliteratur e.V.（AKJ））が運営を委託されている
【選考委員】10歳から18歳までの子ども読者4名と，専門家から成る計13名の選考委員会が審査を行う
【選考方法】各部門6作品がノミネートされ，その中から1部門につき1受賞作品が選ばれる
【選考基準】〔対象〕ドイツ人の作家が書いた，またはドイツ語に翻訳された前年に出版された児童・ヤングアダルト文学作品，絵本，児童書，青少年向けの本，ノンフィクション
【締切・発表】フランクフルト・ブック・フェアで10月に発表・授賞が行われる
【賞・賞金】各部門：1万ユーロと「モモ」のトロフィー像，特別賞：1万2千ユーロ
【URL】http://www.jugendliteratur.org/

1956年
◇児童書
　ルイーズ・ファティオ（Louise Fatio　アメリカ）〔文〕，ロジャー・デュボアザン（Roger Duvoisin　アメリカ）〔絵〕「ごきげんなライオン」"Der glückliche Löwe"
◇ヤングアダルト
　クルト・リュートゲン（Kurt Lütgen）「オオカミに冬なし」"Kein Winter für Wölfe"

1957年
◇児童書
　マインダート・ディヤング（Meindert De Jong　アメリカ）「運河と風車とスケートと」"Das Rad auf der Schule"

◇ヤングアダルト
　ニコラス・カラーシニコフ（Nicholas Kalashnikoff　アメリカ）「極北の犬トヨン」"Faß zu, Toyon"

1958年
◇絵本
　マレーネ・ライデル（Marlene Reidel）"Kasimirs Weltreise"
◇児童書
　ハインリッヒ・デンネボルク（Heinrich Maria Denneborg）「ヤンと野生の馬」"Jan und das Wildpferd"
◇ヤングアダルト
　ヘルベルト・カウフマン（Herbert Kaufmann）「赤い月と暑い時」"Roter Mond und Heiße Zeit"

1959年
　◇児童書
　　ハンス・ペーターソン（Hans Peterson）"Matthias und das Eichhörnchen"
　◇ヤングアダルト
　　受賞作なし
　◇特別賞
　　アン・R.ファンデル・ルフ（An Rutgers Van der Loeff-Basenau　オランダ）"Pioniere und ihre Enkel"（ノンフィクション）
　　レオ・シュナイダー（Leo Schneider　アメリカ）、モリス・U.エームズ（Maurice U. Ames　アメリカ）"So fliegst du heute und morgen"（ノンフィクション）

1960年
　◇児童書
　　ジェームス・クリュス（James Krüss）「あごひげ船長九つ物語」"Mein Urgroßvater und ich"
　◇ヤングアダルト
　　エリザベス・ルイス（Elizabeth Foreman Lewis　アメリカ）"Schanghai 41"

1961年
　◇児童書
　　ミヒャエル・エンデ（Michael Ende）「ジム・ボタンの機関車大旅行」"Jim Knopf und Lukas der Lokomotivführer"
　◇ヤングアダルト
　　受賞作なし
　◇特別賞
　　ジェームズ・フェニモア・クーパー（James Fenimore Cooper）―古典の再話に貢献

1962年
　◇児童書
　　ウルズラ・ウェルフェル（Ursula Wölfel）「火のくつと風のサンダル」"Feuerschuh und Windsandale"
　◇ヤングアダルト
　　クララ・アッスル（Clara Asscher-Pinkhof　オランダ）「星の子」"Sternkinder"

1963年
　◇児童書
　　ヨゼフ・ラダ（Josef Lada　チョコスロヴァキア）「黒ねこミケシュのぼうけん」"Kater Mikesch"
　◇ヤングアダルト
　　スコット・オデール（Scott O'Dell　アメリカ）「青いイルカの島」"Insel der blauen Delphine"

1964年
　◇児童書
　　カテリーネ・アルフライ（Katherine Allfrey）「イルカの夏」"Delphinensommer"
　◇ヤングアダルト
　　ミープ・ディークマン（Miep Diekmann）"...und viele Grüsse von Wancho"

1965年
　◇絵本
　　レオ・レオニ（Leo Lionni　アメリカ）「スイミー」"Swimmy"
　◇児童書
　　ルーネル・ヨンソン（Runer Jonsson　スウェーデン）"Wickie und die starken Männer"
　◇ヤングアダルト
　　フレデリク・ヘットマン（Frederik Hetmann）"Amerika-Saga"

1966年
　◇絵本
　　ヴィルフリード・ブレヒャー（Wilfried Blecher）「ウェンデリンはどこかな？」"Wo ist Wendelin？"
　◇児童書
　　マックス・ボリガー（Max Bolliger）"David"
　◇ヤングアダルト
　　ハンス・プレガー（Hans G.Prager）"Florian 14: Achter Alarm"

1967年
　◇絵本
　　リロ・フロム（Lilo Fromm）"Der goldene Vogel"
　◇児童書
　　アンドリュー・サルキー（Andrew Salkey　イギリス）"Achtung - Sturmwarnung Hurricane"
　◇ヤングアダルト
　　ピーター・バーガー（Peter Berger）"Im roten Hinterhaus"
　◇ノンフィクション

クルト・リュートゲン（Kurt Lütgen）「謎の北西航路」 "Das Rätsel Nordwestpassage"

1968年
◇絵本
カトリーン・ブラント（Katrin Brandt） "Die Wichtelmänner"
◇児童書
ポーリン・クラーク（Pauline Clarke）「魔神と木の兵隊」 "Die Zwölf vom Dachboden"
◇ヤングアダルト
マリア・ロッドマン（Maia Rodman　アメリカ） "Der Sohn des Toreros"
◇ノンフィクション
エリック・ハイマン（Erich Herbert Heimann） "...und unter uns die Erde"

1969年
◇絵本
アリ・ミットグッチュ（Ali Mitgutsch） "Rundherum in meiner Stadt"
◇児童書
アイザック・バシェヴィス・シンガー（Isaac Bashevis Singer）「やぎと少年」 "Zlateh, die Geiß"
◇ヤングアダルト
ヤン・プロハズカ（Jan Prochazká　チェコスロヴァキア） "Es lebe die Republik"
◇ノンフィクション
受賞作なし

1970年
◇絵本
ヴィルフリード・ブレヒャー（Wilfried Blecher） "Kunterbunter Schabernack"
◇児童書
受賞作なし
◇ヤングアダルト
クラーラ・ヤルンコバー（Klára Jarunková　チェコスロヴァキア） "Der Bruder des schweigenden Wolfes"
◇ノンフィクション
ローレンス・エリオット（Lawrence Elliott　アメリカ） "Der Mann, der überlebte"

1971年
◇絵本
イエラ・マリ（Iela Mari　イタリア），エンゾ・マリ（Enzo Mari　イタリア）「りんごとちょう」 "Der Apfel und der Schmetterling"
◇児童書
ライナー・クンツェ（Reiner Kunze　チェコスロヴァキア）「あるようなないような話」 "Der Löwe Leopold"
◇ヤングアダルト
ルディエク・ペシェック（Ludek Pedek　チェコスロヴァキア） "Die Erde ist nah"
◇ノンフィクション
アンノー・ドレクスラー（Hanno Drechsler），ヴォルフガング・ヒルゲン（Wolfgang Hilligen），フランツ・ナウマン（Franz Neumann）〔共編〕 "Gesellschaft und Staat"

1972年
◇児童書
ハンス＝ヨアキム・ゲルベルト（Hans-Joachim Gelbert） "Geh und spiel mit dem Riesen"
◇ヤングアダルト
オトフリート・プロイスラー（Otfried Preusler）「クラバート」 "Krabat"
◇ノンフィクション
エルンスト・バウアー（Ernst W.Bauer） "Höhlen - Welt ohne Sonne"

1973年
◇絵本
ヤニコフスキー・エヴァ（Eva Janikovszky　ハンガリー）〔文〕，レーベル・ラースロー（László Réber　ハンガリー）〔絵〕 "Große dürfen alles"
◇児童書
クリスティーネ・ネストリンガー（Christine Nöstlinger）「きゅうりの王さまやっつけろ」 "Wir pfeifen auf den Gurkenkönig"
◇ヤングアダルト
バーバラ・ワースバ（Barbara Wersba　アメリカ）「急いで歩け，ゆっくり走れ」 "Ein nützliches Mitglied der Gesellschaft"
◇ノンフィクション
フレデリク・ヘットマン（Frederik Hetmann） "Ich habe sieben Leben"

1974年
　◇絵本
　　イェルク・ミュラー（Jörg Müller）"Alle Jahre wieder saust der Preßlufthammer nieder oder Die Veränderung der Landschaft"
　◇児童書
　　ジュディス・カー（Judith Kerr　イギリス）「ヒトラーにぬすまれたももいろうさぎ」"Als Hitler das rosa Kaninchen stahl"
　◇ヤングアダルト
　　ミヒャエル・エンデ（Michael Ende）「モモ」"Momo"
　◇ノンフィクション
　　オットー・フォン・フリッシュ（Otto von Frisch）"Tausend Tricks der Tarnung"
1975年
　◇絵本
　　フリードリヒ・カール・ヴェヒター（Friedrich Karl Waechter）「いっしょがいちばん」"Wir können noch viel zusammen machen"
　◇児童書
　　受賞作なし
　◇ヤングアダルト
　　ジーン・クレイグヘッド・ジョージ（Jean Craighead George　アメリカ）「狼とくらした少女ジュリー」"Julie von den Wölfen"
　◇ノンフィクション
　　デビッド・マコーレイ（David Macaulay）「カテドラル」"Sie bauten eine Kathedrale"
1976年
　◇絵本
　　エリザベス・ボルヒャース（Elisabeth Borchers）〔文〕，ヴィルヘルム・シュローテ（Wilhelm Schlote）〔絵〕「きょうはカバがほしいな」"Heute wünsche ich mir ein Nilpferd"
　◇児童書
　　ペーター・ヘルトリング（Peter Härtling）「おばあちゃん」"Oma"
　◇ヤングアダルト
　　ジョン・クリストファー（John Christopher）"Die Wächter"
　◇ノンフィクション
　　テオドール・ドレゾル（Theodor Dolezol）"Planet des Menschen"
1977年
　◇絵本
　　フロレンス・ハイデ（Florence P.Heide　アメリカ）〔文〕，エドワード・ゴーリー（Edward Gorey　アメリカ）〔絵〕"Schorschi schrumpft"
　◇児童書
　　リュドビク・アシュケナーズィ（Ludvik Askenazy）"Wo die Füchse Blockflote spielen"
　◇ヤングアダルト
　　アン・R.ファンデル・ルフ（An Rutgers Van der Loeff-Basenau　オランダ）"Ich bin Fedde"
　◇ノンフィクション
　　ウォリー・ハーバート（Wally Herbert　イギリス）"Eskimos"
1978年
　◇絵本
　　レイ・スミス（Ray Smith　イギリス），カトリオナ・スミス（Catriona Smith　イギリス）「すべるぞ すべるぞ どこまでも」"Der große Rutsch"
　◇児童書
　　エルフィー・ドネリー（Elfie Donnelly）「さよならおじいちゃん・・・ぼくはそっといった」"Servus Opa, sagte ich leise"
　◇ヤングアダルト
　　ディートロフ・ライヒェ（Dietlof Reiche）"Der Bleisiegelfälscher"
　◇ノンフィクション
　　ジェラルディン・ラックス・フラナガン（Geraldine Lux Flanagan　イギリス）"Nest am Fenster"
1979年
　◇絵本
　　ヤノッシュ（Janosch）「夢みるパナマ」"Oh, wie schön ist Panama"
　◇児童書
　　トールモー・ハウゲン（Tormod Haugen）「夜の鳥」"Die Nachtvögel"
　◇ヤングアダルト
　　受賞作なし
　◇ノンフィクション

ヴァージニア・A.イェンセン（Virginia Allen Jensen　イギリス），ドーカス・W.ハラー（Dorcas Woodbury Haller　イギリス）「これ，なあに？」 "Was ist das？"

1980年
　◇絵本
　　ジョン・バーニンガム（John Burningham）「ねえ・どれがいい？」 "Was ist dir lieber..."
　◇児童書
　　ウルズラ・フックス（Ursula Fuchs）「わたしのエマ」 "Emma oder die unruhige Zeit"
　◇ヤングアダルト
　　レナーテ・ヴェルシュ（Renate Welsh） "Johanna"
　◇ノンフィクション
　　グレーテ・ファーゲルストローム（Grethe Fagerström　スウェーデン），グニッラ・ハンスン（Gunilla Hansson　スウェーデン）「イーダとペールとミニムン」 "Per, Ida och Minimum"
　　ヘリベルト・シュミット（Heribert Schmid） "Wie Tiere sich verständigen"

1981年
　◇絵本
　　マルグレート・レティヒ（Margaret Rettich） "Die Reise mit der Jolle"
　◇児童書
　　エルゲン・スポーン（Jürgen Spohn） "Drunter und drüber"
　◇ヤングアダルト
　　ヴィリ・フェーアマン（Willi Fährmann）「少年ルーカスの遠い旅」 "Der lange Weg des Lukas B."
　◇ノンフィクション
　　ヘルマン・フィンケ（Hermann Vinke）「白バラが紅く散るとき：ヒトラーに抗したゾフィー21歳」 "Das kurze Leben der Sophie Scholl"

1982年
　◇絵本
　　スージー・ボーダル（Susi Bohdal）「ねことわたしのねずみさん」 "Selina, Pumpernickel und die Katze Flora"
　◇児童書
　　フース・コイヤー（Guus Kuijer　オランダ） "Erzähl mir von Oma"
　◇ヤングアダルト
　　マイロン・リーボイ（Myron Levoy　アメリカ）「ナオミの秘密」 "Der gelbe Vogel"
　◇ノンフィクション
　　コーネリア・ユリウス（Cornelia Julius） "Von feinen und von kleinen Leuten"

1983年
　◇絵本
　　受賞作なし
　◇児童書
　　ロベルト・ゲルンハート（Robert Gernhardt）「ミスター・Pの不思議な冒険」 "Der Weg durch die Wand"
　◇ヤングアダルト
　　マルコム・ボス（Malcolm J.Bosse　アメリカ） "Ganesh oder eine neue Welt"
　◇ノンフィクション
　　受賞作なし

1984年
　◇絵本
　　アンネゲルト・フックスフーバー（Annegert Fuchshuber） "Mäusemärchen - Riesengeschichte"
　◇児童書
　　グードルン・メブス（Gudrun Mebs）「日曜日だけのママ」 "Sonntagskind"
　◇ヤングアダルト
　　ティルマン・レーリヒ（Tilman Röhrig）「三百年たら，きっと・・・」 "In dreihundert Jahren vielleicht"
　◇ノンフィクション
　　クリスティーナ・ビョルク（Christina Björk）「リネアの12か月」 "Linnéas Jahrbuch"

1985年
　◇絵本
　　アンナリーナ・マカフィー（Annalena McAfee　イギリス）〔文〕，アンソニー・ブラウン（Anthony Browne　イギリス）〔絵〕 "Mein Papi, nur meiner！"
　◇児童書
　　ロアルド・ダール（Roald Dahl　イギリス）「オ・ヤサシ巨人BFG」 "Sophiechen und der Riese"
　◇ヤングアダルト

イゾルデ・ハイネ（Isolde Heyne）"Treffpunkt Weltzeituhr"

◇ノンフィクション
ギーゼラ・クレムト＝コズィノウスキー（Gisela Klemt-Kozinowski），ヘルムート・コッホ（Helmut Koch），ハインケ・ヴンダーリヒ（Heinke Wunderlich）〔共編〕"Die Frauen von der Plaza de Mayo"

1986年
◇絵本
トニー・ロス（Tony Ross）「おまえをたべちゃうぞーっ！」"Ich komm dich holen！"

◇児童書
エルス・ペルフロム（Els Pelgrom　オランダ）「小さなソフィーとのっぽのパタパタ」"Die wundersame Reise der kleinen Sofie"

◇ヤングアダルト
ダグマル・チドルー（Dagmar Chidolue）"Lady Punk"

◇ノンフィクション
カリン・フォン・ヴェルク（Karin Von Welck）"Bisonjaeger und Mäusefreunde"
クラス・エワート・エヴァーウィン（Klas Ewert Everwyn）"Für fremde Kaiser und kein Vaterland"

1987年
◇絵本
デビッド・マッキー（David McKee　イギリス）「青いかいじゅうと赤いかいじゅう」"Du hast angefangen！ Nein, du！"

◇児童書
アヒム・ブレーガー（Acim Bröger）「おばあちゃんとあたし」"Oma und ich"

◇ヤングアダルト
インゲル・エーデルフェルト（Inger Edelfeldt　スウェーデン）"Briefe an die Konigin der Nacht"

◇ノンフィクション
フィン・ニュオン・クアン（Huynh Nhuong Quang）"Mein verlorenes Land"
シャルロッテ・ケルナー（Charlotte Kerner）"Lise, Atomphysikerin"

1988年
◇絵本

マーリット・カルホール（Marit Kaldhol　ノルウェー）〔文〕，ヴェンケ・オイエン（Wenche Øyen　ノルウェー）〔絵〕「さよなら、ルーネ」"Abschied von Rune"

◇児童書
ヨーク・ファン・リューベン（Joke van Leeuwen　オランダ）「デージェだっていちにんまえ」"Deesje macht das schon"

◇ヤングアダルト
グードルン・パウゼヴァング（Gudrun Pausewang）「見えない雲」"Die Wolke"

◇ノンフィクション
● 児童
クリスティーナ・ビョルク（Christina Björk　スウェーデン）「リネア モネの庭で」"Linnéa im Garten des Malers"

● ヤングアダルト
パウル・マール（Paul Maar）"Türme"

1989年
◇絵本
ネーレ・マール（Nele Maar）〔文〕，ヴェレーナ・バルハウス（Verena Ballhaus）〔絵〕"Papa wohnt jetzt in der Heinrichstraße"

◇児童書
イヴァ・プロハースコヴァー（Iva Procházková　チェコ）"Die Zeit der geheimen Wünsche"

◇ヤングアダルト
インゲボルク・バイヤー（Ingeborg Bayer）"Zeit für die Hora"

◇ノンフィクション
シンシア・ヴォイト（Cynthia Voigt　アメリカ）"Samuel Tillerman, der Läufer"

1990年
◇絵本
イェルク・シュタイナー（Jörg Steiner）〔文〕，イェルク・ミュラー（Jörg Müller）〔絵〕"Aufstand der Tiere oder die Neuen Stadtmusikanten"

◇児童書
ウーヴェ・ティム（Uwe Timm）〔文〕，グンナー・マチジアク（Gunnar Matysiak）〔絵〕「わたしのペットは鼻づらルーディ」"Rennschwein Rudi Rüssel"

◇ヤングアダルト

ペーテル・ポール（Peter Pohl　スウェーデン）「ヤンネ、ぼくの友だち」 "Jan, mein Freund"
◇ノンフィクション
- 児童
イルムガルト・ルフト（Irmgard Lucht） "Wie kommt der Wald ins Buch？"
- ヤングアダルト
イスラエル・バーンバウム（Israel Bernbaum　アメリカ） "Meines Bruders Hüter"

1991年
◇絵本
クヴィエタ・パツォウスカー（Kvĕta Pacovská）「ふしぎなかず」 "eins, funf, viele"
◇児童書
ヴォルフ・シュピルナー（Wolf Spillner）「ぼくの冬の旅」 "Taube Klara"
◇ヤングアダルト
アナトリ・プリスタフキン（Anatoli Pristavkin　ロシア） "Wir Kuckuckskinder"
◇ノンフィクション
ミハイル・クラウスニック（Michail Krausnick） "Die eiserne Lerche"
◇特別賞
ウルズラ・ウェルフェル（Ursula Wölfel　作家）

1992年
◇絵本
トーマス・ティードホルム（Thomas Tidholm　スウェーデン）〔文〕，アンナ＝クララ・ティードホルム（Anna-Clara Tidholm　スウェーデン）〔絵〕「おじいちゃんをさがしに」 "Die Reise nach Ugri-La-Brek"
◇児童書
ベノ・プルードラ（Benno Pludra）〔文〕，ヨハネス・ニードリッチ（Johannes K.G. Niedlich）〔絵〕 "Siebenstorch"
◇ヤングアダルト
メジャ・ムワンギ（Meja Mwangi　イギリス） "Kariuki und sein weißer Freund"
◇ノンフィクション
ペレ・エッカーマン（Pelle Eckerman　スウェーデン）〔文〕，スヴェン・ノルドクヴィスト（Sven Nordqvist　スウェーデン）〔絵〕 "Linsen, Lupen und magische Skope"

1993年
◇絵本
ヴォルフ・エァルブルッフ（Wolf Erlbruch）「クマがふしぎにおもってたこと」 "Das Bärenwunder"
◇児童書
ヘニング・マンケル（Henning Mankell　スウェーデン）「少年のはるかな海」 "Der Hund, der unterwegs zum Stern war"
◇ヤングアダルト
A.M.ホームズ（A.M.Homes　アメリカ） "Jack"
◇ノンフィクション
ヘルムート・ホルヌング（Helmut Hornung）「星の王国の旅」 "Safari ins Reich der Sterne"
◇特別賞
ヨゼフ・グッゲンモース（Josef Guggenmos　詩人）

1994年
◇絵本
デイヴィッド・ヒューズ（David Hughes　イギリス） "Macker"
◇児童書
ウルフ・スタルク（Ulf Stark　スウェーデン）〔文〕，アンナ・ヘグルンド（Anna Höglund　スウェーデン）〔絵〕「おじいちゃんの口笛」 "Kannst du pfeifen, Johanna"
◇ヤングアダルト
ヨースタイン・ゴルデル（Jostein Gaarder　ノルウェー）「ソフィーの世界」 "Sofies Welt"
◇ノンフィクション
ルード・ファン・デル・ロル（Ruud vaan der Rol　オランダ），ライアン・フェルフーフェン（Rian Verhoeven　オランダ）「アンネ・フランク」 "Anne Frank"
◇特別賞
ミリアム・プレスラー（Mirjam Pressler　翻訳家）

1995年
◇絵本
イワン・ポモー（Yvan Pommaux）

"Detektiv John Chatterton"
◇児童書
ミリアム・プレスラー(Mirjam Pressler)「幸せを待ちながら」 "Wenn das Gluck kommt, muß man ihm einen Stuhl hinstellen"
◇ヤングアダルト
ペーテル・ポール(Peter Pohl　スウェーデン), キナ・ギース(Kinna Gieth　スウェーデン) "Du fehlst mir, du fehlst mir！"
◇ノンフィクション
クラウス・コルドン(Klaus Kordon)「ケストナー：ナチスに抵抗し続けた作家」 "Die Zeit ist kaputt"
◇特別賞
クラウス・エンジカット(Klaus Ensikat 画家)

1996年
◇絵本
アンナ・ヘグルンド(Anna Höglund) "Feuerland ist viel zu heiß！"
◇児童書
ユルク・シュービガー(Jürg Schubiger)〔文〕, ロートラウト・ズザンネ・ベルナー(Rotraut Susanne Berner)〔絵〕「世界がまだ若かったころ」 "Als die Welt noch jung war"
◇ヤングアダルト
マッツ・ヴォール(Mats Wahl　スウェーデン)「冬の入江」 "Winterbucht"
◇ノンフィクション
ビョルン・ソートランド(Björn Sortland)〔文〕, ラース・エリング(Lars Elling)〔絵〕 "Rot, Blau und ein bißchen Gelb"
◇特別賞
パウル・マール(Paul Maar　作家)

1997年
◇絵本
グレゴワール・ソロタレフ(Grégoire Solotareff　フランス) "Du groß, und ich klein"
◇児童書
シーラ・オチ(Sheila Och　チェコ) "Karel, Jarda und das wahre Leben"
◇ヤングアダルト
Per Nilsson(スウェーデン) "So Lonely"
◇ノンフィクション
ラインハルト・カイザー(Reinhard Kaiser)「インゲへの手紙」 "Königskinder.Eine wahre Liebe"
◇特別賞
ビネッテ・シュレーダー(Binette Schroeder 画家)

1998年
◇絵本
アメリー・フリート(Amelie Fried)〔文〕, ジャッキー・グライヒ(Jacky Gleich)〔絵〕「どこにいるの おじいちゃん」 "Hat Opa einen Anzug an？"
◇児童書
イレーネ・ディーシェ(Irene Dische　アメリカ) "Zwischen zwei Scheiben Glück"
◇ヤングアダルト
バルト・ムイヤールト(Bart Moeyaert　ベルギー)〔文〕, ロートラウト・ズザンネ・ベルナー(Rotraut Susanne Berner　ベルギー)〔絵〕 "Bloße Hände"
◇ノンフィクション
スザンナ・パルチュ(Susanna Partsch) "Haus der Kunst"
◇特別賞
ペーター・ハックス(Peter Hacks　作家)

1999年
◇絵本
フリードリヒ・カール・ヴェヒター(Friedrich Karl Waechter)「赤いおおかみ」 "Der rote Wolf"
◇児童書
アニカ・トール(Annika Thor　スウェーデン) "Eine Insel im Meer"
◇ヤングアダルト
テッド・ファン・リースハウト(Ted van Lieshout　オランダ) "Bruder"
◇ノンフィクション
ピーター・シス(Peter Sís　アメリカ) "Tibet.Das Geheimnis der roten Schachtel"
◇特別賞
ビルギッタ・キッフェラー(Birgitta Kicherer　翻訳家)

2000年
◇絵本
ナディア・ブッデ(Nadia Budde) "Eins

zwei drei Tier"
◇児童書
　ビャーネ・ロイター（Bjarne Reuter）"Hodder der Nachtschwärer"
◇ヤングアダルト
　シャルロッテ・ケルナー（Charlotte Kerner）「ブルー・ポイント」"Blueprint"
◇ノンフィクション
　アンティジェ・フォン・ステム（Antje von Stemm）"Fräulein Pop und Mrs.Up und ihre große Reise durchs Papierland: Ein Pop-up-Buch zum Selberbasteln"
◇特別賞
　ニコラス・ハイデルバッハ（Nikolaus Heidelbach　画家）

2001年
◇絵本
　ユッタ・バウアー（Jutta Bauer）「おこりんぼママ」"Schreimutter"
◇児童書
　ユッタ・リヒター（Jutta Richter）"Der Tag, als ich lernte die Spinnen zu zähmen"
◇ヤングアダルト
　"Die ohne Segen sind"
　リチャード・ヴァン・キャンプ（Richard Van Camp）
◇ノンフィクション
　スザンネ・パウルゼン（Susanne Paulsen）"Sonnenfresser"
◇特別賞
　ペーター・ヘルトリング（Peter Härtling　作家）

2002年
◇絵本
　ケイティ・クープリ（Katy Couprie）、アントナン・ルーチャード（Antonin Louchard）"Die ganze Welt"
◇児童書
　フース・コイヤー（Guus Kuijer）〔文〕、アリス・ホーフスタッド（Alice Hoogstad）〔絵〕"Wir alle für immer zusammen"
◇ヤングアダルト
　アレクサ・ヘニッヒ・フォン・ランゲ（Alexa Hennig von Lange）"Ich habe einfach Glück"

◇ノンフィクション
　ベルント・シュール（Bernd Schuh）"Das visuelle Lexikon der Umwelt"
◇特別賞
　コルネリア・クルーズ＝アーノルド（Cornelia Krutz-Arnold　翻訳家）

2003年
◇絵本
　カーチャ・カン（Katja Kamm）"Unsichtbar"
◇児童書
　フィリップ・アーダー（Philip Ardagh）〔文〕、デイヴィッド・ロバーツ（David Roberts）〔絵〕「あわれなエディの大災難」"Schlimmes Ende"
◇ヤングアダルト
　ホリー＝ジェーン・ラフレンス（Holly-Jane Rahlens）"Prinz William, Maximilian Minsky und ich"
◇ノンフィクション
　ニコラウス・パイパー（Nikolaus Piper）"Geschichte der Wirtschaft"
◇青少年審査委員賞
　クラウス・コルドン（Klaus Kordon）"Krokodil im Nacken"
◇特別賞
　ヴォルフ・エァルブルッフ（Wolf Erlbruch　画家）

2004年
◇絵本
　マーガレット・ワイルド（Margaret Wild）〔文〕、ロン・ブルックス（Ron Brooks）〔絵〕「キツネ」"Fuchs"
◇児童書
　M.マター（Maritgen Matter）"Ein Schaf fürs Leben"
◇ヤングアダルト
　タマラ・バック（Tamara Bach）"Marsmädchen"
◇ノンフィクション
　アロイス・プリンツ（Alois Prinz）"Lieber wütend als traurig: Die Lebensgeschichte der Ulrike Marie Meinhof"
◇青少年審査委員賞
　リアン・ハーン（Lian Hearn）"Das Schwert in der Stille"

◇特別賞
　ベノ・プルードラ（Benno Pludra　作家）

2005年
◇絵本
　チェン・ジャンホン（Chen Jianghong）「この世でいちばんすばらしい馬」 "Han Gan und das Wunderpfer"
◇児童書
　Victor Caspak〔文〕，Yves Lanois〔文〕，オレ・ケネツケ（Ole Könnecke）〔絵〕「走れ！半ズボン隊」 "Die Kurzhosengang"
◇ヤングアダルト
　Dorota Maslowska "Schneeweiß und Russenrot"
◇ノンフィクション
　Anne Möller "Nester bauen, Höhlen knabbern Wie Insekten für ihre Kinder sorgen"
◇青少年審査委員賞
　Graham Gardner "Im Schatten der Wächter"
◇特別賞
　Harry Rowohlt（翻訳家）

2006年
◇絵本
　ペーター・シェッソウ（Peter Schössow） "Gehört das so??!Die Geschichte von Elvis"
◇児童書
　ヴァレリー・デール（Valérie Dayre）「リリとことばをしゃべる犬」 "Lilis Leben eben"
◇ヤングアダルト
　ドルフ・フェルルーン（Dolf Verroen）「真珠のドレスとちいさなココ」 "Wie schön weiß ich bin"
◇ノンフィクション
　アーニャ・トゥッカーマン（Anja Tuckermann） "'Denk nicht, wir bleiben hier！' Die Lebensgeschichte des Sinto Hugo Höllenreiner"
◇青少年審査委員賞
　ケヴィン・ブルックス（Kevin Brooks）「ルーカス」 "Lucas"
◇特別賞
　ロートラウト・ズザンネ・ベルナー（Rotraut Susanne Berner　画家）

2007年
◇絵本
　ニコラス・ハイデルバッハ（Nikolaus Heidelbach） "Königin Gisela"
◇児童書
　ヨン・フォッセ（Jon Fosse）〔文〕，Aljoscha Blau〔絵〕 "Schwester"
◇ヤングアダルト
　Do van Ranst "Wir retten Leben, sagt mein Vater"
◇ノンフィクション
　Brian Fies "Mutter hat Krebs"
◇青少年審査委員賞
　マークース・ズーサック（Markus Zusak）「メッセージ」 "Der Joker"
◇特別賞
　キルステン・ボイエ（Kirsten Boie　作家）

2008年
◇絵本
　グリム兄弟（Jacob und Wilhelm Grimm）〔文〕，Susanne Janssen〔絵〕 "Hänsel und Gretel"
◇児童書
　ポーラ・フォックス（Paula Fox） "Ein Bild von Ivan"
◇ヤングアダルト
　メグ・ローゾフ（Meg Rosoff）「ジャストインケース—終わりのはじまりできみを想う」 "was wäre wenn"
◇ノンフィクション
　アンドレス・ファイエル（Andres Voiol） "Der Kick"
◇青少年審査委員賞
　マリー＝オード・ミュライユ（Marie-Aude Murail） "Simpel"
◇特別賞
　Gabriele Haefs（翻訳家）

2009年
◇絵本
　ショーン・タン（Shaun Tan）「遠い町から来た話」 "Geschichten aus der Vorstadt des Universums"
◇児童書
　アンドレアス・シュタインヘーフェル（Andreas Steinhöfel）〔文〕，ペーター・

シェッソウ（Peter Schössow）〔絵〕「リーコとオスカーともっと深い影」 "Rico, Oskar und die Tieferschatten"
◇ヤングアダルト
ケヴィン・ブルックス（Kevin Brooks） "The Road of the Dead"
◇ノンフィクション
Wolfgang Korn〔文〕，クラウス・エンジカット（Klaus Ensikat）〔絵〕 "Das Rätsel der Varusschlacht"
◇青少年審査委員賞
マークース・ズーサック（Markus Zusak）「本泥棒」 "Die Bücherdiebin"
◇特別賞
ユッタ・バウアー（Jutta Bauer　画家）

2010年
◇絵本
Stian Hole "Garmans Sommer"
◇児童書
Jean Regnaud〔文〕，エミール・ブラヴォ（Émile Bravo）〔絵〕 "Meine Mutter ist in Amerika und hat Buffalo Bill getroffen"
◇ヤングアダルト
ナディア・ブッデ（Nadia Budde） "Such dir was aus, aber beeil dich！"
◇ノンフィクション
Christian Nürnberger "Gabriel Verlag"
◇青少年審査委員賞
スーザン・コリンズ（Suzanne Collins）「ハンガー・ゲーム」 "Die Tribute von Panem"
◇特別賞
ミリアム・プレスラー（Mirjam Pressler　作家）

2011年
◇絵本
マーティン・バルトシャイト（Martin Baltscheit） "Die Geschichte vom Fuchs, der den Verstand verlor"
◇児童書
Milena Baisch〔文〕，Elke Kusche〔絵〕 "Anton taucht ab"
◇ヤングアダルト
ヴォルフガング・ヘルンドルフ（Wolfgang Herrndorf）「14歳、ぼくらの疾走　マイクとチック」 "Tschick"

◇ノンフィクション
Alexandra Maxeiner〔文〕，Anke Kuhl〔絵〕 "Alles Familie！"
◇青少年審査委員賞
Ursula Poznanski "Erebos"
◇特別賞
Tobias Scheffel（翻訳家）

2012年
◇絵本
ピア・リンデンバウム（Pija Lindenbaum） "Mia schläft woanders"
◇児童書
フィン＝オーレ・ハインリッヒ（Finn-Ole Heinrich）〔文〕，ラーン・フリーゲンリング（Rán Flygenring）〔絵〕 "Frerk, du Zwerg！"
◇ヤングアダルト
Nils Mohl "Es war einmal Indianerland"
◇ノンフィクション
オスカー・ブルニフィエ（Oscar Brenifier）〔文〕，ジャック・デプレ（Jacques Després）〔絵〕「哲学してみる」 "Was, wenn es nur so aussieht, als wäre ich da？"
◇青少年審査委員賞
パトリック・ネス（Patrick Ness）〔文〕，ジム・ケイ（Jim Kay）〔絵〕「怪物はささやく」 "Sieben Minuten nach Mitternacht"
◇特別賞
ノルマン・ユンゲ（Norman Junge　画家）

2013年
◇絵本
ジョン・クラッセン（Jon Klassen）「どこいったん」 "Wo ist mein Hut"
◇児童書
フランク・コットレル・ボイス（Frank Cottrell Boyce） "Der unvergessene Mantel"
◇ヤングアダルト
Tamta Melaschwili "Abzählen"
◇ノンフィクション
ラインハルト・クライスト（Reinhard Kleist） "Der Boxer"
◇青少年審査委員賞
ジョン・グリーン（John Green）「さよならを待つふたりのために」 "Das

Schicksal ist ein mieser Verräter"
◇特別賞
 アンドレアス・シュタインヘーフェル
 （Andreas Steinhöfel 作家）

2014年
◇絵本
 クロード・K.デュボワ（Claude K.Dubois）
 「かあさんはどこ？」 "Akim rennt"
◇児童書
 マルティナ・ヴィルトナー（Martina Wildner）"Königin des Sprungturms"
◇ヤングアダルト
 Inés Garland "Wie ein unsichtbares Band"
◇ノンフィクション
 Heidi Trpak "Gerda Gelse"
◇青少年審査委員賞
 Raquel J.Palacio "Wunder"

2015年
◇絵本
 ディヴィット・ウィーズナー（David Wiesner）「ミスターワッフル！」 "Mr. Wuffles！"
◇児童書
 パム・ムニョス・ライアン（Pam Munoz Ryan），ピーター・シス（Peter Sís）"Der Träumer"
◇ヤングアダルト
 Susan Kreller "Schneeriese"
◇ノンフィクション
 Christina Röckl "Und dann platzt der Kopf"
◇青少年審査委員賞
 デイヴィッド・レヴィサン（David Levithan）"Letztendlich sind wir dem Universum egal"
◇特別賞
 Sabine Friedrichson

051　ニューベリー賞　John Newbery Medal

　前年に出版された本のうちアメリカの児童文学に最も貢献した優秀作品の著者に贈られる賞。1921年に創設された世界初の児童文学賞でもある。著名な児童文学出版人のフレデリック・G.メルチャー（Frederic G.Melcher 1879-1963）がアメリカ図書館協会（ALA）児童図書館員部会で設立を提唱，ALAが創設した。児童文学創作の促進，出版の奨励などを目的とする。賞名は，児童文学の発展に貢献した18世紀のイギリスの出版人ジョン・ニューベリー（John Newbery 1713-67）の名にちなむ。現在はALAの児童部会（ALSC：The Association for Library Service to Children）により運営されている。次点作（runners-up）は，71年から「オナー・ブック」（Honor books）と呼ばれている。銀色のラベルを貼ることから「ニューベリー賞銀賞作」とも言われる。同じくALSCが運営するコルデコット賞設立当初は，共通の委員により審査され，一作品が両賞を同時受賞できないことになっていたが，77年以降両賞受賞が可能となり，80年からそれぞれ独立した委員会により審査が行われるようになった。

【主催者】アメリカ図書館協会児童部会（ALSC：Association for Library Service to Children）
【選考委員】ALSCが任命する，コルデコット賞とは異なる14名以上の選考委員から成る
【選考基準】対象はアメリカ国民または在住者によって前年にアメリカで初めて出版・販売された14歳までの子ども向けの作品。対象年より前に執筆され，対象年に初めて刊行された作品も対象となる。ジャンルはフィクション・ノンフィクション・詩のいずれでもよく，形式は問わない。複数著者作品，一度受賞した作家の作品も対象になる。テーマや構成の秀逸さ・緻密さといった文学としての質と同時に，「子どもを惹きつける」ことが重要な基準となっており，単に教訓的なもの，人気が先行しているものが評価されるとは限らない

【締切・発表】締切は刊行年の12月31日。翌年の通常1月に行われるALAの年次総会で受賞作と次点作を発表する

【賞・賞金】受賞者の名を刻したブロンズ・メダル。受賞作品の表紙にはメダルを形どった金色のラベルを、次点作品には銀色のラベルを貼る

【URL】http://www.ala.org/alsc/

1922年
H.W.ヴァン・ルーン（Hendrik Willem van Loon）「人間の歴史の物語」 "The Story of Mankind"

1923年
ヒュー・ロフティング（Hugh Lofting）「ドリトル先生航海記」 "The Voyages of Doctor Dolittle"

1924年
チャールズ・B.ホウズ（Charles Boardman Hawes）"The Dark Frigate"

1925年
チャールズ・J.フィンガー（Charles J. Finger）「銀の国からの物語」 "Tales from Silver Lands"

1926年
A.B.クリスマン（Arthur Bowie Chrisman）"Shen of the Sea"

1927年
ウィル・ジェームズ（Will James）「名馬スモーキー」 "Smoky, the Cowhorse"

1928年
D.G.ムカージ（Dhan Gopal Mukerji）「はばたけゲイネック」 "Gay Neck, the Story of a Pigeon"

1929年
エリック・P.ケリー（Eric P. Kelly）"The Trumpeter of Krakow"

1930年
レイチェル・フィールド（Rachel Field）「人形ヒティの冒険」 "Hitty, Her First Hundred Years"

1931年
エリザベス・コーツワース（Elizabeth Coatsworth）「極楽にいった猫」 "The Cat Who Went to Heaven"

1932年
ローラ・アダムズ・アーマー（Laura Adams Armer）「夜明けの少年」 "Waterless Mountain"

1933年
エリザベス・ルイス（Elizabeth Foreman Lewis）「揚子江の少年」 "Young Fu of the Upper Yangtze"

1934年
コーネリア・メグズ（Cornelia Meigs）「オルコット物語」 "Invincible Louisa: The Story of the Author of Little Women"

1935年
モニカ・シャノン（Monica Shannon）「ドブリイ」 "Dobry"

1936年
キャロル・ライリー・ブリンク（Carol Ryrie Brink）「風の子キャディー」 "Caddie Woodlawn"

1937年
ルース・ソーヤー（Ruth Sawyer）「ローラー＝スケート」 "Roller Skates"

1938年
ケート・セレディ（Kate Seredy）「白いシカ」 "The White Stag"

1939年
エリザベス・エンライト（Elizabeth Enright）「ゆびぬきの夏」 "Thimble Summer"

1940年
ジェームズ・ドーハーティ（James Daugherty）"Daniel Boone"

1941年
アームストロング・スペリー（Armstrong Sperry）「それを勇気とよぼう」 "Call It Courage"

1942年
ウォルター・エドモンズ（Walter D. Edmonds）「大きなひなわじゅう」 "The Matchlock Gun"

1943年
　エリザベス・ジャネット・グレイ（Elizabeth Janet Gray）「旅の子アダム」 "Adam of the Road"
1944年
　エスター・フォーブス（Esther Forbes） "Johnny Tremain"
1945年
　ロバート・ローソン（Robert Lawson）「ウサギの丘」 "Rabbit Hill"
1946年
　ロイス・レンスキー（Lois Lenski）「いちごつみの少女」 "Strawberry Girl"
1947年
　キャロリン・シャーウィン・ベイリー（Carolyn Sherwin Bailey）「ミスヒッコリーと森のなかまたち」 "Miss Hickory"
1948年
　ウィリアム・ペーン・デュボア（William Pène du Bois）「二十一の気球」 "The Twenty-One Balloons"
1949年
　マーゲライト・ヘンリー（Marguerite Henry）「名馬風の王」 "King of the Wind"
1950年
　マルグリット・デ・アンジェリ（Marguerite de Angeli） "The Door in the Wall"
1951年
　エリザベス・イェーツ（Elizabeth Yates） "Amos Fortune, Free Man"
1952年
　エルナー・エステス（Eleanor Estes）「すてきな子犬ジンジャー」 "Ginger Pye"
1953年
　アン・ノーラン・クラーク（Ann Nolan Clark）「アンデスの秘密」 "Secret of the Andes"
1954年
　ジョセフ・クラムゴールド（Joseph Krumgold）「やっとミゲルの番です」 " ... And Now Miguel"

1955年
　マインダート・ディヤング（Meindert De Jong）「コウノトリと六人の子どもたち」 "The Wheel on the School"
1956年
　ジーン・L.レイサム（Jean Lee Latham）「海の英雄」 "Carry On, Mr.Bowditch"
1957年
　ヴァージニア・ソレンスン（Virginia Sorenson） "Miracles on Maple Hill"
1958年
　ハロルド・キース（Harold Keith） "Rifles for Watie"
1959年
　エリザベス・ジョージ・スピア（Elizabeth George Speare）「からすが池の魔女」 "The Witch of Blackbird Pond"
1960年
　ジョセフ・クラムゴールド（Joseph Krumgold） "Onion John"
1961年
　スコット・オデール（Scott O'Dell）「青いイルカの島」 "Island of the Blue Dolphins"
1962年
　エリザベス・ジョージ・スピア（Elizabeth George Speare）「青銅の弓」 "The Bronze Bow"
1963年
　マドレイン・ラングル（Madeleine L'Engle）「惑星カマゾツ」 "A Wrinkle in Time"
1964年
　エミリー・C.ネヴィル（Emily Cheney Neville） "It's Like This, Cat"
1965年
　マヤ・ボイチェホフスカ（Maia Wojciechowska）「闘牛の影」 "Shadow of a Bull"
1966年
　エリザベス・ボートン・デ・トレビノ（Elizabeth Borton de Trevino）「赤い十字章」 "I, Juan de Pareja"
1967年
　アイリーン・ハント（Irene Hunt）「ジュ

リーの行く道」 "Up a Road Slowly"

1968年
E.L.カニグズバーグ (E.L.Konigsburg)「クローディアの秘密」 "From the Mixed-Up Files of Mrs.Basil E.Frankweiler"

1969年
ロイド・アリグザンダー (Lloyd Alexander)「タラン・新しき王者」 "The High King"

1970年
ウィリアム・H.アームストロング (William H.Armstrong)「父さんの犬サウンダー」 "Sounder"

1971年
ベッツィ・バイアーズ (Betsy Byars)「白鳥の夏」 "Summer of the Swans"

1972年
ロバート・C.オブライエン (Robert C. O'Brien)「フリスビーおばさんとニムの家ねずみ」 "Mrs.Fris and the Rats of NIMH"

1973年
ジーン・クレイグヘッド・ジョージ (Jean Craighead George)「狼とくらした少女ジュリー」 "Julie of the Wolves"

1974年
ポーラ・フォックス (Paula Fox)「どれい船にのって」 "The Slave Dancer"

1975年
ヴァージニア・ハミルトン (Virginia Hamilton)「偉大なるM.C.」 "M.C. Higgins, The Great"

1976年
スーザン・クーパー (Susan Cooper)「灰色の王」 "The Grey King"

1977年
ミルドレッド・D.テイラー (Mildred D. Taylor)「とどろく雷よ、私の叫びをきけ」 "Roll of Thunder, Hear My Cry"

1978年
キャサリン・パターソン (Katherine Paterson)「テラビシアにかける橋」 "Bridge to Terabithia"

1979年
エレン・ラスキン (Ellen Raskin)「アンクル・サムの遺産」 "The Westing Game"

1980年
J.W.ブロス (Joan W.Blos) "A Gathering of Days: A New England Girl's Journal, 1830-1832"

1981年
キャサリン・パターソン (Katherine Paterson)「海は知っていた―ルイーズの青春」 "Jacob Have I Loved"

1982年
ナンシー・ウィラード (Nancy Willard) "A Visit to William Blake's Inn: Poems for Innocent and Experienced Travelers"

1983年
シンシア・ヴォイト (Cynthia Voigt)「ダイシーズソング」 "Dicey's Song"

1984年
ベヴァリー・クリアリー (Beverly Cleary)「ヘンショーさんへの手紙」 "Dear Mr. Henshaw"

1985年
ロビン・マッキンリィ (Robin McKinley)「英雄と王冠」 "The Hero and the Crown"

1986年
パトリシア・マクラクラン (Patricia MacLachlan)「のっぽのサラ」 "Sarah, Plain and Tall"

1987年
シド・フライシュマン (Sid Fleischman)「身がわり王子と大どろぼう」 "The Whipping Boy"

1988年
ラッセル・フリードマン (Russell Freedman)「リンカン アメリカを変えた大統領」 "Lincoln: A Photobiography"

1989年
ポール・フライシュマン (Paul Fleischman) "Joyful Noise: Poems for Two Voices"

1990年
ロイス・ローリー (Lois Lowry)「ふたりの星」 "Number the Stars"

1991年
: ジェリー・スピネッリ（Jerry Spinelli）「クレージー・マギーの伝説」 "Maniac Magee"

1992年
: フィリス・レノルズ・ネイラー（Phyllis Reynolds Naylor）「さびしい犬」 "Shiloh"

1993年
: シンシア・ライラント（Cynthia Rylant）「メイおばちゃんの庭」 "Missing May"

1994年
: ロイス・ローリー（Lois Lowry）「ザ・ギバー」 "The Giver"

1995年
: シャロン・クリーチ（Sharon Creech）「めぐりめぐる月」 "Walk Two Moons"

1996年
: カレン・クシュマン（Karen Cushman）「アリスの見習い物語」 "The Midwife's Apprentice"

1997年
: E.L.カニグズバーグ（E.L.Konigsburg）「ティーパーティーの謎」 "The View from Saturday"

1998年
: カレン・ヘス（Karen Hesse）「ビリー・ジョーの大地」 "Out of the Dust"

1999年
: ルイス・サッカー（Louis Sachar）「穴」 "Holes"

2000年
: クリストファー・ポール・カーティス（Christopher Paul Curtis）「バドの扉がひらくとき」 "Bud, Not Buddy"

2001年
: リチャード・ペック（Richard Peck）「シカゴより好きな町」 "A Year Down Yonder"

2002年
: リンダ・スー・パーク（Linda Sue Park）「モギ ちいさな焼きもの師」 "A Single Shard"

2003年
: アヴィ（Avi）「クリスピン」 "Crispin: The Cross of Lead"

2004年
: ケイト・ディカミロ（Kate DiCamillo）〔文〕, ティモシー・バジル・エリング（Timothy Basil Ering）〔絵〕「ねずみの騎士デスペローの物語」 "The Tale of Despereaux: Being the Story of a Mouse, a Princess, Some Soup, and a Spool of Thread"

2005年
: シンシア・カドハタ（Cynthia Kadohata）「きらきら」 "Kira-Kira"

2006年
: リン・レイ・パーキンス（Lynne Rae Perkins）"Criss Cross"

2007年
: スーザン・パトロン（Susan Patron）「ラッキー・トリンブルのサバイバルな毎日」 "The Higher Power of Lucky"

2008年
: ローラ・エイミー・シュリッツ（Laura Amy Schlitz）"Good Masters！ Sweet Ladies！ Voices from a Medieval Village"

2009年
: ニール・ゲイマン（Neil Gaiman）「墓場の少年―ノーボディ・オーエンズの奇妙な生活」 "The Graveyard Book"

2010年
: レベッカ・ステッド（Rebecca Stead）「きみに出会うとき」 "When You Reach Me"

2011年
: クレア・ヴァンダープール（Clare Vanderpool）"Moon over Manifest"

2012年
: ジャック・ギャントス（Jack Gantos）"Dead End in Norvelt"

2013年
: キャサリン・アップルゲイト（Katherine Applegate）「世界一幸せなゴリラ、イバン」 "The One and Only Ivan"

2014年
　ケイト・ディカミロ（Kate DiCamillo）"Flora & Ulysses: The Illuminated Adventures"
2015年
　クワミ・アレクサンダー（Kwame Alexander）"The Crossover"
2016年
　Matt de la Peña〔文〕，クリスチャン・ロビンソン（Christian Robinson）〔絵〕"Last Stop on Market Street"

052　ニルス・ホルゲション賞　Nils Holgersson-plaketten

1950年に創設。スウェーデン図書館協会により毎年授与される。前年の児童およびヤングアダルト向け最優秀作品，もしくは作家の業績に対して贈られる。

【主催者】スウェーデン図書館協会（Svensk Biblioteksförening）

【選考委員】審査員6名のうち4名は，青少年のための図書館活動に携わる者とし，内1名を審査員長に任命する。残りの2名は，児童文学の専門家と子どものための視覚芸術の分野から選ばれる

【選考方法】審査員による選考

【選考基準】〔対象〕前年にスウェーデンで出版された児童およびヤングアダルト向け書籍

【締切・発表】例年9～10月に発表

【賞・賞金】賞状と賞金

【URL】http://www.biblioteksforeningen.org/var-verksamhet/utmarkelser/nils-holgersson-plaketten/

1950年
　アストリッド・リンドグレーン（Astrid Lindgren）「親指こぞうニルス・カールソン」"Nils Karlsson Pyssling"
1951年
　レンナート・ヘルシング（Lennart Hellsing）"Summa summarum"
1952年
　ステン・ベルグマン（Sten Bergman）「極楽鳥の島」"Vildar och paradisfåglar"
1953年
　トーベ・ヤンソン（Tove Jansson）「それからどうなるの？」"Hur gick det sen？"
1954年
　受賞作なし
1955年
　ハリー・クルマン（Harry Kullman）「デビッドの秘密の旅」"Hemlig resa"
1956年
　Olle Mattson "Briggen Tre Liljor"
1957年
　エディス・ウンネルスタッド（Edith Unnerstad）「ペッレ君のゆかいな冒険」"Farmorsresan"
1958年
　ハンス・ペーターソン（Hans Peterson）「マグヌスと馬のマリー」"Magnus, Mattias och Mari"
1959年
　シャンナ・オーテルダール（Jeanna Oterdahl）──全作品に対して
　Anna Lisa Wärnlöf "Pellas bok"
1960年
　カイ・ショーデルヘルム（Kai Söderhjelm）「白夜の少年兵」"Mikko i kungens tjänst"
1961年
　オーケ・ホルムベリイ（Åke Holmberg）

「迷探偵スベントン登場」 "Ture Sventon, privatdetektiv"
1962年
Britt G.Hallqvist "Festen i Hulabo"
1963年
マリア・グリーペ (Maria Gripe)「ヒューゴとジョセフィーン―北国の虹ものがたり2」 "Hugo och Josefin"
1964年
Karin Anckarsvärd "Doktorns pojk"
1965年
グンネル・リンデ (Gunnel Linde)「ひみつの白い石」 "Den vita stenen"
1966年
受賞作なし
1967年
Inger Högelin-Brattström ―後期の10代向け作品に対して
1968年
マックス・ルンドグレン (Max Lundgren) "Pojken med guldbyxorna" および "Åshöjdens bollklubb"
1969年
Bo Carpelan "Bågen"
1970年
Stig Ericson ―全作品に対して
1971年
Hans-Eric Hellberg ―全作品に対して
1972年
イルメリン・サンドマン―リリウス (Irmelin Sandman Lilius)「太陽の夫人3部作(1) 金の冠通り」
1973年
インゲイ・サンドベルイ (Inger Sandberg) ―年少者向けの全作品に対して
1974年
Sven Wernström "Trälarna"
1975年
Gunnel Beckman ―全作品に対して
1976年
Maud Reuterswärd ―全作品に対して
1977年
バルブロ・リンドグレン (Barbro Lindgren) "Lilla Sparvel"
1978年
Siv Widerberg ―全作品に対して
1979年
Bengt Martin "Bengt och kärleken"
1980年
ローセ・ラーゲルクランツ (Rose Lagercrantz) ―全作品に対して
1981年
Helmer Linderholm "Amisko" シリーズ
1982年
Kerstin Johansson i Backe "Moa och Pelle"
1983年
Hans Erik Engqvist ―全作品に対して
1984年
ウルフ・ニルソン (Ulf Nilsson) "Lilla syster kanin" および "En kamp för frihet"
1985年
マッツ・ラーション (Mats Larsson) "Trollkarlen från Galdar"
1986年
ペーテル・ポール (Peter Pohl)「ヤンネ、ぼくの友だち」 "Janne, min vän"
1987年
モニカ・サーク (Monica Zak) "Pumans fötter"
1988年
ウルフ・スタルク (Ulf Stark)「ぼくはジャガーだ」 "Jaguaren"
1989年
マッツ・ヴォール (Mats Wahl)「マイがいた夏」 "Maj Darlin"
1990年
アンニカ・ホルム (Annika Holm) "Amanda！ Amanda！"
1991年
ヘニング・マンケル (Henning Mankell)「少年のはるかな海」 "Hunden som sprang mot en stjärna"
1992年
Viveca Sundvall (現在の名：ヴィヴェッカ・

053 ネスレ子どもの本賞　　　　　　　　　　　　　　　児童文学

レルン（Viveca Lärn）"Eddie och Maxon Jaxon"

1993年
Sonja Hulth "Barnens svenska historia"

1994年
トーマス・ティードホルム（Thomas Tidholm）「むかし、森のなかで」"Förr i tiden i skogen"

1995年
インゲル・エーデルフェルド（Inger Edelfeldt）"Gravitation"（novell）

1996年
ヘレナ・ダールベック（Helena Dahlbäck）"Jag Julia"および"Min läsebok"

1997年
Per Nilsson "Anarkai"

1998年
Moni Nilsson-Brännström "Bara Tsatsiki"

1999年
アニカ・トール（Annika Thor）「海の深み—ステフィとネッリの物語3」"Havets djup"

2000年
Stefan Casta "Spelar död"

2001年
Janne Lundström "Morbror Kwesis vålnad"

2002年
Wilhelm Agrell "Dödsbudet"

2003年
Åsa Lind "Sandvargen"

2004年
Douglas Foley "shoo bre"

2005年
ペッテル・リードベック（Petter Lidbeck）"En dag i prinsessan Victorias liv"

2006年
Kajsa Isakson "Min Ella"

2007年
カンニ・メッレル（Cannie Möller）—全作品に対して

2008年
Mikael Engström "Isdraken"

2009年
Maud Mangold "Pärlor till pappa"

2010年
Cilla Naumann "Kulor i hjärtat"

2011年
Mårten Melin "Som Trolleri"

2012年
Anna Ehring "Klickflippar och farligheten"および"Den stora kärleksfebern"

2013年
Lisa Bjärbo "Allt jag säger är sant"

2014年
アンナ・ヘグルンド（Anna Höglund）"Om detta talar man endast med kaniner"

2015年
Camilla Lagerqvist "Uppdraget"

---

053 **ネスレ子どもの本賞**　Nestlé Children's Book Prize

　1985年，大手菓子会社のラウントリー・マッキントッシュ社が創設したイギリスの児童文学賞。当初はSmarties Prize for Children's Booksと呼ばれていたが，93年にNestlé Smarties Book Prizeに変更した後，2005年に現在の名称に改称。1995年までは，作家や評論家により各部門の受賞作が選考され，グランプリを子どもたちが選んでいたが，96年に大幅に改定。グランプリは廃止となり，審査員が選出した候補作品（各部門それぞれ3作品）の中から，その本を読んだ子どもたちの投票によって，0～5歳，6～8歳，9～11歳の3部門それぞれ金賞・銀賞・銅賞が選出されるようになった。99年からは学校外における子どもの育成を目的としたキッズ・クラブ・ネットワーク（Kids' Clubs Network）が参加，キッズ・クラブ・ネットワーク賞が新たに設けられた。創設時からのべ50万（推定）の児童が

参加,100冊以上の本を選択した。2007年をもって終了。日本人では,きたむらさとしが1997年に銅賞,2000年に銀賞を受賞している。

【主催者】ブック・トラスト(Book Trust)
【選考委員】5人の選考委員(前回の受賞者含む)が候補作を各部門3作品を選定,全国の子どもによる投票が行われて受賞作を決定する
【選考基準】イギリス人あるいはイギリス在住の作家・画家により英語で書かれたフィクションを対象とする
【締切・発表】12月発表
【賞・賞金】賞金:金賞2500ドル,銀賞1000ドル,銅賞500ドル
【URL】http://www.booktrust.org.uk/

1985年
◇7歳以下部門
　スザンナ・グレッツ(Susanna Gretz) "It's Your Turn, Roger!"
◇8〜11歳部門
　ジル・ペイトン・ウォルシュ(Jill Paton Walsh)「不思議な黒い石」"Gaffer Samson's Luck"
◇イノベーション部門
　レイ・マーシャル(Ray Marshall),ジョン・ブラッドレイ(John Bradley) "Watch it Work! The Plane"
◇グランプリ
　ジル・ペイトン・ウォルシュ(Jill Paton Walsh)「不思議な黒い石」"Gaffer Samson's Luck"
1986年
◇6歳以下部門
　ジェフリー・パターソン(Geoffrey Patterson)「金のたまごをうんだがちょう」"The Goose that Laid the Golden Egg"
◇7〜11歳部門
　ジェニー・ニモ(Jenny Nimmo) "The Snow Spider"
◇イノベーション部門
　マイケル・パリン(Michael Palin)〔文〕,アラン・リー(Alan Lee)〔絵〕,リチャード・シーモア(Richard Seymour)〔制作〕「ミラーストーン・ふしぎな鏡」"The Mirrorstone"
　ミス・ピンネル(Miss Pinnell),Children of Sapperton School "Village Heritage"
◇グランプリ
　ジェニー・ニモ(Jenny Nimmo) "The Snow Spider"
1987年
◇5歳以下部門
　ピーター・コリントン(Peter Collington)「ちいさな天使と兵隊さん」"The Angel and the Soldier Boy"
◇6〜8歳部門
　ベネティクト・ブラスウェイト(Benedict Blathwayt) "Tangle and the Firesticks"
◇9〜11歳部門
　ジェームズ・ベリー(James Berry) "A Thief in the Village"
◇グランプリ
　ジェームズ・ベリー(James Berry) "A Thief in the Village"
1988年
◇5歳以下部門
　マーティン・ワッデル(Martin Waddell)〔文〕,バーバラ・ファース(Barbara Firth)〔絵〕「ねむれないの? ちいくまくん」"Can't You Sleep, Little Bear?"
◇6〜8歳部門
　スーザン・ヒル(Susan Hill) "Can it be True?"
◇9〜11歳部門
　テレサ・ホィッスラー(Theresa Whistler) "Rushavenn Time"
◇グランプリ
　マーティン・ワッデル(Martin Waddell)〔文〕,バーバラ・ファース(Barbara Firth)〔絵〕「ねむれないの? ちいくまくん」"Can't You Sleep, Little

Bear?"
1989年
　◇5歳以下部門
　　マイケル・ローゼン（Michael Rosen）〔文〕，ヘレン・オクセンバリー（Helen Oxenbury）〔絵〕「きょうはみんなでクマがりだ」"We're Going on a Bear Hunt"
　◇6～8歳部門
　　アン・ファイン（Anne Fine）"Bill's New Frock"
　◇9～11歳部門
　　ロバート・ウェストール（Robert Westall）「猫の帰還」"Blitzcat"
　◇グランプリ
　　マイケル・ローゼン（Michael Rosen）〔文〕，ヘレン・オクセンバリー（Helen Oxenbury）〔絵〕「きょうはみんなでクマがりだ」"We're Going on a Bear Hunt"
1990年
　◇5歳以下部門
　　インガ・ムーア（Inga Moore）〔文〕，ジャネット・ペリー（Janet Perry）〔絵〕"Six Dinner Sid"
　◇6～8歳部門
　　ロアルド・ダール（Roald Dahl）〔文〕，クェンティン・ブレイク（Quentin Blake）〔絵〕「恋のまじない，ヨンサメカ」"Roald Dahl"
　◇9～11歳部門
　　ポーリン・フィスク（Pauline Fisk）「ミッドナイトブルー」"Midnight Blue"
　◇グランプリ
　　ポーリン・フィスク（Pauline Fisk）「ミッドナイトブルー」"Midnight Blue"
1991年
　◇5歳以下部門
　　マーティン・ワッデル（Martin Waddell）〔文〕，ヘレン・オクセンバリー（Helen Oxenbury）〔絵〕「はたらきもののあひるどん」"Farmer Duck"
　◇6～8歳部門
　　マグダレン・ナブ（Magdalen Nabb）"Josie Smith and Eileen"
　◇9～11歳部門
　　フィリップ・リドリー（Philip Ridley）「クリンドルクラックスがやってくる」"Krindlekrax"
　◇グランプリ
　　マーティン・ワッデル（Martin Waddell）〔文〕，ヘレン・オクセンバリー（Helen Oxenbury）〔絵〕「はたらきもののあひるどん」"Farmer Duck"
1992年
　◇5歳以下部門
　　ヒルダ・オフェン（Hilda Offen）"Nice Work, Little Wolf"
　◇6～8歳部門
　　ジェーン・レイ（Jane Ray）"The Story of the Creation"
　◇9～11歳部門
　　ジリアン・クロス（Gillian Cross）「象と二人の大脱走」"The Great Elephant Chase"
　◇グランプリ
　　ジリアン・クロス（Gillian Cross）「象と二人の大脱走」"The Great Elephant Chase"
1993年
　◇5歳以下部門
　　リタ・フィリップス・ミッチェル（Rita Phillips Mitchell）〔文〕，キャロライン・ビンチ（Caroline Binch）〔絵〕"Hue Boy"
　◇6～8歳部門
　　マイケル・フォアマン（Michael Foreman）「戦争ゲーム」"War Game"
　◇9～11歳部門
　　ミーブ・ヘンリー（Maeve Henry）"Listen to the Dark"
　◇グランプリ
　　マイケル・フォアマン（Michael Foreman）「戦争ゲーム」"War Game"
1994年
　◇5歳以下部門
　　トリシュ・クック（Trish Cooke）〔文〕，ヘレン・オクセンバリー（Helen Oxenbury）〔絵〕「いっぱいいっぱい」"So Much"
　◇6～8歳部門
　　ヘンリエッタ・ブランフォード（Henrietta Branford）〔文〕，レスリー・ハーカー（Lesley Harker）〔絵〕"Dimanche Diller"

◇9〜11歳部門
　ヒラリー・マッカイ（Hilary McKay）"The Exiles at Home"
◇グランプリ
　ヒラリー・マッカイ（Hilary McKay）"The Exiles at Home"

1995年
◇5歳以下部門
　ジル・マーフィー（Jill Murphy）"The Last Noo-Noo"
◇6〜8歳部門
　ジル・ペイトン・ウォルシュ（Jill Paton Walsh）"Thomas and the Tinners"
◇9〜11歳部門
　ジャクリーン・ウィルソン（Jacqueline Wilson）〔文〕，ニック・シャラット（Nick Sharratt）〔絵〕，スー・ヒープ（Sue Heap）〔絵〕「ふたごのルビーとガーネット」"Double Act"
◇グランプリ
　ジャクリーン・ウィルソン（Jacqueline Wilson）〔文〕，ニック・シャラット（Nick Sharratt）〔絵〕，スー・ヒープ（Sue Heap）〔絵〕「ふたごのルビーとガーネット」"Double Act"

1996年
◇5歳以下部門
- 金賞
　コリン・マクノートン（Colin McNaughton）"Oops！"
- 銀賞
　ミック・マニング（Mick Manning），ブリタ・グランストロム（Brita Granstrom）「あかんぼうがいっぱい！」"The World is Full of Babies"
- 銅賞
　クェンティン・ブレイク（Quentin Blake）「ピエロくん」"Clown"
◇6〜8歳部門
- 金賞
　マイケル・モーパーゴ（Michael Morpurgo）〔文〕，クリスチャン・バーニンガム（Christian Birmingham）〔絵〕「よみがえれ白いライオン」"The Butterfly Lion"
- 銀賞
　リン・リード・バンクス（Lynne Reid Banks）〔文〕，トニー・ロス（Tony Ross）〔絵〕"Harry the Poisonous Centipede"
- 銅賞
　ディック・キング＝スミス（Dick King-Smith）〔文〕，ジョン・イーストウッド（John Eastwood）〔絵〕"All Because of Jackson"
◇9〜11歳部門
- 金賞
　フィリップ・プルマン（Philip Pullman）「花火師リーラと火の魔王」"The Firework-Maker's Daughter"
- 銀賞
　テリー・プラチェット（Terry Pratchett）"Johnny and the Bomb"
- 銅賞
　ジェラルディン・マコックラン（Geraldine McCaughrean）「海賊の息子」"Plundering Paradise"

1997年
◇5歳以下部門
- 金賞
　シャーロット・ヴォーク（Charlotte Voake）「ねこのジンジャー」"Ginger"
- 銀賞
　サイモン・ジェームズ（Simon James）「ふしぎなともだち」"Leon and Bob"
- 銅賞
　ヴァレリー・ブルーム（Valerie Bloom）〔文〕，デヴィッド・アクステル（David Axtell）〔絵〕"Fruits"
◇6〜8歳部門
- 金賞
　ジェニー・ニモ（Jenny Nimmo）〔文〕，アンソニー・ルイス（Anthony Lewis）〔絵〕"The Owl Tree"
- 銀賞
　マイケル・フォアマン（Michael Foreman）「いちばんちいさいトナカイ」"The Little Reindeer"
- 銅賞
　ジョン・アガード（John Agard）〔文〕，きたむらさとし（Satoshi Kitamura）〔絵〕"We Animals Would Like a Word With You"
◇9〜11歳部門

- 金賞
  J.K.ローリング（J.K.Rowling）「ハリー・ポッターと賢者の石」 "Harry Potter and the Philosopher's Stone"
- 銀賞
  フィリップ・プルマン（Philip Pullman）「時計はとまらない」 "Clockwork or All Wound Up"
- 銅賞
  ヘンリエッタ・ブランフォード（Henrietta Branford）"Fire, Bed and Bone"

1998年
◇5歳以下部門
- 金賞
  スー・ヒープ（Sue Heap）"Cowboy Baby"
- 銀賞
  ジェーン・シモンズ（Jane Simmons）「こっちにおいでデイジー！」 "Come On Daisy"
- 銅賞
  マーガレット・ナッシュ（Margaret Nash）〔文〕，スティーブン・ランバート（Stephen Lambert）〔絵〕 "Secret in the Mist"

◇6～8歳部門
- 金賞
  ハリー・ホース（Harry Horse）"The Last Gold Diggers"
- 銀賞
  キース・グレイ（Keith Gray）「家出の日」 "The Runner"
- 銅賞
  クェンティン・ブレイク（Quentin Blake）「みどりの船」 "The Green Ship"

◇9～11歳部門
- 金賞
  J.K.ローリング（J.K.Rowling）「ハリー・ポッターと秘密の部屋」 "Harry Potter and the Chamber of Secrets"
- 銀賞
  アンドリュー・ノリス（Andrew Norriss）「秘密のマシン、アクイラ」 "Aquila"
- 銅賞
  ディック・キング＝スミス（Dick King-Smith）「奇跡の子」 "The Crowstarver"

1999年
◇5歳以下部門
- 金賞
  ジュリア・ドナルドソン（Julia Donaldson）〔文〕，アクセル・シェフラー（Axel Scheffler）〔絵〕「もりでいちばんつよいのは？」 "The Gruffalo"
- 銀賞
  ボブ・グラハム（Bob Graham）"Buffy - An Adventure Story"
- 銅賞
  リディア・モンクス（Lydia Monks）「いいないいなイヌっていいな」 "I Wish I Were a Dog"

◇6～8歳部門
- 金賞
  ローレンス・アンホールト（Laurence Anholt）〔文〕，アーサー・ロビンス（Arthur Robins）〔絵〕 "Snow White and the Seven Aliens"
- 銀賞
  エミリー・スミス（Emily Smith）「宇宙からやってきたオ・ペア」 "Astrid, the Au Pair from Outer Space"
- 銅賞
  ローレン・チャイルド（Lauren Child）「あたし クラリス・ビーン」 "Clarice Bean That's Me"

◇9～11歳部門
- 金賞
  J.K.ローリング（J.K.Rowling）「ハリー・ポッターとアズカバンの囚人」 "Harry Potter and the Prisoner of Azkaban"
- 銀賞
  デイヴィッド・アーモンド（David Almond）「闇の底のシルキー」 "Kit's Wilderness"
- 銅賞
  ルイーズ・レニソン（Louise Rennison）「ジョージアの青春日記1―キスはいかが？」 "Angus, Thongs and Full-Frontal Snogging"

◇キッズ・クラブ・ネットワーク特別賞
  ローレンス・アンホールト（Laurence Anholt）〔文〕，アーサー・ロビンス（Arthur Robins）〔絵〕 "Snow White and the Seven Aliens"

2000年
- ◇5歳以下部門
  - 金賞
    ボブ・グラハム（Bob Graham）「ちいさな チョーじん スーパーぼうや」"Max"
  - 銀賞
    きたむらさとし（Satoshi Kitamura）"Me and My Cat"
  - 銅賞
    ジョン・バーニンガム（John Burningham）"Husherbye"
- ◇6〜8歳部門
  - 金賞
    ジャクリーン・ウィルソン（Jacqueline Wilson）〔文〕，ニック・シャラット（Nick Sharratt）〔絵〕"Lizzie Zipmouth"
  - 銀賞
    トニー・ミットン（Tony Mitton）〔文〕，ピーター・ベイリー（Peter Bailey）〔絵〕"The Red and White Spotted Handkerchief"
  - 銅賞
    ローレン・チャイルド（Lauren Child）「こわがりハーブ えほんのオオカミにきをつけて」"Beware of the Storybook Wolves"
- ◇9〜11歳部門
  - 金賞
    ウィリアム・ニコルソン（William Nicholson）"The Wind Singer"
  - 銀賞
    ビヴァリー・ナイドゥー（Beverley Naidoo）「真実の裏側」"The Other Side of Truth"
  - 銅賞
    ケヴィン・クロスリー＝ホランド（Kevin Crossley-Holland）「ふたりのアーサー1 予言の石」"The Seeing Stone"
- ◇キッズ・クラブ・ネットワーク特別賞
  ジャクリーン・ウィルソン（Jacqueline Wilson）〔文〕，ニック・シャラット（Nick Sharratt）〔絵〕"Lizzie Zipmouth"

2001年
- ◇5歳以下部門
  - 金賞
    キャサリン・アンホルト（Catherine Anholt），ローレンス・アンホルト（Laurence Anholt）"Chimp and Zee"
  - 銀賞
    ミック・インクペン（Mick Inkpen）"Kipper's A to Z"
  - 銅賞
    サラ・ダイアー（Sarah Dyer）"Five Little Friends"
- ◇6〜8歳部門
  - 金賞
    エミリー・スミス（Emily Smith）"The Shrimp"
  - 銀賞
    レイモンド・ブリッグズ（Raymond Briggs）"Ug"
  - 銅賞
    ローレン・チャイルド（Lauren Child）"What Planet Are You From Clarice Bean？"
- ◇9〜11歳部門
  - 金賞
    エヴァ・イボットソン（Eva Ibbotson）"Journey to the River Sea"
  - 銀賞
    クリス・ウッディング（Chris Wooding）"The Haunting of Alaizabel Cray"
  - 銅賞
    ジェラルディン・マコックラン（Geraldine McCaughrean）"The Kite Rider"
- ◇キッズ・クラブ・ネットワーク特別賞
  ローレン・チャイルド（Lauren Child）"What Planet Are You From Clarice Bean？"

2002年
- ◇5歳以下部門
  - 金賞
    ルーシー・カズンズ（Lucy Cousins）"Jazzy in the Jungle"
  - 銀賞
    シャーロット・ヴォーク（Charlotte Voake）"Pizza Kittens"
  - 銅賞
    ニール・レイトン（Neal Layton）"Oscar and Arabella"
- ◇6〜8歳部門
  - 金賞

ローレン・チャイルド（Lauren Child）"That Pesky Rat"
- 銀賞
リチャード・プラット（Richard Platt）〔文〕，クリス・リデル（Chris Riddell）〔絵〕「海賊日誌：少年ジェイク，帆船に乗る」"Pirate Diary"
- 銅賞
マイケル・モーパーゴ（Michael Morpurgo）〔文〕，マイケル・フォアマン（Michael Foreman）〔絵〕"The Last Wolf"

◇9〜11歳部門
- 金賞
フィリップ・リーヴ（Philip Reeve）"Mortal Engines"
- 銀賞
サリー・プルー（Sally Prue）"Cold Tom"
- 銅賞
ジェラルディン・マコックラン（Geraldine McCaughrean）"Stop the Train"

◇キッズ・クラブ・ネットワーク特別賞
ローレン・チャイルド（Lauren Child）"That Pesky Rat"

2003年
◇5歳以下部門
- 金賞
アーシュラ・ジョーンズ（Ursula Jones）〔文〕，ラッセル・エイト（Russell Ayto）〔絵〕"The Witch's Children and the Queen"
- 銀賞
ジーン・ウィリス（Jeanne Willis）〔文〕，トニー・ロス（Tony Ross）〔絵〕"Tadpole's Promise"
- 銅賞
クリス・ウォーメル（Chris Wormell）"Two Frogs"

◇6〜8歳部門
- 金賞
S.F.セッド（S.F.Said）〔文〕，デイブ・マッキーン（Dave McKean）〔絵〕"Varjak Paw"
- 銀賞
ハリー・ホース（Harry Horse）"The Last Castaways"
- 銅賞

サリー・ガードナー（Sally Gardner）"The Countess's Calamity"

◇9〜11歳部門
- 金賞
デイヴィッド・アーモンド（David Almond）「火を喰う者たち」"The Fire-Eaters"
- 銀賞
エレノア・アップデール（Eleanor Updale）"Montmorency"
- 銅賞
スティーブ・オーガード（Steve Augarde）"The Various"

◇キッズ・クラブ・ネットワーク特別賞
サリー・ガードナー（Sally Gardner）"The Countess's Calamity"

2004年
◇5歳以下部門
- 金賞
ミニ・グレイ（Mini Grey）"Biscuit Bear"
- 銀賞
リズ・ピション（Liz Pichon）"My Big Brother Boris"
- 銅賞
ニール・レイトン（Neal Layton）"Bartholomew and the Bug"

◇6〜8歳部門
- 金賞
ポール・スチュワート（Paul Stewart），クリス・リデル（Chris Riddell）「ファーガス・クレインと空飛ぶ鉄の馬」"Fergus Crane"
- 銀賞
マロリー・ブラックマン（Malorie Blackman）"Cloud Busting"
- 銅賞
ジェラルディン・マコックラン（Geraldine McCaughrean）「空からおちてきた男」"Smile！"

◇9〜11歳部門
- 金賞
サリー・グリンドレー（Sally Grindley）"Spilled Water"
- 銀賞
エヴァ・イボットソン（Eva Ibbotson）"The Star of Kazan"
- 銅賞

児童文学　053 ネスレ子どもの本賞

マル・ピート（Mal Peet）「キーパー」"Keeper"

2005年
◇5歳以下部門
- 金賞
  オリヴァー・ジェファーズ（Oliver Jeffers）「まいごのペンギン」"Lost and Found"
- 銀賞
  マラキー・ドイル（Malachy Doyle）〔文〕，スティーブ・ジョンソン（Steve Johnson）〔絵〕，ルー・ファンチャー（Lou Fancher）〔絵〕"The Dancing Tiger"
- 銅賞
  エミリー・グラヴェット（Emily Gravett）「オオカミ」"Wolves"

◇6〜8歳部門
- 金賞
  ニック・バトワース（Nick Butterworth）"The Whisperer"
- 銀賞
  ポール・スチュワート（Paul Stewart），クリス・リデル（Chris Riddell）「コービィ・フラッドのおかしな船旅」"Corby Flood"
- 銅賞
  マイケル・ローゼン（Michael Rosen）〔文〕，クェンティン・ブレイク（Quentin Blake）〔絵〕「悲しい本」"Michael Rosen's Sad Book"

◇9〜11歳部門
- 金賞
  サリー・ガードナー（Sally Gardner）「コリアンダーと妖精の国」"I, Coriander"
- 銀賞
  フィリップ・プルマン（Philip Pullman）「かかしと召し使い」"The Scarecrow and his Servant"
- 銅賞
  リビ・マイケル（Livi Michael）"The Whispering Road"

2006年
◇5歳以下部門
- 金賞
  ニール・レイトン（Neal Layton）〔文〕，クレシッダ・コーウェル（Cressida Cowell）〔絵〕「そのウサギはエミリー・ブラウンのっ！」"That Rabbit Belongs to Emily Brown"
- 銀賞
  クリス・リデル（Chris Riddell）"The Emperor of Absurdia"
- 銅賞
  ミック・インクペン（Mick Inkpen）"Wibbly Pig's Silly Big Bear"

◇6〜8歳部門
- 金賞
  ダレン・キング（Daren King）〔文〕，デイヴィッド・ロバーツ（David Roberts）〔絵〕"Mouse Noses on Toast"
- 銀賞
  ポール・スチュワート（Paul Stewart），クリス・リデル（Chris Riddell）「ヒューゴ・ペッパーとハートのコンパス」"Hugo Pepper"
- 銅賞
  ミニ・グレイ（Mini Grey）"The Adventures of the Dish and the Spoon"

◇9〜11歳部門
- 金賞
  ジュリア・ゴールディング（Julia Golding）"The Diamond of Drury Lane"
- 銀賞
  ヘレン・ダンモア（Helen Dunmore）"The Tide Knot"
- 銅賞
  ポール・シップトン（Paul Shipton）"The Pig Who Saved the World"

2007年
◇5歳以下部門
- 金賞
  ショーン・テイラー（Sean Taylor）〔文〕，ニック・シャラット（Nick Sharratt）〔絵〕"When a Monster is Born"
- 銀賞
  ポリー・ダンバー（Polly Dunbar）「ペンギンさん」"Penguin"
- 銅賞
  ジョエル・スチュワート（Joel Stewart）"Dexter Bexley and the Big Blue Beastie"

◇6〜8歳部門
- 金賞

クリス・リデル（Chris Riddell）"Ottoline and the Yellow Cat"
- 銀賞
アン・ファイン（Anne Fine）"Ivan the Terrible"
- 銅賞
エミリー・グラヴェット（Emily Gravett）"Little Mouse's Big Book of Fears"

◇9〜11歳部門
- 金賞
マット・ヘイグ（Matt Haig）"Shadow Forest"
- 銀賞
リンダ・ニューベリー（Linda Newbery）"Catcall"
- 銅賞
フィリップ・リーヴ（Philip Reeve）「アーサー王ここに眠る」"Here Lies Arthur"

054　フェニックス賞　Phoenix Award

　高い文学的価値をもつが、刊行当時は権威ある児童文学賞を受賞しなかった作品を再評価する賞。1985年、アメリカの児童文学協会（ChLA）により創設された。「フェニックス」の名は、若く美しい姿となって灰の中から復活する架空の鳥にちなむ。選考は毎年行われる。なお、不定期の選出であるオナー・ブック（Honor book）が89年から設けられている。また、2013年からフェニックス絵本賞も授賞されている（創設は2010年）。

【主催者】児童文学協会（ChLA：Children's Literature Association）
【選考委員】ChLA会員の中から5名の専門委員が任命される
【選考方法】ChLA会員と児童文学の批評基準に関心をもつ人たちが候補作を挙げ、選考委員が審査する
【選考基準】原則1作品であり、20年前に英語で刊行され、当時、主だった賞を受けなかった作品を対象とする。出版国や作家の国籍について制限はない
【賞・賞金】真鍮の彫像
【URL】http://www.childlitassn.org/

1985年
　ローズマリー・サトクリフ（Rosemary Sutcliff）「王のしるし」"The Mark of the Horse Lord"
1986年
　ロバート・バーチ（Robert Burch）「いじっぱりのクイーニ」"Queenie Peavy"
1987年
　レオン・ガーフィールド（Leon Garfield）「ねらわれたスミス」"Smith"
1988年
　エリック・C.ホガード（Erik Christian Haugaard）「さいごのとりでマサダ」"The Rider and His Horse"
1989年
　ヘレン・クレスウェル（Helen Cresswell）"The Night-Watchmen"

1990年
　シルヴィア・ルイーズ・エングダール（Sylvia Louise Engdahl）「異星から来た妖精」"Enchantress from the Stars"
1991年
　ジェーン・ガーダム（Jane Gardam）"A Long Way from Verona"
1992年
　モリー・ハンター（Mollie Hunter）"A Sound of Chariots"
1993年
　ニーナ・ボーデン（Nina Bawden）「帰ってきたキャリー」"Carrie's War"
1994年
　キャサリン・パターソン（Katherine Paterson）"Of Nightingales that Weep"

1995年
　ローレンス・イェップ（Laurence Yep）「ドラゴン複葉機よ，飛べ」"Dragonwings"
1996年
　アラン・ガーナー（Alan Garner）"The Stone Book"
1997年
　ロバート・コーミア（Robert Cormier）"I Am the Cheese"
1998年
　ジル・ペイトン・ウォルシュ（Jill Paton Walsh）"A Chance Child"
1999年
　E.L.カニグズバーグ（E.L.Konigsburg）「影」"Throwing Shadows"
2000年
　モニカ・ヒューズ（Monica Hughes）「イシスの燈台守」"The Keeper of the Isis Light"
2001年
　ピーター・ディキンスン（Peter Dickinson）"The Seventh Raven"
2002年
　ジビー・オニール（Zibby Oneal）"A Formal Feeling"
2003年
　アイヴァン・サウスオール（Ivan Southall）"The Long Night Watch"
2004年
　バーリー・ドハティ（Berlie Doherty）「ホワイト・ピーク・ファーム」"White Peak Farm"
2005年
　マーガレット・マーヒー（Margaret Mahy）「贈りものは宇宙のカタログ」"The Catalogue of the Universe"
2006年
　ダイアナ・ウィン・ジョーンズ（Diana Wynne Jones）「魔法使いハウルと火の悪魔」"Howl's Moving Castle"
2007年
　マーガレット・マーヒー（Margaret Mahy）「ゆがめられた記憶」"Memory"
2008年
　ピーター・ディキンスン（Peter Dickinson）「エヴァが目ざめるとき」"Eva"
2009年
　フランチェスカ・リア・ブロック（Francesca Lia Block）「ウィーツィ・バット」"Weetzie Bat"
2010年
　ローズマリー・サトクリフ（Rosemary Sutcliff）「アネイリンの歌 ケルトの戦の物語」"The Shining Company"
2011年
　ヴァージニア・ユウワー・ウルフ（Virginia Euwer Wolff）"The Mozart Season"
2012年
　カレン・ヘス（Karen Hesse）「リフカの旅」"Letters from Rifka"
2013年
　Gaye Hiçyilmaz "The Frozen Waterfall"
2014年
　ギャリー・ソト（Gary Soto）"Jesse"
2015年
　キョウコ・モリ（Kyoko Mori）「めぐみ」"One Bird"
2016年
　アンドリュー・クレメンツ（Andrew Clements）「合言葉はフリンドル！」"Frindle"

055　ボストングローブ・ホーンブック賞　Boston Globe-Horn Book Awards

　1967年に授賞を開始した，児童およびヤングアダルト向け作品の文学賞。アメリカのボストングローブ（ボストンの日刊新聞社）とホーンブック・マガジン（児童文学・ヤングアダルト作品の出版社。児童図書批評誌「ホーン・ブック・マガジン」を刊行）により

055 ボストングローブ・ホーンブック賞　児童文学

行われている。現在、絵本部門、フィクション部門、ノンフィクション部門の3部門が置かれる。絵本部門では、75年と78年に安野光雅が受賞、フィクション部門では、97年に湯本香樹実が受賞している。

【主催者】ボストングローブ（The Boston Globe）、ホーンブック・マガジン（Horn Book Magazine）

【選考委員】ホーンブックの編集者が任命する3名の委員からなる独立した選考委員会。（2016年）Betsy Bird, Roxanne Feldman, Joanna Rudge Long

【選考方法】選考委員による選考。絵本部門、フィクション部門（フィクションおよび詩部門）、ノンフィクション部門より、受賞作を各1点、次点作を各2点まで選定。特別表彰（Special Citation）が設けられる場合もある

【選考基準】（2016年）対象：2015年6月1日から翌年5月31日までにアメリカで出版された書籍。以前に他国で出版されていても、アメリカでの初版を対象とする。ただし、再版やテキストブック、電子ブック、オーディオブックは対象外とする。出版社は、選考希望の作品を出版後速やかに各委員に送付する

【締切・発表】（2016年）出版社からの提出期限は2016年5月15日とする。同月中に受賞作および次点作を発表。授賞式は9月30日に開催する

【URL】http://www.hbook.com/boston-globe-horn-book-awards/

1967年
◇フィクション
　エリック・C.ホガード（Erik Christian Haugaard）「小さな魚」"The Little Fishes"〈Houghton〉
◇絵本
　ピーター・スピアー（Peter Spier）「ロンドン橋がおちまする！」"London Bridge Is Falling Down"〈Doubleday〉

1968年
◇フィクション
　ジョン・ローソン（John Lawson）"The Spring Rider"〈Crowell〉
◇絵本
　Arlene Mosel〔文〕、ブレア・レント（Blair Lent）〔絵〕"Tikki Tikki Tembo"〈Holt〉

1969年
◇フィクション
　アーシュラ・K.ル＝グウィン（Ursula K.Le Guin）「ゲド戦記1―影との戦い」"A Wizard of Earthsea"〈Parnassus〉
◇絵本
　John S.Goodall "The Adventures of Paddy Pork"〈Harcourt〉

1970年
◇フィクション
　ジョン・ロウ・タウンセンド（John Rowe Townsend）「アーノルドのはげしい夏」"The Intruder"〈Lippincott〉
◇絵本
　エズラ・ジャック・キーツ（Ezra Jack Keats）「やあ、ねこくん！」"Hi, Cat！"〈Macmillan〉

1971年
◇フィクション
　エレノア・カメロン（Eleanor Cameron）"A Room Made of Windows"〈Atlantic〉
◇絵本
　Kazue Mizumura "If I Built a Village..."〈Crowell〉

1972年
◇フィクション
　ローズマリー・サトクリフ（Rosemary Sutcliff）「トリスタンとイズー」"Tristan and Iseult"〈Dutton〉
◇絵本
　ジョン・バーニンガム（John Burningham）「ガンピーさんのふなあそび」"Mr. Gumpy's Outing"〈Holt〉

1973年
◇フィクション
　スーザン・クーパー（Susan Cooper）「闇の戦い1―光の六つのしるし」"The Dark

児童文学　　055 ボストングローブ・ホーンブック賞

　　Is Rising"〈Atheneum〉
　◇絵本
　　ハワード・パイル（Howard Pyle）〔文〕，トリーナ・シャート・ハイマン（Trina Schart Hyman）〔絵〕　"King Stork"〈Little〉
1974年
　◇フィクション
　　ヴァージニア・ハミルトン（Virginia Hamilton）「偉大なるM.C.」　"M.C. Higgins, The Great"〈Macmillan〉
　◇絵本
　　Muriel Feelings〔文〕，Tom Feelings〔絵〕　"Jambo Means Hello"〈Dial〉
1975年
　◇フィクション
　　T.Degens　"Transport 7-41-R"〈Viking〉
　◇絵本
　　安野光雅（Mitsumasa Anno）「ABCの本」　"Anno's Alphabet"〈Crowell〉
1976年
　◇フィクション
　　ジル・ペイトン・ウォルシュ（Jill Paton Walsh）「海鳴りの丘」　"Unleaving"〈Farrar〉
　◇ノンフィクション
　　アルフレッド・タマリン（Alfred Tamarin），Shirley Glubok　"Voyaging to Cathay: Americans in the China Trade"〈Viking〉
　◇絵本
　　レミー・シャーリップ（Romy Charlip），ジェリー・ジョイナー（Jerry Joyner）　"Thirteen"〈Parents〉
1977年
　◇フィクション
　　ローレンス・イェップ（Laurence Yep）　"Child of the Owl"〈Harper〉
　◇ノンフィクション
　　ピーター・ディキンスン（Peter Dickinson）　"Chance, Luck and Destiny"〈Atlantic〉
　◇絵本
　　ウォーレス・トリップ（Wallace Tripp）　"Granfa' Grig Had a Pig and Other Rhymes Without Reason from Mother Goose"〈Little〉

◇特別表彰
　Jorg Mueller　"The Changing City and The Changing Countryside"〈Atheneum/McElderry〉
1978年
　◇フィクション
　　エレン・ラスキン（Ellen Raskin）「アンクル・サムの遺産」　"The Westing Game"〈Dutton〉
　◇ノンフィクション
　　イルゼ・コーン（Ilse Koehn）「少女イルゼの秘密―第二次世界大戦下のドイツ」　"Mischling, Second Degree"〈Greenwillow〉
　◇絵本
　　安野光雅（Mitsumasa Anno）「旅の絵本」　"Anno's Journey"〈Collins-World〉
1979年
　◇フィクション
　　シド・フライシュマン（Sid Fleischman）　"Humbug Mountain"〈Atlantic〉
　◇ノンフィクション
　　デーヴィッド・ケルディアン（David Kherdian）「アルメニアの少女」　"The Road from Home: The Story of an Armenian Girl"〈Greenwillow〉
　◇絵本
　　レイモンド・ブリッグズ（Raymond Briggs）「スノーマン」　"The Snowman"〈Random〉
1980年
　◇フィクション
　　アンドリュー・デイヴィス（Andrew Davies）　"Conrad's War"〈Crown〉
　◇ノンフィクション
　　マリオ・サルバドリー（Mario Salvadori）〔文〕，Saralinda Hooker〔絵〕，Christopher Ragus〔絵〕　「建物はどうして建っているか　構造―重力とたたかい」　"Building: The Fight Against Gravity"〈Atheneum/McElderry〉
　◇絵本
　　クリス・ヴァン・オールズバーグ（Chris Van Allsburg）「魔術師アブドゥル・ガサツィの庭園」（別題「魔術師ガザージ氏の庭で」）　"The Garden of Abdul Gasazi"〈Houghton〉

◇特別表彰
　　グレアム・オークリー（Graham Oakley）"Graham Oakley's Magical Changes"〈Atheneum〉

1981年
◇フィクション
　　リン・ホール（Lynn Hall）"The Leaving"〈Scribners〉
◇ノンフィクション
　　キャスリン・ラスキー（Kathryn Lasky）〔文〕，クリストファー・G.ナイト（Christopher G.Knight）〔絵・写真〕"The Weaver's Gift"〈Warne〉
◇絵本
　　モーリス・センダック（Maurice Sendak）「まどのそとのそのまたむこう」"Outside Over There"〈Harper〉

1982年
◇フィクション
　　ルース・パーク（Ruth Park）「魔少女ビーティー・ボウ」"Playing Beatie Bow"〈Atheneum〉
◇ノンフィクション
　　アランカ・シーガル（Aranka Siegal）「やぎのあたまに―アウシュビッツとある少女の青春 ハンガリー 1939-1944」"Upon the Head of the Goat：A Childhood in Hungary 1939-1944"〈Farrar〉
◇絵本
　　ナンシー・ウィラード（Nancy Willard）〔文〕，アリス＆マーティン・プロベンセン（Alice and Martin Provensen）〔絵〕"A Visit to William Blake's Inn：Poems for Innocent and Experienced Travelers"〈Harcourt〉

1983年
◇フィクション
　　ヴァージニア・ハミルトン（Virginia Hamilton）「マイゴーストアンクル」"Sweet Whispers, Brother Rush"〈Philomel〉
◇ノンフィクション
　　ダニエル・S.デーヴィス（Daniel S.Davis）"Behind Barbed Wire：The Imprisonment of Japanese Americans During World War Ⅱ"〈Dutton〉
◇絵本
　　ベラ・ウィリアムズ（Vera Williams）「かあさんのいす」"A Chair for My Mother"〈Greenwillow〉

1984年
◇フィクション
　　パトリシア・ライトソン（Patricia Wrightson）「ミセス・タッカーと小人ニムビン」"A Little Fear"〈Atheneum/McElderry〉
◇ノンフィクション
　　ジーン・フリッツ（Jean Fritz）〔文〕，エド・ヤング（Ed Young）〔絵〕"The Double Life of Pocahontas"〈Putnam〉
◇絵本
　　W.ハットン（Warwick Hutton）〔再話・絵〕「さかなにのまれたヨナのはなし」(日本版再話：栗原マサ子，絵：W.ハットン）"Jonah and the Great Fish"〈Atheneum/McElderry〉

1985年
◇フィクション
　　ブルース・ブルックス（Bruce Brooks）"The Moves Make the Man"〈Harper〉
◇ノンフィクション
　　ローダ・ブランバーグ（Rhoda Blumberg）「ペリー提督と日本開国」"Commodore Perry in the Land of the Shogun"〈Lothrop〉
◇絵本
　　サッチャー・ハード（Thacher Hurd）「ママはだめっていうけど」"Mama Don't Allow"〈Harper〉
◇特別表彰
　　タナ・ホーバン（Tana Hoban）〔文・訳・写真〕「1,2,3」"1,2,3"〈Greenwillow〉

1986年
◇フィクション
　　ジビー・オニール（Zibby Oneal）"In Summer Light"〈Viking〉
◇ノンフィクション
　　ペギー・トムソン（Peggy Thomson）"Auks, Rocks, and the Odd Dinosaur：Inside Stories from the Smithsonian's Museum of Natural History"〈Crowell〉
◇絵本
　　モリー・バング（Molly Bang）"The Paper

Crane"〈Greenwillow〉
1987年
　◇フィクション
　　ロイス・ローリー（Lois Lowry）"Rabble Starkey"〈Houghton〉
　◇ノンフィクション
　　マルシア・スウォール（Marcia Sewall）"The Pilgrims of Plimoth"〈Atheneum〉
　◇絵本
　　John Steptoe "Mufaro's Beautiful Daughters"〈Lothrop〉
1988年
　◇フィクション
　　ミルドレッド・D.テイラー（Mildred D. Taylor）〔文〕，マックス・ギンスバーグ（Max Ginsburg）〔絵〕"The Friendship"〈Dial〉
　◇ノンフィクション
　　ヴァージニア・ハミルトン（Virginia Hamilton）"Anthony Burns: The Defeat and Triumph of a Fugitive Slave"〈Knopf〉
　◇絵本
　　ダイアン・スナイダー（Dianne Snyder）〔文〕，アレン・セイ（Allen Say）〔絵〕「さんねんねたろう」"The Boy of the Three-Year Nap"〈Houghton〉
1989年
　◇フィクション
　　ポーラ・フォックス（Paula Fox）"The Village by the Sea"〈Orchard〉
　◇ノンフィクション
　　デビッド・マコーレイ（David Macaulay）「道具と機械の本」"The Way Things Work"〈Houghton〉
　◇絵本
　　ローズマリー・ウェルズ（Rosemary Wells）"Shy Charles"〈Dial〉
1990年
　◇フィクション
　　ジェリー・スピネッリ（Jerry Spinelli）「クレージー・マギーの伝説」"Maniac Magee"〈Little, Brown〉
　◇ノンフィクション
　　ジーン・フリッツ（Jean Fritz）"The Great Little Madison"〈Putnam〉
　◇絵本
　　エド・ヤング（Ed Young）〔訳・絵〕「ロンポポ—オオカミと三にんのむすめ」"Lon Po Po: A Red-Riding Hood Story from China"〈Philomel〉
　◇特別表彰
　　ナンシー・エクホーム・バーカート（Nancy Ekholm Burkert）"Valentine and Orson"〈Farrar〉
1991年
　◇フィクション
　　アヴィ（Avi）「シャーロット・ドイルの告白」"The True Confessions of Charlotte Doyle"〈Orchard〉
　◇ノンフィクション
　　シンシア・ライラント（Cynthia Rylant）〔文〕，バリー・モーザー（Barry Moser）〔絵〕"Appalachia: The Voices of Sleeping Birds"〈Harcourt〉
　◇絵本
　　キャサリン・パターソン（Katherine Paterson）〔文〕，ディロン夫妻（Leo and Diane Dillon）〔絵〕"The Tale of the Mandarin Ducks"〈Lodestar〉
1992年
　◇フィクション
　　シンシア・ライラント（Cynthia Rylant）「メイおばちゃんの庭」"Missing May"〈Jackson/Orchard〉
　◇ノンフィクション
　　パット・カミングス（Pat Cummings）〔編〕"Talking with Artists"〈Bradbury〉
　◇絵本
　　エド・ヤング（Ed Young）「七ひきのねずみ」"Seven Blind Mice"〈Philomel〉
1993年
　◇フィクション
　　ジェームズ・ベリー（James Berry）"Ajeemah and His Son"〈Harper〉
　◇ノンフィクション
　　パトリシア・C.マキサック（Patricia C. McKissack），フレデリック・マキサック（Fredrick McKissack）"Sojourner Truth: Ain't I a Woman?"〈Scholastic〉
　◇絵本
　　ロイド・アリグザンダー（Lloyd Alexander）〔文〕，トリーナ・シャート・ハイマン

（Trina Schart Hyman）〔絵〕 "The Fortune Tellers"〈Dutton〉

1994年
　◇フィクション
　　ベラ・ウィリアムズ（Vera Williams）「スクーターでジャンプ！」 "Scooter"〈Greenwillow〉
　◇ノンフィクション
　　ラッセル・フリードマン（Russell Freedman）"Eleanor Roosevelt: A Life of Discovery"〈Clarion〉
　◇絵本
　　アレン・セイ（Allen Say）「おじいさんの旅」 "Grandfather's Journey"〈Houghton〉

1995年
　◇フィクション
　　ティム・ウィン=ジョーンズ（Tim Wynne-Jones）「火星を見たことありますか」 "Some of the Kinder Planets"〈Kroupa/Orchard〉
　◇ノンフィクション
　　Natalie S.Bober "Abigail Adams: Witness to a Revolution"〈Atheneum〉
　◇絵本
　　ジュリアス・レスター（Julius Lester）〔再話〕, ジェリー・ピンクニー（Jerry Pinkney）〔絵〕 "John Henry"〈Dial〉

1996年
　◇フィクション
　　アヴィ（Avi）〔文〕, ブライアン・フロッカ（Brian Floca）〔絵〕 「ポピー――ミミズクの森をぬけて」 "Poppy"〈Jackson/Orchard〉
　◇ノンフィクション
　　アンドレア・ウォーレン（Andrea Warren）"Orphan Train Rider: One Boy's True Story"〈Houghton〉
　◇絵本
　　エイミー・ヘスト（Amy Hest）〔文〕, ジル・バートン（Jill Barton）〔絵〕 "In the Rain with Baby Duck"〈Candlewick〉

1997年
　◇フィクション
　　湯本香樹実（Kazumi Yumoto）〔著〕, Cathy Hirano〔訳〕 「夏の庭――The Friends」 "The Friends"〈Farrar〉
　◇ノンフィクション
　　ウォルター・ウィック（Walter Wick）〔文・絵・写真〕 「ひとしずくの水」 "A Drop of Water: A Book of Science and Wonder"〈Scholastic〉
　◇絵本
　　ブライアン・ピンクニー（Brian Pinkney）"The Adventures of Sparrowboy"〈Simon〉

1998年
　◇フィクション
　　フランシスコ・ヒメネス（Francisco Jiménez）「この道のむこうに」 "The Circuit: Stories from the Life of a Migrant Child"〈University of New Mexico Press〉
　◇ノンフィクション
　　Leon Walter Tillage〔文〕, スーザン・L・ロス（Susan L.Roth）〔絵・コラージュアート〕 "Leon's Story"〈Farrar〉
　◇絵本
　　ケイト・バンクス（Kate Banks）〔文〕, ゲオルク・ハレンスレーベン（Georg Hallensleben）〔絵〕 「おつきさまはきっと」 "And If the Moon Could Talk"〈Foster/Farrar〉

1999年
　◇フィクション
　　ルイス・サッカー（Louis Sachar）「穴」 "Holes"〈Foster/Farrar〉
　◇ノンフィクション
　　スティーブ・ジェンキンズ（Steve Jenkins）「エベレスト―地球のてっぺんに立つ！」 "The Top of the World: Climbing Mount Everest"〈Houghton〉
　◇絵本
　　ジョイ・カウリー（Joy Cowley）〔文〕, ニック・ビショップ（Nic Bishop）〔絵・写真〕 「アカメアマガエル」 "Red-Eyed Tree Frog"〈Scholastic〉
　◇特別表彰
　　ピーター・シス（Peter Sís）"Tibet: Through the Red Box"〈Foster/Farrar〉

2000年
　◇フィクション

Franny Billingsley "The Folk Keeper"〈Atheneum〉
◇ノンフィクション
Marc Aronson "Sir Walter Ralegh and the Quest for El Dorado"〈Clarion〉
◇絵本
D.B.ジョンソン(D.B.Johnson)「ヘンリー フィッチバーグへいく」 "Henry Hikes to Fitchburg"〈Houghton〉

2001年
◇フィクション/詩
マリリン・ネルソン(Marilyn Nelson) "Carver: A Life in Poems"〈Front Street〉
◇ノンフィクション
Joan Dash〔文〕, Dusan Petricic〔絵〕 "The Longitude Prize"〈Foster/Farrar〉
◇絵本
Cynthia DeFelice〔文〕, ロバート・アンドリュー・パーカー(Robert Andrew Parker)〔絵〕 "Cold Feet"〈DK Ink〉

2002年
◇フィクション/詩
グレアム・ソールズベリー(Graham Salisbury) "Lord of the Deep"〈Delacorte〉
◇ノンフィクション
エリザベス・パートリッジ(Elizabeth Partridge) "This Land was Made for You and Me: The Life and Songs of Woody Guthrie"〈Viking〉
◇絵本
ボブ・グラハム(Bob Graham)「いぬがかいた～い！」 "Let's Get a Pup！'Said Kate"〈Candlewick〉

2003年
◇フィクション/詩
アン・ファイン(Anne Fine)〔文〕, Penny Dale〔絵〕 "The Jamie and Angus Stories"〈Candlewick〉
◇ノンフィクション
マイラ・カルマン(Maira Kalman)「しょうぼうていハーヴィ ニューヨークをまもる」 "Fireboat: The Heroic Adventures of the John J. Harvey"〈Putnam〉
◇絵本
フィリス・ルート(Phyllis Root)〔文〕, ヘレン・オクセンバリー(Helen Oxenbury)〔絵〕 "Big Momma Makes the World"〈Candlewick〉

2004年
◇フィクション/詩
デイヴィッド・アーモンド(David Almond)「火を喰う者たち」 "The Fire-Eaters"〈Delacorte〉
◇ノンフィクション
ジム・マーフィー(Jim Murphy) "An American Plague: The True and Terrifying Story of the Yellow Fever Epidemic of 1793"〈Clarion〉
◇絵本
モーディカイ・ガースティン(Mordicai Gerstein)「綱渡りの男」 "The Man Who Walked Between the Towers"〈Roaring Brook〉

2005年
◇フィクション/詩
ニール・シャスターマン(Neal Shusterman)「シュワはここにいた」 "The Schwa Was Here"〈Dutton〉
◇ノンフィクション
フィリップ・フース(Phillip Hoose) "The Race to Save the Lord God Bird"〈Kroupa/Farrar〉
◇絵本
ミニ・グレイ(Mini Grey)「カッチョマンがやってきた！」 "Traction Man Is Here！"〈Knopf〉

2006年
◇絵本
ロイス・エイラト(Lois Ehlert) "Leaf Man"〈Harcourt〉
◇フィクション/詩
ケイト・ディカミロ(Kate DiCamillo)〔文〕, バグラム・イバトーリーン(Bagram Ibatoulline)〔絵〕「愛をみつけたうさぎ―エドワード・テュレインの奇跡の旅」 "The Miraculous Journey of Edward Tulane"〈Candlewick〉
◇ノンフィクション
フェイス・マックナルティ(Faith McNulty)〔文〕, スティーブン・ケロッ

グ（Steven Kellogg）〔絵〕 "If You Decide to Go to the Moon"〈Scholastic〉

2007年
◇絵本
ローラ・ヴァッカロ・シーガー（Laura Vaccaro Seeger）〔文・絵〕「いぬとくまいつもふたりは」"Dog and Bear: Two Friends, Three Stories"〈Porter/Roaring Brook〉
◇フィクション／詩
M.T.アンダーソン（M.T.Anderson）"The Astonishing Life of Octavian Nothing, Traitor to the Nation, Volume Ⅰ: The Pox Party"〈Candlewick〉
◇ノンフィクション
Nicolas Debon〔文・絵〕"The Strongest Man in the World: Louis Cyr"〈Groundwood〉

2008年
◇絵本
ジョナサン・ビーン（Jonathan Bean）「よぞらをみあげて」"At Night"〈Farrar〉
◇フィクション／詩
シャーマン・アレクシー（Sherman Alexie）〔文〕，エレン・フォーニー（Ellen Forney）〔絵〕「はみだしインディアンのホントにホントの物語」"The Absolutely True Diary of a Part-Time Indian"〈Little〉
◇ノンフィクション
ピーター・シス（Peter Sís）「かべ―鉄のカーテンのむこうに育って」"The Wall"〈Foster/Farrar〉
◇特別表彰
ショーン・タン（Shaun Tan）「アライバル」"The Arrival"〈Levine/Scholastic〉

2009年
◇絵本
マーガレット・マーヒー（Margaret Mahy）〔文〕，ポリー・ダンバー（Polly Dunbar）〔絵〕「しゃぼんだまぼうや」"Bubble Trouble"〈Clarion〉
◇フィクション
テリー・プラチェット（Terry Pratchett）"Nation"〈HarperCollins〉
◇ノンフィクション
キャンデス・フレミング（Candace Fleming）"The Lincolns: A Scrapbook Look at Abraham and Mary"〈Schwartz & Wade/Random House〉

2010年
◇絵本
Laurel Croza〔文〕，Matt James〔絵〕"I Know Here"〈Groundwood〉
◇フィクション
レベッカ・ステッド（Rebecca Stead）「きみに出会うとき」"When You Reach Me"〈Lamb/Random〉
◇ノンフィクション
エリザベス・パートリッジ（Elizabeth Partridge）"Marching for Freedom: Walk Together, Children, and Don't You Grow Weary"〈Viking〉

2011年
◇絵本
サリー・メーバー（Salley Mavor）"Pocketful of Posies: A Treasury of Nursery Rhymes"〈Houghton〉
◇フィクション
ティム・ウィン＝ジョーンズ（Tim Wynne-Jones）"Blink & Caution"〈Candlewick〉
◇ノンフィクション
スティーヴ・シャンキン（Steve Sheinkin）"The Notorious Benedict Arnold: A True Story of Adventure, Heroism & Treachery"〈Flash Point/Roaring Brook〉

2012年
◇絵本
マック・バーネット（Mac Barnett）〔文〕，ジョン・クラッセン（Jon Klassen）〔絵〕「アナベルとふしぎなけいと」"Extra Yarn"〈Balzer + Bray/HarperCollins〉
◇フィクション
ヴォーンダ・ミショー・ネルソン（Vaunda Micheaux Nelson）〔文〕，R.グレゴリー・クリスティ（R.Gregory Christie）〔絵〕「ハーレムの闘う本屋―ルイス・ミショーの生涯」"No Crystal Stair: A Documentary Novel of the Life and Work of Lewis Michaux, Harlem Bookseller"〈Carolrhoda Lab〉
◇ノンフィクション
チャック・クロース（Chuck Close）"Chuck Close: Face Book"〈Abram〉

2013年
　◇絵本
　　ジョナサン・ビーン（Jonathan Bean）〔文・絵〕"Building Our House"〈Farrar Straus and Giroux, an imprint of Macmillan〉
　◇フィクション
　　Rainbow Rowell "Eleanor & Park"〈St. Martin's Griffin/Macmillan〉
　◇ノンフィクション
　　ロバート・バート（Robert Byrd）〔文・絵〕"Electric Ben: The Amazing Life and Times of Benjamin Franklin"〈Dial/Penguin〉

2014年
　◇絵本
　　ピーター・ブラウン（Peter Brown）〔文・絵〕「トラさん、あばれる」"Mr. Tiger Goes Wild"〈Little, Brown Books for Young Readers, an imprint of Hachette Book Group〉
　◇フィクション
　　アンドリュー・スミス（Andrew Smith）"Grasshopper Jungle"〈Dutton Children's Books, an imprint of Penguin Group USA〉
　◇ノンフィクション
　　スティーヴ・シャンキン（Steve Sheinkin）"The Port Chicago 50: Disaster, Mutiny, and the Fight for Civil Rights"〈Roaring Book Press〉

2015年
　◇絵本
　　マーラ・フレイジー（Marla Frazee）"The Farmer and the Clown"〈published by Beach Lane Books, an imprint of Simon & Schuster Children's Publishing Division〉
　◇フィクション
　　キャサリン・ランデル（Katherine Rundell）"Cartwheeling in Thunderstorms"〈published by Simon & Schuster Books for Young Readers〉
　◇ノンフィクション
　　キャンデス・フレミング（Candace Fleming）"The Family Romanov: Murder, Rebellion, and the Fall of Imperial Russia"〈published by Schwartz & Wade Books, an imprint of Random House Children's Books〉

受賞者名索引

【ア】

アイ ……………………… 84
アイアンサイド, エリザベス
　………………………… 201
アイヴォリー, ウィリアム … 180
アイザック, ライス・L. … 115
アイジンガー, ジョー …… 170
アイスラー, バリー ……… 220
アイゼンバーグ, デボラ … 136
アイヒ, ギュンター ………… 98
アイリッシュ, ウィリアム … 154
アイル, カリロス …………… 85
アイルズ, グレッグ ……… 223
アヴィ …… 394, 411, 427, 428
アーヴィン, ジョン ………… 50
アーヴィング, ジョン ……… 79
アーカート, ジェイン ……… 22
アガード, ジョン ………… 417
赤羽 末吉 ………………… 388
アーカム・ハウス ………… 275
アギーレ, フォレスト …… 282
アクイン, ユベール ………… 12
アクステル, デヴィッド … 417
アクター, アヤド ………… 124
アグノン, シュムエル・ヨセフ
　…………………………… 94
アクロイド, ピーター … 34, 53
アコーン, ミルトン ………… 14
アーサー, ロバート … 155, 156
アサロ, キャサリン … 307, 309
アシキャン, ブリジット・シャ
　ベール …………………… 20
アシモフ, アイザック …… 287,
　302～304, 313, 316, 317,
　319, 321, 324, 329, 330,
　356, 357, 359, 360, 362, 365
アジャール, エミール ……… 44
アーシャンボウ, ジル ……… 17
アーシャンボウ, フランソワ
　…………………………… 23
アシュケナーズィ, リュドビク
　………………………… 399
アシュビー, M.K. ………… 50
アシュリー, アレン ……… 261
アシュリー, マイク … 181, 345
アシュワース, マリー・ウェー
　ルズ …………………… 109
アースキン, キャスリン …… 86
アストゥリアス, ミゲル・アン

ヘル ……………………… 94
アスブデン, ケスター …… 207
アゼアリアン, メアリー …… 393
アーダー, フィリップ …… 404
アダムス, ジェイムズ・トラス
　ロウ …………………… 101
アダムス, ジョーイ ……… 162
アダムス, ダグラス … 248, 288
アダムス, チャールズ … 159, 329
アダムス, デボラ ………… 225
アダムズ, ハロルド ……… 213
アダムズ, ヘンリー ……… 101
アダムズ, リチャード … 378, 382
アダムソン, アンソニー …… 14
アチェベ, チヌア ………… 130
アチソン, ディーン ……… 112
アーチボルト, ウィリアム … 159
アッカーマン, フォレスト.J.
　………… 281, 312〜314, 345
アッシャー, エレン … 283, 284
アッシュベリー, ジョン
　……………………… 62, 77, 114
アッスル, クララ ………… 397
アップダイク, ジョン ……… 63,
　65, 74, 81, 115, 117, 136
アップデール, エレノア …… 420
アップルゲイト, キャサリン
　………………………… 411
アップルゲート, デビー … 122
アッペルフェルド, アハロン
　………………………… 141
アーディ, チャールズ … 183, 188
アディガ, アラヴィンド …… 130
アーディゾーニ, エドワード
　………………………… 384
アディソン, リンダ
　……………… 348, 351, 352, 354
アディーチェ, チママンダ・ン
　ゴズィ ……………… 71, 134
アトウッド, マーガレット
　……………… 11, 16, 56, 130, 230
アトキンソン, ケイト … 36, 40, 41
アトキンソン, リック …… 121
アドコック, トマス ……… 174
アドマン, ポール.E. ……… 164
アートリー, アレグザンドラ
　………………………… 202
アードリック, ルイーズ
　……………… 63, 86, 280, 395
アーナスン, エリナー …… 269
アーナット, マリアン …… 205
アナン, ノエル.G. ………… 49

アーノット, ジェイク …… 206
アーノルド, ジャック …… 315
アーノルド, ダニー ……… 167
アーノルド, テッド ……… 184
アーノルド, マーク・アラン
　………………………… 274
アバニ, クリス …………… 188
アハメド, ライアカット … 123
アビッシュ, ウォルター … 135
アービン, ニュートン ……… 72
アブネット, キャサリン … 206
アブラハム, パール ……… 216
アブルボーム, アン ……… 121
アベリ, ヤン ……………… 140
アボット, ジェフ …… 148, 225
アボット, ジョージ ……… 109
アボット, トニー ………… 185
アボット, ポール ………… 182
アボット, ミーガン … 184, 221
アーマー, アラン ………… 161
アーマー, ローラ・アダムズ
　………………………… 408
アーマントラウト, レイ … 70, 123
アームストロング, ウィリアム・
　H. ……………………… 410
アームストロング, ケン … 186
アームストロング, シャーロッ
　ト ……………………… 157
アームストロング, ニール … 318
アームストロング, リチャード
　………………………… 381
アームストロング, ロリ … 217
アムラン, ジャン ……… 13, 16
アムラン, ルイ …………… 18
アムラン, ルイ＝エドモンド
　………………………… 14
アメット, ジャック＝ピエール
　………………………… 45
アモンズ, A.R. …… 63, 76, 83
アモンス, マーク ………… 184
アーモンド, デイヴィッド … 37, 38,
　380, 383, 389, 418, 420, 429
アヤラ, フランシスコ ……… 60
荒井 良二 ………………… 377
アラゴン, ルイ …………… 143
アラード, ネリー …………… 6
アラバール, フェルナンド … 88
アラヤ, サミュエル ……… 286
アラン, ポール.C. ………… 274
アーリー, ジェラルド ……… 66
アーリー, ジャック ……… 211
アリ, ミリアム …………… 125

海外文学賞事典　**435**

アーリイ, ピート ………… 176
アリエティ, シルヴァーノ … 77
アリグザンダー, ロイド …… 75, 80, 282, 410, 427
アリバー, ルーシー ……… 311
アリン, ダグ ‥ 171, 176, 186, 224
アルカン, ベルナァル ……… 19
アールストローム,S.E. …… 76
アルスノー, イザベル … 27, 30, 31
アルドゥーアン, マリア・ル ……………………… 126
アルトマン,H.C. …………… 99
アルドリッチ, クリス ……… 193
アルノー, ジョルジュ=ジャン ……………………… 232, 234
アルノッティ, クリスティーヌ ………………………… 5
アルノプロス, シェイラ・マクリード ……………… 15
アルバーグ, ジャネット ‥ 385, 386
アルバート, ワルター ……… 171
アルバロ, コラード ………… 57
アルビーノ, ジョヴァンニ … 58
アルフィン, エレイン・マリ ……………………… 179
アルフライ, カテリーネ …… 397
アルフレッドソン, トーマス ……………………… 263
アルベルティ, ラファエル … 60
アルラン, マルセル ………… 43
アレイクサンドレ, ビセンテ ……………………… 94
アレキサンダー, シェイナ … 170
アレグザンダー, ウィリアム ……………………… 86
アレクサンダー, クワミ …… 412
アレクサンダー, パトリック ……………………… 199
アレクサンダー, マリア …… 354
アレクシー, シャーマン ……………… 85, 136, 430
アレクシエービッチ, スベトラーナ ……… 68, 96, 142
アレクシス, アンドレ ……… 56
アレグリア, クラリベル …… 90
アレグレット, マイケル …… 212
アレン, アグネス …………… 381
アレン, ウディ … 264, 302, 320
アレン, ジュディ …………… 35
アレンスバーグ, アン ……… 80
アロースミス, ウィリアム … 79
アロニカ, ルー … 278, 363, 364
アロンソ, ダマソ …………… 60

アロンソン, スティーヴン・M.L. ……………………… 171
アンガー, アーウィン ……… 111
アンジェリ, マルグリット・デ ……………………… 409
アンジョレッティ,G.B. …… 57
アンスワース, バリー ……… 130
アンソニー, ピアス ………… 255
アンダースン, ポール …… 254, 270, 301〜303, 307, 316, 318, 319, 322, 324, 355
アンダーソン,M.T. …… 85, 430
アンダーソン, マクスウェル ……………………… 103
アンダーソン, レイチェル … 379
アンダーソン, ローリー・ハルツ ……………………… 395
アンダーヒル, フランク.H. ……………………… 10
アンテス, アダム …………… 97
アンドリッチ, イヴォ ……… 94
アンドリュース, チャールズ・マクリーン ………… 104
アンドリューズ, ドナ ……… 149〜151, 192, 219
アンドヴォン, ジャン=ピエール ……………… 234, 235
アンドルエット, マリア・テレサ ……………………… 389
安野 光雅 ………… 388, 425
アンビエレ, フランシス …… 43
アンブラー, エリック …… 160, 165, 171, 198, 199, 201
アンブラス, ヴィクター …… 385
アンホールト, キャサリン … 419
アンホールト, ローレンス ……………… 418, 419
アンマニーティ, ニコロ …… 59
アンリ, ミシェル ………… 144
アンワル, アメール ……… 207

【イ】

イー, ポール ……………… 22
イヴァノヴィッチ, ジャネット ……………………… 203
イェイツ, ウィリアム・バトラー ……………………… 92
イェーツ, エリザベス ……… 409
イェップ, ローレンス … 423, 425
イエッロ, ホセ …………… 61

イェホシュア, アブラハム … 142
イェリネク, エルフリーデ ……………… 96, 99, 133
イェルカ, ヤツェク ………… 279
イェンセン, ヴァージニア・A. ……………………… 400
イェンセン, ヨハネス・ヴィルヘルム ……………… 93
イーガン, グレッグ ……… 243, 269, 291〜293, 332, 367, 368
イーガン, ジェニファー ‥ 70, 123
イーガン, ティモシー ……… 85
イグナティエフ, マイケル …… 17
イーグル, デイヴィッド …… 331
イコール, ロジェ …………… 44
イシグロ, カズオ …… 35, 130
イースター, ジョージ …… 192
イーストウッド, ジョン …… 417
イソール …………………… 377
イバトーレーン, バグラム … 429
イフェロス, オスカー ……… 117
イボットソン, エヴァ … 419, 420
イーリイ, デイヴィッド …… 160
イルヴァイン, アレキサンダー・C. ……………………… 369
インクペン, ミック … 419, 421
イングペン, ロバート … 288, 388
イングラム, デイヴィッド … 186
イングランダー, ネイサン … 132
インジ, ウィリアム ……… 108
インドリダソン, アーナルデュル ……………… 206, 221
インノチェンティ, ロベルト ……………………… 389
インファンテ, ギジェルモ・カブレラ ……………… 61

【ウ】

ウー, ダイアナ・ギャラガー ……………………… 327
ウー, フランク ……… 335〜338
ヴァイス, ペーター ………… 98
ヴァイポント, エルフリーダ ……………………… 381
ヴァイン, バーバラ ……………… 171, 201, 202
ヴァション, アンドレ.S. …… 11
ヴァション, エレーヌ ……… 25
ヴァスケス, イアン ……… 217
ヴァッサリ, セバスティアーノ

.... 59
ヴァッサンジ,M.G. ‥ 28, 55, 56
ヴァノーケン, シェルダン …‥ 79
ヴァーリイ, ジョン ……‥ 232,
　　303, 304, 322, 324, 325,
　　358, 359, 361, 362, 371
ヴァール, エドマンド・ドゥ
.... 39
ヴァールー, ベール ……‥ 163
ヴァルガス, フレッド ‥ 207〜209
ヴァレホ, ボリス …… 255, 358
ヴァレンタイン, ジェニー …… 380
ヴァレンテ, キャサリン・M.
　　……… 310, 340, 374, 375
ヴァン, デイヴィッド …… 141
ヴァン・ヴォークト,A.E. …… 306
ヴァン・ゲルダー, ゴードン
　　……………… 281, 282, 337
ヴァンサン, レイモンド …… 126
ヴァンス, ジャック ……‥ 275,
　　277, 301, 306, 316, 317, 338
ヴァンス, ジョン・ホルブリッ
　　ク …………………… 159
ヴァンス, レイフ ………… 159
ヴァン・タイン, クロード・H.
.... 103
ヴァンダープール, クレア …… 411
ヴァンダミア, アン
　　……………‥ 264, 285, 338
ヴァンダミア, ジェフ ……‥ 253,
　　264, 280, 282, 285, 311, 345
ヴァンデヴェルデ, ヴィヴィア
　　ン ……………………… 179
ヴァン・ルーン,H.W. …… 408
ウィアー, ピーター ……‥ 332
ウィアター, スタンリー …… 343, 345
ヴィアラール, ポール ……‥ 126
ウィーヴァー, ウィリアム …‥ 75
ヴィエッツ, エレイン … 150, 194
ヴィオ, ロラン ………… 23
ヴィガン, デルフィーヌ・ドゥ
.... 146
ウィークス, ウィリアム・ロー
　　ル ……………………… 157
ウィーズナー, ディヴィット
　　……………… 392, 393, 407
ウィスニーウスキー, デイヴィッ
　　ド ……………………… 393
ヴィーゼル, エリ ………… 137
ヴィダル, ゴア … 63, 83, 156
ウィッカー, トム ………… 166
ウィック, ウォルター ……‥ 428
ウィッシャー, ウィリアム,Jr.

.... 329
ウィッテンバーグ,P
　　…………… 159, 161, 162
ウィット, エルダー ……… 79
ウィットブレッド, クリステン
　…………………………… 150
ウィティッグ, モニック …… 137
ウィート, キャロリン
　……… 149, 192, 214, 225
ウィドマー, マーガレット …… 101
ウィトモア, アンドリュー
　………………… 288, 289
ウィーナー, ノーバート …… 74
ヴィニョー, ジル ……… 11
ヴィノック, ミシェル …… 140
ウィプル, フレッド.L. …… 314
ウィーベ, ルディ …… 13, 21
ウィーラー, ダイアナ …… 18
ウィラード, ナンシー … 410, 426
ウィラード, バーバラ … 34, 378
ウィーラン, グロリア …… 84
ウィーラン, マイケル …… 274,
　　275, 323〜329, 333, 334,
　　359〜371, 373, 375, 376
ウィリアムズ,A.スーザン …… 279
ウィリアムズ C.K. … 64, 85, 120
ウィリアムズ,T.ハリー … 75, 112
ウィリアムズ, ウィリアム・カー
　ロス …………… 72, 110
ウィリアムズ, ウォルター・ジョ
　ン …………… 307, 308
ウィリアムズ, コンラッド
　………………… 258, 262, 263
ウィリアムズ, ジェイソン …… 282
ウィリアムズ, シェイラ … 339, 340
ウィリアムズ, ジェシ・リンチ
　…………………………… 100
ウィリアムズ, ジェフリー …… 16
ウィリアムズ, ショーン
　……………… 293〜296, 299
ウィリアムズ, ジョン ……‥ 76
ウィリアムズ, テス ……… 293
ウィリアムズ, テネシー ‥ 107, 108
ウィリアムズ, トマス …… 77
ウィリアムズ, ピーター.W.
　…………………………… 155
ウィリアムズ, ベラ …‥ 426, 428
ウィリアムズ, ポール.O. …… 324
ウィリアムズ=ガルシア, リタ
　…………………………… 395
ウィリアムスン, オードリー
　…………………………… 200
ウィリアムスン, ジャック ‥ 270,

　　279, 302, 307, 325, 333, 346
ウィリアムソン,J.N. ……… 348
ウィリアムソン, マイケル … 117
ウィリエ, マルク・ド ……… 23
ウィリス, ウォルター・A. … 315
ウィリス, ウォルト …… 314
ウィリス, コニー ………… 268,
　　304〜306, 310, 324, 327,
　　329〜333, 336〜338,
　　364〜367, 369, 372, 373, 375
ウィリス, ジーン ………… 420
ウィリス, ブライアン …… 260
ウィルカースン, イザベラ …… 70
ウィルス, イザボー・S. …… 309
ウィルズ, ゲリー … 62, 65, 118
ウィルスン,F.ポール … 346, 351
ウィルスン, アーサー・M. … 76
ウィルスン, ジョン・モーガン
　…………………………… 177
ウィルスン, リチャード …… 301
ウィルスン, ロバート・チャー
　ルズ …… 242, 270, 271, 336
ウィルソン,A.N. ………… 35
ウィルソン,G.ウィロー
　…………… 272, 285, 341
ウィルソン, アンガス …… 50
ウィルソン, アンドリュー … 181
ウィルソン, ウィリアム …… 47
ウィルソン, エドワード・O.
　…………………… 114, 118
ウィルソン, オーガスト ‥ 116, 117
ウィルソン, ゲイアン
　………………… 274, 279, 282, 344
ウィルソン, ジャクリーン
　…………… 379, 417, 419
ウィルソン, ジョアン …… 169
ウィルソン, ジョン …… 32
ウィルソン, フォレスト …… 105
ウィルソン, マイケル …… 156
ウィルソン, マーガレット … 102
ウィルソン, ランフォード … 114
ウィルソン, ロバート …… 204
ウィルソン, ローラ …… 207
ヴィルトナー, マルティナ … 407
ヴィルヌーヴ, アンヌ ……… 24
ウィルバー, リチャード
　……………… 73, 109, 117
ウィルヘルム, ケイト ……‥ 232,
　　267, 301, 304, 305,
　　321, 336, 357, 371
ウィン, デリス ………… 167
ウィンクス, ロビン.W. ……‥ 178

ウィンクラー、ドナルド
　............ 21, 29, 30
ウィンクラー、ヨゼフ 99
ウィングローブ、デイヴィッド
　..................... 326
ウィンザー、パトリシア 171
ウィンザー、ロイ 165
ヴィンジ、ヴァーナー .. 269, 270,
　329, 332～334, 336, 370, 371
ヴィンジ、ジョーン.D.
　............... 322, 323, 359
ウィン＝ジョーンズ、ティム
　....... 20, 21, 180, 428, 430
ウィンストン、マーク.L. 31
ウィンスピア、ジャクリーン
　............. 150, 226, 227
ウィンスロー、オラ・エリザベ
　ス 105
ウィンズロウ、ドン 215
ヴィンセック、ヘンリー 67
ウィンセルバーグ、シモン ... 178
ウィンター、ダグラス.E. 276
ウィンター、テレンス 180
ウィンター、ローレル 280
ウィンタース、ベン・H. 187
ウィンタースン、ジャネット
　........................ 34
ウィンタリッチ、ジョン.T.
　....................... 162
ウィンチ、マーガレット 294
ウインドリング、テリ 274,
　277, 278, 280, 281, 283, 347
ウィンローヴ、デイヴィッド
　..................... 362
ウェア、レオン 161
ヴェイエルガンス、フランソワ
　.................. 45, 145
ウェイド、スーザン 219
ウェイドマン、ジェローム ... 109
ヴェイラー、アンソニー 154
ウェイリー、アーサー 48
ヴェイリン、ジョナサン 212
ウェイン、エリザベス 187
ウェイン、ジョン 34, 51
ウェインスタイン、エルスト
　..................... 328
ウェインハウス、オストリン
　........................ 76
ウェインライト、サリー 188
ウェスラー、ローレンス 69
ヴェス、チャールズ 277,
　　　　　280, 284, 285, 372
ウエスターフェルド、スコット

　............... 242, 373
ウェスタン・プリンティング
　＆リトグラフィング社 158
ウエスト、エドワード・サック
　ビル 48
ウエスト、モーリス 50
ウェストール、ロバート
　............. 379, 382, 416
ウェストレイク、ドナルド.E.
　......... 162, 173～175, 216
ウェストン、モリー 186
ウェッジウッド,C.ヴェロニカ
　........................ 49
ウェッセルマン,DV 207
ウェップ、ジャック ... 155, 156
ウェップ、ジャニーン
　............. 280, 292, 293
ウェップ、フィリス 15
ウェドン、ザック 338
ウェドン、ジェド 338
ウェドン、ジョス 265,
　309, 310, 336, 338, 340, 353
ウェーバー、ウィリアム・C.
　....................... 154
上橋菜穂子 389
ヴェヒター、フリードリヒ・カー
　ル 399, 403
ウェラー、サム 353
ウェラー、ダンカン 28
ウェラー、トム 326
ヴェルク、カリン・フォン ... 401
ヴェルサン、ピエール 320
ウェルシュ、ジョン・エヴァン
　ジェリスト 162
ウェルシュ、ルイーズ 205
ウェルシュ、レナーテ 400
ウェルズ,H.G. 312, 314
ウェルズ、オーソン 312
ウェルズ、ローズマリー 427
ウェルチ、ロナルド 381
ヴェルチェル、ロジェ 43
ウェルティ、ユードラ
　............. 82, 113, 171
ヴェルデッシア、ギレルモ ... 20
ヴェルヌイユ、アンリ 160
ウェルフェル、ウルズラ 397, 402
ウェルベック、ミシェル .. 6, 46
ウェルマン、マンリー・ウェイ
　ド 157, 256, 272, 274
ヴェロネージ、サンドロ 59
ヴェンドラー、ヘレン 63
ウェンドレイ、ドナルド 275

ウォー、イーヴリン 49
ウォー、シルヴィア 379
ウォー、ヒラリー 173
ウォー、フレッド 16
ヴォイト、シンシア
　............. 170, 401, 410
ウォーカー、アラン 52
ウォーカー、アリス 82, 115
ウォーカー、ケント 180
ウォーカー、ジョージ.F. .. 16, 18
ウォーカー、スティーヴン・ジェー
　ムス 263, 283
ウォーカー、ディヴィッド 9
ウォーカー、メアリー.W. .. 148,
　　　　　176, 191, 224, 225
ウォーカー＆カンパニー
　............. 159, 161
ヴォーク、シャーロット .. 417, 419
ヴォーク、スティーヴン 265
ウォーク、ハーマン 107
ヴォーゲル、ポーラ 119
ウォーゼン、マーク 351
ウォーターズ、サラ 205
ウォーターズ、ダニエル 173
ウォッシュバーン、リヴィア.
　J. 212
ウォード、アイリーン 74
ヴォートラン、ジャン 45
ウォートン、イーディス 101
ウォートン、ウィリアム 79
ウォーナー、アラン 55
ウォーナー、マリーナ 70
ウォーナー、レックス 50
ヴォナーバーグ、エリザベス
　..................... 234
ヴォネガット、カート 268
ウォマック、スティーヴン
　............. 175, 215
ウォーメル、クリス 420
ウォラス、バーバラ・ブルック
　ス 175, 178
ヴォール、マッツ 403, 413
ウォール、ロバート 81
ウォルコット、デレック 95
ウォルシュ、ジル・ペイトン
　....... 33, 415, 417, 423, 425
ウォルシュ、トマス ... 155, 166
ウォルシュ、フラン
　............. 308, 334, 335
ウォルター、ジェス 182
ウォルターズ、ミネット 175,
　　　　　202, 203, 205, 224

ウォールドロップ, キース ‥‥ 86
ウォルドロップ, ハワード
　‥‥‥‥‥‥‥ 274, 303, 364
ウォールトン, エバンジェリン
　‥‥‥‥‥‥‥‥‥ 275, 277
ウォルトン, ジョー ‥‥‥‥ 264,
　271, 282, 310, 334, 339, 376
ウォルハイム, ドナルド.A.
　‥‥‥‥ 274, 276, 321, 355
ヴォルフ, クリスタ ‥‥‥‥ 98
ウォルフ, リニー・マーシュ
　‥‥‥‥‥‥‥‥‥‥‥ 106
ウォルフェ, ディック ‥‥‥ 181
ヴォルポーニ, パオロ ‥ 58, 59
ヴォルマン, ウィリアム・T.
　‥‥‥‥‥‥‥‥‥‥‥‥ 85
ウォルワース, アーサー ‥‥ 109
ウォレス, アール・W. ‥‥ 171
ウォレス, マイク ‥‥‥‥ 120
ウォレス, マリリン ‥‥‥ 223
ウォーレン, アンドレア ‥‥ 428
ウォーレン, チャールズ ‥‥ 101
ウォレン, ロバート・ペン
　‥‥‥‥‥ 73, 106, 109, 114
ウオロゲム, ヤンボ ‥‥‥ 144
ヴォロディーヌ, アントワーヌ
　‥‥‥‥‥‥‥‥ 142, 235
ヴォーン, デヴィッド ‥‥ 177
ヴォーン, ブライアン.K.
　‥‥‥‥‥‥‥‥‥ 264, 340
ヴォーン, マシュー ‥‥‥ 337
ウォンボー, ジョゼフ
　‥‥‥‥ 165, 168, 181, 182
ウグレシィチ, ドゥブラヴカ
　‥‥‥‥‥‥‥‥‥‥‥‥ 91
ウサン, ジョエル ‥ 232, 235, 236
ウージンガー, フリッツ　97
ウッズ, ジョン.E. ‥‥‥‥ 80
ウッズ, スチュアート ‥‥ 169
ウッス, ポーツ.L. ‥‥‥‥ 226
ウッダム=スミス, セシル ‥ 49
ウッディング, クリス ‥‥ 419
ウッド, ケリー ‥‥‥‥ 9, 10
ウッド, ゴードン・S. ‥‥ 118
ウッド, サイモン ‥‥‥‥ 195
ウッド, スーザン
　‥‥‥‥ 288, 320, 322, 323
ウッド, ロッキー ‥‥ 352, 353
ウッドワード,C.ヴァン ‥‥ 115
ウッドコック, ジョージ ‥‥ 11
ウッドソン, ジャクリーン ‥ 87
ウッドワース, デボラ ‥‥ 220

ウード, ニコル ‥‥‥‥‥ 21
浦沢 直樹 ‥‥‥‥‥‥ 245
ウーリー, アルフレッド ‥‥ 117
ウリツカヤ, リュドミラ ‥‥ 140
ヴルデマン, オードリー ‥‥ 104
ウルフ, アンドレア ‥‥‥ 41
ウルフ, ヴァージニア・ユウ
　ワー ‥‥‥‥‥‥‥ 84, 423
ウルフ, ギャリー・K.
　‥‥‥‥‥‥ 251, 283, 374
ウルフ, ジーン ‥‥‥‥ 232,
　248, 256, 268, 274, 277,
　279, 283, 284, 302, 303, 311,
　356, 359〜361, 370, 373
ウルフ, スーザン ‥‥‥‥ 173
ウルフ, トバイアス ‥‥‥ 135
ウルフ, トム ‥‥‥‥‥‥ 79
ウルフ, フレッド・アラン ‥ 81
ウールリッチ, コーネル ‥‥ 155
ウールリッチ, ローレル・サッ
　チャー ‥‥‥‥‥‥‥ 117
ウルリッヒ, スタン ‥ 195, 196
ウレア, ルイス・アルベルト
　‥‥‥‥‥‥‥‥‥‥‥ 185
ウンガレッティ, ジュゼッペ
　‥‥‥‥‥‥‥‥‥‥‥‥ 90
ウンゲラー, トミー ‥‥‥ 389
ウンセット, シグリ ‥‥‥‥ 92
ヴンダーリヒ, ハインケ ‥‥ 401
ウンネルスタッド, エディス
　‥‥‥‥‥‥‥‥‥‥‥ 412
ウンブラル, フランシスコ ‥ 61, 88

【エ】

エアーズ, ジェームズ ‥‥‥ 11
エアード, キャサリン ‥‥ 210
エアルブルッフ, ヴォルフ
　‥‥‥‥‥‥ 389, 402, 404
エイヴィソン, マーガレット
　‥‥‥‥‥‥‥‥‥ 10, 19
エイヴォン ‥‥‥‥‥‥ 163
エイガー, ハーバート ‥‥ 104
エイキン, コンラッド ‥ 72, 103
エイキンズ, ゾイ ‥‥‥‥ 104
エイクマン, ロバート ‥ 255, 272
エイケン, ジョーン ‥ 164, 378
英国ファンタジー協会 ‥‥ 281
エイジー, ジェイムズ ‥‥ 109
エイジ, リリアン ‥‥‥‥ 180
エイト, ラッセル ‥‥‥‥ 420

エイブラハムズ, ピーター
　‥‥‥‥‥‥‥‥ 151, 185
エイブラムス, マリリン ‥‥ 173
エイブリ, ジリアン ‥‥‥ 378
エイミエル, バーバラ ‥‥ 166
エイミス, キングズリー ‥ 129, 267
エイミス, マーティン ‥ 53, 67
エイムズ, エイヴリー ‥‥ 152
エイラト, ロイス ‥‥‥‥ 429
エイリアス, リチャード ‥‥ 217
エヴァ, ヤニコフスキー ‥‥ 398
エヴァーウィン, クラス・エワー
　ト ‥‥‥‥‥‥‥‥‥ 401
エヴァソン, ジョン ‥‥‥ 349
エヴァンス, カースティ ‥‥ 205
エヴァンス, クリストファー
　‥‥‥‥‥‥‥‥‥‥‥ 250
エヴァンス, ルース・ダッド
　リー ‥‥‥‥‥‥‥‥ 208
エガーズ, デイヴ ‥‥‥‥ 141
エギエルスキー, リチャード
　‥‥‥‥‥‥‥‥‥‥‥ 392
エグジェール, ヴィルジニー
　‥‥‥‥‥‥‥‥‥‥‥‥ 26
エクランド, ゴードン ‥ 302, 303
エグルトン, ボブ
　‥‥‥‥ 330〜335, 369, 370
エーコ, ウンベルト ‥‥ 58, 138
エシュノーズ, ジャン ‥ 45, 138
エシュバッハ, アンドレアス
　‥‥‥‥‥‥‥‥‥ 239, 241
エシュルマン, クレイトン ‥‥ 78
エスカルピ, ロベール ‥‥ 235
エスコリエ, レイモン ‥‥ 125
エステス, エルナー ‥‥‥ 409
エストニエ, エドワール ‥‥ 125
エースブックス ‥‥‥ 164, 316
エスベンソン, ジェーン ‥ 334, 339
エーズラ=オールスン, ユッシ
　‥‥‥‥‥‥‥‥‥‥‥ 222
エスリッジ, ベンジャミン・ケー
　ン ‥‥‥‥‥‥‥‥‥ 352
エスルマン, ローレン.D. ‥ 211,
　212, 216, 218, 222
エチェガライ, ホセ ‥‥‥ 91
エチェレリ, クレール ‥‥ 127
エチスン, デニス ‥‥‥‥
　256〜258, 274, 278, 281
エチメンディ, ナンシー
　‥‥‥‥‥‥‥‥ 346〜349
エッカーマン, ペレ ‥‥‥ 402
エックラー, ジュリア ‥‥ 328
エッツ, マリー・ホール ‥‥ 391

エディ, メイトランド.A. …… 81
エティエンヌ, フィリップ … 204
エデル, リオン …… 64, 73, 110
エーデルフェルド, インゲル
　………………………… 401, 414
エデン, パトリック ……… 208
エドゥジアン, エシ ………… 56
エドガー・アラン・ポー・ソサ
　イエティ ………………… 185
エートシュミット, カージミル
　…………………………………… 97
エドソン, マーガレット …… 120
エドモンズ, ウォルター … 77, 408
エドリック, ロバート ……… 52
エドワーズ,O.C. ………… 161
エドワーズ, ウォーラス …… 25
エドワーズ, ジョナサン …… 40
エドワーズ, ブレーク …… 180
エドワーズ, ホルヘ ………… 61
エドワーズ, マーティン … 207
エドワーズ, マルコム …… 248
エドワーズ, ルース・ダドリー
　…………………………………… 52
エドワーズ, レス … 258, 260, 261
エナール, マティアス ……… 46
エネ, ヤニック ……………… 6
エノー, ジル ……………… 13
エバハート, ミニョン.G.
　………………………… 163, 167
エバハート, リチャード … 78, 111
エバンス, リチャード …… 279
エフィンジャー, ジョージ・ア
　レック ……………… 305, 327
エプスタイン, ジェーソン … 67
エベール, アンヌ … 10, 14, 20, 127
エマースン, アール・W. … 211
エマーソン, キャシー・リン
　………………………………… 151
エマーソン, クラウディア … 122
エマソン, グロリア ……… 34
エムシュウィラー, エド
　………………… 313, 315, 316
エムシュウィラー, キャロル
　………………… 277, 282, 308, 309
エームズ, モリス.U. …… 397
エーメ, マルセル ………… 143
エラー, スティーヴ ……… 347
エリア, フィリップ …… 43, 143
エリオット,T.S. …………… 93
エリオット, ウィル ……… 296
エリオット, モード・ハウ … 100
エリオット, ローレンス … 398

エリクスン, エリク・H. ‥ 75, 112
エリクソン, ヘレン ……… 181
エリス,D. ………………… 180
エリス, サラ ………………… 19
エリス, ジョゼフ・J. … 84, 120
エリス, デボラ ……………… 24
エリスン, ハーラン … 165, 172,
　248, 255, 277, 278, 300, 301,
　303, 307, 309, 310, 317〜322,
　326, 336, 343〜345, 347,
　355〜358, 360〜362, 365, 367
エリスン, ラルフ ………… 72
エリティス, オディッセアス
　…………………………………… 94
エリン, スタンリー
　………………… 156〜158, 169
エリング, ティモシー・バジル
　………………………………… 411
エリング, ラース ………… 403
エルキン, スタンリー … 63, 66
エルキンズ, アーロン … 148, 172
エルキンズ, キャロライン … 122
エルキンズ, シャーロット … 148
エルダー, マルク ………… 42
エルトン, ベン ………… 203
エルノー, アニー ………… 145
エールマン, ハーバート.B. … 163
エルマン, リチャード
　……………… 52, 64, 73, 117
エルロイ, ジェイムズ …… 188
関連科 …………………… 133
エングダール, シルヴィア・ル
　イーズ …………………… 422
エングルマン, ポール …… 211
エンジェル, マリアン …… 14
エンジカット, クラウス
　………………… 389, 403, 406
エンゼンバッカー, デイル … 273
エンツェンスベルガー, ハンス・
　マグヌス ………………… 98
エンデ, ミヒャエル … 397, 399
エンバリー, エド ………… 391
エンライト, アン ………… 130
エンライト, エリザベス … 408

【オ】

オイエン, ヴェンケ ……… 401
オイケン, ルドルフ ……… 92
オーヴァーマイヤー, エリック
　………………………………… 183

オーウェル, ジョージ …… 313
オウエンズ, バーバラ …… 167
オウレット, フェルナン
　………………… 12, 14, 16, 17
大江 健三郎 ……………… 95
オーガード, スティーブ …… 420
オキーフ, キャサリン …… 208
オキャラハン, マクシム …… 214
オクセンブリー, ヘレン
　………………… 385, 386, 416, 429
オークリー, グレアム …… 426
オクリ, ベン ……………… 130
オーゲンブラウム, ハロルド
　………………………………… 179
オーコナー, エドウィン …… 110
オコナー, フラナリー …… 76
オコネル, ジャック …… 243
オコルフォア, ナディ …… 284
オージック, シンシア …… 67
オシンスキー, デヴィッド・
　M. ……………………… 122
オズ, アモス …………… 133
オースター, ポール ……… 139
オースティン, アリシア
　………………… 273, 319, 355
オステール, クリスチャン … 140
オズマンド, エドワード … 381
オスラー, ウイリアム …… 331
オチ, シーラ …………… 403
オーツ, ジョイス・キャロル
　……………………………… 70,
　75, 284, 344, 345, 352, 353
オッカー,J.W. …………… 188
オーツカ, ジュリー ……… 136
オットー, スベン ………… 388
オッペル, ケネス ………… 26
オッペン, ジョージ …… 112
オッペンハイマー, スージー
　………………………………… 171
オディアール, ミシェル … 160
オデール, コリン ………… 251
オデール, スコット
　………………… 388, 394, 397, 409
オーデル, ロビン ………… 168
オーテルダール, シャンナ … 412
オーデン,W.H. ……… 73, 107
オード ……………………… 22
オードゥー, マルグリット … 125
オドリスコール, マイク … 259
オニオンズ,G.オリヴァー … 49
オニール, ジェラード …… 179
オニール, ジビー …… 423, 426

オニール, ジョセフ ……… 136
オニール, ジーン …… 351, 353
オニール, ユージン
　………… 93, 101, 102, 108
オネイ, スティーブ ……… 182
オネッティ, フアン・カルロス
　………………………………… 60
オノ-ディ-ビオ, クリストフ
　………………………………… 6
オバノン, ダン …………… 323
オハラ, ジョン ……………… 73
オハラ, フランク …………… 76
オーバーン, デヴィッド …… 120
オハンロン, ジェームズ … 313
オファレル, ウイリアム …… 158
オファーレル, マギー ……… 39
オフィス, ホーム・ボックス
　………………………………… 181
オフェン, ヒルダ ………… 416
オフォード, レノア・グレン
　………………………………… 155
オブライエン, エドナ …… 132
オブライエン, ケイト ……… 47
オブライエン, ジェームズ … 187
オブライエン, ダーシイ …… 177
オブライエン, ティム ……… 78
オブライエン, ロバート.C.
　……………………… 166, 410
オフリン, キャサリン ……… 39
オフレアティ, リアム ……… 47
オブレヒト, テア ………… 134
オベイ, アンドレ ………… 143
オヘイガン, アンドリュー … 54
オーマン, カローラ ………… 49
オーモン, マリー=ルイーズ
　………………………………… 127
オリアンスキー, ジョエル … 165
オリヴァー, ジョナサン … 264, 265
オリヴァー, メアリー …… 83, 116
オリヴァー, ローレン …… 244
オリエ, クロード ………… 137
オール, デイヴィッド ……… 68
オルグレン, ネルソン ……… 72
オルション, ジェリー …… 306
オールズ, シャロン …… 63, 124
オールズバーグ, クリス・ヴァ
ン ………… 275, 392, 425
オルセナ, エリック ………… 45
オルセン, イブ・スパング … 388
オールセン, ジャック …… 173
オルソン, ダネル ………… 285
オルソン, トビー ………… 135

オルダーマン, ミッチ …… 217
オールディス, ブライアン ‥ 242,
　247〜249, 268, 285, 287,
　300, 307, 316, 326, 362
オルディントン,R ………… 49
オルテーゼ, アンナ・マリア
　………………………………… 58
オールト, サンディ ……… 184
オルドリッジ, アラン ……… 33
オールドリッジ, ジェイムズ
　………………………………… 379
オルドリン, エドウィン …… 318
オールビー, エドワード
　………………… 111, 113, 118
オルレブ, ウーリー ……… 389
オンダーチェ, マイケル …… 12,
　15, 20, 24, 27, 56, 130, 140
オンフレ, ミシェル ……… 139

【カ】

カー,A.H.Z. ……………… 163
カー, エミリー ……………… 7
カー, キャサリン ………… 150
カー, ケイレブ …………… 191
カー, ケヴィン …………… 25
カー, ジュディス ………… 399
カー, ジョン・ディクスン
　……………… 155, 160, 163
カー, テリー …………… 315,
　320, 325, 326, 355〜360
カー, フィリップ …… 208, 222
カイザー, キャロリン …… 116
カイザー, ラインハルト … 403
ガイテ, カルメン・マルティン
　………………………………… 87
ガイモン,E.T.,Jr. ………… 156
ガイヤ, ダヴィッド ……… 320
カイル, エリザベス ……… 292
カイル, デイヴィッド …… 247
カイン, エロール・ル …… 385
カーヴァー, キャロリン … 204
カヴァナ, フランソワ ……… 5
ガヴィン, ジャミラ ……… 37
カウドリー, アルバート・E.
　………………………………… 281
カウフ, ジム ……………… 172
カウフマン,N.H. ………… 178
カウフマン, エド ………… 186
カウフマン, ジョージ・S.
　……………………… 103, 104

カウフマン, チャーリー … 349
カウフマン, フィリップ … 324
カウフマン, ヘルベルト … 396
カウフマン, レイン ……… 157
ガヴラス, コスタ ………… 163
カウリー, ウィニフレッド ‥ 378
カウリー, ジョイ ………… 428
カウリー, マルコム ……… 78
高 行健 …………………… 96
カーク, スーザン ………… 179
カーク, ティム
　………… 319〜321, 356, 357
カーク, ブライアン ……… 339
カーク, ラッセル ………… 273
カークウッド, ジェイムズ … 113
カシュケ, ローラ ………… 70
カーシュ, ジェラルド …… 157
ガーシュウィン, アイラ … 103
カーシュナー, アーヴィン … 323
カシュナー, エレン …… 277, 371
カシュニッツ, マリー・ルイー
ゼ ………………………………… 98
カスカート, ブライアン … 204
ガスカール, ピエール ……… 43
ガスコイン, マーク ……… 284
ガスタフソン, ラルフ ……… 13
カズダン, ローレンス ‥ 323〜325
カストゥーリ, サンドラ … 286, 347
カスティユー, アンリ ……… 3
カスティーヨ, ミシェル・デル
　………………………………… 145
ガースティン, モーデカイ
　……………………… 393, 429
ガスト, ハロルド ………… 162
ガスリー,A.B.,Jr. ………… 107
カズンズ, ゲーリ ………… 261
カズンズ, ジェイムズ・グール
ド ………………………………… 107
カバンボル, ルン ………… 419
カセック,P.D. ………… 280, 345
カーソン, デーヴ ……… 256, 257
カーソン, レイチェル ……… 72
カーター, アンジェラ ……… 52
カーター, エド …………… 278
カーター, グレイドン …… 182
カーター, ピーター ……… 379
ガーダム, ジェーン ‥ 34, 36, 422
カダレ, イスマイル ……… 130
カーツ, ウェルウィン・ウィル
トン ……………………………… 18
カーツァー, デヴィッド・I. ‥ 124
カッシング, ハーヴェイ …… 102

カッソーラ, カルロ ……… 57
カッソン, マウリース ……… 16
カッチャ, フルヴィオ ……… 21
カッツ, スティーヴン ……… 347
カットン, エレノア ……… 30, 131
カーティ, マール ……… 106
カーティス, クリストファー・
　ポール ……… 395, 411
カーティス, ジャン=ルイ ……… 43
カーティス・ブックス ……… 165
ガーディナー, メグ ……… 184
カード, オースン・スコット
　……… 238,
　268, 276, 290, 304, 322, 325,
　326, 328, 361〜363, 366
ガードナー, アール・スタン
　リー ……… 156, 159
ガードナー, サリー ……… 40,
　245, 384, 420, 421
ガードナー, ジョン ……… 62
カドハタ, ジンシア ……… 86, 411
ガーナー, アラン ……… 260,
　285, 378, 382, 423
ガーナー, ヒュー ……… 11
カナヴァン, トゥルーディ ……… 294, 299
カナーン, アルフレッド ……… 66
ガーニー, ジェームズ
　……… 278, 329, 331, 365
ガニエ, ポール ……… 24, 28, 31
カニグズバーグ,E.L.
　……… 410, 411, 423
カニンガム, マイケル ……… 120, 136
カニング, ヴィクター ……… 199
カネコ アツシ ……… 245
カネッティ, エリアス ……… 95, 98
ガーネット, イーヴ ……… 381
ガーネット, デイヴィッド ……… 47
カーノウ, スタンレー ……… 117
カバジェロ・ボナルド, ホセ・
　マヌエル ……… 61
カバニス, ジョゼ ……… 144
カービー, マシュー・J. ……… 186
カービイ, ジョシュ ……… 259
カーブ, デヴィッド ……… 158
ガーフィールド, ブライアン
　……… 165
ガーフィールド, レオン
　……… 34, 378, 382, 422
ガフマン, バーブ ……… 229
カブラル・デ・メロ・ネト, ジョ
　アン ……… 90
カプラン, ジャスティン

……… 74, 80, 111
カプラン, ミッチェル ……… 184
カブリア, ラファエレ・ラ ……… 57
カベロス, ジーン ……… 278
カーペンター, ジョン ……… 351
カポーティ, トルーマン ……… 159, 161
カポビアンコ, マイケル ……… 308
ガボリオ, リンダ ……… 22, 29
カミッレーリ, アンドレア ……… 209
カミュ, アルベール ……… 93
カミング, チャールズ ……… 209
カミングス, パット ……… 427
カミンスキー, スチュワート・
　M. ……… 172, 183, 216
カメロン, エレノア ……… 76, 424
ガモネダ, アントニオ ……… 61
カモン, フェルディナンド ……… 58
カーライ, ドゥシャン ……… 388
カラーシニコフ, ニコラス ……… 396
カラン, ジョン ……… 152, 196, 228
ガーランド, ハムリン ……… 101
カリエール, ジャン ……… 44
カリジェ, アロワ ……… 388
カリス, スタンリー ……… 170
カリホー, ロバート ……… 19
カリン, デイヴ ……… 185
カルヴィーノ, イタロ ……… 274, 287
ガルサン, ジェローム ……… 140
ガルシア, ナンシー ……… 276
ガルシア, ロベルト ……… 276
ガルシア=アギレラ,C. ……… 215
ガルシア=マルケス, ガブリエ
　ル ……… 90, 95
カルース, ヘイデン ……… 65, 83
カールソン, リリー ……… 170
カルータ, マイケル ……… 255
カルダー, ロバート ……… 18
カルダレッリ, ヴィンチェン
　ツォ ……… 57
ガルーチコ, アニュチカ・グラ
　ヴェル ……… 22
カルドゥッチ, ジョズエ ……… 91
カールフェルト, エリク・アク
　セル ……… 92
ガルブレイス, ロバート ……… 197
カルペンティエル, アレホ
　……… 60, 138
カルホール, マーリット ……… 401
カルマン, マイラ ……… 429
カレ, ジョン・ル ……… 51,
　160, 170, 198, 199, 201
ガレタ, アンヌ・F. ……… 141

カレフ, ジョージ ……… 15
カレフ, ノエル ……… 287
カレール, エマニュエル
　……… 127, 146, 235
カレン, トム ……… 354
カーロ, ロバート・A. ……… 63,
　65, 70, 84, 113, 121
ガロウ, デヴィッド・J. ……… 116
川端 康成 ……… 94
ガン, アイリーン ……… 308
カン, カーチャ ……… 404
ガン, ジェイムズ・E. ……… 267,
　309, 321, 324, 357
ガン, ジェームズ ……… 266, 311, 341
カーン, ジョアン ……… 171, 173
ガン, ニール.M. ……… 48
ガンサ, アレックス ……… 186
ガーンズバック, ヒューゴー
　……… 315
カンター, デヴィッド ……… 191, 203
カンター, マッキンレイ ……… 108
カントナー, ロブ ……… 212

【キ】

ギアーツ, クリフォード ……… 64
キアナン, ケイトリン・R.
　……… 285, 353, 375
キイズ,J.グレゴリイ ……… 239
キイス, ダニエル ……… 301, 307, 315
キエフスキー, カレン ……… 189, 212
ギェレルプ, カール ……… 92
ギグレ, ローラン ……… 13
ギジス, ステファン・アドリー
　……… 124
ギース, キナ ……… 403
キース, ハロルド ……… 409
キダー, トレイシー ……… 81, 115
きたむら さとし ……… 417, 419
ギタール, アニエス ……… 26
キーツ, エズラ・ジャック
　……… 391, 424
キッシンジャー, ヘンリー.A.
　……… 79
ギッティングズ, ロバート ……… 51
キット, トム ……… 123
キッド, トム ……… 282
キッフェラー, ビルギッタ ……… 403
キップス, チャールズ ……… 178
キップリング, ラドヤード ……… 91

キーティング,H.R.F
　…………… 198, 200, 203, 224
ギディンス,ゲイリー ……… 67
キトリッジ,マリー ………… 172
ギニャール,エリック.J. …… 354
キニャール,パスカル ……… 45
キニーリー,トマス ………… 129
キネル,ゴールウェイ … 82, 115
キーピング,チャールズ …… 385
キーフ,バリー ……………… 169
キーファー,ウォーレン …… 164
ギブスン,ウィリアム …… 268,
　　　269, 289, 304, 325, 375
ギブソン,イアン …………… 52
ギブソン,ローレンス・H. … 110
ギブリン,ジェイムズ・クロス
　………………………………… 81
ギボン,ジョン・マーレー …… 7
ギボンズ,デイブ …… 327, 362
ギマール,ポール …………… 4
キャヴィン,ルス …………… 172
ギャガン,スティーヴン … 180, 183
キャザー,ウィラ …………… 101
ギャス,ウィリアム・H.
　………………………… 64, 66, 68
ギャッシュ,ジョナサン …… 200
キャッシュ,ワイリー ……… 209
キャッスル,モート ………… 353
キャディ,ジェローム ……… 154
キャディガン,パット …… 230,
　　　274, 340, 362, 363, 375
ガディス,ウィリアム … 77, 83
ガディス,ジョン・ルイス
　…………………………… 70, 123
キャトン,ブルース …… 72, 108
キャナウェイ,ビル ………… 161
ギャニオン,ニコル ………… 16
ギャニオン,フランソワ=マル
　ク ……………………………… 11
キャネル,スティーブン.J. … 213
キャネル,ドロシー ………… 148
キャノン,ジョゼフ ………… 177
キャメロン,ジェームズ
　………………………… 306, 326, 329
キャメロン,デイナ ……… 151,
　　　　　　152, 195〜197, 228
ギャラ,アンヌ=マリ ……… 127
ギャラガー,スティーヴン … 261
ギャラガー,トーマス ……… 158
キャラハン,モーリー ……… 9
ギャラント,メイヴィス …… 15
ギャリィ,ロオマン ………… 44

ギャリス,ミック …………… 171
キャリロン,アダム ………… 97
ギャロ,アイリーン ………… 285
キャロル,ジェイムズ ……… 83
キャロル,シドニー ………… 157
キャロル,ジョナサン …… 232,
　　　　　　238, 258, 276, 345
キャロル,ジョン・アレキサン
　ダー ………………………… 109
キャロン,ロジャー ………… 14
キャンティ,トーマス … 276, 277
ギャントス,ジャック … 395, 411
キャントレル,リサ ………… 342
キャントレル,レベッカ …… 228
キャンプ,リチャード・ヴァン
　……………………………… 404
キャンベル,ジョン・W.,Jr.
　…………………………… 312〜317
キャンベル,マージョリー・ウィ
　ルキンズ ………………… 8, 9
キャンベル,ラムジー … 255〜262,
　　　273, 274, 277, 278,
　　　286, 344, 346, 348
キャンベル,ロバート … 171, 189
ギャンメル,ステファン …… 392
ギャンリー,W.ポール … 276, 278
ギュー,ルイス ……………… 143
キュアロン,アルフォンソ
　…………………………… 311, 341
キュアロン,ホナス …… 311, 341
キューバート,アンディ …… 263
キュービット,アラン … 175, 187
キューブリック,スタンリー
　………………………… 317〜319
キュルヴァル,フィリップ
　…………………… 232, 233, 235
ギヨ,ルネ …………………… 388
ギリェン,ホルヘ …………… 60
ギリーランド,アレクシス
　…………………………… 323〜325
ギル,B.M. …………………… 201
ギル,ジリアル ……………… 224
キルガレン,ミス・ドロシー
　……………………………… 157
ギルクリスト,エレン ……… 82
キルコモンズ,デニス ……… 201
キルシュ,ザーラ …………… 99
ギルバート,サンドラ ……… 71
ギルバード,ジョン ………… 257
ギルバート,マイケル … 172, 203
ギルベール,セシル ………… 141
ギルマン,ゲリア …………… 282

ギルマン,ドロシー ………… 185
ギルモア,デヴィッド ……… 26
ギルモア,ドン ……………… 23
ギルモア,マイケル ………… 66
ギルロイ,トニー …………… 184
ギルロイ,フランク・D. …… 111
キルワース,ギャリー … 250, 278
キーン,グレッグ …………… 210
キーン,ドナルド …………… 65
キーン,ブライアン …… 347, 348
キング,ギルバート ………… 124
キング,ジョナサン ………… 180
キング,スティーヴン …… 184,
　　187, 238, 256, 257, 259, 261,
　　263, 274, 279, 282, 324, 342,
　　343, 345〜348, 350〜353,
　　360, 361, 366, 367, 369
キング,ダレン ……………… 421
キング,ロス …………… 27, 30
キング,ローリー.R.
　…………………… 175, 197, 226
キングストン,マキシーン・ホ
　ン ……………………… 62, 80
キング=スミス,ディック
　…………………… 379, 417, 418
キングスレー,シドニー … 104, 155
キングソルヴァー,バーバラ
　……………………………… 134
キングホーン,デヴィッド.J.
　……………………………… 173
ギングラス,サンディ ……… 209
キンケイド,ポウル ………… 252
ギンズバーク,アレン ……… 77
ギンズバーグ,マックス …… 427
ギンズブルグ,ナタリア …… 58
キンバー,マーレー ………… 21

【ク】

クァジモド,サルヴァトーレ
　………………………………… 93
クアリア,ロベルト ………… 252
クァリントン,ポール ……… 18
クアン,フィン・ニュオン … 401
クイーン,エラリイ
　…………………… 155, 159, 162
グウィン,サンドラ ………… 16
グウィン,ベス ……………… 348
グエリフ,フランソワ ……… 177
クェンティン,パトリック … 160
クォジュン,ツァイ …… 307, 333

クーザー, テッド ……… 121
グージ, T.A. …………… 10
グージ, エリザベス …… 381
クシュナー, トニー …… 118
クシュマン, カレン …… 411
クゼンコ, イゴーリ …… 9
グターソン, デイヴィッド … 136
クック, デイヴィッド.C. … 158
クック, トマス.H. … 177, 220
クック, トリシア ……… 416
クック, ラムゼイ ……… 16
グッゲンモース, ヨゼフ … 402
クッツェー, J.M.
 ………… 52, 96, 129, 130
グッドウィン, ジェイソン … 183
グッドウィン, ドリス・カーン
 ズ ……………………… 119
グッドソン, マーク …… 155
グッドマン, ジョナサン … 202
グッドリッチ, ジョゼフ … 184
グッドリッチ, フランシス … 108
グーティン, ジョアン.C. … 66
グーナン, キャスリン・アン
 ………………………… 271
クーニー, バーバラ … 81, 391, 392
クーニッツ, スタンリー … 83, 109
クーパー, ジェームズ・フェニ
 モア ……………………… 397
クーパー, ジョン ……… 191
クーパー, ジーン.B. …… 176
クーパー, スーザン
 ………… 285, 410, 424
グーパー, スーザン …… 71
クーパー, ブロック …… 354
クーパー, ヘレン ……… 386
クーブリ, ケイティ …… 404
クブリ, ハーバート …… 73
クーミン, マキシン …… 113
クライヴ, ジョン …… 65, 76, 77
クライスト, ラインハルト … 406
クライダー, ジュディ … 193
クライダー, ビル … 189, 193
クライトン, マイケル … 168, 330
クライナー, ハリー …… 162
グライヒ, ジャッキー … 403
グライムス, テリス・マクマホ
 ン ……………………… 192
グライムズ, マーサ …… 186
クライリー, ケイト … 193, 226
クライン, A.M. ………… 8
クライン, T.E.D … 256, 276
グラヴェット, エミリー
 ………… 386, 421, 422
グラヴェル, フランソワ … 20
クラウザー, ピーター ….
 260〜262, 264, 282, 283
クラウスニック, ミハイル … 402
グラウト, マリウス …… 43
クラーク, アーサー・C. … 247,
 267, 302〜304, 312,
 314, 318, 320, 323, 356
クラーク, アラン・M. … 278
クラーク, アン・ノーラン … 409
クラーク, エレアノア …… 74
クラーク, オースティン …… 56
クラーク, サイモン … 260, 263
クラーク, ジョージ・エリオッ
 ト ……………………… 24
クラーク, スザンナ
 ………… 282, 335, 370
クラーク, ニール ………
 265, 286, 338〜340
クラーク, フィン ……… 209
クラーク, ポーリン … 382, 398
クラーク, マーク・ヒギンズ
 ………………………… 179
クラーク, リチャード … 310, 339
クラーク, ロバート …… 178
クラーク, ロン ………… 291
クラクストン, パトリシア … 17, 23
クラークスン, スティーヴン
 ………………………… 19
クラーゲス, エレン … 285, 308
グラス, ギュンター … 96, 98
グラス, ジュリア ……… 84
グラスゴー, エレン …… 105
グラスコ, ジョン ……… 13
クラスナホルカイ, ラースロー
 ………………………… 131
グラスベル, スーザン … 103
クラーソン, ボニー …… 183
グラツィア, セバスティアン・
 デ ……………………… 117
グラック, ジュリアン …… 43
クラッセン, ジョン …… 29,
 387, 393, 406, 430
クラップ, マーガレット … 107
グラハム, キャサリン … 119
グラハム, グウェタリン …… 7
グラハム, ジョリー …… 119
グラハム, ボブ …………
 386, 418, 419, 429
グラハム, ロン ………… 287
グラブ, エレン ………… 206
クラフト, キヌコ・Y. …… 284
グラフトン, スー ………
 185, 188〜190, 207,
 211〜213, 215, 223
クラベル, ベルナール …… 44
グラベンスタイン, クリス
 ………… 151〜153, 194, 196
クラム, ジョセフ ……… 107
クラムゴールド, ジョセフ … 409
クラムリー, ジェイムズ … 205
グラン, サラ …………… 228
クラン, ジェラール ……
 ………… 233, 235, 236
グランヴィル, パトリック … 44
クランクショー, エドワード
 ………………………… 34
グランストローム, ブリタ … 417
クランストン, モリス …… 50
グラント, ギャヴィン・J.
 ………… 284, 286, 349, 371
グラント, ジョン ………
 280, 332, 335, 367
グラント, チャールズ.L. … 257,
 273, 275, 303, 347
グラント, ドナルド.M.
 ………… 273〜275, 282
グリアスン, エドワード … 198
クリアリー, ジョン …… 165
クリアリー, ベヴァリー … 80, 410
クリーヴス, アン ……… 206
グリーク, ジャネット …… 331
クリザンク, ジョン …… 17
クリーシー, ジョン …… 163
クリスティ, R.グレゴリー … 430
クリスティ, アガサ … 157, 193
クリステンセン, ケイト … 136
クリスト, ジュディス …… 163
クリストファー, ジョン … 378, 399
クリストファー, マイケル … 114
クリスピン, アン ……… 308
クリスマン, A.B. ……… 408
クリーチ, シャロン … 383, 411
グリッサン, エドゥアール … 144
クリッヒ, ロシェル・メジャー
 ………………………… 182, 190
クリード, ジョン ……… 205
クリバノフ, ハンク …… 122
クリーバン, エドワード … 113
グリフィス, エリー …… 186
グリフィス, ニコラ … 280, 306
クリフォード, フランシス … 199
クリフト, ドゥミニク …… 15

クリフトン, ヴァイオレット
　　　　　　　　　　48
クリフトン, マーク ……… 314
クリフトン, ルシール ……… 84
グリーベ, マリア …… 388, 413
クリーマ, イヴァン ……… 133
グリムウッド, ケン ……… 276
グリムウッド, ジョン・コート
　ネイ ……………………… 251
グリム兄弟 ………………… 405
クリューガー, ミハエル …… 140
クリューガー, リチャード … 119
クリュス, ジェームス … 388, 397
グリュック, ルイーズ ‥ 64, 86, 118
グリュンバイン, デュルス …… 99
グリル, ウィリアム ……… 387
グリーン, アラン ………… 155
グリーン, ウェイロン …… 176
グリーン, グレアム …… 49, 166
グリーン, コンスタンス・マク
　ラフリン ………………… 110
グリーン, ジャネット …… 158
グリーン, シャーリー …… 200
グリーン, ジョージ・ドーズ
　　　　　　　　　　176
グリーン, ジョン …… 185, 406
グリーン, ダグラス.G. …… 180
グリーン, ポール ………… 102
グリーン, リチャード・ランセ
　リン ……………………… 170
グリーン, ロバート ……… 169
クリンガー, レスリー・S.
　　　　　　　　　 182, 197
グリンドレー, サリー …… 420
クリントン, ビル ………… 175
グリーンバーグ, スタンリー.
　R. ……………………… 302
グリーンバーグ, マーティン.
　H. ……………………… 176,
　　　　190, 191, 225, 346, 349
グリーンブラット, スティーヴ
　ン ………………… 86, 123
グリーンランド, コリン … 230, 249
クルーガー, ウィリアム・ケン
　ト ………………………… 187,
　　　192, 194, 197, 219, 222, 229
クルーゲ, アレクサンダー …… 99
クルサート, ジョン ……… 285
クルス, ニロ ……………… 121
クルーズ=アーノルド, コルネ
　リア ……………………… 404
クルーゾー, アンリ=ジョルジ
　ュ ………………… 154, 157

クルーチ, ジョセフ.W. ……… 72
クルーチェ, セシール ……… 17
グルッサール, セルジュ …… 126
クルート, ジョン …… 250, 252,
　280, 330〜332, 339, 365〜367
グールド, スティーブン・ジェ
　イ ………………… 63, 80
グールド, チェスター …… 168
グールド, ロバート ……… 276
クールトン, G.G. ………… 49
クールナン, ベッキー …… 265
グルニエ, クリスチャン ‥ 235, 238
グルニエ, ロジェ ………… 127
クルマ, アマドゥ ………… 145
クルマン, ハリー ………… 412
グルーリー, ブライアン ‥ 196, 222
グレアム, ウィンストン …… 198
グレアム, キャロライン …… 224
グレアム, マーク ………… 179
グレアム, マシュー ……… 183
グレイ, アラスター ………… 36
グレイ, エリザベス・ジャネッ
　ト ………………………… 409
グレイ, キース …………… 418
グレイ, ジョン …………… 15
グレイ, ミニ … 386, 420, 421, 429
グレイヴズ, ルシア ……… 285
クレイギス, エレン ……… 395
グレイグ, J.Y.R ……………… 48
クレイシ, ハニフ ………… 35
クレイス, ジム … 35, 37, 55, 67
クレイス, ロバート ……… 187,
　　189, 214, 217, 218, 221, 223
クレイトン, ドナルド.G. …… 9
グレイブ, ジャン ‥ 192, 215, 225
クレイマー, キャスリーン …… 270
クレイマー, ジェーン ……… 80
クレヴァリー, バーバラ …… 206
グレーヴス, ロバート ……… 48
グレゴリイ, ダリル ……… 286
クレス, ナンシー ……… 237,
　269, 270, 304〜306, 309,
　　　 311, 329, 337, 375, 376
グレース, パトリシア ……… 90
クレスウェル, ヘレン …… 422
クレッグ, ダグラス ……… 346
グレッツ, スザンナ ……… 415
グレーディ, ウエイン ……… 18
グレニスター, ロバート …… 197
クレーマー, デイヴィッド.F.
　　　　　　　　　　351
クレマン, ルネ …………… 159

クレミン, ローレンス・A. … 115
クレムト=コズィノウスキー,
　ギーゼラ ………………… 401
クレメンツ, アンドリュー
　　　　　　　　 183, 423
クレメンツ, ロリー ……… 208
クレメント, ゲーリー ……… 23
クレメント, ハル …… 307, 313
クレモー, キャロル ……… 201
グレンヴィル, ケイト …… 134
クレンケル, ロイ ………… 274
クレンケル, ロイ.G. ……… 316
グレンジャー, ビル.S. …… 168
クレンショウ, ビル …… 171, 172
グレンディニング, ヴィクトリ
　ア ………………… 34, 36, 52
クロ, ルネ=ジャン ……… 145
クロイケンス, クリスティアン.
　H. ……………………… 97
クロイダー, エルンスト …… 98
グロウ, シャーリー・アン … 110
グローヴ, フレデリック・フィ
　リップ ……………………… 8
グローヴァー, ダグラス …… 25
クロウェル-コリアー ……… 162
クロウサー, ニッキ ……… 264
クロウリー, ジョン …… 238,
　　　　 268, 274, 277, 283, 366
クローザー, キティ ……… 377
クロジェ, ローナ ………… 20
グロース, ジム …………… 273
クロス, ジリアン … 36, 383, 416
クロース, チャック ……… 430
クロス, ニール …………… 186
クローズ, ラッセル ……… 106
グロスカース, フィリス …… 11
グロスマン, デイヴィッド … 142
グロスマン, レヴ ………… 339
グロスリー=ホランド, ケヴィ
　ン ………………… 379, 382, 419
クローチュ, ロバート ……… 12
グロッピ, スーザン・マリー
　　　　　　　　　　284
クローデル, フィリップ …… 145
クロネンウエッター, マイケル
　　　　　　　　　　216
クロムス, ベス …………… 393
クローロ, カール ………… 98
クロンビー, デボラ …… 225, 228
グンシュマン, カール ……… 98
クンツェ, ライナー …… 98, 398
クンデラ, ミラン ………… 138

【ケ】

ケアリー, ジャクリーン 369
ケアリー, ジョイス 48
ケアリー, ジョン 54
ケアリー, ピーター 130, 290
ケアレス, J.M.S. 9, 11
ケイ, C.M. 178
ケイ, ガイ・ゲイブリエル 283
ケイ, ジム 386, 406
ゲイ, ピーター 74
ケイ, マーヴィン 283
ゲイ, メアリー＝ルイーズ .. 17, 24
ケイヴ, ヒュー.B. .. 273, 280, 344
ケイガン, ジャネット 329
ケイスウィット, カーティス.
　W. 157
ケイディ, ジャック
　............... 278, 306, 344
ゲイマン, ニール 243,
　251, 261, 263, 277, 308,
　310, 333〜335, 337, 339,
　346〜349, 369〜375, 383, 411
ゲイリン, アリソン 218
ゲイル, ゾーナ 101
ゲイル, ボブ 326
ケイン, ジェイムズ.M. 163
ゲインズ, アーネスト・J. 65
ゲヴレモン, ジェルメーヌ 8
ケーシー, ジェーン 188
ケーシー, ジョン 83
ケステン, ヘルマン 98
ケストナー, エーリヒ ... 98, 387
ケッセル, ジョン ....
　............ 269, 304, 309, 364
ケッセル, マルチン 98
ケッチャム, ジャック
　......... 345, 347〜349, 354
ゲッツ, ライナルト 99
ゲッツマン, ウィリアム・H.
　........................ 111
ケッペン, ヴォルフガング 98
ケナウェイ, エイドリエンヌ
　........................ 386
ゲナツィーノ, ヴィルヘルム
　......................... 99
ケナン, ジョージ・F.
　............ 73, 74, 108, 111
ケニソン, カサリン 188

ケネッケ, オレ 405
ケネディ, A.L. 39
ケネディ, ウィリアム ... 63, 115
ケネディ, ジョン・F. 109
ケネディ, デヴィッド 120
ケネディ, マーガレット 49
ケフェレック, ヤン 45
ケメルマン, ハリイ 160
ケラー, ジュリア 222
ケラハー, ヴィクター 289
ケラーマン, ジョナサン .. 171, 188
ケラーマン, フェイ 223
ゲラン, ウィニフレッド .. 33, 50
ケリー, M.T. 17
ケリー, ウィリアム 171
ケリー, エリック.P. 408
ケリー, ジェイムズ・パトリッ
　ク 309, 331, 333
ケリー, ジム 207
ケリー, ジョージ 102
ケリー, デービッド 181
ケリー, メアリイ 198
ケリガン, アンソニー 77
ケリガン, ジーン 208
ケール, ポーリン 76
ゲルストレル, アミー 65
ケルディアン, デーヴィッド
　........................ 425
ケルテース, イムレ 96
ケルナー, シャルロッテ .. 401, 404
ケルナー, トニー・L.P. 151
ケルナー, マイケル 192
ゲルバート, ラリー 173
ゲルブ, ジェフ 350
ゲルベルト, ハンス＝ヨアキム
　........................ 398
ケルマン, ジェームズ ... 52, 130
ケルマン, ジュディス 180
ゲルンハート, ロベルト 400
ケロッグ, スティーブン 429
ケロール, ジャン 143
ケント, ジェニファー 354
ケンドリック, ベイナード ... 162
ケンプ, ジーン 382
ケンプトン, マレー 77
ケンプレコス, ポール 213

【コ】

コー, ジャン 44

ゴア, ジョン 48
ゴアズ, ジョー ... 163, 166, 217
コイエ, リー・ブラウン .. 272, 273
ゴイティソーロ, フアン 61
コイト, マーガレット・ルイー
　ズ 107
ゴイヤー, デヴィッド 346
コイヤー, フース ... 377, 400, 404
コイル, マット 197
ゴーインバック, オウル 345
コウェル, クレシッダ 421
コウト, ミア 91
コーヴラール, ディディエ・ヴァ
　ン 45
コーエン, ジェフリー 222
コーエン, シェルドン 19
コーエン, ジョン 348
コーエン, マット 23
コーエン, レナード 12
コーガン, デヴィッド ... 155, 156
ゴーギャン, ジャック
　............... 313, 317, 318
コグマン, ブライアン 339
コクラン, モリー 170
コザック, ハーレイ・ジェーン
　............... 150, 194, 227
コージャ, キャシー ... 344, 364
ゴーシュ, アミタヴ ... 139, 231
コジンスキー, イエールジ 75
ゴス, シオドラ 283
コスカレリ, ドン 349
コスゾウスキ, アレン 281
ゴズリング, ポーラ ... 200, 201
コースロン, キア 183
コゾル, ジョナサン 74
コゾル, マイケル 169
ゴダード, ドリュー
　............... 265, 334, 353
ゴダード, ロバート 186
コツウィンクル, ウイリアム
　........................ 273
コックス, アンディ
　............... 259, 263, 264
コックス, ジョージ・ハーマン
　........................ 160
コッセル, ベンジャミン 282
コッタリル, コリン 208
コッチ, ハワード 312
ゴッデン, ルーマー 32
ゴッドフレイ, デイヴ 12
コッパー, ベイジル 262
コッフィン, ロバート・P.トリ

受賞者名索引　　　　　　　　　　　コンロ

ストラム 104
コッホ, ヘルムート 401
コッホ, ルードルフ 97
コーツワース, エリザベス ... 408
ゴデ, ローラン 45
コディ, リザ 190, 200, 202
コーディ, リン 56
ゴーティエ, ジャン＝ジャック
　　　　　　　　　　　　43
コーディマー, ナディン
　　　　　　　　51, 95, 129
ゴート, J.H.H 168
ゴドウィン, パーク 274
コードウェル, サラ 189
ゴドブー, ジャック 12
コトラー, ゴートン 167
ゴードロー, ジャン＝ロック
　　　　　　　　　　　　26
コドロフ, ジェローム 169
ゴードン, ジャイミー 86
ゴードン, チャールズ 112
ゴードン, ハワード 186
ゴードン, リンダル 52
ゴードン, ロバート 307, 333
ゴードン＝リード, アネット
　　　　　　　　　85, 123
コナー, ジェフ 276
コナー, マイク 305
コナーズ, ローズ 181
コナリー, ジョン 152,
　　187, 197, 215, 220, 229, 243
コナリー, マイケル 175,
　　　　　192, 193, 195, 216,
　　　　　219, 220, 226, 227
コニイ, マイケル 247
コネリー, カレン 20
コネリー, マーク 103
コーネル, ジョン 200
コーネル, ポール 252, 340
コノヴァー, テッド 67
コパックス, ダイアン 182
コバーン, ドナルド・L. ... 114
コパンス, イヴ 236
コビントン, ボブ 260
コープ, デヴィッド 330
ゴーブル, ポール 392
コーベット, W 34
コーベット, スコット 160
コーベン, ハーラン
　　　　　177, 191, 214, 219
ゴーマン, エド 181,
　　　　　191, 212, 217, 225

ゴーマン, メアリー・アリス
　　　　　　　　　　　185
コーマン, ロジャー 346
コマンヤーカ, ユーセフ 118
コーミア, ロバート 423
コミッソ, ジョヴァンニ 57
コラン, ポール 43
ゴーリー, エドウィン 167
ゴーリー, エドワード
　　　　　275, 277, 347, 399
コリア 160
コリア, ジョン 155
コーリイ, ジェイムズ・S.A.
　　　　　　　　　　　375
コリガン, D.フェリキタス 52
コーリガン, モーリーン ... 178
コリータ, マイケル ... 216, 223
コリンズ, アン 18
コリンズ, スーザン 406
コリンズ, ナンシー ... 257, 343
コリンズ, マイケル ... 162, 318
コリンズ, マックス・アラン
　　　　　194, 211, 213, 216, 218
コリンズ, ロバーツ 165
コリンズ, ロバート.A. 274
コリントン, ピーター 415
コール, ジュディス 78
コール, スティーブ 121
コール, ハーバート 78
コールズ, ドン 20
コールズ, ロバート 113
ゴールズワージー, ジョン ... 92
コルタサル, フリオ 138
コルティス, アンドレ 125
ゴールディング, ウィリアム
　　　　　　　　51, 95, 129
ゴールディング, ジュリア ... 421
ゴルデル, ヨースタイン 402
ゴールデン, クリストファー
　　　　　　　　　　　344
ゴールデンバーグ, マイケル
　　　　　　　　　　　332
ゴールド, H.L. 313
ゴールト, ウイリアム・キャン
　　ベル 156, 211
コルト, コニー 173
ゴールドスタイン, リサ 82
ゴールドスミス, セル 316
ゴールドバーグ, エド 214
ゴールドバース, アルバート
　　　　　　　　　　65, 67
ゴールドマン, ウィリアム

　　　　　　　161, 167, 327
ゴールドマン, ジェーン ... 337
ゴールドマン, リチャード ... 185
コルドン, クラウス 403, 404
コルバート, エリザベス 124
コルブ, リリアンヌ 236
コルフィン, ブライアン ... 279
コルベ, ウィンリック 330
コルボーン, ピーター ... 257, 265
コールマン, リード・ファレル
　　　194, 216, 217, 221, 228
ゴーレイヴィッチ, フィリップ
　　　　　　　　　　　67
ゴレッジオ, ヴィットリオ ... 58
ゴロディッシャー, アンヘリカ
　　　　　　　　　　　284
コワル, メアリ・ロビネット
　　　　　　　337, 339～341
コーワン, ジュディス 26
コーン, イルゼ 425
コンウェイ, サイモン 208
コーンウェル, ジョン 200
コーンウェル, パトリシア
　　　　　173, 190, 202, 224
コーンウォール, イアン・ヴォ
　　ルフラム 382
コンクェスト, ジョン 174
コングリーヴ, ビル ... 292, 296
ゴンサルヴェス, ロブ 27
ゴンザレス, トーマス.A. ... 156
コンション, ジョルジュ 44
コンスタン, ポール 45
コンスタンタン＝ウェイエル,
　　モーリス 42
コンスタンティン, デヴィッド
　　　　　　　　　　　132
コンノロ, ヴィンチェンソォ
　　　　　　　　　　　59
コンテント, ウィリアム ... 345
コンデリー, ミシェル 349
コンドン, ビル ... 174, 181, 346
コンネル, ジョン 49
コーンフィールド, ロバート
　　　　　　　　　　　64
コンプトン, アン 26
コンプトン＝バーネット, アイ
　　ビー 49
コーンブルース, C.M. ... 313, 320
コンラッド, パム 174
コンロイ, サラ・ブース ... 174
コンロン, クリストファー ... 351

海外文学賞事典　447

【サ】

サイクス、ジェリー …… 204, 205
サイデンステッカー、エドワード・G. ……………… 75
ザイトリン、ベン ………… 311
サイフェルト、ヤロスラフ … 95
サイモン、デヴィッド
　………………… 174, 183, 190
サイモン、ニール ………… 117
サイモン、ロジャー.L. …… 199
サイモン＆シュスター … 160, 161
サヴァール、フェリクス＝アントワーヌ ………………… 10
サヴィニョン、アンドレ …… 42
サヴェジ、ミルドレッド …… 163
サヴォリ、ブレット・アレキサンダー ……………… 286, 347
サウスオール、アイヴァン
　……………………… 382, 423
サウスター、レイモンド …… 11
サエール、フアン・ホセ …… 88
ザガエフスキ、アダム ……… 90
サーク、モニカ …………… 413
サザーランド、ダグラス … 200
サザーン、テリー ………… 317
サージェント、パメラ … 306, 364
サスーン、ジークフリート … 47
サセックス、ルーシー
　………………… 290, 292, 294
サッカー、ルイス … 84, 411, 428
ザッカーマン、エド …… 177, 178
ザックス、ネリー ………… 94
サックラー、ハワード …… 112
サックリング、ナイジェル … 333
サットン、デイヴィッド
　………………… 255〜259, 275
サットン、デイブ ………… 258
サップ、アラン …………… 26
サトクリフ、ローズマリー
　………………… 381, 422〜424
サーバー、ルシンダ …… 195, 196
サバト、エルネスト ……… 60
サピンスレイ、アルヴィン,Jr.
　………………………… 157
サフォン、カルロス・ルイス
　………………………… 220
サブラル、ジョディ ……… 209
サマーズ、アンソニー … 200, 208
サマーズ、イアン …… 358, 359
サマタール、ソフィア
　……………… 265, 285, 341
サーマン、ジュディス …… 81
サミュエル、アーネスト … 111
サミュエルズ、チャールズ … 157
サミュエルス、ルイーズ … 157
サム、マルセラ …………… 161
サーモンスン、ジェシカ・アマンダ ………………… 274
サラゴサ、フワン＝ラモン … 88
サラフィン、ジェイムズ … 177
サラマーゴ、ジョゼ ……… 96
サランス、G.ハーバート …… 7
サラントニオ、アル ……… 346
サリヴァン、アラン ……… 7
サリヴァン、ローズマリー … 21
サリバン、ウィノナ ……… 213
サリバン、エリナー ……… 172
サリバン、トリシア ……… 231
サーリング、ロッド … 315, 316
サール、イアン …………… 252
サルヴァーソン、ローラ.G.
　………………………… 7
サルヴェール、リディー …… 46
サルキー、アンドリュー … 397
サルコウィッツ、サイ …… 165
サルドゥイ、セベロ ……… 138
サルトル、ジャン＝ポール … 94
サルナーヴ、ダニエル …… 145
サルバドリー、マリオ …… 425
サルファテ、ソニア ……… 22
サローヤン、ウィリアム … 105
サワイ、グロリア ………… 25
ザーン、ティモシー ……… 325
サン＝ジャル、シャンタル … 21
サンソム,C.J. …………… 206
サンダーズ、ローレンス … 163
サンダースン、ブランドン … 340
サンタット、ダン ………… 393
サンタンジェロ、エレナ … 152
サンチェス＝シルバ、ホセ・マリア ……………… 388
サン＝テグジュベリ、アントワーヌ・ド …………… 125
サンテッスン、ハンス・ステファン ……………………… 160
サンドー、ジェイムズ … 155, 159
サンドバーグ、カール
　………………… 101, 105, 107
サンドベルイ、インゲイ … 413
サンドマン＝リリウス、イルメリン ……………………… 413
ザンドリ、ヴィンセント … 218
サンドル、ティエリー …… 42
サンプスン、ロバート …… 171
サンブラノ、マリーア …… 60
サン＝マリー、ジャン＝ポール
　………………………… 20
サンマルタン、ロリ … 24, 28, 31

【シ】

ジー、モーリス …………… 51
シアズ、ジャネット ……… 23
シアーズ、マイクル ……… 218
シアラッパ、ジョージ …… 65
シェアマン、ロバート
　………………… 263, 264, 283
ジェイ、シャーロット …… 156
シェイ、マイクル …… 274, 282
ジェイコブソン、ハワード … 131
シェイファー、ウィリアム・K.
　………………………… 285
シェイボン、マイケル …… 120, 271, 309, 337, 372
シェイマス、ジェームズ … 307, 333
ジェイムズ、ジェイソン …… 154
ジェイムズ、ディーン
　………………… 148, 225, 226
シェイムズ、テリー ……… 229
ジェイムズ、ヘンリー …… 103
シェイムズ、ローレンス … 203
シェクリイ、ロバート …… 307
ジェゴフ、ポール ………… 159
ジェスラン,J.J. …………… 100
シェセックス、ジャック …… 44
シェッソウ、ペーター …… 405
ジェニ、アレクシス ……… 46
シェーヌ、ジュード・デ …… 21
シェパード、オーデル …… 105
シェパード、サム ………… 114
シェパード、ルーシャス … 241, 244, 268, 276, 278, 304, 325, 329, 361〜365, 368
ジェバール、アシア ……… 90
シェーファー、アンソニー
　………………………… 163, 164
シェファー、ルイス ……… 113
ジェファーズ、オリヴァー … 421
シェフィールド、チャールズ
　………………… 269, 306, 330

シェフラー,アクセル ……… 418
ジェミアノウィッツ,ステファン ………………… 259, 346
ジェミシン,N.K. …………… 374
ジェームズ,P.D. ………… 178, 196, 199, 201, 223, 228
ジェームズ,ウィル ………… 408
ジェームス,エドワード ‥ 253, 335
ジェームズ,サイモン ……… 417
ジェームス,ピーター ……… 222
ジェームス,マーキス ‥‥ 103, 105
ジェームス,マーロン ……… 131
シェリー,アン ……………… 379
シェリー,ノーマン ………… 173
ジェルヴェー,シュテファン ………………………… 275
シェルダン,リー …………… 206
シェルドン,ラクーナ ……… 303
ジェルマン,シルヴィー …… 127
ジェロルド,デイヴィッド ………… 306, 330, 353, 365
ジェロルモ,クリス ………… 177
シェンカン,ロバト ………… 118
シェンキェヴィチ,ヘンリク ………………………… 91
ジェンキンズ,スティーブ … 428
ジェンキンス,リル・ベセラ・デ ……………………… 394
ジェンデル,モーガン ……… 329
ジェントリー,カート ……… 165
ジェントル,メアリ ………… 250
シーガー,ローラ・ヴァッカロ ………………………… 430
シーガル,アランカ ………… 426
シギンス,マギー …………… 20
シクス,エレーヌ …………… 137
シーグル,ジェリー ………… 312
シゴー,ジルベール ………… 3
シザース,ジョージ.H. …… 278, 281, 317, 318, 322, 323
シージエ,ダイ ……………… 128
シス,ピーター …………… 389, 403, 407, 428, 430
ジズベール,フランツ=オリヴィエ ……………………… 5
シスマン,アダム …………… 67
ジーセル,セオドア・スース ………………………… 116
シーセン,ヴァーン ………… 25
ジーター,K.W. …………… 269
シチリアーノ,エンツォ …… 59
ジッド,アンドレ …………… 93

シッピー,トム ……………… 281
シップトン,ポール ………… 421
シドジャコフ,ニコラス …… 391
シドル,シンシア …………… 174
ジーハ,ボフミル …………… 388
柴野 拓美 ………………… 329
シーハン,スーザン ………… 115
シーハン,ニール ………‥ 83, 117
シーハン,ビル ……………… 281
G.P.パットナムズ・サンズ … 164
シフ,スチュアート・デーヴィッド ……… 256, 272, 273, 275
シフ,ステイシー …………… 120
ジフコヴィッチ,ゾラン …… 281
シフマン,ステュ ………… 328
シブラー,デヴィッド・K. … 117
シーベルフート,ハンス …… 97
シーボルト,アリス ………… 348
シマー,ジャン=ジャック … 26
シマー,ダニエル …………… 26
シマザキ,アキ …………… 27
シマック,クリフォード.D. ……… 303, 312, 315, 316, 323, 343, 359
シーマン,ピーター.S. ……… 327
シミック,チャールズ ……… 117
シムズ,ウィリアム・サウデン ……………………… 101
シムノン,ジョルジュ ‥‥ 158, 161
シーモア,リチャード ……… 415
シモナン,アルベール ……… 160
シモン,イヴ ……………… 139
シモン,クロード ……‥ 95, 137
シモン,ハンス …………… 97
シモンズ,ジェーン ………… 418
シモンズ,ジュリアン …… 159, 164, 169, 198, 202
シモンズ,ダン …………… 237, 249, 257, 276, 278, 327, 343, 344, 363〜365, 367, 368, 370
シモンズ,リチャード・アラン ………………………… 163
シーモント,マーク ………… 391
シャイアー,ジェイコブ …… 28
シャイナー,ルイス ………… 278
シャイバック,チャールズ … 166
シャイマー,R.H. ………… 164
シャイラー,ウィリアム・L. ………………………… 73
シャーウィン,マーティン ………………… 68, 122
シャーウッド,ロバート・E.

……………… 104, 105, 107
ジャクスン,シャーリイ …… 161
ジャクソン,D. …………… 172
ジャクソン,ゲイル ………… 159
ジャクソン,ジョセフ・ヘンリー ……………………… 155
ジャクソン,ピーター ……… 261, 308, 334, 335
シャクター,スティーヴン … 179
ジャクボウスキー,マクシム ………………………… 190
ジャクマール,シモンヌ …… 144
シャーコーチス,ボブ ……… 82
ジャコブ,シュザンヌ ‥‥ 16, 23
ジャコラ,ドナート ……… 282, 336〜338
シャーザー,ジェシカ ……… 352
シャスター,ジョー ………… 313
シャスターマン,ニール ‥ 87, 429
ジャスティス,ドナルド …… 115
ジャスパソン,ウィリアム … 214
シャセット,ロナルド ……… 323
シャタック,ロジャー ……… 77
ジャッフェ,ソウル ………… 327
シャドゥルヌ,マルク ……… 125
ジャドスン,D.ダニエル …… 216
シャトーブリアン,アルフォンス・ド ……………………… 42
シャノン,フレッド・アルバート ……………………… 103
シャノン,モニカ ………… 408
シャハル,ダヴィッド ……… 138
シャピロ,カール …………… 106
シャピロ,メイヤー ………… 62
シャピーロ,ライオネル …… 9
シャープ,イーディス・L. … 10
シャープ,ジョージ ……… 275
ジャブヴァーラ,ルース・プラワー ……………………… 129
ジャブリゾ,セバスチャン ‥ 5, 199
シャボー,ドゥニ …………… 15
シャーマ,サイモン ………… 69
シャマラン,M.ナイト ‥ 307, 346
シャーマン,ジェイソン …… 21
シャーマン,デリア ………… 310
シャモワゾー,パトリック … 45
シャラー,ジョージ.B. …… 76
シャーラ,マイクル ………… 113
シャラット,ニック ……… 417, 419, 421
シャーリー,ジョン ………… 346
シャーリップ,レミー ……… 425

ジャルー, エドモン ……… 125
ジャルダン, アレクサンドル
　……………………………… 127
シャルボノ, ジョエル ……… 197
シャルル=ルー, エドモンド
　……………………………… 44
ジャルロ, ジェラール ……… 137
ジャレル, ランダル ………… 73
ジャロルド, ジョン ………… 259
シャーロン, ジョー ………… 193
ジャン, マイク ……………… 166
シャンキン, スティーヴ … 430, 431
シャンツ, エニド …………… 180
シャンツ, トム ……………… 180
シャンパーニュ=ジルベール,
　マウリース ………………… 15
ジャンホン, チェン ………… 405
シャンリィ, ジョン・パトリッ
　ク …………………………… 121
シュー, E.スペンサー ……… 160
シュヴァイツァー, ダレル … 278
シューヴァル, マイ ………… 163
シュヴァルツコプフ, ニコラウ
　ス …………………………… 97
シュヴィーゲル, テリーザ … 182
シュクボレツキー, ヨゼフ … 16, 90
ジュースキント, パトリック
　……………………………… 276
ジュスト, エルヴェ ………… 22
シュタイナー, イエルク …… 401
シュタインヘーフェル, アンド
　レアス ……………………… 405, 407
シュタドラー, アーノルド … 99
シュッツ, ベンジャミン.M.
　………………………… 175, 212, 213
シュッツ, メルヴィン.H. …… 334
シュトップス, ウィリアム … 384
シュドマク, ヴォジテク …… 234
シュトラウス, ボート ……… 99
シュナイダー, ゲイリー …… 113
シュナイダー, ミス・ジャン
　……………………………… 109
シュナイダー, レオ ………… 397
シュナイダー, ロベルト …… 140
ジュニア, ジェイムズ・ティブ
　トリー ……………………… 360, 361
ジュニア, ダニエル・ペトリー
　……………………………… 189
ジュネフォール, ロラン … 237, 244
シュヌル, ヴォルフディートリ
　ヒ …………………………… 98
ジュネ, ジャン=ピエール
　………………………… 182, 234

ジュネヴォア, モーリス …… 42
シュネデール, ミシェル … 6, 141
ジュノア, ドミニク ………… 125
シュービガー, ユルク … 389, 403
シュピッテラー, カール …… 92
シュピルナー, ヴォルフ …… 402
ジュベール, ジャン ………… 144
ジュベール, ニック ………… 262
シュペルバー, マネス ……… 98
シュミガルスキ, アン ……… 21
シュミット, アニー・M.G. … 388
シュミット, スタンリー …… 340
シュミット, ヘリベルト …… 400
シュミット, ベルナドット・E.
　……………………………… 103
ジュライ, ミランダ ………… 132
シュライヴァー, ライオネル
　……………………………… 134
ジュリ, ミシェル … 232, 233, 244
ジュリアーニ, ピエール …… 234
シュリッツ, ローラ・エイミー
　………………………… 396, 411
シュリーブ, スーザン ……… 172
シュリ・プリュドム ………… 91
シュリン, ジャレッド ……… 265
シュール, ジャン=ジャック
　……………………………… 45
シュール, ベルント ………… 404
シュルツ, キャスリン ……… 70
シュルツ, フィリップ ……… 122
シュルビッツ, ユリー ……… 391
シュレジンガー, アーサー・M.
　, Jr. ……………… 74, 78, 106, 111
シュレーダー, ビネット …… 403
シュローテ, ヴィルヘルム … 399
シューワル, リチャード.B. … 77
シュワルツ=バルト, アンドレ
　……………………………… 44
ショー, サイモン ……… 202, 203
ショアンデルフェル, ピエー
　ル …………………………… 4
ジョイス, グレアム ……… 240,
　　241, 258～260, 262, 264, 281
ジョイナー, ジェリー ……… 425
ショインカ, ウォーレ ……… 95
ショウ, ジョニー …………… 196
ショウ, デイヴィッド.J. …… 276
ショウ, ボブ …………… 247,
　　　249, 267, 322, 323
ショウ, ラリー.T. ………… 325
ショウ, ルー ………………… 167
ショーエンパーレン, ダイアン

　……………………………… 23
ショーエンヘール, ジョン
　………………………… 317, 392
ジョージ, アン ……………… 149
ジョージ, エリザベス … 147, 189
ジョージ, ジーン・クレイグヘッ
　ド ……………………… 399, 410
ジョージ, セーラ …………… 199
ジョージ, ピーター ………… 317
ジョス, モーラ ……………… 205
ジョースキー, カール・E. … 115
ジョセフ, ジェニー ………… 52
ジョーダン, ウィンスロップ・
　D. …………………………… 75
ジョーダン, キャサリーン … 180
ジョーダン, ジュディ ……… 67
ジョーダン, ジョン
　………………… 188, 195, 196
ジョーダン, ブルース ……… 173
ジョーダン, ルース
　………………… 188, 195, 196
ショーデルヘルム, カイ …… 412
ジョナス, ジョージ ………… 166
ジョハンスン, ドナルド …… 81
ジョリッシュ, ステファーヌ
　………………… 21, 24, 26, 28
ショールズ, パーシー.A. …… 49
ジョルダーノ, パオロ ……… 59
ショーレット, ノルマン
　………………………… 22, 25, 30
ショロデンコ, マルク ……… 138
ショーロホフ, ミハイル …… 94
ジョーンズ, D.G. ………… 14, 20
ジョーンズ, H.フェスティング
　……………………………… 47
ジョーンズ, L.Q. …………… 321
ジョーンズ, M.J. …………… 180
ジョーンズ, エドワード・P.
　………………………… 68, 121
ジョーンズ, エリザベス・オー
　トン ………………………… 390
ジョーンズ, エリザベス・マク
　デヴィット ………………… 179
ジョーンズ, グウィネス
　………………… 231, 250, 279
ジョーンズ, ジェフ ………… 276
ジョーンズ, ジェイムズ …… 72
ジョーンズ, スザンナ ……… 205
ジョーンズ, スティーヴン
　……………… 255～263, 275,
　　277, 281, 343, 344, 350, 354
ジョーンズ, ダイアナ・ウィン
　………………… 260, 283, 378, 423

ジョーンズ, ダンカン ……… 338
ジョーンズ, ハワード・マンフォード ……………………… 111
ジョーンズ, ピーター ……… 248
ジョーンズ, フランク ……… 75
ジョーンズ, リチャード・グリン ……………………… 279
ジョーンズ, ロドニー ……… 65
ジョンストン, キャロル …… 265
ジョンストン, ジェニファー ……………………………… 33
ジョンストン, ジュリー ‥ 20, 21
ジョンストン, ポール ……… 204
ジョンストン, リンダ.O. … 173
ジョンスン, キジ ‥ 284, 310, 339
ジョンソン,D.B. …………… 429
ジョンソン,E.リチャード … 162
ジョンソン, アダム …… 87, 124
ジョンソン, アラヤ・ドーン ……………………………… 311
ジョンソン, ジョイス ……… 63
ジョンソン, ジョゼフィーヌ・ウィンズロー ………… 104
ジョンソン, スティーブ …… 421
ジョンソン, チャールズ …… 83
ジョンソン, デニス ………… 85
ジョンソン, ビル …………… 332
ジョンソン, ロビン … 287, 289
ションバーグ, アレックス … 327
ジラード, ダニエル ………… 220
ジラール, ルネ …………… 139
シランペー, フランス・エーミル …………………… 93
シリファント, スターリング ……………………………… 162
ジルー, アンドレ ………… 10
ジル, ジル ……………………… 20
ジル, ポーレット ………… 16
ジルー, ロバート ………… 64
シルヴァ, ダニエル … 221, 222
シルヴァ, デイヴィッド.B. ……………………… 276, 343
シルヴァーバーグ, ボブ …… 313
シルヴァーバーグ, ロバート ‥‥ 232, 267, 301, 302, 304, 308, 315, 318, 326, 328, 355〜357, 359, 362, 364, 367, 368
シルヴェストル, シャルル … 125
シールズ, エリン …………… 29
シールズ, キャロル ………… 20, 66, 119, 134
シルバーマン, ケネス … 116, 174

ジロー, ジャン …………… 279
ジーン, ジェームズ ……… 283
ジン, ハ ……………… 84, 136
シンガー, アイザック・バシェヴィス ‥ 75, 77, 94, 170, 398
ジングラス, シャルロット … 24
ジングラス, レネ ………… 16
シンクレア, アプタン …… 105
シンクレア, イアン ……… 53
シンクレア, スティーブン … 334
シンクレア, ステファン … 308
シンケル, タヴィッド ……… 17
ジンデル, ポール ………… 112
シンプソン, ジェフリー …… 15
シンプソン, ドロシー …… 201
シンプソン, ヘレン ……… 48
シンプソン, マーティン … 259
シンプソン, ルイス ……… 110
シンボルスカ, ヴィスワバ … 95

【 ス 】

ズィーシング, マーク.V. …… 277
スウィアジンスキー, ドゥエイン ……………… 196, 218
スウィーニー, ジェームズ.J. ……………………………… 166
スウィフト, グレアム … 53, 130
スウィンデルズ, ロバート … 383
スウェイト, アン …………… 35
スウェレン, リチャード …… 178
スウォール, マルシア ……… 427
スウォンバーグ,W.A. ‥ 78, 113
スカイラー, ジェイムズ …… 115
スカーキー, ジェリイ.F. …… 174
ズーカフ, ゲーリー ………… 79
スカボロー, エリザベス・アン ……………………………… 305
スカルパ, ティツィアーノ … 59
スカルメタ, アントニオ …… 140
スキップ, ジョン …… 350, 352
スキデルスキー, ロバート … 54
スクエア, エリザベス・ダニエルズ ……………………… 148
スクービン, ブライアン …… 183
スクライヴン, リチャード ……………………… 291, 292
スクリブナーズ ‥ 157, 159, 162
スクレター, ウィリアム …… 8
スコヴィル, パメラ.D. …… 335

スコット,F.R. ……………… 15
スコット, ジェフリー ……… 47
スコット, ハワード ………… 22
スコット, フランク ………… 14
スコット, ポール ………… 129
スコット, マーティン …… 280
スコット, メリッサ ……… 326
スコット, リドリー …… 323, 324
スコット=クラーク, キャシー ……………………………… 209
スコットライン, リザ …… 176
スコビィ, スティーヴン …… 15
スコヤック, ロバート・ヴァン ……………………………… 167
スコルジー, ジョン ……………… 336, 337, 340, 375
ズーサック, マークース ‥ 405, 406
スター, ジェイソン ……………… 194, 196, 220
スター, ダグラス ………… 208
スター, ポール ………… 116
スタイガー, ジョエル …… 169
スタイグ, ウィリアム … 81, 392
スタイバー, レイモンド … 181
スタイルズ,T.J. ……… 86, 123
スタイロン, ウィリアム … 79, 111
スタイン,R.L. …………… 354
スタイン, アーロン・マーク ……………………………… 167
スタイン, ケイト ‥ 183, 191, 194
スタインブナー, クリス … 166
スタインベック, ジョン ‥ 94, 105
スタウト, アミー …… 278, 364
スタウト, デヴィッド …… 172
スタウト, レックス …… 158, 199
スタージェス,P.G …………… 218
スタシャワー, ダニエル …… 149, 151, 153, 179, 184, 187, 195, 197, 220
スタージョン, シオドア ……………………… 276, 301, 319
スタッフォード, ウィリアム ……………………………… 73
スタッフォード, ジーン …… 112
スタベノウ, デイナ ……… 175
スターリング, ブルース …… 231, 269, 270, 331, 332, 367, 370
スタルク, ウルフ …… 402, 413
スタルノーネ, ドメニコ …… 59
スターレット, ヴィンセント ……………………………… 158
スターン, ジェラルド ……… 84

スターン, リチャード・マーティン ……………………… 158
スターンス, レイモンド・フィニアス ……………………… 75
スタンズベリー, ドメニック ……………………… 182
スタントン, アンドリュー ……………………… 309, 338
スタンボ, ベーラ ………… 175
スタンリー, ケリー ……… 228
スタンリー, マイケル …… 222
スチャリトクル, ソムトウ ……………………… 324, 359
スチュアート, ジェイムズ.B. ……………………… 179
スチュアート, ドン.A. …… 312
スチュワート, ジョエル … 421
スチュワート, ショーン … 281
スチュワート, スーザン …… 68
スチュワート, ポール … 420, 421
スーチン, ローレンス …… 237
スティーヴンズ, ウォーレス ……………………… 72, 108
スティーヴンス, テイラー ……………………… 222, 223
スティーヴンス, マーク … 68, 121
スティーヴンス, ローズマリー ……………………… 149
スティーヴンスン, ニール ……………………… 231, 237, 270, 331, 366, 368, 370, 373
スティーグミュラー, フランシス ……………………… 75, 80
ステイシー,C.P. …………… 8
スティード, ネヴィル …… 201
スティーフベーター, マギー ……………………… 245
ステイプルズ, フィオナ … 264, 340
ステイブルフォード, ブライアン ……………………… 244, 250
スティール, アレン ……… 331, 332, 339, 363, 367
スティール, シェルビー …… 65
スティール, ロナルド … 63, 80
ステグナー, ウォーレス … 78, 112
ステッド, エリン.E. …… 393
ステッド, レベッカ ……………………… 380, 411, 430
ステットソン, ケント …… 24
ステーヌー, イヴァン … 17, 26
ステファノ, ジョセフ …… 159
ステム, アンティジェ・フォン ……………………… 404

ストアーズ, カールトン … 171, 178
ストートン, アーサー・A. … 155
ストラウス, ダリン ………… 70
ストラウト, エリザベス … 122
ストラウド, ジョナサン … 241
ストラウブ, ピーター … 256, 277, 278, 284, 344, 346〜350, 352
ストラジンスキー,J.マイケル ……………………… 307, 331
ストラットン, ビル ……… 170
ストラトフォード, フィリップ ……………………… 18
ストラハン, ジョナサン ……………………… 284, 291, 292, 294〜296, 372, 373, 375
ストラレー, ジョン ……… 213
ストランド, マーク ……… 120
ストーリー, デイヴィッド … 129
ストーリ, ノラ …………… 12
ストリブリング,T.S. …… 103
ストリングス, マイケル … 193
ストルガツキー, アルカジイ ……………………… 267
ストルガツキー, ボリス … 267
ストレイカ, アンディ …… 216
ストレイチー, リットン …… 47
ストレート, スーザン …… 184
ストレトフィールド, ノエル ……………………… 381
ストレンジ, マーク ……… 185
ストロス, チャールズ … 335, 338, 341, 371, 372, 375
ストロナック, クリス …… 291
ストロマイヤー, サラ …… 150
ストロング,L.A.G ………… 49
ストーン, サム …………… 263
ストーン, スオット・C.S. … 163
ストーン, ニック …… 207, 227
ストーン, ピーター ……… 160
ストーン, ラス ………… 67, 84
ストーン, ロバート ……… 77
ストーン, ローリー ……… 66
スナイダー, ダイアン …… 427
スナイダー, ミドリ ……… 283
スナイダー, ルーシー.A. ……………………… 351, 353, 354
スノー,C.P. ………………… 49
スノッドグラス,W.D. …… 109
スパイヤー, レオノーラ … 102
スパーク, ミュリエル … 50, 343
スーハミ, ダイアナ ……… 38
スパーリング, ヒラリー … 38, 54

スピアー, ウィリアム …… 154
スピア, エリザベス・ジョージ ……………………… 394, 409
スピアー, ピーター … 81, 392, 424
スピヴァク, ローレンス … 169
スピーゲルマン, アート … 118
スピーゲルマン, ピーター … 216
スピーズ, エイドリアン … 158
スピネッリ, ジェリー … 411, 427
スービラン, アンドレ …… 143
スピルバーグ, スティーヴン ……………………… 324, 328, 330
スピレイン, ミッキー ……………………… 176, 211, 212, 218
スピンラッド, ノーマン … 232, 270
スプラーグ, グレッチェン … 162
スプリンガー, ナンシー … 176
スペアス, ヘザー ………… 18
スペリー, アームストロング ……………………… 408
スペンサー, ウェン ……… 334
スペンサー, ナイジェル ……………………… 25, 28, 30
スペンサー=フレミング, ジュリア …… 150, 193, 220, 226
スポト, ドナルド ………… 170
スポルテス, モルガン ……… 6
スポーン, エルゲン ……… 400
スマイリー, ジェーン … 65, 118
スマート, パトリシア …… 18
スミス,A.J.M. …………… 7
スミス,D.ジェームズ …… 183
スミス, アリ ……… 38, 40, 134
スミス, アレキサンダー・マコール ……………………… 206
スミス, アンドリュー …… 431
スミス, エブ・ロー ……… 175
スミス, エマ ……………… 49
スミス, エミリー …… 418, 419
スミス, カトリオナ ……… 399
スミス, クリスティン …… 333
スミス, グレゴリー・ホワイト ……………………… 118
スミス, ケイ・ノルティ … 168
スミス, サラ …………… 152
スミス, シド …………… 38, 54
スミス, ジャスティン・H. … 101
スミス, ジュリー ………… 173
スミス, ゼイディー … 37, 53, 134
スミス, ダグラス ………… 180
スミス, ディーン・ウェズリー ……………………… 277, 363

スミス, トム・ロブ …… 207, 221
スミス, トレイシー・K. …… 123
スミス, パティ …………… 86
スミス, パトリシア ………… 187
スミス, ハロルド・ジェイコブ
　………………………… 158
スミス, マイケル・マーシャル
　………………… 258, 259, 263
スミス, マーティン・クルーズ
　………………………… 200
スミス, ラクラン ………… 218
スミス, レイ ……………… 399
スモール, ジョージ.L. …… 76
スモール, デイビッド ……… 393
スモルドレン, ティエリ …… 246
スラッター, アンジェラ … 264, 286
スラデック, ジョン …… 248, 268
スレイト,L ………………… 165
スレイド, アーサー …… 24, 244
スレイト, グラハム …… 252, 339
スレッサー, ヘンリー ……… 158
スローター, カリン ………… 210
スロボトキン, ルイス ……… 390
スロンチェフスキ, ジョーン
　………………………… 268, 271
スワースキー, レイチェル
　………………………… 310, 311
スワン, アナリン …… 68, 121
スワン, ロビン …………… 208
スワンウィック, マイケル
　…………………… 269, 279,
　305, 332~335, 368, 369, 372
スワンソン, ジェイムズ・L.
　………………………… 183
スワンソン, ジーン
　………………… 148, 225, 226
スリンノン, ダグ.J. ……… 203
スワントン, ハロルド ……… 157

【セ】

セイ, アレン …… 393, 427, 428
セイジ, ローナ …………… 37
セイヤー, ポール ………… 35
セイラー, スティーヴン …… 175
セイルズ, ジョン ………… 173
ゼーガース, アンナ ……… 97
セーガン, カール ………
　………………… 114, 267, 323, 361
セガン, ロベール=リオネル

　………………………… 12
セクストン, アン ………… 111
セグリフ, ラリー …… 191, 225
セシル, ロード・デイヴィッド
　…………………………… 47
ゼッテル, サラ …………… 366
セッド,S.F. ……………… 420
セッラ, ダニエーレ ……… 264
ゼッレンスカ, マリア ……… 105
セディア, エカテリーナ …… 284
セトル, メアリー・リー …… 78
セバーグ=モンテフィオーリ,
　サイモン ………………… 39
ゼーバルト,W.G. ………… 67
セフェリス, イオルゴス …… 94
ゼブロウスキー, ジョージ … 270
セベスティアン, ウィーダ … 80
ゼーマン, ルドミラ ……… 21
ゼメキス, ロバート
　………………… 326, 327, 332
セラ, カミロ・ホセ …… 61, 95
ゼラズニイ, ロジャー …… 232,
　300, 302, 317, 321,
　324, 326, 360, 361
セラネラ, バーバラ ……… 194
セラフィン, デイヴィッド … 200
セリーヌ, ルイ=フェルディナ
　ン ……………………… 143
ゼリンスキー, ポール.O. … 393
セール, ミッシェル ……… 139
セルズニック, ブライアン … 393
セレスティン, レイ ……… 209
セレディ, ケート ………… 408
セレニー, ジッタ …… 53, 204
ゼレール, フローリアン …… 6
セロー, ポール …… 33, 52
セロー, マーセル ………… 272
センダック, モーリス …… 81,
　377, 388, 391, 426
センプル, ロレンツォ,Jr. … 166
センプルン, ホルヘ …… 127, 163

【ソ】

ソアレス,L.L. ……………… 353
ソーヴァ, ドーン.B. ……… 180
ソウヤー, ロバート.J.
　………………… 270, 271, 306, 334
ソーカップ, マーサ ……… 306
ソト, ギャリー …………… 423

ソートランド, ビョルン …… 403
ソービン, ロジャー ……… 227
ソボル, ドナルド.J. ……… 166
ソムトウ,S.P. ……………… 281
ソモサ, ホセ・カルロス … 205
ソーヤー, ルース ……… 408
ソール, ジョン・ラルストン
　………………………… 22
ソルジェニーツィン, アレクサ
　ンドル …………………… 94
ソールズベリー, グレアム
　………………… 395, 429
ソールター, ジェームズ … 135
ソルダーティ, マリオ …… 57
ゾルツィ, ウィリアム・F. … 183
ソルニット, レベッカ …… 68
ソレルス, フィリップ …… 137
ソレンスン, ヴァージニア … 409
ソロウェイ, ジェフ ……… 187
ソロタレフ, グレゴワール … 403
ソロモン, アンドリュー … 70, 84
ソンタグ, スーザン …… 62, 84
ソーンダズ, ケイト ……… 40
ソーンダーズ, ジョージ …… 283
ソンドハイム, スティーヴン
　………………… 116, 165
ソーントン, ビリー・ボブ … 177
ソンプソン, ジュディス … 16, 18

【タ】

ダイアー, サラ …………… 419
ダイアモンド, ジャレド …… 120
ダイソン, フリーマン …… 63
タイディマン, アーネスト … 164
ダイヤー, ジェフ ………… 70
タイラー, アン …… 64, 117
タイラー, ヘンリー ……… 116
ダヴ, リタ ………………… 116
ダウド, シヴォーン ……… 383
ダウリング, テリー
　………………… 289~291, 293
タウン, ロバート ………… 165
タウンゼンド, ジョン・ロウ
　………………… 163, 424
ターキントン, ブース …… 101
ダグダル, ルース ……… 206
ダグラス, デイヴィッド.C.
　…………………………… 48
ダグラス, ドナルド・マクナッ

ト ……………………… 157
ダグラス, ネイサン.E. …… 158
ターケル, スタッズ …… 68, 116
タゴール, ラビンドラナート
 ……………………… 92
ダシャーム, レジャン … 11, 13, 16
タージョン, シャーロット … 164
タージョン, ピエール …… 15, 20
ダシルヴァ, ブルース … 185, 228
多彩 …………………… 91
タツィロ, マリー.A. …… 307
タッカー, ウィルスン … 267, 313
タッカー, ボブ … 313, 314, 319
タック, ドナルド.H.
 ……………… 273, 316, 325
タック, リリー ……………… 85
タックマン, バーバラ・W.
 ……………… 79, 110, 112
タッチェル, テリー ……… 310
タート, ドナ ……………… 124
タトル, リサ ……………… 244,
 249, 304, 320, 357
タートルダヴ, ハリー ……… 330
ダトロウ, エレン ……… 262,
 277～281, 283, 286,
 334～336, 338, 341, 347,
 349, 352, 354, 371～376
ターナー, ジム ……………… 280
ターナー, ジョージ ……
 230, 268, 287～291
ターナー, フィリップ ……… 382
ターナー, フレデリック・J. … 104
タナード, クリストファー …… 74
ダニエル, デヴィッド ……… 213
ダニエルズ, マーク ……… 317
ダニス, ダニエル … 21, 25, 28
ダニノス, ピエール …………… 3
ダネイ, フレデリック
 ……………… 154, 156, 167
タバック, シムズ ……… 393
ダフィ, キャロル・アン … 36, 40
ダフィ, ステラ ……… 205, 209
タブッキ, アントニオ ……… 139
ダブルデイ … 157, 159～162, 165
タボリ, ゲオルグ …………… 99
ダマート, バーバラ ……… 148,
 149, 180, 190, 192, 226
タマリン, アルフレッド …… 425
ダムズ, ジーン.M. ……… 148
ダムロッシュ, レオ …………… 71
ダラム, ジョン ……………… 159
ダラム, フィリップ ……… 160

ダラム, ローラ ……………… 151
タラン, ジェイミー ……… 177
タランティーノ, クエンティン
 ……………………… 176
タリー, テッド ……………… 174
タリー, マーシャ ‥ 150, 151, 194
ダリュセック, マリー ……… 142
ダール, ジュリア ‥ 218, 223, 229
ダール, ロアルド ……… 34,
 156, 158, 168, 275, 400, 416
ダルヴォール, パトリック・ポ
 ワーヴル ……………… 5
タルコット, エリーズ …… 26, 29
ダルフェ, ジャン=マルク ‥ 18, 24
ダールベック, ヘレナ ……… 414
タルボット, スティーヴン …… 169
タルボット, ブライアン …… 40
タルボット, メアリー ……… 40
ダレル, ロメオ ……………… 26
ダレル, ロレンス ……………… 51
タロウ, ジェローム …………… 42
タロウ, ジャン ……………… 42
タロウ兄弟 …………………… 42
ダワー, ジョン・W. ‥ 64, 84, 120
ダン, ジャック ……………… 280,
 292～294, 297, 306
タン, ショーン ……………… 245,
 281, 283, 284, 292, 293,
 296～299, 338, 339, 372,
 374, 375, 377, 405, 430
ダン, スティーヴン ……… 120
ダン, ダグラス ……………… 34
ダンカン, W.グレン ……… 212
ダンカン, アンディ
 ……………… 281, 285, 311
ダンカン, ドロシー …………… 8
ダンカン, ロイス ……… 188
タンチャローエン, モーリサ
 ……………………… 338
ダンテ, ニコラス ……… 113
ダンティカ, エドウィージ …… 69
ダンテック, モーリス.G. …… 237
ダント, アーサー・C. ……… 65
ダーントン, ロバート …… 66
ダンバー, ポリー ……… 421, 430
ダンフォース, ハロルド.R.
 ……………………… 157
ターンブル, ピーター ……… 186
ダンモア, ヘレン …… 134, 421
ダンラップ, スーザン
 ……………… 190, 191, 225
ダンリー, ロバート・ライアン

ズ ……………………… 81

【チ】

チアソン, エルメネジルド …… 24
チーヴァー, ジョン
 ……………… 62, 73, 80, 114
チェイス, イルカ ……… 159
チェイス, デヴィッド ……… 182
チェイス, メアリー ……… 106
チェスター, L ……………… 164
チェットウィンド=ヘイズ, ロ
 ナルド ……… 257, 343
チェリイ, C.J. ………………
 322, 324, 327, 362
チェン, フランソワ ……… 128
チェン, リリチャン ……… 78
チェンバーズ, エイダン ‥ 383, 389
チェンバーズ, エドモンド ‥ 48
チェンバーズ, ジェームス ‥ 353
チェンバーズ, レイモンド・ウィ
 ルソン ……………… 48
チズマー, リチャード … 278, 280
チスレット, アン ……………… 16
チタティ, ピエトロ …… 58, 139
チッテンデン, メグ ……… 193
チドルー, ダグマール ……… 401
チボ, ジル ………………… 20, 22
チャイルド, ジュリア ……… 79
チャイルド, フィリップ ……… 8
チャイルド, リー ………………
 192, 209, 219, 220
チャイルド, ローレン
 ……………… 386, 418～420
チャエフスキー, パディ ……… 268
チャーコーヴァー, ショーン
 ……………… 195, 207, 217
チャースト, ロズ ……………… 71
チャータリス, レスリー …… 202
チャーチル, ウィンストン …… 93
チャーチル, ジル ……… 147, 224
チャップマン, ロビン ……… 168
チャップマン=モーティマー,
 W.C. ……………… 49
チャップリン, マイケル …… 180
チャトウィン, ブルース ‥ 34, 52
チャドボーン, マーク … 260, 261
チャーナウ, ロン ……… 83, 123
チャーナス, スージー・マッ
 キー ……………… 303, 328

チャニング, エドワード 102
チャーヌチン, マイケル.S. .. 175
チャバリア, ダニエル 180
チャペル, フレッド 278
チャリス, アンジェラ 297
チャールズ, ゲルダ ... 32, 50
チャレンテ, ファウスタ ... 58
チャン, テッド .... 243, 252, 305, 307〜309, 329, 333, 337, 339, 369, 370, 373, 374
チャント, J. 275
チャンドラー, A.バートラム 287
チャンドラー, アルフレッド・D., Jr. 114
チャンプリン, チャールズ ... 180
チュイ, キム 29
チューイック, リチャード ... 308
チョン, ヴィンセント .... 261〜263, 285

【ツ】

ツウィッキー, ヤン 23
ツヴェルガー, リスベート ... 389
ツェマック, マーゴット ... 392
ツェラン, パウル 98
ツクマイアー, カール 97

【テ】

デアンドリア, ウイリアム・L. 167, 168, 176
デイ, ダイアン 225
デイ, ダグラス 76
デイ, チャールズ 353
デイ, マレール 213
ディアス, ジュノ ... 69, 122
ディアス, ディヴィッド ... 393
ディーヴァー, ジェフリー ... 206
デイヴィス, アンドリュー 379, 425
デイヴィス, オーウェン 101
デイヴィス, ダン 210
デイヴィス, デヴィッド・ブライオン 71, 77, 111
デイヴィス, トーマス 213
デイヴィス, ドロシー.S. 171

デイヴィス, ハロルド・L. ... 104
デイヴィス, ミルドレッド ... 154
デイヴィス, ラッセル.T. ... 338
デイヴィス, リース 161
デイヴィス, リチャード・ビール 78
デイヴィス, リディア 131
デイヴィス, リンゼイ 203, 204, 208
デイヴィス, ルーサー ... 160, 163
デイヴィス, ロバートソン 13, 275
デイヴィソン, ピーター 62
デイヴィッドスン, アヴラム 159, 273, 276, 315, 316, 367
デイヴィッドソン, ヒラリー 196
ディエゴ, ヘラルド 60
ディカミロ, ケイト 411, 412, 429
ディ・キャンプ, L.スプレイグ 254, 275, 303, 321, 331
ディキンスン, ピーター ... 33, 35, 199, 267, 378, 382, 423, 425
ディクスン, ゴードン.R. 255, 301, 317, 323
ディクソン, ジョン 354
ディクソン, ロベール 25
ディークマン, ミーベ 397
ディーシェ, イレーネ 403
ディジャン, フィリップ 6
ディズィックス, ジョン 65
ティーズデイル, クリスチアーヌ 17, 22
ティースデール, セーラ ... 100
ディーツ, スティーヴン 184
ディッキー, ジェイムズ .. 74, 137
ディッキー, ジョン 206
ディッキー, ドナルド 8
ディック, フィリップ.K. 248, 267, 316
ディックス, シェイン .. 293〜295
ディッシュ, トマス.M. 248, 268, 287, 332, 359, 368
ディディオン, ジョーン .. 85, 141
テイト, ジェイムズ ... 83, 118
ティドハー, ラヴィ ... 264, 285
ティードホルム, アンナ＝クララ 402
ティードホルム, トーマス 402, 414

ディネリ, メル 155
デイビス, ジョエル 173
ディフェイト, ヴァンサン ... 322
ディブディン, マイクル 201
ティプトリー, ジェイムズ, Jr. 276, 302, 320, 321
ティベット, マリア 15
ティママン, ハコボ 200
ティム, ウーヴェ 401
ディヤング, マインダート 75, 387, 396, 409
テイラー, アート .. 153, 197, 229
テイラー, アラン .. 119, 124, 339
テイラー, アンドリュー 35, 200, 205, 207, 209
テイラー, ウェンデル 164
テイラー, ショーン 421
テイラー, セオドア ... 174, 395
テイラー, テルフォード 63
テイラー, バーナード 201
テイラー, ピーター ... 116, 135
テイラー, ミルドレッド.D. 395, 410, 427
テイラー, ルーシー 345
テイラー, ロバート・ルイス 109
ディラード, アニー 113
デイリー, エリザベス 159
ティール, エドウィン・ウェイ 111
ディルダ, マイケル 186
ディレイニー, サミュエル・R. 301, 311, 318, 327
ディロン, ジュリー ... 341, 342
ディロン, ジョージ 103
ディロン, ダイアン .. 283, 319
ディロン, レオ 283, 319
ディロン夫妻 355, 392, 427
ティン, ロブ 273
ティンバーレイク, エイミー 187
デーヴィス, ダニエル.S. 426
デウィット, パトリック 29
デヴィッドソン, ライオネル 198, 200, 205
デヴィッドソン, ダイアン ... 190
デヴォート, バーナード 107
デオム, ベブ 243
テオリン, ヨハン ... 207, 208
デオン, ミシェル 4
デクスター, コリン 200, 202, 203, 225

デクスター, ピート ……… 83
デグラー, カール・N. …… 112
デザイ, アニタ ……… 379
デサイ, キラン ……… 69, 130
デシェーヌ, ルイゼ ……… 13
テシング, ポーリ ……… 97
デズモンド, エイドリアン … 53
デッシ, ジュゼッペ ……… 58
デッドマン, スティーヴン … 293
テッパー, シェリ.S.
……………… 269, 286, 364
テデスキ, アルバート ……… 167
テナント, ピーター ……… 262
デニス, カール ……… 121
デニス, ステファン ……… 5
デヌーン, ドーン ……… 181
デネット, タイラー ……… 104
デパント, ヴィルジニ ……… 146
デービス, フィリップ.J. …… 82
デフォード, ミリアム・アレン
……………………… 159
デブルシャン, マリー ……… 141
デプレ, ジャック ……… 406
デボイ, フィリップ ……… 181
デ・ボート, バーナード・A. … 72
デマルコ, ガイ・アンソニー
……………………… 353
テム, スティーヴ・ラスニック
…… 257, 281, 347, 348, 354
テム, メラニー ……… 258,
281, 344, 347, 348
デュー, ロップ・フォアマン
……………………… 81
デュアメル, ジョルジュ …… 42
デュアーン, モナ・ヴァン … 75, 118
デュヴェール, トニー ……… 138
デュガン, アラン … 73, 84, 110
デュケノワ, ジャック ……… 5
デュシェーヌ, クリスティアー
ヌ ……………… 19, 20, 25
デュソートル, デニス ……… 20
デュトゥール, ジャン ……… 4
デュトゥールトゥル, ブノワ
……………………… 140
デュナント, サラ ……… 202
デュブイ, ジルベール ……… 19
デュブイ, ルネ ……… 25
デュ・プレシックス・グレイ,
フランシーヌ ……… 68
デュフレーニュ, ジャン=ピ
エール ……………… 5
デュボア, ウィリアム・ペーン

……………………… 409
デュボア, レネ・ダニエル …… 16
デュボアザン, ロジャー … 391, 396
デュボイズ, ブレンダン
………… 214, 215, 221, 222
デュボス, レネ・ジュールス
……………………… 112
デュボワ, クロード・K. … 407
デュボワ, ジャン=ポール … 128
デュモン, フェルナン ……… 12
デュラス, マルグリット …… 45
デュラント, アリエル ……… 111
デュラント, ウィル ……… 111
デュラント, フレデリック・C.
3世 …………………… 334
デュルワゾー, ピエール …… 18
デュレンマット, フリートリ
ヒ ……………………… 99
デ・ラ・メア, ウォルター … 47, 381
テラン, ボストン ……… 204
テリオール, イヴ ……… 10
テリオール, マリー・ジョゼ
……………………… 21, 23
デリーベス, ミゲル ……… 61, 87
デリーロ, ドン ……… 82, 135
デル ……… 157〜159, 161
デール, アルジナ・ストーン
………………… 148, 149
デール, ヴァレリー ……… 405
デルテイユ, ジョゼフ ……… 125
デル・トロ, ギレルモ … 309, 336
デルメーズ, イブ ……… 233
デル・レイ, ジュディ=リン
……………………… 326
デレッダ, グラツィア ……… 92
デロノワ, アンジェレ ……… 23
テン, ウィリアム ……… 307
ディーン, ゾーイ・Z. ……… 188
ディーン, ポール ……… 161
デンジャーフィールド, ジョー
ジ ……………………… 108
デントン, ケイディ・マクドナ
ルド ……………………… 23
デントン, ブラッドリー … 269, 279
デンネボルク, ハインリッヒ
……………………… 396
デンビー, エドウィン ……… 64
デンビー, ジュールズ ……… 204
テンプル, ピーター ……… 207

【ト】

ドーア, アンソニー ……… 124
ドイル, マラキー ……… 421
ドイル, ロディ ……… 130
ドイロン, ポール ……… 222
ドウア, ハリエット ……… 82
トゥーイ, フランク ……… 50
ドウヴィル, パトリック …… 128
ドウウェル, フランシス・オロー
ク ……………………… 179
ドゥーエ, ドミニク … 233, 235
トウガス, ジェラール ……… 19
ドゥーガン, マイク ……… 181
ドウコワン, ディディエ …… 44
トゥーサン, ジャン=フィリッ
プ ……………………… 141
トゥーズ, ミリアム ……… 26
ドウソン, R.マクレガー ……… 8
トゥッカーマン, アーニャ … 405
トゥピン, パウル ……… 10
ドゥブロフスキー, セルジュ
……………………… 139
ドウベストル, ルネ ……… 145
ドゥリール, ジャンヌ=マンス
……………………… 17
トゥール, ジョン・ケネディ
……………………… 115
トゥルスカ, クリスティナ … 385
トゥールニエ, ミシェル …… 44
トゥルビル, アンヌ・ド …… 126
トゥルンカ, イジー ……… 388
ドゥレ, フロランス ……… 127
トゥロー, スコット ……… 201
トカチャン, レオン ……… 162
ドクター, ピーター ……… 338
ドクトロウ, E.L. ……… 62,
64, 68, 82, 135, 136
ドクトロウ, コリイ ………
271, 333, 370〜372
トージソン, シェリー ……… 273
トージソン, ロイ ……… 273
ドース, ジャン=ポール …… 19
ドースン, ジェニファー …… 50
ドゾワ, ガードナー ……… 285,
304, 327〜335, 362〜376
ドーソン, ジャネット … 212, 226
トッド, チャールズ
…………… 153, 219, 229

受賞者名索引　　　　　　　　　　　　　　　　　　　　ナツシ

トッドマン, ビル ………… 155
ドーティ, トム ………… 282
トーデイ, ピアーズ ……… 380
ドーティ, マーク ……… 65, 85
ドーテル, アンドレ ……… 126
ドナー, リチャード ……… 322
ドナルド, デヴィッド・ハーバート ………………… 110, 117
ドナルドソン, ジュリア …… 418
ドナルドソン, ステファン.R. ……………… 255, 280, 323
ドネリー, エルフィー ……… 399
ドネリー, ジェニファー …… 383
ドネル, デヴィット ………… 16
ドーハーティ, ジェームズ … 408
ドハティ, バーリー …… 383, 423
ドバーム, リュドヴィック … 243
トビーノ, マリオ ………… 58
トビーン, コルム ………… 39
トービン, ジェイムズ.E. …… 66
ドブジンスキー, チャールズ ……………………… 235
ドブズ, キルデア ………… 10
ドブズ, レム …………… 346
トーブマン, ウィリアム … 68, 121
ドブレー, アンリ ………… 42
ドブレ, レジス ………… 127
ドボダール, アリエット ………………… 252, 311, 375
トマ, アンリ ………… 126, 137
トマ, シャンタル ………… 128
トマ, ルイス=ビンセント … 234
トマージ・ディ・ランペドゥーサ, ジュゼッペ ………… 57
トーマス, エド ………… 181
トーマス, ジョイス・キャロル ………………… 81
トーマス, シーリー.R. …… 281
トーマス, パット ………… 181
トマス, リー ……… 349, 350
トマス, ルイス ……… 77, 80
トーマス, ルース ………… 379
トーマス, ロイ ………… 255
トーマス, ロス ……… 161, 170
ドマニック, ジョー ……… 176
トマリン, クレア … 33, 38, 53
ドマンスキー, ドン ……… 27
トムスン, エイミー ……… 330
トムソン, ヴァージル ……… 63
トムソン, ペギー ………… 426
トムプソン, ローレンス …… 112
トラストマン, アラン・R. … 162

ドラットラー, ジェイ …… 154
ドラッハ, アルベルト ……… 99
ドラーネン, ウェンデリン・ヴァン ………………… 178
ドラブル, マーガレット …… 50
ドラモンド, V.H. ………… 384
ドラモンド, ローリー・リン ……………………… 182
トランク, アイザィア ……… 76
トランストロンメル, トーマス ………………… 90, 96
トーランド, ジョン ……… 112
トランブレー, リセ ……… 24
ドーリィ, エリナー ……… 381
トリオレ, エルザ ………… 43
ドリス, マイケル …… 64, 395
トリスタン, フレデリック … 45
トリップ, ウォーレス …… 425
トリート, ローレンス … 160, 167
ドリュイエ, フィリップ … 233
トリュオン, ジャン=ミッシェル ………………… 238
ドリュオン, モーリス ……… 43
トリントン, ジェフ ……… 36
トール, アニカ …… 403, 414
トールキン, J.R.R. …… 288, 320, 322, 358
トールキン, クリストファー ………………… 322
トルキン, マイケル ……… 175
ドルジュレス, ロラン …… 125
ドルスト, タンクレート …… 99
トルーデル, マルセル ……… 11
ドルニック, エドワード …… 183
トールマン, ボブ ………… 154
トルラック, ボブ ………… 215
ドルーリィ, アレン ……… 109
ドーレア, イングリ ……… 390
ドーレア, エドガー・パーリン ………………… 390
ドレイク, デイヴィッド …… 273
ドレイク, ドレクセル …… 157
トレイシー, P.J. …… 194, 220
トレイシー, マーガレット … 170
トレヴァー, ウイリアム ………………… 33, 34, 36
トレヴェリアン, G.M. ……… 47
ドレクスラー, アンノー …… 398
トレシューイー, ナターシャ ………………… 122
トーレス, マルーハ ……… 89
ドレゾル, テオドール …… 399

トレッドゴールド, M ……… 381
トレバー, メリオル ……… 50
トレビノ, エリザベス・ボートン・デ ………… 409
ドレミュー, アラン ……… 236
トレメイン, ローズ … 37, 53, 134
ドーレン, カール・ヴァン … 105
ドーレン, ジェームス ……… 161
ドーレン, マーク・ヴァン … 105
トロイ, ウィリアム ……… 74
トロスパー, ガイ ………… 161
トロワイヤ, アンリ ……… 43
トンプスン, トーマス …… 166
トンプソン, アリス ……… 53
トンプソン, キャロライン … 328
トンプソン, ケイト … 38, 380
トンプソン, スーザン …… 224
トンプソン, トニー ……… 204
トンプソン, ブライアン …… 39
トンプソン, ルイス ……… 156

【ナ】

ナイ, ラッセル・ブレイン … 106
ナイト, クリストファー.G. ……………………… 426
ナイト, スティーヴン ……… 181
ナイト, スティーブン ……… 201
ナイト, デーモン … 306, 313, 315
ナイト, バーナード ……… 206
ナイドゥー, ビヴァリー … 383, 419
梟 ………………………… 246
ナイバーグ, モーガン ……… 17
ナイポール, V.S. ………… 129
ナイポール, ヴィディアダハル・スラヤプラサド ……… 96
ナイポール, シヴァ ……… 32
ナヴァスキー, ヴィクター・S. ……………………… 81
ナヴァル, イヴ …………… 44
ナヴァーロ, イヴォンヌ …… 348
ナウマン, フランツ ……… 398
長崎 尚志 ……………… 245
ナガタ, リンダ … 272, 307, 366
ナサー, シルヴィア ……… 67
ナーダシュ, ペーテル …… 133
ナタンソン, M …………… 77
ナッシュ, ジェイ・ロバート ……………………… 174
ナッシュ, マーガレット …… 418

海外文学賞事典　457

ナッター, デヴィッド ……… 341
ナデル, バーバラ ………… 206
ナドー, ジャニス …… 26, 28, 29
ナドラミア, ペギー ………… 277
七月 鏡一 ………………… 246
ナブ, マグダレン ………… 416

【 ニ 】

ニーヴン, ラリイ ………… 287,
　　　301, 311, 317, 319,
　　　321, 355, 359, 360, 368
ニエヴォ, スタニズラオ …… 59
ニエト, ホセー・ガルシア … 61
ニキホルク, アンドリュー … 25
ニクス, ガース …………… 294
ニクソン, ジョーン・ラウリー
　　　……………… 168, 172, 175
ニクルズ, デイヴィッド … 345
ニコラス, リン.H. ………… 66
ニコル, アンドリュー …… 332
ニコル, チャールズ … 53, 202
ニコルズ, ヴィクトリア … 224
ニコルズ, ピーター …… 250, 252,
　　　292, 323, 330, 339, 359, 365
ニコルズ, ロイ・フランクリン
　　　……………………… 107
ニコルソン, ウィリアム … 419
ニコルソン, ナイジェル … 33
ニコレイ, スコット ……… 286
ニザン, ポール …………… 3
ニス, スタンリー ………… 157
ニックス, マット ………… 184
ニッツ, ジェイ …………… 349
ニッフェネガー, オードリー
　　　……………………… 270
ニート, パトリック …… 38, 68
ニードリッチ, ヨハネス … 402
ニーバー, ゲイリー・ウォーレ
　　　ン …………… 194, 227
ニーフ, チャールズ ……… 214
ニミエ, マリー …………… 141
ニモ, ジェニー ……… 415, 417
ニュカネン, マーク ……… 171
ニュートン, エディー …… 183
ニュービー, P.H. ………… 129
ニューベリー, リンダ … 39, 422
ニューマン, E.ジャック … 156, 163
ニューマン, キム …………
　　　……… 249, 260, 343, 350

ニューマン, シャラン …… 224
ニューマン, デイヴィッド … 322
ニューマン, レスリー …… 322
ニューラヴ, ジョン ……… 13
ニーリー, マーク・E.,Jr. … 118
ニーリイ, バーバラ
　　　……………… 148, 190, 224
ニール, J.E. ………………… 48
ニール, ジャネット ……… 201
ニール, ナイジェール … 261, 347
ニール, マシュー ………… 37
ニルソン, ウルフ ………… 413

【 ヌ 】

ヌスラ, ルイ ……………… 5
ヌーネス, リジア・ボジュンガ
　　　……………… 377, 388
ヌーランド, シャーウィン.B.
　　　……………………… 83
ヌーリシエ, フランソワ … 127
ヌーン, ジェフ ……… 230, 331

【 ネ 】

ネイザン, ポール ………… 169
ネイフ, スティーヴン …… 118
ネイラー, グロリア ……… 82
ネイラー, フィリス・レノルズ
　　　……………… 170, 181, 411
ネヴィル, アダム …… 264, 265
ネヴィル, エミリー・C. … 409
ネヴィンズ, アラン …… 76, 104
ネヴィンズ, フランシス・M.,
　　　Jr. ……………… 165, 173
ネシ, エドアルド ………… 59
ネス, エバリン …………… 391
ネス, パトリック
　　　……… 39, 380, 383, 406
ネストリンガー, クリスティー
　　　ネ ………… 377, 388, 398
ネフュー, ピエール …… 23, 26
ネミロフスキー, イレーヌ … 146
ネムロフ, ハワード …… 78, 114
ネール, エレン …… 190, 224, 225
ネルソン, ヴォーンダ・ミシ
　　　ョー ………………… 430
ネルソン, マリリン ……… 429

ネルーダ, パブロ ………… 94

【 ノ 】

ノー, オニール・デ ……… 217
ノー, ジョン=アントワーヌ
　　　……………………… 42
ノヴィク, ナオミ …… 337, 372
ノウラン, オールデン …… 12
ノエル, リーゼ …………… 18
ノークス, デイヴィッド … 52
ノゲーズ, ドミニク ……… 128
ノサック, ハンス・エーリッヒ
　　　……………………… 98
ノージック, ロバート …… 77
ノース, クレア …………… 272
ノッテージ, リン ………… 122
ノット, フレデリック … 156, 159
ノートン, アンドレ
　　　……… 276, 280, 304, 322
ノートン, マーガレット … 175
ノートン, メアリー ……… 381
ノーマン, ジェフリイ …… 168
ノーマン, マーシャ ……… 115
ノーラン, ウィリアム・F.
　　　……………… 285, 352, 354
ノーラン, クリストファー … 35,
　　　180, 262, 264, 310, 339, 348
ノーラン, ジョナサン …… 348
ノーラン, トム …………… 226
ノーラン, ハン …………… 84
ノリス, アンドリュー … 37, 418
ノリス, ブルース ………… 123
ノルドクヴィスト, スヴェン
　　　……………………… 402

【 ハ 】

バー, ジョージ …………… 318
ハー, ジョナソン ………… 66
バー, デヴィッド ………… 178
バー, ネヴァダ … 148, 190, 220
バイアーズ, ベッツィ
　　　……………… 80, 174, 410
ハイアセン, カール …… 151, 202
バイアット, A.S. ……… 54, 130
ハイアムズ, ピーター …… 325
バイウォーターズ, グラント
　　　……………………… 218

パイク,B.A. ……… 191, 193
パイク,クリストファー ……… 237
パイク,ロバート.L. ……… 162
ハイジー,ジュリー
　……………… 195, 196, 221
ハイス ……………… 98
パイス,エイブラハム ……… 82
ハイゼ,パウル・フォン ……… 92
ハイタワー,リン ……… 213
ハイデ,フロレンス ……… 399
ハイデルバッハ,ニコラス
　………………… 404, 405
ハイドマン,エリック.M. ……… 172
ハイネ,イゾルデ ……… 401
ハイネマン,ラリー ……… 82
ハイパー,ニコラウス ……… 404
ハイマン,エリック ……… 398
ハイマン,トリーナ・シャート
　………………… 392, 425, 427
バイヤー,インゲボルク ……… 401
バイヤン,ジョン ……… 27
バイヤン,ロジェ ……… 3, 44
パイル,ハワード ……… 425
バインハート,ラリー … 171, 203
ハインライン,ロバート.A.
　…… 302, 313〜317, 361, 363
ハインリッヒ,フィン=オーレ
　…………………… 406
ハウ,M.A.デウォルフ ……… 102
ハウ,アーヴィング ……… 78
ハウ,ダニエル・ウォーカー
　…………………… 122
ハウ,デイヴィッド … 263, 283
バウアー,エルンスト ……… 398
バウアー,ベリンダ … 208, 209
バウアー,ユッタ ‥ 389, 404, 406
ハウァド,モーリーン ……… 62
ハーヴィア,テディ
　……… 328, 330, 333, 334
ハウイソン,デル ……… 350
ハーウィッツ,ケン ……… 167
パウエル,ファーザー・ピーター・ジョン ……… 81
ハーヴェイ,ジョン
　……… 206, 207, 209, 220
パヴェーゼ,チェーザレ ……… 57
ハヴェル,ヴァーツラフ ……… 133
パウエル,ウィリアム・ディラン ……… 184
パウエル,ガレス.L. ……… 252
パウエル,サムナー・チルトン ……… 110
パウエル,パジェット ……… 54
ハーウェル,フレッド ……… 168
パウエル,レベッカ ……… 181
パヴォーネ,クリス … 187, 196
ハウカー,ジャニー ……… 34
ハウゲン,トールモー … 388, 399
ハウスライト,デイヴィッド
　…………………… 176
パウゼヴァング,グードルン
　…………………… 401
バウチャー,アンソニー
　……………… 154〜156, 315
バウチャーコン世界ミステリー大会 ……… 173
パウツ,ピーター.D. ……… 276
ハウトマン,ピート ……… 85
ハウプトマン,ゲルハルト ……… 92
バウラー,ティム ……… 383
バウリング,ジョージ … 12, 15
パウルゼン,スザンヌ ……… 404
パーカー,I.J. ……… 215
パーカー,K.J. ……… 285
パーカー,T.ジェファーソン
　……………… 180, 182, 184
バーガー,カール ……… 14
パーカー,クライヴ ……… 237,
　238, 256, 275, 349, 353
パーカー,シェーン ……… 296
パーカー,ダニエル ……… 181
パーカー,ネイサン ……… 338
パーカー,パット ……… 130
バーガー,ピーター ……… 397
パーカー,レスリー ……… 416
パーカー,ロザリー
　……… 281, 282, 285, 286
パーカー,ロバート.B.
　……………… 166, 180, 213
パーカー,ロバート・アンドリュー ……… 429
バーカート,ナンシー・エクホーム ……… 427
バカン,ジェイムズ ……… 34
パーキンス,アンソニー ……… 165
パーキンス,リン・レイ ……… 411
ハギンス,ロイ ……… 212
バーグ,A.スコット … 79, 120
パーク,ジェイムズ・リー
　……… 173, 177, 185, 204
パーク,ジャン
　……… 149, 179, 225, 226
パーク,セヴェルナ ……… 307
パーク,デヴィッド.J. ……… 173
パーク,デクラン ‥ 152, 197, 229
パーク,リンダ・スー ……… 411
パーク,ルース ……… 426
パークス,スーザン=ロリ … 120
パークス,ブラッド … 217, 218
バクスター,ジェイムズ・フィニー 3世 ……… 106
バクスター,ジョン ……… 287
バクスター,スティーヴン
　……… 250, 251, 269, 368
パクストン,ジョン ……… 154
ハクスリー,オルダス ……… 48
パクソン,フレデリック・L.
　…………………… 102
バグリオーシ,ヴィンセント
　……………… 165, 167, 184
バークレー・メダリオン・ブックス ……… 160
ハケット,アルバート ……… 108
バーコヴィッツ,アイラ ……… 217
バコール,ローレン ……… 78
ハサウェイ,ヘンリー ……… 154
ハサウェイ,ロビン ……… 149
ハザード,シャーリー … 63, 85
ハサル,クリストファー ……… 50
パーシー,ウォーカー ……… 73
ハーシー,ジョン ……… 106
パーシー,ユースタス ……… 48
バージェス,メルヴィン … 379, 383
バージャー,ジョン … 51, 129
パーシャル,サンドラ ……… 151
ハーシュ,エドワード ……… 64
ハーシュ,セモア.M. ……… 63
ハーシュバーグ,コーネリアス
　…………………… 160
パーシング,ジョン・J. ……… 103
パス,オクタビオ … 60, 90, 95
バース,ジョン ……… 76
バス,ジョン ……… 27
ハス,ロバート ‥ 63, 66, 85, 122
バーズオール,ジーン ……… 85
ハスキン,バイロン ……… 314
バースタイン,マイケル.A.
　…………………… 332
バスチード,フランソワ=レジス ……… 126
パステルナーク,ボリス・レオニードヴィチ ……… 93
バスト,ウィリアム ……… 166
バストゥロー,ミシェル ……… 142
バストス,オーガスト・ロア
　……………………… 60

バーセル, ロビン ‥ 193, 194, 219
バーセルミ, ドナルド ‥‥‥‥ 76
バソ, フェルナンド・デル ‥‥ 61
バタースビー, リー ‥‥‥‥ 294
バタースン, リチャード・ノース ‥‥‥‥‥‥‥‥‥‥‥‥ 168
パターソン, ウィリアム・H., Jr. ‥‥‥‥‥‥‥‥‥‥‥ 374
パターソン, オルランド ‥‥ 83
パターソン, キャサリン ‥‥ 78, 377, 389, 395, 410, 422, 427
パターソン, ジェイムズ ‥‥ 166
パターソン, ジェフリー ‥‥ 415
バターフィールド, フォックス ‥‥‥‥‥‥‥‥‥‥‥‥‥ 82
バタン, ティム・ヴァン ‥ 180, 339
バーチ, ロバート ‥‥‥‥‥ 422
パチェコ, ホセ・エミリオ ‥ 61
パチェット, アン ‥‥‥ 134, 136
バチェラー, ジョン ‥‥‥‥ 268
パチガルピ, パオロ ‥‥‥‥ 245, 246, 271, 310, 338, 373, 374
パツォウスカー, クヴィエタ ‥‥‥‥‥‥‥‥‥‥‥ 389, 402
パッカー, ジョージ ‥‥‥‥ 86
ハッカー, ジョン ‥‥‥‥‥ 289
ハッカー, マリリン ‥‥‥‥ 77
バッカン, ジョン ‥‥‥‥‥ 47
バッキー, サラ・マスターズ ‥‥‥‥‥‥‥‥‥‥‥‥‥ 151
バック, クレイグ・ファウストゥス ‥‥‥‥‥‥‥‥‥‥‥‥ 229
バック, タマラ ‥‥‥‥‥‥ 404
バック, パール・S. ‥‥ 93, 103
バック, ポール・ハーマン ‥ 105
ハックス, ピーター ‥‥‥‥ 403
バッサーニ, ジョルジョ ‥‥ 57
ハッチソン, ブルース ‥ 7, 9, 10
ハッチングズ, ジャネット ‥ 180
ハッチンス, パット ‥‥‥‥ 385
ハッツフェルド, ジャン ‥‥ 141
ハットン, W ‥‥‥‥‥‥‥ 426
ハットン, ジョン ‥‥‥‥‥ 200
ハッドン, マーク ‥‥‥ 38, 380
パッハマン, インゲボルク ‥ 98
パーディ, アル ‥‥‥‥‥‥ 17
パーディ, アルフレッド ‥‥ 11
ハーディ, ロナルド ‥‥‥‥ 50
パティスン, エリオット ‥‥ 179
ハーディング, ポール ‥‥‥ 123
ハーディング, リー ‥‥‥‥ 287
ハーテル, テッド, Jr. ‥‥‥ 180

バート, アリス・ウーリー ‥‥ 158
バード, アリソン ‥‥‥ 262, 352
バード, カイ ‥‥‥‥‥ 68, 122
ハート, キャロリン.G. ‥‥‥ 147, 148, 150, 187, 189, 224
ハード, サッチャー ‥‥‥‥ 426
ハート, ジェームズ.V. ‥‥‥ 332
ハート, ジョン ‥‥‥‥‥‥‥ 184, 185, 208, 221
バート, スティーヴ ‥‥‥‥ 349
バード, ブラッド ‥‥‥‥‥ 335
バード, マックス ‥‥‥‥‥ 211
ハート, モス ‥‥‥‥‥‥‥ 104
バート, ロバート ‥‥‥‥‥ 431
ハードウィック, エリザベス ‥‥‥‥‥‥‥‥‥‥‥‥‥ 66
ハートウェル, デヴィッド・G. ‥‥‥‥‥‥‥ 276, 336～338
ハドソン, ジェフリー ‥‥‥ 162
ハートネット, ソーニャ ‥ 377, 379
バトラー, ウィリアム・ヴィヴィアン ‥‥‥‥‥‥‥‥‥‥ 169
バトラー, オクティヴィア.E. ‥‥‥‥‥‥‥ 304, 307, 325, 361
バトラー, グウェンドリン ‥ 199
バトラー, ドリー・ヒルスタッド ‥‥‥‥‥‥‥‥‥‥‥ 186
バトラー, ロバート・N. ‥‥ 114
バトラー, ロバート・O. ‥‥ 118
ハートリー, L.P. ‥‥‥‥‥ 49
パトリス, セルジュ ‥‥‥‥ 22
パトリック, ジョン ‥‥‥‥ 108
パトリック, パメラ ‥‥‥‥ 192
パートリッジ, エリザベス ‥‥‥‥‥‥‥‥‥‥‥ 429, 430
パートリッジ, ノーマン ‥‥‥‥‥‥‥‥‥ 344, 347, 350
バトルズ, ブレット ‥‥‥‥ 221
パードロ, グレゴリー ‥‥‥ 124
パトロン, スーザン ‥‥‥‥ 411
バトワース, ニック ‥‥‥‥ 421
バートン, ジル ‥‥‥‥‥‥ 428
バートン, ティム ‥‥‥‥‥ 328
バートン, バージニア・リー ‥‥‥‥‥‥‥‥‥‥‥‥‥ 390
バートン, ピエール ‥ 9, 10, 13
バートン, ヘスター ‥‥‥‥ 382
バーナード, ボニー ‥‥‥‥ 56
バーナード, ロバート ‥‥‥ 147, 189, 203, 205, 206, 220, 223
バーナード・ショー, ジョージ ‥‥‥‥‥‥‥‥‥‥‥‥‥ 92

パナマ, ノーマン ‥‥‥‥‥ 169
バーニー, アール ‥‥‥‥ 7, 8
ハーニック, シェルダン ‥‥ 109
パニッチ, モーリス ‥‥ 21, 26
バーニンガム, クリスチャン ‥‥‥‥‥‥‥‥‥‥‥‥‥ 417
バーニンガム, ジョン ‥‥‥ 384, 385, 400, 419, 424
バネク, ルロイ・ラッド ‥‥ 172
ハーネス, チャールズ ‥‥‥ 308
ハーネット, W.R. ‥‥‥‥‥ 168
ハーネット, シンシア ‥‥‥ 381
バーネット, マック ‥‥‥‥ 430
バーネル, ジェリー ‥‥‥‥ 320
ハーパー, カレン ‥‥‥‥‥ 183
ハーパー, グレアム ‥‥‥‥ 338
ハーパー&ロウ ‥‥‥‥‥‥ 160
ハーバート, ウォリー ‥‥‥ 399
ハーバート, フランク ‥‥‥‥‥‥‥ 232, 300, 317
ハーパー・ブラザーズ ‥‥‥ 159
ハービッコ, バーヴォ ‥‥‥ 90
パピノー, ジャン ‥‥‥‥‥ 20
ハービビオン, ソーラブ ‥‥ 194
ハビヒト, ウェル ‥‥‥‥‥ 97
ハービンソン, パトリック ‥ 185
パフェンロス, キム ‥‥‥‥ 350
バブソン, マリアン ‥‥‥‥ 203
パボン, フランシズコ・ガルシア ‥‥‥‥‥‥‥‥‥‥‥‥ 88
ハマー, リチャード ‥ 169, 172
ハマースタイン, オスカー 2世 ‥‥‥‥‥‥‥‥‥ 106, 107
ハーマン, ドミニク ‥ 251, 252
ハミルトン, ヴァージニア ‥ 77, 162, 389, 410, 425～427
ハミルトン, スティーヴ ‥‥ 178, 185, 208, 214, 215, 222
ハミルトン, ピーター.F. ‥‥‥‥‥‥‥‥‥‥ 246, 251
ハミルトン=パターソン, ジェームズ ‥‥‥‥‥‥‥‥‥‥‥ 35
バーミンガム, ルース ‥‥‥ 179
パムク, オルハン ‥‥‥ 96, 141
ハムスン, クヌート ‥‥‥‥ 92
ハムリッシュ, マーヴィン ‥ 113
ハムリン, タルボット・フォークナー ‥‥‥‥‥‥‥‥‥ 108
ハモンド, ブレイ ‥‥‥‥‥ 109
早川 浩 ‥‥‥‥‥‥‥‥‥‥ 178
ハラー, ドーカス.W. ‥‥‥ 400
パラ, ニカノール ‥‥‥‥‥ 61

パラディ, シュザンヌ ……… 16
パラード,J.G. …… 52, 248, 268
ハラハン, ウイリアム・H. … 166
ハーラン, ルイス・R. …… 116
バランタイン …………
　　　　　　162, 317, 356〜358
バランタイン, イアン … 272, 275
バランタイン, ベティ …… 272,
　　　　　　275, 283, 308, 336
バランタイン デル・レイ
　……………………… 358〜362
バリー, セバスチャン …… 39, 54
バリー, リチャード ……… 214
バリエステル, ゴンサロ・トレ
　ンテ ……………………… 60
バリエット, ブルー …… 150, 182
バリェホ, アントニオ・ブエロ
　…………………………… 60
ハリス, ウイル ………… 170
ハリス, ジェーン・ゲーリー
　…………………………… 80
ハリス, シャーレイン
　………………… 193, 196, 228
ハリス, トマス … 189, 343, 350
ハリス, ローズマリー ……… 382
ハリス, ロバート ………… 209
ハリス,M.ジョン … 231, 272
ハリスン, ハリー …… 309, 356
バリーゼ, ゴッフレード …… 58
バリソット, ディーン ……… 333
ハリソン, マーク ………… 249
バリッコ, アレッサンドロ … 140
パリッシュ,P.J. … 195, 216, 218
ハリディ, ブレッド ……… 156
ハリーハウゼン, レイ ……… 262
バリン, マイケル ………… 415
バリントン, ヴァーノン・ルイ
　ス ……………………… 102
ハリントン, ジョイス ……… 164
バルガス=リョサ, マリオ
　………………… 61, 66, 96
バルサー, ルネ ……………
　　　　　　175, 178, 179, 182
ハルサール, アルベール・W.
　…………………………… 19
バルザン, ジャック …… 164, 177
バルシア, ホセ・ルビン …… 78
バルゾー, サンディ … 181, 227
バルチュ, スザンナ ……… 403
バルトシャイト, マーティン
　………………………… 406
バルハウス, ヴェレーナ …… 401

バルビュス, アンリ ……… 42
バルベーロ, アレッサンドロ
　…………………………… 59
パールマン, イーディス …… 70
パールマン, ニコール
　………………… 266, 311, 341
バルロワ, ジャン=ジャック
　………………………… 242
パレ, フランソワ ………… 21
パレツキー, サラ ……… 186,
　　　　　　190, 201, 205, 216
バレット, アンドリア ……… 83
バレット, ニール,Jr. ……… 310
バレット, リン ………… 174
ハレンスレーベン, ゲオルク
　………………………… 428
バレンタイン, ジーン ……… 85
バロウ, ウェイン・ダグラス
　………………………… 359
ハロウェイ, イモーリイ …… 102
バロウズ, エドウィン・G. … 120
バローズ, エイブ ……… 110
バロン, レアード ……… 354
パワー, サマンサ …… 67, 121
パワーズ,J.F. ……………… 73
パワーズ, ティム …… 232, 278,
　　　　281, 285, 364, 366, 367, 374
パワーズ, リチャード ……… 85
ハワース, レスリー ……… 379
ハワード,R ……………… 64
ハワード, クラーク ……… 168
ハワード, シドニー ……… 102
ハワード, デビッド … 307, 333
ハワード, リチャード … 68, 82, 112
ハワード, ロバート.E. …… 254
バーン, キティ ………… 381
バーン, ジェレミー.G. … 291, 292
バーン, スザンヌ ………… 134
ハン, スティーブン ……… 121
ハーン, メアリー・ダウニング
　………………… 185, 395
ハーン, リアン ………… 404
バンヴィル, ジョン … 51, 130, 133
バンカー, エドワード ……… 204
バング, メアリー・ジョー …… 69
バング, モリー ………… 426
バンクス, イアン … 250, 265
バンクス, キャサリン … 28, 30
バンクス, ケイト ………… 428
バンクス, リン・リード …… 417
ハンケウッズ, ホアン ……… 326
バーンサイド, ジョン ……… 37

バンジェ, ロベール ……… 126
バンジャマン, ルネ ……… 42
パンシン, アレクセイ
　………………… 301, 317, 328
パンシン, コーリー ……… 328
バーンズ, エド ………… 183
バーンズ, ジェイムス・マクレ
　ガー ……………… 75, 112
バーンズ, ジム ………… 248
　〜250, 259, 260, 326, 330, 335
バーンズ, ジュリアン ……… 131
バーンズ, マーガレット・エ
　アー ……………………… 103
バーンズ, リンダ ………… 189
バーンズ, レックス ……… 165
ハンスン, グニッラ ……… 400
ハンセン, ジョアン ……… 183
ハンセン, ジョゼフ ……… 213
ハンセン, マーカス・リー … 105
ハンソン, カーティス ……… 178
パンソンノール, ジャン=ポー
　ル ………………………… 11
ハンター, イアン ………… 162
ハンター, モリー …… 382, 422
ハンター, ロバート ……… 19
バンタム ………………… 161
バンディ, フランク ……… 167
バンティング, イヴ ……… 175
ハント, アイリーン ……… 409
ハンド, エリザベス …… 279,
　　　　　　282〜284, 306, 309
ハントケ, ペーター …… 98, 133
ハンドフォース, トマス …… 390
ハンドラー, デイビッド …… 174
ハンドリン, オスカー ……… 107
バーンハイマー, ケイト　284
バーンバウム, イスラエル … 402
ハンフリー, エリザベス・L.
　………………………… 335
ハンブリー, バーバラ ……… 362
バンブリック, ウィニフレッド
　…………………………… 8

【ヒ】

ピアサル, シェリー ……… 395
ピアシー, マージ ………… 230
ピアス, フィリパ …… 33, 381
ピアス, マイケル ………… 203
ピアスン, キット ………… 22

ビーアマン, ヴォルフ ……… 99
ビアンヴニュ, イヴァン ……… 23
ビアンショッティ, エクトール
　…………………… 127, 138
ビエドゥー, ラファエル … 4, 145
ビエトロ, ジョー・ディ ……… 179
ピエール, DBC ………… 38, 130
ピエール・ド・マンディアルグ,
　アンドレ ………………… 44
ピエール＝ノイヤール, パウレ
　………………………… 25
ビエンコフスキー, ジャン … 385
ビオイ＝カサーレス, アドルフ
　オ ……………………… 60
ビオヴェーネ, グイード …… 58
ビオンテーク, ハインツ …… 98
ピカシオ, ジョン ………
　　282, 340, 372, 376
ピカード, ナンシー … 147〜149,
　　151, 188, 189, 213,
　　221, 223, 224, 227
ピクシリリー, トム
　………………… 347〜349, 354
ビクリ, ダニエル …………… 145
ビーグル, ピーター・S. …… 240,
　　284, 309, 336, 365, 373
ピシェ, アルフォン ………… 14
ビシェル, アーヴィング …… 313
ビショップ, K.J. ……… 294, 295
ビショップ, エリザベス
　…………… 62, 75, 90, 108
ビショップ, ニック ………… 428
ビショップ, マイケル …… 268,
　　269, 304, 357, 360, 361, 365
ビショフ, ヨハネス ………… 97
ビジョルド, ロイス・マクマス
　ター ……… 305, 308, 327,
　　328, 330, 334, 364, 365, 370
ビーション, リズ …………… 420
ピース, デイヴィッド ……… 54
ビスマス, ピエール ………… 349
ビセット, スティーブン …… 344
ピーターキン, ジュリア …… 103
ピーターシャム, ミスカ …… 391
ピーターシャム, モード …… 391
ピーターズ, エリザベス
　……………… 147, 150, 189
ピーターズ, エリス
　……………… 160, 200, 203
ピーターズ, バーバラ … 180, 185
ピータースン, キース ……… 173
ピーターセン, リサ・マリー

…………………………… 181
ビッグウッド, アンディー … 252
ビックス, ハーバート・P. ‥ 67, 120
ヒックマン, スティーヴン … 330
ピッコロ, フランチェスコ … 60
ピッジチーニ, リリアン …… 205
ビッスン, テリー ………… 239,
　271, 305, 307, 328, 363, 368
ヒッチコック, アルフレッド
　………………………… 158, 164
ピッチャー, アナベル ……… 187
ピッツ, ジム ………………… 258
ピットマン, ジョー ………… 215
ピツロ, ウーゴ ……………… 163
ビーティ, パトリシア ……… 394
ビート, マル …… 380, 383, 421
ビトル, セルヒオ …………… 61
ヒーニー, ウィリアム ……… 262
ヒーニー, シェイマス … 35〜37, 95
ピネ, ローラン ……………… 6
BPニコル …………………… 12
ヒープ, スー ………… 417, 418
ピープルズ, デイヴィッド … 324
ピベルノ, アレッサンドロ … 59
ヒメネス, フアン・ラモン … 93
ヒメネス, フランシスコ …… 428
ビヤール, ジャン・アントナン
　………………………………… 18
ビュー, ルネ＝ヴィクトル
　………………………… 127, 137
ヒューガード, バリー ……… 275
ビュークス, ローレン … 231, 265
ヒューザー, グレン ………… 26
ビューシー, メルロ・J. …… 107
ヒューズ, シャーリー … 385, 386
ヒューズ, スチュアート …… 258
ヒューズ, デイヴィッド …… 402
ヒューズ, デクラン ………… 217
ヒューズ, テッド …… 37, 379
ヒューズ, ドロシー.B. … 155, 167
ヒューズ, ハッチャー ……… 102
ヒューズ, モニカ …………… 423
ヒューズ, リチャード.N. … 167
ヒューストン, ナンシー … 20, 128
ヒュディス, キアラ・アレグリ
　ア ……………………… 123
ビュトール, ミシェル ……… 144
ヒュービン, アレン・J. … 167, 168
ピュービン, ミカエル・イドヴォ
　ルスキー ………………… 102
ヒューム, ケリ ……………… 129
ビューロー, アーニー ……… 224

ビョルク, クリスティーナ
　………………………… 400, 401
ビョルンソン, ビョルンスティ
　エルネ …………………… 91
ヒラハラ, ナオミ …………… 183
ビラ＝マタス, エンリーケ … 141
ヒラーマン, トニイ ……… 150,
　164, 174, 189, 191, 193, 224
ピランデッロ, ルイジ ……… 93
ヒーリー, マイケル ………… 23
ヒーリイ, ジェレマイア …… 211
ヒリヤー, ロバート ………… 104
ビリング, アン ……………… 379
ヒル, ウォルター …………… 326
ヒル, カークパトリック …… 395
ヒル, グレッグ ……………… 206
ヒル, ジェフリー …………… 32
ヒル, ジーナ ………………… 206
ヒル, ジョー ……………… 261,
　262, 264, 283, 350, 372
ヒル, ジョージ・ロイ ……… 320
ヒル, スーザン ………… 32, 415
ヒル, セリマ ………………… 38
ヒル, レジナルド …… 202〜204,
　　206, 219, 222, 226
ヒル, ローズマリー ………… 54
ヒルゲン, ヴォルフガング … 398
ビールズ, マーティン ……… 203
ヒルス, ロバート …………… 21
ヒルデスハイマー, ヴォルフガ
　ング ……………………… 98
ヒルデブラント, ティム …… 278
ヒルビッヒ, ボルフガング … 99
ビールマイヤー, ジョン …… 178
ビーレック, ピーター ……… 107
ヒロネーリャ, ホセ・マリア
　………………………… 87
ピロン, ジャン＝ガイ ……… 12
ビーン, ジョナサン …… 430, 431
ピンクニー, ジェリー … 393, 423
ピンクニー, ブライアン …… 428
ヒングリー, ロナルド ……… 51
ピンター, ハロルド …… 96, 133
ピンチ, キャロライン ……… 416
ピンチョン, トマス ………… 77
ピントフ, ステファニー …… 185
ピンネル, ミス ……………… 415
ビンフォールド, レーヴィ … 387

【フ】

ブー, キャサリン 86
ファイエル, アンドレス 405
ファイス, ハーバート 110
ファイフィールド, フランセス
　.................... 202, 207
ファイヤール, ジャン 43
ファイユ, ジャン＝ピエール
　........................ 144
ファイン, アン 36,
　37, 379, 383, 416, 422, 429
ファインスタイン, ジョン ... 183
ファインタック, デイヴィッド
　........................ 331
ファウラー, アーリーン 149
ファウラー, カレン・ジョイ
　................... 136,
　280, 284, 308, 309, 326
ファウラー, クリストファー
　............. 210, 259, 261, 262
ファーガスン, アレイン 173
ファーガスン, ウィル 56
ファーゲルストローム, グレー
　テ 400
ファージョン, エリナー ... 381, 387
ファジン, ダン 124
ファース, バーバラ 386, 415
ブーアスティン, ダニエル・J.
　........................ 113
ファスト, ジュリアス ... 154, 162
ファーストマン, リチャード
　........................ 177
ファッセル, ポール 62, 77
ファティオ, ルイーズ 396
ファディマン, アン 66
ファーバー, エドナ 102
ファハティ, J.G. 354
ファハティ, テレンス
　.................. 214, 216, 227
ファビアン, スティーヴ 255
ファビアン, ステファン
　.................. 255, 256, 283
ファーブル, リュシアン 42
ファーマー, ジェリリン 226
ファーマー, テッサ 253
ファーマー, ナンシー 85
ファーマー, フィリップ・ホセ
　......... 281, 307, 314, 318, 319

ファーマン, E.L. 273, 274,
　280, 318, 319, 323, 324, 359
ファーメロ, グレアム 39
ファラー, ヌルディン 90
ファリス, ジョン 348
ファリントン, マーサ 182
ファルーディ, スーザン 65
ファレ, ルネ 4
ファーレイ, ポール 38
ファレル, J.G. 131
ファレール, クロード 42
ファレル, ジェイムズ.G. 129
ファーレル, ハリー 175
ファレル, ヘンリー 161
ファローズ, ジェームズ 82
ファンチャー, ハンプトン 324
ファンチャー, ルー 421
フィーゲル, ジョン.R. 166
フィスキン, ジェフリー・アラ
　ン 169
フィスク, ポーリン 416
フィソン, ピエール 143
フィッシャー, H.A.L 47
フィッシャー, デイビッド・ハ
　ケット 121
フィッシャー, ピーター.S. .. 170
フィッシャー, ルイス 74
フィッシュ, ロバート.L.
　................ 160, 162, 164
フィッシュマン, シーラ 23
フィッツジェラルド, ジョアン
　......................... 19
フィッツジェラルド, フランシ
　ス 76, 113
フィッツジェラルド, ペネロピ
　.................... 66, 129
フィードラー, レスリー 66
フィニー, ニッキー 86
フィニー, ブライアン 51
フィニイ, ジャック 236, 276
フィリップス, キャリル 53
フィリップス, ジャドソン ... 164
フィリップス, マイク 202
フィリップス, マックス 216
フィリポ, ポール・ディ 250
フィルキンス, デクスター 69
フィールズ, ピーター・アラン
　......................... 329
フィールド, レイチェル 408
フィルブリック, ナサニエル
　.......................... 84
フィルブリック, ロッドマン
　......................... 213

フィンガー, チャールズJ. .. 408
フィンク, シェリ 71
フィンケ, ヘルマン 400
フィンダー, ジョセフ 221
フィンチ, シェイラ 307
フィンチ, ポール 260, 261
フィンチ, ロバート 8, 10
フィンドリー, ティモシー
　.................. 14, 24, 172
フィンレイ, ヴァージル .. 312, 313
フィンレイ, ウィンフレッド
　......................... 163
ブゥラック, シルヴィア.K.
　......................... 178
フェアチャイルド, B.H. 68
フェーアマン, ヴィリ 400
フェイ, スティーブン 164
フェスパーマン, ダン ... 204, 205
フェラーリ, ジェローム 46
フェラン, ジョゼフィン 9
フェラン, マット 395
フェリー, デヴィッド 86
フェリー, リュック 139
フェリーニョ, ロバート 208
フェルナンデス, ドミニック
　.................... 44, 138
フェルナンデス, ラモン 126
フェルフーフェン, ライアン
　......................... 402
フェルルーン, ドルフ 405
フェルロシオ, ラファエル・サ
　ンチェス 61, 87
フェレイオロ, ジャック・D.
　......................... 187
フェレーロ, エルネスト 59
フェーレンバッハー, ダン・E.
　......................... 114
フェロン, ジャック 11
フェン, エリザベス・A. 124
フェンキノス, ダヴィド 146
フェンテス, カルロス 60
フェントン, エドワード 159
フォ, ダリオ 95
フォアマン, マイケル 385,
　　　　　　　　386, 416, 417, 420
フォークナー, ウィリアム
　............ 72, 93, 108, 110
フォグリオ, カヤ 338, 339
フォグリオ, フィル
　.................. 322, 338, 339
フォコニエ, アンリ 43
フォーサイス, フレデリック

.... 163, 169, 208
フォーシェ, アルベェル 13
フォースター, E.M. 47
フォスター, R.F. 53
フォスター, ブラッド・W. .. 326,
   327, 329, 330, 337～339
フォーセット, ジョン 341
フォックス, キャノン・アダム
   50
フォックス, ポーラ 81,
   388, 405, 410, 427
フォックス, ロビン・レイン
   51
フォックスウェル, エリザベス
   150
フォッセ, ヨン 405
フォーデン, ジャイルズ 37
フォード, カール 257, 258
フォード, ジェシ・ヒル ... 166
フォード, ジェフリー 182,
   241, 280～284, 308
フォード, ジョン.M. .. 275, 277
フォード, フィル 338
フォード, リチャード .. 119, 136
フォード, ロバート・A.D. ... 9
フォトリノ, エリック 128
フォーナー, エリック 123
フォーニー, エレン 430
フォーブス, エスター .. 106, 409
フォーブス, デニス 150
フォーブス, ブライアン 161
フォーリー, チャールズ
   .... 151, 184, 195
フォルク=ライバス, ジャック
   18
フォルスダイク, ロジャー ... 205
フォルタン, ジェラール 13
フォレスター, セシル・スコッ
   ト 48
フォレステル, ヴィヴィアンヌ
   140
フォレット, ケン 167, 187
フォワード, ロバート.L. ... 359
フォンタナ, トム 182
フォン・フリッシュ, オットー
   399
フォンベル, ティモテ・ド ... 241
ブシャール, カミーユ 27
ブシャール, ジェラール 24
ブシュカレフ, ボリス 74
ブース, スティーヴン .. 205, 220
ブース, フィリップ ... 86, 429
ブース, ルース・E.J. 253

ブーゾ, マリオ 322
ブタセク, キャスリン ... 348, 352
ブーダール, アルフォンス ... 144
フック, アンドリュー .. 261, 262
フックス, ウルズラ 400
フックスフーバー, アンネゲル
   ト 400
ブッツァーティ, ディーノ ... 57
ブッデ, ナディア 403, 406
フッド, ロバート .. 295～297, 299
フッド, ロブ 296
ブデル, モーリス 42
フート, ホートン 119
ブードウィッツ, レスリー
   .... 152, 153
ブーニン, イワン・アレクセー
   エヴィチ 93
ブファリーノ, ジェズアルド
   59
フーブス, ロイ 169
フーブラー, トーマス 182
フーブラー, ドロシー 182
ブーラ, アンリ 43
フラー, チャールズ ... 115, 170
ブラー, ルイス・B., Jr. ... 118
フライ, E.マックス 172
フライ, ノースロップ 17
ブライ, ロバート 74
フライアーノ, エンニオ 57
フライアリ, ジェーン .. 19, 26
ブライアント, エドワード ... 303
フライシュマン, シド .. 410, 425
フライシュマン, ポール .. 395, 410
プライス, E.ホフマン 275
プライス, アントニイ 199
プライス, ヴィンセント .. 172, 345
プライス, ゲイリー 386
プライス, ジェフリー 327
プライス, スーザン ... 379, 383
プライス, チャーリー 186
プライス, ティム 55
プライス, リチャード 183
プライス, レイノルズ 64
ブライソン, ジョン 201
ブライト, ポピー・Z. .. 238, 258
ブライトマン, キャロル 65
ブラヴォ, エミール 406
ブラウガー, P.J. 321
フラウド, ブライアン 330
ブラウン, E.K. 7
ブラウン, アンソニー

.... 385, 386, 389, 400
ブラウン, ウェルナー・フォン
   314
ブラウン, ウェンゼル 158
ブラウン, エリック .. 250, 251
ブラウン, ジャネット ... 54, 67
ブラウン, ジョージ・マッカイ
   52
ブラウン, ハワード 211
ブラウン, ピーター 431
ブラウン, フォルカー 99
ブラウン, フランシス・イエー
   ツ 47
ブラウン, フレドリック ... 154
ブラウン, ポール 174
ブラウン, マージェリイ・フィ
   ン 163
ブラウン, マーシャ .. 391, 392
ブラウン, モリイ 249
ブラウンベック, ゲイリー・A.
   .... 349～353
ブラウンリッグ, レスリー・ア
   ン 160
ブラーガ, ブラノン 330
ブラケット, リイ 323
ブラザー, リチャード.S. ... 211
ブラース, シルヴィア 115
ブラス, フランソワ 244
ブラスウェイト, カマウ 90
ブラスウェイト, ベネディクト
   415
ブラス・ド・ロブレス, ジャン
   =マリ 141
フラゼッタ, フランク
   .... 273, 281, 317
ブラゼル, カレン 77
プラチェット, テリー 249,
   264, 284, 310, 370,
   372, 383, 417, 430
ブラック, イングリッド ... 216
ブラック, ジョン・D.F. ... 164
ブラック, ホリー 309
ブラックウッド, フレヤ ... 386
ブラックフォード, ラッセル
   .... 290, 292, 293
ブラックマン, マロリー ... 420
ブラックモン, ダグラス・A.
   123
ブラッコール, ソフィー ... 393
ブラッチフォード, クリスティ
   28
ブラッティ, ウィリアム・ピー
   ター 345

ブラット,E.J. ………… 7, 9	ブリオン, アラン ……… 243	170, 190, 191, 225
ブラット, キン ………… 161	ブリクロ, アレクシー …… 244	ブリン, デイヴィッド ‥ 268, 270,
ブラット, チャールズ … 269, 360	フリーゲンリング, ラーン … 406	304, 325, 326, 360～362, 365
ブラット, ティム ………… 336	ブリザック, ジュヌヴィエーヴ	フリン, マイケル.F. ……… 363
ブラット, ピエール ‥ 19, 21, 23	…………………… 127	ブリンク, アンドレ ……… 138
ブラット, リチャード …… 420	フリース, フランク・ケリー	ブリンク, キャロル・ライリー
フラッド, レスリー ……… 257	………………… 313～315,	…………………… 408
ブラッドベリ, レイ … 122, 273,	319～321, 356, 357	フリングス, ケッティ …… 109
305, 312, 314, 323, 343, 348	ブリスコ, ミケーレ ……… 58	ブリンクリー, アラン …… 82
ブラッドリー, アラン	ブリスタフキン, アナトリ … 402	ブリングル, デイヴィッド
…………… 152, 207, 221, 228	プリースト, クリストファー	…………… 259, 330, 336
ブラッドリー, マリオン・ジ	…………………… 53,	ブリングル, ヘンリー・F. … 103
マー ……………… 281, 360	231, 239, 241, 247, 248, 250	ブリンコウ, ニコラス …… 204
ブラッドレイ, ジョン …… 415	～252, 267, 271, 279, 288, 289	ブリンジャー, ケイト …… 28
ブラッドレイ, デイヴィッド	プリースト, シェリー …… 373	プリンツ, アロイス ……… 404
…………………… 135	プリーストリー,J.B. ……… 47	プール, アーネスト ……… 100
フラナー, ジャネット …… 74	フリーズナー, エスター・M.	ブルー, エドナ・アニー
ブラナー, ジョン ‥ 232, 247, 318	…………………… 306	…………… 83, 118, 135
ブラナー, フランク …… 255	ブリッグズ, レイモンド	ブル, エマ ……………… 362
フラナガン, ジェラルディン・	……………… 385, 419, 425	ブルー, サリー ………… 420
ラックス ……………… 399	ブリックマン, マーシャル … 320	ブルーウン, ケン ………
フラナガン, トマス ……… 63	ブリッシェン, エドワード … 382	216, 221, 227, 228
フラナガン, リチャード … 131	ブリッジス, ジェームズ …… 161	ブルーカー, バートラム …… 7
ブラノン,W.T. ………… 155	ブリッシュ, ジェイムズ ‥ 314, 315	ブルックス, マーサ …… 25
フラビエ, レオン ……… 42	フリッシュ, マックス … 90, 98	ブルース, ウィリアム・キャベ
ブラム, ハワード ……… 184	フリッツ, ジーン … 81, 426, 427	ル …………………… 100
ブラムリー, セルジュ …… 6	プリティマン, バーレット,Jr.	ブルース, チャールズ …… 9
フランク, エリザベス …… 116	…………………… 159	ブルース, ロバート・V. … 117
フランク, クリストファー … 144	フリート, アメリー ……… 403	プルースト, マルセル …… 42
フランク, ジェロルド … 160, 161	フリート, エーリヒ ……… 99	フルタニ, デイル …… 192, 225
フランク, ジョセフ ……… 63	フリード, サラ・アン … 178, 192	ブルッキンズ, デーナ …… 167
フランク, スコット …… 178, 348	ブリドー, スー …………… 54	ブルックス, ヴァン・ワイク
フランク, スーザン ……… 159	フリードマン, ダニエル …… 229	…………………… 104
フランク, ダン ………… 145	フリードマン, トーマス.L. … 83	ブルックス, グェンドリン … 107
フランクリン, アリアナ	フリードマン, ラッセル … 410, 428	ブルックス, ケヴィン
…………… 207, 208, 228	フリードレンダー, サユル … 122	…………… 384, 405, 406
フランクリン, トム …… 178, 208	ブリトン, ポール ……… 203	ブルックス, ジェラルディン
フランクル, サンダー …… 164	プリニエ, シャルル ……… 43	…………………… 121
フランシス, ディック …… 163,	プリニェッティ, ラファエロ	ブルックス, ティム ……… 79
168, 176, 177, 200, 202	…………………… 58	ブルックス, ブルース …… 426
フランス, アナトール …… 92	プリノー, アーサー・S. …… 7	ブルックス, メル …… 302, 321
ブランスカム, ロビー …… 169	フリーマン, ダグラス・サウス	ブルックス, ロン ……… 404
フランゼン, ジョナサン ‥ 54, 84	オール …………… 104, 109	ブルックナー, アニータ … 129
ブランチ, テイラー …… 64, 117	フリーマン, ブライアン …… 227	ブルック=ローズ, クリスティ
ブランデル, ジュディ …… 86	ブリュソロ, セルジュ	ン ……………………… 50
ブラント, カトリーン …… 398	…………… 232, 234, 235	ブルードラ, ベノ …… 402, 405
ブラント, ジャイルズ …… 204	ブリュックネール, パスカル	フルニエ, ジャン=ルイ …… 128
ブランド, スチュワート …… 76	……………… 140, 145	フールニェ, ロジェ ……… 15
ブランド, ディオン ……… 22	フリーリング, ニコラス …… 161	ブールニケル, カミーユ … 137
ブランバーグ, ローダ …… 426	フリン, エレイン ……… 220	ブルニフィエ, オスカー … 406
ブランフォード, ヘンリエッタ	フリン, ギリアン …… 188, 207	フルブライト, クリストファー
…………… 379, 416, 418	ブリーン, ジョン.L. ……… 169,	…………………… 351

海外文学賞事典 **465**

ブルーマー, ウィリアム 33
ブルマー, デイヴィッド 215
ブルマン, フィリップ 37,
　　377, 379, 383, 417, 418, 421
ブルーム, ヴァレリー 417
ブレ, マリ＝クレール
　　............ 12, 15, 22, 28, 137
ブーレイ, R.カーライル 107
フレイヴィン, マーティン 106
ブレイク, クェンティン 33,
　　385, 389, 416〜418, 421
フレイザー, アントニア .. 51, 203
フレイザー, ベティ 81
フレイジー, マーラ 431
フレイジャー, チャールズ 84
フレイズ, ブリジット 66
ブレイディ, ジョーン 36
ブレイラー, イヴェレット・F.
　　.................. 273, 277, 364
ブレイロック, ジェイムズ.P.
　　........................ 276, 279
フレイン, マイケル 38
フレヴェレッティ, ジェイミー
　　................................ 222
ブレーガー, アヒム 401
ブレガー, ハンス 397
ブレーク, ピーター 181
フレクスナー, ジェイムズ・トーマス 76, 113
プレスコット, ヒルダ・F.M.
　　.................................. 48
プレストン, M.K. 182
ブレスラー, ミリアム
　　.................. 402, 403, 406
ブレスリン, テレサ 383
フレチェット, キャロル .. 22, 31
フレッチャー, ジョー ... 259, 281
フレッチャー, ジョン・ゴウルド 105
フレッチャー, スーザン 38
フレッチャー, ルシール 158
ブレット, サイモン 209
ブレット, リリー 142
ブレナー, キャロル 174
ブレナート, アラン 305
ブレナン, ジョセフ.P. 274
ブレナン, レイ 158
フレネット, クリスチアーヌ
　　.................................. 23
ブレネル, エドウィー 140
ブレバン, シャルル 143
ブレヒャー, ヴィルフリード

.... 397, 398
フレミング, キャンデス ... 430, 431
フレミング, ジョーン ... 198, 199
フレムリン, シリア 158
フレンチ, ジャック 150
フレンチ, タナ ....
　　.................. 184, 195, 221, 227
フレンチ, フィオナ 385
フレンチ, ポール 187, 209
ブレンチリー, チャズ 259
ブレンティス, ノーマン ... 351, 352
ブロー, ジャック 12, 16, 24
プロ, ピエール ... 233, 236, 239
ブロイス, ポール 270
プロイスラー, オロフリート
　　................................ 398
フロイド, ダレン 260
フロイド, ビル 185
プロヴィンセン, アリス 392
プロヴィンセン, マーティン
　　................................ 392
ブロサール, ニコル 13, 16
ブロジェット, E.D. 22
プロシュー, アンドレ ... 19, 26
ブロス, J.W. 79, 410
フロスト, ロバート
　　.................. 102〜104, 106
フロッカ, ブライアン ... 393, 428
ブロッキー, ヨシフ 64, 95
ブロック, フランチェスカ・リア 423
ブロック, ロバート 159,
　　273, 315, 325, 343〜345
ブロック, ローレンス ... 170, 174
　　〜177, 193, 206, 211, 213, 215
ブロックマン, ローレンス.G.
　　........................ 155, 158
ブロデリック, ダミアン 268,
　　288, 290, 292, 294
ブロドリック, ウィリアム ... 207
ブローナー, ピーター 174
プロハズカ, ヤン 398
プロハースコヴァー, イヴァ
　　................................ 401
プロバート, ジョン・ルウェリン 264
プロペンセン, アリス 426
プロペンセン, マーティン ... 426
フロム, リロ 397
ブロムカンプ, ニール 310
ブロムフィールド, ルイス ... 102
ブロヤス, アレックス 346

フローリック, アン 312
ブロンク, ウィリアム 81
ブロンジーニ, ビル
　　............ 184, 211, 215, 223
ブロンダン, アントワーヌ 4
フンケ, コルネーリア 241

【ヘ】

ベア, エリザベス 336,
　　337, 340, 371, 375
ベア, グレッグ 232, 268
　　〜270, 304, 306, 307, 325, 326
ベア, デアドル 80
ベーア, フィリップ 18
ベアラー, バール 175
ヘイ, エリザベス 56
ベイヴァー, ミシェル 380
ヘイウッド, ガー・アンソニー
　　............ 191, 212, 214, 218
ベイカー, アニー 124
ベイカー, ケイジ ... 284, 310, 373
ベイカー, ケイト
　　.................. 265, 286, 339, 340
ベイカー, スコット 232, 275
ベイカー, マイケル 174
ベイカー, ラッセル 115
ベイカー, リズ.S. 214
ベイカー, レナード 114
ベイカー＝スミス, グラハム
　　................................ 386
ヘイグ, マット 422
ヘイクラフト, ハワード ... 154, 165
ベイゲルス, エレーヌ ... 63, 79
ベイコン, レナード 105
ベイジ, P.K. 9
ベイジ, キャサリン・ホール
　　............ 148, 150, 151
ベイジェル, スティーヴン ... 280
ヘイシング, ウィレッタ・L.
　　...... 149, 192, 193, 219, 225
ヘイズ, ジョセフ 157
ヘイズ, ジョン.F. 9
ヘイズ, ジョン・マイケル ... 157
ヘイズ, テランス 86
ヘイダー, エルマー 391
ヘイダー, ベルタ 391
ヘイダー, モー 186, 208
ヘイデン, G.ミキ 181, 226
ヘイデン, パトリック・ニール

セン ……　279, 336, 338, 340
ヘイデンスタム, ヴェルネル・
　フォン ……………………　92
ヘイデンビュッテル, ヘルムー
　ト ………………………　98
ベイト, ジョナサン ………　54
ベイトン, K.M. ……………　378
ベイトン, キャスリーン.M.
　………………………………　382
ヘイニング, ピーター ……　260
ヘイモン, S.T. ……………　200
ベイヤー, ウイリアム ……　169
ヘイリー, アレックス ……　114
ベイリー, キャロリン・シャー
　ウィン …………………　409
ヘイリー, ゲイル.E. ……　385, 392
ベイリー, バリントン.J. …　250
ベイリー, ピーター ………　419
ベイリー, フランキー.Y. …　228
ベイリン, バーナード
　………………………　77, 111, 116
ヘイル, ダニエル.J. ………　150
ベイン, フランシス ………　288
ヘインズ, ジョン …………　39
ベインズ, ポーリン ………　385
ペインター, ジョージ ……　51
ベインブリッジ, ベリル
　…………………　33, 37, 53, 131
ベヴァリッジ, アルバート・J.
　……………………………　101
ベヴィラックァ, アルベルト
　………………………………　58
ペヴニー, ジョセフ ………　318
ベェシェック, ルディエク …　398
ベーカー, クリストファー "ファ
　ンゴルン" ………………　251
ベーカー, ニコルソン ……　67
ベーカー, レイ・スタナード
　……………………………　105
ベゲ, サイチン ……………　340
ヘクト, アンソニー ………　111
ベグベデ, フレデリック …　5, 146
ベグリノ, ルイス …………　139
ヘグルンド, アンナ
　…………………　402, 403, 414
ベケット, クリス …………　231
ベケット, サミュエル ……　94
ヘス, カレン ……　395, 411, 423
ヘス, ジョーン ……　148, 224
ベスター, アルフレッド …　305, 313
ヘスト, エイミー ………　428
ベセット, ジェラール …　11, 13

ベーターゼン, ヴィルヘルム
　…………………………………　97
ベーターソン, ハンス …　397, 412
ベダード, マイケル ………　19
ベッカー, アーネスト ……　113
ベッカー, ユルゲン ………　99
ベック, ジョセフ …………　193
ベック, ベアトリス ………　43
ベック, リチャード
　………………………　166, 395, 411
ヘッセ, ヘルマン …………　93
ベッソン, パトリック ……　145
ベッテルハイム, ブルーノ …　62, 78
ヘットマン, フレデリック …　397, 398
ベート, ウォルター・ジャクソ
　ン ………………　62, 78, 110, 114
ベドウズ, エリック ………　22
ベドラザス, アラン ………　213
ペトリ, エリオ ……………　163
ヘドリック, ジョアン・D. …　119
ペトルシェフスカヤ, リュドミ
　ラ ………………………　284
ペトローニ, グリエルモ …　58
ベナック, ダニエル ………　146
ベナベンテ, ハシント ……　92
ペニー, ステフ ……………　39
ペニー, ルイーズ ……　151, 152,
　195, 196, 206, 221, 228, 229
ベニオフ, デイヴィッド
　…………………　265, 339～341
ヘニッヒ・フォン・ランゲ, ア
　レクサ …………………　404
ベニングロス, フィル ……　172
ペニントン, ブルース ……　248
ベネ, スティーヴン・ヴィンセ
　ント ………………　103, 106
ベネット, アーノルド ……　47
ベネット, ウィリアム・ローズ
　……………………………　105
ベネット, ジェイ …………　165
ベネット, マイケル ………　113
ベネット, マーゴット ……　198
ベネット, ロバート・ジャクソ
　ン ………………　186, 264
ヘファナン, ウイリアム …　176
ベミス, サミュエル・フラッグ
　…………………………　102, 107
ヘミングウェイ, アーネスト
　………………………　93, 108
ベーメルマンス, ルドウィッヒ
　…………………………………　391
ヘラー, ジョセフ …………　139

ヘラー, フランクリン ……　155
ヘラー, ルーカス …………　161
ペラン, アンドレ …………　144
ペラン, ミシェール ………　5
ベリー, アン・C. ……　179, 265
ベリー, ウィル ……………　165
ベリー, ジェームズ …　415, 427
ベリー, ジャネット ………　416
ベリー, トマス ……　169, 222
ベリー, ニック ……………　186
ベリー, マイケル.R. ……　179
ベリー, ラルフ・バートン …　104
ベリオールト, ジーナ …　66, 136
ベリサリオ, ドナルド.P. …　168
ベリマン, ジョン ……　75, 111
ベリール, N.J. ………………　9
ベル, クウェンティン ……　51
ベール, ジョセフ …………　43
ベル, デイヴィッド ………　258
ベル, ニール ………………　182
ベル, ハインリヒ ……　94, 98
ベル, マイケル ……………　13
ベルクソン, アンリ＝ルイ …　92
ベルグマン, ステン ………　412
ヘルゲランド, ブライアン …　178
ベルゴー, ルイ ……………　42
ベルコム, エド・ヴァン …　345
ベルジェ, イヴ ………　126, 140
ヘルシュ, ルーベン ………　82
ベルジュイス, マックス …　389
ヘルシング, レンナート …　412
ベルス, サン＝ジョン ……　94
ヘルストレム, ベリエ ……　208
ベルタン, セリア …………　144
ヘルツィヒ, アリスン・クラギ
　ン …………………………　80
ベルティエ, マリーズ ……　17
ヘルドブラー, バート ……　118
ベルトラン, エイドリアン …　42
ヘルトリング, ペーター …　399, 404
ベルナー, ロートラウト・ズザ
　ンネ ……………　403, 405
ベルナイム, エマニュエル …　139
ベルナノス, ジョルジュ …　125
ベルナール, マルク ……　3, 43
ヘルバーン, ミルトン ……　161
ベールフィト, ロジェ ……　143
ベルフォール, ノルマン・デ
　…………………………………　24
ヘルプリン, マーク ………　279
ベルフロム, エルス ………　401

ヘルマン, フアン 61
ヘルマン, リリアン 75
ヘルンドルフ, ヴォルフガング
　............................ 406
ベルンハルト, トーマス ‥ 98, 139
ベレケーノス, ジョージ ‥ 183, 221
ペレス=レベルテ, アルトゥーロ 209
ペレック, ジョルジュ ‥ 138, 144
ベレット, ルネ 127
ベーレンス, ペーター 27
ベレンスン, アレックス 183
ベロー, アンリ 42
ベロー, ソール ....
　............ 72, 74, 75, 94, 113
ベロー, ピエール ‥‥ 11, 14, 24
ベロション, エルネスト 42
ヘロルド,J.クリストファー
　............................ 73
ヘロン, ミック 209
ベロンチ, マリア 58
ベン, ゴットフリート 98
ベン, ロビン ....
　............ 291, 293〜295, 298
ヘンクス, ケヴィン 393
ベン=ジェルーン, ターハル
　............................ 45
ベンジャミン, エリザベス 182
ベンジャミン, キャロル・リーア 214
ペンズラー, オットー
　............ 166, 176, 181, 185
ベンソン, ドナルド 267
ベンソン, ミルドレッド・ヴィルト 180
ベンソン, リチャード 55
ヘンダーソン, スミス 210
ヘンダーソン, ビル 68
ヘンチュ, ティエリー 26
ヘンドリー, ダイアナ 36
ヘンドリック, バートン・J.
　............................ 101, 103
ヘンドリックソン, ポール 68
ベントン, ロバート 167, 322
ベンナッキ, アントニオ 59
ベンフォード, グレゴリイ
　............ 248, 268, 288, 302
ヘンリー, ウィリアム 172
ヘンリー, サラ・L. ‥ 152, 186, 196
ヘンリー, スー 190, 224
ヘンリー, ブレント 348
ヘンリー, ベス 115
ヘンリー, マーゲライト 409
ヘンリー, ミーブ 416

【ホ】

ポー, ハリー・リー 185
ボアゼ, ヴィクトリア ‥ 323, 324
ホァン, ジム 149,
　............ 150, 193〜195, 226, 227
ホアン, ユンテ 186
ボイエ, キルステン 405
ボイス, フランク・コットレル
　............ 380, 383, 406
ボイチェホフスカ, マヤ 409
ホイッスラー, テレサ 415
ホイットニー, フィリス.A.
　............ 159, 160, 172
ホイットモア, エド 183
ボイデン, ジョセフ 56
ボイド, ウィリアム ‥ 34, 39, 53
ボイヤー, スーザン.M. 152
ボイヤー, リック 169
ボイル,T.コラゲッサン ‥ 135, 140
ボイル, アンドルー 33
ボイル, ケビン 85
ホウ, ピーター 203
ホーヴァート, ポリー 85
ボウエン, エリザベス 51
ボウエン, フィリッパ
　............ 308, 334, 335
ボウエン, フィリパ 308
ボウエン, リース 149,
　............ 152, 153, 194, 227, 228
ボーヴォワール, シモーヌ・ド
　............................ 43
ホウズ, チャールズ.B. 408
ボウズ, リチャード ‥‥ 280, 283
ボウマン, トム 188
ボーエン, カサリン・ドリンカー 73
ホガード, エリック.C. ‥ 422, 424
ホーガン, ポール ‥‥ 108, 113
ボク, ハネス 313
ホークス, ジョン 139
ホークス, ハリー 200
ホグローギアン, ノニー ‥ 391, 392
ポケットブックス 165
ボーケンキャンプ, ジョン 197
ポサート, グレゴリー・ノーマン 285
ボーシェヌ, イヴ 17
ホジソン, アントニア 209
ホジンズ, ジャック 14
ホーズ, ジェームズ 336
ホース, ハリー 418, 420
ボス, マルコム 400
ボズウェル, ジョン 80
ボーズウェル, チャールズ 156
ボスケ, アラン 4
ボスコ, アンリ 143
ボスコ, モニーク 12
ポスト, ピエール 3
ボストン, ブルース ‥ 349〜352
ボストン, ルーシー 382
ポーター, アンドリュー
　............ 258, 328〜330
ポーター, キャサリン・アン
　............ 74, 111
ポーター, シーナ 382
ポーター, シルヴィア 170
ポーター, パメラ 27
ポーター, ヘンリー 206
ホータラ, リック 353
ボダル, スージー 400
ボダル, リュシアン ‥‥ 4, 44
ボチコ, スティーヴン
　............ 169, 176, 178
ボック, アルフレッド 97
ボック, エドワード 101
ホック, エドワード・D. ‥‥ 162,
　180, 192, 193, 215, 220, 221
ボック, ジェリー 109
ボックス,C.J. ....
　............ 184, 193, 220, 226
ボッシー, ジョン 202
ホッジズ, ウォルター 385
ボッシュ, アレキサンダー 97
ポッター,J.K. ‥‥ 257, 276, 278
ポッター, デヴィッド・M. ‥ 114
ポッター, デニス 170
ポッツ, ジーン 156
ホップ, フェリシタス 99
ホップス, ウィル 178
ホップズ, ロジャー 209
ボーデ, アードルフ 97
ボーデン, ニーナ ‥ 378, 422
ボード, ヴォーン 318
ボドゥ, ジャック 244
ボトカー, セシル 388
ホドヴァー, ダニエラ 133
ボナ, ドミニク 5, 145

ボナー, ブリン 178
ボナーズ, スーザン 81
ボニアトウスカ, エレナ 61
ボヌフォワ, イヴ 133
ボネステル, チェスリー .. 314, 320
ポーの家 185
ボーバ, ベン .... 271, 320〜322
ポー博物館 181
ホバーマン, メリーアン 81
ホーバン, タナ 426
ホーバン, ラッセル .. 33, 268, 289
ポピュラー・ライブラリー .. 160, 161
ホープ, クリストファー 34
ホプキンス, ゲーリー 173
ホプキンス, ブライアン.A.
 .... 346〜348
ホプキンスン, ナロ
 .... 281, 311, 332, 367
ホフスタッター, ダグラス・R.
 .... 79, 115
ホーフスタッター, リチャード
 .... 108, 110
ホーフスタッド, アリス 404
ホフマン, デヴィッド・E. 123
ホフマン, ニーナ・キリキ
 .... 309, 344
ホフマン, レナード 154
ホフマン・エレクトリック社
 316
ホーマー=ディクソン, トーマ
 ス 24
ボーム, ジェフリー 328
ボーム, シドニー 156
ホームズ, A.M. 134, 402
ホームズ, リチャード ... 35, 53, 69
ホームズ, ルパート 171, 174
ホーメル, デイヴィット .. 21, 25
ボモー, イワン 402
ボーチント, チャールズ 343
ポラック, レイチェル ... 230, 279
ボラーニョ, ロベルト 69
ホーラン, ジェイムズ.D. 157
ホランダー, ジェイソン・ヴァ
 ン 280, 282
ボリ, ジャン=ルイ 43
ポリガー, マックス 397
ポリット, カーサ 63
ポリティ, レオ 391
ポリート, ロバート 66, 176
ポーリュー, ヴィクトル=レヴ
 ィ 13
ボーリュウ, ミシェル 15

ポーリン, ジャック 14
ポーリン, ステファン ... 18, 23
ホリングシェッド, グレグ 21
ホリングハースト, アラン
 .... 53, 130
ホール, アダム 161
ホール, エドワード 84
ホール, ジェイムズ・W. .. 182, 215
ホール, ジェレミー 172
ホール, ジョン 161, 198
ホール, ドナルド 64
ホール, パーネル 218
ホール, フィル 29
ホール, フレデリック 79,
 232, 267, 268, 302, 303,
 306, 317, 318, 320,
 322, 326, 338, 356, 358
ホール, フローレンス・ハウ
 100
ホール, ペーテル .. 402, 403, 413
ホール, ラドクリフ 47
ホール, リン 426
ホール=ウェアリー, エミリー
 334
ホルスカー, リヒャルト 97
ホルスター, シュテファニー
 23
ホルダー, ナンシー
 .... 344, 345, 352
ホルツワース, ディディエ 18
ホルト, キンバリー・ウィリス
 84
ホールドストック, ロバート
 240,
 248〜250, 263, 275, 278
ホルトビー, ウィニフレッド
 18
ホールドマン, ジョー .. 270, 278,
 287, 302, 305〜308, 310, 321,
 328, 330, 332, 357, 365, 366
ボルトン, S.J. 185
ボルトン, シャロン 209
ホルヌング, ヘルムート 402
ボルヒャース, エリザベス 399
ボルヘス, ホルヘ・ルイス
 .... 60, 67, 166, 274
ホルム, アンニカ 413
ホルムベリイ, オーケ 412
ホルロイド, マイケル 54
ボルン, ジェームス.O. 221
ボレル, ジャック 44
ポーロック, シャロン 15, 17
ホワイト, E.B. 114

ホワイト, T.H. 312
ホワイト, ウィリアム・S. ... 108
ホワイト, ウィリアム・アレン
 106
ホワイト, エドマンド 65
ホワイト, ケネス 138
ホワイト, ジェームズ 314
ホワイト, セオドア・H. 110
ホワイト, ティム 248
ホワイト, テッド 318
ホワイト, テリー 169
ホワイト, パトリック 94
ホワイト, レオナード・D. ... 109
ホワイト, ロブ 164
ポワロ=デルペシュ, ベルト
 ラン 4
ホン, エドナ 75
ホン, ハワード 75
ホーン, ラルフ.E. 168
ボンサル, スティーヴン 106
ポンジュ, フランシス 90
ホーンズビー, ウェンディ ... 174
ポンソー, マリー 67
ポンタリス, J.-B. 141
ポンティッジャ, ジュゼッペ
 59
ボンテンペルリ, マッシモ 57
ポントピダン, ヘンリク 92
ボンフィリオリ, キリル 199

【マ】

マアルーフ, アミン 45
マイアース, ロバート・マンソ
 ン 76
マイエ, アントナン 13
マイエ, アントニーヌ 44
マイクルズ, アン 134
マイケル, リビ 421
マイケルズ, バーバラ 189
マイスター, エルンスト 98
マイトン, ジョン 20, 26
マイヤー, デオン 222
マイヤー, マイケル 32
マイヤーズ, L.H. 48
マイヤーズ, M.ルース 218
マイヤーズ, ジョー 186
マイルズ, ジャック 119
マーウィン, W.S. 85, 123
マーウィン, ウィリアム・S.

マウツ

.... 112
マーウッド, アレックス ‥ 187, 229
マウー=フォールシェ, ルイー
　ゼ 12
マーヴリナ, タチヤーナ 388
マウンテン, フィオナ 184
マカヴォイ, R.A. 325, 360
マカフィー, アンナリーナ ... 400
マカリア, ジョン 167
マカロック, ディアミド 68
マーカンド, ジョン・フィリッ
　プ 104
マーカンド, リチャード 325
マキサック, パトリシア.C.
　................................... 427
マキサック, フレデリック ... 427
マキーヌ, アンドレイ ... 45, 140
マキャハリー, ジェイムズ ... 190
マキャフリイ, アン 260,
　269, 288, 301, 308, 317, 323
マキャモン, ロバート.R. ... 236,
　　　　　278, 342〜344, 353
マキューアン, イアン
　............... 35, 54, 67, 130
マーギュリーズ, ドナルド ... 120
マキリップ, パトリシア・A.
　............ 272, 281, 283, 358
マキルウェイン, チャールズ・
　ハワード 102
マーク, ジャン 382
マーク, ニック 334
マグァイア, D.A. 176
マクウォーター, ダイアン ... 121
マクガヴァーン, ジミー ... 176, 177
マクギネス, ブライアン 52
マークス, ジェフリー 195
マクスウェル, ウィリアム ... 66, 81
マクダウェル, フランクリン.
　D. 7
マクダーミド, ヴァル 193,
　203, 208, 219, 220, 222, 226
マクダーモット, アリス 84
マクダーモット, ジェラルド
　................................... 392
マクデイド, トーマス.M. ... 159
マクデヴィット, ジャック
　.................... 270, 309, 361
マクドゥーガル, ウォルター
　.................................. 116
マクドゥガル, コリン 10
マクドナー, マーティン ... 185
マクドナルド, アンマリー ... 19
マクドナルド, イアン ‥ 243〜245,

250〜252, 270, 271, 336, 362
マクドナルド, グレゴリー
　......................... 165, 166
マクドナルド, シェラ 33
マクドナルド, ジョン.D. ... 79, 164
マクドナルド, フィリップ
　......................... 156, 157
マクドナルド, ヘティ 337
マクドナルド, ロス
　.................. 165, 198, 210
マクドーネル, A.G. 48
マクナマラ, ピーター 294
マクナミー, グラハム 181
マクニール, ウィリアム・H.
　................................... 74
マクニール, スーザン・イーリ
　ア 222
マクノートン, コリン 417
マクノートン, ブライアン ... 280
マクヒュー, モーリーン.F.
　.................... 331, 364, 366
マクファーソン, ジェームズ
　................................ 114
マクファーソン, カトリオーナ
　............ 152, 197, 228, 229
マクファーソン, ジェイ 10
マクファーソン, ジェイムス・
　M. 117
マクフィー, ジョン 120
マクフィーリー, ウィリアム
　................................. 115
マクフェドラン, マリー 9
マクフェラン, デーヴ 255
マクブライド, ジェイムズ ... 86
マクブライド, ジム 189
マクブライト, スチュアート
　......................... 207, 220
マクベイン, エド 171, 204
マクマートリー, ラリー ... 116
マクマラン, メアリ 155
マクマレン, ジェイ 158
マクマレン, ショーン ... 291〜293
マクミラン, マーガレット・オー
　ウェン 25
マクラウド, イアン・R.
　............... 231, 271, 280, 367
マクラウド, ケン ‥ 250, 252, 271
マクラクラン, パトリシア
　..................... 394, 410
マクラフリン, アンドリュー・
　C. 104
マクラム, シャーリン 147,
　　148, 172, 191, 224, 225

マクリー, マリオン 14
マクリーシュ, アーチボルド
　............ 72, 104, 108, 109
マグリス, クラウディオ 59
マクリーン, S.G. 210
マクリーン, キャサリン ‥ 301, 308
マクリーン, ノーマン 65
マクリーン, ハリー.N. 172
マクルーア, ジェイムズ ... 199
マクルーハン, マーシャル ... 11
マクレガー, T.J. 180
マクレガー, ロバート・キュー
　ン 179
マクレガー, ロブ 176
マクレナン, ヒュー ...... 8〜10
マクレム, スコット 68
マグロー, エロイーズ・ジャー
　ヴィス 167
マクロー, トーマス・K. ... 116
マクロイ, ヘレン 156, 173
マクロウ, デヴィッド
　............... 78, 80, 118, 120
マクロード, ジョン 19
マコックラン, ジェラルディン
　..................... 35, 36,
　38, 379, 383, 417, 419, 420
マコート, フランク ... 66, 119
マゴリアン, ミシェル ... 39, 379
マコーリイ, ポール.J.
　............ 230, 258, 270, 272
マーゴリーズ, レオ 166
マコーリフ, フランク 164
マコール, ダンディ・デイリー
　.................................. 186
マコーレー, ローズ 50
マコーレイ, デビッド
　............ 392, 399, 427
マザラ, グレン 354
マシスン, リチャード 164,
　273, 275, 277, 315, 343, 344
マシーセン, ピーター ... 78, 79, 85
マシャード, アナ・マリア ... 389
マーシャル, ニール 340
マーシャル, ヘレン ... 265, 286
マーシャル, メーガン 124
マーシャル, レイ 415
マーシュ, アール 79
マーシュ, キャサリン 184
マーシュ, ナイオ 167
マシューズ, ウィリアム 66
マシューズ, エイドリアン ... 204
マシューズ, ジェイソン 187

マシューズ, ジャクソン …… 77
マース, ピーター ………… 174
マスア, ハロルド.Q. ……… 175
マスターズ, ブライアン …… 201
間瀬 元朗 ………………… 244
マゼリン, ギー …………… 43
マター,M ………………… 404
マダン, フィリッパ ………… 288
マチジアク, グンナー ……… 401
マーチャンド, レスリー.A.
　…………………………… 63
マーツ, バーバラ ………… 189
マッカイ, ドン ………… 19, 24
マッカイ, ヒラリー … 38, 379, 417
マッカーシー, コーマック
　…………………… 54, 65, 83, 122
マッカーシー, ショーナ … 325, 363
マッカーシー, フィオナ ……… 54
マッカリー, クリストファー
　………………………… 177
マッキー, デビッド ………… 401
マッキー, ナサニエル ……… 85
マッギヴァーン, ウィリアム・
　P. ……………………… 156
マッキニー, ジョー …… 352, 353
マッキネス, エドガー ……… 7, 8
マッキノン, フランク ……… 9
マッキャン, コラム ………… 86
マッキューイン, グウェンドリ
　ン ………………… 12, 17
マッキュリー, エミリー・アー
　ノルド ………………… 392
マッキルヴァニー, ウイリアム
　………………… 33, 200, 201
マッキーン, デイブ
　……………… 251, 278, 420
マッキンタイア, ヴォンダ・N.
　………… 302, 303, 306, 322, 358
マッキンタイア, リンデン …… 56
マッキンティー, エイドリアン
　………………………… 222
マッキンリィ, ロビン … 276, 410
マッキンレー, フィリス … 110, 159
マック, ジョン・E. ………… 114
マックナルティ, フェイス … 429
マックレディー, ロビン・メロ
　ウ ……………………… 183
マックレーン, モリーン.N.
　…………………………… 68
マックロスキー, ロバート
　………………… 390, 391
マッケイ, ウィリアム ……… 64
マッケナ, ジュリエット.E. … 266

マッケナ, リチャード ……… 301
マッケルウェイ, セント・クレ
　ア ……………………… 155
マッケンジー, キーラ ……… 291
マッケンナ, マーティン …… 259
マッコイ, エンジェル・リー
　………………………… 352
マッコーマー, パトリシア・
　リー …………………… 347
マッコーリー, カービー … 273, 274
マッコール,D.S. ………… 49
マッコール, クリスティン … 19
マッシー, エリザベス … 343, 344
マッシー, スジャータ … 149, 226
マッシー, ロバート・K. …… 115
マッツァンティーニ, マルガレ
　ート ……………………… 59
マッツッコ, メラニア.G. …… 59
マッティングリー, ガーレット
　………………………… 109
マーティー, マーティン.E. … 76
マーティン, アンドリュー … 208
マーティン, ヴァレリー …… 134
マーティン, ジョージ・R.R.
　…………………… 277,
　285, 303, 304, 320, 323, 331,
　339, 340, 342, 357～360,
　366～368, 374～376
マーティン, ジョン ……… 255
マーティン, ジョン・バート
　ロー …………………… 156
マーティン, テリー ……… 263
マーティン, ロバート.B. …… 52
マーティンソン, ハリー …… 94
マテス, ケイト …………… 184
マテソン, ジョン ………… 122
マテラ, リア ……………… 214
マーテル, ヤン …………… 130
マドー, ベン ……………… 155
まど・みちお …………… 389
マトゥテ, アナ・マリア … 61, 88
マドクス, ブレンダ ……… 36
マードック, アイリス … 33, 51, 129
マートランド, ハリスン …… 156
マニエル, フランク.E. ……… 82
マニエル, フリッジー.P. …… 82
マニング, ミック ………… 417
マネア, ノーマン ………… 141
マネッティ, リサ ………… 351
マノッティ, ドミニク …… 207
マハリッジ, デール ……… 117
マバンク, アラン ………… 146

マビー, カールトン ……… 106
マーヒー, マーガレット
　………… 382, 389, 423, 430
マーフィー, ウォーレン
　………… 170, 171, 211, 215
マーフィ, コーリン ………… 27
マーフィー, ジム ………… 429
マーフィー, ジル ………… 417
マーフィー, パット
　………… 277, 304, 305, 362
マーフィ, マーガレット …… 209
マフィーニ, メアリー・ジェー
　ン ……………………… 152
マフフーズ, ナギーブ ……… 95
ママタス, ニック ………… 352
マメット, デヴィッド …… 115
マーヨル, アンドレ ……… 14
マライーニ, ダーチャ …… 59
マラブル, マニング ……… 123
マラマッド, バーナード
　………………… 73, 74, 111
マラン, ルネ …………… 42
マリ, イエラ …………… 398
マリ, エンゾ …………… 398
マリー, ジェマ ………… 242
マリ, ジェーン・ローレンス
　………………………… 80
マリエット,G.M. ………… 151
マリオット, アン ………… 7
マリク, ウスマン・T. …… 354
マリック,J.J. …………… 159
マリニー, ジャン ……… 240
マリーニー, ティム ……… 227
マリーノ, キャロリン …… 182
マリノー, ミシェル …… 18, 21
マール, ネーレ ………… 401
マール, パウル ……… 401, 403
丸尾 末広 ……………… 244
マルコッソ, ジル ……… 11
マルシェッソー, ジョヴェット
　………………………… 19
マルジュリ, ロベール …… 144
マルセー, フアン ……… 61
マルソー, フェリシャン … 4, 44
マルタン, クレール ……… 11
マルタン・デュ・ガール, ロジ
　ェ ……………………… 93
マルツ, バーバラ ……… 178
マルツバーグ, バリー.N.
　…………… 267, 360, 372
マルティニエア, ステファン
　…………… 251, 252, 337

マルティネス, ヴィクター …… 84
マルティン=ガルソ, グスターボ ………………………… 89
マルティン・デスカルソ, J.L. ………………………… 87
マルテル, エミール ………… 21
マルテル, シュザンヌ ……… 21
マルドゥーン, ポール …… 121
マルーフ, デイヴィッド …… 90
マルロー, アンドレ …… 3, 43
マレー, アルバート ………… 66
マレ=ジョリス, フランソワーズ ……………………… 126
マレル, デイヴィッド ………… 229, 343, 344, 350
マレルバ, ルイージ ……… 137
マレルブ, アンリ …………… 42
マレンファント, パウル・シャネル ………………………… 25
マーロウ, スティーヴン …… 214
マーロウ, ダン.J. ………… 163
マローン, デュマ ………… 113
マローン, トーマス ………… 66
マローン, マイケル ……… 177
マロン, マーガレット …… 148
～150, 152, 175, 187, 190, 224
マン, アントニー ………… 204
マン, ウィリアム ………… 188
マン, ゴーロ ………………… 98
マン, トーマス ……………… 92
マンガレリ, ユベール …… 141
マンキウィッツ, ドン.M. … 167
マングェル, アルベルト … 140
マンケル, ヘニング ………… 204, 402, 413
マンソン, グレイム ……… 341
マンデル, エミリー・セントジョン ………………………… 231
マンデル, エリ ……………… 12
マンテル, ヒラリー ‥ 40, 69, 131
マンデル, ミリアム ………… 13
マンデルボーム, アラン …… 76
マンハイム, ラルフ ………… 75
マンフォード, ルイス ……… 73
マンリー, レイチェル ……… 22
マンロー, アリス …………… 12, 14, 17, 56, 67, 96, 131
マンロー, ランドール …… 341
マンロー, ロス.H. …………… 8

【ミ】

ミアノ, レオノーラ ……… 128
ミウォシュ, チェスワフ ‥ 90, 95
ミエヴィル, チャイナ …… 231, 240, 244, 252, 260, 271, 284, 369, 370, 372～375
ミオマンドル, フランシス・ド ………………………… 42
ミキ, ロイ …………………… 25
ミショー, アンドレ・A. … 25, 31
ミショー, マーク ………… 279
ミストラル, ガブリエラ …… 93
ミストラル, フレデリック … 91
ミストリー, ロヒントン ……………… 19, 56, 91
ミーチャム, ジョン ……… 123
ミッチェナー, ジェイムス・A. ………………………… 107
ミッチェル, デイヴィッド … 286
ミッチェル, ドレダ・セイ … 206
ミッチェル, ベッツィ … 278, 364
ミッチェル, マーガレット … 104
ミッチェル, リタ・フィリップス ………………………… 416
ミットグッチュ, アリ …… 398
ミットン, トニー ………… 419
ミード, ドッド ……… 163, 165
ミドルトン, スタンレー … 129
ミーナ, デニーズ …… 204, 221
ミナハン, ダニエル ……… 339
ミヒェル, ヴィルヘルム …… 97
宮崎 駿 …………… 262, 309
ミュラー, イェルク ………… 389, 399, 401
ミューラー, エディ ……… 216
ミュラー, ハイナー ………… 99
ミュラー, ヘルタ …………… 96
ミュラー, マーシャ …… 182, 190, 191, 213, 217, 223
ミュラー, リーゼル …… 80, 119
ミュラー, ロビン …………… 18
ミュライユ, エルヴィール … 240
ミュライユ, マリー=オード ………………… 240, 405
ミュライユ, ロリス ……… 240
ミラー, J.P. ………………… 166
ミラー, P.スカイラー … 316, 357
ミラー, アーサー ………… 107

ミラー, アンドリュー …… 40, 53
ミラー, イアン …………… 249
ミラー, ウェイド ………… 212
ミラー, ウォルター・M., Jr. ………………………… 314, 315
ミラー, エドワード ……… 283
ミラー, カール ……………… 51
ミラー, キャロライン …… 104
ミラー, ジェイソン ……… 113
ミラー, デレク・B. ……… 209
ミラー, ドロシー・レイノルズ ………………………… 177
ミラー, ペリー …………… 111
ミラー, マーガレット … 157, 170
ミラー, マデリン ………… 134
ミラー, ロン ……………… 334
ミラード, キャンディス … 186
ミル, イロナ・ヴァン …… 205
ミルス, デイヴィッド …… 183
ミルズ, マーク …………… 206
ミルチ, デイヴィッド … 175, 176
ミルハウザー, スティーヴン ………… 119, 138, 277
ミルハウス, キャサリン … 391
ミルフォード, ケイト …… 188
ミルン, ジョン …………… 178
ミレー, エドナ・セント・ヴィンセント ……………… 101

【ム】

ムーア, C.L. ………… 274, 324
ムーア, アラン ………………… 327, 347, 352, 362
ムーア, インガ …………… 416
ムーア, クリストファー … 15, 29
ムーア, クリストファー.G. ………………………… 217
ムーア, ジェイムズ ……… 53
ムーア, ブライアン ‥ 10, 13, 51
ムーア, マリアン …… 72, 108
ムーア, ロナルド.D. … 330, 335
ムアコック, マイケル … 254, 258, 267, 273, 281, 301, 309, 349
ムアマン, メアリ ………… 50
ムイヤールト, バルト …… 403
ムカージ, D.G. …………… 408
ムカジー, シッダールタ … 123
ムカージ, バーラティ …… 64
ムシュク, アードルフ …… 99

ムッセ, ポール 143
ムティス, アルバロ .. 61, 90, 139
村上 春樹 132, 133, 282
ムラーノ, ダグ 354
ムリガン, アンディ 380
ムーレ, エリン 18
ムワンギ, メジャ 402
ムーン, エリザベス 308

【メ】

メイ, ジュリアン 359
メイ, ピーター 222
メイエス, メノ 328
メイザー, ノーマ・フォックス
  169
メイシー, ウィリアム 179
メイズ, デヴィッド・J. ... 108
メイゼルス, ロバート 24
メイソン, アンソニー 180
メイソン, スー 334, 336
メイツ, ドン .. 274, 328, 329, 363
メイトランド, アンソニー ... 384
メイナード, マーティン 204
メイビー, リチャード 35
メイヒュー, ジョー ... 332, 333
メイベリー, ジョナサン
  .... 350〜354
メイヤー, ニコラス 199
メイラー, ノーマン .. 75, 112, 114
メイリング, アーサー 167
メイレッカー, フリーデリケ
  99
メイン, ウィリアム ... 379, 381
メインス, ジョニー 263
メグズ, コーネリア 408
メグレ, クリスチャン 126
メシコフ, マイクル 156
メスガーリ, ファルシード ... 388
メズレキア, ネーガ 24
メゾン・ダイヤー (異次元の館
  SF博物館) 243
メッセル, カンニ 414
メーテルリンク, モーリス .. 92
メナン, ルイ 120
メネゴス, マティアス 6
メーバー, サリー 430
メビウス 234, 279
メブス, グードルン 400
メランソン, シャルロット .. 19, 23

メランソン, リュク 25
メランソン, ロベール ... 15, 19
メリック, ヘレン 293, 298
メリル, ジェームズ
  .... 63, 74, 78, 114
メリル, ジュディス 334
メルコ, ポール 373
メルシュ, マグザンス・ヴァン・
  デル 43
メルチャー, フレデリック.G.
  158
メルル, ロベール 43, 267
メレディス, ウィリアム .. 84, 117
メロ, ホジェル 389
メロウ, ジェイムズ.R. 81
メンデルサンド, ピーター ... 196
メンデルスゾーン, アルノルト
  97
メンデルソーン, ダニエル
  .... 69, 141
メンドサ, エドゥアルド ... 133

【モ】

莫 言 96
モー, ティモシー 53
モアハウス, ライダ 215
モウワット, ファーレイ 9
モウード, ワジュディ 24
モーガン, エドマンド・S. .. 122
モーガン, チャールズ 48
モーガン, リチャード ... 231, 270
モーガン, ロバート 282
モーゲンスターン, エリン ... 374
モーザー, ジェイムズ 155
モーザー, バリー 427
モーション, アンドルー 36
モス, L.A. 169
モス, ハワード 76
モスコヴィッツ, サム 314
モスビー, スティーブ 209
モスリー, エミール 42
モスリイ, ウォルター ... 202, 213
モーゼル, タッド 110
モット, フランク・ルーサー
  105
モディアノ, パトリック .. 44, 96
モーティマー, ペネロープ 33
モードヴィノフ, ニコラス .. 391
モートン, リサ .... 350〜353

モナハン, ウィリアム 184
モニエル, デニ 14
モネット, ポール 83
モネンボ, チエルノ 146
モーバーゴ, マイケル
  .... 36, 417, 420
モビリオ, アルバート 67
モファット, スティーヴン
  .... 187, 336, 337, 339
モフェット, ジュディス 327
モマディ, N.スコット 111
モムゼン, テオドール 91
モメジャン, グザヴィエ 245
モラヴィア, アルベルト 57
モーラン, テリー・ファーリー
  153
モランテ, エルサ 57, 138
モリ, キョウコ 423
モーリー, ルイス 290, 297
モーリア, ダフネ・デュ .. 167, 193
モーリアック, クロード ... 137
モーリエ, ルネ 4
モーリス, エドモンド .. 79, 115
モリス, エロール 173
モリス, ライト 73, 80
モリソン, グラント 264
モリソン, サミュエル・エリオッ
  ト 106, 109
モリソン, トニ ... 62, 71, 95, 117
モリソン, マイケル 259
モリッシー, トーマス 182
モーリヤック, フランソワ .. 93
モリル, ロウィーナ 256
モルトン, W.L. 8
モレッティ, フランコ 71
モロウ, WM 162
モロウ, ジェイムズ ... 237,
  268, 269, 271, 277, 279, 305
モリクス, ヤン 146
モワーヌ, ジャン・ル 10
モワノー, ピエール 127
モンクス, リディア 418
モンコンブル, ジェラール ... 238
モンジュ, ジャン＝バティスト
  242
モンターレ, エウジェーニオ
  94
モンテルオーニ, エリザベス
  349
モンテルオーニ, トマス.F.
  .... 344, 349
モントレソール, ベニ 391

モンドローニ, ジャック 234
モンプチ, シャルル 18
モンロー, アリー 209

【ヤ】

ヤーギン, ダニエル 118
ヤスガー, バティヤ・スウィフ
　ト 176
ヤノッシュ 399
ヤーブロ, チェルシー・クイン
　........................ 286, 351
ヤルンコバー, クラーラ 398
ヤロップ, デイヴィッド 201
ヤーン, ライアン・デイヴィッ
　ド 208
ヤング,E.H. 47
ヤング,G.M. 49
ヤング, エド 392, 426, 427
ヤング, スチュアート 261
ヤング, フランシス・ブレット
　.............................. 47
ヤング, モイラ 40
ヤンソン, トーベ 388, 412
ヤンドゥル, エルンスト 99

【ユ】

ユウ, チャールズ 271
ユージェニデス, ジェフリー
　.............................. 121
ユースティス, ヘレン 154
ユーナック, ドロシー 162
ユベール, ジャン=ピエール
　.............................. 234
湯本 香樹実 428
ユリウス, コーネリア 400
ユルスナール, マルグリット
　.............................. 127
ユンゲ, ノルマン 406
ユーンソン, エイヴィンド 94

【ヨ】

ヨーキー, ブライアン 123
ヨーク, マーガレット 204
ヨシ,S.T. 259,
　266, 282, 285, 345, 368

ヨーダン, フィリップ 155
ヨハンセン, ロイ 174
ヨーレン, ジェイン
　............ 276, 284, 307, 371
ヨーンゾン, ウーヴェ 98
ヨンソン, ルーネル 397

【ラ】

ラー, ジョン 71
ライ, タイン=ハ 86
ライアニエミ, ハンヌ 271
ライアン, アラン 275
ライアン, ケイ 123
ライアン, パム・ムニョス 407
ライヴリィ, ベネロピ
　.................. 33, 130, 382
ライケン, デイドラ.S. 172
ライス, アン 349, 363
ライス, エルマー・L. 103
ライスマン, フィリップ 160
ライダー,J.W. 212
ライデル, マレーネ 396
ライト,J.F.C 7
ライト, エド 216
ライト, エドガー 349
ライト, エドワード
　............... 205, 207, 221
ライト, エリック 201, 220
ライト, ジェイムズ 112
ライト, ダグ 121
ライト, チャールズ ... 66, 82, 119
ライト, ナンシー・ミーンズ
　.............................. 151
ライト, フランス 121
ライト, リチャード.B. ... 24, 56
ライト, ローラリー.R. 171
ライト, ローレンス 122
ライトソン, パトリシア ... 388, 426
ライトバーン, ロン 20
ライナー, ロブ 327
ライバー, フリッツ 254, 255,
　273, 301〜303, 315〜319,
　321, 343, 357, 361, 374
ライヒェ, ディートロフ 399
ライブラリ・アメリカ叢書 ... 177
ライブラリー・オブ・アメリ
　カ 64
ライマー, マイケル 335
ライマン, ジェフ ... 230, 231, 248,

249, 251, 269, 270, 275, 310
ライラント, シンシア ... 411, 427
ライリー, ジョン 168
ライリイ, フランク 314
ライル,D.P. 227
ライル, ジャネット・テーラー
　.............................. 395
ラインスター, マレイ ... 313, 314
ラインハート, メアリイ.R.
　.............................. 156
ラヴィーニュ, ルイ=ドミニー
　ク 20
ラヴィン, メアリ 49
ラヴォア, ジュディット 25
ラウシュ, アルベルト・H. ... 97
ラヴゼイ, ピーター 190, 200,
　203, 204, 207, 219, 225, 226
ラヴゼイ, フィル 208
ラウデン, デズモンド 202
ラエンズ, ヤニック 128
ラオ, ラージャ 90
ラーキン, オリヴァー・W. ... 107
ラーキン, デヴィッド 275
ラクスネス, ハルドル 93
ラクルテル, ジャック・ド ... 125
ラーゲルクヴィスト, ペール・
　ファビアン 93
ラーゲルクランツ, ローセ ... 413
ラーゲルレーヴ, セルマ 92
ラコヴ, ジャック・N. 119
ラシュカ, クリス 393
ラシュディ, サルマン
　............ 35, 36, 52, 129, 130
ラジョイア, ニコラ 60
ラーション, ビョーン 140
ラーション, マッツ 413
ラス, ジョアンナ ... 302, 324, 360
ラスキー, キャスリン 426
ラスキン, エレン 410, 425
ラスク, ラルフ.L. 72
ラスマン, ペギー 393
ラースロー, レーベル 398
ラスロップ, ドロシー.P. ... 390
ラソヴスキー, ユーリ 307
ラーソン, エドワード・J. ... 119
ラーソン, エリック 181
ラーソン, カービー 396
ラーソン, グレン 164, 168
ラーソン, ジョナサン 119
ラーソン, スティーグ
　............ 195, 221, 222, 228
ラダ, ヨゼフ 397

ラダール, トーマス.H. ··· 7, 8, 10
ラックマン, マーヴィン
　················ 166, 177, 226
ラックマン, メアリー ······· 195
ラッシュ, クリスティン・キャ
　スリン ················ 277,
　　328, 330, 333, 363, 364
ラッシュ, クリストファー ···· 79
ラッシュ, ジョゼフ.P. ·· 76, 112
ラッシュ, ノーマン ·········· 83
ラッシュ, ロン ············· 132
ラッセル,P.クレイグ ········ 373
ラッセル, エリック・フランク
　························ 314
ラッセル, クレイグ ········· 207
ラッセル, チャールズ・エドワー
　ド ······················ 103
ラッセル, バートランド・アー
　サー・ウィリアム ········· 93
ラッセル, フランシス ······· 160
ラッセル, メアリ・ドリア
　·········· 231, 250, 270, 332
ラッセル, レイ ········ 278, 344
ラッセル, レイ.B. ··········
　······· 281, 282, 285, 286
ラッセン, ジェレミ ········· 282
ラッツ, ジョン ··· 171, 211〜213
ラディン, エドワード・D.
　···················· 154, 155
ラテル, シモーヌ ············· 3
ラドマン, マーク ············ 66
ラトリッジ, ジョセフ・リス
　ター ····················· 9
ラナガン, マーゴ ·········· 282,
　　　　 283, 295, 297, 298
ラニア, ヴァージニア ······· 191
ラヌ, アルマン ·········· 4, 44
ラパイン, ジェイムズ ······· 116
ラバサ, グレゴリー ·········· 74
ラーパレスティア, ジャスティー
　ン ················· 296, 309
ラバン, ジョナサン ·········· 66
ラヒーミー, アティーク ······ 45
ラヒリ, ジュンパ ······ 120, 132
ラビン, マルセル ············ 18
ラフ, ギデオン ············· 186
ラファティ,R.A. ······· 277, 320
ラファルゲ, オリヴァー ······ 103
ラフェーヴ, キム ············ 18
ラフェリエール, ダニー ·· 27, 141
ラフォレット, カルメン ······ 87
ラブラント, リンダ ········· 175

ラフレンス, ホリー＝ジェーン
　························ 404
ラブロ, フィリップ ··········· 5
ラブロ, マシュー ··········· 150
ラブロス, ダルシア ·········· 17
ラベイル, パトリック ······· 128
ラボック, パーシー ·········· 47
ラポート,I.C. ············· 177
ラボワント, ガシャン ········ 11
ラボワント, ポール＝マリー
　························· 13
ラム, ヴィンセント ·········· 56
ラムーア, ルイ ·············· 80
ラムスリー, テリー ········· 278
ラムレイ, ドロシー ········· 258
ラムレイ, ブライアン
　··············· 257, 284, 352
ラモンド, イヴァン ·········· 22
ラルー, モニーク ············ 25
ラルゴ, マイケル ··········· 350
ラルドロー, ギー ··········· 235
ラルモ, ジーニン ··········· 164
ラローズ, ジャン ············ 17
ラロンド, ロベール ·········· 21
ラン, ジャネット ············ 23
ランガー, ローレンス ········ 65
ランギラン, ジャック ········ 11
ランキン, イアン ·· 181, 203, 206
ラング, オットー ······ 154, 156
ランクト, ギュスターヴ ······ 11
ラングフォード, デヴィッド
　················ 249,
　251, 252, 263, 333, 335, 339
ラングフュス, アンナ ········ 44
ラングル, マドレイン
　··············· 79, 280, 409
ランゲ ······················ 7
ランゲ, リチャード ········· 210
ランゲッサー, エリーザベト
　························· 98
ランサム, アーサー ········· 381
ランサム, ジョン・クロウ ···· 74
ランジュヴァン, ジルベール
　························· 14
ランズデール, カレン ······· 353
ランズデール, ジョー.R. ··· 179,
　257, 343〜346, 350, 352〜354
ランズベリー, アンジェラ ··· 172
ランセット, バリー ········· 222
ランソン, ペギー ··········· 329
ランダムハウス ············· 161
ランチェスター, ジョン ······ 37

ランデイ, ウィリアム ······· 205
ランディージ, ロバート.J. ·· 217
ランディス, ジェフリー.A.
　·············· 305, 329, 334, 368
ランデル, キャサリン ······· 431
ランドマン, タニア ········· 384
ランドルフィ, トンマーゾ ···· 58
ランドン, ジャスティン ····· 265
ランバート,R.S. ············· 8
ランバート, スティーブン ··· 418
ランフォード, デイヴ ·· 325〜337
ランボー, パトリック ········ 45

【リ】

リー, アラン ·· 249, 280, 386, 415
リー, アン ················· 333
リー, イーユン ············· 131
リー, ウォルト ············· 321
リー, クリストファー ······· 345
リー, ジェイムズ ······ 158, 200
リー, タニス ·· 255, 275, 285, 354
リー, デニス ················ 13
リー, ドン ················· 182
リー, ハーパー ············· 109
リー, ハーマイオニー ········ 55
リー, マンフレッド.B. ·· 154, 156
リアドン, ジム ········ 309, 338
リウ, ツーシン（劉 慈欣）
　···················· 272, 341
リーヴ, フィリップ
　·········· 380, 383, 420, 422
リーヴァー, チャブ ···· 174, 175
リヴァル, イヴァン ····· 17, 30
リーヴィ, アイアン・ヒデオ
　························· 81
リヴィングストン, ジョン.A.
　························· 21
リヴィングストン, ナンシー
　························ 201
リーヴェス, エタ ··········· 166
リオ, ミシェル ············· 139
リオーダン, リック
　·············· 178, 192, 214
リグズ, ランサム ··········· 246
リーコック, スティーヴン ····· 7
リゴッテイ, トーマス
　·············· 259, 345, 348
リス, デイヴィッド
　·············· 179, 220, 226

リース, デヴィッド ……… 382
リース, トム …………… 124
リース, マット・ベイノン … 207
リスキンド, モリー ……… 103
リースハウト, テッド・ファン
 ………………………… 403
リゼー, ジャン=フランソワ
 …………………………… 19
リーダー, キャロライン …… 394
リーチ, マーガレット … 105, 109
リーチ, モーリス ………… 34
リチャーズ, デヴィッド・アダ
 ムズ ………………… 17, 23
リチャーズ, ローラ・E. …… 100
リチャードソン, ロバート … 201
リチャードソン, イーヴリン・
 M. ……………………… 8
リチャードソン, ジョン … 35
リッカート, M. …………… 283
リッチ, アドリエンヌ …… 68, 77
リッチー, ガイ …………… 179
リッチー, ジャック ……… 169
リッチ, チャールズ ……… 13
リッチ, ニーノ ………… 19, 28
リッチャレルリ, ウーゴ …… 59
リッチラー, モルデカイ
 …………………… 12, 13, 56
リップマン, ヨハネス …… 97
リップマン, ローラ ……… 149,
 177, 192, 194, 195, 197,
 214, 215, 220, 221, 227
リーディング, ピーター …… 35
リデル, クリス …………
 40, 386, 420～422
リテル, ジョナサン ……… 45
リテル, ロバート ……… 199
リード, コーネリア ……… 217
リード, バーバラ ………… 22
リード, ピアズ・ポール …… 52
リード, フレッド・A. … 20, 25, 27
リード, ベンジャミン・ローレ
 ンス …………………… 112
リード, ロバート …… 237, 336
リードベック, ベッテル …… 414
リドリー, フィリップ …… 416
リトル, ジョン ………… 351
リトル, ジョン.R. ……… 351
リトル, ベントリー ……… 343
リトルフィールド, ソフィー
 ………………………… 196
リトル・ブラウン ……… 157
リトワック, レオン・F. … 80, 115

リーニー, ジェイムズ …… 8, 10
リヒター, コンラッド … 73, 107
リヒター, ユッタ ………… 404
リピンスキー, トーマス …… 215
リーブス=スティーブンス, ガー
 フィールド …………… 236
リブセイ, ドロシー ………… 8
リフトン, ロバート.J. …… 75
リブリー, マイク ………… 202
リフリッツキ, ズビグニエフ … 388
リーボイ, マイロン ……… 400
リボワール, クリスティーヌ・
 ド ……………………… 4
リーミイ, トム …… 302, 321
リューイン, アルバート …… 313
リューイン, マイケル.Z. … 218
リュウ, ケン …………… 272,
 285, 310, 339～341
リュートゲン, クルト … 396, 398
リュネル, アルマン ……… 143
リュファン, ジャン=クリスト
 フ …………………… 5, 45
リューベン, ヨーク・ファン
 ………………………… 401
リュムコーフ, ペーター …… 99
リュリー, アリソン ……… 116
リリー・ユー, E. ………… 340
リルバーン, ティム ……… 25
リン, エリザベス・A. …… 274
リン, フランシー ……… 184
リン, ユーロス ………… 336
リンカーン, ヴィクトリア … 162
リンク, ウィリアム ……
 167～169, 171, 173
リンク, ケリー ………… 242,
 251, 280, 284, 286, 307,
 309, 335, 349, 370, 371, 373
リンク, コンスタンス …… 80
リンクレイター, エリック … 381
リンクレター, マグナス …… 164
リンズ, デニス ………… 212
リンスコット, ギリアン …… 204
リンゼイ, ハワード ……… 106
リンゼイ, ロバート … 168, 202
リンゼイ=アベイア, デイヴィッ
 ド …………………… 122
リンチ, P.J. ……………… 386
リンチ, スコット ……… 262
リンデ, グンネル ……… 413
リンデンバウム, ピア …… 406
リント, チャールズ・デ …… 280
リンドグレーン, アストリッ

 ………………… 387, 412
リンドグレン, バルブロ … 377, 413
リンドバーク, チャールズ・A.
 ………………………… 108
リンドン, バー ………… 314

【ル】

ルアール, ジャン=マリー … 4, 145
ルイス, C.S. …………… 381
ルイス, D.F. …………… 259
ルイス, R.W.B. ……… 62, 113
ルイス, アンソニー …… 160, 417
ルイス, イーサン ……… 179
ルイス, エヴァン ……… 186
ルイス, エリザベス … 397, 408
ルイス, オスカー ………… 74
ルイス, シンクレア … 92, 102
ルイス, ダグ …………… 278
ルイス, デヴィッド・レヴェリ
 ング ……………… 118, 120
ルイス, トミ …………… 278
ルイス, ピーター ……… 171
ルヴィーン, フィリップ
 …………… 63, 79, 83, 119
ルヴェール, ミレーユ … 20, 24
ルウセル, ロマン ………… 3
ルオー, ジャン …………… 45
ルーガー, オースティン … 195, 227
ルーカス, J. アンソニー
 ………………… 64, 82, 116
ルーカス, ジョージ
 ……………… 322～325, 328
ルーク, レオン ………… 16
ル=グウィン, アーシュラ・K.
 …… 76, 242, 267, 276,
 279, 281, 290, 301, 302, 305,
 306, 308, 309, 318～320, 323,
 326, 355～357, 360, 363, 365,
 366, 368～371, 373, 420, 424
ル・クレジオ, J.-M.G. … 96, 144
ルクレール, ポール …… 176
ルスティク, アルノシュト … 133
ルーズベルト, フランクリン・
 デラノ …………… 158
ルースルン, アンデシュ … 208
ルセルクル, ジャン=ジャック
 ………………………… 235
ルーチャード, アントナン … 404
ルッジェロ, アルフォンス, Jr.
 ………………………… 173

受賞者名索引

【ル】

ルッソ, リチャード ……… 120
ルート, フィリス ……… 429
ルドウィック, ケン ……… 186
ルドルフ, ジャネット ……… 195
ルーバート, ジョン ……… 154
ルパン, ダグラス ……… 9, 11
ルビン, マン ……… 164
ルビン, ルイス,Jr. ……… 68
ルフ, アン・R.ファンデル
　……… 397, 399
ルフト, イルムガルト ……… 402
ルブロン, マリウス=アリ … 42
ルヘイン, デニス ……… 183, 187, 193, 214, 219, 220
ルーベン, アルバート ……… 168
ルーベンス, バーニス ……… 129
ルーベンスタイン, ノーマン
　……… 354
ルーム, アネット ……… 202
ルメートル, ピエール
　……… 46, 209, 210
ルリア,S.E. ……… 77
ルール, アン ……… 191
ルルー, ニコル ……… 26
ルロワ, ジル ……… 45
ルンドグレン, マックス …… 413

【レ】

レア, ドメニコ ……… 59
レイ, アンリ=フランソワ … 4
レイ, ウィリー ……… 313, 314
レイ, ジェーン ……… 416
レイ, ダヌータ ……… 206
レイア, ディック ……… 179
レイ・アンド・パット・ブラウン・ライブラリー ……… 182
レイヴン,E.C.C. ……… 49
レイク,M.D. ……… 148, 149
レイク, ジェイ ……… 335, 376
レイク, デイヴィッド
　……… 288, 289, 293
レイサム, ジーン.L. ……… 409
レイサン, エマ ……… 170, 198
レイシイ, エド ……… 157
レイス, マイク ……… 179
レイトン, アーヴィング …… 10
レイトン, ニール …… 419〜421
レイナー, キャサリン ……… 386
レイノルズ, クエンティン … 154

レイフィール, デヴィッド … 166
レイブン, ピーター・ヴァン
　……… 394
レイモン, リチャード ……… 347
レイモント, ヴワディスワフ
　……… 92
レイラー, トム ……… 156
レイン, ヘレン.R. ……… 77
レヴァイン, デイヴィッド・D.
　……… 336
レヴァック, サイモン ……… 204
レヴァンドフスキ, パウエル
　……… 251
レヴィ, アンドレア … 38, 134
レヴィ, エイドリアン ……… 209
レヴィ, バーバラ ……… 165
レーヴィ, プリーモ ……… 58
レヴィ, ベルナール=アンリ
　……… 5, 138
レヴィー, レオナード・W. … 112
レヴィサン, デイヴィッド … 407
レヴィタン, ソニア ……… 173
レヴィット, レナード ……… 182
レヴィン, アイラ ………
　156, 168, 181, 345
レヴィン, メイヤ ……… 157
レヴィンソン, ポール ……… 368
レウヴァン, ルネ ……… 239
レオニ, レオ ……… 397
レオン, ダナ ……… 204
レギュー, マウリース ……… 16
レゴール, アンス ……… 17
レスター, ジュリアス ……… 428
レスティエンス, ヴォルドマール ……… 4
レズニック, マイク ……… 306, 327, 328, 330, 332, 335, 366
レズニック, ローラ ……… 329
レスリー, ケニス ……… 7
レセム, ジョナサン
　……… 67, 204, 279, 365
レッキー, アン ……… 231, 252, 253, 265, 311, 341, 375, 376
レッサー, フランク ……… 110
レッシング, ドリス … 53, 96, 138
レッツ, トレイシー ……… 122
レップマン, イエラ ……… 387
レティヒ, マルグレート …… 400
レトキ, セオドア … 73, 74, 108
レナード, エルモア
　……… 170, 175, 206
レナルズ, アレステア ……… 251

レニソン, ルイーズ ……… 418
レネ, パスカル ……… 44, 137
レビンソン, リチャード
　……… 167〜169, 171, 173
レブレヒト, ノーマン ……… 38
レベック, テリーザ ……… 177
レボン, ティム … 260〜262, 347
レーマン, アーネスト … 158, 166
レーマン, セルジュ
　……… 237, 238, 244
レミ, ピエール=ジャン …… 144
レミニ, ロバート.V. ……… 82
レムニック, デヴィッド …… 118
レモント, ジョン ……… 159
レーリヒ, ティルマン ……… 400
レリベルド, ジョゼフ ……… 116
レルン, ヴィヴェッカ ……… 413
レレンバーグ, ジョン
　……… 151, 184, 195
レーン, エリック ……… 285
レーン, ジョエル … 259, 262, 285
レーン, パトリック ……… 14
レンウィック, デヴィッド … 174
レンスキー, ロイス ……… 409
レンスキー, ロバート ……… 167
レンツ, セルジュ ……… 5
レンツ, ヘルマン ……… 98
レンデル, ルース ……… 165, 170, 177, 199, 201, 202
レント, ブレア ……… 392, 424

【ロ】

ロー, キャロライン ……… 220
ロアリー, ジョン ……… 175
ロイ, アルンダティ ……… 130
ロイ, ローリー ……… 186
ロイター, ビャーネ ……… 404
ロイナス, ドゥルセ・マリア
　……… 61
ロイヤル・シェイクスピア劇
団 ……… 165
ロイル, ニコラス ……… 258
ロウ, ウィーナー ……… 162
ロウ, ニック ……… 252
ローウェル, エミィー ……… 102
ロウエル, ロバート
　……… 62, 73, 106, 113
ロウズ, スティーヴン ……… 259
ロウリー, マルコム ……… 10

ローガン, ジョシュア …… 107
ログボール, フレデリック … 124
ロクリン, ジェイムズ …… 65
ローザク, シオドア ……… 242
ロサーノ, ホセ・ヒメーネス
　………………………… 61
ロサーレス, ルイス ……… 60
ローザン,S.J. …………… 180,
　　　192, 214, 215, 226
ロジェ ……………………… 27
ロジャース, アラン ……… 342
ロジャーズ, グレゴリー … 386
ロジャース, ジェイン …… 231
ロジャース, バイロン …… 54
ロジャース, ブルース・ホラン
　ド … 282, 283, 306, 307, 346
ロジャース, リチャード … 106, 107
ロジャンコフスキー, フョード
　ル ……………………… 391
ロシュフォール, クリスチアヌ
　………………………… 139
ロス, アレックス ………… 69
ロス, イアン ……………… 22
ロス, ケイト ……………… 149
ロス, ゲイリー・アール … 183
ロス, ケリー ……………… 159
ローズ, ジェームス・フォード
　………………………… 100
ローズ, ジェラルド ……… 384
ロス, ジェローム …… 156, 161
ロス, スーザン.L. ………… 428
ロス, トニー …… 401, 417, 420
ローズ, パスカル ………… 45
ロス, フィリップ … 64, 65, 73,
　　83, 119, 131, 133, 136, 141
ロス, マギー ……………… 51
ローズ, リチャード … 64, 82, 117
ローズ, レジナルド ……… 158
ロス, ロナルド …………… 47
ロス, ロバート …………… 166
ロスナー, ミカエラ ……… 327
ロースン, クレイトン … 155, 162
ローゼン, チャールズ …… 75
ローゼン, マイケル … 416, 421
ローゼン, リチャード …… 170
ローゼン, レナード ……… 228
ローゼンガーテン, シオドア
　…………………………… 64, 77
ローゼンバーグ, ティナ … 83, 119
ローゼンフェルト, デイヴィッ
　ド ……………………… 218
ローゼンブラット, ジョー … 14

ローゾフ, メグ … 380, 383, 405
ローソン, クリス ………… 293
ローソン, ジョン ………… 424
ローソン, ロバート … 390, 409
ロダーリ, ジャンニ ……… 388
ロック, ジョアン ………… 206
ロックリー, スティーヴ … 259
ロックリッジ, フランシス … 154
ロックリッジ, リチャード … 154
ロッジ, デイヴィッド …… 33
ロッツ, サラ ……………… 266
ロッデンベリー, ジーン … 317, 318
ロット, ティム …………… 37
ロッドマン, マリア ……… 398
ロッツラー, ウィリアム … 313, 331
ロッツラー, ビル
　　　　321, 323, 355, 356
ローデス, リンダ ………… 206
ローデル, マリー …… 154, 155
ローデン, クリストファー
　………………………… 280, 282
ローデン, バーバラ … 280, 282
ロード, グレン …………… 273
ロドリゲス, ガブリエル … 262, 264
ロハス, ゴンザロ ………… 61
ロバーツ,A.A. …………… 160
ロバーツ, アダム …… 252, 271
ロバーツ, ウィロ・デイビス
　………………… 173, 176, 177
ロバーツ, キース … 248, 249, 268
ロバーツ, ギリアン ……… 189
ロバーツ, ケネス ………… 109
ロバーツ, ジーン ………… 122
ロバーツ, デイヴィッド … 404, 421
ロバーツ, レス …………… 211
ロバートソン,T.B. ……… 7
ロバン, レジーヌ ………… 17
ロビー, イヴ ……………… 13
ロビダ, ミシェル ………… 126
ロビドー, レジャン ……… 11
ロビネッティ, ハリエット … 395
ロビンス, アーサー ……… 418
ロビンス, グウェン ……… 167
ロビンス, ジョン.D. ……… 7
ロビンス, ナタリー ……… 171
ロビンスン, キム・スタンリー
　…………… 249, 269, 270,
　　275, 305, 306, 310, 330, 331,
　　361, 363, 365, 366, 368, 369
ロビンスン, ジーン
　………………… 303, 324, 358

ロビンスン, スパイダー …… 303,
　　　320～322, 324, 358
ロビンスン, ピーター …… 179,
　　　192, 205, 219, 225
ロビンスン, エドウィン・アー
　リントン ………… 101～103
ロビンスン, カラ ………… 182
ロビンスン, クリスチャン … 412
ロビンスン, フランク.M.
　………………… 333, 368
ロビンスン, マリリン
　………… 68, 71, 121, 134
ロブソン, ジャスティナ … 270
ロフティング, ヒュー …… 408
ロブレス, エマニュエル … 126
ロブロット, パット ……… 276
ロペス, バリー …………… 82
ローベル, アーノルド …… 392
ロベール, ジャン=マルク … 145
ロベール, ブリュース …… 25
ロボサム, マイケル ……… 209
ロマクス, アラン ………… 65
ロマーノ, ラッラ ………… 58
ローマン, エリック ……… 393
ローラン, ジャック ……… 44
ロラン, ロマン …… 92, 125
ローランジェ, フランソワ … 12
ローランス, カミーユ …… 128
ローランド, ロザランド … 178
ローリー, ロイス … 410, 411, 427
ローリットソン, ピーター … 329
ローリング,J.K. ……… 37, 194,
　　309, 333, 346, 349, 368, 418
ローリングズ, マージョリー・
　キナン ………………… 105
ロル, ルード・ファン・デル … 402
ロルフ, サム.H. …………… 169
ローレンス,D.H. ………… 47
ローレンス, イアン ……… 28
ローレンス, エディ ……… 166
ローレンス, トニー ……… 167
ローレンス, マーガレット … 11, 13
ローワー,A.R.M. ………… 8, 9
ロワ, アンドレ …………… 16
ロワ, ガブリエル … 8, 10, 14, 126
ロワ, ジュール …………… 143
ロング, フランク・ベルナップ
　………………… 273, 343
ロングイヤー, バリー.B.
　………………… 303, 323, 358
ロングフォード, エリザベス
　………………………… 50

【ワ】

ワイス,D.B. …… 265, 339〜341
ワイス,サラ …………… 206
ワイス,マイク ………… 170
ワイスガード,レナード … 391
ワイズマン,アディール …… 9
ワイドマン,ジョン・エドガー
　………………………… 135
ワイナー,ジョナサン … 67, 119
ワイナー,ティム ………… 85
ワイラー,ロバート ……… 155
ワイリー,マイクル … 216, 218
ワイリー,リチャード …… 135
ワイルダー,ジーン … 302, 321
ワイルダー,ソーントン
　……………… 74, 102, 105, 106
ワイルダー,チェリー …… 288
ワイルド,ケリー ………… 343
ワイルド,マーガレット … 404
ワイルドスミス,ブライアン
　………………………… 384
ワインバーグ,サマンサ … 205
ワインバーグ,ロバート … 273,
　　　　277, 346, 348, 350, 351
ワーガ,ウェイン ………… 211
ワグナー,E.J. …………… 183
ワグナー,カール・エドワード
　…… 254〜256, 273, 275, 345
ワグナー,コリーン ……… 22
ワークマン,H.B. ………… 47
ワーシュ,シルヴィア・モルタ
　シュ …………………… 181
ワースバ,バーバラ ……… 398
ワッサースタイン,ウェンディ
　………………………… 117
ワッサースタイン,バーナード
　………………………… 201
ワッツ,ピーター …… 271, 338
ワッツ,リチャード,Jr. … 162
ワッデル,マーティン
　………………… 389, 415, 416
ワット,レスリー ………… 307
ワット=エヴァンズ,ローレン
　ス ……………… 326, 346
ワード,エリザベス ……… 65
ワード,ジェオフリー.C. … 64
ワード,ジェスミン ……… 86
ワード,リンド ………… 391

ワトキンス=ピッチフォード,
　デニス ………………… 381
ワトスン,イアン ………
　…………… 232, 247, 252, 267
ワトスン,ピーター ……… 201
ワトソン,S.J. …………… 208
ワトソン,ウィルフレッド … 9
ワトソン,ジェイムス・リーフ
　オード …………………… 8
ワーナー,ウィリアム・W. … 114
ワーナー,ハリー,Jr.
　………………… 318, 319, 329
ワーナー,ペニー ……… 150,
　　　　152, 153, 193, 225
ワームザー,リチャード … 164
ワーリン,ナンシー ……… 178
ワルザー,マルティン …… 98
ワルダー,フランシス …… 44
ワン・ホエリン ……… 307, 333
ワンジェリン,ウォルター,Jr.
　………………………… 79

【ン】

ンディアイ,マリー …… 45, 128

【A】

Aames,Avery …………… 152
Abadia,Guy …………… 237
Abani,Chris …………… 188
Abbott,George ………… 109
Abbott,Jeff ………… 148, 225
Abbott,Megan ……… 184, 221
Abbott,Paul …………… 182
Abbott,Tony …………… 185
Abercrombie,Joe ……… 376
Abilar,Lucy …………… 311
Abish,Walter ………… 135
Abnett,Kathryn ……… 206
Abraham,Pearl ……… 216
Abrahams,Peter …… 151, 185
Abramo,J.L. ………… 215
Abrams,Marilyn ……… 173
Absire,Alain ………… 127
Ace …………………… 164
Ace Books …………… 316
Achebe,Chinua ……… 130
Acheson,Dean ………… 112
Ackerman,Forrest J. ……
　………………… 281, 312〜314, 345

Ackroyd,Peter ………… 34, 53
Acocella,Joan ………… 70
Acorn,Milton ………… 14
Acquelin,José ………… 31
Adams,Deborah ……… 225
Adams,Douglas …… 248, 288
Adams,Harold ………… 213
Adams,Henry ………… 101
Adams,James Truslow … 101
Adams,Joey …………… 162
Adams,John Joseph … 341, 342
Adams,Richard …… 378, 382
Adamson,Anthony …… 14
Ad Astra ……………… 245
Adcock,Thomas ……… 174
Addams,Charles …… 159, 329
Addison,Katherine …… 376
Addison,Linda
　………… 348, 351, 352, 354
Adichie,Chimamanda Ngozi
　………………… 71, 134
Adiga,Aravind ………… 130
Adler-Olsen,Jussi …… 222
Agar,Herbert ………… 104
Agard,John …………… 417
Agee,James …………… 109
Agnon,Shmuel Yoset …… 94
Agrell,Wilhelm ……… 414
Aguilar,Salvador García
　………………………… 88
Aguirre,Forrest ……… 282
Ahamed,Liaquat ……… 123
Ahlberg,Janet …… 385, 386
Ahlstrom,S.E. ………… 76
Ahmed,Saladin ……… 375
Ai ……………………… 84
Aickman,Robert …… 255, 272
Aiken,Conrad ……… 72, 103
Aiken,Joan ……… 164, 378
Aird,Catherine ……… 210
Ajar,Emile …………… 44
Akhtar,Ayad ………… 124
Akins,Zoë …………… 104
Alard,Nelly …………… 6
Albee,Edward … 111, 113, 118
Albert,Walter ………… 171
Alberti,Rafael ………… 60
Alcántara,Francisco José
　………………………… 87
Alchemy Press ……… 265
Alderman,Mitch ……… 217
Aldington,R. ………… 49
Aldiss,Brian ………… 242,
　　247〜249, 268, 285, 287,
　　300, 307, 316, 326, 362
Aldrich,Chris ………… 193

Aldridge,Alan ············· 33	Amyot,Linda ············· 31	Ari,Gon Ben ············· 218
Aldridge,James ············ 379	Anckarsvärd,Karin ········ 413	Arieti,Silvano ············· 77
Aldrin,Edwin ············· 318	Anders,Charlie Jane ······ 339	Arkham House ············ 275
Aleas,Richard ············ 217	Anders,Lou ············· 339	Arland,Marcel ············ 43
Alegría,Claribel ············ 90	Anderson,Laurie Halse ····· 395	Arlen,Michael J. ············ 77
Aleixandre,Vicente ········· 94	Anderson,Maxwell ········ 103	Armantrout,Rae ····· 70, 123
Aleksy,Augie ············· 186	Anderson,M.T. ······ 85, 430	Armer,Alan ············· 161
Alexakis,Vassilis ·········· 140	Anderson,Poul ·········· 254,	Armer,Laura Adams ······ 408
Alexander,Kwame ········· 412	270, 301~303, 307, 316,	Armstrong,Charlotte ······· 157
Alexander,Lloyd ········· 75,	318, 319, 322, 324, 355	Armstrong,Ken ············ 186
80, 282, 410, 427	Anderson,Rachel ·········· 379	Armstrong,Lori ············ 217
Alexander,Maria ··········· 354	Anderson,Sam ············ 69	Armstrong,Neil ············ 318
Alexander,Patrick ·········· 199	Anderton,Joanne ········· 298	Armstrong,Richard ········· 381
Alexander,Shana ··········· 170	Andrevon,Jean-Pierre	Armstrong,William H. ····· 410
Alexander,William ·········· 86	················ 234, 235	Arnason,Eleanor ·········· 269
Alexie,Sherman ··· 85, 136, 430	Andrews,Charles McLean	Arnaud,G.-J. ········ 232, 234
Alexievich,Svetlana	······················· 104	Arnold,Danny ············· 167
············ 68, 96, 142	Andrews,Donna	Arnold,Jack ············· 315
Alexis,André ············· 56	149~151, 192, 219	Arnold,Mark Alan ········· 274
Alfredson,Tomas ··········· 263	Andrić,Ivo ··············· 94	Arnold,Tedd ············· 184
Algren,Nelson ············· 72	Andromeda Spaceways Pub-	Arnopoulos,Sheila McLeod
Alizet,Jean-Claude ········ 236	lishing Co-Operative Ltd	······················ 15
Allan,Nina ········ 245, 253	······················· 297	Arnothy,Christine ··········· 5
Allegretto,Michael ········· 212	Andruetto,Maria Teresa	Arnott,Jake ············· 206
Allen,Agnes ············· 381	······················· 389	Arnott,Marion ············ 205
Allen,James ············· 292	Angeli,Marguerite de ······ 409	Arnzen,Michael ··········· 349
Allen,Judy ············· 35	Angioletti,G.B. ············ 57	Arnzen,Michael A.
Allen,Paul C. ············· 274	Anholt,Catherine ·········· 419	········· 345, 350, 351
Allen,Woody ···· 264, 302, 320	Anholt,Laurence ····· 418, 419	Aronica,Lou ····· 278, 363, 364
Allfrey,Katharine ·········· 397	Annan,Noel G. ············ 49	Aronowitz,Nona Willis ······ 71
Allyn,Chris Van	Antes,Adam ············· 97	Aronson,Marc ············ 429
········· 275, 392, 425	Anthony,Patricia ·········· 365	Aronson,Stephen M.L. ····· 171
Allyn,Doug	Antony,Piers ············ 255	Arpino,Giovanni ············ 58
171, 176, 186, 224	Anwar,Amer ············ 207	Arrabal,Fernando ·········· 88
Almira,Jacques ············ 138	Aparicio,Juan Pedro ········ 88	Arrowsmith,William ········ 79
Almond,David ······· 37, 38,	Apostolska,Aline ········ 30,	Arsenault,Isabelle ···· 27, 30, 31
380, 383, 389, 418, 420, 429	284, 296~299, 342	Arthur,Robert ······ 155, 156
Alonso,Damaso ············ 60	Appelfeld,Aharon ·········· 141	Artley,Alexandra ·········· 202
Alphin,Elaine Marie ······· 179	Apperry,Yann ············ 140	Artmann,H.C. ············· 99
Alphona,Adrian ············ 341	Applebaum,Anne ·········· 121	Arvin,Newton ············· 72
Altairac,Joseph ············ 238	Applegate,Debby ·········· 122	Asaro,Catherine ······ 307, 309
Alvaro,Corrado ············ 57	Applegate,Katherine ······· 411	Ashbery,John ······ 62, 77, 114
Ambler,Eric ············ 160,	Aquin,Hubert ············ 12	Ashby,M.K. ············· 50
165, 171, 198, 199, 201	Aragon,Louis ············ 143	Asher,Ellen ········ 283, 284
Ambrière,Francis ············ 43	Araya,Samuel ············ 286	Ashley,Allen ············· 261
Ambrus,Victor G. ········ 385	Arbó,Sebastián Juan ········ 87	Ashley,Mike (Michael)
America,Library of ········ 177	Árbol,Víctor del ············ 89	············ 181, 345
Ames,Maurice U. ········· 397	Arcand,Bernard ············ 19	Ash-Tree Press ············ 347
Amette,Jacques-Pierre ······· 45	Archambault,François ······· 23	Ashworth,Mary Wells ······ 109
Amiel,Barbara ············ 166	Archambault,Gilles ········· 17	Asimov,Isaac ·········· 287,
Amis,Kingsley ······ 129, 267	Archibald,William ········· 159	302~304, 313, 316, 317,
Amis,Martin ········ 53, 67	Ardagh,Philip ············ 404	319, 321, 324, 329, 330,
Ammaniti,Niccolò ··········· 59	Ardai,Charles ······ 183, 188	356, 357, 359, 360, 362, 365
Ammons,A.R. ······ 63, 76, 83	Ardizzone,Edward ········· 384	Askenazy,Ludvik ··········· 399
Ammons,Mark ············ 184	Arensberg,Ann ············ 80	Aspden,Kester ············ 207
Amoraga,Carmen ············ 89	Argullol,Rafael ············ 89	Asprin,Robert Lynn ········ 359

Asscher-Pinkhof,Clara 397
Association nooSFere 241
Asturias,Miguel Ángel 94
Atallah,Marc 246
Athill,Diana 39, 70
Atkinson,Kate 36, 40, 41
Atkinson,Michael 177
Atkinson,Rick 121
Atwood,Margaret
.... 11, 16, 56, 130, 230
Aubry,Gwenaëlle 128
Auburn,David 120
Auclair,Georges 4
Aude 22
Auden,W.H. 73, 107
Audiard,Michael 160
Audoux,Marguerite 125
Audry,Colette 137
Augarde,Steve 420
Augenbraum,Harold 179
Ault,Sandi 184
Aunt Agatha's Bookstore
.... 187
Auster,Paul 139
Austin,Alicia 273, 319, 355
Avery,Gillian 378
Avi 394, 411, 427, 428
Avison,Margaret 10, 19
Avon 163
Aw,Tash 38
Axtell,David 417
Ayala,Francisco 60
Ayerdhal 236, 240
Aymé,Marcel 143
Ayoob,Michael 217
Ayres,A.C. 213
Ayto,Russell 420
Azarian,Mary 393
Azoulai,Nathalie 142

【B】

Babson,Marian 203
Baby,Yvonne 4
Bacall,Lauren 78
Bach,Tamara 404
Bachelin,Henri 125
Bachmann,Ingeborg 98
Bacigalupi,Paolo 245,
.... 246, 271, 310, 338, 373, 374
Bacon,James 339, 342
Bacon,Leonard 105
Bad Moon Books 353
Bagley,Tony 40

Bailey,Blake 69
Bailey,Carolyn Sherwin 409
Bailey,Frankie Y. 228
Bailey,Peter 419
Bailyn,Bernard ... 77, 111, 116
Bainbridge,Beryl
.... 33, 37, 53, 131
Bair,Deirdre 80
Baisch,Milena 406
Baker,Annie 124
Baker,Christopher
 "Fangorn" 251
Baker,Kage 284, 310, 373
Baker,Kate
.... 265, 286, 339, 340
Baker,Leonard 114
Baker,Lise S. 214
Baker,Michael 174
Baker,Nicholson 67
Baker,Ray Stannard 105
Baker,Russell 115
Baker,Scott 232, 275
Baker-Smith,Grahame 386
Bakewell,Sarah 70
Bakis,Kirsten 345
Balcer,Rene
.... 175, 178, 179, 182
Ball,Edward 84
Ball,John 161, 198
Ball,Peter M. 298
Ballantine
.... 162, 317, 356~358
Ballantine,Betty 272,
.... 275, 283, 308, 336
Ballantine,Ian 272, 275
Ballantine Del Rey ... 358~362
Ballard,J.G. 52, 248, 268
Ballester,Gonzalo Torrente
.... 60
Ballhaus,Verena 401
Balliett,Blue 150, 182
Baltscheit,Martin 406
Balzo,Sandy 181, 227
Bambrick,Winifred 8
Banco del Libro 377
Bandy,Frank 167
Bang,Mary Jo 69
Bang,Molly 426
Bangsund,John 287
Banks,Catherine 28, 30
Banks,Iain M. 250, 265
Banks,Kate 428
Banks,Lynne Reid 417
Bantam 161
Banville,John ... 51, 130, 133
Barbero,Alessandro 59

Barbusse,Henri 42
Barcelo,François 28
Barcia,Jose Rubin 78
Barer,Burl 175
Baricco,Alessandro 140
Barker,Clive 237,
.... 238, 256, 275, 349, 353
Barker,Pat 130
Barlowe,Wayne Douglas
.... 359
Barloy,Jean-Jacques 242
Barnard,Robert 147,
.... 189, 203, 205, 206, 220, 223
Barne,Kitty 381
Barnes,Julian 131
Barnes,Linda 189
Barnes,Margaret Ayer 103
Barnett,Mac 430
Barr,David 178
Barr,George 318
Barr,Nevada 148, 190, 220
Barre,Richard 214
Barrett,Andrea 83
Barrett,Colin 132
Barrett,Lynne 174
Barrett,Neal,Jr. 310
Barron,Laird 354
Barrow,Wayne 242
Barry,Sebastian 39, 54
Barth,John 76
Barthelme,Donald 76
Bartlett,Alicia Giménez
.... 89
Bartók,Mira 70
Barton,Jill 428
Baruth,Philip 270
Barzun,Jacques 164, 177
Bassani,Giorgio 57
Bast,William 166
Bastide,François-Régis 126
Bastos,Augusto Roa 60
Bat-Ami,Miriam 395
Batchelor,John 268
Bate,Jonathan 54
Bate,Walter Jackson
.... 62, 78, 110, 114
Batho,Susan 291
Battersby,Lee 294
Battiscome,Georgina 50
Battles,Brett 221
Baudou,Jacques 244
Bauer,Belinda 208, 209
Bauer,Ernst W. 398
Bauer,Jutta 389, 404, 406
Bawden,Nina 378, 422
Baxter,James Phinney,3rd

.... 106
Baxter, John 287
Baxter, Stephen ....
　　　　250, 251, 269, 368
Bayer, Ingeborg 401
Bayer, William 169
Bayeza, Ifa 185
Bayley, Barrington J. 250
Baynes, Pauline 385
Bayon, Bruno 5
'BB' 381
Beagle, Peter S. 240,
　　　284, 309, 336, 365, 373
Beales, Martin 203
Bean, Jonathan 430, 431
Bear, Elizabeth 336,
　　　　　　337, 340, 371, 375
Bear, Greg 232, 268
　～270, 304, 306, 307, 325, 326
Beatty, Patricia 394
Beauchesne, Yves 17
Beaulieu, Michel 15
Beaulieu, Victor-Levy 13
Beaumont, Charles 343
Beaumont, Germaine 143
Beauverger, Stéphane 243
Beauvoir, Simone de 43
Beck, Beatrice 43
Beck, Josef 193
Becker, Ernest 113
Becker, Jürgen 99
Beckett, Chris 231
Beckett, Samuel Barclay
　.......................... 94
Beckman, Gunnel 413
Bedard, Michael 19
Beddows, Eric 22
Bedel, Maurice 42
Begley, Louis 139
Béha, Philippe 18
Behrens, Peter 27
Beigbeder, Frédéric 5, 146
Beinhart, Larry 171, 203
Belben, Rosalind 54
Bélial' 243
Belkom, Edo van 345
Bell, David 258
Bell, Michael 13
Bell, Neal 182
Bell, Quentin 51
Bellagamba, Ugo 242
Bellefeuille, Normand de
　.......................... 24
Belletto, René 127
Bellisario, Donald P. 168
Bellocq, Louise 126

Bellonci, Maria 58
Bellow, Saul ....
　　　　　　72, 74, 75, 94, 113
Belmas, Claire 240
Belmas, Robert 240
Belt, Lia 341
Bemelmans, Ludwig 391
Bemis, Samuel Flagg ... 102, 107
Benavente y Martínez,
　Jacinto 92
Benet, Stephen Vincent
　..................... 103, 106
Benet, William Rose 105
Benford, Gregory ....
　　　　　　248, 268, 288, 302
Benioff, David .. 265, 339～341
Benjamin, Carol Lea 214
Benjamin, Elizabeth 182
Benjamin, René 42
Benn, Gottfried 98
Bennett, Arnold 47
Bennett, Jay 165
Bennett, Margot 198
Bennett, Michael 113
Bennett, Robert Jackson
　...................... 186, 264
Benoziglio, Jean-Luc 138
Benson, Donald 267
Benson, Mildred Wirt 180
Benson, Richard 55
Benton, Robert 167, 322
Béraud, Henri 42
Berenson, Alex 183
Berg, A Scott 79, 120
Bergen, David 56
Berger, Carl 14
Berger, John 51, 129
Berger, Peter 397
Berger, Yves 126, 140
Bergeron, Richard 316
Bergman, Sten 412
Bergson, Henri-Louis 92
Berkley Medallion Books
　........................ 160
Berkowitz, Ira 217
Berliner, Janet 345
Bernanos, Georges 125
Bernard, Marc 3, 43
Bernbaum, Israel 402
Berne, Suzanne 134
Berner, Rotraut Susanne
　.................... 403, 405
Bernhard, Thomas ... 98, 139
Bernheim, Emmanuèle ... 139
Bernheimer, Kate 284
Berriault, Gina 66, 136

Berrill, N.J. 9
Berry, James 415, 427
Berryman, John 75, 111
Berthelot, Francis ....
　　　　　　236, 237, 239
Berthon, Patrick 236
Bertin, Célia 144
Berton, Pierre 9, 10, 13
Bertrand, Adrien 42
Bessette, Gérard 11, 13
Besson, Patrick 145
Bester, Alfred 305, 313
Bettelheim, Bruno 62, 78
Beukes, Lauren 231, 265
Beveridge, Albert J. 101
Bevilacqua, Alberto 58
Bianciotti, Hector 127, 138
Biancotti, Deborah ... 293, 294
Bidart, Frank 71
Bienvenue, Yvan 23
Biermann, Wolf 99
Bigwood, Andy 252
Billard, Jean Antonin 18
Billetdoux, Raphaële 4, 145
Billette, Geneviève 27, 30
Billingsley, Franny 429
Billon, Nicolas 30
Billon, Pierre 234
Binch, Caroline 416
Binet, Laurent 6
Binns, Merv 289
Bioy-Casares, Adolfo 60
Bird, Allyson 262, 352
Bird, Brad 335
Bird, Kai 68, 122
Birdsall, Jeanne 85
Birmingham, Christian ... 417
Birmingham, Ruth 179
Birney, Earle 7, 8
Bischoff, Johannes 97
Bishop, Elizabeth
　........... 62, 75, 90, 108
Bishop, K.J. 294, 295
Bishop, Michael 268,
　269, 304, 357, 360, 361, 365
Bishop, Nic 428
Bismuth, Pierre 349
Biss, Eula 70
Bissette, Stephen 344
Bisson, Terry 239,
　　271, 305, 307, 328, 363, 368
Bix, Herbert P. 67, 120
Bjärbo, Lisa 414
Björk, Christina 400, 401
Björnson, Björnstjerne 91
Black, Holly 309

Black,Ingrid ……… 216	Bock,Jerry ……… 109	Bouchard,Gérard ……… 24
Black,John D.F. ……… 164	Bock,Michel ……… 27	Bouchard,Hervé ……… 29
Blackall,Sophie ……… 393	Bodard,Lucien ……… 4, 44	Boucher,Anthony
Blackford,Russell	Bode,Adolf ……… 97	……… 154〜156, 315
……… 290, 292, 293	Bode,Vaughn ……… 318	Bouchercon Annual World
Blackman,Malorie ……… 420	Bødker,Cecil ……… 388	Mystery Convention ……… 173
Blackmon,Douglas A. ……… 123	Boehm,Sidney ……… 156	Bouchet,Thomas ……… 240
Blacksheep ……… 252	Bohdal,Susi ……… 400	Boudard,Alphonse ……… 144
Blackwood,Freya ……… 386	Boie,Kirsten ……… 405	Bouman,Tom ……… 188
Blais,Marie-Claire	Boissais,Maurice ……… 4	Bouraoui,Nina ……… 146
……… 12, 15, 22, 28, 137	Bok,Edward ……… 101	Bourget-Pailleron,Robert
Blake,Jacob ……… 290	Bok,Hannes ……… 313	……… 3
Blake,Peter ……… 181	Bokenkamp,Jon ……… 197	Bourinot,Arthur S. ……… 7
Blake,Quentin ……… 33,	Bolaño,Roberto ……… 69	Bourniquel,Camille ……… 137
385, 389, 416〜418, 421	Böll,Heinrich ……… 94, 98	Bova,Ben ……… 271, 320〜322
Blanc,Suzanne ……… 159	Bolliger,Max ……… 397	Bowen,Catherine Drinker
Blanzat,Jean ……… 126	Bolster,Stephanie ……… 23	……… 73
Blas de Roblès,Jean-Marie	Boltanski,Christophe ……… 128	Bowen,Elizabeth ……… 51
……… 141	Bolton,Sharon ……… 209	Bowen,Rhys ……… 149,
Blatchford,Christie ……… 28	Bolton,S.J. ……… 185	152, 153, 194, 227, 228
Blathwayt,Benedict ……… 415	Bona,Dominique ……… 5, 145	Bowering,George ……… 12, 15
Blatty,William Peter ……… 345	Bonestell,Chesley ……… 314, 320	Bowes,Richard ……… 280, 283
Blau,Aljoscha ……… 405	Bonfiglioli,Kyril ……… 199	Bowler,Tim ……… 383
Blauner,Peter ……… 174	Bonnefoy,Yves ……… 133	Box,C.J. ……… 184, 193, 220, 226
Blaylock,James P. ……… 276, 279	Bonner,Bryn ……… 178	Boyce,Frank Cottrell
Blázquez,José Antonio	Bonners,Susan ……… 81	……… 380, 383, 406
García ……… 88	Bonsal,Stephen ……… 106	Boyd,William ……… 34, 39, 53
Blecher,Wilfried ……… 397, 398	Bontempelli,M. ……… 57	Boyden,Joseph ……… 56
Bleiler,Everett F.	Boo,Katherine ……… 86	Boyens,Philippa
……… 273, 277, 364	Boorstin,Daniel J. ……… 113	……… 308, 334, 335
Blincoe,Nicholas ……… 204	Booth,Ruth E.J. ……… 253	Boyer,Rick ……… 169
Blish,James ……… 314, 315	Booth,Stephen ……… 205, 220	Boyer,Susan M. ……… 152
Blishen,Edward ……… 382	Booy,Simon Van ……… 132	Boyle,Andrew ……… 33
Bloch,Robert ……… 159,	Borchers,Elisabeth ……… 399	Boyle,Kevin ……… 85
273, 315, 325, 343〜345	Bordage,Pierre ……… 236	Boyle,T Coraghessan ……… 135, 140
Blochman,Lawrence G.	Bordier,Roger ……… 144	bpNichol ……… 12
……… 155, 158	Borel,Jacques ……… 44	Bracket,Leigh ……… 323
Block,Francesca Lia ……… 423	Borgeaud,Georges ……… 139, 144	Bradbury,Ray ……… 122, 273,
Block,Lawrence ……… 170, 174	Borges,Jorge Luis	305, 312, 314, 323, 343, 346
〜177, 193, 206, 211, 213, 215	……… 60, 67, 166, 274	Bradley,Alan
Blodgett,E.D. ……… 22	Born,James O. ……… 221	……… 152, 207, 221, 228
Blomkamp,Neill ……… 310	Borson,Roo ……… 20	Bradley,David ……… 135
Blondin,Antoine ……… 4	Bory,Jean-Louis ……… 43	Bradley,John ……… 415
Bloodletting Press ……… 351	Bosco,Henri ……… 143	Bradley,Marion Zimmer
Bloom,Valerie ……… 417	Bosco,Monique ……… 12	……… 281, 360
Blos,Joan W. ……… 79, 410	Bosquet,Alain ……… 4	Brady,Joan ……… 36
Blum,Howard ……… 184	Bosse,Malcolm J. ……… 400	Braga,Brannon ……… 330
Blumberg,Rhoda ……… 426	Bossert,Gregory Norman	Braibant,Charles ……… 143
Blundell,Judy ……… 86	……… 285	Bramly,Serge ……… 6
Blunt,Gilles ……… 204	Bossy,John ……… 202	Branch,Taylor ……… 64, 117
Bly,Robert ……… 74	Bost,Pierre ……… 3	Brand,Dionne ……… 22
Blythe,Gary ……… 386	Boston,Bruce ……… 349〜352	Brand,Stewart ……… 76
Boam,Jeffrey ……… 328	Boston,Lucy M. ……… 382	Brandt,Katrin ……… 398
Bober,Natalie S. ……… 428	Boswell,Charles ……… 156	Branford,Henrietta
Bochco,Steven ……… 169, 176, 178	Boswell,John ……… 80	……… 379, 416, 418
Bock,Alfred ……… 97	Bouchard,Camille ……… 27	Brannon,W.T. ……… 155

Branscum,Robbie ……… 169	Brooks,Geraldine ……… 121	Bujold,Lois McMaster …. 305,
Brathwaite,Kamau ……… 90	Brooks,Gwendolyn ……… 107	308, 327, 328, 330,
Braudeau,Michel ……… 139	Brooks,Kevin … 384, 405, 406	334, 364, 365, 370
Brault,Jacques …… 12, 16, 24	Brooks,Martha ………… 25	Buley,R Carlyle ……… 107
Braun,Volker ………… 99	Brooks,Mel …… 302, 321	Bull,Emma ………… 362
Braun,Wernher von …… 314	Brooks,Ron ………… 404	Bulow,Ernie ………… 224
Braunbeck,Gary A. .. 349〜353	Brooks,Tim ………… 79	Bunin,Ivan Alekseevich …… 93
Bravo,Émile ………… 406	Brooks,Van Wyck …… 104	Bunker,Edward ……… 204
Brazell,Karen ………… 77	Brossard,Nicole …… 13, 16	Bunting,Eve ………… 175
Breen,Jon L. ……… 169,	Brown,Charles N. …… 319,	Burack,Sylvia K. ……… 178
170, 190, 191, 225	321〜329, 331〜337	Burcell,Robin … 193, 194, 219
Bréhal,Nicolas ……… 145	Brown,Charlie ………… 356	Burch,Robert ……… 422
Brenchley,Chaz ……… 259	Brown,Dena …… 319, 321, 322	Burgess,Melvin …… 379, 383
Brener,Carol ………… 174	Brown,E.K. ………… 7	Burke,David J. ……… 173
Brenifier,Oscar ……… 406	Brown,Eric ……… 250, 251	Burke,Declan … 152, 197, 229
Brennan,Joseph Payne … 274	Brown,Francis Yeats …… 47	Burke,James Lee ………
Brennan,Ray ………… 158	Brown,Fredric ………… 154	173, 177, 185, 204
Brennert,Alan ……… 305	Brown,George Mackay …… 52	Burke,Jan … 149, 179, 225, 226
Brèque,Jean-Daniel … 237, 242	Brown,Maragret Finn …… 163	Burke,Kealan-Patrick …… 349
Breslin,Theresa ……… 383	Brown,Marcia …… 391, 392	Burkert,Nancy Ekholm … 427
Brett,Lily ………… 142	Brown,Molly ………… 249	Burn,Gordon ………… 36
Brett,Simon ………… 209	Brown,Paul ………… 174	Burnard,Bonnie ……… 56
Brialey,Claire ………… 339	Brown,Peter ………… 431	Burnett,Cathy …… 366, 367
Brickman,Marshall …… 320	Brown,Wenzell ……… 158	Burnett,W.R. ……… 168
Briclot,Aleksi ………… 244	Browne,Anthony ……	Burningham,John …… 384,
Bridges,James ……… 161	385, 386, 389, 400	385, 400, 419, 424
Brierley,Jane …… 19, 26	Browne,Howard ……… 211	Burns,Ed ………… 183
Briggs,Raymond	Browne,Janet …… 54, 67	Burns,James MacGregor
……… 385, 419, 425	Brownrigg,Leslie Ann …… 160	……… 75, 112
Brightman,Carol ……… 65	Bruce,Charles ………… 9	Burns,Jim ………… 248
Brignetti,Raffaello ……… 58	Bruce,Robert V. ……… 117	〜250, 259, 260, 326, 330, 335
Brin,David …… 268, 270,	Bruce,William Cabell …… 100	Burns,Peter ………… 290
304, 325, 326, 360〜362, 365	Bruck,Julie ………… 30	Burns,Rex ………… 165
Brink,André ………… 138	Bruckner,Pascal …… 140, 145	Burnside,John ……… 37
Brink,Carol Ryrie ……… 408	Bruen,Ken … 216, 221, 227, 228	Burrows,Abe ………… 110
Brinkley,Alan ………… 82	Brunet,Michel ………… 12	Burrows,Edwin G. …… 120
Brion,Alain ………… 243	Brunner,F. ………… 255	Burstein,Michael A. …… 332
Brisac,Geneviève …… 127	Brunner,John … 232, 247, 318	Burt,Alice Wooley …… 158
Brite,Poppy Z. …… 238, 258	Brussolo,Serge .. 232, 234, 235	Burt,Steve ………… 349
British Fantasy Society … 281	Bryant,Edward ……… 303	Burton,Hester ……… 382
Britt,Fanny ………… 30	Bryson,John ………… 201	Burton,Tim ………… 328
Britton,Paul ………… 203	Buchan,James ………… 34	Burton,Virginia Lee …… 390
Brochu,André …… 19, 26	Buchan,John ………… 47	Busby,Elinor ………… 315
Broderick,Damien … 268,	Buchanan,Ginjer ……… 341	Busby,F.M. ………… 315
288, 290, 292, 294	Buchwald,Emilie ……… 69	Butel,Michel ………… 138
Brodrick,William ……… 207	Buck,Craig Faustus …… 229	Butler,Dori Hillestad …… 186
Brodsky,Joseph …… 64, 95	Buck,Paul Herman …… 105	Butler,Gwendoline …… 199
Bröger,Acim ………… 401	Buck,Pearl S. …… 93, 103	Butler,Octavia E. ………
Bromfield,Louis ……… 102	Buckey,Sarah Masters …… 151	304, 307, 325, 361
Bronk,William ………… 81	Budde,Nadia …… 403, 406	Butler,Robert N. ……… 114
Brooker,Bertram ……… 7	Budewitz,Leslie …… 152, 153	Butler,Robert Olen ……… 118
Brooke-Rose,Christine …… 50	Budrys,Algis ………… 361	Butler,William Vivian …… 169
Brookins,Dana ……… 167	Bufalino,Gesualdo ……… 59	Butor,Michel ………… 144
Brookner,Anita ……… 129	Buffman,Zev ………… 185	Butterfield,Fox ……… 82
Brooks,Bruce ……… 426	Bugliosi,Vincent ……	Butterworth,Nick ……… 421
	…… 165, 167, 184	Buzzati,Dino ………… 57

Byars,Betsy 80, 174, 410
Byatt,A.S. 54, 130
Byers,Randy 337
Byrd,Max 211
Byrd,Robert 431
Byrne,Jeremy G. 291, 292
Bywaters,Grant 218

【C】

Caballero Bonald,José
　Manuel 61
Cabanis,José 144
Cabral de Melo Neto,João
　............................ 90
Caccia,Fulvio 21
Cacek,P.D. 280, 345
Cadellans,José Vidal 87
Cadigan,Pat 230,
　274, 340, 362, 363, 375
Cady,Jack 278, 306, 344
Cady,Jerome 154
Cain,Errol Le 385
Cain,James M. 163
Cairns,David 37
Calder,Robert 18
Calderón,Eduardo Caballero
　............................ 88
Calef,George 15
Calen,Tom 354
Calihoo,Robert 19
Callaghan,Morley 9
Calvino,Italo 274, 287
Cambias,James L. 272
Cameron,Dana 151,
　152, 195〜197, 228
Cameron,Eleanor 76, 424
Cameron,James .. 306, 326, 329
Camilleri,Andrea 209
Camon,Ferdinando 58
Camp,Richard Van 404
Campbell,John W.,Jr.
　.................... 312〜317
Campbell,Marjorie Wilkins
　.......................... 8, 9
Campbell,Ramsey .. 255〜262,
　273, 274, 277, 278,
　286, 344, 346, 348
Campbell,Robert 171, 189
Camus,Albert 93
Canal,Richard 235
Canales,Juan Diaz 245
Canavan,Trudi 294, 299
Canaway,Bill 161

Cancogni,Manlio 58
Cañeque,Carlos 89
Canetti,Elias 95, 98
Cannell,Dorothy 148
Cannell,Stephen J. 213
Canning,Victor 199
Canter,David 191, 203
Cantrell,Lisa 342
Cantrell,Rebecca 228
Canty,Thomas 276, 277
Capobianco,Michael 308
Capote,Truman 159, 161
Capria,Raffaele La 57
Card,Orson Scott 238,
　268, 276, 290, 304, 322, 325,
　326, 328, 361〜363, 366
Cardarelli,Vincenzo 57
Carducci,Giosuè 91
Careless,J.M.S. 9, 11
Carey,Jacqueline 369
Carey,John 54
Carey,Peter 130, 290
Carigiet,Alois 388
Carletti,Sébastien 245
Carlson,Lilly 170
Carnell,John 315
Caro,Marc 234
Caro,Robert A. 63,
　65, 70, 84, 113, 121
Caron,Roger 14
Carpelan,Bo 413
Carpenter,John 351
Carpentier,Alejo 60, 138
Carr,A.H.Z. 163
Carr,Caleb 191
Carr,Emily 7
Carr,John Dickson
　.................... 155, 160, 163
Carr,Terry 315,
　320, 325, 326, 355〜360
Carrascal,José María 88
Carrère,Alain 230
Carré,Benjamin 239, 242
Carré,John le 51,
　160, 170, 198, 199, 201
Carreño,José Suárez 87
Carrère,Emmanuel
　.................. 127, 146, 235
Carrière,Jean 44
Carrión,Ignacio 89
Carroll,Emily 266
Carroll,James 83
Carroll,John Alexander ... 109
Carroll,Jonathan 232,
　238, 258, 276, 345
Carroll,Sidney 157

Carruth,Hayden 65, 83
Carson,Dave 256, 257
Carson,Rachel 72
Carter,Angela 52
Carter,Graydon 182
Carter,Peter 379
Cartier,Edd 278
Cartwright,Justin 37
Carver,Caroline 204
Cary,Joyce 48
Casavella,Francisco 89
Casewell,Curtis W. 157
Casey,Allan 29
Casey,Jane 188
Casey,John 83
Cash,Wiley 209
Caspak,Victor 405
Cassola,Carlo 57
Casta,Stefan 414
Castillo,Michel Del 145
Castillou,Henry 3
Castle,Mort 353
Cathcart,Brian 204
Cather,Willa 101
Catton,Bruce 72, 108
Catton,Eleanor 30, 131
Cau,Jean 44
Caudwell,Sarah 189
Cauwelaert,Didier Van 45
Cavanagh,Clare 70
Cavanna,François 5
Cave,Hugh B. ... 273, 280, 344
Cavelos,Jeanne 278
Cavin,Ruth 172
Cawley,Winifred 378
Cayrol,Jean 143
Cazedessus,Camille,Jr. ... 317
CBS Television 317
Cecil,David,Lord 47
Cela,Camilo José 61, 95
Celan,Paul 98
Celestin,Ray 209
Céline,Louis-Ferdinand ... 143
Cemetery Dance 346
Center for the Book in the Library of Congress 184
Centipede Press 353
Chabalier,Claire 28
Chabalier,Louise 28
Chabon,Michael 120,
　271, 309, 337, 372
Chabot,Denys 15
Chadbourn,Mark 260, 261
Chadourne,Marc 125
Chafe,Robert 29
Chalandon,Sorj 141

Challis, Angela 297
Chambers, Aidan 383, 389
Chambers, James 353
Chambers, R.W. 48
Chambers, Sir Edmund 48
Chamoiseau, Patrick 45
Champagne-Gilbert, Maurice
.... 15
Champeau, Nicole V. 29
Champlin, Charles 180
Chandler, A Bertram 287
Chandler, Alfred D., Jr. 114
Channing, Edward 102
Chant, J. 275
Chaplin, Michael 180
Chapman, Robin 168
Chapman-Mortimer, W.C.
.... 49
Chappell, Fred 278
Charbonneau, Joelle 197
Charles, Gerda 32, 50
Charles, Ron 69
Charles-Roux, Edmonde
.... 44
Charlip, Remy 425
Charnas, Suzy McKee
.... 303, 328
Charrier, Michelle 242
Charteris, Leslie 202
Chase, David 182
Chase, Ilka 159
Chase, Mary 106
Chast, Roz 71
Chateaubriant, Alphonse de
.... 42
Châteaureynaud, Georges-
Olivier ... 145, 235, 237, 242
Chatwin, Bruce 34, 52
Chaurette, Normand
.... 22, 25, 30
Chauvet, Louis 4
Chavarria, Daniel 180
Chayefski, Paddy 268
Chazournes, Félix de 126
Cheever, John ... 62, 73, 80, 114
Ch'en, Li-Li 78
Chenelière, Évelyne de la
.... 27
Chênes, Jude Des 21
Cheng, François 128
Chercover, Sean ... 195, 207, 217
Chernow, Ron 83, 123
Chernuchin, Michael S. 175
Cherryh, C.J. ....
.... 322, 324, 327, 362
Chessex, Jacques 44

Chester, Lewis 164
Chetwynd-Hayes, Ronald
.... 257, 343
Chiang, Ted 243,
  252, 305, 307〜309, 329, 333,
  337, 339, 369, 370, 373, 374
Chiasson, Herménégilde 24
Chidolue, Dagmar 401
Child, Julia 79
Child, Lauren ... 386, 418〜420
Child, Lee ... 192, 209, 219, 220
Child, Philip 8
Children of Sapperton
  School 415
Chislett, Anne 16
Chittenden, Meg 193
ChiZine Publications ... 265, 354
Chizmar, Richard ... 278, 280
Chodorov, Jerome 169
Cholfin, Bryan 279
Cholodenko, Marc 138
Chômu Press 264
Chong, Vincent
.... 261〜263, 285
Chrisman, Arthur Bowie
.... 408
Christensen, Kate 136
Christie, Agatha 157, 193
Christie, R Gregory 430
Christopher, John ... 378, 399
Chrywenstrom, Lily 294
Chu, John 341
Chu, Wesley 342
Churchill, Jill 147, 224
Churchill, Winston 93
Chwedyk, Richard 308
Cialente, Fausta 58
Cidre, Cynthia 174
Citati, Pietro 58, 139
Cixous, Hélène 137
Claeson, Bonnie 183
Clapp, Margaret 107
Clarion South Team 295
Clark, Alan M. 278
Clark, Ann Nolan 409
Clark, Eleanor 74
Clark, Mark Higgins 179
Clark, Richard 310, 339
Clark, Robert 178
Clark, Rosie 297
Clark, Simon 260, 263
Clarke, Arthur C. 247,
  267, 302〜304, 312,
  314, 318, 320, 323, 356
Clarke, Austin 56
Clarke, Finn 209

Clarke, George Elliott 24
Clarke, Lindsay 35
Clarke, Neil
.... 265, 286, 338〜340
Clarke, Pauline 382, 398
Clarke, Ron 291
Clarke, Susanna ... 282, 335, 370
Clarkson, Stephen 19
Claudel, Philippe 145
Clavel, Bernard 44
Clavel, Maurice 137
Claxton, Patricia 17, 23
Cleary, Beverly 80, 410
Cleary, Jon 165
Cleeves, Ann 206
Clegg, Douglas 346
Clemeau, Carol 201
Clement, Gary 23
Clement, Hal 307, 313
Clement, Rene 159
Clements, Andrew ... 183, 423
Clements, Rory 208
Clerisse, Alexandre 246
Cleverly, Barbara 206
Clifford, Francis 199
Clift, Dominique 15
Clifton, Lucille 84
Clifton, Mark 314
Clifton, Violet 48
Clinton, Bill 175
Clive, John 65, 76, 77
Cloonan, Becky 265
Close, Chuck 430
Clot, René-Jean 145
Cloutier, Cécile 17
Cloutier, Fabien 31
Clouzot, Henri-Georges
.... 154, 157
Cluley, Ray 264
Clute, John 250, 252,
  280, 330〜332, 339, 365〜367
Coady, Lynn 56
Coates, Ta-Nehisi 87
Coatsworth, Elizabeth 408
Coben, Harlan
.... 177, 191, 214, 219
Coburn, Donald L. 114
Cochran, Molly 170
Cody, Liza ... 190, 200, 202
Coe, Jonathan 140
Coetzee, J.M. ... 52, 96, 129, 130
Coffin, Robert P. Tristram
.... 104
Cogdill, Oline 187
Cogman, Bryan 339
Cohen, Jeffrey 222

Cohen,Jon 348
Cohen,Leonard 12
Cohen,Matt 23
Cohen,Sheldon 19
Coit,Margaret Louise 107
Colangelo,Michael 352
Cole,Adrian 265
Coleborn,Peter 257, 265
Coleman,Reed Farrel 194, 216, 217, 221, 228
Coles,Don 20
Coles,Robert 113
Colin,Fabrice ... 238, 240, 244
Colin,Paul 43
Coll,Steve 121
Collier 160
Collier,John 155
Collington,Peter 415
Collins,Anne 18
Collins,Max Allan 194, 211, 213, 216, 218
Collins,Michael 162, 318
Collins,Nancy 257, 323
Collins,Paul 293
Collins,Robert A. 274
Collins,Roberts 165
Collins,Suzanne 406
Collon,Hélène 236, 237
Colombier,Jean 145
Colt,Connie 173
Comballot,Richard 246
Combescot,Pierre 45, 139
Comisso,Giovanni 57
Compton,Anne 26
Compton-Burnett,Ivy 49
Conchon,Georges 44
Conde,Alfredo 88
Condon,Bill 174, 181, 346
Coney,Michael G. 247
Conflux convention committee 295
Conger,Trace 218
Congreve,Bill 292, 296
Conlon,Christopher 351
Connell,John 49
Connell,Jon 200
Connelly,Karen 20
Connelly,Marc 103
Connelly,Michael 175, 192, 193, 195, 216, 219, 220, 226, 227
Conner,Jeff 276
Conner,Mike 305
Conners,Rose 181
Connolly,John 152, 187, 197, 215, 220, 229, 243

Conover,Ted 67
Conquest,John 174
Conrad,Pam 174
Conroy,Sarah Booth 174
Consolo,Vincenzo 59
Constant,Paule 45
Constantine,David 132
Constantin-Weyer,Maurice
.... 42
Contento,William 345
Conway,Simon 208
Cook,David C. 158
Cook,Ramsay 16
Cook,Thomas H. 177, 220
Cooke,Trish 416
Cooney,Barbara ... 81, 391, 392
Cooper,Brock 354
Cooper,Helen 386
Cooper,James Fenimore
.... 397
Cooper,Jean B 176
Cooper,John 191
Cooper,Susan ... 285, 410, 424
Coppens,Yves 236
Copper,Basil 262
Corbett,Scott 160
Corbett,W.J. 34
Cordesse,Gérard 235
Corey,James S.A. 375
Corke,Helen 33
Corman,Roger 346
Cormier,Robert 423
Cornell,Paul 252, 340
Cornfield,Robert 64
Cornwall,Ian Wolfram 382
Cornwell,John 200
Cornwell,Patricia
.... 173, 202, 224
Cornwell,Patricia Daniels
.... 190
Corrigan,D Felicitas 52
Corrigan,Maureen 178
Čortanze,Gérard de 145
Cortázar,Julio 138
Corthis,André 125
Corthron,Kia 183
Coscarelli,Don 349
Cossel,Benjamin 282
Côté,Geneviève 28
Cotler,Gordon 167
Cotterill,Colin 208
Coulson,Juanita 317
Coulson,Robert 317
Coulthart,John 285
Coulton,G.G. 49
Couprie,Katy 404

Coupry,François 236
Cousins,Lucy 419
Couto,Mia 91
Couton,Patrick 238
Couzens,Gary 261
Covington,Bob 260
Cowan,Judith 26
Cowdrey,Albert E. 281
Cowell,Cressida 421
Cowley,Joy 428
Cowley,Malcolm 78
Cox,Andy 259, 263, 264
Coxe,George Harmon 160
Coye,Lee Brown 272, 273
Coyle,Matt 197
Coz,Martine Le 145
Cozzens,James Gould 107
Crace,Jim 35, 37, 55, 67
Craft,Kinuko Y. 284
Crais,Robert 187, 189, 214, 217, 218, 221, 223
Cramer,Kathryn 276
Crankshaw,Edward 34
Cranston,Maurice 50
Crawford,Annalisa 41
Creais,Pam 258
Creasey,John 163
Creech,Sharon 383, 411
Creed,John 205
Creighton,Donald G. 9
Cremin,Lawrence A. 115
Crenshaw,Bill 171, 172
Cresswell,Helen 422
Crichton,Michael 168, 330
Crider,Bill 189, 193
Crider,Judy 193
Crisp,Leon 264
Crisp,Quentin S. 264
Crispin,Ann 308
Crist,Judith 163
Cristofer,Michael 114
Crombie,Deborah 225, 228
Cross,Gillian ... 36, 383, 416
Cross,Neil 186
Crossley-Holland,Kevin
.... 379, 382, 419
Crouse,Russel 106
Crowell-Collier 162
Crowley,John 238, 268, 274, 277, 283, 366
Crowther,Kitty 377
Crowther,Nicky 264
Crowther,Peter
.... 260〜262, 264, 282, 283
Croza,Laurel 430
Crozier,Lorna 20

Crumley, James 205
Cruseturner, Wayne 321
Cruz, Nilo 121
CSFG 294
Cuarón, Alfonso 311, 341
Cuarón, Jonás 311, 341
Cubitt, Allan 175, 187
Culbard, Ian 263
Cullen, Dave 185
Cumming, Charles 209
Cummings, Pat 427
Cummings, Shane Jiraiya
 .... 295, 296
Cunningham, Michael
 .... 120, 136
Cunningham, Paula 41
Cunqueiro, Àlvaro 88
Curran, John 152, 196, 228
Curti, Merle 106
Curtis, Christopher Paul
 .... 395, 411
Curtis, Jean-Louis 43
Curtis Books 165
Curtoni, Vittorio 241
Curval, Philippe .. 232, 233, 235
Cushing, Harvey 102
Cushman, Karen 411
Cusk, Rachel 36
Cusson, Maurice 16
Cyr, Gilles 20

【D】

D'Aguiar, Fred 36
Dahl, Julia 218, 223, 229
Dahl, Roald 34,
 156, 158, 168, 275, 400, 416
Dahlbäck, Helena 414
Dahlquist, Gordon 55
Daigle, France 30
d'Ailleurs, Maison 243
Dale, Alzina Stone 148, 149
Dale, Penny 429
Dalkey Archive Press 70
Dallaire, Lt.-Gen. Roméo
 26
Dalpé, Jean-Marc 18, 24
Daly, Elizabeth 159
Damasio, Alain 241
D'Amato, Barbara 148,
 149, 180, 190, 192, 226
Damrosch, Leo 71
Dams, Jeanne M. 148
Danforth, Harold R. 157

Dangerfield, George 108
Daniel, David 213
Daniels, Marc 317
Daninos, Pierre 3
Danis, Daniel 21, 25, 28
Danly, Robert Lyons 81
Dann, Jack 280,
 292〜294, 297, 306
Dannay, Frederic
 .... 154, 156, 167
Dante, Nicholas 113
Dantec, Maurice G. 237
Danticat, Edwidge 69
Danto, Arthur C. 65
Daoust, Jean-Paul 19
Dara, Galen 341
d'Arcier, Jeanne Faivre 239
Dard, Michel 127
Dark Regions Press 352
Darnton, Robert 66
Darrieussecq, Marie 142
d'Arvor, Patrick Poivre 5
Dash, Joan 429
Datlow, Ellen .... 262, 277〜281,
 283, 286, 334〜336, 338, 341,
 347, 349, 352, 354, 371〜376
Daugherty, James 408
d'Aulaire, Edgar Parin 390
d'Aulaire, Ingri 390
Davidson, Avram 159,
 273, 276, 315, 316, 367
Davidson, Diane Mott 190
Davidson, Hilary 196
Davidson, Lionel
 .... 198, 200, 205
Davidson, Rjurik 296
Davies, Andrew 379, 425
Davies, Carys 132
Davies, Dan 210
Davies, Rhys 161
Davies, Robertson 13, 275
Davies, Russell T. 338
Davies, Steve 335, 336
Davis, Daniel S. 426
Davis, David Brion .. 71, 77, 111
Davis, Dorothy Salisbury
 171
Davis, Grania 367
Davis, Harold L. 104
Davis, Joel 173
Davis, Lindsey ... 203, 204, 208
Davis, Luther 160, 163
Davis, Lydia 131
Davis, Mildred 154
Davis, Owen 101
Davis, Philip J. 82

Davis, Richard Beale 78
Davis, Thomas 213
Davison, Peter 62
Dawson, Janet 212, 226
Dawson, Jennifer 50
Dawson, R MacGregor 8
Day, Charles 353
Day, Dianne 225
Day, Douglas 76
Day, Marele 213
Day, Thomas 245
Dayre, Valérie 405
Dean, Roger 273
Dean, Zoe Z. 188
DeAndrea, William L.
 .... 167, 168, 176
Deaver, Jeffery 206
Debats, Jeanne-A 242
Deberly, Henry 42
Debeurme, Ludovic 243
de Bodard, Aliette
 .... 252, 311, 375
Debon, Nicolas 430
Debray, Régis 127
Debu-Bridel, Jacques 3
de Camp, L. Sprague 254,
 275, 303, 321, 331
Dechêne, Louise 13
Decoin, Didier 44
Dedman, Stephen 293
DeFelice, Cynthia 429
deFord, Miriam Allen 159
Degauff, Paul 159
Degens, T. 425
Degler, Carl N. 112
Dehn, Paul 161
de la Mare, Walter 47, 381
Delany, Samuel R. ....
 301, 311, 318, 327
de la Peña, Matt 412
Delaunois, Angèle 23
Delay, Florence 127
Deledda, Grazia 92
Delibes, Miguel 61, 87
DeLillo, Don 82, 135
Délirium 245
Delirium Books 350
Delisle, Jeanne-Mance 17
Delius, Friedrich Christian
 99
Dell .... 157〜159, 161
Delmas, Henri 234
Del Rey, Judy-Lynn 326
Del Rey, Lester 305
Delrieux, David 242
Delteil, Joseph 125

DeMarco,Guy Anthony 353
Demuth,Michel 233
DeNardo,John 340
Denby,Edwin 64
Denby,Joolz 204
Denis,Stéphane 5
Denis,Sylvie 237
Denneborg,Heinrich Maria
.... 396
Dennett,Tyler 104
Dennis,Carl 121
Denoon,Dawn 181
Denton,Bradley 269, 279
Denton,Kady MacDonald
.... 23
Déon,Michel 4
Depestre,René 145
DePoy,Philip 181
Derennes,Charles 125
Deresiewicz,William 70
Dermeze,Yves 233
Desai,Anita 379
Desai,Kiran 69, 130
Desai,Kishwar 39
Desautels,Denise 20
Desbiolles,Maryline 128
Desgent,Jean-Marc 27
DeSilva,Bruce 185, 228
Desmarquet,Daniel 141
Desmond,Adrian 53
Despentes,Virginie 146
Desplechin,Marie 141
Després,Jacques 406
Desrosiers,Sylvie 28
Desruisseaux,Pierre 18
Dessì,Giuseppe 58
Detrez,Conrad 145
Deum,Beb 243
Deville,Patrick 128
Devoto,Bernard 107
De Voto,Bernard A. 72
Dew,Robb Forman 81
deWitt,Patrick 29
Dexter,Colin ....
.... 200, 202, 203, 225
Dexter,Pete 83
Deyres,Natacha Vas 245
Dhôtel,André 126
Diamond,Jared 120
Diaz,David 393
Diaz,Junot 69, 122
Dibdin,Michael 201
DiCamillo,Kate 411, 412, 429
Dick,Philip K. .. 248, 267, 316
Dickey,James 74, 137
Dickie,Donald 8

Dickie,John 206
Dickinson,Peter 33, 35,
   199, 267, 378, 382, 423, 425
Dickner,Nicolas 31
Dickson,Gordon R. ....
.... 255, 301, 317, 323
Dickson,Robert 25
Didion,Joan 85, 141
Diego,Gerardo 60
Diekmann,Miep 397
Dietz,Steven 184
DiFate,Vincent 322
Dillard,Annie 113
Dillon,Diane 283,
            319, 355, 392, 427
Dillon,George 103
Dillon,Julie 341, 342
Dillon,Leo 283,
            319, 355, 392, 427
Dinelli,Mel 155
Dirda,Michael 186
Disch,Thomas M. 248,
            268, 287, 332, 359, 368
Dische,Irene 403
Dix,Shane .... 293〜295
Dixen,Victor 243, 245
Dixon,John 354
Dizikes,John 65
Djebar,Assia 90
Djian,Philippe 6
Djwa,Sandra 30
D'Lacey,Joseph 262
Dobbs,Kildare 10
Dobbs,Lem 346
Dobson,Robert 296
Dobzynski,Charles 235
Docter,Pete 338
Doctorow,Cory ....
            271, 333, 370〜372
Doctorow,E.L. 62,
            64, 68, 82, 135, 136
Dodd,Mead and Company
.... 163, 165
Doerr,Anthony 124
Doerr,Harriet 82
Doherty,Berlie 383, 423
Doherty,Tom 282
Doiron,Paul 222
Doke,Sara 245
Dolezol,Theodor 399
Dolnick,Edward 183
Domanick,Joe 176
Domanski,Don 27
Donaghy,Michael 35
Donald,David Herbert
.... 110, 117

Donaldson,Julia 418
Donaldson,Stephen R.
.... 255, 280, 323
Donnell,David 16
Donnelly,Elfie 399
Donnelly,Jennifer 383
Donner,Richard 322
Doogan,Mike 181
Doolittle,Sean 221
Doorly,Eleanor 381
Doran,James 161
Dorato,Stephen 350, 351
Dorémieux,Alain 236
Doren,Carl Van 105
Doren,Mark Van 105
Dorgelès,Roland 125
Dorion,Hélène 27
Dorris,Michael 64, 395
Dorst,Tankred 99
Doty,Mark 65, 85
Douay,Dominique 233, 235
Doubleday ....
            157, 159〜162, 165
Doubrovsky,Serge 139
Douglas,David C. 48
Douglas,Nathan E. 158
Douglass,Donald McNutt
.... 157
Doumenc,Philippe 145
Dove,Rita 116
Dowd,Siobhan 383
Dowell,Frances O'Roark
.... 179
Dower,John W. 64, 84, 120
Dowker,Felicity 297
Dowling,Terry .. 289〜291, 293
Doyle,Malachy 421
Doyle,Roddy 130
Doyon,Patrick 31
Dozois,Gardner 285,
            304, 327〜335, 362〜376
Draanen,Wendelin Van 170
Drabble,Margaret 50
Drach,Albert 99
Drake,David 273
Drake,Drexel 157
Dratler,Jay 154
Drechsler,Hanno 398
Druillet,Philippe 233
Drummond,Laurie Lynn
.... 182
Drummond,Violet Hilda
.... 384
Druon,Maurice 43
Drury,Allen 109
DuBois,Brendan ....

214, 215, 221, 222	Dutourd, Jean ………………… 4	Egan, Jennifer ………… 70, 123
Dubois, Claude K. ………… 407	Duval, Claire …………… 239	Egan, Timothy …………… 85
Dubois, Jean-Paul ………… 128	Duvert, Tony …………… 138	Egger, Virginie …………… 26
Dubois, René Daniel ……… 16	Duvoisin, Roger …… 391, 396	Eggers, Dave …………… 141
du Bois, William Pène …… 409	Duyn, Mona Van …… 75, 118	Eggleton, Bob ………………
Dubos, Rene Jules ………… 112	Dyer, Geoff ……………… 70	330〜335, 369, 370
Dubuc, Marianne ………… 31	Dyer, Sarah ……………… 419	Egielski, Richard ………… 392
Ducharme, Réjean … 11, 13, 16	Dyer, Thoraiya …… 298, 299	Ehlert, Lois ……………… 429
Duchesne, Christiane	Dyson, Freeman ………… 63	Ehring, Anna …………… 414
………………… 19, 20, 25	Dziemianowicz, Stefan	Ehrmann, Herbert B. …… 163
Duffy, Carol Ann …… 36, 40	………………… 259, 346	Eich, Günter ……………… 98
Duffy, Stella ………… 205, 209		Eige, Lillian ……………… 180
Dufour, Catherine …… 241, 242	【 E 】	Eikasia …………………… 242
Dufreigne, Jean-Pierre …… 5		Eire, Carlos ……………… 85
Dugan, Alan ……… 73, 84, 110		Eisenberg, Deborah ……… 136
Dugdall, Ruth …………… 206	Eagle, David …………… 331	Eisinger, Jo ……………… 170
Duhamel, Georges ………… 42	Earley, Pete …………… 176	Eisler, Barry …………… 220
Dumont, Fernand ………… 12	Early, Gerald …………… 66	Eizaguirré, José Echegaray y
Dunant, Sarah ………… 202	Early, Jack …………… 211	………………………… 91
Dunbar, Polly ……… 421, 430	Easter, George ………… 192	Eklund, Gordon …… 302, 303
Duncan, Andy … 281, 285, 311	Eastwood, John ………… 417	Elastic Press ……… 261, 262
Duncan, Dorothy ………… 8	Eayrs, James …………… 11	Elder, Marc ……………… 42
Duncan, Lois …………… 188	Eberhart, Mignon G. … 163, 167	Eliot, Thomas Stearns …… 93
Duncan, W Glenn ……… 212	Eberhart, Richard …… 78, 111	Elkin, Stanley ………… 63, 66
Dunlap, Susan … 190, 191, 225	Echenoz, Jean …… 45, 138	Elkins, Aaron ……… 148, 172
Dunmore, Helen …… 134, 421	Ecken, Claude …………… 241	Elkins, Caroline ………… 122
Dunn, Douglas …………… 34	Eckerman, Claude ……… 234	Elkins, Charlotte ……… 148
Dunn, Stephen ………… 120	Eckerman, Pelle ………… 402	Eller, Steve ……………… 347
Dunois, Dominique ……… 125	Ecklar, Julia …………… 328	Ellik, Ron ……………… 315
Dunyach, Jean-Claude	Eco, Umberto …… 58, 138	Ellin, Stanley … 156〜158, 169
………………… 234, 238	Edel, Leon ……… 64, 73, 110	Elling, Lars ……………… 403
Duo, Duo ………………… 91	Edelfeldt, Inger …… 401, 414	Elliot, Will ……………… 296
du Plessix Gray, Francine	Eden, Patrick ………… 208	Elliott, Lawrence ……… 398
………………………… 68	Edey, Maitland A. ……… 81	Elliott, Maude Howe …… 100
Dupré, Louise …………… 29	Edgar Allan Poe Society	Ellis, David ……………… 180
Dupuis, Gilbert ………… 19	………………………… 185	Ellis, Deborah …………… 24
Dupuis, Renée …………… 25	Edmonds, Leigh … 287, 289, 290	Ellis, Joseph J. …… 84, 120
Duquesne, Jacques ……… 5	Edmonds, Walter D. … 77, 408	Ellis, Sarah ……………… 19
Durand, Claude ………… 138	Edric, Robert …………… 52	Ellis, Warren …………… 243
Durant, Ariel …………… 111	Edschmid, Kasimir ……… 97	Ellison, Harlan …… 165, 172,
Durant, Frederick C.,3rd	Edson, Margaret ………… 120	248, 255, 277, 278, 300, 301,
………………………… 334	Edugyan, Esi …………… 56	303, 307, 309, 310, 317〜322,
Durant, Will …………… 111	Edwards, Blake ………… 180	326, 336, 343〜345, 347,
Duras, Marguerite ……… 45	Edwards, Jonathan ……… 40	355〜358, 360〜362, 365, 367
Durastanti, Pierre-Paul … 240	Edwards, Jorge ………… 61	Ellison, Ralph …………… 72
Durcan, Paul …………… 35	Edwards, Les … 258, 260, 261	Ellmann, Richard
Durham, David Anthony	Edwards, Malcolm ……… 248	………… 52, 64, 73, 117
………………………… 338	Edwards, Martin ……… 207	Ellroy, James …………… 188
Durham, John …………… 159	Edwards, Reverend O.C.	El-Mohtar, Amal ……… 376
Durham, Laura ………… 151	………………………… 161	Eltham, Kate …………… 296
Durham, Philip ………… 160	Edwards, Ruth Dudley …… 52	Elton, Ben ……………… 203
Durrell, Lawrence ……… 51	Edwards, Wallace ……… 25	Elwood, Roger ………… 357
Dürrenmatt, Friedrich …… 99	Effinger, George Alec … 305, 327	Ely, David ……………… 160
Dusoulier, Patrick ……… 244	Egan, Greg ……………… 243,	Elytis, Odysseas ………… 94
Dussere, Erik …………… 187	269, 291〜293, 332, 367, 368	Emberley, Ed …………… 391
Duteurtre, Benoît ……… 140		Emerson, Claudia ……… 122

Emerson, Earl 211
Emerson, Gloria 78
Emerson, Kathy Lynn 151
Emshwiller, Carol ....
　　　　　　277, 282, 308, 309
Emshwiller, Ed .. 313, 315, 316
Énard, Mathias 46
Ende, Michael 397, 399
Engdahl, Sylvia Louise 422
Engel, Marian 14
Engelman, Paul 211
Engh, M.J. 309
Englander, Nathan 132
Engqvist, Hans Erik 413
Engström, Mikael 414
Enright, Anne 130
Enright, Elizabeth 408
Ensikat, Klaus ... 389, 403, 406
Enzenbacher, Dale 273
Enzensberger, Hans Magnus
　　　　　　　　　　　　98
E.P.Dutton 163, 164
Epstein, Jason 67
Erdman, Paul E. 314
Erdrich, Louise ....
　　　　　　　　63, 86, 280, 395
Ericson, Helen 181
Ericson, Stig 413
Erikson, Erik H. 75, 112
Ering, Timothy Basil 411
Erlbruch, Wolf ... 389, 402, 404
Ernaux, Annie 145
Erskine, Kathryn 86
Ervine, John Greer, St. 50
Escarpit, Robert 235
Eschbach, Andreas 239, 241
Escholier, Raymond 125
Eshleman, Clayton 78
Eskens, Allen 223
Espenson, Jane 334, 339
Espeso, Germán Sánchez
　　　　　　　　　　　　88
Estaunié, Édouard 125
Estes, Eleanor 409
Estleman, Loren D. 211,
　　　　　　212, 216, 218, 222
Etchart, Salvat 144
Etchegoyen, Alain 139
Etchemendy, Nancy .. 346〜349
Etcherelli, Claire 127
Etchison, Dennis ....
　　　　　　256〜258, 274, 278, 281
Ethel the Aardvark 292
Ethridge, Benjamin Kane
　　　　　　　　　　　　352
Etienne, Philip 204

Ets, Marie Hall 391
Etxebarria, Lucía 89
Eucken, Rudlf 92
Eugenides, Jeffrey 121
Eustis, Helen 154
Evangelisti, Valerio 238
Evanovich, Janet 203
Evans, Christopher 250
Evans, Kirsty 205
Evans, Richard 279
Evans, Ruth Dudley 208
Everson, John 349
Everwyn, Klas Ewert 401

【F】

Fabian, Stephen .. 255, 256, 283
Fabian, Steve 255
Fabre, Lucien 42
Fadiman, Anne 66
Fagerström, Grethe 400
Fagin, Dan 124
Faherty, J.G. 354
Faherty, Terence 216, 227
Faherty, Terrance 214
Fährmann, Willi 400
Fairchild, B.H. 68
Fakhouri, Anne 243
Fallet, René 4
Fallows, James 82
Faludi, Susan 65
Fancher, Hampton 324
Fancher, Lou 421
Faner, Pau 88
Faraggi, Claude 127
Farah, Nuruddin 90
Farjeon, Eleanor 381, 387
Farley, Paul 38
Farmelo, Graham 39
Farmer, Jerrilyn 220
Farmer, Nancy 85
Farmer, Philip José 281,
　　　　　　　　307, 314, 318, 319
Farmer, Tessa 253
Farr, Russell B. 296
Farrell, Harry 175
Farrell, Henry 161
Farrell, James G. 129
Farrell, J.G. 131
Farrère, Claude 42
Farrington, Martha 182
Farris, John 348
Fast, Julius 154, 162
Fate, Vincent Di 367

Fatio, Louise 396
Faucher, Albert 13
Fauconnier, Geneviève 126
Fauconnier, Henri 43
Faulkner, William Cuthbert
　　　　　　72, 93, 108, 110
Fawcett, John 341
Fay, Stephen 164
Fayard, Colette 235
Fayard, Jean 43
Faye, Jean-Pierre 144
Fazi, Mélanie 240, 241
Fedogan & Bremer 280
Feegel, John R. 166
Feelings, Muriel 425
Feelings, Tom 425
Fehrenbacher, Don E. 114
Feiling, Keith 49
Feinstein, John 183
Feintuch, David 331
Feis, Herbert 110
Feldstein, Al 352
Feldstein, Peter 31
Felton, Ronald Oliver 381
Fenn, Elizabeth A. 124
Fenner, Arnie 274,
　　　　　　278, 366〜372, 374, 375
Fenner, Cathy ....
　　　　　　　　368〜372, 374, 375
Fenton, Edward 159
Fenton, James 36
Ferber, Edna 102
Ferguson, Alane 173
Ferguson, Will 56
Ferlosio, Rafael Sánchez ... 61, 87
Ferman, Edward L. ... 273, 274,
　　　　　280, 318, 319, 323, 324, 359
Fernandez, Dominique .. 44, 138
Fernandez, Enrique 245
Fernandez, Ramon 126
Ferniot, Jean 4
Ferrabolo, Jack D. 187
Ferrari, Jérôme 46
Ferrero, Ernesto 59
Ferrigno, Robert 208
Ferron, Jaques 11
Ferry, Alain 141
Ferry, David 86
Ferry, Luc 139
Fesperman, Dan 204, 205
Fiedler, Leslie 66
Field, Rachel 408
Fields, Peter Allan 329
Fies, Brian 405
Filer, Nathan 40
Filippo, Paul di 241, 250

Filkins, Dexter 69
Finch, Andrew 342
Finch, Paul 260, 261
Finch, Robert 8, 10
Finch, Sheila 307
Finder, Joseph 221
Findley, Timothy ... 14, 24, 172
Fine, Anne 36, 37, 379, 383, 416, 422, 429
Finger, Charles J. 408
Fink, Sheri 71
Finlay, Virgil 312, 313
Finlay, Winfred 163
Finney, Brian 51
Finney, Jack 236, 276
Finney, Nikky 86
Firstman, Richard 177
Firth, Barbara 386, 415
Fischer, David Hackett 121
Fischer, Louis 74
Fischer, Peter S. 170
Fischman, Sheila 23
Fish, Robert L. ... 160, 162, 164
Fisher, H.A.L. 47
Fisk, Pauline 416
Fiskin, Jeffrey Alan 169
Fisson, Pierre 143
Fitch, Donna K. 350
Fitzgerald, Frances 76, 113
Fitzgerald, Joanne 19
Fitzgerald, Penelope ... 66, 129
Flaiano, Ennio 57
Flanagan, Geraldine Lux 399
Flanagan, Richard 131
Flanagan, Thomas 63
Flanner, Janet 74
Flavin, Martin 106
Fleischman, Paul 395, 410
Fleischman, Sid 410, 425
Fleming, Candace 430, 431
Fleming, Joan 198, 199
Fleskes, John 376
Fletcher, Jo 259, 281
Fletcher, John Gould 105
Fletcher, Lucille 158
Fletcher, Susan 38
Fleutiaux, Pierrette 127
Flexner, James Thomas 76, 113
Flinn, Elaine 220
Flinthart, Dirk 297
Floca, Brian 393, 428
Flood, Leslie 257
Floyd, Bill 185
Floyd, Darren 260

Flygenring, Rán 406
Flynn, Gillian 188, 207
Flynn, Michael F. 363
Fo, Dario 95
Foden, Giles 37
Foenkinos, David 146
Foglio, Kaja 338, 339
Foglio, Phil 322, 338, 339
Folch-Ribas, Jacques 18
Foley, Charles ... 151, 184, 195
Foley, Douglas 414
Follett, Ken 167, 187
Fombelle, Timothée de 241
Foner, Eric 123
Fontaine, Sylvain 244
Fontana, Tom 182
Foote, Horton 119
Foran, Charles 29
Forbes, Bryan 161
Forbes, Dennis 150
Forbes, Esther 106, 409
Ford, Carl 257, 258
Ford, Jeffrey .... 182, 241, 280〜284, 308
Ford, Jesse Hill 166
Ford, John M. 275, 277
Ford, Phil 338
Ford, Richard 119, 136
Ford, Robert A.D. 9
Foreman, Amanda 37
Foreman, Michael 385, 386, 416, 417, 420
Forester, C.S. 48
Forney, Ellen 430
Forrellad, Luisa 87
Forrester, Viviane 140
Forsdyke, Roger 205
Forster, E.M. 47
Forsyth, Frederick 163, 169, 208
Fortin, Gérald 13
Forward, Robert L. 359
Fosse, Jon 405
Foster, Brad W. .... 326, 327, 329, 330, 337〜339
Foster, Eugie 310
Foster, R.F. 53
Fottorino, Éric 128
Foulds, Adam 39
Foulds, Elfrida Vipont 381
Fountain, Ben 70
Fournier, Danielle 29
Fournier, Jean-Louis 128
Fournier, Martin 30
Fournier, Roger 15

Fournier, Xavier 246
Fowler, Christopher 210, 259, 261, 262
Fowler, Earlene 149
Fowler, Karen Joy 136, 280, 284, 308, 309, 326
Fox, Canon Adam 50
Fox, Paula 81, 388, 405, 410, 427
Fox, Robin Lane 51
Fox Spirit Books 266
Foxwell, Elizabeth 150
Foyster, John 287, 288
Frahm, Leanne ... 288, 291, 292
Franc, Marie Le 125
France, Anatole 92
Francis, Dick 163, 168, 176, 177, 200, 202
Francis, Louis 143
Francis, Robert 126
Franck, Dan 145
François, Jocelyne 127
Frank, Christopher 144
Frank, Elizabeth 116
Frank, Gerold 160, 161
Frank, Joseph 63
Frank, Scott 178, 348
Frankel, Sandor 164
Franklin, Ariana ... 207, 208, 228
Franklin, Tom 178, 208
Frantz, JP 340
Franzen, Jonathan 54, 84
Frapié, Léon 42
Frase, Brigitte 66
Fraser, Antonia 51, 203
Fraser, Betty 81
Frayn, Michael 38
Frazee, Marla 431
Frazetta, Frank ... 273, 281, 317
Frazier, Charles 84
Freas, Frank Kelly ... 313〜315, 319〜321, 356, 357
Fréchette, Carole 22, 31
Freed, Sara Ann 178, 192
Freedman, Russell 410, 428
Freeling, Nicolas 161
Freeman, Brian 227
Freeman, Douglas Southall 104, 109
Freitag, Michel 22
Frémion, Yves 233
Fremlin, Celia 158
French, Fiona 385
French, Jack 150
French, Patrick 69

French,Paul 187, 209
French,Tana ....
　　　　　　184, 195, 221, 227
Frenette,Christiane 23
Freustié,Jean 144
Freveletti,Jamie 222
Fried,Amelie 403
Fried,Erich 99
Friedländer,Saul 122
Friedman,Daniel 229
Friedman,Thomas L. 83
Friedrichson,Sabine 407
Friesner,Esther M. 306
Frings,Ketti 109
Frisch,Max 90, 98
Fritz,Jean 81, 426, 427
Froelick,Anne 312
Fromm,Lilo 397
Frost,Karolyn Smardz 27
Frost,Robert　102〜104, 106
Frost,Terry 292
Froud,Brian 330
Frovarp,Pat 186
Frye,E Max 172
Frye,Northrop 17
Fuchs,Ursula 400
Fuchshuber,Annegert 400
Fuentes,Carlos 60
Fulbright,Christopher 351
Fuller,Charles 115, 170
Fuller,John 34
Fulmer,David 215
Funke,Cornelia 241
Furey,Maggie 259
Furutani,Dale 192, 225
Fussell,Paul 62, 77
Fyfield,Frances 202, 207

【G】

Gaarder,Jostein 402
Gaboriau,Linda 22, 29
Gaddis,John Lewis ... 70, 123
Gaddis,William 77, 83
Gaghan,Stephen 180, 183
Gagné,Paul 24, 28, 31
Gagnon,François-Marc 14
Gagnon,Madeleine 19
Gagnon,Maude Smith 30
Gagnon,Nicole 16
Gaillard,Robert 143
Gaiman,Neil 243,
　　　251, 261, 263, 277, 308,
310, 333〜335, 337, 339,
346〜349, 369〜375, 383, 411
Gaines,Ernest J. 65
Gaite,Carmen Martín 87
Galbraith,Robert 197
Gale,Bob 326
Gale,Zona 101
Gallager,Thomas 158
Gallagher,Stephen 261
Gallant,Mavis 15
Gallo,Irene 285
Galouchko,Annouchka
　Gravel 22
Galsworthy,John 92
Galzy,Jeanne 125
Gammage,Heather 296
Gammell,Stephen 392
Gamoneda,Antonio 61
Gándara,Alejandro 89
Ganley,W Paul 276, 278
Gansa,Alex 186
Gantos,Jack 395, 411
Gao,Xing Jian 96
Garat,Anne-Marie 127
Garcia,Christopher J.
　　　　　　　　　339, 342
García,José Luis de Tomás
　　　　　　　　　　　88
Garcia,Nancy 276
Garcia,Rita Williams 395
Garcia,Robert 276
Garcia-Aguilera,Carolina
　　　　　　　　　　215
Garcin,Jérôme 140
Gardam,Jane 34, 36, 422
Gardiner,Meg 184
Gardner,Erle Stanley
　　　　　　　　156, 159
Gardner,Graham 405
Gardner,John 62
Gardner,Sally 40,
　　　　245, 384, 420, 421
Garfield,Brian 165
Garfield,Leon ....
　　　　　34, 378, 382, 422
Garland,Hamlin 101
Garland,Inés 407
Garneau,Michel 14, 18
Garner,Alan 260,
　　　285, 378, 382, 423
Garner,Hugh 11
Garnett,David 47
Garnett,Eve 381
Garréta,Anne F. 141
Garrido,Alfonso Martínez
　　　　　　　　　　88
Garrido,Raúl Guerra 88
Garris,Mick 171
Garrow,David J. 116
Gary,Romain 44
Garzo,Gustavo Martín 89
Gascar,Pierre 43
Gascoigne,Marc 284
Gash,Jonathan 200
Gass,William H. 64, 66, 68
Gast,Harold 162
Gasulla,Luis 88
Gaudé,Laurent 45
Gaudreault,Jean-Rock 26
Gaughan,Jack .. 313, 317, 318
Gault,William Campbell
　　　　　　　　156, 211
Gauntlet Publications 346
Gaute,J.H.H. 168
Gautier,Jean-Jacques 43
Gavin,Jamila 37
Gavras,Costa 163
Gay,Marie-Louise ... 17, 24
Gay,Peter 74
Gaylin,Alison 218
Gee,Maurice 51
Geertz,Clifford 64
Geis,Richard E. ....
　　　318〜322, 324, 356, 357
Geisel,Theodor Seuss 116
Gelb,Jeff 350
Gelbart,Larry 173
Gelbert,Hans-Joachim 398
Gelder,Gordon Van
　　　　　　　281, 282, 337
Geller,Stephen 320
Gelman,Juan 61
Genazino,Wilhelm 99
Gendel,Morgan 329
Gendre,Nathalie Le 241
Genefort,Laurent ... 237, 244
Genevoix,Maurice 42
Gentle,Mary 290
Gentry,Curt 165
George,Anne 149
George,Elizabeth ... 147, 189
George,Jean Craighead
　　　　　　　　399, 410
George,Peter 317
George,Sara 199
Gerber,Alain 5
Gérin,Winifred 33, 50
Germain,Sylvie 127
Gernhardt,Robert 400
Gernsback,Hugo 315
Gerolmo,Chris 177
Gerrold,David

Gershwin,Ira 103
Gerstein,Mordicai 393, 429
Gerstler,Amy 65
Gervais,Stephen 275
Gess,Stéphane 244
Gestin,Sandrine 240
Gevers,Nick 262
Ghosh,Amitav 139, 231
Giancola,Donato
    .... 282, 336〜338
Gibbon,John Murray 7
Gibbons,Dave 327, 362
Giblin,James Cross 81
Gibson,Ian 52
Gibson,John Michael 170
Gibson,William 268,
    269, 289, 304, 325, 375
Giddins,Gary 67
Gide,Andre 93
Giesbert,Franz-Olivier 5
Gieth,Kinna 403
Giguère,Roland 13
Gilbert,Jack 68
Gilbert,John 257
Gilbert,Michael 172, 203
Gilbert,Sandra 71
Gilbert,Zoe 41
Gilchrist,Ellen 82
Giler,David 326
Gilkerson,William 27
Gill,B.M. 201
Gill,Gillian 224
Gillespie,Bruce
    .... 287〜296, 298
Gilliland,Alexis ...... 323〜325
Gillmor,Don 23
Gilman,Dorothy 185
Gilman,Greer 282
Gilman,Keith 217
Gilmore,Mikal 66
Gilmour,David 26
Gilroy,Frank D. 111
Gilroy,Tony 184
Gingras,Charlotte 24
Gingras,René 16
Gingras,Sandy 209
Ginsberg,Allen 77
Ginsburg,Max 427
Ginzburg,Natalia 58
Giordano,Paolo 59
Gipson,Lawrence H. 110
Girard,Danielle 220
Girard,René 139
Girardot,Jean-Jacques 240
Giraud,Jean 279

Giron,Sephera 351
Gironella,José María 87
Giroux,André 10
Giroux,Robert 64
Gittings,Robert 51
Giudicelli,Christian 145
Giuliani,Pierre 234
Gjellerup,Karl 92
Glasgow,Ellen 105
Glaspell,Susan 103
Glass,Julia 84
Glassco,John 13
Gleich,Jacky 403
Glendinning,Victoria
    .... 34, 36, 52
Glenister,Robert 197
Glicksohn,Michael 320
Glicksohn,Susan Wood 320
Glissant,Édouard 144
Glover,Douglas 25
Glubok,Shirley 425
Glück,Louise 64, 86, 118
Glyer,Mike
    .... 324〜327, 333, 337
Goble,Paul 392
Godbout,Jacques 12
Goddard,Drew 265, 334, 353
Goddard,Robert 186
Godden,Rumer 32
Godfrey,Dave 12
Godwin,Parke 274
Goetz,Rainald 99
Goetzmann,William H. 111
Goffman,Barb 229
Goingback,Owl 345
Gojon,Edmond 125
Gold,H.L. 313
Goldbarth,Albert 65, 67
Goldberg,Ed 214
Golden,Christopher 344
Goldenberg,Michael 332
Golding,Julia 421
Golding,William ... 51, 95, 129
Goldman,Jane 337
Goldman,Richard 185
Goldman,William
    .... 161, 167, 327
Goldsmith,Cele 316
Goldstein,Lisa 82
Gondry,Michel 349
Gong-Wong,Kirsten
    .... 334, 336, 337, 340
Gonsalves,Rob 27
Gonzales,Thomas A. 156
Goodall,John S. 424
Goodman,Jonathan 202

Goodrich,Frances 108
Goodrich,Joseph 184
Goodson,Mark 155
Goodwin,Doris Kearns 119
Goodwin,Jason 183
Goonan,Kathleen Ann 271
Gordimer,Nadine ... 51, 95, 129
Gordon,Howard 186
Gordon,Jaimy 86
Gordon,Lyndall 52
Gordon,Robert 307, 333
Gordone,Charles 112
Gordon-Reed,Annette ... 85, 123
Gore,John 48
Gores,Joe 163, 166, 217
Gorey,Edward
    .... 275, 277, 347, 399
Gorey,Edwin 167
Gorman,Ed 181,
    191, 212, 217, 225
Gorman,Mary Alice 185
Gorodischer,Angélica 284
Gorra,Michael 67
Gorresio,Vittorio 58
Gosling,Paula 200, 201
Goss,Theodora 283
Goudge,Elizabeth 381
Goudge,T.A. 10
Gould,Chester 168
Gould,Robert 276
Gould,Stephen Jay 63, 80
Goullet,Gilles 243
Gourevitch,Philip 67
Gouzenko,Igor 9
Govy,Georges 144
Goy,Philip 233
Goy,Philippe 233
Goyer,David 346
Goytisolo,Juan 61
G.P.Putnam's Sons 164
Grabenstein,Chris
    .... 151〜153, 194, 196
Grace,Patricia 90
Gracq,Julien 43
Grady,Wayne 18
Graffet,Didier 240, 245
Grafton,Sue ... 185, 188〜190,
    207, 211〜213, 215, 223
Graham,Bob
    .... 386, 418, 419, 429
Graham,Caroline 224
Graham,Gwethalyn 7
Graham,Jorie 119
Graham,Katharine 119
Graham,Mark 179
Graham,Matthew 183

HAL

Graham,Ron …………… 287
Graham,Winston ……… 198
Grainville,Patrick ……… 44
Gran,Sara ……………… 228
Granger,Bill …………… 168
Granstrom,Brita ……… 417
Grant,Charles L. ……… 257,
　　　　273, 275, 303, 347
Grant,Donald M.
　…………… 273〜275, 282
Grant,Gavin J. ………
　　　　284, 286, 349, 371
Grant,John ……………
　　　　280, 332, 335, 367
Grant,Linda …………… 134
Grape,Jan …… 192, 215, 225
Grass,Günter ………… 96, 98
Grau,Shirley Ann ……… 110
Gravel,Élise ……………… 30
Gravel,François ………… 20
Graves,Lucia ………… 285
Graves,Rain ……… 348, 354
Graves,Robert ………… 48
Gravett,Emily ‥ 386, 421, 422
Gray,Alasdair …………… 36
Gray,Elizabeth Janet …… 409
Gray,John ……………… 15
Gray,Keith …………… 418
Gray Friar Press ……… 354
Grazia,Sebastian de …… 117
Greek,Janet …………… 331
Green,Alan …………… 155
Green,Constance McLaughlin
　………………………… 110
Green,George Dawes …… 176
Green,Janet …………… 158
Green,John ……… 185, 406
Green,Paul …………… 102
Green,Richard Lancelyn
　………………………… 170
Green,Shirley ………… 200
Green,Walon ………… 176
Greenberg,Martin H. …… 176,
　　　　190, 191, 225, 346, 349
Greenberg,Stanley R. …… 302
Greenblatt,Stephen … 86, 123
Greene,Douglas G. …… 180
Greene,Graham …… 49, 166
Greene,Richard ………… 29
Greene,Robert W. ……… 169
Greenland,Colin …… 230, 249
Gregory,Daryl ………… 286
Greig,J.Y.R. …………… 48
Grenier,Christian … 235, 238
Grenier,Roger ………… 127
Grenville,Kate ………… 134

Gretz,Susanna ………… 415
Grey,Mini … 386, 420, 421, 429
Grierson,Edward ……… 198
Griffith,Nicola …… 280, 306
Griffiths,Elly ………… 186
Grigg,John ……………… 33
Grill,William ………… 387
Grilley,Kate ……… 193, 226
Grimaud,Michel ……… 234
Grimes,Martha ……… 186
Grimes,Terris McMahan
　………………………… 192
Grimm,Jacob ………… 405
Grimm,Wilhelm ……… 405
Grimwood,Jon Courtenay
　………………………… 251
Grimwood,Ken ………… 276
Grindley,Sally ………… 420
Gripe,Maria …… 388, 413
Groce,Jim ……………… 273
Groppi,Susan Marie …… 284
Grosskurth,Phyllis ……… 11
Grossman,David ……… 142
Grossman,Lev ………… 339
Groussard,Serge ……… 126
Grousset,Alain …… 234, 236
Grout,Marius …………… 43
Grove,Frederick Philip …… 8
Grubb,Ellen …………… 206
Gruley,Bryan …… 196, 222
Grünbein,Durs ………… 99
Gubar,Susan …………… 71
Gudule ………………… 238
Guerif,François ……… 177
Guévremont,Germaine …… 8
Guggenmos,Josef ……… 402
Guglielmelli,Joe …… 183, 185
Guignard,Eric J. ……… 354
Guilbert,Cécile ………… 141
Guillén,Jorge …………… 60
Guillot,René ………… 388
Guillou,Philippe Le …… 140
Guilloux,Louis ………… 143
Guimard,Paul …………… 4
Guirgis,Stephen Adly …… 124
Guitard,Agnès ………… 26
Günday,Hakan ……… 142
Gunn,Eileen ………… 308
Gunn,Ian …… 290〜293, 332
Gunn,James …… 266, 311, 341
Gunn,James E. ……… 267,
　　　　309, 321, 324, 357
Gunn,Neil M. …………… 48
Gunschmann,Carl ……… 98
Guran,Paula ………… 346
Gurney,James …………

　　　　　　278, 329, 331, 365
Gustafson,Ralph ………… 13
Guterson,David ……… 136
Guthridge,George ……… 345
Guthrie,A.B.,Jr. ……… 107
Gutin,JoAnn C. ………… 66
Guy,John ……………… 38
Guymon,E.T.,Jr. ……… 156
Gwinn,Beth …………… 348
Gwyn,Sandra …………… 16
Gwynn,Stephen ………… 48
Gyger,Patrick J. ……… 239

【H】

Haas,Dominique ……… 236
Haavikko,Paavo ………… 90
Habibion,Sohrab ……… 194
Habicht,Well …………… 97
Haché,Emma …………… 26
Hacikyan,Brigitte Chabert
　………………………… 20
Hacker,Marilyn ………… 77
Hackett,Albert ……… 108
Hacks,Peter …………… 403
Haddon,Mark ……… 38, 380
Hader,Berta ………… 391
Hader,Elmer ………… 391
Haedens,Kléber ………… 4
Haefs,Gabriele ……… 405
Haenel,Yannick ………… 6
Hahn,Mary Downing … 185, 395
Hahn,Steven ………… 121
Haig,Matt …………… 422
Haight,Gordon S. ……… 51
Haines,Paul ……… 295〜298
Haining,Peter ………… 260
Haldeman,Joe …… 270, 278,
　　287, 302, 305〜308, 310, 321,
　　328, 330, 332, 351, 365, 366
Hale,Daniel J. ………… 150
Haley,Alex …………… 114
Haley,Gail E. ……… 385, 392
Hall,Adam …………… 161
Hall,Donald …………… 64
Hall,Florence Howe …… 100
Hall,James W. …… 182, 215
Hall,Jennifer A. ……… 334
Hall,Lynn …………… 426
Hall,Parnell ………… 218
Hall,Phil ……………… 29
Hall,Radclyffe ………… 47
Hallahan,William H. …… 166
Hallensleben,Georg …… 428

Haller, Dorcas Woodbury 400
Halliday, Brett 156
Hallqvist, Britt G. 413
Halsall, Albert W. 19
Hambly, Barbara 362
Hamelin, Jean 13, 16
Hamelin, Louis 18
Hamelin, Louis-Edmond 14
Hamilton, Nigel 34
Hamilton, Peter F. 246, 251
Hamilton, Steve 178, 185, 208, 214, 215, 222
Hamilton, Virginia .... 77, 162, 389, 410, 425〜427
Hamilton-Paterson, James 35
Hamlin, Talbot Faulkner 108
Hamlisch, Marvin 113
Hammer, Richard 169, 172
Hammerstein, Oscar II 106, 107
Hammond, Bray 109
Hamsun, Knut 92
Hand, Elizabeth .... 279, 282〜284, 306, 309
Handfield, Carey 290
Handforth, Thomas 390
Handke, Peter 98, 133
Handler, David 174
Handlin, Oscar 107
Hanke-Woods, Joan 326
Hanley, Brent 348
Hanley, William 172
Hansen, Joan 183
Hansen, Joseph 213
Hansen, Marcus Lee 105
Hanson, Curtis 178
Hansson, Gunilla 400
Harbinson, Patrick 185
Harding, Lee 287
Harding, Paul 123
Hardinge, Frances 41, 265
Hardouin, Maria Le 126
Hardwick, Elizabeth 66
Hardy, Ronald 50
Harig, Kathy 184
Harig, Tom 184
Harker, Lesley 416
Harlan, Louis R. 116
Harman, Dominic 251, 252
Harness, Charles 308
Harnett, Cynthia 381
Harnick, Sheldon 109

Harper, Graeme 338
Harper, Karen 183
Harper Bros. 159
Harper & Row 160
Harpman, Jacqueline 140
Harr, Jonathon 66
Harrington, Joyce 164
Harris, Charlaine 193, 196, 228
Harris, Colin 342
Harris, Jane Gary 80
Harris, Michael 31
Harris, Robert 209
Harris, Rosemary 382
Harris, Thomas 189, 343, 350
Harrison, Harry 309, 356
Harrison, Mark 249
Harrison, M John 231, 272
Harrison, Tony 36
Harriss, Will 170
Harrod, Tanya 55
Harry, Myriam 125
Harryhausen, Ray 262
Hart, Carolyn G. 147, 148, 150, 187, 189, 224
Hart, James V. 332
Hart, John 184, 185, 208, 221
Hart, Moss 104
Hartley, L.P. 49
Härtling, Peter 399, 404
Hartnett, Sonya 377, 379
Hartwell, David G. .... 276, 336〜338
Harvey, Edwina 295, 296
Harvey, John 206, 207, 209, 220
Harvia, Teddy 328, 330, 333, 334
Harwell, Fred 168
Haskin, Byron 314
Hass, Robert 63, 66, 85, 122
Hassall, Christopher 50
Hathaway, Henry 154
Hathaway, Robin 149
Hatzfeld, Jean 141
Haugaard, Erik Christian 422, 424
Haugen, Tormod 388, 399
Haumont, Marie-Louise 127
Hauptmann, Gerhart 92
Hautala, Rick 353
Hautman, Pete 85
Havel, Václav 133
Hawes, Charles Boardman 408
Hawes, James 336

Hawkes, Harry 200
Hawkes, John 139
Hay, Elizabeth 56
Haycraft, Howard 154, 165
Hayden, G Miki 181, 226
Hayden, Patrick Nielsen 279, 336, 338, 340
Hayder, Mo 186, 208
Hayes, John F. 9
Hayes, John Michael 157
Hayes, Joseph 157
Hayes, Terrance 86
Haymon, S.T. 200
Haynes, John 39
Haynes, Toby 339
Hayward, Annette 28
Haywood, Gar Anthony 191, 212, 214, 218
Hazelton, Hugh 27
Hazzard, Shirley 63, 85
Healey, Emma 40
Healey, Michael 23
Healy, Jeremiah 211
Heaney, Seamus .... 35〜37, 95
Heaney, William 262
Heap, Danny 293
Heap, Sue 417, 418
Hearn, Lian 404
Hébert, Anne 10, 14, 20, 127
Hébert, Louis-Philippe 31
Hecht, Anthony 111
Hedrick, Joan D. 119
Heffernan, William 176
Heide, Florence P. 399
Heidelbach, Nikolaus 404, 405
Heideman, Eric M. 172
Heidenstam, Cale Gustaf Verner von 92
Heißenbüttel, Helmut 98
Heijmans, Toine 142
Heimann, Erich Herbert 398
Heinemann, Larry 82
Heinlein, Robert A. .... 302, 313〜317, 361, 363
Heinrich, Finn-Ole 406
Heising, Willetta L. 149, 192, 193, 219, 225
Heiss, Hermann 98
Helder, Chad 351
Helgeland, Brian 178
Hellberg, Hans-Eric 413
Heller, Franklin 155
Heller, Jason 340
Heller, Joseph 139
Heller, Lukas 161
Hellman, Lillian 75

Hellsing, Lennart ········ 412	Hickman, Stephen ········ 330	Hoffman, Nina Kiriki ·· 309, 344
Hellström, Börge ········ 208	Hiçyilmaz, Gaye ········ 423	Hoffman Electric Corp. ···· 316
Helpern, Milton ·········· 161	Hierro, José ················ 61	Hofstadter, Douglas R. ·· 79, 115
Helprin, Mark ············ 279	Higgins, Aidan ············ 50	Hofstadter, Richard ··· 108, 110
Hemingway, Ernest ····· 93, 108	Higgins, Stephen ········ 294	Hogan, Paul ··········· 108, 113
Hemlow, Joyce ········ 10, 50	Hightower, Lynn ·········· 213	Hoge, Robert ················ 296
Hénault, Gilles ············ 13	Hijuelos, Oscar ············ 117	Högelin-Brattström, Inger
Henderson, Bill ············ 68	Hilbig, Wolfgang ·········· 99	····························· 413
Henderson, Smith ········ 210	Hildebrandt, Tim ········ 278	Höglund, Anna ·· 402, 403, 414
Hendrick, Burton J. ··· 101, 103	Hildesheimer, Wolfgang ······ 98	Hogrogian, Nonny ····· 391, 392
Hendrickson, Paul ········ 68	Hill, Geoffrey ·············· 32	Holder, Nancy ··· 344, 345, 352
Hendry, Diana ············ 36	Hill, George Roy ········ 320	Holdstock, Robert ········ 240,
Henkes, Kevin ············ 393	Hill, Gina ················· 206	248～250, 263, 275, 278
Henley, Beth ·············· 115	Hill, Gregg ················ 206	Hole, Stian ················ 406
Hennig von Lange, Alexa	Hill, Joe ···················· 261,	Holkner, Rachel ············ 298
····························· 404	262, 264, 283, 350, 372	Hollander, Jason Van ··· 280, 282
Henriet, Eric ·············· 241	Hill, Kirkpatrick ·········· 395	Holldobler, Bert ············ 118
Henriquez, Robert ········ 49	Hill, Reginald ········ 202～204,	Hollinghurst, Alan ····· 53, 130
Henry, Léo ················ 243	206, 219, 222, 226	Hollingshead, Greg ·········· 21
Henry, Maeve ············ 416	Hill, Rosemary ············ 54	Hollis, Matthew ············ 40
Henry, Marguerite ········ 409	Hill, Selima ·············· 38	Holloway, Emory ·········· 102
Henry, Michel ············ 144	Hill, Susan ············ 32, 415	Holm, Annika ·············· 413
Henry, Sara J. ····· 152, 186, 196	Hill, Walter ················ 326	Holmberg, Åke ············ 412
Henry, Sue ·········· 190, 224	Hillerman, Tony ·········· 150,	Holmes, Richard ··· 35, 53, 69
Hentsch, Thierry ·········· 26	164, 174, 189, 191, 193, 224	Holmes, Rupart ············ 174
Hepworth, Anna ·········· 294	Hilles, Robert ·············· 21	Holmes, Rupert ············ 171
Herbert, Frank ·· 232, 300, 317	Hilligen, Wolfgang ········ 398	Holroyd, Michael ·········· 54
Herbert, Wally ············ 399	Hilling, Simone ············ 237	Holt, Kimberly Willis ······ 84
Hériat, Philippe ······· 43, 143	Hillyer, Robert ············ 104	Holtby, Winifred ············ 48
Herman, Jack ············ 291	Hilton, Craig ·············· 290	Holtzwarth, Didier ·········· 18
Herman, Jack R. ·········· 288	Hines, Jim C. ·············· 340	Home Box Office ·········· 181
Hermary-Vieille, Catherine	Hingley, Ronald ············ 51	Homel, David ·········· 21, 25
····························· 127	Hinojosa-Smith, Rolando	Homer-Dixon, Thomas ······ 24
Herold, J Christopher ······ 73	······························· 71	Homéric ···················· 140
Herrera, Juan Felipe ········ 69	Hippocampus Press ········ 353	Homes, A.M. ········· 134, 402
Herrndorf, Wolfgang ······ 406	Hirahara, Naomi ·········· 183	Hone, Ralph E. ············ 168
Herron, Mick ············· 209	Hirano, Cathy ············ 428	Hong, Edna ················ 75
Hersey, John ·············· 106	Hirsch, Edward ············ 64	Hong, Howard ·············· 75
Hersh, Reuben ············ 82	Hirschberg, Cornelius ····· 160	Hoobler, Dorothy ·········· 182
Hersh, Seymour M. ········ 63	Hitchcock, Alfred ····· 158, 164	Hoobler, Thomas ·········· 182
Hertel, Ted, Jr. ············ 180	Hoban, Russell ···· 33, 268, 289	Hood, Rob ·················· 296
Hervieu, Louise ············ 126	Hoban, Tana ··············· 426	Hood, Robert ····· 295, 297, 299
Herzfeld, Ellen ············ 236	Hobbs, Roger ·············· 209	Hoogstad, Alice ············ 404
Herzig, Alison Cragin ······ 80	Hobbs, Will ················ 178	Hook, Andrew ········ 261, 262
Hess, Joan ··········· 148, 224	Hoberman, Mary Ann ······ 81	Hooker, Saralinda ·········· 425
Hesse, Hermann ············ 93	Hoch, Edward D. ·········· 162,	Hoopes, Roy ················ 169
Hesse, Karen ····· 395, 411, 423	180, 192, 193, 215, 220, 221	Hoose, Phillip ········· 86, 429
Hest, Amy ················ 428	Hodges, C Walter ·········· 385	Hope, Christopher ·········· 34
Hester, Patrick ······· 340, 341	Hodgins, Jack ·············· 14	Hopkins, Brian A. ···· 346～348
Hetmann, Frederik ··· 397, 398	Hodgson, Antonia ········ 209	Hopkins, Gary ············ 173
Heuvelt, Thomas Olde ···· 341	Hodrová, Daniela ········ 133	Hopkinson, Nalo ··········
Hewitt, Cindy Davis ······ 309	Hoeg, Peter ················ 203	281, 311, 332, 367
Hewitt, Donald H. ········ 309	Hoelscher, Richard ········ 97	Hoppe, Felicitas ············ 99
Heyne, Isolde ············ 401	Hoffman, David E. ········ 123	Horan, James D. ············ 157
Heyse, Paul von ············ 92	Hoffman, Lee ·············· 337	Hornsby, Wendy ············ 174
Hiaasen, Carl ······· 151, 202	Hoffman, Leonard ········ 154	Hornung, Helmut ········ 402

Horse,Harry 418, 420
Horton,Rich 341, 342
Horvath,Polly 85
Host,Michel 45
Houde,Nicole 21
Houellebecq,Michel 6, 46
Housewright,David 176
Houssin,Joël 232, 235, 236
Houten,Ray Van 314, 315
Howard,Clark 168
Howard,David 307, 333
Howard,Maureen 62
Howard,R. 64
Howard,Richard ... 68, 82, 112
Howard,Robert E. 254
Howard,Sidney 102
Howarth,Lesley 379
Howe,Daniel Walker 122
Howe,David 263, 283
Howe,Irving 78
Howe,M.A.De Wolfe 102
Howison,Del 350
Howker,Janni 34
Huang,Jim 149,
         150, 193〜195, 226, 227
Huang,Yunte 186
Hubert,Jean-Pierre 234
Hubin,Allen J 167, 168
Hudes,Quiara Alegría 123
Hudson,Jeffery 162
Huftier,Arnaud 244
Huggins,Roy 212
Hughart,Barry 275
Hughes,David 402
Hughes,Declan 217
Hughes,Dorothy B. ... 155, 167
Hughes,Hatcher 102
Hughes,Kathryn 53
Hughes,Monica 423
Hughes,Richard N. 167
Hughes,Shirley 385, 386
Hughes,Stuart 158
Hughes,Ted 37, 379
Hughes-Hallett,Lucy 40
Hulme,Keri 129
Hulth,Sonja 414
Humphrey,Elizabeth L. ... 335
Hunt,Alaric 218
Hunt,Irene 409
Hunter,Ian 162
Hunter,Mollie 382, 422
Hunter,Robert 19
Hurd,Thacher 426
Hurley,Andrew Michael
 41
Hurley,Kameron 264, 341

Hurwitz,Ken 167
Huser,Glen 26
Huston,Nancy 20, 128
Hutchings,Janet 180
Hutchins,Pat 385
Hutchison,Bruce 7, 9, 10
Hutton,John 200
Hutton,Warwick 426
Huxley,Aldous 48
Hyams,Peter 325
Hyman,Trina Schart
 .... 392, 425, 427
Hyzy,Julie 195, 196, 221

【 I 】

Ibatoulline,Bagram 429
Ibbitson,John 28
Ibbotson,Eva 419, 420
Ignatieff,Michael 17
Ikin,Van ...... 288〜290, 293
Ikor,Roger 44
Iles,Greg 223
Imre,Kertész 96
Indriason,Arnaldur ... 206, 221
Infante,Guillermo Cabrera
 61
Inge,William 108
Ingpen,Robert 288, 388
Ingram,David 186
Inkpen,Mick 419, 421
Innocenti,Roberto 389
Institute,Tamer 377
Irish,William 154
Ironside,Elizabeth 201
Irvine,Alexander C. 369
Irving,John 79
Isaac,Rhys L. 115
Isakson,Kajsa 414
Ishiguro,Kazuo 35, 130
Isol 377
Ivory,William 180

【 J 】

Jaccaud,Frédéric 246
Jackson,David 172
Jackson,Gail 159
Jackson,Joseph Henry 155
Jackson,Peter
 .... 261, 308, 334, 335
Jackson,Shirley 161

Jacob,Charlee ... 350, 351, 354
Jacob,Suzanne 16, 23
Jacobson,Howard 131
Jacquemard,Simonne 144
Jacques,Paula 127
Jaffe,Saul 327
Jaffery,Sheldon 346
Jahn,Mike 166
Jahn,Ryan David 208
Jakubowski,Maxim 190
Jaloux,Edmond 125
Jamek,Václav 139
James,Dean 148, 225, 226
James,Edward 253, 335
James,Henry 103
James,Jason 154
James,Marlon 131
James,Marquis 103, 105
James,Matt 30, 430
James,P.D. 178,
         196, 199, 201, 223, 228
James,Peter 222
James,Simon 417
James,Will 408
Jamie,Kathleen 40
Jandl,Ernst 99
Janikovszky,Eva 398
Janosch 399
Janssen,Susanne 405
Jansson,Tove 388, 412
Japrisot,Sébastien ... 5, 199
Jardin,Alexandre 127
Jarlot,Gérard 137
Jarrell,Randall 73
Jarrold,John 259
Jarunková,Klára 398
Jasanoff,Maya 70
Jaspersohn,William 214
Jauffret,Régis 128
Jay,Charlotte 156
Jeal,Tim 69
Jean,James 283
Jeffers,Oliver 421
Jelinek,Elfriede 96, 99, 133
Jelloun,Tahar Ben 45
Jemisin,N.K. 374
Jenkins,Lyll Becca de 394
Jenkins,Roy 36
Jenkins,Steve 428
Jenni,Alexis 46
Jennings,Kathleen .. 298, 299
Jensen,Johannes Vilhelm
 93
Jensen,Virginia Allen 400
Jenssen,Dick 294, 298
Jeter,K.W. 269

Jeune,Guy Le 40	Jones,Rodney 65	Kallis,Stanley 170
Jeunet,Jean-Pierre 182, 234	Jones,S. .... 255～257	Kalman,Maira 429
Jeury,Michel 232, 233, 244	Jones,Sadie 39	Kaluta,Michael 255
Jhabvala,Ruth Prawer 129	Jones,Stephen .... 255, 258～263, 275, 277, 281, 343, 344, 350, 354	Kamen,Michael 113
Jianghong,Chen 405		Kaminsky,Stuart M. 172, 183, 216
Jiles,Paulette 16		
Jiménez,Francisco 428	Jones,Susanna 205	Kamm,Katja 404
Jiménez,Juan Ramón 93	Jones,Ursula 420	Kanan,Alfred 66
Jin,Ha 84, 136	Jong,Meindert De 75, 387, 396, 409	Kanon,Joseph 177
Jirgl,Reinhard 99		Kantner,Rob 212
Joey Hi-Fi .. 244, 252, 253, 265	Jonsson,Runer 397	Kantor,MacKinlay 108
Johansen,Roy 174	Jordan,Bruce 173	Kaplan,Justin 74, 80, 111
Johanson,Donald C. 81	Jordan,Cathleen 180	Kaplan,Mitchell 184
Johansson i Backe,Kerstin 413	Jordan,Ceri 215	Kappacher,Walter 99
	Jordan,Jon 188, 195, 196	Karillon,Adam 97
Johnson,Adam 87, 124	Jordan,Judy 67	Karlfeldt,Erik Axel 92
Johnson,Alaya Dawn 311	Jordan,Ruth 188, 195, 196	Karnow,Stanley 117
Johnson,Bill 332	Jordan,Winthrop D. 75	Karp,David 158
Johnson,Charles 83	Jordis,Christine 140	Karr,Kathleen 150
Johnson,D.B. 429	Jorisch,Stéphane 21, 24, 26, 28	Kaschnitz,Marie Luise 98
Johnson,Denis 85		Kasdan,Lawrence .... 323～325
Johnson,E Richard 162	Joseph,Jenny 52	Kasischke,Laura 70
Johnson,Eyvind 94	Joshi,S.T. 259, 266, 282, 285, 345, 368	Kästner,Erich 98, 387
Johnson,Josephine Winslow 104		Kasturi,Sandra ... 265, 286, 347
	Joss,Morag 205	Katz,Steven 347
Johnson,Joyce 63	Josselin,Jean-François 138	Katz,Welwyn Wilton 18
Johnson,Kij 284, 310, 339	Joubert,Jean 144	Kauffman,Lane 157
Johnson,Robin 287, 289	Joy,Avril 40	Kaufman,Charlie 349
Johnson,Steve 421	Joyce,Graham .... 240, 241, 258～260, 262, 264, 281	Kaufman,Ed 186
Johnson,Uwe 98		Kaufman,George S. 103, 104
Johnston,Jennifer 33	Joyner,Jerry 425	Kaufman,Natalie Hevener 178
Johnston,Julie 20, 21	Jozelon,Philippe 239	
Johnston,Linda O. 173	Jubert,Hervé 245	Kaufman,Philip 324
Johnston,Paul 204	Judson,D Daniel 216	Kaufman,Thomas 217
Johnstone,Carole 265	Julian,Alain 234	Kaufmann,Herbert 396
Jollimore,Troy 69	Julius,Cornelia 400	Kay,Carol McGinnis 178
Jonas,George 166	July,Miranda 132	Kay,Guy Gavriel 283
Jones,D.G. 14, 20	Junge,Norman 406	Kay,Jim 386, 406
Jones,Diana Wynne 260, 283, 378, 423	Jusserand,J.J. 100	Kaye,Marvin 283
	Juste,Hervé 22	Keates,Jonathan 52
Jones,Duncan 338	Justice,Donald 115	Keating,H.R.F. 198, 200, 203, 224
Jones,Edward P. 68, 121		
Jones,Elizabeth McDavid 179	【K】	Keats,Ezra Jack 391, 424
		Keefe,Barrie 169
Jones,Elizabeth Orton 390		Keen,Greg 210
Jones,Frank 75	Kadare,Ismail 130	Keene,Brian 347, 348
Jones,Gwyneth .. 231, 250, 279	Kadohata,Cynthia 86, 411	Keene,Donald 65
Jones,H Festing 47	Kael,Pauline 76	Keeping,Charles 385
Jones,Howard Mumford 111	Kaftan,Vylar 311	Keith,Harold 409
	Kagan,Janet 329	Kellaher,Victor 289
Jones,James 72	Kahn,Joan 171, 173	Keller,Julia 222
Jones,Jeff 276	Kaiser,Reinhard 403	Kellerman,Faye 223
Jones,L.Q. 321	Kalashnikoff,Nicholas 396	Kellerman,Jonathan 171, 188
Jones,M.J. 180	Kaldhol,Marit 401	Kelley,Ann 39
Jones,Peter 248	Kállay,Dušan 388	Kelley,David E. 181
Jones,Richard Glyn 279		Kelley,William 171

海外文学賞事典 499

Kellman,Steven G. 69
Kellner,Michael 192, 194
Kellogg,Steven 429
Kelly,Eric P. 408
Kelly,George 102
Kelly,James Patrick
.... 309, 331, 333, 367
Kelly,Jim 207
Kelly,Mark R. 334
Kelly,Mary 198
Kelly,M.T. 17
Kelman,James 52, 130
Kelman,Judith 180
Kelner,Toni L.P. 151
Kemelman,Harry 160
Kemp,Earl 316
Kemp,Gene 382
Kemprecos,Paul 213
Kempton,Murray 77
Kendrick,Baynard 162
Keneally,Thomas 129
Kennan,George F.
.... 73, 74, 108, 111
Kennaway,Adrienne 386
Kennedy,A.L. 39
Kennedy,David M. 120
Kennedy,John F. 109
Kennedy,Margaret 49
Kennedy,William 63, 115
Kennett,Rick 296
Kennison,Kathryn 188
Kent,Jennifer 354
Kerangal,Maylis de 141
Kern,Alfred 144
Kerner,Charlotte 401, 404
Kerr,Judith 399
Kerr,Kevin 25
Kerr,Noel 287
Kerr,Philip 208, 222
Kerrigan,Anthony 77
Kerrigan,Gene 208
Kersh,Gerald 157
Kershner,Irvin 323
Kertzer,David I. 124
Kessel,John
.... 269, 304, 309, 364
Kessel,Martin 98
Kesten,Hermann 98
Ketchum,Jack
.... 345, 347～349, 354
Ketton-Cremer,R.W. 50
Keyes,Daniel 301, 307, 315
Keyes,J Gregory 239
Keynes,Geoffrey 50
Kherdian,David 425
Kicherer,Birgitta 403

Kidd,Tom 282
Kidder,Tracy 81, 115
Kiefer,Warren 164
Kiernan,Caitlín R.
.... 285, 353, 375
Kijewski,Karen 189, 212
Kilcommons,Denis 201
Kilgallen,Miss Dorothy 157
Kilworth,Garry 250, 278
Kimber,Murray 21
Kincaid,Paul 252
King,Daren 421
King,Gilbert 124
King,Jonathan 180
King,Laurie R. ... 175, 197, 226
King,Ross 27, 30
King,Stephen 184,
   187, 238, 256, 257, 259, 261,
   263, 274, 279, 282, 324, 342,
   343, 345～348, 350～353,
   360, 361, 366, 367, 369
King,Thomas 31
Kinghorn,David J. 173
Kingsbury,Donald 360
Kingsley,Sidney 104, 155
King-Smith,Dick
.... 379, 417, 418
Kingsolver,Barbara 134
Kingston,Maxine Hong .. 62, 80
Kinnell,Galway 82, 115
Kipling,Joseph Rudyard
.... 91
Kipps,Charles 178
Kirby,Josh 259
Kirby,Matthew J. 186
Kirk,Brian 339
Kirk,Russell 273
Kirk,Susanne 179
Kirk,Tim .. 319～321, 356, 357
Kirkwood,James 113
Kirsch,Sarah 99
Kiss,Corinne Fournier 243
Kissinger,Henry A. 79
Kitt,Tom 123
Kittredge,Mary 172
Kivirähk,Andrus 245
Kizer,Carolyn 116
Klages,Ellen 285, 308, 395
Klassen,Jon 29,
   387, 393, 406, 430
Klay,Phil 71, 86
Kleban,Edward 113
Klein,A.M. 8
Klein,Gérard 233, 235, 236
Klein,T.E.D. 256, 276
Kleiner,Harry 162

Kleinzahler,August 69
Kleist,Reinhard 406
Klemt-Kozinowski,Gisela
.... 401
Kleukens,Christian H. 97
Klibanoff,Hank 122
Klíma,Ivan 133
Klima,John 338
Klinger,Leslie S. 182, 197
Klise,James 188
Kloetze,L.L. 245
Kluge,Alexander 99
Kluger,Richard 119
Kneale,Matthew 37
Kneale,Nigel 261, 347
Knief,Charles 214
Knight,Bernard 206
Knight,Christopher G. 426
Knight,Damon .. 306, 313, 315
Knight,Stephen 201
Knight,Steven 181
Knost,Michael 351
Knott,Frederick 156, 159
Koch,Helmut 401
Koch,Howard 312
Koch,Rudolf 97
Koehn,Ilse 425
Koepp,David 330
Koeppen,Wolfgang 98
Kogan,David 155, 156
Kohl,Herbert 78
Kohl,Judith 78
Koja,Kathe 344, 364
Kolbe,Winrich 330
Kolbert,Elizabeth 124
Komunyakaa,Yusef 118
Konigsburg,E.L.
.... 410, 411, 423
Könnecke,Ole 405
Kooser,Ted 121
Korb,Liliane 236
Kordon,Klaus 403, 404
Korn,Wolfgang 406
Kornbluth,C.M. 313, 320
Koryta,Michael 216, 223
Kosinski,Jerzy 75
Koszowski,Allen 281
Kotzwinkle,William 273
Kouf,Jim 172
Kourouma,Ahmadou 145
Kovacs,Diane 182
Kowal,Mary Robinette
.... 337, 339～341
Kozak,Harley Jane
.... 150, 194, 227
Kozol,Jonathan 74

受賞者名索引　　　　　LAS

Kozoll,Michael ············ 169
Kramer,David F. ·········· 351
Kramer,Jane ··············· 80
Kramm,Joseph ············ 107
Krasnostein,Alisa ·········· 297
Krausnick,Michail ········· 402
Kreller,Susan ············· 407
Krenkel,Roy ·············· 274
Krenkel,Roy G. ············ 316
Kress,Nancy ·············· 237,
　　269, 270, 304〜306, 309,
　　311, 329, 337, 375, 376
Kreuder,Ernst ············· 98
Krich,Rochelle ········ 182, 190
Krizanc,John ·············· 17
Kroetsch,Robert ············ 12
Krolow,Karl ··············· 98
Krommes,Beth ············ 393
Kronauer,Brigitte ··········· 99
Kronenwetter,Michael ····· 216
Krueger,William Kent ···· 187,
　　192, 194, 197, 219, 222, 229
Krüger,Michael ··········· 140
Krumgold,Joseph ·········· 409
Krüss,James ·········· 388, 397
Krutch,Joseph Wood ········ 72
Krutz-Arnold,Cornelia ····· 404
Kubert,Andy ············· 263
Kubly,Herbert ············· 73
Kubrick,Stanley ······ 317〜319
Kuhl,Anke ················ 406
Kuhlken,Ken ············· 212
Kuijer,Guus ······ 377, 400, 404
Kullman,Harry ············ 412
Kumin,Maxine ············ 113
Kundera,Milan ············ 138
Kunitz,Stanley ········ 83, 109
Kunze,Reiner ·········· 98, 398
Kuo Jung,Tsai ············ 333
Kureishi,Hanif ············· 35
Kusche,Elke ·············· 406
Kushner,Ellen ········ 277, 371
Kushner,Tony ············ 118
Kyle,David ··············· 247
Kyle,Elizabeth ············ 292

【 L 】

Laberge,Andrée ············ 27
Laberge,Marie ············· 15
Labine,Marcel ············· 18
Labro,Philippe ············· 5
Labrosse,Darcia ············ 17
LaBrot,Matthew ··········· 150

Lacamp,Max-Olivier ······· 144
Lacassin,Francis ··········· 236
Lachman,Marv ············ 195
Lachman,Marvin
　　·················· 166, 177, 226
Lacretelle,Jacques de ······ 125
Lacy,Ed ·················· 157
Lada,Josef ··············· 397
Lafarge,Oliver ············ 103
LaFave,Kim ··············· 18
LaFaye,A. ················ 395
Laferrière,Dany ········ 27, 141
Lafferty,Mur ············· 341
Lafferty,R.A. ········· 277, 320
Lafforest,Roger De ·········· 3
Laforet,Carmen ············ 87
Lagault,Anne ·············· 17
Lagerkrantz,Rose ·········· 413
Lagerkvist,Pär Fabian ······ 93
Lagerlörf,Selma Ottiliana Lo-
　　visa ···················· 92
Lagerqvist,Camilla ········ 414
Lagioia,Nicola ············· 60
Lago,Eduardo ············· 89
Lagueux,Maurice ··········· 16
Lahens,Yanick ············ 128
Lahiri,Jhumpa ······· 120, 132
Lahr,John ················· 71
Lai,Thanhha ·············· 86
Laiken,Deidre S. ·········· 172
Lainé,Jean-Marc ··········· 245
Lainé,Pascal ·········· 44, 137
Lainé,Sylvie ·········· 241, 246
Lake,David ······ 288, 289, 293
Lake,Jay ············ 335, 376
Lake,M.D. ··········· 148, 149
Lalonde,Robert ············ 21
Lam,Vincent ·············· 56
Lambert,Christophe ······· 246
Lambert,R.S. ··············· 8
Lambert,Stephen ·········· 418
Lambron,Marc ············ 127
Lamonde,Yvan ············· 22
L'Amour,Louis ············· 80
Lamsley,Terry ············ 278
Lanagan,Margo ··········· 282,
　　283, 295, 297, 298
Lancet,Barry ············· 222
Lanchester,John ············ 37
Lanctot,Gustave ············ 11
Landay,William ··········· 205
Landis,Geoffrey A. ·······
　　305, 329, 334, 368
Landman,Tanya ··········· 384
Landolfi,Tommaso ·········· 58
Landon,Justin ············ 265

Lane,Eric ················ 285
Lane,Helen R. ············· 77
Lane,Joel ······· 259, 262, 285
Lane,Patrick ·············· 14
Lang,Otto ············ 154, 156
Langan,Sarah ········ 350, 351
Lange,Richard ············ 210
Langer,Lawrence L. ········ 65
Langevin,Gilbert ··········· 14
Langford,Dave ········ 325〜337
Langford,David ··········· 249,
　　251, 252, 263, 333, 335, 339
Langfus,Anna ············· 44
Langgässer,Elisabeth ······· 98
Langlois,Christophe ······· 244
Languirand,Jaques ·········· 11
Lanier,Virginia ··········· 191
Lanois,Yves ·············· 405
Lanoux,Armand ········· 4, 44
Lansbury,Angela ·········· 172
Lansdale,Joe R. ··········· 179,
　　257, 343〜346, 350, 352〜354
Lansdale,Karen ··········· 353
Lapeyre,Patrick ··········· 128
Lapierre,Nicole ··········· 142
Lapierre,René ············· 30
Lapine,James ············· 116
LaPlante,Lynda ··········· 175
Lapointe,Gatien ············ 11
Lapointe,Paul-Marie ········ 13
Laporte,René ··············· 3
Larbalestier,Justine ··· 296, 309
Lardreau,Guy ············ 235
Largo,Michael ············ 350
Larke,Glenda ············· 299
Larkin,David ············· 275
Larkin,Oliver W. ·········· 107
Larmoth,Jeanine ·········· 164
Larn,Viveca ·············· 413
Larose,Jean ··············· 17
Larson,Edward J. ········· 119
Larson,Erik ·············· 181
Larson,Glen A. ······· 164, 168
Larson,Jonathan ·········· 119
Larsson,Björn ············ 140
Larsson,Mats ············· 413
Larsson,Stieg ············
　　195, 221, 222, 228
LaRue,Monique ············ 25
Lasch,Christopher ········· 79
Lascia,M.Teresa Di ········ 59
Lash,Joseph P. ······· 76, 112
Laskowski,George ···· 326, 328
Lasky,Kathryn ············ 426
Lassen,Jeremy ············ 282
László,Krasznahorkai ······ 131

海外文学賞事典　　501

L'Atalante ………… 236, 240	Lee,Walt ……………… 321	Levert,Mireille ……… 20, 24
Latham,Jean Lee ………… 409	Leech,Margaret …… 105, 109	Levi,Primo …………………… 58
Lathen,Emma …… 170, 198	Leeuwen,Joke van ………… 401	Levin,Ira … 156, 168, 181, 345
Lathrop,Dorothy P. ……… 390	Lefèvre-Vakana,Philippe	Levin,Meyer ……………… 157
Laughlin,James …………… 65	………………………… 241	Levine,David D. ………… 336
Launay,Pierre-Jean ……… 143	Leggett,Elizabeth ……… 342	Levine,Philip ‥ 63, 79, 83, 119
Laurence,Margaret …… 11, 13	Legrand-Ferronniere,Xavier	Levinson,Paul …………… 368
Laurens,Camille ………… 128	………………………… 238	Levinson,Richard ……
Laurent,Jacques …………… 44	Le Guin,Ursula K. ……… 76,	167～169, 171, 173
Lauritson,Peter ………… 329	242, 267, 276, 279, 281,	Levithan,David ………… 407
Lavigne,Louis-Dominique	290, 301, 302, 305, 306, 308,	Levitin,Sonia …………… 173
……………………… 20	309, 318～320, 323, 326,	Levitt,Leonard ………… 182
Lavin,Mary ………………… 49	355～357, 360, 363, 365,	Levoy,Myron …………… 400
Lavoie,Judith …………… 25	366, 368～371, 373, 424	Levy,Adrian …………… 209
Lavoie,Michel …………… 29	Lehane,Dennis ………… 183,	Levy,Andrea ……… 38, 134
Law,Warner …………… 162	187, 193, 214, 219, 220	Levy,Barbara …………… 165
Lawrence,D.H. …………… 47	Lehman,Ernest …… 158, 166	Lévy,Bernard-Henri …… 5, 138
Lawrence,Eddie ………… 166	Lehman,Serge … 237, 238, 244	Levy,Ian Hideo …………… 81
Lawrence,Iain …………… 28	Lehr,Dick ……………… 179	Levy,Leonard W. ……… 112
Lawrence,Tony ………… 167	Lehrer,Tom …………… 156	Lewandowski,Pawel …… 251
Laws,Stephen …………… 259	Leiber,Fritz ……… 254, 255,	Lewin,Albert …………… 313
Lawson,Chris …………… 293	273, 301～303, 315～319,	Lewin,Michael Z. ……… 218
Lawson,John …………… 424	321, 343, 357, 361, 374	Lewis,Anthony …… 160, 417
Lawson,JonArno ………… 31	Leigh,James …………… 200	Lewis,C.S. ……………… 381
Lawson,Kirby ………… 396	Leinster,Murray …… 313, 314	Lewis,David Levering
Lawson,Robert …… 390, 409	Leitch,Maurice …………… 34	………………… 118, 120
Laxness,Halldór Kiljan …… 93	Lellenberg,Jon ‥ 151, 184, 195	Lewis,D.F. ……………… 259
Laymon,Richard ……… 347	Leloup,Roger ………… 235	Lewis,Doug …………… 278
Layton,Irving …………… 10	Lelyveld,Joseph ……… 116	Lewis,Elizabeth Foreman
Layton,Neal …… 419～421	Lemaitre,Pierre … 46, 209, 210	………………… 397, 408
Leacock,Stephen …………… 7	Lemont,John …………… 159	Lewis,Ethan …………… 179
Lebbon,Tim … 260～262, 347	L'Engle,Madeleine	Lewis,Evan …………… 186
Lebeau,Suzanne ………… 29	……………… 79, 280, 409	Lewis,Harry Sinclair …… 92
Leblanc,Perrine ………… 29	Lenski,Lois …………… 409	Lewis,Oscar …………… 74
Leblond,Marius-Ary ……… 42	Lenski,Robert ………… 167	Lewis,Peter …………… 171
Lebras-Chopard,Armelle	Lent,Blair ………… 392, 424	Lewis,Robin Coste ……… 87
………………………… 140	Lentz,Serge ……………… 5	Lewis,R.W.B. ……… 62, 113
Lebrecht,Norman ………… 38	Lenz,Hermann …………… 98	Lewis,Sinclair ………… 102
Lecercle,Jean-Jacques …… 235	Leon,Donna …………… 204	Lewis,Tomi …………… 278
Lecigne,Bruno ………… 234	Leonard,Elmore ‥ 170, 175, 206	Lewitscharoff,Sibylle …… 99
Leckie,Ann ……… 231, 252,	Leonard,John …………… 69	Ley,Willy ………… 313, 314
253, 265, 311, 341, 375, 376	LePan,Douglas ……… 9, 11	Li,Yiyun ……………… 131
LeClerc,Paul …………… 176	Lepman,Jella ………… 387	Liaguno,Vince A. … 351, 352
Le Clézio,Jean-Marie Gus-	Lerer,Seth ……………… 69	Liberati,Simon ………… 128
tave ……………… 96, 144	Leroux,Georges ………… 30	Library of America ……… 64
Lederhendler,Lazer ……… 28	Leroux,Nicole …………… 26	Lidbeck,Petter ………… 414
Lee,Alan … 249, 280, 386, 415	Leroy,Gilles …………… 45	Lieshout,Ted van ……… 403
Lee,Ang ……………… 333	Les éditions José Corti … 245	Lifton,Robert J. ………… 75
Lee,Christopher ……… 345	Leslie,Kenneth …………… 7	Lightburn,Ron …………… 20
Lee,Dennis ……………… 13	Lessing,Doris …… 53, 96, 138	Ligny,Jean-Marc ……… 237
Lee,Don ……………… 182	Lester,Julius …………… 428	Ligotti,Thomas … 259, 345, 348
Lee,Harper …………… 109	Lestienne,Voldemar ……… 4	Lilburn,Tim ……………… 25
Lee,Hermione …………… 55	Lethem,Jonathan ………	Lilius,Irmelin Sandman … 413
Lee,James …………… 158	67, 204, 279, 365	Limite ………………… 235
Lee,Manfred B. …… 154, 156	Letts,Tracy …………… 122	Lin,Francie …………… 184
Lee,Tanith ‥ 255, 275, 285, 354	Levack,Simon ………… 204	Lincoln,Victoria ……… 162

Lind,Åsa 414
Lindbergh,Charles A. 108
Linde,Gunnel 413
Lindenbaum,Pija 406
Linderholm,Helmer 413
Lindgren,Astrid 387, 412
Lindgren,Barbro 377, 413
Lindon,Mathieu 142
Lindsay,Howard 106
Lindsay,Robert 168, 202
Lindsay-Abaire,David 122
Linge,Katherine 297
Linge,Kathryn 298
Link,Constance 80
Link,Kelly 242, 251, 280, 284, 286, 307, 309, 335, 349, 370, 371, 373
Link,William 167〜169, 171, 173
Linklater,Eric 381
Linkletter,Magnus 164
Linscott,Gillian 204
Lint,Charles de 280
Lionni,Leo 397
Lipinski,Thomas 215
Lippman,Laura 149, 177, 192, 194, 195, 197, 214, 215, 220, 221, 227
Lippmann,Johannes 97
Lisée,Jean-François 19
Lish,Atticus 136
Lisle,Janet Taylor 395
Liss,David 179, 220, 226
Littell,Jonathan 45
Littell,Robert 199
Little,Bentley 343
Little,Brown and Company 157
Little,John 351
Little,John R. 351
Littlefield,Sophie 196
Litwack,Leon F 80, 115
Liu,Cixin 272, 341
Liu,Ken 272, 285, 310, 339〜341
Lively,Penelope 33, 130, 382
Livesay,Dorothy 8
Livingston,John A. 21
Livingston,Nancy 201
Lobel,Arnold 392
LoBrutto,Pat 276
Lock,Joan 206
Lockley,Steve 259
Lockridge,Frances 154
Lockridge,Richard 154
Lodge,David 33

Loeff-Basenau,An Rutgers Van der 397, 399
Loehr,Jim 367
Loesser,Frank 110
Lofficier,Jean-Marc 244
Lofting,Hugh 408
Logan,Joshua 107
Logan,William 68
Logevall,Fredrik 124
Logue,Christopher 38
Lomax,Alan 65
Long,Frank Belknap 273, 343
Longford,Elizabeth 50
Longley,Michael 36
Longyear,Barry B. 303, 323, 358
Lopez,Barry 82
Loranger,Françoise 12
Lord,Glenn 273
Loring,Kevin 28
Lott,Tim 37
Lotz,Sarah 266
Louchary,Antonin 404
Loughery,John 175
Lovesey,Peter 190, 200, 203, 204, 207, 219, 225, 226
Lovesey,Phil 208
Lowden,Desmond 202
Lowe,Nick 252
Lowell,Amy 102
Lowell,Robert 62, 73, 106, 113
Lower,A.R.M. 8, 9
Lowry,Lois 410, 411, 427
Lowry,Malcolm 10
Loynaz,Dulce María 61
Lozano,José Jiménez 61
Lubbock,Percy 47
Lucas,George 322, 325, 328
Lucht,Irmgard 402
Ludwig,Ken 186
Lugo,Austin 195, 227
Lukas,J Anthony 64, 82, 116
Lumley,Brian 257, 284, 352
Lumley,Dorothy 258
Lundgren,Max 413
Lundström,Janne 414
Lunel,Armand 143
Lunn,Janet 23
Lupoff,Pat 316
Lupoff,Richard A. 316
Luria,S.E. 77
Lurie,Alison 116
Lustig,Arnošt 133
Lütgen,Kurt 396, 398

Lutz,John 171, 211〜213
Lœvenbruck,Henri 238
Lyle,D.P. 227
Lyn,Euros 336
Lynch,Dick 329〜332, 334
Lynch,Nicki 329〜332, 334
Lynch,P.J. 386
Lynch,Scott 262
Lyndon,Barre 314
Lynds,Dennis 212
Lynn,Elizabeth A. 274

【 M 】

Maalouf,Amin 45
Maar,Nele 401
Maar,Paul 401, 403
Maas,Peter 174
Mabanckou,Alain 146
Mabee,Carleton 106
Maberry,Jonathan 350〜354
Mabey,Richard 35
Macaulay,David 392, 399, 427
Macauley,Rose 50
MacAvoy,R.A. 325, 360
MacBride,Stuart 207, 220
MacCarthy,Fiona 54
MacColl,D.S. 49
MacCready,Robin Merrow 183
MacCulloch,Diarmaid 37, 53, 68
MacDonald,Ann-Marie 19
Macdonald,Helen 40
Macdonald,Hettie 337
MacDonald,John D. 79, 164
MacDonald,Philip 156, 157
Macdonald,Ross 165, 198, 210
Macdonald,Shelagh 33
Macdonell,A.G. 48
MacEwen,Gwendolyn 12, 17
MacGregor,Rob 176
MacGregor,T.J. 180
Machado,Ana Maria 389
MacIntyre,Linden 56
MacIvor,Daniel 27
Mack,John E. 114
Mackall,Dandi Daley 186
MacKay,William 64
Mackey,Nathaniel 85
MacKinnon,Frank 9

MacLachlan,Patricia ·· 394, 410
MacLean,Harry N. ········· 172
MacLean,Katherine ··· 301, 308
Maclean,Norman ··············· 65
MacLean,S.G. ················ 210
MacLeish,Archibald
················ 72, 104, 108, 109
MacLennan,Hugh ······· 8～10
MacLeod,Ian R. ···············
················ 231, 271, 280, 367
MacLeod,Joan ················ 19
MacLeod,Ken ··· 250, 252, 271
MacMillan,Margaret Olwen
································ 25
MacMullen,Jay ············· 158
Macomber,Patricia Lee ···· 347
Macpherson,Jay ·············· 10
MacRae,Andrew ············ 296
MacRae,Marion ·············· 14
Macy,William H. ············ 179
Maddern,Phillipa ············ 288
Maddow,Ben ················ 155
Maddox,Brenda ··············· 36
Maestre,Pedro ················ 89
Maeterlinck,Maurice ········ 92
Maffini,Mary Jane ·········· 152
Maggiani,Maurizio ··········· 59
Magorian,Michelle ····· 39, 379
Magris,Claudio ··············· 59
Maharidge,Dale ············· 117
Maheux-Forcier,Louise ····· 12
Mahfūz,Najīb ················ 95
Mahy,Margaret ···············
················ 382, 389, 423, 430
Mailer,Norman ···· 75, 112, 114
Maillet,Antonine ············· 44
Maillet,Antonone ············ 13
Mains,Johnny ··············· 263
Maitland,Anthony ··········· 384
Maitz,Don ·· 274, 328, 329, 363
Major,André ·················· 14
Majzels,Robert ················ 24
Makine,Andreï ········· 45, 140
Malamud,Bernard ·· 73, 74, 111
Malaquais,Jean ············· 143
Maleeny,Tim ················ 227
Malenfant,Paul Chanel ····· 25
Malerba,Luigi ··············· 137
Malherbe,Henri ··············· 42
Mali,Jane Lawrence ········· 80
Malik,Usman T. ············· 354
Maling,Arthur ·············· 167
Mallet-Joris,Françoise ····· 126
Malley,Gemma ·············· 242
Malliet,G.M. ················· 151
Mallon,Thomas ··············· 66

Malone,Dumas ·············· 113
Malone,Michael ············· 177
Malouf,David ················ 90
Malraux,André ········· 3, 43
Malrieu,Joël ················· 237
Maly,Michel ················· 235
Malzberg,Barry N. ··········
················ 267, 360, 372
Mamatas,Nick ·············· 352
Mamet,David ················ 115
Manchu ······················ 239
Mandel,Eli ···················· 12
Mandel,Emily St. John ···· 231
Mandel,Miriam ··············· 13
Mandelbaum,Allen ··········· 76
Manea,Norman ·············· 141
Manet,Eduardo ················ 5
Mangold,Maud ·············· 414
Manguel,Alberto ············ 140
Manheim,Ralph ··············· 75
Mankell,Henning ············
················ 204, 402, 413
Mankiewicz,Don M. ········· 167
Manley,Rachel ················ 22
Mann,Antony ··············· 204
Mann,Golo ···················· 98
Mann,Thomas ················ 92
Mann,William ··············· 188
Mannetti,Lisa ··············· 351
Manning,Mick ··············· 417
Manotti,Dominique ········· 207
Manson,Graeme ············· 341
Mantel,Hilary ····· 40, 69, 131
Manuel,Frank E. ············· 82
Manuel,Fritzie P. ············ 82
Marable,Manning ············ 123
Maraini,Dacia ················ 59
Maran,Réne ··················· 42
Marano,Michael ············· 346
Marbo,Camille ·············· 125
Marcastel,Jean-Luc ········· 246
Marceau,Félicien ········ 4, 44
Marcel,Patrick ··············· 241
Marchand,Leslie A. ········· 63
Marchessault,Jovette ······· 19
Marck,Nick ·················· 334
Marcotte,Gilles ··············· 11
Margerie,Diane de ········· 141
Margerit,Robert ············· 144
Margolies,Leo ··············· 166
Margulies,Donald ··········· 120
Mari,Enzo ··················· 398
Mari,Iela ···················· 398
Marías,Fernando ············· 89
Marigny,Jean ················ 240
Marineau,Michèle ······ 18, 21

Marino,Carolyn ············· 182
Mariot,Brigitte ·············· 240
Mark,Jan ···················· 382
Marks,Jeffrey ··············· 195
Marks,Paul ·················· 218
Marlowe,Dan J. ············· 163
Marlowe,Stephen ··········· 214
Marois,André ················ 31
Maron,Margaret ············· 148
～150, 152, 175, 187, 190, 224
Marquand,John Phillips
································ 104
Marquand,Richard ·········· 325
Marquardt,Michelle ········ 296
Márquez,Gabriel García
·························· 90, 95
Marra,Anthony ··············· 71
Marric,J.J. ··················· 159
Marriott,Anne ················· 7
Marsé,Juan ··················· 61
Marsh,Earle ················· 79
Marsh,Katherine ············ 184
Marsh,Ngaio ················ 167
Marshall,Helen ······· 265, 286
Marshall,Megan ············· 124
Marshall,Neil ················ 340
Marshall,Ray ················ 415
Martel,Dominique ···· 234, 236
Martel,Émile ················· 21
Martel,Suzanne ··············· 21
Martel,Yann ················· 130
Martin,Andrew ·············· 208
Martin,Bengt ················ 413
Martin,Claire ················· 11
Martin,George R.R. ······· 277,
  285, 303, 304, 320, 323, 331,
  339, 340, 342, 357～360,
  366～368, 374～376
Martin,John ················· 255
Martin,John Bartlow ······· 156
Martin,Robert B. ············ 52
Martin,Terry ················ 263
Martin,Valerie ··············· 134
Martin-Chauffier,Gilles ······ 5
Martín Descalzo,J.L. ········ 87
Martin du Gard,Roger ······ 93
Martinez,Rachel ············· 27
Martinez,Victor ·············· 84
Martinière,Stephan
················ 251, 252, 337
Martinigol,Danielle ········· 239
Martinson,Harry ············· 94
Martland,Harrison ··········· 156
Marton,Jirina ················· 29
Marty,Martin E. ············· 76
Marwood,Alex ········· 187, 229

Maslowska, Dorota 405	McBain, Ed 171, 204	McGuire, Seanan 338, 340
Mason, Anthony 180	McBride, Eimear 134	McHone-Chase, David 340
Mason, Rena 353, 354	McBride, James 86	McHugh, Maureen F.
Mason, Sue 334, 336	McBride, Jim 189	.... 331, 364, 366
Mason, Wyatt 68	McCaffrey, Anne 260,	McIlvanney, William
Massey, Sujata 149, 226	269, 288, 301, 308, 317, 323	.... 33, 200, 201
Massie, Elizabeth 343, 344	McCahery, James 190	McIlwain, Charles Howard
Massie, Robert K. 115	McCall, Christina 19	 102
Massip, Renée 4	McCammon, Robert R. 236,	McInnes, Edgar 7, 8
Masters, Brian 201	278, 342~344, 353	McIntosh, Will 338
Masur, Harold Q. 175	McCann, Colum 86	McIntyre, Vonda N. 302,
Matera, Lia 214	McCarthy, Cormac	303, 306, 322, 358
Matheson, Richard 164,	.... 54, 65, 83, 122	McKay, Don 19, 24
273, 275, 277, 315, 343, 344	McCarthy, Shawna 325, 363	McKay, Hilary 38, 379, 417
Mathews, Adrian 204	McCaughrean, Geraldine	McKean, Dave ... 251, 278, 420
Mativat, Geneviève 30	.... 35, 36,	McKee, David 401
Matter, Maritgen 404	38, 379, 383, 417, 419, 420	McKelway, St. Clair 155
Mattes, Kate 184	McCauley, Kirby 273, 274	McKenna, Juliet E. 266
Matteson, John 122	McCloskey, Robert 390, 391	McKenna, Martin 259
Matthews, Jackson 77	McCloy, Helen 156, 173	McKenna, Richard 301
Matthews, Jason 187	McClure, James 199	McKenzie, Keira 291
Matthews, William 66	McCourt, Frank 66, 119	McKersie, Alissa 342
Matthiessen, Peter ... 78, 79, 85	McCoy, Angel Leigh 352	McKillip, Patricia A.
Mattingly, Garrett 109	McCraw, Thomas K. 116	.... 272, 281, 283, 358
Mattson, Olle 412	McCrumb, Sharyn 147,	McKinley, Robin 276, 410
Matute, Ana María 61, 88	148, 172, 191, 224, 225	McKinney, Joe 352, 353
Matysiak, Gunnar 401	McCullough, David	McKinty, Adrian 222
Mauméjean, Xavier 245	.... 78, 80, 118, 120	McKissack, Fredrick 427
Mauriac, Claude 137	McCully, Emily Arnold 392	McKissack, Patricia C. 427
Mauriac, François Charles	McDade, Thomas M. 159	McLane, Maureen N. 68
.... 93	McDermid, Val 193,	McLaughlin, Andrew C. 104
Maurier, Daphne du ... 167, 193	203, 208, 219, 220, 222, 226	McLaughlin, Mark 348
Mauriès, René 4	McDermott, Alice 84	McLemme, Scott 68
Mavor, Salley 430	McDermott, Gerald 392	McLuhan, Marshall 11
Mawrina, Tatjana 388	McDermott, Kirsten .. 297~299	McMullen, Mary 155
Maxeiner, Alexandra 406	McDevitt, Jack ... 270, 309, 361	McMullen, Sean ...... 291~293
Maxwell, William 66, 81	McDonagh, Martin 185	McMurtry, Larry 116
May, Julian 359	McDonald, David 299	McNamara, Peter 294
May, Peter 222	McDonald, Gregory ... 165, 166	McNamee, Graham 181
Mayhar, Ardath 309	McDonald, Ian ...... 243~245,	McNaughton, Brian 280
Mayhew, Joe 332, 333	250~252, 270, 271, 336, 362	McNaughton, Colin 417
Maynard Martin 204	McDougall, Colin 10	McNeal, Susan Eba 222
Mayne, William 379, 381	McDougall, Walter A. 116	McNeill, William H. 74
Mayröcker, Friederike 99	McDowell, Franklin D. 7	McNulty, Faith 429
Mays, David J. 108	McEwan, Ian ... 35, 54, 67, 130	McPhedran, Marie 9
Mazeline, Guy 43	McFeely, William 115	McPhee, John 120
Mazer, Norma Fox 169	McFerran, Dave 255	McPherson, Catriona
Mazzantini, Margaret 59	McGinley, Phyllis 110, 159	.... 152, 197, 228, 229
Mazzarella, Glen 354	McGivern, William P. 156	McPherson, James Alan
Mazzieri, Julie 29	McGovern, Jimmy 176, 177	 114
Mazzucco, Melania G. 59	McGraw, Eloise Jarvis 167	McPherson, James M. 117
McAfee, Annalena 400	McGregor, Robert Kuhn	McQuarrie, Christopher
McAleer, John 167	 179	 177
McAuley, Paul J.	McGuinness, Brian 52	McWhorter, Diane 121
.... 230, 258, 270, 272	McGuire, D.A. 176	Meacham, Jon 123
McAuliffe, Frank 164		Mebs, Gudrun 400

Medio, Dolores ……… 87	Michaud, Marc ……… 279	Mitchell, Betsy ……… 278, 364
Meek, Joanne ……… 41	Michel, Wilhelm ……… 97	Mitchell, David ……… 286
Meersch, Maxence Van der ……… 43	Michener, James A. ……… 107	Mitchell, Dreda Say ……… 206
Mège, Nathalie ……… 241, 244	Middlemiss, Perry ……… 290	Mitchell, Margaret ……… 104
Megret, Christian ……… 126	Middleton, Stanley ……… 129	Mitchell, Rita Phillips ……… 416
Meigs, Cornelia ……… 408	Miéville, China ……… 231, 240, 244, 252, 260, 271, 284, 369, 370, 372〜375	Mitgutsch, Ali ……… 398
Meister, Ernst ……… 98		Mitton, Tony ……… 419
Melançon, Charlotte ……… 19, 23	Mighton, John ……… 20, 26	Mixon, Laura J. ……… 342
Melançon, Robert ……… 15, 19	Miki, Roy ……… 25	Mizumura, Kazue ……… 424
Melanson, Luc ……… 25	Mil, Ilona van ……… 205	Mo, Timothy ……… 53
Melaschwili, Tamta ……… 406	Milan, René ……… 125	Mobilio, Albert ……… 67
Melcher, Frederic G. ……… 158	Milch, David ……… 175, 176	Modiano, Patrick ……… 44, 96
Melin, Mårten ……… 414	Milchman, Jenny ……… 187	Moebius ……… 234, 279
Melko, Paul ……… 373	Miles, Jack ……… 119	Moeyaert, Bart ……… 403
Mellier, Denis ……… 238, 239	Milési, Raymond ……… 236, 237	Moffat, Steven ……… 187, 336, 337, 339
Mello, Roger ……… 389	Milford, Kate ……… 188	Moffett, Judith ……… 327
Mellow, James R. ……… 81	Milhous, Katherine ……… 391	Moher, Aidan ……… 341
Meloy, Paul ……… 261	Millar, Margaret ……… 157, 170	Mohl, Nils ……… 406
Melville, Pauline ……… 37	Millard, Candice ……… 186	Moinot, Pierre ……… 127
Melzack, Gene ……… 297	Millás, Juan José ……… 88	Moix, Yann ……… 146
Menand, Louis ……… 120	Millay, Edna St.Vincent ……… 101	Molaine, Pierre ……… 144
Mendelsohn, Daniel ……… 69, 141	Mille, Raoul ……… 5	Möller, Anne ……… 405
Mendelssohn, Arnold ……… 97	Miller, Andrew ……… 40, 53	Möller, Cannie ……… 414
Mendelsund, Peter ……… 196	Miller, Arthur ……… 107	Momaday, N Scott ……… 111
Mendiola, José María ……… 88	Miller, Bob ……… 212	Mommsen, Theodor ……… 91
Mendlesohn, Farah ……… 251, 252, 265, 335	Miller, Caroline ……… 104	Monahan, William ……… 184
	Miller, Derek B. ……… 209	Moncomble, Gérard ……… 238
Mendoza, Eduardo ……… 133	Miller, Dorothy Reynolds ……… 177	Mond, Ian ……… 298, 299
Menegoz, Mathias ……… 6		Mondolini, Jacques ……… 234
Meredith, William ……… 84, 117	Miller, Edward ……… 283	Monénembo, Tierno ……… 146
Merle, Robert ……… 43, 267	Miller, Ian ……… 249	Monesi, Irène ……… 126
Merola, Caroline ……… 30	Miller, Jason ……… 113	Monette, Hélène ……… 29
Merrick, Helen ……… 293, 298	Miller, J.P. ……… 166	Monette, Paul ……… 83
Merril, Judith ……… 334	Miller, Karl ……… 51	Monge, Jean-Baptiste ……… 242
Merrill, James ……… 63, 74, 78, 114	Miller, Madeline ……… 134	Monière, Denis ……… 14
Mertens, Pierre ……… 139	Miller, Perry ……… 111	Monks, Lydia ……… 418
Mertz, Barbara ……… 178, 189	Miller, P Schuyler ……… 316, 357	Monnet, Anne-Marie ……… 126
Merwin, William S. ……… 112	Miller, Ron ……… 334	Monroe, Aly ……… 209
Merwin, W.S. ……… 85, 123	Miller, Sylvie ……… 240, 243	Montale, Eugenio ……… 94
Mesghali, Farshid ……… 388	Miller, Walter M., Jr. ……… 314, 315	Montefoschi, Giorgio ……… 59
Meshekoff, Michael ……… 156	Millhauser, Steven ……… 119, 138, 277	Monteleone, Elizabeth ……… 349
Meskys, Edmund R. ……… 317		Monteleone, Thomas F. ……… 344, 349
Meurger, Michel ……… 242	Mills, David ……… 183	Montgomery, Helen J. ……… 342
Meyer, Deon ……… 222	Mills, Mark ……… 206	Montpetit, Charles ……… 18
Meyer, Michael ……… 32	Mills, Robert P. ……… 315, 316	Montresor, Beni ……… 391
Meyer, Nicholas ……… 199	Milne, John ……… 178	Moon, Elizabeth ……… 308
Meyers, Joe ……… 186	Miłosz, Czesław ……… 90, 95	Moorcock, Michael ……… 254, 258, 267, 273, 281, 301, 309, 349
Meyjes, Menno ……… 328	Mina, Denise ……… 204, 221	
Mezlekia, Nega ……… 24	Minahan, Daniel ……… 339	Moore, Alan ……… 327, 347, 352, 362
Miano, Léonora ……… 128	Mingarelli, Hubert ……… 141	
Michael, Livi ……… 421	Miomandre, Francis de ……… 42	Moore, Brian ……… 10, 13, 51
Michaels, Anne ……… 134	Mistral, Frédéric ……… 91	Moore, Christopher ……… 15, 29
Michaels, Barbara ……… 189	Mistral, Gabriela ……… 93	Moore, Christopher G. ……… 217
Michaels, Sean ……… 56	Mistry, Rohinton ……… 19, 56, 91	Moore, C.L. ……… 274, 324
Michaud, Andrée A. ……… 25, 31	Mitchell, Anthony ……… 294	

Moore, Inga ……… 416	Mott, Frank Luther ……… 105	Myers, Robert Manson …… 76
Moore, James ……… 53	Mouawad, Wajdi ……… 24	Mysterious Galaxy Bookstore ……… 187
Moore, Marianne …… 72, 108	Mountain, Fiona ……… 184	
Moore, Ronald D. …… 330, 335	Mouré, Erin ……… 18	
Moorman, Mary ……… 50	Mousset, Paul ……… 143	【N】
Moran, Terrie Farley …… 153	Mowat, Farley ……… 9	
Morante, Elsa …… 57, 138	Moyne, Jean Le ……… 10	
Moravia, Alberto ……… 57	M.S.F.C ……… 291	Nabb, Magdalen ……… 416
Mordvinoff, Nicholas …… 391	Mueller, Jorg ……… 425	Nabonne, Bernard ……… 143
Morehouse, Lyda ……… 215	Mueller, Lisel …… 80, 119	Nádas, Péter ……… 133
Morel, Jacques ……… 125	Mueller, Pat ……… 327	Nadeau, Janice …… 26, 28, 29
Moretti, Franco ……… 71	Mukasonga, Scholastique ……… 146	Nadeau-Dubois, Gabriel ……… 31
Morgan, Charles ……… 48	Mukerji, Dhan Gopal …… 408	Nadel, Barbara ……… 206
Morgan, Cheryl 292, 335, 338, 339	Mukherjee, Bharati …… 64	Nadramia, Peggy ……… 277
Morgan, Edmund S. ……… 122	Mukherjee, Siddhartha …… 123	Nagata, Linda … 272, 307, 366
Morgan, Richard …… 231, 270	Muldoon, Paul ……… 121	Nahrung, Jason ……… 295
Morgan, Robert ……… 282	Mullarkey, Rory ……… 55	Naidoo, Beverley …… 383, 419
Morgenstern, Erin ……… 374	Muller, Eddie ……… 216	Naifeh, Steven ……… 118
Mori, Kyoko ……… 423	Müller, Heiner ……… 99	Naipaul, Shiva ……… 32
Morin, Paul ……… 19	Muller, Henry ……… 4	Naipaul, Vidiadhar Surajprasad ……… 96
Morison, Samuel Eliot ……… 106, 109	Müller, Herta ……… 96	Naipaul, V.S. ……… 129
Morley, Lewis …… 290, 297	Müller, Jörg … 389, 399, 401	Namier, Julia ……… 51
Morojo ……… 312	Muller, Marcia …… 182, 190, 191, 213, 217, 223	NASA ……… 337
Morpurgo, Michael …… 36, 417, 420	Muller, Robin ……… 18	Nasar, Sylvia ……… 67
Morrell, David 229, 343, 344, 350	Mulligan, Andy ……… 380	Nash, Jay Robert ……… 174
Morrill, Rowena ……… 256	Mullins, Rhonda ……… 31	Nash, Margaret ……… 418
Morris, Edmund …… 79, 115	Mumford, Lewis ……… 73	Nasir, Jamil ……… 240
Morris, Errol ……… 173	Munro, Alice …… 12, 14, 17, 56, 67, 96, 131	Natanson, Maurice ……… 77
Morris, Wright …… 73, 80	Munro, Ross ……… 8	Nathan, Paul ……… 169
Morrison, Grant ……… 264	Munroe, Randall ……… 341	Nau, John-Antoine ……… 42
Morrison, Michael ……… 259	Munuera, José-Luis …… 245	Naumann, Cilla ……… 414
Morrison, Toni … 62, 71, 95, 117	Murail, Elvire ……… 240	Navarre, Yves ……… 44
Morrissey, Thomas ……… 182	Murail, Lorris ……… 240	Navarro, Yvonne ……… 348
Morrow, James …… 237, 268, 269, 271, 277, 279, 305	Murail, Marie-Aude … 240, 405	Navasky, Victor S. ……… 81
Morrow, Wm. ……… 162	Murano, Doug ……… 354	Naylor, Gloria ……… 82
Morse, L.A. ……… 169	Murdoch, Iris …… 33, 51, 129	Naylor, Phyllis Reynolds ……… 170, 181, 411
Mortimer, Penelope ……… 33	Murphy, Colleen ……… 27	NDiaye, Marie …… 45, 128
Morton, Lisa …… 350〜353	Murphy, Danny ……… 41	Neale, J.E. ……… 48
Morton, W.L. ……… 8	Murphy, Jill ……… 417	Neate, Patrick …… 38, 68
Mosby, Steve ……… 209	Murphy, Jim ……… 429	Necessary Evil Press …… 350
Mosebach, Martin ……… 99	Murphy, Margaret ……… 209	Neel, Janet ……… 201
Mosel, Arlene ……… 424	Murphy, Pat 277, 304, 305, 362	Neely, Barbara … 148, 190, 224
Mosel, Tad ……… 110	Murphy, Warren 170, 171, 211, 215	Neely, Mark E., Jr. ……… 118
Moselly, Emile ……… 42	Murray, Albert ……… 66	Nehr, Ellen …… 190, 224, 225
Moser, Barry ……… 427	Murray, Sabina ……… 136	Nels, Jacques ……… 3
Moser, James ……… 155	Muschg, Adolf ……… 99	Nelson, Marilyn ……… 429
Moskowitz, Sam ……… 314	Mutis, Álvaro …… 61, 90, 139	Nelson, Vaunda Micheaux ……… 430
Mosley, Nicholas ……… 35	Mwangi, Meja ……… 402	Nemerov, Howard …… 78, 114
Mosley, Walter …… 202, 213	Myers, E.C. ……… 311	Némirovsky, Irène ……… 146
Moss, Howard ……… 76	Myers, L.H. ……… 48	Nepveu, Pierre …… 23, 26
Motion, Andrew ……… 36	Myers, M Ruth ……… 218	Neruda, Pabl ……… 94

NESFA Press 337
Nesi,Edoardo 59
Ness,Evaline 391
Ness,Patrick ....
　　　　39, 380, 383, 406
Neuhoff,Éric 5
Neuman,E Jack 156, 163
Neumann,Franz 398
Nevill,Adam 264, 265
Neville,Emily Cheney 409
Nevins,Allan 76, 104
Nevins,Francis M.,Jr.
　　　　............... 165, 173
Newbery,Linda 39, 422
Newby,P.H. 129
Newlove,John 13
Newman,David 322
Newman,Emma 265
Newman,Kim ....
　　　　249, 260, 343, 350
Newman,Leslie 322
Newman,Sharan 224
Newsome,David 33
Newton,Eddie 183
Nguyen,Jean-Jacques 238
Niccol,Andrew 332
Nicholas,Lynn H. 66
Nicholl,Charles 202
Nicholls,Peter 250, 252,
　　　292, 323, 330, 339, 359, 365
Nichols,Roy Franklin 107
Nichols,Victoria 224
Nicholson,William 419
Nickle,David 345
Nicolay,Scott 286
Nicolazzini,Piergiorgio 239
Nicoll,Charles 53
Nicollet,Jean-Michel 236
Nicolson,Nigel 33
Nicot,Stéphanie 239
Niebuhr,Gary Warren
　　　　............... 194, 227
Niedlich,Johannes K.G.
　　　　............... 402
Nielsen,Susin 30
Nieto,José García 61
Nievo,Stanislao 59
Niffenegger,Audrey 270
Night Shade Books 348
Nikiforuk,Andrew 25
Nilsson,Per 403, 414
Nilsson,Ulf 413
Nilsson-Brännström,Moni
　　　　............... 414
Nimier,Marie 141
Nimmo,Jenny 415, 417

Niogret,Justine 243
Niss,Stanley 157
Nitz,Jai 349
Niven,Larry 287,
　　　301, 311, 317, 319,
　　　321, 355, 359, 360, 368
Nix,Garth 294
Nix,Matt 184
Nixon,Joan Lowery
　　　　............... 168, 172, 175
Nizan,Paul 3
Noël,Lise 18
Noël,Michel 23
Noguez,Dominique 128
Noirez,Jérôme 243
Nokes,David 52
Nolan,Christopher 35,
　　　180, 262, 264, 310, 339, 348
Nolan,Han 84
Nolan,Jonathan 348
Nolan,Tom 226
Nolan,William F.
　　　　............... 285, 352, 354
Noon,Jeff 230, 331
Nordqvist,Sven 402
Norman,Geoffrey 168
Norman,Marsha 115
Norris,Bruce 123
Norriss,Andrew 37, 418
North,Claire 272
Norton,Andre ....
　　　276, 280, 304, 322
Norton,Margaret 175
Norton,Mary 381
Nosfell,Labyala 243
Nossack,Hans Erich 98
Nöstlinger,Christine
　　　　............... 377, 388, 398
Nottage,Lynn 122
Nourissier,François 127
Noux,O'Neil De 217
Novik,Naomi 337, 372
Nowlan,Alden 12
Noyart,Paule 29
Nozick,Robert 77
Nucera,Louis 5
Nuland,Sherwin B. 83
Nunes,Lygia Bojunga
　　　　............... 377, 388
Nürnberger,Christian 406
Nutter,David 341
Nyberg,Morgan 17
Nye,Russell Blaine 106
Nykaned,Mark 171

【O】

Oakley,Graham 426
Oates,Joyce Carol 70,
　　　75, 284, 344, 345, 352, 353
O'Bannon,Dan 323
Obey,André 143
Obreht,Téa 134
O'Brien,Darcy 177
O'Brien,Edna 132
O'Brien,James 187
O'Brien,Kate 47
O'Brien,Robert C. 166, 410
O'Brien,Tim 78
O'Callaghan,Maxine 214
Och,Sheila 403
Ochse,Weston 350
Ocker,J.W. 188
O'Connell,Jack 243
O'Connor,Edwin 110
O'Connor,Flannery 76
Odell,Colin 251
Odell,Robin 168
O'Dell,Scott ....
　　　388, 394, 397, 409
O'Donoghue,Bernard 36
O'Driscoll,Mike 259
O'Farrell,Maggie 39
O'Farrell,William 158
Offen,Hilda 416
Offord,Lenore Glen 155
O'Flaherty,Liam 47
O'Flynn,Catherine 39
O'Hagan,Andrew 54
O'Hanlon,James 313
O'Hara,Frank 76
O'Hara,John 73
Ojea,Carmen Gómez 88
O'Keefe,Catherine 208
Okereke,Chioma 40
Okorafor,Nnedi 284
Okri,Ben 130
Oldenbourg,Zoé 126
Olds,Sharon 63, 124
Oliansky,Joel 165
Oliver,Jonathan 264, 265
Oliver,Lauren 244
Oliver,Mary 83, 116
Oliveri,Michael 347
Olivier,Jean-Michel 6
Ollier,Claude 137
Ollivier,Éric 5

Olsen, Ib Spang 388	Øyen, Wenche 401	281, 282, 285, 286
Olsen, Jack 173	Oz, Amos 133	Parker, Shane 296
Olson, Danel 285	Oz, Danny 296	Parker, T Jefferson
Olson, Toby 135	Ozick, Cynthia 67	.... 180, 182, 184
Oltion, Jerry 306		Parks, Brad 217, 218
Oman, Carola 49	【P】	Parks, Suzan-Lori 120
Ondaatje, Michael 12,		Parra, Nicanor 61
15, 20, 24, 27, 56, 130, 140	Pacheco, José Emilio 61	Parrington, Vernon Louis
Oneal, Zibby 423, 426	Packer, George 86	 102
O'Neill, Eugene	Packer, John 289	Parrish, P.J. 195, 216, 218
93, 101, 102, 108	Pacovská, Květa 389, 402	Parshall, Sandra 151
O'Neill, Gene 351, 353	Paffenroth, Kim 350	Partridge, Elizabeth ... 429, 430
O'Neill, Gerard 179	Page, Katherine Hall	Partridge, Norman
O'Neill, Joseph 136	.... 148, 150, 151	.... 344, 347, 350
Onetti, Juan Carlos 60	Page, P.K. 9	Partsch, Susanna 403
Oney, Steve 182	Pagel, Michel 239, 240	Paso, Fernando del 61
Onfray, Michel 139	Pagel, Stephen 280	Pass, John 27
Onions, G Oliver 49	Pagels, Elaine 63, 79	Passarella, J.G. 346
Ono-dit-Biot, Christophe	Painter, George 51	Pasternak, Boris Leonidovich
.... 6	Pais, Abraham 82	 93
Oppel, Kenneth 26	Pajak, Frédéric 142	Pastior, Oskar 99
Oppen, George 112	Palacio, Raquel J. 407	Pastoureau, Michel 142
Oppenheimer, Suzi 321	Palin, Michael 415	Patchett, Ann 134, 136
Orlev, Uri 389	Palle, Albert 144	Paterson, Don 38, 41
Orr, David 68	Pamuk, Orhan 96, 141	Paterson, Katherine 78,
Orsenna, Erik 45	Panama, Norman 169	377, 389, 410, 422, 427
Ortese, Anna Maria 58	Pancrazi, Jean-Noël 139	Patrice, Serge 22
Ortiz, Karla 266	Panek, Leroy Lad 172	Patrick, John 108
Ortlieb, Marc 288, 289	Panshin, Alexei 301, 317, 328	Patrick, Pamela 192
Orwell, George 313	Panshin, Cory 328	Patron, Susan 411
Osama 271	Panych, Morris 21, 26	Patten, Fred 336
O'Shea, Tara 339	Papineau, Jean 20	Patten, Tim Van 180, 339
Oshinsky, David M. 122	Paquet, David 29	Patterson, Geoffrey 415
Osmond, Edward 381	Paquet, Olivier 239	Patterson, James 166
Osnos, Evan 86	Paradis, Suzanne 16	Patterson, Katherine 395
Ossian, John 287	Pardlo, Gregory 124	Patterson, Orlando 83
Oster, Christian 140	Pardoe, Ro 256	Patterson, Richard North
Oswald, Hélène 236	Paré, Arleen 31	 168
Oterdahl, Jeanna 412	Paré, François 21	Patterson, William H Jr
Otsuka, Julie 136	Paretsky, Sara 186,	 374
Otto S., Svend 388	190, 201, 205, 216	Pattison, Eliot 179
Ouellet, Pierre 27, 28	Parise, Goffredo 58	Paul, Jeremy 172
Ouellette, Fernand	Parisot, Dean 333	Pauls, Ted 355
.... 12, 14, 16, 17	Park, Linda Sue 411	Paulsen, Steven 292, 293
Ouellette, Michel 21	Park, Ruth 426	Paulsen, Susanne 404
Ouellette-Michalska,	Park, Severna 307	Pausewang, Gudrun 401
Madeleine 15	Parker, Daniel 181	Pautz, Peter D. 276
Oulitskaïa, Ludmila 140	Parker, I.J. 215	Paver, Michelle 380
Ouologuem, Yambo 144	Parker, K.J. 285	Pavese, Cesare 57
Ouriou, Susan 29	Parker, Nathan 338	Pavón, Francisco García
Overmyer, Eric 183	Parker, Robert Andrew 429	 88
Owens, Barbara 167	Parker, Robert B.	Pavone, Chris 187, 196
Owl, Night 246	.... 166, 180, 213	Pawel, Rebecca 181
Oxenbury, Helen	Parker, Rosalie	Paxson, Frederic L. 102
.... 385, 386, 416, 429		Paxton, John 154
Oxwell, Simon 293, 294		Payne, Ben 297

Payne,Francis ……… 288	Perse,Sant-John ……… 94	……… 297, 298, 342
Payno,Juan Antonio ……… 88	Pershing,John J. ……… 103	Piercy,Marge ……… 230
Paz,Octavio ……… 60, 90, 95	Peterkin,Julia ……… 103	Pierre,DBC ……… 38, 130
PBS ……… 190	Peters,Barbara ……… 180, 185	Pierre-Noyart,Paule ……… 25
PBS,WGBH Boston ……… 189	Peters,Elizabeth	Pietro,Joe Di ……… 179
Peace,David ……… 54	……… 147, 150, 189	Pieyre de Mandiargues,
Pearce,Michael ……… 203	Peters,Ellis ……… 160, 200, 203	André ……… 44
Pearce,Philippa ……… 33, 381	Petersen,Les ……… 295	Pignat,Caroline ……… 28, 31
Pearlman,Edith ……… 70	Petersen,Lisa Marie ……… 181	Pike,B.A. ……… 191, 193
Pearsall,Shelley ……… 395	Petersen,Wilhelm ……… 97	Pike,Christopher ……… 237
Pearson,Kit ……… 22	Petersham,Maude ……… 391	Pike,Robert L. ……… 162
Peck,Richard ……… 166, 395, 411	Petersham,Miska ……… 391	Pilhes,René-Victor ……… 127, 137
Pedek,Ludek ……… 398	Peterson,Hans ……… 397, 412	Pilling,Ann ……… 379
Pedrazas,Allan ……… 213	Peterson,Keith ……… 173	Pilon,Jean-Guy ……… 12
Peet,Mal ……… 380, 383, 421	Petitjean,Frédéric ……… 244	Pimlott,Ben ……… 34
Pegg,Simon ……… 349	Petoud,Wildy ……… 236	Pinborough,Sarah
Pelan,John ……… 348	Petri,Elio ……… 163	……… 262, 263, 265
Pelecanos,George ……… 183, 221	Petricic,Dusan ……… 429	Pinfold,Levi ……… 387
Pelgrom,Els ……… 401	Petrie,Daniel,Jr. ……… 189	Pinget,Robert ……… 126
Pelletier,Maryse ……… 17	Petroni,Guglielmo ……… 58	Pinilla,Ramiro ……… 88
Pelletier,Stéphanie ……… 30	Petrushevskaya,Ludmilla	Pinkney,Brian ……… 428
Pelot,Pierre ……… 233, 236, 239	……… 284	Pinkney,Jerry ……… 393, 428
Pen,Robin	Pevel,Pierre ……… 239	Pinnell,Miss ……… 415
……… 291, 293〜295, 298	Pevney,Joseph ……… 318	Pinsonneault,Jean-Paul
PEN American Center ……… 69	Peyré,Joseph ……… 43	……… 11
Pennac,Daniel ……… 146	Peyrefitte,Roger ……… 143	Pinter,Harold ……… 96, 133
Pennacchi,Antonio ……… 59	Peyton,Kathleen M. ……… 382	Pintoff,Stefanie ……… 185
Penney,Stef ……… 39	Peyton,K.M. ……… 378	Piontek,Heinz ……… 98
Penningroth,Phil ……… 172	Phelan,Josephine ……… 9	Piovene,Guido ……… 58
Pennington,Bruce ……… 248	Phelan,Matt ……… 395	Piper,Nikolaus ……… 404
Penny,Louise ……… 151, 152,	Philbrick,Nathaniel ……… 84	Piperno,Alessandro ……… 59
195, 196, 206, 221, 228, 229	Philbrick,Rodman ……… 213	Pirandello,Luigi ……… 93
Penzler,Otto ………	Philips,Judson ……… 164	Pireyre,Emmanuelle ……… 142
……… 166, 176, 181, 185	Phillips,Caryl ……… 53	Pirro,Ugo ……… 163
Peoples,David ……… 324	Phillips,Julie ……… 69, 336, 372	Pitcher,Annabel ……… 187
Percy,Eustace,Lord ……… 48	Phillips,Max ……… 216	Pitol,Sergio ……… 61
Percy,Walker ……… 73	Phillips,Mike ……… 202	Pittman,Joe ……… 215
Perec,Georges ……… 138, 144	Phillips,Sean ……… 265	Pitts,Jim ……… 258
Perez-Reverte,Arturo ……… 209	Phillips,Wendy ……… 29	Pizzichini,Lillian ……… 205
Pergaud,Louis ……… 42	Picacio,John	Place,François ……… 244
Perkins,Anthony ……… 165	……… 282, 340, 372, 376	Plath,Sylvia ……… 115
Perkins,Lynne Rae ……… 411	Piccirilli,Tom ……… 347〜349, 354	Platt,Charles ……… 269, 360
Perlman,Nicole ……… 266, 311, 341	Piccolo,Francesco ……… 60	Platt,Kin ……… 161
Pérochon,Ernest ……… 42	Piché,Alphonse ……… 14	Platt,Richard ……… 420
Perrault,Pierre ……… 11, 14, 24	Pichel,Irving ……… 313	Plauger,P.J. ……… 321
Perrein,Michèle ……… 5	Picholle,Éric ……… 242	Pleau,Michel ……… 28
Perret,Jacques ……… 4	Pichon,Liz ……… 420	Plenel,Edwy ……… 140
Perrin,André ……… 144	Pickard,Nancy ……… 147〜149,	Plisnier,Charles ……… 43
Perry,Anne C. ……… 179, 265	151, 188, 189, 213,	Plomer,William ……… 33
Perry,Jacques ……… 144	221, 223, 224, 227	Pludra,Benno ……… 402, 405
Perry,Janet ……… 416	Picouly,Daniel ……… 145	Pocket Books ……… 165
Perry,Michael R. ……… 179	Pielmeier,John ……… 178	Pocket Timescape ……… 360
Perry,Nick ……… 186	Pienkowski,Jan ……… 385	Poe,Harry Lee ……… 185
Perry,Ralph Barton ……… 104	Pierce,Alex ……… 298, 299	Poe House ……… 185
Perry,Thomas ……… 169, 222	Pierce,Alexandra	Poe Museum ……… 181
Perry,Will ……… 165		Pohl,Frederick ……… 79, 232, 267,

268, 302, 303, 306, 317, 318, 320, 322, 326, 338, 356, 358
Pohl,Peter ……… 402, 403, 413
Pohl-Weary,Emily ……… 334
Poirot-Delpech,Bertrand ……… 4
Polack,Gillian ……… 298
Police,Aurélien ……… 246
Poliquin,Daniel ……… 31
Politi,Leo ……… 391
Polito,Robert ……… 66, 176
Pollack,Rachel ……… 230, 279
Pollès,Renan ……… 239
Pollitt,Katha ……… 63
Pollock,Sharon ……… 15, 17
Pombo,Àlvaro ……… 89
Pomilio,Mario ……… 58
Pommaux,Yvan ……… 402
Ponge,Francis ……… 90
Poniatowska,Elena ……… 61
Ponsonby of Shulbrede,Lord ……… 48
Ponsot,Marie ……… 67
Pontalis,Jean-Bertrand ……… 141
Pontiggia,Giuseppe ……… 59
Pontoppidan,Henrik ……… 92
Poole,Ernest ……… 100
Pope-Hennessey,James ……… 32
Popular Library ……… 160, 161
Portelle,Jean ……… 4
Porter,Andrew ……… 258, 328〜330
Porter,Andy ……… 320
Porter,Henry ……… 206
Porter,Katherine Anne ……… 74, 111
Porter,Pamela ……… 27
Porter,Peter ……… 35
Porter,Sheena ……… 382
Porter,Sylvia ……… 170
Posch,Alexander ……… 97
Potter,David M. ……… 114
Potter,Dennis ……… 170
Potter,J.K. ……… 257, 276, 278
Potts,Jean ……… 156
Poulin,Jacques ……… 14
Poulin,Stéphane ……… 18, 23
Pourbaix,Joël ……… 31
Pournelle,Jerry ……… 320
Pourrat,Henri ……… 43
Powell,Anthony ……… 50
Powell,D.A. ……… 70
Powell,Father Peter John ……… 81
Powell,Gareth L. ……… 252
Powell,Lily ……… 51
Powell,Padgett ……… 54

Powell,Sumner Chilton ……… 110
Powell,William Dylan ……… 184
Power,Samantha ……… 67, 121
Powers,J.F. ……… 73
Powers,Katherine A. ……… 71
Powers,Richard ……… 85
Powers,Tim ……… 232, 278, 281, 285, 364, 366, 367, 374
Poyser,Victoria ……… 323, 324
Poznanski,Ursula ……… 406
PRAESA ……… 377
Prager,Hans G. ……… 397
Pratchett,Terry ……… 249, 264, 284, 310, 370, 372, 383, 417, 430
Prather,Richard S. ……… 211
Pratt,E.J. ……… 7, 9
Pratt,Pierre ……… 19, 21, 23
Pratt,Tim ……… 336
Prentiss,Norman ……… 351, 352
Prescott,Hilda F.M. ……… 48
Pressler,Mirjam ……… 402, 403, 406
Preston,M.K. ……… 182
Prettyman,Barrett,Jr. ……… 159
Preusler,Otfried ……… 398
Preuss,Paul ……… 270
Price,Anthony ……… 199
Price,Charlie ……… 186
Price,E Hoffmann ……… 275
Price,Jeffrey ……… 327
Price,Reynolds ……… 64
Price,Richard ……… 183
Price,Susan ……… 379, 383
Price,Tim ……… 55
Price,Vincent ……… 172, 345
Pride,Marilyn ……… 288, 289
Prideaux,Sue ……… 54
Priest,Cherie ……… 373
Priest,Chris ……… 288, 289
Priest,Christopher ……… 53, 231, 239, 241, 247, 248, 250〜252, 267, 271, 270
Priestley,J.B. ……… 47
Prieto,Frank R.,Jr. ……… 315
Pringle,David ……… 259, 330, 336
Pringle,Henry F. ……… 103
Prinz,Alois ……… 404
Prisco,Michele ……… 58
Pristavkin,Anatoli ……… 402
Privat,Bernard ……… 126
Probert,John Llewellyn ……… 264
Procházka,Jan ……… 398
Procházková,Iva ……… 401
Pronzini,Bill ……… 184, 211, 215, 223
Prou,Suzanne ……… 144

Proulx,E Annie ……… 83, 118, 135
Proust,Marcel ……… 42
Provensen,Alice ……… 392, 426
Provensen,Martin ……… 392, 426
Proyas,Alex ……… 346
Prucher,Jeff ……… 337
Prue,Sally ……… 420
PS Publishing ……… 260〜262, 350
Ptacek,Kathryn ……… 348, 352
Pugi,Jean-Pierre ……… 239
Puller,Lewis B.,Jr. ……… 118
Pullinger,Kate ……… 28
Pullman,Philip ……… 37, 377, 379, 383, 417, 418, 421
Pupin,Michael Idvorsky ……… 102
Purdy,Al ……… 17
Purdy,Alfred ……… 11
Pusey,Merlo J. ……… 107
Pushkarev,Boris ……… 74
Putters,Jean-Pierre ……… 238
Puzo,Mario ……… 322
Pyle,Howard ……… 425
Pynchon,Thomas ……… 77

【Q】

Quaglia,Roberto ……… 252
Quang,Huynh Nhuong ……… 401
Quarrington,Paul ……… 18
Quasimodo,Salvatore ……… 93
Queen,Ellery ……… 155, 159, 162
Quéffelec,Yann ……… 45
Quenot,Katherine ……… 236
Quentin,Patrick ……… 160
Quignard,Pascal ……… 45
Quiriny,Bernard ……… 245
Quiroga,Elena ……… 87
Quiviger,Pascale ……… 26

【R】

Raban,Jonathan ……… 66
Rabassa,Gregory ……… 74
Raddall,Thomas H. ……… 7, 8, 10
Rader-Day,Lori ……… 197
Radin,Edward D. ……… 154, 155
Raff,Gideon ……… 186
Ragus,Christopher ……… 425
Rahimi,Atiq ……… 45
Rahlens,Holly-Jane ……… 404
Rahman,Zia Haider ……… 55

Rainey,Amanda ············ 298	Rehak,Melanie ·· 151, 183, 227	Richter,Conrad ········ 73, 107
Rajaniemi,Hannu ·········· 271	Reiche,Dietlof ··············· 399	Richter,Jutta ··············· 404
Rakove,Jack N. ············ 119	Reid,Barbara ················· 22	Rickert,M. ··················· 283
Rambaud,Patrick ············ 45	Reid,Benjamin Lawrence	Rickert,Mary ··············· 376
Randisi,Robert J. ·········· 217	···································· 112	Riddell,Chris ············
Random House ············ 161	Reid,Christopher ············ 39	40, 386, 420～422
Rankin,Ian ······ 181, 203, 206	Reid,Forrest ················· 49	Rider,J.W. ···················· 212
Rankine,Claudia ············· 71	Reid,Raziel ··················· 31	Ridley,Jasper ················· 51
Ransom,John Crowe ······· 74	Reidel,Marlene ·············· 396	Ridley,Philip ················ 416
Ransome,Arthur ············ 381	Reilly,John ·················· 168	Riggs,Ransom ·············· 246
Ranson,Peggy ·············· 329	Reiner,Rob ··················· 327	Říha,Bohumil ··············· 388
Ranst,Do van ··············· 405	Reisman,Philip ·············· 160	Riley,Frank ·················· 314
Rao,Raja ······················ 90	Reiss,Mike ··················· 179	Rinaldi,Angelo ·············· 127
Rapoport,I.C. ··············· 177	Reiss,Tom ··················· 124	Rinehart,Mary Roberts ···· 156
Raschka,Chris ·············· 393	Remini,Robert V. ··········· 82	Ringuet ························· 7
Rash,Ron ···················· 132	Remnick,David ·············· 118	Rio,Michel ··················· 139
Raskin,Ellen ········· 410, 425	Remy,Ada ···················· 234	Riordan,Rick ··· 178, 192, 214
Rasovsky,Yuri ··············· 307	Rémy,Pierre-Jean ·········· 144	Rios,Julia ···················· 299
Ratel,Simone ··················· 3	Remy,Yves ··················· 234	Ripley,Mike ·················· 202
Rathmann,Peggy ··········· 393	Renard,Jean-Bruno ········· 239	Ritchie,Charles ··············· 13
Rausch,Albert H. ············ 97	Rendell,Ruth ············· 165,	Ritchie,Guy ·················· 179
Raven,C.C.E. ················· 49	170, 177, 199, 201, 202	Ritchie,Jack ·················· 169
Raven,Pieter Van ············ 394	Rennison,Louise ············ 418	Rivard,Yvon ············ 17, 30
Rawlings,Marjorie Kinnan	Renwick,David ·············· 174	Rivoyre,Christine De ········ 4
···································· 105	Réouven,René ··············· 239	Robb,Graham ················ 37
Rawson,Clayton ······ 155, 162	Requena,José María ········ 88	Robert,Louis de ············ 125
Ray,Jane ····················· 416	Resnick,Laura ··············· 329	Roberts,A.A. ················ 160
Ray and Pat Browne Library	Resnick,Mike ············ 306,	Roberts,Adam ······· 252, 271
for Popular Culture Stud-	327, 328, 330, 332, 335, 366	Roberts,Bruce ················ 25
ies ···························· 182	Rettich,Margaret ············ 400	Roberts,David ········ 404, 421
Rayfiel,David ··············· 166	Reuter,Bjarne ··············· 404	Roberts,Gene ··············· 122
Rayner,Catherine ··········· 386	Reuterswärd,Maud ········ 413	Roberts,Gillian ·············· 189
Razorblade Press ············ 260	Reverzy,Jean ················ 144	Roberts,Jean-Marc ········· 145
Rea,Domenico ················ 59	Revesz,Etta ·················· 166	Roberts,Keith ·· 248, 249, 268
Read,Cornelia ··············· 217	Rey,Henri-François ··········· 4	Roberts,Kenneth ············ 109
Read,Piers Paul ··············· 52	Reybrouck,David Van ······ 142	Roberts,Les ·················· 211
Reading,Peter ················· 35	Reyes,Felipe Benítez ········ 89	Roberts,Michael Simmons
Readman,Angela ············· 40	Reymont,Wladyslaw Stanis-	································ 38
Reah,Danuta ················· 206	law ····························· 92	Roberts,Tansy Rayner
Reamy,Tom ··········· 302, 321	Reynolds,Alastair ··········· 251	········· 297～300, 340, 342
Reaney,James ··········· 8, 10	Reynolds,Quentin ··········· 154	Roberts,Willo Davis
Reardon,Jim ·········· 309, 338	Rhodes,James Ford ········ 100	················ 173, 176, 177
Reaver,Chap ········ 174, 175	Rhodes,Linda ················ 206	Robertson,T.B. ················ 7
Rebeck,Theresa ············· 177	Rhodes,Richard ···· 64, 82, 117	Robida,Michel ·············· 126
Réber,László ················ 398	Riccarelli,Ugo ················· 59	Robidoux,Réjean ············· 11
Reed,Fred A. ······· 20, 25, 27	Ricci,Nino ············ 19, 28	Robin,Régine ················· 17
Reed,Robert ········· 237, 336	Rice,Anne ············ 349, 363	Robinette,Harriette ········ 395
Reeder,Carolyn ············· 394	Rice,Elmer L. ················ 103	Robins,Arthur ··············· 418
Rees,David ·················· 382	Rich,Adrienne ··········· 68, 77	Robins,Gwen ················ 167
Rees,Matt ···················· 207	Richard,François ············· 17	Robins,John D. ················ 7
Reeve,Philip ·············	Richards,David Adams ··· 17, 23	Robins,Natalie ··············· 171
380, 383, 420, 422	Richards,Laura E. ·········· 100	Robinson,Christian ········ 412
Reeves-Stevens,Garfield	Richardson,Evelyn M. ········ 8	Robinson,Edwin Arlington
···································· 236	Richardson,John ············· 35	······················ 101～103
Regàs,Rosa ··················· 89	Richardson,Robert ·········· 201	Robinson,Frank M. ··· 333, 368
Regnaud,Jean ················ 406	Richler,Mordecai ···· 12, 13, 56	Robinson,Jeanne

················ 303, 324, 358
Robinson,Kara ············ 182
Robinson,Kim Stanley ···· 249,
　　269, 270, 275, 305, 306,
　　310, 330, 331, 361,
　　363, 365, 366, 368, 369
Robinson,Marilynne
　············ 68, 71, 121, 134
Robinson,Peter ·········· 179,
　　192, 205, 219, 225
Robinson,Spider ········· 303,
　　320〜322, 324, 358
Roblès,Emmanuel ·········· 126
Robotham,Michael ········· 209
Robson,Justina ············ 270
Roby,Yves ················· 13
Roche,Thérèse ············ 234
Rochefort,Christiane ······ 139
Röckl,Christina ··········· 407
Rodari,Gianni ············ 388
Roddenberry,Gene ···· 317, 318
Rodell,Marie ········· 154, 155
Roden,Barbara ········ 280, 282
Roden,Christopher ···· 280, 282
Rodgers,Alan ············· 342
Rodgers,Richard ····· 106, 107
Rodman,Maia ············· 398
Rodriguez,Gabriel ···· 262, 264
Roe,Caroline ············· 220
Roeburt,John ············ 154
Roerden,Chris ············ 151
Roessner,Michaela ········ 327
Roethke,Theodore ·· 73, 74, 108
Rogé ····················· 27
Rogers,Bruce Holland ····· 282,
　　283, 306, 307, 346
Rogers,Byron ·············· 54
Rogers,Gregory ··········· 386
Rogers,Jane ·············· 231
Rogissart,Jean ············ 143
Rohmann,Eric ············ 393
Rohrig,Judi ·········· 318, 319
Röhrig,Tilman ············ 400
Rojankovsky,Feodor ······· 391
Rojas,Carlos ·············· 88
Rojas,Gonzalo ············· 61
Rol,Ruud vaan der ········ 402
Roland,Rosaland ·········· 178
Rolfe,Felice ·············· 317
Rolfe,Sam H. ············· 169
Rolin,Dominique ·········· 126
Rolin,Jean ··············· 140
Rolin,Olivier ············· 127
Rolland,Romain ······· 92, 125
Romano,Lalla ············· 58
Romero,Luis ·············· 87

Ronkel,Alford Van ········ 313
Rooke,Leon ··············· 16
Roome,Annette ··········· 202
Roos,Kelley ·············· 159
Roosevelt,Franklin Delano
　······················ 158
Root,Phyllis ·············· 429
Rosales,Luis ··············· 60
Rose,Gerald ·············· 384
Rose,Kenneth ·············· 34
Rose,Reginald ············· 158
Rosen,Charles ············· 75
Rosen,Leonard ············ 228
Rosen,Michael ······· 416, 421
Rosen,R.D. ··············· 170
Rosenberg,Tina ······· 83, 119
Rosenblatt,Joe ············· 14
Rosenfelt,David ··········· 218
Rosengarten,Theodore ·· 64, 77
Rosenwald,Robert ········· 185
Roslund,Anders ··········· 208
Rosoff,Meg ····· 380, 383, 405
Ross,Alex ················· 69
Ross,Gary Earl ··········· 183
Ross,Ian ·················· 22
Ross,Jerome ········· 156, 161
Ross,Kate ················ 149
Ross,Maggie ··············· 51
Ross,Robert ·············· 166
Ross,Sir Ronald ············ 47
Ross,Tony ····· 401, 417, 420
Roszak,Theodore ·········· 242
Roth,Philip ······· 64, 65, 73,
　　83, 119, 131, 133, 136, 141
Roth,Susan L. ············ 428
Rotsler,Bill ···············
　　321, 323, 355, 356
Rotsler,William ······ 313, 331
Rouanet,Pierre ············· 4
Rouart,Jean-Marie ····· 4, 145
Rouaud,Jean ··············· 45
Rouiller,François ········· 242
Rousseau,François-Olivier
　······················ 138
Roussel,Romain ············ 3
Rousset,David ············ 143
Roux,François de ········· 143
Rowe,Diane ··············· 34
Rowe,Michele ············ 208
Rowell,Rainbow ··········· 431
Rowling,J.K. ······· 37, 194,
　　309, 333, 346, 349, 368, 418
Rowohlt,Harry ············ 405
Roy,Alain ················ 30
Roy,André ················ 16
Roy,Arundhati ············ 130

Roy,Gabrielle ··· 8, 10, 14, 126
Roy,Jules ················ 143
Roy,Lori ················· 186
Royal Shakespeare Company
　······················ 165
Royle,Nicholas ············ 258
Rozan,S.J. ··············· 180,
　　192, 214, 215, 226
Roze,Pascale ·············· 45
Ruben,Albert ············· 168
Rubens,Bernice ··········· 129
Rubenstein,Norman ········ 354
Rubin,Louis,Jr. ············ 68
Rubin,Mann ··············· 164
Rudman,Mark ·············· 66
Rudnicki,Stefan ······ 341, 342
Rudolph,Janet ············ 195
Ruellan,André ············ 234
Rufin,Jean-Christophe ···· 5, 45
Ruggiero,Alfonso,Jr. ······ 173
Ruhemann,Andrew ········· 298
Rühmkorf,Peter ············ 99
Rule,Ann ················ 191
Rundell,Katherine ········ 431
Rusch,Kristine Kathryn
　················· 277,
　　328, 330, 333, 363, 364
Rush,Norman ·············· 83
Rushdie,Salman ···········
　　35, 36, 52, 129, 130
Rusk,Ralph L. ············· 72
Russ,Joanna ···· 302, 324, 360
Russell,Bertrand Arthur
　　William ··············· 93
Russell,Charles Edward
　······················ 103
Russell,Craig ············· 207
Russell,Eric Frank ········ 314
Russell,Francis ··········· 160
Russell,Mary Doria ·····
　　231, 250, 270, 332
Russell,P Craig ··········· 373
Russell,Ray ·········· 278, 344
Russell,Ray B. ···········
　　281, 282, 285, 286
Russo,Richard ············ 120
Rutledge,Joseph Lister ······ 9
Ryan,Alan ··············· 275
Ryan,Hank Phillippi ······· 151
　〜153, 187, 196, 197, 228, 229
Ryan,Kay ················ 123
Ryan,Pam Munoz ·········· 407
Rychlicki,Zbigniew ········ 388
Rylant,Cynthia ······ 411, 427
Ryman,Geoff ··· 230, 231, 248,
　　249, 251, 269, 270, 275, 310

Rymer,Michael 335
Ryp,Juan José 243
Ryskind,Morrie 103

【 S 】

Sabar,Ariel 69
Sábato,Ernesto 60
Sabral,Jody 209
Sachar,Louis ·· 84, 411, 428
Sachs,Nelly 94
Sackler,Howard 112
Sáenz,Benjamin Alire ······ 136
Saer,Juan José 88
Sagan,Carl ·· 114, 267, 323, 361
Sage,Lorna 37
Said,SF 420
Saint-Bris,Gonzague 5
Sainte-Marie,Jean-Paul
.... 20
Saint-Exupéry,Antoine de
.... 125
Saint-Germain,Michel ······ 25
Saint-Jarre,Chantal 21
Saint-Martin,Lori ··· 24, 28, 31
Sales,Ian 252
Salisbury,Graham ····· 395, 429
Salkey,Andrew 397
Salkowitz,Sy 165
Sallans,G Herbert 7
Sallenave,Danièle 145
Salmonson,Jessica Amanda
.... 274
Salter,James 135
Salvadori,Mario 425
Salvayre,Lydie 46
Salverson,Laura G. 7
Samatar,Sofia ··· 265, 285, 341
Samoza,Jose Carlos 205
Sampson,Robert 171
Samuels,Charles 157
Samuels,Ernest 111
Samuels,Louise 157
Sánchez,Clara 89
Sánchez-Silva,José Maria
.... 388
Sandberg,Inger 413
Sandburg,Carl ·· 101, 105, 107
Sanders,Lawrence 163
Sanderson,Brandon 340
Sanderson,Jordan 340
Sandoe,James ······ 155, 159
Sandre,Thierry 42
Sanjuán,José María 88

Sansom,C.J. 206
Santangelo,Elena 152
Santat,Dan 393
Santesson,Hans Stefan ····· 160
Santos,Jesús Fernández ····· 88
Sapinsley,Alvin,Jr. 157
Sapp,Allen 26
Sarafin,James 177
Sarah,Robyn 31
Saramago,José 96
Sarduy,Severo 138
Sarfati,Sonia 22
Sargent,Pamela ····· 306, 364
Saroyan,William 105
Sarrantonio,Al 346
Sartre,Jean-Paul 94
Sassoon,Siegfried 47
Saul,John Ralston 22
Saunders,George 283
Saunders,Kate 40
Savage,Mildred 163
Savard,Félix-Antoine ······ 10
Savard,Michel 16
Savignon,André 42
Savory,Brett Alexander
 .... 265, 286, 347
Sawai,Gloria 25
Sawyer,Robert J. ......
 .... 270, 271, 306, 334
Sawyer,Robert James ····· 237
Sawyer,Ruth 408
Say,Allen ····· 393, 427, 428
Sayer,Paul 35
Sayles,John 173
Saylor,Stephen 175
Scalzi,John ......
 .... 336, 337, 340, 375
Scarborough,Elizabeth Ann
.... 305
Scarpa,Tiziano 59
Schachter,Steven 179
Schafer,William K. 285
Schaller,George B. 76
Schama,Simon 69
Schamus,James ····· 307, 333
Schantz,Enid 180
Schantz,Tom 180
Schapiro,Meyer 62
Scheffel,Tobias 406
Scheffler,Axel 418
Scheier,Jacob 28
Schendel,Michel van ······ 15
Schenkkan,Robert 118
Schiebelhuth,Hans 97
Schiff,Stacy 120
Schiff,Stuart David ......

 .... 256, 272, 273, 275
Schinkel,David 17
Schlee,Ann 379
Schlesinger,Arthur M.,Jr.
 .... 74, 78, 106, 111
Schlitz,Laura Amy ····· 396, 411
Schlote,Wilhelm 399
Schmid,Heribert 400
Schmidt,Annie M.G. ······ 388
Schmidt,Stanley 340
Schmitt,Bernadotte E. ····· 103
Schneider,Leo 397
Schneider,Michel ······ 6, 141
Schneider,Miss Jean ······ 109
Schneider,Robert 140
Schnurre,Wolfdietrich ······ 98
Schoemperlen,Diane ······ 23
Schoendoerffer,Pierre ······ 4
Schoenherr,John ····· 317, 392
Scholes,Percy A. 49
Scholz,Steve 292
Schomburg,Alex 327
Schorske,Carl E. 115
Schössow,Peter 405
Schow,David J. 276
Schreiber,Boris 145
Schroeder,Binette 403
Schubiger,Jürg ····· 389, 403
Schuetz,Melvin H. 334
Schuh,Bernd 404
Schuhl,Jean-Jacques ······ 45
Schultz,Philip 122
Schulz,Kathryn 70
Schutz,Benjamin M.
 .... 175, 212, 213
Schuyler,James 115
Schwaeble,Hank 351
Schwart-Bart,André ······ 44
Schwartz,Alexandra ······ 71
Schwarzkopf,Nikolaus ······ 97
Schwegel,Theresa ········ 182
Schweitzer,Darrell ········ 278
Scialabba,George 65
Science Fiction Book Club
.... 357
Science Fiction Collective
.... 291
Science Fiction Oral History
 Association 327
Scithers,George H. ····· 278,
 281, 317, 318, 322, 323
Sclater,William 8
Scobie,Stephen 15
Scott,Alison ····· 335, 336
Scott,F.R. 15
Scott,Frank 14

Scott,Geoffrey ············· 47	Sewall,Richard B. ·········· 77	Shew,E Spencer ············ 160
Scott,Howard ··············· 22	Sexton,Anne ··············· 111	Shibuk,Charles ············ 166
Scott,Hugh ·················· 35	Seymour,Richard ·········· 415	Shields,Carol ·· 20, 66, 119, 134
Scott,Martin ··············· 280	Sgorlon,Carlo ··············· 58	Shields,Erin ················ 29
Scott,Melissa ·············· 326	Shaara,Michael ············ 113	Shiffman,Stu ··············· 328
Scott,Mike ··········· 335, 336	Shacochis,Bob ·············· 82	Shimazaki,Aki ··············· 27
Scott,Paul ·················· 129	Shaffer,Anthony ······ 163, 164	Shimer,R.H. ················ 164
Scott,Ridley ··········· 323, 324	Shahar,David ·············· 138	Shiner,Lewis ··············· 278
Scott-Clark,Cathy ········ 209	Shames,Laurence ·········· 203	Shipler,David K. ··········· 117
Scottoline,Lisa ············· 176	Shames,Terry ··············· 229	Shippey,Tom ··············· 281
Scoville,Pamela D. ········ 335	Shanley,John Patrick ····· 121	Shipton,Paul ··············· 421
Scoyk,Robert Van ········· 167	Shannon,Fred Albert ····· 103	Shirer,William L. ············ 73
Scribner,Edwin ············ 295	Shannon,Monica ··········· 408	Shirley,John ··············· 346
Scribner,Ted ········· 295, 296	Shapcott,Jo ················· 39	Sholokhov,Mikhail Aleksan-
Scribners ······· 157, 159, 162	Shapiro,Karl ··············· 106	drovich ················· 94
Scriven,Richard ······ 291, 292	Shapiro,Lionel ··············· 9	Shreve,Susan ··············· 172
Seaman,Peter S. ············ 327	Shapter,Zena ··············· 299	Shriver,Lionel ·············· 134
Sears,Djanet ················ 23	Shapton,Leanne ············ 70	Shulevitz,Uri ··············· 391
Sears,Michael ·············· 218	Sharp,Edith L. ··············· 10	Shulze,Gary ················ 186
Sebag-Montefiore,Simon	Sharp,George ··············· 275	Shurin,Jared ················ 265
························ 39	Sharratt,Nick ···· 417, 419, 421	Shusett,Ronald ············ 323
Sebald,W.G. ················· 67	Sharzer,Jessica ············· 352	Shuster,Joe ················· 313
Sebestyen,Ouida ············ 80	Shattuck,Roger ············· 77	Shusterman,Neal ····· 87, 429
Sebold,Alice ················ 348	Shaw,Bob ·············· 247,	Shyamalan,M Night ··· 307, 346
Sedano,José Asenjo ········· 88	249, 267, 322, 323	Siciliano,Enzo ··············· 59
Sedia,Ekaterina ············ 284	Shaw,George Bernard ······ 92	Sidjakov,Nicolas ············ 391
Seeger,Laura Vaccaro ····· 430	Shaw,Johnny ··············· 196	Siegal,Aranka ·············· 426
Seféris,Gíorgos ·············· 94	Shaw,Larry T. ··············· 325	Siegel,Jerry ················· 312
Segal,Francesca ············· 40	Shaw,Lou ···················· 167	Sienkiewicz,Henryk ········· 91
Segal,Stephen H. ··········· 338	Shaw,Simon ··········· 202, 203	Sigaud,Bernard ············ 245
Seghers,Anna ··············· 97	Shea,Michael ·········· 274, 282	Sigaux,Gilbert ··············· 3
Segriff,Larry ··········· 191, 225	Sheaffer,Louis ·············· 113	Siggins,Maggie ·············· 20
Séguin,Robert-Lionel ········ 12	Shearman,Robert	Sijie,Dai ···················· 128
Sehgal,Parul ················ 70	··············· 263, 264, 283	Sillanpää,Frans Eemil ······ 93
Seidel,Frederick ············· 63	Sheckley,Robert ············ 307	Silliphant,Stirling ·········· 162
Seidenstickcr,Edward G.	Sheehan,Bill ················ 281	Sills,Laurel ················· 266
························ 75	Sheehan,Neil ··········· 83, 117	Silva,Daniel ·········· 221, 222
Seidman,Michael ··········· 215	Sheehan,Susan ············· 115	Silva,David B. ········ 276, 343
Seifelt,Jaroslav ··············· 95	Sheffield,Charles	Silva,Lorenzo ················ 89
Selbourne,Raphael ··········· 39	··············· 269, 306, 330	Silve,Claude ················ 126
Selznick,Brian ·············· 393	Sheinkin,Steve ······· 430, 431	Silverberg,Bob ············· 313
Semple,Lorenzo,Jr. ········· 166	Sheldon,Lee ················ 200	Silverberg,Robert ······· 232,
Semprún,Jorge ······· 127, 163	Sheldon,Raccoona ·········· 303	267, 301, 302, 304, 308, 315,
Sendak,Maurice ··········· 81,	Shepard,Lucius ············ 241,	318, 326, 328, 355～357,
377, 388, 391, 426	244, 276, 278, 304, 325,	359, 362, 364, 367, 368
Serafin,David ·············· 200	329, 361～365, 368	Silverman,Kenneth ···· 116, 174
Seranella,Barbara ·········· 194	Shepard,Odell ·············· 105	Silvers,Robert B. ············ 70
Seredy,Kate ················ 408	Shepard,Sam ··············· 114	Silvestre,Charles ··········· 125
Sereny,Gitta ············ 53, 204	Shepherd,Lucius ············ 268	Simak,Clifford D. ·········· 303,
Serling,Rod ············ 315, 316	Shepphird,John ············ 218	312, 315, 316, 323, 343, 359
Serra,Daniele ··············· 264	Sherman,Delia ·············· 310	Simard,Danielle ············· 26
Serres,Michel ··············· 139	Sherman,Jason ··············· 21	Simard,Jean-Jacques ········ 26
Serval,Nathalie ············· 238	Sherry,Norman ············· 173	Simenon,Georges ····· 158, 161
Seshadri,Vijay ·············· 124	Sherwin,Martin J. ····· 68, 122	Simic,Charles ··············· 117
Settle,Mary Lee ·············· 78	Sherwood,Robert E.	Simmons,Dan ············ 237,
Sewall,Marcia ··············· 427	··············· 104, 105, 107	249, 257, 276, 278, 327, 343,

344, 363～365, 367, 368, 370
Simmons,Jane ············· 418
Simmons,Richard Alan ···· 163
Simon,Claude ········ 95, 137
Simon,David ···· 174, 183, 190
Simon,Hans ················ 97
Simon,Marge ···· 351, 353, 354
Simon,Neil ················ 117
Simon,Roger L. ············ 199
Simon,Yves ················ 139
Simonin,Albert ············ 160
Simon & Schuster ····· 160, 161
Simont,Marc ··············· 391
Simpson,Dorothy ··········· 201
Simpson,Helen ·············· 48
Simpson,Jeffrey ············ 15
Simpson,Louis ············· 110
Simpson,Martin ············ 259
Sims,William Sowden ······ 101
Sinclair,Iain ··············· 53
Sinclair,Stephen ····· 308, 334
Sinclair,Upton ············ 105
Singer,Isaac Bashevis ···
     75, 77, 94, 170, 398
Sís,Peter ················ 389,
     403, 407, 428, 430
Sisman,Adam ··············· 67
Siti,Walter ················ 60
Siudmak,Wojtek ············ 234
Siverling,Michael ········· 215
Sjowall,Maj ··············· 163
Skarky,Jerry F. ··········· 174
Skarmeta,Antonio ·········· 140
Skibsrud,Johanna ··········· 56
Skidelsky,Robert ··········· 54
Skipp,John ··········· 350, 352
Skupin,Brian ·············· 183
Škvorecký,Josef ········ 16, 90
Slade,Arthur ·········· 24, 244
Sladek,John ········· 248, 268
Slate,Lane ················ 165
Slatter,Angela ······· 264, 286
Slaughter,Karin ··········· 210
Sleight,Graham ······· 252, 339
Slesar,Henry ·············· 158
Slobodkin,Louis ··········· 390
Slonczewski,Joan ····· 268, 271
Small,David ··············· 393
Small,George L. ············ 76
Smart,Patricia ············· 18
Smee,Lucy ················ 266
Smiley,Jane ·········· 65, 118
Smith,A.J.M. ··············· 7
Smith,Alexander McCall
     ························ 206

Smith,Ali ········ 38, 40, 134
Smith,Andrew ············· 431
Smith,Catriono ············ 399
Smith,Dean Wesley ··· 277, 363
Smith,D James ············ 183
Smith,Douglas ············ 180
Smith,Ebbe Roe ··········· 175
Smith,Emily ········· 418, 419
Smith,Emma ················ 49
Smith,Gregory White ······ 118
Smith,Harold Jacob ······· 158
Smith,Julie ··············· 173
Smith,Justin H. ··········· 101
Smith,Kay Nolte ··········· 168
Smith,Krsitine ············ 333
Smith,Lachlan ············· 218
Smith,Martin Cruz ········ 200
Smith,Michael Marshall
     ············ 258, 259, 263
Smith,Patricia ············ 187
Smith,Patti ················ 86
Smith,Ray ················· 399
Smith,Ron ················· 314
Smith,Sarah ··············· 152
Smith,Sid ············· 38, 54
Smith,Sydney ··············· 31
Smith,Tom Rob ······· 207, 221
Smith,Tony C. ············· 338
Smith,Tracy K. ············ 123
Smith,Zadie ······· 37, 53, 134
Smolderen,Thierry ········· 246
SMS ······················· 250
Snodgrass,W.D. ············ 109
Snow,C.P. ·················· 49
Snyder,Dianne ············ 427
Snyder,Gary ··············· 113
Snyder,Lucy A. ··· 351, 353, 354
Snyder,Midori ············· 283
Soares,L.L. ··············· 353
Sobin,Roger ··············· 227
Sobol,Donald J. ··········· 166
Söderhjelm,Kai ············ 412
Soldati,Mario ·············· 57
Soler,Antonio ·············· 89
Soli,Tatjani ··············· 54
Sollers,Philippe ·········· 137
Solnit,Rebecca ············· 68
Solomon,Andrew ······· 70, 84
Solotareff,Grégoire ······· 403
Soloway,Jeff ·············· 187
Solzhenitsin,Aleksandr Isae-
     vich ····················· 94
Somtow,S.P. ··············· 281
Sondheim,Stephen ···· 116, 165
Sonkin,François ··········· 127
Sontag,Susan ·········· 62, 84

Sorel,Guillaume ··········· 241
Sorenson,Virginia ········· 409
Soros,Erin ················· 41
Sortland,Björn ············ 403
Soto,Gary ················· 423
Soto,Vicente ··············· 88
Soubiran,André ············ 143
Souhami,Diana ·············· 38
Soukup,Martha ············ 306
Souster,Raymond ············ 11
Southall,Ivan ······· 382, 423
Southern,Terry ············ 317
Sova,Dawn B. ············· 180
Soyinka,Wole ··············· 95
Spalding,Linda ············· 30
Spalding,Ruth ·············· 33
Spark,Muriel ········· 50, 343
Sparks,Cat (Catriona)
     ············ 293～299
Speare,Elizabeth George
     ············ 394, 409
Spehner,Norbert ··········· 235
Spencer,Nigel ····· 25, 28, 30
Spencer,Wen ··············· 334
Spencer-Churchill,Winston
     Leonard ··············· 93
Spencer-Fleming,Julia
     ········ 150, 193, 220, 226
Speras,Heather ············· 18
Sperber,Manès ·············· 98
Sperring,Kari ············· 263
Sperry,Armstrong ········· 408
Speyer,Leonora ············ 102
Spiegelman,Art ············ 118
Spiegelman,Peter ·········· 216
Spielberg,Steven
     ············ 324, 328, 330
Spier,Peter ······ 81, 392, 424
Spier,William ············· 154
Spies,Adrian ············· 158
Spillane,Mickey
     ············ 176, 211, 212, 218
Spillner,Wolf ············· 402
Spinelli,Jerry ······· 411, 427
Spinrad,Norman ······ 232, 270
Spitteler,Carl ············· 92
Spivak,Lawrence ··········· 169
Spohn,Jürgen ············· 400
Sportès,Morgan ············· 6
Spoto,Donald ············· 170
Sprackland,Jean ············ 39
Sprague,Gretchen ·········· 162
Springer,Nancy ············ 176
Spurling,Hilary ······· 38, 54
Squire,Elizabeth Daniels
     ······················ 148

Stabenow, Dana 175
Stableford, Brian 244, 250
Stacey, C.P. 8
Stadler, Arnold 99
Stafford, Jean 112
Stafford, William 73
Stanley, Kelli 228
Stanley, Michael 222
Stansberry, Domenic 182
Stanton, Andrew 309, 338
Staples, Fiona 264, 340
Stark, Ulf 402, 413
Starkey, Maurine 340
Starnone, Domenico 59
Starr, Douglas 208
Starr, Jason 194, 196, 220
Starr, Paul 116
Starrett, Vincent 158
Stashower, Daniel 149,
  151, 153, 179, 184,
  187, 195, 197, 229
Stathopoulos, Nick ......
  289〜293, 295, 296
Stead, Erin E. 393
Stead, Rebecca .. 380, 411, 430
Steed, Neville 201
Steegmuller, Francis 75, 80
Steel, Ronald 63, 80
Steele, Allen 331,
  332, 339, 363, 367
Steele, Shelby 65
Steenhout, Ivan 17, 26
Stefano, Joseph 159
Stegner, Wallace 78, 112
Steiber, Raymond 181
Steig, William 81, 392
Steiger, Joel 169
Stein, Aaron Marc 167
Steinbeck, John 105
Steinbeck, John Ernst 94
Steinbrunner, Chris 166
Steiner, Jörg 401
Steinhöfel, Andreas 405, 407
Stemm, Antje von 404
Stemple, Adam 371
Stephenson, Neal 231, 237,
  270, 331, 366, 368, 370, 373
Steptoe, John 427
Sterling, Bruce 231,
  269, 270, 331, 332, 367, 370
Stern, Gerald 84
Stern, Richard Martin 158
Sternbach, Rick ... 322, 357, 358
Sterns, Raymond Phineas
  75
Stetson, Kent 24

Stevens, Mark 68, 121
Stevens, Rosemary 149
Stevens, Taylor 222, 223
Stevens, Wallace 72, 108
Stewart, Alan 292
Stewart, James B. 179
Stewart, Joel 421
Stewart, Paul 420, 421
Stewart, Sean 281
Stewart, Susan 68
Stiefvater, Maggie 245
Stiles, T.J. 86, 123
Stine, Kate 183, 191, 194
Stine, R.L. 354
Stinson, Janine 298
St. Martin's Press 191
Stobbs, William 384
Stocks, Del 287
Stocks, Dennis 287
Stone, Eric James 310
Stone, Laurie 66
Stone, Nick 207, 227
Stone, Peter 160
Stone, Robert 77
Stone, Ruth 67, 84
Stone, Sam 263
Stone, Scott C.S. 163
Storey, David 129
Storrings, Michael 193
Story, Norah 12
Stoughton, Arthur A. 155
Stout, Amy 278, 364
Stout, David 172
Stout, Rex 158, 199
Stowers, Carlton 171, 178
Strachey, Lytton 47
Straczynski, J. Michael
  .... 307, 331
Strahan, Jonathan 284, 291,
  292, 294〜296, 372, 373, 375
Straight, Susan 184
Straka, Andy 210
Straley, John 213
Strand, Mark 120
Strange, Marc 185
Strasser, Dirk 294
Stratford, Philip 18
Stratton, Bill 170
Strauß, Botho 99
Straub, Peter 256, 277,
  278, 284, 344, 346〜350, 352
Strauss, Darin 70
Streatfeild, Noel 381
Stribling, T.S. 103
Strohmeyer, Sarah 150
Stronach, Chris 291

Strong, L.A.G. 49
Stross, Charles 335,
  338, 341, 371, 372, 375
Stroud, Jonathan 241
Strout, Elizabeth 122
Strugatsky, Arkady 267
Strugatsky, Boris 267
Stuart, Don A. 312
Stubbs, Helen 299, 300
Stumbo, Bella 175
Sturgeon, Theodore
  .... 276, 301, 319
Sturges, P.G. 218
Styron, William 79, 111
Subterranean Press 347
Sucharitkul, Somtow ... 324, 359
Suckling, Nigel 333
Sullivan, Alan 7
Sullivan, Eleanor 172
Sullivan, Geri 337
Sullivan, Rosemary 21
Sullivan, Tricia 231
Sullivan, Winona 213
Sully-Prudhomme 91
Sulzer, Alain Claude 141
Summers, Anthony 200, 208
Summers, Ian 358, 359
Sundvall, Viveca 413
Surber, Lucinda 195, 196
Surgers, Marie 246
Suskind, Patrick 276
Sussan, Dona 237
Sussan, René 235, 237
Sussex, Lucy 290, 292, 294
Sutcliff, Rosemary
  .... 381, 422〜424
Sutherland, Douglas 200
Sutin, Lawrence 237
Sutton, D. .... 255〜257
Sutton, Dave 258
Sutton, David ......
  .... 255, 258, 259, 275
Swabey, Jon 296
Swan, Annalyn 68, 121
Swan, Robbyn 208
Swanberg, W.A. 78, 113
Swanson, Doug J. 203
Swanson, James L. 183
Swanson, Jean 148, 225, 226
Swanton, Harold 157
Swanwick, Michael ... 269, 279,
  305, 332〜335, 368, 369, 372
Sweeney, James J. 166
Sweren, Richard 178
Swierczynski, Duane ... 196, 218
Swift, Graham 53, 130

Swindells,Robert 383	.... 395, 410, 427	Thompson,Susan 224
Swirsky,Rachel 310, 311	Taylor,Peter 116, 135	Thompson,Thomas 166
Sykes,Jerry 204, 205	Taylor,Robert Lewis 109	Thompson,Tony 204
Sylvestre,Daniel 29	Taylor,Sean 421	Thomson,Amy 330
Symmons-Roberts,Michael	Taylor,Telford 63	Thomson,Peggy 426
.... 40	Taylor,Theodore 174, 395	Thomson,Virgil 63
Symons,Julian 159,	Taylor,Wendell 164	Thor,Annika 403, 414
164, 169, 198, 202	Teale,Edwin Way 111	Thornton,Billy Bob 177
Szafran,Gene 356	Teasdale,Christiane 17, 22	Thum,Marcella 161
Szumigalski,Anne 21	Teasdale,Sara 100	Thurman,Judith 81
Szybist,Mary 86	Tedeschi,Alberto 167	Thúy,Kim 29
Szymborska,Wislawa 95	Telos Publishing 263	Thwaite,Ann 35
	Tem,Melanie 258,	Tibo,Gilles 20, 22
【T】	281, 344, 347, 348	Tidhar,Lavie 264, 285
	Tem,Steve Rasnic 257,	Tidholm,Anna-Clara 402
	281, 347, 348, 354	Tidholm,Thomas 402, 414
Taback,Simms 393	Temple,Peter 207	Tidyman,Ernest 164
Tabori,George 99	Ténèze,Marie-Louise 241	Tillage,Leon Walter 428
Tabucchi,Antonio 139	Tenn,William 307	Timberlake,Amy 187
Tagore,Rabīndranāth 92	Tennant,Peter 262	Timerman,Jacobo 200
Talan,Jamie 177	Tepper,Sheri S. .. 269, 286, 364	Timm,Uwe 401
Talbot,Bryan 40	Teran,Boston 204	Tippett,Maria 15
Talbot,Mary 40	Terkel,Studs 68, 116	Tiptree,James,Jr. 276,
Talbot,Stephen 169	Tesson,Sylvain 142	302, 320, 321, 360, 361
Talley,Marcia ... 150, 151, 194	Thaon,Marcel 234	Tobin,James E. 66
Tallman,Bob 154	Tharaud,Jean 42	Tobino,Mario 58
Tally,Ted 174	Tharaud,Jérôme 42	Todd,Charles ... 153, 219, 229
Tamaki,Jillian 31	Theorin,Johan 207, 208	Todman,Bill 155
Tamarin,Alfred 425	Thériault,Marie-José ... 21, 23	Toews,Miriam 26
Tan,Shaun 245,	Thériault,Yves 10	Tóibín,Colm 39
281, 283, 284, 292, 293,	Theroux,Marcel 272	Tokatyan,Leon 162
296～299, 338, 339, 372,	Theroux,Paul 33, 52	Toland,John 112
374, 375, 377, 405, 430	Thesing,Paul 97	Tolkien,Christopher 322
Tancharoen,Maurissa 338	Thibodeau,Serge Patrice	Tolkien,J.R.R. ....
Tannahill,Jordan 31	 28	288, 320, 322, 358
Tapia,José Félix 87	Thiessen,Vern 25	Tolkin,Michael 175
Tarantino,Quentin 176	Thomas,Chantal 128	Tomalin,Claire 33, 38, 53
Tarkington,Booth 101	Thomas,Ed 181	Tomasi di Lampedusa,
Tartarus Press 352	Thomas,Henri 126, 137	Giuseppe 57
Tartt,Donna 124	Thomas,Joyce Carol 81	Tomizza,Fulvio 58
Tatchell,Terri 310	Thomas,Lee 349, 350	Toole,John Kennedy 115
Tate,James 83, 118	Thomas,Lewis 77, 80	Tor .... 362, 368～376
Taubman,William 68, 121	Thomas,Louis-Vincent 234	Torday,Piers 380
Taurasi,James V.,Sr. .. 314, 315	Thomas,Lynne M. 339, 340	Torgeson,Roy 273
Tayler,Howard 340	Thomas,Pat 181	Torgeson,Shelley 273
Taylor,Alan 119, 124, 339	Thomas,R. 255	Toro,Guillermo del ... 309, 336
Taylor,Andrew 35,	Thomas,Ross 161, 170	Torres,Maruja 89
200, 205, 207, 209	Thomas,Ruth 379	Torrington,Jeff 36
Taylor,Art 153, 197, 229	Thomas,Sheree R. 281	Tor St. Martin's ..... 363～367
Taylor,Bernard 201	Thompson,Alice 53	Tortey,Fabrice 243
Taylor,DJ 38	Thompson,Brian 39	Toskey,Burnett 315
Taylor,Henry 116	Thompson,Caroline 328	Toten,Teresa 30
Taylor,Keith 289, 290	Thompson,Judith 16, 18	Tougas,Gérald 19
Taylor,Lucy 345	Thompson,Kate 38, 380	Toullec,Marc 238
Taylor,Mildred D.	Thompson,Lawrance 112	Toupin,Paul 10
	Thompson,Lewis 156	

Tournier, Michel 44	Turner, Frederick J. 104	Valkova, Kerri ... 291, 292, 295
Tourville, Anne de 126	Turner, George	Vallejo, Antonio Buero 60
Toussaint, Jean-Philippe	230, 268, 287~291	Vallejo, Boris 255, 358
.... 141	Turner, Jim 280	Vallejo, Manuel Mejía 88
Touze, Guillaume Le 145	Turner, Philip 382	Vallvey, Àngela 89
Towne, Robert 165	Turow, Scott 201	Vanauken, Sheldon 79
Townsend, John Rowe	Turska, Krystyna 385	Vance, Jack 275,
.... 163, 424	Turtledove, Harry 330	277, 301, 306, 316, 317, 338
Tracy, Margaret 170	Turzillo, Mary A. 307	Vance, John Holbrooke 159
Tracy, P.J. 194, 220	Tuttle, Lisa 244,	Vance, Leigh 159
Tranströmer, Tomas 90, 96	249, 304, 320, 357	Vanderhaeghe, Guy ·· 15, 22, 31
Trapiello, Andrés 89	Tyler, Anne 64, 117	VanderMeer, Ann
Treadgold, Mary 381	Tyne, Claude H. Van 103	.... 264, 285, 338
Treat, Lawrence 160, 167		VanderMeer, Jeff 253,
Tremain, Rose 37, 53, 134	【 U 】	264, 280, 282, 285, 311, 375
Tremblay, Jennifer 28		Vanderpool, Clare 411
Tremblay, Lise 24	Uglow, Jenny 54	van Loon, Hendrik Willem
Trethewey, Natasha 122	Ugrešić, Dubravka 91	 408
Trevelyan, G.M. 47	Uhnak, Dorothy 162	Vann, David 141
Trevino, Elizabeth Borton de	Uhry, Alfred 117	Van Vogt, A.E. 306
.... 409	Ulrich, Laurel Thatcher 117	Vargas, Fred .... 207~209
Trevor, Meriol 50	Ulrich, Stan 195, 196	Vargas-Llosa, Mario ·· 61, 66, 96
Trevor, William 33, 34, 36	Umbral, Francisco 61, 88	Varley, John 232,
Trillard, Marc 5	Underhill, Frank H. 10	303, 304, 322, 324, 325,
Triolet, Elsa 43	Underwood-Miller 279	358, 359, 361, 362, 371
Tripp, Wallace 425	Undset, Sigrid 92	Vasquez, Ian 217
Tristan, Frédéric 45	Ungaretti, Giuseppe 90	Vassalli, Sebastiano 59
Trnka, Jiří 388	Unger, Irwin 111	Vassanji, M.G. 28, 55, 56
Trombi, Liza Groen	Ungerer, Tomi 389	Vaughan, Brian K. 264, 340
.... 336, 337, 340	Unnerstad, Edith 412	Vaughn, David 177
Trosper, Guy 161	Unsworth, Barry 130	Vaughn, Matthew 337
Troy, William 74	Updale, Eleanor 420	Vautrin, Jean 45
Troyat, Henri 43	Updike, John 63,	Veiel, Andres 405
Trpak, Heidi 407	65, 74, 81, 115, 117, 136	Veiller, Anthony 154
Trudel, Marcel 11	Ure, Louise 216	Velde, Vivian Vande 179
Trudel, Sylvain 28	Urquhart, Jane 22	Velthuijs, Max 389
Truluck, Bob 215	Urroa, Luis Alberto 185	Vendler, Helen 63
Truluck, Robert 215	Usinger, Fritz 97	Veraldi, Gabriel 126
Trunk, Isaiah 76		Vercel, Roger 43
Truong, Jean-Michel 238	【 V 】	Verdecchia, Guillermo 20
Trustman, Alan R. 162		Verhoeven, Rian 402
Tsai, Kuo Jung 307	Vachon, André S. 11	Vermette, Katherena 30
Tuchman, Barbara W.	Vachon, Hélène 25	Verneuil, Henri 160
.... 79, 110, 112	Vailland, Roger 3, 44	Vernon, Ursula 311, 339
Tuck, Donald H. ·· 273, 316, 325	Vaillant, John 27	Veronesi, Sandro 59
Tuck, Lily 85	Valente, Catherynne M.	Verroen, Dolf 405
Tucker, Bob 313, 314, 319	.... 310, 340, 374, 375	Versins, Pierre 320
Tucker, Wilson 267, 313	Valentine, Jean 85	Vess, Charles 277,
Tuckermann, Anja 405	Valentine, Jenny 380	280, 284, 285, 372
Tunnard, Christopher 74	Valéry, Francis 237, 246	Vialar, Paul 126
Tuohy, Frank 50	Vales, José C. 89	Viau, Roland 23
Turcotte, Élise 26, 29	Valin, Jonathan 212	Vicent, Manuel 88
Turek, Leslie 328		Vidal, Gore 63, 83, 156
Turgeon, Charlotte 164		Viereck, Peter 107
Turgeon, Pierre 15, 20		Viets, Elaine 150, 194
Turnbull, Peter 186		

Vigan,Delphine de 146
Vigneault,Gilles 11
Vila-Matas,Enrique 141
Vila-Sanjuán,Sergio 89
Villeneuve,Anne 24
Villiers,Marq de 23
Vincent,Raymond 126
Vine,Barbara ... 171, 201, 202
Vinge,Joan D. ... 322, 323, 359
Vinge,Vernor 269, 270,
　　329, 332～334, 336, 370, 371
Vinke,Hermann 400
Violet,Lydie 141
Visage,Bertrand 127
Voake,Charlotte 417, 419
Vogel,Paula 119
Voigt,Cynthia ... 170, 401, 410
Voillot,Sophie 27, 29, 31
Volk,Stephen 265
Vollmann,William T. 85
Volodine,Antoine ... 142, 235
Volponi,Paolo 58, 59
Vonarburg,Elisabeth 234
Von Frisch,Otto 399
Vonnegut,Kurt 268
Vrigny,Roger 126

【W】

Waal,Edmund de 39
Waal,Kit de 40
Waddell,Martin ... 389, 415, 416
Wade,Robert 212
Wade,Susan 219
Waechter,Friedrich Karl
　　.................... 399, 403
Wagner,Colleen 22
Wagner,E.J. 183
Wagner,Karl Edward ...
　　～256, 273, 275, 345
Wagner,Roland C. ... 238, 244
Wagner,Wendy N. 342
Wah,Fred 16
Wahl,Mats 403, 413
Wahloo,Per 163
Wain,John 34, 51
Wainhouse,Austryn 76
Wainwright,Sally 188
Walcott,Derek 95
Walder,Francis 44
Waldrop,Howard
　　.............. 274, 303, 364
Waldrop,Keith 86
Walker,Alan 52

Walker,Alice 82, 115
Walker,David 9
Walker,George F. 16, 18
Walker,Kent 180
Walker,Mary Willis ... 148,
　　176, 191, 224, 225
Walker,Sage 366
Walker,Stephen 283
Walker,Stephen James ... 263
Walker & Company ... 159, 161
Wallace,Barbara Brooks
　　...................... 175, 178
Wallace,Earl W. 171
Wallace,Jason 39
Wallace,Marilyn 223
Wallace,Mike 120
Wallace,Sean 265,
　　283, 286, 338～340
Walpole,Hugh 47
Walser,Martin 98
Walsh,Fran (Frances)
　　.............. 308, 334, 335
Walsh,Jill Paton 33,
　　415, 417, 423, 425
Walsh,John Evangelist ... 162
Walsh,Michael J. 284
Walsh,Thomas 155, 166
Walter,Georges 4
Walter,Jess 182
Walters,Minette 175,
　　202, 203, 205, 224
Walther,Daniel 233, 234
Walton,Evangeline ... 275, 277
Walton,Jo 264,
　　271, 282, 310, 334, 339, 376
Walworth,Arthur 109
Wambaugh,Joseph
　　............ 165, 168, 181, 182
Wandrei,Donald 275
Wang,Hui-Ling 307, 333
Wangerin,Walter,Jr. 79
Ward,Aileen 74
Ward,Elizabeth 65
Ward,Geoffrey C. 64
Ward,Jesmyn 86
Ward,Lynd 391
Warda,Maryse 30
Ware,Leon 161
Warga,Wayne 211
Warner,Alan 55
Warner,Harry,Jr.
　　.............. 318, 319, 329, 355
Warner,Marina 70
Warner,Penny 150,
　　152, 153, 193, 225
Warner,Rex 50

Warner,William W. 114
Wärnlöf,Anna Lisa 412
Warren,Andrea 428
Warren,Charles 101
Warren,Dianne 29
Warren,Jean-Philippe 31
Warren,Kaaron ... 295, 297, 299
Warren,Robert Penn
　　........ 73, 106, 109, 114
Warsh,Sylvia Maultash ... 181
Warthman,Dan 185
Washburn,L.J. 212
Washington,Harriet 69
Wasserstein,Bernard 201
Wasserstein,Wendy 117
Waters,Daniel 173
Waters,Sarah 205
Watkins-Pitchford,Denys
　　.................................. 381
Watson,Christie 40
Watson,Grant ... 293, 294, 297
Watson,Ian ....
　　232, 247, 252, 267
Watson,James Wreford 8
Watson,Peter 201
Watson,S.J. 208
Watson,Wilfred 9
Watt-Evans,Lawrence
　　...................... 326, 346
Watts,Peter 271, 338
Watts,Richard,Jr. 162
Waugh,Evelyn 49
Waugh,Hillary 173
Waugh,Sylvia 379
Wearing,Adele 266
Weaver,William 75
Webb,Jack 155, 156
Webb,Janeen ... 280, 292, 293
Webb,Mark 299
Webb,Phyllis 15
Webb,Sarah 341
Weber,Wally 315
Weber,William C. 154
Weddall,Roger 290, 291
Wedgwood,C Veronica ... 49
Weeks,William Rawle ... 157
Weidman,Jerome 109
Wein,Elizabeth 187
Weinberg,Robert 273,
　　277, 346, 348, 350, 351
Weinberg,Samantha 205
Weiner,Jonathan 67, 119
Weiner,Tim 85
Weinstein,Elst 328
Weir,Peter 332
Weisgard,Leonard 391

Weiss,D.B. ····· 265, 339〜341	White,Leonard D. ········ 109	Williams,Paul O. ········· 324
Weiss,Mike ················ 170	White,Patrick ·············· 94	Williams,Peter W. ········ 155
Weiss,Peter ················· 98	White,Robb ················ 164	Williams,Sean ··· 293〜296, 299
Welch,Ronald ·············· 381	White,Ted ················· 318	Williams,Sheila ······ 339, 340
Welck,Karin Von ··········· 401	White,Teri ················· 169	Williams,Tennessee ··· 107, 108
Weldon,Michael J. ········· 279	White,T.H. ················· 312	Williams,Tess ·············· 293
Weller,Duncan ·············· 28	White,Theodore H. ········ 110	Williams,T Harry ······ 75, 112
Weller,Sam ················ 353	White,Tim ················· 248	Williams,Thomas ············ 77
Weller,Tom ················ 326	White,William Allen ······· 106	Williams,Vera ········ 426, 428
Welles,Orson ··············· 312	White,William S. ·········· 108	Williams,Walter Jon ··· 307, 308
Wellman,Manly Wade	Whiteford,Wynne ·········· 290	Williams,William Carlos
····· 157, 256, 272, 274	Whitmore,Andrew ···· 288, 289	···················· 72, 110
Wells,Dan ·················· 340	Whitmore,Ed ··············· 183	Williamson,Audrey ········· 200
Wells,H.G. ············ 312, 314	Whitney,Phyllis A.	Williamson,Jack ············ 270,
Wells,Rosemary ············ 427	·············· 159, 160, 172	279, 302, 307, 325, 333, 346
Welsh,Louise ··············· 205	Wiater,Stanley ··· 343, 345, 348	Williamson,J.N. ············ 348
Welsh,Renate ··············· 400	Wick,Walter ··············· 428	Williamson,Michael ········ 117
Welty,Eudora ····· 82, 113, 171	Wicker,Tom ················ 166	Willis,Brian ················ 260
Werlin,Nancy ··············· 178	Widdemer,Margaret ········ 101	Willis,Connie ··············· 268,
Wernström,Sven ············ 413	Wideman,John Edgar ······· 135	304〜306, 310, 324, 327,
Wersba,Barbara ············ 398	Widerberg,Siv ·············· 413	329〜333, 336〜338,
Weschler,Lawrence ·········· 69	Wiebe,Rudy ············· 13, 21	364〜367, 369, 372, 373, 375
Wesselmann,D V ············ 207	Wiecek,Michael ············ 216	Willis,Ellen ················· 71
Wessely,Tehani ······· 297〜299	Wieler,Diana ················ 18	Willis,Jeanne ··············· 420
West,Edward Sackville ······ 48	Wiencek,Henry ·············· 67	Willis,Walt ················· 314
West,Morris ················· 50	Wiener,Norbert ·············· 74	Willis,Walter A. ············ 315
Westall,Robert ··· 379, 382, 416	Wiesel,Elie ················· 137	Wills,Garry ······ 62, 65, 118
Westerfeld,Scott ······ 242, 373	Wiesner,David ··· 392, 393, 407	Wilson,A.N. ················· 35
Western Printing&	Wijngaard,Juan ············· 385	Wilson,Andrew ············· 181
Lithographing Co. ······· 158	Wilbur,Richard ··· 73, 109, 117	Wilson,Angus ··············· 50
Westlake,Donald E.	Wilce,Ysabeau S. ··········· 309	Wilson,Arthur M. ············ 76
····· 162, 173〜175, 216	Wild,Margaret ············· 404	Wilson,August ······· 116, 117
Weston,Molly ··············· 186	Wilde,Kelley ··············· 343	Wilson,David Niall ···· 348, 351
Westwood,Kim ·············· 298	Wilder,Cherry ·············· 288	Wilson,Edward O. ···· 114, 118
Weyergans,François ···· 45, 145	Wilder,Gene ··········· 302, 321	Wilson,Forrest ·············· 105
Whaley,Arthur ··············· 48	Wilder,Thornton ·········	Wilson,F Paul ········ 346, 351
Wharton,Edith ·············· 101	····· 74, 102, 105, 106	Wilson,Gahan ···············
Wharton,William ············ 79	Wildner,Martina ············ 407	274, 279, 282, 344
What,Leslie ················ 307	Wildsmith,Brian ············ 384	Wilson,G Willow
Wheat,Carolyn ···········	Wilentz,Amy ················ 71	················ 272, 285, 341
149, 192, 214, 225	Wiley,Michael ········ 216, 218	Wilson,Jacqueline
Whedon,Jed ················ 338	Wiley,Richard ·············· 135	················ 379, 417, 419
Whedon,Joss ················ 265,	Wilhelm,Kate ··· 232, 267, 301,	Wilson,Joan ················ 169
309, 310, 336, 338, 340, 353	304, 305, 321, 336, 357, 371	Wilson,John ················· 32
Whedon,Zack ··············· 338	Wilkerson,Isabel ············· 70	Wilson,John Morgan ········ 177
Whelan,Gloria ··············· 84	Wilkins,Kim ················ 297	Wilson,Lanford ············· 114
Whelan,Michael ············ 274,	Willard,Barbara ········ 34, 378	Wilson,Laura ··············· 207
275, 323〜329, 333, 334,	Willard,Nancy ········ 410, 426	Wilson,Margaret ············ 102
359〜371, 373, 375, 376	Williams,A Susan ··········· 279	Wilson,Michael ············· 156
Whistler,Theresa ············ 415	Williams,C.K. ····· 64, 85, 120	Wilson,Richard ············· 301
Whitbread,Kristen ·········· 150	Williams,Conrad	Wilson,Robert ··············· 204
White,E.B. ················· 114	············· 258, 262, 263	Wilson,Robert Charles
White,Edmund ··············· 65	Williams,Jason ············· 282	········· 242, 270, 271, 336
White,James ················ 314	Williams,Jeffery ············· 16	Wilson,William ·············· 47
White,Kenneth ·············· 138	Williams,Jesse Lynch ······· 100	Wincelberg,Simon ··········· 178
	Williams,John ··············· 76	

Winch, Margaret ············ 294
Windling, Terri ············ 274,
　　277, 278, 280, 281, 283, 347
Windsor, Patricia ············ 171
Wingrove, David ······ 326, 362
Winkler, Donald ····· 21, 29, 30
Winkler, Josef ············ 99
Winks, Robin W. ············ 178
Winn, Dilys ············ 167
Winock, Michel ············ 140
Winslow, Don ············ 215
Winslow, Ola Elizabeth ······ 105
Winsor, Roy ············ 165
Winspear, Jacqueline
　　············ 150, 226, 227
Winston, Mark L. ············ 31
Winter, Corrine De ············ 349
Winter, Douglas E. ····· 276, 349
Winter, Laurel ············ 280
Winter, Terence ············ 180
Winterich, John T. ············ 162
Winters, Ben H. ············ 187
Winterson, Jeanette ············ 34
Wintrebert, Joëlle ············ 235
Wipple, Fred L. ············ 314
Wise, Sarah ············ 206
Wiseman, Adele ············ 9
Wisher, William, Jr. ············ 329
Wisniewski, David ············ 393
Witt, Elder ············ 79
Wittenberg, Philip
　　············ 159, 161, 162
Wittig, Monique ············ 137
Wohl, Robert ············ 81
Wojciechowska, Maia ······ 409
Wolf, Christa ············ 98
Wolf, Fred Alan ············ 81
Wolfe, Dick ············ 181
Wolfe, Gary K. ···· 251, 283, 374
Wolfe, Gene ············ 232,
　　248, 256, 268, 274, 277,
　　279, 283, 284, 302, 303, 311,
　　356, 359～361, 370, 373
Wolfe, Linnie Marsh ········ 106
Wolfe, Susan ············ 173
Wolfe, Tom ············ 79
Wölfel, Ursula ······ 397, 402
Wolff, Tobias ············ 135
Wolff, Virginia Euwer ··· 84, 423
Wolfromm, Jean-Didier ······ 5
Wollheim, Betsy ············ 340
Wollheim, Donald A.
　　············ 274, 276, 321, 355
Womack, Steven ····· 175, 215
Wood, Gordon S. ············ 118
Wood, Kerry ············ 9, 10

Wood, Rocky ········ 352, 353
Wood, Simon ············ 195
Wood, Susan
　　············ 288, 320, 322, 323
Woodcock, George ············ 11
Woodham-Smith, Cecil ······ 49
Wooding, Chris ············ 419
Woods, John E. ············ 80
Woods, Paula L. ············ 226
Woods, Stuart ············ 169
Woodson, Jacqueline ······ 87
Woodward, C Vann ············ 115
Woodworth, Deborah ······ 220
Woolrich, Cornell ············ 155
Workman, H.B. ············ 47
Wormell, Chris ············ 420
Wormser, Richard ············ 164
Worthen, Mark ············ 351
Wouk, Herman ············ 107
Wright, C.D. ············ 70
Wright, Charles ····· 66, 82, 119
Wright, Cheyenne ····· 338, 339
Wright, Doug ············ 121
Wright, Ed ············ 216
Wright, Edgar ············ 349
Wright, Edward ··· 205, 207, 221
Wright, Eric ········ 201, 220
Wright, Franz ············ 121
Wright, James ············ 112
Wright, J.F.C. ············ 7
Wright, Lawrence ············ 122
Wright, L.R. ············ 171
Wright, Nancy Means ······ 151
Wright, Richard B. ······ 24, 56
Wright, Sean ············ 299
Wrightson, Patricia ····· 388, 426
Wu, Diana Gallagher ········ 327
Wu, Frank ············ 335～338
Wulf, Andrea ············ 41
Wunderlich, Heinke ········ 401
Wurdemann, Audrey ······ 104
Wyatt, Jake ············ 341
Wyler, Robert ············ 155
Wyndham, Francis ············ 35
Wynne, Frank ············ 209
Wynne-Jones, Tim ······ 20,
　　21, 180, 428, 430

【X】

Xiaolong, Qiu ············ 193
Xu, Sarah ············ 295

【Y】

Yallop, David ············ 201
Yan, Lianke ············ 133
Yan, Mo ············ 96
Yant, Christie ······ 265, 342
Yarbro, Chelsea Quinn
　　············ 286, 351
Yasgur, Batya Swift ······· 176
Yates, Elizabeth ············ 409
Yeats, William Butler ······ 92
Yee, David ············ 31
Yee, Paul ············ 22
Yehoshua, Avraham ······· 142
Yep, Laurence ······ 423, 425
Yergin, Daniel ············ 118
Yerka, Jacek ············ 279
Yerke, T Bruce ············ 312
Yerxa, Leo ············ 27
Yolen, Jane ·· 276, 284, 307, 371
Yordan, Philip ············ 155
Yorke, Margaret ············ 204
Yorkey, Brian ············ 123
Young, Cybèle ············ 29
Young, Ed ····· 392, 426, 427
Young, E.H. ············ 47
Young, Francis Brett ······ 47
Young, G.M. ············ 49
Young, Moira ············ 40
Young, Stuart ············ 261
Yourcenar, Marguerite ······ 127
Yu, Charles ············ 271
Yu, E Lily ············ 340
Yver, Colette ············ 125

【Z】

Zabor, Rafi ············ 136
Zafon, Carlos Ruiz ······ 220
Zagajewski, Adam ······ 90
Zahn, Timothy ············ 325
Zak, Monica ············ 413
Zambrano, María ······ 60
Zandri, Vincent ············ 218
Zaragoza, Juan-Ramón ······ 88
Zarraluki, Pedro ············ 89
Zaturenska, Marya ········ 105
Zebrowski, George ········ 270
Zeitlin, Benh ············ 311
Zelazny, Robert ············ 232

Zelazny,Roger ……… 300, 302, 317, 321, 324, 326, 360, 361
Zelinsky,Paul O. ………… 393
Zeller,Florian …………… 6
Zeltserman,Dave ………… 217
Zemach,Margot ………… 392
Zeman,Ludmila ………… 21
Zemeckis,Robert
 ……………… 326, 327, 332
Zettel,Sarah …………… 366
Zieroth,David …………… 28
Ziesing,Mark V. ………… 277
Zindel,Paul …………… 112
Zinoviev,Alexandre ……… 138
Zivkovic,Zoran ………… 281
Zorzi,William F. ………… 183
Zuckerman,Ed ……… 177, 178
Zuckmayer,Carl ………… 97
Zukav,Gary …………… 79
Zusak,Markus ……… 405, 406
Zwerger,Lisbeth ………… 389
Zwicky,Jan …………… 23

作品名索引

【ア】

アイ・アム・マイ・オウン・ワイフ 121
愛をみつけたうさぎ―エドワード・テュレインの奇
　跡の旅 429
合言葉はフリンドル！ 423
アイスバウンド 101
愛するものたちへ、別れのとき 69
相棒は女刑事 173
アイランド博士の死 302, 356
アイルランドに蛇はいない 169
I: ロボット 371
愛は時を超えて 249
愛は盲目 330, 365
アヴァロンの霧 360
アウステルリッツ 67
アウト・オブ・サイト 178
青いイルカの島 397, 409
青いかいじゅうと赤いかいじゅう 401
青い鷹 378
青ざめた逍遥 248
赤いおおかみ 403
赤い十字章 409
赤い月と暑い時 396
赤い予言者 362
アガサ・クリスティーの秘密ノート .. 152, 196, 228
赤粘土の町 177
アカメアマガエル 428
あかんぼうがいっぱい！ 417
秋のホテル 129
アキレウスの歌 134
悪意の森 184, 195, 221, 227
アークエンジェル・プロトコル 215
アクシデンタル・ツーリスト 64
悪党どもが多すぎる 173
悪の可能性 161
悪魔の詩 35
悪魔の国からこっちに丁稚 254
悪魔の星 314, 315
悪魔の待ち伏せ 149
悪魔のような女 157
アグリーズ 242
悪霊の島 351
あごひげ船長九つ物語 397
アーサー王ここに眠る 383, 422
朝の少女 395
足音がやってくる 382
アースクエイク・バード 205
アースシーの風 281
アスファルト・ジャングル 155

あたし クラリス・ビーン 418
あたしと魔女の扉 309
あたしにしかできない職業 203
アダノの鐘 106
アダムスの教育 101
新しい人間たち 49
熱いトタン屋根の猫 108
アッチェレランド 371
穴 84, 411, 428
あなたとモーニングティー 189
あなたに似た人 156
あなたの人生の物語 307, 370
アナベルとふしぎなけいと 430
アナンシの血脈 261, 371
アニルの亡霊 24, 56, 140
アヌビスの門 232
アネイリンの歌 ケルトの戦の物語 423
あの飛行船をつかまえろ 302, 321
あの日、少女たちは赤ん坊を殺した .. 194, 220
アーノルドのはげしい夏 163, 424
アバラット 349
アフガン諜報戦争―CIAの見えざる闘いソ連侵攻か
　ら9.11前夜まで 121
あぶない暗号 200
アベンジャーズ 340
アボラ山の歌 283
アボロの彼方 267
甘い女 190
アマガンセット―弔いの海 206
アムステルダム 130
雨の国の王者 161
雨の午後の降霊祭 161
雨の罠 220
アメリカ政治の内幕 政治小説 109
アメリカの反知性主義 110
アメリカの夜 144
アメリカン・ゴッズ 308, 333, 347, 360
アメリカン・ホラー・ストーリー（第12話） 352
謝ったって許さない 196
アライバル 372, 490
あらし 382
あらしの島のきょうだい 381
アラスカの小さな家族―バラードクリークのボー .. 395
アラーの神にもいわれはない―ある西アフリカ少年
　兵の物語 145
アラバマ物語 109
アラブ人とユダヤ人―「約束の地」はだれのもの
　か 117
アリアドネの糸 201
アリシア故郷に帰る 201
アリスの見習い物語 411
ありふれた祈り 187, 197, 222, 229
あるいは牡蠣でいっぱいの海 315

アルカ　　　　　　　　　　作品名索引

ある家族の会話 ……………………… 58
ある決断 ……………………………… 320
或る行動人の手記：一人の男がわが過去を覗きこ
　　む ………………………………… 42
ある島の可能性 ……………………… 6
アルジャーノンに花束を ……… 301, 315
アルジャーノンに花束を（テレビ映画）… 242
ある受難の終り ……………………… 137
アルトゥーロの島 …………………… 57
ある日どこかで ……………………… 273
あるひねずみが…… ………………… 391
アルメニアの少女 …………………… 425
あるようなないような話 …………… 398
アレクサンドロス大王 ……………… 51
荒れた岸辺 …………………………… 361
アロウスミスの生涯 ………………… 102
あわれなエディの大災難 …………… 404
哀れなるものたち …………………… 36
アンクル・サムの遺産 ………… 410, 425
暗号クラブ2 ゆうれい灯台ツアー … 152
暗号クラブ4 よみがえったミイラ … 153
暗黒街の女 ………………………184, 221
暗黒太陽の浮気娘 …………………… 172
暗黒の塔 ……………………………… 261
アンジェラの灰 …………………66, 119
アンタッチャブル シーズン1 第1話 血で血を洗
　　え ………………………………… 158
アンタレスの四十三王朝 …………… 332
アンテオの世界 ……………………… 58
アンデスの秘密 ……………………… 409
アンドロイド ………………………… 248
アンナへの手紙 ……………………… 305
アンナ・クリスティ ………………… 101
アンネの日記 ………………………… 108
アンネ・フランク …………………… 402
アンネ・フランクについて語るときに僕たちの語る
　　こと ……………………………… 132
アンランダン ………………………… 372

【イ】

ER 研修医たちの現場から ………… 56
いいないいなイヌっていいな ……… 418
イヴ・グリーン ……………………… 38
イエスのビデオ ……………………… 239
家出の日 ……………………………… 418
癒えない傷 …………………………… 212
家なき鳥 ……………………………… 84
怒りの葡萄 …………………………… 105
イキガミ ……………………………… 244
生きている墓石 ……………………… 163
異境 …………………………………… 75

イギリス人の患者 ……………… 20, 130
異型の闇 ……………………………… 333
生ける屍 ……………………………… 345
いさましいちびのトースター … 248, 359
石 ……………………………………… 303
石が流す血 …………………………… 207
イシスの燈台守 ……………………… 423
いじっぱりのクイーニ ……………… 422
衣裳箪笥の中の女 …………………… 223
イスタンブールの記憶 ……………… 206
イスタンブールの群狼 ……………… 183
異星から来た妖精 …………………… 422
異星の客 ……………………………… 316
急いで歩け、ゆっくり走れ ………… 398
偉大なるアンバーソン家の人々 …… 101
偉大なるM.C. ………………77, 410, 425
イーダとベールとミニミン ………… 400
いちごつみの少女 …………………… 409
いちばんここに似合う人 …………… 132
いちばんちいさいトナカイ ………… 417
いつか還るときは …………………… 224
慈しみの女神たち …………………… 45
いっしょがいちばん ………………… 399
一兆年の宴 ……………………326, 362
IT ……………………………………… 257
いっぱいいっぱい …………………… 416
いつまでも美しく―インド・ムンバイのスラムに生
　　きる人びと ……………………… 86
いつもこわくて ………………189, 224
偽られた抱擁 ………………………… 57
イデアの洞窟 ………………………… 205
夷狄を待ちながら …………………… 52
凍てついた墓碑銘 ……………151, 227
愛しき人類 …………………………… 232
愛しき者はすべて去りゆく ………… 219
糸杉の影は長い ……………………… 87
稲妻に乗れ …………………………… 171
いぬがかいた～い！ ………………… 429
犬橇レースの殺人 ……………190, 224
いぬとくま いつもふたりは ……… 430
犬博物館の外で ……………………… 258
犬は勘定に入れません―あるいは、消えたヴィクト
　　リア朝花瓶の謎 ……………332, 367
イノセント …………………………… 250
祈り ……………………………324, 360
祈りの海 ………………………332, 367
息吹 ………………………252, 337, 373
イマジカ ……………………………… 238
いまファンタジーにできること …… 373
いやだ あさまであそぶんだい …… 386
イヤリング …………………………… 105
イリアム ……………………………… 370
イリワッカー ………………………… 290

イルカの夏	397
岩場の死	212
インゲへの手紙	403
インサイダー疑惑	336
インセプション	264, 310, 339
インディ・ジョーンズ 最後の聖戦	257, 328
インテグラル・ツリー	360
インデペンデンス・デイ	119, 136
インドへの道	47
インド夜想曲	139
インフォメーショニスト	222
陰謀	3
インモラル	227

【ウ】

ヴァイオレットがぼくに残してくれたもの	380
ヴァージニア・ウルフ―作家の一生	52
ヴァージニア・ウルフ伝	51
ヴァージル・オッダムと東極に立つ	361
ヴァチカンからの吉報	301
ヴァート	230
ヴァーノン・ゴッド・リトル―死をめぐる21世紀の喜劇	38, 130
ヴァレンタイン卿の城	359
ヴィクトリア女王	47
ヴィクラム・ラルの狭間の世界	56
ウィーツィ・バット	423
ウィット	120
ウィトゲンシュタイン評伝―若き日のルートヴィヒ 1889-1921	52
ウィリーの物語	174
ウィーンの血	204
ウエディング・ナイフ	150, 194
ウエディング・プランナーは眠れない	151
ヴェネツィア殺人事件	204
ウェンデリンはどこかな？	397
ウォーキング・デッド シーズン3 最終話（第16話）	354
ウォーターシップ・ダウンのうさぎたち	378, 382
Watchmen	327, 362
ウォー・ボーイ―少年は最前線の村で大きくなった。	386
ウォーリー	309, 338
ヴォル・ゲーム	328
浮世の画家	35
受け継ぐ者	337
動かないで	59
動く標的	161
ウサギの丘	409
失われたものたちの本	243
嘘をつく人びと	172

ウソつきとスパイ	380
歌の翼に	268
征たれざる国	248, 269, 275
うちのペットはドラゴン	385
宇宙からやってきたオ・ペア	418
宇宙消失	291
宇宙生命接近計画	267
宇宙戦争	312, 314
宇宙船乗りフジツボのビル	329, 364
宇宙船レッド・ドワーフ号	249
宇宙大作戦 シーズン1 危険な過去への旅	318
宇宙大作戦 シーズン1 タロス星の幻怪人	317
宇宙との連帯―異星人的文明論	267
宇宙の戦士	315
宇宙のランデヴー	247, 267, 302, 320, 356
美しい夏	57
虚ろな穴	344, 364
ウディ・アレンの重罪と軽罪	190
ウーマンズ・アイ	190
海鳴りの丘	425
海に帰る日	130
海に育つ	381
海の英雄	409
海の王国	385
海の薔薇	126
海の風景	113
海の深み―ステフィとネッリの物語3	414
海辺の王国	379
海辺のカフカ	282
海よ、海	129
海は知っていた―ルイーズの青春	410
埋められた子供	114
裏切りの代償	221
裏窓	157
ウルフ・ホール	69, 131
鱗狩人の美しき娘	362
運河と風車とスケートと	396
運が悪いことは起こるもの	149, 192
運のいい拾い物	190
運命の倒置法	201

【エ】

エア	231, 251, 270
エアボーン	26
映画館	172
永久凍土	326
栄光の土曜日	200
英国紳士、エデンへ行く	37
エイジ・オブ・イノセンス―汚れなき情事	101
永眠の地	213

エイモスさんが かぜを ひくと	393
英雄と王冠	410
英雄の誇り	199
エイリアニスト―精神科医	191
エイリアン	255, 323
エイリアン2	249, 257, 326
エヴァが目ざめるとき	423
エヴァ・トラウト	51
エクソシスト	254
エコー	309
エコー・メイカー	85
エコロジーの新秩序	139
SF宇宙生物図鑑	359
SF大百科事典	280, 332, 367
SF的な宇宙で安全に暮らすっていうこと	271
エターナル・サンシャイン	349
Xファイル	191
エデンの恐竜―知能の源流をたずねて	114
エデンの炎	365
エドウィン・マルハウス：あるアメリカ作家の生と死	138
NYPDブルー シーズン1 第2話 取引き	175
NYPDブルー シーズン2 第5話 赴任	176
NYPDブルー シーズン3 第2話 刺殺	177
エバンズ、初級ドイツ語を試みる	225
ABCの本	425
エブラハム・リンカーン	390
エベレスト―地球のてっぺんに立つ！	428
絵本アフリカの人びと―26部族のくらし	392
えほんをよんで、ローリーポーリー	27
エミリーがいない	169
選ばれし者	129
エリーズまたは真の人生	127
エルヴィスは生きている	174
L.A.アンタッチャブル	173
L.A.コンフィデンシャル	178
エルキュール・ポアロ シリーズ	193
エルサレムから来た悪魔	207, 228
エルサレムの乞食	137
エルム街の悪夢	257
エレジー	69
園芸道具置場の謎	193
エンジェル	362
エンジェル・シティ・ブルース	226
エンジェルス・イン・アメリカ―第1部 至福千年紀が近づく	118
エンジン・サマー	268
エンダーのゲーム	304, 325
エンディミオン	237
エンディミオンの覚醒	367
エンベディング	232, 267

【オ】

王国への旅	283
黄金のイェルサレム	50
黄金の腕	72
黄金のノート	138
黄金の浜辺	58
黄金の羅針盤	379, 383
王道	3
王に対して休戦なし	316
王のしるし	422
王妃に別れをつげて	128
雄馬と剣	254
王狼たちの戦旗	367
大いなる賭け	199
大いなる恋人	237
大いなる救い	147, 189
大いなる復活のとき	366
オオカミ	386, 421
狼とくらした少女ジュリー	399, 410
オオカミに冬なし	396
狼の血族	249
狼の時	236
オオカミのようにやさしく	383
大鴉の啼く冬	206
おおきくなりすぎたくま	391
大きな枝が折れるとき	171, 172, 188
大きなひなわじゅう	408
大きな前庭	315
大潮の道	269, 305
丘をさまよう女	148, 191, 225
丘に、町が	256
小川	29
小川は川へ、川は海へ	394
掟	44
オーギー・マーチの冒険	72
オクラホマ	106
贈りものは宇宙のカタログ	423
おこりんぼママ	404
おじいさんの旅	393, 428
おじいちゃんをさがしに	402
おじいちゃんの口笛	402
オスカーとルシンダ	130
オスカー・ワオの短く凄まじい人生	69, 122
恐ろしい叫びのような	166
落ちゆく女	304
おつきさまはきっと	428
オックスフォード運河の殺人	202
オッパイ	328
オッペンハイマー―「原爆の父」と呼ばれた男の栄	

光と悲劇	68, 122
男の傷	169
おとなの聖書の物語 第17話 ノアの箱舟	305
おとり	162
踊る鹿の洞窟	303, 323, 359
鬼	44
おばあちゃん	399
おばあちゃんとあたし	401
おばけやしき	385
おはなし おはなし	392
怯える屋敷	148, 190, 224
オーファン・ブラック 暴走遺伝子 シーズン2 第10話 カストール	341
オフィサー・ダウン	182
オーブンの中のオウム	84
おまえをたべちゃうぞーっ！	401
オメラスから歩み去る人々	320
オーメン	255
重すぎる判決	225
おやおや町	238
オ・ヤサシ巨人BFG	400
お屋敷町	143
おやすみ、母さん	115
おやすみかみさま	390
おやすみなさいトムさん	379
親と子の語らい	58
親指こぞうニルス・カールソン	412
オラニエ公ウィレム―オランダ独立の父	49
オリーヴ・キタリッジの生活	122
檻の中の人間	159
オール・クリア	310, 338, 373
オルコット物語	408
オルドヴァイ峡谷七景	306, 330
オールド・ディック	169
おれには口がない、それでもおれは叫ぶ	318
おれには口がない、それでもおれは叫ぶ（オーディオ）	347
オレンジだけが果物じゃない	34
終りなき戦い	287, 302, 321, 357
終わりなき平和	239, 270, 307, 332
終わりの感覚	131
女刑事の死	170
女死刑囚の秘密	166
女主人	158
女たちの真実	195, 221, 227
女彫刻家	175, 224
女ともだち	170
オンリー・フォワード	258

【カ】

かあさんのいす	426
かあさんはどこ？	407
解雇通告	221
かいじゅうたちのいるところ	391
海賊日誌：少年ジェイク,帆船に乗る	386, 420
海賊の息子	417
階段	199
回転	159
カイト・マスター	248
怪物はささやく	383, 386, 406
快楽通りの悪魔	215
カヴァリエ&クレイの驚くべき冒険	120
帰ってきたキャリー	422
かえるのだんなのけっこんしき	391
火炎樹	44
かかし	382
かかしと召し使い	421
輝ける嘘	117
輝ける日々へ	214
輝ける緑の星	368
書くことについて	347, 369
隠された栄光	199
隠し絵の囚人	186
革命前夜	302, 357
確率人間	267
賭	126
影	423
影が行く	312
影の棲む城	308, 334, 370
影の船	318
影の群れ	303
影ぼっこ	392
過去からの殺意	220
過去と闘う国々―共産主義のトラウマをどう生きるか	85, 119
過去のない女	126
カズムシティ	251
火星を見たことありますか	20, 428
火星縦断	368
火星転移	269, 306
火星の皇帝	339
火星の生命	123
火星夜想曲	362
風がふいたら	385
風と共に去りぬ	104
風の影	220
風の子キャディー	408
風の十二方位	357

作品名	ページ
風の竪琴弾き―イルスの竪琴3	358
片道切符	45
カチアートを追跡して	78
学校の悲しみ	146
カッコウの呼び声	197
カッサンドラ	322
カッチョマンがやってきた！	429
カッティング・ルーム	205
ガーディアンズ・オブ・ギャラクシー	266, 311, 341
カテドラル	399
カーテンが降りて	165
悲しい本	421
悲しみを聴く石	45
悲しみにある者	85, 141
悲しみにさよなら	148, 224
悲しみの四十語	204
彼方には輝く星々	304
蟹は試してみなきゃいけない	250
金持になったウサギ	63, 81, 115
ガーブの世界	79
かべ―鉄のカーテンのむこうに育って	430
カヘルの王	146
かぼちゃスープ	386
神々がほほえむ夜	201
神々自身	287, 302, 319, 356
神のあわれみ	44
神の国境	87
紙の動物園	285, 310, 339
神の名のもとに	191, 225
紙の迷宮	179, 220, 226
神は銃弾	204
カムバック・ヒーロー	177, 214
亀の島	113
カメレオンの呪文	255
仮面の街	86
かもさんおとおり	390
かようびのよる	392
からすが池の魔女	409
ガラスの家族	78
ガラスのなかの少女	182
ガラス箱の蟻	199
ガラパゴスの箱舟	268
カラーパープル	82, 115
ガリヴァー旅行記 ヴィジュアル版	386
カーリーの歌	276
カリフォルニア ガール	182
カリフォルニアの炎	215
カルカッタ―生命の王	238
カルカッタ染色体	231
華麗なる泥棒	164
彼の奥さん	139
彼一人の浮かれ騒ぎ	83
かれら	75
彼らの生涯の最愛の時	252
カロライナの殺人者	172
渇いた季節	192, 219
カワウソ	369
川の少年	383
皮剝ぎ人	277
川は静かに流れ	184
カングル・ワングルのぼうし	385
感情漂流	139
完全主義者	157
ガンディーの真理―戦闘的非暴力の起原	112
カンパニー・マン	186
がんばれウィリー	378
ガンピーさんのふなあそび	385, 424
ガンメタル・ゴースト	252

【キ】

作品名	ページ
黄色い髪ゆえにあたしを愛して―マリリン・モンローにかかわる32の短いフイルム	214
消えた	366
消えた少年たち	363
消えた少年のひみつ	186
消えた南京錠の鍵	193
木を切らないで	35
記憶なき殺人	178
帰還―ゲド戦記 最後の書	305, 363
"機関銃要塞"の少年たち	382
帰還の謎	141
危機一髪	106
利腕	168, 200
危険なヴィジョン	318
きこりとあひる	385
記者魂	185, 228
奇術師	53, 279
Kizu―傷	207
絆	203
奇跡の子	418
奇跡の少年	290, 362
擬態―カムフラージュ	308
ギーターンジャリ	92
キツネ	404
狐になった奥様	47
ギデオンと放火魔	159
軌道学園都市フロンテラ	271
木の十字架	125
キーパー	421
牙の旅商人～The Arms Peddler～	246
キマイラ	76
君を守って	32
君が人生の時	105

作品名索引　　　　　　　クリン

きみがぼくを見つけた日	270
きみに出会うとき	411, 430
奇妙な遊び	3
奇妙な季節	145
奇妙な幕間狂言	102
逆転世界	247
キャサリン・グラハム わが人生	119
キャット・ウォーク―女性探偵に気をつけろ！	189, 212
キャデラック砂漠の奥地にて、死者たちと戯るの書	257, 343
キャビン	265, 353
キャプテン・フューチャーの死	331
ギャラクシー・クエスト	307, 333
キャリー	255
キャンプ・コンセントレーション	287
急行「北極号」	392
九人の息子たち	174
きゅうりの王さまやっつけろ	398
キュリー夫人―光は悲しみをこえて	381
凶運の都ランクマール	301, 319
狂気のやすらぎ	35
狂犬	3
狂犬の夏	346
兄弟の絆	214
器用な痛み	53
脅迫	211
恐怖への明るい道	158
恐怖の掟	162
恐竜たちの方程式	331
きょうはカバがほしいな	399
きょうはみんなでクマがりだ	416
きょうはよいてんき	392
極微機械ボーア・メイカー	366
極北の犬トヨン	396
巨匠の選択	193
去勢	267
ぎょろ目のジェラルド	379, 383
きらきら	411
キラーバード,急襲	169
切り裂き魔の斧	170
ギリシア神話物語	382
霧と草と砂と	302
霧に濡れた死者たち	219
霧に橋を架ける	310, 339
霧の中の悪魔	378
偽旅券	43
キリング・フロアー	192, 219
キリンヤガ	327
ギルティ・コンサイエンス	171
キルン・ピープル	270
木はいいなあ	391
銀河ヒッチハイク・ガイド	288
銀河ヒッチハイク・ガイド（オリジナル・ラジオシリーズ）	248
銀河ヒッチハイク・ガイド（ラジオシリーズ2期）	248
銀河ヒッチハイク・ガイド（レコード）	248
緊急の場合は	162
禁じられた場所	256
禁じられた惑星	301
銀の国からの物語	408
金のたまごをうんだがちょう	415
吟遊詩人トマス	277
金曜日ラビは寝坊した	160

【ク】

「悔い改めよ、ハーレクイン！」とチクタクマンはいった	300, 317
空気と闇の女王	301, 319, 355
偶然の犯罪	200
寓話	72, 108
クシエルの矢	369
愚者の喜び	104
愚者の楽園	320
クージョ	256
くじらの歌ごえ	386
口は災い	149
クッキー・モンスター	334, 370
グッドマン・イン・アフリカ	34
苦悩のオレンジ、狂気のブルー	343
熊が火を発見する	305, 328, 363
クマがふしぎにおもってたこと	402
熊と結婚した女	213
蜘蛛	43
雲のはて	382
暗いブティック通り	44
クライング・ゲーム	190
暗き炎―チューダー王朝弁護士シャードレイク	206
昏き目の暗殺者	130
グラーグ―ソ連集中収容所の歴史	121
クラーケン	374
クラバート	398
グラミスの妖怪	191
暗闇のスキャナー	248, 267
グランドマスター	170
クリージー	44
クリスピン	411
クリスマスのキャンドル	226
クリスマスまであと九日―セシのポサダの日	391
グリッタードーム	170
グリフターズ 詐欺師たち	174
クリプトノミコン	368
グリーン・サークル事件	199
グリーン・デスティニー	307, 333

作品名索引	
クリンドルクラックスがやってくる	416
グリーン・ノウのお客さま	382
グリンプス	278
グリーンマイル	345
グリーン・マーズ	330, 365
狂った果実	212
クレイジー・サマー	395
グレイ・フラノの屍衣	158
クレージー・マギーの伝説	411, 427
グレンギャリー・グレン・ロス	115
グレン・グールド─孤独なピアニストの心象風景	29
黒い犬	220
黒い霧の街	202
黒い囚人馬車	179
黒いスーツの男	279
黒い地図	216
黒い塔	199
グローイング・アップ	115
クロウトウン	357
黒ヶ丘の上で	34, 52
クローディアの秘密	410
黒と青	203
クロード・オリエ	137
黒ねこミケシュのぼうけん	397
黒の過程	127
クロノリス─時の碑	270
グローバリズム出づる処の殺人者より	130
グローリアーナ	267, 273
軍用機	250

【ケ】

ケイヴマン	176
計画する人	301
警官の街	210
経済の恐怖─雇用の消滅と人間の尊厳	140
警察署長	169
警察署長と砂漠の略奪者	203
刑事コジャック シーズン3 第11話	166
刑事コロンボ 第42作 美食の報酬	167
刑事ジョン・ブック 目撃者	171, 189
刑事ジョン・ルーサー シーズン1 第1話	186
警視の偽装	228
警士の剣─新しい太陽の書3	256, 360
警視の死角	225
刑事の相続人	176
芸術的な死体	211
ゲイトウェイ	232, 267, 303, 322, 358
警部マクロード シーズン3 第1話 ニューメキシコの顔	164
ケイン号の叛乱	107
汚れた守護天使	202
解錠師	185, 208, 222
ケストナー：ナチスに抵抗し続けた作家	403
月下の庭師	164
結婚は命がけ	223
決戦のとき	380
ゲーデル, エッシャー, バッハ─あるいは不思議の環	79, 115
ゲド戦記1─影との戦い	424
ゲド戦記外伝	369
ケネディ─栄光と苦悩の一千日	74, 111
ケープ・コッド危険水域	169
ゲーム・オブ・スローンズ（第1章）	339
ゲーム・オブ・スローンズ 第2章 第9話 ブラックウォーターの戦い	340
ゲーム・オブ・スローンズ 第3章 第9話 キャスタミアの雨	265, 341
ゲーム・プレイヤー	236
煙の樹	85
けものたち・死者の時	43
獣たちの庭園	206
ケラーの責任	177
ケラーの治療法	175
ケリー・ギャングの真実の歴史	130
幻影師, アイゼンハイム	277
肩胛骨は翼のなごり	37, 383
言語都市	271, 374
検屍解剖	166
検屍官	173, 190, 202, 224
原始の風が吹く大地へ─人類二〇〇万年前の目覚め	239
原子爆弾の誕生─科学と国際政治の世界史	64, 117
拳銃所持につき危険	168
幻想の風景	138
現代思想で読むフランケンシュタイン	235
現代史の目撃者─リップマンとアメリカの世紀	63, 80
剣の王	254
剣の騎士	254
剣の名誉	371
剣嵐の大地─氷と炎の歌3	368

【コ】

恋するA・I探偵	150
恋するレイチェル	305, 362
恋のまじない, ヨンサメカ	416
恋人たちの小道	188
恋はポケットサイズ	4
公園	137
郊外のブッダ	35
業火の試練─エイブラハム・リンカンとアメリカ奴	

隷制	123	子ブタ シープビッグ	379
香水	276	コブラ	138
コウノトリと六人の子どもたち	409	コペルニクス博士	51
幸福の谷間	143	五本の指	156
拷問者の影―新しい太陽の書1	248, 268, 274	ごみ溜めの犬	171, 189
航路	369	ゴミと罰	147, 224
凍りつく心臓	192, 219	小麦で殺人	198
凍りつく骨	148, 224	コーラスライン	113
氷の家	202	コララインとボタンの魔女	251, 308, 334, 348, 369
氷の闇を越えて	178, 214, 215	コリアンダーと妖精の国	421
五感―混合体の哲学	139	ゴーリキー・パーク	170, 200
ごきげんなライオン	396	ゴールデン・ゴーファー	184
黒衣の王子	51	ゴールド ―黄金―	329
国際諜報局	161	ゴールド・コースト	269
告白	182	コールドマウンテン	84
極楽鳥の島	412	これからの一生	44
極楽にいった猫	408	コレクションズ	54, 84
黒龍とお茶を	360	これ、なあに？	400
ココ	277	GOLEM ゴーレム	240
心変わり	144	殺しの儀式	203
心で犯す罪	115	殺しのリハーサル	169
心にはそれなりの理由がある	217	殺し屋から愛をこめて	164
心のナイフ	380	殺しはフィレンツェ仕上げで	160
ゴーサム・カフェで昼食を	345	殺す男	212
コージー作家の秘密の原稿	151	コロンバイン銃乱射事件の真実	185
孤児マリー	125	こわがりハーブ えほんのオオカミにきをつけて	419
五十年間の嘘	139	壊れた海辺	207
誤植聖書殺人事件	201	壊れやすいもの	243, 261, 372
ゴースト・ドラム	383	コンクリート・ジャングル	335
ゴースト・トレイン	22	コンタクト	332, 361
ゴーストバスターズ	256	コンドル	166
孤船	310	こんにちは・さようならのまど	393
こっちにおいでデイジー！	418	コンパス・ローズ	290, 360
ゴッド・アンド・モンスター	346		
GOD―神の伝記	119		
古典絵画の巨匠たち	139	**【サ】**	
孤独のアリス	101		
言の葉の樹	368	サイコ	159
ことばのひびき	325	最後の晩餐	201
子供の領分	137	最後の訴え	176
コナン・ドイル書簡集	151, 184, 195	最後のクラス写真	278, 344
コナン・ドイル伝	149, 179	最後の刑事	190
この狂乱するサーカス	233	最後の城	301, 317
この人を見よ	301	さいごの戦い	381
この道のむこうに	428	最後のチャンス	166
この世でいちばんすばらしい馬	405	最後の注文	53, 130
この私、クラウディウス	48	さいごのとりでマサダ	422
琥珀のひとみ	322	最後の晩餐の作り方	37
琥珀の望遠鏡 ライラの冒険3	37	最後のユニコーン―完全版	309, 336
琥珀の眼の兎	39	最上の地	202
コービィ・フラッドのおかしな船旅	421	最初の接触	313
500年のトンネル	379	最前列の座席から	192
拳よ、闇を払え	216		

| サイテ | 作品名索引 |

サイティーン	327, 362
罪人を召し出せ	40, 131
最果ての銀河船団	270, 332
さいはての島へ ゲド戦記3	76
西遊記	48
サイレント・ジョー	180
サヴィルの青春	129
サウス・ライディング―英国の一風景	48
サーガ	264, 340
サーカスきたる	381
さかなにのまれたヨナのはなし	426
ザ・ギバー	411
囁きの代償	212
ささやき山の秘密	378
ザ・ジグソーマン	203
ザ・シークレット・ハンター 第32話 苦しみの沈黙	172
さすがのナジョーク船長もトムには手も足もでなかったこと	33
さすらいの孤児ラスムス	387
ザ・ソプラノズ 哀愁のマフィア シーズン3 第11話 逃亡	180
殺害者のK	213
作家の情熱	42
ザッカリー・ビーヴァーが町に来た日	84
殺人協奏曲	88
殺人詩篇	170
殺人者	154
殺人捜査	163
殺人調書101	174
殺人のH	160
殺人の色彩	198
殺人遊園地へいらっしゃい	194
殺人容疑	136
殺戮のチェスゲーム	257, 343, 363
サバイバル・ゲーム	200
さびしい犬	411
サファイア	158
サフィーの天使	38
THE FALL 警視ステラ・ギブソン シーズン1 第1話	187
ザ・プラクティス ボストン弁護士ファイル シーズン7 第22話	181
ザ・プレイヤー	175
ザ・ベスト・オブ・コニー・ウィリス―混沌（カオス）ホテル	375
ザ・ベスト・オブ・コニー・ウィリス―空襲警報	375
ザ・ポエット	192
サマー・オブ・ナイト	364
サマーと幸運の小麦畑	86
さまよえる影	45
寒い国から帰ってきたスパイ	160, 161, 198
さむがりやのサンタ	385
サムシング・ワイルド	172
侍と柳	357
サムラー氏の惑星	75
さようならウサギ	65, 117
さようならコロンバス	73
さようならをいえるまで	386
さよならおじいちゃん・・・ぼくはそっといった	399
さよならを告げた夜	216
さよならを待つふたりのために	406
さよなら、ブラックハウス	222
さよなら、ルーネ	401
さらば愛しき女よ	154
さらばいとしのローズ	156
さらば王様	4
さらばグロヴナー広場	199
さらば故郷	163
サルから人間へ	382
サルバドール	361
ザ・ロード	54, 122
THE WIRE ザ・ワイヤー シーズン4	183
ザンジバルの贈り物	36
サンセット大通りの疑惑―探偵エルヴィス・コール	214
残像	232, 303, 322, 358
三体	272, 341
サンディエゴ・ライトフット・スー	302
サンデー・イン・ザ・パーク・ウィズ・ジョージ	116
サンドキングス	303, 323, 358, 359
サンドマン 夢の狩人―ドリームハンター	346
さんねんねたろう	427
3びきのぶたたち	393
三百年祭	321, 357
三百年したら、きっと・・・	400
三秒間の死角	208
サンフランシスコ捜査線 シーズン4 第17話	166
サン・ルイス・レイ橋	102

【シ】

G.	51, 129
CIA秘録―その誕生から今日まで	85
幸せを待ちながら	403
幸せの背比べ	118
シェイクスピアの劇場―グローブ座の歴史	385
ジェイムズ・ジョイス伝	52, 73
ジェシカおばさんの事件簿	189
ジェシカおばさんの事件簿 シーズン1 第2話 海に消えたパパ	170
ジェファーソンの死	65
シェフィールドを発つ日	383
ジェフティは五つ	255, 303, 322, 358

作品名	ページ
ジェリコ街の女	200
ジェーンとキツネとわたし	31
死を告げる絵	174
視界	73
シカゴ	181
シカゴ探偵物語―悪徳の街1933	211
シカゴ・ブルース	154
シカゴより好きな町	411
死が二人を別つまで	227
死からよみがえった少年	342
然り,そしてゴモラ	301
時間をさかのぼって	79
時間をまきもどせ！	347
時間のない国で	38, 380
時間のなかの子供	35
時間封鎖	242, 271, 336
時空刑事1973 ライフ・オン・マース シーズン1 第1話	183
死刑執行人の歌	114
事件記者コルチャック―ナイト・ストーカー	164
時限紙幣―ゴーストマン	209
事件の核心	49
地獄行列車	315
地獄とは神の不在なり	308, 333, 369
地獄の天井	211
地獄のマキアヴェッリ	117
シザーハンズ	328
死者たちの礼拝	200
死者登録	278, 306
死者との誓い	213
死者の島	148
死者の書	232
死者の代弁者	268, 304, 326, 361
死者の舞踏場	164
侍女の物語	16, 230
シスアドが世界を支配するとき	372
静かなカオス	50
静かな太陽の年	267
シスターズ・ブラザーズ	29
沈んでいく姉さんを弄る歌	282, 295
死せるものすべてに	215
時代おくれの名優	314
死体が歩いた	165
死体と暮らすひとりの部屋	201
死体のC	189
死体は訴える	225
七王国の玉座	366
七人の使者―短編集	57
七ひきのねずみ	427
視聴率の殺人	167
シックス・センス	307, 346
漆黒の怒り	212
失踪した男	301
失敗したアメリカの中国政策―ビルマ戦線のスティルウェル将軍	112
港湾（シッピング）ニュース	83, 118
シップブレイカー	374
シティ・オブ・ボーンズ	193, 220
自転車修理人	331
自動車泥棒	110
死と踊る乙女	220
死との抱擁	171
死と陽気な女	160
死人主催晩餐会―ケータリング探偵マデリン	226
死ぬには遅すぎる	189
シネロマン	127
死の味	201, 223
死の王	255
死の拒絶	113
死の接吻	156
死の月	156
死の泥酔	214
死の鳥	320, 356
死の舞踏	238, 324, 360
自発的入院	283
慈悲深い死の天使	213
島	338
シマロン・ローズ	177
市民ヴィンス	182
ジム・ボタンの機関車大旅行	397
ジャイ-アント	303
シャイニング・ガール	265
ジャガー・ハンター	276, 362
社交ダンスが終った夜に	348
写真の館	33
写真論	62
ジャストインケース―終わりのはじまりできみを想う	383, 405
ジャスト・キッズ	86
斜線都市	270
ジャッカルの日	163
シャドウ・オブ・ヴァンパイア	347
シャドウ・ボクシング	114
しゃぼんだまぼうや	430
シャレード	160
シャーロック	263
シャーロック シーズン2 第1話 ベルグレービアの醜聞	187
シャーロック・ホームズ氏の素敵な冒険	199
シャーロック・ホームズの科学捜査を読む―ヴィクトリア時代の法科学百科	183
シャーロック・ホームズの冒険 シーズン2 第1話 悪魔の足	173
シャーロック・ホームズの冒険 シーズン3 第3話 マスグレーブ家の儀式書	172
シャーロット・ドイルの告白	427

ジャン・クリストフ	92, 125
上海の紅い死	193
十億ドルの賭け	164
十億年の宴 SF―その起源と発達	247
十億のイブたち	336
自由軌道	305
銃後の守り	183
十三の幻影	279
十字砲火	154
集団人間破壊の時代	67, 121
修道院の幽霊	226
修道士の頭巾	200
銃、ときどき音楽	365
十二人の怒れる男	158
十二人目の陪審員	201
銃・病原菌・鉄	120
修理屋	74, 111
重力から逃れて	237
重力の虹	77
シュガータウン	211
守護者	359
出獄	154
出生地	182
ジュマンジ	392
14歳、ぼくらの疾走 マイクとチック	406
ジュラシック・パーク	330
ジュリーの行く道	409
シュレーディンガーの子猫	305, 327
シュワはここにいた	429
順列都市	269, 292
少女イルゼの秘密―第二次世界大戦下のドイツ	425
衝動買いは災いのもと	149
商人と錬金術師の門	309, 337
少年時代	278, 344
少年と犬	301, 321
少年の秋	333
少年のはるかな海	402, 413
少年ルーカスの遠い旅	400
少年は残酷な弓を射る	134
しょうぼうていハーヴィ ニューヨークをまもる	429
昭和天皇	67, 120
女王様でも	306, 329, 364
女王天使	269
女王の窓辺にて赤き花を摘みし乙女	310
贖罪	67
処刑前夜	176
処刑の方程式	185, 193, 219, 226
ショゴス開花	337, 375
ジョージアの青春日記1―キスはいかが？	418
ジョージ・F.ケナン回顧録―対ソ外交に生きて	111
ジョシュ	382
初秋	102
書店のイチ押し！ 海外ミステリ特選100	149, 193

ジョナサン・ストレンジとミスター・ノレル	282, 335, 370
所有せざる人々	267, 302, 320, 356
ショーン・オブ・ザ・デッド	349
ジョン・ダイアモンド	34
ジョン・パーキンズ	137
シーラ号の謎	165
知らない女	195
シリアナ	183
シリウス・ファイル	205
私立探偵フィリップ・マーロウ シーズン1 第1話 殺しのペンシル	170
私立探偵マイク・ハマー―殺しの陰謀	170
私立探偵マグナム シーズン1 第3話	168
シルヴァー・ストリート	162
シルトの岸辺	43
シルマリルの物語	288, 322, 358
白い果実	280
白い殺意	175
白いシカ	408
しろいゆき あかるいゆき	391
白い竜	288, 323
シロへの長い道	198
白く渇いた季節	138
白の捜査線	165
白バラが紅く散るとき：ヒトラーに抗したゾフィー 21歳	400
真実の裏側	383, 419
新車の中の女	199
真珠のドレスとちいさなココ	405
新スタートレック シーズン5 第25話 超時空惑星カターン	329
新スタートレック シーズン7 最終話 永遠への旅	330
人生使用法	138
人生は短く、欲望は果てなし	128
塵戦	304
死んだ少年はあなたの窓辺に	346
真鍮の評決 リンカーン弁護士	195
死んでいる	67
シンデレラ	391
シンドラーズ・リスト	129
ジンの花嫁	251, 336
真犯人	202
審判の日	345
心理捜査官ロンドン殺人ファイル	191, 203
心理探偵フィッツ シーズン1 恐るべき恋人たち	176
心理探偵フィッツ シーズン3 真実の行方	177

【ス】

水準器	36
水晶球	325

垂直世界の戦士 ………………………… 269
推定無罪 ………………………… 190, 201
ズイドコートの週末 ………………………… 43
水平線の男 ………………………… 154
スイミー ………………………… 397
頭蓋骨のマントラ ………………………… 179
Scardown 軌道上の戦い—サイボーグ士官ジェニー・
　ケイシー2) ………………………… 371
すきですゴリラ ………………………… 385
スキャナー・ダークリー ………………… 248, 267
スキンヘッド・セントラル ………………………… 184
スクーターでジャンプ！ ………………………… 428
スクールボーイ閣下 ………………………… 51, 199
スコッチに涙を託して ………………………… 214
スコットランド女王メアリ ………………………… 51
スコットランドの黒い王様 ………………………… 37
スコルタの太陽 ………………………… 45
ZOO CITY ………………………… 231, 244
スシになろうとした女 ………………… 340, 375
図説 死因百科 ………………………… 350
スター・ウォーズ ………………………… 303, 322
スター・ウォーズ エピソード5 帝国の逆襲 … 256, 323
スター・ウォーズ ジェダイの復讐 ………………… 325
スターシップと俳句 ………………………… 359
スタータイド・ライジング ……………… 304, 325, 360
スターダスト ………………………… 337
スターダンス ………………………… 303, 322, 358
スタートレック ………………………… 318
スターバト・マーテル ………………………… 59
スターリン—青春と革命の時代 ………………… 39
スタンド・アローン ………………… 149, 192
スティーヴン・キング小説作法 ………… 347, 369
スティーム・ピッグ ………………………… 199
すてきな子犬ジンジャー ………………………… 409
ステーション・イレブン ………………………… 231
ステート・オブ・プレイ〜隠謀の構図〜 ………… 182
ストーカー ………………………… 267
ストライク・スリーで殺される ………………… 170
ストーン・ダイアリー ……………… 20, 66, 119
砂の男 ………………………… 144
砂の荷物 ………………………… 44
スネークスキン三味線—庭師マス・アライ事件簿 … 183
スノウ・クラッシュ ………………………… 237
スノーホワイト・イン・ニューヨーク ………………… 385
スノーマン ………………………… 425
スパイ大作戦 シーズン1 第3話 大量殺戮者 … 161
スパイたちの夏 ………………………… 38
スーパーマン ………………………… 322
すばらしいとき ………………………… 391
スペクテイター・バード ………………………… 78
スペシャリストの帽子 ………………… 242, 280
スペース・マシン ………………………… 288
すべて王の臣 ………………………… 106

すべての美しい馬 ………………………… 65, 83
すべての夢を終える夢 ………………………… 135
すべるぞ すべるぞ どこまでも ………………… 399
スミラの雪の感覚 ………………………… 203
スモーキーナイト—ジャスミンはけむりのなかで … 393
スリーパー ………………………… 302, 320
スリー・パインズ村と運命の女神 ………………… 151
スリー・パインズ村の不思議な事件 … 195, 206, 221
スリー・パインズ村の無慈悲な春 ………………… 151
スリング・ブレイド ………………………… 177
スール ………………………… 360
スレインの未亡人 ………………………… 227
スローターハウス5 ………………………… 320
スロート ………………………… 344
スロー・リバー ………………………… 306
スワン・ソング ………………………… 342

【セ】

世紀末ウィーン—政治と文化 ………………… 115
星条旗への謀叛 ………………………… 106
聖書伝説物語 ………………………… 382
成長の儀式 ………………………… 301
聖堂の殺人 ………………………… 200
青銅の弓 ………………………… 409
聖なる血 ………………………… 344
聖なる夜 ………………………… 45
西洋騎士道事典 ………………………… 385
セイレーンは死の歌をうたう ………………… 189
生は彼方に ………………………… 138
世界一幸せなゴリラ、イバン ………………… 411
世界を変える日に ………………………… 231
世界を騙った男 ………………………… 162
世界を回せ ………………………… 86
世界がまだ若かったころ ………………… 403
世界恐慌—経済を破綻させた4人の中央銀行総裁 … 123
世界の合言葉は森 ………………………… 319
世界の誕生日 ………………………… 368
世界の中心で愛を叫んだけもの ………………… 318
世界はおわらない ………………………… 38
席を立たなかったクローデット—15歳、人種差別と
　戦って ………………………… 86
石油の世紀—支配者たちの興亡 ………………… 118
接近遭遇 ………………………… 365
接続された女 ………………………… 320
ぜったいたべないからね ………………………… 386
Z ………………………… 163
セバスチャンの大失敗 ………………………… 75
セポイの反乱 ………………………… 129
セールスマンの死 ………………………… 107
ゼルダ最後のロマンティシスト ………………… 45
セレニティー ………………………… 309, 336

| セロク | 作品名索引 |

ゼロ・グラビティ ･････････････ 311, 341
ゼロ戦 ･･･････････････････････ 45
1914年夏（チボー家の人々 第7部） ･･ 93
1922 ･････････････････････ 263, 352
戦争 ････････････････････････ 14
戦争ゲーム ･･････････････････ 416
セント・アーベインの騎士 ･････ 13
戦闘 ････････････････････････ 45
千年の祈り ･･････････････････ 131
旋舞の千年都市 ･･･････････ 252, 271
羨望の炎―シェイクスピアと欲望の劇場 ･･ 139
全滅領域 ････････････････････ 311
前夜 ････････････････････････ 220
一四一七年、その一冊がすべてを変えた ･･ 86, 123

【ソ】

SOIL ････････････････････････ 245
ソイレント・グリーン ････････ 302
双眼鏡からの眺め ････････････ 70
捜査官ケイト ････････････････ 175
捜査官ポアンカレ―叫びのカオス ･･ 228
喪失 ････････････････････････ 186
喪失の響き ･･････････････････ 69, 130
双生児 ･･････････････････ 231, 241, 251
象と二人の大脱走 ･････････ 36, 416
そして戦争は終わらない―「テロとの戦い」の現場から ･･ 69
そしてボビーは死んだ ･････ 147, 165
素数たちの孤独 ･･････････････ 59
ソーネチカ ･･････････････････ 140
そのウサギはエミリー・ブラウンのっ！ ･･ 421
その歌声は天にあふれる ･･････ 37
その腕のなかで ･･････････････ 128
その顔はアレックス ･･････････ 209
その顔はあまたの扉、その口はあまたの灯 ･･ 300
その時ぼくはパールハーバーにいた ･･ 395
その向こうは一面 ････････････ 158
その夜の嘘 ･･････････････････ 59
ソー・ビッグ ････････････････ 102
ソフィーの世界 ･･････････････ 402
ソフィーの選択 ･･････････････ 79
ソフトウェア・オブジェクトのライフサイクル ･･ 339, 374
ソフト・モンキー ････････････ 172
空からおちてきた男 ･･････････ 420
空とぶ船と世界一のばか ･･････ 391
空に浮かぶ子供 ･･････････････ 238
空の都の神々は ･･････････････ 374
ソルジャー・ストーリー ･･････ 170
それを勇気とよぼう ･･････････ 408
それからどうなるの？ ････････ 412

ソロモン王の絨毯 ････････････ 202
ソロモンの歌 ････････････････ 62

【タ】

第一容疑者 ･･････････････ 175, 191
第一容疑者2 顔のない少女 ････ 175
タイガーズ・ワイフ ･･････････ 134
大家族 ･･････････････････････ 43
大巌洞人来たる ･･････････････ 317
第9地区 ････････････････････ 310
対決 スペルバインダーⅡ ･････ 292
第三帝国の興亡 ･･････････････ 73
第三の眼 ････････････････････ 168
ダイシーズソング ････････････ 410
大成の彼方―エドワード・ボック伝 ･･ 101
大地 ････････････････････････ 103
胎動 ････････････････････････ 304
大統領暗殺指令 ･･････････････ 199
大統領への道 ････････････････ 110
大統領になる方法 ････････････ 110
第二の男 ････････････････････ 198
大日本帝国の興亡 ････････････ 112
大農場 ･･････････････････ 65, 118
ダイノトピア地下世界への冒険 ･･ 329, 365
第八の地獄 ･･････････････････ 158
第八の日に ･･････････････････ 74
大平原にかける夢―少年トムの1500日 ･･ 77
台北（タイペイ）の夜 ････････ 184
タイム・シップ ･･････････ 250, 269
タイムスケープ ････ 248, 268, 288, 303
タイムマシーンにお願い シーズン2 第17話 哀しい愛 ･･ 174
ダイヤモンド・エイジ ･･ 270, 331, 366
太陽へとぶ矢 ････････････････ 392
太陽がいっぱい ･･････････････ 159
太陽系辺境星域 ･･････････････ 321
太陽の帝国 ･･････････････････ 52
太陽の夫人3部作(1)金の冠通り ･･ 413
大列車強盗 ･･････････････････ 168
第六ポンプ ･･････････････ 246, 373
ダーウィン―世界を変えたナチュラリストの生涯 ･･ 53
ダーウィンの使者 ･･････････ 270, 307
ダウト 疑いをめぐる寓話 ･････ 121
ダウンタウン・シスター ･･････ 201
ダウンビロウ・ステーション ･･ 324
高い城の男 ･･････････････････ 316
たくさんのお月さま ･･････････ 390
ダークシティ ････････････････ 346
ダークナイト ････････････････ 262
タクラマカン ･･････････････ 332, 367

540 海外文学賞事典

多彩の地―エグザイル・サーガ1	359
ダスト	24
ダスト・デヴィル	213
黄昏に眠る秋	207
黄昏に燃えて	63, 115
ただでは乗れない	171
漂う殺人鬼	226
たったひとつの冴えたやりかた	361
ダーティ・ストーリー	198
建物はどうして建っているか 構造―重力とたたかい	425
堕天使のパスポート	181
タトゥーママ	379
ダニーの火星旅行	306, 364
他人の愛を生きん	143
旅の絵本	425
旅の子アダム	409
ダフィと子鬼	392
ダブル・スター	314
魂の叫び	204
ターミナル・エクスプリメント	306
ターミネーター2	249, 306, 329
タラン・新しき王者	410
タリー家のボート小屋	114
誰も見ていませんように	191, 214
探索者	309
タンジェント	304, 326
誕生日の手紙―詩集	37
ダンシング・ベア	176
探偵〈スルース〉	163, 164
探偵のG	190, 212
探偵ベン・パーキンズ	212
探偵物語	155
探偵レミントン・スティール シーズン1 第20話 犯人は私!?アラン山荘の密室殺人	169
探偵は壊れた街で	228
ダンデライオン	370, 383

【チ】

ちいさいおうち	390
小さき女神	245
小さきものたちの神	130
小さな魚	424
小さな敷居際の一杯	147
ちいさな島	391
小さなソフィーとのっぽのパタパタ	401
ちいさなチョーじん スーパーぼうや	419
ちいさな天使と兵隊さん	415
チェルシー連続殺人事件	200
チェロキー	138
血をわけた子供	304, 325, 361
ちがうねん	387, 393
地下室の魔法	308
地球間ハイウェイ	237
地球の長い午後	316
知識人の時代―バレス ジッド サルトル	140
縮みゆく人間	315
地上最後の刑事	187
地上より永遠に	72
恥辱	130
地図と領土	46
地図になかった世界	68, 121
知性化戦争	326, 362
父	144
父に捧げる歌	179
父の遺産	83
秩序	43
血と肉を分けた者	206, 220
地に戻る者	200
地の骨	369
地平の彼方	101
チムひとりぼっち	384
チャイナタウン	165
チャイナタウンの女武者	62
チャイナ・レイク	184
チャイルド44	207, 221
チャーチル閣下の秘書	222
チャーミング・ビリー	84
チャーム・シティ	177, 214
チャーリー・モルデカイ―英国紳士の名画大作戦	199
チャンティクリアときつね	391
中間航路	83
中継ステーション	316
中性子星	317
厨房のちいさな名探偵―大統領の料理人1	195, 221
チューリップ・タッチ	37
鳥姫伝	275
調書	144
調停者の鉤爪	303, 359
超マン誕生	81, 115
チョップ・ガール	280
治療者の戦争	305
鎮魂歌	259
珍獣遊園地	202
ちんぷんかんぷん	314
沈黙の殺人者	186
沈黙のメッセージ	191
沈黙の森	193, 220, 226

【ツ】

追憶のゴルゴタ	43
追憶のファイル	212
追跡犬ブラッドハウンド	191
ツイン・シティに死す	176
ツイン・ピークス	249
通過儀礼	129
通勤路	127
月を愛した女	274
月世界征服	313
月に囚われた男	338
憑きもの	301
月夜のみみずく	392
月は無慈悲な夜の女王	317
土でできた大男ゴーレム	393
つながれた山羊―私立探偵ジョン・カディ	211
綱渡りの男	393, 429
翼よ、あれがパリの灯だ	108
ツバメ号の伝書バト	381
ツバメの歌	391
妻への恋文	127
冷たい月	151
冷たい星	58
冷たい眼が見ている	172
ツンドラの殺意	172

【テ】

ディア・ノーバディ	383
T.S.エリオット	34
ティエンイの物語	128
ディダコイ	32
ティーターン	358
停電の夜に	120
ティーパーティーの謎	411
ディパーテッド	184
ディビザデロ通り	27
ディファレンス・エンジン	269
ティンカー・クリークのほとりで	113
ティンカーズ	123
デイン家の呪い	167
手紙と秘密	150
テキサコ	45
敵手	176
出口なき荒野	219
デ・クーニング―アメリカの巨匠	68, 121
デージェだっていってんまえ	401
手錠のまゝの脱獄	158
デスペレーション	366
哲学してみる	406
鉄道運転士に向かって帽子を掲げた男	186
死球（デッドボール）	211
デッド・リーフの彼方	360
鉄の柩	203
鉄の夢	232
デビドの秘密の旅	412
デボラの裁き	148, 224
テムズ河の人々	129
テメレア戦記1―気高き王家の翼	372
テメレア戦記2―翡翠の玉座	372
テメレア戦記3―黒雲の彼方へ	372
デュラック海のさざなみ	305
デューン 砂の惑星	300, 317
テラビシアにかける橋	410
デ・ラ・メア物語集	381
デリケート・バランス	111
デリリウム17	244
天を映す早瀬	215
天空のリング	373
天国の根	44
天才ネコモーリスとその仲間たち	383
天使が震える夜明け	194, 220
天使に銃は似合わない	202
天使の一撃	201
天使の護衛	221
天使の手のなかで	44
天使の火遊び	202
天上のビュッフェ・パーティ	190
天使よ故郷を見よ	109
伝説は永遠に―ファンタジィの殿堂	368
天のろくろ	355

【ト】

倒壊する巨塔―アルカイダと「9.11」への道	122
闘牛の影	409
トゥク・トゥク・トゥク	336
道具と機械の本	427
倒錯の舞踏	174
父さんの犬サウンダー	410
どうしてカはみみのそばでぶんぶんいうの	392
盗聴	163
どうぶつえん	386
動物農場	313
逃亡者シリーズ	161
ドゥームズデイ・ブック	305, 329, 364
問う者、答える者 混沌の叫び2	39
とうもろこしの乙女、あるいは七つの悪夢―ジョイス・キャロル・オーツ傑作選	352
トゥルーマン・ショー	332

遠い町から来た話 ……………… 297, 405	ドラゴンフライ アースシーの五つの物語―ゲド戦記5 ……………………………… 369
遠き神々の炎 …………………… 269, 329	トラさん、あばれる ………………… 431
時を盗む者 ……………………………… 224	トラジェディ …………………… 302, 319
時の偉業 ………………………… 238, 277	トラフィック ……………………………… 180
時のかさなり …………………………… 128	虎よ ……………………………………… 159
時は準宝石の螺旋のように …… 301, 318	トランク・ミュージック ………………… 219
独裁者の城塞 …………………… 232, 268	ドリアン・グレイの肖像 ……………… 313
読書の歴史―あるいは読者の歴史 … 140	トリスタンとイズー …………………… 424
特捜部Q―檻の中の女 ………………… 222	砦 ………………………………………… 382
Dr.刑事クインシー シーズン2 第3話 … 167	ドリトル先生航海記 …………………… 408
ドクター・スリープ …………………… 353	鳥の歌いまは絶え ……… 267, 321, 357
ドクター・フー …………………… 262, 263	努力しないで出世する方法 …………… 110
ドクター・フー シーズン1 第9話 空っぽの少年 第10話 ドクターは踊る …………… 336	ドルセイの決断 ………………………… 323
ドクター・フー シーズン2 第4話 暖炉の少女 … 336	トール対キャプテン・アメリカ ……… 361
ドクター・フー シーズン3 第10話 ブリンク … 337	ドルの向こう側 ………………………… 198
ドクター・フー シーズン5 第12話 パンドリカが開く ビッグバン ……………………… 339	ドルフィン海は、夢をかなえるところ … 113
ドクター・フー シーズン6 第4話 ハウスの罠 … 310, 339	ドールマン ……………………………… 223
ドクター・フー スペシャル 火星の水 ……… 338	どれい船にのって ……………………… 410
毒の目覚め ……………………………… 185	トロイアの黒い船団 …………………… 386
毒薬の小壜 ……………………………… 157	泥棒のB ………………………… 188, 211
時計じかけのオレンジ ………………… 319	トワイライトゾーン ……………… 315, 316
時計はとまらない ……………………… 418	
どこいったん …………………………… 406	## 【ナ】
どこにいるの おじいちゃん …………… 403	
どこまで行けるか ………………………… 33	内死 ……………………………………… 267
どこ行くの、パパ? ……………………… 128	ナイチンゲールの屍衣 ………………… 199
どこよりも冷たいところ ………………… 192	ナイト・ドッグズ ……………………… 192
都市と都市 ……… 231, 244, 252, 271, 284, 373	ナイトフライヤー ………………………… 359
齢の泉 …………………………………… 309	ナイトホークス ………………………… 175
杜松の時 ………………………………… 232	内部 ……………………………………… 137
図書館警察 ……………………………… 343	999―狂犬の夏 ………………………… 346
図書館の死体 …………………… 148, 225	999―聖金曜日 ………………………… 346
図書室の魔法 …………… 264, 310, 339	999―妖女たち ………………………… 346
ドッグウォーカー ………………………… 363	ナオミの秘密 …………………………… 400
とても我慢できない …………… 148, 224	長い旅路 ………………………………… 316
とても私的な犯罪 ……………………… 201	長い日曜日 ………………………………… 5
とどろく雷よ、私の叫びをきけ ……… 410	長く熱い週末 …………………………… 169
扉の中 …………………………………… 204	流れよ我が涙、と警官は言った ……… 267
扉開きぬ …………………………………… 48	なくてはならない兄弟 ………………… 214
トビー・ロルネス1―空に浮かんだ世界 …… 241	ナグ・ハマディ写本―初期キリスト教の正統と異端 ……………………………… 63, 79
ドブレイ …………………………………… 408	殴られてもブルース …………………… 175
トーマス・ケンプの幽霊 ……………… 382	謎の完全殺人 …………………………… 168
トマス・モアの生涯 ……………………… 48	謎の北西航路 …………………………… 398
トムは真夜中の庭で …………………… 381	ナダ(何でもないの) …………………… 87
ともしびをかかげて …………………… 381	なつかしく謎めいて …………………… 370
ともだちつれてよろしいですか ……… 391	ナッシュビルの殺し屋 ………………… 166
土曜日 ……………………………………… 54	ナット・ターナーの告白 ……………… 111
ドラキュラの子供たち ………………… 364	夏の稲妻 ………………………………… 173
ドラグネット ……………………………… 156	夏の庭―The Friends ………………… 428
ドラゴンになった青年 ………………… 255	夏の涯ての島 …………………… 271, 280
ドラゴン複葉機よ、飛べ ……………… 423	

ナツノ　　　　　作品名索引

夏の魔法―ペンダーウィックの四姉妹 85
夏の雪だるまの謎 221
夏のルール 299
夏・みじかくて長い旅 382
夏休みは大さわぎ―わんぱく四人姉妹物語1 ... 379
ナポレオンに背いた「黒い将軍」―忘れられた英雄
アレックス・デュマ 124
ならずものがやってくる 70, 123
ならず者の鷲 199

【ニ】

2140―サープラス・アンナの日記 242
肉の分かち合い 318
にぐるまひいて 392
逃げる 141
逃げるアヒル 200
逃げる殺し屋 169
虹の彼方に 147
二十一の気球 409
20世紀を語る音楽 69
二十世紀の記録 317
20世紀の幽霊たち 261, 350
偽のデュー警部 200
2001年宇宙の旅 318
2312―太陽系動乱 310
2010年 325
日曜日だけのママ 400
二度死んだ男 224
二度死んだ少女 194
ニーナの記憶 185
二百周年を迎えた男 303, 321, 357
ニュー・アトランティス 357
ニューオリンズの葬送 173
ニュースレター 367
紐育万国博覧会 82
ニューロマンサー 268, 289, 290, 304, 325
ニョロロンとガラゴロン 385
庭に孔雀、裏には死体 149, 192, 219
人形ヒティの冒険 408
人魚の歌が聞こえる 344
人間であるために 112
人間の条件 43
人間の本性について 114
人間の歴史の物語 408

【ヌ】

縫い針の道 375
盗まれた意匠 198
盗まれたスタインベック 211

【ネ】

ねえ・どれがいい？ 400
ネクスト・トゥ・ノーマル 123
猫を描いた男 258
ねことわたしのねずみさん 400
猫の帰還 416
ねこのジンジャー 417
ネザーランド 136
ねじまき少女 245, 271, 310, 338, 373
ねじれた文字、ねじれた路 208
ねずみの騎士デスペローの物語 411
ネットの中の島々 269
眠りの兄弟 140
眠れない聖夜 148, 192
ねむれないの？ ちいくまくん 386, 415
眠れる沼 42
狙った獣 157
ねらわれたスミス 422
年間ホラー傑作選 261

【ノ】

ノアのはこ船 81, 392
ノアの箱船にのったのは？ 382
野うまになったむすめ 392
農民 92
遺す言葉 308
のっぽのサラ 394, 410
呪い師 127

【ハ】

灰色の王 410
灰色の小人たちと川の冒険 381
灰色の魂 145
バイオリンひきのミーシカ 385
廃墟ホテル 350
ハイジ・クロニクル 117
歯いしゃのチューせんせい 81
背信の日々 64
バイセンテニアル・マン 303, 321, 357
パイの物語 130
ハイヒールをはいた殺人者 202
ハイ・フォースの地主屋敷 382
ハイペリオン 327, 363

ハイペリオンの没落	249, 363
敗北を抱きしめて―第二次大戦後の日本人	84, 120
ハイワサのちいさかったころ	385
パイは小さな秘密を運ぶ	152, 207, 221, 228
ハーヴェイ	106
ハウランド家の人びと	110
ハウルの動く城	309
墓から伸びる美しい髪	344
パーカー・ショットガン	189, 223
博士の異常な愛情	317
儚い光	134
墓場の少年―ノーボディ・オーエンズの奇妙な生活	337, 373, 383, 411
白鳥の夏	410
白熱の一戦(ニードル・マッチ)	207
博物館の裏庭で	36
白夜の少年兵	
橋の上の天使	62, 80, 114
はじまりのとき	86
場所	145
バシリスク	356
走れ！半ズボン隊	405
バースへの帰還	203
バセンジーは哀しみの犬	214
裸でご免あそばせ	147
はたらきもののあひるどん	416
八月十五夜の茶屋	108
八月の砲声	110
8マイル・ロードの銃声	211
バツアラ	42
ハーツォグ	74
罰金	163
バック・トゥ・ザ・フューチャー	326
バックルさんとめいけんグロリア	393
ハッシュパピー～バスタブ島の少女～	311
バッド・ブラッド―出自という受難	37
八百万の死にざま	211
バッファローの娘っこ、晩になったら出ておいで	276, 326
パディ・クラーク ハハハ	130
パーティで女の子に話しかけるには	372
パーティの夜	156
果てしなき河よ、我を誘え	319
パートナー	225
ハートの女王	126
バドの扉がひらくとき	411
バトルスター・ギャラクティカ シーズン1 第1話 33分の恐怖	335
はなうたウサギさん	393
花火師リーラと火の魔王	417
パニックの手	345
ハネムーンの殺人	189
パノラマ島綺譚	244
はばたけゲイネック	408
ババドック～暗闇の魔物～	354
母の家で過ごした三日間	45
パパの大飛行	392
母の手	42
バビロン5	307
バビロン5 シーズン2 第9話 シャドウ軍団の暗躍	331
バビロン5 シーズン3 第10話 潰えた願い	331
バビロンの塔	305
バービーはなぜ殺される	358, 359
バフィー～恋する十字架～ シーズン7 第7話 死者との会話	334
パーフェクト殺人	198
ハーブと影	138
バブルズはご機嫌ななめ	150
バベル―17	301
Hammered 女戦士の帰還―サイボーグ士官ジェニー・ケイシー1	371
はみだしインディアンのホントにホントの物語	85, 430
破滅への舞踏	213
ハヤブサが守る家	246
バラが問題だ	111
薔薇の名前	58, 138
バラヤー内乱	328, 364
ハリウッド・ナイトメア	254
ハリーおじさん	176
張り込み	172
パリス・トラウト	83
ハリーの探偵日記	213
針の眼	167
ハリー・ポッターとアズカバンの囚人	37, 346, 368, 418
ハリー・ポッターと賢者の石	418
ハリー・ポッターと死の秘宝	309
ハリー・ポッターと秘密の部屋	418
ハリー・ポッターと不死鳥の騎士団	194, 349
ハリー・ポッターと炎のゴブレット	333
パリンプセスト	338
遙かなる旅路	126
春のない谷間	3
パルプ・フィクション	176, 191
ハーレクイン・ロマンスに挟まっていたヌード・ピンナップ	344
ハーレムの闘う本屋―ルイス・ミショーの生涯	430
パワー	309
ハワード・ザ・ダック3	255
ハンガー・ゲーム	406
叛逆航路	231, 252, 265, 311, 341, 375
反逆児―シルベルマン	125
ハングマンの帰還	302, 321
バンコクに死す	344, 365
犯罪河岸	154
犯罪の進行	159

晩餐会	137
パンズ・ラビリンス	309, 336
バンデットQ	248
半島の密使	124
反どれい船	379
バーン・ノーティス 元スパイの逆襲 シーズン1 第1話 悲劇の始まり	184
半分のぼった黄色い太陽	134

【ヒ】

ピアノ・ソナタ	214
ピアノ・レッスン	117
ヒー・イズ・レジェンド	351
緋色の記憶	177
緋色の迷宮	220
ピエロくん	417
火を喰う者たち	38, 420, 429
ピカソ	35
火がともるとき	274
光の王	317
光の子供	128
引き攣る肉	201
ピクニック―夏の日のロマンス	108
翡翠男の眼	254
翡翠の罠	213
ビーストの影	34
ビッグ・タイム	315
ビッグ・タウン	203
ビッグ・ドライバー	263, 352
ビッグ・トラブル	192, 215
ビッグ・レッド・テキーラ	192, 214
羊たちの沈黙	174, 189, 343
必死の逃亡者	157
ヒッチコック劇場 シーズン3 第17話 絞殺魔の館	161
ヒッチコックのファミリー・プロット	166
ヒットマンズ・レクイエム	185
ビデオドローム	256
ひとしずくの水	428
人という怪物	383
ヒトラーにぬすまれたももいろうさぎ	399
ひとりぼっちの目撃者	202
ビートルジュース	257
美について	134
火のくつと風のサンダル	397
日の下を歩いて	329
日の名残り	130
ビーバー族のしるし	394
ビーバーのしるし	394
ヒバリは空に	381
秘密の遊び場	301

ひみつの白い石	413
秘密のマシン、アクイラ	37, 418
ヒューゴとジョセフィーン―北国の虹ものがたり 2	413
ヒューゴ・ペッパーとハートのコンパス	421
ヒューストン, ヒューストン, 聞こえるか?	302, 321
ヒューマン・ステイン	136, 141
氷原のナイト・ドーン	368
漂流物	393
ビラヴド―愛されし者	117
ピラミッド	249
ビリー・ジョーの大地	395, 411
ビリー・バスゲイト	64, 135
BILLY BAT	245
ヒル・ストリート・ブルース シーズン1 第1話 分署番外地	169
ヒーローの作り方―ミステリ作家21人が明かす人気キャラクター誕生秘話	185
ヒンデンブルク号、炎上せず	332, 367
ビントン郡の雨	171
貧乏お嬢さま、古書店へ行く	228
貧乏お嬢さまと王妃の首飾り	152

【フ】

ファイナル・カントリー	205
ファウンデーション シリーズ	317
ファウンデーションの彼方へ	324, 360
ファーガス・クレインと空飛ぶ鉄の馬	420
ファーザー・オブ・ストーンズ	363
ファーザー・ハント	199
ファージング 1―英雄たちの朝	271
ファンタジーと言葉	371
不安定な時間	233
フィアサム・エンジン	250
フィクサー	184
フィラデルフィアで殺されて	189
フィンクラー氏の悩み	131
フィンチの嘴	119
フェアリイ・ランド	230, 270
フェアリー・フェラーの神技	260
フェイスフル・スパイ	183
フェニモア先生、墓を掘る	149
フェルミと冬	326
フェルメールの暗号	150, 182
フェンス	116
フォーリング・ダウン	175
武器の道	198
復讐の家	202
復讐は俺に任せろ	156
ふくろう模様の皿	378, 382
ふくろ小路一番地	381

不幸な相続人	211
不思議を売る男	379, 383
ふしぎなかず	402
不思議な黒い石	415
ふしぎなともだち	417
不思議の穴に落ちて—イングリッドの謎解き大冒険	151
ふしぎの国のアリス	386
ふしぎ山からの香り	118
不死鳥を倒せ	161
舞台裏の殺人	147, 189
ふたごのルビーとガーネット	417
二つの旅の終わりに	383
ふたりのアーサー1 予言の石	379, 419
ふたりの距離	291
ふたりの星	410
二人のモーリーン	212
豚は太るか死ぬしかない	171
復活の儀式	256
ブッシャー	324, 359
ブーベの恋人	57
冬そして夜	180, 226
冬の入江	403
冬の狼	274
冬の猿	4
冬の少年	127
冬の灯台が語るとき	208
ブライアンワイルドスミスのABC	384
ブラインドサイト	243, 271
ブラジルの赤	45
ブラックアウト	310, 338, 373
ブラックジュース	282, 295
ブラック・チェリー・ブルース	173
ブラック・ドッグ	387
ブラック・フライデー	218
ブラックボックス	167
ブラック・マーブル	168
ブラックランズ	208
ブラックリスト	197
ブラック・リスト	205
フラッシュ！	151
ブラッド・ミュージック	232, 268, 304, 325
ブラッドレッドロード—死のエンジェル	40
プラム—ある家族の愛と憎しみ	51
フラワー・ベイビー	36, 383
ブランク・ダイヴ	367
フランス紀行	140
フランス組曲	146
フランス的人生	128
フランスの遺言書	45, 140
フランバース屋敷の人々	378
ブリキの自動車	201
ブリージング・レッスン	117

フリスビーおばさんとニムの家ねずみ	410
ふりだしに戻る	236
ブリット	162
プリティ・モンスターズ	373
フリモント嬢と奇妙な依頼人	225
プリンセス・ブライド・ストーリー	327
古い骨	172
ふるえて眠れ	161
震えるスパイ	39
古き神々の死すとき 2137年5月	366
ブルー・シャンペン	359, 362
フールズ・オブ・フォーチュン	34
ブルックリン	39
ブルー・ドレスの女	202, 213
ブループ 証明	120
ブルー・ヘヴン	184
ブルー・ポイント	404
フレイルティー 安執	348
PRESS ENTER ■	304, 325, 361
プレスリーVSミイラ男	349
ブレッシントン計画	157
フレッチ 殺人方程式	165
フレッチ 死体のいる迷路	166
ブレードランナー	248, 256, 324
プレヒトの愛人	45
フレンチ・コネクション	164
プロイセンのスノー・ドロップ	205
フロイトの弟子と旅する長椅子	128
ブロックルハースト・グローブの謎の屋敷—メニム一家の物語	379
プロテクター	287
プロバビリティ・サン	270
プロバビリティ・スペース	270
フロレンス・ナイチンゲールの生涯	49
ブロンドの殺人者	154
ブロントメク！	247
分解された男	313
フンボルトの贈り物	113

【へ】

兵舎泥棒	135
兵士よ問うなかれ	317
ベウラの頂	219
ベガーズ・イン・スペイン	237, 269, 305, 329
ヘザース ベロニカの熱い日	173
ペスト&コレラ	128
ベストセラー「殺人」事件	147
ペットねずみ大さわぎ	33
ペッレ君のゆかいな冒険	412
ベツレヘムの密告者	207
ペーパータウン	185

ヘ

ペパーミント通りからの旅	75
ペパーミント・ビッグのジョニー	378
ヘミングウェイごっこ	305, 328
ペリカン・バー	284
ヘリックスの孤児	368
ペリー提督と日本開国	426
ベル・カント	134, 136
ベルゼン急行	273
ヘルター・スケルター	166
ペルディード・ストリート・ステーション	231, 240, 241, 260
ヘルハウス	254
ヘル・レイザー	257
ベンガルの槍騎兵	47
ペンギンさん	421
ペンギンたちの夏	81
弁護士ジャッド シーズン1 第1話	162
弁護士シャノン	173
弁護士プレストン	159
ヘンショーさんへの手紙	410
変身動物園―カンガルーになった少女	381
ペンテコストの冒険	34
へんてこりんなサムとねこ	391
ベント・ロード	186
ヘンリー・Oの休日	224
ヘンリーフィッチバーグへいく	429

【ホ】

法医学捜査班 silent witness シーズン2 第1話・2話	178
法王暗殺	201
法王の身代金	165
砲火	42
忘却のパレルモ	44
暴行	208
宝石の筏で妖精国を旅した少女	310, 374
亡命詩人、雨に消ゆ	166
亡命者	160
抱擁	130
暴力の義務	144
放浪惑星	317
他の孤児	304
北緯38度54分、西経77度0分13秒 ランゲルハンス島沖を漂流中	320, 357
北緯六十度の恋：ジェロオム	42
ぼくがハリーズ・バーガーショップをやめたいきさつ	326
北斎の富嶽二十四景	326
ボグ・チャイルド	383
ぼくのエリ 200歳の少女	263
ぼくの冬の旅	402
ぼくの村が消える！	379
ぼくのワンちゃん	385
北北西に進路を取れ	158
ぼくらがロード・ドッグを葬った夜	306, 344
ぼくはジャガーだ	413
ぼくは行くよ	45
ぼくは夜に旅をする	184
綻びゆくアメリカ―歴史の転換点に生きる人々の物語	86
星	314
ボシィの時代	314
星の王国の旅	402
星の子	397
ポストマン	268, 361
ボストン、沈黙の街	205
ボーダー・ガード	368
北極星を目ざして―ジップの物語	395
ホッグ連続殺人	168
没入	311, 375
ポップコーン	203
ホップスコッチ	165
ボディブロー	185
ボディ・ポリティック	204
ボトムズ	179
ポニー	310
骨	179, 277
骨と沈黙	202
骨のダイスを転がそう	301, 318
骨の袋	259, 346, 367
ポピー―ミミズクの森をぬけて	428
ホミニッド―原人	270, 334
HOMELAND シーズン1 第1話 英雄の帰還	186
ポリス・ストーリー シーズン1 第2話	165
ポリス・ストーリー シーズン2 第2話	165
ボルカーはねなしガチョウのぼうけん	384
ポルポリーノ	138
ホール・マン	321
ホワイトシティ・ブルー	37
ホワイト・ティース	37, 53
ホワイト・ノイズ	82
ホワイト・ピーク・ファーム	423
ボーンシェイカー	373
ほんとうのフローラ―一万一千の部屋を持つ屋敷と魔法の執事	309
本泥棒	406
ホーン・マン	168

【マ】

マイがいた夏	413
マイケル・K	129

マイゴーストアンクル	426
まいごのペンギン	421
マイノリティ・リポート	348
マイン	343
マウス：アウシュヴィッツを生きのびた父親の物語	118
マオ2	135
魔王	44
魔界記者コルチャック―ラス・ベガスの吸血鬼	164
魔界の盗賊	274
マグヌスと馬のマリー	412
マグノリアおじさん	385
マザーグースのたからもの	385
マザーランドの月	40, 245, 384
マザーレス・ブルックリン	67, 204
マジック	167
マジック・キングダムで落ちぶれて	370
マジック・フォー・ビギナーズ	251, 309, 371
魔術師ガザージ氏の庭で	425
魔術師アブドゥル・ガサツィの庭園	425
魔術探偵スラクサス	280
魔少女ビーティー・ボウ	426
魔女がいっぱい	34
魔女集会通り26番地	378
魔女と暮らせば―大魔法使いクレストマンシー	378
魔女になりたいティファニーと奇妙な仲間たち	370
魔女の刻	363
魔神と木の兵隊	382, 398
マダガスカルの殺意	192
またの名をグレイス	56
マダム・タッソーがお待ちかね	200
町	107
間違われた男	199
待ち暮らし	84, 136
マーチ家の父 もうひとつの若草物語	121
待ち望まれた死体	148
マックたち	307, 368
マッケルヴァ家の娘	113
マーティン・ドレスラーの夢	119
窓	155
まどのそとのそのまたむこう	81, 426
マドレーヌといぬ	391
マナウキ	328
マニックス シーズン5 第3話 殺しの幻覚	164
まぬけなワルシャワ旅行	75
魔の聖堂	34
マハーラージャ殺し	200
真昼の臀	160
真昼の夢	27
マーブル・アーチの風	372
マペットショウ	168
魔法使いハウルと火の悪魔	423
魔法の国ザンス	236
魔法の声	241
魔法の樽	73
まぼろしの白馬	381
ママはだめっていうけど	426
繭	292
真夜中の相棒	169
真夜中の子供たち	52, 129, 130
魔力	189
マリリン・モンローの最期を知る男	6
マルヴェッツィ館の殺人	149
マレヴィル	267
満月と血とキスと	193
マンチェスター・フラッシュバック	204
マンデルバウム・ゲイト	50
マンハッタンの悪夢	155
マンハッタンの奇譚クラブ	256
マンハント―リンカーン暗殺犯を追った12日間	183
マン・プラス	267, 302
マンボ・キングス、愛のうたを歌う	117
まんまるおつきさまをおいかけて	393

【ミ】

見えない雲	401
見えない人間	72
ミカエル・ビューピン自伝―ある発明家の生涯	102
身がわり王子と大どろぼう	410
身代りの樹	201
岬	126
ミサゴの森	240, 248, 275
ミザリー	342
ミシシッピがくれたもの	395
見知らぬ場所	132
湖は餓えて煙る	196, 222
Mr.インクレディブル	335
ミスターX	346
ミスター・クラリネット	207, 227
ミスター・Pの不思議な冒険	400
ミスターワッフル！	407
ミスティック・リバー	193, 220
ミスディレクション	194
ミステリー・クラブ事件簿	192, 225
ミステリ講座の殺人	224
水に描く	42
水の戒律	223
水の底	343
ミスヒッコリーと森のなかまたち	409
ミセス・タッカーと小人ニムビン	426
満たされぬ道	130
未知との遭遇	255
ミッキー・ローク―ロサンゼルス美女連続殺人	168

みつけたものとさわったもの ………… 391
密告者 ……………………………………… 47
密殺の氷海 ……………………………… 164
ミッシング・アクション ………………… 179
密造人の娘 …………… 148, 175, 190, 224
ミッドナイト・イン・パリ ……………… 264
ミッドナイトブルー ……………………… 416
ミッドナイト・ブルー …………………… 343
ミッドナイト・ホラー・ショウ ………… 343
みっともないニワトリ …………… 274, 303
緑色遺伝子 ……………………………… 267
緑の死 …………………………………… 159
緑の瞳 …………………………………… 268
みどりの船 ……………………………… 418
ミドルセックス …………………………… 121
ミドルマン ………………………………… 64
南 ………………………………………… 126
南太平洋 ………………………………… 107
南太平洋物語 …………………………… 107
見習い女探偵 …………………………… 200
見習い魔女ティファニーと懲りない仲間たち … 370
見果てぬ夢 ……………………………… 336
見張り ……………………………… 304, 324
未来世紀ブラジル ……………………… 249
ミラーストーン・ふしぎな鏡 …………… 415
ミラー・ダンス ……………………… 330, 365
ミリオンズ ……………………………… 383
ミレニアム1 ドラゴン・タトゥーの女
 ……………………… 195, 196, 221, 222, 228
ミレニアム・ヘッドライン ……………… 269

【ム】

ムーア人の最後のため息 ………………… 36
昔話の魔力 ………………………… 62, 78
むかし、森のなかで …………………… 414
ムギと王さま …………………… 381, 387
無垢なる骨 ……………………………… 214
無垢の誘惑 ……………………………… 140
夢幻会社 …………………………… 248, 268
夢幻諸島から ……………………… 252, 271
無限の猿 ………………………………… 211
無常の月 ………………………………… 319
鞭打たれた犬たちのうめき …………… 165
紫色の屍衣 ……………………………… 164
紫年金の遊蕩者たち …………………… 318
紫のふるえ …………………………… 82, 115
ムンクを追え!『叫び』奪還に賭けたロンドン警視庁美術特捜班の100日 … 183
ムンク伝 ………………………………… 54
ムーン・タイガー ……………………… 130

【メ】

メアリ・ウルストンクラフトの生と死 … 33
メアリー、ドアを閉めて ………… 175, 213
メアリー、メアリー、ドアを閉めて … 175, 213
メイおばちゃんの庭 …………… 411, 427
迷宮のチェス・ゲーム ………………… 199
迷探偵スペントン登場 ………………… 412
名探偵のキッシュをひとつ …………… 152
名探偵ポアロ シーズン2 第3話 消えた廃坑 … 174
名馬風の王 ……………………………… 409
名馬スモーキー ………………………… 408
名誉の戦場 ……………………………… 45
名誉の牢獄 ……………………………… 394
メイリイとおまつり …………………… 390
めぐみ …………………………………… 423
目くらましの道 ………………………… 204
めくらやなぎと眠る女 ………………… 132
めぐりあう時間たち―三人のダロウェイ夫人 … 120, 136
めぐりめぐる月 ………………………… 411
メグレ警視シリーズ―パリ連続殺人事件 殺人鬼に罠をかけろ ……………………………… 158
目覚めない女 …………………………… 202
めざめれば魔女 ………………………… 382
目立ちすぎる死体 ……………………… 168
メタリカ ………………………………… 345
メッセージ ……………………………… 405
目に見える闇 …………………………… 51
目には目を ……………………………… 326
メメント ……………………………… 180, 348
メモリアル病院の5日間 生か死か ハリケーンで破壊された病院に隠された真実 … 71
メンフィスへ帰る ……………………… 116

【モ】

燃える戦列艦 …………………………… 48
モーおじさんの失踪 …………………… 203
モギ ちいさな焼きもの師 …………… 411
黙示 ……………………………………… 266
黙示録3174年 ………………………… 315
木曜日に生まれた子ども ……………… 379
もし星が神ならば ……………………… 302
もず ……………………………………… 107
モスキート・コースト …………………… 52
モダン・アート―19-20世紀美術研究 … 62
モッキンバード …………………………… 86
モーニング・ショウ …………………… 189

モーニング・チャイルド	304
もののあはれ	340
物の時代	144
喪の山	305, 327
モモ	399
もものき なしのき プラムのき	385
森へ消えた男	222
森を抜ける道	202
もりでいちばんつよいのは？	418
森の中のアシガン	44
モルダウの黒い流れ	198
もろびと大地に坐して	337
モンキーズ・レインコート	189, 223
モンキー・パズル	201
モンキー療法	360
モンティ・パイソン・アンド・ホーリー・グレイル	254

【ヤ】

やあ、ねこくん！	424
夜間飛行	125
やぎと少年	398
やぎのあたまに―アウシュビッツとある少女の青春 ハンガリー 1939-1944	426
約束の地	166
約束の道	209
優しいオオカミの雪原	39
野獣の血	163
やったねカメレオンくん	386
やっとミゲルの番です	409
屋根裏部屋のエンジェルさん	36
野蛮な遊び	43
病の皇帝「がん」に挑む―人類4000年の苦闘	123
山猫	57, 148, 190
闇に泣く	201
闇に横たわれ	204
闇の記憶	194
闇の聖母	273
闇の底のシルキー	418
闇の戦い1―光の六つのしるし	424
闇の左手	301, 318
病める狐	205
ヤング・フランケンシュタイン	302, 321
ヤンと野生の馬	396
ヤンネ、ぼくの友だち	402, 413

【ユ】

憂鬱な象	324
勇気ある人々―良心と責任に生きた八人の政治家	109
夕暮れをすぎて	351
勇者の帰還	48
遊星からの物体X	312
郵便局員ねこ	385
誘惑の巣	176
誘惑は殺意の香り	150, 194, 227
ゆかいなゆうびんやさんのクリスマス	386
床下の小人たち	381
ゆがめられた記憶	423
ゆがめられた昨日	157
雪	141
雪が燃えるように	127
雪殺人事件	149
雪の写真家ベントレー	393
雪の女王	323, 359
ゆきのひ	391
ユゴーの不思議な発明	393
ユージュアル・サスペクツ	177, 191
ユダヤ警官同盟	271, 309, 337, 372
ユダヤ人大虐殺の証人ヤン・カルスキ	6
ユニコーン・ヴァリエーション	324, 360
指先にふれた罪	134
ゆびぬきの夏	408
夢のギャラリー	364
夢の破片	205
夢の蛇	303, 322, 358
夢みるパナマ	399
夢みるロボット	362
ゆるやかな彫刻	301, 319

【ヨ】

夜明けの少年	408
夜明けの光の中に	211
夜明けのメイジー	150, 226
夜明け前の時	158
よい戦争	116
酔いどれ故郷にかえる	227
酔いどれに悪人なし	216
容疑者	171
妖術師の島	163
妖女サイベルの呼び声	272
用水路の妖精（ニンフ）たち	88
揚子江の少年	408
妖精のハンドバッグ	309, 335, 370
洋梨形の男	342
善き女の愛	56, 67
予期せぬ出来事	106
翼人の掟 第一部	357
欲望という名の電車	107

欲望の街	174	ラスト★ショット	183
夜ごとのサーカス	52	ラスト・チャイルド	185, 208, 221
ヨセフのだいじなコート	393	ラセンウジバエ解決法	303
よぞらをみあげて	430	ラッキー・トリンブルのサバイバルな毎日	411
ヨット・クラブ	160	ラット・キング	201
夜中に犬に起こった奇妙な事件	38, 380	ラニー・バッド 第3部 エレミヤの哀歌	105
ヨナ・キット	247	ラブ・メディシン	63
世にも不思議なアメージング・ストーリー シーズン1 第6話 驚異のファルズワース	171	ラ・ブラバ	170
四人の兵士	141	ラブリー・ボーン	348
余白の街	44	ラホーア兵営事件	159
ヨブ	361	愛人（ラマン）	45
夜更けのエントロピー	363	ラモーナとおかあさん	80
甦ったスパイ	209	ラモン・メルカデルの第二の死	127
甦る男	181	ランゴリアーズ	343
よみがえれ白いライオン	417	蘭の告発	224
夜への長い旅路	108		
夜を深く葬れ	200	**【リ】**	
夜に変わるもの	151, 228		
よるのいえ	393	リアルト・ホテルで	305
夜の片隅で	177	リヴァイアサン	139
夜の監視	154	リヴァイアサン―クジラと蒸気機関	373
夜の軍隊	75, 112	リガの森では、けものはひときわ荒々しい	163
夜の子供たち	364	リーグ・オブ・エクストラオーディナリー・ジェントルメン	347
夜のサーカス	374	リーコとオスカーともっと深い影	405
夜の大捜査線	162	リーシーの物語	350
夜の翼	232, 318	リスボンの小さな死	204
夜の鳥	399	リッチ＆ライト	127
夜の熱気の中で	161, 198	リトル、ビッグ	274
夜の果ての旅	143	リトル・ブラザー	271
夜は終わらない	221	リネアの12か月	400
よろこび	125	リネア モネの庭で	401
喜びは今も胸に 1954-1978	359	リフカの旅	423
四十日	37	リプレイ	276
四十二丁目の埋葬	165	リメイク	366
		竜を駆る種族	316
【ラ】		留学生	5
		留置所	166
ライアへの賛歌	320	龍と十字架の道	323, 358
ライオンとネズミ イソップ物語	393	竜との舞踏	374
ライオンの肢	211	理由なく突然に	211
ライトニングが消える日	382	竜の戦士	301
ライラエル―氷の迷宮	294	竜の卵	359
ライラックの香り	186	竜の夜明け	269
ラインゴルト特急の男	167	リュバルブの葉蔭に	137
ラヴィ・ティドハー	271	猟犬クラブ	203, 219, 225
ラウィーニア	373	量子怪盗	271
楽園の泉	303, 323	領事殿	4
ラグタイム	62	量子の海、ディラックの深淵―天才物理学者の華々しき業績と寡黙なる生涯	39
ラスコの死角	168	料理人が多すぎる	150, 194
ラスト・オーダー	53, 130	緑衣の女	206

【リ】

リリとことばをしゃべる犬 ………………… 405
リンガラ・コード ………………………… 164
リンカン アメリカを変えた大統領 ………… 410
リンカン・トレイン ………………… 331, 366
リンカーンの三分間―ゲティスバーグ演説の謎 ‥ 65, 118
リンカーンの夢 ………………………… 268
リンカーン弁護士 ………………… 216, 227
リングワールド …………… 287, 301, 319, 355
りんごとちょう ………………………… 398
隣人が殺人者に変わる時 和解への道―ルワンダ・ジェノサイドの証言 …………… 141
リンドバーグ―空から来た男 ……………… 120
リンドバーグ・デッドライン ……………… 213

【ル】

ルイーズのゴースト ……………………… 307
ルウィンターの亡命 ……………………… 199
ルーカス ………………………………… 405
ルクセンブルクの迷路 ……………… 187, 196
ルーツ …………………………………… 114
ルネサンスの華―イザベラ・デステの愛と生涯 ‥ 58
ルピナスさん―小さなおばあさんのお話 …… 81
ルビーの谷 ……………………………… 383

【レ】

冷戦交換ゲーム ………………………… 161
レイダース 失われたアーク《聖櫃》 …… 256, 324
レイト・ショー ………………………… 167
レイドロウの怒り ……………………… 201
黎明の王 白昼の女王 …………………… 243
レインボーズ・エンド ……………… 336, 371
歴史 …………………………………… 137
レクイエムの夜 ………………………… 228
レ・コスミコミケ ……………………… 287
レザルド川 ……………………………… 144
レジにてお並びください …………… 191, 225
レースを編む女 …………………………… 44
レッドスーツ ……………………… 340, 375
レッド・スパロー ……………………… 187
レッド・マーズ …………………… 249, 306
レーニンの墓―ソ連帝国最期の日々 ……… 118
レベッカ ………………………………… 193
レベッカの誇り ………………………… 157
レ・マンダラン …………………………… 43
錬金術師の魔砲 ………………………… 239
レント …………………………………… 119

【ロ】

ロアルド・ダール劇場 予期せぬ出来事 第11作 永遠の名作 …………………………… 168
ロー&オーダー シーズン3 第2話 リーダー暗殺 ‥ 175
ロー&オーダー シーズン7 第7話 温情 …… 177
ロー&オーダー シーズン7 第19話 勝負の時 ‥ 178
ロー&オーダー シーズン8 第21話 悪女 …… 178
ロー&オーダー シーズン9 第24話 小さな目撃者 Part II …………………………… 179
LAW & ORDER: 指紋が明かす真実 ……… 178
LAW & ORDER: 性犯罪特捜班 シーズン1 第14話 それぞれの時効 …………………… 179
LAW & ORDER: 性犯罪特捜班 シーズン4 第8話 完べきな細胞 …………………… 181
LAW & ORDER: 犯罪心理捜査班 シーズン4 第3話 孤独な男の欲望 ……………… 182
老後はなぜ悲劇なのか？―アメリカの老人たちの生活 ………………………………… 114
老人と海 ………………………………… 108
ローカス誌 ………………………… 319, 321～329, 331～337, 340, 355～358, 360, 361
六月の組曲 ……………………………… 84
六月の花嫁 ……………………………… 25
6度目の大絶滅 ………………………… 124
ロシア52人虐殺犯 チカチーロ …………… 177
ロジー・カルプ ………………………… 128
ロージー・ドーンの誘拐 ………………… 220
ロジャー・ラビット ……………… 249, 327
ロス・アラモス 運命の閃光 ……………… 177
ローズ・コテージの二人の婦人 …………… 225
ロスト・イン・ヨンカーズ ……………… 117
ロスト・シング ………………………… 293
ロック&キー …………………… 262, 264
ロック、ストック&トゥー・スモーキング・バレルズ ………………………………… 179
ロード・オブ・ザ・リング ……… 261, 308, 334
ロード・オブ・ザ・リング 王の帰還 …… 308, 335
ロード・オブ・ザ・リング 二つの塔 …… 308, 334
ロバのシルベスターとまほうのこいし ……… 392
ローベルおじさんのどうぶつものがたり …… 392
ロボット植民地 ………………………… 314
ローラー=スケート ……………………… 408
ロルカ …………………………………… 52
ロング・エンゲージメント ……………… 182
ロンドン橋がおちまする！ ……………… 424
ロンポポ―オオカミと三にんのむすめ …… 392, 427

【ワ】

ワイヤー・イン・ザ・ブラッド 血の桎梏 第20作 アナザー クリムゾンの祈り 185
ワイルド・ガールズ 369
わが心の川 137
わが心のジョージア 306, 330
わが心臓の痛み 192, 226
我が魂はランゲルハンス島沖―北緯38度54分、西経77度00分、13秒にあり 320, 357
わが友なる敵 303, 323, 358
わが名はコンラッド 317
我輩はカモである 162
わが町 105
わが目の悪魔 199
若者よ、きみは死ぬ 199
別れのキス 212
別れるということ 145
惑星カマゾツ 409
惑星スパルタの反乱 287
私を食べて 343
私が愛したリボルバー 203
わたしが子どもだったころ 387
わたしが眠りにつく前に 208
わたしのエマ 400
私のはじめての事件 202
わたしのペットは鼻づらルーディ 401
私の夜はあなたの昼より美しい 145
わたしは生きていける―how i live now ... 380
私は覚えていない 80
ワップショット家の人びと 73
笑う警官 163
Worldwired 黎明への使徒―サイボーグ士官ジェニー・ケイシー3 371
我ら死者とともに生まれる 302, 356
われらの一人 101
わんぱくタイクの大あれ三学期 382

【A】

A.A.Milne: His Life 35
Abaddon's Gate 375
Abandon in Place 306
Abarat: Days of Magic, Nights of War 349
The Abbey Ghosts 226
The Abductor 165
Abe Lincoln in Illinois 105
Abigail Adams: Witness to a Revolution ... 428
The Able Mc Laughlins 102

About Time 33
Above Atlas His Shoulders 289
Abraham Lincoln 390
Abraham Lincoln: The War Years 105
Abschied von Rune 401
The Absence of Emily 169
Absent Friends 204
Absolute Certainty 181
The Absolutely True Diary of a Part-Time Indian 85, 430
The Absolutely True Story..How I Visited Yellowstone Park with the Terrible Rubes 176
Absolute Uncertainty 294
Abzählen 406
Accelerando 371
Acceleration 181
the accidental 38
Accidental Crimes 200
The Accidental Tourist 64
Accident d'amour 236
Accidents Will Happen 149, 192
Accomplice 174
Achtung - Sturmwarnung Hurricane 397
Acid Drop 199
Acis in Oxford 10
Ack-Ack Macaque 252
Acquainted With The Night 282
Across the Wide Missouri 107
Action Writing 16
Act Of Destruction 50
Act of Fear 162
Act of Violence 163
Acts of Violence 208
Adam and Eve and Pinch-Me 21
Adam of the Road 409
Adam's Breed 47
Aden 127
Adios Muchachos 180
Admiral of the Ocean Sea 106
Adrift Just Off the Islets of Langerhans: Latitude 38° 54' N, Longitude 77° 00' 13" W 320, 357
Adrift on the Sea of Rains 252
Adventures in the Alaskan Skin Trade 139
The Adventures of Augie March 72
The Adventures of Beekle: The Unimaginary Friend 393
The Adventures of Paddy Pork 424
The Adventures of Sam Spade 154
The Adventures of Sparrowboy 428
The Adventures of the Dish and the Spoon 386, 421
Advise and Consent 109
The Aeneid of Virgil 76
Affair at Lahore Cantonment 159
Affaires étrangères 145
The Affirmation 289
À force de voir : histoire de regards 27
Afraid All the Time 189, 224
African American Mystery Writers: A Historical & Thematic Study 228

After Death	354
Afterimage	29
After-Images	248
After I'm Gone	197
After Many A Summer Dies The Swan	48
Aftermath: The Omagh Bombing and the Families' Pursuit of Justice	208
Aftershock	346
Aftershocks	260
After the Fall, Before the Fall, During the Fall	311, 375
After the Siege	372
Afterward, There Will Be a Hallway	350
Afterworlds	17
Again, Dangerous Visions	356
Agatha Christie's Secret Notebooks	196
Agatha Christie's Secret Notebooks: Fifty Years of Mysteries in the Making	152, 228
Agatha Christie: The Woman and Her Mysteries	224
Age of Ambition: Chasing Fortune, Truth, and Faith in the New China	86
The Age of Anxiety	107
The Age of Innocence	101
The Age of Jackson	106
Age of Minority: Three Solo Plays	31
The Age of Reform	108
The Age of Wonder: How the Romantic Generation Discovered the Beauty and Terror of Science	69
Agog! Fantastic Fiction	294
Agog! Terrific Tales	294
Agog! Terrific Tales (表紙)	295
Agonie	16
Aimer, enseigner	30
Ainsi naissent les fantômes	244
Air	231, 251, 270
Airborn	26
Airgedlamh	255
Au sur la quatrième corde	4
Ajeemah and His Son	427
AK	35
Akim rennt	407
Akitada's First Case	215
Aknos	21
Alabama Song	45
Alabaster: Wolves	353
Albert's Bellyful	288
Albert Speer: His Battle with the Truth	53
Alex	209
Alexander The Great	51
Algol	320
Alias Grace	56
Alias S.S.Van Dine	175
Alice Adams	101
Alice's Adventures in Wonderland	386
Alien	255, 323
The Alien Critic	320, 321
The Alienist	191
Aliens	249, 257, 326
Aliens: Tribes	344
Alif the Unseen	272, 285
Alison's House	103
Alive Together: New and Selected Poems	119
Allah n'est pas obligé	145
Allamagoosa	314
All Because of Jackson	417
All Clear	310, 338, 373
All Cry Chaos	228
All Dracula's Children	364
Allegri, gioventù	58
Allegro Postillions	52
Alle Jahre wieder saust der Preßlufthammer nieder oder Die Veränderung der Landschaft	399
Alles Familie!	406
All God's Dangers: The Life of Nate Shaw	77
All Good Things...	330
All Our Wonder Unavenged	27
All Seated on the Ground	337
All the King's Men	106
All the Light We Cannot See	124
All the Love in the World	298
All the Pretty Horses	65, 83
All The Way Home	110
Allt jag säger är sant	414
Alma Cogan	36
À l'ombre de la grande maison	30
À l'ombre des jeunes filles en fleurs	42
Alone in his Chariot	291
Alone in Wolf Hollow	167
Alone with the Horrors	278, 344
Along The Valley	49
Alphabeasts	25
Als die Welt noch jung war	403
Als Hitler das rosa Kaninchen stahl	399
Als ich ein kleiner Junge war	387
The Alsiso Project	261
Alte Meister: Komödie	139
The Alteration	267
Altered States	268
Altered Visions: The Art of Vincent Chong	263
Alternate World Recordings	273
Alternate Worlds: The Illustrated History of Science Fiction	321, 357
The Alvarez Journal	165
Alvin Journeyman	366
The Alvin Maker Saga	238
Always	309
Always Room for One More	391
Amagansett	206
Amanda! Amanda!	413
Amapola	185
The Amazing Adventures of Kavalier & Clay	120

The Amazing Falsworth 171
The Amazing Maurice and His Educated Rodents 383
Amazing Stories 171
The Amazon Princess and her Pet 255
Amazons！................................ 274
The Amber Spyglass 37
Amelia Peabody's Egypt：A Compendium 150
Amárica 140
America is Elsewhere：The Noir Tradition in the Age of Consumer Culture 187
Americanah 71
The American Boy 205
American Education：The National Experience, 1783-1876 115
American Fantastic Tales：Terror and the Uncanny：From Poe to the Pulps From the 1940s to Now 284
American Gods 308, 333, 347, 369
American Horror Story, episode #12：Afterbirth 352
An American in Italy 73
The Americanization of Edward Bok 101
The American Leonardo：The Life of Samuel F B. Morse 106
American Lightning：Terror, Mystery, the Birth of Hollywood and the Crime of the Century 184
American Lion：Andrew Jackson in the White House 123
American Murder Ballads 158
The American Orchestra and Theodore Thomas 103
American Pastoral 119
An American Plague：The True and Terrifying Story of the Yellow Fever Epidemic of 1793 429
American Primitive 116
American Prometheus：The Triumph and Tragedy of J.Robert Oppenheimer 68, 122
The American Regional Mystery 226
An American Requiem：God, My Father, and the War that Came Between Us 83
The American Revolution - A Constitutional Interpretation 102
American Sphinx：The Character of Thomas Jefferson 84
The Americans：The Democratic Experience 113
American Waitress 261
Amerika-Saga 397
Âmes perdues 237
Amigo's Blue Guitar 19
Amisko 413
Among Others 264, 310, 339
Amos Fortune, Free Man 409
Amos's Sweater 18
Amour noir 128

Amra 317, 318
Amsterdam 130
Amulet 183
Analog Science Fiction and Fact 316, 317
Anamnèse de Lady Star 245
Anansi Boys 261, 371
Anarchie de la lumière 31
Anarchy, State and Utopia 77
Anarkai 414
Anathem 373
Anatomie de l'horreur 238
Anchise 128
Ancient Shores (表紙) 250
Ancient Thunder 27
Ancillary Justice 231, 252, 265, 311, 341, 375
Ancillary Sword 253, 376
...And Call Me Conrad 317
The Anderson Tapes 163
Andersonville 108
And Having Writ... 267
And If the Moon Could Talk 428
And I Worked at the Writer's Trade：Chapters of Literary History 1918-1978 78
...And Now Miguel 409
And Pray Nobody Sees You 191, 214
Andrew Jackson, 2 vols. 105
Andrew Jackson & the Course of American Democracy, 1833-1845 82
Android 248
Andromeda Spaceways Inflight Magazine #42 (表紙) 297
Andromeda Spaceways Inflight Magazine Launch 294
Andromède attendra 20
And She Was 218
And Their Children After Them 117
Anduril 255
Angel 362
The Angel and the Soldier Boy 415
Angela's Ashes：A Memoir 66, 119
Angels in America：Millennium Approaches ... 118
Angels in Arms 202
Angel Touch 202
Angle of Repose 112
Angriest Video Store Clerk in the World 293
Angry Candy 277, 362
Angus, Thongs and Full-Frontal Snogging 418
Anil's Ghost 24, 56, 140
Animale. La Malédiction de Boucle d'or 245
Animal Farm 313
Animals of the Bible, A Picture Book 390
Anna Christie 101
Anna in the Tropics 121
The Annals of Murder 159
Annals of the Former World 120
Anne Frank 402
Anne-Marie 44
Annie Allen 107
Annihilation 311

Anno's Alphabet	425
Anno's Journey	425
Anny	3
Another Day, Another Dollar	215
Another Gravity	24
Another Orphan	304
Another Way of Dying	199
Ansible	263, 326, 330〜332, 334, 335
Antarctic Traveler	63
The Antelope Wife	280
Anthony Boucher: A Biobibliography	195
Anthony Burns: The Defeat and Triumph of a Fugitive Slave	427
An Antidote for Avarice	220
Anti-Intellectualism in American Life	110
Anton taucht ab	406
The Ants	118
Any Day Now	271
Any Number Can Play	160
The Ape's Wife and Other Stories	285
Apocalypse bébé	146
The Apocalypse Codex	375
Apocrypha	210
Apostrophes: Woman at a Piano	22
Appalachia: The Voices of Sleeping Birds	427
Aquila	37, 418
Arab and Jew: Wounded Spirits in a Promised Land	117
Aracoeli	138
Arago	237
Archangel Protocol	215
The Architecture of Fear	276
Arc of Justice: A Saga of Race, Civil Rights, and Murder in the Jazz Age	85
Arctic Dreams	82
The Ardent Exile	9
Are You in the House Alone?	166
Argentine	232
The Ariadne Clue	201
The Armchair Detective	191, 192
The Armchair Detective Book of Lists, 2nd Ed	191
Armed and Dangerous	160
The Armies of the Night: History as a Novel, The Novel as History	75, 112
The Arms Peddler	246
An Army at Dawn: The War in North Africa, 1942-1943	121
Arno Schmidt's Evening Edged in Gold	80
Arracher les montagnes	23
The Arrival	372, 430
Arrowsmith	102
Arrow to the Sun	392
Art and Life in America	107
Arthur Conan Doyle: A Life in Letters	151, 184, 195
Arthur: The Seeing Stone	379
An Artist of the Floating World	35
The Art of Chesley Bonestell	334
The Art of Keeping Cool	395
The Art of Michael Whelan: Scenes Visions	365
The Art of Murder	179
The Art of Secrets	188
The Ascent of Life	10
ASFR Articles	290
Ashanti to Zulu: African Traditions	392
Ash: A Secret History	241, 250
Ashes	79
Ashes and 7 Years from Somewhere	63
Ashes And Bones	195
Ashes To Ashes: America's Hundred-Year Cigarette War, The Public Health, And The Unabashed Triumph Of Philip Morri	119
Ashini	10
Åshöjdens bollklubb	413
Asia Hand	217
ASif! Australian Speculative Fiction In Focus	297
Asiles de fous	128
Asimov's	362〜369, 374〜376
The Ask and the Answer: Chaos Walking, Book Two	39
The Asphalt Jungle	155
Assam	145
As She Left It	197
The Astonishing Life of Octavian Nothing, Traitor to the Nation, Volume I: The Pox Party	85, 430
Astounding	356
Astounding Analog	316
Astounding Science Fiction	313〜315
Astrid, the Au Pair from Outer Space	418
The Asylum Dance	37
The Athenian Murders	205
At Lady Molly's	50
The Atlantic Migration, 1607-186	105
At Night	430
Atonement	67
At The End Of The Open Road	110
At The Foot Of The Story Tree: An Inquiry into the Fiction of Peter Straub	281
At the Mountains of Madness: a Graphic Novel	263
At the Rialto	305
Au bon beurre	4
Au coeur de la rose	11
Aucun homme n'est une île	246
Audrey's Door	351
Aufstand der Tiere oder die Neuen Stadtmusikanten	401
Augustino and the Choir of Destruction	28
August: Osage County	122
Augustus	76
Auks, Rocks, and the Odd Dinosaur: Inside Stories from the Smithsonian's Museum of Natural	

History	426
Au pied du mur	126
Au revoir là-haut	46
The Auroras of Autumn	72
Aurore et George	141
Aussiecon 3 Opening Ceremony Video	293
Aussiefan	287
Austerlitz	67
Australian Contemporary Fantasy	293
Australian Gnomes	288
Australian Science Fiction Review	287, 291
Australian SF Art Turns 50	291
The Australian SF Bullsheep	295
Australian SF News	289
Australian Speculative Fiction: A Genre Overview	295
Authorized Personnel Only	180
The Autobiography of William Allen White	106
The Automatic Oracle	35
Autopsy	166
Avant-Guerre	145
The Avengers	340
Aventures dans le commerce des peaux en Alaska	139
The Avram Davidson Treasury	367
Awaiting Developments	35
Awake and Dreaming	22
Awakening	185
The Axeman's Jazz	209
Aye, and Gomorrah	301
Aztec Century	250
Aztechs	241
Azul	89

【B】

The Babadook	354
Babel-17	301
Baboushka and the Three Kings	391
Babylon 5	307, 331
The Baby Who Wouldn't Go To Bed	386
The Back Door Man	212
Back from the Dead: The Legacy of the Pan Book of Horror Stories	263
Backlash: The Undeclared War Against American Women	65
The Back of the Turtle	31
Backspin	219
Back to the Future	326
Bad Blood	37, 354
Bad Boy	18
Bad Company	155
A Bad Day For Sorry	196
The Bad Film Diaries	297
Bad Girl	178
Bad Land	66
A Bad Night's Sleep	218
Bad Timing	249
Bågen	413
Bag of Bones	259, 346, 367
Bain de lune	128
Baisers de cinéma	128
The Bait	162
Balada de Caín	88
The Ballad of Ballard and Sandrine	352
The Ballad of Emmett Till	185
The Ballad of the Harp-Weaver: A Few Figs from Thistles: Eight Sonnets in American Poetry, 1922.A Miscellany	101
The Ballad of the Unrequited Ditmar	298
A Ball for Daisy	393
Bambi and Me	23
Bande à part	4
Banks and Politics in America	109
Bara Tsatsiki	414
The Barbie Murders	358, 359
Bard Ⅲ: The Wild Sea	290
Barlowe's Guide to Extraterrestrials	359
Barnacle Bill the Spacer	329, 364
Barnens svenska historia	414
Barney Miller	167
Barney's Version	56
The Baroque Cycle: The Confusion; The System of the World	370
The Barracks Thief	135
Barrayar	328, 364
Barrett Wendell and His Letters	102
Bartholomew and the Bug	420
Bartimaeus Trilogy	241
Basement Magic	308
Basil Copper: A Life in Books	262
Basilisk	356
Batouala	42
Battle Cry of Freedom: The Civil War Era	117
Battle Elf (ポスター)	295
The Battle of Bubble & Squeak	33
Battlestar Galactica	335
The Bay Psalm Book Murder	170
Beached	209
Beach Head	12
The Beak Of the Finch: A Story Of Evolution In Our Time	119
Bear	14
The Bear Comes Home	136
Bearing the Cross: Martin Luther King Jr.and the Southern Christian Leadership Conference	116
Bear is Broken	218
Bears Discover Fire	305, 328, 363
Beast in View	157
Beast of Heaven	289
Beasts of the Southern Wild	311
The Beast That Shouted Love at the Heart of the World	318
Beat Not the Bones	156
Beatriz y los cuerpos celestes	89

A Beautiful Mind 67
The Beautiful Mystery 152, 196, 229
Beautiful Shadow: A Life of Patricia Highsmith
　............................... 181
Beautiful Swimmers 114
The Beautiful Thing That Awaits Us All and
　Other Stories 354
The Beautiful Uncut Hair of Graves 344
Beauty 39, 265, 364
Becoming a Man: Half a Life Story 83
The Bedside Companion to Crime 224
Been in the Storm so Long: The Aftermath of
　Slavery 80, 115
The Bees 40
Bee Time: Lessons from the Hive 31
Beetlejuice 257
Before I Fall 244
Before I Go To Sleep 208
Before the Golden Age 357
Beggars in Spain 237, 269, 305, 329
Behind Barbed Wire: The Imprisonment of
　Japanese Americans During World War II
　............................... 426
Behind the Beautiful Forevers: Life, Death, and
　Hope in a Mumbai Undercity 86
Behind the Scenes at the Museum 36
Behold the Man 301
Being Dead 67
Being Full of Light, Insubstantial 351
Being Gardner Dozois 369
Bel Canto 134, 136
Bella's Tree 29
Bella vita e guerre altrui di Mr Pyle, gentiluomo
　............................... 59
A Bell for Adano 106
Bellwether 366
Beloved 117
Beloved Son 288
The Beloved Time of Their Lives 252
Belsen Express 273
Beluthahatchie and Other Stories 281
Benchmarks: Galaxy Bookshelf 361
Bendigo Shafter 80
Bending the Landscape: Fantasy 200
Bénédiction 126
Bengt och kärleken 413
Benjamin et la saga des oreillers 18
Benjamin Franklin 105
Benjamin Franklin, Self-Revealed 100
Benjamin Henry Latrobe 108
Bent Road 186
Beowulf 37
Berlin Affair 163
Berlioz, Volume2 37
Bernard Heuvelmans, un rebelle de la science
　............................... 242
Bernie Magruder & the Bats in the Belfry 181
Bert Breen's Barn 77
Berton Roueche 157

Best New Horror 258, 261, 277, 350
The Best of Connie Willis 375
The Best of Fritz Leiber 357
The Best of Gene Wolfe 284, 373
The Best of It: New and Selected Poems 123
The Best Science Fiction of the Year 356
The Best Science Fiction of the Year #2 356
The Best Science Fiction of the Year #5 358
The Best Science Fiction of the Year #7 358
The Best Science Fiction of the Year #11 360
The Best Science Fiction of the Year #12 360
The Bethlehem Murders 207
Better Off Wed 151
Better to Have Loved: The Life of Judith Mer-
　ril 334
Between Riverside and Crazy 124
Between the World and Me 87
Between War and Peace: The Potsdam Confer-
　ence 110
Beware of the Storybook Wolves 419
Bewilderment: New Poems and Translations
　............................... 86
Beyond Any Measure 275
Beyond Apollo 267
Beyond A Reasonable Doubt 164
Beyond the Dead Reef 360
Beyond the Horizon 101
The Bible Repairman and Other Stories ... 285, 374
Bible Stories for Adults, No.17: The Deluge ... 305
A Bibliography of A.Conan Doyle 170
The Bibliography of Crimie Fiction, 1749-1975
　............................... 168
Bibliomancy 282
The Bicentennial Man 303, 321, 357
Bicycle Repairman 331
Bid Time Return 273
Bienveillance 30
The Big Black Mark 287
The Big Blow 345
Big City, Bad Blood 217
The Big Easy 189
The Big Fix 199
The Big Front Yard 315
Bigger than Death 346
The Biggest Bear 391
The Big Heat 156
Big Maria 196
Big Momma Makes the World 429
Big Red Tequila 192, 214
The Big Snow 391
The Big Time 315
Big Town 203
Billingsgate Shoal 169
The Billion Dollar Sure Thing 164
A Billion Eves 336
Billion Year Spree 247
Bill's New Frock 416

Title	Page
Billy Bat	245
Billy Bathgate	64, 135
Billy Bishop Goes to War, a play by John Gray with Eric Peterson	15
Billy Lynn's Long Halftime Walk	70
Bimbos of the Death Sun	172
Binocular Vision	70
A Biographical Dictionary of Science Fiction & Fantasy Artists	277
The Bird Catcher	67, 281
The Bird of Night	32
The Bird Of Paradise	51
Birds of a Feather	150
Birdy	79
Birmane	6
A Birthday	306
Birthday Letters	37
The Birthday of the World	368
The Birth of the People's Republic of the Antarctic	268
Biscuit Bear	420
'B' Is For Burglar	188, 211
The Bishop's Man	56
Bismarck	34
Bisonjaeger und Mäusefreunde	401
Bitter Angel	65
The Bitter Pill	287
The Bitterwood Bible and Other Recountings	286
Black Air	275
Black And Blue	203
Black and Orange	352
Black and White	392
The Black Blood of the Dead (カバー, Interzone 116)	250
Black Butterflies	346
Black Cherry Blues	173
The Black Count: Glory, Revolution, Betrayal, and the Real Count of Monte Cristo	124
The Black Crusade (表紙)	295
Black Dahlia and White Rose: Stories	353
Black Dog	220, 387
The Black Echo	175
Black Fridays	218
Black Glass	280
The Black Heart Crypt	152
The Black Hour	197
The Black House	222
Black Juice	282, 295
Blacklands	208
Blacklist	205
The Blacklist	197
Black Man	231
Black Man, White Man	164
Black Maps	216
The Black Marble	168
The Black Maria	179
Black Mass: The Irish Mob, The FBI, & A Devil's Deal	179
Blackout	310, 338, 373
Black Powder War	372
The Black Prince	51
Black Ships before Troy	386
Black Static	261, 263, 264
Black Summer	243
The Black Tower	199
Blackwater	340
Blackwater Days	293
Blackwater Sound	215
Black-Winged Angels	299
Black Zodiac	66, 119
Blade Runner	248, 256, 324
Blanc	143
Blanche On The Lam	148, 190, 224
Blessing the Boats: New and Selected Poems 1988-2000	84
The Blessington Method	157
The Blind Assassin	130
Blind Eye	179
The Blind Geometer	305
Blindsight	243, 271
Blind Willow, Sleeping Woman	132
Blink	337
Blink & Caution	430
Blitzcat	416
Blizzard of One	120
Bloße Hände	403
Blogging the Hugos: Decline	252
Blood and Money	166
Bloodchild	304, 325, 361
Blood From Stone	207
Blood Hollow	194
Bloodhounds	203, 219, 225
Blood Junction	204
Blood Kin	354
Bloodletting & Miraculous Cures	56
Bloodline	184
Blood Music	268, 304, 325
Blood of The Dragon	331
Blood of the Lamb	344
Blood Red Road	40
Blood Relations	15
Bloodsilver	242
Blood, Sweat, and Tears	178
Blood Ties	78
Blood Work	192, 226
Blue Champagne	359, 362
The Blue Edge of Midnight	180
The Blue Flower	66
The Blue Hawk	378
Blue Heaven	184
The Blue Heron	353
Blue Mars	270, 331, 366
Blueprint	404
Blue Tyson (表紙)	291
The Blue Whale	76
Bo at Ballard Creek	395
The Boatman	10
Body Blows	185

The Body In The Belfry	148
The Body in the Snowdrift	151
The Body in the Transept	148, 192
Body of Glass	230
Body Politic	204
Bog Child	383
The Bohr Maker	366
Boire la tasse	244
Bold As Love	231
The Bomb	395
Bondrée	31
Bone Cage	28
The Bone Clocks	286
The Bone Flute	304
The Bone People	129
Bones	179, 277
Bones and Silence	202
Boneshaker	373
The Bones of the Earth	369
The Bones Wizard	275
Bonheur d'occasion	126
Boobs	328
Boobytrap	215
The Bookbinder's Apprentice	207
Booker T. Washington: The Wizard of Tuskegee, 1901-1915	116
The Book of Lost Things	243
The Book of Secrets	55
The Book Of Talbot	48
The Book of the Dun Cow	79
Books, Crooks and Counselors: How to Write Accurately About Criminal Law and Courtroom Procedure	152
Books to Die For: The World's Greatest Mystery Writers on the World's Greatest Mystery Novels	152, 197, 229
Boomerang	48
Bootlegger's Daughter	148, 175, 190, 224
Border Guards	368
The Borderland of Sol	321
Borderlands 5	349
Borderlands: That which scares us	294
Borka: The Adventures of a Goose with No Feathers	384
Born with the Dead	302, 356
The Borrowers	381
The Boston Strangler	161
Boswellis Presumptuous Task: The Making of the Life of Dr. Johnson	67
Botch Town	283
Both Your Houses	103
The Bottoms	179
Boussole	46
Bouvard, Pécuchet et les savants fous	239
The Bower Bird	39
The Box	345
Boxing the Compass	29
A Boy and His Dog	301, 321
The Boy from the Sun	28
The Boy in the Burning House	180
The Boy of the Three-Year Nap	427
Boy's Life	278, 344
The Boys of San Joaquin	183
The Boy Who Came Back from the Dead	342
Brandeburg	206
The Brass Verdict	195
Brasyl	251
The Brave Little Toaster	248, 359
Brave New Words: The Oxford Dictionary of Science Fiction	337
Brazil	249
Brazzaville Beach	53
Bread, Wine and Salt	12
Breakfast in the Ruins	372
Breakfast Television	189
Breathe	261
Breathing Lessons	117
The Breathing Method	256
Brébeuf and His Brethren	7
Brecht's Saint Joan of the Stockyards	75
Brian Wildsmith's ABC	384
Briar Patch	170
The Briar Patch	77
The Bride Price	299
Bridesicle	338
Bridge of Birds	275
The Bridge of San Luis Rey	102
Bridge to Terabithia	410
Briefe an die Konigin der Nacht	401
A Brief History of Seven Killings	131
The Brief Wondrous Life of Oscar Wao	69, 122
Briggen Tre Liljor	412
Bright Ambush	104
The Bright Road to Fear	158
A Bright Shining Lie: John Paul Vann and America in Vietnam	83, 117
Bring up the Bodies	40, 131
Brittle Innings	269, 365
The Broken Cord	64
The Broken Shore	207
The Broken Word	39
Bronte's Egg	308
Brontomek!	247
The Bronze Bow	409
Brooklyn	39
Brooklyn Noir	194
Brother, I'm Dying	69
Brotherly Love	177
Brothers And Sinners	213
Brother to Dragons	269
Brown Girl Dreaming	87
Brown Girl in the Ring	367
Brown of the Globe	11
Bruder	403
The Brutal Telling	151, 196
Brute Orbits	270
Bubba Ho-tep	349
Bubbles Unbound	150
Bubble Trouble	430

Buckdancer's Choice: Poems	74
Bucket Nut	202
Buckners Error	185
The Buddha in the Attic	136
The Buddha of Suburbia	35
The Buddy Files: The Case of the Lost Boy	186
Buddy Holly Is Alive and Well on Ganymede	269
Bud, Not Buddy	411
Buffalo	364
Buffalo Gals, Won't You Come Out Tonight	276, 326
Buffalo Soldier	384
Buffalo West Wing	196
Buffy - An Adventure Story	418
Buffy the Vampire Slayer	334
Building Our House	431
Building: The Fight Against Gravity	425
Buio	59
The Bullet That Grows in the Gun	290
Bullitt	162
Bull Run	395
Bull Running for Girls	262
Bullsheet	295
Bum Steer	147
Bundle of Ballads	384
The Bunker Diary	384
Bunny	38
Buried	183
Buried Child	114
Burn	309
Burning Bright	132
Burning Water	15
Burn Notice	184
Burying the Bones: Pearl Buck in China	54
Bury Your Dead	152, 196, 228
The Butcher'sBoy	169
Butcher's Hill	149, 192
The Butterfly Ball & The Grasshopper's Feast	33
The Butterfly Lion	417
The Button Molder	255
By Any Other Name	321
By a Woman's Hand: A Guide to Mystery Fiction by Women	148, 225
By Dawn's Early Light	170
By Means Which Have Never Yet Been Tried	341
By Moonlight	373
Byng of Vimy: General and Govenor General	16
By Persons Unknown	166
By Stubborn Stars	7
By the Dawn's Early Light	211

【C】

Cabaret Biarritz	89
Cabinet portrait	138
The Cabin in the Woods	265, 353
Caddie Woodlawn	408
Cafe Endless: Spring Rain	345
Cain	169
The Caine Mutiny	107
The Calcutta Chromosome	231
Calcutta, Lord of Nerves	238
Calcutta, seigneur des nerfs	238
California Fire And Life	215
California Girl	182
California Thriller	211
The Callender Papers	170
Call Him Lord	301
The Calling	343
Calling Adventurers	7
Call It Courage	408
Call Northside 777	154
Call Time	209
The Calvin Coolidge Home for Dead Comedians and A Conflagration Artist	279
Calvino's Cosmicomics	75
The Cambridge Companion to Science Fiction	335
Camille	210
Camouflage	308
Campagne	126
Camp Concentration	287
Canada, A Story of Challenge	9
Canada: Tomorrow's Giant	10
The Canadian Army, 1939-1945	8
Canadian Mosaic	7
The Cana Diversion	211
Canale Mussolini	59
A Candle for Christmas	226
Can it be True?	415
Cannibals	55
The Canning Season	85
Can't Catch Me	182
Cantegril	125
A Canticle for Leibowitz	315
Cantiga de agüero	88
Cantique des plaines	20
Cantos from a Small Room	21
Can't We Talk About Something More Pleasant?	71
Can't you Sleep, Little Bear?	386, 415
Can You Help Me Out Short Story	208
Caos calmo	59
Capitaine Conan	43
Capital Punishment	158
The Caprices	136

The Capture of the Black Panther	200
The Care and Feeding of Houseplants	153, 229
Careless Whispers: The True Story of a Triple Murder and the Determined Lawman Who Wouldn't Give Up	171
Cargoes on the Great Lakes	9
The Cariboo Horses	11
Caribou and the Barren-Lands	15
Carolina Ghost Woods	67
Carolina Skeletons	172
Caroline Miniscule	200
Caroline ou le Départ pour les îles	126
Carrie	255
carried away on the crest of a wave	31
The Carrier of Ladders	112
Carrie's War	422
Carrion Comfort	257, 343, 363
Carry Me Home: Birmingham, Alabama, the Climactic Battle of the Civil Rights Revolution	121
Carry On, Mr.Bowditch	409
Cartwheeling in Thunderstorms	431
Carver: A Life in Poems	429
Cascade Point	325
A Case of Conscience	314, 315
The Case of Dashiell Hammett	169
The Case of Death and Honey	374
A Case of Loyalties	223
A Case of Need	162
The Case of Stephen Lawrence	204
The Case of the Burning Court	159
The Case That Will Not Die	163
A caso	58
Cassandra	322
Cassiopée ou L'été polonais	18
Castell	4
Castelli di rabbia	140
Castle of Los Angeles	352
Cast Your Fate to the Wind	225
A Catalogue of Crime	164
The Catalogue of the Universe	423
Catalyst	291
Catcall	422
The Catch	182, 184
Catching Water in a Net	215
Catch Me: Kill Me	166
Catch That Zeppelin!	302, 321
Categorics One, Two and Three	20
Cat on A Hot Tin Roof	108
Cats' Night Out	29
Cat's Paw	211
The Cat Who Went to Heaven	408
Caught Dead In Philadelphia	189
The Caveman's Valentine	176
The Caxton Private Lending Library & Book Depository	187, 197
CB: A Life of Sir Henry Campbell-Bannerman	32
CBS Murders	172
Cécile de la Folie	125
Ceiling of Hell	211
Céleste	145
The Celestial Buffet	190
Celestial Navigation	16
Celine's Castle to Castle	75
Celle-là	21
Celtika: Book One of the Merlin Codex	240
Celtika: Codex Merlin1	240
The Centaur	74
Century of Conflict	9
Ce qu'aimer veut dire	142
Ce qui meurt en dernier	30
The Ceremonies	256
Cesare Pavese's Hard Labor	79
Cesar Vallejo's The Complete Posthumous Poetry	78
Ces enfants de ma vie	14
Ces français qui ont écrit demain	245
C'est ma seigneurie que je réclame : la lutte des Hurons de Lorette pour la seigneurie de Sillery, 1650-1900	29
C'était la guerre de l'Anse à Gilles	15
Cet imperceptible mouvement	22
Cette chère humanité	232
Chaga	270
A Chair for My Mother	426
The Chalk Circle Man	208
Challenger Deep	87
The Champlain Road	7
Chance After Chance	166
A Chance Child	423
Chance, Luck and Destiny	425
The Chaneysville Incident	135
The Changeover	382
The Changing City and The Changing Countryside	425
The Changing Light at Sandover	63
Changing Planes	370
Chanticleer and the Fox	391
Chant pour un Québec lointain	19
Charade	160
Charles Baudelaire's Les Fleurs du Mal	82
Charles Beaumont: Selected Stories	343
Charles Darwin: The Power of Place, Vol. II	67
Charles Darwin: Volume2	54
Charles Evans Hughes	107
Charles Sumner and the Coming of the Civil War	110
Charles W.Eliot	103
Charley Skedaddle	394
Charlie Chan: The Untold Story of the Honorable Detective and this Rendezvous with American History	186
Charlotte	146
Charlotte and the Golden Canary	385
Charlotte Brontë: The Evolution Of Genius	50

Charlotte et l'île du destin	24
Charm City	177, 214
Charmed Life	378
Charming Billy	84
Chasing the Devil's Tail	215
Chasing Vermeer	150, 182
Chasm City	251
Chasses de novembre	3
Chateaubriand, Vol.1: The Longed-For Tempests	51
Châteaux de la colère	140
The Chatham School Affair	177
Chatting with Anubis	345
Chaucer: His Life, His Works, His World, Donald	64
Checkout	191, 225
Cheek by Jowl: Essays	373
Cheever: A Life	69
The Chelsea Murders	200
Cherokee	138
The Chesley Awards for Science Ficiton and Fantasy Art Eds.	335
Chicago	181
Chickadee	395
Chicks Dig Time Lords: A Celebration of Doctor Who by the Women Who Love It	339
Chiefs	169
Chien du heaume	243
Child 44	207, 221
A child across the sky	238
The Child Garden	230, 269
The Child in Time	35
Child of the Owl	425
Children of Crisis, Vols. II and III	113
The Children of Dynmouth	33
The Children of Pride Isaiah Trunk	76
Children of the Dusk	345
Children of the Night	364
Children of Winter	251
The Children's Book	54
Children's Literature: A Reader's History: Reader's History from Aesop to Harry Potter	69
A Child's Treasury of Nursery Rhymes	23
The Chill	196
Chimera	76
Chimeric Machines	351
The Chimney	273
Chimney Sweeps	81
Chimp and Zee	419
China: Alive in the Bitter Sea	82
China Doll	168
China Lake	184
China Men	80
China Mountain Zhang	364
Chinatown	165
The Chip Chip Gatherers	32
Chocolate Moose	193
The Chop Girl	280
A Chorus Line	113
The Chosen One	161
Chouennes	14
Christianity, Social Tolerance and Homosexuality	80
The Christmas Miracle of Jonathan Toomey	386
The Christmas Orange	23
Christopher Isherwood: A Critical Biography	51
The Chronicles of Thomas Covenant the Unbeliever	255
The Chronoliths	270
Chuck Close: Face Book	430
Chunder!	288
Chute: Elantris Tome1	243
The Chymical Wedding	35
Ciegas esperanzas	89
Cimarron Rose	177
Cinderella, or the Little Glass Slipper	391
Ciné-roman	127
Cinque storie ferraresi	57
The Cipher	344, 364
The Circle Game	11
The Circle of Reason	139
The Circuit: Stories from the Life of a Migrant Child	428
Circumstantial Evidence	176
The Circus is Coming	381
'C' Is For Corpse	189
The Citadel of the Autarch	268
Citizen: An American Lyric	71
Citizen Vince	182
Citizen X	177
City in Fear	168
The City in History: Its Origins, its Transformations and its Prospects	73
A City in Winter	279
City of Angels	173
City of Bones	193, 220
City of Dragons	228
City of Gold	382
City of Truth	305
City on the Edge of Forever	318
The City&the City	231, 244, 252, 271, 373
A Civil Action	66
Civil Elegies and Other Poems	13
Civilisation	42
Civilisation et divagations	234
Claire DeWitt and the City of the Dead	228
Clara Callan	24, 56
Clarice Bean That's Me	418
Clarity	178
Clarkesworld	265, 338〜340
A Clash of Kings	367
The Classical Style: Haydn, Mozart, Beethoven	75
Classic Crime Collection	163

Claude	126
Claudette Colvin: Twice Toward Justice	86
Claudius The God	48
The Claw of the Conciliator	303, 359
The Cleanup	221
The Clearing	177
Clear Recent History	218
Clea's Moon	205
Clem	4
Clive Barker's Books of Blood Ⅰ, Ⅱ, Ⅲ	275
Clive Barker's Shadows of Eden	344
The Cloak and the Staff	323
Clockwork or All Wound Up	418
A Clockwork Orange	319
Closed for the Season	185
Close Encounter	365
Close Encounters	311
Close Encounters of the Third Kind	255
Closer	291
Closer to the Flame	205
Closing Time	348, 370
The Cloud Beneath The Eaves	167
Cloud Busting	420
Clown	417
Clybourne Park	123
The Coal House	35
A Coast of Trees	63
Cobra	138
Cockburn's Millennium	51
Cocksure and Hunting Tigers Under Glass	12
Cocoon	292
Cocteau: A Biography	75
The Code Busters Club, Case #2: The Haunted Lighthouse	152
The Code Buster's Club, Case #4: The Mummy's Curse	153
Code Name Verity	187
Coeur d'encre	241
A Coffin for Pandora	199
The Coffin-Maker's Daughter	264
Coffin on a Case!	175
Cold Allies	365
Cold Calls	38
A Cold Day for Murder	175
A Cold Day in Paradise	178, 214, 215
Cold Feet	429
Cold Granite	220
Cold Morning Sky	105
Cold Mountain	84
Cold Quarry	216
A Cold Red Sunrise	172
Cold Silence	220
Cold Tom	420
Cold Turkey	190
The Cold War Swap	161
Coleridge: Early Visions	35
Collected Poems	72, 101, 103, 105, 108, 112, 114
The Collected Poems	115
Collected Poems, 1917-1952	72, 108
Collected Poems, 1930-1976	78
Collected Poems, 1951-1971	76
The Collected Poems of Al Purdy	17
The Collected Poems of F.R.Scott	15
The Collected Poems of Howard Nemerov	78
The Collected Poems of Wallace Stevens	72
Collected Shorter Poems 1946-1991	65
Collected Stories	111, 112, 343
Collected Stories for Children	381
The Collected Stories of Deborah Eisenberg	136
Collected Stories of Eudora Welty	82
The Collected Stories of Katherine Anne Porter	74
The Collected Stories of Robert Silverberg, Volume1: Secret Sharers	364
The Collected Stories of William Faulkner	72
Collected Verse	104
The Collected Works of Billy the Kid	12
The Collected Works of Frank O'Hara	76
The Colonial Period of American History	104
Colony to Nation	8
The Color Purple	82, 115
The Colour of Murder	198
The Colour of the Times	11
Columbarium	68
Columbine	185
Columbo	167
Columbo and Ellery Queen TV series	167
Come Away With Me	209
Come Back Dead	214
Come Dio comanda	59
Come On Daisy	418
Come to Grief	176
The Comforts of Madness	35
The Coming of Shadows	331
The Coming of the War 1914	103
Coming to Terms	308
CommComm	283
Comme eau retenue	12
Comment tuer Shakespeare	30
Comme ton père	145
Comme une peau de chagrin	22
Commodore Perry in the Land of the Shogun	426
Common Ground: A Turbulent Decade in the Lives of Three American Families	64, 82, 116
Companion to Murder	160
The Company Articles of Edward Teach	298
Company Man	221
The Company Man	186
The Company of Wolves	249
The Compass Rose	290, 360
The Complete Directory	79
The Complete Directory of Prime Time Network TV Shows: 1946-Present	79
Complete Poems	107
The Complete Poems	75
The Complete Stories of Flannery O'Connor	76
A Complicated Kindness	26

Complications	245
Comptines assassines	242
Compulsion	157
Conan	254
Concerto grosso	88
Concourse	214
The Concrete Jungle	335
A Confederacy of Dunces	115
Confess, Fletch	166
The Confession	182
Confessions of an Immigrants Daughter	7
The Confessions of Lady Nijo	77
The Confessions of Nat Turner	111
Confess the Seasons	275
Confidence pour confidence	45
Congo. Une histoire	142
Conquest of the Moon	314
Conquistador	104
Conrad's War	379, 425
The Conservationist	129
Conspiracy	175, 200
A Conspiracy of Paper	179, 220, 226
A Constellation Of Vital Phenomena	71
A Constitutional History of the United States	104
Consumed, Reduced to Beautiful Grey Ashes	348
Contact	332, 361
The Content of Our Character: A New Vision of Race in America	65
Contes du Pays incertain	11
Continent	35
Continental Revue	8
Contre le temps	30
Conundrums for the Long Week-End	179
Convergences	10
Convergent Series	359
Conversación sobre la guerra	88
Conversations	24
Conversations with Dead People	334
Conviction: Solving the Moxley Murder	182
The Coode St Review Of Science Fiction（表紙）	293
The Cookie Monster	334, 370
Cool Blue Tomb	213
Cool Water	29
The Copenhagen Interpretation	252
Cops and Robbers	160
Cop Town	210
Coraline	251, 308, 334, 348, 369
Coraline: The Graphic Novel	373
Coram Boy	37
Corby Flood	421
Cornell Woolrich: First You Dream, Then You Die	173
Corn Huskers	101
The Corn Maiden and Other Nightmares	352
The Corpse That Walked	165

Corpus	38
The Corrections	54, 84
Cortiz s'est révolté	3
Cosa Nostra	206
The cosmic chef: an evening of concrete	12
The Cosmic Connection	267
Cosmicomics	287
Cosmos	323
The Cost of Doing Business	307
Counterfeit Son	179
The Counterlife	64
The Countess's Calamity	420
Country Music: Selected Early Poems	82
Country of Origin	182
Count the Clock that Tells the Time	358
The Courier's New Bicycle	298
The Course of Empire	72
Court of Last Resort	156
The Court of the Stone Children	76
Courtship Rite	360
Covenant	349
cover of Rimrunners	328
Cover of Snow	187
cover of The Summer Queen	329
Cowboy Baby	418
A Crab Must Try	250
Cracked World（カバー,disLocations）	252
Cracker	176, 177
Crafty Chameleon	386
Craig's Wife	102
The Crazy Man	27
Creation	281
A Creative Kind of Killer	211
Creature	308
Creepers	350
Creezy	44
Cries Unheard	204
Crime at Blossoms	156
A Crime in the Neighborhood	134
Crimes And Misdemeanors	190
Crimes of the Heart	115
Crimespree Magazine	195
Criminal Shadows: Inside the Mind of the Serial Killer	191, 203
Criminals in Love	16
Crispin: The Cross of Lead	411
Criss Cross	411
Croatoan	357
Cro-Magnon, P.I.	179
The Crooked Letter	295
Crooked Letter, Crooked Letter	208
The Crooked Way	212
Cross-country	8
Crossfire	154
The Crossing Places	186
Crossing The River	53
The Crossover	412
The Crossroads	151, 196
Crota	345

Crouching Tiger, Hidden Dragon 307, 333
A Crowd of Bone 282
A Crowd of Shadows 303
A Crown of Feathers and Other Stories 77
The Crowstarver 418
Cruel and Unusual 202
The Cruelest Month 151
Cruel & Unusual 225
Crusader in Crinoline 105
Cruzar el Danubio 89
The Crying Game 190
Cry of the Nameless 315
Cryptonomicon 368
The Cryptopedia: A Dictionary of the Weird, Strange & Downright Bizarre 351
The Crystal Child 242
The Crystal Spheres 325
The Crystal Spirit: A Study of George Orwell
  11
Cube Root 249
The Cuckoo 205
The Cuckoo's Calling 197
Cuckoo Song 265
Cujo 256
Culminación de Montoya 88
The Culture of Bruising: Essays on Prizefighting Literature and Modern American Culture
  66
The Culture of Narcissism 79
The Cup 172
The Cure for Everything 307
The Curious Incident of the Dog in the Night-Time 38, 380
Cut! Horror Writers on Horror Film 344
Cutlass Island 160
Cuts Through Bone 218
Cutter's Way 169
The Cutting Room 205
Cyberdreams 237
Cyberpan 240
Cyteen 327, 362

【D】

Daddy, Daddy 35
Daddy Lenin and Other Stories 31
Daddy's World 307
The Dagenham Murder 206
Dagon 257, 258
Daha 142
the Daikaiju #3 (表紙) 296
Daikaiju! Giant Monster Tales 295
Dale Loves Sophie to Death 81
Dalziel & Pascoe: On Beulah Height 180
Damage Done 196

The Damascened Blade 206
Dame Agatha's Shorts 152
Damnable 351
Damnation Falls 221
A Dance at the Slaughterhouse 174
Dance Hall of the Dead 164
Dance of the Happy Shades 12
A Dance with Dragons 374
Dance Writings 64
Dancing About Architecture 259
The Dancing Bear 176
Dancing Gerontius 287
Dancing on the Edge 84
The Dancing Tiger 421
Dancing with Virgins 220
The Dancing Wu Li Masters: An Overview of the New Physics 79
Dandy Gilver and an Unsuitable Day for Murder 152
Dandy Gilver and the Proper Treatment of Bloodstains 228
Danger at Black Dyke 163
Dangerous Visions 318
Dangerous Women 285
Dangling 180
The Dangling Witness 165
Daniel Boone 408
Danny Goes to Mars 306, 364
Dans ces bras-là 128
Danse Macabre 324, 360
Dans l'abîme 237
Dans la main de l'ange 44
Dans les forêts de Sibérie 142
Dans les limbes 243
Dans l'oeil de l'aigle 19
D'après une histoire vraie 146
The Darfsteller 314
A Dark-Adapted Eye 171
The Dark and What It Said 296
Dark Angel 183
Dark Apostle 201
Dark City 346
The Dark Country 256, 274
Dark Delicacies: Original Tales of Terror and the Macabre 350
The Dark Descent 276
Dark Dreamers 343
Dark Dreamers: Facing the Masters of Fear ... 348
Darkecho 346
Darkecho Newsletter, Vol.5, #1-50 346
Dark Eden 231
Darkening Island 267
The Darker Side 348
The Darkest Room 208
Dark Fire 206
Dark Forces 274
The Dark Frigate 408
Dark Harvest 350
The Dark Is Rising 424

The Dark Knight	262
The Dark Land	258
Darklands	258
Darklands 2	258
A Darkling Plain	380
A Darkling Sea	272
A Dark Matter	352
Dark Matter	236
Dark Matter: A Century of Speculative Fiction from the African Diaspora	281
Dark Matters	352
Dark Maze	174
Darkness Visible	51
Dark Night in Toyland	249
The Dark Side of Genius: The Life of Alfred Hitchcock	170
Dark Sister	258
Dark Terrors 3: the Gollancz Book of Horror	259
Dark Terrors 4: the Gollancz Book of Horror	259
Dark Thoughts: on Writing	345
The Dark Tower Ⅶ: The Dark Tower	261
Dark Voices 5	258
The Dark Weaver	7
The Dark Wild	380
Darwin	53
Darwinia（表紙）	250
Darwin's Radio	270, 307
Das Bärenwunder	402
Dash	396
Dashiell Hammett's The DainCurse	167
Das kurze Leben der Sophie Scholl	400
The D.A.'s Man	157
Das Rad auf der Schule	396
Das Rätsel der Varusschlacht	406
Das Rätsel Nordwestpassage	398
Das Schicksal ist ein mieser Verräter	406
Das Schwert in der Stille	404
Das visuelle Lexikon der Umwelt	404
Dating Dead Men	150, 194, 227
A Daughter of the Middle Border	101
Daughter of the Mind	163
David	397
David and Other Poems	7
David Hume	48
Da Vinci Rising	306
Dawn Song	346
Day	39
Day and Night	8
The Day Before the Revolution	302, 357
Day by Day	62
A Day of Pleasure: Stories of a Boy Growing up in Warsaw	75
The Day of the Jackal	163
The Day She Died	197
Days of Sorrow and Pain: Leo Baeck and the Berlin Jews	114
The Day the World Turned Upside Down	341
The Dead	216
Dead and Gone	157
The Dead and the Living	63
Deadbeat	177
Dead Body Language	225
The Dead Boy at Your Window	346
Dead By Sunset: Perfect Husband, Perfect Killer?	191
Dead Drunk	214
Dead End in Norvelt	395, 411
Dead Folk's Blues	175
The Dead Hand: The Untold Story of the Cold War Arms Race and Its Dangerous Legacy	123
Dead in Centerfield	211
Dead in the Water	345
Deadliest of the Species	347
Dead Lions	209
Deadly Lady	170
Deadly Legacy	194
A Deadly Measure of Brimstone	229
Deadly Pleasures Magazine	192
Deadly Web	206
Deadly Women: The Woman Mystery Reader's Indispensable Companion	225
Dead Man's Grip	222
Dead Man's Island	148
The Deadman's Pedal	55
Dead Man's Wages	205
Dead Not Buried	203
The Dead of Jericho	200
Dead Until Dark	193
Deal Breaker	191
Dear Mr.Henshaw	410
Dear Nobody	383
Death Al Dente	153
Death Among Strangers	172
Death and the Joyful Woman	160
Death and the Librarian	306
Death and the Supreme Court	159
Death at an Early Age	74
The Deathbird	320, 356
Deathbird Stories	248
Death Comes as Epiphany	224
Death Dances To A Reggae Beat	193
Death in a Distant Land	201
Death in Bangkok	344, 365
Death In Bloodhound Red	191
Death in Life: Survivors of Hiroshima	75
Death in Little Tokyo	192, 225
A Death In The Family	109
Death In The Steel City	215
A Death in Ueno	216
Death of a Cozy Writer	151
Death of a Nationalist	181
Death of an Informer	165
Death Of A Red Heroine	193
Death of a Salesman	107
Death of a Thin Skinned Animal	199

The Death of Captain Future	331
The Death of Doctor Island	302, 356
The Death of Innocents	177
Death of the Mantis	222
Death on a Silver Tray	149
Death on the Nile	330
Death on the Rocks	212
Death's Bright Angel	201
Death's Master	255
Death Trap	168
Deathwatch	164
Debased and Lascivious	290
Déborah et les anges dissipés	127
Deborah's Judgement	148, 224
The Debt to Pleasure	37
Deceit and Deadly Lies	167
The Deceived	221
The December Man (L'homme de décembre)	27
Déchiffrer la trame	238
The Declaration, Anna's Story	242
Declare	281
Dédales virtuels	240
Dedans	137
The Deed	160
The Deep End	343
Deeper into the Movies	76
A Deepness in the Sky	270, 332
Deep Sleep	202
Deep South	220
Deesje macht das schon	401
The Defection of A.J.Lewinter	199
The Defenders	159
A Defense of the Social Contracts	306
The Defiant Ones	158
De Goupil à Margot	42
Deja Vu	224
De Kooning: An American Master	68, 121
A Delicate Balance	111
Delights & Shadows	121
Delirium	244
Delirium circus	233
Deliverance	137
Délivrance	137
De l'œil et de l'écoute	15
Delphinensommer	397
Demain, une oasis	236
Dementia 13	258
Demeter	265
Democratic Government in Canada	8
The Demolished Man	313
A Demon in my View	199
Demons: Encounters with the Devil and his Minions, Fallen Angels and the Possessed	352
The Denial of Death	113
'Denk nicht, wir bleiben hier！' Die Lebensgeschichte des Sinto Hugo Höllenreiner	405
Den stora kärleksfebern	414
Den vita stenen	413
The Departed	184
Der Apfel und der Schmetterling	398
Der Bleisiegelfälscher	399
Der Boxer	406
Der Bruder des schweigenden Wolfes	398
Der gelbe Vogel	400
Der glückliche Löwe	396
Der goldene Vogel	397
Der große Rutsch	399
Der Hund, der unterwegs zum Stern war	402
Der Joker	405
Der Kick	405
Der lange Weg des Lukas B.	400
Der Löwe Leopold	398
Der Mann, der überlebte	398
Dernières notes	28
Derrière la baignoire	137
Der rote Wolf	403
Der Sohn des Toreros	398
Der Tag, als ich lernte die Spinnen zu zähmen	404
Der Träumer	407
Der unvergessene Mantel	406
The Dervish House	252, 271
Der Weg durch die Wand	400
Des choses fragiles	243
The Deserter	11
Des milliards de tapis de cheveux	239
Desolation Road	362
Desolation Road (表紙)	252
Des ombres portées	25
Désordre public	27
The Desperate Hours	157
Desperation	366
Destination Moon	313
Destinations Unknown	350
The Destiny Makers	291
Destiny of the Republic: A Tale of Madness, Medicine and the Murder of a President	186
The Destiny Waltz	32
Des vols de Vanessa	4
Detecting Men	149
Detecting Women 2	149, 192, 219, 225
Detecting Women, 3rd Edition	193
Detecting Women: Reader's Guide and Checklist for Mystery Series Written by Women	225
Detective and Mystery Fiction: An International Bibliography of Secondary Sources	171
Detective Fiction: The Collector's Guide, 2nd Ed	191
Detective Story	155
Detektiv John Chatterton	402
Deus Ex Corporus	288
Deux heures et demie avant Jasmine	20
Deux pas vers les étoiles	26
Devil in a Blue Dress	202, 213
The Devil in Mr Pussy (Or how I found God inside my wife)	296
The Devil In Music	149

Devil-in-the-Fog ········· 378
Devil in the Grove: Thurgood Marshall, the Groveland Boys ········· 124
Devil in the Marshalsea Historical ········· 209
The Devil in the White City ········· 181
The Devil Knows You're Dead ········· 213
The Devil's Advocate ········· 50
The Devil's Foot ········· 173
The Devil's Wine ········· 349
The Devotee ········· 293
Dexter Bexley and the Big Blue Beastie ········· 421
D H Lawrence: The Married Man ········· 36
Diabolique ········· 157
Diabolus in musica ········· 140
Diagnosis: Homicide ········· 155
Dial M for Murder ········· 156
The Diamond Age ········· 270, 331, 366
Diamond Head ········· 214
The Diamond of Drury Lane ········· 421
The Diamond Pit ········· 294
Diane Lanster ········· 5
Diary of Anne Frank ········· 108
Dicey's Song ········· 410
Dick Tracy ········· 168
A Dictionary of Chivalry ········· 385
A Dictionary of Literary Devices: Gradus, A-Z ········· 19
Dictionnaire des Utopies ········· 240
The Diddakoi ········· 32
Diderot ········· 76
Die Bücherdiebin ········· 406
Die eiserne Lerche ········· 402
Die Erde ist nah ········· 398
Die Frauen von der Plaza de Mayo ········· 401
Die ganze Welt ········· 404
Die Geschichte vom Fuchs, der den Verstand verlor ········· 406
Die Haarteppichknüpfer ········· 239
Die Kurzhosengang ········· 405
Die Nachtvögel ········· 399
Die ohne Segen sind ········· 404
Die Reise mit der Jolle ········· 400
Die Reise nach Ugri-La-Brek ········· 402
Die Tribute von Panem ········· 406
Dieu sait ········· 139
Die Wächter ········· 399
Die Wichtelmänner ········· 398
Die Wolke ········· 401
Die wundersame Reise der kleinen Sofie ········· 401
Die Zeit der geheimen Wünsche ········· 401
Die Zeit ist kaputt ········· 403
Die Zwölf vom Dachboden ········· 398
The Difference Engine ········· 269
Different Drummers ········· 173
Different Hours ········· 120
Different Kinds of Darkness ········· 333
Digby ········· 9
Digest ········· 124
Digger ········· 339
Dimanche Diller ········· 416

Dingley, l'illustre écrivain ········· 42
Dinner With Friends ········· 120
Dinotopia ········· 329, 331, 365
Dirty Pretty Things ········· 181
Dirty Story ········· 198
Dirty Work ········· 212
A Disaffection ········· 52
Disarming ········· 152, 196, 228
The Discharge ········· 239
Discipline of Power: The Conservative Interlude and the Liberal Restoration ········· 15
A Discovery of Strangers ········· 21
Discworld ········· 238
Disgrace ········· 130
Disgraced ········· 124
The Dispossessed ········· 267, 302, 320, 356
The Disruption of American Democracy ········· 107
The Distance ········· 216
The Distant Echo ········· 220
A Distant Mirror: The Calamitous 14th Century ········· 79
Distant Reading ········· 71
Distraction ········· 231, 270
District9 ········· 310
Distrust That Particular Flavor ········· 375
Dits et Inédits ········· 23
Divided Kingdom: King Kong vs Godzilla ········· 296
Divine Comedies ········· 114
Divine invasions : a life of Philip K.Dick ········· 237
The Diviners ········· 13
Diving into the Wreck: Poems 1971-1972 ········· 77
Divisadero ········· 27
Djinn, No Chaser ········· 360
The Djinn's Wife ········· 251, 336
Dobry ········· 408
Doc ········· 17
Docherty ········· 33
Doc: The Rape of the Town of Lovell ········· 173
Doctor Copernicus ········· 51
Doctor De Soto ········· 81
The Doctor Digs A Grave ········· 149
Doctor Horrible's Sing-Along Blog ········· 338
Doctor Kiss Says Yes ········· 19
Doctor Rat ········· 273
Doctor Sleep ········· 353
The Doctor's Wife ········· 310, 339
The Doctor, The Murder, The Mystery: The True Story of the Dr.John Branion Murder Case ········· 148, 190
Doctor Who ········· 262, 263, 310, 336～339
Dödsbudet ········· 414
Does Sex Make Science Fiction Soft? ········· 300
Dog and Bear: Two Friends, Three Stories ········· 430
Dog Days ········· 353
Dogger ········· 385
The Dog Park ········· 258
The Dog Said Bow-Wow ········· 333

Dog Soldiers	77
The Dog That Didn't Bark	150
Dogwalker	363
The Dog Who Remembered Too Much	148
Doktorns pojk	413
The Doll	223
The Doll Makers	206
The Dolphin	113
Donde nadie te encuentre	89
Don l'Original	13
Don Quichotte de la démanche	13
Don't Cry for Me	156
Don't Dare a Dame	218
Don't Ever Get Out	229
Don't Murder Your Mystery	151
Don't Point That Thing at Me	199
Don Ysidro	282
Doomsday Book	305, 364
Door in the Mountain: New and Collected Poems, 1965-2003	85
The Door in the Wall	409
A Door into Ocean	268
The Doors of His Face, the Lamps of His Mouth	300
Doppelganger	194
Dorothy L.Sayers, A Literary Biography	168
Dostoevsky: The Years of Ordeal, 1850-1859	63
Do the Dead Sing?	274
Dotter of Her Father's Eyes	40
Double Act	417
Double-Crossing Delancy	180
Doubleday Crime Club Compendium 1928-1991	190, 224
Double Dealer	201
Double Down	178
The Double Felix	250
Double Fold: Libraries and the Assault on Paper	67
Double Impression	16
The Double Life of Pocahontas	426
Double Play: The San Francisco City Hall Killings	170
Double Star	314
Doubt, a parable	121
Do Unto Others	148, 225
Dovey Coe	179
Dow Hour of Great Mysteries	159
Down and Out in the Magic Kingdom	370
Downbelow Station	324
Down in the Bottomlands	330
Down River	184
Downriver	53
Down the Bright Way	237
Down the Rabbit Hole	151
Down These Mean Streets	160
Do You Like to Look at Monsters?	286
Do You See	262
Dracula on Broadway	167
Dragnet	155, 156
The Dragon and The George	255
The Dragon Masters	316
Dragonne	240
Dragonrider	301
Dragonsdawn	269
Dragon's Egg	359
The Dragon's Eye	163
The Dragons of Eden	114
Dragon's Teeth	105
The Dragon Waiting	275
Dragonwings	423
The Draining Lake	221
The Dramatist	216
A Dram of Poison	157
The Drawer Boy	23
A Dreadful Day	185
Dread in the Beast	350
Dreamericana	240
Dreaming Again	297
Dreaming Down-Under	280, 293
Dreaming Down-Under (表紙)	293
The Dreaming Dragons	268, 288
Dreaming in Smoke	231
Dreaming of the Bones	225
A Dream Like Mine	17
Dream London (表紙)	253
Dream Makers, Volume II	360
Dream No More	157
The Dream of the Unified Field	119
Dreamsnake	303, 322, 358
The Dreams Our Stuff Is Made Of: How Science Fiction Conquered the World	332, 368
Dreamweavers (表紙)	292
The Dred Scott Case	114
The Dresden Green	162
A Dribble of Ink	341
A Drink Before the War	214
The Drink Tank	339
Drink the Tea	217
Driven to Distraction	151
Driving Miss Daisy	117
Dr.Johnson And Mr.Savage	53
Drôle de jeu	3
Drömmar vid havet	140
A Drop of Water: A Book of Science and Wonder	428
The Drought	221
The Drowned Life	284
The Drowning Girl	353
Dr.Strangelove	317
Drumblair - Memories of a Jamaican Childhood	22
Drummer Hoff	391
Drunter und drüber	400
Dry Bones in the Valley	188
Drysalter	40
A Dry White Season	138

Du fehlst mir, du fehlst mir !	403
Duffy and the Devil	392
Du groß, und ich klein	403
Du hast angefangen ! Nein, du !	401
Duma Key	351
Dune	300, 317
Duo pour voix obstinées	17
Dupe	200
Du sel sous les paupières	245
Du sida	21
Dusk	135, 261
Dust	24
Dust and Decay	352
Dust Devil	213
Dust Motes	280
The Dust Which Is God	105
Duty	349
Dying in Bangkok	365
Dying Inside	267

【E】

Each Peach Pear Plum	385
Earlham	47
Early Autumn	102
The Early Fears	345
Early Occult Memory Systems of the Lower Midwest	68
The Early Stories 1953-1975	136
Earth and High Heaven	7
Earth is But a Star	294
Earthman, Come Home	314
The Earthquake Bird	205
Earthquake Weather	367
Earth to Earth	200
The Earthwire	259
Easy	181
Easy in the Islands	82
Eat Me	343
Echo	309
Echoes from the Dead	207
Echoes of Earth	294
The Echo Maker	85
Echos de Cimmérie. Hommage à Robert Ervin Howard (1906-1936)	243
Écrire dans la maison du père	18
Écrits sur la science-fiction	235
Ecrit sur l'eau	42
Eddie och Maxon Jaxon	413
Eden's Outcasts: The Story of Louisa May Alcott and Her Father	122
Edgar Allan Poe: An Illustrated Companion to His Tell-Tale Stories	185
Edgar Allan Poe: A to Z	180
Edgar A.Poe: Mournful and Never-Ending Remembrance	174

Edge of Infinity	375
The Edge of Night	169
The Edge of Sadness	110
The Edge of the Cloud	382
The Edge of Truth	158
Edith Sitwell: Unicorn Among Lions	52
Edith Wharton: A Biography	62, 113
Edmund Husserl: Philosopher of Infinite Tasks	77
Edmund Pendleton 1721-1803	108
The Education of Henry Adams	101
Edvard Munch: Behind The Scream	54
Edward Marsh	50
Edward Scissorhands	328
Edwin Mullhouse, the Life and Death of an American Writer 1943-1954	138
The Effect of Gamma Rays on Man-In-The-Moon Marigolds	112
effleurés de lumière	29
Effort at Speech: New & Selected Poems	84
The Egg Tree	391
Eidolon	291, 292
Eidolon 19 (表紙)	292
Eidolons	362
The Eighth Circle	158
The Eighth Day	74
Eight Mile and Dequindre	211
Eight Million Ways to Die	211
Ein Bild von Ivan	405
Eine Insel im Meer	403
Eine Trillion Euro	241
Ein nützliches Mitglied der Gesellschaft	398
Ein perfekter Kellner	141
Ein Schaf fürs Leben	404
eins, funf, viele	402
The Einstein Intersection	301
Einstein's Gift	25
Eins zwei drei Tier	403
El alquimista impaciente	89
Elantris	243
El arpa y la sombra	138
The Elastic Book of Numbers	261
Elbow Room	114
El buen salvaje	88
El camino de los Ingleses	89
El cuajarón	88
El curso	88
El Dia De Los Muertos	348
El día señalado	88
Eldorado 51	5
Eleanor and Franklin: The Story of Their Relationship, Based on Eleanor Roosevelt's Private Papers	76, 112
Eleanor & Park	431
Eleanor Roosevelt: A Life of Discovery	428
The Elected Member	129
Electric Ben: The Amazing Life and Times of Benjamin Franklin	431

Electric Velocipede	338
Elegies	34
Elegy	69
Eleven Blue Men	157
The Eleventh Day	208
Elijah of Buxton	395
El ingenioso hidalgo y poeta Federico García Lorca asciende a los infiernos	88
Élise ou la Vraie Vie	127
Elizabeth and After	23
Elizabeth Gaskell	33
Elizabeth is Missing	40
Elizabeth Rex	24
El Jarama	87
Ella's Big Chance	386
Elle	25
Elle Est Trois, (La Mort)	275
Ellery Queen	154
El Mal de Montano	141
El miedo y la esperanza	88
El Niño de los coroneles	89
El rito	88
Elsewhere	274
Elsewhere Book Launch	294
El temblor del héroe	89
Elvis Lives	174
Embassytown	271, 374
The Embedding	267
Embers of War: The Fall of an Empire and the Making of America's Vietnam	124
Embracing Defeat: Japan in the Wake of World War II	84, 120
Emerald City	335
Emily Carr: A Biography	15
Emma oder die unruhige Zeit	400
The Emperor of Absurdia	421
The Emperor of All Maladies: A Biography of Cancer	123
The Emperor of Mars	339
The Emperor's Soul	340
The Emperor's Winding Sheet	33
Empire Falls	120
The Empire of Ice Cream	308
Empire Of The Sun	52
The Empire Strikes Back	256, 323
The Empty Chair	158
The Empty Child The Doctor Dances	336
Empty Ever After	217
Empty Space	272
A & E Mystery	176
Enchantment and Sorrow: The Autobiography of Gabrielle Roy	17
Enchantress from the Stars	422
Encore	142
Encore cinq minutes	12
Encounters and Reflections: Art in the Historical Present	65
Encounters at the Heart of the World: A History of the Mandan People	124
Encyclopedia Brown books	166
Encyclopedia Mysteriosa	176
The Encyclopedia of Fantasy	280, 332, 367
Encyclopedia of Mystery and Detection	166
The Encyclopedia of Science Fiction	250, 330, 365
The Encyclopedia of Science Fiction and Fantasy	273
Encyclopedia of Science Fiction and Fantasy, vol. 3	325
The Encyclopedia of Science Fiction (Third Edition)	252, 339
The Encyclopedia of World Crime, Criminal Justice, Criminology, and Law Enforcement	174
En dag i prinsessan Victorias liv	414
Ender's Game	304, 325
The End of Absence: Reclaiming What We've Lost in a World of Constant Connection	31
End of the Road	265
The End of the World Baby	160
End of the World Blues	251
The Ends of the Earth	21, 278
Endymion	237
The Enemy	220
Enemy Mine	303, 323, 358
Energumen	320
Enfants du néant et mangeurs d'âes - Guerre, culture et société en Iroquoisie ancienne	23
En France	42
The Engineer of Human Souls	16
The Engines of the Night	360
Engine Summer	268
England, Their England	48
The Englishman's Boy	22
English Naturalists From Neckham To Ray	49
English Passengers	37
The English Patient	20, 130
English Scholars	48
Enigma	288
The Enlightenment, Vol. I: An Interpretation the Rise of Modern Paganism	74
En mer	142
The Enquiries of Doctor Eszterhazy	273
En remorquant Jéhovah	237
Enter a Soldier.Later: Enter Another	328
Entre l'ordre et la liberte	22
Entre visillos	87
Entropy's Bed at Midnight	363
Epoch	357
The Equalizer	172
Equoid	341
The Era of Good Feelings	108
ERB-dom	317
The Erdmann Nexus	337
Erebos	406
The Erection Set	164
Ernie Pyle's War: America's Eyewitness to World

War II	66
Erzähl mir von Oma	400
Escape from Mr.Lemoncello's Library	153
Eskimos	399
Es lebe die Republik	398
Esperadme en el cielo	89
Essai psychanalytique sur la création littéraire - Processus et fonction de l'écriture chez un auteur de Science-Fiction : Philip K.Dick	234
Essays on the Constitution	14
The Essential Ellen Willis	71
The Essential Ellison	343
The Essential Mystery Lists: For Readers, Collectors, and Librarians	227
Estaba en el aire	89
Es war einmal Indianerland	406
The Etched City	294
Eté mutant	243
Eternal Sunshine of the Spotless Mind	349
Ethel The Aardvark	291
Étoile	235
The Euguelion	22
Eurema's Dam	320
Europe Central	85
Eustace And Hilda	49
Eva	423
Evans Tries an O-Level	225
Evaporating Genres: Essays on Fantastic Literature	374
Eva Trout	51
Eve Green	38
Evening Gold	184
Evening's Empires	272
Even the Queen	306, 329, 364
The Events Concerning a Nude Fold-out Found in a Harlequin Romance	344
Evergence 2: The Dying Light	293
Every Dead Thing	215
Everyman	136
Every Man for Himself	37
Every Move She Makes	219
Everyone's Just So So Special	264
Every Secret Thing	194, 220
Everything Begins & Ends at the Kentucky Club	136
Everything That Rises: A Book of Convergences	69
Evil Angels	201
The Evolutionist	353
Evolution's Darling	240
Excession	250
Execution	10
The Execution Channel	271
The Executioner's Song	114
Execution Poems	24
The Exeter Blitz	382
Exhalaison	243
Exhalation	252, 337, 373
The Exiles	379

The Exiles at Home	417
Exorcisms and Ecstasies	345
The Exorcist	254
Exo-skeleton town	241
The Expats	187, 196
Experience	53
Expiration Date	196, 366
Exploration and Empire: The Explorerand the Scientist in the Winning of the American West	111
Exploration Team	314
Exposure	380
Extended Play: The Elastic Book of Music	261
Extenuating Circumstances	212
Exterminate！ Dalek Postcards	297
Extra-muros	236
Extra Yarn	430
The Extremes	250
Extremes 2: Fantasy and Horror from the Ends of the Earth	347
Eye for Eye	326
The Eye of the Needle	167
Eyes of Amber	322
Eymerich	238

【 F 】

A Fable	72, 108
The Fable of the Goats	7
Fables	392
Fables & Reflections	294
The Fabulous Clipjoint	154
FaceBox	243
The Face of the Waters	236
Faces of the Gone	217
Facts of Life	62
The Facts of Life	241, 281
Fade Away	177, 214
Fade To Blonde	216
The Faery Handbag	309, 335, 370
Fahrenheir 451	314
Failure	122
Fair Coin	311
The Fair Folk	283
The Fairy Feller's Master Stroke	260
Fairyland	230, 270
Fairy Ring	25
Faithful and Virtuous Night	86
The Faithful Spy	183
The Falcon and the Snowman	168
The Fall	187
Fallen	41
The Fallen Angel	222
The Fallen Curtain	165
Fallen Spaceman	287
The Fallible Fiend	254
Falling Down	175

Falling Free	305
Falling Onto Mars	334
The Falling Woman	304
Fall into Darkness	237
The Fall of America: Poems of these States, 1965-1971	77
The Fall of a Titan	9
The Fall of Hyperion	249, 363
False Fatherland	287
The False Inspector Dew	200
The Family from One End Street	381
The Family Jewels	148
Family Plot	166
The Family Romanov: Murder, Rebellion, and the Fall of Imperial Russia	431
Family Values	217
The Famished Road	130
Fanac	315
Fancies and Goodnights	155
Fanew Sletter	287
Fantascienza n° 2-3	234
Fantastic Wonder Stories	296
Fantasy Masterworks series	281
Fantasy Newsletter	274
Fantasy Tales	256, 257, 275
Fantasy Tales 1	255
Fantasy Tales 2	255
Fantasy Tales 3	255
Fantasy Times	314
The Fantasy Writer's Assistant and Other Stories	282
The Far Cry	49
fareWel	22
Farewell, Fred Voodoo: A Letter From Haiti	71
Farewell Horizontal	269
The Far Field	74
Far From the Tree: Parents, Children, and the Search for Identity	70
Far Horizons	368
The Farmer and the Clown	431
Farmer Duck	416
Farmer in the Sky	313
Farmorsresan	412
The Far Side of the Dollar	198
FArTHER	386
The Farthest Shore	76
Farthing	271
Fast Times at Fairmont High	333
A Fatal Grace	151
A Fatal Inversion	201
Fatal Truth	193
The Fate of Liberty: Abraham Lincolnand Civil Liberties	118
Father Christmas	385
Father Goose	49
The Father Hunt	199
The Father of Stones	363
Father's Day	217
Father to the Man	172
Fatlands	202
Fault Lines: Three Plays	30
F.A.U.S.T.	238
Faux-passeports	43
Favorite Folktales From Around the World	276
Faß zu, Toyon	396
Fearful Symmetries	349, 354
Fear of the Dark	212
The Fear of White	296
Federico Garcia Lorca: A Life	52
Fedora by John Harvey in Deadly Pleasures	209
Féerie générale	142
Feersum Endjinn	250
Felaheen	251
Felicia's Journey	36
Feminist Science Fiction in the Twentieth Century	296
Fences	116
Fergus Crane	420
Ferito a morte	57
Fermi and Frost	326
Festen i Hulabo	413
Fetish Murders	164
Feuerland ist viel zu heiß!	403
Feuerschuh und Windsandale	397
Feuilles mortes	125
Fever at the Bone	222
Fiction	242
Fictions philosophiques et science-fiction	235
Fiddler's Farewell	102
Fidéles éléphants	25
The Field of Blood	221
The Field of Vision	73
The Fiery Trial: Abraham Lincoln and American Slavery	123
Fifteen Days: Stories of Bravery, Friendship, Life and Death from Inside the New Canadian Army	28
Fifteen Dogs	56
The Fighting Ground	394
File 770	325, 327, 333, 337
Filles de Pluie	42
Final Appeal	176
The Final Country	205
Final Exits: the Illustrated Encyclopedia of How We Die	350
Final Resting Place	213
Final Rites	171
The Finder	369
Finders Keepers	391
Fin-De Siècle Vienna: Politics And Culture	115
Finding a Form	66
Finding Maubee	163
Finding Violet Park	380
Finding Winnie: The True Story of the World's Most Famous Bear	393
Find Me Again	181
The Fine Art of Murder	157
The Fine Art Of Murder: The Mystery Reader's	

Indispensable Companion	191, 225
A Fine Balance	56
Fingersmith	205
Finishing School	298
The Finkler Question	131
Fiorello !	109
Fire at Sea	158
Fire, Bed and Bone	379, 418
Fireboat: The Heroic Adventures of the John J. Harvey	429
The Fire-Eaters	38, 420, 429
Fire in the Lake: The Vietnamese and the Americans in Vietnam	76, 113
Fire Lover	181
Fire on Stone	13
Fires of Eden	365
Fire to Fire: New and Selected Poems	85
A Fire Upon the Deep	269, 329
Fire Watch	304, 324
The Fire When It Comes	274
The Firework-Maker's Daughter	417
A First-Class Temperament: The Emergence of Franklin Roosevelt	64
First Contact	313
First Fall	237
The First Fifteen Lives of Harry August	272
First Kill	216
First Maitz	363
The First Tycoon: The Epic Life of Cornelius Vanderbilt	86, 123
Fishing for Dinosaurs	354
Fishskin, Hareskin	41
Fishtailing	29
Five Children on the Western Front	40
Five Days At Memorial: Life And Death In A Storm-Ravaged Hospital	71
Five Days in April	346
Five Fingers	156
Five Little Friends	419
Five Strokes to Midnight	351
The Fixer	74, 111
Flambards	378
A Flame In Sunlight: The Life And Work Of Thomas de Quincey	48
Flashpoint	163
Flesh and Blood	64, 206
Flesh & Blood	220
Flesh & Bone	353
Flesh Eaters	352
Fletch	165
The Flick	124
Flicks	172
Floating Dragon	256
Flora's Dare: How a Girl of Spirit Gambles All to Expand Her Vocabulary, Confront a Bouncing Boy Terror, and Try to Save Califa from a Shaky Doom (Despite Being Confined to Her Room)	309
Flora & Ulysses: The Illuminated Adventures	412
Flor de sal	88
Florence Nightingale	49
Florentine Finish	160
Florian 14: Achter Alarm	397
Flotsam	393
Flour Babies	36, 383
The Flowering of New Engl and 1815-1865	104
The Flowering Stone	103
The Flower Master	226
Flowers for Algernon	301, 315
The Flowers of Aulit Prison	306
A Flowery Death	204
Flow My Tears, The Policeman Said	267
Flush	151
Fly Away Home	212
The Fly in Autumn	28
The Flying Change	116
Flying Colours	48
Flying to Nowhere	34
The Folding Man	352
The Folding Star	53
The Folk Keeper	429
Folly	226
The Fool of the World and the Flying Ship	391
Fools	230
Fool's Gold	263
Fools of Fortune	34
Forages	16
For as Long as You Burn	290
The Forbidden	256
The Forbidden Best-Sellers of Pre-Revolutionary France	66
Forbidden Brides of the Faceless Slaves in the Nameless House of the Night of Dread Desire	371
Force ennemie	42
Forcing Amaryllis	216
Foreign Affairs	116
Foreign Country	209
The Foreigner	184
Forensics for Dummies	227
Forests	29
Forests of the Medieval World	20
Forever Peace	239, 270, 307, 332
Forever Shores	294
The Forever War	69, 287, 302, 321, 357
Forever Yours, Anna	305
Forfeit	163
Forgiveness Day	365
The Forgiveness Thing	40
Forgiving Judas	354
The Forgotten Beasts of Eld	272
Forgotten First Citizen: John Bigelow	107
A Formal Feeling	423
Forms of Devotion	23
For Murder I Charge More	164

Förr i tiden i skogen	414
For The Love Of Mike	194
Fortunate Son: The Healing of a Vietnam Vet	118
Fortune Smiles	87
The Fortune Tellers	427
Forty Acres and Maybe a Mule	395
Forty Words for Sorrow	204
For Want of a Nail	339
Fossil-Figures	284
Foundation	317
Foundation's Edge	324, 360
Founding Brothers: The Revolutionary Generation	120
The Founding of New England	101
Fountain of Age	309
The Fountains of Paradise	303, 323
Four Elements	354
Four Past Midnight	343
Fourscore Years	49
Fourth of July Creek	210
Four Ways to Forgiveness	242, 366
Fox Evil	205
Fragile Things	243, 261, 372
Fragments of a Broken Land: Valarl Undead	299
Frailty	348
Frankenstein : mythe et philosophie	235
Franklin of the Arctic	8
Franz Liszt: The Virtuoso Years	52
Fraternity	245
Fraud	200
Fräulein Pop und Mrs.Up und ihre große Reise durchs Papierland: Ein Pop-up-Buch zum Selberbasteln	404
Freakcidents	350
Frederik Pohl as a Creator of Future Societies, and Samuel Delany: Victim of great Applause	288
Freedom	83
Freedom From Fear: The American People In Depression and War, 1929-1945	120
The Freedom Maze	310
The French Connection	164
A French Finish	166
French Town	21
Frère du précédent	141
Frère Sommeil	140
Frerk, du Zwerg!	406
Fresh Young Widow	295
Friday's Child	9
Friday the Rabbi Slept Late	160
The Friends	428
Friend's Best Man	276
The Friendship	427
Friends in High Places	204
The Frightened Wife and Other Murder Stories	156
Frights	273
Frindle	423
Frog Went A-Courtin'	391
A Frolic of His Own	83
From Beirut to Jerusalem	83
From Here to Eternity	72
From Immigrant to Inventor	102
From the Mixed-Up Files of Mrs.Basil E. Frankweiler	410
From Then to Now: A Short History of the World	29
Fronteras Americanas	20
A Front Row Seat	192
The Frozen Waterfall	423
Fruiting Bodies	257
Fruits	417
F&SF (The Magazine of Fantasy & Science Fiction)	273, 274, 282, 315, 316, 318, 319, 355〜360, 362, 369〜373
Fuchs	404
The Fugitive	160
Fugitive Pieces	134
The Fugitvie	161
Fugue for a Darkening Plain	267
Fuir	141
Full Dark House	261
Full Dark, No Stars	263, 352
Full Spectrum	363
Full Spectrum 3	364
Full Spectrum 4	278
Fulton County Blues	179
The Function of Dream Sleep	362
Fun & Games	218
The Funny Little Woman	392
Funny Story, in No Alibi - the best new crime fiction	203
Funnyway	234
Für fremde Kaiser und kein Vaterland	401
Furious	18
A Further Range	104

【G】

G.	51, 129
Gabrielle Roy: A Life	23
Gabriel Verlag	406
Gaffer Samson's Luck	415
Galactic Suburbia	298, 299
Galactic Suburbia Podcast	342
Galahad Schwartz and the Cochroach Army	17
Galapagos	268
Galaxies	239
Galaxy	313
Galaxy Quest	307, 333
The Galindez-Murphy Case: A Chronicle of Terror	158

The Gallery of His Dreams	364	Ghost Canoe	178
Galveston	281	The Ghost Drum	383
The Game of Silence	395	Ghost Hunter	380
A Game of Thrones	366	The Ghost Light	361
Game of Thrones	265, 339〜341	Ghostman	209
The Game's Afoot	186	Ghost Negligence	218
Gandhi's Truth	75, 112	The Ghost of Thomas Kempe	382
Ganesh oder eine neue Welt	400	Ghost Riders of Ordebec	209
Garbage	83	The Ghost Road	130
The Garden of Abdul Gasazi	425	Ghost Road Blues	350
Garden of Beasts	206	Ghosts and Grisly Things	259
Garmans Sommer	406	Ghosts & Scholars	256
Garnet Hill	204	Ghost Train	22
Gaspard	42	The Ghost Village	278
The Gasteropod	51	Ghost Wars	121
Gateway	267, 303, 322, 358	giANTS	303
The Gathering	130	Gideon's Fire	159
A Gathering Light	383	Gideon's Trumpet	160
A Gathering of Days: A New England Girl's Journal, 1830-1832	79, 410	The Gift	244
		Gifts for the One Who Comes After	286
A Gathering of Saints	202	Gilbert White	35
Gauntlet to Overlord	8	Gilead	68, 121
Gay Neck, the Story of a Pigeon	408	Gilgamesh in the Outback	326
The Gaze of the Gorgon	36	The Gin Game	114
GB84	54	Ginger	417
Gehört das so??!Die Geschichte von Elvis	405	Ginger Pye	409
		Giordano Bruno and the Embassy Affair	202
Geh und spiel mit dem Riesen	398	Girl Genius, Volume8: Agatha Heterodyne and the Chapel of Bones	338
Gélatine	234		
Gemini Summer	28	Girl Genius, Volume9: Agatha Heterodyne and the Heirs of the Storm	338
Gemmes et moires	125		
The Generation of 1914	81	Girl Genius, Volume10: Agatha Heterodyne and the Guardian Muse	339
Genére des nations et cultures du Nouveau Monde	24		
		Girl in the Fireplace	336
Genesis	270	Girl in the Glass	182
Genet	65	Girl in the Goldfish Bowl	26
Gens de la Tamise	140	A Girl Is a Half-formed Thing	134
The Gentle Brush of Wings	351	Girl on the Run	161
The Gentling Box	351	Girl Sleuth: Nancy Drew and the Women Who Created Her	151, 183, 227
Geodesica: Ascent	295		
Geography Ⅲ	62	The Girl-Thing Who Went Out for Sushi	340, 375
George Bancroft: Brahmin Rebel	106	The Girl Who Circumnavigated Fairyland in a Ship of Her Own Making	310, 374
George Bernard Shaw	50		
George Eliot	51	The Girl Who Fell into the Sky	304
George Eliot: The Last Victorian	53	The Girl Who Loved Wild Horses	392
George F.Kennan: An American Life	70, 123	The Girl Who Soared Over Fairyland and Cut the Moon in Two	375
George Mills	63		
Georgette Garou	125	The Girl Who Was Plugged In	320
George Washington	76, 109, 113	The Girl with the Dragon Tattoo	195, 196, 221, 222, 228
Georgiana, Duchess of Devonshire	37		
Georgia on My Mind	306, 330	The Girl with the Scarlet Brand	156
Gerda Gelse	407	G is for Grafton: The World of Kinsey Millhone	178
Gerontius	35		
Geschichte der Wirtschaft	404	'G' Is For Gumshoe	190, 212
Geschichten aus der Vorstadt des Universums	405	The Giver	411
		Gladstone	36
Gesellschaft und Staat	398	Glengarry Glen Ross	115
Getaway Girl	188	Glenn Gould	30
Get Stuffed	290	Glenn Gould - une vie	27
Ghostbusters	256		

| 作品名索引 | GRA |

Glimpses	278
The Glitter Dome	170
Gloriana	267, 273
The Glorious Flight: Across the Channel with Louis Bleriot	392
A Glow of Candles, a Unicorn's Eye	303
The Gnostic Gospels	63, 79
Goat Song	302, 319
Goblin City Lights	260
The Goblin Emperor	376
Goblin Secrets	86
Go Boy	14
God: A Biography	119
God and Golem, Inc: A Comment on Certain Points where Cybernetics Impinges on Religion	74
The God Beneath the Sea	382
Goddesses	307
Godel, Escher, Bach: An Eternal Golden Braid	79, 115
A God in Ruins	41
God is a Bullet	204
God Knows	139
Godless	85
Godmother Night	279
The God of Small Things	130
Gods and Monsters	346
God's Architect: Pugin and the Building of Romantic Britain	54
God Save the Mark	162
God Speed the Night	162
The Gods Themselves	287, 302, 319, 356
God's War	264
Goggle-Eyes	379, 383
Going After Cacciato	78
Going Commercial	291
Gold	329
The Gold at the Starbow's End	356
The Gold Coast	269
Gold Dust	36
The Golden	365
The Golden Bird: Two Orkney Stories	52
Golden City Far	370
The Golden Gopher	181
The Golden Notebook	138
The Golden Spruce: A True Story of Myth, Madness and Greed	27
The Goldfinch	124
Golem	240, 393
Go, Lovely Rose	156
Gone	186, 347, 366
Gone, Baby, Gone	219
Gone With the Wind	104
Gonna Roll the Bones	301, 318
Goodbye	181
Goodbye, Columbus	73
Goodbye, Pops	163
The Good Companions	47

The Good Cop	218
The Good Earth	103
A Good House	56
The Good Lord Bird	86
A Good Man in Africa	34
A Good Man of Business	186
Good Masters! Sweet Ladies! Voices from a Medieval Village	411
Good Morning, Midnight	206
Good News from Outer Space	269
Good News from the Vatican	301
Goodnight, Dear Heart	174
Goodnight Desdemona (Good Morning Juliet)	19
Goodnight Mister Tom	379
A Good Scent from a Strange Mountain	118
The Good War: An Oral History of World War Two	116
The Goose that Laid the Golden Egg	415
The Goosle	297
Gorel and the Pot Bellied God	264
The Gorgon	275
Gorilla	385
Gorky Park	170, 200
Gorse Fires	36
The Gospel According to 007	161
Gospel of the Living Dead: George Romero's Visions of Hell on Earth	350
The Gospel Truth	31
The Gossamer Eye	348
Gotham: A History of New York City to 1898	120
Goth Girl and the Ghost of a Mouse	40
The Governement of Prince Edward Island	9
The Government of Canada	8
Graham Oakley's Magical Changes	426
Grainne	249
Gran at Coalgate	378
Grandfather's Journey	393, 428
Grand-Louis l'innocent	125
Grandmaster	170
Granfa' Grig Had a Pig and Other Rhymes Without Reason from Mother Goose	425
The Grange at High Force	382
Granny was a Buffer Girl	383
Grant: A Biography	115
The Grapes of Wrath	105
Grasshopper Jungle	431
The Grass Is Always Greener	181, 227
The Grass Princess	279
A Grass Rope	381
Grave Endings	182
Grave Markings	345
Graves	278, 306
A Grave Talent	175
Grave Undertaking	190
The Graveyard Book	337, 373, 383, 411
Gravitation	414
Gravity	311, 341

Gravity's Rainbow	77
The Great Adventure	8
The Great Chief	10
A Great Deliverance	147, 189
The Great Dr.Burney	49
The Great Elephant Chase	36, 416
A Great Fall	163
The Great Fire	85
The Great Gilly Hopkins	78
The Great Little Madison	427
The Great Lover	237
The Great Man	136
Great North Road	246
The Great Pity	353
The Great Poochini	23
Great River: The Rio Grande in North American History	108
The Great Train Robbery	168
The Great Victorian Collection	13, 51
The Great War and Modern Memory	62, 77
The Great Wheel	367
The Great White Hope	112
Great Work of Time	238, 277
The Greenback Era	111
Greener Grass: The Famine Years	28
Green Eyes	268
The Green Gene	267
Greenglass House	188
The Green Glass Sea	395
Greenhouse Summer	270
The Green Leopard Plague	308
The Green Man: Tales from the Mythic Forest	281
Green Mars	330, 365
The Green Mile	345
The Green Pastures	103
The Green Ripper	79
The Green Ship	418
The Green Stone	159
Greetings from Earth: The Art of Bob Eggleston	333
The Grey Flannel Shroud	158
The Grey King	410
The Grifters	174
Grime and Punishment	147, 224
The Grinding House	295
The Grin of the Dark	262
Große dürfen alles	398
Groovy	88
The Grosvenor Square Goodbye	199
Grotto of the Dancing Deer	303, 323, 359
Grover Cleveland	104
Growing Up	115
The Growlimb	282
The Growth of American Thought	106
Grue	277
The Gruffalo	418
Grumbles from the Grave	363
Guardians	359
The Guardians	378
Guardians of the Galaxy	266, 311, 341
Guard of Honor	107
The Guards	216
A Guest Of Honour	51
Guide Dog	305
A Guide to the Fruits of Hawai'i	311
Guilty Conscience	171
Gulag: A History	121
The Gun Also Rises	222
Gunpowder	36
The Gunpowder Plot	203
Guns, Germs and Steel: The Fates of Human Societies	120
The Guns of August	110
Gun, With Occasional Music	365
The Gutenberg Galaxy	11

【H】

Habitants et marchands de Montréal au XVIIe siècle	13
Habitations of the Word: Essays	64
Hadriana dans tous mes rêves	145
HA ha !...	16
The Ha-Ha	50
Haida	8
The Hair of Harold Roux	77
Hair Side, Flesh Side	265
The Hairstons: An American Family in Black and White	67
Half a King	376
Half a Life	70
Half-Blood Blues	56
Half-Broken Things	205
Half Life	26
Half of a Yellow Sun	134
Half the World in Light	69
Halifax, Warden of the North	8
Hallowed Walls	14
A Hallowe'en Anthology	351
Hamilton Fish	104
Hammered	371
The Handbook of Science Fiction and Fantasy	316
Handles	382
The Handmaid's Tale	16, 230
The Hand that First Held Mine	39
Han Gan und das Wunderpfer	405
The Hanging Hill	152
Hänsel und Gretel	405
Happy Valley	188
Hardcover	211
Hardfought	304
The Hard Hours	111
Hardly Knew Her	195
The Hare with Amber Eyes	39

Harlan Ellison's Watching	343
Harlem Duet	23
The Harmony Silk Factory	38
Harper	161
Harpist in the Wind	358
The Harps of God	24
Harriet Beecher Stowe: A Life	119
Harriet Spies Again	181
Harris Find His Feet	386
The Harry Chronicles	213
Harry & Hopper	386
Harry Potter and the Chamber of Secrets	418
Harry Potter and the Deathly Hallows	309
Harry Potter and the Goblet of Fire	333
Harry Potter and the Order of the Phoenix	194, 349
Harry Potter and the Philosopher's Stone	418
Harry Potter and the Prisoner of Azkaban	37, 346, 368, 418
Harry the Poisonous Centipede	417
Harvest	55
Harvey	29, 106
Harvey Angell	36
Hasidic Noir	216
H as in Homicide	160
A Hat Full of Sky	370
Hat Opa einen Anzug an？	403
Hatrack River	276
The Haunted House	385
The Haunted Land: Facing Europe's Ghosts After Communism	83, 119
Haunted Legends	352
The Haunting	382
The Haunting of Alaizabel Cray	419
Haus der Kunst	403
Havana Heat	215
Havets djup	414
Hawks	173
Hawksmoor	34
The Haw Lantern	35
Head Off & Split	86
The Healer's War	305
The Heart Has Reasons	217
Heart of Ice	218
The Heart Of The Matter	49
Heart-Shaped Box	350, 372
Heart's Needle	109
Hear Us O Lord from Heaven Thy Dwelling Place	10
Heat and Dust	129
Heathers	173
The Heat Of The Moon	151
Heaven and Earth: A Cosmology	65
Heaven's Devils	349
The Heaven Stone	213
Heavy Metal	255
The Heidi Chronicles	117
Heirs Of Anthony Boucher	195
He Is Legend: An Anthology CelebratinG Richard Matheson	351
Helena and the Babies, in Fresh Blood 3	204
Helen Waddell	52
Hell-Bent Fer Heaven	102
Hellgoing	56
Helliconia Spring	248, 268
Helliconia Winter	249
Hell is the Absence of God	308, 333, 369
Hellnotes	349
Hello, Darkness: The Collected Poems of L.E. Sissman	62
The Hello, Goodbye Window	393
Hellraiser	257
Hell's Only Half Full	212
Helter Skelter	165
Helter-Skelter	166
The Hemingses of Monticello: An American Family	85, 123
The Hemingway Hoax	305, 328
Hemlig resa	412
Henrie O's Holiday	224
Henrik Ibsen	32
Henry Adams, three volumes	111
Henry Hikes to Fitchburg	429
Henry James: A Life	64, 110
Henry James, Vol.Ⅱ: The Conquest of London, Henry James, Vol.Ⅲ: The Middle Years	73
Henry Ponsonby: Queen Victoria's Private Secretary	48
Henry's Leg	379
Herbert in Motion, in Perfectly Criminal	203
Hercule Poirot	193
The Hercules Text	361
Here Lies: An Autobiography	171
Here Lies Arthur	383, 422
Her Habiline Husband	360
Herman Melville	72
Herman Wouk Is Still Alive	352
The Hero and the Crown	410
Heroes	179
Hero of Lesser Causes	20
Herzog	74
Heute wünsche ich mir ein Nilpferd	399
He Who Shapes	300
Hey, Al	392
H.G.Wells, parcours d'une oeuvre	238
Hiawatha's Childhood	385
Hi, Cat！	424
Hidden Lies	208
Hideaway（カバー, Interzone 157）	251
Hideous Progeny: a Frankenstein Anthology	260
The Higher Power of Lucky	411
The Highest Frontier	271
The High House Writer	222
The High King	410
The High Kings	275
Highland River	48

High Spirits	275
The Highwayman	385
Higuchi Ichiyo's In the Shade of Spring Leaves	81
Hill Street Blues	169
Hill Street Station (Hill Street Blues)	169
Himmelfarb	140
The Hired Girl	396
Hirohito and the Making of Modern Japan	67, 120
His Dark Materials: Book 1 Northern Lights	383
His Family	100
H is for Hawk	40
Histoire	137
Histoire du Canada	11
Histoire d'une vie	141
Histoire d'un fait divers	43
Histoire économique du Québec 1851-1896	13
Histoire qui fut heureuse, puis douloureuse et funeste	139
Histoire universelle de la chasteté et du célibat	25
A History of American Magazines	105
The History of Fanny Burney	10, 50
A history of reading	140
History of the American Frontier	102
A History of the Civil War, 1861-1865	100
A History of the United States	102
His Toy, His Dream, His Rest	75
The Hitchhiker's Guide to the Galaxy	248, 288
The Hitchhiker's Guide to the Galaxy second radio series	248
Hitty, Her First Hundred Years	408
Hoax	164
Hodder der Nachtschwärer	404
The Hog Murders	168
Höhlen - Welt ohne Sonne	398
Holdfast Magazine	266
The Hole Man	321
Holes	84, 411, 428
Holiday	129
Hollow City: The Second Novel of Miss Peregrine's Peculiar Children	246
The Hollow Land	34
The Hollow Lands	254
The Hollow Tree	23
Holocaust Testimonies: The Ruins of Memory	65
Home	134, 183
The Home for Broken Dolls	299
The Home Front	183
Home is the Hangman	302, 321
Homeland	186
Homeless Bird	84
Homesick: My Own Story	81
Home Truths: Selected Canadain Stories	15
Homework	208
Homicide: A Year on the Killing Streets	174, 190
Hominids	270, 334
Honey in the Horn	104
Honeymoon Sweet	229
Honeymoon With Murder	189
The Honey Trap	253
The Honorable Prison	394
Honoré Beaugrand : la plume et l'épée (1848-1906)	31
The Honourable Schoolboy	51, 199
Hoodwink	211
Hopeful Monsters	35
Hopscotch	165
The Horizontal Man	154
Horn Man	168
Horror: Another 100 Best Books	350
Horrors！：365 Scary Stories	346
Horror Scope	295, 296
The Horror Show	276
Horror: the 100 Best Books	343
Horses in Battle	385
Hors-temps : poétique de la posthistoire	28
Hotaru	27
Hotel du Lac	129
The Hothouse Series	316
Hounded	218
The Hour of Peril: The Secret Plot to Murder Lincoln Before the Civil War	153, 187, 197, 229
The Hours	120, 136
The Hours Before Dawn	158
The House in the Night	393
A House is a House for Me	81
House Made of Dawn	111
The House Of Airlie	47
A House Of Children	48
The House of Dies Drear	162
The House of Morgan: An American Banking Dynasty and the Rise of Modern Finance	83
The House of Sleep	140
The House of the Scorpion	85
The House Party	156
The House Sitter	226
Houston, Houston, Do You Read？	302, 321
Howard the Duck 3	255
How Far Can You Go？	33
How German Is It？	135
How I Learned to Drive	119
How I Live Now	380
How Interesting: A Tiny Man	310
How Late It Was, How Late	130
Howl's Moving Castle	309, 423
How to Be Both	40, 134
How To Live: Or, A Life of Montaigne in One Question and Twenty Attempts at an Answer	70
How to Live Safely in a Science Fictional Universe	271
How Tom Beat Captain Najork & His Hired Sportsmen	33
How to Recognize a Demon Has Become Your	

Friend	352
How To Succeed In Business Without Really Trying	110
How to Talk to Girls at Parties	372
How to Write Killer Historical Mysteries	151
How to Write Science Fiction and Fantasy	328
How We Die: Reflections on Life's Final Chapter	83
How We Went to Mars	312
H.P.Lovecraft: A Life	259, 345
Hrolf Kraki's Saga	254
The Hubschmann Effect	165
Huddle	368
Hue Boy	416
Huey Long	75, 112
Hugging the Shore: Essays and Criticism	63
Hugh Dalton	34
Hugh Garner's Best Stories	11
Hugo och Josefin	413
Hugo Pepper	421
Humains paysages en temps de paix relative	25
The Human Stain	136, 141
Humboldt's Gift	113
Humbug Mountain	425
Humpty's Bones	263
The Hunchback Assignments	244
Hunden som sprang mot en stjärna	413
The Hundred Thousand Kingdoms	374
The Hunger and Ecstasy of Vampires	250
Hungry Enough	217
The Hungry Moon	257
Hunter's Moon	322
The Hunt for Australian Horror Fiction	292
Hunting the Slarque	250
Hur gick det sen?	412
Husherbye	419
Hush, Hush, Sweet Charlotte	161
Hyperion	327, 363

【I】

I Am My Brother's Keeper	167
I Am My Own Wife	121
I Am the Cheese	423
I.Asimov: A Memoir	330, 365
I bei momenti	59
The Ice Age	38
Icebound	101
Icefall	186
The Ice House	202
Icelight	209
The Ice Saints	50
Ich bin Fedde	399
Ich habe einfach Glück	404
Ich habe sieben Leben	398
Ich komm dich holen?	401
I, Claudius	48
I, Coriander	421
The Idea of Perfection	134
The Ideological Origins of the American Revolution	111
An Idiot Joy	12
Idiots Delight	104
If	317, 318
If Angels Fight	283
If Ever I Return, Pretty Peggy-O	224
If I Built a Village...	424
If I'd Killed Him When I Met Him	148
If the Dead Not Rise	222
If The Dead Rise Not	208
If the Stars Are Gods	302
If Thine Eye Offend Thee	178
If We Were Birds	29
If You Decide to Go to the Moon	429
If You Want to See Your Wife Again	164
If You Were a Dinosaur, My Love	311
I Have No Mouth, and I Must Scream	318, 347
I Hear the Mermaids Singing	344
I Hear the Sirens in the Street	222
I, Juan de Pareja	409
Ikigami：Préavis de mort	244
I Know Here	430
Il clandestino	58
Il desiderio di essere come tutti	60
Il dolore perfetto	59
Il faut beaucoup aimer les hommes	142
Il Gattopardo	57
Ilium	370
I Live With You	309
Ill Met in Lankhmar	301, 319
The Illusionist	277
The Illustrated Mum	379
Illyria	283
Illywacker	290
Il Natale del 1833	58
Il nome della rosa	58, 138
Il n'y a que l'amour	24
Il viaggiatore notturno	59
Imaginary Lands	276
Imagination!	312
Imagine a Day	27
Imagining the Middle East	20
Imajica	238
Immersion	311, 375
Immobile dans le courant du fleuve	140
Immoral	227
The Impending Crisis, 1841-1867	114
Imperial Caesar	50
Imperial Reckoning: The Untold Story of Britain's Gulag in Kenya	122
Impossible Dreams	336
Impossible Things	365
Imprint of the Raj	207
The Improbable Puritan: A Life of Bulstrode	

Whitelock	33
Im roten Hinterhaus	397
Im Schatten der Wächter	405
In Abraham's Bosom	102
In a Child's Name	174
In A Dry Season	192, 219
In a Free State	129
In America	84
The In-Between World of Vikram Lall	56
In Big Trouble	192, 215
In Broad Daylight	172
In Bruges	185
Incarnadine	86
Incarnate	256
Inception	264, 310, 339
Incident at Loring Groves	173
In Cold Blood	161
The Incomplete Anglers	7
Inconstant Moon	319
The Incredible Canadian	9
The Incredibles	335
The Incredible Shrinking Man	315
In Darkness, Death	182
In Defence of Canada	11
Independence Day	119, 136
Indiana Jones and the Last Crusade	257, 328
Indigo	260
In dreihundert Jahren vielleicht	400
Inferno: New Tales of Terror and the Supernatural	283
The Infiltrators	204
An Infinite Number of Monkeys	211
Infinite Worlds: The Fantastic Visions of Science Fiction Art	367
The Influence	257
The Informant	222
The Informationist	222
The Informer	47
Ingenious Pain	53
The Ingenuity Gap	24
In God's Name	201
Ingrid Caven	45
The Inheritance of Loss	69, 130
In Joy Still Felt: The Autobiography of Isaac Asimov, 1954-1978	359
Injury Time	33
Inner city	237
Inner City Blues	226
The Inner Light	329
Inner Sanctum	154
Inner Sanctum Mysteries	161
The Innkeeper's Song	365
Innocent	250
The Innocents	40, 159, 214
In Our Image: America's Empire in the Philippines	117
In Our Infancy	33
In Plain Sight: The Life and Lies of Jimmy Savile	210
In recognition of its long-standing work in collecting and preserving detective fiction	182
In recognition of their coverage of True Crime	182
The Ins and Outs of the Hadhya City State	288
In Search of Canadian Liberalism	10
In Search of Mercy	217
In Searh of Myself	8
Insel der blauen Delphine	397
Inseparabili.Il fuoco amico dei ricordi	59
Inside Job	336
Inside Out & Back Again	86
Inside & Science Fiction Advertiser	314
Inspector Maigret	158
Inspector Maigret and the Burglar's Wife	157
Inspector Morse	189
In Summer Light	426
The Integral Trees	360
Intellectual Life in the Colonial South, 1585-1763	78
Interférences	243
Intérieurs du Nouveau Monde: Essais sur les littératures du Québec et des Amériques	23
The Internal Enemy: Slavery and War in Virginia, 1772-1832	124
Interpretation of Schizophrenia	77
Interpreter of Maladies	120
The Interrogation of Gabriel James	186
Interzone	259, 264, 330
Interzone 179号 (表紙)	251
Interzone 200号 (表紙)	251
In the Bag	255
In The Bleak Midwinter	150, 193, 220, 226
In the Company of Sherlock Holmes: Stories Inspired by the Holmes Canon	197
In the Country of the Blind	363
In the Days of McKinley	109
In the Forests of Riga the Beasts Are Very Wild Indeed	163
In the Heart of the Sea: The Tragedy of the Whaleship Essex	84
In The Heart or in the Head	289
In the Heat	217
In The Heat of the Night	161, 162, 198
In the Hills the Cities	256
In the Light of What We Know	55
In the Next Galaxy	84
In the Night Room	349
In the Porches of My Ears	351
In the Rain with Baby Duck	428
In These Final Days of Sales	347
In the Shadow of Gotham	185
In the Sleep Room	18
In The Steele of the Night	169
In the Woods	184, 195, 221, 227
In This Our Life	105
întoarcerea huliganului	141

Intrabasses	246
In Translation	249
Introduction to Maps: The Uncollected John Sladek	251
Introduction to the Detective Story	172
The Intruder	163, 424
The Invader	164
Invasions divines : Philip K.Dick, une vie	237
Inventing America: Jefferson's Declaration of Independence	62
Inventing the Hawk	20
The Invention of Hugo Cabret	393
The Invention of Nature : The Adventures of Alexander Von Humboldt, The Lost Hero of Science	41
Inverted World	247
Investigation of a Citizen Above Suspicion	163
Invincible Louisa: The Story of the Author of Little Women	408
Invisible City	218, 223, 229
Invisible Fences	352
Invisible Man	72
The Invisible Woman: The Story Of Nelly Ternan And Charles Dickens	53
An Invocation of Incuriosity	373
In War Times	271
I.O.U.	148, 224
The Ipcress File	161
I racconti	57
I, Robot	371
Iron Council	231, 370
Iron Lake	192, 219
The Iron Lily	378
Ironweed	63, 115
Isaac Asimov: The Foundations of Science Fiction	324
Isabelle ou l'arrière-saison	144
Isak Dinesen: The Life of a Storyteller	81
Isdraken	414
I Shall Wear Midnight	310
Isis Unbound	352
The Island	338
The Islanders	252, 271
Island in the Soup	24
The Island Means Minago	14
Island of the Blue Dolphins	409
Islands in the Net	269
Isn't It Shocking	165
Is There No Place On Earth For Me	115
I Still Love You	27
It	257
The Italian Boy	206
It is Solved by Walking	30
It's Like This, Cat	409
Itsy Bitsy Spider	367
It's Your Turn, Roger !	415
Ivan the Terrible	422
I've Got a Home in Glory Land: A Lost Tale of the Underground Railroad	27
I Will Not Ever Never Eat a Tomato	386
I Wish I Were a Dog	418

【J】

Jabadao	126
Jabberwocky	26
Jack	402
Jackalope Wives	311
Jack Faust	239
Jack Glass	252
Jack Glass (表紙)	252
Jack Glass: The Story of a Murderer	271
Jackson Pollock	118
Jacob Have I Loved	410
Jacques Monod's Chance and Necessity	76
The Jade Man's Eyes	254
The Jagged Orbit	247
Jag Julia	414
Jaguaren	413
The Jaguar Hunter	276, 362
The Jail	166
Jái vendu ma soeur	26
Jambo Means Hello	425
James Bryce, Viscount Bryce Of Dechmont, O. M.	47
The James Deans	194, 216, 221
James Joyce	52, 73
James Tiptree, Jr.: The Double Life of Alice B. Sheldon	69, 336, 372
The Jamie and Angus Stories	429
Jane, le renard & moi	31
The Janissary Tree	183
Janitzia ou la Dernière qui aima d'amour	4
Jan Karski	6
Jan, mein Freund	402
Janne, min vän	413
Jan und das Wildpferd	396
Japantown	222
Jayne Mansfield 1967	128
Jazzy in the Jungle	419
J.B.	109
Jean-Christophe	92, 125
Jeanne d'Arc	125
Jean Ray, l'alchimie du mystère	244
Jefferson and His Time, Vols. I - V	113
Jeffty Is Five	255, 303, 322, 358
Jellyfish	41
Jem	79
Je m'en vais	45
Jenny Lamour	154
Jérôme, 60° latitude nord	42
Jersey Tomatoes	212
Jerusalem Quartet	242
Jerusalem The Golden	50

Jesse	423
A Jest of God	11
Je suis fou de Vava	27
Jésus Vidéo	239
J'étais médecin avec les chars	143
Jethro Byrde-Fairy Child	386
Jeunes Ménages	3
Je vivrai l'amour des autres	143
The Jigsaw Man	203
Jim Knopf und Lukas der Lokomotivführer	397
Jip, His Story	395
Job: A Comedy of Justice	361
Jobs in Hell	347
Johanna	400
John Adams	120
John Addington Symonds	11
John A.Macdonald, The Old Chieftain	9
John A.Macdonald, The Young Politician	9
John Browns Body	103
John C.Calhoun: American Portrai	107
John Clare: A Biography	54
John Diamond	34
John Hay	104
John Henry	428
John Keats	110
John Keats: The Making of a Poet	74
John Keble: A Study In Limitations	50
John Knox	48
John le Carre	171
John l'Enfer	44
John Maynard Keynes: Volume3 Fighting For Britain 1937-1946	54
Johnny and the Bomb	417
Johnny Tremain	409
Johnny Underground	162
John Paul Jones	109
John Perkins suivi d'Un scrupule	137
John Quincy Adams and the Foundations of American Foreign Policy	107
The John Varley Reader	371
John Wyclif: A Study Of The English Medieval Church	47
The Jolly Christmas Postman	386
Jomusch et le troll des cuisines	25
Jonah and the Great Fish	426
Jonah Hex: Two-gun Mojo	344
The Jonah Kit	247, 288
Jonathan Edward	105
Jonathan Strange & Mr.Norrell	282, 335, 370
Jonathan Swift: A Hypocrite Reversed	52
Jonathan Swift: His Life And His World	71
Jonathan Swift's 'Gulliver'	386
Josepha: A Prairie Boy's Story	21
Joseph Ashby Of Tysoe	50
Joseph Had a Little Overcoat	393
Josh	382
Josie Smith and Eileen	416
Joue-nous España	127
The Journal of Omphalistic Epistemology	287
Journey from Peppermint Street	75
Journey in the Dark	106
Journey Into the Kingdom	283
Journey Planet	342
Journey to the River Sea	419
Journey with No Maps: A Life of P.K.Page	30
Jours de colère	127
Jours sans gloire	143
Joyful Noise: Poems for Two Voices	410
Jr	77
J.R.R.Tolkien: Author of the Century	281
Juan Maldonne	127
The Judas Pair	200
Judd for Defense	162
Judenrat	76
The Judge's Boy	176
The Judgment of Paris: The Revolutionary Decade That Gave the World Impressionism	27
Julia Child and More Company	79
Julian Comstock: A Story of 22nd-Century America	271
Julia Ward Howe	100
Julie of the Wolves	410
Julie von den Wölfen	399
Julio Cortazar's Hopscotch Willard Trask - Casanova's History of My Life	74
Julius Katz	217
Jumanji	392
Junk	379, 383
The Junkyard Dog	171, 189
Jurassic Park	330
Just after Sunset	351
Just Fine	24
Just Henry	39
Just in Case	383
Justine	53
Just Kids	86

【K】

Kaeti and the Hangman	249
Kafka et les jeunes filles	141
Kafka on the Shore	282
Kaleidoscope	299
Kannst du pfeifen, Johanna	402
Kar	141
Karel, Jarda und das wahre Leben	403
Kariuki und sein weißer Freund	402
Karpathia	6
Kashtanka	384
Kasimirs Weltreise	396
Kater Mikesch	397
Kate Vaiden	64
Katwalk	189, 212
Keeper	421

The Keeper of Lost Causes	222
The Keeper of the Isis Light	423
The Keeper of the Jackalopes	40
The Keepers Of The House	110
Keeping Mum	39
Keep Out the Night	260
Kein Winter für Wölfe	396
Keller on the Spot	177
Keller's Therapy	175
The Kentucky Cycle	118
Ketchup Clouds	187
The Keyhole Opera	283
Khrushchev: The Man and His Era	121
Kid	261
The Kidnapping of Christina Lattimore	168
The Kidnapping of Rosie Dawn	220
Killdeer	29
Killed in the Ratings	167
The Killer Angels	113
Killer Books	226
Killer Cinderella	202
The Killer Next Door	229
The Killer of Little Shepherds	208
The Killers	154
The Killer's Cousin	178
The Killer's Wife	185
A Killing at Cotton Hill	229
Killing Floor	192, 219
Killing for Company	201
Killing Gifts	220
Killing in a Small Town	174
A Killing in the Hills	222
The Killing Man	212
The Killing of the Tinkers	227
The Killings at Badger's Drift	224
Kill-site	25
Kiln People	270
Kim's Game	148
Kindred Crimes	212
Kindred Spirits	289
The Kingdom by the Sea	379
The Kingdom under the Sea	385
King George V	34, 48
King of All and The Metal Sentinel	294
King of Morning, Queen of Day	243
The King of the Rainy Country	161
The King of the Swords	254
King of the Wind	409
King Soloman's Carpet	202
King Stork	425
Kipper's A to Z	419
Kira-Kira	411
Kirinyaga	327
Kirth Gersen: The Other demon Prince, Science Fiction 11	289
K Is For Killer	213
Kiss	212
A Kiss Before Dying	156

Kitemaster	248
The Kite Rider	419
Kiteworld	268
Kit's Wilderness	418
Kitten's First Full Moon	393
Klee Wyck	7
Klickflippar och farligheten	414
Klondike	10
The Knife of Never Letting Go	380
Knight Crusader	381
The Knight of the Swords	254
Knock and Wait a While	157, 161
The Known World	68, 121
Kojak	166
Koko	277
Königin des Sprungturms	407
Königin Gisela	405
Königskinder.Eine wahre Liebe	403
Krabat	398
Kraken	374
Krindlekrax	416
Krokodil im Nacken	404
Kruger's Alp	34
Krushchev: The Man and His Era	68
Kulor i hjärtat	414
Kunterbunter Schabernack	398
Kushiel's Dart	369
Kvinna i grönt	206

【L】

La Bataille	45
La Bataille de Toulouse	144
La bella estate	57
La Bête quaternaire	4
La boda del poeta	140
La Brava	170
La Brigade chimérique	244
The Labyrinth Makers	199
La Cache	128
La Carte et le Territoire	46
La casa del padre	59
La Cenerentola	250
La chiave a stella	58
La Chimera	59
La Chose perdue	245
La chute des fils	237
La Citadelle de l'autarque	232
La civilisation traditionelle de l'"Habitant'aux XVIIe et XVIIIe siécles	12
La Classe de neige	127
La clé à molette	30
La compagnie des glaces	232, 234
La condition humaine	43
La Confession mexicaine	4
L.A.Confidential	178
La Confrérie de l'horloge	244
La Conquête de Jérusalem	125

La Conspiration	3
La Couleur de nos souvenirs	142
La Crève	127
La Croix du Nord	19
The Lacuna	134
La Dame de cœur	126
La Danse du scalpel	236
La Danse juive	24
La Déclaration. L'Histoire d'Anna	242
La Démence du boxeur	145
La dentellière	44
La Dérive des sentiments	139
La Dernière Innocence	144
La Deuxième Mort de Ramón Mercader	127
L'Adieu au roi	4
L'adoration	44
La Douane volante	244
The Lady Astronaut of Mars	341
Lady Cottington's Pressed Fairy Book	330
The Lady in the Car with Glasses and a Gun	199
Lady Into Fox	47
Lady Madonna	344
Lady of Adestan	296
Lady on Ice	216
Lady Punk	401
The Lady Who Plucked Red Flowers Beneath the Queen's Window	310
La Face des eaux	236
La Faculté des songes	145
La falaise maudite	237
La famille et l'homme à délivrer du pouvoir	15
La fascination du Pire	6
La fatigante et le faineant	28
La Fée et le géomètre	234
La femme de Loth	12
La Femme-escargot allant au bout du monde	234
La Femme sans passé	126
La ferocia	60
L'affaire Dreyfus à Carpentras	143
La fille au chien noir	238
La Fille automate	245
La Fille-flûte et autres fragments de futurs brisés	246
La fin de l'homme rouge	142
La fin d'un règne	13
La flamme au poing	42
La forêt des mythagos	240
La frontera de Dios	87
La Gloire de Cassiodore	25
La Grande anthologie de la Science-Fiction Française	236
La Grande oeuvre du temps	238
La Grande porte	232
La Grande Route du Nord	246
La grande sera	59
La Harpe et l'Ombre	138
La horde du contrevent	241
Laidlaw	200
La Jeune détective et autres histoires étranges	242
La Joie	125
La joue droite	11
Lakeland: Journeys into the Soul of Canada	29
Lake Of The Sun	290
Lake of Two Mountains	31
La Langue maternelle	140
La lenteur du monde	28
La Lézarde	144
La Liberté Connais pas...	24
La liste	28
La littérature contre elle-même	17
La littérature fantastique	239
LaLoi	44
La luna ha entrado en casa	87
La macchina mondiale	58
La Machine humaine	126
La main au feu	13
La maison brisée	239
La Maison des Atlantes	127
La Maison des Bories	3
La Maison du Cygne	234
La Maison du sommeil	140
La maison étrangère	26
La maîtresse de Brecht	45
L'amant	45
L'Amant de poche	4
L'amante fedele	57
La Marche de l'aveugle sans son chien	24
LaMarge	44
La maternelle	42
La Mauvaise foi	19
Lamb in His Bosom	104
The Lamb Was Sure to Go	218
La mémoire postmoderne.Essai sur l'art canadien contemporain	20
La memoria	57
La mer de la Tranquillité	28
La métamorphose généralisée	237
La miglior vita	58
La Mise en scène	137
La Modification	144
La Momie - De Khéops à Hollywood	239
La morte del fiume	58
L'Amour au temps du silicium	238
L'Amour de rien	144
L'Amour les yeux fermés	144
L'amour nègre	6
La muerte le sienta bien a Villalobos	87
La Musique du sang	232
Lamy of Santa Fe	113
The Land	395
A Land Divided	9
The Landing	28
Landing Light	38
The Landlady	158
Land More Kind Than Homes	209
Land to Light On	22
The Land Where the Blues Began Genet, Edmund White	65

La neige brûle	127	Larry's Party	134
La Neige de l'amiral	139	L'art de Jean-Claude Forest	241
Langrishe, Go Down	50	L'Art français de la guerre	46
The Language of Dying	263	L'art hyperréaliste fantastique de Wojtek Siudmak	234
La nieve del almirante	139	La Ruche d'Hellstrom	232
L'Année 1989 du polar, de la SF et du fantastique	236	La Saison de l'ombre	128
L'Année de la pensée magique	141	The Lascar's Dagger	299
La Noce du poète	140	Las ciegas hormigas	88
La noria	87	La Sculpture de soi	139
La Nouvelle science-fiction américaine	235	La Seconde vie de d'Artagnan	246
Lan's Lantern	326, 328	La Sentinelle	294
The Lantern Bearers	381	La Séparation	145, 241
La Nuit américaine	144	La Septième Fonction du langage	6
La Nuit de Mougins	126	Las Hermanas Coloradas	88
La Nuit du décret	145	Las historias de Marta y Fernando	89
La nuit sacrée	45	The Lasko Tangent	168
La Nuit zoologique	138	Las ninfas	88
La ocasión	88	La soledad era esto	88
La otra orilla de la droga	88	La solitudine dei numeri primi	59
Là où les tigres sont chez eux	141	La sombra del ciprés es alargada	87
La paix éternelle	239	La Souille	5
La Part de feu preceded by Le Deuil de la rancune	23	La spiaggia d'oro	58
La Petite déesse	245	La Statue voilée	125
La Petite Française	5	The Last Battle	381
La Petite Noirceur	17	The Last Billable Hour	173
La petite rapporteuse de mots	28	Last Call	278, 364
La Pierre angulaire	126	Last Case	163
La pitié de Dieu	44	The Last Castaways	420
La Place	145	The Last Castle	301, 317
La Porte du fond	139	The Last Child	185, 208, 221
La Porte retombée	126	The Last Cowboy	80
La possibilité d'une île	6	Last Days	264
L'appel du sol	42	The Last Days of Kali Yuga	295, 298
La première personne	15	The Last Detective	190
La province lunaire	15	The Last Elephant	290
La querelle du régionalisme au Québec (1904-1931): Vers l'autonomisation de la littérature québécoise	28	The Last Gold Diggers	418
		The Last King of Scotland	37
		The Last Noo-Noo	417
		The Last of Sheila	165
La Radissonie Le pays de la baie James	20	Last of the Soho Legends	210
La ragazza di Bube	57	The Last of the Winnebagos	305, 327
La Rage	18	Last Orders	53, 130
L'araigne	43	Last Plane to Heaven	376
La razón del mal	89	The Last Policeman: A Novel	187
La Réduction : l'Autochtone inventé Jean-Jacques Simard Études et essais Les éditions du Septentrion et les Amérindiens d'aujourd'hui	26	The Last Pre-Raphaelite Edward Burne-Jones and the Victorian Imagination	54
		The Last Quest of Gilgamesh	21
		La strada per Roma	59
La Reine du silence	141	La Stratégie des antilopes	141
La Rhubarbe	137	Last Rites and Resurrections: Stories from The Third Alternative	259
La rivière du loup	27	The Last Sane Man: Michael Cardew, Modern Pots, Colonialism and the Counterculture	55
The Lark on the Wing	381		
L'armata dei fiumi perduti	58		
La Rose de la mer	126	Last Seen Alive	201
La Route bleue	138	Last Shot	183
La Route de Chlifa	21	The Last Spike	13
La Route de Haut-Safran	244	Last Stop on Market Street	412
La Route des magiciens	244		

Last Summer at Mars Hill	279, 306
The Last Tango of Delores Delgado	213
The Last Whole Earth Catalogue	76
The Last Witchfinder	271
The Last Wolf	420
Las últimas horas	87
La Table aux crevés	143
La Tache	141
The Late Candidate	202
The Late George Apley	104
Late Nights on Air	56
La Tentation de l'innocence	140
La Terrasse des Bernardins	144
La Terre ferme	23
The Late Show	167
Late Wife	122
The Lathe of Heaven	355
The Latimer Mercy	201
La torre herida por el rayo	88
La Tour des rêves	240
La Trilogie de Bartiméus	241
Laughing Boy	103
The Laughing Policeman	163
The Launching of Modern American Science 1846-1876	117
Laura Laur	16
Lauren Bacall by Myself	78
L'Autre Amour	138
L'Autre rive	242
L'avalée des avalés	11
La Vallée heureuse	143
La Vallée sans printemps	3
La Valse des éthiques	139
L'Avenir radieux	138
La Vida	74
La vida era eso	89
La vie devant soi	44
La vie est ailleurs	138
La vie est brève et le désir sans fin	128
La Vieille Anglaise et le continent	242
La Vie mode d'emploi	138
La Vie sauve	141
La Vie secrète	125
La Vie suspendue (Tobie Lolness, tome1)	241
Lavie Tidhar	271
La Vie trop brève d'Edwin Mulhouse	138
La Ville européenne dans la littérature fantastique du tournant du siècle (1860-1915)	243
Lavinia	373
La visite des sauvages	17
La víspera de casi todo	89
La vita ingenua	58
La Voie royale	3
La Voie terrestre	237
Lavondyss	249
La Vraie histoire du chien de Clara Vic	19
The Law	165
The Law of Dreams	27
Law & Order	175, 177〜179
Law & Order: Criminal Intent	182
Law & Order: Exiled	178
Law & Order: Special Victim's Unit	181
Law & Order: SVU	179
La zancada	88
Leading the Cheers	37
Leaf Man	429
The League of Extraordinary Gentlemen	347
Leaks	257
Learning to Swim	152, 186, 196
The Leaving	426
Le barachois	10
Le Bateau-refuge	126
Le Bestiaire sentimental	125
Le Bonheur fragile	144
Le bruit des os qui craquent	29
Le Bunker de la dernière rafale	234
Le cafard	29
Le Cap de la Gitane	4
Le Capitaine et les Rêves	140
Le Carnet d'or	138
Le Carrefour des solitudes	126
Le cercle des arènes	15
Le cercle parfait	26
Le Champ du rêveur	234
Le chant du Dire-Dire	28
L'échappée des discours de l'oeil	15
L'Écharpe rouge	24
Le Chasseur zéro	45
Le Chemin de la Lanterne	5
Le Chemin du soleil	126
Le chèvrefeuille	42
Le Chien	18
Le clairvoyage et La brume des jours	243
L'Écluse	144
Le Coeur en abîme	235
Le Collier de Thasus	237
Le combat d'Odiri	235
Le Commandant Watrin	4
Le commerce des mondes	235
Le Complexe de Di	128
Le comptoir, 1604-1627	11
Le contrle social du crime	16
L'écouté	17
Le Créateur chimérique	235
L'écriture de l'excès - Fiction fantastique et poétique de la terreur	239
Lectura insólita de《El Capital》	88
Le cœur de monsieur Gauguin	27
Le cycle	13
Le cycle du Multimonde	238
Le Déchronologue	243
Le Dernier Amour d'Aramis ou les Vrais Mémoires du chevalier René d'Herblay	5
Le dernier des justes	44
Le Dernier jour de ma vie	244
Le détroit de Behring	235
Le developpement des ideologies au Québec des origines é nos jours	14
Le Devoir de violence	144

Le Diable en tête	138
Le diapason des mots et des misères	243
Le Dieu nu	144
Le Dîner en ville	137
Le discours sur la tombe de l'idiot	29
Le Dit de Tyanyi	128
Le Don	17, 244
Le fait anglais au Québec	15
Le Fantastique	237
Le Fantôme d'Anil	140
Le Faussaire	126
Le feu	42
Le Fils du concierge de l'opéra	236
Le Fleuve des dieux	244
The Left Hand of Darkness	301, 318
Legacy of Ashes: The History of the CIA	85
Legacy of Death	165
L'Égal de Dieu	127
Legend of Hell House	254
The Legend of Lizzie Borden	166
Legends	368
The Legend Trap	299
Legions in Time	335
Le Goût de l'immortalité	241
Le Goût du péché	4
Le grand amant	237
Le Grand Dadais	4
Le Grand Quoi	141
Le Grand Vizir de la nuit	127
Le grand voyage de Monsieur	25
Le gros monstre qui aimait trop lire	27
Le Guetteur d'ombre	127
Le isole del paradiso	59
Le Jaguar et le Tamanoir	19
Le jardin d'acclimatation	44
Le jardin d'Amsterdam	31
Le Jardin des dieux	125
Le Jeu de patience	143
Le Joueur de triangle	143
Le Jour de la comtesse	138
Le lac aux Vólies	243
Le Langue - à Langue des chiens de roche	25
Le lieu de l'homme	12
Le lion et l'oiseau	31
Le Livre brisé	139
Le livre de Cendres	241
Le Livre des choses perdues	243
Le Livre machine	233
Le Loup mongol	140
Le Maître d'heure	127
Le Mal de Montano	141
Le Mal du Nord	24
Le mal du pays est un art oublié	31
Le Manuscrit de Port-Ébène	145
Le marxisme des années soixante: une saison dans l'histoire de la pensée critique	16
Le Mas Théotima	143
Le Mendiant de Jérusalem	137
Le menzogne della notte	59
Le miel d'Harar	29
Le Moissonneur d'épines	144
Le Monde selon Jean de...	21
Le Monde tel qu'il est	144
Le monde tous droits réservés	241
L'Empire céleste	126
L'empreinte de Dieu	43
Le mythe du sauvage	21
Le Naufrage de l'université - Et autres essais d'épistomologie politique	22
Le Naviluk	234
L'Enchâssement	232
L'Encyclopédie de la Fantasy	244
L'Encyclopedie de l'Utopie et de la science fiction	320
L'Enfant arc-en-ciel	238
L'enfant chargé de songes	20
L'Enfant de cristal	242
L'Enfant d'Édouard	138
L'Enfant du cinquième nord	234
L'enfant du jeudi	31
L'Enfant halluciné	145
L'Enfant léopard	145
L'Enfant qui venait de l'espace	235
L'Enfer	127
L'Enfer et Cie	138
L'Énigme du retour	141
Leningrad nights	240
Lenin's Tomb: The Last Days Of The Soviet Empire	118
Le Nom de la rose	138
Le Nouvel Ordre écologique	139
Leon and Bob	417
Leonardo and the Last Supper	30
Léonie la bienheureuse	143
Léon Morin, prêtre	43
Leon's Story	428
Le Parc	137
Le Parc zoonirique	235
Le Pari	126
Le parole tra noi leggere	58
Le Passage	144
Le Passage de l'Indiana	22
Le Pays des genoux	27
Le Pays du fou rire	232
Le Pays où l'on n'arrive jamais	126
Le Père	144
L'Epervier de Maheux	44
Le Petit aigle á tête blanche	21
Le Petit Köchel	25
Le Petit Matin	4
Le peuple de la mer	42
Le Pic des ténèbres	235
L'Épouvante	234
Le premier accroc coûte deux cents francs	43
Le Premier Principe - Le Second Principe	6
Le Prisonnier, chef-d'œuvre télévisionnaire	236
Le Procès-verbal	144

Le Promontoire	126	Les Cinq Sens	139
Le quattro ragazze Wieselberger	58	Les civilisés	42
Le Quatuor de Jérusalem	242	Les Combattants du petit bonheur	144
Le Quatuor de l'errance followed by La Traversée du désert	22	Les Comptoirs du Sud	145
		Les Contes de l'ère du Cobra	245
Le ravissement	25	Les contes merveilleux français	241
Le Rayon SF	234	Les Corps célestes	145
Le réalisme socialiste : Une esthétique impossible	17	Les Corrompus	5
		Les Cotonniers de Bassalane	5
Le réel absolu	13	Les Croix de bois	125
Le reste est silence	125	Les Démons du Roi-Soleil	239
Le Retour du hooligan : une vie	141	Les Derniers Jours de Charles Baudelaire	5
Le rêve de Lucy	236	Les Disparus	141
Le rhinocéros qui citait Nietzsche	240	Les eaux mêlées (T.II Les fils d'Avrom)	44
Le ricanement des hyenes	27	Les Éblouissements	139
Le rivage des Syrtes	43	Le Second Rouleau	19
Le rocher de Tanios	45	Les Egarés	45
Le roi d'août	240	Les Élans du cœur	4
Le Roi de Kahel	146	Les Enfants d'Aataentsic : l'histoire du peuple huron	20
Le roi des Aulnes	44		
Le roi dort	143	Les enfants du sabbat	14
Le Roman du malade	125	Les enfants gâtés	43
Les Abîmes d'Autremer	239	Les Enfers virtuels	244
Le Sac du palais d'été	144	Le sermon sur la chute de Rome	46
Les actes retrouvés	12	Le Serviteur	125
Les Adieux	126	Les États du désert	138
Les Adieux à la reine	128	Les Fantaisies de l'oncle Henri	19
Les Âges de l'amour	18	Les Feux de la colère	144
Les Ailes de la nuit	232	Les Feux du Bengale	139
Les Allongés	125	Les Feux du pouvoir	4
Les Amants du paradis	5	Les Figurants de la mort	3
Les Âmes grises	145	Les filles du calvaire	45
Les Amitiés particulières	143	Les Flamboyants	44
Le Samouraï virtuel	237	Les forêts de la nuit	43
Les Animals	5	Les Fous de Bassan	127
Les Annales du Disque-Monde	238	Les Frères Romance	145
Le Saut de l'ange	20	Les fruits de l'hiver	44
Les aventures de Radisson - 1.L'enfer ne brûle pas	30	Les Funérailles de la Sardine	139
		Les Futurs mystères de Paris	238
Les bagages de sable	44	Les Galaxiales	233
Les Bas Canada 1791-1840, changements structuraux et crise	14	Les grandes familles	43
		Les grandes marées	14
Les Beaux Quartiers	143	Les grandes vacances	43
Les Bêtes Le temps des morts	43	Les Guerriers du silence	236
Les Bêtises	44	Les hautes plaines	234
Les Bienveillantes	45	Les Hauteurs de la ville	126
Les Blés	144	Les Heures	17
Les Braban	145	Le Siècle des intellectuels	140
Les canadiens après la conquête	12	Le Silence de la cité	234
Le Scandale	3	Le Silence ou le Parfait Bonheur	18
Les Carnets du Bon Dieu	3	Les Indes accidentelles	26
Les causes perdues	5	Les insolites et les violons de l'automne	11
Les célébrations et Adidou Adidouce	14	Les Javanais	143
Les Cendres bleues	19	Les Jeux Pic-mots	18
Les champs d'honneur	45	Les jeux sauvages	43
Les Chasse-marée	236	Les jours à vif	26
Les Chasseurs au bord de la nuit	235	Les larmes d'Icare	237
Les Chiens enragés	3	Les Liens de chaîne	143
Les Choses	144	Leslie Stephen	49
Les Chroniques d'Alvin le faiseur	238	Les Littératures de l'exiguïté	21

Les Livres Magiques de Xanth	236
Les loups	43
Les mandarins	43
Les Mensonges de Locke Lamora	242
Les Nageurs de Sable	234
Les noces barbares	45
Les nourritures extraterrestres	237
Les nuits de Leningrad	240
Les Oiseaux de Saint-John Perse	21
Le Soleil sur Aubiac	139
Les Ombres de Wielstadt	239
Les ombres errantes	45
Les Orgues de l'enfer	144
Le Souffle	126
Le sourd dans la ville	15
Les petits orteils	20
Les Pianos mécaniques	4
Les Poneys sauvages	4
Les Portes de Gubbio	145
Les Quartiers d'hiver	139
Les Quatre Morts de Marie	22
Les racines du Ciel	44
Les racines du mal	237
Les rescapés	14
Les Russkoffs	5
Les Semeurs d'abîmes	232
Les Sept Noms du peintre	140
Lessico famigliare	58
Les silences du corbeau	17
Les Soleil des Scorta	45
Les Soleils noirs d'Arcadie	233
A Lesson Before Dying	65
Les Sources du moi - La Formation de l'identité moderne	23
Less Than One : Selected Essays	64
Le stelle fredde	58
Les terres séches	11
Les tisserands de Saramyr	241
Les trois lieues	28
Les Trois livres qu'Absalon Nathan n'écrira jamais	243
Le successeur de pierre	238
Le Sud	126
Les univers de Stefan Wul	246
Le supplice de Phèdre	42
Les vampires au XXème siècle	240
Les vautours	235
Les vieillards de Saint-Bris	5
Les Voies d'Anubis	232
Les Voleurs de beauté	145
Les Voyages ordinaires d'un amateur de tableaux	235
Les Yeux d'Elsa	241
L'état sauvage	44
L'été finit sous les tilleuls	4
Le Temps de la longue patience	126
Le Temps des genévriers	232
Le Temps du twist	236
Le temps et l'espace dans l'oeuvre de Paul Claudel	11
Le temps incertain	233
Le Testament français	45, 140
Le Tiers des étoiles	137
Let it Ring	287
Let Maps to Others	285
Le Traité des saisons	138
Le Trajet	127
Le troisième oeil : La Photographie et l'occulte	241
'Let's Get a Pup ! 'Said Kate	429
Let Sleeping Girls Lie	162
Lettere da Capri	57
Letter From Home	150
A Letter from the Clearys	304
Letters from Rifka	423
The Letters of Gustave Flaubert	80
Letters to Arkham : The Letters of Ramsey Campbell and August Derleth, 1961-1971	266
Letter to Patience	39
Let the Great World Spin	86
Let The Right One In	263
L'Étudiant étranger	5
Le Tyran d'Axilane	234
Letztendlich sind wir dem Universum egal	407
The Levanter	199
Le Veilleur de nuit	144
Le Verger du diable	5
Leviathan	139, 373
Leviathan 3	282
Le Visage Vert	238
Le vitriol de lune et Le Martyre de l'obèse	42
Le voleur de sandwichs	31
Le voleur d'éternité	237
Le Voyage à l'étranger	144
Le Voyage à Naucratis	138
Le Voyage de Simon Morley	236
Le Voyage en France	140
Le Voyage magnifique d'Émily Carr	19
Lewis Namier	51
L'Expérience	144
L'exposition coloniale	45
Le XXe siècle : Histoire du catholicisme québécois	16
Le Zèbre	127
Le Zoo des philosophes	140
L'Herbe à brûler	145
L'Heure du loup	236
L'histoire revisitée	241
L'hiver de force	13
L'Hiver de Léo Polatouche	26
L'homme à rebours	233
L'homme blanc	29
L'Homme de sable	144
L'Homme des jeux	236
L'Homme du Brésil	3
L'Homme qui savait la langue des serpents	245
L'homme qui se croyait aimé	17
L'Horreur économique	140

L'I.A. et son double	240
Liar and Spy	380
Liberty's Exiles: American Loyalists in the Revolutionary War	70
The Library	281
Libro de las memorias de las cosas	88
Libro de Manuel	138
The Licking Valley Coon Hunters Club	347
L'Idiot-roi	232
Lieber wütend als traurig: Die Lebensgeschichte der Ulrike Marie Meinhof	404
Lie in the Dark	204
Lies	13
The Lies of Locke Lamora	242
The Lie Tree	41
Life After Life	40
The Life and Letters of Walter H. Page	101
The Life and Times of Cotton Mather	116
Lifeboat on a Burning Sea	306
The Lifecycle of Software Objects	339, 374
The Life & Death of Mary Wollstonecraft	33
The Life of a Cell: Notes of a Biology Watcher	77
The Life Of Dean Inge	50
The Life of Emily Dickinson	77
The Life of Graham Greene	173
Life Of John Locke	50
The Life of John Marshall, 4 vols.	101
The Life of Lenin	74
The Life Of Mary Kingsley	48
The Life of Pi	130
A Life of Picasso	35
The Life of Sir Arthur Conan Doyle	155
The Life of Sir William Osler, 2vols.	102
The Life of the Mind in America	111
The Life of Thomas More	53
The Life Of William Harvey	50
Life on Mars	123, 183
Life or Death	209
Life Rage	353
Life Studies	73
Life Supports: New and Collected Poems	81
Life: The Unfinished Experiment	77
Life & Times of Michael K.	129
The Life We Bury	223
The Light Around the Body	74
Lighthead	86
Lighting Out	252
A Light In The Cellar	151
The Light of Day	160
Lightspeed Magazine	341, 342
Lightspeed: Women Destroy Science Fiction Special Issue	265
Light Years and Dark	361
Lignes aériennes	26
Lignes de faille	128
Lignes de vie	241
Lignes de vie de	241
Like a Terrible Scream	166
A Likely Lad	378
Lila	71
L'Œil du silence	127
L'île des morts	232
L'île Panorama	244
Lili et les poilus	30
Lilis Leben eben	405
Lilla Sparvel	413
Lilljoy	169
Limitations	179
L'Immaculée conception	242
Limonov	146
L'Imprécateur	127
Lincoln: A Photobiography	410
Lincoln at Gettysburg: The Words That Remade America	65, 118
The Lincoln Lawyer	216, 227
The Lincolns: A Scrapbook Look at Abraham and Mary	430
Lincoln's Dreams	268
The Lincoln Train	331, 366
L'incubation	11
Lindbergh	120
L'Indien malcommode : un portrait inattendu des Autochtones d'Amérique du Nord	31
The Line of Beauty	130
Line of Vision	180
Lines on the Water - A Fisherman's Life on the Miramichi	23
The Lineup: The Worlds Greatest Crime Writers Tell the Inside Story of Their Greatest Detectives	185
The Lingala Code	164
Linnéa im Garten des Malers	401
Linnéas Jahrbuch	400
L'Innocent	143
Linsen, Lupen und magische Skope	402
L'intercepteur de cauchemars	239
L'intimité	26
L'Intolérance: une problématique générale	18
The Lion and the Throne	73
Lions at her Face	13
The Lion & the Mouse	393
Lirael	294
L'irrésolu	5
L'Irrévolution	137
Lise, Atomphysikerin	401
Lisey's Story	350
L'isola di Arturo	57
The List	222
The Listeners	267
Listen to the Dark	416
Little, Big	274
A Little Bit Dead	175
The Little Black Bag	313
The Little Bookroom	381, 387
Little Brother	271
A Little Class on Murder	224
Little Deaths	279
A Little Fear	426

The Little Fishes	424
The Little Goddess	245
The Little Grey Men	381
The Little House	390
The Little Island	391
A Little Lower than the Angels	35
Little Man	7
Little Mouse's Big Book of Fears	386, 422
The Little Reindeer	417
The Little Walls	198
The Little White Horse	381
Littoral	24
Live by Night	187
Live Flesh	201
Live or Die	111
Lives Of A Bengal Lancer	47
The Lives of a Cell: Notes on a Biology Watcher	77
Lives of the Monster Dogs	345
Lives of the Saints	19
Living With Ghosts	263
Livre de Manuel	138
Lizzie Zipmouth	419
Llámame Brooklyn	89
Lloyd George: The People's Champion	33
L'Obsédante Obèse et Autres Agressions	17
L'occhio del gatto	58
The Lock Artist	185, 208, 222
Locke and Key	262, 264
Locked Doors	170
Locked In	217
Lock, Stock and Two Smoking Barrels	179
Locomotive	393
Locus	319, 321〜329, 331〜337, 340, 355〜358, 360, 361
The Lodger	278
L'Odyssée d'un transport torpillé	125
L'Oeuvre du Gallois	21
L'ogre	44
L'oiseau de passage	25
L'Oiseau roi et autres dessins	245
Lola Bensky	142
L'ombra delle colline	58
L'Ombre portée	4
London Bridge Is Falling Down	424
Lonesome Dove	116
Lonesome Roads	260
The Loney	41
The Long Black Coat	165
Long Day's Journey Into Night	108
The Longest Memory	36
The Longest Voyage	316
The Long Good Friday	169
The Longitude Prize	429
The Long Lost	258
Long Neck and Thunder Foot	385
The Long Night Watch	423
The Long Quiche Goodbye	152
Long Time Coming	186
A Long Way from Verona	422
A Long Way to Shiloh	198
Lon Po Po: A Red-Riding Hood Story from China	392, 427
Look at the Evidence	366
Look Homeward: A Life of Thomas Wolfe	117
Look Homeward, Angel	109
Looking for Jamie Bridger	176
Looking for X	24
The Looming Tower: Al-Qaeda and the Road to 9 11	122
L'Opéra de Shaya	246
L'Opoponax	137
Lo que esconde tu nombre	89
Lo que sé de los vampiros	89
L'Orbe et la Roue	232
Lord Grey Of The Reform Bill	47
The Lord Is My Shamus	229
Lord of Light	317
Lord of Misrule	86
Lord of the Deep	429
The Lord of the Rings: The Fellowship of the Ring	308, 334
The Lord of the Rings: The Return of the King	308, 335
The Lord of the Rings: The Two Towers	308, 334
Lord Palmerston	51
Lord Prestimion (カバー,Interzone 138)	250
L'ordre	43
Lords of Finance: The Bankers Who Broke the World	123
Lord Valentine's Castle	359
Lord Weary's Castle	106
L'Organisation	140
L'Orphelin de mer... ou les Mémoires de monsieur Non	5
Lorraine Connection	207
Los Alamos	177
Los amigos del crimen perfecto	89
The Losers' Club	214
Los estados carenciales	89
Los otros días	88
The Lost	141, 351
Lost and Found	421
The Lost: A Search for Six of Six Million	69
lost boy lost girl	348
Lost Boys	363
Lost Dorsai	323
The Lost Girl	47
Lost Girls	307
Lost in the Barrens	9
Lost in Yonkers	117
Lost Souls	237
The Lost Thing	293, 298
The Lotus Eaters	54
The Loud Adios	212
Louis-Antoine Dessaulles.Un seigneur libéral et anticlérical	22

Louisbourg Portraits: Life in an Eighteenth-Century Garrison Town ……… 15
Louise Bogan: A Portrait ……………… 116
Louise's Ghost ……………………… 307
Love Begins in Winter ……………… 132
The Loved and the Lost ……………… 9
Love Is the Drug ……………………… 311
Love Is the Plan, the Plan Is Death ………… 302
The Lovely Bones ……………………… 348
Love Medicine ………………………… 63
Love Me For My Yellow Hair Alone ……… 214
The Love of a Good Woman ……… 56, 67
Love Sickness ………………………… 249
Love Songs …………………………… 100
Love Songs For The Shy And Cynical ……… 263
Lowcountry Boil ……………………… 152
Low Tide ……………………………… 379
A Loyal Spy …………………………… 208
Lucas …………………………………… 405
Luce and His Empire ………………… 113
The Lucid Dreaming ………………… 351
Lucie ou un midi en novembre ……… 16
The Luck of Brins Five ……………… 288
The Luck of Ginger Coffey …………… 10
Lucky Dip ……………………………… 190
Lucky Penny …………………………… 189
Lucy Forever and Miss Rosetree, Shrinks ……… 172
Lucy: The Beginnings of Humankind ……… 81
The Ludi Victor ……………………… 200
The Luminaries ……………………… 30, 131
The Lunar Men: The Friends Who Made the Future 1730-1810 ……… 54
Lunch at the Gotham Cafe …………… 345
L'une rêve et l'autre pas ……………… 237
L'Univers concentrationnaire ………… 143
Luther ………………………………… 186
L'Œuvre au noir ……………………… 127
Lyonesse: Madouc …………………… 277
The Lyric Generation ………………… 21
Lyric Poetry and Modern Politics: Russia, Poland, and the West ……… 70

【M】

Macaulay: The Shaping of the Historian ……… 76
Machiavelli in Hell …………………… 117
The Machine-Gunners ………………… 382
Macker ………………………………… 402
Mackintosh Willy ……………………… 274
macs …………………………… 239, 307, 368
The Mad 3 Party ……………………… 328
Mad Dog Summer ……………………… 346
Madeline's Rescue …………………… 391
Mademoiselle Rouge ………………… 18
Mad movies …………………………… 238
The Maestro …………………………… 21

The Magazine of Fantasy & Science Fiction (F&S) ……… 273, 274, 282, 315, 316, 318, 319, 355〜360, 362, 369〜373
The Magazine of Fantasy & Science Fiction: A 30 Year Retrospective ……… 359
Magdala Amygdala …………………… 353
Maggot Moon ………………… 40, 245, 384
Magic …………………………………… 167
Magic: an Anthology of the Esoteric and Arcane ……… 264
The Magic Barrel ……………………… 73
Magic for Beginners ……… 251, 309, 371
Magic or Madness …………………… 309
The Magic Paintbrush ………………… 18
Magic Terror ………………………… 347
Magies secrètes ……………………… 245
The Magnificent Ambersons ………… 101
Magnum P.I. …………………………… 168
Magnus, Mattias och Mari …………… 412
Mai at the Predators' Ball …………… 30
The Maiden Flight of McCauley's Bellerophon ……… 284
The Maids ……………………………… 181
Main Currents in American Thought, 2vols. ……… 102
Maisie Dobbs ………………… 150, 226
Maïtena ……………………………… 143
Maîtres anciens ……………………… 139
Maj Darlin …………………………… 413
Major fatal …………………………… 234
The Major Verbs ……………………… 30
Make Mine a Mystery: A Reader's Guide to Mystery and Detective Fiction ……… 194, 227
Make Way for Ducklings ……………… 390
Making Money ………………………… 372
The Making of Man …………………… 382
The Making of the Atom Bomb ……… 82
The Making of the Atomic Bomb …… 64, 117
The Making of the President 1960 …… 110
Making Waves ………………………… 66
Malaisie ……………………………… 43
Malcolm Lowry: A Biography ………… 76
Malcolm X: A Life of Reinvention …… 123
Mal d'amour …………………………… 43
Malevil ………………………………… 267
Malgré tout, la joie …………………… 10
Malice Matrimonial …………………… 162
Malika ………………………………… 5
Mama Don't Allow …………………… 426
The Mambo Kings Play Songs of Lov …… 117
Ma meilleure amie …………………… 28
The Mammoth Book of Best New Horror 10 … 260
The Mammoth Book of Best New Horror 12 … 260
The Mammoth Book of Best New Horror 14 … 261
The Mammoth Book of Best New Horror 18 … 262
The Mammoth Book of Best New Horror 19 … 262
The Mammoth Book of Best New Horror 20 … 263
Mammoth Encyclopedia of Modern Crime Fic-

tion	181
The Mamur Zapt and The Spoils of Egypt	203
Man Against the Mob	173
The Manamouki	328
Manchester Slingback	204
The Mandelbaum Gate	50
Man Descending	15
Maneki Neko	367
The Man From New York: John Quinn and His Friends	112
Man Gehorcht	160
Manhunt: The 12-Day Chase for Lincoln's Killer	183
Maniac Magee	411, 427
Manifeste incertain 3	142
The Man in the Black Suit	279
The Man in the Cage	159
The Man in the Civil Suit	149
The Man in the High Castle	316
Man-made America	74
Mannix	164
The Man on the Ceiling	281, 347
Man Plus	267, 302
The Manse	342
Man's Emerging Mind	9
The Manticore	13
Manuscripts de Pauline Archange	12
The Man Who Bridged the Mist	310, 339
The Man Who Died Twice	102
The Man Who Drew Cats	258
The Man Who Fooled the World	162
The Man Who Lost Red	290
The Man Who Loved Morlocks	289
The Man Who Melted (表紙)	293
The Man Who Sold the Moon	313
The Man Who Took His Hat Off to the Driver of the Train	186
The Man Who Walked Between the Towers	393, 429
The Man Who was Taller Than God	213
The Man Who Went into the West: The Life of R.S.Thomas	54
The Man Who Would Be F.Scott Fitzgerald	174
The Man with the Barbed-wire Fists	347
The Man With The Golden Arm	72
The Many-Colored Land	359
Many Moons	390
Mao II	135
MapHead	379
The Map-Maker	9
Map of Dreams	283
Maps in a Mirror: The Short Fiction of Orson Scott Card	363
Ma Qui	305
Marcel Proust	77
March	121
The March	68, 136
Marchers of Valhalla	254
Marching for Freedom: Walk Together, Children,	
and Don't You Grow Weary	430
Margaret Fuller: A New American Life	124
Maria Vandamme	5
Marie-Claire	125
Marie Réparatrice	31
Marilyn, dernières séances	6
Mariner's Compass	149
Marked by Fir	81
Market Forces	270
A Mark of Displeasure	159
The Mark of the Horse Lord	422
Mark Twain et la parole noire	25
Marriage is Murder	223
Mars Crossing	368
Mars is No Place for Children	307
Marsmädchen	404
Martha Grace, in Tart Noir anthology	205
The Martian Child	306, 330, 365
The Martians	368
Martin Dressler: The Tale of an American Dreamer	119
The Marvelous Misadventures of Sebastian	75
Marvel Premiere 38: Weirdworld	255
Mary Chesnut's Civil War	115
Mary Curzon	33
Mary Higgins Clark Presents Malice Domestic 2	191
Mary, Mary, Shut the Door	175, 213
Mary, Queen Of Scots	51
Mary Shelley	343
The Mask Behind the Face	261
Master Georgie	53, 131
Master of the Senate: The Years of Lyndon Johnson	84, 121
The Master Puppeteer	78
The Masters	49
Master's Choice, II	193
Master Tung's Western Chamber Romance	78
Matando dinosaurios con tirachinas	89
The Matchboy	41
The Matchlock Gun	408
The Mathematical Experience	82
Mating	83
Matisse: The Master	38
Matter of Intent	183
Matthias und das Eichhörnchen	397
Maubi and the Jumbies	226
Maus	118
Mäusemärchen - Riesengeschichte	400
Max	419
Max Perkins: Editor of Genius	79
Mayflower II	251
May I Bring a Friend?	391
May le monde	244
May We Be Forgiven	134
McAlmon's Chinese Opera	15
McCloud	164
The McCone Files: The Complete Sharon Mc-	

Cone Stories	191
M.C.Higgins, The Great	77, 410, 425
Me and Mr.Harry	176
Me and My Cat	419
Means of Ascent: The Years of Lyndon Johnson, Vol. II	65
Mean Time	36
The Measure of Man	72
Measures Of Poison	194
Meat	262
Mécanique jongleuse suivi de Masculin grammaticale	13
Mechanical Manhunt	157
Medea: Harlan's World	361
Medical Apartheid: The Dark History of Medical Experimentation on Black Americans from Colonial Times to the Present	69
The Medusa and the Snail	80
Mees, kes teadis ussisõnu	245
The Meeting	320
A Meeting with Medusa	302
Mefisto in Onyx	344, 365
Megan's Island	173
Mei Li	390
Meine Mutter ist in Amerika und hat Buffalo Bill getroffen	406
Meines Bruders Hüter	402
Mein Papi, nur meiner！	400
Mein Urgroßvater und ich	397
Mein verlorenes Land	401
Melancholy Elephants	324
Memento	180, 348
Mémo	234
Mémoire d'un fou d'Emma	141
Mémoires de porc-épic	146
Mémoire vive, mémoire morte	235
Memoirs	111
Memoirs: 1925-1950	74
Memoirs, Etc	47
Memoirs Of A Fox-Hunting Man	47
Memoirs of a Less Travelled Road: A Historian's Life	26
Memoirs of a Master Forger	262
Memoirs Of A Midget	47
Memory	423
The Memory Garden	376
The Memory Palace	70
Ménage en grand	238
The Menagerie	317
Men At Arms	49
Men in White	104
The Mennyms	379
Men's Adventure Magazines	194
Men Who Love Women	167
Mercado de espejismos	89
The Merchant and the Alchemist's Gate	309, 337
Mercian Hymns	32
The Merciful Angel Of Death	213
Mercy	222
Mercy Falls	194
The Mermaids Singing	203
Mervale	143
Mes mauvaises pensées	146
Mes nuits sont plus belles que vos jours	145
The Message	209
The Messenger	221
MetaHorror	278
The Metal and the Flower	9
Metalica	345
The Metaphysical Club: A Story of Ideas in America	120
Metaphysical Dog	71
The Metaphysical Review	290, 293
meucs	239
M'éveiller à nouveau près de toi, mon amour	236
Mexican Gatsby	181
Mia schläft woanders	406
Michael Clayton	184
Michael Rosen's Sad Book	421
Michael Whelan's Works of Wonder	327
Mickey Spillane's Murder Me, Murder You	170
Microcosmi	59
The Middle Age Of Mrs.Eliot	50
The Middleman and Other Stories	64
Middle Passage	83
Middlesex	121
Midnight and Moonshine	299
Midnight Blue	416
Midnight in Paris	264
Midnight in Peking: How the Murder of a Young Englishwoman Haunted the Last Days of Old China	187, 209
Midnight's Children	52, 129, 130
Midnight Sun	258
A Midsummer Night's Dream	277
The Midwife's Apprentice	411
A Midwife's Tale	117
Migration: New and Selected Poems	85
Miguel D.Unamuno's The Agony of Christianity and Essays on Faith	77
Mikko i kungens tjänst	412
Millennium Babies	333
Millie and Bird	40
Millions	383
Mimosa	329～332, 334
Mindscan	271
Mine	343
Min Ella	414
Min läsebok	414
Minor Characters	63
Minority Report	348
Mirabel	26
Mirabell: Book of Numbers	78
Miracles on Maple Hill	409
The Miraculous Journey of Edward Tulane	429
Miranda	351

Mirette on the High Wire	392
Mirror Dance	330, 365
Mirror Reversals and the Tolkien Writing Game	290
The Mirrorstone	415
Mirrorsun Rising	292
Mischief in Mesopotamia	152, 197
Mischling, Second Degree	425
Misdirection	194
Misery	342
The Misfit Child Grows Fat on Despair	348
Mishka	385
The Mismeasure of Man	63
Miss Hickory	409
Missile Gap	372
The Missing	350
Missing in Action	179
The Missing Man	301
The Missing Mass	368
Missing May	411, 427
Mission Flats	205
Mission: Impossible	161
Miss Lulu Bett	101
Miss Mole	47
Miss Peregrine et les enfants particuliers	246
Miss Peregrine et les enfants particuliers, Tomes 2: Hollow City	246
Miss Peregrine's Home for Peculiar Children	246
Miss Rumphius	81
Miss Smilla's Feeling for Snow	203
The Mistress of Nothing	28
Mistress of the Art of Death	207, 228
Mistress to an Age: A Life of Madame De Stael	73
The Mists of Avalon	360
Mitch？2, Tarts of the New Millennium	294
Moa och Pelle	413
Mockingbird	86
Modern Art: 19th & 20th Centuries, Selected Papers	62
A Modern Woman's Guide to Classic Who	298
Moment d'un couple	6
The Moment of Eclipse	247
Momo	399
mon chien est un éléphant	21
Mondo Zombie	350
Monème	18
Mon grand appartement	140
Monkeewrench	220
Monkeewrench Want To Play？	194
Monkey	48
Monkey Puzzle	201
Monkey Ranch	30
The Monkey's Raincoat	189, 223
The Monkey Treatment	360
Monk's Hood	200
Mon oncle Marcel qui vague vague près du métro	

Berri	19
Mono no Aware	340
Mon refuge est un volcan	14
Monsieur boum boum	239
Monsieur de Lourdines	42
Monsieur Ilétaitunefois	23
Monsieur le Consul	4
Monsieur, Or The Prince Of Darkness	51
A Monster Calls	383, 386
The Monster of Glamis	191
Monsters in the Heart	265
Monsters of Men	383
Monstrous Affections: An Anthology of Beastly Tales	286
Montmorency	420
Montrose	47
Monty Python and the Holy Grail	254
Monty: The Making of a General	34
The Monument	22
Mon village à l'heure allemande	43
Moon	338
The Moon and the Sun	306
The Moon in the Cloud	382
The Moon Is a Harsh Mistress	317
Moonlight and Vines	280
Moonlight Gardener	164
Moonlight Weeps	218
Moon over Manifest	411
Moon Tiger	130
The Moor's Last Sigh	36
Morbror Kwesis vålnad	414
Mordecai: The Life & Times	29
More Final Than Divorce	147
More to Keep Us Warm	28
More Tomorrow	259
Morning Child	304
Morning Girl	395
The Morning of the Poem	115
Mornings on Horseback	80
Mortal Consequences: A History from the Detective Story to the Crime Novel	164
Mortal Engines	420
Morte D'Urban	73
Morts imaginaires	141
Mosa Wosa	241
The Mosquito Coast	52
The Most Famous Man in America: The Biography of Henry Ward Beecher	122
Mote	174
Mother And Son	49
Mother Goose Treasury	385
Motherless Brooklyn	67, 204
The Mothers and Fathers Italian Association	349
Mother to the World	301
The Motion of Light in Water: Sex and Science Fiction Writing in the East Village 1957-1965	327
The Mountains of Mourning	305, 327

Mountain Ways	366
Mouse Noses on Toast	421
The Movement	209
The Moves Make the Man	426
Move Your Shadow: South Africa, Blackand White	116
The Moviegoer	73
Moving Mars	269, 306
Moy Sand and Gravel	121
The Mozart Season	423
Mr.Ames Against Time	8
Mr.and Mrs.North	154
Mr.Blue	204
Mr.Churchill's Secretary	222
Mr.Clarinet	207, 227
Mr.Clemens and Mark Twain: A Biography	74, 111
Mr.Clubb and Mr.Cuff	346
Mr.Fox and Other Feral Tales	344
Mr.Gumpy's Outing	385, 424
Mr.Magnolia	385
Mr.Mercedes	187
Mr.Sammler's Planet	75
Mrs.Cockle's Cat	384
Mrs.Easter and the Storks	384
Mrs.Fris and the Rats of NIMH	410
Mr.Shivers	264
Mrs.Ted Bliss	66
Mrs.White	170
Mr.Tiger Goes Wild	431
Mr.White's Confession	178
Mr.Wicker	354
Mr.Wuffles !	407
Mr.X	346
Ms.Marvel Volume1: No Normal	341
Muerte por fusilamiento	88
Mufaro's Beautiful Daughters	427
The Mule	313
The Mulgrave Road	9
Munich: The Price of Peace	63
MUP Encyclopedia of Australian Science Fiction	293
Muppet Murders (Muppet Show)	168
Murder 101	174
Murder Against the Grain	198
Murder as a Fine Art	229
Murder by Experts	155
Murder by Natural Causes	168
The Murderers' Who's Who	168
Murder Ink	167
Murder in the Heart	202
Murder Manual	215
Murder, My Sweet	154
The Murder of Hound Dog Bates	169
The Murder of the Maharajah	200
Murder On A Girl's Night Out	149
Murder on the Iditarod Trail	190, 224
Murder on the Menu	164
Murder, She Wrote	170, 189
Murder Under Glass	167
Murder, With Peacocks	149, 192, 219
Murgunstrumm and Others	273
Murky Depths	263
Murphy's Law	149
The Museum of Horrors	281
The Musgrave Ritual	172
Music and Silence	37
Mutant Popcorn	252
Mutter hat Krebs	405
My Alexandria	65
My Big Brother Boris	420
My Bonnie Lies	180
My Discovery of the West	7
My Experiences in the World War	103
My Family and Other Superheroes	40
My Father's Paradise: A Son's Search for His Jewish Past in Kurdish Iraq	69
My Father's Secret	195
My Friend Rabbit	393
My Heart is My Own: The Life of Mary Queen of Scots	38
My Lady Tongue	290
My Mother She Killed Me, My Father He Ate Me	284
My Shoes Are Killing Me	31
The Mysteries of Harris Burdick	275
The Mysterious North	9
The Mysterious Traveler	156
The Mysterious West	191
Mystery !	169, 175, 189, 190
Mystery and Suspense Writers	178
Mystery at Crane's Landing	161
Mystery Muses: 100 Classics That Inspire Today's Mystery Writers	195, 227
Mystery News	193
The Mystery of 22 East	161
The Mystery of Agatha Christie	167
The Mystery of Edwin Drood	171
The Mystery Of The Haunted Caves	193
Mystery Of The Haunted Caves: A Troop 13 Mystery	150
The Mystery of the Haunted Pool	159
Mystery of the Hidden Hand	160
The Mystery of the Princes	200
Mystery Readers Walking Guide-Chicago	148
Mystery Reader's Walking Guide To Washington D.C.	149
Mystery Scene Magazine	194
Mystery Writer's Handbook	167
Mystic River	193, 220
My Stone Desire	262
Mythago Wood	240, 248, 275
Mythologie du fantastique	236
My Work Is Not Yet Done	348

【N】

N.	59
Nada	87
Nadelman's God	276
Naissance	146
Naissance de Rebecca à l'ère des tourments	28
Naissance d'une passion	139
Naissance d'un pont	141
Naked Once More	147
The Name of the Game Was Murder	175
Naming Names	81
Naming of Parts	260
Naples	273
Narciso	88
The Narrow Road to the Deep North	131
Natchez Burning	223
Nathaniel Hawthorne in His Time	81
Nation	430
National Defense	82
Nationality: Wog-The Hounding of David Oluwale	207
A Nation Under Our Feet: Black Political Struggles in the Rural South from Slavery to the Great Migration	121
Native Angels	214
Native Guard	122
Native Tongue	202
Natural History	270
Nature morte devant la fenêtre	126
The Nature of the Beast	34
Naufrage mode d'emploi	238
Naughty in Nice	152
Near Changes	118
Ne blâmez jamais les Béouins	16
Necessary Brother	214
Necrofile	259
Needle in the Groove	246
Needle Match	207
The Need to Hold Still	80
Neige	141
Neither Black Nor White	112
Neither Brute Nor Human	256
Nêne	42
Neonomicon	352
Neon Vernacular: New and Selected Poems	118
Nest am Fenster	399
Nester bauen, Höhlen knabbern Wie Insekten für ihre Kinder sorgen	405
The Net and the Sword	9
Netherland	136
Neuromancer	268, 289, 290, 304, 325
Neutron Star	317
Never Trust a Dead Man	179
New Adventures in Sci-Fi	293
The New Ancestors	12
New and Collected Poems	117
The New Annotated Sherlock Holmes: The Complete Short Stories	182
The New Atlantis	357
The New Girlfriend	170
New Hampshire: A Poem with Notes and Grace Notes	102
Newjack: Guarding Sing Sing	67
A New Life Of Chekhov	51
Newman: Light In Winte	50
Newman: The Pillar Of The Cloud	50
The New Men	49
The New Mexico Connection	164
New Moon on the Water	353
New Orleans Mourning	173
The New Policeman	38, 380
New & Selected Poems	83
The News from Paraguay	85
Newsletter	367
News Of the Phoenix	7
The New Space Opera	296, 372
The New Space Opera 2	373
Newspaper Heart	265
Newton's Cannon	239
Newton's Wake (US Edition)(表紙)	251
New Worlds	315
Next to Normal	123
Niagara Falling	292
Nice Gorilla	148
Nice Work, Little Wolf	416
Nick Nightmare Investigates	265
Niekas	317
Nifft the Lean	274
The Night Circus	374
The Night Class	348
Night Cry	170
Night Dogs	192
Nightfall	164
Night Fell on Georgia	157
Night Field	19
Nightflyers	359
The Night Flyers	179
The Night Gardener	221
The Nightmare Chronicles	346
The Nightmare Collection	351
The Nightmare Factory	259, 345
Nightmare in Manhattan	155
Nightmare on Elm Street	257
Nightmare Seasons	275
'night, Mother	115
Night of the Cooters: More Neat Stories	364
The Night of the Triffids	260
The Night of Wenceslas	198
Nights and Days	74
Nights At The Circus	52
Nights Below Station Street	17
The Night Sessions	252
Night Shift Sister	258

NIG　　　　　　作品名索引

Nightside ・・・・・・・・・・・・・・・・・・・・・・・・・・・・・・・・・ 348
The Night Stalker ・・・・・・・・・・・・・・・・・・・・・・ 164
The Night Swimmers ・・・・・・・・・・・・・・・・・・・・ 80
The Night the Gods Smiled ・・・・・・・・・・・・ 201
The Night They Missed the Horror Show ・・・・・ 343
The Night Things Changed ・・・・・・・・・・・・ 151, 228
The Night Tourist ・・・・・・・・・・・・・・・・・・・・・・ 184
Night Train to Paris ・・・・・・・・・・・・・・・・・・・・ 353
The Night-Watchmen ・・・・・・・・・・・・・・・・・・・・ 422
The Night We Buried Road Dog ・・・・・・・ 306, 344
Nightwings ・・・・・・・・・・・・・・・・・・・・・・・・・・・・ 318
Nikolski ・・・・・・・・・・・・・・・・・・・・・・・・・・・・・・・・・ 28
Nils Karlsson Pyssling ・・・・・・・・・・・・・・・・・・ 412
Nimitseahpah ・・・・・・・・・・・・・・・・・・・・・・・・・・ 349
A n'importe quel prix ・・・・・・・・・・・・・・・・・・ 240
The Nine Billion Names of God ・・・・・・・・・・ 314
Nine Days to Christmas ・・・・・・・・・・・・・・・・ 391
The Nine Deaths of Dr Valentine ・・・・・・・・ 264
Nine Sons ・・・・・・・・・・・・・・・・・・・・・・・・・・・・・・ 174
Ninfa plebea ・・・・・・・・・・・・・・・・・・・・・・・・・・・・ 59
Nkwala ・・・・・・・・・・・・・・・・・・・・・・・・・・・・・・・・・ 10
Noah's Ark ・・・・・・・・・・・・・・・・・・・・・・・・・ 81, 392
No Colder Place ・・・・・・・・・・・・・・・・・・・・・・・・ 192
No Crystal Stair: A Documentary Novel of the Life and Work of Lewis Michaux, Harlem Bookseller ・・・・・・・・・・・・・・・・・・・・・・・・・・・・・・・ 430
Nocturne indien ・・・・・・・・・・・・・・・・・・・・・・・・ 139
Noémie - Le Secret de Madame Lumbago ・・・・・・ 22
No End to Yesterday ・・・・・・・・・・・・・・・・・・・・ 33
No Enemy But Time ・・・・・・・・・・・・・・・ 268, 304
No era de los nuestros ・・・・・・・・・・・・・・・・・・ 87
No Flies on Frank ・・・・・・・・・・・・・・・・・・・・・・ 206
No Good Deeds ・・・・・・・・・・・・・・・・・・・・・・・・ 195
No Immunity for Murder ・・・・・・・・・・・・・・・・ 166
Noir Lite ・・・・・・・・・・・・・・・・・・・・・・・・・・・・・・ 193
The Noise Revealed(表紙) ・・・・・・・・・・・・・・・ 252
Nolan on Bradbury: Sixty Years of Writing about the Master of Science Fiction ・・・・・・・・・・・・ 354
No Logo: La Tyrannie des marques ・・・・・・・・・・ 25
No Man's Land ・・・・・・・・・・・・・・・・・・・・・・・・・ 150
No Mercy ・・・・・・・・・・・・・・・・・・・・・・・・・・・・・・ 217
None So Blind ・・・・・・・・・・・・・・・・・・ 330, 365, 366
The Non-SF Novels of Philip K.Dick ・・・・・・・ 291
Non ti muovere ・・・・・・・・・・・・・・・・・・・・・・・・・ 59
The Noonday Demon: An Atlas of Depression ・・・・・・・・・・・・・・・・・・・・・・・・・・・・・・・・・・・・・・・ 84
No One Belongs Here More than You ・・・・・・・ 132
No One Gets Out Alive ・・・・・・・・・・・・・・・・・・ 265
No One Rides for Free ・・・・・・・・・・・・・・・・・・ 171
No Ordinary Time: Franklin and Eleanor Roosevelt : The Home Front in World War II ・・・・・ 119
No Place To Be Somebody ・・・・・・・・・・・・・・ 112
Nordicité canadienne ・・・・・・・・・・・・・・・・・・・・ 14
Nordy Bank ・・・・・・・・・・・・・・・・・・・・・・・・・・・ 382
Norman Thomas: The Last Idealist ・・・・・・・・・・ 78
North by Northwest ・・・・・・・・・・・・・・・・・・・・ 158
North End Love Songs ・・・・・・・・・・・・・・・・・・ 30
Northern Lights ・・・・・・・・・・・・・・・・・・・・・・・・ 379

Northrop Frye on Shakespeare ・・・・・・・・・・・・ 17
Northwest Passage ・・・・・・・・・・・・・・・・・・・・・・ 30
Norwegian By Night ・・・・・・・・・・・・・・・・・・・・ 209
The Nor'westers ・・・・・・・・・・・・・・・・・・・・・・・・・ 9
Nos Années Strange - 1970 1996 ・・・・・・・・・ 245
Nosotros, los Rivero ・・・・・・・・・・・・・・・・・・・・・ 87
Not by Fact Alone: Essays on the Writing and Reading of History ・・・・・・・・・・・・・・・・・・・・・・ 65
Notes From No Man's Land: American Essays ・・・・・・・・・・・・・・・・・・・・・・・・・・・・・・・・・・・・・・ 70
Notes from the Hyena's Belly ・・・・・・・・・・・・・ 24
Nothing Is the Number When You Die ・・・・・・ 162
Nothing Sacred ・・・・・・・・・・・・・・・・・・・・・・・・・・ 18
Not If You Were the Last Short Story on Earth ・・・・・・・・・・・・・・・・・・・・・・・・・・・・・・・・・・・・・・ 297
No Time ・・・・・・・・・・・・・・・・・・・・・・・・・・・・・・・・ 19
The Notorious Benedict Arnold: A True Story of Adventure, Heroism & Treachery ・・・・・・・・・ 430
Notre-Dame du Nil ・・・・・・・・・・・・・・・・・・・・・ 146
No Truce with Kings ・・・・・・・・・・・・・・・・・・・・ 316
Nottetempo, casa per casa ・・・・・・・・・・・・・・・ 59
Not the End of the World ・・・・・・・・・・・・・・・・ 38
Notturno indiano ・・・・・・・・・・・・・・・・・・・・・・・ 139
Nous sommes éternels ・・・・・・・・・・・・・・・・・・ 127
Nova Swing ・・・・・・・・・・・・・・・・・・・・・・・・・・・ 231
The Novels of D.G.Compton ・・・・・・・・・・・・・ 288
Novel Verdicts: A Guide to Courtroom Fiction ・・・・・・・・・・・・・・・・・・・・・・・・・・・・・・・・・・・・・・ 170
Now All Roads Lead to France: The Last Years of Edward Thomas ・・・・・・・・・・・・・・・・・・・・・ 40
Now and Then ・・・・・・・・・・・・・・・・・・・・・・・・・ 114
Now in November ・・・・・・・・・・・・・・・・・・・・・ 104
Now is Time ・・・・・・・・・・・・・・・・・・・・・・・・・・・・ 8
Nucléus ・・・・・・・・・・・・・・・・・・・・・・・・・・・・・・・・ 18
Nul poisson ou aller ・・・・・・・・・・・・・・・・・・・・・ 26
Number the Stars ・・・・・・・・・・・・・・・・・・・・・・ 410
The Nutcracker Coup ・・・・・・・・・・・・・・・・・・・ 329
Nutcracker: Money, Murder, and Madness ・・・・ 172
NYPD Blue ・・・・・・・・・・・・・・・・・・・・・・・ 175〜177

【O】

The Oblong Room ・・・・・・・・・・・・・・・・・・・・・・ 162
Occupied Canada: A Young White Man Discovers His Unsuspected PAst ・・・・・・・・・・・・・・・・・・ 19
The Ocean at the End of the Lane ・・・・・・・・ 375
Oceanic ・・・・・・・・・・・・・・・・・・・・・・・・・ 243, 332, 367
Océanique ・・・・・・・・・・・・・・・・・・・・・・・・・・・・ 243
Octavio Paz's Alternating Current ・・・・・・・・・ 77
October in the Chair ・・・・・・・・・・・・・・・・・・・ 369
October Light ・・・・・・・・・・・・・・・・・・・・・・・・・・ 62
Oddest Yet ・・・・・・・・・・・・・・・・・・・・・・・・・・・・ 349
The Odds Are Against Us ・・・・・・・・・・・ 153, 197
Ode au Saint-Laurent ・・・・・・・・・・・・・・・・・・・・ 11
Of Being Numerous ・・・・・・・・・・・・・・・・・・・・ 112
Of Course You Know That Chocolate Is a Veg-

602　海外文学賞事典

etable ······························ 149, 192, 226
The Office Of The Dead ···················· 205
An Officer and A Spy ······················ 209
Officer Buckle and Gloria ··················· 393
Officer Down ···························· 182
Offshore ································ 129
Of Mist, and Grass, and Sand ················ 302
Of Mutability ···························· 39
Of Nightingales that Weep ·················· 422
Of Thee I Sing ··························· 103
Of Time and the Lover ····················· 8
Oh... ·································· 6
Oh, Boy！ Babies ························· 80
Oh Danny Boy ···························· 227
Oh, wie schön ist Panama ··················· 399
Oklahoma ······························· 106
Old Bones ······························ 172
Old Devil Moon ··························· 262
The Old Devils ··························· 129
The Old Dick ····························· 169
The Older Hardy ·························· 51
The Old Forest and Other Stories ············· 135
The Old Jest ····························· 33
The Old Maid ···························· 104
The Old Man and the Sea ··················· 108
The Old Man and the Suit ··················· 40
Old Mars ································ 375
The Old Northwest, Pioneer Period1815-1840
······································· 107
Old Road to Paradise ······················ 101
Old Winkle and the Seagulls ················· 384
Olive Kitteridge ·························· 122
The Olympic Runner ······················· 257
Oma ··································· 399
Oma und ich ····························· 401
Ombria in Shadow ························· 281
Om detta talar man endast med kaniner ······· 414
Omega ································· 270
Omegatropic ····························· 251
Omegatropic（表紙） ························ 251
The Omen ······························· 255
On Beauty ······························· 134
On Beulah Height ························· 219
On Canadian Poetry ······················· 7
Once a Mouse ···························· 391
Once Around the Bloch ····················· 344
On Conan Doyle: Or, the Whole Art of Story-
telling ································ 186
One ··································· 263
The One and Only Ivan ···················· 411
One Bag Of Coconuts ······················ 192
One Bird ································ 423
One Came Home ·························· 187
One Crazy Summer ························ 395
One Fine Day ···························· 392
One for the Money ························ 203
O'Neill, Son and Artist ···················· 113
One More for the Road ····················· 348
One of Ours ····························· 101
One Serving of Bad Luck ··················· 207
The Ones Who Walk Away Behind the Eyes
······································· 289
The Ones Who Walk Away from Omelas ······· 320
One with Others: [a little book of her days]
······································· 70
On Human Nature ························ 114
The Onion Field ·························· 165
Onion John ······························ 409
Only Begotten Daughter ················ 269, 277
Only Forward ···························· 258
The Only Neat Thing to Do ················· 361
On Photography ·························· 62
On the Black Hill ······················ 34, 52
On the Edge of Paradise: A C Benson the Di-
arist ································· 33
On the Eigth Day ························· 18
On the Far Side of the Cadillac Desert with Dead
Folks ································· 343
On The Far Side Of The Desert With Dead
Folk ·································· 257
On the House ······················ 152, 196, 228
On the Psychiatrist's Couch ················· 204
On The Run ····························· 206
On Wings of Song ························· 268
On Writing ··························· 347, 369
Oops！ ································· 417
Open Season ························ 193, 220, 226
Opera in America: A Cultural History ········· 65
Operation Rogess ························· 161
Opération'serrures carnivores' ··············· 235
Operation Shylock ························ 136
The Optimists Daughter ···················· 113
Op zee ································· 142
Or All the Seas with Oysters ················ 315
Orange is for Anguish, Blue for Insanity ······· 343
Oranges are not the only Fruit ··············· 34
Orbital Decay ···························· 363
Orbitsville ···························· 247, 267
The Ordeal of Mrs.Snow ··················· 160
Ordeal of the Union, Vols.Ⅶ & Ⅷ: The Orga-
nized War, 1863-1864 and The Organized War
to Victory ····························· 76
The Ordeal of Thomas Hutchinson ············ 77
Ordinary Grace ··············· 187, 197, 222, 229
Ordinary Words ·························· 67
The Organization and Administration ofthe
Union Army, 1861-1865 ················· 103
The Original Doctor Shade ················· 249
Original Meanings: Politics and Ideasin the Mak-
ing of the Constitution ·················· 119
The Origin of Species ····················· 28
Origins of the Fifth Amendment ············· 112
Orlanda ································ 140
Orphan Black ···························· 341
The Orphan Boy ·························· 19
The Orphan Master's Son ·················· 124
Orphans of the Helix ······················ 368

Orphan Train Rider: One Boy's True Story ···· 428
Orwell: The Life ················· 38
Osama ·························· 285
Oscar and Arabella ················· 419
Oscar and Lucinda ················· 130
Oscar Wilde ··················· 64, 117
Osip E.Mandelstam's Complete Critical Prose and Letters ······················ 80
Osiris ························ 287
O Strange New World ··············· 111
The Other Garden ·················· 35
Otherness ····················· 365
Other Paths to Glory ··············· 199
The Other Side of Dark ············ 152, 172
The Other Side of the Dark ············· 18
The Other Side of Truth ·········· 383, 419
The Other Wind ·················· 281
Otherwise Known as the Human Condition: Selected Essays and Reviews ·········· 70
The Other Woman ················· 187
Otrante n° 9 ···················· 238
Ottoline and the Yellow Cat ············ 422
Oublier Palerme ··················· 44
Oui l'espoir ······················ 4
Où on va, papa ? ·················· 128
Our Horses in Egypt ················ 54
Our Lady of Darkness ··············· 273
Our Town ······················ 105
The Outcast ····················· 39
The Outlander ····················· 8
Out of Africa ···················· 149
Out of All Them Bright Stars ··········· 304
Out of Danger ···················· 36
Out of His Mind ·················· 261
Out of Shadows ···················· 39
Out of Sight ················· 178, 180
Out of the Dust ················ 395, 411
Outside Over There ············· 81, 426
Outside the Dog Museum ············· 258
Outworlds ····················· 357
The Overbury Affair ················ 159
The Overhaul ···················· 40
Over There, Darkness ··············· 158
The Owl and the Pussycat ············· 28
Owl Moon ····················· 392
The Owl Service ·············· 378, 382
The Owl Tree ··················· 417
Owner of Mysterious Bookshop ·········· 181
Owners of Book Carnival ············· 181
Ox-Cart Man ··················· 392
The Oxford Companion to Canadian History and Literature ···················· 12
Oysters of Lockmariaquer ············· 74
Ozone ························ 238

【P】

Pacific Edge ···················· 269
A Pack of Lies ················ 379, 383
Paco's Story ···················· 82
Paddy Clarke Ha Ha Ha ·············· 130
Paese d'ombre ···················· 58
Pages From a Young Girl's Journal ········ 272
Painlessness ···················· 297
Painters in a New Land ··············· 13
Paladin of Souls ············ 308, 334, 370
Paladin of the Lost Hour ·········· 326, 361
Palely Loitering ·················· 248
Palimpsest ····················· 338
The Panda's Thumb: More Reflections on Natural History ······················ 80
The Pandorica Opens The Big Bang ······· 339
Panic ························ 184
The Panic Hand ·················· 345
Pan's Labyrinth ··············· 309, 336
Papa 1er ······················ 234
Papa, j'ai remonté le temps ············ 237
Papa wohnt jetzt in der Heinrichstraße ······ 401
Paper Cities: An Anthology of Urban Fantasy ························· 284
The Paper Crane ·················· 426
Paper Dragons ··················· 276
Paper Faces ···················· 379
The Paper Menagerie ········· 285, 310, 339
The Papers of Tony Veitch ············ 201
Paper Towns ···················· 185
Papiers d'épidémie ·················· 18
Parable of the Talents ··············· 307
Paradox as Paradigm: A Review of The Chronicles of Thomas Covenant the Unbeliever ···· 288
Pardonable Lies ·················· 227
Pareils à des enfants ················ 43
Paris 1919: Six Months that Changed the World ·························· 25
Paris au mois d'août ················· 4
A Parish of Rich Women ·············· 34
Paris Journal, 1944-1965 ·············· 74
Paris Trout ····················· 83
The Parker Shotgun ············ 189, 223
Pärlor till pappa ·················· 414
Parrott In the Oven: MiVida ············ 84
Partial Accounts: New and Selected Poems ···· 117
Parting the Waters: America in the King Years 1954-63 ···················· 64, 117
Partita for Glenn Gould ··············· 29
Partner in Three Worlds ··············· 8
Part of Nature: Modern American Poets ······· 63
The Party ······················ 22
Pas pleurer ····················· 46

Passage	369
Passage de l'homme	43
Passage of Arms	198
The Passage of Power: The Years of Lyndon Johnson	70
Passage to Ararat	77
A Passage To India	47
Passaggio in ombra	59
Passengers	301
The Passing of Starr Faithfull	202
Passing Strange (表紙)	294
Passing Through: The Later Poems	83
The Past Is a Bridge Best left Burnt	298
Pas un jour	141
Paterson: Book Ⅲ and Selected Poems	72
The Path Between the Seas: The Creation of the Panama Canal 1870-1914	78
The Path of Destiny	10
The Path of Power: The Years of Lyndon Johnson	63
The Pathologist	208
The Patrician	298
Patrimony: A True Story	65
Patterns	363
Paul-Émile Borduas: A Critical Biography	31
Paul-Emile Borduas: Biographie critique et analyse de l'oeuvre	14
Paul Revere and the World He Lived In	106
Paul Valery's Monsieur Teste	77
Paysage de fantaisie	138
Pay the Piper	371
Peaceable Kingdom	349
The Peacemaker	304
The Pear-Shaped Man	342
Pea Soup Poisonings	151
Pedlar's Progress	105
Peeping Tom	258
Peinture aveugle	15
Pélagie la charette	44
The Pelican Bar	284
Pellas bok	412
Penance	176
The Pencil	170
The Penderwicks	85
Penelope Fitzgerald: A life	55
Penguin	421
The Penguin Book of Modern Fantasy by Women	279
A Penguin Year	81
People of Paradox: An Inquiry Concerning the Origins of American Civilization	113
People of the Sacred Mountain: A History of the Northern Cheyenne Chiefs and Warrior Societies, 1830-1879	81
The People's Choice	104
The Peppermint Pig	378
Perdido Street Station	231, 240, 241, 260
Peregrine	169
The Perfectionist	157
Perfect Murder	201
The Perfect Murder	198
A Perfect Night to Go to China	26
Perfume	276
Per, Ida och Minimum	400
Permafrost	326
Permutation City	269, 292
Persephone	52
Persistance de la vision	232
The Persistence of Vision	303, 322, 358
Personal History	119
Personality	54
Personne	128
Perturbing Spirit	162
Peste et Choléra	128
Peter's Pence	165
Peter the Great: His Life and Worl	115
Petite mort, petite amie	233
The Phantom of Walkaway Hill	159
Phases of gravity	237
Philadelphia Fire	135
Philip Larkin: A Writer's Life	36
Philip Marlowe	170
Philip Wilson Steer	49
The Philosopher's Apprentice	271
Phoenix Island	354
The Physiognomy	280
The Piano Lesson	117
Pick-Up Sticks	19
Picnic	108
A Pictorial History of Science Fiction	247
The Picture of Dorian Gray	313
Picture Palace	33
Pictures from Brueghel	110
Pieces of Me	29
The Pied Piper of Dipper Creek	7
Piège	143
Pien	23
Pigeon Post	381
Pigs Get Fat	171
The Pig Who Saved the World	421
The Pike: Gabriele d'Annunzio, Poet, Seducer and Preacher of War	40
Pilgrim at Tinker Creek	113
The Pilgrims of Plimoth	427
The Pillar	9
The Pilo Family Circus	296
Pinckney's Treaty	102
The Pine Barrens	180
Pioniere und ihre Enkel	397
Pirate Diary	386, 420
Pirate's Passage	27
Pitchblende	349
Pizza Kittens	419
A Place Aparte	81
A Place of Dying	208
A Place of Execution	193, 219, 226

Place of Execution	185	Portrait Of Clare	47
A Place Within: Rediscovering India	28	The Portrait Of Zelide	47
Plains Song	80	Portraits of His Children	304
The Planck Dive	367	Port-Soudan	127
Planet des Menschen	399	Possession	130
The Planners	301	The Possibility of Evil	161
The Player	175	Possible Worlds and A Short History of Night	20
The Player of Games	236	The Postcard	185
Playing Beatie Bow	426	Postcards	135
Please Watch Your Step	227	Postcards from No Man's Land	383
Plokta	335, 336	The Postman	268, 361
Plumb	51	Postmortem	173, 190, 202, 224
Plundering Paradise	417	The Post Office Cat	385
Plus haut que les flammes	29	Postscripts	262
Poachers	178	Postscripts #28 #29: Exotic Gothic 4	285
The Poacher's Son	222	The Pottawatomie Giant	281
Pocketful of Posies: A Treasury of Nursery Rhymes	430	The Potter's Field	209
		Pour Jean Prévost	140
Poe-Land: The Hallowed Haunts of Edgar Allan Poe	188	Pour les désespérés seulement	30
Poèmes	10	Pour orchestre et poéte seul	21
Poems	8, 73, 110	Pour réussir un poulet	31
Poèms 1946-1968	14	Pour sûr	30
Poems for People	8	Poussière du temps	3
Poems New and Selected	14	Poveri e semplici	58
Poems - North & South	108	Poverty Bay	211
Poems Seven: New and Complete Poetry	84	Power and Majesty	298
Poe Museum of Richmond VA	181	The Power Broker: Robert Moses and the Fall of New York	113
The Poet	192	The Power of Un	347
Poètes de l'Imaginaire	244	Powers	309
Poe the Detective	162	Power To Hurt	177
Poil de serpent, dent d'araignée	23	Practical Gods	121
Pointe Maligne : l'infiniment oubliée	29	The Practice	181
Pointing from the Grave	205	Prague	17
Poirot: The Lost Mine	174	Prayer for a Child	390
The Poisoned Rose	216	The Prayer of Ninety Cats	285
Pojken med guldbyxorna	413	Prayer of the Bone	185
The Polar Express	392	Prayers to Broken Stones	344
Police Story	165	The Precipice	8
Polio: An American Story	122	Prends garde à la douceur des choses	4
The Polished Hoe	56	Prentice Alvin	363
Ponies	310	Preparation for the Next Life	136
Poor Dear Brendan	33	Presentation Piece	77
Poor Dumb Mouths	171	Present At The Creation: My Years In The State Department	112
Poor Man's Tapestry	49	Press Enter ■	304, 325, 361
Poor Things	36	The Prestige	53, 279
Popcorn	203	Presumed Innocent	190, 201
The Pope and Mussolini: The Secret History of Pius XI and the Rise of Fascism in Europe	124	Pretty Monsters	373
Poppy	428	The Price of Power: Kissinger in the Nixon White House	63
Popular genres and the Australian literary community: the case of fantasy fiction	297	Pride and Prometheus	309
Porc-épic	29	A Pride of Heroes	199
Pornokitsch	265	Priest	221
Porporino ou les Mystères de Naples	138	Primera memoria	88
The Port Chicago 50: Disaster, Mutiny, and the Fight for Civil Rights	431	Prime Suspect	175, 191
		Prime Suspect 2	175
		Prime Time	151

A Prince of Our Disorder: The Life of T.E.
　Lawrence ………………………………… 114
The Princess Bride ……………………… 327
Princesses de science …………………… 125
Prinz William, Maximilian Minsky und ich …… 404
The Prisoner of Heaven ………………… 285
Prisoner Without a Name, Cell Without a Num-
　ber ……………………………………… 200
Prisonnière du tableau！ ………………… 238
The Private Capital: Ambition and Love in the
　Age of Macdonald and Laurier …………… 16
A Private Disgrace ……………………… 162
Private Eye-Lashes: Radio's Lady Detectives
　…………………………………………… 150
The Privilege of the Sword ……………… 371
The Prize: The Epic Quest For Oil, Money &
　Power …………………………………… 118
Probability Space ………………………… 270
Probability Sun …………………………… 270
'A Problem from Hell': America and the Age of
　Genocide …………………………… 67, 121
The Problem of Cell 13 …………………… 160
The Problem of Slavery in the Age of Emancipa-
　tion ……………………………………… 71
The Problem of Slavery in the Age of Revolution,
　1770-1823 ………………………………… 77
The Problem of Slavery in Western Culture …… 111
The Problem of the Potting Shed ………… 193
The Problem of the Summer Snowman …… 221
Processional ……………………………… 26
Prodigal …………………………………… 344
Prodige du cœur ………………………… 125
Profiles in Courage ……………………… 109
The Progressive Party in Canada …………… 8
The Progress of a Crime ………………… 159
The Progress of Love …………………… 17
Promised Land …………………………… 166
Promises: Poems, 1954-1956 ………… 73, 109
Proof ……………………………………… 120
Property …………………………………… 134
Prophecy Rock …………………………… 176
Prophets of Regulation ………………… 116
Prosecutor of DuPrey …………………… 177
Protector ………………………………… 287
Proverbs for Monsters …………………… 351
Prussian Snowdrops, in Crimewave 4 …… 205
Psycho …………………………………… 159
The Psychotronic Video Guide …………… 279
Public Murders …………………………… 168
Pulp Fiction ………………………… 176, 191
Pumans fötter …………………………… 413
Pumpkin Soup …………………………… 386
Pump Six ………………………………… 373
Pump Six and Other Stories ………… 246, 373
The Purchase ……………………………… 30
Pure ………………………………………… 40
Puritan Village: The Formation of a New England
　Town …………………………………… 110

Purple Noon ……………………………… 159
The Purple Shroud ……………………… 164
The Pusher …………………………… 324, 359
Pyramids ………………………………… 249

【Q】

Q36 ………………………………… 288, 289
Quai des Orfevres ……………………… 154
Quand la mer se retire …………………… 44
Quand la nation débordait les …………… 27
Quand les bateaux s'en vont ……………… 11
Quand les guêpes se taisent ……………… 30
Quand le temps travaillait pour nous …… 143
Quand nous serons heureux ……………… 12
The Quangle-Wangle's Hat ……………… 385
Quantum Leap …………………………… 174
The Quantum Rose ……………………… 307
The Quantum Thief ……………………… 271
Quarantine …………………………… 37, 291
The Quark Maneuver …………………… 166
Quarrel & Quandary ……………………… 67
Quasi una vita …………………………… 57
Quatre chemins du pardon ……………… 242
Quatre Soldats …………………………… 141
Québec en Amérique au XIXe siècle ……… 13
Queen Elizabeth ………………………… 48
Queen for a Day ………………………… 281
Queenie Peavy …………………………… 422
The Queen of Air and Darkness …… 301, 319, 355
Queen of Angels ………………………… 269
Queen of Hearts ………………………… 153
The Queen of the Pharisees' Children …… 34
The Queen of the Tambourine …………… 36
Queenpin ……………………………… 184, 221
Queen Quorum: The 125 Most Important Books
　of Detective-Crime-Mystery Short Stories
　………………………………………… 156
Queen Victoria …………………………… 47
Quel Canada pour les Autochtones？ La fin de
　l'exclusion ……………………………… 25
Quelqu'un ………………………………… 126
A Question of Honor …………………… 153
The Quickening ………………………… 304
The Quick Fix …………………………… 187
Quicksilver ……………………………… 231
Quiconque ……………………………… 237
Quién ……………………………………… 89
Quiet in the Land ………………………… 16
The Quiet Redemption of Andy the House …… 290
The Quiller Memorandum ……………… 161
Quincy …………………………………… 167

【R】

Rabbit at Rest 65, 117
Rabbit Hill 409
Rabbit Hole 122
Rabbit is Rich 63, 81, 115
Rabble Starkey 427
Rabevel ou le mal des ardents 42
Raboliot 42
The Race Beat: The Press, the Civil Rights Struggle, and the Awakening of a Nation 122
The Race to Save the Lord God Bird 429
Rachel in Love 305, 362
Rachman 200
Raconter et mourir: aux sources narratives de l'imaginaire occidental 26
Radiant Green Star 368
The Radicalisation of Bradley Manning 55
The Radicalism of the American Revolution 118
Radio Waves 279
Radium Woman 381
Rafferty: Fatal Sisters 212
The Rage 208
The Ragged Astronauts 249
The Ragthorn 250, 278
Ragtime 62
Raiders of the Lost Ark ... 256, 324
Railsea 375
The Rain 173
The Rainbird Pattern 199
Rainbows End 336, 371
Rain in Pinton County 171
The Rains of Castamere ... 265, 341
Rain Storm 220
Rainy Day Magic 17
Ralph Waldo Emerson 72
Ramona and Her Mother 80
Ramsey Campbell, Probably ... 348
Ramsey Campbell, Probably: On Horror and Sundry Fantasies 260
The Rape of Europa: The Fate of Europe's Treasures in the Third Reich and the Second World War 66
Rapunzel 393
Rasmus på luffen 387
Rataplan Ornithopter 289
Rat Food 345
Ratking 201
Rat Life 184
A Rat's Tale 151
The Raven 103
Raven Black 206
Ravir: les lieux 27
The Reach of Children 262

Reading Science Fiction 251
Reading the Bones 307
Reality Check 185
A Really Weird Summer 167
A Real Shot in the Arm 202
Rear Window 157
Reave the Just and Other Tales ... 280
Rebecca 193
Rebecca's Pride 157
Rebels Ride at Night 9
Recette d'éléphant á la sauce vieux pneu ... 26
The Reckoning: The Murder Of Christopher Marlowe 53, 202
Reclaiming History: The Assassination of President John F.Kennedy 184
Reclamation 366
Reconstructing Amy 347
The Red and White Spotted Handkerchief ... 419
Red Card: A Zeke Armstrong Mystery ... 150
Red Carpet for the Sun 10
Red Clay 177
The Red Death 178
Red Dwarf 249
Rédemption: Elantris Tome2 ... 243
The Redemption of Galen Pike ... 132
Redeployment 71, 86
Red-Eyed Tree Frog 428
The Red: First Light 272
The Red Heart 8
Red Leaves 220
Red Light 276
The Red Magician 82
Red Mars 249, 306
Red Prophet 362
The Red Scream 176
Redshirts 375
Redshirts: A Novel with Three Codas ... 340
Red Sky Lament 207
Red Sparrow 187
The Red Storm 218
The Red Tower 345
Redwork 19
Reference Guide to Fantastic Films ... 321
Reflecting The Sky 193, 215
The Reformation: A History 68
Refuge, Part 2 179
Refusing Heaven 68
Regards sur Philip K.Dick. 237
The Regenerators: Social Criticism in Late Victorian English Canada 16
The Region Between 355
Regocijo en el hombre 88
Réhabilitation 233
Rehearsal for Murder 169
The Reivers 110
R.E.Lee 104
A Religious History of the American People ... 76
The Reluctant Journal of Henry K.Larsen ... 30

The Remains of the Day	130
Remake	366
Remember Why You Fear Me	264
Remington Steele	169
Rempart	244
Rendezvous with Rama	247, 267, 302, 320, 356
Renegade or Halo 2	53
Rennschwein Rudi Rüssel	401
Rent	119
Repair	120
'Repent, Harlequin！' Said the Ticktockman	300, 317
Replay	276
Reports of Certain Events in London	370
Reprisal	165
The Republican Era: l869-1901	109
Requiem	259
Requiem for an Informer	165
Requiem for C.Z.Smith	165
Requiem for Murder	166
Réquiem por todos nosotros	88
Rescue Artist: A True Story of Art, Thieves, and the Hunt for a Missing Masterpiece	183
Resistere non serve a niente	60
The Rest Is Noise: Listening to the Twentieth Century	69
Restless	39
The Resurrected Man	293
The Resurrectionist	243
Resurrection Men	181
The Resurrection of Joseph Bourne	14
Retour à la terre, définitif	233
Retour au foyer	239
Retratos de ambigú	88
Retro Pulp Tales	350
Rétrospective	142
The Return of Sherlock Holmes	172, 173
Return of the Jedi	325
Return to Ribblestrop	380
Rêve de fer	232
Reveille in Washington, 1860-186	105
The Revelation	343
Revenge of the Land: A Century of Greed, Tragedy and Murder on a Saskatchewan Farm	20
Revenger	208
Rêves de Gloire de	244
Rex Stout	167
Rhapsodie cubaine	5
The Rheingold Route	167
Rhetorics of Fantasy	252
The Rhinoceros who Quoted Nietzsche and Other Odd Acquaintances	240
Riceyman Steps	47
Richard Matheson: Collected Stories	277
Riche et légère	127
Ricochet	169
Rico, Oskar und die Tieferschatten	405
Riddley Walker	268
Rider	66
The Rider and His Horse	422
Riders of the Purple Wage	318
Ride the Lightening	171
Ridley Walker	289
Rien que des sorcières	236
Rifles for Watie	409
The Right Call	221
Righteous Empire: The Protestant Experience in America	76
The Right Stuff	79
Rinascimento privato	58
Ringworld	287, 301, 319, 355
Ripples in the Dirac Sea	305
The Rise and Fall of the Third Reich	73
The Rise of Endymion	367
The Rise of Theodore Roosevelt	79, 115
The Rise of the West: A History of the Human Community	74
The Rising	348
The Rising Sun	112
Rite of Passage	301
Rites of Passage	129
The Ritual	264
The Ritual Bath	223
Ritual Murder	200
Rituel du mépris, variante Moldscher	235
Rivage des intouchables	236
The River Between Us	395
River Boy	383
River of Gods	244, 251
River of Shadows: Edweard Muybridge and the Technological Wild West	68
The Road	54, 122
The Road from Home: The Story of an Armenian Girl	425
The Road Home	134
The Road of Noodles	375
The Road of the Dead	406
The Road's End	215
Roadside Picnic	267
The Road to High Saffron	244
The Road to Reunion, 1865-1900	105
Roald Dahl	416
Roald Dahl's Tales of the Unexpected	168
The Roaring Girl	21
Robert A.Heinlein: In Dialogue with His Century: Volume1 : 1907-1948 : Learning Curve	374
Robert Frost: The Years of Triumph, 1915 -1938	112
Robert Kennedy and His Times	78
Robot Dreams	362
The Rocking Chair and Other Poems	8
Rocky Mountain Foot and the Gangs of Kosmos	12

Roger Martin du Gard et la religion	11
Roger, Mr.Whilkie！	172
Rogey	41
Rogue Eagle	199
Rogue Island	185, 228
Rogue Primate	21
Rogues	376
Rogues' Gallery	220
Roi du matin, reine du jour	243
Roller Skates	408
Roll of Thunder, Hear My Cry	410
Romans-fleuves	23
Room for Improvement	294
A Room Made of Windows	424
Room One: A Mystery or Two	183
Room to Swing	157
The Room Upstairs	154
Roosevelt and Hopkins	107
Roosevelt: The Soldier of Freedom	75, 112
The Rooster Crows	391
The Rooster's Gift	22
The Root And The Flower	48
Roots	114
Roots, in Mean Time	204
Rose : derrière le rideau de la folie	29
A Rose For Her Grave: and Other True Cases	191
Rosetti and Ryan	167
Rosie Carpe	128
Ross Macdonald	226
Rot, Blau und ein bißchen Gelb	403
Roter Mond und Heiße Zeit	396
Rouge Brésil	45
Rough Crossings: Britain, the Slaves and the American Revolution	69
Rough Justice	215
The Round House	86
Rousseau And Revolution, The Tenth And Concluding Volume Of The Story Of Civilization	111
Royal Bloodline: Ellery Queen, Author and Detective	165
A Royal Pain	228
R&R	304, 361
Ru	29
Ruby Holler	383
Rue des boutiques obscures	44
Rue du Havre	4
Ruined	122
Rule 18	312
Rules of Summer	299
Rumeurs et légendes urbaines	239
Ruminations	354
Runaway	56
The Runaways	379
Rundherum in meiner Stadt	398
The Runner	418
A Running Duck	200
Running From the Devil	222
Running Hot	206
Running to Paradise	10
Rushavenn Time	415
Russia Leaves the War	73
Russia Leaves the War: Soviet-American Relations, 1917-1920	108
The Russian Album	17
Rynosseros	291

【S】

Sabbath's Theater	83
Saboteurs: Wiebo Ludwig's War Against Big Oil	25
Sacred Country	53
Sacred Hunger	130
The Sacred & Profane Love Machine	33
The Sacrifice	9, 255
Safari ins Reich der Sterne	402
Sa femme	139
The Safety of Unknown Cities	345
Saffy's Angel	38
Saga	264, 340
The Sailing Club	160
Sailing to Byzantium	304
The Saint: A Complete History	175
Saint George and the Dragon	392
Saint-Germain ou la négociation	44
Saints and Sinners	132
The Salaryman's Wife	149
The Saliva Tree	300
Salon Fantastique	283
The Saltimbanques	293
Salto mortale	137
Salut Galarneau	12
Salvador	361
Salvage the Bones	86
Sam, Bangs & Moonshine	391
Sammy Keyes and the Hotel Thief	178
Samuel Beckett	80
Samuel Butler, Author Of Erewhon (1835-1902) A Memoir	47
Samuel Johnson	51, 62, 78, 114
Samuel Pepys: The Unequalled Self	38
Samuel Taylor Coleridge	48
Samuel Tillerman, der Läufer	401
The Samurai and the Willows	357
San Diego Lightfoot Sue	302
Sandkings	303, 323, 358, 359
The Sandman: Endless Nights	349, 370
The Sandman's Eyes	171
Sandman: the Dream Hunters	346
Sandvargen	414
Sang et Lumière	43

Sangs	126
Sans la miséricorde du Christ	127
Sapphire	158
Sarah, Plain and Tall	394, 410
The Saskatchewan	8
The Satanic Verses	35
Satan's Lambs	213
Saturday	54
Saturday of Glory	200
The Saturn Game	303, 324
Saturn Returns	296
Saut de la mort	137
Sauve qui peut la vie	142
Savage Art: A Biography of Jim Thompson	66, 176
Savage Grace	171
Savage Sword of Conan	254
Saville	129
Saving Agnes	36
Saving Lives	67
Say No To Murder	188
The Scalding Rooms	262
The Scalehunter's Beautiful Daughter	362
A Scandal in Belgravia	187
A Scanner Darkly	248, 267
The Scar	260, 369
Scardown	371
The Scarecrow and his Servant	421
Scarecrow Gods	350
The Scarecrows	382
The Scarlet Citadel	255
Scarlet Rider	292
Scarlet Sister Mary	103
Scarp	299
A Scattering	39
A Scattering of Jades	369
The Scent of Death	209
The Scent of Lilacs	186
The Scent of Vinegar	345
Schanghai 41	397
Scherzo with Tyrannosaur	333
Schindler's Ark	129
Schlafes Bruder	140
Schlimmes Ende	404
Schneeriese	407
Schneeweiß und Russenrot	405
The School Among the Ruins: Poems 2000-2004	68
Schorschi schrumpft	399
Schreimutter	404
Schrödinger's Fridge	292
Schrödinger's Kitten	305, 327
The Schwa Was Here	429
Schwester	405
Science Fiction	290
Science Fiction and Fantasy Writers and the First World War	253
Science Fiction Chronicle	329, 330
The Science Fiction Encyclopedia	323, 359
Science-Fiction Five-Yearly	337
The Science Fiction Hall of Fame Volume1	355
Science Fiction News Letter	313
Science Fiction of the 20th Century	333, 368
Science Fiction Review	318, 319, 322
Science-Fiction: The Early Years	364
Science Fiction: The Illustrated Encyclopedia	331, 366
Science Fiction Times	315
Science Fiction Writers of America Handbook	363
Science in the British Colonies of America	75
Science Made Stupid	326
The Science of Sherlock Holmes: From Baskerville Hall to the Valley of Fear	183
The Scientific Sherlock Holmes: Cracking the Case with Science and Forensics	187
Scientists Against Time	106
The Scold's Bridle	203
Scooter	428
Scoreboard, Baby: A Story of College Football, Crime and Complicity	186
The Scorpio Races	245
Scrambled Eggs & Whiskey	83
The Screaming Season	352
The Screwfly Solution	303
The Sculptress	175, 224
The Sea	130
The Sea and Summer	230, 268
The Sea Around Us	72
Sea Change	381
Sea Hearts	298
The Seance	168
Seance on a Wet Afternoon	161
Sea of Souls	183
Seascape	113
A Season In The West	52
Seasons of Plenty (表紙)	250
The Sea, the Sea	129
Seaview	135
The Second American Revolution and Other Essays	63
The Second Book of Fritz Leiber	254
Second Chance	18
The Second Coming	216
The Second Man	198
The Secret City	47
The Secret Feminist Cabal: A Cultural History of Science Fiction Feminisms	298
The Secret History of Las Vegas	188
Secret in the Mist	418
The Secret Lives of Trebitsch Lincoln	201
The Secret Marriage of Sherlock Holmes	177
Secret of the Andes	409
The Secret of the Bottle	157
Secret Passages	270
The Secret Place	301
The Secret Scripture	39, 54
Secrets de jeunesse	140

The Secret Sharer	362
The Seeing Stone	419
Seeker	309
The Seeker	210
Seldom Disappointed: A Memoir	150, 193
Selected Essays	74
Selected Non-Fictions	67
Selected Poems	
13, 74, 76, 82, 103, 105, 111, 115, 118	
Selected Poems 1928-1958	109
Selected Poems 1956-1968	12
Selected Stories	374
Self-Portrait in a Convex Mirror	62, 77, 114
Selina, Pumpernickel und die Katze Flora	400
Sélinonte ou la Chambre impériale	137
Selkirk's Island	38
The Sense of an Ending	131
Sent for You Yesterday	135
The Sentimentalists	56
The Sentinels	379
The Separation	231, 241, 251
The Serengeti Lion: A Study of Predator-Prey Relations	76
Serenity	309, 336
Serpentine	240
Served Cold	214
Service of all the Dead	200
Servus Opa, sagte ich leise	399
Sessanta racconti	57
Set in Stone	39
Settlements	16
Seul on est	28
Seven Blind Mice	427
The Seven per cent solution	199
Seven Tales and a Fable	279
Seventeen	297
The Seventh Raven	423
The Seventh Relic	299
Seventh Son	290, 362
Seven Views of Olduvai Gorge	306, 330
Severed Dreams	331
A Severe Mercy	79
Sex and the Nature of Things	9
S.F.Commentary	287, 288, 294
SF in the Cinema	287
SF Signal	340
SF Signal Podcast	341
SF Site	369
SF Squeecat	340
SF Sucks	292
Shackleton's Journey	387
Shades Fantastic	350
Shades of Gray	394
Shadow	392
The Shadow Box	114
The Shadow Broker	218
Shadow Country	85
Shadow Forest	422
The Shadow-Maker	12
Shadow Maker: The Life of Gwendolyn MacEwen	21
Shadow of a Bull	409
The Shadow of Sirius	123
The Shadow of the Torturer	248, 268, 274
Shadow of the Vampire	347
The Shadow of the Wind	220
The Shadow Run	202
Shadows	273
Shadow Show	353
Shadows of Sanctuary	359
The Shadow Year	283
Shake Hands with the Devil: The Failure of Humanity in Rwanda	26
Shakespeare, les feux de l'envie	139
Shakespeare's Dog	16
Shakespeare's Theatre	385
Shannon's Deal	173
The Shaping of the Historian	77
The Sharing of Flesh	318
Shark! Shark!	264
Sharp Objects	207
Shaun of the Dead	349
Shayol	274
Shear Madness	173
The Sheep-Pig	379
Shen of the Sea	408
Sherlock	187, 263
Sherlock Holmes: The Final Adventure	184
She Said	298
She Walks These Hills	148, 191, 225
Shibboleth	35
The Shield of Achilles	73
Shiloh	411
The Shining Company	423
The Shining Girls	265
Ship Breaker	374
Ship Fever and Other Stories	83
The Ship Maker	252
Ship of Shadows	318
A Ship Of The Line	48
The Shipping News	83, 118
The Shock of the Fall	40
Sho et les dragons d'eau	22
Shoggoths in Bloom	337, 375
shoo bre	414
Shooting Yourself in the Head for Fun and Profit: A Writer's Survival Guide	354
The Shortcut Man	218
Short Journey Upriver Toward Ōishida	26
A Short, Sharp Shock	363
The Shot	156
Shot in the Heart	66
Shots on Goal	217
Show Me the Evidence	173
The Shrike	107
The Shrimp	419
Shroud of a Nightingale	199
Shy Charles	427
A Sick Day for Amos McGee	393

Sideshow	269
Sidetracked	204
Sidewalk Flowers	31
Sie bauten eine Kathedrale	399
Sieben Minuten nach Mitternacht	406
Siebenstorch	402
The Siege	209
The Siege of Krishnapur	129
Siempre en capilla	87
Signaux pour les voyants	13
The Significance of Sections in American History	104
The Sign of the Beaver	394
Signpost to Terror	162
Signs of the Times	265
Silbermann	125
The Silence of Murder	186
Silence of the Grave	206
The Silence of the Lambs	174, 189, 343
Silent Joe	180
Silently and Very Fast	374
The Silent Shame	171
Silent Witness	178
The Silicon Man	269
The Silk Code	368
Silk Stalkings: When Women Write of Murder	224
Sillabario n.2	58
The Silmarillion	288, 322, 358
Silver Birch Blood Moon	280
Silver's City	34
Silver Street	162
The Silver Wind	245
Simone Says	176
Simon et la ville de carton	20
Simpel	405
Simple Justice	177
The Simple Truth	119
Sinbad and Me	161
Sineater	344, 350
Sing a Song of Daniel	289
The Singing	85
Singing My Sister Down	282, 295
Singing of Mount Abora	283
A Single Shard	411
Singularity's Ring	373
Sinner, Baker, Fabulist, Priest; Red Mask, Black Mask, Gentleman, Beast	310
Sinner's Ball	217
The Sins	180
Sins of Scarlett	206
Sippur hayim	141
The Sirens Sang Of Murder	189
The Siren Years	13
Sir Gawain and the Loathly Lady	385
The Sirius Crossing	205
Sir John Moore	49
Sir Walter Ralegh and the Quest for El Dorado	429
Sister Emily's Lightship	307
Sister Mine	311
Sisters	5
The Sisters Brothers	29
Sister Wolf	80
Sisyphe et l'étranger	241
Sisyphus and the Stranger	241
Six degrés de liberté	31
Six Dinner Sid	416
Six-Gun Snow White	375
Six Months, Three Days	339
The Sixth Extinction: An Unnatural History	124
The Sixth of June	9
The Sixth Sense	307, 346
Sixty Years of Arkham House	368
Skeleton Crew	361
Skellig	37, 383
Skin	168
Skin Deep	199
Skin Folk	281
Skinhead Central	184
The Skin of Our Teeth	106
The Skin Trade	277
Skinwalkers	189
The Skull Mantra	179
Sky	299
Sky Eyes	280
Skyler Hobbs and the Rabbit Man	186
The Sky Road	250
Slant	270, 314
A Slanting Light	50
Slaughterhouse-Five	320
Slava Bohu	7
The Slave Dancer	410
Slavery by Another Name: The Re-Enslavement of Black Americans from the Civil War to World War II	123
Slaves in the Family	84
Sleeper	302, 320
The Sleeper and the Spindle	375
Sleeping Beauty and Other Favorite Fairy Tales	385
Sleeping It Off in Rapid City	69
Sleeping with the Plush	151
Sleepless Nights in the Procrustean Bed	361
A Sleep Not Unlike Death	195
Sleep Tight Mrs.Ming	20
Sleuth	163, 164
Slice Of Life	297
A Slight Case of Murder	179
The Slightly Irregular Fire Engine or The Hithering Thithering Djinn	76
Slights	297
Sling Blade	177
Slippage	367
Slow Life	334
Slow Motion Riot	174
Slow River	306
Slow Sculpture	301, 319

Title	Page
The Small Boat of Great Sorrows	205
A Small Death in Lisbon	204
Small Island	38, 134
A Small Price to Pay for Birdsong	285
A Small Room in Koboldtown	372
Small Talk	31
Small Town Removal	40
Smile!	420
Smith	422
Smoke	156
Smoky Night	393
Smoky, the Cowhorse	408
Snakeskin Shamisen	183
Snow Blind	217
Snow Crash	237
Snow Falling on Cedars	136
Snowflake Bentley	393
The Snow Leopard	78, 79
The Snowman	425
The Snow Queen	323, 359
The Snow Spider	415
Snow White and the Seven Aliens	418
Snow White in New York	385
The Snowy Day	391
So Big	102
Sobre las piedras grises	87
The Social Transformation Of American Medicine	116
Sofies Welt	402
So fliegst du heute und morgen	397
Soft Apocalypses	354
Soft Monkey	172
So Human An Animal	112
Soifs	22
Soil	245
Sojourner Truth: Ain't I a Woman?	427
Soldier, Ask Not	317
Soldier of Sidon	283
Soldier of the Mist	361
Soldiers in Hiding	135
A Soldier's Play	115
A Soldier's Story	170
Solitude	306
Solomon Gursky	31
So Lonely	403
So Long, Chief	218
So Long, See You Tomorrow	81
Solutions non satisfaisantes : une anatomie de Robert A.Heinlein	242
Somebody Else's Child	192
Some Kind of Fairy Tale	264
Some of the Kinder Planets	20, 428
Some of Your Blood	162
Someone from the Past	198
Someone Like You	156
The Somerset Gazette	287
Something About a Scar	182
Something Like a House	38, 54
Something to Answer For	129
Something to Hide	156
Something Wicked	147, 189
Something Wild	172
The Somewhere Doors	278
Somewhere Towards the End	39, 70
The Somme Stations	208
Som Trolleri	414
So Much	416
So Much in Common	152
Song and Dance Man	392
A Song for Ella Grey	380
A Song for Lya	320
A Song for Lya and Other Stories	358
A Song for Nettie Johnson	25
The Song My Sister Sang	259
The Song of Achilles	134
Song of Kali	276
The Song of Names	38
The Song of Pentecost	34
Song of Solomon	62
Song of the Bones	182
Song of the Swallows	391
Song of Time	231, 271
Songs for Relinquishing the Earth	23
Songs of Innocence	217
The Song Within My Heart	26
Sonietchka	140
Sonnenfresser	404
Sonntagskind	400
Son of a Grifter	180
Son of Gun in Cheek	223
Son of the Wilderness	106
Sons of Mississippi: A Story of Race and its Legacy	68
The Sons of Noah and Other Stories	278
The Sookie Stackhouse Companion	196, 228
Sophiechen und der Riese	400
Sophie's Choice	79
The Sopranos	180
Soren Kierkegaard's Journals and Papers	75
Sorry, Wrong Number	158
The Soul of a New Machine	81, 115
Soul Patch	217
Souls	324, 360
The Soul Selects Her Own Society...	331
Sounder	410
Soundings: Reviews 1992-1996	251
A Sound of Chariots	422
Sous des cieux étrangers	244
Sous le signe du scorpion	245
Sous le vent du monde	239
South Pacific	107
South Riding	48
Souvenirs de l'empire de l'atome	246
Souvenirs du futur: Les Miroirs de la Maison d'Ailleurs	246
Souvenirs pour demain	10
Soylent Green	302

作品名索引　　STI

So You Want to Be President？ 393
Space Fantasy Commemorative Stamp Booklet
　 330
Space, in Chains 70
The Space Machine 288
The Spacetime Pool 309
The Spanish Prisoner 163
Spanish Tudor 48
Spar 310
The Sparrow 231, 250, 270
Sparrows in the Scullery 178
Spartina 83
Spatter Pattern 182
Speaker for the Dead 268, 304, 326, 361
The Specialist's Hat 280
The Spectator Bird 78
Spectrum: The Best in Contemporary Fantastic
　Art 366
Spectrum 2: The Best in Contemporary Fantastic
　Art 366
Spectrum 3: The Best in Contemporary Fantastic
　Art 367
Spectrum 5: The Best in Contemporary Fantastic
　Art 368
Spectrum 7: The Best in Contemporary Fantastic
　Art 369
Spectrum 8: The Best in Contemporary Fantastic
　Art 369
Spectrum 9: The Best in Contemporary Fantastic
　Art 370
Spectrum 11: The Best in Contemporary Fantastic Art 371
Spectrum 12: The Best in Contemporary Fantastic Art 371
Spectrum 13: The Best in Contemporary Fantastic Art 372
Spectrum 17: The Best in Contemporary Fantastic Art 374
Spectrum 18: The Best in Contemporary Fantastic Art 374
Spectrum 19: The Best in Contemporary Fantastic Art 375
Spectrum 20: The Best in Contemporary Fantastic Art 375
Spectrum 21: The Best in Contemporary Fantastic Art 376
Speculative Fiction 2012 265
Speech Sounds 325
The Speed of Dark 308
Spelar död 414
Spellbinder 2 292
A Spell for Chameleon 255
A Spell of Winter 134
Spies 38
Spilled Water 420
Spin 242, 253, 271, 336
The Spirit Catches You and You Fall Down 66

The Spirit Level 36
The Spirit of St.Louis 108
Splay Anthem 85
The Spoilt Kill 198
Sprawl 298
The Spring Rider 424
The Spy Who Came in from the Cold
　 .... 160, 161, 198
Squaw Point 164
Stabat Mater 59
Stag's Leap 124
Stained 349
The Stains 255
The Staked Goat 211
Stakeout 172
Stand on Zanzibar 247, 318
Stanley Baldwin 49
Stanley: The Impossible Life of Africa's Greatest
　Explorer 69
The Star 314
Star Cops 249
Stardance 303, 322, 358
Stardust 337
Starfarers 270
Starlight 1 279
The Star of Kazan 420
Starship & Haiku 359
StarShipSofa 338
Starship Troopers 315
Startide Rising 304, 325, 360
The Start of the End of It All and Other Stories
　 277
Star Trek 317, 318
Star Trek: The Next Generation 329, 330
Starvation Lake 196, 222
Star Wars 303, 322
State of Play 182
State of the Onion 195, 221
State of the Union 106
Station balnéaire 145
Station Eleven 231
Stations of the Tide 269, 305
Staying On 129
Steam Engine Time 298
The Steam Pig 199
Steampunk - De vapeur et d'acier 245
Stefan Wul - L'intégrale 246
Stephen 343
Stephen King: A Literary Companion 352
Stephen King's Danse Macabre 238
A Step in Time 164
Stepping on Cracks 395
Steps 75
The Sterkarm Handshake 379
The Sterling Inheritance 215
Sternkinder 397
Stet 35
Sticks 254

海外文学賞事典　　615

Still Life	195, 206, 221
Still Life with Scorpion	275
A Stillness at Appomattox	72, 108
Still Water	12
Stilwell and the American Experience in China, 1911-1945	112
The Sting Man	169
Stitches	26
A Stitch in Time	33
The Stochastic Man	267
Stolen Away	213
Stone	303
Stone and Ashes	22
Stone Baby	204
The Stone Book	423
Stone Cold	383
The Stone Diaries	20, 66, 119
Stones for Ibarra	82
Stonewords	174
Stop the Train	420
The Store	103
Storeys from the Old Hotel	277
Storia della mia gente	59
Storia prima felice, poi dolentissima e funesta	139
The Stories of John Cheever	62, 80, 114
Stories of Your Life and Others	370
Storm	382
The Storm in the Barn	395
A Storm of Swords	368
The Storms of Windhaven	357
Storm Track	149
Storm Warning	213
A Story A Story	392
The Story of Mankind	408
The Story of the Creation	416
The Story of Your Home	381
Story of Your Life	307
Storyteller: Writing Lessons and More from 27 Years of the Clarion Writers' Workshop	336, 371
Strange Bodies	272
The Strange Case of Dr.Jekll and Mr.Hyde	162
Strange Constellations: A History Of Australian Science Fiction	293
A Strange Eventful History: The Dramatic Lives of Ellen Terry, Henry Irving and their Remarkable Families	54
The Strange Files of Fremont Jones	225
Strange Holiness	104
Strange Interlude	102
A Stranger at Green Knowe	382
Stranger in a Strange Land	316
A Stranger in Olondria	265, 285
Stranger Magic: Charmed States and the Arabian Nights	70
Stranger Things Happen Magic for Beginners	242
The Stranger You Know	188
The Strangest Man: The Hidden Life of Paul Dirac, Quantum Genius	39
Strange Tales	282
Strangle Hold	155
Stratton's War	207
Strawberry Girl	409
Streams to the River, River to the Sea	394
Streetcar Dreams	280
A Streetcar Named Desire	107
Street Legal	215
Street Level	215
Street of Riches	10
Street Scene	103
Streets of San Francisco	166
The Stricken Deer: Or The Life Of Cowper	47
Strike Three, You're Dead	170
Striped Holes	290
The Strongest Man in the World: Louis Cyr	430
The Stronghold	382
A Student of Hell	347
The Studhorse Man	12
A Study in Emerald	335, 370
Stumbling in the Bloom	27
St.Urbain's Horseman	13
The Subject Was Roses	111
Subterfuge (表紙)	252
Subtle is the Lord...: The Science and Life of Albert Einstein	82
Such	50
Such a Long Journey	19
Such dir was aus, aber beeil dich!	406
A Sudden Death at the Norfolk Cafe	213
Suffer Little Children	213
Sugarmilk Falls	205
Sugartown	211
Suite française	146
The Suiting	343
A Suit of Nettles	10
Sukkwan Island	141
Sukran	235
Summa summarum	412
Summer for the Gods: The Scopes Trialand America's Continuing Debate Over Science and Religion	119
The Summer Isles	271, 280
Summer of Night	364
Summer of Storms	180
Summer of the Swans	410
The Summons	203
A Summons to Memphis	116
Sunbird	371
Sunburn	203
Sunday in the Park With George	116
Sunderland Capture	105
Sunglasses After Dark	343
Sunrise	63
Sunset Express	214
Sunset Limited	204
Sun Under Wood	66

Supergods: Our World in the Age of the Super Hero ... 264
Super-héros！La puissance des masques ... 245
Super-héros, une histoire française ... 246
Superman ... 322
The Supernatural Index ... 345
The Supreme Court in United States History ... 101
Sur ... 360
Surface Detail ... 244
Surrender ... 25
The Suspect ... 171
The Suspect Genome ... 251
Suspense ... 154
Swan Song ... 342
The Sweetness at the Bottom of the Pie ... 152, 207, 221, 228
Sweet Whispers, Brother Rush ... 426
The Swerve: How the World Became Modern ... 86, 123
Swift Justice ... 175
A Swiftly Tilting Planet ... 79
Swimming Studies ... 70
Swimmy ... 397
Swing Hammer Swing！ ... 36
Swing Shift ... 196, 228
Swiss Sonata ... 7
The Sword and the Stallion ... 254
The Sword in the Stone ... 312
The Sword of God ... 292
The Sword of the Lictor ... 256, 360
Sylvester and the Magic Pebble ... 392
Sympathy for the Devil ... 226
Syncope ... 16
Synesthésie ... 239
Syngué Sabour.Pierre de Patience ... 45
Synners ... 230
Synod Of Sleuths: Essays on Judeo-Christian Detective Fiction ... 190
Syriana ... 183
Systèmes de survie - Dialogue sur les fondements moraux du commerce et de la politique ... 22

【T】

Tadpole's Promise ... 420
The Taft Story ... 108
Tagged for Murder ... 220
The Tain ... 369
Take Back Plenty ... 230, 249
Taken ... 218
Taking Care of Frank, in Crimewave 2 ... 204
Taking Terri Mueller ... 169
Taking the Quantum Leap: The New Physics for Nonscientists ... 81

Taklamakan ... 332, 367
A Talent for Murder ... 169
The Tale of Despereaux: Being the Story of a Mouse, a Princess, Some Soup, and a Spool of Thread ... 411
The Tale of the Mandarin Ducks ... 427
Tales From Bective Bridge ... 49
Tales from Earthsea ... 369
Tales from Outer Suburbia ... 297
Tales from Ovid ... 37
Tales from Silver Lands ... 408
Tales from the Crypt ... 254
Tales of Old Earth ... 368
Tales of the Black Widowers ... 165
Tales of the Quintana Roo ... 276
Tales of the South Pacific ... 107
Talking About Detective Fiction ... 196, 228
Talking Mysteries: A Conversation with Tony Hillerman ... 224
Talking with Artists ... 427
Talley's Folly ... 114
Tamar ... 383
Tangents ... 304, 326
Tangle and the Firesticks ... 415
Tarnished Blue ... 176
A Taste for Death ... 201, 223
A Taste of Honey ... 157
A Taste of Tenderloin ... 351
Taube Klara ... 402
Tausend Tricks der Tarnung ... 399
A Tax in Blood ... 212
T.B.R. - newspaper pieces ... 7
Tea at the Midland: and Other Stories ... 132
Tea for Two ... 149
The Teahouse of the August Moon ... 108
Tea with the Black Dragon ... 360
Tehanu: The Last Book of Earthsea ... 305, 363
Teller of Tales: The Life of Arthur Conan Doyle ... 149, 179
The Telling ... 285, 368
The Telling of Lies ... 172
Temeraire: His Majesty's Dragon ... 372
Tempest in a Texas Town ... 162
Tempo di uccidere ... 57
Temps mort ... 18
Temps sans frontières ... 236
The Temptation of Dr.Stein ... 258
The Temptations of Big Bear ... 13
Ten Birds ... 29
Tender Morsels ... 283, 297
The Tenderness of Wolves ... 39
Ténèbres n° 11 12 ... 239
Tenir tête ... 31
Tennessee Williams: Mad Pilgrimage of the Flesh ... 71
Ten North Frederick ... 73
Tennyson: The Unquiet Heart ... 52
The Ten Thousand Leaves: A Translation of

The Man'Yoshu, Japan's Premier Anthology of Classical Poetry	81
Teranesia	293
The Terminal Experiment	306
Terminator 2: Judgment Day	249, 306, 329
Terminus radieux	142
Terraforming Earth	270
Terra Incognita: Images d'ailleurs	240
Terrarium	289
Terres lorraines	42
Terror and Decorum	107
The Testament of Jessie Lamb	231
Tested	350
The Testing	197
Test of Wills	219
Tests of Time	68
Texaco	45
Texas SF Inquirer	327
That Championship Season	113
That Hell-Bound Train	315
That Leviathan Whom Thou Hast Made	310
That One Day	64
That Pesky Rat	420
That Rabbit Belongs to Emily Brown	421
A Theater of Envy: William Shakespeare	139
...the Heavens and the Earth: A Political History of the Space Age	116
Them	75
Them: A Memoir of Parents	68
Theodore Roosevelt	103
Theory of War	36
There Are No Snakes in Ireland	169
There Is No Crime on Easter Island	221, 227
There Once Lived a Woman Who Tried To Kill Her Neighbor's Baby: Scary Fairy Tales	284
There's a Long, Long Trail A-Winding	273
There's a Trick with a Knife I'm Learning to Do	15
Thérèse pour joie et orchestre	29
There Shall Be No Night	105
They Died in the Chair	158
They Died in Vain: Overlooked, Underappreciated, and Forgotten Mystery Novels	150, 194, 226
They'd Rather Be Right	314
They Knew What They Wanted	102
They Were Strong and Good	390
Thief	164
A Thief in the Village	415
The Thief of Always	237
A Thief of Time	224
Thief's Magic	299
The Thighbone Is Connected to the Knee Bone	167
Thimble Summer	408
The Thin Blue Line	173
The Thing About Cassandra	374
The Thing About Luck	86
Things of the World	73
Things of This World	109
Think Like a Dinosaur	331
Think of The Earth	7
The Third Alternative	259
The Third Magic	18
Thirteen	425
Thirteen Phantasms	279
Thirteen Ways to Water	307
Thirty Acres	7
Thirty and Three	9
This Dark Road to Mercy	209
This Dog For Hire	214
This Immortal	317
This Is Me, Jack Vance!	338
This Is Not My Hat	387, 393
This Is Not My Story	297
This Is the Way the World Ends	268
This Land was Made for You and Me: The Life and Songs of Woody Guthrie	429
This Most Famous Stream	9
This One Summer	31
This Time: New and Selected Poems	84
This Year's Class Picture	278, 344
Thomas	233
Thomas and Beulah	116
Thomas and the Tinners	417
The Thomas Berryman Number	166
Thomas Cranmer: A Life	37, 53
Thomas Gray	50
Thomas More	48
Thomas the Rhymer	277
Thor Meets Captain America	361
Those Who Hunt the Night	362
Those Who Wish Me Dead	223
The Thought and Character of William James	104
A Thousand Acres	65, 118
A Thousand Bones	195
A Thousand Days	74, 111
A Thousand Years of Good Prayers	131
Thraxas	280
The Thread that Binds the Bones	344
The Three	266
The Three-Body Problem	272, 341
Three Came to Ville Marie	7
The Three Coffins	159
Three Days of the Condor	166
Three-Day Town	152
The Three Evangelists	207
Three in the Back, Two in the Head	21
Three Junes	84
The Three Pigs	393
Three Poor Tailors	385
Three Seconds	208
Three Tall Women	118
Three to get Deadly	203
The Throat	344
The Throne of Bones	280

Throne of Jade	372
Throne of the Crescent Moon	375
Through Black Spruce	56
Through Splintered Walls	299
Through the Woods	266
Throwing Shadows	423
Thunder and Light	25
Thunder and Lightnings	382
Thursday's Child	379
Thyme	290, 292
Tibet.Das Geheimnis der roten Schachtel	403
Tibet: Through the Red Box	428
The Tide Knot	421
Tideline	337
Tiger	159
The Tiger's Wife	134
Tikki Tikki Tembo	424
Tik-Tok	248, 268
Til Death Do Us Part	167, 227
Tilt	39
Tilt-A-Whirl	194
Tim All Alone	384
Time	341
Time and Again	236
Time and Materials	85, 122
Time and Money	66
Time Bandits	248
Time & Chance	331
Time Considered as a Helix of Semi-Precious Stones	301, 318
A Time for Predators	163
The Time In Between	56
Time, Love, Memory: A Great Biologist and His Quest for the Origins of Behavior	67
A Time of Changes	301
Time of Trial	382
A Time of Troubles	394
Time of Wonder	391
The Time of Your Life	105
Time Pieces Angelbot（表紙）	251
Timescape	248, 268, 288, 303
The Time Ships	250, 269
Times Three: Selected Verse From Three Decades	110
A Time To Die	166
The Time Traveler's Wife	270
The Tin Flute	8
Tinkers	123
Tinplate	201
Tinseltown: Murder, Morphine, and Madness at the Dawn of Hollywood	188
Tintenherz	241
Tiny Deaths	283
Tiny Sunbirds Far Away	40
Titan	271, 358
Titus n'aimait pas Bérénice	142
Tk'tk'tk	336
Tlacuilo	139
To Each Their Darkness	352
To Kill A Mockingbird	109
Told By the Dead	261
Tolstoj	58
Tolstoy	35
Tombee: Portrait of a Cotton Planter	64
Tomorrow and Beyond	358
Tomorrow Come Today	55
Tomorrow is our Permanent Address	34
Tomorrow Now: Envisioning the Next Fifty Years	370
Tom's Midnight Garden	381
Toms River: A Story of Science and Salvation	124
Tom Thomson in Purgatory	69
Tonight I Said Goodbye	216
Too Late To Die	189
Too Many Cooks	150, 194
Too Many Crooks	173
Too Much to Bare	148, 224
Tooth and Claw	282
The Tooth Fairy	239, 259
Topdog Underdog	120
The Top of the World: Climbing Mount Everest	428
To Protect and Serve	176
Top Soil	14
Torah！ Torah！ Torah！	177
Tor.com	376
The Tortilla Curtain	140
To Say Nothing of the Dog	332, 367
To See, To Take	75
To Serve Man	313
To The Last Breath	178
Touch the Dragon	20
Toughing It	176
Tough Luck	220
Tough Times All Over	376
Tous à Zanzibar	232
Tous les soleils	127
Toutes les chances plus une	5
Tout, tout de suite	6
To Wake The Dead	255
Towards the Last Spike	9
Tower	228
Tower of Babylon	305
Tower of Dreams	240
Tower of the King's Daughter	259
The Towers Of Trebizond	50
Towing Jehovah	237, 279
The Town	107
Toxic Shock	201
Toxique ou L'incident dans l'autobus	30
To Your Scattered Bodies Go	319
A Trace of Smoke	228
Tracey en mille morceaux	28
Track Of The Cat	148, 190
Traction Man Is Here！	429
Traffic	180

Tragedy in Dedham	160
The Training of an American: The Earlier Life and Letters of Walter H.Page	103
Traité des courtes merveilles	139
Trälarna	413
Transcendental Studies: A Trilogy	86
Transfiguration	24
The Transformation of Martin Lake	280
The Transformation of Virginia, 1740-1790	115
The Transit of Venus	63
Transparences	240
Transparent Gestures	65
Transport 7-41-R	425
Traveling Through the Dark	73
The Traveling Vampire Show	347
Travellers	49
The Travels of Jaimie McPheeters	109
Travels with My Cats	335
The Tree	157
A Tree Is Nice	391
The Tree of Hands	201
Tree of Smoke	85
Treffpunkt Weltzeituhr	401
Triangle	169
Tricentennial	321, 357
A Trick of the Light	196
Trick or Treat: A History of Halloween	353
Trillion Year Spree	326, 362
Tristan and Iseult	424
Tristram	103
The Triumphant Empire: Thunder-Clouds Gather in the West 1763-1766	110
The Triumph of Achilles	64
Trois Femmes puissantes	45
Trois jours chez ma mère	45
Trollkarlen från Galdar	413
Trollope	32, 36
Trompette de la Mort	40
Trophy Wives	309
Trouble Don't Last	395
Trouble is Their Business: Private Eyes in Fiction, Film, and Television, 1927-1988	174
Troubles	131
Trou de mémoire	12
Troy Chimneys	49
Trudeau and Our Times	19
True Believer	84
True Confessions of a Heartless Girl	25
The True Confessions of Charlotte Doyle	427
A True Deliverance	168
True Detective	211
The True Eventual Story of Billy the Kid	12
True History of the Kelly Gang	130
The True Knowledge of Ken MacLeod (表紙)	251
The True Story of Spit MacPhee	379
True Tales from the Annals of Crime and Rascality	155
Truman	118
The Truman Show	332
The Trumpeter of Krakow	408
Trumps of Doom	361
Trunk Music	219
The Truth About Owls	376
The Truth About Weena	293
Truth Be Told	153
The Truth Is a Cave in the Black Mountains	374
Truth or Death: The Quest for Immortality in the Western Narrative Tradition	27
Tschick	406
T.S.Eliot	34
Tuesday	392
The Tulip Touch	37
Tulku	33, 382
The Turbulent Term of Tyke Tiler	382
Ture Sventon, privatdetektiv	412
Türme	401
Turn Away	212
The Turtle Boy	349
Turtle Island	113
The Twelfth Juror	201
Twelve Against Crime	155
Twelve Against the Law	154
The Twelve and the Genii	382
Twelve Bar Blues	38
Twelve Letters to a Small Town and The Killdeer and Other Plays	10
Twentieth Century Pleasures: Prose on Poetry	63
Twentiety Century Crime and Mystery Writers	168
Twenty-four Views of Mount Fuji, by Hokusai	326
The Twenty-One Balloons	409
Twenty-One Cardinals	31
Twilight Beach (表紙)	291
The Twilight Zone	315, 316
The Twin in the Tavern	175
Twin Peaks	249
Twisted City	194
Twisted Summer	177
Two For The Dough	203
Two for the Lions	204
Two Frogs	420
Two Hearts	309, 336
Two Ladies of Rose Cottage	225
Two Solitudes	8
Two Suns in the Sky	395
Two Suns Setting	255
Typo	291

【U】

Ug	419
Uglies	242
The Ugly Chickens	274, 303

Uh-Oh City	238
The Ultimate Earth	307, 333
Unaccustomed Earth	132
Un aller simple	45
Un altare per la madre	58
Un amour allemand	4
Un amour de père	127
Un amour de Salomé	26
Una spirale di nebbia	58
Un champion	19
Un chat qui aboie	137
Uncommon Sense	313
The Unconquered Country	248, 269, 275
The Unconscious Civilization	22
Und dann platzt der Kopf	407
Undead Backbrain	297
Under My Skin	53
The Underpainter	22
Under the Beetle's Cellar	191, 225
Under the Blood Red Sun	395
Under the Crust	278
Under the Eye of the Clock	35
Under the Sun	7
Under the Thunder the Flowers Light up the Earth	14
The Undiscovered Country: Poetry in the Age of Tin	68
Un drap.Une place.	30
...und unter uns die Erde	398
...und viele Grüsse von Wancho	397
Une belle journée pour mourir	21
Une collection très particulière	245
Une éducation polonaise	139
Une femme fuyant l'annonce	142
Une forêt pour Zoé	12
Une histoire de la lecture	140
Une littérature qui se fait	11
Un encargo difícil	89
Une Planète dans la tête	245
Une promesse	141
Une saison blanche et sèche	138
Une saison dans la vie d'Emmanuel	137
Un été d'amour et de cendres	30
Un ôtô de Jade	24
Une vie française	128
Un fils de Prométhée, ou Frankenstein dévoilé	235
Unfinished Business	106
An Unfinished Woman: A Memoir	75
The Unforgotten Coat	380
Un garçon parfait	141
Un gatto attraversa la strada	57
Un goût de sel	16
Un grand pas vers le Bon Dieu	45
The Unguarded Frontier	7
Unharmed	225
Un hombre	87
Un hombre que se parecía a Orestes	88
Un homme se penche sur son passé	42
The Unicorn Tapestry	303
Unicorn Variation	324
Unicorn Variations	360
United States: Essays 1952-1992	83
Unity (1918)	25
Universe 1	355
Universe 4	357
Universe 9	359
Un jardin de papier	27
The Unknown Country	7
Unleaving	425
The Unlikely Hero of Room 13B	30
The Unlimited Dream Company	248, 268
An Unlocked Window	161
Un long dimanche de fiançailles	5
Un Lun Dun	372
An Unmarked Grave	229
Un oiseau vivant de la gueule	17
Un parfum de cèdre	24
Unquenchable Fire	230
An Unquiet Grave	216
Unrobed	216
Un roman français	146
Unsichtbar	404
Un silence d'environ une demi-heure	145
Un singe en hiver	4
Unspeakable Horror	351
Until the Twelfth of Never	175
Untitled Subjects	112
Unutterable Horror: A History of Supernatural Fiction, Volumes1&2	285
The Unwinding: An Inner History of the New America	86
Up a Road Slowly	409
Up Country	113
Up Jumps The Devil	149
The Uplift War	326, 362
Upon the Head of the Goat: A Childhood in Hungary 1939-1944	426
Uppdraget	414
The Uprooted	107
Urm le fou	233
Us Conductors	50
Useless Landscape, or A Guide for Boys	70
The Uses of Enchantment: The Meaning and Importance of Fairy Tales	62, 78
The Usual Suspects	177, 191
Utopian Thought in the Western World	82
Uwe George's In the Deserts of This Earth	78

【V】

Valentine and Orson	427
Valet de nuit	45
Valiant	309

The Valley: A Hundred Years in the Life of a Family ... 55
A Valley Grows Up ... 381
Vampires, Zombies & Wanton Souls ... 353
The Vandal ... 379
The Vaporization Enthalpy of a Peculiar Pakistani Family ... 354
Variations sur un meme & laqno;t'aime ... 23
The Various ... 420
Varjak Paw ... 420
The Vatican Connection ... 169
Vectors: A Week in the Death of a Planet ... 351
Venir au monde ... 17
Vent de Mars ... 43
The Ventriloquist's Tale ... 37
Vera (Mrs. Vladimir Nabokov) ... 120
Vernon God Little ... 38, 130
Versed ... 70, 123
The Very Best of Gene Wolfe ... 284, 373
A Very Long Engagement ... 182
Very Much A Lady ... 170
A Very Private Enterprise ... 201
The Very Pulse of the Machine ... 332
Vetiver ... 27
Via Gemito ... 59
Vice: New & Selected Poems ... 84
Victor ... 20
Victor Gollancz: A Biography ... 52
Victor Hugo ... 37
Victoria R.I. ... 50
The Victory at Sea ... 101
Victory over Japan: A Book of Stories ... 82
Videodrome ... 256
Vienna Blood ... 204
Viento del Norte ... 87
The View from Saturday ... 411
The View From the Oak ... 78
Vildar och paradisfåglar ... 412
The Village by the Sea ... 379, 427
Village Heritage ... 415
Villa Tarantola ... 57
The Villian of the Earth ... 203
Villospar ... 204
Vinge Doomsday Book ... 329
Vingtièmes siècles ... 27
A Virgil Thomson Reader ... 63
Virginia Wolf ... 30
Virginia Woolf ... 51
Virginia Woolf: A Writer's Life ... 52
The Virgin of Small Plains ... 151, 227
Visages ... 15
The Visible Hand: The Managerial Revolution in American Business ... 114
Vision aveugle ... 243
Vision of Tomorrow ... 287
Visions of Jazz ... 67
The Vision Tree: Selected Poems ... 15
A Visit from the Goon Squad ... 70, 123
Visitors from London ... 381
A Visit to William Blake's Inn: Poems for Innocent and Experienced Travelers ... 410, 426
Vita ... 34, 59
Vladimir Roubaïev ... 5
V-Letter and Other Poems ... 106
Voice ... 21
Voice Mail ... 226
Voice of the Imagi-Nation ... 313
Voices From Chernobyl: The Oral History of Nuclear Disaster ... 68
Voices in the Dark ... 178
Voices of Protest: Huey Long, Father Coughlin and the Great Depression ... 82
Vol de nuit ... 125
Voluntary Committal ... 283
Von feinen und von kleinen Leuten ... 400
The Vor Game ... 328
Vous voyez mais vous n'observez pas ... 237
The Voyage ... 48
Voyage au bout de la nuit ... 143
Voyage aux horizons ... 143
Voyage of the Sable Venus ... 87
Voyagers to the West: A Passage in the Peopling of America on the Eve of the Revolution ... 116
The Voyages of Doctor Dolittle ... 408
Voyaging to Cathay: Americans in the China Trade ... 425
Vue en coupe d'une ville malade ... 234
Vurt ... 230

【W】

Wageslaves ... 259
Waiting ... 84, 136
Waiting for Saskatchewan ... 16
Waiting for Snow in Havana: Confessions of a Cuban Boy ... 85
Waiting For The Barbarians ... 52
Waiting for the Whales ... 20
The Waiting Stars ... 311
The Waking ... 108
Waking Henson: A Jim Henson Retrospective ... 293
Wakulla Springs ... 285
Walkers on the Sky ... 288
The Walking Dead: Welcome to the Tombs ... 354
Walking Rain ... 219
Walking to Martha's Vineyard ... 121
A Walk in the Sun ... 329
Walk Two Moons ... 411
The Wall ... 430
WALL-E ... 309, 338
The Wall of the Sky, the Wall of the Eye ... 279
Walter Lippmann and the American Century

.... 63, 80
Walt Whitman 80
The Wanderer 317
Wanderer：essai sur le Voyage d'hiver de Franz Schubert 30
Wandering Through Winter 111
Want 182
Wanted...Mud Blossom 174
The Wapshot Chronicle 73
The War Against Cliché：Essays and Reviews 1971-2000 67
War Birds 250
War Boy：A Country Childhood 386
War Can Be Murder 181
War Dances 136
War for the Oaks 362
The War：Fourth Year 8
War Game 416
Warhol Spirit 141
Warhoon 316
The War in Wonderland 220
The Warmth of Other Suns：The Epic Story of America's Great Migration 70
The War of Independence 103
The War of the Worlds 312, 314
Warren Hastings 49
Warriors 374
The Wars 14
Wartime Lies 139
War Trash 136
The War with Mexico, 2 vols. 101
War Without Mercy：Race and Power in the Pacific War 64
Washington A Life 123
Washington's Crossing 121
Washington, Village and Capital, 1800-1878 110
Wash this Blood Clean from my Hand 207
Was ist das？ 400
Was ist dir lieber... 400
Waste 181
was wäre wenn 405
Was, wenn es nur so aussieht, als wäre ich da？ 406
The Watcher 108
Watchful at Night 154
Watching the Storms Roll In 41
Watch it Work！ The Plane 415
The Watchman 221
Watchmen 327, 362
The Watch that Ends the Night 10
Watchtower 274
Water 23
Water by the Spoonful 123
Waterless Mountain 408
Watership Down 378, 382
The Waters of Kronos 73
The Waters of Mars 338
The Water That Falls on You from Nowhere

.... 341
The Wave in the Mind 371
Waxwork 200
Way Home 386
The Way of Cross and Dragon 323, 358
Way Station 316
The Way the Future Was 358
The Way Things Work 427
The Way Through the Woods 202
The Way West 107
W.B.Yeats：A Life Volume1 53
A Wealth of Fable：An informal history of science fiction in the 1950s 329
We Animals Would Like a Word With You 417
Weapons and Hope 63
We Are All Completely Beside Ourselves 136
We Are All Completely Fine 286
The Weaver's Gift 426
The Weavers of Saramyr 241
The Web 155
W.E.B.Du Bois：Biography of a Race1868-1919 118
W.E.B.Du Bois：The Fight for Equalityand the American Century, 1919-1963 120
We Couldn't Leave Dinah 381
Wedding Knife 150, 194
A Wee Doch and Doris 147
The Wee Free Men 370
Week-end à Zuydcoote 43
Week-end de chasse à la mère 127
The Weekender 206
Weetzie Bat 423
We Have Always Fought：Challenging the Women, Cattle and Slaves Narrative 341
W.E. Henley 49
The Weight of the Sunrise 311
The Weird 264, 285
The Weirdo 174
Weird Tales 278, 338
We Keep a Light 8
Welcome to My Nightmare 259
Wellington 49
Well Read, Then Dead 153
The Wench is Dead 202
We Need to Talk About Kevin 134
Wenn das Gluck kommt, muß man ihm einen Stuhl hinstellen 403
We Now Pause for Station Identification 350
The Wentworth Letter 187
We're Going on a Bear Hunt 416
The Wessex Papers, Vols.1-3 181
Western Fringes 207
Western Star 106
The Westing Game 410, 425
Westmark 80
We Will Drink A.Fish Together 332
We Wish to Inform You That Tomorrow We Will be Killed With Our Families 67
Weyr Search 317

Whale Music	18
The Whales' Song	386
What A Body	155
What About Murder?	169
What Do You Do?	188
Whatever Happened To The Caped Crusader?	263
What Happens When You Wake Up In The Night	263
What Hath God Wrought: The Transformation of America, 1815-1848	122
What I Didn't See	308
What I Didn't See and Other Stories	284
What I Saw and How I Lied	86
What is the Truth?	379
What Is the What: The Autobiography of Valentino Achak Deng	141
What Makes This Book So Great	376
What Planet Are You From Clarice Bean?	419
What's O'Clock	102
What the Dead Know	195, 221, 227
What Was Lost	39
What We Found	310
What We Talk About When We Talk About Anne Frank	132
What Work Is	83
What You Don't Know Can Hurt You	211
The Wheel on the School	409
When a Monster is Born	421
When Everything Feels like the Movies	31
When I Grow Rich	198
When I Lived in Modern Times	134
When it Changed	302
When Jessie Came Across the Sea	386
When Sysadmins Ruled the Earth	372
When the Bough Breaks	171, 172, 188
When the Old Gods Die	366
When They Are Done With Us	187
When You Reach Me	411, 430
When Zachary Beaver Came to Town	84
...Where Angels Fear to Tread	332, 367
Where Furnaces Burn	285
Where Late the Sweet Birds Sang	267, 321, 357
Where Memories Lie	228
Where Silence Rules	289
Where's Mommy Now?	190
Where the Blood Mixes	28
Where the Bodies Are Buried	260
Where the Wild Things Are	391
Where You're At: Notes From the Frontline of a Hip-Hop Planet	68
While I Disappear	216
While the Gate is Open	291
The Whimper of Whipped Dogs	165
Whip Hand	168, 200
The Whipping Boy	410
A Whispered Name	207
The Whisperer	421
The Whispering Mountain	378
The Whispering Road	421
Whisper Lane	261
Whispers	256, 275
Whispers in the Graveyard	383
Whispers of Wickedness Reviews	262
White	260
The White Abacus	292
White Biting Dog	16
White City Blue	37
The White Dragon	288, 323
White Heat	218
The White House	79
White Lines on a Green Field	374
White Noise	82, 173
Whiteout	366
White over Black: American Attitudes Toward the Negro, 1550-1812	75
White Peak Farm	423
The White Road	220
White Snow, Bright Snow	391
The White Stag	408
White Stone: The Alice Poems	23
White Teeth	37, 53
The White Tiger	130
Whitman	102
Who Do you Think You Are?	14
Who Fears Death	284
Who Framed Roger Rabbit	249, 327
Who Goes There?	312
Who I Am	218
Who Killed Science Fiction?	316
Why Did They Kill?	156
Why I Left Harry's All-Night Hamburgers	326
Why Marry?	100
Why Mosquitoes Buzz in People's Ears	392
Why Must a Black Writer Write About Sex?	21
Why Survive? Being Old In America	114
Why Weeps the Brogan?	35
Wibbly Pig's Silly Big Bear	421
The Wicked Girls	187
Wicked Twist	176
Wickie und die starken Männer	397
The Widower's Two-Step	178
The Widow of Slane	227
Wie ein unsichtbares Band	407
Wie kommt der Wald ins Buch?	402
Wie schön weiß ich bin	405
Wie Tiere sich verständigen	400
The Wild Girls	369
Wild Gratitude	64
Wild Indigo	184
The Wild Iris	118
Wild Night	212
The Wild Shore	361
William Cooper's Town: Power and Persuasion on the Frontier of the Early American Repub-	

lic	119
William Golding: The Man Who Wrote Lord of the Flies	54
William The Silent	49
William Wordsworth, The Later Years 1803-1850	50
Willie's Story	174
Willie: The Life of W.Somerset Maugham	18
A Will Is A Way	175
The Willow Files 2	348
The Wind Blew	385
The Wind on the Moon	381
The Window	155
A Window on the North	9
Windows on the World	5
The Wind Singer	419
The Winds of Marble Arch	333
The Winds of Marble Arch and Other Stories	372
The Wind's Twelve Quarters	357
The Windup Girl	245, 271, 310, 338, 373
Winners & Losers	78
Winter and Night	180, 226
Winterbucht	403
Winter Garden	52
Wintersmith	372
Winter Solstice, Camelot Station	277
Winter Sun	10
Wir alle für immer zusammen	404
Wire in the Blood	185
The Wire (Season4)	183
Wir können noch viel zusammen machen	399
Wir Kuckuckskinder	402
Wir pfeifen auf den Gurkenkönig	398
Wir retten Leben, sagt mein Vater	405
The Wisdom of Ants	299
Wiseguy	173
Wit	120
The Witch and the Relic Thief	180
The Witches	34
Witch Hunts: A Graphic History of the Burning Times	353
The Witching Hour	363
The Witch of Blackbird Pond	409
The Witch's Children and the Queen	420
The Witch's Headstone	372
With Americans of Past and Present Days	100
Wither	346
Without My Cloak	47
With Virgil Oddum at the East Pole	361
Witness	171, 189
Witness for the Prosecution	157
Witness in the Dark	159
Witness the Night	39
A Witness Tree	106
Wittgenstein, A Life: Young Ludwig (1889-1921)	52
Wives	297
A Wizard of Earthsea	424
Wo die Füchse Blockflöte spielen	399
Wo ist mein Hut	406
Wo ist Wendelin?	397
Wolf	383
Wolf Hall	69, 131
Wolf In The Shadows	190
The Wolf's Hour	236
Wolves	386, 421
The Wolves in the Walls	251
The Woman at the Washington Zoo	73
The Woman Before Me	206
The Woman in the Wardrobe	223
A Woman of the Iron People	269
A Woman's Eye	190
A Woman's Place	265
The Woman Warrior: Memoirs of a Girlhood Among Ghosts	62
The Woman Who Loved the Moon	274
The Woman Who Married a Bear	213
Women and Science Fiction	288
The Women at the Funeral	349
Women in Their Beds	66, 136
The Women of Brewster Place	82
The Women of Nell Gwynne's	284, 310, 373
Women Of Other Worlds	293
Wonderbook: The Illustrated Guide to Creating Imaginative Fiction	253, 375
Wonder's Child: My Life in Science Fiction	325
The Woodcutter	222
The Woodcutter's Duck	385
Woodrow Wilson, American Prophet	109
Woodrow Wilson, Life and Letters.Vols.Ⅶ and Ⅷ	105
The Wool-Pack	381
The Word for Breaking August Sky	177
The Word for Sand	18
The Word for World is Forest	319
Words by Heart	80
Words for the Wind	73
Works and Lives: The Anthropologist as Author	64
The World According to Garp	79
The World Beyond the Hill	328
The World Doesn't End	117
The World is Full of Babies	417
The World Is What It Is: The Authorized Biography of V.S.Naipaul	69
The World of Charles Addams	329
World of Our Fathers	78
World's Best Science Fiction: 1971	355
World's End	135
World's Fair	82
The World SF Blog	252
Worlds & Wonders	244
Worldwired	371
Wormwood	291
Worse Things Waiting	272
A Worshipful Company of Fletchers	83
The Worst Hard Time: The Untold Story of Those Who Survived the Great American Dust Bowl	

Worth 85
The Would-Be-Widower 150
The Wreck of the Zanzibar 36
A Wrinkle in Time 409
Write Me a Murder 159
The Writer and the Critic 298, 299
WriTers Workshop of Horror 351
Writes of Passage: Adventures on the Writer's Journey 153, 197, 229
Writing Dangerously: Mary McCarthy and Her World 65
Writing Excuses Season Seven 340
The Writing of Canadian History 14
Writing the Mystery: A Start to Finish Guide for Both Novice and Professional 226
Written In Blood 293
The Wrong Girl 152
The Wrong Kind of Blood 217
Wunder 407

【X】

Xanth 236
Xero 316
The X-Files 191
The X President 270

【Y】

Yandro 317
Yasunari Kawabata's The Sound of The Mountain 75
A Year Down Yonder 411
The Yearling 105
The Year of Magical Thinking 85, 141
The Year of the French 63
The Year of the Quiet Sun 267
The Year's Best Australian Science Fiction and Fantasy Vol. 1 296
The Year's Best Fantasy: First Annual Collection 277
The Year's Best Fantasy: Second Annual Collection 277
The Year's Best Fantasy & Horror: 4th Annual Collection 278
The Year's Best Fantasy & Horror: 13th Annual Collection 347
The Year's Best Fantasy & Horror: 17th Annual 349
The Year's Best Fantasy & Horror: 18th Annual Collection 371
The Year's Best Science Fiction: Eighteenth Annual Collection 369
The Year's Best Science Fiction: Eleventh Annual Collection 365
The Year's Best Science Fiction: Fourteenth Annual Collection 367
The Year's Best Science Fiction: Fourth Annual Collection 362
The Year's Best Science Fiction: Nineteenth Annual Collection 370
The Year's Best Science Fiction: Ninth Annual Collection 364
The Year's Best Science Fiction: Seventeenth Annual Collection 369
The Year's Best Science Fiction: Seventh Annual Collection 363
The Year's Best Science Fiction: Sixth Annual Collection 363
The Year's Best Science Fiction: Tenth Annual Collection 365
The Year's Best Science Fiction: Third Annual Collection 362
The Year's Best Science Fiction: Thirteenth Annual Collection 366
The Year's Best Science Fiction: Twelfth Annual Collection 366
The Year's Best Science Fiction: Twentieth Annual Collection 370
The Year's Best Science Fiction: Twenty-eighth Annual Collection 374
The Year's Best Science Fiction: Twenty-fifth Annual Collection 373
The Year's Best Science Fiction: Twenty-First Annual Collection 371
The Year's Best Science Fiction: Twenty-third Annual Collection 372
The Years of Extermination: Nazi Germany and the Jews, 1939-1945 122
Years of Grace 103
The Years of Rice and Salt 369
The Years of the City 268
Yellow-Wolf and Other Tales of the Saint Lawrence 19
Yesterday's Echo 197
Yesterday's Kin 311, 376
Yesterday's Men 289
The Yiddish Policemen's Union 271, 309, 337, 372
Yin 116
You and I 54
You Can't Take It With You 104
The Young Detective's Handbook 169
Young Frankenstein 302, 321
Young Fu of the Upper Yangtze 408
The Young Man From Atlanta 119
Young Man I Think You're Dying 199
Young Men and Fire 65
Young Shoulders 34
Young Skins 132

Young Stalin ·································· 39
Young Tom ··································· 49
Your Hate Mail Will Be Graded: A Decade of Whatever, 1998-2008 ················· 337
You've Got Murder ························ 150
Ysabel ······································· 283
Yuck, A Love Story ······················· 24

The 7th Knot ································ 150
999: New Stories of Horror and Suspense ······ 346

【Z】

Z ··· 163
Zeit für die Hora ··························· 401
Zero at the Bone ···················· 148, 224
Z for Zachariah ····························· 166
Život je jinde ······························· 138
Zlateh, die Geiß ···························· 398
Zombie ······································ 345
Zoo ·· 386
Zoo City ······························ 231, 244
Zoo City (表紙) ····························· 252
Zwischen zwei Scheiben Glück ············ 403

【数字】

1001 Midnights ···························· 223
100 Favorite Mysteries of the Century ··· 149, 193
100 Great Detectives ······················ 190
100 mots pour voyager en science-fiction ······ 242
10^{16} to 1 ································· 333
1,2,3 ·· 426
12 Angry Men ······························ 158
13 Hours ···································· 222
15 secondes ································· 23
2000X: Tales of the Next Millennia ······ 307
2001: A Space Odyssey ···················· 318
2007 Snap Shot Project—interviews with influential members of the Australian speculative fiction scene ··································· 297
2010: Odyssey Two ························ 325
20th Century Ghosts ················ 261, 350
21st Century ······························· 317
2312 ··· 310
26モンキーズ、そして時の裂け目 ·············· 284
26Lies 1Truth (表紙) ······················ 296
2666 ··· 69
26 Monkeys, Also the Abyss ·············· 284
33 ··· 335
3 Sections ··································· 124
40 Sonnets ·································· 41
419 ·· 56
The 43 Antarean Dynasties ················ 332
4B or Not 4B ······························· 175
77 Dream Songs ···························· 111
7 secondes pour devenir un aigle ·········· 245

海外文学賞事典

2016年4月25日　第1刷発行

発　行　者／大高利夫
編集・発行／日外アソシエーツ株式会社
　　　　　　〒143-8550 東京都大田区大森北 1-23-8 第3下川ビル
　　　　　　電話 (03)3763-5241(代表)　FAX(03)3764-0845
　　　　　　URL http://www.nichigai.co.jp/
発　売　元／株式会社紀伊國屋書店
　　　　　　〒163-8636 東京都新宿区新宿 3-17-7
　　　　　　電話 (03)3354-0131(代表)
　　　　　　ホールセール部(営業)　電話 (03)6910-0519

電算漢字処理／日外アソシエーツ株式会社
印刷・製本／光写真印刷株式会社

不許複製・禁無断転載　　　　　　《中性紙三菱クリームエレガ使用》
〈落丁・乱丁本はお取り替えいたします〉
ISBN978-4-8169-2594-8　　Printed in Japan, 2016

本書はディジタルデータでご利用いただくことができます。詳細はお問い合わせください。

原題邦題事典シリーズ

日本国内で翻訳出版された図書の原題とその邦題を対照できる事典シリーズ。原著者ごとに原題、邦題、翻訳者、出版社、刊行年を一覧でき、同一書籍について時代による出版状況や邦題の変遷もわかる。

翻訳書原題邦題事典

B5・1,850頁　定価（本体18,000円＋税）　2014.12刊

小説を除く古今の名著から最近の書籍まで、原題12万件とその邦題を一覧できる。

英米小説原題邦題事典 追補版2003-2013

A5・700頁　定価（本体12,000円＋税）　2015.4刊

英語圏の文芸作品14,500点について、原題と邦題を一覧できる。

英米小説原題邦題事典 新訂増補版

A5・1,050頁　定価（本体5,700円＋税）　2003.8刊

英語圏の文芸作品26,600点について、原題と邦題を一覧できる。

海外小説（非英語圏）原題邦題事典

A5・710頁　定価（本体13,800円＋税）　2015.7刊

フランス・ドイツ・イタリア・ロシア・スペイン・ポルトガル・中国・朝鮮・アジアなどの文芸作品18,400点について、原題と邦題を一覧できる。

読んでおきたい「世界の名著」案内

A5・920頁　定価（本体9,250円＋税）　2014.9刊

国内で出版された解題書誌に収録されている名著を、著者ごとに記載した図書目録。文学・歴史学・社会学・自然科学など幅広い分野の名著1.5万点がどの近刊書に収録され、どの解題書誌に掲載されているかを、8,300人の著者名の下に一覧することができる。「作品名索引」付き。

データベースカンパニー
日外アソシエーツ　〒143-8550　東京都大田区大森北1-23-8
TEL.(03)3763-5241　FAX.(03)3764-0845　http://www.nichigai.co.jp/